古炉

贾平凹 著

浙江文艺出版社
Zhejiang Literature & Art Publishing House

果麦文化 出品

目　录

冬
部

1

狗尿苔怎么也不明白，他只是爬上柜盖要去墙上闻气味，木橛子上的油瓶竟然就掉了。

这可是青花瓷，一件老货呀！婆说她嫁到古炉村的时候，家里装豆油的就一直是这瓶子，这瓶子的成色是山上的窑场一百年来都再烧不出来了。狗尿苔是放稳了方几的，在方几上又放着个小板凳，才刚刚爬上柜盖，墙上的木橛咔嚓就断了，眼看着瓶子掉下去，成了一堆瓷片。

婆在门槛上梳头，她的头发还厚实，但全白了，梳一会就要从梳子上取下一些脱发，绕一绕，塞到门框边的墙缝里。墙缝里已经塞有一小团一小团的头发窝子，等着自行车上架着货筐的来声在村口的石狮子前一吆喝，他便能拿着去换离锅糖了。哐啷一响，婆问：咋啦？狗尿苔说：油瓶掉啦。婆头上还别着梳子跑进来，顺手拿门后的笤帚打他。打了一笤帚，看见地上的一摊油，忙用勺子往碟子里拾，拾不净，拿手指头蘸，蘸上一点了便刮在碟沿上，直到刮得不能再刮了，油指头又在狗尿苔的嘴上一抹。狗尿苔伸舌头舔了。婆说：碎爷呀，就这点油了，你给我打碎了？狗尿苔说：我去闻气味，它就掉下来了。婆说：闻啥气味，哪儿有啥气闻？！狗尿苔说：有气味，我闻到着一种气味。

已经是好些日子了，狗尿苔总是闻到一种气味。这是从来没有闻到过的气味，怪怪的，突然地飘来，有些像樟脑的，桃子腐败了的，鞋的，醋的，还有些像六六六药粉的，呃，就那么混合着，说不清的味。这些气味是从哪儿来的，他到处寻找，但一直寻不着。

婆说：你是不是鼻子烂啦？狗尿苔的鼻尖被掀起来，鼻腔里都好，婆擦了一把鼻涕，揩在鞋底上。狗尿苔说：我就是闻着有气味，我以为它是从墙上来的。婆看了看中堂墙，墙用白土刷得白白的，柜子上方贴着毛主席的像，而旁边就是挂油瓶的木橛，木橛齐根断了。婆愣了一下，却说：闻气味就撞瓶子？狗尿苔说：我没撞，它自己掉的。婆说：你还犟，犟，你给我犟？！笤帚又打起来。婆打一下，狗尿苔跳一下，婆孙俩在脚地转圈圈。笤帚打在狗尿苔的屁股上，狗尿苔用手去护，笤帚就打在手上。猫钻在桌腿下，说：啊疼，啊疼？狗尿苔把猫踢了一脚，没喊疼。婆说：打你你还不跑？！狗尿苔这才往门外跑。婆还撵着打，其实她已经把笤帚朝狗尿苔的腿后的地上打；狗尿苔都跑到巷口了，婆仍在拿笤帚打着院门框子响。

那一日没再下雪，也没风，几天前的落雪全扫到了巷道两边的排水沟里，雪和泥搅在一起，踏上去嘎啦嘎啦响，并不湿鞋。但院墙的瓦槽沿上挂满了冰锥，时不时有掉下来的，端直戳在泥雪堆上。狗尿苔的腿短，需要用力地甩着胳膊才能跑得快，巷口的杜仲树就剧烈地摇晃了。这是狗尿苔家的杜仲树，他以为是他的身子摇晃才觉得树在摇晃，但刹住了脚步，杜仲树还在摇晃，把天磨得咯吱咯吱地响。

树下圪蹴着一堆人，有田芽，有长宽，有秃子金，还有灶火和跟后。热得能褪一层皮的夏天过去了，冬天却是这般的冷，石头都冻成了糟糕，他们是担尿水给生产队搅和了一堆粪后就全歇下了，歇下来用嘴哈着手。太阳虽然还在天上，却是一点屁红的颜色，嘴里哈出的热还是一团一团白气，每个嘴都哈了，白气就腾腾起来，人像揭开了锅盖的一甑把苞谷面馍馍，或者，是牛尾巴一扇，扑沓下来的几疙瘩牛屎。

护院的老婆和行运在山门前吵架，可能是行运在几个月前借过了护院他老婆的一元八角钱，行运说他不久就还给了，护院他老婆说根本

3

没有还，两个人就吵呀吵，已经半天了，吵得没结果。树下的人没有去劝架，其实是不知道该怎么去劝。总算巷道里谁家的孩子屙下了，大人在喊狗：哟，哟哟，哟——！本来要喊的是老顺家的狗，那是最大最威风的狗，而别的小的丑的狗都耸着耳朵跑动，说着：来了！来了！狗的话很碎很急，就成了一片嗡嗡轰响，行运和护院他老婆的吵嚷也住了声。老顺家的狗踏着步子出来了，它的骨架大，毛皮更大，像披着一张被子，在三岔巷头扬起头，只喊一声：汪——！拖音特别长，所有的狗就闭嘴，夹起尾巴避让了。

村子里突然间没有了响动，树下的人一时倒觉得无聊，吃烟的吃烟，打盹的打盹，要么解开了怀在棉袄里子里捏虱子。秃子金靠在杜仲树上蹭脊背，先是看着前边巷中一家灶房屋顶的炊烟，烟是蓝色的端端往上长，后来就歪了，软得像水中的草。他也有点昏昏欲睡了，当叽里哇啦地跑过来了狗尿苔，立马快活起来，叫：狗尿苔，呀呀，狗尿苔！

狗尿苔毕竟是有大名的，叫平安，但村里人从来不叫他平安，叫狗尿苔。狗尿苔原本是一种蘑菇，有着毒，吃不成，也只有指头蛋那么大，而且还是狗尿过的地方才生长。狗尿苔知道自己个头小，村里人在作践他，起先谁要这么叫他他就恨谁，可后来村里人都这么叫，他也就认了。

秃子金说：狗尿苔，你婆又给你熟皮了？

狗尿苔睁着半个眼睛看秃子金，他不喜欢秃子金，说：秃子！

秃子金是个真秃子，头上没有一根毛，秃子金说：你说啥？！

狗尿苔说：秃子——金叔！

秃子金不仅是秃头，娶过半香后常喊着腰疼，不知从哪儿听说杜仲能治腰疼，就曾偷割过杜仲树皮做膏药。狗尿苔是骂过他，他不敢再割树皮了，却一有空就来蹭脊背。秃子金见狗尿苔不得不把他叫叔，便得意了，越发使劲地蹭杜仲树。狗尿苔似乎觉得半空中不是什么都没有，是坚硬的墙，把杜仲树磨得疼。他走过去把秃子金往旁边推。

狗尿苔说：你不要蹭树。

4

秃子金说：蹭树又不是蹭你！

狗尿苔说：这是我家的树。

秃子金说：我就蹭啦！

狗尿苔推不动秃子金，拿了头去撞，他的头只撞在秃子金的裤带上。秃子金并没有恼，竟然摸了狗尿苔的头，说：啊狗尿苔呀狗尿苔，咋说你呢？你要是个贫下中农，长得黑就黑吧，可你不是贫下中农，眼珠子却这么突！如果眼睛突也就算了，还肚子大腿儿细！肚子大腿儿细也行呀，偏还是个乍耳朵！乍耳朵就够了，只要个子高也说得过去，但你球高的，咋就不长了呢？！

这让狗尿苔更生气了，用力地把秃子金的手拨打到杜仲树身上，说：我不愿长，咋？！

秃子金说：这碎髎[1]，你凶得很！

狗尿苔咬自己牙，他一咬牙两只耳朵就动。

秃子金说：咦，咦，是不是想戴帽子呀你凶？

秃子金所说的帽子并不是他头上戴着的那顶蓝帆布帽子，也不是牛铃头上戴着的火车头翻毛帽子，他是在说政治帽子。狗尿苔最忌讳谁说帽子，因为古炉村原本是没有四类分子的，可一社教，公社的张书记来检查工作，给村支书朱大柜说：古炉村这么多人，怎么能没有阶级敌人呢？于是，守灯家就成了漏划地主，守灯他爹一气得臌症死了，地主成分的帽子便留给了守灯。而糟糕的还在继续着，又查出狗尿苔的爷爷被国民党军队抓了后，四九年去了台湾，婆就成了伪军属。从此村里一旦要抓阶级斗争，自然而然，守灯和婆就是对象。婆在家里骂爷爷：天杀的老鬼呀，早早挨枪子死了倒好！狗尿苔问婆：我也是伪军属吗？婆说：你没帽子。狗尿苔说：会不会也给我戴呢？婆说：有婆戴哩，我娃不怕。狗尿苔说：那婆死了呢？婆一把将狗尿苔抱在怀里，说：婆不死，婆就不死！

1　髎：音 sóng，陕西方言，骂人的话，精液的意思。

狗尿苔相信婆永远都会活着,婆也就一直给狗尿苔剃了光头,再冷的天也剃光头,使他见不得了谁戴的任何样的帽子也听不得了谁说任何样的帽子。

狗尿苔说:你才戴哩!

秃子金是戴着帽子,他刚刚把帽子卸下来挠头,头上的疮掉了痂,红哈哈的像烤过的柿子。田芽和灶火就嗤嗤地笑,他们全晓得以前的秃子金从不戴帽子,嫌痒,娶了半香后却冬夏要捂个蓝帆布帽子,连晚上睡觉也不卸,因为不戴帽子半香就不让他到枕头上来。

秃子金便恼羞成怒了,说:你个残渣余孽,我抽了你的舌头!

秃子金的巴掌要扇过来,长宽把狗尿苔拉过来按在自己身边。长宽吃了一锅烟,弹出来的烟灰在鞋壳里保留着火蛋,又装上一锅烟,拿起鞋对火时,火蛋却灭了,他说:狗尿苔,寻火去!

村里人一向都是要支派狗尿苔跑小脚路的,狗尿苔也一向习惯了受人支派。他乐意这样,这样了大家才会说他比牛铃勤快。狗尿苔知道长宽让他去寻火是有意要把他支开,免得挨了秃子金的打。但今天是秃子金成心欺负他,他就看着山门下的行运,行运嘴里噙着烟锅。

行运和护院他老婆在山门下又吵,灶火说,吵傈呀,寻支书去断么!但护院他老婆却在说:你敢赌咒不?行运说:我咋不敢?!护院他老婆就扑咨跪在了山门下,说:太阳光光的,我要是收了那一元八角钱,让五雷击我,击我个火柴头子,不得好死!说完了拿眼睛看行运。行运也在山门下跪了,说:上有天下有地,当中有良心,我要是没还钱,我上山割草滚坡死,死个肉蛋子!说完,两人平静起身,各自分开走掉。

行运噙着烟锅过来了,白玉石的烟锅嘴儿往下滴口水,狗尿苔就站起来迎上去,说:行运叔,你咋和她赌咒哩?

行运看了狗尿苔一眼,没理睬。

狗尿苔说:她说让雷击她,雷真的能击她?

行运说:这有你说的啥?

6

狗尿苔落个烧脸红，他不再向行运讨火了，又不愿意让田芽、灶火他们瞧着他受了呛，他说：让水皮去！

水皮正经过巷子，拿着一本书，一边走一边看，脚就要踏上一疙瘩狗屎了，田芽叫了一声：看脚底下！水皮猛地受惊，脚没收住，果真踏上了狗屎。杜仲树下一片哄笑，水皮受窘要跑开了，却发现了狗尿苔也在其中，就站住，开始叫：来，狗尿苔，来！

狗尿苔说：你寻火去，长宽叔让你去寻火！

水皮似乎全不听见，只是说：我教你字，你会写你名字了吗？

水皮上过小学，越是人多的地方越是爱显派着要教狗尿苔写字。

狗尿苔说：我会。

水皮说：你会？还会啥，会反义词？

狗尿苔不知道啥是反义词。

水皮说：我说一个词，你能对出相反的意思吗？

狗尿苔说：能。

水皮说：吃饭——

狗尿苔说：不吃饭。

水皮说：革命——

狗尿苔说：不革命。

水皮说：去去去！

水皮一脸的鄙夷，不教狗尿苔了，又从巷子里走过。水皮为什么不教狗尿苔了？狗尿苔不明白，杜仲树下的人也都不明白。这时候，一只鸟从头顶上飞过，它屙下一粒粪，偏不偏落在狗尿苔的头上。最早发现这只鸟飞来的是跟后家的狗，这条没尾巴的狗，晚上常装成狼的样子蹲在村外田埂上吓人。它从窑场一路跑下来，经过山门时跳起来大声喊。灶火往天上一看，说：吓，叼了条鱼！狗尿苔也往天上看，立即认为这是住在窑神庙院里的那棵柏树上的鸟，白尾巴红嘴，嘴里叼着一条红鱼。白尾巴红嘴鸟不待在柏树上，肯定是善人又出去给谁说病了，大家就都捡了石子往空中掷，秃子金还脱了鞋扔上去，全没有打中。秃子

7

金说：今冬州河里的红鱼少得多了。他的话没人接，落在地上就没了。

水皮的经过和天上的鸟岔开了一场口舌，秃子金也坐下来挠他的秃头，但是，一切归于没事了，大家又彻底地无聊，拿眼睛朝州河那边看。州河上起着雾，镇河塔和塔下的小木屋已经在雾里虚得不完整，河面也不完整，隔一段了是水，水好像不流动，铺着玻璃片子，隔一段什么都没有了，空蒙蒙一片白。河边的公路上开过着一辆车，一群狗撵着车咬。狗尿苔又闻到了那种气味。

2

在院子里，在巷道，以及窑场、泉边、树丛，甚或在人和狗的身上，狗尿苔会突然地闻到那种气味，一说出来，所有人总是不能相信。这碎糜，你还有什么谎要说呢？他们拿指头在他的额颅上弹泡儿，哪哪哪，像要敲烂着一个葫芦瓢。就连得称，多蔫的一个人，在队部的桌子上记工分的时候，听见狗尿苔在问欢喜：欢喜爷，你闻到啥了吗？欢喜在给牛拌料，一脸的疑惑，得称就把狗尿苔叫来，说：你又闻到什么气味啦？狗尿苔说：闻到啦。得称把手放在自己的屁股下，努一个屁，又极快地把手捂在狗尿苔的鼻子上，说：你闻闻这是啥气味？！

狗尿苔觉得很委屈，因为他真的能闻到那种气味。而且令他也吃惊的是，他经过麻子黑的门口时闻到了那种气味，不久麻子黑的娘就死了，在河堤的芦苇园里闻到了那种气味，五天后州河里发了大水。还有，在土根家后院闻到了一次，土根家的一只鸡让黄鼠狼子叼了，在面鱼儿的身上闻到了一次，面鱼儿的两个儿子开石和锁子红脖子涨脸打了一架。牛铃把这些事给人散布，牛铃相信着狗尿苔的奇怪，却缠着狗尿苔说：你闻闻，你闻闻哪儿有藏粮的老鼠洞？牛铃去年曾在村南口的土塄上发现过一个老鼠洞，扒开来里边竟藏着半升苞谷，后来到处去土塄上挖，却再没挖到过。狗尿苔说：这我闻不来，我能闻出来我也不告诉你。牛铃说：哼，那我也不给你吃柿饼。牛铃的口袋里装着两块柿饼，

8

原本有一块要给狗尿苔的，现在不给了。狗尿苔就去夺，两人在巷道里疯了一般，竟然一个满怀，把从巷口出来的支书撞坐在地上，袖筒里的旱烟袋都摔了出来。牛铃赶紧叫爷，狗尿苔也说：爷，支书爷，我不是故意的。

支书却笑了，说：知道你也不敢故意的，把你的鼻子撞疼了？

狗尿苔的鼻子撞在了支书裤带上的那串钥匙上，红得像抹了辣子水。

牛铃说：哎呀，这下狗尿苔闻不出气味了！

支书说：啥气味不气味的，不准胡说。

牛铃说：狗尿苔真的能闻到一种气味哩，他一闻到了，村里就出些怪事。

支书一下子严肃起来，他说：狗尿苔，你出身不好，你别散布谣言啊，乖乖的，别给我惹事！

狗尿苔再不敢对人说他闻到了那种气味，但他还是时不时闻到了，就去给树说，他觉得树牢靠，树长在什么地方了就永远长在那儿，不像云，总跟着风跑。他说：这是咋回事？树哗哗哗地摇叶子，像鬼拍手。他也问到猪，他喜欢猪胜过了喜欢鸡和狗，猪大多的时候是沉默的，慢悠悠地走。但猪听了他的问话，猪仍是一声不吭，额头上挽起的皱纹像一堆绳索。狗尿苔只能悄悄地给婆说，婆就害怕了，她再一次检查着狗尿苔的鼻子，鼻子好好的呀，牛铃一天到黑鼻孔里都流着鼻涕，而狗尿苔的鼻孔里干干净净，这到底是怎样个鼻子啊！她说：是天冷的缘故吧，冬季一过或许就好了。婆是这么说着，但婆也就从那时起，剪了纸花儿不再往窗子上贴，也不再往摆在柜盖上的米面罐儿上贴，而剪了更多的纸花儿要压在狗尿苔的枕头下，装在狗尿苔怀里的兜兜里。她觉得那些花木开得艳了，那是花木显魂，人聪明精干了那是人精，就是那些天上飞的鸟，地上跑的猪狗牛猫，它们也都是有神附体的，她便剪下这些东西的形来，嘴里念念叨叨，要它们来保护自己的孙子。

狗尿苔依然还是不经意间就闻到了那种气味，他不能说，全憋在肚里，人就瓷了许多。村里人看见他动不动就站在那里发呆了，或是在长长的巷道里，某一个墙头后，他胆胆怯怯地窥视着什么，见有人来，又缩头走开了。狗尿苔走开还是不走开，其实没有人在乎，这就像巷道里走着一只猫，或者是风刮着来了树叶和柴草。只是碰上霸槽了，霸槽就揪他的招风耳，说：咋不欢实了？

狗尿苔让霸槽揪他的耳朵，揪着不疼，他说：我出身不好。

霸槽说：出身不好你还不欢实？欢实了给大家跑个小脚路……

狗尿苔说：我一直跑小脚路的。

霸槽说：要跑。最近又闻到那种气味吗？

狗尿苔说：这十几天没有。

霸槽说：没有，古炉村快把人憋死啦，怎么就没了气味？

狗尿苔说：真的没有。

霸槽似乎很失望，伸手把墙角的一个蜘蛛网扯破了，那个网上坐着一只蜘蛛，蜘蛛背上的图案像个鬼脸，刚才狗尿苔还在琢磨，从来都没见过这种蜘蛛呀，霸槽就把蜘蛛的一条长腿拔下来，又把另一条长腿也拔下来，蜘蛛在发出啞啞的响声。狗尿苔便不忍心看了，他身子往上跳了一下。

霸槽是古炉村最俊朗的男人，高个子，宽肩膀，干净的脸上眼明齿白，但狗尿苔不愿意霸槽这么拔蜘蛛的腿。他跳了一下，想去把霸槽额颅上的一撮头发拨开去，这样可以阻止拔蜘蛛腿，可霸槽的个子高，他跳了一下也没有拨到那撮头发。

霸槽说：你干啥哩？

狗尿苔说：你头发把眼睛挡住了。

霸槽把蜘蛛放开了，理好了头发，却久久地看着狗尿苔，说：你告诉我，怎么你就能闻到那种气味，闻到那种气味了你有啥感觉？

狗尿苔说：我感觉我大就来了。

霸槽说：你大？你知道你大？！

狗尿苔说：不知道。

霸槽说：我也不知道。听说蚕婆去镇上赶集，赶集回来就抱回了你，是别人在镇上把你送给了蚕婆的还是蚕婆在回来的路上捡到的，我不知道。

就是霸槽说了这一段话，狗尿苔更加喜欢了霸槽，霸槽还关心他，因为村子里的人从来没给他说过这种话，连婆也说他是从河里用笊篱捞的，是石头缝里蹦出来的，只有霸槽说出他是婆抱来的。

狗尿苔常常要想到爷爷，在批斗婆的会上，他们说爷爷在台湾，是国民党军官，但台湾在哪儿，国民党军官又是什么，他无法想象出爷爷长着的模样。他也想到父母，父母应该是谁呢，州河上下，他去过洛镇，也去过下河湾村和东川村，洛镇上的人和下河湾村、东川村的人差不多的，那自己的父母会是哪种人呢？狗尿苔偶然有过一个想法，自己的父亲千万不要像守灯那样，守灯出身不好，长得那么又高又瘦，他不喜欢，他希望如果像霸槽那样就好了，至于母亲呢，像着谁好呢，不要像面鱼儿老婆那样啰唆，也不要像秃子金媳妇那样说话占地方，天布的媳妇性子好，但是烂眼子，应该是像戴花，他觉得戴花长得细皮嫩肉，又总是笑呵呵的。

狗尿苔从此爱去找霸槽，但霸槽的脾气他摸不透，有时见了他，揪着他的耳朵夸他的耳朵软得像棉花，又说又笑，有时却燥了，不让他厮跟。他看见霸槽在收拾着钉鞋的箱子，他说：你真的要去钉鞋吗？霸槽说：不钉鞋谁给我零花钱呀？他说：是去住那小木屋？霸槽说：那盖小木屋干啥？他说：那我跟你去。霸槽说：你是我尾巴呀？他说：我给你跑小脚路。霸槽扛了钉鞋箱子到公路边的小木屋去，他就不远不近地厮跟，直到霸槽拾起一个土疙瘩砸在他脚前，土疙瘩开了一朵花，他仍不走。霸槽说：热萝卜粘在狗牙上甩不掉了？！他说：我就要粘你。霸槽这才笑了，说：好好好，那你寻火去！

古炉村的男人都吃烟，霸槽也吃烟，别人吃烟都用旱烟锅，霸槽是用纸搓烟卷儿。霸槽让他去寻火，他却不乐意去。他不乐意去是因为他要跟霸槽去小木屋呀，如果回家去取火柴，婆肯定又不让他出去疯跑了，而且，他家的火柴他不愿意拿出来。但是，霸槽问他为啥不乐意去寻火，他没有说真正的原因，他说：跑别的小脚路可以，寻火我不去。霸槽说：我的话你不听？！他赖着说：你在村里谁的话都不听，我学你呀！霸槽说：你得听我的！我告诉你，我和你不一样，我是贫下中农，谁也不能把我怎么样，你出身不好，你就得顺听顺说。让你去寻火，是指教你哩，以后出门除了给人跑个小脚路，你应该随身带上火，谁要吃烟了你就把火递上，他谁再见不得你也没话说你了。

狗尿苔却说：我是专门给人拿火的？！

霸槽看着狗尿苔的神情，一下子燥了，骂道：你球不懂！

霸槽骂狗尿苔，狗尿苔又不敢吭声，霸槽给他讲，出门带火有啥丢人的，你个国民党军官的残渣余孽，是个苍蝇还嫌厕所里不卫生？何况这只是让你出门带火。你知道吗，最早最早的时候，火对人很要紧，原始部落，你不晓得啥是原始部落，就是开始有人的那阵起，原始部落里是派重要的人才去守火的。

狗尿苔说：我能在古炉村里重要？

这让狗尿苔十分得意了，他觉得霸槽就是和别人不一样，这个建议好。第二天起，他出门就开始带火柴，不管在村巷中，还是在地里干活，哪里人多他便到哪里去，观察着谁可能要吃烟，每每谁刚在烟袋锅上装烟末，他就去把火点上了。以致后来，大家出门都不带火，想吃烟了，喊：狗尿苔，火呢？！狗尿苔随叫随到，甚至别人还没有吃烟的意思，他要说：咋都不吃烟呢？但是，火柴在怀里揣久了，火柴盒子常常就烂了，擦火的磷面也磨掉了磷，怎么擦也擦不着。再后来，他竟然掌握了技巧，压根不用磷片了，只将火柴棒塞到耳朵里暖一暖，再取出来，在墙上，甚至鞋底，猛地那么一划，火柴就着起来。别人要问这是啥窍道儿，他不肯教，双手搛着火焰，火焰像青蛙的小心脏，扑闪扑闪去送到需要火的人面前。再再往后，他又不把火柴装在身上了，觉得火柴是婆掏钱买的，不能太浪费，他就在家里搓火绳，出门把点着的火绳带上。火绳是用苞谷缨子搓的，狗尿苔一有空便搓自家的苞谷缨子，自家的苞谷缨子搓完了，又去别人家讨要，搓出的火绳就一条一条垂吊在檐墙的木橛子上。

狗尿苔的人缘慢慢能好些，霸槽却越来越脾性怪起来。自从在公路边盖了小木屋钉鞋补胎，手里一有几个小钱，就去开合家的代销店里买酒喝，喝得头重脚轻了，把石子往莲菜池子丢，给狗尿苔说他要让石子在水里长出尾巴。石子怎么能在水里长出尾巴呢？狗尿苔当然不信。石子在水里没有长出尾巴，却把一只青蛙惊得跳了出来。霸槽又说猫头鹰是天上的神，青蛙是地上的神。狗尿苔说：那是为什么呢？霸槽说：你知道女娲吗？狗尿苔说：不知道。霸槽说：你肯定不知道，也不知道啥是神话，神话里说天上有了窟窿了天上漏水……狗尿苔说：啊下雨是天有了窟窿？霸槽说：女娲是用石头补天哩，女娲就是青蛙托生的。狗尿苔说：青蛙能蹦到天上去？霸槽说：我说话时你不要插嘴行不行？！你看见过水里的鱼能在旱地里蹦吗，青蛙是蝌蚪的时候它在水里游，变成青蛙了又能在旱地里蹦。狗尿苔觉得这话有道理。霸槽却说：我可能也是青蛙变的。狗尿苔又不信了，说：你怎么能是青蛙变的，青蛙嘴大肚大，灶火才是青蛙变的。灶火正好走过来，说：说啥哩说啥哩，我见不得谁背后嚼舌根！狗尿苔说：灶火叔，霸槽哥说青蛙是神，他就是青蛙变的。灶火说：他说他是朱大柜你就以为他是朱大柜啦？！霸槽说：朱大柜算个屁！狗尿苔惊得目瞪口呆了，朱大柜是古炉村的支书，霸槽敢说朱大柜算个屁？灶火说：好么霸槽，咱村里马勺是见谁都服，你是见谁都不服！霸槽说：那又咋啦？灶火说：不咋。牛路爱拾粪，整天谋着全村的粪都让他一个人拾，你现在钉鞋哩，我也盼着古炉人的鞋都让你钉！霸槽：你以为我往后就是钉鞋的？狗尿苔说：还补轮胎哩。霸槽扯了一下狗尿苔耳朵，说：灶火你过来，过来。他开始解裤带，从裤裆里往外掏东西，说：你瞧瞧我这上边长了个啥？灶火说：不就是个痣么。霸槽说：你球上有？你见过谁球上有？灶火说：自命不凡啊！冷笑着走了。

霸槽越是自命不凡，村人越是非议，他也懒得合群，只是到小木屋去的时候，或者从小木屋回来，经过杏开家院门前，就坐在斜对面的那个碌碡上吃烟。杏开家院门外贴着院墙是棵榆树，树上挂着一个钟，杏开她大是队长，一天三晌要打开工钟。他一坐在碌碡上吃烟，院门有时开了，走出来杏开，有时院门开了走出来是杏开她大满盆，满盆说：你坐在这儿干啥哩？霸槽说：我看树上钟哩。满盆说：钟有啥看的？霸槽说：我看钟声咋样升在半空。满盆说：你钉了这么久的鞋咋还不给生产队交提成钱？一说提成，霸槽起身就走了，满盆要骂一句：啥货吗？！

牛铃给狗尿苔说过，说不要老跟着霸槽，霸槽的口碑不好，狗尿苔扳着指头给牛铃说：你数数，村里对我好的还只有霸槽么。狗尿苔没说出的理由还有：霸槽是贫下中农，人又长得体面。善人曾经说过，你见了有些人，莫名其妙地，觉得亲切，那人前世就是你的亲戚朋友，你见了有些人，却莫名其妙地讨厌，那人前世就是你的仇人。狗尿苔就想着他和霸槽前世一定有着什么缘由。他提了一笼子萝卜到泉里去洗，霸槽拉着自家的那头黑狗也要到泉里去，两人经过泉的塄畔上的秃子金家。秃子金的媳妇半香烧了水在院里洗头，院门也不掩，说：霸槽干啥呀？霸槽说：去泉里把狗往白着洗呀。半香：人都说你怪，真的怪呀，黑狗能洗白？霸槽说：为啥就洗不白？秃子金呢？半香说：他去南山换苞谷去了，今儿回来，我得洗洗头发。霸槽小声给狗尿苔说：他回来要日×哩，又不是日头发！狗尿苔哧哧笑，替霸槽拉了狗，两人就走。半香说：走啦？你也不看一下我这头发长呢还是杏开的头发长？霸槽说：头发长见识短！半香说：哼，你就只知道个杏开！

到了泉边，狗尿苔说：她说你和杏开那话，你咋不吭声？

霸槽说：吭啥呀？

狗尿苔说：她给你和杏开瞎名声哩！

霸槽说：那瞎啥名声？

这怎么不是瞎名声呢？狗尿苔觉得霸槽默认半香的话是故意要张扬哩，他霸槽不顾了脸面，杏开还要名声哩。

14

狗尿苔说：杏开把我叫叔哩！

霸槽说：叫你叔着又咋？

狗尿苔说：你带累谁都行，你不能带累杏开！

霸槽回过头来，说：你管我？你也管我？！一下子把狗按到了泉里，狗的尾巴还跷在泉沿上，水面上咕嘟咕嘟冒泡。狗尿苔吓住了，不敢吭声。霸槽把狗提上来了，声音却平静了，说：我燥着时候不让你多嘴你就不要多嘴，你给它洗吧。

狗尿苔知道黑狗洗不成白狗，但他还是给狗洗。

3

这一天，刮起了风，刮风的时候云总是轻狂，跟着风一会儿跑到这里，一会儿跑到那里，只有树挥动着手足在喊鸡：快进窝去！鸡就从院门槛上翻过来进了窝。树又在喊：收衣服呀，还不收衣服？婆也把晾在院里绳子上的衣服一边收着，一边催督狗尿苔去压自家的麦草集子。

狗尿苔家的麦草集子堆在村南口的塄畔上，风把集子顶都揭了，狗尿苔忙乱了一阵，用绳子在集子上拉了几道，每个绳头上都拴了大石头。风还在刮着，塄畔下的那片河滩地里土气蒙蒙，罩得河边的公路也不清亮，隐隐约约看见那里停了一辆卡车，有人在走动着，似乎又在吵。吵声很大，但吵的什么，风只把它吹得一团糟，嗡嗡不清。

田芽的头发被风吹成了乱草，袖着手也往公路上看，马勺提着一笼子灶灰往自留地里去，风也就在笼子里掏灶灰，他蹴下来用身子挡风，挡不住，半笼子灶灰没了，田芽就笑起来，说：啥时候不能去地里撒灶灰，选这日子！马勺说：谁想到风这大！是不是霸槽又和人吵上了？田芽说：恐怕和外地人吵哩。马勺说：让外地人收拾他狗日的！田芽说：你咋说这话？马勺说：今早我见了他，好心地问候他哩，我说霸槽你吃啦，他说没吃哩，你给我吃呀？！狗日的嘴里有炸药。我说霸槽你咋这嚼的？他说我还想骂他妈个×哩！我说你又骂谁呀？他说我正想

15

哩。田芽你听，哪有这种人？我说总不会要骂我吧？他说溜勾子的我懒得骂。田芽田芽，你说这不是个疯狗么？田芽说：那你溜勾子啦？马勺说：我溜谁啦？田芽说：你溜支书么。马勺说：哎田芽，支书就是咱古炉村的党，你不跟党走？田芽说：我不当会计么。马勺说：你当么，谁都可以当么，谁只要会打算盘就来当么！田芽见马勺急了，就不愿和马勺说了，说：狗尿苔，来，狗尿苔！

他们在风里说话，狗尿苔并没有过去插嘴，田芽这阵叫他，他让田芽的话叫风也吹没了，只是从那个漫坡下了塄畔。田芽说：叫你哩听不见？你往哪儿去？狗尿苔说：我到小木屋去。田芽说：帮霸槽吵架呀？狗尿苔说：我看热闹去。

狗尿苔跑过河滩地的土路到了小木屋那儿，霸槽是在和一个卡车司机吵架哩。他们吵得很厉害，捶胸顿足，唾沫星子飞溅。狗尿苔当然要向着霸槽的，如果他们打起来了，他就要上去拉架，先把司机抱住，让霸槽趁机去打。但他们始终还没有打起来，狗尿苔就一直拿眼睛盯着，当司机刚刚往霸槽跟前挪了一步，他不管三七二十一，抓了一把土就朝司机脸上扔，可土扔出去风又吹过来，没能扔到脸上。司机说：你叫人来啊，你把你们村的人都叫来啊？！

霸槽恨了狗尿苔，说：你干啥？

狗尿苔说：我帮你。

霸槽说：我让你帮？！闪远！

杏开在叫他，怎么杏开也在这里？杏开是坐在小木屋的门槛上给他招手，狗尿苔走过来，看见了门口还躺着杏开家的母猪。他说：你家的猪身上没红绒么。拿手去提猪尾巴，母猪没有动。杏开说：它死了。狗尿苔这才看到母猪的身上有一摊血，忙说：咋死的？脑子里就嗡地响了一下。

自从公路从洛镇直接通过来后，古炉村人很不习惯公路上汽车的速度，常常是汽车还离自己很远，就横穿路口，没想还没横穿过去，汽车便碾上了。不到一年，牛铃的叔被碾死了，守灯的本家侄子被碾死了，跟后的媳妇被碾了没有死，一条腿没了。灾难又轮到了杏开家的母猪，可杏开家的母猪怎么就来到了公路上呢？

杏开在告诉着他，她是拉了母猪从下河湾的配种站回来，卡车就把母猪碾着了。狗尿苔拿眼看杏开，杏开也看了他一下，眼睛就避开了，避开了又看了他一下，发现狗尿苔还在看着她，她说：你死眼着干啥？狗尿苔说：是不是你又来小木屋了？杏开说：来不来咋啦？狗尿苔说：是不是你们只图在屋里哩，让母猪在公路上乱跑哩？杏开说：审我呀？狗尿苔说：你回答我的话！杏开说：凭啥？狗尿苔说：我是你叔哩！杏开说：哈巴狗站到粪堆上了，你算啥叔？哪儿好玩到哪儿玩去！不招理了狗尿苔。

遭霸槽斥责就斥责吧，但杏开也这么斥责，狗尿苔就觉得委屈。杏开和霸槽相好不相好，他狗尿苔是看见了全当没看见，而村里人老议论着他们，说那么难听的话，他们听不到他能听到呀，他只是要提醒注意些就是了，可他明明从辈分上是杏开的本族叔的，杏开竟这样对待他。狗尿苔也就从小木屋出来，看着霸槽还在和司机吵。

司机说：谁的责任，我的责任？公路上有猪圈吗？！

霸槽说：公路上是没有猪圈，可是，我问你，猪身上有公路吗？唵？！

这话说得好么，这话也只有霸槽能说得出来，狗尿苔啪啪地鼓掌。风开始减弱，土气也渐渐散开，霸槽侧面站在那里，鼻子嘴巴显得那么分明。古炉村人都是肉乎乎的柿饼脸，唯有霸槽脸长长的，有棱有角。他和司机争吵得那么凶，却一直还戴着墨镜，这会儿他把墨镜取下来，用衣襟擦拭，头却颤颤地，又斜视着司机。狗尿苔看见了他脸上有了一个漂亮的微笑。

司机最后是软下来了，这从脊梁上就能看出，长长地从鼻孔里呼出一口气来，说：我摸了姑姑子的 × 了！从怀里掏出一把钱来，一张张数，是三十元，放了小木屋门口的凉茶台子上，算是赔偿了猪钱，然后过来提起了母猪的后腿往车厢里扔。赔偿了钱，死猪当然归于司机，霸槽是没有话再说，但他们跟过来，又极快地从钉鞋凳子上抓起了割掌的刀。

司机说：你，你要干啥？

霸槽说：杀不了你的。

他拽住了母猪尾巴，白光一闪，狗尿苔只觉得刀在母猪的尾巴根轻轻划了一下，尾巴连同猪屁股的一疙瘩肉就掉下来了。

霸槽在说：你走吧，走吧，猪缰绳就送你啦！

司机嘟嘟囔囔钻上驾驶室，一声轰鸣，卡车开走了，霸槽说了句：伙计，你不喝茶呀？！哈哈大笑，还没等车开过古炉村的那个路口，就一下子把从小木屋出来的杏开抱了起来，杏开叽吱哇呜喊，但立即没声了，她的嘴被霸槽的嘴堵上。突如其来的变故，狗尿苔不知了所措，走不及身，也闪不及眼，抓了鞋凳子上的围裙，挡住了自己的脸，说：啊流氓！啊流氓！

小木屋的门并没有关，其实是霸槽抱了杏开进去后用脚勾了一下门，但门是走扇门，门又开了。狗尿苔再没有进屋，站在门外的凉茶台边，听到屋里的咯笑声和什么倒坍的声，一股子水就像蛇一样流出来。那时候，州河里的昂嗤鱼又在呼自己的名字：昂儿嗤！昂儿嗤！狗尿苔希望昂嗤鱼叫得更大些，自己也叫：昂儿嗤昂儿嗤！昂嗤鱼却不叫了。

公路的上方，有三个人拉着架子车下来，一看那模样，肯定又是来古炉村买瓷货的。狗尿苔要分散自己的注意力，便极力去想瓷货的事。古炉村在很远很远的年代里就烧瓷货了，不了解情况的人只晓得洛镇有朱家窑，可古炉村烧窑的年份比洛镇早，论起来，洛镇的姓朱户还是古炉村夜姓人家的外甥哩。据说姓夜的祖先先来到古炉村烧窑，然后把从山西来的姓朱的外甥接纳了，传授烧窑手艺。但夜姓人家人丁不旺，朱家人却越来越多，以至发展到有两支去了洛镇，而古炉村的夜姓百十年来人口继续稀少，窑业也逐渐衰败，竟然再做不了艾叶青和天青一类的细瓷了，只专门烧盆烧碗烧些面罐和水瓮。三个人已经走到了镇河塔，他们在稀罕了塔下的那片竹子，竹子都是一出地面就拐弯儿。

狗尿苔虽然怨恨着霸槽和杏开，但他不愿意让外人看到他们的荒唐，就大声喊：来生意了，生意来了！先迎过去招呼买瓷货的人，拉架子车的是个前崖颅。

前崖颅说：这村里烧窑吗？

狗尿苔说：买瓷货呀？

前崖颅说：特色！

前崖颅手搭在眼前，像猴子一样环视起了这个州河上的小盆地：河南边的都是石山，北边的却是土岭起起伏伏地拢了过来，像一个簸箕。簸箕里突兀地隆起一座山，村子就在山根围了半圈。前崖颅又说了句：特色！

古炉村人说哪个女人长得好时使用特色这两个字，而前崖颅看见什么都是特色，狗尿苔就知道他是从某个山沟里来的买主，有些看不起他了。

前崖颅说：哇，中间还有座山，这叫什么山？

狗尿苔说：中山。

前崖颅说：多好的名字，村子就叫中山村？

狗尿苔说：你是来买瓷货的，你不知道古炉村？！

前崖颅并没有上怪，他看着狗尿苔，突然地笑了，说：特色！

很显然，前崖颅这一次是在对着他说特色了。狗尿苔是长得不好，作践他长相的话他已经听习惯了，但前崖颅用特色来说他，便觉得是一种侮辱，就转过身不理了，却看到霸槽重新坐在了小木屋门口的钉鞋凳子上，戴着墨镜，样子像个熊猫。

前崖颅又叫了一句特色，端直朝霸槽走去，稀罕地瞧着霸槽在那里钉鞋，旁边还放着一把系着绳子的打气筒，再旁边是一张石板桌子，桌上一个瓷茶壶、三个瓷茶碗。提起壶晃了晃，里边有茶，说：茶水多少钱一碗？

霸槽说：不要钱。

前崖颅倒了一碗喝起来，茶冷着，又难喝，就不喝了，而另外的那个男的和那个女的就走近来，霸槽立即发现他们的鞋后跟都磨得一边高一边低，便站起来让座，说：补鞋吗还是补胎？他们架子车的轮胎好着的，鞋也不补，那女的只盯着霸槽看，说：你眼睛不好吗？

霸槽把墨镜摘下来，放在了石板桌上，女的说：特色吧？前崖颏说：特色！木屋里一声咳嗽，站出了杏开，女的目光从霸槽的脸上滑过了，说：我们要买瓷货的。

狗尿苔在霸槽把墨镜放在石板桌上时，他就过去拿了墨镜玩，霸槽喊了一声：脏手！狗尿苔把墨镜放下，他也知道这三个人既然不补胎钉鞋又搅了好事，霸槽有些丧气，才不让他玩墨镜。于是，他要给霸槽示好，就走到架子车前压了压车轮，想偷偷拔掉气门芯，这些人就可以掏钱打气了。但是，前崖颏还一直注意着他，他也没敢拔气门芯，便说：霸槽哥，你背背县志。

往常公路上有人到了木屋前，霸槽会热情介绍古炉村的情况的，说远在清代这里可是山自麓至巅，皆为窑炉，村人燃火炼器，弥野皆明，每使春夜，远远眺之，荧荧然一鳌山也。狗尿苔最佩服的是霸槽知识要比水皮高，而且背诵这段话时，仰着头走来走去，常常就走到他的面前了，手指头拨起他的下巴，说：你知道不？他立即说：我听不懂。霸槽就说：你当然听不懂，这是县志上的载文。现在，霸槽没有了这个兴趣，说：买瓷货的，你领着到村里去吧。

狗尿苔无数次地领着外边人进村买瓷货，而这一次他反感了前崖颏，虽然还领着进村，却自个在前边跑起来，有意要让买瓷货人知道他腿短仍跑得快。他跑得真快，买瓷货人拉着架子车，果然就撵不上。进了村道，村道是东西向，朝南朝北是无数的巷子，家家的院墙又都用瓷匣钵和烧坏的缸瓮砌的，路面更是纯一色的瓷瓦片竖着铺成，狗尿苔在买瓷货人不住口的特色中，大声喊：买瓷货了！所有的院墙都回应了，发出铜一样的嗡嗡音。

在天布家门口的照壁前，那蓬牵牛花叶子已经脱落，狗尿苔遗憾着买瓷货的人看不到牵牛花开的景象呀：那所有的藤蔓上都生触须，上百个触须像上百条细蛇，全伸着头往上长，竟然能从那些竹棍里钻一个格儿往上长，钻一个格儿往上长，而所有的花都张着喇叭口，看着就能听见它们在吹吹打打地热闹。现在，叶子脱落了，藤蔓没有倒，如铁丝网笼在那里，一大群鸡聚在下边，一只黑公鸡在骂一只母鸡：你的公鸡弄我的母鸡就弄啦？我要弄你呀你就上了墙？！双方叽叽咕咕吵架，后就相互掐斗，落了一地鸡毛。狗尿苔说：去，去，去！把它们轰开了，照壁后的院门里又出来一只母鸡，脸色通红，不停地叫：我下了一颗蛋！照壁上还站着个大红公鸡，说：不信，不信！母鸡说：不信你看！大红公鸡歪头往院里看，它的冠十分大，大得竖不起来就垂在一边，像牛铃戴的帽子，帽耳子永远都是一扇翘着一扇耷拉着。狗尿苔也从门口往院里看，天布的媳妇正从台阶上的麦麦窝里捡出了一颗蛋在自己的眼窝上蹭。她一直烂眼角，用热鸡蛋蹭着据说能治好。大红公鸡就说：真个！真个！

狗尿苔认识大红公鸡，它是支书家的，就问了一句：你大呢？

大就是爹，古炉村人把爹都叫作大。你为大，我为小，但孩子们却不叫小，叫碎。如果大人们要骂起孩子，孩子就还得配上更难听的髈字：碎髈。

狗尿苔对大红公鸡说：你大呢？又一想，支书怎么是鸡的大呢？还在迟疑着，支书从巷道口的拐角过来了。支书是在给面鱼儿说话。

支书还是披着衣服，双手在后背上袖着。他一年四季都是披着衣服，天热了披一件对襟夹袄，天冷了披一件狗毛领大衣，夹袄和狗毛领大衣里迟早是一件或两件粗布衫，但要系着布腰带。这种打扮在州河上下的村子里是支部书记们专有的打扮，而古炉村的支书不同的是还拿着个长杆旱烟袋，讲话的时候挥着旱烟袋，走路了，双手后背起，旱烟袋就掖在袖筒里。从巷道口的拐角下来是个漫坡，支书眯着眼，似乎不看面鱼儿，却用脚将路上的一块石头拨拉到墙根了，说：你把苞谷煮上啦？

面鱼儿说：煮上了，四十斤苞谷全煮上了。

支书说：不全煮上难道你还留些呀？！灶盘了？

面鱼儿说：盘了，盘了。

面鱼儿一直面对着支书，但是退着身子给支书说话，支书一直在走，他也就一直退着身子说。他背上没长眼，路又是漫下，一个坑儿窝了一下脚，但没有跌倒。

面鱼儿说：没事。听说给我四十斤苞谷别人有意见？

支书说：那肯定有意见么，霸槽就跳着跳着在村里嚷哩。

面鱼儿说：他钉鞋补胎哩，我说过他没？别的泥水匠木匠出外挣了钱交提成哩，他从不交我说过他没？没么，都没！他还咬我哩？

支书说：提意见让提么，我说了，朱大柜光明正大，以后谁家只要能有娃娃出生，生产队里都给四十斤苞谷烧酒！

面鱼儿说：你这么一说，我就能睡踏稳觉了。

支书说：这我得告诉你，娃娃一落草，就招呼全村人去喝酒！古炉村的好风气得从你这儿开始！

支书的大衣似乎往下沉，他耸耸肩，然后步子加快了，面鱼儿再没跟上，站在那里还嘴里叽叽咕咕着，狗尿苔就迎上去，说了：爷，支书爷，来生意啦！

支书没有搭言，眼睛一直眯着，但抬头瞅了瞅狗尿苔身后的两个男人和一个妇女，眼里发光了，问：买瓷货呀？妇女说：买十席碗、六席盘子，啥价呀？支书说：公价。妇女说：能便宜了就多买几席。支书说：百货公司有搞价的吗？妇女说：这是来村上买货呀。支书说：是村上，不是我朱大柜的。狗尿苔看见支书说这话的时候，脸色很和蔼，似乎一直都在微笑，话一说完，脸却阴沉了，并转身往左边的巷子里走。

左边的巷子都是漫上坡，一直可以到山门下。山门是窑神庙的山门，从这里能看见窑神庙的门，门口站着两棵柏树，树老得没了树冠，树身扭着像站了秦琼敬德。山门往西是个土场子，土场南第一家是个大院子，院门却是铁的，里边三间上屋是公房，斜着的又是三间牛圈棚，院门大开着，院子靠里一排木桩上拴着六七头牛，头都朝西，尾巴朝下。

支书独自往前走了，买瓷货的人还愣着不动，狗尿苔说：跟上，跟上！他也跟了走。照壁下的大红公鸡也跟了走。支书走上了坡道气不喘，脚步扑沓扑沓响。一家院墙的匣钵砌得缝隙大，狗尿苔靠近去要看院里人做什么，院门咯吱开了，走出来牛路。牛路猛地瞧见支书，就说：支书你吃啦？支书说：没到饭时吃啥哩？你没出工？牛路说：我后跑哩。老支书说：哦，赶紧吃一疙瘩蒜，蒜能岔屙。买瓷货人说：后跑？他们听不懂。狗尿苔告诉了：后跑都不懂呀，后跑就是拉肚子。可是，村里人都是干肠屙不下的，牛路怎么还后跑？买瓷货的说：特色！支书又往前走了，那件大衣还是沉，老往下溜，他时不时耸肩，大红公鸡也是头往前伸着，两个翅膀往后拖着地，也像披了大衣。

公房院子里的牛并没有因为来了人而挪动姿势，甚至连尾巴也没有甩一下。支书开了公房门，三间屋里一间是摆了一张八仙桌、四个条凳，墙上贴着毛主席像和各种大小不一的红缎子做的锦旗，另两间有个小门锁着。支书没有急着去开小门锁子，而觉得一个锦旗挂斜了，走过去重新挂好，掏出旱烟袋，说：吃呀不？买瓷货的说：不会。支书就蹴在条凳上自个吃烟，却把钥匙扔给狗尿苔，让狗尿苔开小门了领买瓷货的点货。

狗尿苔受到重用，伸了伸脖子，觉得个头高了一截，却后悔今日出门没带上火绳，使得支书把一根火柴划着了就插在烟锅里，然后端了烟袋杆使劲地吸。两间屋里各类瓷货堆了一人高的垒儿，买瓷货的大呼小叫，取了碗碟看成色，敲响声，狗尿苔连说：小心呀，小心！支书哼了一下，却又让他出去了。

狗尿苔灰沓沓走出公房，欢喜刚从外边背了一捆苞谷秆在牛圈棚里，叫着他帮忙铡料，而靠近门口木桩上的一头花点子牛打了个喷嚏。这头牛瘦得皮包骨头，眼角趴满了蚊蝇。它的喷嚏声音很怪。狗尿苔说：你笑话我哩？头一歪，脑袋撞在那牛的肚子上。没想另外的牛全大声叫，并且绷着缰绳，过来围住狗尿苔。牛在说：不要撞它，它有牛黄哩！狗尿苔说：啥牛黄？牛说：你连牛黄都不知道呀！狗尿苔确实不知道什么是牛黄，他看着牛的脸，牛脸都拉得那么长，他说：我啥不知道？你以为我真不知道？！就不寻牛的事了，去帮欢喜铡料。一把镣子摆在那里，像人叉开腿躺着，狗尿苔取了一撮苞谷秆喂在铡口，欢喜提了铡刀往下按，铡出的料节就如浪花跳起来。牛圈棚里一股子尿臊味，而墙角的灶台上给牛烧着的调料水开了，咕嘟咕嘟响。欢喜说：你做啥了，牛叫哩？狗尿苔说：我和牛说话哩。欢喜说：唵？狗尿苔说：就是说话么，它们说花点子有牛黄。欢喜嘴张得多大，他的牙掉了，嘴窝着的时候，像是婴儿的屁眼。狗尿苔说：啥是牛黄？欢喜说：牛黄就是牛肝上长了瘤子，那是药，贵得很！牛能给你说话？狗尿苔说：啥都能说话哩。又喂了一撮苞谷秆，还想说：你以为只有人能说话？但还没说出口，支书在喊他，喊得不耐烦了。

支书在公房里收了卖瓷货的钱，用笔在小本子上记账，钢笔写着写着没了墨水，甩甩，还是没墨水，他喊着狗尿苔去马勺家快把墨水拿来。

马勺是会计，会计家肯定有墨水。狗尿苔急速地跑到马勺家，马勺没在，马勺他妈嘴唇乌青，手捂着胸口在院子里坐着。马勺他妈有心脏病，这是满村人都晓得的，狗尿苔和她说话都得小心，耽怕声一高她受惊，就低声缓气地说支书要墨水哩，墨水放在哪儿他取了给支书送去。马勺他妈手指了指上房屋的柜台，狗尿苔取了墨水瓶，墨水瓶没了盖，走出门。马勺他妈站起来要给他说什么，他不愿意和她多说话，猫了腰小跑，却在巷口打了个趔趄，墨水就洒在地上。墨水瓶里只剩下半瓶了，狗尿苔就害怕了，左右看了看，是没人，忙用脚踢着土遮盖了地上的墨水痕迹，反身到了马勺家，给马勺他妈说：婶，我口渴，桶里有水没？马勺他妈说：吃啥好的了，大冷天的口渴？狗尿苔已进了厨房，忙舀了一瓢水把墨水瓶灌满，出来说：婶，你家水放糖了，恁甜呀？就走了。

狗尿苔很得意，他觉得只有他才想到了在墨水瓶添水，换是牛铃，甚至水皮，是绝对想不到这点子的。但他再不敢小跑了，小心翼翼地端着墨水瓶，生怕有一点一滴洒出来。

在公房里，支书用笔吸了墨水，写出的字淡得看不清。支书说：从马勺家拿的？狗尿苔说：马勺不在，他妈在哩，他妈病又犯了。支书就看着狗尿苔，看得狗尿苔心虚了，开始咬指甲。支书说：瓶子这么满的？狗尿苔说：啊满。支书说：你路上栽跤了？狗尿苔说：啊没。支书说：没？你袄上有墨水点子哩，还敢说没？！狗尿苔慌了，一下子把什么都坦白了，支书吼了一声：你滚！

狗尿苔这才知道添了水墨水就用不成了。滚就滚吧，离开了公房院子，牛笑得集体打了个喷嚏。支书没有说他是在搞破坏，也没有说让他赔墨水，狗尿苔就没有恨支书，他自己恨起了自己，把棉袄脱了，只穿着里边的单褂子，让冻去，一直往东走。

4

东边的村头有个大碾盘，碾盘上落着苦楝蛋儿。

古炉村有十多个碾盘和石磨，年代最老的也是纯青石的就数村西头的石磨和村东头的碾盘。支书经常给人讲，姓朱的先人，在这里经管得最兴旺的时候，州河上下十五里地的人都羡慕。有一个风水先生看了先人的相貌，相貌并不是发达的相貌呀，就到古炉村里来看地理，说村东头的碾盘和村西头的石磨虽无意摆设，却恰是左青龙右白虎，但缺乏南朱雀北玄武，仍算不上多么出众，便又怀疑是朱家祖坟坐了什么妙穴。风水先生提出到坟上去看看，先人说等一会再去吧，风水先生说：那为啥？先人说：坟旁边有他家的萝卜地，几个孩子在那里偷拔着萝卜吃，咱突然去了，会吓着了孩子。风水先生感叹了：哦，不用去了，我知道古炉村为啥能兴旺了！

现在，村西头石磨的磨扇已经磨成了三指厚，上磨扇上压着一个大石头，还继续着。村东头碾盘旁边长着的那棵苦楝树往下掉苦楝籽蛋，嘣，掉下一颗，嘣嘣，掉下两颗，都在碾盘上跳。

两年前的一个黄昏，碾盘北边的坡洼过狼群，家家把院门都关了，老顺家的房子就在碾盘的紧北边，老顺还在碾盘上摆弄烟叶。他把晾好的烟叶一条一条抽去了烟筋，他家的白毛狗就咬起来。狼群每年都要从古炉村过一次，三五一伙，不是走南边的州河石头滩，就是走北边的坡洼地，人们就要噢噢地喊，希望它能走快些，不要进村。可白毛狗气愤的是这些狼慢腾腾地走，而且走的时候大嘴都闭着，像是在微笑，狗就咬声不停。

狼群一走过，州河里就涨水。狼群和涨水有什么联系，这谁也不清楚，而两年前的一个月后州河水就涨得特别大。

一涨水，村里人都去捞柴。老顺是拿了大捞兜站在河堤最上边的石墩头上的，捞到了许多碎树枝、树皮和北瓜茄子。但他为了多捞，将这些树枝树皮和北瓜茄子并没有及时转移到堤上，等再去捞时，水又扑过来将捞出来的浮柴和瓜果冲走了。大家都笑老顺笨，老顺又到镇河塔下的石墩上重新捞，就发现了一根椽斜着漂下来。他是用皮绳一头拴在石墩上，一头缠了腰后下的水，椽上却有一双手，拖着一个女人。老顺说：这死鬼！用捞兜戳着女人，要把她戳下去了再把木椽拉上来，但死鬼的手抓着木椽，怎么也戳不掉，近去用手试试鼻子，竟然还有气，就抱上了岸。所有捞浮柴的人全跑来抢救，压胸膛，捏人中，还驮在牛背上拉着牛转圈，女人就吐出一摊水来活了。这女人就是来回，活过来后并没有走，住在古炉村。婆给她端吃了几碗饭，她跟着婆到家来，叫着：爷婆！婆说：你叫谁呢？来回说：你们不是姓爷吗？婆说：村里两大姓，姓朱的姓夜的，姓夜的发声不叫爷，叫黑。来回说：哦，黑婆。狗尿苔说：也不叫黑婆，我家姓朱，我婆有我婆的名字哩，名字是蚕，村里人叫蚕婆。狗尿苔不喜欢这个来回，她下嘴唇上有一个痣，吃痣，嫌来了吃家里的饭。来回再来他就拿笤帚扫脚地，婆便骂狗尿苔不懂规程，骂出屋去。

婆想教来回剪纸花儿，来回不肯学，只是老拾着废纸，或者好看的树叶子来让婆剪。婆想把来回和守灯撮合，来回说：支书让老顺来寻过我。婆立即不说话了，开始剪一张柿树叶子，柿树叶子厚墩墩的，还泛着红，树叶子上就出现个牛的头，说：老顺好，老顺是贫农。

老顺四十多了，从来没娶过媳妇，只养着那只白毛狗，支书鼓动老顺把来回伴了，老顺说：那我是给我捞了个媳妇？支书说：我同意了，她就算是你的女人！

来回成了古炉村的人，村人就不待她是客了，也慢慢地嚼她的舌根。因为她差不多的夜里都喊，她喊：呜，呜。先是牛铃在一个半夜里经过老顺家的门外，听见喊声，撒腿就跑，以为在喊狼，一边跑一边叫：有狼了，有狼了！谁家的孩子都哭了，村人拿了磨棍铁锹出来，结果没有狼，听到的是来回在叫床，村人就逊了。

村人逊了来回，来回就什么都不是了，田芽嘲笑着她不会擀面，睡觉打呼噜，能吃。冬日里生产队一部分人担尿水去沤粪，一部分人在打麦场上剔棉花。棉花是秋后拔了秆子堆在打麦场上的，拔秆时上边还有着一些没熟的棉桃，堆了个把月了，没熟的棉桃就干了，里边仍憋出些棉花来，颜色当然不纯，却也白花花的，像是柴堆上的残雪。这些人剔着棉花，嘴里要说是非，说着说着又说到了来回，水皮娘就撇着嘴，说：喊声恁大的，谁没个男人？！半香低声说：你就没个男人！水皮娘是个寡妇，可她听到了，装着没听到，还在说：谁没个男人？谁又不是没有过男人？他老顺就有多能行的，麻子黑，是不是？

麻子黑说：人穷，腿跛，髯少！

大家就轰轰地笑，说麻子黑你狗日的髯多，髯多却刷在了墙上。

狗尿苔回到家没见着婆，而锅里温着饭，他吃罢，以为婆又到村口的路畔扫烧炕的草末子了，出来找时，没想婆也在打麦场上剔棉花。远远地偷看婆的脸，害怕着婆又要骂他，看星拉了他说：狗尿苔，你把油瓶子打啦？哪一壶不开提哪一壶，狗尿苔说：与你屁事！扭身就走。看星说：走啥的？狗尿苔说：让我婆见了又骂呀？看星却从怀里抓了一把蓖麻籽塞给狗尿苔，说：叔给些蓖麻籽，没油了，炝几颗蓖麻籽，你婆还骂你？！狗尿苔给看星鞠了个躬，说：啊你有跑路的事就使唤我。却听到了麻子黑在辱没着老顺。

27

麻子黑也是光棍，长得黑，你觉得他老穿件黑衣服都是身子把衣服染黑的。别人可能不知道，狗尿苔知道，麻子黑其实每晚都去老顺家那儿听动静，月光明明的，来回听见后窗外有响动，老顺说：是老鼠吧。来回听出不是老鼠，就说：噢，你让老鼠进来么。越发颤颤地声唤。气得麻子黑揭了院墙上的瓦片扔到塄畔下的水田里，蛙声也聒到天亮。

婆剔出了半筐子棉花，棉花没筋丝，一扯就开了。她对麻子黑说：都是姓朱的，本家么，你不要说老顺。

婆是好心着劝麻子黑，麻子黑却凶巴巴地说：咋啦，朱家就没有阶级敌人啦？！

婆当下闭了嘴。

狗尿苔从看星的身边往过走，护院的媳妇腿伸得很长地坐在那里，她听着葫芦的媳妇逗着婆婆说话，故意干咳着要吐痰，狗尿苔从她腿上跨了过去，她说：你眼睛呢？！狗尿苔已走到麻子黑面前，说：我婆把你咋啦？！

麻子黑只觉得好玩，身子一起，双腿岔开，从狗尿苔的头上跃了过去。麻子黑经常戏谑狗尿苔，狗尿苔没招理他，没得罪他，只是走路，他要么就挨着狗尿苔，故意弓着腿要和狗尿苔一般高，要么就突然地从狗尿苔头上跃了过去。这回他跃过了，狗尿苔仍看着他，说：我婆把你咋啦？！麻子黑又跃了一次，但狗尿苔在他跃过头顶时朝上一顶，把麻子黑的蛋顶疼了。

麻子黑说：你算个啥呀？

狗尿苔说：我是我婆的孙子！

麻子黑说：你婆的孙子？哪儿来的孙子？唵？！

婆立即像鹰一样扑过来，把狗尿苔罩在了怀里。有人就在说：麻子黑，和娃们拌啥嘴哩，忙你的去。麻子黑骂了一句：没看看你啥出身么，还咬蛋？！把剔出的棉花拢在背笼里背走了。打麦场上又继续着说话，葫芦的媳妇把一朵棉花别在了她婆婆的头上，让大家看漂亮不。婆婆拧媳妇的耳朵，说：你这鬼，作践我呀！媳妇说：戴个花真的漂亮

风和日丽水不扬波

哩！又把自己的头巾给婆婆包了头，露出了那朵棉花。婆婆这下没有动，让着媳妇去包，说：你是打扮你的碎女呀！大家笑起来，葫芦的媳妇和婆婆也都笑起来。婆婆说：不敢笑，一笑肚子就饥了。媳妇说：黑了回去咱包饺子吃！戴花说：葫芦一锥子扎不出个屁来，娶的媳妇却就会嘻嘻哈哈逗婆婆开心！护院的媳妇说：哼，吃饺子哩，一年吃得上一顿饺子？就会拿嘴哄人！戴花说：孝顺不一定给吃给喝就孝顺啦，让老人高兴，这叫喜孝。婆说：这倒是，这倒是。让狗尿苔把剔过了棉花的棉秆抱到场边去。狗尿苔说：我又不挣工分。婆说：不挣工分就不抱啦，那费了你啥劲？

狗尿苔抱了一趟棉秆，心里还气着麻子黑。打麦场边是六升家，六升家的猪圈旁长着了三棵槐树，猪在圈里拱土，拱出个萝卜头就咬，却不是萝卜头，是节白塑料管，惹得树上的乌鸦笑。猪就问：你笑啥？乌鸦说：我笑你黑！猪说：你从烟囱里爬出来的，你才黑！乌鸦说：谁黑谁知道！狗尿苔一踹树，乌鸦飞走了。他想麻子黑也是个乌鸦。

狗尿苔确实不知道他是从哪儿来的。还是在很多年前，水皮家的母猪下崽，下了一个，又下了一个，一下子下出了七个，他们都在那里看。后来他和牛铃为吃几颗桑葚吵起来。古炉村的孩子置起气了，要相互高声叫喊对方父母的名字，似乎这样就是骂得最狠。牛铃他大名字是五福，狗尿苔就喊：福，福，蝙蝠的蝠！牛铃却不知道狗尿苔的父母的名字，连父母是谁也不知道，就说：你是要下的，要下的！狗尿苔不清楚要下的是啥意思，问婆，婆说：这谁说的？他说牛铃说的。婆说：我拧牛铃的嘴！但他问婆他到底是哪儿来的。婆说：捞来的呀。他说：猪都是从母猪肚子里下出来的，我怎么是从河里捞？直到两年后，他才从村人口中得知自己就是要来的，至于是如何要来的，谁也不直讲，他也不再追问了，可从此身世成了一块疤，不想让谁去揭。别人奚落他也就奚落了，可麻子黑老欺负他，当着那么多人又说他的身世，狗尿苔突然就想到来回了。那一年州河涨水，狗尿苔也在堤上，看着老顺捞人，也想过自己是不是也这样从河里爬出来的，当来回在牛背上驮着转圈的时候，他提了杏开的一双旧鞋就跟着，等来回从牛背上下来了给她穿。来回捞上岸就没有鞋，光着脚。

狗尿苔从打麦场上走开，是一只麻雀把他带到了老顺家门前的椿树下。麻雀像一颗灰石子，先是在狗尿苔面前的地上蹦，狗尿苔走近了它又飞起，飞起来再落在前面的地上蹦。平常碎嘴的麻雀今天什么也不说，就是飞飞落落逗着狗尿苔走到了老顺家门前的椿树下。从椿树下看老顺的家，门开着，门里黑咚咚的，狗尿苔听到了哪儿有沉闷的吭哧声，像谁在挖土窖，却没个人影，白毛狗就卧在屋檐下。狗说：甭，甭过来！他说：我找人。他顺口这么说，又说：人呢？门里走出了来回，来回有一个吹火状的嘴，牙暴得特别长，举个萝卜在啃。咔嚓咔嚓的声音，让狗尿苔听着很香，舌根下就汪出了水。

来回说：你吃呀不？

狗尿苔说：吃，吃，不吃，萝卜辣。

其实来回并没有把萝卜伸过来，一直自个啃，同时有了喂喂的叫。

狗尿苔听见了吭哧声，也听见了叫声，听出这是老顺的口音，老顺掉过一颗门牙，说话漏气。来回把萝卜放在了窗台上，手在门框上摸，摸出了铜条子钥匙，然后去了山墙边的厕所。狗尿苔一下明白老顺在那边拉屎，让来回给他掏粪了。

人都说 1965 年是阴历蛇年，龙蛇当值风调雨顺，虽然麦秋两季收成还好，但人人还是得吃稻皮子炒面才能勉强着吃饭不断顿。稻皮子炒面是冬天里拿软柿子拌搅了炒熟的稻皮子和谷糠，晒干磨出的面。炒面吃着还甜甜的能下肚，却常常是下了肚了就拉不出屎，得拿钥匙或柴棍儿掏。狗尿苔极快地从窗台上抓过了萝卜，美美地咬了一口，嚼着往下咽。狗在叫，叫着咒骂他，他一时舌头调不过来，就背了身嚼。但是，来回从厕所里出来了，说：叫你慢慢屙，你用那么大的劲，你不知道你有痔疮！萝卜咬碎了，疙里疙瘩的还没咽下喉，狗尿苔假装系鞋带，把身子蹾下去。

来回重新啃萝卜，她没有发觉萝卜已被咬过一口，她说：狗尿苔！

32

狗尿苔噎住了，胸口疼，没作声。

来回说：谁给你起这么难听的名字？村里分救济粮吗？

不知怎么搞的，狗尿苔却说的是：你是从河里捞的……

来回说：河里捞的咋啦，河里捞的就吃不上救济粮？

狗尿苔立马说：我不是这意思，我，我……婆说我也是从河里捞的么。

狗尿苔这么解释着，想着来回就不会误会他的意思了，来回却说：我和你不一样，我捞出来是老顺的，是贫农老顺的媳妇，你……她不说了，脸色突然大变，喉咙里吭唧一下，喷出来的全是萝卜味。但她又说了：我早就听说有人要算计老顺呀，要分救济粮呀就怀疑我怀疑我娘家的成分！去调查么，看我大是不是四清下台干部，调查么，河水把我冲了的，我是从河里爬出来的鱼鳖水怪？

狗尿苔：我气着的，你比我还气？

来回说：我打听啦，古炉村多半人是从娘肚里摸着出来的，这是个啥村吗？！

狗尿苔说：你别骂古炉村，是古炉村收留了你。

来回说：不捞我很好，我死了说不定已托生到了好地方！

狗尿苔后悔自己来见来回了，怨恨自己来见来回为了啥？拧身就走。巷道里一个下坡路，路上立栽的瓷瓦片泛着光，谁把水泼到路上了结了一层冰，也泛着光，一片光。他看着路中间一块半截子砖，拿脚去踢，半截子砖冻住了，没踢开，把脚踢得生疼。一头猪就顺着坡道跑过来，猪后是守灯的本家嫂子。她的猪从猪圈里跑出来，她越撵猪跑得越快，叫着：狗尿苔，把猪拦住！狗尿苔就把猪拦住了。

守灯的本家嫂子说：狗尿苔，你和来回在骂人了？

狗尿苔说：我没骂。

守灯的本家嫂子说：来回骂了没事，你一骂就给你婆惹事哩。

狗尿苔说：这我知道。猪咋跑出圈了？

这女人就使劲打猪，说：人老实得像个鳖一样，咋养了这号猪，老拱圈墙！狗日的你以为你托生在村干部家了？猪趴在地上一声不吭，狗尿苔说：它也是饿匪了，八成呢，我八成哥呢，他不会把围墙加高？女人说：你哥去山里换苞谷了。古炉村产稻子，这在州河两岸出了名，可古炉村人碾下米了，筛出的带稻皮角的烂米留下自己熬稀粥，而把好米拿到南山深处的人家那儿换苞谷，一斤米可以换一斤八两苞谷，运气好的时候还可以一斤换二斤，就图多吃点。狗尿苔有些生气，说：他说好再去换苞谷要叫上我的，嘴都是勾子！女人说：你能钻山呀？狗尿苔说：我咋不能？他使劲伸长身子，连脚也跷起来了。女人说：好，好，狗尿苔长得高了，要撑上牛铃了！却把狗尿苔的头往下一按，狗尿苔又回到了原型，他的头只撞着了八成媳妇的奶。

5

太阳把中山照白了的时候，山后边的天空就发蓝，蓝得像湖一样深不见底，而南山以及西边的屹岬岭和东边的烽火台，一半的身子却是暗的，暗了的身子里才现出着梯田和梯田塄上裸了叶子的树木。这些树木多半是柿树，柿树在冬季里只有粗桩和细枝，细枝全都斜着往上长，善人不止一次地说古炉村是州河岸上最美丽的地方，瞧么，柿树多像千手观音啊。

霸槽一大早就在镇河塔前的公路上摔酒瓶子，砰地摔下一个，砰地又摔下一个。他琢磨着善人的话，觉得善人说古炉村美，只是善人眼里啥都是佛和菩萨，而他霸槽能看出山水风光的美了，就能想到这么美的山水，慷慨些，可以赠人么！赠予谁呢？他的嘴张开了，却没有说得出来，口鼻里三股白气就往出冒，白气都很快把他裹住了，他打了个冷战，系紧了棉袄。他的棉袄已经穿过了几个冬天，袄面子破了几处往外露棉花，天布曾经戏谑过他，说他的棉袄在流猪的板油哩。这话让霸槽受刺激，现在一想起来还哼了哼，再把一个酒瓶摔在公路上。拾粪的牛路，站在公路边远远地看了霸槽许久，说：啊霸槽，咋摔酒瓶子？

霸槽说：不摔酒瓶子，谁的架子车自行车让我补胎呀？

牛路说：啊？！

霸槽说：啊啥呀，又拾粪哩？

牛路说：拾不下么。

霸槽说：你到公路上拾，汽车不屙屎么。

牛路说：那你一天能补几个轮胎？

霸槽说：补球哩！几天也没一个轮胎被扎破的。

牛路说：那你不如拾粪呀。

霸槽说：你就知道个拾粪！

霸槽又砰地摔了一个酒瓶，再砰地摔了一个酒瓶，七八个酒瓶子全摔了，一片玻璃溅起来划破了他的手背，血就流了出来。他骂：我日他妈！往小木屋去。

牛路觉得霸槽是真有些怪了，还看不起拾粪，你又能干了啥？说：霸槽霸槽，你不摔了？霸槽回了一句：我去买酒啊！什么地方就有了乌鸦呱呱地叫，牛路朝公路两边看，没有乌鸦，乌鸦在南山上的柿树上。柿树那么多的枝条都伸在空中要抓什么，抓啥呀，抓云吗，云从中山后一朵一朵往过飘，树枝始终没抓到。

霸槽真的要到村西巷的开合家代销店买酒去，那根猪尾巴是挂在小木屋门后，出门时用猪尾巴的油擦了擦嘴，嘴唇显得厚了，泛着腥光。

古炉村应该有个代销店其实是霸槽给支书建议的，结果支书让开合办了而不是他霸槽。霸槽从那时起才开始钉鞋补胎，又专门在公路上盖了小木屋。队长认为这是资本主义的尾巴，应该割的，可村里的木匠、泥瓦匠也常到外村去干活，还有土根仍在编着芦席，迷糊编了草鞋，七天一次赶下河湾的集市，霸槽是个早就觉得他一身本事没个发展处，怨天尤人的，要割他的资本主义尾巴，那肯定要不服的。支书就说：让他去成精吧，只要他给生产队交提成。但是，古炉村的木匠、泥瓦匠、篾匠们却按时交了提成，霸槽就是不交。

霸槽提了一瓶酒从巷道里走过，差不多的人都看见了，也闻到了一股香气。古炉村人爱喝酒，但喝不起代销店里的瓶装酒，只拿苞谷来烧，以往家家都能烧的，而这几年粮食越来越紧缺，连苞谷酒也没人敢烧了。看着霸槽又买了瓶酒，他的身后就有人交头接耳，说他今年这是第十次买瓶酒了，而且还常到下河湾集市上买猪肠猪肺猪蹄子吃。甚至说，村里人屙屎都是屙下来风一吹就散了，去小木屋后墙外瞧吧，霸槽的屎是一疙瘩一疙瘩的，抬着粘锨，臭味冲得很。

在院门外空地上碾芦苇的土根说：霸槽，又喝瓶子酒呀！霸槽说：喝么，夜里你拿块豆腐来一块喝么。土根擤了一下鼻，把芦苇在地上铺开，人踩着碌碡碾过去又碾过来，说：我有买豆腐的钱我还不自己买酒喝！却又问：开合还赊账不？霸槽说：别人不能赊，他敢不给我赊？没有我他开啥店的，他一辈子都欠我哩！土根说：谁都欠着你！霸槽说可不是？！古炉村敢让我拿事，啊古炉村还能穷成这样？信不？土根说：信么，你说给你个竹竿你能把天戳个窟窿，我信哩！霸槽说：你在嘲笑我？土根说：叔给你说哩，要少喝个酒，就是有钱，也得把钱攒起来成个家，给你大续续香火。霸槽说：你以为我娶不下媳妇还是生不了个娃？你瞧着呀，我要让这州河岸上村村都有丈母娘哩！土根说：啊你行，你行。把碌碡踩到了空地那边，呸了一口，说：你行个屁。

守灯从窑场上回村，天上正好飘过一朵云，云影子把一片黑罩住他，他走，黑影子也走，他就顺着巷道墙根小跑。霸槽叫他，他不作声。守灯的姐嫁到了省城，他穿着他姐夫退给他的短筒子雨靴，靴子大，穿着咯喽咯喽响。霸槽说：我教你哩！你姐夫给你啥靴子，脚后跟都磨出洞了。守灯说：还能穿。霸槽说：是我要向他要双新的！他都到城里了，又娶了你姐，一朵花掐着走了，他会舍不得给你一双新靴子？！土根在远处：霸槽，你一辈子都记恨人家姐夫！霸槽说：这世事不公平么，有衣服穿的，还有衣服争着抢着去送哩，没衣服保暖的，偏就不来一件衣服。土根说：女人都是衣服？霸槽：不是衣服是啥？守灯一边走一边说：你拿了人家的墨镜，你还骂人家。霸槽说：墨镜对于他们算个啥，九牛……满盆掮了镢头过，霸槽不说守灯，给满盆笑。

霸槽说：队长，喝酒不，这酒你拿上。

满盆说：我喝你的啥酒？你得尽快把钱交给马勺那儿，他要做账哩。

霸槽说：交什么钱？

满盆说：你给我装！

霸槽说：木匠泥瓦匠交钱应该，我钉鞋补胎的出了村啦？我没出村。我在公路上摆摊，出了那么多事故，都是我最早发现和及时帮着处理现场的，这为古炉村办了多少好事，还交什么交？

满盆说：你别胡搅蛮缠，你这事是队委会研究过的，为啥不交？

霸槽说：我没钱！

满盆说：没钱买瓶酒喝，喝尿哩？！

霸槽说：我就是喝尿哩，喝死了我也不交！他拧开了酒瓶盖，咕嘟咕嘟喝，立马脸红起来，说：就不交，谁要我交我就死给谁！

他真的拿头往旁边的树上碰。土根扑过来挡，说：你这德行！却没挡住，霸槽头上碰出个包。

满盆立即走开，说：共产党不吃你这一套！给支书汇报去了。

这边一吵闹，土根是两头劝，劝声反比吵声大，待霸槽头上碰出个包了，又喊叫着渗血了，鸡毛，快寻些鸡毛粘上！狗尿苔在护院家的院子里就听到了，不管了善人，跑出来看热闹。

狗尿苔原本在自留地里摘北瓜，那一窝北瓜蔓子都枯死了，因为是留着种瓜，还一直没摘。支书也到他家自留地里掐葱，两块自留地挨着，狗尿苔又一次给支书提出能让他出工，给多少工分都行。支书还是那句话：你没尿桶高，能做啥，混生产队工分呀？！狗尿苔心里不美，在饭后，婆坐在炕上剪纸花儿，让他去村口拣些柿叶，说柿叶红红的，剪出来也好看，狗尿苔不搭理，看着猪在拱萝卜窖。

狗尿苔家的猪圈砌在院子东南角，喂了一头大猪还有一头小猪，大猪时常把头搁在圈墙头张望，趁人不注意就跳出来。它看见狗尿苔坐在捶布石上发呆，就又跳出来了，蹑手蹑脚还去拱萝卜窖。全部的萝卜埋在那个窖坑里，上边还堆了土，鬼晓得猪怎么就知道了，他嘿了一声，猪回头看他，他就招招手，猪懒懒地过来，站在他身边。他说：馋啦？猪说：嗯。他打了一下猪的黄瓜嘴，猪笑了一下，笑得很憨，狗尿苔就拿手在它肚子下一揣，它竟然趴下去，四蹄乍起，舒服得哼哼哈哈。

婆说：你吃柿子呀不？狗尿苔说：谁拿来的柿子？婆说：叫你吃你就听着了，叫你去拾柿叶就听不见？狗尿苔说：猪拱萝卜哩，我得管么。把猪赶进了圈，却尖锥锥地叫：婆，啊婆，狼把小猪叼啦！婆说：说大话，狼啥时进的村？狗尿苔说：那咋不见了小猪？婆说：我把它抱给铁栓家啦。夏天铁栓给咱买过椶枷和两个尿桶，说好把咱家的猪娃给人家，他嫌猪娃小，我应承喂过秋了给人家。早晨见了铁栓他说起了这事，我就把猪抱过去了。狗尿苔说：咱养那么大了给他，咱划不来。婆说：啥划来划不来的，人家肯给咱垫钱就该领人家的好哩。狗尿苔说：它走了不习惯呀。婆说：大猪是不习惯，刚才还咬圈门哩。狗尿苔说：是我不习惯！

这小猪最早是托半香从她下河湾的姨家买来的，买来后就半截尾巴。后来面鱼儿老婆给婆说，半香坑了人了，这猪娃生下来尾巴梢是扁的，尾巴梢扁的猪都是狼的菜，迟早遭狼叼的，所以早早把尾巴剁了一截。面鱼儿老婆让婆把猪退还给半香，婆没同意，说既然买来了咋退呀，再说扁尾巴剁了一截，狼也就认不得了。小猪在家里养着，因为是个半截尾巴，狗尿苔格外待它好，大猪占槽的时候，他就把大猪赶走，小猪也像狗一样，他迟早一进院，小猪一听见脚步声就从圈里跳出来，用嘴拱他的脚，尾巴根一耸一耸地动。而每每看见它耸尾巴，狗尿苔心里就难受，却要哄着它说：啊多好看的尾巴，细梢子尾巴！现在，小猪突然不在了，狗尿苔真的不习惯。他抬脚往外走，说我拾柿叶去，并没有去拾柿叶，直脚却到了铁栓家的院口。

铁栓家的院门锁着，隔着匣钵垒成的院墙，他从匣钵间隙往院里看，小猪是拴在上房的槛上，四蹄趴卧，闭眼不睁。狗尿苔咳嗽了一下，小猪立即站了起来，头四下里拧着瞅。狗尿苔说：我在这儿！小猪看见了，要跑过来，绳子却拉住了它，它突然哼哼哼地冲着狗尿苔吼。狗尿苔知道，小猪在给他发脾气了，而且在骂他：为啥把我送人？唵？唵？！狗尿苔能说婆的不是吗，他不能说，他在安慰小猪：来了你就要乖哩，人家是贫农，光景也好，知道吗，长在他们家有福！小猪不再吼了，哼哼唧唧起来，眼睛里却往外流泪。狗尿苔却不忍心了，他说：反正都在一个村里，我会常来看你的。

隔壁护院的老婆出来倒药渣子，瞧见狗尿苔趴在铁栓家的院墙上，就说：你干啥哩，人家没在家，谋算着进去偷东西呀？

狗尿苔说：我啥时偷过人？

护院的老婆说：你是不偷人，可你和牛铃一起了，牛铃就手脚不干净哩。

狗尿苔这才不烦护院的老婆了，说：护院伯病好了吧？

护院老婆说：狗尿苔嘴乖！吃药不济事么，请了善人来说说病。

狗尿苔说：啊，请了善人！

就进了院，果然上房门开着，护院坐在一个蒲团上，善人也坐在另一个蒲团上，他们正说着话。狗尿苔不敢惊动，悄没声地坐在上房台阶上听。

善人本来不应该是古炉村人，先是在洛镇的广仁寺里当和尚，社教中强制着僧人们还俗，公社就把他分配落户到了古炉村，住在窑神庙里。他不供佛诵经了，却能行医。他行医一是能接骨，平日没事了就坐在那里把一个瓷瓶敲碎，搅拌在谷糠里装到一个布袋去，然后双手伸在布袋里再把瓷瓶复原。二是给人说病。病能用嘴说好，先是狗尿苔觉得奇怪，连村里大多数人也都不信，但后来听说善人真的就说好了许多病。护院在村里算是家境好的，他家的院墙不是废匣钵砌的，清一色的砖，连灶房上的烟囱也不是裂了缝的陶瓷，是青砖。护院在村里就很高傲，和邻居们关系紧张，甚至连家人也处不和，一大家人各自为政，是个苦恼家。他肚里长了一病块，在下河湾医疗站扎针没好，到洛镇卫生院吃中药西药还是没有效，日见沉重，一天吃不进了半碗饭。

狗尿苔听到善人在说：你的性子是木克土，天天看别人不对，又不肯说，暗气暗憋，日久成病么。你要想病好，就得变化气质。要不化性，恐怕性命难保！你要练习着见人先笑后说话，找人的好处，心里才能痛快，病才能好。护院就说：你到古炉村不长日子，平日咱又不接触，你咋就知道我的习性？善人说：要么我咋能敢给人说病？护院说：我这人没上过学，比不得霸槽和水皮，连守灯也不如，可我却瞧不起他们的本事，甚至支书和队长处理些事，我也不是全都服气，我平素是爱找人的毛病。善人说：我常研究，怨人是苦海，越怨人心里越难过，以致不是生病就是招祸，不是苦海是什么？管人是地狱，管一分别人恨一分，管十分别人恨十分，不是地狱是什么？君子无德怨自修，小人有过怨他人，嘴里不怨心里怨，越怨心里越难过。怨气有毒，存在心里，等于自己服毒药。好人不怨人，怨人是恶人；贤人不生气，生气是愚人；富人不占便宜，占便宜是贫人；贵人不耍脾气，耍脾气是贱人。若是把人比作一棵白菜，生气是受了风灾，抱屈就是生蛆了，耍脾气就是被雹子打了。护院，护院，你听得进吗？护院说：我听得进。但狗尿苔听不进，台阶的石头缝里一只蚂蚁爬出来，摇了摇头上的须，好像在说话，可没有声音，狗尿苔就听不来，却见几十只蚂蚁列队爬出来，都一样的步伐，像是在操练。护院的老婆就坐过来了，手里握着两颗鸡蛋，说：你不给善人煮荷包蛋，白听呀？！狗尿苔说：善人说的是啥？护院的老婆：他说伦常道。狗尿苔更听不明白什么是伦常道，听到的是有人在吵闹。狗尿苔一听到吵闹，耳朵就动起来，说：像是队长和霸槽吵哩？护院的老婆说：霸槽和杏开耍好哩，他能和满盆吵？是土根声，土根吵哩。狗尿苔又听了听，还是听出是霸槽和队长在吵，便站起来往院外走，身后的善人还在说：你要能认不是，找好处，好好往回归。狗尿苔已经走到巷中，看见一只狗急急跑着，突然停在一棵树下。狗尿苔说：在哪儿吵的？狗却乍起后腿撒了一泡尿。

40

狗尿苔转了三条巷子，原来霸槽就在土根家门前的场子上，那里站了好多人，奇怪的并没有队长，土根在和马勺、田芽喊喊啾啾，一边说一边看着霸槽。霸槽呢，啊霸槽他明明看见了狗尿苔，他并没有招呼，却把刚刚路过的水皮叫住。

霸槽说：水皮，看啥书哩？

水皮手里拿着一本书，亮了一下书皮。

霸槽说：还是那课本？

水皮说：书要不断地念么。

霸槽说：哪儿不会，你问我。

水皮说：我考你，第三十七页有鲁迅，被称为三家，哪些家？

霸槽说：思想家、文学家，还有什么家？

霸槽和水皮一说起书上的事，旁观者就都不说话，但狗尿苔不可理解的是霸槽刚刚吵过架，惹得来了这么多人看热闹，他竟然又没事似的。而且，书上是个什么人呀，连霸槽都回答不了！就凑近去，一看，书上是个老汉照片。水皮说：狗看星星一片明吧！狗尿苔却说：我知道，是老人家！

水皮和霸槽都噗地笑了，笑得唾沫溅了狗尿苔一脸。

6

牛铃骑在他家的屋脊上拍手。

他一拍手，山墙边的杨树就摇动，叶子撞着叶子，也都拍手。

古炉村有忌讳，就是门前不栽桑，嫌桑是丧，屋后不栽柳，怕贼来缭，山墙外也不能栽杨，杨树叶子响起来啪啦啪啦的，像鬼拍手。牛铃家的山墙外的杨树其实不是牛铃家的，天布把杨树栽在他家的猪圈旁，正好又在牛铃家的山墙边。杨树叶子一拍手，牛铃听见了全当没听见，换了一下腿还在屋脊上，却朝天布家的房子唾了一口。

牛铃家的房子在天布家房子的后边，牛铃家的房子高，天布他大在翻修旧房把屋基垫高了一尺，这一年牛铃的娘就害病死了，牛铃的大也把屋脊加高了一尺五寸，脊正中还嵌了一块镜子。就是这块镜子，天布他大说是照妖镜，专门照着他家的，两家从此置了气。支书当然要调整，做出了决定：一、牛铃家必须把那块镜子拆掉。二、天布家不能再看样儿再加高屋脊，并灌一壶酒，炒三个菜，两家喝酒和好。这一壶酒天布他大喝了一盅，牛铃他大喝了一盅，其余的全让支书喝了。支书喝得头重脚轻，出门时还绊了一跤，但他说：这就好了，只要我还是支书，我不允许古炉村没个秩序！

这次调解曾得到洛镇张书记的表扬，张书记还带领着别的地方的村干部来古炉村学习经验。在张书记他们来之前，支书让石匠在村南口凿了个石狮子，石狮子很威风，嘴里还含着一个圆球。窑神庙门口有两对旧石狮子，石狮子都是脚下踩着绣球，而这个石狮子却嘴里要含着圆球，什么意思，村里的年轻人都不晓得。面鱼儿说古炉村上辈子好像有这么个说法，说是祖先在这里住下后，南山里有个魔怪总来侵害，有一个神仙就给了族长一颗药丸，说把药丸含在嘴里就变成狮子，狮子能抵挡住魔怪，但药丸不能咽下去，咽下去便永远还原不了人，如果要还原人只把药丸吐出来就是了。那族长就含了药丸，果然变成了狮子，魔怪再不敢进村，却也一直不离开南山，族长就一直不吐药丸，久而久之成了一个石狮子蹲在村南口。但面鱼儿说他在村南口没有见过那石狮子，是根本就没有过石狮子，还是有石狮子而后来被打碎了或搬走了，他不知道。新的石狮子凿好了就放置在村子南的路上，村人都说这石狮子就是支书，或者说支书就像石狮子一样守护着古炉村。那阵儿水皮在村南口的墙上写标语，是支书让他写的，写的是：有困难找党员，有问题找支部。霸槽也在现场，撇一句：谁屙下的谁收拾！灶火说：啊霸槽，你是说困难都是党员惹下的，问题都是支部造成的？大家都目瞪口呆，霸槽说：我啥时说这话了？我啥时说这话了？狗尿苔，你听见我说这话了？！狗尿苔不知道该怎么说，婆说：你看你这鼻涕，恶心死人，擤鼻去！狗尿苔就圪蹴下擤鼻，没

42

完没了地擤，把鼻涕抹到旁边的树上去，再没敢过来。

但是，石狮子镇在了路口，只过了半年，天布他大就死了。又过了十天，牛铃他大也死了。他们两家的坟地离得不远，坟地里的柏树上常落一群白嘴鸟和一群红嘴鸟，一到黄昏就鸽着吵，坟上老是鸟粪羽毛。村人就说那是两个人又在阴间里对上了，可惜没人再去调解。

狗尿苔想不到的，是两家大人死了后，牛铃却和天布好了，当然是牛铃巴结天布。天布上火了，嘴角发烂眼窝里糊了眼屎，说：牛铃，到马勺家舀一碗浆水去！马勺娘在村里做浆水做得最好，所有人家要窝酸菜了都去那里讨浆水引子，牛铃就去舀浆水。天布说：谁有烟？牛铃就向腰里别着烟包的人讨烟末，又寻纸片，给天布卷上一根喇叭状的烟卷。天布也常夸牛铃能爬树，说：这棵树上的鸟巢里有没有蛋？牛铃手脚并用，唰唰唰就爬上树。树下人喊：小心，小心！牛铃爬到最高的枝上，把鸟蛋用嘴噙了，还要双手抓住这枝条荡个秋千。狗尿苔劝说过牛铃不要这样，牛铃说：天布是民兵连长了，他有枪哩。狗尿苔说：他能拿枪打你？牛铃说：我也想将来当民兵呀！

现在，狗尿苔受了奚落，才从巷道过来，看见牛铃在屋脊上拍手，知道牛铃在笑话他，就有些生气，说：牛铃牛铃，你又要在屋脊上装镜子？

牛铃说：你个 × 嘴，哪壶不开提哪壶！

狗尿苔说：那你拍的啥手，手痒啊？

牛铃嘿嘿地笑，看见狗尿苔要离开了，却说：上来不，柿子潮了霜了。

狗尿苔又站住了。冬天的屋顶上差不多的人家都要放一抱苞谷秆，苞谷秆里全放着柿子，冬至后柿子一软，经过霜就甜了。狗尿苔家没有柿树，牛铃要让他去吃柿子，狗尿苔就不记恨牛铃了。但他上不了房，牛铃只在房檐上搭了一根椽，他爬不上去。狗尿苔说：你给我撂一个！

牛铃说：你给我笑一下！狗尿苔一笑，牛铃撂下一个柿子。柿子没接住，落在地上成了一摊红酱。再撂下一个，接住了却是两手红酱。

他把十个指头都舔了。

牛铃就从屋檐上下来，蹴下身让狗尿苔踩在肩上，然后立起，狗尿苔往山墙厮头上爬，爬上墙厮头，仍是上不到房檐。牛铃再上房后，伸手才把狗尿苔拉上去，牛铃在拉狗尿苔时蹲身蹭破了裤裆，露出了黑屁股。牛铃说：笨得很！狗尿苔不愿意承认自己笨，说：你把帽子戴好！牛铃还是在婴儿时候老鼠咬过耳朵，他的左耳朵就缺了一块，冬天里豁豁耳朵受不得冻，柿帽子就得一个耳护子翘在帽顶，一个耳护子耷拉下来遮住左耳。一说戴好帽子，牛铃也自惭了形秽，把帽子移正，耳护子遮好了左耳，不再吭声了。

房上的瓦楞里长满了瓦松，有几棵瓦松还开着白花。牛铃说：你还真吃柿子呀？狗尿苔：你说话要算话。牛铃说：你吃五个。狗尿苔说：八个。牛铃说：只能是六个！牛铃吃柿子是拿着柿把儿，用牙轻轻咬开柿子尖儿，猛一吸，把什么都吸走了，然后吹一口气，柿子皮又恢复原状，放在瓦楞上，说过十天半月了还可以再吃柿皮。狗尿苔不想把皮壳留下来，他是把柿子上的灰土一抹，一口一个，柿子汁就顺着嘴角流，伸出舌头舔了，再一口吞下一个。牛铃说：吐核儿，吐核儿。狗尿苔不吐核儿，趁不注意把柿把子塞进鞋壳。牛铃去拔瓦楞上的瓦松，狗尿苔说：这冷的天，不该开花呀。牛铃说：咋不开花，我家的柿子不是你也吃吗？狗尿苔说：今日没风，花都睡了。牛铃说：花还睡不睡的？拔下了一棵，那小米般大的花就又像沙一样散落开，而同时所有瓦松上的花都收敛了，花缩成小球球，白白的像撒了一层盐。牛铃说：你吃了几个啦？狗尿苔说：四个，你看，四个柿把儿。他又吃了两个，其实鞋壳里还塞有四个柿把儿。

巷道里，面鱼儿老婆提了个升子往过走，这女人胯特别大，上半身和下半身好像是错接在一起，走起来似乎要散了架。

狗尿苔说：开石他妈屁股那么大，能捂严个缸哩！牛铃说：屁股大了能生娃，才生了开石和锁子，还有兰芳梅芳。狗尿苔说：生那么多，小时候喂奶，是不是她身子这边趴两个那边趴两个？牛铃说：她是母猪呀？！面鱼儿老婆到了房后，他们不敢再说了。面鱼儿老婆去敲后巷里三婶家的院门。

面鱼儿其实不是古炉村的老户，他是从屹岬岭东沟迁移来的，人迁移过来，东沟里还有他的地，村人就一年去两次种黄豆，收黄豆。古炉村之所以有浆水豆腐吃，而且有名，就因了面鱼儿。但面鱼儿迁移过来时已经三十好几，到了四十岁上还是光棍。这一年，开石的大死了，留下一个老婆和四个孩子，日子艰难，三婶从中撮合，两家走到了一家。又过了十年，开石兄妹都长大了，面鱼儿头发却全花白，腰也驼起来。麻子黑就作践面鱼儿你划不来，为了个×受活嘴上负担却大了。面鱼儿说：胡说啥呀，我就图这些娃娃哩。麻子黑说：那是你的娃？他们叫你大了？面鱼儿说：叫么，咋能不叫？麻子黑说：哦，日了他妈，娃就叫你大哩！

可牛铃知道，狗尿苔也知道，开石从来没叫过面鱼儿是大的。牛铃和开石打过架，开石比牛铃大，牛铃根本打不过，就骂：鱼，鱼，面做鱼！开石并不生气，还说：你骂鱼，就骂鱼！

开石的个子也不怎么高，但头大腰粗，白天三顿饭都在屋里吃，晚上就不在家睡，抱了被子跟欢喜在牛圈棚里打铺，见了面鱼儿不说话。满盆教训过开石：你狗日的不敢没良心，不是你面鱼儿大拉扯，你们兄妹四个早死了两对！开石一听这话头就拧到一边。

面鱼儿老婆拿着升子到了三婶院里，院里的猫卧在那里仰天长嚎，一只帽疙瘩鸡蹑着脚走过去瞧，猫没理它，自管嚎着，嚎着像哭。面鱼儿老婆说：三婶子，三婶子，你得借我一升面哩！三婶在上房台阶上纺线，纺着纺着腿脖子痒，就不纺了，解开裤管上的带子，翻开袜子捉虱，刚捉住一只，听到叫声，手一抖，虱掉下去，虱和土一个颜色，说：这鬼哟，也不敲敲门，进来么，进来么！她从蒲团上起来，拉着面鱼儿老婆手，说：瞧你这手，尽是血裂子，也不戴个手套！不逢年过节的借啥面呀，面鱼儿冒风了滚生姜拌汤呀？面鱼儿老婆说：开石的丈母来啦。三婶说：哦，几时的日子？面鱼儿老婆说：恐怕是初十一、十二吧。三婶说：胎部都好？面鱼儿老婆说：有些不正，她妈才过来看的。三婶说：真是怪了，先前古炉村生娃都是顺生的，这五六年了咋都是横着出来？你要叫马勺他妈给扳一扳。面鱼儿老婆说：扳过。只是反应大，一吃东西就吐，吐得胆汁都出来啦。三婶说：扳过就好，反应大那没事。酒做上了？面鱼儿老婆说：做上了，到时候你一定要过来喝酒。三婶说：哪少得了我？这回支书咋啦，还舍得给苞谷让做酒？前年我孙子出来，八月十六日生的，就吃不上全年的口粮，就是多了一天，吃不上。我那儿媳妇不会生，你这儿媳妇会生，倒还多了几十斤苞谷！听说救济粮又下来了，不知又要咋评呀，肯定少不了你家的吧。面鱼儿老婆说：评上当然好，评不上我也够了。三婶从上屋搬了个筥篮，筥篮里是面粉，说：院子里亮堂，你能看清这面粉色气，磨麦时没掺一颗白苞谷。就拿面粉往升子里装，装平了，再用手抓着面粉一点一点往升子上撒，直撒得升子上出现一个塔尖儿，说：好了！面鱼儿老婆说：我磨了麦子就给你还。双手捧着升子，脚步儿往外走。三婶却反身进屋又跑出来，她抓了一把蓖麻籽，塞在面鱼儿老婆的襟兜里，说：你家肯定没油了，剥几颗蓖麻籽炝炝，不要让亲家笑话咱饭里没油花花。面鱼儿老婆突然眼睛红起来，说：三婶子……你老照看我。三婶说：哭啥哩，有啥哭的，脚底下注意些！

　　戴花提了一篮子花椒叶挨家挨户地散，她家的院里种了各种果木花草，靠院墙根是一行椒树，入冬时将椒叶全摘了在红薯窖里存着，时不时拿出来让大家在苞谷面窝头里垫了煮在米汤锅里吃。刚到三婶门口，面鱼儿老婆端了升子出来，就给了三婶一把，又给面鱼儿老婆怀里塞了一把。三婶喜欢地说：长宽上辈子修什么福了，戴花人长得好心也这好的！面鱼儿老婆说：咱朱家那么多人，倒不如外姓的好。戴花说：好啥呀，给人家连个娃都生不出来！三婶当下没了话。面鱼儿老婆说：女人还能不生娃的，你是开怀迟。三婶说：就是，就是。洛镇上老人笑话古炉村山也青水也秀，可就是柿子是涩涩，核桃是根根，女子是黑黑，婆娘是墩墩，他们哪里知道仍有稀人哩！撩了戴花的袄襟，露出白

46

花花一截肚皮。一抬头，看见了牛铃和狗尿苔，忙放下袄襟，骂道：碎髁看啥哩，这是你们看的？！

牛铃赶忙说：我们没看，吃柿子哩！

三婶说：吃？又吃啦？！把柿子吃完了，拿啥去拌稻皮子呀？

牛铃说：不拌啦！

三婶说：放屁！不拌稻皮子你有炒面？没炒面二三月里青黄不接的你吃瓦片屙砖头呀？

牛铃和狗尿苔就不吃了，牛铃从屋檐前的椽上往下溜，溜得急，仰八叉地摔下去，哎哟哎哟叫。狗尿苔不敢溜，还趴在瓦槽里。三婶在屋后喊：没事吧？牛铃在前院应：没……没事！三婶说：没了大人，娃就会糟踏日子！却又见面鱼儿担了一担土路过巷口，就说：家里来客了，你还担土？面鱼儿说：我在地里壅红薯窝子，听说家里来客了就往回走，顺便捎一担土，猪圈里已经成稀泥坑了。三婶说：那开石、锁子呢，他们不能担土垫圈？面鱼儿说：他们有他们的事么。三婶说：唉，要把你劳成啥了，一把干筋了么！面鱼儿说：吃得不少呀，就是瘦，把猪吃进肚里也胖不了么。脚步并没歇，担着担子先回去了。

三婶就对面鱼儿老婆：你要多经管他哩。面鱼儿老婆说：咋经管呀，他就是闲不住么。戴花说：晚上也闲不住？他上年纪了，你别如狼似虎的。面鱼儿老婆说：那事他要是不要，我一辈子想都不想。戴花说：你哄谁呀！干一天活了，夜又长又肚子饥，就图干咻事[1]才睡得着的。面鱼儿老婆说：开石他大在的时候爱耍，摸摸揣揣地逗你哩，面鱼儿是个饿死鬼托生的，要个没完没了，可他一上来就完了，我只是尽女人的份哩。三婶说：他半辈子没沾过腥，可你不敢随他的意。面鱼儿老婆说：我能管住他？戴花说：管不住了，那你就要给他补哩，每晚给他烧一根葱，一根葱硬一冬！三婶说：你这不是越发害他呀！三个人说了一阵，三婶一低头，猫在院门口站着，一边微笑一边抹脸，三婶就不说

---

1 咻事，方言，相当于那个事。

了，赶紧叫喊牛铃。

牛铃从前院里跑出来，他的额头上跌出个青包，渗着血，粘上鸡毛。牛铃说：说啥的，恁热闹的！三婶说：说啥的，说你不会过日子！房上的柿子不敢再糟踏了，明日如果天气好，三婶帮你拌稻皮子。牛铃说：就这事？三婶让面鱼儿老婆和戴花都走了，说：你腿儿软，你到三巷道问马勺他妈，她让我给她染布哩，咋还不见人来呢？牛铃说：我以为啥事的，紧天火炮地喊？！歪了头又回到前院，从房上把狗尿苔接下来。

狗尿苔从屋檐角往山墙头上溜的时候，又闻见了那种气味，就低了头往院子里看，看见了一条蛇从山墙根的石头缝里爬出来，又紧接着爬进另一个石头缝里。冬天里蛇都眠了，这条蛇还能让人看见，真是奇怪。狗尿苔并没有看见蛇头蛇尾，两个石头缝中间的蛇身是那种花红颜色，他就不再告诉他又闻到了那种气味，心里想：蛇在阴冷处修得了那么好的衣裳？

7

这个晚上，婆的耳朵开始往外流脓。年初婆的耳朵就流过脓，吹了些蛇蜕粉和冰散好了的，没想又犯了。脓从耳孔里流出来，拿棉花粘了，又塞了一疙瘩堵住，疼痛使婆并没有喊出声，她只是一口气一口气吸着，继续在灯下剪着树叶。狗尿苔当然想到了下午看见的红花蛇，他说：婆，要不要再寻些蛇蜕和冰散？婆说：不用。其实夜里到哪儿去寻呢？他就看着婆剪，婆剪的是一群动物。

在古炉村，牛铃老是稀罕着狗尿苔能听得懂动物和草木的言语，但牛铃哪里知道婆是最能懂得动物和草木的，婆只是从来不说，也不让他说。村里人以为婆是手巧，看着什么了就能逮住样子，他们压根没注意到，平日婆在村里，那些馋嘴的猫，卷着尾巴的或拖着尾巴的狗，生产队那些牛，开合家那只爱干净的奶羊，甚至河里的红花鱼、昂唨鱼，湿地上的蜗牛和蚯蚓，蝴蝶、蜻蜓以及瓢虫，就上下飞翻着前后簇拥着

48

她。这些动物草木之所以亲近着婆，全是要让婆逮它们的样子，再把它们剪下来的。狗尿苔见婆这个晚上剪了这么多的动物，是让这些动物撵走他夜里的噩梦吗，还是她不停地剪着就减缓了耳朵的疼痛？狗尿苔也就陪着婆，说：剪个猪。婆拿过一张树叶，剪刀一晃，一个猪头就先在树叶的左边出现了，那是送给了铁栓家的那头猪嘛。狗尿苔一看到是送给铁栓家的那头猪，心里就难受了，说：我要鸟，要窑神庙树上的那种鸟！婆就剪了个勾嘴长尾巴鸟。一片一片剪成的树叶铺在了炕上，像是她把红薯切成片儿晒在了麦苗地里。而隐隐地有了一种声音在什么地方响起，狗尿苔支棱着耳朵，说：婆，谁哭哩？

婆说：狼叫哩。

狗尿苔吓了一跳，说：是不是谁家的狗又装狼了？

婆说：是狼，狼进村了。

狗尿苔看见过后洼地经过的狼群，它们穿着朴素的皮毛，行走时低着头，似乎还一直微笑。但狼身上有一股煞气，任何人谈起来脸都变了，狗尿苔从窗缝里往外看，外边黑得像锅底，他的身上却起了一层鸡皮疙瘩。婆说：不怕，婆在呢。起身要出去关好院门。婆的腿或许是压麻了，起身时打了个趔趄，扶着炕沿说：把拐拐给我。婆是今年以来开始拄拐拐了，狗尿苔把拐拐递给了婆，心想，婆的腿又细又干，就如同两根木棍，人老了腿就慢慢地变成木质了吗？

婆关好了院门，就把狼声关在了远处，婆又剪了两只狮子，是村南口那个石狮子的模样，压在了枕头下，狗尿苔就睡着了。

第二天，老顺给人说，夜里他起来要尿，他家的尿桶坏了，他又嫌冷没在厕所，站在炕上想从山墙上安的那个小格子窗往外尿，却模模糊糊看见窗外不远处的大碾盘上坐着面鱼儿。他就低声叫：面鱼儿，恁冷的你坐在碾盘上，开石、锁子又惹你生气了？面鱼儿不动，他又说：狗日的，把他们拉扯大了就这样待见你？你到我家来，面鱼儿。面鱼儿站起来了，却不是面鱼儿，是狼，狼把尾巴扬了扬，慢腾腾地转身走了。村人便在窑神庙旁边的篱笆上发现一撮像荒草一样的毛，天布家的照壁下有了一疙瘩屎，白色的，里边有着鸡毛和碎骨头。狼是进村了，但村里没有失一头猪，也没有失一只鸡，相信狼只是饱着肚子路过罢了。

到了中午，狗尿苔提了半笼子土豆去泉里刮皮，又路过了铁栓家，想着了那半截尾巴猪，但铁栓脸黑着就站在院门口，看见了他没理会他。

狗尿苔说：叔，咱那猪，猪好着哩？

铁栓挑了一下眉毛，说：咱那猪？

狗尿苔说：狼没来叼吧？

铁栓突然凶起来，说：狼叼了你！

狗尿苔后悔话说急了，没说好。唉，如果说：那头猪到你家后乖呀不乖，昨夜里你知道狼进村了吗？铁栓能发脾气吗？他恨自己，想着以后需要他说话了一定要想妥了再说。到了泉里，杏开也正好在那里洗衣裳，杏开用草木灰祛垢甲，使劲搓着，又举了棒槌砸得嘭嘭响。狗尿苔不急，说：洗衣裳呀，我给你打个皂角。杏开说：不打！

泉在村东头的土堎下，堎上便是秃子金的家，直对着家门口长着一棵大皂角树，树上的皂角还没摘，一嘟噜一嘟噜吊着像吊着无数个蝙蝠。秃子金是逢着下河湾村的集市了摘一篮子皂角去卖的，他家没养鸡，给人夸说：养什么鸡，你们从鸡勾子里掏蛋换盐哩，我有皂角树呀！皂角树是秃子金的钱匣子，他把钱匣子看得紧，不允许任何人摘他家皂角，为这和田芽翻过脸，也和杏开吵过架。

狗尿苔拿眼睛往堎上看，想着扔上去一个土豆能打下一个皂角，或者有一个皂角正好就掉下来吧。杏开说：不要看！狗尿苔说：看都不许看？杏开说：志气些！狗尿苔就不看了，看杏开洗衣服。

杏开跪在那里搓衣裳，别的女人跪下来屁股都是三角形，只有杏开的屁股很圆，两个奶在衣服里好像憋得厉害，狗尿苔鼻子里一股香。狗尿苔说：你身上抹了啥香？怎好闻的。杏开说：自来香！狗尿苔就发现了她脖子上挂着一个小香包，他说：自来香？是霸槽给你的荷包！杏开手撩着水溅狗尿苔的眼，狗尿苔不言语了。杏开却又问：你看着我。狗尿苔说：眼里溅水啦。杏开说：把水擦了，看我！狗尿苔揉揉眼，说：脸上长了鼻子眼睛嘴么。杏开说：再看！狗尿苔说：我又不是镜子！杏开说：就要你当镜子！你看我眉毛是不是乱了？杏开的眉毛原先像抹了胶一样紧密的，中间呈现着一条线，现在毛都散开了，但眉形还是弯弯地向上扬，像蝴蝶的须。狗尿苔说：是散开的。杏开说：能看出来？狗尿苔说：散开了是咋回事？拐沿上有人说：散开了就是开处了！

杏开和狗尿苔都吓了一跳，仰头去看，皂角树下站着半香。

杏开脸涨红了，说：你胡说，胡说啥？

半香：那有啥呀，桃熟了就要摘的，我像你这般大都开怀了，给妹子一个皂角！

半香扔下来一个皂角，但杏开端起装衣裳的木盆就走了。还拉着狗尿苔走，狗尿苔只好也跟着走。走到巷里，狗尿苔说：啥是开处？杏开说：开你个头！扔下狗尿苔却不管了。

狗尿苔说：你把我拉走的你却走啦？提着土豆笼子，没趣地站在那里。两只鸡就缩着脖子跑，边跑边叽叽咕咕，一个说：做啥，做啥，撵我跑？！一个说：公社张书记又来下乡了，你不跑挨刀呀！狗尿苔回头往巷中看看，并没见支书陪着张书记到谁家去，张书记下乡是骑自行车的，也没有听见有什么铃声，但从西头走来了守灯，守灯好像胖了，背着个背笼。

狗尿苔说：守灯，你们换苞谷也不叫我？！

守灯不让狗尿苔翻动他背笼里的苞谷，说：离我远点，离我远点！

狗尿苔抓了一把苞谷，苞谷黄澄澄的像玛瑙，丢一颗在嘴里咬了，又把手里的扔到背笼，说：我又不抢你！

守灯说：你婆呢，婆呢？

狗尿苔说：甭找我婆！

守灯并没听狗尿苔的话，匆匆地往狗尿苔家，而狗尿苔钻进一个厕所去尿了。村里人嫌他，自家族里的杏开嫌他，甚至连这样一个守灯也嫌他，狗尿苔一肚子的不快活啊，他把一股子尿射出来，直戳戳地将茅坑里的一窝蛆壳子冲散。当从厕所里出来，巷道里已经有了许多人，议论着守灯是换苞谷时中了漆毒了。

八成去换了一次苞谷，竟然在南山的谢沟能一斤米换到了二斤苞谷，这诱惑了好多人，守灯就让八成二次进山，领他也去了趟谢沟。谢沟一面坡上尽是碗口粗的漆树，谢沟的人在那里割漆，拿刀在漆树上斜着拉口子，口子下插一个有槽儿的铁皮，让漆汁流下来，然后隔三天去收一次漆，那些树就浑身都是刀痕。守灯是第一次看到漆树，想起了自己的身世，就抱着树眼泪哗哗地流下来。也就是守灯抱着漆树哭了一场，漆汁粘在了他身上，他中漆毒。从谢沟回来的路上，脸上生出一层米粒大的红疙瘩，等回到村，脸肿成盆子，眼睛都眯成一条线了。

守灯寻着了婆，婆是能给人摆治病的，比如谁头疼脑热了就推额颅，用针挑眉心，谁肩疼了举不起手，就拔火罐，这些都不起作用了，就在清水碗里立筷子，驱鬼祛邪。守灯的脸肿成这样，婆说：这得用柏朵子燎。就在院门口喊狗尿苔，要狗尿苔去坟地里砍些柏朵来。

狗尿苔这才知道守灯不是胖了是中漆毒了，跑回家土豆皮一半还没刮完，当然惹得婆骂了几句，就拿了镰去中山根的坟地里去砍柏朵。他家的坟地里柏树高，砍不着，又到牛铃他大的坟上砍，那柏树上的一群鸟和天布他大坟上的一群鸟又在吵架。他说：吵髅呀？打架么，打么！但两群鸟却没有打架，反倒全飞过来把屎屙在他的身上。

狗尿苔用绳捆了一大堆柏朵拉着回来，婆、守灯，还有一伙人都在他家杜仲树下等着，就在那里点着了柏朵。湿柏朵冒起一股子黑烟往上长，狗尿苔从没见过黑烟能长得那么高，好像从地上到天上立了个柱子。旁边人说：让你点火哩，你煨烟熏蚊子呀？！狗尿苔又趴下去用嘴吹，火苗腾地燃起来，把他的眉毛燎了。婆让守灯绕着火堆转，左转三圈，右转三圈，再从火堆上往过跳，说：我咋说你咋说。守灯说：你咋说我咋说。婆说：你是七（漆）！守灯跳了一下，说：你是七（漆）！婆说：我是八！守灯又跳了一下，说：我是八！婆说：自个说！守灯就反复跳着说：你是七，我是八！

站在火堆边看热闹的有水皮，柏朵冒黑烟的时候，他连声咳嗽，口罩就在胸前第三颗纽扣那儿披着，他不戴，只露个口罩系儿。狗尿苔说：用上口罩了你不戴？动手去拽。水皮说：脏手！旁边人说：水皮的口罩从来是不戴的，学洛镇上的人哩，那是斯文！水皮窝了窝眼，他不愿意和这些人拌嘴，就走了。他是内八字，走路像猫一样。

　　水皮去的是支书家，支书不在，而支书那在洛镇农机站工作的儿子回来了，还带着他的对象。那对象也戴了个口罩，但口罩在衣领那儿半披半露，水皮便背过身时将自己的口罩从衣服里往外拉了拉。水皮说：支书爷呢？那儿子说他大陪公社张书记去天布家了。水皮又去了天布家，天布媳妇在厨房里烧火，烟熏得眼睛直流泪，没有注意到他，他也就不打招呼，而上房屋的炕上坐着，支书和张书记说话，天布就蹲在台阶下杀鸡。鸡的脖子已经被拔了毛，刀在脖子上割时，鸡翅膀却扇起来，打得天布脸疼，一松手，鸡跑了，跑在院墙上呱呱地哭。水皮刚要进上屋门，上屋门窗子伸出了支书的头，笑天布你杀不了个鸡！水皮就说：支书爷，支书爷，我给你反映个阶级斗争新动向！支书说：支书就是支书，爷就是爷，咋是支书爷？！张书记说：什么新动向？水皮就把守灯在跳火堆时当着许多贫下中农的面说你是七我是八的事说了一遍。张书记说：贫下中农的是七，地主的是八？支书说：你不是说谎吧？水皮说：我哪里说谎，他现在还跳着说哩。支书说：去把狗日的给我叫来！水皮应声要去，支书却说：让天布去，你来杀鸡。水皮说：我不敢杀。支书说：杀去！

　　水皮嘴里咕咕地唤鸡，鸡偏不下墙头。他从屋里抓了些苞谷逗引鸡，鸡就下来了。他一下子扑过去按住，把鸡的两个翅膀往后一提，鸡就不动弹了。鸡看着他，他看着鸡，人眼和鸡眼就对着看了很久。支书就说：你拿过来，拿过来！水皮把鸡给了支书，支书就站在窗里的炕上，对着鸡头，扬手啪啪地扇了两下，鸡眼睛一闭就昏过去了。水皮说：这下我能杀了，让我杀！他把鸡又拿过来，用手就扭，鸡头扭下来了，鸡身子掉在地上。没了头的鸡竟然还能跑，弹着步子跑到了梨树下，碰了一下，倒地死了。

张书记：你小伙叫啥？

水皮说：我叫水皮。

支书说：去吧，去吧，没你的事啦。

水皮就走了，走到院门口，回头还要看看张书记，但窗子已经关了，没看上。

不久，天布就回来了，他告诉支书和张书记，巷子里已没了人，是烧了堆柏朵火，他问了看见跳火堆的人都说是说了那话，可那话是驱漆毒的老话，没啥事。支书就对张书记说：我说么，古炉村会有啥事，狗日的水皮嘴里没个实话。然后给天布说：你去炖鸡吧，如果鸡肚子里有软蛋，一定给张书记单另炒一盘。张书记说：一块吃，一块吃。

其实，天布赶到杜仲树下，守灯还在那里跳着火，天布上去就把火踏灭了。婆问咋回事，天布说了水皮汇报的话，婆哦哦着转身就走，众人也哄地散了。但守灯没走，他还站在那里等水皮。

水皮并没有再去杜仲树下，他回到了家里，他娘让帮着拽展洗过的被单，一人拉着一头，一松一紧，被单子嘭嘭地响。他娘说：甭太用劲。水皮说：我见着公社张书记了。他娘说：你见到张书记啦？水皮说：张书记耳朵四指长哩。他娘说：当官的都是长耳朵。近来看水皮的耳朵，用手往长里拉了拉。狗尿苔和牛铃抱着未烧完的柏朵过来，刚要说话，守灯也走来了。

水皮娘说：哎呀，守灯，脸胖成这样？

守灯说：吃的来。

水皮娘说：吃啥了？

守灯说：吃气啦！

水皮说：他是中了漆毒了。

守灯给水皮勾手，水皮就走过去，守灯突然一下子抱住了水皮，把自己的脸在水皮的脸上蹭。水皮挣扎，但挣扎不开。守灯的脸在水皮的左脸上蹭了右脸上又蹭，然后一推手，水皮坐在了地上。水皮娘就骂守灯：你中了漆毒了还让水皮也中，你狗日的咋这瞎呢？守灯说：我是阶级敌人我不瞎？！水皮从地上爬起来，但他没有守灯个子高，他不敢动手，跑回屋里拿镜子看脸。水皮娘扑近去抓守灯的头发，一抓一把，像撕下来的草，守灯也要扯水皮娘的脸，已经扯上了，脸皮拉得很长，但脸皮没揭下来。狗尿苔和牛铃赶紧拉架，他们抱住了水皮娘，守灯就走了。水皮娘说：有这种拉架的吗，你们抱住我为啥不抱住他？狗尿苔说：队里来验尿水，验到你家了。

狗尿苔和牛铃过来时，是看见满盆、灶火几个人在挨家挨户验尿水，顺口说了，没想满盆他们竟也正好来了。

各家尿窖子里的尿水，生产队定期要验等级，一等的一担折合二分工，二等的一担折合一分工，三等的一担折合半分工。验过了就派人来担去搅和从各家收缴的猪圈粪。满盆和灶火他们一来，水皮娘不闹了，端着烟匣子让满盆、灶火吃，并催着狗尿苔：拿火绳呀，你那火绳呢？！

狗尿苔的腰里是缠着一条火绳，取出来了，又从棉袄里边的口袋里摸出一个火柴盒，火柴盒里仅有三根火柴，又舍不得用，让水皮娘用她家的火柴来点。水皮娘说：你火柴有哩么。狗尿苔就取出一根，为了能保险划着，将火柴棒塞进耳朵里暖暖，然后在磷片上猛地一擦，一朵小小的火花就开了。他引燃了火绳。但是，满盆和灶火没有吃水皮家的烟，他们用棍子搅动着尿窖子，看尿水的颜色，闻尿水的气味，末了，没有验上水皮家的尿水。水皮娘翻脸了，说：这是为啥？满盆说：你在尿窖子里加水太多。水皮娘说：验不上一等还验不上二等？满盆说：二等也验不上！

他们一拌嘴，狗尿苔不便插话，他看见水皮家的窗台上有一团干苞谷缨子，就过去拿了。水皮娘一回头，叫道：你干啥？狗尿苔说：你没用么，我拿着引火绳呀。水皮娘说：没用那也是我的，放好！狗尿苔乖乖把苞谷缨子又放下。水皮娘再和满盆纠缠，满盆说：你拍着心口说，加水了没？水皮娘说：谁家尿窖子里是干屎稠尿呀？我加了，把刷锅水倒在了里边。满盆说：你一次刷锅用几担水，尿水就这么清？水皮娘说：

人吃的啥喝的啥，尿水能不清？！满盆不和她说了，对灶火说：走！

狗尿苔已经把火绳捏灭了，又帮着把验尿的长把尿勺拿了走。

水皮娘一把将狗尿苔推开，说：你掺和啥？

狗尿苔说：你在尿窖子里掺水！

水皮娘说：我掺水你看见了？

狗尿苔说：我就是看见了，昨晚上你担水往尿窖子里倒哩，倒了六七担。

水皮娘说：你看见算个屁，你有证据？

狗尿苔噎住了，却说：墙头上站着葫芦家的猫哩，不信问猫去！

狗尿苔说猫也看见，连满盆都笑了，灶火一拨胳膊，说：去去去，哪儿有太阳到哪儿晒暖暖去！他们就顺着巷子走了。水皮娘气得吭哧吭哧站在那儿，勾了指头，说：狗尿苔，你过来，过来！狗尿苔知道水皮娘要拿他出气了，就往水皮娘面前走，走到面前三尺远了，却哧溜一声拐脚就跑，一下子跑到三道巷口的老榆树下。

狗尿苔跑起来胳膊腿短，摇得生欢，就像一只蜜蜂嗡嗡地扇翅膀，却飞得不快。但他觉得胳膊腿那么摆动着，如果是在水里，水会起着浪花，这空气应该像水一样吧，是看不见的水，那么就会起风，风要把老榆树的叶子摇起来。可是，老榆树的叶子没有摇。没风，用手扇了扇，还是没风，一只旱蜗牛悄悄地在旁边的墙上爬。巷子的上空被榆树枝子交叉错落地罩着，太阳裂了缝，好像要散开呀。狗尿苔才想着要骂一骂水皮娘，他知道一骂，三道巷的家家院墙都是破瓦盆废匣钵砌的，那回声就特别大，使很多人在他们家里也能听到水皮娘在尿窖子里加水的事，而谁家又没有在尿窖子里或多或少地加水呢？他突然觉得没意思，不骂了，只努了个屁出来。

8

守灯的漆毒在三天后开始消肿，水皮却被传染了，虽然没守灯那么

56

严重，整个脸都是米粒大的红疙瘩，像猴的屁股。水皮娘还得请婆来燃柏朵，教着水皮跳火堆。跳火堆是在水皮家里，狗尿苔也去了。狗尿苔是故意要去的，但水皮娘把婆领进屋后，水皮却把狗尿苔挡在院门口。狗尿苔说：我不是来看你中了漆毒，我是要你教我写字呀，还不让进？水皮说：你太笨，不教啦！狗尿苔说：我不笨。水皮说：那我问你，会不会造句？狗尿苔说：啥是造句？水皮说：我说一个词，要把这个词用进去，比如，爱戴，我就造句为：我爱戴毛主席！你造一个。狗尿苔说：我也爱戴毛主席！水皮说：你是啥出身，你没资格爱戴毛主席，重造！狗尿苔的头耷拉了，但他不愿走，他要造句子，就说：爱戴？我就不爱戴帽子。水皮愣了一下，狗尿苔说：我造成了？水皮娘在上房屋喊水皮快来跳火堆，水皮：你造的屁句子！呼地把院门关了。

狗尿苔造不了句子这是必然的，但别人可以爱戴毛主席，而他却没资格爱戴毛主席，这对狗尿苔的打击大了。他原本要来看水皮的笑话的，却让水皮羞辱了他呀！离开了水皮家院门口，狗尿苔再不愿意见到人，连牛铃也不愿意见，缩头缩脑去了村东头的碾盘。碾盘子冷得像冰块，冰就冰吧，把屁股冰死去！

从碾盘上能看到村子南的河滩地，河滩地里麦苗还没有起身，却也没有一处裸土，残雪就这儿一堆那儿一堆，有人在那里叫喊，有狗突然地冲到一个雪堆上，雪堆起了一层雾，狗汪汪地咬起来。

狗尿苔激灵地挺直了身子，认得那人是霸槽，狗是白毛狗，老顺从他家院门口出来，说：还真有野兔了？！狗尿苔说：狗撵兔了？老顺说：你没去呀？狗尿苔说：霸槽咋把你家狗吆去了？老顺说：把他的，所有的狗都爱跟霸槽么！

已经是好几个冬季了，霸槽都会在河滩地里吆狗撵兔，那兔也似乎故意似的，要在约会，总出现在河滩地里。这个中午，霸槽就发现了河滩地里又有了一只兔子，兔子很大，皮毛发红，像狐狸一样。以前撵兔都是顺便吆喝一只狗就是了，这回带了老顺家的白毛狗，他想得到那张兔皮，红色的兔皮可以给杏开做一条围巾。霸槽和白毛狗撵了一会，却总撵不上，撵不上就撵不上吧，可兔子跑得无踪无影了又会突然出现在远处，还身子直立了前爪摆动，如在招手。霸槽生气了，白毛狗也生气了，就汪汪汪吼了三声，村里十几条狗都跑了来，河滩地里就像摆下了戏台上演的天门阵。兔子在前边跑，兔子的身后是四条狗在撵，兔子转身快，跑着跑着突然拐弯往南跑，后边的狗却还往西撵，全扑倒在地上。但南头就冲过来一两条狗，挡住去路，兔子又往东跑，东头也冲过来两三条，兔子再往北跑。所有的方位都有着狗，兔子总能从狗与狗之间的空隙里跑出去。

狗尿苔在碾盘上坐不住了，他系紧了鞋带，要往河滩地跑，老顺就叮咛：你告诉他霸槽，让白毛狗去撵兔，撵上兔了要给我分肉哩！但是，狗尿苔没有想到的是，他去了河滩地，狗撵兔却结束了，狗没撵上兔，兔最后跑上了屹岬岭。

霸槽在大骂着白毛狗，白毛狗就汪汪地叫，又骂别的狗，别的狗就默不作声，被骂得各自散去。

霸槽到小木屋里喝冷水，喝得喉咙咕嘟咕嘟响，狗尿苔说：冷水不敢喝，你吃烟不？霸槽不喝冷水了，拿眼睛看着狗尿苔，没有说要吃烟的话。白毛狗却悄无声息又站在了门口，它一直是尾巴像鸡毛掸子一样竖在屁股上的，现在尾巴软下去，夹在了屁股缝里，它说：我能进来吗，能让我进去吗？狗尿苔可怜了白毛狗，他说：进来。白毛狗就进来了，卧在狗尿苔的身边，它一卧下长长的白毛堆得像棉花，眼却朝着霸槽看。

狗尿苔说：开头不要死撵，围住了逗着兔跑，让兔跑乏了再撵。

霸槽说：你给谁说话？

狗尿苔说：我给狗说的。

霸槽说：是给我上课呀？你这碎骸！我不知道咋撵兔？！

狗尿苔嘿嘿地笑着，他又埋怨起了狗，说：穿这么厚的棉袄，你能跑动？！

霸槽突然说：过来过来！

他叫着白毛狗，白毛狗就走过去，他竟拿起剪刀给白毛狗剪起毛来。白毛狗身上的毛有一拃长，他剪了，白毛狗脑袋上的毛长得从耳朵前耷拉下来，他也剪了，毛落在地上一片白。白毛狗原来并不肥，只是骨架大，一下子模样变了，是一条丑狗。狗尿苔有些吃惊，说：这是人家的狗你剪？！霸槽说：它毛是太长了。狗尿苔说：它就凭这一身毛当狗王哩。霸槽说：我就想看看它没长毛了是啥样子。就对白毛狗说：好着哩，好着哩！白毛狗在地上翻了个跟斗，跑出门，在公路上撒欢，它的尾巴又竖在了屁股上了，但不再是鸡毛掸子了，是一根棍。

别人家的狗毛说剪就剪了，在霸槽的眼里，或许这是玩么，如同在护院结婚的那天，田芽给护院他大脸上抹锅墨，抹得像包公，如同在生产队地里干活，半香戴花她们几个妇女一嘀咕，突然压倒了迷糊，还解开裤带把他的头塞进去。可狗尿苔玩不起，他一玩可能就有阶级斗争的问题了。狗尿苔看着屁股上竖了一根棍的狗在撒欢，他听到了屋后的州河里，昂嗤鱼在自呼了名字后却发出了吱儿嘎的叫声，仔细再听，昂嗤鱼在说：你快离！你快离！狗尿苔说我回家呀，就要离开小木屋。但是，霸槽把狗毛塞进一个口袋里，要捎给杏开，霸槽说：做个小垫子。

狗尿苔只好提了口袋进了村。到了杏开家，杏开家的院门锁着，他就把口袋往门环上挂，还没挂好，身后有人说：挂啥哩？狗尿苔转过身，守灯在给他笑哩。守灯以前患过面瘫，贴了膏药后，嘴还是有点歪，一笑起来越发歪得明显。狗尿苔虽然从来都不怎么喜欢守灯，但他今天觉得守灯笑得并不难看。守灯说：口袋里装的啥毛？狗尿苔说：你管是啥毛？！守灯却从怀里掏出个瓷瓶，是件老货，要给狗尿苔。狗尿苔说：给我？守灯说：我感激你么，知道你打碎了油瓶。狗尿苔说：你该不是拿窑上的吧？守灯说：窑上哪能烧了这瓶子？是我家的。狗尿苔想说说像咱们这样的人能不能爱戴毛主席的话，又不想说了，守灯是个扫帚星托生的，他才不愿意让人看见他和守灯在一起亲热。他说：我收啦，你忙去吧。

这只瓷瓶没有了油装，但还是挂在了墙上的新木橛子上。

当天晚上，狗尿苔做了一个梦，梦里他是坐在窑神庙旁边的那一片树下，树是榆树、柿树、药树、银杏、松和桐树，它们或相依相偎，这一棵斜了身子拉扯着另外三棵，或一棵树从根长出两枝，两枝像仇人一样拱腰相背，或老柳已经老得心都空了，空心里落满了土却又长出一棵铁姜树，满身是刺。他就听见三棵桐树中的那棵最粗的在说：我要走呀。这三棵桐树都得了病，每一枝条上差不多都增生了茸毛，一团一团的，像结着的鸟巢。粗树说完，所有的树没了声响，发黄的发红的树叶子开始脱落，先是一片一片的，后来就纷纷而下。他想捡些红色的叶子拿回去让婆剪花儿，这些落叶竟然把他都埋没了。猛地醒了睁开眼，盖在被子上的棉袄棉裤拥过来捂住了他的头，使他出不出气来，而天已经大亮了。狗尿苔还在梦境里，懵懵懂懂，喊：婆哎，婆！他要问婆是不是他捡回来了许多树叶。婆没在炕上，婆在上房门槛上坐着梳头，说：睁开眼就喊，喊魂呀？狗尿苔说：我给你捡了一夜树叶子哩。婆说：看把你累的！狗尿苔这才完全清醒了，要给婆说他的梦，有人就紧急敲门。

门这么紧急敲，狗尿苔忽地坐起来，小声说：婆，要给你开会呀？！婆也从门槛上回来，说：你不要出声，我去开门。婆的头还没有梳好，在手里唾了唾沫抹在那一撮乍起的头发上。

狗尿苔惊恐得屏住气，听见婆开了门，然后叽叽咕咕和人说话，一会婆回来，脸色大变。狗尿苔说：是开会呀？婆说：不是，是铁栓。狗尿苔松了一口气，说：那他把门敲得恁急！婆说：马勺他妈老了。狗尿苔说：死了？马勺他妈害心口疼，长年脸是青色，但只是青色脸，怎么就死了？婆说铁栓和土根去山根砍树去呀，来通知她去马勺家帮忙哩。狗尿苔说：是不是要砍那棵粗桐树做棺材呀？婆说：你咋知道？狗尿苔说：我做了个梦。他开始穿衣服。婆说：梦？你就不做个好梦！外边冷，再睡一会，起来了把院墙头上的干红薯萝卜取下来给猪揉些糠。婆拢好了头发要出门了，又问家里有枚铜钱放在哪儿了，人一老嘴里要噙枚铜钱的。狗尿苔说：咱的钱让她噙？婆说：铜钱你有用啊？！狗尿苔说：那在后窗台上。婆去取铜钱，突然说：啊姊妹，你咋说走就走了，

60

你比我小得多呀，你就走了？！

马勺他妈一死，古炉村的人家，不论是姓朱的、姓夜的，还有那些杂姓，都胳膊下夹一刀麻纸去马勺家祭奠，并忙活着去料理丧事。婆已经在马勺家待了大半天，她懂得灵桌上应该摆什么，比如献祭的大馄饨馍，要蒸得虚腾腾又不能开裂口子，献祭的面片不能放盐醋葱蒜，献祭的面果子是做成菊花形在油锅里不能炸得太焦。比如怎样给亡人洗身子、梳头、化妆、穿老衣，老衣是单的棉的穿七件呢还是五件，是老衣的所有扣门都扣上呢，还是只扣第三颗扣门。这些老规程能懂得的人不多，而且婆年龄大了，得传授给年轻人，田芽就给婆做下手，婆一边做一边给田芽讲。

婆不在家，狗尿苔把干红薯萝卜从院墙头上取下来，在笸篮里揉了几筛子糠，到了中午，去了马勺家一趟。原想能赶上一顿好饭吃，但马勺家日子也恓惶，只借了开合家八十斤稻子去碾米，准备着出殡那日做米饭招呼村人，而老人停放的这几天只给来帮忙的人吃苞谷糁糊汤。狗尿苔看见那棵粗桐树已经被人砍了回来，冯有粮、铁栓，还有土根和牛路在轮换着锯板。湿木头锯起来还流水，水浸在地上把冯有粮滑了个趔趄，就喊着狗尿苔铲些土来垫地。狗尿苔提了笼子到院门外铲土，半香和戴花在那里刮土豆皮，半香的棉裤短，一圪蹴光腿脖子就露出来，上边爬着一条红蚯蚓。狗尿苔走近看了，不是红蚯蚓，是血，说：你腿也流血哩？半香一看，哎哟一声就用手捂住了，戴花说：你鬼哟，咋不夹些棉套子，快去厕所收拾去！半香就往厕所跑，狗尿苔不知道是怎么回事，还看着半香。戴花说：你看啥哩？！狗尿苔说：秃子金打她啦？戴花说：啊，打了。你说也流血了，谁还流血了？狗尿苔说：桐树流血哩。戴花说：桐树流血哩？狗尿苔说：你去看么，锯出来的水颜色红红的。戴花就高声问院里解板的牛路：牛路，树锯开流水了吗？牛路说：流水哩，冬天的树么狗日的流这么多水！戴花说：颜色是红的？牛路说：又不是流血哩咋能是红的？戴花就小声说：狗尿苔，别胡说！你害红眼了？狗尿苔铲了土去垫锯板的地上，地上的水明明还是红的嘛，就不再说话，觉得自己可能是害了红眼。他没事了，坐到了山墙下，那里长着一棵香椿，香椿碗口粗的，通体微红，怎么又是微红呢？天布的媳妇也往山墙后的厕所去，他说：这香椿是不是红的？天布的媳妇说：红的。咋啦？狗尿苔说：哦。没咋。天布的媳妇说：神经病！狗尿苔心想：这香椿将来要跟着马勺走吗？这古炉村这么多树，都要一棵树跟着一个人走吗？上房台阶上铺着一张芦席，三婶和面鱼儿老婆在给马勺他妈缝入殓用的被子和褥子，三婶一根针用完了，再拿线穿针穿不过去，给狗尿苔：你坐在那里发啥呆哩，来穿个针。狗尿苔过去穿针，三婶给面鱼儿老婆说：人咋这脆呀，马勺说他妈昨晚上还好好的，原本要蒸些红薯吃，他妈说，蒸啥呀，能省一顿是一顿，明日吃。今早上他起来，去他妈的卧屋里要倒尿盆子，他妈炕上的被子一半掉在炕下。他还说，妈，妈，你咋把被子不盖好？过去一看，他妈硬硬地在炕上，人已经没气了。唉，她到底没吃上那一顿蒸红薯。狗尿苔说：她一定以为她是瞌睡的，还在瞌睡着，瞌睡醒来了要吃蒸红薯哩。三婶说：你知道个屁，人死了咋就是还瞌睡着？！狗尿苔说：我睡觉时只知道我要睡呀就不知道是啥时候睡着了的。三婶和面鱼儿老婆不理睬狗尿苔，面鱼儿老婆说：死了也好，不受罪了，哎哟！她叫了一声，是针把手戳了，忙把指头塞在嘴里吮着，眼睛盯着三婶。三婶说：她哪里想死，你说她了，她不爱听。面鱼儿老婆脸唰地白了，嘟囔说：我是说人都要死的，老姊妹死得安详那就是积了德了，唉，老姊妹，我哪里舍得你死！三婶说：你走了就放心走吧，不用操心马勺，马勺要当劳模呀，这次分救济粮，支书说要给马勺分头份。狗尿苔说：马勺要当劳模了？要给马勺分头份救济粮？三婶说：我哄鬼么。狗尿苔还要说话，满盆喊叫着他把火绳送到坟地去，灶火护院他们在那里给马勺他妈拱墓要吃烟哩。

　　狗尿苔从坟地里回来，马勺家吃午饭了，帮活的人都端了碗在院子里站着圪蹴着吃。苞谷糁糊汤不稀不稠，又煮了黄豆，人人都说煮了黄豆就是好吃，喝糊汤的呼噜声和嚼黄豆的咂吧声就响成一片。狗尿苔

架上的男女

到厨房去，舀饭的是天布的媳妇，她给别人都盛过了，就是不给他盛。狗尿苔说：我肚饥了。天布媳妇说：你没帮活，你吃什么饭？狗尿苔说：我给坟地里送的火绳！天布媳妇给狗尿苔开始盛饭，狗尿苔一眼一眼看着，说：你把勺摇一摇，多给我些豆子。天布媳妇说：我下锅给你捞啊？！随便盛了一碗，往锅台上一放，说：吃去！

狗尿苔看着碗，碗里没有一颗黄豆，他不吃，委屈得呼哧呼哧吸鼻子。天布媳妇还说：咋啦，白吃饭还嫌有豆没豆？狗尿苔忽地把筷子摔在了锅台上，一根筷子又弹起来掉在了锅里，天布媳妇说：哎，哎，你这碎臊，给我发凶，你敢给支书发凶去？！

院门口有人在说：老顺，你咋没去帮忙？老顺说：我害病哩。又有人说：害病哩还来吃饭？老顺说：我来寻狗尿苔，在不？狗尿苔正气着，说：寻我干啥？！老顺就堵在厨房门口，粗气吼道：你把我家狗的毛剪了？狗尿苔一下子蔫了，说：不是我剪的。老顺说：不是你剪的？守灯看见你拿了狗毛，不是你剪的？！老顺扑过来抓狗尿苔，狗尿苔头上没头发，抓住了耳朵，狗尿苔叽里哇啦叫。旁边人忙起身劝，问老顺：你啥事吗，啥事吗？老顺就给大家说他家的白毛狗多好的一身毛，就让狗尿苔把毛剪了，狗回到家，它不知道它成了什么样子，刚好他媳妇对镜梳头，狗跑到镜前看见了它，噢地就晕了，倒在地上。这已经一天一夜了，狗再不吃喝，害怕着到镜子前去，又忍不住过会儿到镜前去照，一照就又晕了。他媳妇把镜子放在了柜盖上，只说狗寻不到镜了，可刚才狗又爬上柜盖去照，一头就从柜盖上栽了下来。老顺这么一讲，院子里的人都笑，说你家狗这么爱体面？老顺说：我家的狗是一般的狗吗？它是古炉村的狗王，这还让它活呀不活？！他说着气又上来，拧狗尿苔的耳朵，狗尿苔的耳朵快要被拧下来了。

婆在上房的灵堂后给马勺他妈穿老衣，按规程老了人得穿五件或七件，但马勺说他没准备这么多，就穿三件吧。婆说三件合适不合适，马勺说吃饭穿衣看家当，有啥不合适的？正商量着，听说院子里老顺打骂狗尿苔，婆就跑出上房，见老顺把狗尿苔耳朵扯得那么长，就一下子扑过来抱过了狗尿苔，说：老顺老顺，你手重，咋回事么？老顺说：他剪了我家狗毛！婆拉过狗尿苔啪啪扇了两个耳光，说：你剪狗毛啦？狗尿苔说：是……婆又扇了耳光，说：你剪了？狗尿苔：我没剪。婆说：你没剪你就说你没剪，你给你老顺叔说你没剪么。婆又给老顺说：真的不是他剪的。老顺说：不是他那还有谁？田芽端着碗去院门口，看见支书和他老婆从巷口过来，忙进院说：老顺，猪厕的狗厕的都是狗尿苔厕的？不就是剪了个狗毛么，谁是把你家狗杀的吃了？支书来啦，你这么嚷嚷着让支书听到了又该上纲上线，认定是狗尿苔破坏呀？！话刚毕，支书进了院，说：说啥的，声这大？田芽说：让老顺吃饭哩，他不吃又要去坟地里拱墓呀，大家都夸老顺是个好党员！支书说：老顺还没入党。老顺说：我想入党，党不让入么。支书说：还要再努力么。老顺说：努力努力。支书就纠正着田芽，说没有入党就不能说是党员，党员都是表现好的，但表现好的不一定都是党员。老顺趁机出了门。

婆撵出来，小声给老顺说：你不吃饭呀？老顺说：我还咋吃？婆说：那让娃跟你去，他爱惦狗，让他给狗说说话，说不定狗就又欢实了。老顺没吭声，婆给狗尿苔示眼儿，狗尿苔说：老顺叔，叔。就跟着老顺走了。

9

在老顺家，白毛狗果然不吃不喝，趴在地上没精打采，一见狗尿苔，却突然汪汪地咬。老顺说：瞧瞧，它给你发火哩！狗尿苔说：我没剪你毛呀，你是不是给我说委屈呀？白毛狗不咬了，呜呜呜地叫。狗尿苔说：我知道你受不了，你起来，你起来走走，让我看看。噢，剪了毛是剪了毛的漂亮么！谁说不漂亮，漂亮呀！白毛狗只走了几步，又趴在了地上。老顺说：丑就丑吧，冬天过去毛不就又长起来了？起来，起来！它不起来。老顺要把它往院门外赶，它还不出去，气得老顺踢了一脚，它起来了却钻到柴草屋去了。狗尿苔说：咱都要说它漂亮哩，说得多了它就以为漂亮哩。自个也去了柴草屋，叽叽咕咕又给狗说什么，老顺愁得圪蹴在树底下吃烟。才吃了一锅，白毛狗便从柴草屋出来了，而且站到了院门口，大声叫喊，震得满巷子嗡嗡响。

待狗尿苔也从柴草屋里出来了，老顺疑惑地说：你进去说了些啥，它好了？狗尿苔说：我好说歹劝它不听，我就骂它，说你真是个吃屎的狗！我出身不好，而且一辈子都会出身不好，我还不是在活着？你没有个毛，就痛苦得要死呀？！你去死吧，死了你世上还有狗，古炉村还是有狗王哩！它就好了。老顺就笑了，说：这贱骨头，吃硬不吃软哩。这几天你就把它带上，再调教调教。你碎䐗怕就是狗托生的吧，还真能给狗说上话。狗尿苔说：不是我是狗托生的，是狗都是人托生的。狗尿苔把白毛狗叫过来摸它的头，它就伸出舌头舔狗尿苔的脚，狗尿苔却说：你让我带狗哩，我肚子还饥着哩。老顺说：咦，你碎䐗还给我摆亏欠呀？给你三个蒸红薯。狗尿苔说：你还拧我耳朵哩！还有啥好吃的？老顺说：还有炒面。

狗尿苔不想吃炒面，领着狗走了，一边走一边吃着红薯，路过天布家照壁前，想着天布的媳妇没让他吃成饭，气又上来，就给白毛狗说：咬她家的鸡！一群鸡正在那里寻食，白毛狗就忽地扑上去，噙住了一只鸡。狗尿苔忙又打狗，狗把鸡放下了，落了几根鸡毛，狗尿苔说：让你咬，你就往死里咬呀？！咱到牛铃家去，去了乖乖的。

牛铃在家，正蹲在捶布石往院墙角看，见狗尿苔进来，嘘了一声，不让说话。狗尿苔偏说：干啥哩？牛铃说：不让你说话，你一说话，老鼠跑啦！狗尿苔说：老鼠不跑，你还养呀？牛铃说：你不知道了吧，家里有老鼠就是证明家富裕哩。我是养了一窝老鼠，专偷天布家的粮，我在老鼠窝里刨过半升麦哩。狗尿苔说：偷他一斗麦才好！但两人正说着，白毛狗猛地扑过去，一只老鼠影子一般窜过，钻进了牛铃家的上房门里。牛铃拿了扫帚就打白毛狗，说：真是狗逮老鼠管闲事！老顺家的狗咋变得这难看的？

狗尿苔说：不要说它难看！

牛铃说：别人骂不成，还骂不成狗？

狗尿苔：老顺让我经管几天狗哩，骂它就是骂我。

牛铃说：哦，你们是兄弟。

西边是摆子家，摆子在窑场烧瓷货，回来了半天，在门前的槐树上砍枝股。站在树上能看到前边葫芦家的厕所，葫芦的媳妇正蹲在那里，屁股像个大白石头，就把斧头挂在枝柯上，想着世事就是不公平，葫芦的媳妇能孝顺婆婆的，人还长得那么好，就多看了一眼，盼女人尿个长江，一直都蹲着。这时候善人从树下过，善人说：摆子，不烧窑啦？摆子说：烧哩。回过神来，忙说：我请了假，砍些树股子搭鸡棚呀。善人说：听说你和明堂吵架啦，一块烧窑都是缘分，有啥吵的？摆子说：日他妈！善人说：明堂说话占地方，其实心不坏，他不是欺负你。摆子说：谁欺负我？我拿砖拍死他！善人说：使强用狠了不好，性子要坦哩，摆子！我过呀，你小心砍下来的树股砸着我。摆子说：我不砍了，你过。善人刚抬脚走了两步，偏不偏挂在树柯上的斧头掉下来，擦着善人的后背落在地上。

摆子赶忙溜下树，忙看伤了善人没有。没伤。他坐在地上说：吓死我了，吓死我了！善人一声不响，然后说：让我擦擦汗，我一头冷水。摆子忙作揖赔不是，善人说：我真命大！差一点送掉了老命。往后我有好事啦，这不是"福（斧）自天来"吗？就笑了。摆子一见善人在笑，他也开始笑，说：你真个好人，啥事都往好处想。善人说：找好处开天堂路么。摆子就把烟锅递上来，却没火，看见狗尿苔和牛铃从牛铃家院门出来，就喊着火绳火绳。狗尿苔把火绳拿了去，说：我名字是火绳呀？！

摆子百般殷勤，在问善人你到哪儿去了，善人说给护院的媳妇说病去的。狗尿苔说，你又去说病了？马勺他妈病了你咋没说好，人早上都死了。摆子说：去去去，病是病，命是命，命到了天王老子也治不好。你说护院的媳妇病了，病的还重？善人说：是重，生了疮痨。摆子说：她不孝顺公婆，不病谁病？善人说：她是不满意婆婆和

68

护院，才有的病。我给她说，婆婆和丈夫都是你的天，你不满意他们，就是伤了天。你要知道，婆婆好管闲事，是盼望你们好，怎可厌烦呢？说到这里，她点点头，我知道她的意回来了，我就又说，你看世上没一个好人，你才生上这疮痨的，你要对天自责哩。她问怎么个自责，我告诉她，对天说你的不是，说你怎么不体贴丈夫，这古炉村里，就数护院一年四季没穿过干净衣裳，那挽起裤子，膝盖上那么厚一层垢甲。她说她让护院洗哩，护院说那里是富垢甲，一洗就不富了。我说，那现在你家富了？别人家有盐吃哩，你家一个月吃淡饭了。她说这你咋也知道，我说我当然知道，护院见人诉苦哩，说这光景是过媳妇的，逢不上个好媳妇日子就烂了。她说，他还有脸诉苦呀，我做媳妇的，哪一晚上没尽我的责，可他当丈夫每天给我拿回家了啥？一年到头，问他给我买个一尺鞋面布没？！摆子说：有老虎肉哩。狗尿苔说：老虎肉，现在哪有老虎？摆子说：母老虎么！怪了，咱古炉村的女人咋都是母老虎呀！善人也逗笑了，说：我就训她，我是来给你说病的，我说一句你倒说两句！她说那你说。我说你不体贴丈夫，还不照顾婆婆，你早上给婆婆倒过尿盆没，婆婆病了你端吃端喝没，每一顿吃饭都嘴噘脸吊，指桑骂槐，气得你婆婆饭进了肚不克化，害上打嗝咯噜病。她又急了，要和我辩，我说，你听我说，你想病好就听我说。她不再说了，我说，你对天说你的不是，说你怎么不体贴丈夫，怎么不照顾婆婆，说得越细越好，然后夜里出去仰天大笑，把阴气放出去，阴气就不克你了。摆子说：我就见不得不孝顺的人！他护院让我帮他改灶，我不去，葫芦两口子叫我去帮忙，天上下刀子我都去哩。

善人说：这就对，社会就凭一个孝道作基本哩。不孝父母，敬神无益；存心不善，风水无益；不惜元气，医药无益；时运不济，妄求无益。一个人孝顺他的老人，他并没孝顺别人的老人，但别人却敬重他；一个人给他的老人恶声败气，他并没恶声败气别人的老人，但别人却唾弃他。伦常中人，互爱互敬，各尽其道，全是属于自动的，简单地说，道是尽的，不是要的。父母尽慈，子女尽孝，兄弟姐妹尽悌，全是属于自动的，才叫尽道。

善人一讲这些，狗尿苔就听不懂了，也不愿意听了，他戳了下牛铃的胳肘窝，牛铃又戳了一下他的胳肘窝，两人就扮着鬼脸戏闹。摆子还在说：人长得丑了，应该心好才是，也算是补补。可有些人长得好，心也好，护院的媳妇歪瓜裂枣的却整天寻是生非。善人说：这和盖房一样么，房子盖得端正了就漂亮，漂亮的房子向阳通风，也结实。房子盖得七扭八歪的不结实还潮湿阴暗。摆子说：你瞧瞧这狗尿苔！狗尿苔说：我咋啦，不就是出身不好么，你家也是上中农，好不了多少！摆子说：我可没说你出身不好，你倒自己在乎哩。我是说你长成这样子不容易啊！狗尿苔生气了，说：我就难看了，专门让你难看！他踢了一下白毛狗，白毛狗立即汪汪叫，吵得善人和摆子说不成了话。摆子说：听善人讲道理，不听了你们滚远！狗尿苔说：你拿着我的火绳哩！摆子又点了一锅烟，把火绳扔得远远的。

狗尿苔拾了火绳，把火捻灭，又缠在了腰里，两人出了巷子，狗尿苔说：他说我在乎，我在乎啦？牛铃说：你是在乎。狗尿苔说：我不在乎，我才不在乎！牛铃说：不在乎了好。却有一只苍蝇叼了一粒米往前飞，他们同时都看见了。

这只苍蝇叼着米一高一低往前飞，站在石头上还有一只苍蝇在洗脸，说：呀，这么大的米！那只苍蝇就落在墙头瓦上，放下米，说：迷糊蒸米饭啦！石头上的苍蝇听了，嗡的一声往迷糊家飞去。狗尿苔说：迷糊家蒸米饭了。牛铃说：你是不是想米饭了就闻见了米饭味？狗尿苔说：是苍蝇说的。牛铃说：明明是你说的。狗尿苔说：迷糊真的蒸米饭啦！牛铃说：他只会蒸红薯，哪儿能蒸米饭？！狗尿苔不理了牛铃，他的肚子咕咕地响，就跟着苍蝇跑。牛铃和白毛狗也便跟着狗尿苔跑。苍蝇眨眼飞得没了踪影，他们一跑进南拐巷头，果然就闻到一股米饭香，米饭是那么个香啊！

迷糊家的院门紧关着，趴在匝钵垒成的院墙缝儿往里看，院子里拉着一道草绳，晒着一件已经磨得没了毛的狗皮，那是迷糊的褥子。就是这件褛子，迷糊总是给人显派，一次狗尿苔去买草鞋，迷糊没有了现成的草鞋，当下要给他编，狗尿苔等不及，去翻看炕上的狗皮褛子，说：这就是你那皮褛子呀，让我也睡睡。迷糊说：你睡，做梦能吃捞面哩。狗尿苔躺上去竟然很快就睡着做了梦了，梦见的不是吃捞面，而是狗皮卷了起来，把他变成了一条狗，一条有着土黄色皮毛的狗。他还在梦里说，这衣服怎么不是金黄色的呢？他跑到了婆面前，婆却不认得了他，他用嘴不停地扯婆的衣襟，婆还是不认得他，还把他赶开来，他就使劲哭。哭醒了发觉他还是人，而脖子又痒又疼，用手一摸，脖子上趴着三只虱子，都是黑虱。再翻看狗皮褛子，瞭见了四只虱子，当下把狗皮褛子拉下来扔在地上。狗尿苔说：你褛子里尽是虱！迷糊说：你胡说。狗尿苔说：你不痒？迷糊说：不痒。现在，狗皮褛子在绳上晒日头，肯定是迷糊也痒得不行了。狗尿苔还要想着这狗皮褛子在日头下晒着肯定虱子会到处乱跑，甚至伸长了翅膀飞起来，但迷糊坐在门槛上吃着白米蒸饭，使狗尿苔把狗皮褛子里有虱子的事全不理会了。

迷糊的碗里是白玉白银一样的米饭，冒着一团热气，热气就像是米饭闪出的光亮，太阳从屋檐上斜着照下去，光亮里有了五彩的颜色。面前的地上是一碗酸菜，迷糊夹起一筷子酸菜了，放在米饭上，绿是绿，白是白，然后连菜带饭抄起一疙瘩，那疙瘩足足有烧酒盅子大，他眼睛看着，嘴就张开了。他的嘴那么大，能咧到耳朵根。当饭菜送到了黑窟窿嘴上，舌头就和嘴唇一起响，而眼睛却受活得闭上了。狗尿苔的嘴也动起来，但没有响声，满嘴里却有了唾沫。迷糊耸了耸肩，伸开一条腿来，浑身却透着一种满足和舒服，开始往下咽了，眼睛仍未睁，嘴皱紧了简直就像鸡的勾子。牛铃已经不看了，小声说：吃你妈的×哩！坐在地上生气。

牛铃他妈还在的时候，凡是做了好吃的，总要给左邻的老人端上一碗，又给右舍的孩子端上一碗。左邻右舍的人家没他们富裕，但吃饭也从不做贼似的关了门吃。即便和他家有过节的天布，吃捞面的时候就端着老碗坐在照壁前，筷子把面挑得很高，辣子红红的，大声喊媳妇：

戳一疙瘩腥油来呀！腥油就是猪油，炼了装在瓷罐里，捞面拌了腥油特别香。他娘要说：天布，好日子么！天布说：日子好，好得没法说了！他娘说：你家腥油还没吃完呀？天布说：我割了二斤肉才炼的。但天布的媳妇到底没给天布戳一疙瘩腥油来，筷子夹来的只是一撮酸菜。

牛铃想起死去的娘，也想到他家的左邻右舍，恨迷糊不厚道，小气，拉狗尿苔到一旁，低声说：这老皮怎么还有米吃蒸饭？狗尿苔说：他才养了猪，分了二十斤稻子顶饲料粮的。牛铃说：我开春后也养猪呀。门缝里又钻出一只苍蝇，叼着一粒米。牛铃说：咋不来一群苍蝇么？！一挥手，正好扇住了苍蝇，苍蝇和米一齐掉在地上，苍蝇打了个滚儿又飞走了，米还在地上。狗尿苔把米捡起来，吹了吹要吃。牛铃说：你不嫌脏？狗尿苔说：不嫌。牛铃说：哦，你家政治上不清白。狗尿苔扯着牛铃的嘴，说：你说啥？！牛铃忙说：我是说这是饭苍蝇，不脏，不脏。狗尿苔不扯牛铃嘴了，但还是没把那粒米吃到嘴去，两个指头揉了揉，把米粒揉成一个面疙瘩，抹在了墙上。

两个人仍是对迷糊气不顺，想掷一颗石头到迷糊的院子里，让他吃饭时受惊。但门口没有石头。到旁边的厕所里要揭一页墙头上的瓦，看见了厕所墙角有一个柴棍儿上边粘着屎和血，狗尿苔突然把牛铃拉出厕所，顺巷就走。狗尿苔说：他也是多长时间没吃蒸饭了，让他好好吃吧，别惊着他，吃饭时受惊得怪病哩。牛铃说：吃吧吃吧，他或许已得了怪病，也吃不了几天啦！

古炉村里许多人都得着怪病。秃子金的头发是一夜起来全秃了的，而且生出许多小红疮，婆让他用生姜汁抹，拿核桃的青皮和花椒籽一块捣烂了涂上拔毒，都没用。马勺娘一辈子心口疼，而马勺又是哮喘，见不得着凉，一着凉就呼哧呼哧喘，让人觉得他肚子里装了个风箱。来运的娘腰疼得直不起，手脚并用在地上爬了多年。六升的爹六十岁多一点就夹不住尿了，裤裆里老塞一块棉布。跟后的爹是害臌症死的，死的时候人瘦得皮包骨头，肚子却大得像气蛤蟆。田芽她叔黄得像黄表纸贴了似的，咽气那阵咽不下，在炕上扑过来扑过去，喊：把我捏死，把我捏

72

死！谁能去捏死他呀，家里人哭着看他这折腾了一夜，最后吐了半盆子血人才闭了眼。几乎上年纪的人都胃上有毛病，就连支书，也是在全村社员会上讲话，常常头要一侧，吐出一股子酸水。大前年，自从长宽他大半身不遂死了后，奇怪的是每每死上一个人，过不了两三个月，村里就要病或死一个人。水皮他大是和水皮的舅吵了一架，人在地里插着秧，一头栽下去再没起来。后来是护院的大瘫在炕上，再后来是八成媳妇生娃娃生了个肉球，没鼻子没眼。

狗尿苔说：咱不咒迷糊啦，咱咒人家哩，人家还不是吃蒸饭，哪怕明天就得了怪病，就去死，现在肚子和舌头嘴受活哩！再说咒人不好，谁敢保证自己不得怪病？牛铃说：四乡八村的人都说咱古炉村风光景色好，这人咋就不精爽？！你这是得的啥怪病，老不长？狗尿苔说：你才有怪病，耳朵缺一豁子。牛铃说：我没怪病，我娘说我在月子里让老鼠咬了。狗尿苔说：我是不愿意长。两人说完就笑了，狗尿苔说：以后咱不要互相揭短啦，好不好？牛铃说：好。你肚子饥不，我饥得肚里像猫抓。狗尿苔说：说吃的肚子容易饥，咱不说吃的啦，你说村里这条主巷道有多长？牛铃说：没想过。狗尿苔说：你现在想。牛铃说：七千步。狗尿苔说：一万步。两人就用步子量着走，一直走到村南口，走累了靠在石狮子身上。

天上正过云，云是一簇一堆的，有拉扯的，有各是各的，都极快速地由西往东过。狗尿苔冷丁又闻到了那种气味，牛铃还在说：我说七千步，是七千步吧？！狗尿苔便没给他说闻见了气味的话，却看见远处的公路，三四个人在小木屋里出出进进，说：霸槽没去马勺家帮忙呀？牛铃说：谁家红白事他去过，他活独人哩。咦，那么多人，他生意突然好了？狗尿苔说：是不是？

10

霸槽的生意突然好，这是有原因的，牛铃不知道，狗尿苔他知道，但他给霸槽发过誓，话烂在肚里都不能说。

霸槽每天早晨从老宅子里出来，都要在门前举一举石锁子，石锁子四十多斤，举得他一胳膊的腱子肉疙瘩。狗尿苔提了尿桶要把夜里的生尿泼到自留地的葱垄去，经过霸槽老宅子门口，拾粪回来的长宽在那里说：霸槽，又练啦？霸槽说：嗯。长宽说：出的那瞎力！农民么，有那工夫也把自留地的麦锄一锄。霸槽说：拾你的粪去！长宽落个脸红，撂下一句：笨狗装个狼狗势！走了。狗尿苔却觉得霸槽就是个狼狗，他要讨好霸槽，放下尿桶，就蹴在那里，说：你能举一百下吗？霸槽说：你爱看？狗尿苔说：爱看。霸槽却咚地把石锁子撂在地上，不举了，进门披了一个被子，往公路上小木屋去。

霸槽的脾气怪，狗尿苔并没生气，但霸槽披着被子，是他没有厚棉袄，身上冷吗，还是晚上要睡在小木屋去，狗尿苔猜不来。霸槽披了被子从巷道里大步流星地走，被子鼓了风就飘起来，狗尿苔觉得那样子很美，像是在飞，要飞上天了。

狗尿苔紧跟上去，要给霸槽说话，但一时不知道该说什么，突然想到别人去了南山用米换苞谷，希望霸槽也能去，去的时候领上他。霸槽是把脚停止了，看着他，说：你想换苞谷？狗尿苔说：想，咱去南山吧。霸槽说：何必去南山？！

狗尿苔没有想到霸槽会告诉他一个秘密，如果用米换苞谷，在小木屋里就能换，只是一斤米能换一斤半苞谷，而且还可以买卖，卖一斤米三角五，买一斤苞谷二角二。原来小木屋早已在做粮食的生意，买的卖的交易成功了，并不要求抽场所份子，来骑自行车的拉架子车的必须补一次胎，背着篓捎着布袋步行来的就修一下鞋。狗尿苔把这消息说给了婆，提出碾些米了也去多换些苞谷，婆却没有夸他懂得操心家里的事，反倒说：你咋这多事的！少吃那半斤几两就饿死啦？！狗尿苔说：就是快饿死了么，你不去，我去！婆说：你敢？！狗尿苔说：我就敢！竟然开了柜看盆子里的米还有多少。这些米是婆一直保留着，她计划着每半个月了做一顿米粥，还准备着在他生日那天一定要吃一顿蒸饭的。

狗尿苔不听婆劝偏要动这些米，婆在炕上剪着纸花儿，急了就把手里的剪刀扔过去，要扔到柜盖上吓唬狗尿苔。这一扔，却扔在了狗尿苔的身上，剪刀扎在狗尿苔的腿上，狗尿苔哎哟一下就坐在地上。婆那时吓坏了，一下子扑过来看，剪刀扎破了棉裤，腿面上没有烂，但肿了一个青块。婆就趴下用舌头舔那青块，说唾沫顶用，舔一舔青块就散了，不停地问疼不，还疼不。狗尿苔怨怪着婆能用剪刀扔他，就故意哭叫，等婆吓得一脸煞白了，他才说没事没事，越是说没事，婆倒是恨自己失手，抱了狗尿苔哭。

就在第二天，狗尿苔回家吃饭，婆做了一顿米粥。第三天中午，他一进门，婆已经端了碗吃饭，而给他盛了一碗在锅台上放着，还扣了一只空碗保温，揭开一看，是米儿面，米里边煮着面条，稠稠的一大碗。

狗尿苔说：婆，婆，生产队这次分救济粮有咱的份了？

婆说：啥时候有过咱的份？！

狗尿苔说：那咋连续吃好的哩？

婆说：你耳朵梢梢都干了，再不吃好些就饿死了！

狗尿苔看不见自己耳朵，用手摸摸，是干了，说：那是冻的！狼吞虎咽吃起了，他觉得那一碗饭是那样香，一口饭还没咽下喉另一口就吃进去，喉咙里像是伸着一只手，要把饭和碗都拉进去。一碗饭吃完，他的脑袋上热气腾腾，再去锅里盛时，竟然能端着空碗一个跃身从丁香树下跳到了上房台阶上，婆说：你疯啦，你疯啦！狗尿苔走过了婆的面前，婆的碗里却是米汤菜糊糊，里边仅有一根短面，漂着像一条鱼。狗尿苔愣住了，说：婆，你没吃面？婆说：我先把面捞的吃了。狗尿苔进了厨房，发现锅里也仅是米汤和菜，知道婆是把所有的米和面条都捞给他吃了，便拿过了辣子瓶子，说：婆，我给你夹些辣子。辣子是腥油炸的，狗尿苔给婆的饭碗里夹了一疙瘩辣子，又夹了一疙瘩辣子，腥油花花漂起来，油是多了，却辣得婆吃不下去。

再往后，狗尿苔每次吃饭，一看到饭做稠了就不高兴，一看到婆又在锅里给他捞稠的，就恼了。婆恢复了那种稀汤寡水，狗尿苔吃的时候故意把呼噜声弄得很大，吃完了还吧吧地咂嘴，说：吃饱了，喝涨了，和地主老财守灯他大一样了！婆说：不要说守灯他大！狗尿苔就不说守灯他大，说他要去支书家，支书家有他儿子从洛镇拿回家的旧报纸，试试能不能讨几张让婆剪纸花儿。狗尿苔往出跑得急，婆说，跑慢些，别三跑两跑的把一碗饭又跑没了。狗尿苔在巷道里当然要碰着那么多端着碗吃饭的人，只要有秃子金在，肯定秃子金做了稠饭了，肯定要问：狗尿苔吃啦？狗尿苔说：吃啦。秃子金说：张开嘴，张开嘴！狗尿苔张开嘴，秃子金说：牙缝里光光的，又喝米汤糊糊啦？狗尿苔心里想，米汤糊糊还不是一顿饭？能省一点，家里的存粮就多一点，如果一天能吃一顿饭而肚子不饥，那就好了，但嘴上说：吃了面，米儿面！

狗尿苔没有再提说过用米换苞谷的事，如果小木屋里有人在交易，狗尿苔也有意不去那里热闹。婆的话是对的，小木屋粮食交易的事终于烂包了。

那是一个黎明，天还是麻麻色，鸡就在棚里叽叽咕咕说话，它们在说丁香树左边的那根枝条又和右边的那根枝条相好了，白天刮风的时候拉扯在一起，一个整夜里都没有分开呀。它们的叽叽咕咕使丁香树枝分开了，而且左边枝条上的三片叶子，右边枝条上的一片叶子，都害羞地脱落了。狗尿苔的肚子疼，婆说肚子疼是屎憋的，去屙一泡就好了。狗尿苔在厕所里屙，没有屙出屎却屙出一窝虫，但虫在肛门上吊着就是屙不掉，大声叫婆，棚里的鸡也都乱叫，婆出来用脚踩住虫，说：起，起！狗尿苔往起站，觉得有绳子从肚子里往外抽，回头一看，三条蛔虫扭在一起在地上动弹。婆说：我说你吃那么多的不长肉，饭给虫吃了。狗尿苔吓得说：虫吃我饭哩？婆说：几时去开合的店里给你买一颗宝塔糖。宝塔糖是毒蛔虫的药，但那是糖，土根的小儿子吃过，狗尿苔向人家要过，人家没给他吃。婆现在说要买一颗，就觉得满嘴都是一股甜味，却说：那得多少钱？婆还没来得及说钱数，一阵锣声就咣咣地敲起来。

其实那不是锣声，支书用棒槌敲一个没装煤油的铁皮桶。支书每天早晨披了棉袍子要在村里转那么一圈，他要掌握村里的生产问题、治安问题，以及村窑建设，比如哪儿要栽棵树了，是槐树还是桐树，哪条巷道雨天积水，需要垫垫，谁家的墙皮掉了一片，得尽快地补搪好呀，那不仅难看，把墙上的标语少了三个字怎么行？这个早晨他转到了村边的塄畔上，看着公路往南白雾蒙蒙，刚点着一锅烟，雾就淡起来，越淡反倒越白亮，像是披了一层纱，那纱开始由南山顶往下揭开，就显出了峰头，崖角，斜坡，洼地，洼地上的树。支书不像霸槽和水皮那么有文化，但他也说了一句：祖国山河可爱啊！就发现了在塄畔下边，离他并不远的，有一群狼。这群狼或许是从下河湾方向过来的，原本经过塄畔下去屹岬岭的，而支书看着这群狼，这群狼也看见了支书，竟站着不走。支书就担心狼是饥饿了，要进村拉猪吃鸡吗，便跑到开合家要了个装煤油的空铁皮桶敲起来，开合一家大小狂喊着村人快来撵狼。

喊声一起，狗尿苔赶紧提了裤子进屋，婆孙俩把门就关好了。待了一会，婆说她还得出去，要不别人都撵狼了，她不去不好，就拿了个榔头要出门。狗尿苔也要去，婆不让，她出去把院门便锁上了。

古炉村的人集体撵走了狼，狼把一道道白色的稀屎淋在河滩地上的渠沿上，然后窜过屹岬岭脚。而就在中午，护院去了公路上的小木屋。小木屋里有人正用米换苞谷，拿苞谷的是南山人，好像这人头一天就来的，夜里还住在小木屋，而拿米的有下河湾的，也有西川村的。他们刚用秤称米，护院一脚踏进去，说：好呀，真有黑市呀！南山人和下河湾、西川村的人全吓慌了，要跑，霸槽堵在门口，说：谁黑市啦，谁？护院说：逮了个正着，还嘴硬？！去夺粮布袋，霸槽说：你干啥？这是我家粮食。护院说：你有这多粮食？粮布袋没夺过来，夺过了秤，就把秤杆在腿面上折，折了一下，没折断。霸槽说：你折，你要敢把秤折断了，我就拧断你脖子！护院说：霸槽，我告诉你，你在这儿搞黑市村人已经发觉很久了，我今日来是支书和队长让来的，让我来侦察哩，没想……霸槽扑上去夺秤，一下子把护院推倒在地上。护院大声喊：你打我？你打我？！霸槽没理他，让南山人和下河湾、西川村的人赶快走。他们一哄走了。护院抓住霸槽，说：你让他们走了？！又喊着：打人啦，霸槽打人啦！霸槽说：你再喊一声？护院不喊了，说：我奉命来的，你放了人，让我回去怎么交代？你跟我去见支书和队长！霸槽说：见就见，他支书队长吃人呀？！

两人走进村，到了三岔子巷里，前后没有人，霸槽突然把护院推靠在一家院墙上，啪啪扇了两个耳光。护院没防顾，脸被扇得通红，人倒愣了，竟没有出声。霸槽说：我刚才没打你，你叫喊我打了你，我得把你的话搁住。护院再也没敢喊叫，看着霸槽大摇大摆回家去了。

吃午饭的时候，村里好多人端了碗在巷道里吃，满盆声张着要取缔小木屋的黑市，吃饭的人有放下碗的，也有仍端着碗的，哄哄着，就跟了满盆走，要去看热闹。满盆在小木屋警告霸槽：必须停止黑市交易，如果再发现还在交易粮食，古炉村就上报洛镇公社，公社要开会批判你那是公社的事，公安局要拘留你那也是公安局的事，而古炉村就拆掉这小木屋！霸槽当然不服，拿脚踢门扇，吼：你拆吧，你队长牛 ×，把我这骨头架子也拆了！门扇被踢出了一个洞，一只脚从洞里穿过，人站不稳，跌在地上，又撞倒了门口石桌上的茶水罐子，茶水罐子晃起来。围观的人看见罐子在晃，说：罐子，罐子！却没人去扶，霸槽也不扶，罐子掉下来碎了。霸槽说：这罐子总有一天你要付出代价的！狗尿苔，狗尿苔！狗尿苔你在不在？狗尿苔在人群背后说：在哩！霸槽说：你把支书叫来！去叫支书！

狗尿苔是进村去找支书，支书在自家院子里正让老顺剃头刮脸，他脸上的松皮多，老顺拉着上嘴唇像拉着一节橡皮，半个脸都拉到了一边。狗尿苔把小木屋里的事说了一遍，支书让老顺去备刀刃，说：满盆是我让去的。狗尿苔说：在南山里可以换苞谷，咋在小木屋换不成？支书说：南山不是古炉村，我管不着，要换到南山换去，古炉村里不能有资本主义，尾巴都不能有！狗尿苔说：那为啥？支书说：为啥？你早上撵狼了没？狗尿苔说：我没。支书说：见了狼该不该灭？该灭！咱能不能把狼彻底灭掉？灭不掉！既然狼该灭又灭不掉，那狼经过古炉了，咱只保证狼不进咱村，撵出村界就是了。你去给霸槽说，眼睛亮了就乖乖钉他的鞋，别给我惹事添麻烦！去，就给他这么说，照我的话说！

　　狗尿苔不敢原话照说，干脆，他也就没去小木屋。

　　只是到了傍晚，心里毕竟放不下，又去了小木屋，老远听见小木屋里有人在吵架，好像是霸槽和杏开，心想，白天里满盆和霸槽置了气，杏开怎么就来了？狗尿苔就寻地方要把自己藏起来，路畔里没有树，草也枯了，几根干茎在风里摇着铜音，他就躺在了路沟里，躺着如一块石头。狗尿苔听到了霸槽在骂天骂地，叫嚷着他生不逢时，咋现在没有地主恶霸呀，要是旧社会，他就拉一杆枪上山当土匪去！咋现在不打仗呀，要是战争年代，他肯定是英雄，由战士当上班长，由班长当上连长，当团长营长师长军长的。现在古炉村在亏他，支书和队长在亏他！他说他在公路上处理了多起交通事故，光收尸用过他三张草席，而支书、队长几时遭车祸呀？如果遭了车祸，他只过去拿半张烂席盖盖，别的啥事都不理。杏开当然不爱听这话，说你骂别人我不管骂我大我就恼呀！狗尿苔在心里说：只是恼呀？他霸槽说那样的毒话，应该拧他的嘴！但是，杏开拧没拧霸槽的嘴，狗尿苔不知道，而杏开后来是和霸槽吵开的，霸槽又在骂起了杏开，一阵哐哩哐哩响，似乎在拉扯着，撞倒了凳子，那走扇子门呼地拉开了，又咣地合起来，再是啪的一个响亮的耳光。狗尿苔感觉自己的脸都火辣辣地疼了，他不清楚是霸槽扇了杏开的耳光还是杏开扇了霸槽的耳光，抬起头往小木屋门口看，天已经模糊得像抹了锅底灰，霸槽和杏开就站在小木屋门口。两人面对面站着，站得那么近，霸槽个子高，比杏开高出一大截，但杏开的头发扬着，一动不动。可以肯定，是霸槽扇了杏开的耳光，而杏开竟然没叫喊也没动，还把脸伸给了霸槽：你打！你打！狗尿苔差不多要从地沟里扑出来，狗日的霸槽，你敢打杏开？杏开是你打的？他同时听见夜地里所有的东西，蒿草、土堰、土堰上爬出来的蚯蚓、河里的水、石头、昂嗤鱼，以及在远处逃窜的一只野兔正跑着站住了，回过头，全都在愤怒地声讨着霸槽。但杏开怎么不还手呢，怎么不走开呢，就那样让霸槽打吗？狗尿苔平日对杏开说话，杏开总是呛他或鄙视他，而霸槽这样对待她，她却不还手也不走开，狗尿苔就觉得世事不公平也难以理解了。那就打吧，果然霸槽又扇了一个耳光，杏开依然仰着头不吭不动，霸槽再次扬起的手停在了半空，空气里传动着紧促的粗壮的呼吸声。狗尿苔从地沟里慢慢爬起来，霜潮在他的身上、头发上一定是结了一层白了，手脚僵硬，但他没有走近小木屋，而悄无声地向村里走去。夜色给了狗尿苔一身皂衣，他的离去霸槽和杏开都没发觉，那一丛草拉了一下他的裤管，他在心里说：打了也好，打了他们就不在一起了。

巷道里有人在哼秦腔：他大舅他二舅都是他舅，高桌子低凳子都是木头，为王的出门来屁股朝后，为的是把肚子放在前头。是满盆！满盆还会唱两句，这是狗尿苔没有想到的，他叫了声：满盆哥！满盆没有理他，站在一个厕所外的尿池子边掏尿。他又叫：队长！叫了队长，满盆还是不理他。狗尿苔也站到了尿池子边掏尿。狗尿苔说：你尿哩！满盆的一股子尿水在尿池里哗哗响。狗尿苔说：你摇哩！满盆收了东西系裤子，粗声说：黑漆半夜的少给我胡走乱说！扭身就走了。狗尿苔落个烧脸，原本要把霸槽和杏开闹翻的事告知给满盆，哼，也不告知了。

第二天，马勺他妈下葬。埋人是没啥看头的，这些年古炉村死的人多了，但狗尿苔稀罕的是能有响器班来吹打，再是吃一顿好饭。下河湾有个响器班，请一次十元钱，按规程去请的都是嫁出去的女，而马勺姐去年家里着了火，烧毁了三间房，日子一直翻不过身，她没有去请响器班。村人就骂马勺姐不孝顺，狗尿苔也骂马勺姐不孝顺，就只有盼着亡人赶快埋了吃饭。

终于开始坐席了，上房屋摆了一张桌子、八个椅子，那也是马勺家仅有的家具，是支书、队长和几个老者坐的。其余的人没有桌子，就在院子里把筐篮翻过来放碟子碗，筐篮也就三个，两个还是从隔壁借的，便把柜盖卸下来安一席，把簸箕拿来安一席，还不够，秃子金说：取炭槽来！狗尿苔立即去厨房灶口拣了块炭槽。秃子金说：没坐的都过来，我给你们画个桌子，要圆的还是要方的？顶针、田芽说：要圆的，圆桌子坐的人多。狗尿苔说：要方的！秃子金圆桌上画画，改画成方的，却给狗尿苔说：你在这儿干啥？狗尿苔说：坐席呀。秃子金说：你没抬棺又没拱墓，坐的啥席？狗尿苔说：我到隔壁借的箅篮，我给灶房里抱的柴火！秃子金不理了狗尿苔，高声在院里宣布：马勺家日子紧巴，院子小安席少，各家来一个代表，大家都照看着，是贫下中农的先入席啊！狗尿苔就来气了，伸脚把画好的方桌抹没了。秃子金说：你干啥，干啥？狗尿苔说：是我拿的炭槽子！走出了院门。

牛铃正在门外的一把扫帚上折棍儿做筷子，狗尿苔让跟着他走，牛铃说要吃饭呀，吃了再走。狗尿苔说：有啥吃头，不就是米粥和几盘子萝卜片吗？我给你炒鸡蛋，我家有鸡蛋！牛铃说：鸡蛋有数，你一拿你婆就知道了，你能拿些面粉，从面缸掏些面粉你婆看不出来。你要肯，咱到我家烙饼子了，我跟你去。狗尿苔说：行！拉了牛铃就走，牛铃还说：烙多大饼子，这大？！用手比画着，狗尿苔说：这大。也比画了一下，牛铃嫌比画得小。两人一边走一边争执，讨价还价，突然，牛铃说：我咋闻见豆腐味了？他们走到了开合家门口，开合因为开了代销店，平日也磨豆腐卖，古炉村也只有他家批准能卖豆腐。牛铃一说，狗尿苔也闻见了豆腐味，两人扭头往开合家院里看，却看见夜霸槽和水皮在那里吃豆腐，当下脚就挪不动步了。

水皮要过生日，要去开合家买半斤豆腐，路过霸槽老宅子门口，霸槽和了白土刷门面墙，刷着刷着，手里的刷子就日的一声摔到了墙上，水溅得满身都是白点子。水皮愣了愣，说：刷墙呀？霸槽说：刷他妈的×！水皮说：收拾房子是不是准备结婚呀？霸槽说：结他妈的×！水皮说：哦，生气哩。赶紧往开合家去。霸槽却说：你甭走！水皮说：我去开合家买豆腐呀。声音颤着像是求饶。霸槽说：我是狼啦？就笑起来，还拍了拍水皮的肩，说：我也去，买包烟去。水皮说：吃纸烟？！霸槽说：我是不该吃，还是吃不起？水皮说：吃得起，也应该吃！到了开合家，霸槽买的是九分钱的羊群牌纸烟，当场撕开，给开合发了一支，给水皮发了一支，自个先点着吃起来。水皮见霸槽气缓和了，又试探着问霸槽刷门面墙是不是准备着要结婚呀。霸槽没应声，只吃着纸烟。水皮又说：就是杏开吧？霸槽还是不应声，吃着纸烟。开合却插嘴了，问水皮：霸槽要娶杏开？有这事？我怎么不知道？水皮说：你能知道个啥？！开合头摇得像拨浪鼓，看着霸槽仍吃烟不说话，就说：霸槽，他说的是真的？你咋不说话，和凡人不搭话？！霸槽把烟从嘴上取开，说：你卖的是啥×烟，我能说话？一说话烟就灭了！开合说：这是进的烟又不是我做的烟。霸槽乜着眼对水皮说：你觉得杏开好吗？水皮说：好么，古炉村没谁比杏开好的，下河湾也没谁能比了杏开。霸槽说：那洛镇呢，县城呢，省上呢？水皮说：吓，你吃碗里看锅里呀！霸槽说：要找就找最好的女人！水皮吓了一跳，接着就笑起来，说：霸槽哥志气大！买了半斤豆腐，掰下豆腐一角，又分开，一半自己吃了，一半让霸槽吃。

冷豆腐有冷豆腐的味，两人吃得满嘴白渣，开合端了一碗水让他们涮口，水皮先喝了一口，舌头来回搅着，活动了半天，咕噜一声咽了，说：霸槽哥，如果放开吃，你一次能吃多少豆腐？霸槽说：一座豆腐。一座豆腐就是一箱豆腐，一箱豆腐二十斤，水皮说：鸡站在麦堆上，还不是只能吃那一嗉子。霸槽说：你狗日的，不信我？！水皮说：你能吃了一座豆腐，豆腐钱我掏了，我再给你三元钱。霸槽说：你有屁钱。水皮说：我把钢笔给你！霸槽说：一言为定！我吃不了，我掏豆腐钱，我那儿有几本书，你拿去，再从你交裆钻过去。水皮说：有个条件，你得边走边吃，到你那小木屋门口得吃完，不屙不尿。当下霸槽就让开合搬出一座豆腐，没用刀切，伸手掰下一块吃起来，说：美！美！腮帮子鼓多高，仰脖子咽了，嘴巴吧唧吧唧响，还说：美！扭头看到了站在大门外的狗尿苔和牛铃，得意地张开口，口里尽是白的，说：来，过来！

狗尿苔和牛铃便走进去，以为霸槽要请客，站在豆腐箱前咽唾沫，霸槽却让他们把豆腐箱子抬着往他的小木屋去。水皮就警告：只能抬，不能偷吃，这是在打赌哩。狗尿苔说：知道！四个人就一起往外走，前边是狗尿苔和牛铃抬着箱子，后边是霸槽，再后边是水皮。霸槽掰一块豆腐吃了，再掰一块豆腐吃，豆腐的香味立即让树上的鸟、地上的蚂蚁，还有鸡、狗、猪都闻见了，它们在空中飞着，地上跟着。阿嚏！霸槽打了个喷嚏，满嘴的豆腐渣子喷出来，鸟就落下来，鸡也扑了前来。水皮说：你这是故意的！霸槽说：我还舍不得喷出的渣子呢。这是谁想我啦？水皮说：杏开想你！霸槽说：她想我了，我偏不去理她。狗尿苔心里说：屁！杏开才不想你哩！水皮说：那你想理谁？霸槽说：牡丹。牡丹是守灯的姐。狗尿苔说：牡丹？！水皮说：霸槽追过人家，差一点就追上了。狗尿苔说：不是差一点吧？霸槽说：要不是我嫌她成分高，现在可能给我生下三个娃了！牛铃说：霸槽哥能吹！霸槽说：吹？自己却哼哼地笑，说：不理牡丹了，他妈的，好女人为啥咱就不能日？！狗尿苔知道霸槽是杏开不和他好了，故意这么说的，就撇了一下嘴。霸槽却似乎有一肚子火被点着了，就开始大声地骂起牡丹，说牡丹嫁到城里，改变了她的成分，她为啥不让她的后代就从此剥了农民皮？又骂支书的儿子，说那么个熊样，不就是工作了，端国家饭碗了，就能找个洛镇上的女教师？！霸槽骂着，大家都不言传，豆腐渣子溅在了狗尿苔的手背上，他在换手抬箱子的时候假装擦鼻涕，舌头把豆腐渣子舔了。牛铃使劲地吸鼻子，无法抵制豆腐的香味了，也就站住，不肯再走。霸槽说：往前走呀！牛铃说：我手疼。霸槽就又生气了，骂声：你滚！牛铃就走了。狗尿苔不能走，要是别人，他也是早就走了，但面前吃豆腐的是霸槽，他狗尿苔不能走，就把豆腐箱子一个人抱着。霸槽已经吃过一半了，速度慢下来，不时还要站住，拿着一块豆腐看着，喘喘气，然后才吃起来。远处的跟后家门口，站着跟后的媳妇和孩子，孩子说：我要吃豆腐！跟后媳妇把孩子拉进了门，可能在拍打孩子屁股，一股子哭声传过来。水皮一直在盯着霸槽，说：不行了吧，不行了吧？霸槽开始不说话了，又掰了一块豆腐。这当儿，狗尿苔把豆腐箱子放在地上等着霸槽继续吃，头却一直低着，不愿意看到霸槽的嘴，想，霸槽会赢了水皮的，让水皮掏钱掏钢笔吧！又想，如果霸槽真吃不了，剩下的豆腐就可能会让他也吃一块的。但是，霸槽咽下了嘴里的豆腐，再掰一块往前走，他也就再抱了箱子往前走。这样一直走到了村南口的石狮子前，木箱里仅剩下一块豆腐了，霸槽脸上的肉都僵着，步子趔趄，说：靠着来吃。靠在石狮子上又吃了起来，竟然把最后的一块豆腐全吃进嘴了，咽不下去，做出要吐的样子。水皮说：吐了就算输了。霸槽瞪着水皮，艰难地往下咽，终于咽下去。水皮说：张嘴，张嘴！霸槽并没张嘴，慢慢地却倒在了石狮子上，又从石狮子上溜下去躺在地上。狗尿苔要把他扶起来，霸槽说：不敢动，不敢动。声低得像蚊子叫，眼睛瓷着不动。狗尿苔和水皮都慌了，狗尿苔说：他要死了，吃死人了！水皮拿手在霸槽脸上晃了晃，说：霸槽哥，你是打死老虎的人，你别吓我！就让狗尿苔赶紧去叫人抬霸槽。

霸槽是光棍一个，狗尿苔不知道该叫谁来抬，先是跑到杏开家门外，心想霸槽和杏开已经闹翻了脸，这事不能让杏开知，又跑去喊秃子金。秃子金不在，半香从柴草棚里往外搬一筐猪糠，听狗尿苔说了，撂下糠筐就走。狗尿苔说：要卸门扇抬哩！半香哐里哐啷卸了门扇，让狗尿苔抬，狗尿苔个头小，一高一低抬着走不前去，半香就自个把门扇背了，让狗尿苔再去人。狗尿苔想去叫灶火，半路上遇着老顺，老顺说：啊狼撵哩，这急的！狗尿苔说：霸槽吃豆腐快要吃死啦！老顺说：你说啥，吃还能吃死人？只是不信。等半香背着门扇过来，老顺又问：吃了多少豆腐？狗尿苔说：二十斤。老顺说：狗日的是猪么吃这么多！帮了半香把门扇往村口抬，还在说：人能吃死呀？咋不让我去死！

11

霸槽在炕上躺了四天，不吃不喝，还发了高烧，连指头蛋子都是烫的。水皮害怕出事，就每天都过来伺候。外边隐隐约约有哨子声，霸槽说：啥响哩？水皮说：你醒啦？霸槽说：我问你谁吹哨子哩？水皮说：我不愿意说。霸槽说：说你的！水皮说：天布集合民兵训练呀。霸槽就往起翻，喉咙里吭唧吐出一股臭气，又躺下了，脸憋得通红，却说：把钢笔给我！你输了不给我钢笔？水皮从口袋把钢笔给了霸槽，说：我不愿意给你说，你要让我说，说了你就发火。他天布斗大的字能识几筐，不就是会打个枪么！霸槽说：我不会打枪？！把钢笔又扔过来，扔到了炕下。水皮弯腰把钢笔拾了，说：就是，你能笔杆子，也能枪杆子！起身去关门，门一关，哨子声听不见了。

天布还在巷道里吹哨子，他连声子吹，像夏天里的知了叫开来就不歇气。

还是去年，村里传达了上边的文件，说国际形势严峻了，除美国对中国实行封锁外，苏联可能对我们发动侵略战争，要求全民皆兵，严阵以待，因此古炉村也组建了民兵连，还配发了一杆步枪。霸槽就特别兴奋，说：打么，打么，打起来了我就能当将军！但是，他和天布争夺连长的职务，没有争过，天布和洛镇公社的武装干事关系好，天布就当上了连长。天布几天前去公社参加了集训班，一回来得知霸槽在炕上躺着，就集合了民兵训练，说这次训练除了射击，还有一项任务呢，这就是一旦苏联侵略中国，那就摆个口袋，让他们从新疆先进来。天布还没说完，灶火就说：这谁说的？天布说：毛主席说的。灶火说：为什么要让他们进来，扑出去打就么！天布说：给你说摆口袋哩，他们钻进口袋了就把口袋扎着了，扎着口袋打呀！灶火说：这我不理解。天布说：你有啥不理解的，毛主席的话理解了要执行，不理解也要执行！大家就说：那你说任务吧，你！天布说：这次我去集训班学俄语了，要求每个民兵都要学俄语。这下大家全糊涂了，灶火说：学俄语？中国人不说汉语说俄语？！天布说：说俄语！

其实，天布在集训班上只学了两句俄语，一句是缴枪不杀，一句是我们宽待俘虏。这两句话天布是怎么也学不会，公社武干让他把俄语

85

读音用汉语记下来，我们宽待俘虏就成了妹问哩蝌蚪失母，可不些失母。用汉语读，舌头是硬的，怎么读怎么难听，武干只好又教卷舌声，天布有时能发出颤音，有时怎么啊嘟，啊嘟，嘟，舌头就是卷不起来。

天布给大家转教俄语，他汲取自己的教训，并不先教两句话，而是先教卷舌音。灶火五短身材，是站在民兵连第一排的，天布在啊嘟啊嘟的时候，唾沫星子就溅出来湿了灶火的脸，抹一下，又一层唾沫溅上去，忍不住嘎嘎笑起来。

天布很严肃，他说：你笑啥？

灶火说：狗日的苏联人不会说人话！

天布说：你去把守灯叫来，他在中学学过俄语，让他给大家教。

狗尿苔说：我去！

狗尿苔并不是民兵，但每次民兵训练他都提着火绳在旁边观看，人家休息了，给人家把烟火点上，就将那杆步枪挎起来，但枪长，枪把子便撑在了地上。场边有一棵白杨树，树皮白得像粉刷过，天布拉他到树下，在他身高的地方用刺刀刻一道线，说：你长，你长，再能长出四指，我让你当民兵！而这四指谈何容易。每一次训练，狗尿苔都来树下量身高，却永远就是第一次刻出的高度。

狗尿苔到中山半山腰的窑场上找守灯，窑前的场边有个泥池子，冬生在那里灌水淘泥，他叫守灯守灯，没见守灯。冬生说：喊啥？挖坩土去了。狗尿苔就帮冬生淘泥，等着守灯。冬生穿着一双胶皮筒子在泥池里踩，吭哧吭哧喘着粗气，气就在脸上涌了一堆云彩。狗尿苔觉得有趣，要求让他也踩踩，说：让我也去造些云。冬生说：你说啥？狗尿苔说：造些云我就飞了。冬生还是没听懂，说：飞呀，你是鸟？天冷光不了脚，我这皮筒子长，你穿上人就看不见。其实，狗尿苔瞄上了放在池边那间小屋门口的一双胶鞋，那是守灯的，他的目的是要穿穿那胶鞋。就过去把守灯的胶鞋穿了，在泥池里踩，泥水咕叽咕叽，一股子稀浆蹿上来射中了眼，人一急，身子就跌坐在泥池里。这当儿，守灯拉了一架子车坩土回来了。

86

守灯骂狗尿苔穿了他的胶鞋，并且还灌进了泥水，拉出狗尿苔就把胶鞋给脱了。狗尿苔下半身都湿淋淋的，却笑着给守灯回话，说了天布让他去教俄语的事，出乎狗尿苔意料的是，守灯不去。狗尿苔说：天布把你当人了，你不去？守灯说：不去！冬生说：既然这事离不得守灯，狗尿苔你来算什么呀，他天布来请么。狗尿苔说：呀呀，让天布请？守灯说：狗尿苔我告诉你，乌鸡再跟着白鸡混，乌鸡长不出白毛，它乌乌在了骨头上！支书让我烧窑哩，我把窑烧好就是了。

狗尿苔觉得守灯狗肉上不了席面，就下山了。打麦场上天布已经不教大家学俄语，在收拾靶子，狗尿苔没把守灯的话说给天布，只说守灯来不了，是舌头疼，连话都说不了。天布说：怎么舌头疼？狗尿苔说：牙可能想吃肉了，牙把舌头咬了。天布骂道：他不愿意来故意把舌头咬了？狗日的，阶级敌人到底是阶级敌人！他是不是还盼苏修能打进来？！麻子黑说：仗要打开了，我首先就崩了他！麻子黑太凶，狗尿苔不愿意接他的话，场畔站着一只麻雀，叽叽喳喳叫，他说：日——！扔过去一个石头，麻雀连忙飞走了。天布说：不学俄语了！到时候狗日的苏修敢打进来，咱见一个杀一个，他就是举手投降，咱也杀！

他们开始打靶，让狗尿苔在场边警戒，不准任何人经过。老顺家的狗来了，它没有了毛，也没有大叫，一边走一边嗅着地面，狗尿苔说：打枪哩，你来？狗站住了，给狗尿苔笑。麻子黑说：瞧这俩，人不人，狗不狗！老顺家的狗撅起屁股，扑哧放了一个屁，熏得麻子黑差点闭了气。狗尿苔说：它给你打招呼哩！麻子黑挽了袖子就过来，叭的一下，枪响了，麻子黑吓了一跳，也就不来撵狗尿苔了。

枪一响，所有的鸟都飞了，村里的人和鸡呀猫呀的也不近来，狗尿苔一时没事，抱着老顺家的狗就仰躺在场边的麦地里。天就在他的脸上，太阳像一颗软柿，稀溜稀溜着要掉下来，他张开了口，希望要掉就掉在他嘴里。但是掉下来的是一片叶子，那叶子从白杨树上落下来不是直直落，斜着圈儿滑过来，遮住了他的左眼。他没有动，用右眼看麦地上的芨芨菜，哈，天这么冷就有芨芨菜了，芨芨菜都长出小芽子了！过罢年芨芨菜便能剜回去煮锅了，或者剁碎了包在苞谷面的窝头里，现在的嫩芽芽让人心疼，不敢去掐。狗尿苔解开了怀，让肚皮子也晒晒太阳，肚皮很薄，连老顺的狗都看见了肉里的筋骨和皮下的血管，长舌头在肚皮上舔过来舔过去。芨芨菜的嫩芽子还是诱惑着他，这诱惑太大，就像在看戴花那鼻子，看一眼觉得好看，忍不住还要再看一眼觉得还是好看，他便伸手将芨芨菜掐了塞在嘴里。给老顺家的狗说：看肚子，看肚子。想着隔着肚皮能看见里边有了一团绿的。老顺家的狗说：你是羊，吃麦苗咧！

狗尿苔忽地坐了起来，这不是老顺家的狗说话，是半香在说，人就立在他身后。狗尿苔说：谁吃麦苗了，我吃的是芨芨菜！半香说：芨芨菜也是生产队地里的芨芨菜你吃？却蹲下来说：不洗洗就吃，生一肚子蛔虫去！

半香原来是老山沟人，嫁到古炉村的时候，不会纺线，不会沤麻，也不会染布，因为老山沟里不长棉花和麻，穿着灰不叽叽的衣服又宽又长。来了几年，什么都会了，衣服裁剪得体，人们才发现这女人腰细腿长，但她的皮肤已经不再白细了，而且迅速变黄，像碱放多了烙出的面饼。她老是说秃子金骗了她，秃子金背了米去老山沟换土豆认识了她，她那时已有了男人，日子过得艰难，秃子金就吹嘘古炉村有白米，上顿白米蒸饭下顿还是白米蒸饭，每年又分得一堆瓷货，她离了婚便嫁了过来，谁知一天三顿都是苞谷糁糊汤，稀得能照人影影。

半香一说话，天布就扭头看到了，狗尿苔明白她故意高声说话是要给天布听的，他就喊：天布哥，天布哥连长！半香说：你喊啥呀？狗尿苔说：你不是找天布吗？半香说：我给你说找天布啦？拿指头戳狗尿苔的额颅，眼睛却瞟着天布。

天布并没有和半香说话，只嚷着冯有粮把碌碡推过来，冯有粮呼哧呼哧把碌碡推过来，天布弯下腰，用肚子顶着平躺的碌碡，一努力，碌碡就立栽了。大家都拍掌，半香也拍掌。天布这才说：没练过石锁子么，要举碌碡我不行。半香说：他霸槽再练石锁子，细胳膊细腿的，他能掀起这碌碡？天布说：你坐吧。半香坐在碌碡上了，说：我能不能参加民兵？天布说：行呀，只要你敢放枪！半香从碌碡上跳下来，也趴在了那杆步枪前。她趴下去，屁股撅得高高的，天布一按屁股，说：趴实！屁股落下去了，两条腿像两根椽。天布就帮她装子弹，教她三点一线地瞄准，教她闭住气了轻扣扳机，天布还在捏着她扶枪的手，她却已经扣了扳机，嘎的一声，子弹飞了出去，她和枪同时在地上跳了一下，像只蛤蟆。

支书正好从麦地边的小路上走上来，枪响使他站住了，看了一会，就叫天布。天布小跑着过来，支书说：你咋让妇女们耍哩？天布说：也得有女民兵呀，咱村的妇女都不敢摸枪，只有她挨 × 的胆大。支书说：怕是你狗日的胆大吧。天布说：哎，哎……支书说：我可提醒你，你是支部培养的对象，把自己的老二管好，别给我脖子下支了砖头！天布说：哪能呀，不会。支书的棉袍子往下坠，天布帮着披好了。支书问不是在学俄语吗，怎么又不学了，天布说了守灯不愿意教的事。支书发火了，让再去叫守灯：舌头疼，我看看舌头疼能不能吃下饭？怪了！天布就又喊狗尿苔，支书说：你去叫，就说是我叫他！

天布只好去窑场叫守灯，守灯是来了，但守灯竟然真的满口是血，他给支书吐着舌头，舌头上烂了一个口子。

狗尿苔在疑惑了：他给天布说守灯的舌头烂了，那是他胡编的，守灯并不知道，为什么天布再去叫，守灯真的舌头就烂了？！狗尿苔并没有把他的疑惑说出来，支书看见守灯真的烂了舌头，咬字都不清楚，也便让守灯回窑上去。守灯临走，回头恨恨地看了天布一眼。这一眼，天布没留意，狗尿苔却发现了，守灯的眼里像有两团火。

打麦场北头是六升家，长年病蔫蔫的六升从门里出来，拿了个扫帚，看了一会打靶，问开石：还没训练完吗？开石说：耽搁你扫地末子啦？六升说：被子薄，不烧炕不行么。狗尿苔突然想到自己也该扫地末呀，就不看打靶了，回家取扫帚和笼子。

整个冬季，古炉村差不多的人家都要烧炕的，他们舍不得烧豆秆和麦草，便拿扫帚去路边扫地末子。地末子其实也就是草末子，那些枯草经扫帚一遍一遍扫，草叶草根和土一块都装在笼子里提回去，烧炕最能耐热。但是，村里能扫的地方都扫过了，人们就越扫越远，扫到了村西石磨那儿，甚至扫到石磨下去的坡道下。狗尿苔不能给家里干什么活，却一定要给婆每晚烧炕，把炕烧得热热的。狗尿苔提了笼子和扫帚刚走到巷道里，太阳就坐在屹岬岭上，他觉得太阳在跳，跳着跳着，咕咚就掉下去了。狗尿苔叹了一口气，刚扭头，就见霸槽从巷口呼地飞了过去。

霸槽长了翅膀？狗尿苔惊得简直要晕了，跑到巷口再看，原来霸槽又披着了他那条被子。被面染得灰不溜秋，两个角被风鼓起，如乌云在浮飞，而被面有几处都烂了露出棉花，棉花忽低忽高地扑闪着，像乌云里翻动了白色的老鹳。狗尿苔大声叫：霸槽哥，啊霸槽哥！霸槽没有停下来，被子越来越大，他紧紧地抓着两个被角，脚尖触着地面收不住。狗尿苔还在喊：啊霸槽哥，霸槽哥耶——！霸槽一个前倾，差点跌倒，被子从空中缩了下来，罩在了他的头上。

狗尿苔说：霸槽哥，你要上天呀？

霸槽说：上天呀？噢，噢，上狗日的天上去！

狗尿苔说：让我也披一下。

狗尿苔要披霸槽的被子，霸槽没有给，说：你披啥被子，就真给你个翅膀，你也就是个鸡，飞不起来。

狗尿苔说：那为啥？

霸槽说：你是贫下中农？

狗尿苔泄气了，看着霸槽又往前走去，他说：你去小木屋吗，晚上就睡在那儿吗？

霸槽说：我去下河湾看皮影呀！

下河湾有个戏班子，逢年过节演皮影。下河湾又逢什么庙会了吗？狗尿苔说：我也去！

霸槽说：滚蛋滚蛋！我上厕所你都跟上？！

霸槽往前走，狗尿苔往前跟，到了村南口，霸槽拾起个土疙瘩甩在狗尿苔脚下，土疙瘩开了花，狗尿苔眼巴巴看着霸槽下了塄畔土路，被子又像一朵云，悠乎悠乎飘去了。这当儿，却有一只猫默默地走上来，猫的脖子上系着一个铃铛，铃铛在响，它的步伐和铃铛的响声不配合。

狗尿苔立即认出这是满盆家的猫。满盆家的猫怎么从村外的土路上回来呢？狗尿苔好像察觉了什么，站在塄畔往坡下一看，果然杏开就在那里的柿树下站着，她虽然头上裹了红头巾，裹得让人看不见了脸，但那背影一看就是杏开，两人相厮着从坡下田埂上走了。

狗尿苔突然觉得受到了愚弄。他以为有了小木屋那次闹翻，杏开再也不会招理霸槽了，却原来他们又相好了。杏开杏开，人家霸槽真的就爱你吗，没志气的！怒恨着杏开，狗尿苔就冲到了猫跟前，抬脚把猫踢倒在了地上。猫四蹄朝上，也不翻过来，莫名其妙地看着狗尿苔。狗尿苔说：你咋不跟着她呢，你去呀！猫说：他们也不让我去。狗尿苔说：他们能不让你去？！猫说：他们也不让你去么。狗尿苔转身要走，猫却说：唉。狗尿苔说：你还不滚？猫说：你得给我翻个身。狗尿苔过去把猫翻过身，猫低了头小跑着走了。

猫已经进村，连铃铛也听不到了，狗尿苔还站在塄畔，没了心思再扫地末子，而州河里就起了雾，雾迅速地从河滩地漫上来，埋没了他的脚。这么大的雾已经好长时间没有过了，狗尿苔开始往巷道里走，雾也跟着他走，他扬着扫帚扫雾，雾竟连他的腿都埋没了。去吧去吧，让霸槽勾引着你去吧，与我的屁事？！狗尿苔不想再生杏开的气，顺着一个一个院墙边过去，拿眼睛往缸瓮和匝钵垒出的缝隙中往里瞅：土根在上房台阶上整理芦苇，鼻尖上还是挂着一滴清涕；老诚在火盆里生火，苞谷芯子搭成一个小塔，火苗子是金黄色的菊花瓣么；得称的腰疼又犯了，斜了身子横着走；护院又在发他那瞎脾气了，一脚将蒲团踢到了厨房门口，惊得鸡嘎喇喇跳上墙头，撞落了一疙瘩土就砸在狗尿苔的头上。狗尿苔没敢出声就离开，雾已经在面前卷起来，像是碌碡在滚。有人在墙拐角，是两个人搂抱着在那里说悄悄话。谁？

狗尿苔偏走过去，原来走到了霸槽老宅的院子东墙外，墙拐角是两棵树，一棵是香椿树，一棵是榆树。两棵树近是近，并没有挨着，原本树干光光的像柱子一样，但榆树却从一人高的柱杆上生出一丛枝条，伸向了香椿树，香椿树的柱杆上也生出一个枝条伸向了榆树，枝条和枝条就扭扯在一起。狗尿苔踢了榆树一脚，也踢了香椿树一脚，说：我还以为是人呢！

再走，就到了天布家院外的照壁前，狗尿苔仍是想不通，这两棵树怎么平时没注意呢，傍晚的雾里它们怎么就像两个人呢？突然就联系到了霸槽和杏开，狗日的，有什么样的人，院墙边就长什么树吧。狗尿苔便反身再走回去，他要把两棵树给分开，但树都是碗口粗的树，他无法使它们离得更远，就使劲地折榆树柱杆上的那一丛枝条，把一丛枝条全折断了。还要折香椿树柱杆上的那一根枝条，香椿树的枝条就是折不动，他只好把枝条硬扳了过来，扳过来了，一松手，枝条又伸过去，再扳过来又再伸过去。狗尿苔满头是汗，他生气了，从腰里解下了裤带，把枝条缠绑在了柱杆上。

狗尿苔觉得很得意，或许以后，霸槽就不会勾引杏开了，杏开也不再纠缠了霸槽。他往家里走去，又经过着天布家院门口，怎么还是有树长在照壁前，照壁前是没有树的呀？狗尿苔站住了，那不是树，是守灯。守灯弯腰在那一蓬藤蔓前，好像在干着什么，立即又站起来走了，走得毫无声息，又无踪无影。狗尿苔发了半天愣，不明白守灯为啥在天布家院门口还要弯身下去，因为他发现守灯以前每每经过天布家院门口都是唾一口唾沫，停都不停就走过去的。狗尿苔走了近去，照壁好好的，藤蔓也好好的，雾罩在地上，地上的东西看不清，但当他随手提了一下藤蔓，藤蔓却轻轻便提出来了，他紧张地蹲下用手摸藤蔓根，根全部断了，而且都是用刀子在土里将藤蔓根切断的。狗尿苔有些害怕，紧忙离开了照壁，雾便把他裹起来，一块儿在巷道里滚。

12

三婶和顶针还在狗尿苔家里忙活着。

还是在埋葬马勺他妈回来的路上，顶针就求三婶帮她染三丈粗布，三婶满口应承了，却要顶针备些蓼蓝草。蓼蓝草是来声货担里有卖的，但一连几天来声没来，三婶就出主意以莲菜池里的青泥来揩，而揩出来色气不匀，两人拿了布来找婆请主意。婆说：敬仙儿没？三婶说：没。婆说：难怪哩，老姊妹你也糊涂了，染这么多布，你不敬仙儿？顶针说：啥仙儿？婆说：现在年轻人不知道梅葛二仙了。就搭梯到屋梁上取下一个布包，布包里是一些剪着的鞋样子，绣枕顶的花模子，再就是一张木板套色的年画，年画上并排站着的两个古人，这就是梅葛二仙。婆告诉顶针，先前洛镇上有个染坊，坊里就供着这二仙像。现在供销社里都卖洋布，没染坊了，平日村里人自己织下的粗布，少一点的随便拿到莲菜池里揩揩，而布一多，熬蓼蓝草染，不敬仙儿就常常染得不匀。这都是很怪的事，就像蒸馍，谁不会蒸馍呀，但你遇上邪了，馍蒸出来就是瓷疙瘩。三婶说：就是，就是，我把顶针的布拿去揩泥，一股子旋风吹得我个趔趄，估摸是侵了邪了，布就染成个老虎脸。婆把梅葛二仙的年画贴在墙上，没有香火，供了一碗清水，三个人趴下磕头。婆说：仙儿拜了，咱再费一道工序，顶针你把布拿回去，先烧些水，手指头试着不烫就行了，放上野枣刺灰和石榴皮，也把布入进去，一定要入水泡透，然后捞出来再用莲菜池的青泥揩上三天。顶针欢天喜地，说婆知道这么多的！三婶说：你蚕婆是古炉村的先人么。顶针说：婆名字叫蚕？三婶说：你连你婆名字都不知道呀？顶针说：平日都是婆呀婆呀地叫，谁叫过名字？我亲爷的名字我也不知道哩。三婶说：这也是，村里的孩子即便隔代还能知道他爷呀婆呀的名字，但隔了两代就绝对不知道了。你说都讲究继香火哩，隔两代都不知道先人的名字，那还给谁继香火？！婆说：扯远了。三婶说：扯远了。以后有啥不清白的就来问你蚕婆。婆说：忽悠我哩。明堂做的那身衣裳，也黑不黑灰不灰的，是不是你给人家染的？三婶说：是我染的。婆说：你去给明堂说，还有布的话就按我刚才的说法再染一遍。顶针说：不给姓夜的说！婆说：瞧你这小心眼，就让你穿着好看呀！院子外就听到哭声，哭声拉得很长，像唱一样。三人停了话拿耳朵听，三婶说：是看星他妈么，和儿媳妇又捣嘴了！顶针说：姓夜的都是些啥人么，秃子金是个趔髅，迷糊是二杆子，跟后人倒老实，瓷得三锥子扎不出个屁来，八成又是过河勾壕子都要夹水，就霸槽人模狗样的，却是个逛荡鬼！婆说：这婆媳三天两头地吵……三婶说：越吵越穷。顶针说：我说姓夜的没个正经货，看星在外边凶巴巴的，在屋里就是降不住媳妇。婆说：大冷的天哭着吸凉气得病呀，咱得去劝劝。

　　三个人出门去了看星家，看星妈是坐在院门口石头上哭，旁边来了许多看热闹的，看星妈胆就壮了，回头朝院门里说：你吃了三碗，你还要吃多少？猪在圈里饿得吭吭哩，我能不喂猪？院里的儿媳说：我吃什么三碗了？你吃饱了，你儿子吃饱了，我担了十几担垫圈土，稀汤寡水地才吃了两碗，再去盛你就把锅洗了，剩下的饭倒给了猪，我嫁到你家不如个猪呀？看星妈说：你就不如个猪，猪一年到头养大了还卖钱哩，你能做啥，过门这些年了，你生了个猫儿还是狗儿？儿媳说：你怪我哩，你咋不问问你儿哩，种子是瘪瘪的，地里咋出苗哩？你要抱孙子，我去拉野汉呀，我给你生下一炕来！看星妈说：你放你妈的狗屁哩！儿媳说：你才放狗屁哩。看星妈说：哎呀你骂我，你妈也是有儿的，儿也娶媳妇的，你骂我那你妈也会被儿媳骂，麻叶麻叶，你 × 里掰出来的啥女子么，让她来骂我？！旁边人说：你少说几句，你少说几句。看星妈又哭起来，脚手乱摇乱掸。长宽就喊：看星家的，你不要说了！像啥话么！是不是看着人多，把丢人事当赢了人呀？看星媳妇说：你也听到了，古炉村谁家有这么麻迷的老人！长宽说：再麻迷那还是你婆婆么。看星妈说：谁麻迷，我哪儿麻迷了？！长宽说：好，好，你不麻迷，你清白，清白得很！善人就从旁边走过，长宽就又说：善人善人，你来得好，这一家人都有病哩，你也不给说说病？
善人说：人家不请我，我咋去说病？看星妈说：我是让看星去请你给他媳妇说病，看星说那是迷信。善人说：瞧瞧，他们不信么。啥是迷信，我给你说，人迷在什么上就受什么害，所以富的死在富上，穷的死在穷上，会水的死在水里，能上树的死在树上。看星妈说：那我就死在儿媳上？善人说：弹嫌媳妇的受媳妇气，不爱戴婆婆的受婆婆气。能脱出来算有道，脱不出来就是迷信。看星妈说：你说病要吃哩我能给你打一碗煎水荷包蛋，可要钱，我哪有两元钱？顶针说：婶子舍不得钱么，那你婆媳俩就淘气吧，别让气在肚里聚起个疙瘩。长宽说：善人，你今日不要钱，你给她婆媳俩说病！善人说：其实大家都在给她们说病哩。一人打他妈他大，没打别人的妈大，人都恨他，是天恨他；一人孝顺他妈他大，并没孝顺别人的妈大，人都敬他，是天敬他。长宽说：你说得好，你到屋里去，好好给她们再说说。就推着善人，也拉看星妈到屋里去。看星妈却不肯起来，说：给儿媳说病呀，拉我干啥？婆就说：你回屋招呼招呼善人么，冷哇哇的，雾都罩下了，你坐在这儿寻着致病呀？看星妈说：我死了好，死了人家就高兴了！还是没起来了，仍不进院门。婆说：人呢，咋不出来接你婆婆回去？来呀，你接你婆婆！看星媳妇出来拉她婆婆的胳膊，婆婆就进去了，说：甭拉我，我不能走啊？！旁边人就笑着哄地散了。

散开的脚步一乱，顺坡漫来的雾就腾起来，像腾起来的尘，有人觉得喉咙痒，一声咳嗽，所有人都在咳嗽了。而从另一个巷口更多更浓的雾磕碡般地滚出来，滚出来的还有狗尿苔，他一手提着裤腰，一手提了扫帚和笼子，疑惑地往这边看。婆就说：啥时候了你咋还没回家？狗尿苔就说：回，回。把扫帚和笼子交给婆婆，却拽着婆的衣襟走得很急，一进院子把院门关了，裤子就脱落在脚面上。

婆说：狼撵哩？！

替狗尿苔提上裤子，问裤带呢，狗尿苔说句裤带断了，就气喘吁吁地告诉了守灯在土里用刀割天布家藤蔓根的事。婆一下子脸僵了，说：

这话你敢胡说，你看真了？

狗尿苔说：看真了，这算不算也是阶级敌人搞破坏？

婆捂了狗尿苔嘴，说：这事你没看见。

狗尿苔说：我看见了。

婆戳了狗尿苔的额颅，说：你没看见！

狗尿苔看着婆的脸，他改口了，说：没看见。

这个晚上，狗尿苔很乖，没再说守灯的事，也没说他折了缠了榆树香椿树枝条的事。吃饭时，苞谷面糊糊里没有煮豆子，连红薯也没煮，狗尿苔吸吸溜溜着喝。隔壁的铁栓家好像在喝酒，划拳的声很大：你一盅，我一盅！

每当村里谁家喝酒，吆呼喝酒的人就让狗尿苔去叫人，把要叫的人都叫来了，他就提着火绳站在旁边，等着谁吃烟了去点火，谁赖着不喝了就帮着指责，逼着把酒喝到嘴里，还要说：说话，说话！把酒喝在嘴里迟迟不咽，让一说话酒就咽了。但是，吆呼喝酒的人从没给狗尿苔留个座位，也没让他也喝一盅，只是谁实在喝不动了，说：狗尿苔替我喝一下。他端起盅子就喝了，他是能喝十盅也不醉的。喝到后半夜，当然有人就醉了，吆呼喝酒的人说：狗尿苔去送吧。狗尿苔就扶醉汉到家去，先是送醉汉回去，醉汉的媳妇就骂狗尿苔让她男人喝多了，骂得狗尿苔再送醉汉时，把人送到院门口，他敲门，门里只要一有回应，他就立即跑了。

隔壁的划拳声一起，狗尿苔心就慌了，想：喝酒哩咋没喊我去叫人？拿眼看婆的脸。婆明白他的意思，偏不作理，用抹布擦锅台，擦过来擦过去，锅台都擦得亮光光的。狗尿苔放下碗，终于说：婆，铁栓他们喝酒哩！

婆说：你吃饱啦？人家喝人家酒，咱睡咱的觉！

狗尿苔说：一肚子稀糊糊，早睡早尿炕呀？

婆说：睡去！

划拳声还是一声高一声，狗尿苔心里像猫抓，他说他去厕所里尿呀，走到院墙角，趴在墙的缸瓮缝里朝隔壁看，铁栓的厦屋正对面，门开着，生着一盆火，铁栓和麻子黑、护院在喝酒，酒其实就装了那么一瓷盅子，放在火盆沿上，每人手里拿了个白萝卜，又拿了一根猪鬃，谁输了，啃一口萝卜，然后拿猪鬃蘸了酒自己吭一下，让对方也吭一下。狗尿苔哼了一声，还你一盅我一盅哩，就这么个鬃呀？！走回来继续吃苞谷面糊糊。划拳声还是响着，像一群扑鸽，扑扑喇喇，从铁栓家飞过来，婆就不让狗尿苔再喝糊糊了，取了颗鸡蛋，在灶膛里用铁勺炒了，说：这下心收回来了吧，吃了早早上炕！

一夜没起来尿，第二天一早睁开眼一摸屁股下，褥子也没尿湿，狗尿苔的情绪就蛮好，却听到天布媳妇在村道里骂人，她骂着谁日了他妈的瞎心烂肝花的吃枪子挨砍刀的给她家拍黑砖下毒手！有人在问：出啥事了，大清早的骂？天布媳妇说：谁狗日的把牵牛花蔓从根给割了！问话的人说：噢，我还以为谁把天布害了！天布媳妇说：能割藤蔓根，那遇着天布还不要害天布？！就哼声哭，哭了再骂，咒割蔓藤根的人不得好死，上山滚山，下河溺河，中邪得瘟，断子绝孙。狗尿苔穿了衣裳要出去看，婆不让他出去。

天布媳妇整整骂了一个早晨，骂得鸡猫猪狗不敢叫，所有的树都在寒气里打战，枯叶子一片一片落。没人回应，也没人去劝，谁回应谁去劝，谁就是心虚了，没事找事。天布的肚子饥了，过来说：回，回！媳妇才拍了三下屁股，收了场。

但是，过后，村里人都交头接耳了，猜想是谁能割了藤蔓根，那可是看上发叶生花，光耀一片，古炉村的大景观啊！为什么要割呢，还是齐根割，是对村里人不满还是仇恨了天布，仇恨天布也不该拿花木出气呀？这是谁，谁个？！

水皮碰着了狗尿苔，说：是不是你弄的？

狗尿苔说：你咋能想到是我？

水皮说：谁要和天布置气，最多是割一个蔓藤，而这么多的根全割了，那就是阶级仇恨哩！

97

狗尿苔脸都青了，说：阶级仇恨咋不杀人放火而只割个蔓根？就算是阶级敌人搞破坏，出身不好的也不是我一人！

水皮说：那你说是守灯弄的？

狗尿苔说：我啥时说是守灯弄的？！

狗尿苔已经不恨守灯了，他恨水皮，也就想着报复报复水皮。

怎么个报复，狗尿苔却没法儿。这个下午他坐在村西头的药树下看老顺在拾掇着那台旧石磨，磨的上扇被掀开在地上，老顺拿着凿子在绽上扇上的槽渠儿。这老顺就爱干这没用的事，可笑的是他又干得非常认真。狗尿苔看了一会，听见不远处有鸡在很凶地呵斥：这是谁的蛋？！就见从土塄的斜坡上走上来支书家那只公鸡，它满脸赤红，八字步，两个翅膀拖在身后，怒不可遏。狗尿苔觉得奇怪，就走到土塄沿往下一瞧，这里是上百年前老窑场倒瓷片垃圾的地方。原本垃圾堆积得也成了土塄的一角，经长年的雨水冲刷，土塄角又垮了，截面上就露出碎瓷片，全泛着亮光，而塄底的草窝里竟真的有一颗蛋。这一定是谁家的母鸡下野蛋下到那儿去的，而支书家的公鸡也一定是发现这并不是它踏过的蛋在发脾气了。狗尿苔几乎是从土塄上连滚带跑地冲下去，但冲下去却再也控制不住，紧躲慢躲恰好踩住了鸡蛋，一摊黄白汤水搅在了泥土里。塄下的麦田里，水皮和他娘在自留地里割草，水皮不知道狗尿苔是为了一颗蛋冲下土塄的，以为是失脚跌下来，笑得嘎嘎的。水皮幸灾乐祸，狗尿苔越发恨他。

返回巷里，狗尿苔谋算着水皮家的后檐橼眼塞了那么多稻草团挡风，去拽下了几个让冷风钻进去。这主意好。却又想：是拽掉一个稻草团，还是拽掉三个稻草团？拽一个吧，那还不至于让水皮和他娘受冷，拽三个吧，那是不是太冷了，水皮他娘也有哮喘病，一冷可能就病犯了。那就拽一个吧。狗尿苔就往南斜巷的水皮家走去。

南斜巷里多住着姓夜的人家，也只有水皮一家姓朱。巷里栽着六七棵柿树，叶子全掉了，树也变得特别黑。霜降了一层，地上遗散的麦芽、烂纸，还有谁不穿了的一只旧草鞋，都潮着水气，软奄奄地塌着。

狗尿苔从水皮家院门口绕到上房后，瞧着了檐椽缝里塞着的稻草团，但檐椽太高，又没有梯子可以上去，他就丧气了。又从房后绕到院门口，还想不出有什么可以报复的，拿脚狠狠地踢了一下门扇，咣当，咣当！突然生出个念头，回头看看，四下没人，就极快地从院门框脑上摸钥匙，一下子便摸到了。

古炉村除了生产队公房门上挂着洋锁外，几乎所有的人家都还用着老式铜锁。铜锁锁了门，钥匙并不随身带，固定放的地方就是门框脑上。狗尿苔摸着了水皮家的钥匙，那钥匙当然也是带槽儿的铜的直棍儿，只是磨得光溜溜的，然后撒腿跑开，跑到村东南角，扬手丢进莲菜池里去了。

这对于狗尿苔非常痛快，他怎么就能想到这个好点子呢？他甚至已经想好，再见到了守灯了，他要向守灯讨柿饼吃，守灯应该感谢他，因为他也是守灯解了气。然而，狗尿苔半下午坐在家里等候动静，他要看看水皮从自留地回来开不了门，怎样地用石头砸锁子，怎样地把一扇门抬开来，怎样地在巷道里开始叫骂。但是，晚饭前巷道里安然无恙。吃晚饭时狗尿苔端了碗在院子里吃，碗里就有了星星，他是朝着星星喝一口，星星还在，再喝一口。婆说：猪呀，响声恁大？狗尿苔说：饭稀得只能吸着喝能不出声？婆说：夹些酸菜，搅一搅饭就稠了。狗尿苔夹了酸菜，却端着碗出了院门。巷道里空荡荡的，差不多人家的院门都关了，有几户还开着，跌出一片光亮，一只猫从那里悄声走过，倏忽又蹿上院墙头，两颗莹莹的绿光在黑暗里明灭。去了南斜巷，使他吃一惊的是水皮家院门竟也开着！水皮端着碗坐在门槛上吃，狗尿苔退不及，只好直走过去，却假装要找水皮家隔壁的得称：得称，得称叔！得称家的院门锁着。水皮说：狗尿苔，吃的啥？狗尿苔说：能吃啥？再说：得称人不在？水皮说：他丈人过寿，一家人去西川村了。狗尿苔说：哦。就走了回来。

这一夜，狗尿苔没有睡好，翻来覆去地想不通水皮家怎么就开了门，是把锁子撬开了的还是把门扇抬开的，怎么总不见水皮的埋怨和叫骂？

　　奇怪的是，接下来的几天，村里不断地传出丢了院门钥匙，人们互相说着，竟然所有巷子里都有人丢了钥匙。狗尿苔醒不开：难道还有谁也在偷了钥匙扔了？

　　一个中午，婆收工回来，路过支书家院墙外，拾到了一张报纸，喜欢得叠起来，拿回来剪花儿，开院门时却在门框脑上摸不到钥匙，急得在门口转圈圈。正好霸槽和杏开过来，杏开看见婆在那里站着，钻到旁边一个厕所里不出来，霸槽说：蚕婆你咋啦，满头的水？婆说：门钥匙不见啦！霸槽说：你家钥匙也丢了？我寻支书去，村里这些天不断地丢钥匙，他当的什么支书，治安差成这样了？！

　　霸槽真的就去找了支书，支书和老伴在卧屋里用报纸糊墙。古炉村是订着一份省报，原先是放在公房里，但当日的省报由镇邮递员送来都是过了好多天，村里又没有几个人能认字，人们在晚上去公房记工分时常常就把报纸撕了条儿卷了烟来吃，支书便把报纸拿回了家，积攒了糊墙。院门一响，支书问：谁呀？听到霸槽说：我。老伴说：他逛荡鬼寻你干啥，别理他。支书说：贼要偷你，你越防贼越惦记你，干脆让贼出来招呼他吃了喝了，贼就不再来了。这货是个咬透铁，别人可以不理，他得理。就去开院门。老伴说：等一等。急忙把晾在院子里的簸箕端到上房收拾了，簸箕里是别人送来的点心，送得多，又舍不得吃，放在簸箕里晾着。

　　霸槽进来了，支书说：你坐。自己就蹴在凳子上吃水烟。支书出门袖筒里塞着个长杆旱烟袋，回到家都是水烟锅。他吃水烟很讲究，把烟丝在指头上揉呀揉呀，揉成个小球球了，按在水烟锅的烟哨上，然后一手端了，一手拿了纸媒，嘴那么一皱，噗地吹口气，纸媒就着焰了，像开了一朵小梅花，再然后点着烟丝，嘬了烟锅嘴儿呼噜呼噜吸，水烟锅里像藏了个叫唤的扑鸽。霸槽没有坐，他担心一客气地坐下来他说话就没冲劲了，他在说村里的治安成什么样子了，竟然有了贼，这贼不是一个，而是一拨，连钥匙都偷起来了！支书嗤的一声，把燃过的烟丝球球吹掉了，又揉上一个烟丝球球按上了，又噗地吹纸媒。霸槽说得太急，连吃带喝的。支书说：哎，哎！霸槽愣了一下，不知道支书啥意思。支书说：你耳朵塞狗毛了吗，叫你你不应？！卧屋里老婆说：喊我哩？支书说：倒一碗开水，让霸槽喝了慢慢说。他老婆从卧屋出来，嘴角沾着一粒点心屑，笑笑地：是霸槽呀，婶给你烧些开水去。霸槽说：我不喝。他还要把他的话说完，就说：这是共产党领导的社会主义吗，过去的古炉村路不拾遗，如今抬蹄割掌啊？！支书不噙烟锅嘴了，鼻子里往外出烟雾，两股子烟雾就在他和霸槽面前绕花子，挽圈子，千变万化，但他一吹，什么也没有了，说：我记得你家是贫农？霸槽说：是贫农。支书说：是贫农咋说这话，古炉村不是共产党领导是地富反坏右当权啦？霸槽一下子噎住了，说：我是来给你反映情况的。支书说：好么，反映情况好么，不要急，你说，啥事？霸槽说：啊，蚕婆家的钥匙丢了。支书说：这事我知道。霸槽说：你知道？支书说：啥我不知道？看它哪个虫虫子敢从古炉村的巷道里爬过？还有啥事？霸槽说：再没啥事。支书说：没事了，你回去把你家后檐收拾一下，一页瓦掉下来啦。

霸槽离开了支书家去他家后檐查看，后檐瓦果然是掉下来一页，他惊讶支书真的留神着古炉村的一草一木，却又想，我是给支书发凶去的，怎么倒让他给不知不觉地支配开了？而支书在家又吃了一锅子水烟，就出来去狗尿苔家要看看是不是真的把钥匙丢了。果然是开不了门，他说：会不会把钥匙放别处了？婆说：能放到哪儿去，人老几辈子都是钥匙放在门框脑上的。支书着人把一扇门抬下来，他就在村里调查着谁家都丢过钥匙，一调查，竟然挨家挨户地丢过，最早在南斜巷，再就是西拐巷、横巷、三岔巷，再从南边到了北边的庙巷、拐巴子巷，又折回东边来。支书脸便变了，问：还丢了什么？回答是米没丢面没丢，萝卜土豆在屋檐下台阶上放着都没有丢。支书突然醒悟了什么，问丢过钥匙的水皮：你丢了钥匙后来怎么开的门？水皮说：我不敢给你说谎，钥匙丢了门开不了，我就从隔壁有粮家的门框上拿了他家的钥匙开的。冯有粮立即说：水皮你狗日的偷了我的钥匙？水皮说：我不是偷，是拿的。冯有粮说：把猫叫个咪！支书就问冯有粮：你发现丢了钥匙又是咋开的？冯有粮说：我也是拿了隔壁的钥匙，反正是我家丢了钥匙才去拿别人家的钥匙。支书一家一家问，结果几乎是一家拿一家，有的正好是那一家当天不在，隔了一天两天，这家又开始拿另一家，就这么一直传下来，传到了狗尿苔家。

支书说：把他的，原来就只丢了一把钥匙，弄得古炉村鸡飞狗咬！

但一把钥匙让古炉村鸡飞狗咬，这使支书不能容忍。谁是第一个偷钥匙的，偷钥匙并不为钱财，这就不是偷而是故意捣乱了。他让人把守灯叫来。

窑场上原本是冬生负责沉泥拉坯，摆子点火烧窑，信用和立柱挖运坩土，伐树砍柴，去北稍沟买煤，后来守灯去后，让他啥活都干，但守灯有家传的手艺，老是指教冬生，冬生就干脆沉泥和窝泥，把绑腿和旋刀给他，只给他做下手，支架子晾坯，烧地炕烘坯。守灯的坯拉得好，却又弹嫌摆子烧窑不是烧过了就是火候不到，每次烧窑前，他都要去摆药季子。摆子的脾气没冬生好，就不耐烦了，和守灯吵闹了几次，结果摆子联合冬生、信用和立柱，限制守灯：不尿泡尿照照自己是谁，逞的啥能？！再往后，只分配守灯去拉坩土，或从下河湾买了煤了运到山下，用挑担挑到窑场。

支书派人跑上山，守灯正纳他的裤子，他的裤子在拉坩土时被狼牙刺挂破了裤管，而立柱在指责说：拉了两趟轮胎就轧成这样？！守灯说：我是故意吗？立柱说：早上我就说轮胎没气了，你不充气，那轮胎能不轧？！守灯说：阶级敌人生来就是破坏的，这你不知道？针扎了他的手，他把线扯了，又把裤管的破口往开撕，撕了一片，又撕了一片，裤管成了絮絮。立柱说：你给谁示威哩？！守灯说：我撕我的裤子哩，我不能撕？来人把守灯拉起来，说支书叫他哩，守灯就一条裤管长一条裤管短下了山来。

狗尿苔回来吃饭的时候，才知道自己家的钥匙也丢了，又知道了支书发火着人去叫守灯，他就懊悔不迭。但他不敢明说最早偷钥匙的是他，却又不忍心让守灯背黑锅，就怂恿婆去支书家看个究竟。婆也操心了守灯，就领着狗尿苔到了支书家。守灯还没有来，婆一去先拿了扫帚就扫院子。守灯来了，婆说：呀，裤子烂成这样了还穿？向支书老婆讨了针线要缝。守灯不让缝，给支书说：你让我离开窑场吧。支书说：让你在哪干活你就在哪儿干活，没有挑肥拣瘦的！守灯说：那瓷货烧成那样了，可别说我在破坏哩。支书说：窑上咋啦？守灯说：冬生和摆子那水平……支书说：人家一直烧窑都好好的，你去了就不行啦？你瞧你，把裤子穿成这样，是不是要给社会主义抹黑，也要给我脸上抹黑？守灯说：这咋能上纲上线？支书说：那你就穷得再没裤子穿啦？守灯不吭声了，靠在院中的痒痒树上，痒痒树立即酥酥地颤动，屋檐下就跳下一群麻雀，喳喳喳地碎嘴乱说。

支书一跺脚，麻雀飞了，他说：我没事是不叫你来的，叫你来肯定是阶级斗争出现了问题，公社张书记提醒我，在形势大好的情况下一定要保持革命警惕，我还说没事没事，谁知道事情就出来了！前不久有人割了天布家的藤蔓根，现在又出现钥匙连续丢失事件，到底是怎么回事？守灯说：有贼啦？支书说：你不知道？！守灯说：我不知道。支书说：你要老实点！守灯说：我有偷人的前科吗，猪屙的狗屙的都是我屙的？！支书说：你还燥，燥啥？守灯说：我偷钥匙干啥呀，屙不出来掏屎呀？就是掏屎偷一个钥匙就够了，偷那么多钥匙我有几个屁眼？支书吼了一声：你给我住嘴！守灯住了嘴。支书说：不是你干的我还不能调查吗？！怪了！婆就打圆场，说：守灯你好好说么，没偷就没偷，不从咱们这里调查还能从哪儿调查？支书说：没有破坏行为，那也得从思想深处检查有没有破坏的念头！好了，回去吧。婆和守灯就出了支书家的院子。守灯一出院门，门外榆树上吊下一条吊死鬼虫，虫丝挂在他脸上，抓了几下才抓下来，一抬脚就把吊死鬼虫踩了稀巴烂。婆说：你这娃，虫子惹你啦？守灯说：我气不顺！婆说：这不就排除咱们了吗？

狗尿苔并没有跟婆回去，他帮着支书的老婆从地窖里搬筐红薯，搬了红薯，有话想给支书说，就说了他婆年纪大了，今年以来耳朵老流脓，整夜整夜睡不着。说生产队壮劳力一天十分工，婆是六分工，十分工值两角钱，婆的工只值一角二分钱，婆咋养活他呀。他说他要求能出工，个子小是小，但他已经不是捏尿泥的娃娃，干活是担不了粪也犁不了地，可他能干别的活，比如别人犁地他可以套牛，别人砌堰他可以拣垫料石，别人扬场他可以扫麦糠。他说如果能让他出工，一天给记四分工最好，记不了四分记三分也行。狗尿苔在说的时候没人打断他，他觉得自己思路特别清晰，说得非常顺溜，支书不答应他出工都不行了。

支书却看着狗尿苔，说：你说谁能偷钥匙呢？

狗尿苔说：这我不知道。

支书说：四类分子没有破坏，那还有谁呢，是外来户？

狗尿苔说：这我不知道。

支书自个往门外走，狗尿苔当然也跟着。支书的步子大，狗尿苔撵不上就小跑，一边小跑一边仰着头看支书的大背头。巷道里有许多人，也都在谈说丢钥匙的事，支书就说：不要说丢钥匙的事啦！丢个钥匙天就塌下来啦？有人就说：不说了不说了，支书你吃啦？支书说：啥时候了我能不吃饭？支书是先到了秃子金家，半香是从老山沟嫁过来的，但秃子金家院门锁着，支书又往老顺家走，他要找来回。这时候，狗尿苔瞧见了支书大背头的谢发处趴着了一个虱，说：爷，支书爷，你头上一个虱！支书瞪了他一眼，继续走路。狗尿苔又说：爷，支书爷，你头上一个虱！支书一甩手，在狗尿苔头上打了一掌。狗尿苔站住了，头木木地疼，就不跟支书了，低声说：咬去，让虱咬去！

狗尿苔最终不知道支书去老顺家怎样给来回说话的，但那个傍晚，杏开给人说了他大去公社开会，拉回来了分给古炉村的救济粮，人们的兴趣立即从丢钥匙的事上转移到了救济粮的分配上。磨子、灶火和迷糊几个人验尿水验到老顺家，来回一直在屋里没出来，而老顺听他们在说着救济粮的事，就问：这次是不是按人头分呀？

灶火说：前年救济粮支书按人头分，听说受公社张书记批评了，今

104

年咋可能还按人头分？

老顺说：这就好，按人头分不公平，有的家娃娃多，饭量小，我一顿盛三四碗吃哩，应该分给最困难的。

灶火说：再怎么分也分不到你家吧。

老顺说：为啥？

灶火说：支书今日寻到你家了吧？

一句话未落点，来回从屋里冲出来，她眼睛红肿着，大声说：日他妈的丢了钥匙就怀疑上我啦，古炉村的人都是好人，外乡人就是贼啦，谁没个媳妇，哪个媳妇是本村人，外乡人就只有我是贼啦？

灶火说：支书不是只寻你，还寻了半香的。

来回说：我告诉了支书，我再告诉你们，我娘家可是贫下中农，人经三辈的贫下中农，不要给我头上扣屎盆子！

来回说完，突然脸色煞白，浑身抽搐，哐地就倒在了地上。老顺才要训斥来回不要说了，见来回倒在地上不省人事，就慌了，喊：啊死人了！磨子灶火往跟前跑，竟然把老顺挤得掉进了尿窖池里，多亏尿窖池里尿水浅，他又爬上来，咧嘴哭着把来回抱到怀里喊：来回！来回！来回眼睛翻白，口吐白沫，就是不出声。老顺：灶火，是你把我媳妇逼死的！灶火说：我逼死的？支书寻的她，又不是我寻她！老顺说：支书寻她，她也没闭了气，她还给支书打了两颗荷包蛋吃了。你在逼她，是你逼的！灶火说：我咋逼了，打她了，骂她了，掐她喉咙了？！磨子束手无策，推着灶火，说：还不快去找蚕婆！

灶火撒腿就跑，到了狗尿苔家，婆在炕上剪花儿，不容分说背了就走。婆来后试了试来回的鼻子，鼻孔里还出气，把拥到了心口上的衣裳往下拉拉，盖住了露出的肚皮，说：没事，让静静躺一阵就缓醒过来了。

老顺说：没事，咋能没事？你看这嘴上的沫，黑眼珠子都不见了么！

婆说：这是羊癫疯。

婆的话把老顺怔住了，磨子灶火迷糊也都怔住了，羊癫疯，来回是羊癫疯？古炉村有这样病那样病，还没谁有过羊癫疯，可洛镇上有个羊癫疯病人来买过瓷货，结果掮着瓮走着走着就倒在地上浑身抽筋的。但羊癫疯是要不了命的，来得猛去得也快，一听婆说来回是羊癫疯，他们松下一口气来，想到的却是来回原来有羊癫疯，老顺的脸黑得像刷了漆。而灶火就开始作践了，说：我说哩，她怎么就看上了老顺？！迷糊说：哦，她是让老顺给她看病哩！迷糊比老顺年轻几岁，当时也想收留来回，但来回却进了老顺的门，迷糊心里一直不美。老顺对灶火和迷糊的话似乎没听见，说：躺会就好了？婆说：就好了。老顺说：地上凉，会不会受寒气？脱了自己衣服要垫在来回的身下，而他的衣服已经湿了，又臭烘烘的，他就从屋里取了被子。婆不要让他折腾，他就叫狗，他家的狗便卧在来回身边。迷糊看不惯那狗，上去把狗踢了一脚，老顺说：让它卧着，能给来回取暖。迷糊说：让狗睡呀？！婆不让迷糊再说了，问老顺说：她犯没犯过这病？老顺说：从来没见犯过。哪里是要我看病的，我哪里能有钱给她看病？灶火说：你就是药方么，瞧你瘦得失形了！迷糊说：人家哪里用他，有狗哩！婆说：去去去，干你们的活去。

　　磨子推搡着迷糊、灶火走了，来回睁开了眼，她的头上出了一层汗，嘴张着大声喘气，好像是才挖过了一亩地，突然骂了一句：狗日的……冤枉我！老顺忙背了她往家去。来回的身子大，老顺背着她，她的一双腿就拖在地上。

13

　　到底是谁偷的钥匙，麻子黑出主意这得报案，他说他认识公社派出所的王所长，王所长把所有怀疑的对象叫来吊起来打，不用半天就水落石出了。支书说：你也是怀疑对象，先把你吊起来打一顿？！支书的意思是，既然寻不到证据给谁定罪，也就不要闹得连洛镇都知道。麻子黑说：那就不管啦？支书说：谁说不管啦？！他一再强调继续查，其实心里已经把这事搁下了，做领导的，有些事能说不能做，有些事能做不能说，麻子黑知道个屁呀！支书便让水皮提了石灰浆，在巷道的墙上刷一批新标语。

老顺家的山墙上原来有一条标语，写着：忙时吃稠，闲时喝稀。水皮铲掉后，重新再写，他担心直接搭梯子在墙上写得不匀称，从支书家要了几张报纸，先在报纸上写了，把报纸上的字刻出来贴在墙上勾出轮廓，然后再用石灰浆填涂。他提了石灰浆桶爬上梯子，让来回在下面稳住梯子，来回不识字，说：你写的啥字？水皮瞧不起来回，说：白灰字。来回就不给他稳梯子了。水皮忙让把梯子稳好，说：是听党话跟支部走，光景好得啥都有。来回说：噢，有贼哩。水皮说：你说啥？来回说：钥匙丢完了没有贼？水皮说：这是支书编的词，你反对？来回说：是支书把我留在古炉村的，我能不识瞎好？水皮说：知道不知道啥叫宣传，正面宣传？没文化！来回说：我是没文化。水皮说：那就稳好梯子，跟我稳一晌梯子了给你也记工分。水皮娘来给水皮送手套，操心着水皮刷标语冻了手，她也不认字，却站在墙下说着字写得多好，有胳膊有腿的，听到水皮指责来回，她说：水皮，对你嫂子说话软和些，她病还没好哩！

来回的羊癫疯是古炉村增添的新的病种，大家都同情了她，私下里议论，她这一病，分救济粮肯定是没问题了。水皮娘说了：她病还没好哩！来回并不反感，帮水皮在她家的山墙上刷好了标语，还跟着水皮继续到别的地方去刷。

刷到筒子巷，水皮的草鞋烂了，到迷糊家买草鞋，看见迷糊不会写字也不请人写字，贴在中堂上毛主席像两边的对联都是扣着碗画的圆圈，圆圈倒是画得圆，而且排列整齐。水皮说：撕下来撕下来，我用灰浆给你在墙上写。迷糊说：不要撕，红纸贴上喜庆！我不识字，你写上了和我画碗圈看着还不是一样？硬是不让水皮撕。水皮说：你真是落后分子！迷糊就急了，一把将水皮往外掀，水皮偏不走，手扣住门框不放，迷糊的拳打在手指上，水皮的笔掉在门里，人跌倒在门外。迷糊说：我落后分子？是不是要分救济粮呀就陷害我？咋落后啦，是成分不好，还是偷了谁家钥匙偷了谁家老婆？！骂着，拿眼睛看来回。来回说：你甭看我，我也没偷钥匙也是贫下中农，是支书让我帮着水皮刷标语哩！迷糊说：谁说你！你装病能分上粮了么，支书叫你干啥你能不干啥？来回说：我装病？我还干啥？来回一下子燥起来，脸就伸过来，再说：我装病？！我还干啥？！迷糊看着面前的那张脸，他举起手要打，手落下来却在脸上摸了一下。来回叽吱哇啦喊起来，吓得迷糊就把院门关了。水皮叫道：笔，我的笔！迷糊把笔从院墙上撂出来，说：给你娘个×！

来回受了迷糊的作践，虽然羊癫疯没有犯，但人却和往常不一样了，总是说迷糊跟着她，气得老顺说：他哪儿跟你了？来回说：他鬼跟着我。老顺说：人死了有鬼，大活人的有啥鬼？来回说：活鬼。老顺只好在来回出门了就做伴，但来回的瞌睡越来越少，白天里可以厮跟着，夜里老顺睡得死，来回天不亮就起来了，起来了没事干，把土根家院门外的碌碡掀滚到铁栓家院门外，土根要用碌碡碾编席的眉子，吭哧吭哧又把碌碡再掀滚过来，心里倒想着这女人力气大。北塬上入冬后平整了三块梯田，原来的一条路不能再用了，村里又抽了一部分劳力重新修路。修路的那几天满盆招呼大家出工，就敲门口树上吊着的铃，而来回掀滚了碌碡后，就挨家挨户地敲门，喊：分救济粮了！出工了！惹得人都睡不好觉。敲到天布家，天布黎明最喜欢跟媳妇做事，正爬上肚皮忙活，听见门外喊连长，连长。天布对媳妇说：就说我不在家。天布媳妇回应：连长，不，不，不在哟，哟，哟……来回还在一声紧一声喊连长，说：训练呀，打枪呀，苏修侵略呀！天布从窗缝一看，天还麻麻黑，是来回在敲门喊叫，就燥了，提了尿桶冲着门缝就泼出去。

莲菜池里的冰越结越厚，男劳力砍了冰层往出挖污泥，妇女们再挑了污泥堆到山门下，等晾干了好给牛圈垫土。孩子们就割冰上干枯了的莲菜秆子，莲菜秆子中间有许多小孔，点着了吸像吸着长杆子烟锅，狗尿苔也就点了一根吸，刚吸了一口，蓦地就闻见了那种气味，人一下子瓷在那里没敢说话。半香却把莲菜秆子拿过去吸，吸一口，呛得连声咳嗽，来回看着便笑，她笑得突然，声又像用机子爆苞谷花，嘭的一下，把大家都吓了一跳。半香说：你吓死人呀！来回还在笑，笑得靠在地堰上，上衣就拥上去，把红裤带和红裤带上的肚脐眼都露出来。婆就说：来回，来回！来回说：咋啦，婆？婆说：肚脐眼！来回说：我肚脐眼是凸着，听说肚脐眼窝进去有福，是不是？婆过去拉了她上衣，说：男人这多的……来回说：谁没长肚脐眼？又嘎嘎嘎地笑。大家相互递眼色，觉得这女人不知道羞耻了。婆就去给老顺说，来回让羊癫疯伤了脑子，得给治哩。老顺说：哪有钱去请医生？吃五谷生百病，不要紧的吧，吃饭都好好的。婆说：不吃饭了才要紧呀？没钱去请医生，你也让善人说说病去。

老顺在当晚把善人请到家里，善人一进门，来回却话说个不停，句句争理，善人就坐在一旁静听，一声也不响。直坐到半夜，善人说：老顺，你烧些煎水，她口干舌燥得喝些水了。自个起身却走了。老顺跟出来说：你咋不说一句话就走了？善人说：不说话也是给她治病么。老顺说：你是说病的，你不说能治病？这我可不给钱也不给你鸡蛋吃。善人说：你以为我爱钱爱吃鸡蛋呀，收钱吃鸡蛋是为了让病人重视。我明日再来。

第二天，善人又去了，善人问来回：你昨晚说的是理呢，是道呢？来回说：我说的是理，没理哪能随便瞎说呢？善人说：理有四种，有天理、道理、义理和情理，你只是一味地争理，哪能不病呢？你若想病好，非认不是才行，要能把争理的心，改为争不是，你的病就好啦。来回说：咋个争不是？善人说：我夜里讲善书，村里来的人多，你就先来伏在门口，进来一个人，你磕头认不是说：我有罪啦！譬如老顺进来，你就说：我不会当媳妇啦！你老顺的本家哥进来，你就说不会当弟媳啦！就是队长进来，你也要磕头说：我不会当社员啦！来回：这话我不说，我有啥罪啦？噎得善人说不下去，起身又走了。

窑神庙门口，一群人在等着善人，他们已和善人说好，夜里来听他说善书，是善人让他们等着，说会把来回叫来，来回要在门口给大伙磕头认罪，她如果笑了，引逗得大家也笑了，那就笑，笑能聚神，神足气壮，如果来回一活动真能浑身流汗，那她的病就好了。没想，善人灰不沓沓的一个人回来了，大伙就问咋不见叫来来回呢？善人说：提不起！盲人骑马，夜半临深渊，她危险着哩！

　　正好满盆和马勺走过来，马勺胳膊下夹着个本本，两人正说话，看见一堆人，不说了。有人就小声说：肯定是去支书家呀，商量分救济粮的事。灶火就迎上去说：队长，去见支书呀？满盆说：这多的人在干啥？灶火说：听善人说善书呀。满盆就问善人：你讲善书？支书让你讲善书？！善人说：没见支书反对过，那就是默认了。满盆说：你咋讲哩，比开会学习顶用？善人却歪了头，笑着说：古炉村几百口人，你是队长，你佩服了几个呢，让几个人从心眼里听你话呢？满盆竟一时不知说什么。善人说：你不教人，天天管人，你可知道，人管人像拍皮球似的，拍得越重，跳得越高，日久成仇，能使人心散哩。灶火说：就是就是，看咱古炉村都成啥样了！满盆说：啥样了？！干活都奸得很，说诳话一个比一个能，人哄地，地也就哄人哩，现在还在腊月就没吃的了，知道麦秋二料庄稼没做好吧？善人说：人有三性啊，一是天性，二是秉性，三是习性，天性纯善无恶，秉性纯恶无善，习性可善可恶……马勺就拉了满盆走，走到山门下，说：你管的那干啥？满盆说：提起他们干活的事，我就生气。

　　满盆和马勺一走，婆倒问起善人，那来回的病就没办法说了？善人说他没办法，让婆给来回立立筷子试试。婆回来已经是半夜了，真的在家里给来回立筷子，但筷子老是在水碗里立不住。狗尿苔在一旁说：她人不在跟前，那筷子能立住吗？婆说也是的，羊癫疯我治不了，可你爷在的时候说过一种治迷瞪病的土偏方，迷瞪病和她的病近似，不妨让她服服。狗尿苔问是啥土偏方，婆说：如果不是冬天就好了，到尿窖子捞些蛆，洗净了在火瓦上烘干碾成粉，再寻些龙骨也碾成粉，蛆粉三分之二，龙骨粉三分之一，用熬出的昂嗤鱼汤冲服。狗尿苔说：蛆？那咋喝？婆说：治病么，再难喝也得喝。哎，现在也只能到茅房里扫些蛆壳子，磨成粉喝了。为了不让来回知道药是蛆粉，婆让狗尿苔弄药。狗尿苔从茅房地上找了些蛆壳子，婆拿了一页纸在火上烤热，然后将蛆壳子放上去烘干碾了细末，这些倒没费多少事，而寻龙骨却忙一天半。龙骨其实并不是龙的骨头，而是窑场后边的一条沟里出的兽骨，这些兽骨石化了又没完全石化，村里人都叫它龙骨，谁肚子疼了，就去挖一块刮粉来喝。狗尿苔和牛铃到沟里去挖，终于挖出一块，刮成粉末和蛆粉搅在一起。狗尿苔说：来回对我恁凶的咱却给她弄药？牛铃说：你扫蛆壳子的时候加上些别的就好了。但蛆壳子已经碾成粉了，狗尿苔就掏鼻痂子搅在了药粉里。

来回喝过药后毛病并没有改变，水皮写标语，她还是跟着提石灰浆桶。标语写到支书家的后墙上，她却拿灰浆刷支书家院门那堵墙，刷到一半，好多人在说：巴结支书啊！她说：就巴结啦又咋的，没有支书就没有我！支书闻声出来，严厉训斥了来回，墙不但没刷得干净，反倒像给老虎画胡子，肮脏不堪。支书来找婆，说他听说婆给来回配药了，那药怎么不济事？狗尿苔在旁边插话：你给她家分上救济粮病就好了。支书黑了脸说：这话是你说的，还是听别人说的？狗尿苔：我说的。婆就一把推开狗尿苔，说：去去去，这里有你说的啥话？！支书说：就那点救济粮，全村人眼睛都盯绿啦，我再压一压了评吧。

婆再一次和老顺在家里立筷子驱鬼。那是舀一碗清水，把三根筷子竖着用水淋要让筷子在碗里站起来，婆嘴里念念有词：来回的病撞着鬼吗，是来回她大？她大你是被水淹死了的，是不是来缠你女子的？如果是你，你就站住。但筷子怎么也站不住。婆又说：不是你大这鬼是谁？是村里的死鬼？是牛铃他大？筷子站不住。是马勺才死的妈？筷子站不住。婆一连说过五个死鬼，筷子都站不住。老顺说：是不是迷糊他妈，迷糊老惦记着来回哩，是不是他妈的鬼？婆就说：是迷糊他妈了你站住。话一落点，筷子竟然就站住了。老顺脸色大变，立即骂道：迷糊是坏人，你也是坏鬼！埋你时我还帮着给你坟上添土，你却来缠我媳妇？！婆说：真是你，你走，你走！你要走了，老顺去你坟上烧一刀纸，你要不走，我就砍呀！等了一会儿，筷子还不倒，婆就取了切菜刀，将筷子嘣地砍了一下，筷子跌落在地上，婆端了碗将水泼在门外台阶下。

目睹了立筷子驱鬼的全过程，狗尿苔也害怕起鬼了，白天去中山坡根，一经过坟堆，就两眼盯着，呸呸地唾唾沫。婆说过鬼怕唾沫，害怕鬼了就唾唾沫或者摸头发，一摸头发，头发放阳气，鬼就近不了身。他唾了唾沫又摸了头发，自己看不见自己的头上放没放阳气，但听得见手一摸头发就啪啪地响。白天还罢了，一到天黑，他一个人在巷道里走，老远看见有人影就怀疑那是不是鬼，身贴在墙上或藏在树后盯着看，等那人影到跟前了，发现是村里人，才放了心。刚走几步又疑惑：这谁谁谁是不是鬼装扮的呢？就又站住问：你是土根叔？土根袖手缩头只管走，回头说：不是我是谁？狗尿苔说：不是鬼吧？土根说：你才是鬼！狗尿苔说：我以为天黑鬼在巷子里窜哩。土根说：鬼是吃屎的，常在厕所里，你进厕所时跺跺脚鬼就跑啦。土根是老实人，他不会说谎，狗尿苔就信了，但他正好憋尿，再也不敢去厕所，撒腿往家里跑，一进门把门扇撞得哐哐响。婆问：咋啦咋啦？狗尿苔说村里有鬼哩，婆没有问看到的鬼是什么样儿，反倒立即让狗尿苔站住不动，从地上捏了一撮土撒在他头上，说：我给你装的纸花儿呢？

狗尿苔的口袋里从此多装了几张纸花儿，婆又让他给来回了几张纸花儿。来回好像并不害怕鬼，倒是狗尿苔越发相信这村里有鬼，看树，看猪狗鸡猫，看天上的鸟，地上的老鼠，石头，都觉得是村里死去的人托生的，而再看村里的人又觉得是死去的树呀牛呀青蛙老鹰和牛狗猪鸡转上世的。

狗尿苔把这些乱七八糟的想法说给了霸槽，霸槽嘴里噙着钉子掌鞋，就不掌了，把钉子从嘴里取出来，说：你婆给你灌输的？狗尿苔说：咋啦？霸槽说：迷信！狗尿苔立即想着啥事都不要牵连到婆，就说：我想的。霸槽说：你碎馍还有这想法，那你看我是啥转上世的？狗尿苔却回答不上来了。霸槽是古炉村最俊朗的男人，个头高大，脸盘棱角分明，皮肤又白，如果不说话不走动，静静地坐在那儿，他比洛镇学校的老师还像老师，可他一走动一说话，却有一股子髋气和邪劲能把人逼住。霸槽睁着眼说：我是啥转上世的，唵？狗尿苔突然就想到了熊，说：啊白熊转上世的。霸槽说：咱这儿有狼有狐狸的，哪儿有白熊，你见过白熊？！

狗尿苔是没见过白熊，但马勺他妈以前给他说过白熊的故事，说她小时候南山里有白熊，熊能站起来走路，而且能笑，所以常变成小伙子出现，许多女人都被俊朗的小伙子所吸引，近来和它说话，结果小伙子抓住女人就笑，笑得没死没活，在笑声中还原了白熊的模样，就把女人吃了。所以，南山里的女人一般不敢出门，要上山割漆或拾橡子，就在胳膊上套个竹筒子，一旦被白熊抓住，白熊在大笑的时候，可以胳膊从竹筒子里退出逃脱。狗尿苔说霸槽是白熊转上世的，是否开正痴迷着他，而且马勺他妈说白熊视力不好，外号叫白瞎子，他霸槽老戴个墨镜，眼睛也是不好的。

狗尿苔说：以前有白熊，你就是白熊转上世的。只说霸槽要打狗尿苔了，没想霸槽却哈哈笑了起来，笑得像刮风，一波一波的。狗尿苔说：白熊就没死没活地笑。霸槽说：狗尿苔，把窗台上的镜拿来！狗尿苔从窗台上取了镜，霸槽对着镜照了照，说：马勺他妈活了多少岁？狗尿苔说：七十多了吧。霸槽弯腰故意使他的腰显得粗壮，乍着手迈起步子，噢噢地吼了几下，说：马勺他妈说她小时候听说南山里有白熊，这就是七十多年再没见过白熊了，白熊是七十多年才能出生的！

把霸槽认定了是白熊转上世的，霸槽就从此真的有意学着白熊的模样，他走路胳膊都是在身后甩，步子再不急促，岔着腿走，原来发问说：唵？现在动不动就低沉地吼：噢？！笑起来头仰在肩膀上突然嘎嘎嘎地笑，能把人吓一跳。而狗尿苔也更怯火了霸槽。他越是怯火着霸槽，霸槽越是对他亲热，竟然有兴趣和他给全村人判定谁是啥转上世的。比如支书老披着衣裳，走路慢腾腾的，没事就低眉耷眼的，嘴窝着又腮帮子鼓圆，吃东西整个脸都在剧烈地活动，但眼要一睁，

113

嘴要一咧，却特别厉害，是老虎变的。灶火眼突出，嘴张开是方形，能塞进个拳头，是蚧蚪子蛤蟆变的。半香腰这么细，一走就扭，是水蛇变的。面鱼儿圆脸没胡子，额颅上的皱纹像刀刻出来的，是猪变的。马勺坐没坐相，总爱窝蜷在那儿，别人说起与他无关的事他霜打了一样蔫，一旦与他有关了，眼睛忽地就睁开，尤其他能和戴花半香杏开她们说话，越说越有精神，而戴花半香杏开和他说过话后都喊叫乏困，那马勺就是老狐狸变的，他和女人说话就是吸女人气的。麻子黑的目光游移不定，声又破，狼变的。长宽是树变的吧，噢，应该是核桃树。老顺是老榆木疙瘩变的。迷糊一定是狗变的，瞎狗。水皮呢，水皮也是蛇变的，他这蛇和半香的蛇不一样，他是草丛里或墙缝里钻着的蛇，衣服华丽，这种蛇按不住它的三寸，能把你缠死，但按住了，提起尾巴一抖，它的骨头就一节一节碎了，像一条草绳。他娘是鸡变的。牛铃的耳朵被老鼠咬过，老鼠爱啃土豆，但他不是土豆，绝对是个山猴变的。满盆是牛变的，鼻子大，爱叫唤。天布死犟死犟的，像驴像牛像狗像狼，也都不像，是四不像。田芽话多，除了吃饭睡觉嘴就没闲过，是蛤蟆变的，可蛤蟆大肚子，她肚不大呀，啊是麻雀变的。他们每判定一个，就十分得意，而且越想越得意，就张狂得大呼小叫。霸槽说：狗尿苔，那你就真是狗尿苔转上世的。狗尿苔说：我是老虎。霸槽说：屁，说是老鼠还行。狗尿苔说：我才不是老鼠。霸槽说：老鼠好哩，有人吃的就有老鼠吃的，虽然老鼠上街人人喊打，可五年前闹地震，头一天老鼠满巷道跑，去年州河涨水，河堤上老鼠都上了树，老鼠精得很。狗尿苔说：老鼠有板牙，我一口碎牙能是老鼠吗？霸槽想不出狗尿苔是啥转世了，说：来回是从河里捞的，又是噘噘嘴，可能是什么鱼变的。狗尿苔心里咯噔一下，倒害怕霸槽从来回的身世联想到他的身世，就赶紧说：我啥也不是。霸槽说：你长成这个样子也实在不容易，那就是从天上掉下来的一块石头？狗尿苔想了想，石头也好，守灯恐怕也是石头，但守灯是厕所里的石头吧。他说：那我是陨石！

为了进一步证实他们的判定，他们在村巷里走，走过一家，不是霸槽说：牛！就是走过另一家了，狗尿苔说：扒拉食的鸡！狗尿苔就问霸槽：你去过省城，省城里的动物园是不是就这样？霸槽说：动物园没咱古炉村丰富。偏西巷里，铁栓的二叔蹴在那里吃饭，碗是老碗，稀米汤里煮土豆，土豆没有切，铁栓二叔夹着土豆往嘴里送，眼睛就睁得鸡蛋大，嚼的时候，左腮上鼓一个包，再是右腮上鼓一个包，后来就到喉咙，噎住了，拿拳头捶胸口。霸槽说：慢慢吃，没人抢的。铁栓二叔喉咙上的包终于消失了，笑了笑，低头喝米汤，喝得连声响。霸槽说：又一个猪！铁栓二叔喝干了碗，嘴唇咂咂着，见霸槽和狗尿苔走远了，说：是个猪才好哩，猪有口福！

霸槽却在巷边和半香说开话了，半香在用夹杆夹皂角，他们已经判定了她是蛇转世的，现在，她夹皂角，腰身显得越发细长，白花花的肚子下那条红布裤带狗尿苔都看见了。霸槽说：嫂子，忙哩。半香说：谁是你嫂子，我还没你大哩，是不是觉得我老了？霸槽说：我把秃子金叫哥哩，当然叫你嫂子，你属啥的？半香说：属蛇的。霸槽就给狗尿苔挤眼，又说：属蛇的？半香说：不信呀，你瞧瞧我这腿。说着提了裤腿，脚脖的皮肤竟像蛇纹一样。半香说：要皂角不要，给你些皂角？霸槽说：我不要。半香说：我屋里有一堆烂鞋，我给你，那些鞋底能用。霸槽说：我不要你的破鞋。半香说：你说啥？霸槽说：我不要你的烂鞋底。半香说：那你只要杏开的？霸槽一拉狗尿苔就走，半香还在说：杏开不就是年轻么，我年轻时候皮肤比她细，是白里透红，煮熟的鸡蛋剥了皮儿在胭脂盒里滚了一下的那种颜色。霸槽，霸槽，你没事来屋里坐坐。他们转过巷子，狗尿苔说：她对你好哩。霸槽说：哪个女的能对我不好？！一抬头，行运的妈站在前边的一个漫坡上等什么人，弓着腰，两只手提端在胸前，却从腕子处就软软垂着。狗尿苔觉得那是另一动物，但一时又说不准。

霸槽说：婶，等谁哩？

行运妈说：等行运么，他去镇上卖瓷货了，咋还不见回来？后响

115

要评救济粮呀，他不回来？！

霸槽说：后晌评救济粮呀，这谁说的？

行运妈说：满盆通知的，霸槽，支书让行运卖瓷货，偏偏今天去卖瓷货，会不会是故意要支开行运，不打算给我家评啊？！

霸槽说：不可能，又不是选干部哩，几个人在屋里捏弄个名单。

正说话，麻子黑骑着自行车迎面过来，自行车后座上坐着灶火，麻子黑在教灶火唱秦腔。麻子黑唱：走一步退两步全当没走，唱！灶火唱：走一步退两步全当没走。麻子黑唱：吃一斗屙十升屙出了过头，唱！灶火唱：吃一斗屙十升屙出了过头。狗尿苔说：狼和蛤蟆来了！

麻子黑却大声喊：霸槽，霸槽！自行车直冲过来，前轮子几乎要撞着狗尿苔了，麻子黑还在骑，霸槽顺手从地上拾了截烂草绳朝着车轮子一扔，草绳绊住了车链子，自行车就倒了。自行车一倒，麻子黑双腿撑地，还能站着，灶火从后座上滚了下来。狗尿苔很气愤，但不敢骂麻子黑，就骂灶火：滚得好，滚得好！

灶火滚蒙了，竟然不动弹，他的姿势是趴着，双手分开朝前，双腿分开朝后。狗尿苔说：蛤蟆，蛤蟆！灶火往起站，但不是翻过身往起站，而是还趴着，往前扑了一下才站起来。霸槽哈哈笑了，说：在后座上又说又唱的，一滚下来就显原形了？！

这自行车并不是麻子黑的，是天布的，古炉村只有天布买了这辆自行车。天布是用红的绿的塑料条把车子的拱梁、支杆、把手，甚至后座，都缠得严严实实，古炉村能骑自行车的还有几人，但天布从不借车给别人，除非支书要到洛镇公社去开会，他就驮着出村，经过巷道，喳喳喳地响，脆得像杏开家的缝纫机，却比缝纫机声还细密，而且，鸡见了鸡飞，狗见了狗跑，甚至直接从谁家的晾麦的席上碾过，晾麦的人家看见了并不恼，还说：吓，看这车子！

霸槽说：天布咋舍得借你车呀？

麻子黑说：别人不借还不借给我？

霸槽说：去镇上领什么通知了？

麻子黑说：那倒不是，是派出所王所长捎话让我去喝酒了。

霸槽说：喝尿去！

麻子黑说：我知道你不信！瞧瞧这个！掀了掀衣襟，裤带上挂着一个手电筒。

霸槽说：取下来我看看。

麻子黑这才下了自行车，把手电筒取下来，朝狗尿苔捏，一道光照着睁不开眼。古炉村里没有手电筒，洛镇公社的张书记，还有武干和王所长来古炉村检查工作时都在兜里揣这么个东西，夜里在巷道，见谁就照一下，照了猪猪就不动了，照了人人也不动了。霸槽是没用过手电筒的，他拿过来了，说：人家咋给你手电筒？麻子黑说：他儿子满月，我送了一背笼红萝卜。霸槽把手电筒装在自己裤兜里，拉了灶火，往前就走了。麻子黑说：哎……哎！霸槽说：我用几天！

麻子黑横，但霸槽拿着手电筒走了也就走了，麻子黑没了办法。狗尿苔嘿嘿地笑。麻子黑说：你碎馕有啥笑的？狗尿苔说：我笑……笑她哩！他随机应变往前边指，对面巷口这时正站着来回。

麻子黑只有欺负狗尿苔，抬腿又跃过了狗尿苔的头顶，然后骑着自行车走了。

一片云是灰的，像布一样往过拉。啊把天拉黑就好了！但云布拉到村子上空不拉了，来回在给他招手。

狗尿苔没动。来回说：来，我给你说个事！

狗尿苔扬了一下手，脚底下却有一只黄蜂飞起来。这么冷的天还有黄蜂？

来回说：我叫你叫不动啊？！

狗尿苔顺着巷道走，他听到黄蜂在嗡嗡地给来回说着他不去的原因。

14

后晌里，满盆敲响了树上的钟。敲一下歇一下那是招呼着社员出工，一哇声地连续不断地敲，就是要开社员大会了。

婆正把猪往圈里撵。猪在昨天就跳出过圈，拱开了院角的萝卜窖，已经打过它一顿了，却记吃不记打，今天又跳出圈把窖拱开了。婆正撵着，听见了钟声，心就跳得比钟声还紧还急，叫着狗尿苔快撵猪进圈，自个就进屋里梳头。

凡是村里开会，人和人一下子就不一样了，婆和守灯肯定不得缺席，也肯定不得坐，婆知道她去了不是挨批斗就是要站在全场前头，但她必须要梳头。狗尿苔把猪撵进了圈，并在猪圈墙头压着了一根横杠，见婆坐在门槛上，面前放着一盆清水，梳子蘸了水梳头。他说：还梳的头做啥？

婆说：婆是女人么，头乱着出门？

狗尿苔说：婆都多大年纪了，还……

婆说：婆二百岁那还是女人。

当狗尿苔说今后晌开会不是要抓阶级斗争，是评救济粮呀，婆说：你咋知道？狗尿苔说上午见行运他妈的事，婆噢了一声，说：那钟敲得这急的！然后慢慢地梳头，将梳下的头发窝子绕了一疙瘩塞在墙缝，她说：多少天了，咋不见来声哩？

在公房的院子里，欢喜把牛全拴回棚里，但牛粪还没有铲净，全古炉村的人几乎都来了，在院子里寻着什么东西来坐。有人拿了苞谷秆垫屁股，欢喜黑着脸把苞谷秆又夺回去，双方不免就嚷叨几句。婆一去就站在了那张桌子前，桌子后边坐着支书，支书在抽旱烟，两股子烟雾从鼻孔里冒出来，像长了象牙。支书对婆说：守灯呢？婆说：还没来吗，快了吧。支书说：今日不站，你寻个地方坐下吧。婆有些迟疑，三婶说：支书让你坐你还不坐？坐，坐到我这儿来。婆坐在了三婶身边，后面的戴花拉婆的后襟，她在纳鞋底，不纳了，从怀里取出个自己剪的纸花儿让婆看。

支书还在吃烟，鼻孔里不时长出象牙来。所有的男人们也都在吃烟，好像每个人肚子里都在生火，火又不起焰只冒烟。烟雾奇形怪状，又不断变化，后来就连成一片，像水一样，水从人头上流过。太阳早已从公房瓦槽上跌下来，檐下的台阶一半黑一半白，慢慢连支书也成阴阳人了，前半身是白后半身是黑的，但支书迟迟没有宣布开会。大家吃了烟开始交头接耳，老顺和他的狗就蹴在一边，他怕冷，棉袄披着，还系了一节麻绳，把狗搂在怀里，狗却扭了头寻狗尿苔。来回从山门前的斜坡上下来，眼睛红红的，口袋里装了一兜红薯片子一边走一边吃，狗尿苔就在院门口最早看见了，忙拧身要走，她却说：狗尿苔，狗尿苔。狗尿苔装着没听到，坐在了长宽和冯有粮他们那儿。冯有粮在给长宽说事，狗尿苔大略也听明白了，原来救济粮已经拉回来多时了，分配方案一直定不下来，发生了丢钥匙事件后，支书的意见是凡丢了钥匙的又偷拿了别人家钥匙的都不给评救济粮，队长的意见是既然谁是最早偷钥匙的没查出来，如果都连累着不能评粮，那许多困难户就没办法活了。冯有粮说：那最后咋定的？长宽说：这我说不来，咱外姓人没干部么。冯有粮是水皮的隔壁，水皮拿了他家钥匙，他又去拿了另一隔壁的钥匙，他低声说：或许是水皮自己把钥匙丢了，他开始偷，大家才连环着偷的，他是祸害！冯有粮说着，那眼睛盯坐在前边不远处的水皮，水皮回了一下头，冯有粮赶紧咳嗽了一下，但是水皮头又拧了过去，冯有粮又给长宽叽咕起来。水皮是和马勺坐在一搭的，两个人都戴了口罩，马勺的口罩已经脏得看不见纱布的白颜色了。麻子黑就走过来扑沓坐下，腾起一股尘土，说：水皮你也害哮喘了？水皮不但戴了口罩，还在棉袄上套了件新夹袄，说：你驴打滚呀，把土全扬起来！麻子黑却翻水皮的新夹袄，说：让我看看，有虱没？水皮就站起来走到桌子腿下边坐了。冯有粮还在给长宽说：如果他水皮能评上，我就闹呀。长宽用力吃烟，冯有粮又说：去年我没评上，我忍了，今年我不忍了，古炉村姓朱的评了姓夜的评了，咱这几

119

家外姓的就是软土总让别人捏呀？长宽还在不停地吃烟，冯有粮说：我给你说话的，你咋不吭一下呢？长宽说：你这是啥烟末呀，吸不着么！这边烟没吸着，那边的天布在喊：狗尿苔呢，狗尿苔呢？狗尿苔说：在的。天布说：这儿没火，把火拿来！狗尿苔来时当然带了火绳，就到天布那儿给大伙点烟。支书在桌子上敲烟锅，敲得嘟嘟嘟嘟响，大家知道会要开了，一下子都不再说话。支书却在叫水皮，让水皮清点人到齐了没有。水皮站起来看，看了一会。支书说：你把口罩给我卸了，戴牛笼嘴呀？！大家哄哄笑，水皮说：我脸冷。卸了口罩，说：狗尿苔呢？狗尿苔——！狗尿苔知道这是水皮受了奚落故意再要欺负他的，明明看见他来了偏要问。狗尿苔没回应。支书说：狗尿苔咋没来？狗尿苔就站起来说：来了！水皮却说：支书叫你哩，你也不站起来？狗尿苔说：我站着呀！满场哄然大笑，狗尿苔才明白水皮又在羞辱他个头低了。

支书终于宣布开会。他说：今日开会就是评救济粮，大家都知道了吧？大家说知道，这多天了就盼着开会，盼得眼里都出血了！支书说：我估计都知道了，要么人来得这么齐呀！大家就猜想支书一定像往年一样要说救济粮是共产党给我们的救命粮，要是在旧社会，饿死了谁管你？民国十八年的时候，千里赤土，万村萧条，人见狗想吃狗，狗见人想吃人啊！古炉村是人死了一百三十二人，户绝了四十七户呀！天布他爷是咋死的，是在后洼地挖坑埋一天死去的六十二人，挖着挖着自己也饿死了，一头栽进坑里。铁柱他姑是咋死的，他姑那时还小，饿晕在打麦场上，叫狗就活活啃成了骨头架。得称他那二爷吃过死去的人肉，吃得发了疯，看见啥都想吃，拉住人就咬，让村人拿乱棒打死的。现在逢上了好社会，年年给我们发救济粮啊，所以，饮水思源，知恩图报，我们要不忘毛主席，不忘共产党！但是，支书今日就没说这些话，他却在说丢钥匙的事。他说古炉村世世代代的风气很好，除了几次大的年馑，从来都是夜不闭户，路不拾遗，进山打柴或去帮人割漆，或者去北稍沟煤窑上拉煤，谁的一只草鞋烂了，就将另一只还没烂的草鞋放在路边，为的是过往的人谁的草鞋也烂了还可以换上另一只。秋季里收回来的苞谷家家就放在檐下的簸箕上，鸡圈没上过锁，猪圈也不安门，锨呀锄呀镰呀耙呀用过了就撂在门口或者干脆扔在地头。大家说说，我这支书当了十年，村里丢过什么，谁又偷过什么？大家说：没偷过！麻子黑说：没人偷过苞谷棒子？没人偷过柿子？没人偷过秃子金家的皂角和长宽家的桃呀杏呀？！支书说：十个麻子九个怪，你就会怪叫，让人知道你是麻子黑是不是？哪个地方没人偷过一两个苞谷棒子，没人偷过生产队的一窝两窝红薯，没偷过隔壁的桃呀杏呀的，那都是为了嘴能尝个鲜么！有人就说：对着的，麻子黑不偷，担粪从来不偷吃！麻子黑说：不偷东西偷人么，有没有张三偷了李四媳妇的，有没有姑娘偷汉子的，有没有公公偷了儿媳妇？支书拍了桌子，训道：麻子黑你给我把×嘴闭上！麻子黑不说了，嘟囔了一句：还有偷没偷着的哩。就坐下了。所有人都在笑，说：这狗日的麻子黑！全场一时乱哄哄了。支书就再拍桌子，说：不要笑了，不要乱出声说话！他继续他的讲话，说古炉村从来是人心向善，世风纯朴，可是，最近接二连三地丢钥匙，偷钥匙干啥，偷了钥匙不能吃不能喝，又没听说谁家再丢别的东西，很明显，这说明有人要故意生事，搅和人心，引起惊慌，要给社会主义抹黑，要给我支书的脖子下支砖头！他说得严肃起来，大家都鸦雀无声，支书却不说了，拿眼睛看每一个人，每一个人就把眼睛也看着支书，生怕目光慌乱而让别人怀疑自己心虚。但是，支书在这个时候歪了一下头，吐了一口酸水。满盆就叫葫芦：支书胃病又犯了，你那儿有没有开水？葫芦说：牛圈棚哪有开水？满盆又对杏开说：你到家里提热水壶去。支书摆摆手，说：不用。接着说：评救济粮前我为什么说丢钥匙的事，就是丢钥匙事件给我提了个醒，阶级斗争总会有新的情况新的问题出来，就是在任何时候，都不能掉以轻心。国家能年年给我们救济粮，我们就要爱人民公社，爱生产队，古炉村历来是洛镇的红旗村，我们就要守住这面旗不掉颜色。我在这里放一句话，谁要给古炉村抹黑，我朱大柜是不会饶过他的，这救济粮也甭想吃上一颗！

下来，满盆开始讲救济粮的具体分配方案，他讲了前年是平均分配，人人有份，这样按人头分，虽然家家都有困难，可十个指头并不一般长，有的人家里有事，比如着了火呀，修了房子呀，生了病呀，嫁娶婚丧呀，花销就大，有些人家里男人多，饭量大，有的人家里不会安排，不会计算日子，所以按人头分配就起不了救济粮的意义。去年是村干部开会分配，事后大家意见又很多。在总结前年去年的经验教训下，今年大家来评，使救济粮真正救济给最需要粮食的人家。满盆讲完，就让大家发表意见，看到底该评给谁家，又评多少。他这么一讲，全场静得像死了人，足足有一锅烟时间，只有旁边牛圈里牛的反嚼声和牛的尾巴摇过来摇过去的风声。狗尿苔拿着眼睛看每一个人的脸，脸都是些柿饼状，或者土豆样。突然有人咳嗽了一下，接着好多人都咳嗽了。支书说：不是话都多得往出溢吗，咋没话了？都咳嗽哩，喉咙里有了鸡毛啦？半香就说灶火：吃啥烟哩，呛死人啦！灶火说：你家炕上不呛，你不要坐在这里么。半香说：我不坐在这里，你一个人吃独食呀？！灶火说：坐在这里，也没你的！半香说：为啥哩，为啥？！支书说：灶火，你站起来，你先说。灶火说：我没啥说的。支书说：你平常谈话一管篮，正经话就没你啦？狗尿苔就推灶火，一用劲，灶火没动，他倒放了一个屁。这个屁大家都听到了，想笑又不能笑。牛铃说：你响午饭吃蒜了？狗尿苔撅了屁股，说：你再闻闻。麻子黑说：狗尿苔你先发言了，你继续说！大家终于忍不住了，都笑。支书说：闹啥哩，闹啥哩！全场又静下来，还是没人说话。来回在吃红薯片子，红薯片子太硬，拿牙咬着扳下一块，发出很大响动，老顺用他的烟包捶过去，来回不再吃了。行运说：都不说话，在肚子里打小九九哩。我说，给谁家评？首先给娃娃多的人家评吧，娃娃都是开口货，一顿吃不饱就哭，咱村的娃娃都是头大脖子细。行运的孩子多，他早上就在巷子里打儿子，骂儿子肚里有掏食虫。行运的话还未完，开石就说：我同意行运叔说的。但立即田芽反击：开石，你媳妇本该早生了，迟迟不生，是不是等着救济粮呀？开石说：那是生娃娃哩，

122

我不让生娃就不出来啦？你生过娃没有？田芽是没生过娃，她婆婆一直不满意。开石这么揭了短，田芽急了：我就没生过娃，咋，没生过娃的人一屋哩，别自己快有娃了就说话占地方！她拿眼看戴花，戴花没吭声，长宽说：扯那屁话干啥呀？田芽说：打人不打脸，揭人不揭短，我说什么过头话了？你媳妇要生呀，把队里的几十斤苞谷都拿去了，还想再分呀？面鱼儿站起来要说什么，嘴卜卜地说不出来。他老婆说：那几十斤苞谷是做酒呀，谁吃一颗叫谁烂了肠子肝花！牛铃说：要我说呀，孩子多的不该评，应该给壮劳力评。壮劳力出工哩，粪担子尿担子不离肩，饭量又大，娃娃们分口粮和大人一样，但娃娃吃得少，家里并不缺的。行运说：谁生下来就是大人？谁不是从娃娃长大的？娃娃干不了活，就不给吃，捏死去？！各自说过了，气呼呼坐下去，就又都没话了。

支书说：还有啥意见，都说。

全场又鸦雀无声，牛在打喷嚏发笑。

磨子就站起来，说：我提出一个方法。

磨子点着烟，但他没有吸，说：我提一个方法，如果说谁该评，一个饼子大家拿眼盯着，你吃了一口，我就要少吃一口，就都成乌眼鸡了。不如先画出个框框，框框内的评，框框外的不评。大家说：咦，这方法好。支书说：行么，那咱就用排除法，看哪些人这次不评。全场又不说话了。麻子黑说：咋这难场的，干脆就干部们定吧。满盆说：这次明确让大家来评，你咋又说回去了？麻子黑说：那就抓阄，抓上谁是谁！满盆说：你别瞎搅和！麻子黑站起来，拍打屁股上的土，说：那我尿去！走出人窝了，还叫八成：你尿不尿？八成说：尿哩。也站起来。两人一走，也有三四个人起身要去厕所，晌午饭都吃的是稀饭，都到尿的时候。灶火给长宽说：你去不？长宽说：啥时候了你去尿？憋住！灶火说：对对对，我一走你们评了，一泡尿就把二三十斤粮尿没了。支书说：磨子，你说排除法，你肯定心里有个怎么排除的法子，你再说说。磨子说：咋个排除？我想，受法的人不应该评吧。支书说：咱村没有受法的，你别绕，直接说。磨子说：那好，先排除四类分子。狗尿苔噢地叫了一声。支书立即说：你叫啥？狗尿苔说：牛铃捅我的屁股哩。

牛铃离狗尿苔远，并没有过来掐狗尿苔的屁股，狗尿苔在听磨子说了排除法，他就知道他家和守灯肯定要被排除了。历来的救济粮就一直没有给他们分过，但会议一开始支书还点名他狗尿苔来了没有，使他有了幻想，可能这次会给他家评救济粮的，而磨子却再一次把他们排除了。支书一指责，狗尿苔是不言语了，可再也无法安静地听怎样评救济粮的争论了，掉头往山门那边看，就看见了一条狗吊儿郎当地往过走，这是跟后家的没尾巴狗。啊还有一条狗跟着往过走，这是条卷毛狗。古炉村里没有尾巴卷得像花一样的狗呀，狗尿苔就认定这是条外来的野狗。他挪身到了跟后媳妇那儿，用手戳她后背。

跟后的媳妇少半条腿，却是村里最胖的人，她是喝水都长肉，一倒头就打鼾声，跟后出来总抱怨老婆睡觉占半炕。就是因为胖，去年救济粮没评上，前十多天她就在村里放风，今年再给她家评不上，她就到公房门上挂肉帘子呀！狗尿苔用指头戳她背，她没有动，再戳，她眼睛一直盯着磨子的嘴，低声说：甭戳，听磨子咋个排除哩！狗尿苔说：你这胖的，肯定排除了。她回头骂道：滚你妈的脚，我胖？我哪儿胖？这是虚肿！狗尿苔讨个没趣，没敢问那野狗是不是她家收养的，便又挪身过来，给牛铃说：村里来了个野狗。牛铃说：在哪？狗尿苔说：咱看去。自个猫起身，假装去尿呀就走出来，牛铃也跟着出来了。

狗尿苔和牛铃在山门下看着两条狗一前一后钻进了窑神庙旁的树林子里，就撵了过去。在庙门口，善人从泉里提了水回来，善人提水不用扁担，两只手一边提一个桶，走路有些趔趄。村里人曾议论过善人会法术，能在晚上命令着小鬼给他抬轿，狗尿苔就觉得他不用扁担挑水，那水桶一定也是小鬼在提着吧？但狗尿苔就是看不见小鬼。狗尿苔说：啊提水哩？善人说：提水哩。狗尿苔说：不用扁担？善人说：不用扁担。狗尿苔说：这世上有没有鬼啊？善人说：嗯？！却不吭声了。狗尿苔觉得善人压根不想和他多说话，也就不说了。到了庙后，再往树林子里看，两只狗在那儿纠缠，跟后家的母狗静静地站在那里，野狗从后面扑上去，前爪子搂抱了母狗背，一条后腿撑地，另一条后腿乍起来蹬着树，身子一晃一晃。狗尿苔说：这是做啥呢？牛铃说：狗连蛋你都不知道？狗尿苔说：这就是狗连蛋呀？看着看着有些生气，说：咱打去！牛铃说：看见人和人干那事不吉利，看见狗连蛋也不吉利。牛铃拉着狗尿苔就从窑神庙的漫坡下来。

漫坡下一个禾秆堆后，霸槽、葫芦、看星也从会场出来了，在那里尿尿，比试着看谁尿得高。狗尿苔告诉霸槽，树林子里边来了个野狗和跟后家的母狗连蛋哩，霸槽说：唵？！就要往树林子去。看星说：评粮哩，不敢耽搁。霸槽说：他们给咱评着，咱吃狗肉去！

五个人呼啦啦往漫坡上跑，庙后是谁家的菜地，扎着篱笆，霸槽抽了一根木棍，看星抽了一根木棍，狗尿苔在抽一根木棍时没抽出来，拾了一块石头拿着。树林子里，两个狗还在一起，霸槽骂道：日到古炉村了？！就先冲了过去。

野狗首先发现来人，拧过身就跑，但一根东西还在母狗身子里，母狗被拉着退步跑，跑不快，双双就倒在地上。野狗红着眼看霸槽，张牙舞爪，霸槽一棍就打在野狗身上，野狗扑起来，把母狗带到空中，又跌下去。霸槽过去用手按了按野狗的脊梁，说：肥着哩，狗尿苔你想不想吃狗肉？狗尿苔说：那母狗是跟后家的。霸槽说：咱不吃母狗。就再次打野狗，要把两只狗分开，但野狗往东跑，母狗往西跑，就是分不开。看星说：狗球是个疙瘩，锁住了。把棍从狗球下塞过去，让葫芦来抬。抬起来了，狗球还连着。两只狗叫声已不凶狠，而眼泪从眼窝里流出来。霸槽说：算了，寻绳子把野狗就绑在树上，让它们慢慢软下来就分开了。牛铃便又去篱笆上解葛条，拿来只把野狗绑了。霸槽扇了野狗两个耳光，说：古炉村是你来的？！让狗尿苔和牛铃守着，他和看星葫芦去开会，会完了来杀狗。

他们一走，牛铃说：狗肉是啥味道，你吃过没？狗尿苔说：没。牛铃说：是肉都香哩。嘴动了动，口水流了出来。但嘭的一声，两人看时，两只狗已经脱离了，母狗瞅了狗尿苔和牛铃一眼，掉头就跑，而野狗在极力挣扎，绑着的葛条有些松动。野狗是扑了起来，但立不住，一条腿已经瘫了，左边的眼往出流血，血像泉眼一样咕涌。狗尿苔和牛铃忙过去勒紧葛条，狗尿苔就听见野狗说：放了我，放了我。狗尿苔说：要吃肉呀，咋能放你？野狗低沉地叫，叫得挺惨的，狗尿苔浑身就冷了起来，说：我不该给霸槽说的，可现在我咋放你，我不敢放你。

牛铃说：你给狗说话哩？

狗尿苔说：狗给我说话哩。

牛铃说：狗给你说话？

狗尿苔说：它怪可怜的。

牛铃说：是可怜。

狗尿苔说：那就把它放了？

牛铃说：放了？！

狗尿苔去解开了葛条，野狗在地上不动了半天，然后站起来，哗哗哗地抖，却用头蹭了一下狗尿苔的腿，又用头蹭了一下牛铃的腿。狗尿苔说：要走就赶快走，再不要到古炉村来！野狗拖着一条断腿就走，它撞在一棵树上，跌倒了，爬起来一跳一跳走到了村口碾盘边，回头还看了一下狗尿苔和牛铃，就顺着土塄下去，不见了。

牛铃说：肉没了。

狗尿苔说：肉没了。

两人突然撒脚跑出树林子，他们再没到会场上去，而是顺着斜坡往中山上跑，一直跑到山顶的白皮松下。狗尿苔：霸槽问起来，就说野狗挣断了葛条跑了，咱不能说实话。牛铃说：不说实话，霸槽要打的。狗尿苔说：打就打，你不能叛变。牛铃说：我不叛变。

15

霸槽在树林子里绑了野狗回到会场，会议却刚刚宣布结束。原来磨子的排除法，得到绝大多数人的认可，先是排除了四类分子，再是排除了有盖新房的，重新翻修了院墙院门的，村里家家住房都窄小或破败，能盖新房，翻修院墙院门的必定是自己还有办法。再是阴历五月三十日前出生未满周岁的孩子，因为按规定，五月三十日前出生的孩子已经分上了秋季的口粮。再是卖了猪的，猪生了猪娃的，猪都有饲料地，卖了猪和猪生了娃就肯定手头宽绰或即将宽绰。还有，今年家里死了人的，死了人三年里生产队不收自留地么。这样一排除，不在排除范围内的人家还是很多，又该怎么个评，谁该是多谁该是少，意见又不统一。最后，还是支书再三考虑，决定：能评上的人家就按人头平分。但是，马勺一算，能评上的人平均不到五斤粮。磨子再次提议，每人只能分到五斤粮，那能救济个啥，还得排除。关于再次排除，有人说：在能评上粮的范围里，现在就清点人，要谁不在就排除谁，这么重要的会人家能缺席或者离会，就证明人家并不稀罕这里的救济粮么。大家一哇声喊：就这样！来回刚要起来去厕所，又坐下了，坐下了再起来走出院门紧声叫戴花。戴花是看见来声推着杂货车子从山门下一闪而过，便跑去看有没有顶针丝线。刚把一个顶针套在指头上，来回紧天火炮地喊她，就往会场里跑，急得来声说：还给你捎来个心尖尖货！戴花已不顾了，还是跑，两个奶子似乎要荡出水来。结果，在场的落下名单，没有了霸槽、灶火、牛铃、葫芦、看星、立柱、八成、老诚等，每个人头能分到十斤，这样，一般人家就可以分到三四十斤了。

霸槽回到会场，欢喜开始把那张桌子收拾了往公房里搬，霸槽说：会散了？我估计开到半夜还没个名堂的，咋就散了？欢喜说：你跑么，把粮跑没了！支书在披外衣，把旱烟锅装进了袖筒，要往外走，霸槽说：怎么没我，我哪一点不够条件，就没了我？支书说：这是大家评的，你问大家么。满盆还没走，说：会正开着，你到哪儿去了？你自己把事不当事，你让村干部上门求着给你评啊？霸槽说：我厕去了，我活人让屎憋死呀！哪有这种评法？这是阴谋，绝对是阴谋！支书说：你吼啥，吼啥？！霸槽说：我要告呀！支书说：告呀？你要评上，先缴欠生产队的钱，你钉鞋补胎哩，你给生产队缴过一分钱了没？！霸槽说：那些木匠、泥瓦匠都缴了？支书说：有的缴了，有的没缴够，我把话说得明白，要想评上粮，明日一早就缴钱，不缴钱的，即便群众评上，到我这儿也给拉下来，一颗救济粮都不给！满盆还在给霸槽分辩，支书说：满盆，走，说那么多话干啥，不嫌费唾沫啊？定了的事就定了，不服的让告去！

霸槽暗自算了一下，他应该上缴二十二元四角，可身上只装了十元一角五分，哪儿能拿出那么多钱？勾着头到中山坡根的树林子里，被绑在树上的野狗没见了，连狗尿苔和牛铃也没了踪影，一时气恼，破口大骂。他没有指名道姓地骂，但认定了面前的一个土疙瘩是支书朱大柜，就骂着骂着踩上一脚，土疙瘩便碎了，再认定了一块石头是满盆，也骂着骂着踢了去，石头踢远了，鞋也踢远了，走过去拾鞋，光脚还踢了一丛干枝柏，心里想着是狗尿苔是牛铃他没在场而定下评粮规程的人。啊都在限制他，都在算计他，踢一脚踢一脚，一脚一脚踢。树枝挂住了他的衣襟，猛一拽，嘶啦把棉袄外罩着的夹袄拉开了一个大口子。大口子就大口子，霸槽没把大口子缠住，也没把口子上的烂布撕掉，就那么着让棉花絮露出来。

窑神庙的善人立在门口，看了好一会，待霸槽从篱笆边的小路上过来了，他说：霸槽，又咋了？霸槽说：别理我，我燥着哩！善人咳了一下，没有再说，而山门下老诚的老婆抱了扫帚要到窑场的路畔扫草末子，善人早早摆手要她给霸槽让路，老诚的老婆一时没理会，霸槽就到面前了，撞住了扫帚，竟然把老诚的老婆也撞得打了个转身。

霸槽经过面鱼儿家的院门口，面鱼儿提了一罐儿正出来，猛地收脚，护了罐子，罐子里的酒仍泼洒了出来。面鱼儿说：霸槽，做啥了，衣裳扯成这样？霸槽脸色铁青，没吭声，走过去了。面鱼儿却还问：霸槽，你没病吧？霸槽说：你才有病！面鱼儿说：好好的，我有病？霸槽却闻见了一股香气，立了脚，说：你罐子里装的啥？面鱼儿说：我把酒做出来了，刚出了酒筍子，给支书拿些先尝尝。霸槽说：娃生啦？面鱼儿说：还没，也快啦。霸槽说：支书给你三十斤苞谷，你就把头筍子酒孝敬他呀？！面鱼儿说：支书老照顾咱，咱做事得有良心么。霸槽说：给开石说媒的时候我可是帮开石说了许多好话，你咋不让我喝？面鱼儿说：你进院来，我给你倒一杯子。霸槽说：要喝就喝这头筍子。面鱼儿说：我给你说了这头筍子给支书的。霸槽说：我就要罐子里的！咋了，我给你钱还不行？就把酒罐子从面鱼儿手里拿过去了。面鱼儿说：这，啊这……霸槽从怀里掏出一张钱，往地上一扔，巧的是忽地一溜风过来，把钱吹起，贴在了面鱼儿的脸上。

面鱼儿把钱揭了，是两元钱，说：这酒我不能卖的，这么多钱！

但霸槽已经走远了。

霸槽没有回他家的老宅，而去了公路边的小木屋里把一罐子酒都喝了，醉倒在地上。吃过了晚饭，面鱼儿心里怎么也不踏实，把两元钱又给霸槽送去。到了小木屋，霸槽还躺在地上像塌了一摊泥，叫了半天才叫醒，就把钱让霸槽看了，然后塞在霸槽的衣兜里，霸槽含含糊糊说些醉话，他又担心这钱弄丢了，或者霸槽清醒后不记得他退回了钱，就把小木屋门拉闭住，跑回村找杏开。又同杏开一块再去小木屋，让杏开看了那退还的两元钱，说：你得照看着，别让他头窝住了出不来气。杏开给霸槽擦洗了脸，扶到炕上，面鱼儿要走，她说：你咋能把我一个人留下？你要走，那你把狗尿苔叫来，让他夜里跟霸槽睡。面鱼儿回到村里，寻思杏开是故意说给他听的，但还是叫了狗尿苔。

狗尿苔一去，霸槽已经能坐起身了，只觉得头疼，杏开给他做了稀汤在喝。狗尿苔赶紧回话，说他和牛铃没收拾住，野狗是挣脱了葛条跑脱的。霸槽就骂你能干个球事！又遗憾如果杀了野狗，喝上面鱼儿的头筍子酒吃上狗肉，也不至于就醉了。狗尿苔已经听婆说了没给霸槽评上粮，也不敢提说开会的事，没想霸槽却说开了，骂道：让我缴二十多元，我缴二十多元了就为那十斤粮？！杏开说：这你不对，你老欠生产队的钱么。霸槽说：他们定的上缴款那么大，挣钱是扫树叶呀，那么容易？杏开说：你给我吼那么大的声干啥，上缴额大就是限制出去搞副业，那是资本主义尾巴么，你既然要去钉鞋又不交钱，名誉就瞎了。霸槽说：要什么名誉，我又有什么名誉？没钱就是没钱！两人顶碰起来，杏开气得也不伺候了，出门要走。霸槽抓起炕上枕头便扔过去，说：你滚，再也不要到我这里来！

杏开回到家，满盆并没在，她就看着柜盖上娘的牌位，牌位下角插了娘的一张小照片，眼泪哗哗哗流出来。娘，娘哎。娘在的时候什么事都护着女儿，娘活生生的人现在变成一张纸在牌位上了，杏开有了委屈事只是给娘哭。眼泪流了一阵，觉得后脖子处痒痒的，回过头来，是柜盖上放着的那盆指甲花拂着了脖子。杏开在盆子里栽着指甲花，冬天的早晨端出去晚上端回来，指甲花竟然还开着，但她没心思再摘花瓣染指甲了，去翻箱倒柜，终于在箱底的一个布包里寻着了藏着的五十元钱。她取了二十二元，还正在蘸着唾沫数钱，大回来了。

满盆问拿这钱干啥呀，杏开说她要借给霸槽缴给生产队。满盆一听就火了，把钱夺下，扇了杏开一个耳光。满盆已经耳闻过村里人的风言风语，见杏开竟然偷家里钱替霸槽交款，浑身都气麻了，便骂霸槽是什么货，少教么，浪子么，当农民不像个农民，土狗又扎个狼狗的势，你跟他混啥哩，你不嫌丢人，我还有个脸哩。杏开说：我丢啥人了，霸槽是地主富农是反革命坏分子？跟他说话就丢人啦？！满盆说：你给我喊，让外人听了嚼舌头呀？杏开却一把将窗子推开，说：有啥不敢让外人听的，我就到霸槽那儿去了，咋？谁嚼舌根是吃多了，嘴长了，嘴长了拿到石头窝里磨磨去！满盆把杏开往屋里拉，拉不动，又扇了几个耳光，杏开号啕大哭。

满盆家一吵闹，许多人当然就知道了，立在自家院子里听动静。半香假装到三婶家借筛子，说：三婶三婶你家筛子闲着吗，队长和谁吵哩？三婶说：我耳笨，不知道么。半香说：和杏开么你不知道？这杏开为啥事么和她大吵嘴？三婶说：儿女大了哪儿不和大人顶嘴？！半香说：是呀是呀，女大不中留么，杏开要和霸槽好那就好么，满盆把女儿看得这紧！三婶说：你喂过猪啦？半香说：还没喂哩。三婶说：那快喂猪去，噢，自家猪都饿得哼哼哩。半香还要说什么，巷道里影影绰绰有人过来，她就不多嘴了。

过来的是狗尿苔。狗尿苔是在杏开离开小木屋后，过了一会儿也回了村，才走到三道巷，听见杏开的哭声，他走近满盆家院门口站住，又怕被人发觉，就钻进斜对面的一个厕所里拿耳朵听。厕所里很臭，气憋得难受，趴在厕所墙头呼吸，没料到墙头土松了，身子溜下来，一脚踩在蹲坑里，粘了一鞋底屎，但他仍没有离开，直到杏开家无声无息了，才悄悄回去。

婆见狗尿苔这么晚才回来，又鞋上踩了屎，就问他去哪儿了，狗尿苔说了满盆家的事，婆叹了一口气。狗尿苔只说婆会去满盆家要劝说，或是要给他说些杏开的不是，但婆却说：锅里温了个帽盔柿子，你吃呀？每天晚饭，婆不是弄些萝卜丝用水煮了，调些盐和辣子给他吃，就是烧水温一个帽盔柿子顶饥。狗尿苔这个晚上没胃口，他说：我不吃。婆：不吃了就睡。婆孙俩便睡了。整整半宿，婆在炕那头不住地翻身，狗尿苔在炕这头不停地翻身，老鼠在屋梁上走，走得并不小心，后来是三只老鼠在打架，咬得吱吱叫，再后来咚的一声。狗尿苔说：一只老鼠掉下来了。婆：掉下来了。狗尿苔：咱家这么多老鼠？婆说：有老鼠好。狗尿苔说：有老鼠还好？婆说：没老鼠了，咱就饿死了。睡吧，你咋还不睡，睡不着起来尿尿，别再尿炕了。狗尿苔没有应声，他迷迷糊糊觉得一只老鼠就站在了他的面前，说：你走，我要睡呀！老鼠说：你走！他说：这是我家！老鼠也说：这是我家！他觉得奇怪，说：你是谁？老鼠说：我是你！他就生气了，想它怎么是我，那么小的却老得长了胡子？！他伸了手去扯老鼠的胡子，扯了一根，又扯了一根，还要再去扯一根，他到底不清楚扯下来没有，他睡着了。

第二天的早上，村里的男劳力在莲菜池里挖淤泥，女劳力在后洼地里锄麦，婆早早起来出工，并没叫醒狗尿苔。其实，狗尿苔在婆起来出工时就醒了，他却发现自己尿了炕，便不敢吭声，用身子暖尿湿的褥子。直到暖干起来，已是半上午了，才在门前伸懒腰，葫芦他妈肩膀上架着她的孙子从东斜巷出来，人像疯了一样，紧接着后边是戴花。戴花对狗尿苔说：快，快去找天布，让天布把自行车骑来！狗尿苔说：咋啦？戴花说：娃娃把算盘珠子卡在喉咙了，要往镇上送。前边跑着的葫芦他妈腿一软，跪在了地上，戴花去换了葫芦他妈，把孩子也一样架在肩膀上顺巷道往前跑。狗尿苔赶紧去了天布家，天布家院门锁着，又跑回来，他的主意是没有自行车可以到公路上让霸槽挡汽车。可撵到东巷道，远远看见葫芦他妈和戴花坐在了地上。

原来葫芦和媳妇早上出工后，他妈看管孩子，他妈要纺线，拿了一把算盘珠子让孩子玩，没想孩子就把一个珠子吃在嘴里，卡住了喉咙。他妈用手掏，没掏出来，孩子憋得脸都青了，急得他妈架了孩子就跑，但不知跑着该去找谁。当戴花帮着架了孩子从东巷道跑过，孩子突然说：不跑呀！戴花说：不跑就没命啦，娃！咱找支书想办法。又跑了几步，却想：孩子怎么说话了？把孩子抱到怀里，说：你说话了？孩子说：没啦。戴花说：没啦，啥没啦？孩子说：算盘珠子没啦。戴花忙掰孩子嘴，说：咽下去了？孩子说：吐出来啦。但脚下并没有算盘珠子，就让葫芦他妈在后面路上寻，果然路上有一颗算盘珠子，是架着孩子跑，跑着跑着就颠出来的。两个人都坐在了地上笑，又笑得出不了声。

就像天上雷鸣电闪着要下雨了，结果一滴雨都没下了，狗尿苔看着他们都回家去了，倒觉得没意思，而想到该看看霸槽了，不知道酒醉醒了没醒。

霸槽完全醒了，撕烂的棉袄已经缝上补丁，墨镜又戴在脸上，但他没有钉鞋，连钉鞋补胎的那些工具都没有摆出来，而在屋子里走过来走过去，像是困着的一只兽。狗尿苔一去，霸槽劈头问：你昨晚到我这里来过？

狗尿苔说：你记不得啦，我和杏开把你扶到炕上的，给你洗的脸，做的拌汤，你记不起了？

霸槽说：我醉了，你们就都走了？！

狗尿苔说：你把杏开骂走的。

霸槽说：骂她走她就走了？

狗尿苔说：骂她走她能不走？！

霸槽说：骂了她，她就应该还在这里！

狗尿苔说：你以为你是谁呀？

霸槽说：我是夜霸槽！

狗尿苔说：哼！

霸槽说：你哼啥？

狗尿苔说：杏开那么漂亮的……

霸槽说：世上就她漂亮？

狗尿苔说：可她大是队长。

霸槽说：我要的就是队长的女儿！

狗尿苔顺门就走。

霸槽说：你站住！

狗尿苔偏不站住。霸槽一把抓住了狗尿苔，像抓住了一只小鸡，狗尿苔使劲挣扎，挣扎不开。霸槽用他那大鼻子压住了狗尿苔的小鼻子，连眼睛也压出了，说：我说得不对吗，唵？唵？我醉了，她不和我同醉，我躺在这儿，她走了，狗日的女人！

狗尿苔被压得喘不过气来，他说：你压吧，你压我个柿饼好了！你知道不，杏开回去偷他大的钱要给你缴欠费，被她大打了，打了一晚上，你知道不知道？

以狗尿苔的意思，他这么如实地说了杏开被满盆打骂的事，是要警告霸槽既然和杏开不好了，就不要再纠缠和怨恨杏开。可是，狗尿苔没有想到的是，霸槽一下子呆在那里，说：杏开要偷钱给我？她大打她？狗尿苔说：就是，打了一晚上，抢着板凳打哩，把板凳腿都打断了一条！霸槽头上的头发几乎全竖起来，提了屋门后的顶门棍，说：狗尿

133

苔，你跟我走，跟我走！自个却着了火似的往村里去了。

这是个有着风的中午，风把太阳吹起毛了边儿，巷道里的碎瓷片全泛着光，树叶子嚓啷啷地跑过，所有的瓷光就流动起来。霸槽提着棍在前边走，他的头上也有了一片光，像鸡冠子，像火苗子，忽闪忽闪的，而口里鼻里却喷着白气，白气像胡须一样拖在身后。狗尿苔从来没见过霸槽这么凶过，他有些害怕，就身子一闪，躲在一棵树后，跑掉了。

霸槽一直走到满盆家的院门口，院门掩着，把院门踢开了，大声说：满盆，朱满盆，你出来！

满盆从地窖里取了一笼子土豆，土豆生了芽，正坐在厨房门口扳芽子，见霸槽踢开了门，吃了一惊，随之站起来，说：你干啥？霸槽说：你打杏开啦？满盆说：打没打与你屁事！霸槽说：我今日来就给你说，说得好了，我将来认你是丈人，如果……满盆呼地燥了，说：如果你妈的×！你认我丈人，你不尿泡尿把自己照照，杏开就是老死了不嫁人，也不会跟你！霸槽说：杏开和我睡了，你还不让跟我好？！满盆一笼子土豆扔了过去，砸在霸槽身子。墨镜掉在地上了，没有碎，霸槽弯腰要捡，地上的土豆又把他滑倒了，他爬起来，说：满盆，今日这事是你先动的手！满盆说：我就动手了，你也动手呀！你不是拿了木棍来打人吗？你动手呀，打呀！满盆是五短身材，却结实得像一个碌碡，手里已经握住了一把锨。霸槽扬起了木棍，却不敢抡过来，发了疯地用棍打地上的土豆。满盆一锨拍在了霸槽的屁股上，拍了他一个趔趄，再要拍第二锨，霸槽拾起身跑了。

这件事轰动了古炉村，人们并没有关心满盆受了多大的气，也不关心霸槽挨了一锨是不是伤了筋骨皮肉，议论的是霸槽和杏开相好是事实，而且霸槽亲口说了，他是和杏开已经睡过了觉的。啊霸槽这贼竟敢睡了杏开？杏开这女子怎没脑子，一朵花才绽骨朵么，啊怎么就能让霸槽给掐了？！

此后的三天里，满盆不出门，睡倒了，出工的钟没人敲，乌鸦把一道稀屎拉在上边，白花花的。而霸槽却去找田芽，质问田芽为什么和他过不去。田芽是妇女组长，说：多年里我和你说过话没有？你想让我跟你吵架，我还没闲空呢！霸槽说：那你怎么在评粮会上说我不应该评？田芽说：这谁给你说的？霸槽说：隔墙有耳哩，你说你说了没有？田芽说：我没说。我最不爱翻弄是非，你既然问我，你去问灶火吧。霸槽说：灶火首先说的？田芽说：我可没说是灶火说的，我只让你去问灶火。霸槽就去找灶火，灶火在家里生火，老生不着焰，烟熏得眼泪长流，见霸槽来，说：听说满盆把你腿打断了，你咋还跑哩？霸槽说：灶火，是你在评粮会上首先说我不该评的？有这话没有？灶火说：说啦，咋的，土根说你的日子好，有肉吃哩，我是说了一句有肉吃哩还在乎这一点粮？霸槽拧身就走，灶火说：你烤火么。霸槽说：烤他妈个×哩！就去了土根家。土根在门前蹲碌碡，让儿子帮他翻碌碡下的芦苇，儿子冻得嘴脸乌青，不愿意干，土根就骂，儿子虽然在翻芦苇，但偏翻不齐整，土根就气得跳下碌碡打儿子。霸槽说：你看见我吃肉啦，俺？！土根说：这是咋回事么，你吃肉不吃肉与我屁事！霸槽说：是与你屁事！你却在评粮会上说我有肉吃哩不给评粮？土根说：我说这话啦？霸槽说：你就说了！你这老獿，敢胡说八道就不敢承认啦？！土根说：好侄子哩，有话好好说么，让我想想，我是说过这话了？哦，我说过，我是听半香说她看见你吃肉来。唉，半香在村里给人说的，你寻我事呀？霸槽说：是半香说的？土根说：半香说的，要寻你寻她去，你家炕席烂了没，烂了你拿来我给你补补，狗蛋，狗蛋，你死到哪儿去了？！土根又吼他儿子，儿子在院子里，他冲进院子要把儿子的耳朵拧着拉出来，却进了院子就把院门关了。霸槽拿脚蹬了一下门，去了秃子金家。秃子金不在，半香撵着鸡要摸鸡屁股里有没有要下的蛋，鸡飞到院墙上，又飞到院外，她跑出院门撵，迎面就站着霸槽，用脚踩住了鸡尾巴，尖锥锥地叫道：哎呀，你咋知道我撵鸡哩？快摸摸屁眼有蛋没蛋？霸槽却一抬脚放走了鸡，说：摸你的屁眼！半香笑着说：你说啥？大白天的你说啥？霸槽：你说啥？你啥时见我吃肉啦？半香还在笑，说：你吃肉，你要吃谁的肉？小心秃

135

子金打你哩！霸槽脸一直黑着说：评粮会上你说不该给我评粮？半香说：好么，评粮哩你跑哩，跑得好么，跑得没粮了！秃子金看你样哩，也跑得不再回来，害得我家也评不上！霸槽说：我只问你，你看见我吃肉啦？半香说：你吃肉关着门吃哩，能让我看见呀？霸槽说：那你就给人说我吃肉啦？！半香说：我说啦？人是谁？霸槽说：是土根。你给土根说的！半香说：我没说你吃肉，说你吃豆腐，这是田芽亲口给我说的，你有本事你不寻田芽你来寻我，你是不是觉得我是从老山沟来的好欺负啦？！霸槽说：谁欺负你，我平白无故被陷害着我欺负你？不给评就不给评么，说我吃肉哩，我吃他妈的骨殖哩！就要离开。但半香却拉住了霸槽，须要一块去见见田芽，看田芽是不是给她说吃豆腐的话。霸槽被半香拉扯着衣襟不松手，吵吵嚷嚷又到了田芽家。田芽就问霸槽：我说了，我就说了你霸槽吃豆腐，你说，你吃豆腐了没有？霸槽说：吃豆腐来，吃了二十斤豆腐，咋？田芽说：你吃了豆腐，还寻我干啥？唵，我说枉话了，你来寻我？！霸槽说：我问评粮的事，为什么就不给我评粮？田芽说：我管你评粮不评粮，我只问你吃豆腐的事！半香也在嚷嚷：你吃过豆腐，二十斤豆腐差点把你吃死，你还不让人说？寻我的事哩，寻我干啥？两个女人一声喊：寻我干啥，寻我干啥？霸槽气得说：这，这是咋回事么，明明是不给我评粮整我，倒谁都没责任啦？觉得鼻子痒，手一摸，鼻尖上长了个疖子。到晚上，嘴角烂，眼睛赤红，就跑出门，一个人在巷道里死狼声地吼。

这吼声家家都能听见，婆在炕上坐着剪纸花儿，嘟嘟嚷嚷着这霸槽的脾气咋越来越古怪了。狗尿苔说：婆，你说他这人好不好？婆说：人好人坏看咋样个说哩，世上啥都好认，就是人这肉疙瘩不好认。霸槽对待杏开，好开了他给杏开吃馍，吃饱了还要给嘴里塞，不好了，狗脸子亲家，说翻脸就翻脸，这是谁又给他说了满盆打杏开的事了呀，惹得一村子人都不安宁。狗尿苔说：那是我给他说的。婆说：你说的？你还嫌一堆屎不臭，拿棍子搅呀？！说着气上来，拧狗尿苔的嘴：你是长舌婆托生的，就恁爱翻是弄非？！狗尿苔再三强辩他是想吓住霸槽的，婆说，霸槽吃软不吃硬，你吓他？！第二天，婆出工时把狗尿苔关在屋里，让他这几天不得出门。可霸槽却让牛铃给狗尿苔捎话，要狗尿苔去他那儿，牛铃趴在后窗给狗尿苔说了，狗尿苔从后窗爬出来就去了小木屋。

小木屋的门锁着。狗尿苔心想：叫我来哩，他人却不在？！转身要走时，听见猫在说：妙喔，妙喔。而同时还有一种声音，像是牛在耙着水田。隔了门缝往里一瞧，炕上的被筒露出了四只光脚，两只脚朝上，两只脚朝下，指头都跷着。他一时还没看清咋回事，猫在炕下叼着垂下来的被角使劲拉，把被子拉到地上了，炕上赤身裸体的是霸槽和杏开在垒着。狗尿苔登时脑子里轰隆一下，他明白这是在忙什么，却呆在那里半会不动，不知道了离开。霸槽的屁股凸起来，像是个磨盘在砸，发出一种吭声，咬牙切齿的那种吭声，杏开却像被杀一样地叫，越叫吭声越大，后来炕中间就塌下去，杏开的身子不见了，两条腿举在了空中。狗尿苔这才离开，一转身跑过了木屋，绕过了镇河塔，坐在河边的石头上了。

狗尿苔从来没有经过这种事，他想起牛铃说过的话，撞上这种事对撞见的人不吉利，便生起气来。河里的昂嗤鱼又在叫着自己的名字：昂儿嗤——昂儿嗤——看着镇河塔比以前斜得厉害了，啊这镇河塔咋就不塌呢，这时候突然塌了，埋住了小木屋，狗尿苔在心里说：我也不会去救人的。

不知过了多久，小木屋的门在响动，霸槽在喊：狗尿苔，狗尿苔！狗尿苔没有吭声。霸槽竟然转到了塔后，说：你过来，过来呀！狗尿苔跟着霸槽回到小木屋，屋里一片零乱，他看见了已经往村里走去的杏开，杏开原先走路腰直直的，现在走不到一条线了，那只猫在后面跟着。炕上的被子和席都卷起来，炕面中间一页土坯塌下去。他再看门，疑惑刚才人在屋里却怎么门锁着，才发现门缝很大，可以从里面把外边的锁子锁上再从里面关好。霸槽说：你都看见了？狗尿苔说：看见啥？霸槽说：看见了就看见了，你还可以在村里说么。狗尿苔说：

137

我不说。霸槽说：你就说！狗尿苔说：你是个啥人呀，杏开是个啥人呀，我白操心了，白把你家院墙外的榆树股子折了。霸槽说：原来是你折了榆树股子？狗尿苔说：是我折的，你要打我？霸槽说：我要请你吃蒸饭！

霸槽不打狗尿苔还要请他吃蒸饭，狗尿苔不相信会有这种好事，说：吃蒸饭呀？拿眼看霸槽，霸槽真的把一个瓷盆端来，里边有少半盆米，全部倒在了一个瓦盆里添水淘了，就又倒在锅里开始生灶膛火。狗尿苔证实了做蒸饭是真的，蒸饭的诱惑使他忘掉了烦恼和羞辱，立即去屋后抱了一搂禾秆，自己替了霸槽烧火。霸槽说：狗尿苔，这屋里的东西你看上啥？看上啥就拿啥！狗尿苔简直不敢相信自己耳朵，说：你把那一堆苞谷缨子给我，我辫火绳。霸槽说：还要啥？狗尿苔说：咦，你咋啦，对我这么亲？霸槽说：我得感谢你给我通风报信。狗尿苔就大胆了，说：我要你墨镜。霸槽说：你碎骹会要！这墨镜不给你，我夜里不戴墨镜睡不着哩。狗尿苔说：那把猪尾巴给我。霸槽说：那也不行，一会咱要把它吃了。狗尿苔说：那我啥都不要。却把桌子上一根铅笔装进了口袋，这铅笔是霸槽钉鞋时画皮掌样儿的。

蒸饭做好了，小木屋只有一个碗，狗尿苔就从桶里取了水瓢，让给他把蒸饭盛在水瓢里吃。霸槽并不让狗尿苔急着吃，而是把蒸饭全都盛在了饭盆里，然后刀剁了挂在门后的猪尾巴，剁成小疙瘩了，放在锅里炼油，再把米饭倒进去炒。霸槽说：要吃就吃美！

两个人把油炒的蒸饭全吃完了。狗尿苔是坐在那个条凳上吃的，他腿短，脚挨不了地，吃得太多太多了，脖子能动，身子不能动，从条凳上下不来。好不容易从条凳上溜下来，主动要去河里提水洗锅，却咯哇一声要吐，赶紧捂住了嘴。霸槽说：吃好了没？狗尿苔说：你不要和我说话，一说话我就要吐呀。霸槽说：我没和你打赌，要吐就吐。狗尿苔说：我才舍不得吐的。又把嘴捂住，再不说话。

16

狗尿苔坚持着没有呕吐，一颗米也没吐出来，他走回村子的时候，太阳从牛铃家的屋脊上走下来，跌坐在了天布家院门口的照壁下，家家吃过了午饭都在开始喂猪。猪食是豆叶糠泡在泔水里，猪吞上几口了就抬起头看着站在猪圈墙边的主人，主人手里端着葫芦瓢，主人三个指头从瓢里捏了一些麦麸子撒在槽里，猪唪唪唪地吞几口，头又抬起来。主人就用搅食棍敲猪头，骂：你日你妈的恁奸馋！像骂着媳妇或者孩子，又生气又可怜着，最后把所有的麦麸子都撒在猪槽里，给猪说些快些长膘的好话。长宽跳进猪圈，用手压着他家那只白猪的脊梁，脊梁凸得像刀子，说：噢，你咋不长肉吗，爷！另一个猪圈里的看星用锨往外铲稀泥，说：长宽，现在人昧良心，猪也吃昧心食。长宽说：秃子金家的猪咋长得恁快的，和我是同一天逮的猪娃，比我家的猪大了一个头哩。看星说：人家的猪身架子好，咱逮的猪都是疙瘩猪。逮猪娃看母猪，明年再养猪要到镇上去买，八成家的母猪下的猪娃再便宜也不能买了。天布的媳妇用篦梳给她家的猪梳毛，她舍不得给猪喂麦麸子，猪毛下生了一层红绒。她问看星：听说开石把猪缴啦？看星说：他不缴，娃生下来花销啥呀？长宽说：我还以为他要把猪杀了招呼着待客呀。天布媳妇说：你说天话，他有恁大的势？又问看星：缴上了个几等？看星说：三等，差点没验上。面鱼儿在镇上磨了好多嘴皮子求收购站的人，人家勉强同意了。可过秤时，猪拉了一堆屎，又尿了一泡，就少了五六斤的分量。天布媳妇说：这猪不承携他！狗尿苔就走过来，说：你家猪暖和，穿了红绒衣了！天布媳妇乜着眼，气得没说话。长宽说：狗尿苔你就不会说话么。天布媳妇说：猪比你强，看你这棉袄破成啥啦！又到霸槽那儿去了？狗尿苔说：去了咋？天布媳妇说：蝌蚪跟着鱼浪吧，小心把尾巴浪没了。狗尿苔说：霸槽好着呀！猪又不吃食了，乍着耳朵听狗尿苔说话，天布媳妇拿了搅食棍就打，说：好么，你给我不吃食！好得很么，日你妈的你给我不吃食! 狗尿苔皱了皱鼻子，突然地闻到气味，嗯，又是那种气味。天布媳妇说：你给我皱，你给我皱! 她又打猪的鼻子，狗尿苔没有说他闻到了气味，就回家去了。

就在狗尿苔刚走，喂猪的人家却传过来了一个不好的消息：开石的媳妇难产了。

这最早是面鱼儿的老婆拉着婆在巷子里跑，婆缠过脚，虽然后来又放过，脚已变了形，又有鸡眼，咋跑都跑不快。老诚从泉里担水过来，说：蚕婆，过队伍呀？! 说罢，想起狗尿苔的爷爷在四七年的秋上的事，那一天，河堤上的芦苇和毛拉子草正扬花，风把花絮吹得州河水面一层红雾，一支国民党的队伍从村子里过，狗尿苔的爷爷就是那次被拉去当了兵，以后一直拖累了蚕婆的。老诚就改口再说：狼来呀？! 婆并没嫌老诚的话多，说：快，快背了我去开石家，他媳妇难产啦! 老诚当下放了水桶，背了蚕婆往开石家跑，返回来，消息就在村里传开了。

凡听到消息，喂猪的已不喂猪，洗锅的锅也不洗了，踢里咣当全往开石家跑。水皮吃过饭钻进他睡的东厦子屋里，把门就关了，他是习惯了饭后身上就难受，都要进屋悄悄用手做那事，他知道这对身体不好，但就是控制不了。当他看着墙上贴着的年画里那个女的，一股子东西射出来，他娘在院子里说：水皮，开石媳妇生娃了，你去呀不? 水皮隔着窗子说：不去! 小声又说：我又没出过力，我去干啥? 他娘说：听说难产了。水皮说：噢。等他开了厦子屋门，他娘已经出院门走了，他站在院门口，想着开石比他才大两岁，媳妇都生娃了，自己连个对象还没订下，难产就难产吧，他无声地笑了一下，就看见支书走过来。

支书说：水皮，明堂家后檐墙上的标语缺胳膊短腿的，你也不补补? 水皮说：那是墙皮掉了，我让他先搪墙，他不搪么。支书说：他还是不是古炉村的社员，他不搪? 水皮说：我头一次催他，他说民兵训练哩，他没空。支书说：搪个墙皮能费多少时间，他整夜和麻子黑下棋就有空啦? ! 水皮说：就是呀! 我二次催他，他说那得花钱哩，他没钱。

支书说：水在泉里盛着的，土在地里堆着的，花啥钱？！水皮说：就是呀！支书说：你去告诉他，就说是我说的，明日就搪墙，别影响了古炉村的形象！天布的媳妇从巷道里往过跑，见支书在，住了脚说：支书呀，你说这咋回事么，古炉村怎么生娃娃都怎难场的！支书说：你把你头也梳一梳么，年轻轻的头像个鸡窝！天布媳妇唾唾沫往头上抹。支书说：你说啥的？天布媳妇说：开石媳妇说生呀生呀就是不生，过了半个月了，只说瓜熟蒂落呀，又难产啦！支书脸沉了，说：真的？天布媳妇说：你不知道呀？这事你咋能不知道？！支书说：不像话，这么大的事没见谁来给我说么。两人也就往开石家去。

面鱼儿家的院子里已经立了很多人，开石媳妇住在西厦子屋，屋门闭着，开石蹴在门口，屋里是媳妇杀猪一样的叫唤。她一直在骂开石，说是开石害得她受这大的罪：我要死呀，开石，开石，你日你妈的受活哩你害我呀！气得开石朝屋里吼：你叫喊着你妈的×哩，谁家媳妇不生娃？！婆就从屋里出来，斥责开石：她疼哩让她骂几句有啥的，你吼吼？！大家就拉开石到院外。院外有人说：支书来了，支书来了！院里的秃子金说：这事支书解决不了问题。麻子黑说：支书来了，那娃能不出来招呼？田芽在麻子黑背上捶了一拳，麻子黑说：走呀走呀，人家生娃娃，又不是给咱生孙子。支书就进了院，面鱼儿忙起身去取烟匣子，喊：狗尿苔，狗尿苔，火绳呢？！没有回应，支书摆了摆手，见三婶端了盆热水从厨房出来往厦子屋去，问：不是听说胎位正着么咋还是难产？三婶说：是呀，肚子一疼我先过来了，看着好好的，可羊水一破，先出来的是一只手，就赶紧让蚕婆来。支书说：不会往镇上去吗？往镇上去就是去镇卫生院剖腹产，古炉村已经有七八个孩子都是剖腹产出来的，以至于下河湾、西川村、东川村的人作践古炉村的婆娘个个肚子上有一条疤。三婶说：能走人道就走人道，我想不至于就不出来，只是大人受些罪。支书说：如果不行，就让人给我说，我安排架子车往镇上送。说完，支书对院子里的人说：大家关心是好的，来看看就是了，都涌在院子里也不顶用，下午修河

141

滩十八亩地堰的继续修地堰呀，灶火你和冬生把架子车收拾收拾，作个防备。灶火说：那我们不出工？支书说：给你们记工分么。秃子金就起了哄：都走，都走，咱在这里也没用。麻子黑说：是么，我听了半天，开石媳妇她没骂我么。田芽说：你嘴里啥时能吐出个象牙啊！大伙便笑一笑，男人们差不多就离开院子走了，妇女们还叽叽啾啾在院子里的桃树下，明堂的老婆在扳桃树枝，折下许多小节，自己怀里揣了一节，又给旁边的几个妇女每一个怀里塞一节，说：桃木棍儿避邪哩，将来生娃不难产。给半香，半香不要。戴花说：人生人真是吓死人呀！灶火媳妇说：现在生个娃娃难场，先前哪见过这难的？开石他娘生了开石兄妹四个，快当得像拉一泡屎。明堂媳妇说：你男人为啥叫灶火，就是他娘正在灶膛烧火做饭哩把娃生下来了，她是把娃收拾好了还把饭做熟的。说着便吃吃地笑，三三两两也出院门走了。

面鱼儿把支书送出来，支书说：你把酒准备好，娃生下来了，今黑村里人都来喝酒哩，有下酒菜没？面鱼儿说：我调些酸菜，再熬一锅腥油萝卜。支书说：光是酸菜萝卜？你又不管饭，那就弄些豆腐，有钱没，没钱我借你。掏给了面鱼儿五块钱。在院外的人看见了，就说：好，晚上来喝酒吃豆腐！

面鱼儿看看时候不早，也就把五元钱放在帽壳里，去了开合家买豆腐。回来，跑过磨子家，磨子家有一张八仙桌，就把桌子借了，头钻在桌底顶着，手提了豆腐篮子。一进院门，他老婆在桃树下哭哩，三婶劝说：大人好着就好，你不要哭啦，快烧些水，给月婆子打荷包蛋。老婆点着头，眼泪花花着到上屋去取鸡蛋，理也没理面鱼儿。面鱼儿觉得不对劲，放下桌子，问三婶：咋啦？三婶说：唉，娃娃生下来了，却没气了。面鱼儿跟跄了一下，险些把豆腐篮子掉在地上，说：死啦？三婶说：你声这高的！生下来浑身发青，咋抽屁股都不哭，以为羊水把娃呛了，嘴就给掏了，蚕婆现在用笼盖哩。面鱼儿往厨房看去，三婶没让他去。

古炉村的风俗，孩子生下来没了气的，并不立即丢进尿桶里或稻草包了扔到河滩去，而是认为撞鬼中邪，在盖笼里用明火燎燎。以前婆用这办法，大多数的娃娃还是死了，可也有两三回娃娃竟然又活了过来。面鱼儿和三婶，还有戴花、田芽都不再言语，看着厨房门，听娃娃是不是有哭声。天麻碴碴地黑了，风还在贴地扫，但院门楼上的干草却嘤嘤唠唠地摇，而中山顶上的鸟像树叶一样飞到了窑神庙上空，又摆成扇面在村子上空扇，扇过了面鱼儿家院子上，斜着要落在房顶了，却又扇着飞走。婆从厨房里出来，脸色不好，悄声说：没救了，面鱼儿，这娃不该到咱家的，你取捆稻草包了，趁擦黑撂了去。面鱼儿眼泪就无声地流下来。他老婆在柜里取了个鸡蛋，腿软得走不动，又坐在了上房门槛上。三婶说：不让面鱼儿去了，我和戴花去。去院角取了稻草，进厨房包了孩子，出院门时，对面鱼儿老婆说：只要大人好好的还怕再生不下娃？哪个瓜蔓子没几个谎花？！

巷子里，开始有人来了，他们是来要喝烧酒吃豆腐萝卜菜的，当一进院知道孩子没成，顺门就走，面鱼儿拉着说：酒是给大家做的，在这里喝不成了，我给你们带了回家喝。来人就提了一小瓷罐儿，说：那这酒咋喝得下去呀？但还是都提着走了。提了酒回去的人在路上逢人就说孩子没成的事，许多人也就不愿去了。支书很快知道了情况，便给马勺说：你挨家挨户通知，让都去拿酒，娃娃没成，可大家为娃娃却操心着，多少提些酒回去喝，也是体现咱古炉村的风气么。结果家家都去人，提个小瓷罐儿，面鱼儿就把酒分给大家，已经见到酒瓮底了，他拿木勺敲着瓮沿说：没了，没了。却最后刮出了半勺，自己叽哽叽哽喝起来，人和瓮一块倒在了地上。

各家分的酒女人们都不喝，男人们就提了到灶火家去喝，灶火的媳妇喜欢热闹，灶火喝酒又畅快。喝了一阵，大家就兴奋了，差不多忘记了开石的孩子死去的事，开始吆三喝四地划拳。天布是最早提议到灶火家喝的，他提了罐子一边喝一边喊：明堂、磨子、看星、秃子金，都把酒提上到灶火家呀！磨子往出走，媳妇撵出来说：打平伙呀！你别没记性只贪着喝，又喝得给我吐血！把个萝卜塞给磨子，要磨子先垫个饥就不至于酒到肚里猫抓呀。秃子金出来，半香也出来，秃子金说：你去干啥，谁个婆娘家也喝酒？半香说：男人是嘴女人就不是嘴啦？古炉村没女人喝酒，从我这里起个头么！秃子金走，她也走，秃子金掀她一把，她掀秃子金一把，秃子金没办法，返回屋把酒倒出来一碗，说：你喝！半香不跟了，却倚着门问天布：天布，你一顿能喝几两？天布说：几两？一斤招不住喝哩！半香说：那好，明年我做了酒你来喝，看你喝得过我，还是我喝得过你？！看星说：你明年生娃呀？半香说：我拿我的苞谷做酒还不行吗？生什么娃，给他再生个小秃子？大家就笑，秃子金脸上挂不住，把媳妇掀进院子里将院门就拉闭了。四个人走过八成家院门外，天布喊：八成，把酒提到灶火家喝去！八成家的窗子亮着，忽地却灭了，鸦雀无声。秃子金说：不叫啦，那小气鬼才不会打平伙，酒留着过年呀。

灶火家来了二十多个人，每人将自己提的酒倒在一个瓷盆里，规定谁也不能留，今黑就在这里喝，喝不完不准走。狗尿苔是一逮住消息就到灶火家来了，当然提着火绳，灶火媳妇说：有吃喝你跑得比谁都快！让他去洗萝卜，礤了两盘萝卜丝，又盐调了两盘浆水酸菜。秃子金一来，秃子金说：狗尿苔，你提酒了没？狗尿苔说：我不喝。秃子金说：你不喝酒有人喝呀，提你家酒去！狗尿苔只得回家提自家的酒，半路上他真想自己把酒喝了，但他没酒量，喝了两口肚里就像着了火一样，骂秃子金，骂今晚上谁喝他的酒是猪，是狗。骂过了，还不解恨，在酒罐里唾了一口。

这场酒一直喝到鸡叫了三遍还没散场，酒气弥漫在空中，墙院外榆树上的巢里住着一家三口的扑鸽，飞上飞下不安宁。狗尿苔是不得上桌子喝酒的，他始终站在旁边，谁一喝完他就去添，而且负责监视谁把酒盅里的酒未喝完，谁又喝进嘴里了又偷偷地吐在脚底下，被揭发的人就骂狗尿苔是个瞎狗。狗尿苔说：我听天布叔的！天布已经喝得舌头硬了，却指着秃子金说：你喝，你喝！突然结结巴巴说了句：喂，梅李八斗失么，可不让失么。秃子金说：你说啥？天布说：你还讲究是民兵哩，这是俄语！秃子金说：爷呀，苏联人打进来，听这话吓都吓死了！大家都笑，灶火说：天布，最近咋不训练啦？天布说：训练么，明日就训练。灶火说：哎，几时把枪拿上，咱到南山打猎去，打不住野猪黄羊还打不住野鸡？磨子说：灶火你别煽火天布，枪管制严格哩，甭让天布犯错误！天布说：我能犯错误？我天布就没错误！让秃子金喝，他要不喝，我开除他，民兵资，格！秃子金说：喝，平日想喝还喝不上的，喝！咱俩来划六拳！天布说：六拳就六拳，你把帽子戴上，我见不得你那秃头！秃子金生了气，不喝了。磨子就劝秃子金，秃子金赌气划拳，却连输了五拳，端酒盅时手故意抖。狗尿苔就看着秃子金会不会要把酒抖出来，秃子金说：外面扑鸽咋叫得这凶的，来了鹰啦？狗尿苔说：是扑鸽闻着酒香睡不着。秃子金说：怕是你闻着酒香吧？来，替我喝了这盅！狗尿苔就替他喝了一盅。天布说：不能代酒！要站起来夺狗尿苔手中的盅子，突然咯哇一声吐了狗尿苔一身，狗尿苔哎哎地叫着，看星和灶火便说：还不快扶了天布去院子里吐！天布说：不用，不用，就这么点酒能把我喝醉？！走到门口，却回头直愣愣盯着狗尿苔。狗尿苔以为他做错什么了，忙说：把你喝不醉！天布竟然说：咋，咋，咋没见霸槽？霸槽没有去提酒？！他这么一说，灶火、磨子都觉得是呀，晚上分酒的时候是没见到霸槽。磨子说：他活独人哩，恐怕在小木屋里不知道。狗尿苔，你老往他那儿钻哩，你没通知霸槽？狗尿苔也噢了一声，觉得是自己失职。灶火说：快去让他到开石家提酒呀，把谁忘了也不敢忘了他！狗尿苔再给大家点过一遍烟，就摇甩着火绳出去了。院门外却站着七八条狗，都是冲着酒香来的，狗尿苔说：都走吧走吧，他们能喝得很，不会醉了给你们吐的。他让老顺家的狗给他做伴，老顺家的狗不情愿，虽然跟着他，却一路上嘟嘟囔囔发牢骚。

　　天布一到院子，想着去厕所，捶布石绊了一下，就在捶布石上全吐了。接着磨子也出来吐。屋里的灶火说：真会糟蹋，喝到肚里了咋能吐？！把上屋门一推，屋里的灯光跌出一片白，他说：土根，土根，你把新席铺到门口了？哗啦嘴里喷了一股子。院门外的狗一下子挤开门进来。

狗尿苔到了公路上的小木屋，小木屋的门上了锁，以为还是白天霸槽锁了门和杏开在里面，大声拍门，叫喊，没有动静。隔着门缝往里看，里边黑得看不见，还是没动静。

这时候，河里的昂嗤鱼又在自呼其名了：昂儿嗤——昂儿嗤——

春
部

17

　　村南口的石狮子一身都长了苔藓，苔藓就是它的衣服，一冬天里那衣服全是黑的，还有着那一片一片白斑的补丁，现在，苔藓又活了，换了新衣服了，但霸槽没有回来。

　　霸槽一走，像鸟儿飞了，到了腊月根，甚至已经过罢了年节，却毫无音信，年三十和正月十五的晚上，中山坡根的坟地里，家家的墓圪堆前点了灯，霸槽他大他妈的墓圪堆黑着。

　　狗尿苔和牛铃坐在石狮子下看天上的云，一朵云被风吹着跑，跑过了不留任何痕迹，跑过屹岬岭后就不见了。狗尿苔说：霸槽会不会在外边饿死了？牛铃说：这不可能。虽然没粮票，也没介绍信，但霸槽是啥人，他能活人被尿憋死？！狗尿苔说：会不会被当作流窜犯抓了呢？牛铃说：哦，他要有眼色，就到新疆去。狗尿苔不知道新疆，但牛铃知道，他听下河湾的人说过，新疆地广人稀，犯了法的人都往那里去拾棉花，几百亩的棉花从南向北拾过去，地头上只卧一条狗，想寻个看守的都没有。

　　天越来越暖和，已经是晌午工收了，所有的妇女小跑步地回家做饭，各处的烟囱就往外冒烟，烟气在村子上空连成一片，树看不见了树枝，似乎树干就成了柱子在撑着离地面很近很近的天。男人们松泛下来了，散了架的身子显得矮了一截，全不回家，又聚在三岔巷口说话，他们的舌头其实比婆娘们还要长，笑话着比自己的日子过得差的，恨骂着比自己的日子过得强的。护院的媳妇在门口喊护院回去吃饭，护院好像很生气，吼道：不会把饭给我端来？！护院的媳妇把一老碗饭端来了，明堂的跟后的铁栓的立柱的看星的媳妇，接二连三，都把饭用老碗端来了。牛铃是要自己回家做饭的，和狗尿苔分开后，从麦草集上抓了一抱子柴火回去，又站出来蹴在山墙根刮土豆皮，在唱：九九八十一，穷汉娃子靠墙立，冷是不冷了，只害肚子饥。饥你狗日的吧，没人理牛铃，端了碗的自顾连吃带喝。那前半碗吃的时候没人再说话，嘴长了许多，都伸在碗里，呼噜稀里地响，吃过了半碗，缓过气了，头上热气腾腾，换一个姿势，又开始说话了，说的还是霸槽。啊这狗日的霸槽在古炉村的时候并不显得多了什么，他一走，古炉村咋就觉得空了许多！明堂说：咱吃哩喝哩，不晓得他这阵干啥哩？有粮说：喝风屙屁哩，好出门不如赖在家。明堂说：你常出去给人盖房修墓的，挣了钱还说这话！有粮说：钱是苦换来的，谁活得舒展爱出门呀？明堂说：霸槽活得不舒展？有粮说：他没你舒展。明堂说：我上有老下有小，肩膀上扛着几张嘴，他是一人吃饱全家饱，我比他舒展？有粮说：你认不得霸槽！明堂说：我认不得？看把他烧成灰认得不？！麻子黑哼了一声，起身挪了个地方。明堂说：你哼啥的，吃了鸡毛啦？麻子黑说：说那淡话有啥意思。灶火就笑，说：卖面的见不得卖石灰的。麻子黑说：我是见不得霸槽的！你们念说他哩，有谁知道他为啥走的？明堂说：为啥？麻子黑说：他把杏开肚子弄大了，他能不跑？！有粮立即说：你狗日的胡说！麻子黑还要说什么，突然不说了，把半个脸埋在碗里。

是杏开走了过来。杏开从自留地里掐了一把葱叶，走得很慢，像一边走一边要踏死蚂蚁似的。

灶火说：唉，满盆还是只能喝些葱叶糊糊？有粮说：谁没个胃病，他咋这么久病不好还越来越重？灶火说：那还不是气得来。明堂说：霸槽都走了他还着什么气？拿眼睛看杏开，杏开的胸和屁股是大了，腰

149

依然细么，他说：麻子黑你真是胡说哩！麻子黑说：你去看苦楝树么。明堂说：苦楝树又咋啦？麻子黑说：苦楝树被人砍了三刀。明堂说：谁砍的，为啥砍的？麻子黑说：又不知道了吧？！就喊起了狗尿苔。

狗尿苔端了个老碗吃饭，老碗比他的头大，平端太重，左胳膊就曲起来，好像把碗要放到肩头上。他没有到三岔巷口的人堆来，而在巷道里走着喝粥，遇见一棵树了，筷子捞一颗米放在树杈上，说：给你一口！一巷道的树都吃了米，狗尿苔回头望去，想着树树吃了米，然后能开花的花就开得艳，能结果的果就结得繁。

听见麻子黑喊他，他没有搭理。麻子黑说：狗尿苔，你到苦楝树那儿去过没？

狗尿苔说：噢。

麻子黑说：苦楝树上是不是有刀疤？

狗尿苔说：唵？

要是在往常，狗尿苔一定要返回苦楝树那儿看个究竟，可这是麻子黑要问他的事，他不愿意去，也不想知道为什么苦楝树上就有了刀疤。狗尿苔端着碗就回去，因为他吃了饭还要去中山。

这一天恰好是阴历的二月初二，早晨一起来，婆给狗尿苔煮了一个鸡蛋，做了稠一些的拌汤。吃过饭，去中山上采药茅草，药茅草插在门窗上，蛇不会进屋，蟑螂、蚰蜓也不会进屋。等把阴洼处一片药茅草全拔了回来，屋里坐着三婶和戴花，和婆正说着话哩。

婆说：造孽哩，说这话不是害杏开吗，谁说的？戴花说：长宽在村里听的，你知道他本分，听了一肚子的气，回来给我说的。啊婆，这咋可能吗，再说这苦楝籽就能下了胎？三婶说：打是能打的，即便杏开捡过苦楝籽就是她打胎啦？戴花说：他们说满盆夜里去拿苦楝树出气，在树上砍了三刀。三婶说：有这事？她蚕婆，杏开没来寻过你？婆说：她妈死后，她第一回身上来了月经就是寻我的，没见她来么，她没那事来寻我做啥？谁？

狗尿苔糊糊涂涂听她们说话，又听不清楚，婆一喊，他忙又把脚在院子里踢踏了几下，说：是我，婆，艾叶弄回来了！

狗尿苔在门上插了艾，在窗上插了艾，还剩下了许多，就给左邻右舍的门窗都插了。他觉得村里谁还对自己好呢，除了牛铃就是霸槽，就拿了一把艾先去了牛铃家，牛铃不在，把艾别在门缝里，再往小木屋跑去，已经跑到村口了，蓦地清醒霸槽早不在了，立了一会，把艾叶扔到了塄畔下。

从塄畔往西去一截路是一盘石磨，这石磨没有村西头那盘石磨大，但这石磨一直还在用着，水皮正套了牛磨黑豆。黑豆是牛的细料，原来都由欢喜自己磨，但许多人有意见了，说饲养员自己磨自己喂牛，谁知道磨了多少又喂了多少，他们甚至说吃黑豆屁多，而欢喜的屁就多，便不让欢喜磨了，把活儿交给了水皮。水皮从牛圈棚里牵牛的时候，牵了那头身上有白黑点子的牛，这牛是太瘦了，一张皮像是被单披在骨架子上，一拽都能揭了下来。水皮先还帮着推磨杆，后来不推了，坐在磨扇上看书，牛也就越走越慢，水皮骂着：走得这慢的，上杀场呀？！牛竟然不动了，立在那里拉屎。水皮就跳下来，用鞭子抽，抽得很狠，一边抽一边说：给我怠工呀？狗日的，你是牛里边的四类分子么！

狗尿苔是看见了水皮在那里磨豆子，他没有招呼，怕水皮又以给他教字为由让他帮着磨豆子，却听到水皮骂牛是四类分子，就接了话，说：你坐在磨扇上它还能拉动？牛对着狗尿苔哞地叫了一声。

水皮说：耶，你还给他狗尿苔说话呀？！又抽了牛一鞭子。

塄畔下走上来了善人，善人背了个褡裢，说：哎，哎，不敢打牛，这牛我知道，它肝上害着病哩。

水皮说：有病哩他欢喜让我牵了磨豆子，我磨不好他就有话说啦？又反问善人：你讲究说病哩，咋不给牛说说？啊，有个成语是对牛弹琴，你是对牛说病！说完得意地嘎嘎笑。

善人并没恼，说：支书不让治么，牛肝上害病就是牛黄，支书盼着将来剥牛黄么，那是贵重药物哩。

水皮说：生牛黄就生牛黄吧，我牵来拉磨子它就得拉磨子！

151

鞭子啪啪地又抽起了牛。

狗尿苔冲上来夺鞭子，夺不过水皮，就把书本拿到手上了，说：你再打牛，我就撕书呀！

善人说：水皮，你听我说，我先前从寺里出来在西沟川住，那一年村里抓贼，没抓住，抓了个无辜的人打，打得他胡说，硬说我认识那贼，村人就把我抓住一顿好打。我没怨人，也没生气，等到我后来会说病了，才醒悟我在寺里时，师傅让我赶过车运修寺的砖瓦，一路上也是打牲口的，打得太狠啦，身界的罪还得身界还。

狗尿苔把书扔到磨扇上，说：那水皮啥时候遭报应挨打呀？

水皮说：打你！你才是造了罪，要不怎么是小四类分子！

一句话把狗尿苔说蔫了。狗尿苔拿眼看善人，善人也没有说话，拉起他走了。

狗尿苔一路上都低着个头，他的腿短，总是撵不上善人。唉，他总是兴冲冲地做着什么事，冷不丁就有人说他的出身，这就像一棵庄稼苗苗正伸胳膊伸腿地往上长哩，突然落下个冰雹就砸趴了。他想，被冰雹砸过的庄稼发瓷不长，他的个头也就是被人打击着没长高的。太阳开始偏西，把影子从他身后移到了身前，影子是那么短，那么丑，连他都生气了，照着影子就踩去一脚。但影子在往前跳着，他就是踩不住。

善人说：狗尿苔，你高兴点。

狗尿苔说：他们都不给我好脸，我咋高兴？

善人说：别人欺负你是替你消业障的，那是好事么。我给你个东西。

善人从褡裢里取出了一个小圆镜给了狗尿苔，狗尿苔往镜子一照，镜子里一张苦愁的脸。善人说：你笑一下。镜子里一张笑脸。

善人说：你每天照着镜子笑，镜子就给你的全是笑脸。

狗尿苔说：镜里镜外都是我么。

善人说：你就给你笑。

狗尿苔当下就嘿嘿嘿地笑了几声，要替善人背褡裢，善人没让他

152

背，两人走到横巷中，面鱼儿坐在墙根的石头上吃纸烟，却是满脸的泪水。狗尿苔说：面鱼儿伯，今儿没去担垫圈土？面鱼儿看了狗尿苔一眼，眼泪还吧嗒吧嗒掉。狗尿苔说：咦，还吃纸烟呀，咋舍得买的？面鱼儿突然说：不过啦，都不过啦，要破这个家就破吧！他恨恨吸着烟，呛得连声咳嗽。善人就笑着说：咋啦咋啦，谁把面鱼儿气成这样？！面鱼儿却抓了善人的手，说：唉，唉，我这是造的什么孽么，一大家子人，馍我不吃放在那儿有人吃哩，自留地里那一摊活我不做就没人做么。不做就不做，我做了也把我累不死，可屋里一天到黑都是吵。开石两口闹着要分家，分吧，各过各的日子或许会好，可老二老三吃饭就抢铲子，争着铲锅底粘粘，竟然还偷屋里钱去开合那儿吃豆腐，昨儿开合来问我要账，说锁子还在他那儿赊过纸烟钱，你说这日子咋过呀？！善人说：你不是老给人说娃们认你这后大吗？面鱼儿：先前都好好的呀，谁知道……唉，这是啥事情么！善人说：你听我说不？面鱼儿说：你会说病，这一家人害了啥病，你说。善人说：就因为你在穷人身上刻薄，所以穷鬼都投生到你家来啦！面鱼儿嘴一下子张开了。善人说：你不要插嘴，你听我说，在你没当打麦场场长时，往年打一夜麦场，场上的人有顿糊涂面吃哩，你当了一夏场长，你嫌费，改为每人二斤蒸红薯。蒸红薯要喝菜汤，你又嫌烧汤不合算，平常烧汤还放盐和辣子哩，你不放辣子连盐也不放，这不是刮穷吗？面鱼儿说：哎呀，那我还不是给生产队省吗？善人说：腊月里你烧酒，村里规定做多少酒给大伙喝多少酒，你说你私藏了没有？面鱼儿说：我就藏了一罐子，你都知道？善人说：过春节你卖给老诚那罐酒，正价一斤两角钱，你卖了两角五呀，还掺了一勺水，你卖葱蒜、卖红萝卜都是秤不够么。因为你怕穷，在穷人身上刻薄，所以穷鬼都寻上你了。你自己做的，还问谁呢？

面鱼儿听善人说完，不吃纸烟了，哭着进了院子。

狗尿苔可怜了面鱼儿，看见那一包纸烟还在石头上放着，就把纸烟从院门缝摞了进去，说：你咋这样说他呀？

善人说：凡是遇事抱屈的，是不明白因果。

狗尿苔心想：因果？啥是因果？！他听不懂善人的话，清涕就流下来，吸了一下，又流下来，便用手擦了，却一时寻不着个抹清涕的地方。而善人只管给狗尿苔说，说种瓜就得瓜，种豆就得豆，人也一样，前世里给佛敬过花，今生容颜好，前世里偷过别人的灯，今生眼睛不光明，前世和猪争过糠，今生是麻子脸不光。狗尿苔说：噢，麻子黑和猪争过糠！麻子黑是人咋和猪争糠？善人说：他是个乞丐，乞丐才和猪争糠么。今生是什么性，就知道前生是做啥的。今生是火性，前生一定是当官的；今生是水性，前生一定是生意人；今生是木性，前生一定是工人；今生是土性，前生一定是庄稼人。善人一肚子都是古董，说起来没完没了，像是在倒一口袋核桃，狗尿苔叫着善人爷，善人爷，善人还在说，牛的性里有愚火，狗的性里有阴木，它就现那个形，受那样的苦，要能把性化了，也就可以脱离畜生的苦啦！狗尿苔还是没地方抹清涕，索性拍了一下褡裢，也就把手擦干净了。

善人说：你叫我啥？叫爷就叫爷么还前边加上善人！

狗尿苔说：爷，我不管前生和现在，我问你，我将来能是什么？

善人说：哦，那你想是什么？

狗尿苔说：我想和别人一样，都是贫下中农。

善人看着狗尿苔，不说话了。

狗尿苔说：你咋不说了？

善人说：这你得寻支书。

狗尿苔有些泄气。善人是白说了，不信了，走啊，狗尿苔就走了。

善人在后边说：唉，这娃心空呀。

狗尿苔头并没回，说：怎个不空？

善人说：性有天理，天命就不空；心有道理，宿命就不空；身尽情理，阴命就不空。人是万物之灵，所以万物都希望转人，可惜人却迷了又要转物，才循环不已。而人有妄想，或有牵挂，就是循环不了。不会当人，不明道理，心就赎不出来。不满意，不知道，意就赎不出来。物不空，事不净，志就赎不出来。必须做一件事，了一件事，得一条道，

154

了一条道，钻进去还能钻出来，不被世网迷住，才能赎出身来。逆事来若能乐哈哈地受过去，认为是应该的，自然就了啦，若是受不了，心里有怨气，这件事虽然过去，将来必有逆事重来。

狗尿苔别的全没听懂，听懂了一句"应该的"，就说：都是人，都在古炉村，他水皮就应该是好成分，我就应该赖成分？

善人说：给你说不清，说不清。

狗尿苔说：那我咋办？

善人说：那就好好当你狗崽子么。

狗尿苔说：我——不——想——当！

他从巷道跑过去，听到善人在后面说：娃呀，这世上没个隐身衣么！

18

善人原本是无奈地说了一句隐身衣，但狗尿苔的脑瓜子却像是一口钟，咣的一下，敲灵了。回到家睡了，还老想着隐身衣。真的，如果有件隐身衣那多好呀，他狗尿苔愿意到哪儿去就到哪儿去，比如，他要去杏开家，杏开是熬吃了苦楝籽的汤打胎吗？若是熬了药，药渣是倒在院墙根的，在那里一看便知道。比如，可以到支书家去，他是曾在门缝里见过支书的老婆在院里用席晒点心，现在他要直接进去，就站在席边一个点心一个点心地数，支书和他老婆看不见，支书的儿子看不见，猪呀鸡呀都看不见。他还要坐在支书家的痒痒树下，看都是谁会来送礼的。天布送过礼吗？八成送过礼吗？冯有粮、夜土根、白长宽肯定是送过的，冯有粮和白长宽他们是外姓，要巴结支书，况且他们是木匠、泥瓦匠，出外干挣钱的活能不和支书关系搞好吗？霸槽越是离支书远，他们越是会离支书近。冬生和立柱也绝对送过，立柱那么笨，他怎么就能去窑场？还有水皮也送过，百分之百送过，狗尿苔是看见过水皮送过韭菜和南瓜，没送过点心，那鬼信呀！对了，穿上隐身衣去水皮家，水皮在外能说会道，总是客客气气，人哪儿老是好脾气，在家了才要骂人的，那娘俩吝啬，送了点心肯定骂点心给狗吃了，吃了肚子疼去。哦，要去秃子金家，要去麻子黑家，最好狗日的都在吃饭，就朝他们碗里唾一口，或者啪啪拍耳光，他们看不见，以为是鬼。鬼就来打你，一天去三趟打。麻子黑个子高，得上到凳子上扇狗日的脸，扇他脸！

狗尿苔迷迷糊糊，手从被窝里猛地挥了出来，哐的一声，把炕墙上的煤油灯打翻了。婆没有睡，在灯下剪她的纸花儿，煤油灯掉在炕上，忙把灯壶拾起来，狗尿苔也醒了，去摸火柴，把灯再点着，煤油已经倒在盖在被子上的夹袄上。婆擦不净煤油，拽了狗尿苔的腿一扭，狗尿苔趴在了炕上，照着那屁股就打。狗尿苔知道又做坏了事，不吭气，让婆打，婆打得屁股一片红。婆不打了，坐着喘息，却说：你做梦了？狗尿苔编谎说：梦里我和人打架哩。婆说：你梦里都和人打架？你能打过谁，你又能受得住人打，你和人打？！气又上来，一把将狗尿苔拉起来，拉起来狗尿苔还是和坐着差不多高。婆说：叫你乖乖地就待在屋里，你一天到黑不着屋，你倒还想着和人打架！唉，我咋就说不醒你！狗尿苔说：我是娃么，在屋里待不住么。婆说：待不住也要待！你啥时候才能老气呀！狗尿苔说：让我是老鼠呀，小小就长胡子呀？！狗尿苔的话把婆逗笑了，就拧了狗尿苔的嘴，把被子却又给狗尿苔盖上，去寻碱面来擦夹袄上的油渍。

狗尿苔并不生婆的气，他觉得他反正是打了麻子黑。天明起来，把尿桶的尿提着去自留地泼麦苗，麦还没起身，一只兔子在那里跑，狗尿苔大声叫：兔子！兔子！兔子蹦在了空里，身子弯得像一张弓，跃过了水渠，向东南跑去了。不远处的一块麦地里，麻子黑也在撒灰。看见了麻子黑，狗尿苔就心里说：我打过你！竟然发现麻子黑的左脸是肿了。

狗尿苔说：谁打你脸了？

麻子黑说：我牙疼。谁打我？打我的人古炉村还没有哩！

狗尿苔说：有两个人可以打你。

麻子黑说：谁？

狗尿苔说：霸槽就打过你。

麻子黑说：他不是走了吗，走了权当死了，还有谁？

狗尿苔说：穿隐身衣的。

麻子黑说：隐身衣？

狗尿苔不说了，提了尿桶，脖子硬硬地走了。

这个中午就下了雨，春雨贵如油，地里的麦苗都乍立着来了精神，狗尿苔庆幸早晨把尿泼在了地里。但是，雨虽不大，却一直到了傍晚还在下。村人差不多都戴了草帽，或者披了蓑衣，狗尿苔没有蓑衣，有一块绿塑料布，布的两个角缝起来，从头到腿就盖起来。他想真怪，昨夜里梦中打了麻子黑，麻子黑的脸就肿了，那么，他还去了水皮家，去了支书家，是不是他们那儿也有什么变化？狗尿苔便顺着巷子走，巷道里没人理他，面鱼儿前天还哭哩，现在又拿锨在把屋檐水往尿窖里引，朝他看了一眼没有说话又铲土，牛铃明明是站在院门口的，也没有说话。为什么他们看见了他就像没看见似的？是穿了隐身衣他们看不见了吗？这塑料布是能隐身吗？狗尿苔突然觉得一定是塑料布能隐身！这塑料布怎么以前没这作用呀，是它在做了梦后才能隐身吗？

狗尿苔啊啊地兴奋起来，往水皮家去，水皮家的院门却锁了，狗尿苔的企图未能实现，就抬脚在门扇上踹了一个泥脚印。这时候巷口过来一伙人，有支书有磨子，一个黑胖子，还有天布。狗尿苔没有跑，就站在院墙下，他偏要尿尿，想：他们看不见我。

天布却在大声喊：干啥哩，哎，干啥哩！

狗尿苔不吱声，还在尿。

天布上来踢了一脚，说：公社张书记来了，你在巷道里尿？！

狗尿苔说：你看见是我尿啦？

天布说：那是狗尿的？快滚！

狗尿苔才知道塑料布并不隐身，是面鱼儿故意不理他，是牛铃看见他了不招理他。

下雨天生产队里爱开会，果然晚上就开了会，连满盆也去了，杏开把他扶到公房的长条凳子上，他没有坐，就趴在那里。整个会上，都是

157

支书在讲话，他讲了下午公社张书记来了，领导下村视察，充分肯定和表扬了古炉村的工作，强调一定要加强民兵训练和学大寨修梯田。领导到了村办公室，又去了窑神庙，问到窑神庙住的谁，他说住着善人，领导说是他让善人从庙里还俗的，竟然还住这么大的庙而村办公室又那么窄狭，这桌椅板凳也该换换了。啊，这是领导在批评我们，也是在关心我们啊！他说，他还要告诉社员们一个好消息，就是领导说公社新到了十辆手扶拖拉机的指标，原本没考虑给古炉村，鉴于古炉村工作出色，条件简陋，就拨一个指标给古炉村。他说，最后，领导问到他还有什么问题和困难，他告诉领导没有问题也没有困难，古炉村是红旗村，我们的社员觉悟高，劳动热情大，爱社如家，和睦相处。他说，但是，他隐瞒了一件事，就是霸槽，他本来想汇报，又取消了念头，因为这么久走掉了一个人，如果是没经同意外出钉鞋补胎，那就是在古炉村还没有割净资本主义尾巴，如果是出外讨饭了，这又是给社会主义脸上抹黑。支书这么说着，足足说过了能吃五锅烟的工夫，人们以为会议就这些内容了，却接着又宣布了四项决定。这四项决定是：一、民兵工作坚持十天里就要集中训练一次。二、中山东后坡的那十八亩梯田要在麦收前修好。三、村办公室搬到窑神庙，这两间公房公开出售，价格核定后，凡是古炉村的社员，除过四类分子，都可以申请购买。售后的款要买手扶拖拉机，要给窑场添两辆架子车，要更换新办公室的家具。四、善人搬出窑神庙住到中山顶山神庙去，山神庙与窑场近，善人以后就去窑场干活。

　　古炉村在每一年春天都会有一些新的决定，而这个春天的决定重大而且来得突然，也执行得紧急。三天后善人就搬了，中山东后坡的梯田由磨子负责，也开始动工。公房更腾得利索，窑神庙是个四合院，北边五间殿房，正中三间做了办公室，两边各一间存放了三个柳条编就的囤子，装着生产队一百斤稻子和一百斤苞谷的储备粮，这些粮是防备着天灾人祸而救急的，万不得已谁也不能动用。再就是五个缸瓮里藏着各类种子和给牛做精料的黑豆。殿房下的东西厢房里，东厢房堆集了烧好

158

的瓷货，西厢房里除了放一张桌子晚上记工分用外，就塞满了公用的犁呀，套绳呀，木锨木杈，耧耙，一些木椽竹竿，还有过年耍社火的旌旗锣鼓、芯子。这一切都没有话说，但对于公房出售却议论纷纷。为什么要出售公房呢，难道就是添置手扶拖拉机、架子车和更换办公家具吗？谁又能购买呢？古炉村家家并不缺房的，以前霸槽老宅屋破败，他是可以买的，但霸槽一走，还有谁需要买房呢？好像没有谁要买的，这情况支书应该清楚，为什么就做这个决定呢？

　　这些疑猜，狗尿苔不理会，牛铃也不理会，他们关心的仍是出工的事，就再次去寻支书，说要修中山东坡的梯田呀，应该让他们出工挣工分呀。支书总算是同意了，但给牛铃每天记四分工，给狗尿苔只是三分工，因为过了春节，牛铃的个头冒了一截，狗尿苔依旧没长。在梯田工地上，磨子、长宽、秃子金他们砌石头堰，砌堰的大石头是从山上开凿的，而大石头中间的小垫石则是牛铃和狗尿苔去路畔、地头捡那些料浆石。狗尿苔力气小，好不容易捡一笼子料浆石了，吭哧吭哧提来，秃子金把料浆石哗啦灌了大石头缝，骂道：你也用个大笼筐么，半天提这么一点，是填牙缝呀？！狗尿苔憋着劲又去捡，捡得十个手指头蛋都磨出了血，跑得脚上鞋也歪破了鞋帮子，秃子金催他，磨子催他，连长宽也催他，骂他俩干不了就不要来出工，这工分是好混的？累得他俩轮换去避人处去尿，去屙，趁着尿和屙歇一歇，尿和屙了搬起块料浆石把屎砸飞，说：你是秃子金！你是磨子！你是长宽！

　　水皮提了石灰浆桶，又在村里的空墙上刷标语，还是来回在帮着稳梯子，但刷在墙上的字似乎和以前的字不一样了。狗尿苔经过墙下，来回刚好去厕所，他说：水皮，以前的字写得方，现在咋写扁了？水皮说：隶体嘛。狗尿苔说：立起？立起了还像是躺着？水皮说：隶体不是立起，没文化真给你说不清！狗尿苔不说字了，说：你写字轻省，修梯田把我都累死了！水皮说：劳心者治人，劳力者治于人。狗尿苔说：啥意思？水皮说：你活该！狗尿苔说：哦，我没给支书提点心，我活该。水皮说：啊那你写么，你来写！狗尿苔当然写不了字，就给水皮笑了，说：你给支书说说，让我给你稳梯子，我肯定比来回稳得好，我还能给你跑小脚路。水皮说：是不是？狗尿苔说：是么是么。水皮说：你到梯子下我给你说。狗尿苔走到梯子下了，水皮站在梯子上把刷子一甩，灰浆淋了狗尿苔一身，说：我不要你！狗尿苔走开了，骂：把你从梯子上栽下来！

终于，支书也知道了牛铃和狗尿苔在梯田工地上干不了，就分配他俩到窑场去干活，窑场上的人没磨子、秃子金的脾气大，又是给冬生、柱子他们跑个小脚路，干些零碎活，狗尿苔和牛铃就觉得支书好，啊支书啥都好，如果支书不让水皮写标语，那支书就更好了。

窑场上，善人是帮冬生和泥的，善人平常话不多，只是闷着头干活，但只要一歇息，谁一问起说病的事，善人就换了一个人，话多得能溢了出来。牛铃就给狗尿苔说：他那嘴多亏是肉长的，如果是木头石头做的，早烂了十回八回了！狗尿苔说：不见他拿书看么，他咋啥都知道？！他们就觉得善人是个不一般的人，古炉村怎么就有了这样一个不一般的人呢！既爱去和他黏糊，又害怕着不敢太黏糊。

在窑场干了三天活，第四天，歇息的时候，善人把水盆在窑顶放着，窑顶上温度高，水很快就热了，在那里洗头，狗尿苔和牛铃就偷偷跑到中山顶上的山神庙看稀罕。山神庙的门早就烂了，用苞谷秆扎了个栅栏门，连锁都没锁，推开进去，庙实在是太小了，里边盘着一个新炕，连着炕垒着一个灶，一个窗子，窗前一张桌子和三个装粮装杂物的瓮，剩下的地方就只能放下两个蒲团、一个火盆了。狗尿苔说：哦，山神的个头也不高么！山神庙里并没见山神的塑像，墙上连壁画也没有，牛铃说：你咋知道山神个头不高？狗尿苔说：庙就这么小么！他们在炕上和瓮里翻看，希望能有什么吃的，比如核桃呀，柿饼呀，红薯片子呀，但没有。牛铃又到锅灶角去寻，狗尿苔说：让我坐坐蒲团。善人一坐蒲团双腿能交叉着放到腿面上，狗尿苔放不上去。牛铃说：呀，鸡蛋呀，咱拿鸡蛋到窑顶上煮去！狗尿苔却蝎子蜇了似的叫道：啊花，花！牛铃说：鬼得很，鸡蛋藏在这儿，拿几个？狗尿苔说：是十几个？牛铃说：一共才六个。拿了两个过来，才发现狗尿苔仄了头在看门外，嘴里还在说：啊花！花！牛铃也往外看，问：什么花，花呢？狗尿苔却说：飞了，变成鸟飞了。望着在空中转着圈的飞鸟，牛铃认得那是老栖在窑神庙房上的那一群鸟，红嘴，白尾巴。就敲打狗尿苔的头，说：你认不认得鸟呀，花，花，花你个头！狗尿苔却疑惑，明明看见是树上十几朵花的，花突然变成鸟了？那么是不是鸟都是花变的？！

等他们把鸡蛋拿到窑上，也取了个瓦盆盛了水放在窑顶上，善人说：要拿就多拿么，给窑场上的人一人煮一个！

善人一直洗头，并没有注意他们，狗尿苔觉得奇怪了，嘿嘿地笑，说：爷，善人爷，我们想尝尝你这鸡蛋是啥味。

善人说：鸡屁味。

狗尿苔说：嘿嘿。你只有六个鸡蛋了，还让多拿些。

善人说：一会就有人来送呀么！

那群鸟又出现在了窑场边的木杆上，它们排成队，全伸长了脖子，同声鸣叫，然后忽地一下往山下飞去。狗尿苔再一次看见了那些鸟落下不动时是一朵朵花，飞起来了才成了鸟的。不一会儿，鸟群又飞来，但这次没有停落在窑场边的木杆上，而一个接一个飞上山，站在了白皮松的枝丫上。

牛铃在煮鸡蛋，冬生在泥池里灌水，嘴里咕咕囔囔不知骂谁，守灯的脸一直吊着，他在铲煤，铲几下，锨就使劲在石头上磕，立柱在收拾拉土车，后车板掉了，拿铁丝缠，骂：你磕啥锨哩，那是生产队的锨！善人把头洗好了，去端陶坯，给狗尿苔笑笑，狗尿苔看着善人笑起来眼睛又眯又长，觉得应该回应笑，就笑了一下。

窑场下的小路上就走上来了开合，手里提着那毛巾包着的鸡蛋，喊：善人，善人哎——！

泥池子里的冬生跑过去，说：喊善人干啥呀？

开合说：能叫善人干啥，说病呀么。

冬生说：咋这多的病么，善人来窑上没干多少活，不是这个叫就是那个请的。

开合说：谁爱得病呀？老婆开过年心口疼，中药西药都吃了不顶事么，她一病进货是我，做豆腐是我……

冬生说：钱要散哩，开合，钱挣多了人负不起哩！

开合说：冬生，别人说这话，你不能说……

狗尿苔和牛铃呀呀地从窑顶上跑下来，善人说有人要送鸡蛋的，果然就有送鸡蛋的开合来了！牛铃接收了开合手中的毛巾包，说：善人爷，你日子好得很么，是不是天天有鸡蛋吃？！打开包，说：咋才四个？开合说：鸡就下了四个。牛铃说：咋不再提些豆腐？开合说：嘿嘿。牛铃就对善人说：你可是说了话的，要给窑上每个人煮一个的，这我拿去煮呀！

有鸡蛋吃狗尿苔当然高兴，但狗尿苔真是佩服了善人这么神的，他就问善人：你咋知道有人来送鸡蛋了？

善人说：这你问你婆呀，别人不会剪纸花，她咋剪啥像啥？

狗尿苔倒不觉得婆有多神的，他说：你教我也说病。

善人说：你也学呀？

善人没有说他教，也没有说他不教，拍打着身上的土，要跟开合下山了，立柱不乐意，说：你又下山呀，这工分咋给你记呀？冬生说：让走，让走，他去说病呀又不是去闲逛呀，煮的鸡蛋我不吃啦，你吃两个！善人就跟着开合走了。狗尿苔说：哦，让善人到窑场来，你们都没意见，原来图着常有鸡蛋吃么！冬生说：他哪给我们鸡蛋吃，日子过得仔细哩！狗尿苔说：我知道了，他不教我，原来是怕我分吃了鸡蛋？

鸡蛋煮了一会，立柱便走上窑顶，要看看鸡蛋熟了没有，从水盆里捞出一个剥了皮就吃，再剥了一个就吃，梗着脖子又捞出第三个剥了，鸡蛋又白又嫩，突然一扬手说：善人当过和尚，这鸡蛋吃了娶不下媳妇，撂了！狗尿苔和牛铃要看立柱把鸡蛋撂到哪儿了，看了一会，没看见撂到什么地方去，一回头，立柱的腮帮鼓了一个包，才知道受了骗，两人就扑过去要从立柱的嘴里掏。立柱身派子大，压不住，狗尿苔搔他的胳肢窝，立柱一笑，鸡蛋噎在喉咙，一时出不了气，脸就青了。牛铃说：他要死呀！两人就跑，冬生在窑下喊：捶后背，捶后背！两人又抱住立柱在后背上捶，立柱嘴里咯啷一声，眼睛活了。狗尿苔说：你吃么，你多吃多占么！立柱说：再捶捶，狗尿苔，再捶捶。

狗尿苔捶着捶着不捶了，他从山上看见了公路上走着一个人，胸向前挺着，双膊很长，在后边甩，就说：牛铃，你看那是谁？牛铃说：不是霸槽吧？立柱还在说：捶么，捶么。狗尿苔说：是霸槽！恨恨地砸了一拳。立柱哎哟哎哟叫着，狗尿苔和牛铃已经一股风刮下山去了。

<h1 style="text-align:center">19</h1>

如果霸槽永远不回来，也永远不要让人知道他在外边干什么，那么，在古炉村人的眼里，霸槽就像守灯他姐一样，从此脱掉农民皮，过上好日子了。但是，霸槽回来了。

你霸槽不是能行吗，不是有日天的本事吗，怎么就回来了？！好多人捂了嘴，拿屁眼笑他哩。霸槽还继续在公路边的小木屋里住，钉鞋补胎，但除了狗尿苔和牛铃，再没人肯去那里问候。而支书的心情却好呀，开了院门，等着霸槽来。他把墙上挂着的烟叶串取下来，拆开，一叶一叶铺在水桶旁的湿地上阴软，然后抽去烟筋，用剪刀铰成细丝，还喷上酒，滴了香油，窝在烟匣里。他在想：圈里的猪再往出跑，也不是山上的野猪么，霸槽会来给他汇报这几个月外出情况的，汇报完了肯定要作检讨，他该怎样来训斥呢？训斥得连珠炮式的语言压过去，他是懂得使用排比句的。支书的烟丝在烟匣里窝好了，他三天里都是端着铜水烟袋坐在椅上，霸槽连个鬼影都没有。

这三天里，还有一件事让村人嚼了舌根，就是天布把他的自行车右把手锯了。天布的自行车一般是不借人的，可村里毕竟办事都得去洛镇，总会有人来借车子，这日麻子黑和秃子金就来借，天布不愿意，秃子金说话难听，天布就和秃子金吵起来，气得天布就拿小钢锯锯右把手。因为天布是左撇子，力气又大，他能用一个左手推车子，上车子，骑车子，下车子，而别的任何人没有双把手就骑不了，锯了右把手，就彻底把别人借车子的念断了。而马勺当日也在门前用席晒苞谷，左邻右舍的鸡都来偷吃，他出来轰开，刚一进屋，鸡又跑过来，恼得他提了斧头掷打，又担心斧头砍死了鸡，就想出一个招来，将一颗苞谷扎了眼儿系上一条线，线头上缠个小木棍儿，再把那颗苞谷放在席前。果然有只母鸡就来吃那苞谷，苞谷吃进肚了，线也进了肚，最后小木棍就横着卡在嘴上，咽不下，吐不出，鸡疯了似的扇着翅膀走了。旁边的人就骂马勺你狗日的能想出这个损办法。正说着，霸槽从巷道里过来，马勺看见了没理会，旁边的人看见了也没理会。马勺继续说：要损天布才损哩。旁边人说：天布那是锯自家的车把手，你坑的是别人家的鸡。马勺说：明明见我晒苞谷哩，为啥要放鸡过来？我这一招，就没人再故意放鸡了。霸槽从巷道里走过去了，刚走过去，马勺和旁边人再不说那整了的是谁家的鸡，又说起了霸槽。

他们看见的霸槽并不是蓬头垢面，衣衫破烂，他黑瘦是黑瘦了，戴着墨镜，而穿了件四个兜的中山装。中山装已经是洗过了几次的那种灰白，领口也磨出了毛边，肯定这不是新买的，而这样的衣服只有城里人穿，霸槽是去过了城里？假若霸槽是去过了城里，他认识的只有守灯他姐姐和他姐夫，是守灯他姐夫送的旧衣服吗？

对于村人议论霸槽的中山装，狗尿苔是坚决否认这衣服是守灯他姐夫送的，因为守灯就穿了他姐夫送的一件旧中山装，那是没有衬领的，而霸槽的中山装有衬领，和公社张书记的衬领一样，是洋布的，颜色又特别白。见狗尿苔这么说，水皮就把狗尿苔叫到他家院里问话，水皮妈正抱着一只母鸡，从嘴里往出拉线。狗尿苔知道原来是水皮家的鸡让马勺给整治了，他想笑，又没敢笑出来。水皮说：你和霸槽钻哩，他说没说出去都干啥啦？狗尿苔说：没。水皮又说：他说没说怎么又回来了？狗尿苔说：没。水皮妈刚把线拉出来，鸡飞到院墙上，又掉下来，再飞到院墙上，就骂：你还飞呀？你飞么，连院墙都飞不过去，你以为

164

你是鹰呀，凤呀？！

　　但霸槽是在第四天的早晨上了中山。

　　狗尿苔和牛铃正在半山腰的路边槐树上摘槐花。村里所有的槐花都被人摘完了去拌些面粉做菜麦饭，只有中山半山腰的路边槐树上还有。这片槐树林子里老有土蜂，土蜂窝像泥葫芦一样，一般人都不敢去，连窑场上的人来回经过都要张望着碎步跑过。但牛铃眼馋着那里的槐花，鼓动着狗尿苔和他一块去，还拿了一撮子麻秆，说万一发现有蜂就拿火把燎。他们去槐树林子，毕竟没到林子里去，只爬到路边的树上去摘。霸槽过来了，狗尿苔说：霸槽哥，给你些槐花！霸槽：我不吃麦饭。牛铃说：你不吃麦饭？是没面粉拌槐花吧？狗尿苔知道霸槽回来家里没了什么粮食，就发恨声，不让牛铃说话伤人。牛铃却还说：霸槽哥，你为啥不言不喘地就走了？霸槽：我饿么我不走？牛铃说：那咋又回来了？霸槽说：不回来饿死呀？！恨得用脚踹槐树，树就摇起来，牛铃忙抓住树股，身上在空里荡了秋千。一群红嘴白尾巴鸟嘀溜嘀溜从山顶的白皮松上飞来，在他们头上转圈圈，然后又往白皮松上飞去。狗尿苔突然说：霸槽哥，你要到山上找善人吗？霸槽说：你咋知道？狗尿苔说：我啥不知道？！狗尿苔很得意，还要说他为什么得意的原因，霸槽没有让他再得意下去，转身往山上去了。

　　霸槽并没有让狗尿苔跟他一块去，但霸槽没有斥责他，他就知道霸槽是需要他跟着的。狗尿苔便不顾了牛铃，也不要了槐花，像尾巴一样跟在了霸槽的后边。

　　善人正烧苞谷糁糊汤，阳光从窗子进来，屋里一半白一半黑，他走动着，一会是白人，一会又是黑人，站在白与黑的交界上，他一半白一半黑。锅里的糊汤泛泡儿，泛上个泡儿就破了，泛上个泡儿就破了，响声像一堆青蛙在叫。他知道有人来找他了，但他没有想到来找他的是霸槽。霸槽并没有叫喊善人，也没有跺脚和咳嗽，径直进了屋，只把那件中山装脱了挂在苞谷秆扎成的门上，这就是说，他不允许任何人再进来，包括跟随的狗尿苔。狗尿苔知趣，站住在白皮松下。但狗尿苔发现脱了中山装的霸槽，里边的白色衬衣也只是个领子。原来一件衬衣只有个领子，这让狗尿苔有些失望。

善人还在灶膛前坐着，他没有起来，说：霸槽你坐，蒲团上能坐，脱了鞋炕上也能坐，你是古炉村里的骐骥，你是州河岸上的鹰鹞，来找我有事吗？霸槽说他来请教的，他这是啥命么，在古炉村活得窝囊，赌着气跑出去了，出去见的世面越多，这心里却越是猫抓一样的乱。说他先去的县城，见了他的那些同学，同学现在都是吃公家饭的人了，戴的手表，穿的皮鞋，骑着自行车上班哩，下了班小两口还到城河沿上散步哩。说他后来还去了省城，见到了守灯他姐和他姐夫，他们的日子更好呀，坐的是有弹簧的椅，读的是砖头厚的书，吃饭上桌子，一天洗一回澡。这到底是咋回事么？在学校的时候他的学习不比他们差，守灯他姐和他好过，他还嫌着她家成分高。善人笑着，没有声，善人无声的笑显得脸上皱纹纵横。霸槽说：你也在嘲笑我？我在外没有介绍信住不了旅馆，没有粮票下不了饭馆，就是靠着钉鞋，有什么吃什么，哪儿黑了在哪儿睡。我回来了，我只有找你，这些话我对谁也没说，只给你善人说，你也嘲笑我？善人仍在笑着，说：我没嘲笑你，你说，说到我这儿就烂到我肚里了。霸槽说：你说我是骐骥，我是鹰鹞，哪儿有平川让骐骥跑，哪儿有高空让鹰鹞飞？这是命吗，命里该当个农民就窝在古炉村，一辈子被人踩着踏着？你善人懂阴阳，懂得阴阳就会禳治，你给我禳治禳治，改变改变命运呀！善人说：我不会禳治，我只会说病，你是病着。

霸槽是真的病着了。他的额上有一片碎红疙瘩，他挤过这些红疙瘩，只说挤出那一点脓了红疙瘩就退了，红疙瘩没退，鼻子上也长出了个红疙瘩，鼻子就疼得不敢摸。他便秘，三天只吃不屙，屙也只屙羊粪蛋儿，出气像喷水，嘴角烂了，牙也疼。

霸槽说：是病着，身上燥得像起了火，一到晚上睡在炕上，都害怕被子烧着了。牙疼了好长日子了，一疼觉得满口都是牙，全是牙，牙又像马牙一样长！

善人说：不急，霸槽，你得先治你的病。这病得得深了，不是一次两次就能说好。你没吃饭吧，今日就在我这儿吃，多添一碗水的事么，你在我这儿吃。

善人站起来把霸槽拉到炕上坐，他在锅里真多添了一瓢水，再次坐到灶膛前烧火。他说，那我就给你说，霸槽，炕上有烟匣，你吃烟，你听我说。善人就说起来。善人说起他那一套话了完全不顾及霸槽了，只是眼睛盯着灶膛，灶膛里火嘭嘭嘭地响。

善人说：人落在苦海里，要是没有会游泳的去救，自己很难出来，因此我救人不仅救命还要救性。救人的命是一时的，还在因果里，救人的性是永远的，一救万古，永断循环。人性被救，如出苦海，如登彼岸，永不再坠落了。

善人说：人被事物所迷，往往认假为真，那叫看不透，所以才说人不对，和人生气上火。其实是自己看不透，若能把世事看透，准会笑起来。我当初看兄弟要钱，我就生气，气得长了十二年疮痨，几乎没把我气死，直到我后来听善书，才知道生气的不对，对天自责，我的疮痨一夜工夫就好了，立刻出了地狱。

善人说：逆来的是德，人须要认识。吃了亏不可说，必是欠他的。众人替你抱屈，你就长命。若是无故挨打受气，也是自己有罪，受过了算还债，还要感激他，若是没有他打骂，我的罪何时能了？就是小人也有好处，是挤对人好的，从反面帮助你的，像岳飞是秦桧助成的，关公是曹操助成的，怎能不感激他们呢？道是在逆境中成的，人是由好里头坏的。你看，肉有香味，坏了太臭，白菜不香，坏了也不臭。果实在青的时候不会坏，熟的时候，离坏就不远啦，人事也是如此。

善人说：炼透人性，就是学问。要在亲友中去炼，炼成了就不怕碰。像砖瓦似的，炼透了就坚固，炼不透的如同砖坯子，一见水就化啦！

善人说：世人学道不成，病在好高恶下。哪知高处有险低处安然，就像掘井，不往高处去掘，越低才越有水。人做事也得这样，要在下边兜底补漏，别人不要的，你捡着，别人不做的，你去做，别人厌恶的，你别嫌，像水就下，把一切东西全都托起来。不求人知，不恃己长，不言己功，众人敬服你，那才是道。

善人说：人想明道，先悟自己的道，再悟家人的道，后悟众人的道，最后再考察万物的道。有不知道的便自问自答，慢慢地也能明白，这叫问天。我从寺里出来时便自问：人为什么做活？自答：为过日子。为什么过日子？为养活人。养活人为什么？为行道。我仔细一想，道全没行，人都当错了！我也才醒开了做男人的道、做女人的道、父子道、夫妇道、亲戚邻里道、社员道、社员和干部道，这就叫悟道。

善人闻到了饭香，把柴火灭了，站起来盛饭，却看见霸槽倒在炕上睡着了。而一只老鼠站在炕角的瓷罐上，尾巴长长地搭在罐沿上，一双眼睛亮得像点了漆。善人说：全当我是给老鼠说哩。摇了摇霸槽的脚，说：醒来，醒来，饭还是要给你吃的。

霸槽说：我没睡着，头沉得很，展一下身。

善人说：那你听着我说病了？

霸槽眼睛睁圆了，他眼一睁圆就露着一股凶气，说：说是你能说病，你就是这样说病呀？我这病是闲事，来让你禳治的，信着你，你尽说没盐没醋的话，唬弄我呀？！善人一时倒愣了，说：我没唬弄你。霸槽说：你嫌没给你钱吗，你以为我不给你钱吗？从兜里掏出五元钱，啪，拍在灶台上。善人叹气了，说：唉，世给佛烧香磕头只问佛要福要寿要财哩，谁又能晓得佛是啥呀！霸槽说：我要你给我禳治！善人说：这咋禳治？父母不孝，敬神无益；兄弟不悌，交友无益；存心不善，风水无益；元气不惜，医药无益；时运不济，妄求无益。霸槽说：我要你给我禳治！善人就笑了：啊你真是霸槽！就扳过霸槽的头，在耳边叽叽咕咕几句。霸槽说：这不就会禳治了？！善人把钱塞到霸槽兜里，霸槽说：这钱你得要，你收了我就不欠你的了！又把钱放在了灶台上，顺门出去。

善人站在门口，才知道门外还站着狗尿苔，他说：饭熟了不吃？狗尿苔你也不吃？狗尿苔说：吃哩。走进来揭了锅盖，锅是稀糊汤，用勺盛着喝了一口，烫得烧心，却低声说：你会禳治呀，你咋给他禳治的？

善人说：看星他大去世前老有病，人快不行了，八月初十前别人还穿单的，他就穿上棉袄了。我给他说病也没说好，他让我禳治，我说那你就上山拜山神吧，他听了我的话，一年里头天天到山神庙来拜，结果身体好多了，又多活了三年。我为啥让他拜山神，他是提了心劲，一年里头天天上山，身体能不慢慢好吗？听明白了没？狗尿苔说：没明白。霸槽在门前白皮松下喊：狗尿苔你走不走？！狗尿苔说：走！饭烫得不能再吃，善人从案板上取了半个萝卜给他，他拿着出来。

两人回走到半山腰，守灯拉了一车坩土从坡道上过来。守灯看见霸槽身上的中山装，说：霸槽，你找我姐夫了？霸槽说：噢。守灯说：我姐夫没让给我带啥东西？霸槽说：没。守灯说：你以后别找我姐夫！霸槽说：你是你，你姐夫是你姐夫！等守灯拉车子走过，霸槽说：笑话，他管起我了？！让我尿一尿。

霸槽解开裤子尿起来，他尿得特别高，说：狗尿苔，你以后要听我话哩。

狗尿苔听说霸槽的那东西上长了个痣，但他没敢去看，说：听着呀。

霸槽：听着就好，以后有你的好处。

狗尿苔说：你找了守灯他姐夫，这中山装是人家给的？

霸槽说：不该听的不要听，不该说的不要说，天聋地哑！

狗尿苔不说了，但不说不行，又说：他给你衣服咋里边只给个领子？

霸槽说：你知道个屁，这叫假领！

狗尿苔学了新知识。

霸槽把那个东西用力地甩了一下，收回到了裤裆，说：腰里缠三匝，地上拖丈八，半空里寻着日老鸦！狗尿苔才要撇嘴，霸槽说：今日擦黑你到牛圈棚房那儿等我！说罢，刚致刚致大步走去，狗尿苔再没有撵上。

狗尿苔并不晓得霸槽去牛圈棚干什么，天擦黑，谁家的孩子又厮下屎了，哟哟哟，唤狗的声音一起，所有的狗又都欢呼着在巷道里跑。老顺家的狗就出现了，还要呐喊，撞着狗尿苔过来，只老顺家的狗被剪了毛，虽然毛已经长了上来，但仍喜欢给狗尿苔骚情，它扑上来使劲摇尾巴，狗尿苔说：我没空！径直往牛圈棚去。

　　牛圈棚里没人，他说：欢喜爷！欢喜爷！北边牛槽背后一个粗声说：闭嘴！是霸槽正弯腰推牛槽，把牛槽推开了，拿镢头挖下边的土。狗尿苔说：欢喜爷回家吃饭去了？挖这干啥？霸槽说：少说话，把挖出的土往旁边铲。

　　牛槽下的土软是软，挖着挖着却有了盆子大的石头，掏出了石头再往下挖，已经挖出三尺多深的一个大坑了，月亮爬出山，又坐到了隔壁的霸槽家的老宅屋脊上。一直在骚动不安的牛就往坑边来，用蹄子踢土，虽然都有鼻圈绳把它们拴在柱子上，仍企图用头来抵，狗尿苔几次要铲土，躲着身子不敢到跟前去。霸槽说：打么，用棍打么！一镢头就抡过去打在一头牛的胯上。狗尿苔认得那是生有牛黄的花点子牛，花点子牛大声叫唤，后来就卧下来，卧在了坑沿上。霸槽还要打，它就是不起来，把鼻圈绳解下来，一头扔过横梁上了再使劲拉，牛脖子被拉直了，身子才站起来，汗水就滚豆子一样从牛背上往下掉。狗尿苔说：不敢拉了，它有牛黄，要拉死呀！霸槽说：死了有牛肉吃！又挖下了一尺，霸槽说：屁善人，他哄我哩！狗尿苔这才醒悟霸槽在这里挖土是善人镶治出的主意。他说：善人让你挖的？霸槽说：他说牛槽下边有个石碑子，把石碑子让我栽到山门前，这哪儿有石碑子？！狗尿苔说：他没说是啥石碑子？霸槽又是一镢头挖下去，挖出来一个盆子大一块软乎乎的东西，说：肉？！狗尿苔说：地里能挖出肉？霸槽把那东西扔出坑了，果然是一块肉。可地里怎么会有肉呢？狗尿苔说：我是不是做梦哩？霸槽说：你能做出这梦？！狗尿苔用力戳戳那肉，肉还能动，说：活的，啥个动物？霸槽低头看了，是活的，是个动物，可动物都有鼻子眼睛嘴的，这动物没鼻子眼睛嘴，囫囵囵一个软肉疙瘩。正奇怪着，欢喜来了。

欢喜在家吃饭，吃着吃着心里一阵慌，他想是不是从牛圈棚临走时烧热水的灶火全弄灭了，又怀疑是不是每头牛都系好了牛鼻圈绳。放下碗又返回来。

山门下有了响动，狗尿苔就听到了，侧头又听了一下，是欢喜的脚步声，而且是朝牛圈棚来的，说：我尿一下。闪到了牛圈棚山墙的黑影处，待欢喜和霸槽吵嚷起来，便蹑手蹑脚跑了。

欢喜是把牛鼻圈绳从横梁上解下来，大声喝问：为什么在牛槽下挖这么大的坑，是支书让挖的还是队长让挖的，你把牛圈棚挖塌了，让牛住到你家去？霸槽先是并没有恶声败气，让欢喜不要声高，说他在挖一个石碑子，挖出石碑子了就把坑填好，会把牛槽恢复原位的。欢喜说：牛槽底下哪有石碑子？霸槽悄声说会有石碑子的，善人他不敢唬弄我。欢喜说：善人是支书呀，他说话能顶话？霸槽说：这事对我很重要，你不要喊。欢喜说：对你好，对生产队不好，这是生产队的牛圈棚，谁来要挖就挖啦，想牵牛就把牛牵回家啦？霸槽说：你咋这难说话的，不给你说了，闪开，别让我燥气。欢喜说：你燥气，我早屁股眼里都是气了！你挖不成！欢喜跳进坑里一扑沓坐下来。霸槽拉他，他还不起，霸槽真就燥气了，一下子把欢喜抱紧，欢喜的胳膊腿成了一疙瘩动弹不了。欢喜说：你打我？霸槽说：我不打你。哼的一声，把欢喜像一筐土一样蹾在坑外。欢喜在坑外瓷住了半天，突然跑开了，说要去找支书，满巷道里就起了喊叫：霸槽破坏牛圈棚了！霸槽破坏牛圈棚了！

霸槽又挖了几下，还是没挖到石碑，村里的狗咬成一片。他拾起镢头，叫了几声：狗尿苔，狗尿苔！没有回应，骂了句妈的×，脚下绊了一下。绊脚的是挖出来的那个肉疙瘩，他在牛圈棚寻了个粪笼，装进去，提走了。

欢喜跑到支书家告状，支书并没有在家，到公社开会去了。但欢喜杀人般的吼叫，惹得好多人向牛圈棚跑来，他们看到牛圈棚里被挖开了一个大坑都吃一惊。有人说牛圈棚是集体财产，谁想挖就挖呀，他霸槽再对支书有意见，不能拿集体财产出气的，今日挖个坑，明日是不是溜了牛圈棚的瓦？当然也有人替霸槽开脱，说他要破坏，咋不拿刀来杀了牛，即便不杀牛也该砍牛圈棚的柱子呀？！话头从挖碑子又转到了善人，善人说牛槽底下有石碑子，牛槽底下真的有石碑子？有的说善人是异人，说话神着的，有的说他是不是不满搬出窑神庙而借霸槽来报复哩。因为支书没在村里，满盆又病重不出门，大家七嘴八舌各说各的，说着说着也没劲了，就一块动手把坑填了，挪好了牛槽，拍打着手要散呀，来回却说了一句：这公房好哩，不知定下来是多少钱？来回这话一说，众人倒安静了。月光下，公房的山墙头把两道黑影拖得很长，院子里分成了三块白。灶火说：你想买呀？来回说：你老顺哥那穷光蛋，卖了他的骨殖也买不起这房哟。土根突然说：咦，霸槽敢到牛圈棚来挖坑，是不是他想买这公房，还想着连牛圈棚也一块买呀？长宽说：他是该买的，可他能买起？！来回说：我看了，古炉村没人能买得起，房不住就烂得快，说不定将来住牛呀，那这一院子就全是牛圈棚了。灶火却冒了一句：有人能买起。老顺说：谁？灶火说：支书么。支书要买公房？众人想了想，这倒是可能，支书家虽然有一院子，上房住老两口，东厦屋是厨房，西厦屋是给在洛镇农机站的儿子回来住的，但东西厦子屋入深浅，进门盘个炕就没了转身的地方了。去年那儿子订了婚，如果结婚，东西厦屋能做新洞房吗？老诚嘴张得老大，说：噢。土根、秃子金、护院、铁栓，还有冯有粮都嘴张大了，说：噢，噢，噢。灶火说：这话我不愿意说，看你们老操这份闲心，我才说的。支书的眼光远哩，恐怕是在给儿子订婚时就有了把公房搬到窑神庙的心事了，公社张书记来说善人住得太宽展，有这个由头，趁机把公房搬到窑神庙去的。秃子金说：那这不就是阴谋了？！水皮说：都是瞎猜哩，不要说了！灶火说：为啥不要说，这是明摆的事么！水皮说：支书住房也困难呀。灶火说：霸槽没有他家困难？老宅屋快要塌了！水皮说：这是卖房哩，又不是送房的。灶火说：我说的话在肠子里转不了曲曲。水皮说：这啥意思，谁是曲曲肠子啦？灶火说：谁曲曲肠子谁知道！两人话说得不好听了，大家就劝开来：不说了，不说了，这房是公房，谁买都行，买多买少都行，反正卖了钱不按家按户分。回睡吧，回睡！长宽拍拍屁股走了，冯有粮、土根、老顺起身走了，接着大伙都起身一哄走了。

<h1 style="text-align:center">20</h1>

霸槽没能挖出石碑子，惹得古炉村一片是非，要再挖也不可能，心里越发是烦，见啥气啥。马勺在院门口给狗梳毛，见了霸槽担了一担碎石子，说：干啥呀？霸槽说：洗石头呀！马勺说：洗石头？神经啦？！霸槽说：你才神经！马勺说：好，好，我神经。我两鞋划了个口子你给补补。霸槽说：不补！马勺说：给你钱的你不补？霸槽说：不补！狗翻起身咬过来，霸槽一脚把狗踢翻，说：你咬我？我还想咬你哩！

回到小木屋，杏开家的猫卧在门口，便把头发梳了，等着杏开来，等了许久，杏开没来，把头发又刨乱，端了装着那块软肉疙瘩的水盆坐在门口，心里想：你倒是个啥呀，没鼻子没眼又没嘴！

暖和的风从屹岬岭吹过来，吹得路边的草往上长叶子，吹得爬在树上的小灰蛾子翅膀一扇一扇，扇得有了黄的粉的颜色。麻雀子从镇河塔上往河堤上飞，那不是飞，是石头疙瘩在扔，或许那不是麻雀子真是石头疙瘩，春天里的石头疙瘩都能飞了。霸槽困了想打哈欠，啊——欠，就连打了几个哈欠。公路上有一辆自行车拐来歪去地就在哈欠声中骑过来了。骑自行车的是个老汉，停在门口要充气，突然看到了软肉疙瘩，说：啊这哪儿弄的？霸槽说：挖的。老汉说：啊哪儿挖的？霸槽说：土里挖的。老汉说：啊卖的？霸槽说：卖的。霸槽看着老汉，老汉鼻子下都是胡子，没见嘴，他说说过了卖的，却又说，你知道这是啥吗就买呀？老汉说：你还考我哩？太岁么！太岁？霸槽的耳朵一下子竖起来，是听说过太岁，以为是个传说，原来还真有太岁，这就是太岁？！老汉说：你不知道？霸槽说：我不知道我挖哩？！老汉说：太岁头上不动土，你敢挖了太岁？你好着吧？霸槽心里也惊了一下，说：你看呢？老汉就看着霸槽，说：气色还好，你能镇住。这东西你镇不住它，它给你带灾的，能镇住了它给你添运哩。咋卖的？霸槽说：卖眼。老汉说：卖眼？霸槽说：你看看就是了，不收钱。老汉说：你这小伙说话不算话的。霸槽说：你老还连嘴都没有哩。老汉一撩胡子，说：这不是嘴？自己先呵呵地笑，就告诉霸槽，这泡太岁的水喝了能养人哩，如果吃了肉还能祛病强身延年益寿的，当下趴下头就在盆子里喝了几口，又指头蘸了洗眼睛。霸槽见老汉有趣，从屋里拿了个小陶罐，盛了半罐水让老汉提走了。

霸槽没想到自己挖了个太岁，太岁还有这么多好处，就想起故事里常说有神仙扮着白胡子老头或没牙的老婆婆给人点石为金，这老汉是不是真个的神仙要来给他点化的？心情好起来，而且有了一种冲动，对猫说：你站起来！猫卧着不起来。他把猫的前爪提着要猫站，一丢手，猫又卧在地上，他说：你就是平地里卧的货！

这个晚上，霸槽把太岁水喝了半碗，天亮起来，眼角再没有了眼屎，额上鼻子上的红疙瘩消了许多，就信了老汉的话，珍贵起了太岁。再是把狗尿苔叫来，让狗尿苔喝太岁水，说喝了能长个头。狗尿苔喝了，并不觉得有什么特别味道，但还是靠住门，让霸槽在门扇上画线，要看十天半月里能不能长了个头。

霸槽去河里淘米，要狗尿苔在小木屋掏灶膛里的灰，狗尿苔掏了一会，拿筷子去戳太岁。戳一下，太岁动一下，心想喝太岁水能长个头，那吃太岁肉更能长个头的，忍不住用刀子割了鸡蛋大一块，没流血，像割豆腐，偷偷装进怀里。等霸槽淘了米进来，狗尿苔就说他回呀，霸槽说：这么急着回呀，是不是偷我东西啦？狗尿苔说：你能有啥叫偷的？霸槽看了看炕，炕上的手电筒还在，看了看灶台，灶台上放着的墨镜在，霸槽突然笑了，说：狗尿苔，你狗日的竟能笑我穷？这屹岬岭就是我的，这州河也是我的，你等着看吧！狗尿苔掖着怀就走，一边走一边说：我等着哩，将来你把屹岬岭的云给我一片就行了。他想笑，没敢笑，小跑起来，颠得屁扑哧扑哧地响。

兴冲冲跑到村口，婆却在村口转哩。婆近来没事了老爱在村口转。

174

出脓的耳朵笨多了，听不清人说话，也就不大说话，一个人在傍晚时看屹岬岭上云雾一股子一股子往上长，像是长了一棵一棵白树，又像是煨了火冒烟。看猫从那麦草集子下悄无声息地钻出来，腰身拉得很长。看犁完地回来的牛从巷道里小跑而过，那后腿咧拉着像是人在跳过河里的列石。狗尿苔知道婆看这些都是为着剪这些，他也就在土塄的野草丛里抓住了一条蛇，提着蛇尾巴抖，抖得蛇直直地垂了，让婆看蛇身上的花纹，说这绿比杏开那件衣裳绿得浅，但翠得多。婆说：快丢手，快丢手！狗尿苔见婆高兴着，就给婆撒了谎，说牛铃刚才求他了，让他晚上去做伴睡哩。婆应允了他，只叮咛黑来睡觉睡醒点，别两个人都尿炕，那炕就尿塌了。

　　太岁肉是在牛铃家煮了吃的，肉并不香，有点像煮熟的蘑菇。但半夜里两人都觉得肚子里烧热，口舌发干，喝了一瓢凉水，竟然再没瞌睡。

　　第二天，狗尿苔担心霸槽会发现太岁少了一块肉要寻上门打他，而霸槽没来。他见人就说霸槽养了个太岁，太岁能治病，还想再去小木屋，却没敢去。

　　中午里，一些人仍去中山东坡修梯田，一些人在莲菜池里起堰，堰在冬天里垮了许多，需要从池里铲泥来堆。池里的水还有些凉，大家赤脚在池里待一会，就从水里跑出来坐在池边的麦地里吃烟说话。妇女们是在麦地里剜草，见堆泥的男劳力都歇下了，她们也就歇了，从怀里拿出鞋底来纳，叫喊：迷糊，迷糊你过来！一叫迷糊，迷糊就过来了。迷糊身派子大，但懒，好跟妇女钻在一起，妇女们也爱戏耍迷糊。戴花纳了一会鞋底，没线绳了，看着三婶穿着的裤子，问：这颜色是咋染的，这匀称呀！三婶说：哎呀，不敢歇了，一晌午才剜给几畦子草？！来回说：男人们都磨洋工的，让咱妇女干呀？三婶自己提了笼子和铲刀往麦地里去，麦地里仰面朝天躺着麻子黑，三婶说：你咋睡在这儿？麻子黑说：我不睡这儿谁给我工分呀？！三婶说：你咋这噌的？麻子黑说：不来的你咋不说？三婶说：谁没来？麻子黑说：霸槽来了？！不远处的土路上，几个妇女不知在和迷糊说什么，突然她们围住迷糊就打，迷糊被打着还嘿嘿地笑，她们就开始压倒了迷糊解裤带，然后反扭了胳膊又用裤带绑住了双手，把他的头塞进裤裆里，几个人一声喊：起！抬起来放在路沿上，说：你动？你再动就滚到路沟里了！那边一闹，这边秃子金说：迷糊好这个！三婶独自在剜草，剜了一会儿也不剜了，对马勺说：支书、队长不在，一晌午你们就堆了那么长一截堰呀？马勺说：肚子饿得人能干动？三婶说：到自留地了咋就都恁大的劲！

狗尿苔和牛铃没下池铲泥，他们腿短，一下去泥水就到了腿根，只在堰边给堆堰人做个下手。狗尿苔一看见迷糊被装了裤裆，装裤裆这事村人常在歇工时干的，每一次几乎都是妇女们给迷糊装，他就来精神了，跑过去问迷糊：裤裆里的味道好闻不？三婶一把拉住，说：你碎糁糁别也学坏，铲泥去！狗尿苔说：我一天才记三分工。三婶给马勺说：人都懒成这样子，这日子咋过得好呀！马勺说：日子就这么过。三婶说：我看把地分到各家各户，就没有不勤快的。马勺赶紧捂三婶嘴，说：这话不敢说，甭让人听见，看看四周，岔开了话题，问狗尿苔：霸槽呢，他得是去梯田平土了？狗尿苔说：他养太岁吧。

马勺说：霸槽养了太岁？！

霸槽养了个太岁的话狗尿苔先在村里给一些人说过了，谁也不当回事，以为狗尿苔在撂白话，现在狗尿苔再说霸槽养了太岁，歪倒在麦地里的人就来了兴头，但他们立即表示不信。狗尿苔说：谁哄你们是猪狗！秃子金说：你本来就是猪狗！狗尿苔一时气急败坏，双手握了拳，嘴唇都乌青了。三婶说：你这娃，就气成那样了？狗尿苔说：他们不信我么！三婶说：唉，你倒把你看得起。信哩，信哩。大家信了狗尿苔的话，却都脸上变了色气。五年前州河里发水，有人在河里发现了一个太岁，谁也不敢动，都吓跑了，待到再去看时，太岁已经不见了。现在霸槽竟然把一个太岁养在家里！狗日的，这事咋让霸槽又碰着了，也只有霸槽敢在家里养。人们就放下了农具，一溜带串儿从麦田埂上去公路上的小木屋看稀罕。麻子黑也要去的，他直接从麦地里蹚了过去，一只野鸡惊慌失措飞起来，飞起一程落下来，又飞起一程落下来，他一边急喊

176

着狗，一边撵了去。

霸槽晚上睡得晚，又喝了太岁水，还睡着，裤子都蹬掉了，赤身裸体在炕上，但眼上还戴着墨镜。人们敲门，他没睡醒，从后窗用树棍儿捅，捅醒了，说：霸槽，你睡觉还戴墨镜？霸槽穿起来，开了门，说：不戴墨镜我睡不着么！

狗尿苔首先往水盆里看太岁，吃惊的是他昨晚偷割的那个地方肉又复原了，看不见一点痕迹。呀，太岁还有这个功能哩，这么说，吃太岁肉还能治跌打损伤呀？可狗尿苔没敢说出口。

霸槽见这么多人来小木屋，这可是自小木屋盖起都没有过的事，他就拿起势了，显派他的宝贝：用木棍拨拉着太岁的每一部位让大家看，并用勺子舀了盆里的水让大家喝。没人敢喝，狗尿苔说：好喝得很！就先喝了，然后大家一窝蜂争着喝起来，喝了咂着嘴，说：嗯，是神水！还要喝，霸槽都允许了，他说从此他不会再钉鞋了，就在公路边卖太岁水呀，喝一口五分钱！

正排夸着，天布用自行车带着支书从公路上骑了过来，支书原本是不让天布停下车的，但好多人都在小木屋门口站着，狗尿苔就到路中间拦车子，说：爷，支书爷，快来喝神水！支书只好下了车，严肃地说：喝什么水，一州河的水没喝过？！狗尿苔说：是太岁水，霸槽养了个太岁！支书说：太岁，哪儿来的太岁？狗尿苔说：挖下的，从土里挖下的。支书并没有往小木屋来，他说：挖太岁？太岁头上的土都不敢动，还挖太岁？！今日没出工？马勺说：莲菜池那儿堆堰的。支书说：堆堰堆到公路上来啦？！支书明显是生气了，大家就灰下来，开始有人往莲菜池跑，接着全都跑。狗尿苔还在说：爷，支书爷……支书背着手脚步不停地走过去了。

支书一回到家，马勺就来了，他报告了牛圈棚的地被挖的事，也报告了村人去填坑时对公房处置的议论。他说得天摇地动的，支书闭着眼睛就坐在椅子上，他以为支书睡着了，用手在支书面前晃晃，支书却说：醒着的！马勺就继续报告，说：霸槽是在挖坑寻石碑子时挖出了太岁的，他怎么就能挖出太岁，还养在家里？太岁是代表着一种不吉祥，是凶，是恶，是魔鬼，他霸槽想干啥？正是他挖坑挖出了太岁，才导致村人对公房处置的种种说法。他这挖的什么坑，给你支书挖坑哩，挖集体利益的坑，挖社会主义墙脚的坑！支书眼睛还闭着，一动没动。马勺就不说了，支书的老婆把笸篮往台阶上拿，马勺过去帮她，支书说：说嘛！马勺又折身坐在支书面前的小凳上，说，面鱼儿给人说，霸槽之所以挖坑哩，都是听了善人的主意。支书的眼睛睁开了，说：善人的主意？马勺说：是善人。支书说：还有啥？马勺说：没了。支书说：你去吧。眼睛又闭了起来。

下午，钟声敲了起来，敲钟的不是满盆，满盆还在炕上躺着，是支书在敲，敲得紧而急。

婆喂过了猪，喂猪的时候在巷道里拾到了一张纸，才拿回来在桌子上熨平，一听铃声急促，浑身就颤起来，手扶住桌子只说能止住颤，没想颤得更厉害，浑身的肉像一块一块掉下去。狗尿苔从外边进来，婆问：你听到钟声啦？狗尿苔说：不是开批斗会，是学习哩。婆说：那咋敲得恁紧，你听谁说的？狗尿苔说：磨子在巷道里招呼人哩。

婆先去的公房，一去，好多人已经在公房门口的场院里坐着了。以往的规程，古炉村不管是开批斗会还是学习会，婆都是要站在会场前的，婆就往公房台阶下走，台阶下檐水冲成了一排土窝儿，第十八个土窝儿是她常站的地方。但是，第十七个土窝儿站着守灯，而第十八个土窝儿却站着了善人。

善人的背有些驼，站在那里头自然就低着。他低头看见了台阶的石头缝里有蚂蚁钻出来，是黄蚂蚁，头大腰细，排着整齐的队列，爬上了他的鞋，又爬上了裤腿。

支书说：往前站，你往前站！

善人往前挪步，蚂蚁从鞋上掉下去，蚂蚁永远不知道它爬上的是人的鞋，也永远不知道怎么天摇地动了一下，它就掉下去了，它从地上爬起来，使劲地搓脸，想不明白。善人怕踩着了蚂蚁，脚咯拐了一下，险些跌倒，往前站了一尺远。坐在他前面的是秃子金，秃子金卸了帽子，头上的疮又多了几个，有三处的疮破了，渗着黏黏糊糊的东西。善人低声说：你这几天吃肉啦？秃子金朝上翻白眼，说：吃啦，前几天逮了个野鸡，昨日又弄了个猫，谁知道从哪儿跑来的猫，肉发酸。善人说：你要忌口哩。秃子金说：肚里饿着还忌口，见死娃娃都想吃哩。善人说：你得吃素，吃素是为了循环，你不吃那界物，就和界隔界，不吃肉，就和畜生野物隔界了。秃子金说：我吃了就是畜生野物了，你骂我？善人说：我给你说病哩。婆的手就在拽善人的后襟。这一切支书都装在眼里，支书说：郭伯轩——！村里人都叫善人，其实善人的名字叫郭伯轩。善人拧过头来，说：我来啦。支书说：你来干啥呀？善人说：来站的。支书说：来站的就站好！善人不说话，站好了。守灯细高细高的，斜着眼往牛圈棚那儿看，善人也往牛圈棚那儿看，那里挖出的坑已经填了，新土明显，牛都站着，头朝东，尾巴朝下，只有那头患牛黄的花点子牛还卧着。

狗尿苔来得晚，他是被霸槽叫住，待在山门下，迟迟没进公房场院。当支书通知窑场的善人来参加会，并要求站到社员们前，霸槽就估摸他也会被通知站到社员们前的，所以，他就硬拉了狗尿苔做伴，故意和狗尿苔说说笑笑，耳朵和眼睛却留意着动静。但是，没人通知霸槽去站着，也没人和霸槽打招呼，都脸定得平平地擦身而过，竟然连杏开只看了霸槽一眼也匆匆走开。狗尿苔轻声叫：杏开，杏开。

霸槽回来后，杏开还没有见过霸槽，她只说霸槽会找她的，却没有，她也就赌了气，你不来见我，我也偏不去见你。在霸槽挖到了太岁，第二天村人都去喝太岁水，而且狗尿苔还告诉了杏开，杏开说：他呢，他的腿呢？！没有去。现在，狗尿苔低声叫杏开，杏开侧着身子往公房院去，狗尿苔看见杏开怎么不会走路了，胳膊和腿都是硬的，在路过那个小坎儿时差点跌倒，但她的辫子梢系着手帕结成的花。狗尿苔真不明白杏开为什么这样，他看着霸槽，霸槽撇了一下嘴，他也就回应着撇了一下嘴。

179

满盆没有来，看来满盆实在是来不了了，磨子站在公房门口，说：到齐，到齐，都到齐了么？开会学习啦！这话明显地是对霸槽说的，因为只有霸槽还在院外。霸槽就让狗尿苔在前边，两人走了进来。

支书依然坐在那张桌子后边，将旱烟锅塞在烟包里装烟，不停地在装，始终没有把装好的烟锅取出来。从公房门口到院门口，地上坐满了人，会迟迟没开始，有人就喊喊啾啾说话，或者是谁又放了屁了，你骂是我放的，我骂是你放的，或者谁抱着的小孩尿下了，尿水像蛇一样在地上钻，踩着尿的指责小孩的妈，小孩的妈故意骂着小孩给指责人伤脸，而小孩尖锥锥地哭。磨子在呵斥：这是开会哩是过庙会呀？让娃娃们都出去，出去！麻子黑和马勺坐在一搭，麻子黑说：满盆不在，招呼人的应该是你，他磨子在那招呼啥的？马勺说：我才懒得招呼哩！迷糊开始撵着孩子们往院外去，有孩子不愿出去，双手拉着院门框，迷糊又扳孩子的手指头，孩子骂：迷，迷！……迷糊说：迷你妈的×！支书就把装烟的旱烟锅装好了，放在桌子上，他咳嗽了。

支书一咳嗽，等于会议开始了，院门是咯吱关了，牛圈棚里有了一个喷嚏，大家再不说话。

支书让水皮来念报纸。报纸上有长篇社论，念完了，又念省上的文件和县上贯彻落实省上文件精神的文件，以及洛镇公社贯彻落实县上文件精神的文件。那份报纸放在了桌子边上，秃子金趁水皮不注意，把报纸拉下来，折叠着要垫在帽壳里。旁边的跟后说：那是报纸！秃子金说：念过了没用啦。跟后说：会后支书要收回的。秃子金没有把折叠的报纸垫在帽壳里，而放在屁股后，等着会散，支书不提说收报纸就可以带回家了。狗尿苔看见秃子金把报纸放了屁股后，用树棍儿拨，拨了过来，却被斜着坐的牛铃用手压住。狗尿苔说：给我！牛铃说：给你婆呀？狗尿苔说：让我婆给你剪个狮子。牛铃抬了手，狗尿苔把报纸又折叠了一下，装进了衣兜里。水皮还在念文件，念得很顺溜，他并不像支书在念报纸和文件时那么不断地出现认不得字或者时不时把句子的节奏念乱，也许，水皮故意要显示他的水平，越念越快，像簸箕里倒核

180

桃。人们就看着那两片嘴唇，上唇短，下唇长，开合闪动，就想到州河里昂嗤鱼在吞食。土根低声说：水皮念了那么多了没有打一个咯噔。得称说：嘴像刀子！扭头看水皮的妈。水皮妈知道人们以羡慕的目光看她的，她并不回应，而是一动不动盯着自己儿子，说：这长的文件！水皮念得脸上都有了汗，桌子底下的右腿支在左腿上，右腿在随着声调摇动，好像打着节拍。

水皮的那条右腿有节奏地摇动着，慢慢却使人们疲劳了，虽然还没有打瞌睡，没有交头接耳，而挺着的身子不能再坚持了，一松，扑扑沓沓下去，像扑沓了一堆牛粪。

报纸和文件全念完了，水皮抬起头，说：完了。支书说：完了你坐下去。水皮就重新坐到桌子腿那儿，支书说：今天的学习就到这儿，磨子，你查查，有谁没来？从今日起，以后凡是学习会，来的人由以往记五分工提高到八分，没来的就扣五分。会场立即又精神了起来，灶火想吃烟了，便说：狗尿苔，火绳哩？狗尿苔来时就带着点着了的火绳，来后见好多人已吃着烟，就把火绳掐灭了，听到灶火喊，又重新点火绳，在人窝里跑来跑去点烟。磨子站起来查人，说缺五个人，狗尿苔说：你算我了没？磨子说：哦，把你忘了。你跑啥的，坐下！狗尿苔就坐下，支书又一个咳嗽，同时牛圈棚里又一个喷嚏，大家重新安静。

支书讲话了。在每次学习会后，支书必然要讲话的，可他的声音并不慷慨激昂，他在说古炉村从去年以来，革命的形势是好的，生产的形势也是好的，修了三十亩梯田，开了五里长的大小过水渠，烧了十二窑瓷货。村里虽然死了四个老人、一个难产的婴儿，却也新娶了三个媳妇，猪呀狗呀猫呀没一个遭瘟的，除了丢失钥匙，没再发生盗窃事件。公社派出所一共来过五次，没一次是来查案子提罪犯的。公社和县上给村里颁发了五个奖状，一个是治安模范村奖状，一个是民兵组织先进村奖状，一个是农业学大寨红旗奖状，一个是给党支部的奖状和一个授予他个人的奖状。但是，支书说到这儿，他就停下来，又开始把烟锅塞在烟包里装烟，会场鸦雀无声，因为支书讲话前边总是要讲正面的革命生产形势，这都成了规矩，也成了套路，接下来要讲的才是今天会议之所以召开的内容。支书的但是之后要讲什么，好多人仍不知道，会场上善人与守灯和婆站在了一起。这善人肯定是犯了事了，是不是关于让霸槽挖坑的事，可如果是挖坑的事而霸槽怎么还坐着，那善人就是因别的事了，事情还很严重？支书果然就讲到善人了。他说：我这次到公社开会，公社传达了省上一个文件，这个文件是机密文件，指出社会上有一种不好的苗头，有人在对社会主义，对共产党领导，对共产党的干部不满，尤其在一些大城市里。我们离大城市很远，离县城离洛镇也远，但是，风在山外吹了，古炉村也会落灰尘，天上有了乌云，古炉村也会丢雨星。我醒悟过来了，为什么古炉村去冬就丢钥匙，这其实就是乌云在我们这里丢的一滴雨星！而就在我不在的两三天里，古炉村竟然又出事了，这就是郭伯轩的问题，今天让郭伯轩站在这里，就是要给他上课，要给他受教育。大家都知道，郭伯轩还俗后迁居到古炉村的，还俗是共产党的政策，是公社张书记的指示，新社会怎么还能允许旧社会的那一套呢？人人都要劳动，谁也不能坐在那里让人养活。郭伯轩到古炉村后住在窑神庙，宽敞的地方让他住了，他应该感激古炉村的广大贫下中农，应该积极地劳动改造，脱筋换骨，可是，郭伯轩又把窑神庙变成一个寺院了。幸福是共产党给我们的，天大地大不如共产党的恩情大，大亲妈亲不如毛主席亲！郭伯轩把窑神庙变成了寺院为什么就不能搬出？让他搬出去了，他当然不满，装神弄鬼，谣言惑众，扰乱社会！一个山野农人，有什么知识，却教唆人来牛圈棚里挖坑，是不是还想点火烧了牛圈棚，下毒药毒死耕牛？还有，把公房腾出来有人说三道四，我听了很生气，这是贫下中农说的话吗，这都是受到郭伯轩的影响！至于卖公房干啥，不是早给大家说明了吗，就是要给窑场添置架子车，还要买一辆到镇上卖瓷货的手扶拖拉机，这有什么不对？公房的事好像和牛圈棚里挖坑是两码事，其实是一码事，连锁的事，反映了阶级斗争的一种新的动向，我们要提高警惕，明辨事理，把不利于社会主义的火星子一发现就要踏灭，不能让它起焰，也不能让它冒烟！

支书讲了足足两顿饭时候，大家在地上把尾巴骨都坐疼了，不停地变换着姿势，有人当然要起来去厕所，站起来拍打屁股上的土，便这儿咳嗽了，那儿又咳嗽。狗尿苔也好奇了，平常并不觉得有多少咳嗽，一留神了，咳嗽竟这么多，他就扭着头看看谁还没有咳嗽，有趣的是他一看着谁，谁就咳嗽了，而且声越大。但水皮和迷糊没有咳嗽，水皮在土扬起来后就戴上了他的口罩，而迷糊坐在那里嘴一直在咕嚷着吃炒面。迷糊一定是饿死鬼托生的，口袋里装了炒面，过一会抓一把喂在嘴里，过一会又抓一把喂在嘴里。狗尿苔也出去尿了一泡，在厕所墙头上捉了个七星瓢，回到会场在手里玩。七星瓢一旦扇开翅膀要飞，他就拿手捂了，突然不捂了，心想让七星瓢飞到水皮的耳朵里去，耳朵一痒，水皮肯定就咳嗽了。可七星瓢一飞，却从院门口飞出去了。迷糊呢，突然就不嚷动嘴了，人痴呆起来，一动不动。坐在身边的八成说：咋啦，咋啦？迷糊还不动，嘴张着没了气。大家都朝迷糊看，连支书也看，停止了讲话，说：迷糊你要打喷嚏出去打，看你这啥样子？！迷糊就往起站，还是打不出来，婆说：看太阳，看太阳就打出来了！迷糊朝天上一看，阿——嚏！一个喷嚏打得像响了个雷，鼻涕眼泪连同嘴里的炒面都出来了。大家都要笑，支书又一个咳嗽，没人笑了，迷糊还要回会场坐，磨子把他推开，不让他回会场，迷糊说：那不准扣我工分！一出院门又接连打了三个喷嚏。

会终于散了，大家都在院门口挤，霸槽又让狗尿苔跟着他，狗尿苔却要等婆。婆和守灯以及善人要等大家都走了才能走，葫芦的媳妇也没走，她低声给善人说：要知道今日是批你，我宁愿不要工分也不会来的。你不要生气，没有人笑话你的，古炉村十多年里有谁不批人，有谁没被批？守灯和他大是老挨批户，六升他爷是中农，入社不积极批过，老诚他大收麦天吃烟引起了火灾批过，护院他妈大跃进时不愿砍她家的树去炼钢批过，顶针她大在开始学大寨的时候说过牢骚话批过，就连支书和满盆，四清里也让公社的人审查过来审查过去。善人说：这我知道。不说啦，支书朝这边看哩。葫芦媳妇说：我没说妄话。善人却离

183

开了，坐在了台阶上去揉腿。已经不再站了，腿竟抖起来，用手去按，抖得更厉害，善人就说：守灯，你瞧这腿！腿不如树么，树常年站着不动，腿就成这样？！守灯说：你不习惯么，以后站上几次就不抖了。善人说：以后？以后还站？！守灯说：站过一次你就有前科了。你也是没事寻事，咋就给霸槽出那主意？善人说：他人燥着哩，你不给他寻个出气筒子，他说不定就炸啦！我听说盖这牛圈棚的时候把村里一块石碑子去垫过坑，我说石碑子可能在牛圈棚底下，把石碑子寻出来重新栽了，或许就好了，谁知道他挖那么深的坑？六升说，那石碑子上刻着朱家的家训哩。守灯说：你也真会装神弄鬼！善人说：你给我也戴帽子？守灯说：这是支书说的。善人说：是不是？守灯说：你站在那儿没好好听？善人说：我站在那儿想，这站着也好，站着总比跪着强么。支书说我是装神弄鬼，这鬼不能弄，神要装哩，如果一天不是说人就是呵人，甚至骂人打人，他气，别人也气，气就是鬼。我会装神，见人不对，我就一笑，乐就是神，神起来就不伤我的。守灯说：那你就好好揉腿吧。出院门走了。

院子里最后只剩下了善人和婆，婆弯腰把大家垫屁股的砖头收拾了往墙角放。狗尿苔埋怨婆出的那力气干啥，婆说：让你欢喜爷一个人收拾啊？！霸槽还在院门外站着，见人都走完了，又进来给善人说：嘿，是我带累了你。善人说：这与你屁相干？我自己和的面，自己拌的馅，包出的饺子来，我自己知道。霸槽就不说话了，抬脚踹了一下牛圈棚的牛槽。欢喜气得拿眼盯着霸槽，霸槽也不理他，催着狗尿苔走。狗尿苔在问婆：婆，你腰疼不疼？婆说：哪有不疼的？你又要去哪儿？狗尿苔说：霸槽哥那儿有太岁水，我去舀些给你喝，腰就好受了。欢喜还在那里受气，气得脸都黑了，善人说：我们走了，你把院门一关好好笑几声，仰天笑几声，把阴气放出去，不受他克了。

狗尿苔跟着霸槽去了小木屋，霸槽似乎忘记了要给婆舀神水的事，就拿出一瓶酒坐在那里喝。他喝得很猛，也不说狗尿苔你喝呀不，狗尿苔看见屋角还堆了三个空酒瓶子，心想这是从哪儿弄的酒，把我叫来就

184

是让我看着他喝酒吗？小木屋里顿时一股子酒气，狗尿苔皱着鼻子。霸槽说：不要吸！狗尿苔说：为啥？霸槽说：我掏了钱买酒让你吸香气？狗尿苔说：啬皮么！看他一气儿将一瓶酒喝下去二指，说：在外边挣了大钱了？霸槽说：那当然！狗尿苔说：外边是个啥样子？霸槽说：也想出去呀，那我再出去就带上你。狗尿苔说：你还出去呀？霸槽眼睛瞪着，鼻孔张大，像是和人吵架一样，说：咋不出去？！狗尿苔吓了一跳，还没回过神来，霸槽一把把狗尿苔拉过去，拿起酒瓶就给他嘴里灌。狗尿苔美美地喝了一口，又喝了一口，喝呛口了，但霸槽还给他灌，一丢手，狗尿苔在地上站不稳，差点坐在地上。

霸槽嘎嘎嘎地笑，笑得像夜猫子。

狗尿苔说：你醉了！

霸槽说：你醉了！

狗尿苔从怀里掏了善人给他的那个小镜子，小镜子里他脸红得像戏台子上的关公。

霸槽说：去，把酒瓶子拿到塔前那儿摔了，就摔在当路上！

狗尿苔说：摔在路上轧人家轮胎哩。

霸槽说：就是要轧他妈的轮胎哩，轧了轮胎我就能补胎了！

狗尿苔竟然摇摇晃晃地拿了四个空酒瓶子要出门，他觉得他一下子长高了，他从来都没有长到这么高，在出门的时候还低了一下头。傍晚的雾又起身了，整个麦田像烧开的锅，罩笼了白气，白气又长了脚腿爬上公路，公路也软和了。他摔碎了三个酒瓶子，摔第四个酒瓶子，头就晕得厉害。

第四个空酒瓶子一响，狗尿苔却听到了还有一下破碎声，扭头看时，从村口到公路的土路上，影影绰绰的是杏开和拄了拐杖的满盆，杏开在地上拾什么，满盆又夺过去，再是一下破碎声，杏开就哭。满盆在骂：你变着法儿给我跑么，喝水，喝尿呀，喝毒药？！拐杖举起来打杏开，自己却倒在地上。狗尿苔担心这么一打闹，霸槽要冲出小木屋来夺杏开了，他站着没动，可能要发生一场打斗了，他不知道应该去帮霸槽还是满盆。但是，等了好久，杏开已经被满盆打骂着进了村，霸槽还没有出来。他回到小木屋，霸槽就坐在门里，脸黑得像一块生铁。

狗尿苔说：满盆打杏开哩。

霸槽没吭声。

狗尿苔说：杏开肯定来找你的。

霸槽还是没吭声。

狗尿苔生了气，说：不让你和杏开好，你要好哩，你给杏开惹下一堆事了你跑了，回来还不见她？！

霸槽突然吼道：我就不见！咋啦？！

霸槽凶得要吃了狗尿苔，狗尿苔心里却高兴了：这下好了，他终于断了念想了。

霸槽说：不就是个队长的女儿吗，有啥稀罕的？没了她就找不下女的啦？找不下农村的找一个城里的！

已经和杏开断了念想，就没必要说杏开的坏话呀，狗尿苔又要替杏开抱打不平，他说：找一个城里的？你找呀，找一个回来我看看！在哪儿，哪儿？！

霸槽说：你等着吧！

公路上有了人的脚步声和推着自行车的声，霸槽说生意来了，让狗尿苔去舀一盆水，准备着补胎，狗尿苔拿起了那个瓷盆却呼地摔了。

霸槽这下吃了一惊，说：你这碎骹还有火？

狗尿苔说：你以为哩！

狗尿苔拧身回村去。

霸槽说：你给我回来！

狗尿苔还是走了，他听见推自行车的人在说：快看那人，特色！

21

公房的价格很快地公布了，是三百元。支书买了。这样的结果没有出乎村人的预料，但村人再也没有说什么。三百元给窑场上添置了两辆架子车，又换了队部的办公桌和椅子，再买回了手扶拖拉机后，剩下的余钱只有了一元八角三分。马勺把账目列得很细，一张红纸抄写了贴在山门柱上。这张红纸狗尿苔一直惦念着，他不敢撕，在等着风把它揭下来，才赶紧拾了压在炕席下。婆就用那红纸剪了十二头牛，数目和牛圈棚里的牛数目一样，每头牛的样子也似模似样。狗尿苔把纸花儿压在枕头下，夜里做梦牛在抵仗，醒来给婆说：后响手扶拖拉机买回来了，你没去看吗？婆说：看了，那么大个铁疙瘩。狗尿苔说：麻子黑说以后就没有牛了，做啥都是拖拉机。婆说：麻子黑是你叫的？叫哥。狗尿苔说：我是给你说的，他又不在。那以后不是没有牛粪拾了？婆说：你咋操恁多的心？！尿去，尿了睡你的觉！狗尿苔起来在尿桶里尿，听见村里狗汪汪地咬。

狗是咬拖拉机的。拖拉机进不了窑神庙的院子，就停在院门，老顺的狗猛然见那么一个铁疙瘩横在那里，扑近去，又退回来，就大声问：这是啥？这是啥？所有的狗见老顺家的狗都不知道这是啥，也扑近了咬哩，又害怕着退回来一起喊：啥吗？啥吗？闹腾了一夜。

狗咬得好多人没有睡好，没睡好是琢磨着这拖拉机会让谁来开。古炉村的能人太多了，这些能人都认为自己是最好人选，于是几天里，相互地打问着消息，相互又在诋毁着对方。田芽从田埂上剜了芨芨菜回来，瞧见半香坐在三岔巷口纳鞋底，问：你坐在这儿晾手艺吗，你纳的鞋底行距端还是针脚小？！半香说：有人往支书家跑哩，我看着都是谁。田芽哦了一声，说：是不是你男人也想开呀？半香说：是想开，他说给不给支书送包点心，我说不送，这回就看支书公道不公道！正说话，立柱过来了，立柱掖着怀，看见半香和田芽说话，退回去了，又走过来，半香悄声说：又一个。就故意把腿伸出来挡了路。立柱说：哟，纳鞋呀！跨过半香的腿要过去，半香说：立柱这要到哪儿去？立柱说：我到老诚家去。支书家的隔壁就是老诚，半香说：哟，去看老诚的瘿瓜瓜老婆呀？立柱说：我去借础子，打些胡基。半香说：是不是？借础子

187

还给人家拿包点心？！立柱说：你这婆娘！哪有点心？半香说：你把双手松开。立柱就是掖着怀不松手，却转身又走。半香说：哎，你咋不去借碌子了？立柱说：我想借就借，不想借就不借了，你这×婆娘！

谁来开拖拉机，不仅要尽快学会开，而且会卖货，账算又清白，半香这么一闹腾，敢去竞争的只剩下水皮、麻子黑、霸槽、秃子金和行运。支书选来选去，选上了秃子金。秃子金说：我没给支书送点心，连一根葱都没送，支书是好支书！但他给支书建议让行运做他的助手，支书却委派了开石，并且让开石管账。

从此，秃子金就开始在打麦场上学开拖拉机。每次，半香都要去，就坐在车帮沿上，指挥着这样开那样开。秃子金说：是我开哩还是你开？半香说：不是我，你开个屁去！这一个黎明，秃子金还睡着，半香便提了桶来给拖拉机灌水，天黑乎乎的，拖拉机旁边立个人，半香见是行运，说：你干啥哩？行运说：拾粪哩。半香说：拖拉机屙粪啦？行运担了粪担去了后洼地。那时候，后洼地又过狼队，前边的几个已经走过了，后边的一个坐在路边的土堆前哭，哭得很伤心，和婆娘们一个腔调。行运觉得奇怪，走过去问：哎，你谁，出啥事了天不亮在这儿哭？狼回过头来，脸长长的，突然龇咧了嘴，一条尾巴忽地甩在地上。行运才知道是狼，要跑时人已经吓得不知道往哪儿跑，竟然原地转圈子。没想人一转圈子，粪担子也转圈子，粪笼腾空，粪便飞溅，像流星锤似的，狼拉了一道稀屎跑了，行运也把尿遗在裤裆里。

半早晨，住在打麦场边的六升，到马勺家去拿熬药的砂罐。古炉村只有一个熬中药的砂罐，是支书掏钱买的，这药罐谁用了就不能还，还药罐等于还病，谁如果再病了要熬药，药罐又不能送，送药罐又是等于送病，需要治病的家人去拿。六升就去了马勺家拿药罐，看见许多人家在猪圈墙上画白灰圈圈，走回来向开着拖拉机的秃子金说：秃子金，昨晚上又有狼啦？秃子金说：有狼了咋，你又不是猪托生的怕啥狼？！六升进屋熬药，想秃子金你狗日的才是猪托生的是狼托生的！出来也要在猪圈墙上画圆圈，打麦场上却没见了秃子金也没见了拖拉机，而雨却叮里咣当下起来。

这雨来势凶猛，压根就不像春雨，雨点子砸到地上就冒烟，打麦场上立刻烟乎乎一片。接着烟散了，有了水潭，水潭上密密麻麻都立着雨脚，像跳舞的钉子。村里的钟在敲，锣在敲，铜的脸盆和铁的锅盖在敲，七八个粗声在喊着都到窑场去呀，去窑场搬坯呀！从村口到中山腰的土路上人就一溜带串往上跑，窑场上也乱了一锅粥。晾在场上的泥坯，能有一架子泥坯的整架子往空着的窑洞和棚子里抬，抬不了整架子的就抱着一件两件搬，泥坯掖在怀里，或者把衣服脱下来遮住。有人在喊这天咋说雨就是雨，一下又这么猛，日他妈的没个预兆也没个过渡！有的跑着跑着就跌跤了，被人骂道：没坏了坯子吧，还管你啥裤子哩，快，快！雨越来越大，错落叠垒起来的泥坯，上边的一见水散了形，下边的也溅上水散了形，呼噜，半人高的坯垒子窝下去。立即有人喊：不搬了，搬不及了，稻草呢？拿稻草！稻草拿来，雨布也拿来，全往还没窝下去的几垒泥坯上苫，然后人撤开了，挤在窑洞口和几间棚瓦房檐下。立柱还待在雨里，在窝下去的泥坯里捡寻没坏的坯子，但他捡不出来了，发疯地用脚踩，坯子变成了泥，泥点子乱溅。长宽喊：立柱你来避雨么！立柱还是不过来。土根说：一听说过狼哩，我寻思这天要下雨，往年只要一过狼十有八九下雨，谁料到能下这么大的雨！长宽说：坏了这么多坯子，要做十天半月吧？迷糊说：白干了十天，半月没工分了。立柱在雨中回过头来，头发衣服全湿塌在身上，肋骨就明显能看见，他说：啥没工分，雨淋就说雨淋了，啥没工分？你吃一顿屙一堆，算你没吃？！迷糊说：你凶啥呀，我还不能说说啦？立柱说：不会说话就不要说！迷糊说：我就说了，你抽我舌头？长宽就劝，还劝不住。土根冲着窑顶喊：支书，支书！窑顶上支书和冬生查看着水会不会灌进窑里，脸拉得老长，听见喊声，说：吵啥哩，咋不打哩？！所有人一下子没言传了。支书说：淋了坯子还这么吵，吵吵闹闹的日子能不烂包？吵么，打么，让古炉村也烂包了算了！大家从窑洞口和屋檐下又都走到雨地里，希望再抢救些坯子，但雨拉直了线，线硬得直戳戳地像棍儿，只

189

得又从雨地里跑回窑洞口和房檐下。

突然山下的村子起了哭声，有谁破了嗓子在喊：坍人了！坍人了！大家就再一次跑到雨地里，站在场塄上往村子看，田芽说：行运，是你媳妇，你家的院墙淋坍啦？！这么一说，明堂就说：哎呀，我那猪圈墙已坍了一半，再别全坍了！就往回跑。他一跑，所有人全都操心起了自己的家，急呼呼往山下跑。老诚的鞋后帮子磨烂了，趿着跑不成，蹲下来用草绳从鞋底到脚面绑，马勺说：给我留点绳！脚下一滑竟把老诚撞倒在地上，而迷糊从斜坡上往下跑，跑过来收不住脚，就踩到老诚的身上过去，气得老诚骂：急得死呀？！

窑场上天布把还淋在雨里的那些烧窑柴火往棚房里抱，回头一看，支书和冬生还在窑顶改水道，霸槽跑过来帮他也抱柴火，他说：跑么，狗日的，这是打仗啦？！霸槽的墨镜上沾了泥点子，卸下来擦，擦净了又戴上，说：是打仗就好了！苏联修正主义整天说要打中国哩，咋就不打进来！天布赶紧看了一下窑顶，压低了声：霸槽你胡说啥的，你还盼苏修打进来呀？霸槽说：让打进来么，打进来了才能看出谁是有种的谁是没种的！天布说：也是的，瞧这些人都跑得多快！只留下些党员了。霸槽说：我不是党员。天布说：你搋是搋，素质在哩。霸槽，你改改你那邪劲，你肯定能入党，我可以给你当入党介绍人。霸槽说：是不是？突然地笑了一下，却独自地往山下走去。天布哎哎了几声要喊他，霸槽已经下了场畔，脚上的草鞋泥粘成了两个大坨，越是使劲地踏，要把泥坨子踏掉，泥坨子越粘越大，最后粘得拉不开步，索性解了鞋带，拔出光脚走了。

村子里其实没有发生大的事故，只是行运家的后院墙坍了一丈长的豁口。先是秃子金把拖拉机从村里往公路上开，经过行运家后院外，拖拉机撞掉了墙角的一页砖，行运不知道，秃子金也没在意。等到雨一下，水从墙头的缝往里灌，院墙就坍了，没有坍着行运的媳妇，坍住了行运家的母猪，母猪就早产了猪崽。行运的媳妇在哭天抢地。行运抱着五个猪崽，用烂棉花团给擦身子，说：哭你妈的 × ，快去熬些米汤给猪崽灌！结果熬了米汤，三个猪崽还张开嘴能喝，两个嘴掰不开死了。行运媳妇又哭：这遭的啥孽呀，拖拉机你开不上，狼又吓得你尿了一裤裆，猪也不成全我，一个猪崽五元钱呀，一下子就没了？！行运气得把死猪崽扔到了厕所的尿窖子里。

霸槽从窑场上回来并没有直接去小木屋，而回到了老宅屋。老宅屋的东西后檐早就朽了两个椽头，一些绽板和瓦都掉了，雨把墙头淋湿了一半，一股子水钻进了屋。霸槽说：要坍你就坍么！却搭梯子上了屋顶，用稻草帘子盖在墙头上，又寻了一块雨布要把裸露的椽头包住。正忙活，隔壁院子里有人说话，是支书的老婆和儿子戴了草帽指指点点着新买的公房：如何封了这个门重新开门，如何换了这揭窗装上菱花格子窗，如何铲了旧墙皮用白灰搪。支书儿子的身边是一个女的，个头不高，梳着两个辫子，辫子长得搭在屁股上，她说这台阶得重修，修宽点，晚上出进不至于绊脚，她说院子里应垒一堵墙和牛圈棚隔开，牛粪味就传不过来。霸槽想，这是支书的未来儿媳？就那么个尕子！低了头包椽头。却又想，这么个尕子咋就能攀上支书家？再扭头往隔壁院子看，那女的一甩辫子，辫梢正好挂住了支书儿子上衣口袋插着的钢笔，支书儿子一闪身，那女的哎哟叫，说拔了她头发了，举了拳头打，支书儿子被打着，却咯咯地笑。霸槽突然醒悟，原来支书卖公房就是准备自己买了给儿子结婚用的，气就像草一样呼呼往上生，生满了整个心。隔壁院子里有一棵老榆树，树有五个大股枝，三股枝端着往上长，另一股枝往牛圈棚那儿伸，还有一股枝却斜着伸了过来，几乎压在院墙上。支书的儿子在说：看见这榆树吗，五个股枝是五子登科，你要给咱生五个。霸槽不愿意听那女的还说什么，包好了椽头下来，下来了却从屋里取了锯，又爬上了院墙头上，就锯起伸过来的那根股枝。这边一动静，墙那边的人就看见了，支书老婆在喊叫：霸槽，你干啥，唵？霸槽说：锯树股哩！支书老婆说：那是我院子里的树你锯？！霸槽说：它侵占了我的领空！还是把树股枝锯下来，锯下来的树股枝掉在自己的院里，他拾起来扔过了墙头。两家就隔着院墙吵起来。

一吵闹，村里好多人就来了，先是看热闹，再是指责霸槽的不是，霸槽把院门打开，就坐在院里的条凳上，戴着草帽，也戴着墨镜，说：人不犯我，我不犯人；人若犯我，我必犯人！支书老婆说：我家是苏修啦？！霸槽霸槽，我们啥时亏过你，你就这样恨我们？！她披头散发往院里扑，众人拉住，就指责霸槽：你咋能这样说话？树股枝伸过来给你遮阴挡雨的，你咋能把它锯了？！树和人一样，把你胳膊腿卸一个你会咋样？天布的媳妇就劝支书老婆：婶，婶，你生啥气哩，他没买到这公房，你让他撒撒野哩！霸槽说：我稀罕那房子？我是牲口呀和牛圈棚一个院子？！支书老婆说：你骂谁的，谁是牲口？霸槽说：我是牲口行吧，起得比鸡早，吃得比猪瞎，活得比狗贱，我就是牲口！天布原本在院外没说话，这阵承了头，进了院子说：霸槽，你还吼啥呀，你这事做得在理吗？人不犯我我不犯人人若犯我我必犯人，你还知道这反修口号啊，谁犯你了？！霸槽说：树犯了我的领空！天布说：领空？天是共产党的天，地是社会主义的地，你有啥领空？！我告诉你，支书已经生气了，但他没有来，人家大人大量，你还吼啥哩？霸槽说：支书生气了你还不快去看看？！推出了天布，就把院门关了。

院门一关，天布就说：能行你关啥门哩？！又骂媳妇：你话恁多的？给我回去！巷道里的人摇着头，议论着霸槽活成独人了，也只有天布敢来顶碰他，但见天布推着媳妇走了，有些人也就走了。但还有人没有走，还要再看看支书到底会来不来，若是来了就更热闹了。牛铃在人窝里悄悄给狗尿苔说：你想吃肉呀不？狗尿苔说：吃你呀！牛铃说：真的，不吃了拉倒！掉头就走。狗尿苔却跑过来说：吃什么肉，又逮了个野狗野猫？牛铃更低了声，说：我从行运家的尿窖池里把两个死猪崽捞出来了，麻子黑正在我家剥皮哩。狗尿苔就跟着牛铃往牛铃家来。

牛铃家院门锁了，开了锁进去，又关了院门，再开了上屋门的锁，再关了上屋门，麻子黑果然在那里剥两个猪崽，皮已剥下来了，猪崽的皮小得有兔子皮那么大。狗尿苔看了一下猪脸，猪眼睛睁着，说：它瞪我哩！麻子黑说：瞪你你还吃？牛铃过来拿刀子把猪眼剜了，说：你

己丑
即将暴芽
的树

远无满欲望 空气里紧张了起 天蓝的壳我

即将暴芽的树

不要看，你去烧火。狗尿苔虽然见不得麻子黑，但也再没说什么，就在灶膛添柴点火。麻子黑埋怨牛铃叫了狗尿苔，狗尿苔心里越发不高兴，说：你们吃肉，我喝个汤，行了吧？麻子黑把剥了皮的猪崽在案板上剁，狗尿苔悄声说：这事情你要背着麻子黑的，你不会剥？牛铃说：是麻子黑出的主意，我能不叫他？再说出了事有他给咱扛着哩。

肉煮在锅里，香气很快就溢出来，麻子黑让牛铃把上屋的窗子全关了，又让狗尿苔站在院子闻闻，看是否能闻到香味。狗尿苔站在院子里，没有闻到香味，但许多鸟却在院子里飞，有几只从屋檐下的椽眼里往进钻，钻不进去，就开始叫，把屎拉在檐墙上。狗尿苔知道鸟在骂哩，就说：一会儿给你们唊骨头！一只猫爬在了院墙头，呜里哇呜地叫，狗尿苔拾起个破草帽扔过去，说：没你的！

屋子里，煮了一会儿，麻子黑就揭开锅盖，夹出一块肉来，拧一疙瘩吃，说：嗯，还没烂。又一会儿，又夹出一块吃了，说：嗯，还得一会儿。牛铃说：你咋老吃哩！麻子黑说：我尝烂了没有。牛铃：没煮烂让你尝完了！自己也夹了一块带骨头的，啗了在嘴里嚼，肉的确没烂，嚼不碎，就咽了，把骨头拿出来让狗尿苔再啗。狗尿苔没啗动，把骨头扔了，那些鸟忽地全扑下来，有一只竟叼住就飞，但在空中骨头又掉下来，下边的三只鸟在骨头未落地前又接住了，然后一块飞出院子，所有的鸟便全飞出了院子。

过了一个时辰，上房门一直没有开，等门开了，麻子黑一脸满足地走出来，牛铃和狗尿苔也满嘴油光地走出来。牛铃将盆子里啗过的骨头埋在了院墙角，说：咋这渴的。去桶里舀了半瓢水，问麻子黑：你喝不喝？麻子黑说：你想拉肚子呀，白吃呀？！牛铃就不敢喝了，说：就是太小，没吃哩就完了。狗尿苔说：猪又不是牛。麻子黑说：啥时候能再来场雨，把牛圈棚淋坍就好了！

麻子黑开院门走了，麻子黑一走，狗尿苔就骂麻子黑贼，好肉全让他吃了。两人出了门，就在村巷里走，要去干什么，都不知道要干什么，就是出来想转转。雨渐渐地住了，空气里像放了糖，吸进嘴里甜甜的。树叶翠绿，巷两边的墙上有蜗牛在爬，爬过了身后就亮晶晶一道银线。瓦塄上的瓦松子经雨淋后，开了一层小花，像又撒着了一层盐。哎呀，天布家院门前的照壁上，老藤蔓如铁丝网一样还罩着，从土里长出来的新苗子，已经半身高了，几十个枝头活活地在老藤蔓中往上钻。狗尿苔拿个棍儿戳一个枝头，枝头竟顺着棍儿就卷起来。狗尿苔说：这像啥？牛铃说：像人指头。狗尿苔说：像舌头！争论着，一抬头，狗尿苔家的杜仲树下，行运叉着手站着，狗尿苔忙拉牛铃往斜巷去，行运说：过来！牛铃头没动，低声说：发现了。狗尿苔说：死不承认！两人就直着眼过去。行运说：你们吃了我的猪？牛铃说：没。行运说：张开嘴！狗尿苔吭昂一下，鼻子里流出两道稠涕，行运就不看他们嘴了，说：日他妈，我把死猪扔到尿窖了，后来觉得猪崽还能吃么，再去捞就不见了？！牛铃和狗尿苔赶紧走开，远处传来行运媳妇的哭骂声：吃我肉的，你听着，吃了你烂嘴烂舌，得绞肠痧，没勾门子！啊呜呜，你吃了我的肉啊，啊！

被行运媳妇咒骂过，狗尿苔竟一连几天都觉得肚子不对劲，说疼也不是多疼，但就是下坠想去厕所，可去了厕所又拉不下。婆说：你后跑哩？狗尿苔说：没事。婆说：没事就别蔫着，灶膛里我收拾了一笼子灰，你去给地里的土豆苗苗壅上。狗尿苔提了灰出门，婆还在交代，在每一棵苗苗下壅了灰了，再用土盖住。狗尿苔在自留地里壅草木灰，连畔的是面鱼儿家的自留地，开石的兄弟锁子在地里拉屎。锁子和得称原本经管村里的水渠，突然想拉屎了，跑到自家自留地来拉，拉完了蹲在地头眯了眼看两块地中间的黑线，说：咦，你家的土豆苗苗咋长到我家地里了？狗尿苔说：这不可能！锁子说：你瞧么，中间弓着！狗尿苔看了，中间的地界线是有些不端，两棵土豆苗稍微靠到了界线上。狗尿苔说：这有啥呀，听说这一片地解放前都是我家的！锁子说：啥，你说啥，你翻变天账呀？！狗尿苔平日爱去面鱼儿家，面鱼儿老两口待他也好，但他并不喜欢开石、锁子，开石其实对他面冷，也没有打骂过他，不知道为什么，他一看见开石、锁子那五官太紧凑的脸，还有那内八字步，他就不爱惦这兄弟俩，现在他顺口说了一句，锁子严肃了，他就后悔话没说好，说：我不是那意思。锁子却说：那你啥意思？啥意思？！狗尿苔说：我说错了，行不？锁子说：我要告诉你，狗尿苔，以后别说那话！狗尿苔老实了，说：你不会给支书汇报吧？锁子说：念咱两家熟，饶了你。狗尿苔又说：也不要给我婆。锁子说：那你把那两棵土豆苗给我拔了！狗尿苔说：苗苗长那么大拔了可惜，等结土豆了，我记着，把土豆挖了给你。锁子说：我叫你拔了！狗尿苔只好过去把那两棵土豆苗拔了，锁子满意地离去。

狗尿苔看着锁子走了，肚里那个气呀，咕嘟咕嘟响，后来就聚成个包，从小肚子蹿到了胁下，又从胁下蹿到了心窝。他骂着拔出来的土豆苗：谁让你跑过去的？谁让你跑过去的！土豆苗才拔出来还嫩嘟嘟的，一下子霜打一样垂了头。狗尿苔并没有扔掉土豆苗，他移栽到了自家的自留地里，土豆苗竟然又精神了。但是，当气包渐渐平息了下去，狗尿苔的肚子却不舒服起来，他走出了自留地，便朝公路上的小木屋去，他想喝喝太岁水，太岁水喝了或许肚子能好些吧。

太岁水已经传得神乎其神，凡是来往的车辆，霸槽又要挡住给人介绍，就有人好奇着，放下几分钱喝那么半碗。狗尿苔喝了三口，揉着肚子，打了几个嗝儿，霸槽就闻见了味儿，问吃了啥好东西了肚子不舒服，狗尿苔不敢告诉实情，说是锁子刚才把他气得肚子不舒服。霸槽说：别理他，他年纪轻轻的倒学得一天不占便宜就觉得吃了亏！霸槽这么一说，狗尿苔却心想：你锯公房院子伸过来的树股枝哩，还不是和锁子一样？就也不再说锁子的事了。又舀了一勺水喝了，说：我喝你的水，你不会要钱吧？霸槽说：喝吧喝吧，只要肚子舒服你就喝，或许还长个头，个头长高了就没人欺负你了。狗尿苔说：喝了能改变成分就好了！看看天色黑下来，帮着把门口的凳子搬进屋，把旧轮胎和气管子也搬进屋。霸槽看着他搬，却说：这两天你见着杏开了？狗尿苔：你不和人家好了，你管人家啥事？霸槽说：问你哩！狗尿苔见霸槽语气重了，说：你问啥？霸槽说：她好不好？狗尿苔说：不好。霸槽说：嫌我不理她了才不好？狗尿苔说：她大病加重了，她一背过身就哭哩。霸槽说：女人×眼泪就是多！

婆等着狗尿苔把灰壅到土豆苗根上了就回来吃饭，却左等右等不见人回来，知道野去了，便站在村口土塄喊：喂——平安！喂——平安！

古炉村人喊人，都是先拉长声音，能拉多长拉多长，末了才是要喊的内容，这声音就传得很远。戴花从泉里担水过来，说：蚕婆叫谁哩？婆说：叫平安哩，吃饭呀不见人影。戴花说：谁是平安？婆说：村里还有几个叫平安的？戴花突然醒悟，就笑起来，说：都是叫着狗尿苔，狗尿苔还有着个大名哩。婆说：我娃有大名。戴花说：要大名干啥，叫狗尿苔着好。婆说：就是都叫他狗尿苔，他才没长高。两人正说着，天布满头大汗跑过来，跑过来也不搭话，戴花和婆还交换了一下眼神，觉得怪怪的，但天布跑过四五步了，又折回来，说：让我喝口水！趴在桶沿叽哽叽哽喝了一气。婆说：你热身子敢喝这么多？天布说：出事啦，我得去叫善人。说毕，就又跑着去了。

天布除了出工，就是拉一拨子民兵在打麦场上打靶和练匍匐前进，但到晚上了，有时和麻子黑、灶火他们去南山沟里打野鸡，炸狐狸，用烟在土洞里熏獾，村里人就传着他们常常晚上关了门在家炖了野味吃哩。天布火烧火燎地走了，戴花说：出啥大事了，该不是枪走火伤了人吧？婆说：咱这地方邪，可不敢说了啥有啥。戴花说：那就是善人又犯错误了？婆立即不言语了，扭头往家走。

回坐到院里，心里一阵慌，手开始颤抖。她担心着善人，想着善人那次开会被站着了，会不会憋气又乱说了什么。她拿了水瓢去院墙根的那口没了缸沿儿的破缸里舀水洗猪槽，却见鸡一个一个往墙角的葡萄架上跳，就一边扬着水瓢，一边嘴里咕咕咕叫着鸡下来。

但鸡就是不下来。鸡是有圈窝的，却总是天一黑就要睡在葡萄架上，野得也像狗尿苔。去年春上，她家的鸡丢了一只，她没有声张，后来又丢了一只，她还是没有声张，可狗尿苔在麻子黑家的尿窖子里发现漂了许多鸡毛，狗尿苔就几个晚上没睡觉，躲在窗子里守候。果然后半夜听见动静，是麻子黑拿着一个杆子，杆子上钉着小木板，他把杆子伸到鸡身子下边，轻轻地拨动，鸡竟然乖乖地便立在小木板上。狗尿苔那一刻要大喊，她捂了狗尿苔的嘴。她不能让麻子黑把鸡偷走，但她也知道不能喊，一喊，麻子黑必然会说她给他栽赃，闹到最后她是不会占上风的，于是，她就咳嗽，一连咳嗽了三下，麻子黑放下鸡走了。从那以后，她都要把鸡轰下来，一个一个关在鸡圈窝去。

婆叫着鸡，鸡不肯下来，狗尿苔就回来了，婆便把气撒给狗尿苔。婆说：你还知道回来啊？！狗尿苔说：我壅了灰，霸槽把我叫去，他要问杏开的事哩。婆说：他叫你去你就去啦？你还嫌你满盆哥病不重？狗尿苔说：我啥也没给说。

婆不言语了，气还出得粗，狗尿苔就给婆揉心口，说：婆，你不生气了，你笑一下就不生气了。婆不笑，他又说：笑一下么，笑一下么。婆扑哧了一下，鸡在葡萄架上嘎嘎嘎地叫好。

婆说：听没听到村里有啥事？狗尿苔说：行运家的死猪让人吃了，是这事？婆说：谁吃了？扔到尿窖子里的死猪崽也有人吃？狗尿苔：能吃的还不就是那几个人，麻子黑、开石、迷糊。婆说：你给我住嘴！你有证据啦？狗尿苔说：村里人就这么说的。婆说：别人怎么说是别人说，你出去把嘴给我扎紧！

狗尿苔就也叫鸡：下来，都下来！

鸡竟然一个又一个从葡萄架上下来了。

婆还是去破缸里舀水，狗尿苔却不让婆再舀水了，说缸里的水不要动，就放在那里，春天过了，缸里要生出鱼呀虾呀。

婆说：你说天话！你又没放鱼苗子，它生啥鱼呀虾呀的？

狗尿苔却说：莲菜池里从没人放过鱼苗子，里边咋就有了鱼虾，还有蜉蝣和蝌蚪呢？

话刚说过，巷道里老顺家的狗在吼，没个节奏，吼得很乱。婆心里一惊，又慌起来，看着狗尿苔没有从缸里舀水去洗猪槽，反倒把厨房桶里的水还给缸里添了一些。

婆说：村里真的没啥事？你不要添了，你还真指望给你生鱼生虾呀？

狗尿苔说：没事。水里啥都会有的。

婆说：水里是啥都会有的……村里怎么能没事呢？

22

村里真是出了事。

白天里，秃子金和开石开着手扶拖拉机给洛镇供销社送了一批瓷货，原本是直接就回古炉村的，秃子金却要去镇农机站问支书的儿子回村呀不，如果回去就一块走。开石没想到秃子金还有这心眼，秃子金说：没这个心眼，你嫂子咋到的手？开石说：我嫂子为啥和你整天吵哩，是她到了古炉村一看，才知道比你富的比你长得好的多得是！秃子金说：多得是又怎么样？晚上睡在一个炕上的还不是我？！开石说：这叫同床异梦。秃子金说：管她想谁哩，只要她在我身底下，我就图个实惠。你家里事摆顺了？开石说：咋摆顺？秃子金说：你大其实待你们好哩。开石说：他不是我大，我大死了！秃子金就不再说了。拖拉机钻过了二道街，开石却要学着开，开了不到一百米，前边斜路上突然冲出一辆自行车，开石就慌了，喊：闪，闪闪闪！骑自行车的是个妇女，紧张得车子胡拧，开石也身子僵着，直戳戳坐着不知道了刹闸，坐在后车厢沿的秃子金忙把车扶手向左一拉，嘎喇一声，拖拉机翻在了路边的小水沟里。秃子金爬起来，喊：开石，开石！拖拉机底儿朝天，轮子还转哩，不见开石。忙掀开车厢，开石被压在下边，开石说：我活着没？秃子金说：活着哩！开石就自己在交裆里摸，摸着了那东西还在，才说：快拉我！秃子金这才骂道：不让你开，你要开，你开了个×！把开石拉起来了，一松手，开石又倒在了地上，才知道一条腿断了。秃子金跑去找支书儿子，两人背了开石到镇卫生站，医生说骨折了，没啥好治的，给了几片止痛药，让回去躺光床板，把床板掏一个窟窿拉屎拉尿着去躺着养吧。秃子金说：卫生站能看个屁病，让善人接骨。就在公路上拦汽车，托汽车司机经过古炉村时给支书捎话，支书也就在得知消息后派天布用自行车带了善人去洛镇。

善人到了洛镇支书儿子的单位，给开石捏骨头，捏得咔咔响，开石就尖声喊疼。善人说：忍着，总比女人生娃强吧。开石见不得说女人生娃，就骂了：我媳妇没生成，你还没见过啥是×哩！善人也不恼，说：伸腿，伸腿。开石腿伸不直，汗豆子从脸上往下滚，善人突然拿拳在坏腿上砸去，开石啊了一下就昏过去了。天布也吓了一跳，说：你咋，咋？！善人说：骨头碴错着不好接，现在好了。就重新捏起来，捏了两锅烟工夫。开石又醒了，醒了再没喊。天布说：还疼不？开石说：不疼了。善人拿了小木条放在腿上，又用布条子扎缠结实。开石说：善人，我记住你了，上次开会你站着，我揭发你是眼闭着打盹，你现在就报复我，故意让我多受罪哩。善人说：十天后你立起来了，到时候再批判我。开石说：还要十天？呜呜哭起来，却又对秃子金说：这你得给我证明，我是因公受伤，这十天里躺着得给我记工分哩。秃子金说：狗日的，我以为你哭啥哩，原来为了工分！工分少不了你的，只是日不成×了。支书的儿子过来说今黑里就睡在他这间空屋里，他现在拾掇些饭去。秃子金当然说了许多谢话，却对善人说：那你往哪儿住呀？善人说：咱挤一挤。秃子金说：就这一张床咋挤？我给你去镇旅社登记个铺去，那儿是大通铺，你爱说话，到那儿人多热闹。善人说：哦行。秃子金就出去了。

秃子金不在，开石躺在床上，眼睛在屋子里瞅过来瞅过去。屋子不大，收拾得干净，四壁上都糊着报纸，贴着年画，还摆着缝纫机、收音机，柜子上都是搪瓷东西：搪瓷碗、搪瓷盒、搪瓷保温瓶。开石说：这是人家的一个空闲房子，另一个屋里还有钟表和自行车，床上铺的是太平洋大单子，枕头上盖的是枕巾，枕巾上还苫个蚕丝手帕。都是人么，瞧人家这日子！善人说：日子要过得好，五行定位哩。开石说：啥是五行？善人说：一个家庭，祖父母居的是土位，土主元气，做祖父母的要常提家人的好处，这就是打气，如果老是不舍心，好挑剔别人的毛病，便是泄气。父居南方火位，母居北方水位，父就像太阳似的普照全家，母又帮扶父，遇到环境不好，要说自己无能，家中有不明理的，自己要认不是，若家长定不住位，一遇失意事不是打孩子就是骂媳妇，火去克金，家里不是容易出事就是家人要有生病的。长子居东方木位，得能立，喜欢劳作，家里有不会做的事，便要怨自己，不可抱屈。其他子女属西方金位，金主元情，心里要有全家人的好处，遇事说好话，化解事端。若是传闲话，就伤感情，主败家。做家长的主全家的命，如果定不住位，境遇不顺，打骂孩子、媳妇，火就克金，金位人敢怒不敢言，便怨他老大，说：因为你无能，才使我们受气，这日子过不了啦！金又克木。木位人不肯自己承认立不起来，反怨老人没留下财产，自己累死也没用，向祖父发牢骚，这又是木克土，老人吃不消，怪儿媳没生好儿子，没大没小，找起我老人家的毛病来了！这又是土去克水。主妇没处泄愤，便对家长说：看你的死大，横不讲理，老看不起我们这家人。水又去克火。这必定败家。

善人一讲开来，开石先还听着，但听着听着就要坐起来，善人说不要动，我给你垫垫枕头。开石就又咳嗽，还没等善人把戳箕拿来，痰吐在地上，又去取笤帚。开石说：你脚蹭蹭不就行了，扫啥呀？善人说：我知道，工作着的人最烦在地上吐痰，吐了痰又用脚蹭。开石又要尿呀，让善人去厕所拿尿盆，尿了再让善人给他搔后背。善人说：你的事就是多！我再给你说说家道五行要怎样才能相生呢！这做家长的要常向妻子儿女讲祖先的德行、老人的好处，这是火生土。做祖父母的，不要管事，愿意做就做点，不愿意就领孙子孙女玩耍，教导他们尽孝，告诉他们父母的好处，是土生金。孩子玩得高兴，做父母的心里愉快，这是金生水。主妇尽心料理家务，注意做活的人的吃喝穿戴，是水生木。做活的人，得到安慰，更加尽心做活，这是木生火，家里一团和气，家自然就齐了。五行扩充起来无处不是，土位人要如如不动，金位人要会圆情，譬如说，哥哥吩咐做一件事，父亲又叫做另外的事，都要立刻答应，然后酌量哪件事该先做，若是父亲叫做的事应先做，就要对哥哥说明原委再去做。情就圆了。水位人要能兜不是，对于家中杂物、柴米油盐以及人来人往都要留意，若是出了错，水位人就要兜过去说是怨我呢。木位人主能立，若是家里有不做的活计，木位人就该说怨我呢。火位人要明理，平素到亲友家去，不是为人情，是为了寻理，和亲友研究办事的道，求明白了，讲给家人听。家里人有不明理的，火位人就应该说怨我呢。这是人人应有的家道五行。善人正讲得起劲，开石说：喝水！善人说：哦，你要喝水？开石说：你去喝水，你嘴角堆了两疙瘩白沫。善人说：我不喝。开石说：那你说完了没，我腿断了让你来捏骨的，你倒嘟嘟嘟地说个不停！善人说：我这是给你说病呀。开石说：我只是断了腿，生什么病？善人说：断腿是断腿，可断腿是有原因的。开石说：你是说我活该，活该断的？！善人就不言语了，看着门，门把外边的世界框成了个长方块，空洞洞的，门框左边出现了一个鸡头，再是鸡身子、鸡尾巴，鸡无声地往过走，走到门框右边不见。过一会，门框右边又现一个鸡头，再是鸡身子、鸡尾巴，无声地往左边走。鸡突然扑棱棱飞开，没有了，秃子金的一双脚踩进来，草鞋的前耳子剡断了一条。

秃子金一回来，就又去支书儿子的另一间屋去，后来支书儿子端了一盆稀米汤，还有一碟酸菜，放在桌子上了，对善人说：吃饭。善人也没推辞，盛了一碗吃起来，说：都吃么。但支书的儿子没吃，秃子金和开石也没吃。善人说：你们怎么不吃呢？说完才想起来，人家关系近，还有好菜饭呢。不要耽误人家的饭，赶快又吃了一碗，便去镇上旅社去睡。

一路上，善人越想越招笑，想起了一句话：有福之人头大，无福之人大头。他们让我吃了饭，还把我赶出来，显得没义气，是大头还是头大呢？

开石伤腿的事第二天村人全知道了，等他运回村，婆拿了三颗鸡蛋去看望，让狗尿苔去，狗尿苔不愿意去。等婆走了，却想：哼，你兄弟不让我拔土豆苗也不至于能断腿的。也去了开石家，要看开石的笑

203

话。面鱼儿家的院里涌了好多人，有善人，也有支书，善人还提着中药袋，说中药抓了，服上五服，断骨可以恢复得快些，但洛镇中药铺没有甲虎，得自己寻。狗尿苔一去就见着锁子，说：我知道你要来的。狗尿苔说：你知道我要来？锁子说：你是来嘲笑我们家哩。狗尿苔一时不知说什么好，听见善人在院里说没有甲虎，就扭头问：啥是甲虎？现在到哪儿寻甲虎！善人说：就是簸箕虫，一服药里得五个簸箕虫。狗尿苔说：簸箕虫就是簸箕虫么，咋叫那么好的名字，甲虎？！支书就说：寻簸箕虫的任务就交给你狗尿苔啦！

簸箕虫在潮湿的地方才能寻到，狗尿苔说这容易得很，他家里就有。因为在三年前的一个晚上，那时候他尿床正凶，每天晚上喝米汤，本来能喝三碗的，喝得肚子像个鼓，可婆只准他喝两碗，而且，一夜要叫他起来尿三次。但婆每每是第一次叫他的时候他已经尿下了。在梦里，尿憋着，总是没有能尿的地方，不是这儿有人，就是那儿有人，好容易找个避背处，他还说：这下可以尿了。结果就尿在炕上了。婆在趁着窗子上的月光纳鞋底，推他起来时发现裤子已湿了，就骂他尿泡系子断了，她一个鞋底才纳了十行就尿了！点了灯让他把湿垫子抽掉再换一个干垫子，一点灯，发现炕下的地面上簸箕虫乱跑，吓得他喊叫，跳下炕要用脚踩，却又一个也没见了。

现在，狗尿苔就在家里寻找簸箕虫，但没有，把水桶挪开，又钻到案板下，仍然没有。揭了窖盖到地窖里，地窖里放着红薯和土豆，发现了一只簸箕虫，但还是钻进了红薯堆里，累得他把红薯一个一个移开，终于逮住，也仅仅就这一只簸箕虫。他到邻居家去寻，铁栓家的地窖里发现了两只。到了水皮家，水皮不在，地窖里竟然没有，却发现那儿放着一个缸，缸里有半缸小米，他说：呀，你家还有小米？水皮妈说：哪儿有小米，你眼花了，那是小米糠。他说：明明是小米，我还认不得小米吗？水皮妈脸都变了，说：那可是从我们嘴里一颗一颗省下来的，你可别乱说出去！

狗尿苔能不说吗？每天饭时，人都端着饭碗菜碟在巷口吃饭，老碗里盛的是稀米汤，这个说我吃云呀！是天上的云影落在碗里，一吹，汤皱了云也皱了。那个说，我捞鸟呀！是树上的鸟影子在碗里，但鸟在拉屎，没有下颗蛋来。水皮妈也端着老碗，可她总不拿菜碟，到这个人的菜碟前夹一筷子，说：我尝尝你的菜，嗯，浆水老了么。到另一个人的菜碟里夹一筷子，说：你是萝卜丝呀！咸得能打死卖盐的了！只要她一来，迷糊就把菜碟的菜往米汤里一搅，不看她，也不应和她的话，低了头，嘴一直埋在碗里。水皮妈可怜兮兮地老装穷，地窖里却藏着半缸小米，狗尿苔要揭露她，最起码大家再不让她尝菜吃。

狗尿苔到了长宽家的地窖里寻簸箕虫，长宽也是不在家，戴花在院子里的捶布石上捶浆过的衣裳，她说：寻簸箕虫干啥？狗尿苔说：开石的腿断了你不知道？中药里要有药引子。戴花说：他家咋接二连三出事？怎么就用簸箕虫做药引子？狗尿苔说：你把簸箕虫一劈两半，放一夜，它就又长合了。吃啥补啥。戴花说：你人小鬼大，还知道这些！收拾了衣裳，领狗尿苔下地窖，还说：你应该吃竹竿！

戴花家的地窖里只有红薯萝卜，比狗尿苔家多的是三个大南瓜和一筐椒叶。狗尿苔告诉了水皮家窖里有小米，戴花说：人家会过日子。狗尿苔就没话再说了。在她家的地窖里逮了五只簸箕虫，狗尿苔高兴地说：是不是你知道开石腿要断呀就早早养着了？戴花说：那你老不长个头儿是不是逃避戴四类分子帽子？狗尿苔第一次听到有人这样说他的个头小，觉得她说得好，也就自这次后才意识到个头小的好处，并为自己个头小而不自卑了。狗尿苔说：嫂子你真好！戴花说：哪儿好？狗尿苔说：你长得好！戴花笑了，说：哟，你还会说这话？狗尿苔说：你就是长得好，你侧过身子。戴花竟然就侧了身子，狗尿苔举着煤油灯，说：鼻子多高！但就在举灯的时候，狗尿苔发现了洞壁上另一只簸箕虫，身子一晃，灯却掉下去，光灭了，油倒了，地窖里黑咕隆咚。狗尿苔哎哟哎哟叫着，伸手在地上摸，摸到一手煤油。戴花说：没事，没事。拉了狗尿苔往窖竖井里去，窑口有些光亮，但仍看不清竖井壁上的脚窝子，无法上去。戴花说：我撑你！不容分说，就把狗尿苔往上撑，还说：你还重得很！狗尿苔重，她双手举不起，只能抱住了，然后使劲往上撑，她的胸脯鼓鼓的，软软和和，狗尿苔吓得缩身子。戴花说：你抓窖沿呀，抓呀！狗尿苔抓住窖沿出了窖，戴花随后也爬上来，狗尿苔突然脸红，不敢再看戴花，说：我真笨，把煤油给你倒了。戴花说：倒了的都是多余的。簸箕虫装好了吗？狗尿苔说：在怀里装着。戴花说：开石是工伤，有工分，支书让你找药引子，你要给支书说，也得给你记工分哩。狗尿苔说：记不记都行。戴花说：啥话？你不争取，蚕婆年纪大了，咋养活你？

　　狗尿苔在午饭前将二十一只簸箕虫并没直接给开石，而想着要交给支书，才走到支书家，支书却提了个砂锅往面鱼儿家去，支书说：你把簸箕虫拿这儿干啥？狗尿苔支吾着，他希望支书能表扬他，但支书没表扬，只和蔼地笑了一下。和蔼的微笑让狗尿苔知道支书仍是喜欢他，就屁颠屁颠地跟着支书一块去面鱼儿家。在巷里，水皮妈和谁置了气，脸吊着往过走，猛地看见支书了，脸就松泛开了，说：哎呀，支书，你胖啦！支书说：这几天胃老吐酸水，还能胖？水皮妈说：真的胖了，一胖就富态了！你这是干啥去呀？支书说：给开石送药罐。水皮妈说：哎呀，还要你亲自送？支书说：得关心么。水皮妈说：好，好，一送，你这胃病也就好了。支书说：噢，这药罐不能送的，还得开石媳妇来取，一急，倒忘了！水皮妈说：那你让狗尿苔拿上，权当开石媳妇来取的。狗尿苔说：那让我得病呀？水皮妈说：你替支书得个病又咋啦？！狗尿苔恨水皮妈，但还是把药罐从支书手里拿过来扣在了自己头上，像戴了个钢盔，说：咒一咒，十年旺。

　　到了开石家，面鱼儿在院子里洗了一只鳖。古炉村人一般不吃鳖，只有人病了才熬汤喝，这就像坐月子的妇女要煮猪蹄汤下奶一样。狗尿苔说了句药罐我替你拿的，就帮着生火熬中药。支书向面鱼儿问了问开石的伤情，蹴过来一边看着狗尿苔熬药一边吃烟，他教导着熬中药不要用硬柴，要用麦草，文火慢慢地熬。药草都是干的，文火熬才能把药性散出来。狗尿苔一一照办了，支书说：咱村里霸槽呀，麻子黑呀，狗日的就没个辅导性，狗尿苔服教哩。面鱼儿说：狗尿苔乖，是可教子女么。狗尿苔喜欢听这话，他脸上笑笑的，拿了小板凳给支书，说：坐呀爷！支书用筷子搅着药罐里的药，要看看都是些什么成分，狗尿苔也认得其中的黄连和芦根，他就说：怪呀，芦根是甜的，黄连是苦的，都是从地里长的，咋就不一样，这甜是从哪儿来的，苦又是从哪儿来的？说过了，狗尿苔又想到了为什么地上有开红花的又有开白花的，为什么都是豆子，颜色有黑的有黄的。面鱼儿说：土里啥都有的，这就像古炉村的人有贫下中农，也有四类分子么。面鱼儿说完，看见狗尿苔一下子瓷起来，忙说：啊不对不对，我胡拉被子乱扯毯了。将洗好的鳖提到厨房，又叫狗尿苔。狗尿苔进去，面鱼儿说：伯不是说你哩，别上心。狗尿苔说：我不上心，我又不是四类分子。面鱼儿就用刀要剁鳖头，支书也进来了，说：不用剁。把鳖放在锅里的凉水中，盖了锅盖，让面鱼儿在灶膛里生火。狗尿苔觉得奇怪，因为以前煮鳖都要剁头的，那鳖头剁下来还会活着，上一次牛铃剁了鳖头，鳖头已经掉到案板下了，牛铃拾起来要扔给猫，鳖头就咬住了他的手指头。一旦咬住了手指头那得天上响雷鳖嘴才松开的，那时天上没雷，牛铃就踩着鳖头拔手指头，结果手指头拔出来了，一块皮没了。支书没有剁鳖头也不在锅盖上压块石头，狗尿苔嘴上没说，却等着一会儿鳖要在锅里翻腾，顶了锅盖跳出来。但是，草药在药罐里不停地响，铁锅里的鳖仍悄然无声。

狗尿苔终于说：爷，鳖咋不动呢？支书说：它动啥呀？冷水里放进去，慢慢加热，它就不觉得烫着死了。狗尿苔：哦。支书在笑，支书脸上皱纹多鼻子很大，一笑起来所有的皱纹都围着鼻子展开。支书说：狗尿苔，爷好不？狗尿苔说：爷好。支书说：爷咋个好？狗尿苔说：别人老欺负我，爷不欺负我。支书说：你出身不好，你就要服低服小，不要惹事，乖乖的，爷就对你好。狗尿苔说：我乖着的。那我今天寻簸箕虫，你给我记工分吧。支书用烟锅敲狗尿苔的头，嘡，敲一下，头上起一个包，嘡，又敲一下，头上又起一个包，狗尿苔没有躲，也不喊疼。院门却咯吱一下，进来了水皮，手里提了一节莲菜，莲菜上还贴了纸条，纸条上有字。狗尿苔恨水皮来得不是时候，支书正要答应给他记工分呀，是水皮把事岔开了。狗尿苔就看着那节莲菜，说：纸条上还有字呀？水皮就给面鱼儿说：你把莲菜一定要收下，这是我的心意。我还给开石写了几句话，我给你念念。就念道：你是勤劳、勇敢、坚强的，是特殊材料制成的人，为了美丽而富饶的古炉村，你光荣负伤了，我向你表示慰问并祝你早日康复。此致敬礼朱水皮。狗尿苔说：噢，你是要让开石知道这是你送的？水皮说：你听懂我前边说的话吗？没文化！支书说：把特殊材料制成的那句话抹了，这是说共产党人的话，开石不是党员，他怎么就是特殊材料制成的？水皮一下子愣了，说：这是形容，我用的形容词。支书说：什么形容不形容的，抹了！狗尿苔说：特殊材料制成的那就断不了腿。水皮给狗尿苔发了脾气：你老老实实着！支书转身去揭铁锅的锅盖，鳖安安静静地趴在锅底，支书把锅盖又盖上了，水皮掏出钢笔把纸条上的那句话涂抹了，说：支书爷，我还要给你反映些事哩。支书说：啥事？水皮说：一、是善人把开石的腿砸断的，怎么能允许他砸断开石的腿？狗尿苔说：善人是给接骨哩。水皮说：他是借接骨趁机报复哩！支书说：这你不要说了。二呢？水皮说：得称让蜂蜇了，他家后檐上有个土蜂窝，他去摘，蜂就把他嘴蜇成了猪嘴。来回又犯了病，她是在担尿水时，正担着，倒在地上不省人事了。田芽和她婆婆置气哩，田芽偷吃，做下好饭藏在锅顶后，婆媳就吵……支书说：啥鸡毛蒜皮事！还有没有第三？水皮说：有第三，霸槽和秃子金吵架了，秃子金到霸槽那儿要给开石讨些太岁水，霸槽不给，说秃子金你不会开拖拉机就不要开，砸断了人腿却来要太岁水。吵得天翻地覆的，围了好多人看哩。支书说：吵，吵，吵，就知道个吵！让队长去看看。水皮说：霸槽横得很，得你去！支书说：这点事他队长还镇不住？！水皮就走了。

　　狗尿苔继续熬药，满院子都是药味。天渐渐黑下来，村子里又起了雾，雾在巷道里铺，又从院门口涌进来。支书用筷子戳着鳖，鳖果然不声不响地成了熟肉，鳖盖就提了出来。支书说：狗尿苔，给你颗鳖

208

蛋。夹起一颗鳖蛋给了狗尿苔。水皮又进来了，气喘吁吁的，狗尿苔故意把鳖蛋在水皮面前晃了晃，一口塞进自己嘴里。水皮说：队长病着，又因杏开的事，没镇住，霸槽和秃子金打起来啦！支书说：怪事！让天布去，二杆子还得二愣子收拾哩！水皮转身又走，支书又叫住，说：你那儿的红漆还有没？水皮说：还有些。支书说：古炉村的事儿咋成了水池里的葫芦，压下去一个又起来一个！明日你再在村里刷些标语。水皮说：行。支书说：你也不要找天布啦，两个噜嗉一起，怕会打得凶哩，还得我去。水皮说：就得你去，要不会出人命的。

支书拿了旱烟袋装在袖筒里，披了衣服和水皮走了。面鱼儿滤了药汤，尝了一下，苦得要命，端到屋去给开石喝。开石在炕上把药喝了，说：谢你呀，狗尿苔。狗尿苔说：有啥谢的？开石说：狗尿苔你比守灯好，你不像是个出身不好的人。狗尿苔说：是不是？开石说：他身上流的是地主的血，你和守灯不一样。

从面鱼儿家出来，巷道里的雾已经卷着滚，但卷的还不是碌碡，是车轮子，狗尿苔就撵着车轮子跑，脚下一绊，他倒在了地上，车轮子便从身上碌了过去，疼是不疼，却感觉身子被碌扁了，扁得像一根面条，一片树叶子。蓦地，他的鼻里口里就闻到了一种气味，是那种已经很久没闻到的气味。

23

如果突然地闻到了那种气味，闻过就闻过了，狗尿苔已经习以为常，就连牛铃也在他们一块劳动，或者去爬树，或者在州河里去听昂嗤鱼叫，要问：闻到有气味了吗？因为狗尿苔每每闻到了那种气味，村里就有些大大小小的事发生，这或许是碰巧了，也或许事过之后的牵强附会，而碰巧上几次了，又能牵强附会上，牛铃就作践狗尿苔是狗，是老鼠，是乌鸦和猫头鹰。当狗尿苔在很多时候回答牛铃：没闻到啥呀！令牛铃都觉得了遗憾。但是，自从在开石腿断后闻到了那种气味，狗尿苔一连几天都闻到了，这让他奇怪，也紧张害怕了。

初十的早晨，狗尿苔和婆到自留地去，天净得像洗过的青石板，云是那么的白，一片一片贴在上边。经过了天布家院门口，照壁上的牵牛花全开了，一朵牵牛花的颜色怎么也不如戴花家院墙头的蔷薇鲜亮，但上百枝上千枝的牵牛花全开了，红得像起了一堆火，火还有焰呀，人一走近都热烘烘的，映得脸红手红衣裳也红了。狗尿苔站在照壁下张大口鼻在吸，吸着吸着他不动了，疑惑地揉鼻子，再吸，腮帮上的肉就僵硬了。婆说：你咋啦？狗尿苔说：我闻见了。婆说：牵牛花是香。狗尿苔说：是那种气味。婆说：哪种气味？狗尿苔说：就是以前闻到的那种气味。这几天动不动就闻到了。婆拉着狗尿苔离开了照壁，站在了牛铃家的山墙下，刚出来的太阳把他们的影子映在墙上，婆说：还能闻到吗？狗尿苔说：嗯。婆说：是鼻子有病吗？弯腰看狗尿苔的鼻子，鼻孔里没有脓痂，也没有鼻涕，好好的呀。婆说：你不要老想着闻到。狗尿苔说：可它就是能闻到。婆看着狗尿苔，捏了一下狗尿苔的鼻子，狗尿苔说：给我也买个口罩？

婆不可能给狗尿苔买个口罩，一是婆不想花那个钱，二是狗尿苔怎么能像水皮那样有个口罩呢？婆孙俩回到家里，婆从屋梁上又取下那个皮包，皮包里有婆藏着的几张红的黄的纸。这些纸是在过年时才拿出来剪窗花的，现在她给狗尿苔连剪了五个纸花儿，一个是蛇，一个是蝎子，一个是蟾蜍，一个是壁虎，一个是蜈蚣。狗尿苔知道这是五毒，装在了衣兜里。

狗尿苔虽然有了五毒纸花儿护身，却也担心着村里会有什么事发生，他恨自己有着这样的鼻子，在灶膛烧火时鼻子上沾了锅灰，他就是不擦，还对着镜子说：偏不擦，脏死你！但是，村子里并没有死人，也没有听说谁的病加重了，甚至一连多天都没有谁和谁吵嘴打架的。唯一的变化是霸槽开了手扶拖拉机。

村人压根儿没有想到，秃子金和霸槽吵闹之后，支书并没有整治霸槽，反而让霸槽替代了秃子金去开拖拉机。这到底是怎么一回事，是支书心胸宽大，不计前嫌，因材使用人，还是支书是个软头，害怕了霸槽？秃子金在给马勺发泄他的不满了，说：凉了，心凉了，咱顺顺从地落了这个下场！马勺说：我给你说句话，能惹得起你就惹，惹不起你了就不惹，不惹了人家还要惹你，你就反过来对他好，把他敬着，你也就安生了。秃子金说：啥意思？马勺说：这意思你还不明白？不明白就不明白吧！秃子金还在说：瞧着吧，古炉村从此妖魔鬼怪呀！狗尿苔不爱听这种话，他是第一个去向霸槽祝贺，而且希望霸槽在去洛镇卖瓷货的时候能带上他。但是，霸槽的助手换了田芽，田芽却坚决不让霸槽带狗尿苔，狗尿苔只好和牛铃钻在一搭，有了机会也去窑场看善人。

善人不会配釉涂釉，也不会捵泥做坯，更不会点火烧窑，他打零杂，别人碎石时他运石，别人拉坯时他取泥，窑点了火，立柱让他从窑窗口里看药季子，他就一会过去看一下，一会过去看一下，但他说药季子倒了，立柱跑去看了，药季子还竖着，就骂他笨。但善人无怨无悔，一闲下来不是给人说病，就是在麦糠布袋里拼接打碎的瓷瓶。狗尿苔和牛铃再来看善人，善人在那里劈柴，他们说：你捏瓷瓶给我们看，我们替你劈柴。善人说：我给你们讲说病的事吧，顶针她婆病了，想知道我怎么去把病说好的吗？狗尿苔说：不听你说病，就看你捏瓷瓶！善人便提了他那个装了瓷片和麦糠的布袋，双手伸进去捏了。他们劈了一阵柴，布袋就竖起来，善人让狗尿苔用手摸摸，摸得出是一个完整的瓷瓶。狗尿苔说：你手上长眼睛？！

善人伸出手，握了狗尿苔的胳膊，狗尿苔的胳膊细得像麻秆儿。善人说：我给你捏捏！

狗尿苔不敢让善人捏，怕把他骨头捏碎了。

牛铃说：你把狗尿苔捏碎了还能再捏回个狗尿苔吗？

善人说：行呀！

牛铃说：那就好了，狗尿苔你让捏捏，把你捏碎重捏一个像我这样的。

狗尿苔说：我才不要像你那样的，眼睛那么小，耳朵还是豁口。

牛铃说：可我是贫下中农！

狗尿苔不理了牛铃，扭过头给善人说：人和人的骨头是不是一样？善人说：你比守灯少一块。狗尿苔说：我比守灯少？我应该比他强吧，开会他得站着，我可以坐的。善人说：他比你多一块反骨。狗尿苔说：啥是反骨？善人说：就是后脑勺那儿凸出一块骨头。牛铃说：唉，连守灯都不如，守灯受欺负了还反抗哩，你只挨着。狗尿苔摸摸后脑勺，后脑勺平平的，他是有些懊丧，拿脚踢了一下身边的一个木杆子。这木杆子上晾着摆子的衣服，木杆子斜了，衣服掉在了地上。狗尿苔突然说：我穿隐身衣呀！牛铃说：穿隐身衣？啥是隐身衣？牛铃不知道啥是隐身衣，这狗尿苔就高兴了，说：想知道不？牛铃说：想。狗尿苔一扬手却说：我不告诉你！

守灯从窑场最东头的那个废旧窑洞里出来，站在那里伸懒腰。他长胳膊长腿，又那么瘦，像是木棍儿节子组装起来的，伸着懒腰似乎都能听到木棍儿节子喀啦喀啦声。狗尿苔和牛铃一看，守灯的那颗脑袋，前额突出，后脑也突出，两人对了一下眼，就嗤嗤地笑。守灯在说：甭给我笑，好好劈柴！

守灯在窑场是干体力活的，一有空就独自钻进他收拾出来的那个废旧窑洞里，不允许别人进去，他会在半开的门扇上架一个笤帚，笤帚上放上灰包，谁要进去一推门，笤帚和灰包就掉下来，弄得一头一身的灰。守灯在那个窑洞里干啥着，摆子说是守灯神经有问题，在里边配釉哩，不是把釉浆倒在坯器中摇晃，就是蘸了釉用嘴吹釉沫，他明知道都不让他干烧碗烧缸的技术活，还老想着要烧青花瓷呀！

守灯让狗尿苔和牛铃劈柴，其实他们已经劈得很多了。这种笨活原本都是守灯干的，善人来后让善人干，而现在他们干着，守灯却也指手画脚。守灯伸过了懒腰上厕所去了，牛铃说：他多亏是阶级敌人，他不要说是村干部，就是个贫下中农，他比支书还能支使人！狗尿苔说：让他今日屙不出来，屙血去！但两人很快挤眉弄眼，几乎是同时往守灯的那个窑洞跑去，到门口了，看看门扇上放没放笤帚灰包，没有，就钻

212

进去。他们想整一整守灯，故意把地上放着的盆盆罐罐打乱了原本的顺序，看见了窗下桌子上还有几张纸，也拿走了。狗尿苔说：上边写着字，不敢拿吧。牛铃说：白纸不能拿，都写了字了就是废纸了，拿了给善人卷烟卷儿。狗尿苔又拿了几张白纸塞在口袋，要给婆拿回去。出窑洞时，门后有一双布鞋，鞋里还有鞋垫，鞋垫上用针线纳了个人头像。在鞋垫上纳人头像，这在古炉村从没有过的，狗尿苔说：他狗日的手巧，会纺线会做衣服，还会扎花儿。牛铃说：他这是要把人踩在脚底下，他要踩谁呢，踩贫下中农？狗尿苔说：你说这话，要他命呀？！便把鞋垫取出来翻了个过儿放进去，又取出来，掖在怀里。

　　从那个窑洞出来，牛铃把几张纸给了善人，狗尿苔就去烧着的窑口，将鞋垫塞进去烧了。牛铃问：你烧了啥？狗尿苔说：塞了一把柴草。善人拿了那些纸，看了一下，说：这是守灯写的烧瓷工序，这敢拿呀！牛铃说：你念念是啥工序？善人就念起来。这工序一共分七十二道，两道为一组。第一组是勘山烧矿，是说发现矿脉后，用柴烧再用水浇，如果出现裂纹，裂纹细密均匀又有网状，就可以开挖。第二组是运石碎石，是说把瓷石运来后用锤砸成拳头大。第三组是舂石制浆，是说用碾或石臼将瓷石磨成粉末，再浸于池里以泥耙摞渣，沉淀后，下边的稠泥化成浆。第四组是取泥制坯，是说澄细淘净的浆泥稍稍阴凉后掬成团，放进木匣里捺平，然后提出匣制成砖头一样的块。第五组是烧灰配釉，是说一切釉水无灰不成以青白，要用凤尾草和岩石迭叠起来烧炼，用水淘细就成了釉灰，调浆时要稀稠相等。第六组是炼泥镀匣，是说瓷坯入窑必须用匣钵套装，匣钵用泥不用过细的，稍晾干就放入窑里空烧一次。第七组验匣存库，是说匣钵烧出后要以尺码为准，量其高深厚薄，测其轻重，符合规格的存库。第八组是化不淘洗，是说白不在大缸内化解成浆后，要精心除渣，再放入桶中浆呈浓稠状移入泥房。第九组铲泥踩泥，是说把泥放在大石板上要用铁锨翻扑结实，做成口字形，不停拍打成田字状，再进行踩泥。第十组捺泥做坯，是说将泥搓揉均匀，让泥里气排出，坐于车架以捧拨车使之轮转，双手按泥，随手法而屈伸收放以定圆器。第十一组……

　　善人念着念着不念了，说：多得很，只念工序名吧。于是十一组修模定型，十二组刮坯印坯，十三组刮坯取釉，十四组削坯接坯，十五组捧坯晒坯，十六组薄釉吹釉，十七组蘸釉浇釉，十八组配釉涂釉，十九组捺水补釉，二十组淡描混水，二十一组捏雕刻花，二十二驮坯挑坯，二十三修匣装坯，二十四加表满窑，二十五挑柴烧窑，二十六开窑装篮，二十七调泥摩窑，二十八看色选瓷，二十九播料格色。

　　狗尿苔和牛铃没想到烧瓷货这么复杂，正听得入神，头顶上有了说话声：念完了没？善人说：还没，三十六组哩。觉得不对，抬头看时，守灯就站在身后，忙说：不是我拿的。狗尿苔和牛铃反身就跑。守灯说：狗日的还是贼么！善人说：你总结的？守灯说：是洛镇窑上的老师傅说的，我记下来，又补充了我的一些体会，比如提匣制成的砖式，我把它叫作白不。再是踩泥，我总结了几句口诀。还有匣钵累炼常有折裂，我用竹篾箍了入火就不易断。还有釉的配方，你知道有几种配方吗？善人说：我不知道，守灯，你行啊！守灯说：行屁的，洛镇能烧青花瓷，咱村怎么烧都不成。善人说：按你这钻劲，肯定能烧成。守灯说：谁让我烧？！善人说：支书知道不？守灯说：他只让烧碗烧缸哩。善人说：这你要给支书好好说。守灯说：谁信我呀？！就是支书说我是金子，村里人一哇声说我是瓦片，支书也就把金子当瓦片了！善人说：你要和村里人沟通哩，你一天不说话，老吊个脸。守灯说：打你哩你能笑吗？人家把你卖了你还帮人家数钱，我是狗尿苔呀？！守灯拿了那几张纸又进了他那个窑洞，善人再叫他，就是不回声。

　　狗尿苔跑开后，却佩服了守灯，觉得现在村人出工都使奸取巧混工分，守灯为了烧瓷货还下这么大功夫。所以在过后的几天又来窑场找守灯拉话，但守灯一旦不说烧瓷货的事就又是脸吊着，眼睛半睁不睁，压根儿不愿搭理。这一日，村里人都上山帮着把烧好的瓷货搬到窑神庙里，正好那时庙后的水渠通了水，就在渠上架了木板，狗尿苔和守灯用背篓背了几十个碗下来，过渠上木板时，守灯停下来把一块石头支在木

214

板下面。支书是和另一些人最后从窑场下来，支书先过木板，脚一踩，木板滑开，一个趔趄跌到渠里，弄得一头一身的泥水。支书进村后就认定这恶作剧是狗尿苔干的，骂狗尿苔。

狗尿苔说：不是我干的。

支书说：不是你干的还能是哪个大人干这事？

狗尿苔想说是守灯干的，但他没有说，最后承认是他干的，说他想让牛铃掉到渠里的。支书扇了他一个耳光。

狗尿苔很委屈，回来给婆说了，婆说：这守灯，说他能，能得很，说他脑子里有水，还真有水。狗尿苔说：他是不是真的就像人家说的阶级敌人？婆说：他以前可不是这样的，唉。狗尿苔：他有病哩！婆说：是有病哩。

狗尿苔坐在院门口，琢磨守灯得的是什么病呀，咋是这样一个人，让他又佩服着却怎么也喜欢不起来，当然就想到了霸槽。世上的事情真怪，要说邪吧，守灯是邪不过霸槽的，而且霸槽还骂过他，打过他，但他宁愿要跟了霸槽，却不愿意了和守灯相处。有了风，巷道里的树叶子全吹到了门口，然后在那里旋着，叶子就像一排人，齐刷刷排列着转圆圈，圆圈转着转着从地上浮起来，悠悠忽忽缩成一股往天上升，成一条绳了。婆在屋里说：你发啥呆哩，给我把梯子端来，院墙上咋少了一页瓦？狗尿苔却说：我好多天都没见霸槽了。

那条竖起来的绳突然消失了，像是被拉上了天。

24

狗尿苔终于能和霸槽去一趟洛镇了，他感激着霸槽，更感激着田芽。

田芽婚后没有生娃，这和戴花一样，但戴花人长得漂亮，被认为是南瓜蔓上的花，开得越艳的越是谎花，而田芽腿长屁股小，村人说这就不是能生娃的身形。都不生娃，戴花没婆婆，戴花活得还自在，田芽的婆婆一天到黑嘟囔着要抱孙子，田芽就在家里没地位，再勤苦再孝顺仍落不下好。婆婆打腊月起，嘟囔得更厉害，人也一天天消瘦，先以为是茶饭不好，可后来顿顿饭做得稠，也能吃三四碗，仍是瘦，瘦得失了形。生产队安排往地里担粪壅红薯窝子，她已经担不动了粪担，就拿锄头扒拉着给大家装筐，还是站不久，便跪在那里，扒拉扒拉着竟晕倒了。婆当下给她掐人中，喂汤水，说这是病了，这种病古炉村得的人少，以前行运他爷得过，要喝水葱汤才能好。水葱其实不是葱，长得像葱，是水边的一种野草。婆还给田芽交代了水葱汤的做法：每天早晨，把一根水葱剪成二指长的节节在锅里煮，煮一个时辰，打进去两个荷包鸡蛋，等荷包蛋熟了，捞去葱节，把汤和荷包蛋一块吃喝，要连着吃喝两个月。婆婆说：这还是富贵病呀？！田芽说：你就是富贵人儿。婆婆说：富贵他妈个 ×，都快成绝死鬼呀还富贵？田芽还笑笑的，一听这话，脸唰地也黑了。婆就赶紧说：你胡说啥呢，让田芽给你挖水葱去！推着田芽，低声说：你别说话，她这一病你才要孝顺哩。田芽呼哧呼哧了半会，气顺畅了，出门去挖水葱。

　　路上碰着看星和迷糊，看星说：你婆婆病好些了没？田芽说：我这去挖水葱呀。看星说：吃啥药都不顶用，你一生娃她就没病了！田芽烦着别人提她生娃的事，说：生谁呀，生迷糊呀？！迷糊说：你说你给我生个小迷糊？田芽说：我怕生出来是四个腿哩！拧着屁股就走了。迷糊想了一会，四个腿的那不是牲畜吗，田芽在骂他，就回了一句：你想给我生我还不要哩，石女日不成！田芽生了一肚子气，在河滩里寻水葱，一边寻一边骂，拿脚踢河滩的石头，把一个脚指头都踢出了血。河滩里的水葱都小，她挖了几棵又都扔了，钻进芦苇园去寻，终于寻到一片水葱，就挖了十几棵，想着拿回去就栽到院里，从芦苇园出来在河滩歇息，还骂着看星和迷糊。

　　那时正是中午，太阳红红的，河滩上下没有人，芦苇园里鸟在叫，叫着很怪的声。面鱼儿去了河对岸的山根下挖老鸦蒜，那野蒜疙瘩可以在水里泡三天去除麻味能煮锅，他返回时刚过着河，远远看着河滩上坐着一个人，也没在意，等从河里出来，却见那人倒在河滩，把头往沙堆

216

里钻，忙喊：哎，哎！那人还是头往沙堆里钻，就像是有什么力量扼着头往沙堆里戳。走近去，才认清是田芽，鼻子耳朵嘴里都是沙，人昏迷着。面鱼儿扇了田芽几个耳光，田芽醒了，问她咋啦，田芽说她也不知道。

连着了几天，田芽像患了一场大病，人蔫得脖子撑不住了头，村人都说这是遇着鬼了。田芽也到窑场找善人说病，说病的时候，狗尿苔正好也在窑场，他一看田芽的模样，肯定是去不了洛镇卖瓷货，便跑下山找霸槽，霸槽也就带了狗尿苔来见支书。

支书牙床发炎，半个脸都肿了，疼得在屋里转圈圈，当霸槽把田芽中邪的事说了，支书倒训斥说：人吃五谷生百病，田芽病了就病了，怎么是中邪？古炉村有什么邪？我上火牙疼也是中邪了？！一听支书上火牙疼，狗尿苔就到院门外的核桃树上摘了几片叶子，在手里拍拍，让支书夹在裤腰里，又要去长宽家找几颗花椒籽，说花椒籽塞在牙缝里能止疼的。狗尿苔一走，支书说：这碎骸腿儿倒勤。啥事？霸槽就说了田芽一病，去不了洛镇，他想让狗尿苔跟着一块去。支书沉吟了一会，说：狗尿苔能成？霸槽说：他个头是小，但力气还大，尤其心细，记性好，钱让他管着，别人也想不到他能管钱，倒没人偷的。支书说：我是说他的出身。霸槽说：要破坏也不是他能搞得破坏的。支书也就同意了，但支书却给霸槽说：霸槽，你去镇上次数多，近日镇上没啥事吧？霸槽说：有啥事？支书说：张书记托人捎了口信……却不说了，嘴里喃喃着：噢，没事就好，没事就好。弄得霸槽莫名其妙了半天。

狗尿苔把花椒籽拿来，得知支书已经同意让他也去卖瓷货，蹦跶了两下，说：爷，支书爷，我给你磕头！支书说：我不兴这个，让你去，你老老实实干，要有个差错，我立马就撤了，还给你开会！狗尿苔头点得像捣米鸡，还要把花椒籽给支书的牙缝里塞，支书说自己来，他还要塞，支书：你咋是个热沾皮，给我！狗尿苔就把花椒籽给了支书。

当天下午，狗尿苔就帮着霸槽装车，装了二百多个碗，还装了六个缸，把手扶拖拉机开到了霸槽的小木屋门口，霸槽叮咛狗尿苔明日一起来就去洛镇。狗尿苔说：今黑来把货停在这儿安全不？霸槽说：没事。狗尿苔说：有事了你负责？霸槽说：你倒管起我了？！但还是把瓷货又卸下来放到了屋里。狗尿苔能去洛镇卖瓷货，而且他说的话霸槽反正是采纳了，就非常兴奋，急于想把这消息告诉给牛铃，往回走时，半路上遇见了杏开，禁不住颤活活地叫杏开。

杏开从自留地里拔了些菠菜，菠菜根很红，叶子翠绿翠绿的，她站住了，说：要说话，把舌头在嘴里放好！

狗尿苔说：你家有没有粮票，借给我四两粮票？

杏开说：要粮票干啥？

狗尿苔说：我到洛镇卖瓷货呀，中午得在镇上下馆子么！

杏开说：让你卖瓷货？

狗尿苔说：就是！

杏开说：去镇上还下馆子？能拿些黑馍就够你的啦。又问：还有谁？

狗尿苔说：还能有谁，霸槽么。

杏开说：让他卖瓷货，并不是天天去卖，他倒开着拖拉机整天也不沾屋。

三婶站在巷口往这儿望，说：杏开，人家娃来了，你咋磨磨蹭蹭不回去？杏开说：他要来就来么。三婶说：你这死女子，再不敢和大人置气了，听婶话，快回去。杏开说：我还要和狗尿苔说几句话的。三婶说：和他有什么话？！杏开说：这事你不管。三婶叹了一口气，给狗尿苔使眼色让走，狗尿苔偏偏装糊涂，就不走。三婶说：碎髅没眼色！

狗尿苔就问杏开：谁来了？

杏开说：你给霸槽说，我大给我托媒寻了个男的，下河湾的。

狗尿苔说：你找对象啦，啥样子？

杏开却转身走了。

狗尿苔没有把话传给霸槽，他觉得杏开和霸槽既然闹崩了，刀割水洗了，这事还给霸槽传什么话，没事找事，贱呀？这个晚上，他一夜都没睡稳，鸡叫三遍了，心想快眯一会觉了就走，没想这一眯就睡沉了，起来见太阳都照着窗子，便给婆发脾气，嫌不早早叫醒他。婆给他烧了米汤，他不吃，拿了几块红薯面黑馍装在布袋里往公路上跑，跑出院门了，又反身取根火绳挂在脖子上。婆说：去镇上还带火绳？狗尿苔说：你不懂。到了小木屋门口，霸槽已经把那些瓮装在了手扶拖拉机上，狗尿苔赶紧去搬那些碗，猫就站在炕角叫，狗尿苔看着猫，猫洗了一下脸，哦，猫都洗脸哩，他还没洗脸就去洛镇呀？取下挂在墙上的手巾，手巾是湿的，把脸擦了，猫却在说：要，要！狗尿苔说：你也要去？猫说：啊呜！狗尿苔就朝门外喊：把猫也带上吧！门外却是一声：喂，你过来，你过来！狗尿苔端了一磊碗出去，门外的霸槽却是对公路上的一个小伙说话。

狗尿苔不认识这小伙。小伙的脸长，牙也长，在那里转悠，弯腰要折路边的迎春花，听到叫声回过头来。霸槽说：喂，你是下河湾的？小伙说：你认识我？霸槽说：来和杏开认对象的？小伙说：你是谁？霸槽说：认什么对象哩，我告诉你，杏开已经和我睡过了！

狗尿苔立即愤怒了，他明白三婶所说那个娃就是这小伙了，可霸槽怎么知道呢，是杏开昨晚上来告诉他的，还是听别人说的？无论如何，他不能看着霸槽这样糟践杏开！狗尿苔把一磊碗放下，胸脯鼓鼓地往霸槽和那小伙跟前走，他估计着那小伙绝不会轻饶霸槽的信口胡说，一定会打起来，哼，他们打起来了他也会加入进去，他要用头去顶霸槽，即便霸槽打他，打他个血头羊，他还是要往前顶的。但是，那小伙瓷了一下，站着不动，还在问：你是谁，你是谁？霸槽说：我叫夜霸槽，夜可以不叫爷，叫黑，黑霸槽，你记住！小伙说：你胡说，你胡说！扭头走开。霸槽还在说：她屁股上有个红胎记……狗尿苔把黑馍布袋砸过去，砸在了霸槽的肩上。

霸槽竟然把黑馍布袋接了，看着狗尿苔，说：行呀，狗尿苔，你也就得这个狠劲！狗尿苔又一下子扑过去，他的头像一个础子，咚，顶在霸槽的腰里，霸槽跌坐在地上。他转身向村子走去，他是在走，不是跑，他不怕霸槽撵上来打他，走得怒气冲冲，他是光头，如果留头发，头发一根根都立起来了。

霸槽坐在地上没有起来，把黑馍布袋打开了，说：嘿，馍黑是黑，蒸得虚么！拿了一块吃起来，朝狗尿苔说：你不去洛镇啦？

狗尿苔又停下来，想了想，返回来，他不能不去洛镇。他进小木屋又搬那些碗，一磊一磊全搬出来，说：我为啥不去？是支书派我去洛镇的，为啥不去？！霸槽从地上站起来了，从布袋里又拿出一块黑馍要吃，却又放进了布袋，把布袋要给狗尿苔，狗尿苔没有理，霸槽把布袋挂在后车厢上了，嘿嘿地笑。笑吧，笑也不理，狗尿苔坐上了车厢，他没有说：开车吧！也没有看霸槽，眼睛却盯得大大的。霸槽又笑了一声，手扶拖拉机开动了。

手扶拖拉机开出了屹岬岭下的桥上，古炉村看不见了，霸槽说：狗尿苔，你还气着哩？狗尿苔仍是不理。霸槽说：碎骰气还大么！狗尿苔说：你糟践杏开，我就是气大！你和杏开不好了，你还不让她谈对象？！霸槽说：她不愿意谈。狗尿苔说：你胡说！她给你说了？霸槽说：这不是你碎骰该知道的！狗尿苔却仍在说：她夜里寻你啦？狗尿苔追问着霸槽，霸槽却不吭声了。狗尿苔说：你为啥不吭声？霸槽说：我刚才给你说话，你也不吭声么！狗尿苔就去扳霸槽的胳膊，手扶拖拉机也就在桥上拐来拐去，霸槽说：不动，你让翻车呀？！狗尿苔偏还扳，霸槽说：我们还打了一架。她给我说她大给她找了个对象，我说那好么，她就骂我好你妈个×的白眼狼，你还笑哩！她骂我，我就扇了她个耳光，她还了我一脚。狗尿苔不扳霸槽的胳膊了，老老实实坐在了车厢里，他想不明白杏开为什么还去找霸槽，霸槽说了那句话为什么她又骂霸槽？是自己年纪小吃不透他们这种事吗？他闷了半会，说：你是个白眼狼！霸槽回过头来，说：我真的是白眼狼？狗尿苔说：白眼狼！白眼狼！霸槽嘿嘿嘿笑了，笑声断断续续，就像是手扶拖拉机一颠一簸地把笑声从肚子里全弹了出来。

到了洛镇，啊洛镇比古炉村大么，有七个古炉村大，不呀，简直有十个二十个古炉村大！镇街上的人像过蚂蚁，手扶拖拉机就不停鸣喇叭，还差点碰着一个提着笼子人的屁股，那人骂：你狗日的要把我轧死了，看我怎么收拾你！狗尿苔要跳下车给人家赔个不是，霸槽说：坐好！轧死他了看他怎么收拾咱？！到了镇供销社，把碗和瓮卸下交给了人家，收来的钱就和红薯面黑馍装在一个布袋，狗尿苔紧紧地抱在怀里。霸槽说：你吃饭呀不？狗尿苔说：这里没水么，等到有水的地方，吃馍就不噎人。霸槽说：要吃咱就下馆子去，要什么水？狗尿苔说：真的下馆子？你别惦记着布袋里的钱，这可是村里钱。霸槽说：我吃饭还掏钱？！

手扶拖拉机停在一家饭馆门口，霸槽跳下来，拢了拢头发，又扶了扶墨镜腿儿，端直进了饭馆门。坐在桌前了，一个服务员走过来，他说：哎，女子，你们这儿有没有一尺长的鲤鱼？服务员说：没有。他又说：有没有五斤重烧好的鸡？服务员说：也没有。他说：咋啥都没有？！那有没有大老碗？服务员说：大老碗有。他说：那就盛两碗高级面汤来！服务员愣住了，说：我们这儿只卖面条，不……他说：不啥呀，快去！服务员再没说什么，竟端来两碗热面汤来。霸槽就从狗尿苔的布袋里取出一块馍，掰开泡在里边。狗尿苔没动，他说：咋不泡，泡呀！服务员还迷迷怔怔，嘴里说：高级面汤？看着他们把碗里的面汤泡馍吃了个精光。

出了饭馆，霸槽开了手扶拖拉机要让狗尿苔去镇子的各处看看，狗尿苔还想着在饭馆的事，说：喝了一碗汤还势怎大的！霸槽说：喝汤咋啦，喝汤就顺墙根溜呀？跟着我，就向我学点！狗尿苔第一回看到了霸槽在外的势派，这势派比古炉村还抡得圆，但他说：我学不来。霸槽说：咋学不来？狗尿苔说：我出身不好。霸槽说：球！

在那条新街的后边是条老街，街北街南都是旧房，虽然能看出是一家一户，但这一家的东山墙又是另一家的西山墙，相互替用和依靠着，而或许是其中的一家房子在什么时候朝东斜了，以致所有的房子都朝东倾斜，直到最顶端戏楼那儿，戏楼没有倾斜。狗尿苔想：如果把戏

221

楼一拆，整条街的北面房子就倒了。房子面街的墙都是木板，是那种将木板插在上下两道木槽里的，早上一页一页的板可以卸下，晚上再一页一页装上，狗尿苔就觉得这木板门面好看，古炉村也是街巷，却没有一家这样的。霸槽说，木板门面房当店铺用的，咱那儿开店铺鬼去呀？狗尿苔觉得也是。再往前走，店铺里都是人出出进进，有男的有女的，男的许多都是穿了四个兜儿的制服，女的几乎全不是大辫子，头发剪到肩下，披着，一走就忽儿忽儿地飘。霸槽说：镇上的女的好看吧？狗尿苔说：没杏开好看！霸槽说：古炉村的凤凰飞到镇上就成麻雀了。狗尿苔说：那你还黏糊杏开干啥？！又不理霸槽了。

手扶拖拉机又转到一条街上，街西头就过来了好大一群人，都是学生模样，举着红旗，打着标语，高呼着口号。狗尿苔从来没见过这阵势，说：谁家结婚哩？不像是结婚。是耍社火？霸槽看了看，说：镇中学的，开体育运动会吧。狗尿苔就啊呀啊呀叫，霸槽说：你喊啥哩？狗尿苔说：这热闹啊！霸槽：不许喊，人家笑话哩。队伍一直走过来，街上的人也就跟着涌，门面房的台阶上都挤满了人，人都像鸡，伸着脖子瞅，摆在店铺门口的杂货摊子就倒了，主人在大声叫喊，在人窝里推搡，结果就吵起来了。霸槽说：不是运动会，你看见那横幅上的字了吗？狗尿苔说：我不识字。霸槽说：那写的是"文化大革命万岁"。这文化我知道，革命我也知道，但文化和革命加在一起是怎么回事？还在纳闷，队伍呼啦啦就像水漫过来，霸槽先还站在手扶拖拉机上往前看，他就站不住了，把他从手扶拖拉机上挤了下来，而且有人在喊：谁的手扶拖拉机，挪开，快挪开！霸槽就把手扶拖拉机往路边推，还不行，六七个人就一起帮着将后车厢搬到路沿上，等他把一切弄好了，却不见了狗尿苔。

狗尿苔是在队伍经过身边时，就被人群埋没了，他急得一身汗，寻霸槽，寻不着霸槽，只好顺着人群走，走着走着，他觉得有意思了，人家齐刷刷举胳膊，他也举胳膊，但人家喊过了毛主席万岁，他才喊毛主席万岁，有学生就看他，说：一齐喊，一齐喊！狗尿苔就撵上了节奏。

等队伍一走完，后边紧跟着的是一大群人，有大人也有小孩，狗尿苔就钻进去，也跟在学生队伍的后边。学生的队伍很整齐，后边跟着的人步伐不一致，狗尿苔有些不满意后边的人，他在学着学生的步伐走，几乎是走过了半条街，人越来越多，街道上都水泄不通了，狗尿苔看不见那人头攒动，但他能看见人腿密得像进了树林子。学生的队伍就加快了步伐，快而整齐，狗尿苔的步子小，跟不上，不得不过一会儿就小跑起来。几个学生回过头来，问：你是小学的？狗尿苔不知怎么回答，说：我能跟上。学生便说：小学的都在校园里游行哩。狗尿苔说：一样，一样。学生们听不懂他说的一样是什么意思，也就不再理他，狗尿苔就这样跟着队伍走过了那条街，又走过了老街再转到新街了。到了新街，狗尿苔才意识到霸槽并没有跟上。啊，霸槽能哩，能个屁呀，没跟上来游行么！狗尿苔得意着他要给霸槽怎么夸说，甚至也想好了见到牛铃该怎么显派。但是，他这么一想，步子慢了，后边的人踩住了他的鞋后跟，他一抬步，鞋掉了。鞋，鞋，我的鞋！狗尿苔在人窝里叫喊，他看见了他的鞋就在后边人群的脚下，而且有人踩住了那么一踢，鞋就踢到了路边。狗尿苔猫了腰从众多的腿下去钻，只钻过两个人的腿，他被撞倒了，立即有脚踩住了他的脚，又是一脚，又一脚一脚。一个女的在喊：甭挤甭挤，踩着人了！后边的人用身子挡着涌过来的人，狗尿苔终于跌坐在了路边，他听到了骂声：谁家的孩子？唵？！图啥热闹哩，滚蛋，滚！

狗尿苔的鞋没有破，脚被踩青了，小拇指上没了指甲。

几乎在三个小时之后，太阳光照不到了街道，游行结束了。街上的人还乱哄哄的，霸槽开着手扶拖拉机转完了所有街巷，终于发现了坐在一家台阶下的狗尿苔，狗尿苔满脸的汗水道道，右脚光着，小拇指上粘着鸡毛。

霸槽有些生气，说：不让你乱跑，你乱跑哩，丢了吧？！

狗尿苔说：我游行啦，我跟着他们游行啦！

霸槽说：你知道人家在干啥哩，你跟着？

狗尿苔说：干啥哩？

霸槽说：镇中学推选了五个学生代表上北京，毛主席要在天安门广场接见呀，学校才游行庆祝哩。

狗尿苔说：哦。

霸槽说：他妈的，我毕业早了，要不，选五个代表那肯定里边就有我！

两个人的衣服全湿透了，这阵解开扣子，衣服还溻在身上。霸槽开了手扶拖拉机往古炉村回，狗尿苔坐在后车厢上给霸槽排夸他游行的事，末了说：恁多的人，今日逛美啦！霸槽说：逛个洛镇就逛美啦？人家逛北京天安门哩！

狗尿苔说：啊天安门，是个啥门？

霸槽说：啥都不懂，那是个楼！

狗尿苔说：啊毛主席住在楼上？

霸槽说：楼上吧。

狗尿苔说：啊毛主席咋就要见学生？

霸槽没有回答。

霸槽也不知道毛主席为啥要见学生。狗尿苔抬头往天上看，天上铺满了云，但云是一片一片的，像瓦，瓦又全部是红的。他知道天上有了瓦片红云了第二天就是个好天气。他说：啊毛主席怎么只见学生，要去应该是支书爷这样的人去呀！

霸槽突然问：你把布袋拿好着？

狗尿苔说：好着的，在裤带上系得紧得很！

话刚说完，鼻子又闻到了那种气味，使劲地揉了揉鼻子，依然还能闻着，心里一阵紧，想着鼻子一定是有毛病了，总是在他正高兴时就闻见了那种气味，他说：讨厌！

霸槽说：讨厌，你讨厌我？

狗尿苔说：我讨厌我鼻子！

霸槽说：鼻子咋啦？

狗尿苔没有说他老能闻到一种气味，他说：鼻子痒哩。

25

狗尿苔回家后用醋洗过鼻子，还不行，就把棉花搓成条儿塞在鼻孔里。但鼻孔里塞上棉花条必然要露出来，像是老流着稠涕，又把棉花条取了，把二月二婆纳的香包重新挂在脖子上，一有了那种气味，就掏香包闻闻。

他开始每天起来很早，起来就洗脸。

婆说：哟，我娃知道洗脸了！

他说：要到镇上去呀么。

洛镇成了最向往的地方，遗憾却不能天天去，除了定期给供销社送货，零售得逢三六九日的集市，而且去不去还由霸槽决定，狗尿苔常常会埋怨：日弄得我脸也洗了咋又不去了？待到去了几次，再没碰上有学生游行，而是学校停了课，学生们都在街上贴大字报，或者辩论。古炉村的马勺、明堂、半香，还有水皮妈的嘴皮子能说，但他们算什么呢，洛镇上的学生嘴才像刀子一样利。哈，狗尿苔最爱看的就是辩论，开头都是一群人和另一群人各自站在那里，他们的代表到桌子上去轮番说话，不是你要用气势压住我，就是我要寻你的痛处捏，都满嘴的白沫，手也挥着，脚也跺着。后来桌子上的人抢开了喇叭，桌子下的也就辩开了，三个对五个，十个对八个，公鸡鹌仗一样，人群就乱了，像河里起了旋涡。狗尿苔在旋涡里钻来钻去，听着一个学生声音很大，但又是前声大，后声小，后边的话常常自己就吃了，他觉得有意思，近去后那学生原来有些结巴，他老是担心着要噎住了，说不出来了，但啊啊地又说了出来，他觉得自己呼吸都不畅了。就又去看另一个学生，这狗日的嘴唇薄，话快得好像就不换气。旁边人拍手叫好，他也拍手叫好，就有人骂他：好你妈的×！他就不出声了，偷眼看那墙上的大字报，一层大字报贴上去，不久就会被人撕掉，又贴上一层大字报。他惊叹洛镇上有这么多纸，就想到了婆，但他不敢去撕，等着别人撕了，风又把碎纸吹到街道的台阶下，他才很快地捡起来揣进怀里。

婆在那一段时间里，剪了好多纸花儿。狗尿苔给婆夸了海口：他要把纸片给炕席下压一层，压得三指高。但是，支书却宣布停止卖瓷货。

支书是去洛镇见了两次公社的张书记后决定不再卖瓷货的，原因是洛镇很乱，虽然供销社还在收购，可收购的数量减少，而零售几乎卖不出去，更重要的是以张书记的指示，要密切关注时局发展，每个村严密监视四类分子。当然，支书心里的话没有说出来，就是霸槽是个不安分的人，而狗尿苔呢，出身又是那样，一旦这两个人在外边出了问题，那就是他的责任了。

不再卖瓷货，这阻止不了霸槽去洛镇，他照样去，愿意什么时候去就什么时候去，只把狗尿苔限制了。狗尿苔心老是慌的，每天总要去小木屋一趟，有时霸槽在，有时霸槽不在，不在，那肯定是去了洛镇，狗尿苔就坐在小木屋门口等着，等到霸槽天黑开手扶拖拉机或搭了便车回来，给他讲镇上的稀罕事。

公路上，开始有了步行的学生，这些学生三个一伙，五个一队，都背着背包，背包上插个小旗子，说是串联，要去延安呀，去井冈山呀，去湖南毛主席的故乡韶山呀。都去的是革命的圣地。这些朝圣的学生在小木屋门口都要坐下来歇歇，霸槽就供应他们凉茶，也为他们修补着鞋，不收钱，只问他们从哪儿来的，要往哪儿去。这些城里来的学生，比洛镇的学生衣着齐整，脸色白净，说话是另一种语调，他们在讲着城里早就文化大革命了，文化大革命就是破旧立新，就是扫除一切牛鬼蛇神，就是把不符合无产阶级的东西铲除掉。在讲着毛主席在天安门广场接见了几次学生了，而第一次接见的学生，那都是学校推选的，是保皇派，现在他们是造反派，是毛主席的红色卫兵。这些学生口若悬河，霸槽都听呆了，而也跑来的狗尿苔和牛铃更是听得一惊一乍，他们是不能完全听懂学生所讲的东西，却觉得能背上行李想到哪儿去就到哪儿去，羡慕得要死。尤其，一些学生胸口别着小铜牌牌，牌牌上是毛主席的像，他们要用手一摸，学生立即护住了，说：不要动，这是毛主席像

暖水图

章！在胸口上佩戴这种像章实在是好看，狗尿苔企图让他们喝太岁水，讨好着，让能把像章给他，他们没有答应。而霸槽一眼一眼盯着学生头上的帽子，那是军帽，没有五角星，但绝对是军帽，草绿色的军帽戴上是那么威风，他以为他的蓝布帽子里边把纸垫得起棱起角着好看，和军帽一比，土里吧唧的，他就再不戴自己的帽子了。

　　已经是十天半月，天老是刮风，刮黄风，落在地上的柳絮先还像薄云一样，人一走近它就浮起来，身前身后地和你玩耍，现在全掉进莲菜池里、麦田里，麦田里像下了一层雪。核桃树下，跟后小儿子在拣虫子，口袋装满了，手里还握了一把，看星的妈经过大声说：你抓那么多毛毛虫？！走近了，那不是毛毛虫，是核桃絮子，看星的妈就笑着，却连声咳嗽起来。风刮得古炉村的人都鼻子发红，喉咙里老觉得痒，看星的妈一咳嗽，传染得差不多的人都咳嗽，咳嗽又吐不出一点痰。

　　这期间，狼又过了一次，但没进村，进村的是狐狸。狐狸的皮毛太漂亮了，人就想捕杀它，于是，天布和灶火就在家做炸药丸子。灶火的丈人是下河湾炸狐狸的高手，灶火曾学过包炸药丸子，他就教着天布，炸药里拌了碎瓷片儿，用鸡皮包成一颗一颗丸子，丸子上还插一撮鸡毛，放在了后洼地到碾盘的那条土路上。狐狸已经十分狡猾了，竟然把药丸轻轻地噙了，转移了地方埋起来，害得天布和灶火拾药丸时，没见了药丸，还得四下里仔细寻找，以免人呀牛呀狗呀的再踩上了。东川村里传来消息，有豹子吃狗，说是村里连续丢了四条狗，麦地里发现了狗头和狗尾，正不知这是什么东西把狗能吃了，那一夜豹子就进村去咬一头牛。牛和豹子打起来，打了一夜，豹子用头顶着牛脖子，牛的一条前脚又塞进了豹子的口里，它们势均力敌，就你把我推过来，我把你推过去，最后谁也出不出了气，谁也不肯松下来，后腿斜立撑在那里。直到天亮，村人看见了，它们还在那儿撑着，像个人字架，但都死了。这消息让古炉村人惊慌起来，东川村能有豹子，豹子会不到古炉村吗？或许这是一只独豹子，独豹子已经死了，可谁又敢保证就只有这一只独豹子呢？而且狐狸又没炸到。欢喜晚上不敢回家去睡了，就睡在牛圈棚里，并在门口放着一个铜脸盆，准备着一有豹子和狐狸进来就敲。

　　狗尿苔还是往公路上跑，他的口袋里装了干辣椒子，因为那些学生走着走着就瞌睡了，他曾经看见有个学生拿着根葱吃，葱一辣，精神头儿就来了，狗尿苔舍不得拔自留地里的葱，就装了干辣椒子来。他说：葱辣舌头蒜辣心，只有辣子辣得深，辣了前门辣后门。他这么一说，自己先咬了一口，有学生就过来向他要，别的学生都向他要。狗尿苔便十分满足了。水皮说：狗尿苔，闹豹子哩你跑？狗尿苔说：你们也往公路上跑的，我不跑？麻子黑说：我们成分好，它豹子敢咬？狗尿苔说：我成分不好，豹子才瞧不上咬哩！来回也去了公路，不说话，蹴在那里看，看着看着人就发瓷，狗尿苔以为她瞌睡了，拿手在她眼前晃，她的眼却睁着，就是不理会。狗尿苔说：你想啥哩？老顺就撵了来，大声叫着来回你回去。天布说：老顺害怕媳妇也串联跑了。狗尿苔偏就拉了一个学生往来回跟前来，来回说：你多大啦？学生说：十三啦。来回说：要往哪儿去？学生说：哪儿都去。来回说：狗尿苔，你看人家，和你年龄差不多，满世界跑哩，你就窝在古炉村！老顺过来扯了来回的胳膊走，说：狗尿苔，你还不快回！狗尿苔却看见了一个学生竟然放了风筝，便没理老顺，又跑着看风筝。别的学生都是手里举着一面红旗，或者背包上插了个小红旗，这个学生竟把那么多的三角红旗系在风筝上送上天，狗尿苔撵上去要帮人家拉风筝线，人家不给，不给就不给吧，他就跟着人家走。老顺在喊：狗尿苔，狗尿苔，你爷当年就是过队伍走了的，你也跟队伍走呀？！狗尿苔就不走了，看着那风筝越飞越远，越飞越远，最后是一朵云，就停在烽火台的梁上。

　　天擦黑，在公路上的古炉村人都陆陆续续回去了，只有狗尿苔还在等着过往的学生，但已经没有了学生，连别的行路人也没有了，他才往回走。州河里的昂嗤鱼今晚没有叫，天上的云却像是河滩里风吹起的沙，薄薄的一层，往过快速地流动。南边的阳山全部都黑了，西边的屹岬岭和东边的烽火台梁黑了，后来流动的云也越来越黑，盆地成了一口翻过来的锅。从公路到村子的土路两边都是麦地，影影乎乎还有些光

230

亮，麦子开始扬花，花粉才使麦地有了些光亮吗？可是风刮在身上狗尿苔只是喉咙痒得咳嗽了一下，麦地中间却有了旋涡，旋涡移动着，以至于整个麦地都在摇曳，有什么飞禽和走虫就在里边爬动和鸣叫，还有喘气的声。狗尿苔从来是不怕黑的，哪儿黑往哪儿钻，而现在他想起了狼、豹子和狐狸，一下午的兴奋全变成了恐惧，头皮紧紧地绷起来。跑，快跑！狗尿苔一跑开，腿短短地像是去滚皮球，叽吱哇啦地叫。从土路上跑到了塄畔的漫坡道上，他竟然发现就在他的前边和后边，甚至左边和右边，同时有野兔在跑，有青蛙在蹦，有窄翅膀的圆翅膀的虫子在飞，还有了猫和狗。狗是老顺家的狗，猫是三婶家的猫，它们怎么都来了？！狗尿苔不再叫唤，放慢了脚步，走回到了村巷。站在他家的院门口了，野兔和青蛙没见了，飞虫没见了，连猫和狗也没见了，院门楼瓦槽上的草摇着，草并不是干枯的呀，却有着泠泠的铜音。他觉得像是做梦。

婆在炕上坐着剪纸花儿，听见院门响，并没有骂狗尿苔这么晚了才回来，只说句：锅里有饭哩，凉了添一把火。就又剪她的纸花儿。饭照例是萝卜丝汤，哄着肚子能睡下就是了。狗尿苔吃了一碗，放些辣子和葱花调味儿又吃了一碗，从厕所里提了尿桶放在小房屋门外，就爬上炕睡了。

婆说：今日咋这乖，回来就睡了？

狗尿苔说：你忙着剪纸花儿么。

婆说：今黑我剪得多。

又剪出了一个狮子来，拿在手里端详，像不像村口的石狮子呢？

婆说：又去公路上了？

狗尿苔说：路上人多。

婆说：人家有人家的营生，你去卖眼？

狗尿苔想说什么，却没什么说了。

婆说：给你剪这么多东西，还陪不了你？！

炕头上，窗台上，婆剪了几十种动物，她要把她看到的都剪出来，

231

还要把她没见过但听说过的动物凭着想象都剪出来。但狗尿苔今黑里对这些动物没兴趣，钻在被窝里一声不吭。

婆说：你睡着了？

狗尿苔没有睡着，还在想那个学生的风筝和风筝看不见时看到的那朵云，还想着他跑回村的路上那么多的东西在引着他跟着他跑。谁家的猫在叫春了，像是在哭，哭得让人心烦，慢慢地觉得那哭调还有些味道，就欣赏哭调，狗尿苔就真的在猫的叫春中睡着了。他好像又埋怨婆做了萝卜丝汤，老怪我尿床哩，喝这萝卜丝汤能不尿床吗？婆说那咱包饺子吃吧，他们就真的包起了饺子，包呀包呀，真有趣，他狗尿苔就也变成一个饺子。吓，婆剪的那些猪呀牛呀狗呀猫呀，还有狮子老虎马和羊，怎么都活了，谁也不吃谁，谁也不怕被吃，全在院子里闹腾。他和它们就捉迷藏。这些东西是太笨了，它们藏在什么地方他很快就能找到，他是要藏就钻进那捶布石里，却是它们谁也找不到。但他觉得老藏在石头里没意思，就从捶布石里出来，出来很快被它们发现了。他说：有件隐身衣就好了，我可以跑来跑去，你们看不见我！哇哈，鸡竟然要把它的羽帽给了他，猫也脱下它的皮要给他，那猪也就脱它的鞋，说：给你！它脱下的是一双皮鞋。狗尿苔太高兴了，就脱了自己的衣服要穿鸡的羽帽猫的毛袄和猪的皮鞋，还没穿上呢，鸡猫猪却找不到他了，说：狗尿苔呢？狗尿苔呢？他说：讨厌，人家脱了衣服就认不出了？他看着自己光溜溜的身子，那是个饺子脱了饺子皮，只剩下一颗萝卜丝丸子啊！

狗尿苔笑得出了声，婆说：不要蹬，不要蹬！狗尿苔睁开眼了，原来天已经亮了，而婆还在剪着，剪了一夜，她把那些纸花儿用糨糊贴在了一条丈二长的土布上，土布就壅满了炕。狗尿苔躲着不敢动，生怕一动弄皱了土布和土布上的纸花儿。但就在这时候，他觉得炕动，身子底下忽闪了一下，说：婆，婆，炕动哩！婆一下子怔住，不贴了，拿眼睛看小房门上的铁环。三年前有过地震，那铁环就啪啪地摇着响。是地震啦？婆看着铁环，铁环并没动，而窗台上的油灯熬干了油，芯子跳了

一下，灭了。婆说：没动。狗尿苔说：动哩，动哩。狗尿苔觉得那动像
鱼在呼吸，像牛在叹息，又像浆水瓮里的酸菜发酵着，泛了一个泡儿，
泡儿又破了。婆揭了被子，将耳朵贴在炕面，说：哦，地动哩。狗尿苔
说：地动？婆说：地动。狗尿苔说：地动不是地震？婆说：地动是地气
往上冲哩。婆却也奇怪了，地气往上冲都发生在开春，现在都快收麦了
咋还地气冲得这么厉害？狗尿苔一直看着婆，说：地动好不好？婆说：
好么，地一动啥都长得快了。狗尿苔说：那我也长个子啦！

　　起来后，狗尿苔立在门扇前量自己的身高，似乎没有超过以前刻
画出的线，还有些矮了。情绪不好，就在院子里转来转去。婆知道他又
想出去，偏不理会，让他扫院子。狗尿苔抱着扫帚，有一下没一下地
扫，远处有咚的一声响。狗尿苔说：婆，是天布又炸狐狸啦？！婆说：
让你扫地，你在地上给老虎画胡子呀？狗尿苔说：上次炸药没响，狐狸
还把药丸子藏了，这一响，是不是炸住啦？婆说：把院子给我扫净了再
出去！

　　天布果然是炸着了狐狸。上次是在后洼地的土路上让狐狸把药丸
藏了，这一回天布把药丸放在了村西土塄下的茅草窝里，一只狐狸以为
碰到了鸡肉，刚把药丸咬住，药丸就炸了，炸得狐狸昏了过去。听见响
声，天布跑来，狐狸还昏着，整个嘴炸得没了。古炉村人吃早饭都吃得
晚，刚放下碗要喂猪呀，听说天布炸住了狐狸就跑来看，村口的石狮
前涌了好多人，帮着天布勒死了醒过来的狐狸，都夸说这只狐狸的皮
毛好。

　　而卖零碎杂货的来声昨晚在下河湾歇着，一大早骑自行车过来，
在公路上碰着了霸槽，听到天布炸了狐狸，两人也赶了来。来声一见狐
狸毛色好，就和天布商量着价钱，一个高要，一个低还，众人就煽火
着。公路上又有了串联的学生，一边走一边还唱着歌。霸槽说：说不投
了，让我拿去挂在门口卖。他把狐狸头举起来，狐狸嘴没了，半个脸都
血淋淋的，众人都不忍心看，说：别举那头，吓人的。霸槽说：舌头还
在么。就动手抽舌头，没有抽出来，弄得一手的血。就把血在石狮子上

抹。灶火说：让你卖，卖下钱还能给我和天布？霸槽说：不就是一只狐狸么！血手又在石狮子的眼睛上抹，石狮子的两个眼睛都抹红了。天布说：霸槽倒不是那抠掐人。也没说让霸槽卖，只对来声说：你跑的地方多，外边现在是个啥情况？来声说：洛镇的学生不上学了，机关单位还上着班，但上班也是聋子耳朵摆样子，省上县上也来了那么多人，街道人老是乱哄哄，不晓得这是怎么啦么！众人都听来声说着，突然有人低声说：支书来了！来声立即收拾自行车，说：天布，要卖就卖我，不卖我就走呀，支书见不得我来古炉村哩。天布说：你走吧，你走吧。

来声才要离开，支书就训来声了：你乱跑啥哩，古炉村有代销店的，你来哄大家钱呀？！来声推着车子走了，支书就对天布说：你炸着狐狸啦？天布说：炸着了，这狐狸皮你做个背心吧。支书说：我不要，看星他妈长年咳嗽，受不得凉，给看星他妈吧。旁边人说：天布才不给看星的。又有人说：那为啥？立即有人贴上去，对着耳朵说什么，那人就嘿嘿笑。支书说：又翻弄是非啦是不是？到出工时间了都在这？！快收麦子呀，打麦场还没平整，碌碡木杈木锨都没收拾，天布，你去让磨子招呼出工么！告诉他，最近谁都不要出去！支书一弯腰，看见了石狮子的眼睛，说：这谁抹的，啥意思？

霸槽承认他抹的，说：没啥意思。

支书说：这是咱村的风脉，要保护哩！

霸槽拾了一把草去擦，越擦反倒越脏，抓了土去蹭，却将石狮子眼睛糊住了。

此后的十多天，公路上依然有学生在串联，而且越来越多，但古炉村的人都在忙活着。打麦场上平整以后，浇上了水，用碌碡一遍又一遍碾实碾光，窑神庙里的那些木杈木锨圆笼簸箕都重新将旧绳子拆掉，用新绳子缠紧，家家都在磨镰，连牛圈棚的欢喜也让水皮去碾了黑豆，开始给牛加料添膘。狗尿苔白天不能老往公路上跑了，就每到天黑一定去小木屋一趟，小木屋里霸槽已经让一些学生过夜，他们就整夜听着关于外边世界的故事。

26

麦子说黄就黄了，开始有算黄算割鸟在叫。这鸟也是自呼其名，狗尿苔却一直不知道它长的什么模样。夜里从公路上往回走，听见叫声，就往一棵柳树上寻，鸟却扑棱棱飞到了麦地里，在麦地的地堰上叫。这一叫，三个地堰上都有了叫声，此起彼伏，相互呼应。狗尿苔觉得自己名字是狗尿苔，也该自呼名字，就拉长声音叫：狗—尿—苔！他这么一叫，那些鸟便随即回应：算黄算割！他不停地把狗尿苔三个音变化着节奏，那些鸟也把算黄算割四个音变化了节奏。他和鸟就这么叫着进了村巷，迷糊背了一背篓收割回来的大麦捆子，说：喊叫球呀，喊，不黄都割了！

自留地的麦比生产队的麦黄得早，而种的大麦又比种的小麦割得早，迷糊是第一个先割了大麦。迷糊早就没了吃的，大麦才刚刚饱仁，他就割了，麦仁没硬的大麦经不起碌碡碾，连槤枷也不敢拍，用手把麦穗子搓了，麦颗在锅里炒，然后上碾子碾了做面粑粑吃。村里人背地里都骂迷糊：没吃的时候，顿顿喝菜汤，一旦能收到粮了，就山吃海喝，真是越吃越穷，越穷越吃，瞎猪么！大家坚持着要等大麦小麦完全成熟后再割，只是开始挖还未长好的土豆煮锅。

半香在麦忙前赶着将一匹土布织上机子，她在院子里经线。经线是在地上栽十几个木橛子，把纺好的各种颜色的线穗子轱辘又套在院两边插着的小木棍上，然后拽着线头来回拉扯挂在木橛上。线的颜色搭配她老是配不好，就把婆请了去。婆便在日头底下来来回回地小跑着，她早年是缠了脚的，后来又放了脚，脚就不大不小却指头变了形，脚后跟有几个鸡眼，小跑着一颠一颠像是在火炭上跳。半香就看得笑，说：蚕婆耶，你年轻时闹过社火？婆说：你笑话老婆子硬胳膊硬腿了？年轻时我可是扮过莲花魔女子，古炉村的社火就数莲花魔女子好。半香说：能看出蚕婆年轻时俊俏的！搬了凳子让婆歇一会。婆说：这时候你上机子？

半香说：快麦忙呀，不上机子就顾不及了。婆说：今年麦子长势还好，怕有半个月就开镰了。半香说：好是好，熟得比往年晚么，人都等得眼里出血了。婆说：再出血也得等，甭学迷糊。他人呢？婆提说了秃子金，半香说：他到霸槽那儿看热闹去了。婆说：都到啥时节了他还有这闲工夫！半香说：蚕婆，你说公路上咋恁多的人，人家也不在家收麦？婆说：人家是城里人吧。半香说：城里出了啥事了，往外跑？婆说：不知道么。

欢喜从院门口经过，他领着他的侄孙子，侄孙子瞧见院子里经线，就立着看，婆过去摸了一下孩子的小牛牛说：遗！孩子说：在哩！婆说：半香你瞧，一看这碎䬣就知道是磨子的儿子，父子俩一个模子倒出来的！欢喜说：他蚕婆经线啊！婆耳朵笨，没听清，说：你说啥？欢喜说：你给半香经线啊？！婆说：来帮个手，你咋不在牛圈棚呀？欢喜说：牛我喂过了，行运要到下河湾去，我让把侄孙子送到他外婆那儿。婆说：噢，快收下麦了，让外婆给孙子送呼连馍了呀！呼连馍就是大锅盔，收了麦都是舅家要给外甥送的。欢喜说：那这应该么。婆笑了说：外孙外甥是舅家门前的狗，吃了就走。半香却叹了气。婆说：你叹的啥气？半香说：我娃可怜，吃不到他外婆他舅的呼连馍！婆就不说了，问欢喜：牛都好着的？欢喜说：都好，就是那花点子牛立不起了筒子。半香说：都立不起筒子了，还不如早早杀了。硬等着死，到时候身上肉就熬干了。欢喜立即变了脸，说：你倒说的屁话！也不在她家的院子里待，拉了侄孙子气呼呼走了。

婆埋怨半香：你不敢说这话，牛给人干了一辈子，谁见过人主动杀的，造孽哩。半香说：我不就是顺口说了一句，他这么骂我！牲口毕竟是牲口，人有了病我才心软哩，昨日晚上还给满盆送了六颗鸡蛋。婆说：我几天没过去看了，他病还是没回头？半香说：没么。你说，打死老虎的人呀，咋叫病就拿住了？！婆说：唉，到忙天了，甭说生产队的活，就是他家自留地的庄稼又咋收得回来呀？

经完了线，婆就往回走，却拐脚又到了满盆家去看看，巷道中便碰上杏开。杏开人也黑瘦了一圈，拿了几条在泉里浸泡的构树皮，说：婆耶！婆说：你把家具都收拾好了？杏开说：杈松了，才泡了构树皮再缠缠。婆说：你大还不行？杏开点点头。婆说：你大得伺候好呀，收自留地麦子的时候你把平安叫上。杏开说：嗯。却见半巷里土根的老婆和一个小伙往过走，小伙一直勾着头，土根的老婆在劝说什么，直到把小伙送出巷口了，过来对婆说：你说这八成一家够人不够人！婆说：八成咋啦？土根老婆说：他家成分高，八成的兄弟说不下个媳妇……婆说：八成成分不好？守灯家是地主，虽是一个爷，早就分了家，八成是中农么。土根老婆说：那还不受守灯家影响？他兄弟说不下个媳妇，他妹子二双岁数不小了也没嫁出去，我给二双寻了个后坡岭的人家，人家也是成分不好，先前双方都还满意，可后来二双不愿意了，让我拿了蒜去人家家，要断了这婚事，我没去，今日小伙子来，原本要来帮他们收麦呀，可我陪着人家小伙一进门，二双嘴噘脸吊的，给人家小伙做饭，饭端上来，碗里是三颗红薯面丸子！小伙知道是让他滚蛋，放下碗就出门走了。不行就不行吧，看她二双能嫁什么人？还能嫁个成分好的？！土根老婆说着，突然就不说了，忙改口道：我不是说成分不好就娶不来嫁不出，二双如果像狗尿苔那么聪明，她弹嫌也说得过去，八成、九成、二双没一个比得上狗尿苔！婆说：你说，没事。我孙子就不打算将来娶媳妇！

土根的老婆说的是实情，但婆听了心里不舒坦，虽然狗尿苔现在还小，将来却必须要面临婚姻的事，婆后悔起十二年前的那个黎明，抱着狗尿苔的时候并没有想到那么多啊！她也没再去看满盆，回到家来。院子里静悄悄的，狗尿苔又是没在家。她临出门时，叮咛着狗尿苔把尿桶底装好，尿桶底老漏尿，需要把底取下来重新安上，再用烂棉絮子塞四周的缝儿，锥子得一点点塞，然后抹上白斑土和成的泥。这些狗尿苔都干了，干得不错，安装好的尿桶在屋檐下晾着，但狗尿苔并没有乖乖在屋里待着，又跑得没踪没影。婆不知怎的，没有怨怪了狗尿苔，却突然地恨起了一个人。这个人的模样已经模糊，记忆清晰的是他喜欢蹴在凳子上喝水，喝水竟然像吃饭一样吸吸溜溜地响。她看着院中那棵梨树，这是他那年栽的，她说：你屁股一拍走了，你害我哩，害我的孙子哩！拿棒槌打梨树，梨树叶子落了一地。

狗尿苔其实刚出去不久，他安装好了尿桶底，坐在那里看院墙上站着一只鸟，认出是跟随善人的那一伙鸟中的。这些鸟从来没有飞到过他家来，怎么现在就站在院墙上呢？他皱了嘴给鸟喳喳了几下，说：你来找我的？鸟说：不是是是是。他说：不是？鸟说：是！他说：是找我？鸟说：不是是是是。他说：你连来回话都不会说！是还是不是的是？鸟不给狗尿苔说狗尿苔的话了，说自己话，说：喳！他说：那你咋站在这儿？进屋抓了几颗米，撒在院子里，鸟还没有飞下来，牛铃却在外边大声叫：狗尿苔，狗尿苔！

牛铃是在天布家的照壁上发现了一条蛇，牵牛花红光光一片，像成百个小喇叭向天空吹奏，成群的蜂嗡嗡着是小喇叭的声响，那条蛇就在花下的瓦槽里爬，肚子上鼓着一个拳头大的包，爬得很慢。牛铃知道那是蛇吞了老鼠，用树棍去捅，蛇甩着尾巴仍然爬得很慢，在翻一个瓦楞时翻不过去，再捅，就叭地掉下来。牛铃就去喊了狗尿苔。两人再跑回来，蛇还自己在那地方，开始往出吐老鼠。蛇是吃得太多了，蛇也是吃东西没个饥饱。他们看了一会，老鼠果然就吐出来了，蛇一下子灵便了，很快钻进天布家院墙根的过水眼里。牛铃说：咋能让它跑了，那皮能蒙二胡的。拿树棍儿又往水眼里捅。天布媳妇从地里回来，看见了问干啥哩干啥哩，夺了棍儿，竟把棍儿撂进了院墙里。狗尿苔说是蛇吞了老鼠，他们让蛇把老鼠吐了，还提了那个吐出来的老鼠让她看，老鼠已经头部模糊，鼻子没了，耳朵没了。天布媳妇就骂着在哪儿弄了个死老鼠，是不是要往她家院里扔呀，就拿脚踢他们，让他们滚得远远的别恶心人。

狗尿苔和牛铃就提了死老鼠往村东的碾盘那儿走去，牛铃说好心没好报，心疼着他的那个树棍儿被天布媳妇撂进她家院里当柴火了。狗尿苔说：她拿了你的棍儿，让蛇钻进她家院里咬她去。牛铃说：钻进她裤裆里咬她！

从碾盘再往东就是土塄，塄下那一洼麦地，麦子也黄了，泛着一种金光，成群的麻雀在那里飞，而每一次成片的黑云似的落下去，又忽地飞起来，原来麦地中站着一个稻草人。牛铃好奇着这稻草人做得好，就跑下去看，却发现了麦地塄上长了许多刺蝶菜，就拔着，而狗尿苔站在稻草人跟前了，大声说：这是谁做的？牛铃说：是马勺和水皮吧，咋的？过来一看，原来稻草人的脸用一个破筛子糊了纸做的，人脸竟画成了狗尿苔的脸。牛铃就嘻嘻笑，说：让你吆鸟么！狗尿苔说：也不给戴个帽子，让我雨淋日晒呀！牛铃说：戴什么帽子呀，戴四类分子帽子？！狗尿苔立即意识到为什么稻草人要画成他的脸，是他成分不好才让他来吆鸟？就要把那画脸的纸撕下来，但他够不着，他说：狗日的谁的脸不画就画我的脸！你抱了我，我把脸撕了！牛铃不抱，说：撕它干啥？狗尿苔说：他们又欺负我成分不好！牛铃说：不是吧，那为啥不画守灯的脸？可能是你长得丑，能吓住麻雀。狗尿苔说：我丑啦？我丑啦？！就跳起来去撕，跳一下，撕一把，再跳一下，再撕一把。牛铃说：支书来了！两人就从麦地的土塄上跑，这条土塄是可以斜着到达公路上，也正是公路在屹岬岭下转弯处，跑了一气，狗尿苔说：支书在哪儿？牛铃说：我哄你的。两边的麦子就在风里忽地合拢又忽地分开，传递着一股说不出的清香。狗尿苔怨怪着牛铃哄他，但立即被这清香刺激得十分兴奋，他也在地塄上拔起了刺蝶菜，拔了三棵，又看到了前边还有着五六棵，就说：瞎事变好事，能拔这么好的野菜啊！一回头，牛铃却坐在那里吃麦，他是捋一把麦粒，在手里搓着，用嘴吹去了糠皮就塞进了嘴里。

　　狗尿苔说：呀，你吃生产队的麦子？

　　牛铃说：你也吃，没人知道。

　　狗尿苔说：我不吃。

　　牛铃又捋了一把，揉搓了，塞在口里，说：你不吃？

　　狗尿苔说：我不敢吃。

　　牛铃说：我成分好，我不怕！

狗尿苔却一下子也跳过去，说：都是生产队的人，你能吃我也能吃！就把一撮麦穗揽到怀里，捋下粒了，揉搓下糠皮也吃起来。麦粒是软的，咬开了有些粘牙，两个人梗着脖子往下咽，白色的面汁就从嘴角流下来。牛铃说：香吧？狗尿苔说：香！一个声音却像炸雷一样响起了：狗日的，把吃了的麦给我吐出来！

狗尿苔和牛铃简直是失魂落魄，一下子瘫在地上不能起来，有人便嘎嘎嘎地笑，狗尿苔抬头看时，在离他们不远的地方，站着霸槽。

狗尿苔就立起了身，说：我只吃了一把。

霸槽说：吃就吃吧，看把你吓的，这么大的麦地，看你能吃多少！

狗尿苔在太阳底下灿烂地笑了。牛铃还讨好地要把拔下的刺蝶菜送给霸槽，霸槽不要，说：正想着能找两个人的，你两个就来了！还想吃就再吃些，吃饱了我给你们说个事。

狗尿苔说：不吃了，再吃肚子疼。

霸槽说：那好，跟我往前走。

狗尿苔和牛铃不知道霸槽叫他们去哪儿，干什么，但还是乖乖走。走到公路边，霸槽就蹴下来，让他们也蹴在麦地里。公路上，来往的汽车并不多，而不时有着背了背包，打着小旗子的串联学生。狗尿苔说：蹴这儿干啥？霸槽说：抢军帽呀！狗尿苔以为自己听错了，说：抢军帽？霸槽说：抢军帽！狗尿苔说：啊？！霸槽说：那军帽我戴上肯定好看哩。狗尿苔拧身要走，霸槽把他拉住了。狗尿苔说：这我不敢！霸槽说：生产队的麦子就敢吃啦？你俩要不听我的，我就把你俩交给支书去！牛铃说：霸槽哥就会吓唬我们。霸槽说：不是吓唬。抢个军帽算啥，不就是爱戴个帽子么。我抢上一个了，再给你俩一人抢一个，咋样？狗尿苔和牛铃再没反抗。

霸槽让狗尿苔到前边的路沿坐了，又让牛铃到下边的路沿坐了，叮咛：一旦路上过来的是一个学生，这学生又戴着军帽，狗尿苔就大声咳嗽一下；而牛铃在下边注意着，听见狗尿苔的咳嗽后那边也没有人，应一声咳嗽。狗尿苔说：我要是咳嗽不出来呢？霸槽说：你必须咳嗽！狗尿苔和牛铃就分别去了公路上下，霸槽依旧蹲在麦地里。

狗尿苔还是紧张，就在路边喊：没狼噢！——古炉村夜里，如果狼队过后，村人就这么喊的，自己给自己壮胆。狗尿苔并不是要喊给牛铃的，牛铃却也回应了：没狼噢！——气得霸槽往狗尿苔那儿扔了一个石子，往牛铃那儿扔了一个石子，上下都不再有响动了。

有一队学生来了，是一队，都戴了军帽，蛮神气地往下走，狗尿苔没吭声。又过来了三个学生，其中竟然有一个女的戴着军帽，狗尿苔还是没有咳嗽。太阳把他晒得头疼，拔些草编了个草圈儿戴在头上。这时候，终于一个学生从公路上走过来，这学生个头高高的，背着的黄书包带子却短，紧紧地箍在身上，是戴了个军帽，可能洗得好多遍了，草绿色差不多变白，手上拿了个小旗子。狗尿苔立即咳嗽了一下，声音不大，又连着咳嗽。接着，公路下边的牛铃也咳嗽了一下，霸槽就从麦地里出来。公路比麦地高，他就站在公路沿下，给那个学生招手。那个学生走到了公路沿上，弯了腰说：是叫我吗？霸槽突然跳起来就摘学生的帽子，学生在一惊后身子向后缩，霸槽没有摘到。狗尿苔目睹着，心想霸槽抢不到了，不上到公路上来能抢到吗？但是，霸槽却一下子像狼一样向前一扑，肚子压在了路沿，而双手抱住了学生的一条腿，学生就倒下去，往麦地里拉。学生用手中的旗棍撑了一下地，没撑住，又抓路沿上的草，草断了，后来两人都不见了，只有一片麦子在摇曳。狗尿苔紧张了，看到牛铃也站在远处目瞪口呆。蓦地，霸槽在喊：来人，快来人呀！狗尿苔没有动，心在怦怦地跳，牛铃却跑过去了。

牛铃跑过去，看见霸槽和学生抱在一起在麦地里滚，先是学生压住了霸槽，再是霸槽压住了学生。霸槽说：我只要你的帽子！学生说：我的帽子凭啥给你？霸槽说：你们城里人弄帽子容易。学生说：我戴这帽子闹革命哩！霸槽说：你革命哩，我也革命呀！学生说：我是用十个像章换来的。霸槽这才发现学生的胸前还别着两枚小小的像章，上边都是毛主席。他用力压住学生，再次去夺帽子，学生双手抓着帽子，两只脚在使劲蹬。霸槽几次要被再翻过去，就对牛铃说：压腿，压住他腿！

241

牛铃压住了学生的腿。学生动弹不了，却把帽子从头上抓住在右手，左手在霸槽的脸上打了一下，霸槽的鼻子就流血了。霸槽一抹鼻子，说：啊，这流血事件可是你造成的！一拳头也打在学生脸上，学生就躺平了，四肢不再反抗。霸槽夺下帽子戴在了自己头上，而同时又抓掉了学生胸前的毛主席像章，因为抓得太猛，衣服上有了两个小破洞。学生又翻起来要夺像章，霸槽将像章给牛铃一扔，说：撤！自己顺着麦田中的土埂跑，跑得不见了。像章在扔过来的时候，牛铃并没有接住，看见霸槽跑了他也钻进了麦地里跑。

学生爬起来在那里哭，哭了一声，就上了公路。远处还站着狗尿苔。学生提着拳头，瞪着狗尿苔，说：这是什么地方？狗尿苔说：古炉村。学生说：我记着古炉村，我会再来的！狗尿苔说：你还张狂呀，还不快跑？！学生擦擦脸，他的脸上还有鼻血，快速地从公路上跑走了。

霸槽和牛铃从麦地里钻出来，霸槽的鼻子有些肿，但他戴着墨镜也戴了洗得发白的军帽。人凭衣裳马凭鞍，军帽和墨镜搭配得是那么一致，而也仅仅是墨镜和军帽一下子使霸槽与众不同，威风十足！牛铃说：狗尿苔你看霸槽哥！狗尿苔说：不像古炉村人了！霸槽挺着身子，在公路上走了几下，步子很大，腿是直的，他说：那就听着，一旦有机会咱也能串联，我就带上你们！

他们开始在麦地里寻找毛主席像章，就那么一片麦子，寻了几遍没有寻到，然后扩大范围，拨着一棵一棵麦秆寻，终于找着了。像章只有指甲盖大，铜的，是毛主席的头像，头背后是金黄色的光线圈。狗尿苔说：善人说过，人头上都放光的，有的人光小有的人光大，毛主席能放这么大的光！霸槽说：你在镇上没看见标语吗，毛主席是太阳，当然光大！但狗尿苔不认识字，他不知道标语上怎么写的，就从霸槽手里拿过一枚像章，说：你有了军帽，这像章我和牛铃一人一枚。霸槽却把像章收了回去，说：刚才我叫你们来，你为啥不来？狗尿苔说：我又打不过人。霸槽说：靠屁吹灯也能添风呀，关键时候就没了你！先不给你。给了牛铃一枚。狗尿苔生气了，牛铃都有，竟然不给他，他说：这不公平！霸槽说：这世上你见过啥公平，古炉村啥事给我公平了？不给你是你表现不积极，惩罚你！狗尿苔嘴噘脸吊，坐在了地上。霸槽和牛铃已经到公路上了，喊他走，他不走，等他们走远了，就呜呜呜地哭起来。

27

霸槽有了一顶军帽，不仅狗尿苔、牛铃羡慕，连天布、麻子黑和水皮都眼红了，他们问霸槽从哪儿弄的，霸槽说是串联的学生赠的，天布就去了一趟洛镇见到了公社武干，武干没有给他军帽，却给了一条军用皮带。天布是民兵连长，民兵连的那杆步枪以往都是训练后就放在柜子里不能随便动的，现在腰里扎了军用皮带，出门就背了枪，势也扎得很起。天气虽然热了，但早晚还凉，大多数人还穿着棉袄没有换季，天布往过走的时候，榆树下忽地闪出半香，半香牵着一头牛，说：哟，霸槽戴了军帽，天布扎军用皮带了！天布说：他那算什么军帽，只是做了个军帽样儿！半香放下牛缰绳，过来扯了扯天布的皮带，说：你媳妇也不给你换季呀，皮带扎在单衣服上才精神哩！眼睛看着天布，像玻璃片子一样放着光亮。天布说：你说精神？远处一个喷嚏，半香不扯皮带了，回头看时，是牛在打喷嚏。半香把牛缰绳拾起，说：我去套牛碌打麦场呀。天布手伸过来，半香走过了身子，天布的手就拍了拍牛屁股，牛屁股滚圆滚圆的瓷实。

天布又背枪回到了家里，他脱了棉袄，但他棉袄里的衬衣破得有袖子没有襟，就喊着媳妇：夹袄呢？媳妇弯着腰在台阶上洗头，说：夹袄我给你洗了。天布说：谁叫你洗的，那我穿啥呀？媳妇说：你穿啥呀？你又不上镇！媳妇的屁股撅着，屁股骨头凸着，是个三角形。天布恨了一声，翻箱倒柜，换上一件白布褂子，扎好皮带，又背了枪出去。媳妇仄头看着天布出了院门，说：你寻寻感冒呀？！

天布果然就在这个下午伤风感冒了，头痛，流鼻涕。支书在两天前又去了一趟洛镇，临走时让天布安排生产，天布安排了就扎着皮带背了枪在村里各处走走，头疼着，清涕流着，但他还不歇下，麻子黑见了，说：要收麦呀又不训练，你背枪扎啥势的？天布说：正是快到忙天啦，得把阶级敌人镇镇，别让破坏么！麻子黑说：皮带上要别个盒子枪就好了！天布说：别的有呀！抖了抖裤裆。麻子黑就笑笑说：哦，有枪没子弹。天布说：子弹多得很，就是没处打么！你给我捏捏头。麻子黑就给天布捏头。天布说：撞上鬼啦头这疼的？！麻子黑一边捏一边叽叽咕咕说：鬼，鬼，天布子弹都打不出去你还让天布头疼，天布头是塞到你妈×里啦你让他头疼！天布一把推开麻子黑。麻子黑就笑着说：好好，不捏了，为了防止破坏，我帮你监督着那些四类分子！

麻子黑其实只能欺负狗尿苔，狗尿苔中午饭还没吃毕，他就在门外喊着狗尿苔到打麦场上铲草去。狗尿苔说：支书不在，不是让天布叔安排活吗？麻子黑说：咋，我就不能安排你了？婆赶紧推了狗尿苔去打麦场。

在冬天和开春，打麦场犁开了一半种过菠菜，前几天菠菜地已经平整了，而另一半场地上土根碾过芦苇，铁栓拓过土坯，民兵又踢踏着训练过，到处都是坑洼和长了野草，得重新填坑铲草，牛拽了碌碡一遍一遍碾实。狗尿苔和一伙人铲草，看见麻子黑胸前别了枚毛主席像章，觉得奇怪，脱口说：你也……猛地改了口，再说：你有毛主席像章？麻子黑说：我怎么能没有？！狗尿苔说：让我看看。麻子黑说：你？你磕头了给你看。狗尿苔还迟疑着，在场地另一端的牛铃跑过来把他拉走了，说：你给他磕啥头？狗尿苔说：我给毛主席磕哩。牛铃说：狗日的把我的硬夺走了。狗尿苔这才发现牛铃的胸口上没有了像章，而额头粘着鸡毛。牛铃说：你知道不，天布也有条军用皮带，扎上好看得很！狗尿苔：我听说了。牛铃说：天布让我还扎了一下，他比霸槽好，霸槽的军帽让咱们戴一下都不给。你去不去窑神庙，天布在那儿，我让他给你也扎扎。两个人趁着场地快收拾完，就悄悄溜开，去了窑神庙。

窑神庙里，一伙人在腾厢房里的杂物，准备着麦收了要先装在这里。狗尿苔和牛铃去了，才知道天布来转了一圈，头疼得厉害已回了家，而霸槽却在这时候来了。铁栓说：你咋才来？霸槽说：才来了咋，扣工分呀？铁栓说：霸槽，你别对我说话口气冲，我可是对你重视得很。霸槽说：哦，咋个重视？铁栓说：看见你远远过来，我就开的庙门。霸槽就笑了，却对狗尿苔说：咋不是你给我开的门？！狗尿苔说：要开门也是牛铃开，我受惩罚哩我能开？霸槽说：咦，碎憨还记恨哩！他拍了一下狗尿苔，狗尿苔往上顶一下，他再拍一下，狗尿苔又顶了一下。铁栓说：狗尿苔这头要是没耳朵，那就是个球哩！霸槽说：那我越拍越长高了！狗尿苔觉得这话听着还软和，到底霸槽还理解他，也就不恨霸槽了。

厢房里还得用石板砌一个粮囤，没砌完，天就黑了，大伙要回家吃饭，吃完饭再来砌，就留下狗尿苔看守家具。狗尿苔说：老让我迟吃饭，我不看守！铁栓说：你不看守让谁看守呀？狗尿苔变了口气说：我是嫌墙上画那么多牛头马面的害怕。霸槽就让牛铃陪着，又从自己腰里摘下那个手电筒，说害怕了就照手电。

人一走，狗尿苔和牛铃就争着照手电，你照一下，我照一下，后来牛铃就关了手电，狗尿苔说：咋不照啦？牛铃说：耗电哩。狗尿苔说：照，照，咱就一直开着给他耗！

手电筒打亮了，就放在院中间地上，他们要看灯光到底能打多高。我的神呀，就是高，一个白光柱子。高得直到天上星星。无数的飞虫就飞来，绕着光柱转圈圈，而且越来越多，它们似乎不再是飞，是一层一层往上垒，突然关了开关，飞虫就噗地全掉下来，落在他们头上身上。两个人觉得太好玩了，就那么一开一关，闹腾了多时，后来开关再不关。狗尿苔说：牛铃，你说人能不能顺着这光柱子爬上去？牛铃说：人爬不上去。狗尿苔说：能爬上去就好了，可以摘星星！

但手电光突然没有了。两人拿了手电筒摆弄着，电池里电完了，没光了，狗尿苔和牛铃像一下子瞎了眼，四周一片漆黑。

就在这漆黑中，支书从洛镇步行回到了古炉村。支书当然操心着收麦的事，先到打麦场上看了看，又到后坡上那一片麦黄最早的地里去看，地边上却有一个人在吃烟，烟火一红一黑的。问是谁，那人走近了说：支书回来啦！原来是迷糊。支书知道迷糊手脚上不干净，说：这么晚了你咋在这儿？朦朦胧胧里，拿眼睛盯迷糊的腰。迷糊说：我可没偷着捋麦。他系着腰带，把腰带解了，棉袄里是光身子。但他的裤管扎着，沉沉地壅着一个包，支书没看到。支书批评着迷糊：要吃烟你离麦地远点吃，麦子熟了，万一引起火灾咋办？迷糊就说这两天要收麦了他高兴得睡不着，出来看看哪块麦地的麦先搭镰呀，而这里太旷，他怕有鬼，才吃了一锅烟，让烟火壮胆哩，便把烟火灭了。支书问了这几天村里的生产是怎么安排的，迷糊却告了状，说队长病着，每天能出来转转就又上炕了，活路是天布在张罗，但天布只让收拾了打麦场，再是说明日来割这一片麦子，再没安排啥，然后扎着一条宽皮带在村里晃哩。支书说：今黑这天阴得沉，如果要下雨，这麦收了往哪儿放，窑神庙腾出来了吗？迷糊说：这我还不清楚。却又说：天布不会安排么。支书说：这满盆……迷糊说：是不是满盆不行啦？支书说：你胡说啥呀？回，回去睡！

迷糊回去睡了，支书从后坡地直接去了天布家。天布在炕上捂了被子出汗，他媳妇和善人在炕下的脚地说话。支书一进去，善人站起来说要走，支书说：你来给天布说病了？善人说：天布伤风感冒，我给他拔了个火罐，又给脊背松松皮。支书说：你不要走，过会再给松松。善人说：行，你们说话，我坐到厨房去。支书说：你就坐在这儿，我们要说的都是生产上的事。善人就又坐下来，择门口放着的一捆韭菜。天布已经从炕上起来，发烧得满脸通红，支书说：你咋这时候伤风感冒？能坐吧，坐不了了你躺下。天布说：没事。两人就商量着这忙天的活计，支书说：满盆这一病，你就把队长的责任要给咱肩起来，龙口夺食，不敢有闪失。天布说：我怕不行，公社武干说农忙天不能放松备战，民兵训练不能停下。支书说：先忙过这几天，满盆如果还不行，咱就重选队长。天布点点头，就问支书在镇上开什么会了，农忙天开会，一定是有重要事情吧。支书就看了善人一眼，善人在择韭菜。支书说：你也听着。善人说：我没听，不该我听的我不听。支书说：要你听哩，听了提前给你提个醒。善人说：噢。支书就给天布介绍公社张书记传达县委的指示，说现在出现重大的特殊情况，城里，包括县上，都很混乱，学生不上课了，工厂也闹腾得不上班了，都是要文化大革命呀。天布说：哎呀，这一乱会不会苏联就打进来呀？支书说：就是呀，咋能乱呢？天布说：不可能乱的，这天是共产党的天，地是共产党的地，文化要大革命还是小革命，共产党还能收拾不住？！支书说：当然是，所以，指示上强调各级领导，县上的公社的生产队的党组织一定要领导好这次文化大革命，不能偏离无产阶级革命路线。天布说：公路上见天有串联的，这是串什么联什么的，文化大革命是咋一回事？支书说：就是运动么。天布说：又要来运动呀？支书说：运动好么，咱也习惯运动了么。凡是运动，就是让牛鬼蛇神先跳出来，他们暴露了，共产党再收拾他们。咱古炉村有没有什么动静？天布说：没见啥异常，倒是霸槽不好好出工，整天在公路上招呼串联的学生，噢，他还戴了顶军帽，那军帽是串联的学生戴的，他戴上不知道要成啥精呀。支书说：我担心的就是他……支书突然歪了头，说：谁在说话哩？天布歪了头也听，善人和天布媳妇也歪头听，善人说：是算黄算割。

算黄算割是在说话，一只在村南口塄畔下的麦田说：算黄算割，咕！一只在打麦场六升家的榆树上说：咕，算黄算割！两只鸟离得很远，但它们能说着话。

支书说：天布，你给我说实话，咱古炉村会不会也乱？天布说：这话我说不准。要乱，能乱到哪儿去，咱扳指头一个个人往过数么，开石家不和整天吵吵闹闹的，可他还没个能在村里闹事的本事。有粮、长宽是外姓，虽然对朱姓的、夜姓的不满，但他们都是手艺人，有意见也就是村干部大小没他们份，出外干活少缴些钱的事。秃子金、灶火能踢能咬的，可没人承头，他们也是瞎狗乱叫几下就没劲了。迷糊提不上串，铁栓、行运、跟后护家又能咋？老顺那不用说，马勺、磨子是有心计，但要说闹事还不至于。就是霸槽和麻子黑，他们上没父母，下没儿女，

247

又在外边跑得多，是得留神着，要给他们多安排些事干，有事干了，出不了村，我想就不会有啥事。支书说：我为啥不让卖瓷货了，就是不想叫他往外跑，可他在村里能老老实实挣工分？天布说：啥事情都是眼不见心不乱的，以前他再跑，没介绍信没粮票，还不是又回来了；现在只要公路没了串联的就好了。支书说：这咱管不了串联么。天布说：唉，县上指示要领导好运动哩，他们咋不直接限制串联呀？支书说：不知道么。天布说：咋样才不会乱呢？支书说：不知道么。两人就闷住不说话。

一只鸡戴了个大疙瘩的冠从门口光亮中走进来，进来也没出声，睁着眼睛看支书。天布媳妇说：这狗日的咋还没进窝？啊支书，你还没吃饭吧，要不要给你打几颗荷包蛋？支书说：我不饥。天布说：去打么，支书从镇上回来的，哪儿吃饭了？天布媳妇就去了厨房，善人说：我帮你。也跟着去了厨房。

在厨房里，天布媳妇说：善人，你听他们说了？善人说：听了。女人说：真的要乱呀？善人说：是乱啦，前天下河湾有人请我去说病，下河湾就乱哄哄的。女人说：好好的日子么，乱个啥呀！善人说：是五行乱啦。女人说：你开口闭口都是五行！善人说：这世界有五行，国家有五行，家庭有五行，性界有五行，心界有五行么。现在外边这么乱，依我看是国家五行乱了，国家五行就是学农工商官，这是国家的心肝脾肺肾。工人居木位，主建造，精工细作，成品坚实，为天命，偷工减料，不耐实用，是阴命。官居火位，主明礼，以身作则，为民表率，以德感人，化俗成美，为天命，贪赃枉法，不顾国计民生，是阴命。农居土位，主生产，深耕增产，为国养民，是天命，奸懒馋滑，歇工荒地，是阴命。学居金位，以为人师表、敦品立德为主，教人子弟，出孝入悌，为天命，敷衍塞责，只讲文字，不愿实行，误人子弟，是阴命。商居水位，以运转有无为主，利国便民，货真价实，是天命，唯利是图，以假冒真，是阴命。人要是存天理，尽人事，不论哪一行，都是一样的，哪行有哪行道，若是这行人瞧不起那行人，是走克运，国家元气准不足。如果各守自己岗位，守分尽职，是走的顺运，国家就必治。讲道要往自己身上归，先说自己是哪行，以往是以天命为主呢还是以阴命用事？国家是这样，一个村子也是这样。女人说：哎呀善人，你这是给我背书哩么！善人说：算是给你上课，可给井蛙说不清日月呀！女人说：善人你骂我哩？善人说：我没骂你，我只是急呢。女人说：支书愁得额颅上挽那么大个疙瘩，你咋不讲给他听？善人说：他是支书，他要肯让我讲我就讲，我要去寻他讲，他好了会认为我胡说八道，不好了还以为我这牛鬼蛇神要破坏哩。荷包蛋煮好了，女人在往碗里盛，善人却要出门走，女人说：给你也盛一颗！善人说：我吃的什么呀？女人说：你不吃也坐么，过会再给天布松松。善人说：还是我走，你不要喊，我悄悄走就是了。天布发过了汗，又这么说说话，或许就好了。说罢真的走了。

女人端了碗往上房去，在院子里看天，天还是那么黑，又阴着，没见到七斗星。

28

忙活了几天，人累得脱了几层皮，地里的麦子大部分都割倒了，成捆的麦桩子运回来垒在打麦场边，就又一拨一拨摊晒着，牛套了碌碡来碾。碾过一遍，起了麦草，用木档把麦粒壅到一块，再摊开碾二遍三遍，又是起了麦草把麦粒壅了，麦粒堆得像个大墓，妇女们都回家做饭，男人们留下来等有了风扬场。

等了一个时辰，没有来风，男人们也回家吃饭，吃过饭返到打麦场，还是没有来风。狗尿苔在麦地里割麦时，他和牛铃是负责把割倒的麦用绳子捆成桩子供大人们往回背，然后他俩再在麦茬地里捡拾一遍遗落的麦穗。在打麦场上了，他又是和牛铃去牛圈棚拉牛，把牛拉来再套上碌碡。老顺和磨子吆牛碾场，牛常要拉屎，狗尿苔就拿个竹笊篱，牛铃端个葫芦瓢，立在场边。每每牛的尾巴一乍，老顺或磨子喊：接尿！牛铃就过去接了。再喊：接尿！狗尿苔把竹笊篱接在牛屁股下，牛在走着，他也在走着，有时接上了，有时牛屎拉在麦草上，他只好用手揸着

249

牛屎然后扔到场外。人们并不觉得这有啥不好，说：牛屎有啥脏的？狗尿苔当然也不觉得脏，用麦草擦擦手，说：谁现在给我个蒸馍，我不擦手都拿着吃。老顺说：你想了个美！现在，等不来风，大家都在场边的树下了，或坐或卧，斜三歪四，说这话，说那话，这这那那的话全说了。大人们说话，牛铃插了几句嘴，他话插不到而又爱插嘴，结果和跟后吵起来，挨了跟后一巴掌。狗尿苔学乖着，只听不说，听着又觉得没意思，趴在那儿看场边的那还没有解绳的麦捆桩子。麦捆桩子有三个一簇的，两个一簇的，也有单独立栽在那里的，狗尿苔原先以为猪狗鸡猫在一搭了说话，鸟在树上说话，树和树也说话，但他还不知道麦捆桩竟然也在说话。它们说的什么，声音沙沙沙地，他听不明白，却从它们的神气上能看出那个单独立栽的麦捆桩子在骂两个一簇的其中一个，好像那其中的一个本是和它在一起的，现在却和别人在一簇了。它拿了麻雀去掷打，掷打过去一只，又掷打过去一只，三个一簇的麦捆桩子就笑得倒下去。狗尿苔还要看这一场纠纷，有人就喊：狗尿苔，火呢，那火呢？！狗尿苔当然是带着火绳的，但因为在打麦场，一直没有点燃，这阵应声点了，跑去给这个对火给那个对火。一会又有人喊着：狗尿苔，水呢，那水呢？！狗尿苔又拿了桶去泉里提水。古炉村泉水好，冬夏都可以生喝，把水提来了，却仍有人说：谁说要喝竹叶茶的？谁说的，俺？！狗尿苔觉得火呀水呀离不得他，这个时候也正是他给大家卖好的事，就不累，也耐得烦，明知他们还想让他去采些竹叶子放在水桶里故意在激他，他说：要喝就喝竹叶茶，我给摘竹叶去！牛铃很不高兴，低声说：你这积极的，晾我！狗尿苔是故意要晾牛铃的，便一路小跑去了长宽家屋后，那里有一片竹子。

但是，天布却着急，让迷糊去扬几木锨，试着麦糠能不能扬净。迷糊去扬，麦粒和麦糠一起扬上去，又一块落下来，还是扬不成。太阳把树影子转了个位，树影下的人也挪了挪地方。冯有粮说：树梢子不动么，得祈风呀！大家说：是得祈风！往年天旱没雨，或者没风扬不成麦的时候，会祈风的是长宽他大，长宽他大一死，好像满盆曾经跟长宽他大学过，但满盆今年病了。天布就让马勺和行运去背满盆。

把满盆背来，满盆觉得大忙天他却躺在炕上，有些不好意思，就使劲拍他的腿，说这腿不是他的腿了，他觉得他就没有腿。但他看了打麦场却又忍不住指责：麦捆桩子不能垒在东边场头，那里地势低，下雨了咋办？那碾场的碌碡怎么只有两架呢？扬不成麦可以先把碾过的麦草堆集子么，怎么就硬坐着等风呢？天布：你说得对着的，但现在急着要风，你给咱祈风。满盆说长宽他大教过他祈雨，没教过他祈风呀。天布说：能祈雨肯定也能祈风。满盆说那我试试，但得找一个三代单传的圣童呀。人们扳了指头数，古炉村姓夜的没有一家一代里单传的，而姓朱的户数多，有单传的却也没三代单传的，即便一代两代的，不是这户人家已死绝了，就是已经结了婚或年纪又太小。田芽说：狗尿苔是圣童，叫狗尿苔去！麻子黑说：狗尿苔算三代单传？秃子金说：你知道狗尿苔的大是谁，爷是谁？说不定真三世单传的。麻子黑说：那也说不定不是三世单传。秃子金说：你就认死理！哄哄天么。长宽说：天敢哄？！

狗尿苔就这样做了圣童。满盆让狗尿苔站到场地中央了，说：圣童！狗尿苔没吭声。满盆说：我叫你圣童你要应声的。狗尿苔说：我是狗尿苔。满盆说：你现在就是圣童！场边的麻子黑说：他当不了圣童么，出身不好能当圣童？！田芽说：你见过天下雨有没有把四类分子家的自留地空过？场中央，狗尿苔说：哦，我是圣童！那你重叫。满盆重新叫：圣童！狗尿苔大声应道：哎！其实，狗尿苔知道祈风的孩子扮的就是圣童，他是故意要让打麦场上的所有人都知道他现在是圣童。他抬头往场边看，寻找牛铃，而牛铃在掀开怀捉虱，牛铃今日倒霉，心生嫉妒，偏没有朝这边看。天上有红云，一疙瘩一疙瘩的，又都从里向外一层层绽，像是开了玫瑰花。树上有好多鸟，它们并不是来吃麦粒的，只是要唱歌。还有狗，有老顺家的狗，有灶火家的狗，有行运家的狗，狗都在笑，笑的时候尾巴在摇。还有一只瓢虫，极快地扇着翅膀飞来，像是一个很小很小的星星划了过来。晚上天上划流星，流星肯定也是有翅膀，扇动得太快，那翅膀就看不见了。满盆说：头不要胡拧，看棒槌！

场中央的那里扫净了，立着个棒槌，在棒槌上撒上了盐，在顶部又放着一个瓷碗，碗里燃上三炷香。满盆被人扶着来点了香，狗尿苔就趴在地上要看棒槌上的盐是不是溶化。瓢虫一直还停在袖口上。狗尿苔看着盐，盐没有溶化，太阳却晒得头皮疼。疼他能忍住，但疼过了却痒，像是麦糠钻在衣服里，像脖子里放上了痒痒树的皮，他受不了痒，一只手就要去搔头。满盆说：不要动！狗尿苔不动了。满盆就坐下来开始叽叽咕咕念叨。满盆脸发白，在太阳下白得如同糊了纸，汗很快从额颅上流下来，流到了鼻子，又流到下巴，在下巴上结了珠子，一颗一颗往下掉。狗尿苔听不清满盆在念叨什么，而这时觉得头皮不疼也不痒了，绷得很紧，像用泥巴抹了一层。膝盖却烙得难过。不能动，不能动。膝盖上没有裤子了，没有肉了，膝盖就是骨头，跪在铁板上，跪在钉子上。盐慢慢在溶化，狗尿苔的汗就流到眼里，眼睛看着铁栓，棒槌也模糊了。终于他说：盐消了！满盆停止了念叨，也看了看棒槌，说：盐消了！打麦场上的人都叫起来，所有的狗也在叫，树上的鸟哗地离开了树像一块闪动的被单落过来，田芽在喊：鸟吃麦呀，快吆！人们拿了扫帚杈耙木锨朝空中赶，鸟群并没有落下来，被单一闪，却又飘走了。满盆说：圣童起来。但狗尿苔已经站不起来，是长宽过来把狗尿苔抱了放到树荫下，狗尿苔还是那个趴着的姿势，像个蛤蟆。

到了半下午，果然天上起云，云把太阳遮了，屹岬岭上生了雾。屹岬岭上生白雾，不是风就是雨，风是来了，风来了会不会雨也乘风而来？谢天谢地啊，雨终究没有下，风也不是大风，悠悠吹，正好扬麦。男人们排成一行，木锨把麦粒扬得特别高，要扬到天上去，人好像在说：把麦贡天，把麦贡天！麦粒从半空又落下来，雨一样的，好像天在说：麦留给人，麦留给人！麦糠斜着飘，麦粒垂直落，麦粒堆子越来越大，越来越大。人们都是浑身汗水，麦糠沾上去像有嘴，咬得脸红脖子红，妇女们用帕帕捂严了头，男人们却在脱，脱光了上衣。迷糊的筋条一根一根凸着，肚皮子很薄，能看到里边乱七八糟的东西了。半香说：你把饭吃到哪儿去了？迷糊说：就是没啥吃才瘦成这样的么。半香说：

都是生产队一杆秤分粮哩，谁比你多分了？你看看老顺，比你岁数大，也不至于是副排骨！迷糊说：老顺吃来回哩，我吃谁？半香说：你想吃谁哩？大家就哈哈地笑，说：吃他自己的手哩！迷糊反不上话来，去桶里喝水，霸槽却在那里用瓢喝，一口一口在喝，迷糊说：霸槽，你又不是秃子金，这热的了也捂个帽子？霸槽冷冷地说：我有么，我不捂？！迷糊斜扳了桶去喝，声大得像牛饮，还噎住了。

一直到了天黑多时，麦子总算扬净了，人人已饿得前腔贴了后腔。但明日干什么，是先收割后塬上那十八亩地里的麦，还是先把前河滩地里割倒的麦背回来碾打，而且，前河滩地里麦谁去看守，打麦场上的扬出来的麦粒谁又看守，那扬出的麦糠是先堆在场边还是运到牛圈棚去存起来给牛做饲料，这些活都得安排。天布说他和磨子商量商量，而让迷糊、跟后晚上就睡在打麦场上，现在先回去做了饭吃，吃了饭来了大家再收工。牛铃过来摇着狗尿苔说：你膝盖还疼不？你以为当圣童赢人呀，让我去跪那儿我还不去哩。狗尿苔说：不敢摇，一摇我眼前都是火星子！又说：你晚上敢不敢去前河滩地看守麦去，你要去，咱俩给天布说说。牛铃说：前河滩地有鬼哩，田芽大白天头往沙里钻哩，晚上才害怕。狗尿苔就去把善人拉到一边，悄声说话。

狗尿苔说：我想问你个话哩。善人说：啥话？狗尿苔说：你说这世上有鬼吗？善人说：有呀。狗尿苔说：鬼在哪儿？善人说：你想看鬼呀，想看鬼，几时我让你看。狗尿苔说：还真有鬼，那咋看哩？善人说：半夜里你坐在十字路口，用白纸包住脚，头上顶一张白纸，纸上放一块草皮，草皮上点一炷香，一会儿鬼就来了。

狗尿苔原以为善人在吓他，没想善人认认真真给他说，狗尿苔就害怕了，才要过来对牛铃说不要请求晚上去前河滩地看守割掉的麦子，牛铃却在远处和麻子黑吵了起来。牛铃在麻子黑穿衣服时看见了那枚像章，突然一把抓了就走，被麻子黑拉住又夺了过去，牛铃就说那像章是我的，骂十个麻子九个怪，一个不死都是害，麻子黑扇了一个巴掌，说：你再骂，看我把你舌头抽出来！众人就拉开了牛铃，麻子黑却好像

253

什么事都没发生，给铁栓说：铁栓，晚上咱去前河滩看守麦去，你给咱弄一瓶酒！

狗尿苔没有过来安慰牛铃，甚至有些幸灾乐祸。他去场边树下取了那节火绳装在怀里，又去收拾水桶，就在刚把桶里剩水倒出来，乜眼看牛铃时，却无意间发现提前要回去做饭吃的迷糊并没有从场边拿了他的木锨离开，而是从麦粒堆上走过来，在麦粒堆上还踩了一下，麦粒就埋没了鞋，然后晃着身子走出打麦场。狗尿苔知道这是迷糊在偷生产队的麦了，那么大的鞋，回去能倒出半斤麦粒吧。

哎。哎。狗尿苔叫了两下，当大家都看着他时，他又不叫了，灶火问：哎啥哩？狗尿苔说：一个萤火虫！是有一只萤火虫，而且很快有了无数个萤火虫，这些虫子飞着却带着一盏灯自己给自己照路。狗尿苔在心里骂着迷糊，猛一挥手，萤火虫就掉在地上，连续捉了三只，去场边的六升家厕所墙上爬着的南瓜蔓上摘了一朵南瓜花，把三只萤火虫装进去，做成了灯笼，花灯笼就发着粉红红的亮。六升家的房子挡住了升上来的月亮，打麦场中间的木杆上挂着了才点起的汽灯，光也耀不过来，厕所那里黑乎乎的。狗尿苔就提着花灯笼，他觉得打麦场的人看不见他，肯定能看见花灯笼，他们要疑惑空中怎么无牵无挂地有了一个大的光团，但他们哪里就晓得这是他提着花灯笼！

遗憾的是谁也没朝六升家厕所这边看。

场上的人开始把碾出的麦草在那里堆麦草集子，堆起了两个，都累得张着嘴，可怜得像河里捞出的鱼。狗尿苔又回到了场上，却发现几乎所有歇下的，并不是坐在场边的碌碡上，他们从麦草集子那儿过来坐在了麦粒堆上，或者在麦粒堆上躺下伸懒腰。三婶坐下后在腰里抓痒痒，顺手将一把麦粒放在了裤腰里。上了年纪的妇女都是扎了裤管的，在裤腰里塞进什么都不会漏下来。连三婶都是这样，狗尿苔惊讶着，也估摸所有人恐怕多多少少都在偷拿生产队麦粒，他庆幸着自己在迷糊走时没有揭发。

人们在等着迷糊和跟后吃完饭来，就骂狗日的在家吃啥山珍海味哩到现在还不来！婆是一个下午都猫了腰在扫扬下来的麦糠，歇下了就腰疼得厉害，她让狗尿苔给她捶背，狗尿苔悄悄说：婆，他们都偷麦哩。婆拧了他的嘴。狗尿苔又说：真的偷哩！婆把他的嘴用手堵严了。

狗尿苔没有再说，但心里总是不甘：他们为什么就都偷生产队的麦粒，平日人模狗样的大人竟然还是贼呀！怎样才能使他们暴露偷麦粒的事，又不让他们知道是他狗尿苔干的，狗尿苔的小算盘在脑子里拨拉着，却拨拉不出个名堂。

迷糊和跟后终于来了，大家就骂：跟后你是不是和你媳妇又干事了，这么长时间？跟后说：我老婆把脚崴了，你们又不是不知道。大家说：干那事又不用脚，听这话，狗日的真是干了。跟后说：干了就干了，干了能解乏么。大家就扑过去打跟后，跟后跑开了，又骂迷糊：人家有老婆哩，你也耽搁恁长时间？迷糊说：我吃了饭得上厕所呀！又遭一顿骂：你一吃就屙呀？你屙井绳哩？！一阵子说笑作践，人们的精气神儿又恢复了，都往回走。狗尿苔和婆最后离开打麦场，看着黑黑的巷道里，前边的人都小心地迈着步子，但又都嘻嘻哈哈着，狗尿苔气又来了，突然变了个声调，大喊一声：狼来啦！前边的人猛地听见说狼来了，全撒脚就跑，踢里咣啷乱响，有人就绊倒了，有人在叫：鞋，鞋，我的鞋！慌忙在地上摸，摸着了或摸不着又跑。婆在那时也受了惊，一屁股跌坐在地上，却在喊：平安！平安！狗尿苔应着：哎！哎！忙过去把婆往起扶，悄声说：没有狼，是我喊的。婆在黑暗里捂住了狗尿苔的嘴，恨着说：你，你，嗯你！狗尿苔被捂得出不来气，心里却在笑：偷么，偷么，咋不偷么？！想着明日一早支书或者天布他们看见巷道里撒了这些麦粒，要调查这是怎么回事那就有戏看了。

但是，第二天早上，支书和天布并没有发现这条巷道里撒下来的麦粒，他们压根儿没走这条巷道，而村里也没有任何议论。狗尿苔来到巷口，只看见几十只鸡在那里啄食，它们兴高采烈，一边啄一边交谈。狗尿苔还是笑笑，觉得脖子上痒，手一拍，嗡的一下，飞起一只蚊子。这么早就有蚊子啦？看手时，手心一摊血。原来叮他脖子的是两只蚊子，一只让他拍死了。那飞开的蚊子站在墙壁上，说：那是你的血你拍哩？！

29

当地里的麦子全部收清碾净后，古炉村的所有巷道里一下子没了人，人都抱着枕头在炕上睡觉，各处的窗子中就不时有着啊声，声音的拖腔很长，似乎随着这一声长啊把一个忙天里的疲乏从腔子里，从骨头的关关节节里，都吁了出来。鸡猪猫狗却欢快地来往。往日里鸡和鸡在一起，狗和狗在一起，现在全打破了界限，相互报告着葫芦家的母狗一窝生下了六个崽子，就都跑到葫芦家的院门口。院门始终关着，它们就聚在那儿说话。得称家的狗在支书家门前柳树下寻着了一块骨头，这骨头一定是支书吃了儿子从镇上提回来的肉以后丢弃的，啃了半天，又舍不得扔，叼来给葫芦家的母狗，却见院门外那么热闹，正迟疑去不去，土根家的猫就说：你老婆给你生了六个娃！得称家的狗却扭头就走。这使那些鸡猪猫狗不理解了，接着就愤怒，骂得称家的狗没责任心，一听说六个崽子，害怕了负担重，就逃避了？！老顺家的狗当然要教训得称家的狗，一路撵着去了。而在场的鸡猪猫狗把那块骨头叼来了，谁也不准再啃，就放在葫芦家院门的石头下，要留给葫芦家的母狗，许多鸡便商量还要送些蛋来，许多猫也准备去莲菜池里捕了鱼拿来，八成家的猪却已经反身回去把它用长嘴在牛铃家山墙根拱出的一个白菜根拿了来，并嘲笑狗哪里爱吃鸡蛋和鱼呀。

鸡猪猫狗快乐着友善着了两天，人们陆续又在巷道里扎堆儿，他们扎堆儿便要说东家长西家短，不说嘴痒心里也慌，于是，就有了古炉村要选队长的消息。消息一传开，谋算当队长的人就很多。麻子黑突然地积极了，没有人安排他，他自个儿扛了犁，手里提了一个装水的瓦罐，说是要犁地去。碰着天布了，说：天布，要选队长呀，我给你乍拳头！咋样？天布说：我不当，我当我的民兵连长就忙够了。麻子黑说：

那你看谁能当？天布说：这得群众选吧。麻子黑说：选是选，可你的意见重要啊！队长一定要选个身体好的，能踢能咬能镇住事的人！天布说：那选霸槽？麻子黑说：不会吧，你给你选对头呀？！天布说：我俩不是对头。麻子黑说：你不把别人做对头，不一定别人不把你当对头。天布说：总不会是选你吧？麻子黑就嘿嘿笑，说：真要选我，我还要考虑考虑哩。

麻子黑和天布在这边说话，不远处的扎堆儿的人在说他们的话，他们还是说选队长的事，有的说霸槽可以当，反对的就说那不行，霸槽心野，不像个庄稼人。支持的就说正因为霸槽心野，让他当队长了就拴牛桩把牛拴住了。反对的就说霸槽把满盆气出了这场病，他要再当了队长，满盆要死得快了。后来有人说到了灶火和磨子，觉得灶火还行，但灶火脑子简单，脾气是炮筒子，和磨子比起来还差点，磨子倒是当队长的料。正说着，磨子和他叔欢喜过来，有人就说：磨子，是不是后晌要犁河滩那三十亩地呀？磨子说：这我不清楚。立即三四个人说：你不是快要当队长了吗？！磨子说：千万不敢说这话，我能当了队长？他们说：你给咱干，选时我们选你！

麻子黑把话全听到耳里，呼地把水罐子摔了。

水罐一响，扎堆儿的人才发觉不远处就站着麻子黑，田芽赶紧说：麻子黑你咋恁不小心？麻子黑说：打了都是多余的！田芽落个没趣，没了话。麻子黑却冲着人堆中的狗尿苔喊：给我套牛去！就套那头红犍牛！狗尿苔说：红犍牛踢人哩，我不敢套。麻子黑说：你去不去，由你啦？狗尿苔只好去牛圈棚里牵红犍牛。

在犁地中，狗尿苔还是让红犍牛踢了一下，委屈得抹眼泪。麻子黑看了看狗尿苔的腿，腿上青了一块，说：没烂么！却又说：狗尿苔，我要问你个话的，你得说实话，村里有人说没说我？狗尿苔知道他想问啥，偏问：说哩，说你就会欺负我！麻子黑说：碎骸！村人还怎么说我的，有没有说我当队长的事？狗尿苔说：不是磨子要当队长吗？麻子黑说：他凭啥当队长？长了个半截子还当队长？！狗尿苔最反感谁在成分上、个头上说事，他就不回答了。牛屁股上趴上了一只牛虻，他挥手去赶，牛虻却飞起来又落在了他的背上，隔着衣服蜇他，蜇得像屁眼上抹了辣子水，又烧又疼。

麻子黑在随后的几日，每次出工前都要经过支书家院门，还大声招呼着别人出工快走啊。支书在院子里说：麻子黑，你饭吃得早？！他立即就进来，说：我见不得出工磨磨叽叽的！他问支书很多话，支书也给他说很多话，但支书绝口不提选队长的事。这么走过支书家数次，支书还是不提选队长的话，他就不再积极了，觉得他要当队长，可能最大的障碍就是磨子。这一天，镇派出所的王所长到古炉村检查治安工作，他和王所长熟，就把王所长叫到家里，然后骑了王所长的自行车去开合的代销店买酒，见人就说王所长来看他了。喝酒中，他让王所长给支书建议他当队长，王所长说：可以建议你当治安员，队长这事我说不成。你在村里威信咋样？他说：村里的事，支书一锤定音的。王所长再没接话，只是和他划拳。王所长走后，他在屋里转出转进，发缭乱。老顺家的狗在巷道里觅食，刚到麻子黑的院外，看见一只老鼠往院门下水眼道里钻，狗多管了闲事，用爪子伸到水眼道里掏，老鼠从水眼道钻了进去，狗也就跑进来还要管。麻子黑一下子气点着了火，关门抢棍向狗打来，一时叽里哇啦，人和狗就厮缠了，在地上挽一疙瘩。最后狗咬了麻子黑的腿，麻子黑也咬了狗后腿，一嘴的狗毛，狗就急跳了院墙跑了。

狗从院墙上跳下来的时候，狗尿苔恰好要到公路上的小木屋去，路过麻子黑院门口，听见叫骂，跳出来的又是老顺家的狗，知道麻子黑在发狂，不敢多嘴，引了狗赶紧离开。

三天前，霸槽是把那枚毛主席像章给了狗尿苔，狗尿苔喜出望外，说：霸槽哥你对我咋这好的！霸槽说：还有更好的哩！竟然把小木屋的钥匙给了狗尿苔。狗尿苔问为啥给他钥匙，霸槽说这几天他要多到洛镇去呀，让狗尿苔来小木屋照看着。狗尿苔觉得奇怪，说：村里正酝酿着选队长呀，你走？这一走，不是和上次评救济粮一样，自己拆自己台吗？霸槽说：本来我也谋算的，现在主意变了，只要他支书还是支书，我当那个队长有啥当头？古炉村这个潭就那么浅的水，我就是龙又能兴多大风起多大的浪？狗尿苔说：你是古炉村人，连古炉村队长都当不上，你还能到哪儿成事去？霸槽说：你拿个碟子到河里舀些水来。狗尿苔说：舀水拿个碟子？拿个盆子么，没盆子也给碗么。霸槽说：知道了吧，碗装水比碟子强，可碟子是装菜，装炒菜的！现在形势这么好的，恐怕是我夜霸槽的机会来了，我还看得上当队长？狗尿苔就看着霸槽。霸槽说：看啥的，认不得我啦？狗尿苔说：你说的话我解不开。霸槽说：解开了你就不是狗尿苔了！好好给我看门。狗尿苔说：看门就看门，这太岁水还卖不卖？霸槽说：卖么。狗尿苔又说：太岁肉能不能割了吃？霸槽说：谁敢吃？狗尿苔说：我敢吃。霸槽说：敢吃你就吃！狗尿苔就在这三天里，一有空就来小木屋，把太岁水卖了几碗，太岁肉没人敢吃，他割下一块又炖着吃了，没有叫牛铃。

队长还没有选哩，古炉村却出了天大的事，是欢喜死了，欢喜吃了两碗捞面吃死了。

欢喜一辈子没伴过女人，跟着侄子磨子过活，日子虽然紧紧巴巴的，叔侄却相处得和气。欢喜常在牛圈棚对人说，这身的裌子是侄媳妇在天一热就给他做好了。他抬起脚，把鞋脱下来，说鞋也是一年两双，都是手纳的鞋底儿。他说他每顿回去吃饭，苞谷糁儿面条，侄媳妇肯定会给他先盛一老碗，盛好了还再捞一筷子面条加在碗上，磨子是锅里下了浆水菜后才盛一老碗的，再捞一筷子连面带菜加在碗里，侄媳妇就喝稀的。他总是在夸侄媳妇，村人笑他：把侄媳妇说成一朵花了，是不是磨子不在，侄媳妇还给你铺炕暖被哩？因此戏弄着他是烧锅头。烧锅头是谁公公和儿媳好，欢喜听了不恼，乐滋滋也不回嘴。麦收之后，家里的茶饭就改善了，磨子的媳妇在这个中午擀了一案面，面擀好了并没有切出旗花形，偏用擀面杖挡着拿刀离，离出长条子，一撮一撮摆放在案板上，她又去院角种的一片辣子树上摘青辣椒，还掐了一棵葱，青辣椒和葱花剁在一起，就让邻居的看星路过牛圈棚了把她叔喊一下回来吃饭，自己便生火烧锅。欢喜往回走，路上遇见面鱼儿，面鱼儿拉住又说

259

他家里事，一说就没完没了。欢喜说：兄弟，我回去吃饭呀，娃们把面条都煮上了，吃完饭你到牛圈棚来，你给我说到黑！面鱼儿说：你咋恁福的！松手让欢喜走了。欢喜走到巷里，看见他家烟囱里冒烟，再黑的烟升过树梢了，就蓝洼洼的，和云一个颜色。但老顺家的狗却卧在路中间对着他叫，他没理。从左边绕开走，狗就移到左边，他再从右边绕开走，狗又移到右边。他说：你这狗，挡路呀，瞎狗！狗说：汪，汪，汪啊汪，汪！他听不懂狗说的啥，又要走，狗就上来咬，他这下生气了，拾了个石头要打狗，狗才跑了。

欢喜回到家，面条刚煮熟，欢喜说等磨子回来了一块吃，侄媳妇说：磨子不知道啥时才回来，你先吃。欢喜就吃起来。欢喜的饭量大，总是端个盆盆当碗，当下捞了一盆盆，拌了调和，蹴在院门外吃。半香从门口过，说：叔的饭量好哇，能吃这么大一盆盆！欢喜说：再不能吃，那人就求失¹啦！半香说：哎哟，还是捞面条，日子好么！欢喜说：好着哩，半香，这日子是好着哩！后来磨子也回来了，也捞一碗坐在炕沿上，侄媳妇是最后才端上碗的，说：调和咋样？磨子说：行，辣子出头得很。媳妇说：以后再忙，饭时了就回来。欢喜在院门口还接了话，说：就是，我回来的路上面鱼儿还拉住说他家窝事，我没听，我说天塌下来也不能耽搁吃饭么！磨子说：好，好。吃了半碗，看到媳妇碗里并不是捞面，而是汤面，说：你也给你捞些干的么，麦收了，又不是没有。媳妇说：你和叔吃好就是，外头人出力大，我在屋里，吃捞面糟蹋呀？！突然听见有破碎声。媳妇说：啥响的，谁把碗打啦？磨子心里疑猜，端着碗到院门外看，便见他叔倒在地上，面盆盆在脚下碎成三片，忙喊：叔！叔！欢喜口吐白沫，不省人事了。磨子忙喊媳妇，媳妇一看就吓得哭。磨子说：快去叫支书！支书赶来，左邻右舍已围了许多人，掐人中的掐人中，放眉头血的放眉头血。支书说：这病来得猛，快往镇卫生院送人，叫霸槽，叫霸槽！旁边人说：霸槽这几天去洛镇了。

---

1 求失：陕西方言，"不行了"。

支书说：这狗日的，手扶拖拉机在不？旁人说：在的。支书说：让秃子金送人，快送人！磨子媳妇就进屋把炕上的被褥卷了，拿出来铺在地上，让人抬了欢喜到被褥上，一声一声喊：叔，叔，你咋啦，叔！秃子金跑来了，说了句：这阵用得上我了？支书瞪了他一眼，秃子金不再说话，把手扶拖拉机开了来，欢喜就被众人抬上去。欢喜身架子大，车厢里斜着刚刚放下，磨子就又进屋拿了一块方方正正的石头垫在叔的头下。支书说：就枕这？磨子说：我叔一直枕石头，他说石头凉不害眼，越枕越软。支书说：石头咋能越枕越软？拿个棉枕头去！磨子又进屋取了他们夫妻的双人枕头，枕头上脑油蹭得明晃晃的，他想拍一拍，能拍干净些，自己的肚子也疼起来，一时面色苍白，嘴唇颤抖，浑身软得坐在地上。众人说：磨子也不行啦？！忙又来扶磨子，磨子媳妇也身子靠住了门框，说：我也头晕！眼睛闭了，不敢动弹。众人都吓慌了，张着嘴说：啊！啊！不晓得该怎么办了。支书说：还啊啥的，出怪事了，都往镇上送！众人七手八脚把磨子和磨子媳妇也扶上车厢，又坐上去几个人，手扶拖拉机就突突突地往洛镇开。

到了镇卫生院，医生一检查，欢喜已经没气了，磨子是一进院人就昏了，经过救治，才慢慢睁开眼。医生说是食物中毒，给磨子夫妻灌肠洗胃，折腾了半天，磨子媳妇没事了，磨子也没事了。卫生院让磨子住院打几天针，磨子不住，在街上买了一张席，又买了只白公鸡，把他叔的尸体运回到了古炉村。

好好的欢喜，已经把一盆盆捞面吃了，却突然就死了，人命咋这么脆！医生说是食物中毒，这怎么个中的毒，这毒又是怎么个中的，古炉村人都惊呆了。古炉村可是人经几辈都没听说过这种事。磨子家设了灵堂，开始做棺拱墓，支书没让入殓，给派出所报案。王所长带了三个人很快就来调查。认定这是一桩投毒杀人案，毒药就是灭鼠灵，但必须需要一只狗，让狗来试吃试喝磨子家的瓮里的浆水菜，桶里的水，罐子里的盐，缸里的麦面、米、苞谷面、豆面、稻皮子炒面。牛铃说：我叫老顺家的狗去。老顺踢了牛铃一脚，说：让我的狗来，咋不把你家的猪叫来？支书说：那就用鸡试吧，鸡没狗值钱。磨子把自家一只不下蛋的母鸡抱了，让鸡一样一样吃，鸡吃得很快，吃完了就飞到院墙上，咯嗒咯嗒地叫。王所长又让鸡吃剩在锅里的饭，狗尿苔就招呼院墙上的鸡，鸡却不下来。狗尿苔说：你下来！鸡说：咯嗒！狗尿苔说：没事。鸡又说：咯嗒咯嗒？狗尿苔说：没事没事。鸡从院墙上下来，狗尿苔才要去逮，老顺家的狗忽地从院门口冲进来，一下子噙了鸡脖子，像黄鼠狼子一样，把鸡拉走了。狗尿苔撵出院门外，老顺家的狗放下鸡，汪汪汪地叫。狗尿苔就和狗你一句他一声地说话。

院子里大家都愣住了，麻子黑骂道：狗尿苔你成精作怪，你给狗说什么话？！也跑到院门外，拾了一根劈柴就向那鸡砸过去，鸡在地上扑喇喇了一阵，他逮住了，抱着放在锅台上让吃。鸡吃了一口，竟然站在锅里用爪子刨了刨就叼起了一根面条，像吃蚯蚓一样，脖子一耸一耸吃下去，飞下锅台，在灶下的灰土地上走。院门外，老顺家的狗叫得更凶，而且有了呜呜声。狗尿苔回来，说：狗说不敢叫鸡吃的。麻子黑说：不叫鸡吃了，你吃？！鸡还在灰土地上走，走了一行个字，又走了一行个字。支书说：没事，没事，这剩饭里没毒。鸡却步子歪起来，像喝了酒，人们就给鸡让路，鸡开始翻厨房门槛，翻了一下，没翻过去，再翻，咕噜栽在地上死了。

可以定下结论，锅里的饭是有毒的，是投毒人没有把老鼠药投到水桶里、面粉里和浆水菜瓮里，而是直接投到了锅里或擀好的面条里。有了结论，了解情况，磨子的媳妇说她从做饭到吃饭，家里没有来过别人，连鸡儿狗儿都没进院子。再勘察地形，厨房门是朝院内开的，有个窗子直接开在案板后的墙上，窗子对着巷道，窗子现在还开着。这就说明投毒人是从窗外投毒到放在案板上的面条上。接下来，派出所的人就要调查谁是投毒人，便留下磨子夫妻俩和支书，别的人全部散去。支书对狗尿苔说：把死鸡扔到尿窖子去。狗尿苔提了鸡一边往院外走，一边大声说：都看清呀，这是被毒死的鸡，谁要是再从尿窖子里捞了去吃，吃死谁谁负责！

但是，狗尿苔并没有把死鸡扔到尿窖子，他嫌尿窖子太脏，这只为破案而死的鸡应该把它埋葬在一处干净的地方。在去窑场的半路上，长着一丛苜蓿，狗尿苔挖了个坑把鸡埋了，还掬土壅了个小土堆。他说：是毒面毒死了欢喜爷和你，等罪犯抓住了，把他枪毙了，我会割他两疙瘩，一块供在欢喜爷坟上，一块供在你坟上。他说着，一只蜘蛛极快地爬过来，停在了坟头就不动了。狗尿苔感到奇怪，说：蜘蛛，你从哪儿来的就卧在这儿不动？而蜘蛛一声不吭。狗尿苔突然觉得蜘蛛是不是知道了，鸡在告诉他已经听到了他的话？

埋葬了鸡，狗尿苔几天心里不舒服，想到鸡飞到院墙时，他还在说没事没事，怎么能没事呢，就是让鸡来试毒的，怎么就哄着鸡说没事呢？从此，狗尿苔见了所有的鸡、狗、猪、猫，都不再追赶和恐吓，地上爬的蛇、蚂蚁、蜗牛、蚯蚓、蛙、青虫，空里飞的鸟、蝶、蜻蜓，也不去踩踏和用弹弓射杀。他一闲下来就逗着它们玩，给它们说话，以至于他走到哪儿，哪儿就有许多鸡和狗，地里劳动歇息的时候，他躺在地头，就有蝴蝶和蜻蜓飞来。牛铃很疑惑，问狗尿苔有什么办法能招这些东西，狗尿苔不告诉他。

派出所在古炉村待过了七天，没查出个眉目，古炉村人心惶惶，支书更是脸上没光，接二连三地出事，这让他心气挫伤了许多。他对天布说：我镇不住村子了？天布说：这怎么能怪你？支书说：这是阶级敌人在破坏，确实有阶级敌人啊！他和天布把村人一个一个掂量了，没有谁是可以投毒的呀，可也似乎谁都可疑。

四类分子又集中学习了两天，这两天，到窑神庙去的是守灯和婆。王所长说：古炉村就这两个四类分子？支书说：要说呀，这两个还不是真正的四类分子，守灯他大是地主，蚕婆的丈夫是解放前当伪军去了台湾。王所长说：蚕婆，这种人还叫婆？支书说：她岁数大，村里人一直这么叫。王所长说：岁数大就不是阶级敌人啦？支书说：对，对，以后让村里人叫她蚕，或者叫狗尿苔他婆。王所长说：四类分子定得太少了，就是定得太少才出了这案子！支书说：还有一个人，以前学习也让来过，让他这次也来吧。于是派人把善人也叫了来学习。

牛圈棚里没了欢喜，临时让迷糊喂牛，牛不好好吃，迷糊就拿鞭子打，棍子打，拿起了什么就拿什么打，牛就叫声不断。王所长给守灯、婆、善人讲政策，又威胁恫吓，三个人却说不是他们干的，分别提供了那天他们在干什么活的人证物证。王所长就不再追究了，出来骂迷糊怎么养的牛，让牛老叫唤，也拿了皮带去牛圈棚抽牛，就把那头花点子牛打得趴在了地上。

守灯、婆和善人都没有作案的时间，就放了他们回去。又一家一家落实谁买过老鼠药，结果是家家都买过老鼠药，因为收了麦，家里有粮了，老鼠都跑来了，连黄鼠狼也来，八成家的三只鸡娃才出窝了三天，夜里就让黄鼠狼叼走了。案破不了，派出所的人还得轮流着在各家派饭，派到麻子黑家，麻子黑问：案子还没进展？王所长说：没进展。麻子黑说：会不会是外村人？王所长说：我是外村来的，是我呀？！麻子黑就在村里说：饭桶么，这么个案子都破不了！

案子破不了，欢喜就得下葬，因为尸体在第二天就变黑，又放了那么多日，身子下边汪了血，味道很重，就匆匆埋了。村里红白事支书定下规矩必须全村人都来，主家做饭吃，人人都帮忙，可欢喜是这么个死法，这规矩就弃啦，下葬那天，磨子没有给村人做饭吃。入殓前，当然是婆要给欢喜洗脸穿寿衣，用棉花蘸些水擦嘴角的血，刚一擦，一片皮就掉了，再不敢多擦，只用湿棉花在额上、腮帮子上点了几下。寿衣是三单三棉，头一件单褂子就穿不上，欢喜的肚子胀得像用气管子充了气，折腾了半天单褂子还是系不上扣门，另外两件单的三件棉的就无法再穿，盖在了身上。往棺材里放呀，不敢抬着放，一动就流一种是血不是血是脓不是脓的黑水，把所穿的盖的寿衣都渗透了。婆说：欢喜，你咋这可怜啊！着人用白布包了，抬着白布四个角放进去。但棺材又装不下，婆拿着麻纸包的草木灰垫身子，把这个胳膊压下去，那个胳膊又出来，那个胳膊是硬的，打着弯，像个烧火棍，吓得田芽、戴花不敢看。长宽在旁边埋怨磨子，说：人一咽气就要把身子放平整，你也不管，现在成这样！磨子说：我不疼么，我不疼么！就扑过去放声哭。婆说：不敢把眼泪滴到你叔身上，滴到身上他在阴间迷路哩。给你叔揉胳膊，揉胳膊。她自己却嘴里叽叽咕咕说：欢喜，欢喜，把胳膊放下去。你是冤枉的，派出所正破案哩，案能破哩。这话一说，磨子也说：叔，叔，你要有灵，你也向凶手索命么，你让他魂不守舍得暴露么，叔！欢喜的胳膊竟然慢慢软下来，勉强塞进棺了。盖上棺盖，再钉了长钉，又用绳子绑了抬杆，磨子夫妻上香烧纸，趴在棺前哭，天布指挥了几个壮劳力，一声吼：起！抬着棺材小跑着往坟地去了。

埋欢喜的那天，霸槽从洛镇回来。霸槽还在洛镇就听说欢喜被人害死了，欢喜在去年为挖石碑的事和他吵闹过，原本不想回来，可觉得古炉村竟然有人毒死欢喜，又想回来看看究竟，就回来了。抬棺时，需要有力气的，有人说看见霸槽回来了，让霸槽也来抬，狗尿苔就去小木屋叫霸槽。狗尿苔一出门，又是一群狗和猫跟着他，到了小木屋，屋里坐着一个生人，却没见霸槽。那人一见狗尿苔，说：是你呀！狗尿苔说：你是谁？那人说：不认识啦，抢我军帽的那天，你就在现场。狗尿苔再看，果然就是那天被抢了军帽的学生，慌忙往外跑，而狗和猫却扑在门口，堵住了那人，咬声一堆。

跑上公路，碰着了霸槽，霸槽从塔后竹丛里拉屎过来，还提着裤子。狗尿苔说：甭进去，那个学生寻咱的事来了！霸槽却笑着说：是那个学生。我在洛镇碰着了他，特意带回来的。狗尿苔说：他没认出你？霸槽说：不打不成交的，现在我们是朋友了。就拉了狗尿苔进了小屋，那人说：你没想到吧，是他告诉我这里是古炉村，我说我记住了，我会再来的。这不就来了！那人伸出手来，狗尿苔才发现是六个指头。那人说：我叫黄生生。狗尿苔说：哦，六指指。黄生生没恼，却说：六个指头更能指点江山啊！两人的手握在一起，黄生生的手像钳子一样握得狗尿苔疼。

黄六指，哦，是黄生生，还是那么瘦么，头上又戴着了一顶军帽，胸口上又别了毛主席像章，不是两枚，是三枚。黄生生摘下一枚送给了狗尿苔，狗尿苔顿时觉得黄生生人挺好的么，就热火起来。狗尿苔问着这样，又问了那样，直等到远处的村里起了一片哭声，才记起他是来叫霸槽去抬棺的。忙给霸槽说了，霸槽却说他不去了，也不让狗尿苔去，还叫狗尿苔拿桶去河里提水，再抱了柴火烧锅做饭。狗尿苔提桶到了河滩，扭头看见抬棺的人已从巷道走到了中山坡根，而这时候，一头牛突然在村边的塄畔上跑，接着是第二头，第三头，迷糊在大声叫喊着，叭叭地抽着鞭子，又有一群牛跑出来，全站在塄畔上伸长脖子叫，叫声又长又亮。狗尿苔丢了桶，就跪了下来，朝着中山磕了一个响头。

夏

部

30

　　黄生生在小木屋里待过了三天，从此他成了古炉村的常客，隔三差五地来。他知识丰富，口若悬河，霸槽可以整夜不睡，坐在炕上听他说话。狗尿苔也去听了几次，就用手去摸黄生生肚子，说：肚子也瘪瘪的么咋恁多话？黄生生说：不是话，是革命的词汇！但这些革命词汇狗尿苔听不明白，只觉得这人厉害，比水皮要厉害，就听着黄生生说一会儿，他去舀一碗水递过去让喝，一会儿又把霸槽的炒面拿出来，炒面没有稀饭能拌成疙瘩，让黄生生干吃。黄生生常常是把炒面吃到嘴里了，还要说话，就呛口了。古炉村的人都认识了黄生生，一旦来了，如同推着自行车来骟猪和卖零货的来声，连水皮、天布、灶火、麻子黑都招呼，还给发烟，让到家里去坐。一日，水皮问黄生生：你那个战斗队叫什么名字来？黄生生说：星火燎原独立战斗队。水皮疑惑为什么叫独立，而旁边的灶火却说：星火，火星子？水皮说：哼，哼哼。瘪着嘴笑。灶火说：火星顶屁用呀，风一吹就灭了！水皮说：可怜。灶火说：我可怜？我比你少吃了还是少穿了？！水皮说：那是毛主席的话，星星之火，可以燎原！独立是啥意思，是你们战斗队和谁都不沾吗？黄生生说：就我一个人。灶火说：就你一个人呀，要么常到古炉村来，一个人容易吃喝么。黄生生说：我用得着到这儿蹭吃蹭喝？我是从县上派到洛镇的联络员，我就是个火星子，这火星落在古炉村的干柴上要烧呀！灶火说：烧呀，烧村子？！水皮说：对牛弹琴。灶火说：你骂我是牛？牛你妈的×啦！灶火一翻脸，水皮就不吭声，拉了黄生生走了。灶火倒看不起了黄生生，觉得水皮就那么个嘴儿匠，能和水皮好的也没啥了不起的，他便到自留地摘了一把青辣椒，去了支书家。

支书着急的是古炉村还没有队长，投毒杀人案又破不了，更恼心的是村里经常来了个陌生人，能说会道，弄不清这个人的来龙去脉么。灶火来到后又在说起黄生生，支书说：又来了？灶火说：来了。支书说：他干啥哩老往古炉村来？灶火说：管他干啥哩，他能干了啥？！支书说：还是住在霸槽那儿？灶火说：霸槽爱让别人吃他饭就让吃去吧，吃光了他喝风屙屁去！支书说：我得见见他。

支书披着褂子，袖了旱烟袋就去了公路上的小木屋。这是支书第一回来到小木屋，炕沿上就坐着一个人，眼睛很大，两道眉毛浓黑浓黑而且中间几乎连接着。如果仅仅从鼻子以上看，绝对是硬邦帅气的，可他的嘴却是吹火状，牙齿排列不齐，一下子使整个人变丑。这么一个人物凭什么就能罩住霸槽？黄生生正满口白沫地说话，突然直接冲着他说：你是古炉村的支书？支书说：我是支书。黄生生说：州河两岸的村支书怎么都是这样的打扮？支书不知道该怎么回答了，就干干地笑。黄生生说：我猜想你是来看我的吧？你要知道我是什么人吗？我告诉你，我是学生，县立中学毕业班的学生。你要知道我来干什么？我就是煽风点火的。煽什么风？无产阶级文化大革命的风。点什么火？无产阶级文化大革命的火。文化大革命在别的地方已经如火如荼，古炉村却还是一个死角，我就是来消灭这个死角的！黄生生语速紧迫，像猛地下了一场白雨，竟然一下子把支书拍住了。支书因为什么情况都不知道，况且他习惯了阶级斗争和农业学大寨那一类的话，黄生生说的这些词他还说不顺溜，他说：你这小伙……黄生生说：我是毛主席的红卫兵，是文化大革命的战士！支书说：是红卫兵，是战士，但是……黄生生说：文化大革命的字典里没有但是！支书说：古炉村有党的一级组织，我是支书，我就给党守着这块地方，公社张书记给我说，哦，张书记你认识吗？黄生生说：张德章，张大麻子呀，你最近见过他？支书停了一下，说：还没。黄生生说：那我给你吹吹风，张大麻子识时务者为俊杰了，他已经积极地参与着洛镇的文化大革命，你别跟不上形势啊！支书说：是呀，是呀。把披着的褂子取下来，往墙上的一颗钉子上挂，但没挂住，那不是钉子，是一只苍蝇。他说：霸槽，给我拿个扇子来，你这儿没扇子？霸槽没有扇子，从地上把盖着一个盆的草帽递给了支书。支书看见了盆子里一堆肉乎乎的东西，说：霸槽，这就是你养的太岁？霸槽说：就是，我给你舀一碗水喝喝。支书说：你给我盛些，我带回去。霸槽在一个空酒瓶子里盛了，支书说：这水还真的能喝呀？！提着瓶子就走了。

那个下午，支书的儿子从镇农机站回来，带着未婚妻，还带了一个大箱子和一个大被单裹着的包袱。马勺是首先看到了，推测支书儿子能带着未婚妻又带了箱子包袱是不是支书要给儿子结婚呀。于是就想如果结婚，新房就在那买来的公房里，那公房肯定得收拾修缮的，就把这事告诉了长宽，两人自动在晚上去支书家说修缮的事。但支书明明和儿子在屋里说话，再是敲门却没有开。第二天，支书起来很早，背着手在村里转，碰着在村外拾粪回来的牛路，牛路说：支书，后坡那八亩地塌了地塄，是不是得抬石头垒起来？支书说：啊，垒呀，你找些人去垒。牛路说：我又不是队长，我能找动人？支书说：你知道现在没队长么。牛路说：这么大个村咋能没个队长，成没王的蜂啦？！支书说：咋能是没王的蜂，我这个支书下台啦？！牛路说：我不是那意思，我是说队长……支书说：案子一破，马上就确定队长的候选人！

但是，投毒杀人案仍一筹莫展，王所长准备撤人呀。他们给吃过派饭的人家清付了粮票和钱，经过霸槽的小木屋，屋里又是有许多人，王所长也是听说了黄生生这个人，就进去看了一眼，麻子黑便跟着出来，说：你们要走呀，案不破啦？王所长说：人撤案不撤么。那个黄瓜嘴就是黄生生？麻子黑说：还是个六指指哩。既然破不了还费那工夫干啥，死的是欢喜又不是支书。王所长说：谁都是命么，哪个命不金贵？！黄生生长成那个样子真不容易！麻子黑说：×嘴能说得很呀，天下事没有他不知道的！原来以为支书能讲话，现在才知道支书十来年里就只会重复一两句话。

支书没有想到王所长他们要撤走，他本来想破了案，或者案未破，而能在王所长的协助下把队长的人选定了让大家选举，使古炉村的混乱能静下来，可王所长一撤走，他听从了儿子的话。儿子向他说了洛镇上的情况，张书记并不是黄生生说的那样参与着文化大革命，而是借故高血压病犯了在镇卫生院打针熬中药，他就不再自以为是，把什么事也先搁置了，说是胃疼，还添了腰疼病，就在院子里待着不出来。

这期间，跟后的小儿子发高烧，浑身像火炭一样，跟后一家惊慌失措。

跟后原来是生了三个女儿，一直没有个儿子，想儿子都想疯了，又疑神疑鬼，脾气暴躁，在家里骂老婆不是好地，种的是麦子，长的是草苗，在外边了，爱和人争长论短，三天两头和人吵架，还得了一种发嗝的病，动不动嗝声连天。先前人缘还好，后来人见了都不搭理。跟后老婆把善人叫去，跟后拉着善人手就说：村里人都在欺负我，是觉得我是断了后么，我是绝死鬼！善人说：你命里是有儿子的，你却生气得这样，有儿子也都没儿子了！跟后说：你救救我，咋样个有儿子？善人说：这要给你好好说些道理。跟后说：我不要你说道理，支书三天两头开会讲道理哩，党的道理社会主义的道理我听得耳朵生茧子了。善人说：我给你说人伦。跟后说：啥是人伦？善人说：人伦也就是三纲五常，它孝为基本，以孝引出君臣、父子、夫妻、兄弟和亲友，社会就是由这君君臣臣父父子子夫夫妻妻兄兄弟弟亲亲友友组成的。我给你举个例子吧，比如你吃烟吧，你有了烟，你就得配烟袋锅吧，配了烟袋锅你就要配一个放烟匣烟袋锅的桌子吧，有了桌子得配四个凳子吧，就这么一层层配下去，这就是社会，社会是神归其位，各行其道，各负其责，天下就安宁了。跟后说：你又给我讲道理！我要问咋样有个儿子？善人说：好好好，就说咋样有个儿子。晚饭后，你把你全家人集中到一个屋里，专讲你以前的不尽孝道，所犯的过错，怎样生气，怎样触犯媳妇和老人。对哪些事不愿意，对哪些事不称心，说得越详细越好。跟后说：这行。吃过晚饭，跟后聚集了全家人，请他大坐在祖先龛旁，他跪下，说他以往和家里人发生口角，摔碟子打碗的错处，说了两锅烟时间。他大说：你还算有良心，知道认错。你想不起来的，我替你说，你听着！便说起他以往的种种不对，他一一磕头认罪，痛哭流涕。开始呕吐，最初吐出来的是痰沫，接着像稠粥，还有硬块，最后是绿水，嗝声就没有了。善人再去，说：你在家里做得不错，但这还不行。三个月里，你每天抱了你家的狗去泉里洗毛，碰见村里谁，你就问候人家的老人还好？问候人家的孩子还乖？有什么事需要我帮忙吗？跟后说：好，我洗三个月狗毛，见人说人话，见鬼说鬼话。跟后从那以后，三个月里果然天天去洗狗毛，对谁都客客气气，像换了一个人，媳妇真的也就怀上了，生下这个儿子。

这儿子身体却不健壮，这回又发高烧不退，喝着姜汤捂汗不成，眉心放血也不成，又请善人，善人给孩子的各个关节上揉搓了一番，说：你对孩子太娇生惯养了，放在手上怕冻了，放在嘴里怕热了，孩子就像地里的草苗苗，就在土里长着，风吹雨淋，它反倒健壮哩。跟后说：是娇生惯养了他，可就这一个男娃，不敢有个三长两短。善人说：那你给娃撞个干大么，借借干大的气么。跟后和他媳妇就为孩子撞干大。撞干大按旧法要一大早在一个像虎口的大石头旁边，摆上好菜好酒，撞见路边第一个人，这人便是孩子的干大。而古炉村没有虎口状的大石，村西头的大石磨是古炉村风水里的白虎，跟后媳妇大清早就在那里摆了凳子，凳子上放了一盘萝卜丝炒豆腐、一盘酸辣土豆丝，还有一小铜壶酒，点了两根蜡烛，就等着有人出现，偏巧狗尿苔就头上顶了个燕子窝过来了。

狗尿苔家的院子里，每天都有许多鸟来，一来就在院子上空飞，然后落在院墙根的扫帚上，扫帚上就像开了许多花，结了许多果。天黎明，麻雀喊：起来！起来！狗尿苔不起来都不行，麻雀啄得窗棂嘣嘣响。到了太阳出山，灰鹊来，鸽来，州河滩上的老鹳也来过，有一次老鹳飞来没有落，丢下一条小鱼。但狗尿苔不爱吃鱼，古炉村人一般都不吃鱼，他让猫馋嘴了。狗尿苔老希望能来燕子，燕子却没来。好像在三年前，燕子曾在院门楼的檐下筑过窝，住过一个春天和一个夏天，是秃子金在喊婆去开会，婆因为要梳头起身慢了，秃子金大发脾气，燕子就飞走了再没来过。狗尿苔想着那只老燕子可能再不会来了，而新燕子怎么就不来呢，是也嫌弃着他们家成分高，还是不知道院门楼的檐下还有个窝吗？他就把那个窝小心翼翼地取下来，窝是用茅草和泥巴做的，做得十分精致，他把窝放在院墙上，燕子没有飞来，又用细绳儿系在院子的树杈上，燕子还没有飞来。婆说：燕子是自己筑自己的窝，它哪儿会理会这个旧窝？狗尿苔坚持说：燕子会来的！婆说：好好好，燕子会来的。不愿意让狗尿苔伤心，就剪了个燕子放在窝里，晚上说：乖乖睡吧，明早燕子就来了。

第二天一早去看窝，窝还是空的。狗尿苔就把窝拿在手里在村里走，又走到村外的土塄下。端着窝走累了，想着把窝顶在头上，头上又放不稳，用草编了个圈儿箍在头上，然后把窝放上去，牛铃却向他跑来。狗尿苔不想理牛铃，怕牛铃太吵，那燕子就不来了！牛铃却说：我要告诉你个重要事听不？霸槽他们要去镇上开会呀，你去不去？狗尿苔说：啊，开啥会？牛铃就告诉了霸槽和麻子黑，还有开石，他们跟了黄生生要去洛镇参加个文化大革命的会的，并说他想跟人家一块去，人家不要他，问狗尿苔想不想去。狗尿苔当然想去，想去得很，当下要到小木屋找霸槽。牛铃说：人家都嫌我小，哪能还让你去？他们就商量了，决定提前从村西头抄小路到屹岬岭下的公路上等霸槽、麻子黑一伙，已经在半路了，他们不让去也只好让去。两人就往村西头走，牛铃说：你头上顶个鸟窝干啥哩？狗尿苔说：招燕子呀。牛铃说：招燕子？嘿嘿嘿笑起来，说顶个燕子窝燕子就能来呀，再说去洛镇还头上顶这么个窝？狗尿苔就寻着地方要把鸟窝藏起来，等从洛镇回来再取。还正扭着头四处看哩，牛铃却说他脚上穿的是草鞋，去洛镇那么远，脚肯定要磨破的，要狗尿苔借给他一双布鞋穿。狗尿苔不肯借他，牛铃说：你有婆哩，婆给你纳鞋呢，你也不借？狗尿苔说：我婆纳个鞋容易呀？牛铃威胁说：你不借，我就不去了！狗尿苔生了气，狗日的不是安心让我去洛镇，是谋算我的鞋哩，就说：不去了拉倒！自个儿还顶着燕子窝往村西头走去。

狗尿苔没有想到跟后媳妇和儿子在石磨前要撞干大，他走过去了，还说：哟，大清早就吃这么好的东西？伸手在盘子里捏了一根土豆丝放在嘴里。跟后媳妇只有一条腿，人又胖，坐在那里忙往起站，说：咋是你狗尿苔呀！狗尿苔说：是我狗尿苔，你认不得呀？说罢就走。跟后媳妇拉住他，他不让拉，跟后媳妇就从他头上要摘燕子窝，说：瞎女，瞎女！狗尿苔说：瞎女是谁？跟后媳妇说：娃名字叫瞎女。狗尿苔看这瞎女，瞎女黑瘦是黑瘦，却也大眼大腮帮，只是穿了件花衣裳，头上梳着蒜苗一样的发辫。他知道村里有这风俗，孩子身体不好，常要把男娃打扮成个女娃样的。就说：不要动燕子窝！跟后媳妇说：你是娃的干大了，你得站住。瞎女，快给你干大磕头！但瞎女没有动，说：他是我干大？跟后媳妇说：咋不是你干大？撞上谁谁就是你干大，甭说是狗尿苔，就是一只狗、一头猪，撞上了就是你干大！狗尿苔听婆说过撞干大的事，但他没见过，竟然自己就成了干大！他赶紧说：我不行，我不当他干大！跟后媳妇说：行，行，你这样子才避邪哩！狗尿苔却不爱听这话，说：我这样子咋？！跟后媳妇说：他干大好，他干大身体好。瞎女，快磕头，给你干大磕头！瞎女这才走过来趴在地上，给狗尿苔磕了一个头。

狗尿苔还在一边推辞，一边扭头往公路上的小木屋看，小木屋门口站着霸槽、麻子黑和开石，似乎还有马勺。他们离开小木屋已经出发了，后来一辆卡车开过来，他们全站在公路中间，那卡车就停了，几个人往卡车后厢里爬，卡车又开走了。狗尿苔跺着脚说：完了，完了！跟后媳妇说：没完，你娃给你磕过头了，你就坐下来把菜吃了，把酒喝了。狗尿苔就索性坐在凳子前的地上吃喝起来，他有些赌气似的，也不让跟后媳妇和瞎女，端起盘子便往嘴里扒，很快就扒净了，酒喝了两口，却喝不下去。跟后媳妇说：酒要喝完的，你喝醉了我背你回去。狗尿苔把酒也喝干了。

狗尿苔醉了，他不让跟后媳妇背，瞎女就在前边走，他扶着瞎女的肩膀，从大石磨那儿往村巷里走。巷里有人，跟后媳妇就说她家瞎女认了干大了，从此干大护着，瞎女身体就健壮了，要长命百岁呀！半香问：认了谁是干大？跟后媳妇说：狗尿苔啊！半香弯腰看着狗尿苔，说：啊这就是瞎女的干大呀！笑得岔了气，坐在地上。秃子金说：狗日的狗尿苔有口福，一大清早就好吃好喝，我原本先到村西去拾粪的，把他的，咋就去了村北！灶火说：你就是先去村西也不会认你。娃的干大，他妈的麻达，跟后能让你认？就又说：狗尿苔，长那么高的个儿，白当了一回干大哩！狗尿苔晕晕乎乎，听了灶火的话，脚跟就踮起来走。秃子金说：再踮，只有亲家母的裤腰高，吃奶还要搭凳子哩！气得狗尿苔把路边一棵小白杨弯过来，猛一丢手，树梢子打着秃子金，秃子金的帽子就打掉了，头上烂红疮一堆。

但是，狗尿苔没有想到的是，他扶着瞎女的肩膀才进了三岔巷中，一只燕子就在他们头上飞，半香、秃子金和灶火作践他的时候，燕子就飞高了，半香、秃子金和灶火走了，燕子又飞低了。狗尿苔先还没注意，是瞎女：燕子！狗尿苔也看见了，打了个愣怔儿，眼睛立即清亮了，大声说：燕子，燕子！燕子就飞下来停在了窝里。燕子在窝里并没卧下，站着叫。瞎女说：我要，我要！蹦着要抓燕子，狗尿苔就闪着身子不让抓。跟后媳妇说：你是干大哩，你连个鸟儿都不给娃？狗尿苔说：这是燕子！就是不给。再不理了跟后媳妇和儿子，往自家走去，脖子直直地挺着，头不动，燕子还在叫着。

一到家，忙把燕子和窝取下，燕子就落在院墙上，看着他把窝重新系好在院门楼檐下，燕子就飞进了。喊：婆，啊婆，你看谁来了？婆在炕上补衣裳，说：谁来了？推开揭窗，看见燕子卧在窝里，婆也惊奇了，说：在哪儿捉的？狗尿苔说：我招来的。婆说：还真用窝招了燕子啦？！狗尿苔说：我说能招个燕子的，就招回燕子啦！跑进屋，婆

275

说：看把你高兴的！来给我穿个针。狗尿苔咋穿都穿不进去。婆说：你眼明明的，穿不进去？狗尿苔说：我头晕。爬上炕就睡了。

婆自己穿了针，补了一会，见太阳突然阴了，雨星子就丢下来，一时院子里的地面上如麻子的脸。婆赶紧往巷口外的村塄畔跑，那里有她家的麦草垛，抱了一捆麦草，怕淋湿了烧不成灶。好多人都在那里抱各自的麦草，雨就大得回不了家，站在树下避着。竟然还有人来村里买瓷货，他们拉着架子车也到树下，问哪儿买瓷货。有人说这要找霸槽，但有的说霸槽到洛镇去了，让去寻迷糊，迷糊喂牛哩，他可能拿着窑神庙的钥匙。买瓷货的人说：古炉村咋瘫痪啦，送钱上门来了，还没人管？就去了牛圈棚，不久便听到迷糊破嗓子朝中山上喊：守灯哎——守灯！噢——守灯！大家就不理会，说着葫芦家的猪又下崽了，那母猪的奶喂了四只崽，竟然还给看星家的那个小狗崽子喂奶，它是不是把狗崽子当成猪崽了？从母猪奶喂狗崽子又说到了瞎女认了狗尿苔干大的事，有人就说：蚕婆，那瞎女该叫你老老婆子！婆以为是笑话，也笑了笑，说：雨小些了，回。大家就散了，说过的话也没了。

婆回到屋里，狗尿苔还睡着，叫醒了，闻见狗尿苔嘴里有酒气，心里咯噔一下，说：人家说跟后的小娃撞干大，撞上你啦？狗尿苔说：嗯。婆说：天呀，咋撞上你啦，你给人家娃带灾呀？！狗尿苔说：我给他带啥灾？婆说：咱身份不好么。狗尿苔说：我又不是他亲大，有啥不好的。婆打了一下狗尿苔的头，说：那也是。这我得拾掇十颗鸡蛋一斤棉花，你给娃带去。狗尿苔说：带那干啥？婆说：认了干大那就有干大该干的事儿，你以为就只白吃白喝？狗尿苔说：咋这倒霉的！婆说：不要说倒霉话，说倒霉就真有倒霉事寻你的。瞧你这脸又吊下来了？善人给你那镜子呢，去照镜子去！狗尿苔从口袋里摸镜子，对着镜子就笑起来。婆说：你以后高处不要上，低处不要钻，有人打架不要去看，走路干活要有个眼色，别慌慌张张，好好给咱活着。狗尿苔拿了鸡蛋和棉花要出门，说：为啥？婆说：瞎女身体弱，认了你干大你就要担当人家娃的灾和病哩。狗尿苔就不去了，说：那我就不当这个干大！他到底不去送鸡蛋棉花了，心里怨恨没能去洛镇，才弄下这场事。

31

霸槽他们在洛镇几乎待了一天，是毛主席在北京城里发表了新指示，洛镇组织三四万人的庆祝集会。集会上，鞭炮齐鸣，锣鼓喧天，红旗招展，那个场面大呀，大得从来没经过也没听说过，在那样的场合，人是容易受感染的，他们就跟着人群，不停地呐喊，不停地蹦跶，张狂得放不下。黄生生说：疯了吧？！霸槽说：是疯了！开石、麻子黑和马勺都说：疯了疯了！说过了，倒不好意思，霸槽说：把他的，咱咋成这个样了？！黄生生说：能激动成这样，你有革命的神经么！开石说：看着公路上学生串联，我只说那是天边的事，没想这文化大革命忽地就在咱身边！霸槽在这个时候倒后悔这大的世事，没有从古炉村带更多的人来。

集会结束后，原本立马回古炉村的，黄生生却要领霸槽去见一个人，霸槽就叮咛开石、麻子黑和马勺再到镇街上四处走走，太阳偏西了都在北街口集合。他跟着黄生生到了临街一个大院，那个人年纪大，穿着四个兜的衣服，好像是国家干部，正指挥一群人在院内烧东西。烧的是那么大的一堆古书旧画、插屏锦帐、木匣子、琴盒子、老礼帽、老照片、刻花帽筒、皮影、演戏的龙袍靴子、凤冠霞帔。火很大，烤得人不能走近。霸槽说：这儿东西都烧了？黄生生说：破四旧，立四新呀！黄生生就把霸槽介绍给了那人，那人一见霸槽，竟过来摘霸槽的墨镜，说：你怎么还戴这个？霸槽始料不及，说：这是墨镜。那人说：是墨镜，资产阶级才戴这黑玩意儿！霸槽第一次遇到敢摘他墨镜的人，他看着那人，那人也看着他，黄生生以为霸槽要和那人打架呀，慌忙过来，但霸槽却把墨镜扔进了火堆，还要扔裤带上系着的手电筒，那人拦住了，说手电筒不姓资，留着可以照路，就说：你叫啥？霸槽说：我叫夜霸槽。那人就伸出手来，说：我们是战友！

但是，霸槽并不知道那人叫什么名字，黄生生只介绍是从县上来的，而且最近还去了一趟北京城，当那人和黄生生在一旁说起话了，他还是有些生怯怯地，没有凑到跟前去。黄生生似乎在询问北京城里的情况，那人在说文化大革命已经进入新的阶段啦，无产阶级司令部粉碎着资产阶级司令部了。霸槽心里犯了嘀咕：北京有两个司令部？抬头就看那人，那人也正看了他一眼，霸槽就低了头，将一本厚得像砖头一样的书翻了翻，认得是一本《康熙字典》，扔进了火里。约莫过了三锅烟的工夫，黄生生过来又领着霸槽出了大院，霸槽问你们都谈了些啥，黄生生说了解了一下北京的革命形势。霸槽说：北京怎么会有两个司令部？黄生生说：是呀，一个是无产阶级司令部，毛主席是我们的伟大领袖和统帅，一个是以刘少奇为首的资产阶级司令部。长期以来，刘少奇在孤立和架空毛主席，控制着中央，所以毛主席发动文化大革命，就是把权力夺回来。霸槽说：毛主席还能夺不回来权力？！黄生生说：肯定要夺回来！霸槽说：那怎么还发动文化大革命？！他咋说的？黄生生也愣住了，把头上的帽子摘下来，又戴上，说：党中央的事我说不清楚，他也说不清楚，你也用不着清楚，你记住，毛主席是我们伟大领袖和统帅，毛主席让我们进行文化大革命运动，我们就进行文化大革命运动，你不喜欢运动？霸槽说：我就喜欢运动！两人正说着，一个老头就走过来给他们作揖。黄生生说：干啥哩，干啥哩？老头说：打发一点吧，打发一点吧。原来是个要饭的，黄生生跺脚一吼，赶着老头走了。

开石他们在街上逛了一阵，麻子黑就单独行动了，他在饭馆里吃了一碗饸饹，便去派出所找王所长。因为是老熟人了，王所长热情招呼他，要请喝酒，麻子黑当然不能让王所长破费，自己到街上去买，又碰着了开石。开石和马勺也分开活动了，在街上寻蕨根凉粉摊，但转了两条街没碰上，而饭馆里的面条是八分钱一碗，他只有五分。饭馆的门口就搭着锅台，锅台上放着三碗还没有卖的面条，已经放在那里很久了，上边的面条都硬起来，有三根翘在碗沿上。他闭了眼，很快地离开，走过百十米了，忍不住再返回来，经过饭馆门口又朝里看了一眼，面条上还有葱花。才转身要离开，见着麻子黑提了一瓶酒过来。麻子黑说：在这儿转啥的？开石说：没啥。你买酒啦！麻子黑说：真是的，饭都请吃了又请喝酒，我说不喝了不喝了，王所长就是不肯么，须要掏钱让我出来买的。开石说：你和王所长还那么好！麻子黑说：不是给你吹的，他支书和人家也交不上这层情哩！霸槽呢？开石说：还在黄生生的朋友那儿吧，好像他们要霸槽入他们的战斗队哩。麻子黑说：他霸槽也革命呀？别把他卖了，他还帮人家收钱哩。开石说：霸槽还能吃亏？麻子黑说：我就想不通，他霸槽对黄生生是过分了吧，我一去王所长那儿又是饭又是酒的，黄生生给你们买一碗水喝了？开石说：没有。麻子黑说：嗨，都交的啥人嘛！提着酒走了。

麻子黑和王所长喝到半瓶，两人都喝得有些高，麻子黑把鞋脱了，挽起裤腿蹴在了凳子上，端着酒杯，已经不叫王所长是所长，叫哥：王哥哎，喝！王所长说：我是所长，还在上班着，我不敢喝了，你喝！麻子黑说：你是所长你怕谁呀，喝，喝呀王哥！王所长端杯喝了一半，麻子黑就全喝了，还把杯子翻过来，让王所长看着他没剩一滴。王所长说：你狗日的酒量比我好，我不行了，再喝就醉了。麻子黑说：球，醉就醉了！顺手在旁边的竹筐里又摸萝卜，竹筐里放着几个萝卜，他们就啃着萝卜喝酒，差不多把萝卜啃完了，又伸手去竹筐边的纸盒子里去拿鸡蛋，说：没萝卜了，我吃颗鸡蛋。王所长说：我媳妇快坐月子了，我才买了晚上要送回去的。麻子黑说：王哥，你是不让兄弟吃鸡蛋了？王所长说：你吃，你吃。麻子黑说：王哥对我好，那我就吃呀。拿了鸡蛋，手却软得没握住，鸡蛋掉在地上破了。麻子黑说：你瞧这鸡蛋不结实。弯腰把鸡蛋要拾起来，蛋黄蛋清拾不起，手上往下滴线儿，他把每一个指头都用嘴吮了，说：王哥，案子还是没进展？不是我说哩，你所里那三个民警球不顶，那么个案子都破不了！王所长说：你喝多了，别胡说！麻子黑说：你们不是人都撤了吗？王所长说：人撤不等于案子撤。麻子黑说：嘿嘿，王哥顾脸面哩，人都撤了案子还不就搁到那儿了！王所长有些燥，说：破案的事你不懂，人一撤是给罪犯个错觉哩。麻子黑说：撤是计策？那有线索啦？王所长顺口说：有了！麻子黑就不

279

喝了，看着王所长，起来去关门，又去关了窗子，说：王哥，我给你说，不要查啦，查那干啥呀，兄弟给你说，那事是我做的。王所长吃了一惊，说：你做的？你醉了，醉了。麻子黑说：我没醉，是我做的。王所长说：咋能是你做的，这谁信呀，你咋做的？麻子黑说：这你不知道，谁想害欢喜呀，要害的是磨子。古炉村要选队长，本来队长是我的，半路里多了个磨子，那天我弄了些老鼠药，经过他家厨房窗外，看见里边的案板上有面条，就在面条上撒了些，谁知道就把欢喜撂翻了。这老鼠药在我家屋角放了一年了，没见毒死过老鼠，我只说药没效了，最多把人弄得恶心呕吐，谁知道……王所长心里突突突地跳，他赶紧去桌子上取热水瓶，说：你喝呀不，给你沏杯茶。麻子黑说：我不喝，要喝我喝凉水，王哥，你就给上边说查不出眉眼，那案子不是就彻底搁下了。王所长坐回原位，说：既然兄弟给我说了，还查什么呀？喝，王哥和你干一杯！麻子黑碰杯的时候用力过大，酒洒了一半，他把杯中酒喝了，又趴下来，伸舌头咂吮着洒在桌面上的酒，说：啥都可以糟踏，酒不能糟踏。王所长说：就是，就是。又给麻子黑倒了一杯，让麻子黑先喝着，他去上个厕所就来，还在床上寻纸，没寻到纸，撕了墙上一页日历，就出了宿舍门。

王所长立即到了派出所大门口，让门卫关了大门，还挂上锁，又让三个民警分头守在东西院墙上，就给县公安局领导打电话，汇报投毒杀人案破了，罪犯就在洛镇派出所，让快速派人来抓捕审讯。末了，他请求调动，说他在洛镇时间太久了，此案一破，涉及的熟人太多，以后再难以开展工作，望能极速将他调到别的派出所去。然后，返回宿舍，麻子黑却趴在桌子上，桌子下是吐了一地的脏物，王所长说：兄弟，兄弟！麻子黑睡着了，他就过去先解了麻子黑的裤带，坐下来，给自己倒了一杯酒喝起来。

霸槽他们在街口等麻子黑，麻子黑迟迟不见闪面，开石这才说了麻子黑到派出所和王所长去喝酒了，霸槽倒有些醋意，不让等了，啥货么，咱一块来的，他去巴结王所长？！

回到小木屋的时候，差不多已是傍晚，镇河塔上落满了水鸟，河里的昂嗤鱼又在自呼其名，远处的村子，绿树之中，露出的瓦房顶，深苍色的，这一片是平着，那一片是斜着，参差错落，又乱中有秩。哎呀，家里的烟囱都在冒炊烟了，烟股子端端往上长，在榆树里，柳树里，槐树和椿树里像是又有了桦树，长过所有的树了，就弥漫开来，使整个村子又如云在裹住。可能是看见炊烟就感到了肚子饥，由肚子饥想到回到家去有一顿汤面条吃着多好，开石就说他妈擀的面是世界上最好吃的面，而马勺就说，那不可能，世界上最好吃的面应该是他妈擀的，两人争执着，黄生生就咯咯地笑。霸槽却突然地说：狗日的水皮没来，要么让他背诵一首唐诗！黄生生奇怪着霸槽怎么说起唐诗，说：你还喜欢诗？霸槽说：喜欢呀，你瞧古炉村的景色像是唐诗里有的。听么，鸡也啼啦！果然有一声长长的鸡啼，接着无数的鸡都在啼，尖锐响亮，狗也咬，粗声短气，像在连唾沫一起往出喷，还有了牛哞，牛哞低沉，却把鸡叫狗咬全压住了。恰好，屹岬岭上原本很厚很灰的云层瞬间裂开，一道霞光射了过来，正照着了中山顶，中山顶上的白皮松再不是白皮松了，是红皮松。霸槽还在说：美吧，多美！以前我还说祖国山河可爱，下河湾古炉村除外，没想古炉村美着么！黄生生一脸的不屑一顾，说：这有啥美的？革命才美哩！霸槽嘿嘿地笑了，说：革命会更美。

霸槽和黄生生站在公路上发着感慨的时候，守灯从云雾弥漫的中山上下来。守灯是让买瓷货的人到窑场买走了六个新烧出的瓷，这阵将所收的货款揣在怀里要缴给满盆。他知道满盆病得严重，已经辞掉队长了，但他偏要将货款不缴给支书或霸槽，偏要交给满盆。满盆在当队长期间打压过他，限制过他，从没给过他好脸色，他要这时候趁机去嘲笑嘲笑满盆。巷道子里下过雨后已经干了路面，窑场上的土路还泥着，他穿了那双旧胶皮筒子鞋，鞋上的泥粘成两个大泥坨，也不刮，直接就进了满盆家院子。

院子里悄然无声，上房门口和厨房门口各卧着一只鸡，鸡在打盹。守灯在院子里叫：队长！队长！杏开从厨房里出来，不高兴地说：你吼啥哩？守灯说：我找队长！杏开说：你不知道我大病了早不当队长啦？守灯说：满盆叔当了十几年队长，怎么能不当队长，他不当队长了这天不是要塌啦？！杏开说：我不跟你说了！你找我大啥事？守灯说：听说队长病了，啥病，我得看看呀。杏开闷了一下头，说：你的好意领啦，我大才睡着，就免了。守灯说：是不是嫌我身份不好？杏开说：你咋能说这话？上房屋里却传来满盆声：让他来，让他来！

杏开领着守灯到上房，推开门，屋里黑乎乎的，一跨门槛，守灯脚拐了一下，险些栽倒。杏开说：你也不蹭蹭脚，尽是泥。古炉村人家的上房都是高台阶，门里的脚地却很低，在盖房时讲究脚地低了可以聚财，虽然家家都是进了门槛就蹭蹭鞋上的土和泥，门槛里便逐渐形成一个小土包的，土包一般不铲，又说这是积福，福疙瘩。守灯说：啊你家的福疙瘩这么高呀！杏开没接他的话，揭开上房屋左边小间的门帘，里边是一面大炕，满盆就躺在炕上。炕头墙上点着一盏煤油灯，灯下靠着一根劈柴，满盆躺得久了，心烦着，就用一个小刀刮劈柴，刮一片木花儿，在油灯上点着燃旱烟。守灯一进来，满盆竭力要从炕上爬起来，但他爬不动，就索性平平躺下，说：守灯，你该来了！守灯说：别人说你病了，我就不信，打死老虎的人怎么能病了？！满盆说：所以你该来呀，满盆能有今天，你该来看笑话呀！说完，背过了头，脸对着炕墙。守灯说：啊，啊队长，今日有人来买瓷货，本来霸槽经管的，霸槽跑得没踪影，我给卖了，收的款我得缴给你。满盆脸还对着炕墙，不再吭声。守灯就把钱往炕沿上放，还说：他霸槽靠不住么。杏开生了气，说：够了吧，折磨够了吧？！拾起钱塞给了守灯，再把守灯推出门去。

守灯就出来了，一脚跨出院门槛，他听见满盆在炕上骂道：守灯守灯，你日你妈的真个是阶级敌人，你盼我死哩，我满盆不死，我偏不死！守灯说：杏开，你大的声还亮着么！杏开咣地把院门关了。

守灯在巷子里走，大声地咳着，总算是把一口痰唾了，他想去长宽家要些椒叶，晚上回去烙一张椒叶煎饼吃。半高勒胶皮筒子鞋的底磨破了一个小洞，水在下午就钻进去，那时候鞋底的泥粘的是坨，现在把泥蹭了，一走动水就在鞋里咕巨咕巨响，他觉得有了节奏，就在节奏声里走到了长宽家门前的场子上，而来声却推着自行车在院门口和戴花说话。

戴花说：我不要，长宽又不在家，我做不了，我也不吃荤了。

来声手里拿着一个蓖麻叶包的东西，提出来竟是骗出的猪蛋。来声说：你还不要？这真的好吃哩！你就是不吃，也可以拿它做缠磨棍的套绳，结实得很哩。我跑这么远，专门给你送来的。

戴花说：留下你吃么。我妹子和她娃在屋里哩，你进屋坐呀不？

来声说：那我不进去了。你先别走么，你来一下。

戴花半个身子已进了院门，回过头了，嘴皱起来，吱的一声。

守灯耳闻过戴花和来声相好，但没想到他们能这么好，忙闪身在场子边的榆树后，咽了一口唾沫，却突然呸呸两口，再不去戴花那儿讨椒叶，转身往自家自留地去掐葱叶去。

守灯的自留地一共两块，一小块是公路边的河滩地，一块在后坡上，他还没到地里，霸槽就在小木屋门口喊起来了。

霸槽说：守灯，你过来！

守灯看着霸槽，没有动。

霸槽说：叫你哩！

守灯说：啥事？

霸槽说：啥事？我找你能有啥事？

守灯说：不会是要批斗我吧。

霸槽说：你还知道要批斗你，那你还这个态度？！

守灯说：我并没犯什么错，要批斗我？就是批斗那要在会上批斗，不在会上谁批斗我都不接受。

霸槽说：行呀守灯，说大话了！

守灯说：……

霸槽说：就凭你这句话，守灯，我给你透透风，文化大革命了！

守灯说：什么文化大革命？

霸槽说：就是要革命呀，要无产阶级专政呀，要运动呀！

守灯说：几十年都是这样么。

霸槽说：这次和以前不一样，这次是文化打头，你家是出了文化人的，赶明日一早，你主动把你家那些旧书旧画旧古董都交到石门那儿去，否则你就又成革命的对象了！

守灯说：交就交么，死猪已经不怕滚水烫了！

霸槽说：这就好，你去吧。

守灯却不走，他说他今日卖了些瓷货，这款交给支书呢还是交给你霸槽，霸槽说当然交给我。守灯就把钱掏出来，手指蘸了唾沫数了，交给了霸槽，说你数数。霸槽不数，把钱装进口袋。守灯说你给我打个条，霸槽说怪不得批斗你哩，你脑瓜子鬼么。就是不打收条。守灯不行，还是要收条。霸槽就骂守灯：热萝卜粘到狗牙上还甩不离了？滚！

守灯挨了骂，守灯就走了。也没情绪去掐葱叶，也没情绪要回家去烙煎饼。一路回到村里，天已经黑下来，走过了霸槽的老宅子，宅院墙塌了一半，屋檐椽头苫了块牛毛毡，就恨起天要下雨没下得大，咋就不把这房淋坍吗！如果霸槽不是贫下中农，如果他守灯不是地主成分，霸槽在别人眼里再张狂，却入不了他守灯的眼哩！他就恨，恨起了他大，恨起了自己，说：我，我，我活的是他妈的×哩！

旁边有一只鹅，是六升家的鹅，六升的老表从东川沟来看望病人，没什么拿，提了一只鹅，这也是古炉村唯一的一只鹅。这只鹅六升没杀，鹅就在村里浪荡，白色的羽毛被泥土弄得肮脏，这阵儿正摇晃着屁股往回走，听见了守灯说：我，我，我活……它说：你说鹅？守灯却听不懂鹅的发问，仍低着头说：我活的是他妈的×哩！鹅也不知道守灯说的是他自己，在守灯的屁股上鸽了一口。

32

一觉睡醒，天还没有亮，狗尿苔才知道酒喝多了，酒喝多了并不是昏昏沉沉睡得不苏醒，而是睡一会就醒了，醒得又不清白，再睡，再醒来。穿上衣服站在院子里，天上的星星有十几颗闪着火花往中山顶上落，他突然想起了什么，忙看院门楼檐下的窝，燕子还睡着。狗尿苔叫：起来，我都起来了你还不起来？！燕子的小脑袋探出来，说声：噢。却又睡下了。狗尿苔还要叫，便见昨日系着窝的绳子已用泥巴糊住了，而窝似乎也比昨日高了许多，明白燕子一整夜在劳动了，就不再叫，坐了在门道里。门道里进来了一股风，像鞭子一样抽打着放在那里的纺线车子。狗尿苔喊：婆哎，婆。没有回应，隐隐约约记起婆说过要碾些豆面的，是不是婆早早去占碾子了？

古炉村除了东村头的大碾盘，还有着两个小碾盘，一个在八成家山墙外的场上，一个在三岔巷里。村里人为了不耽搁生产队的出工，都是刁空去碾些粮食，反倒是碾子闲不下来。昨天晚上婆就想碾些豆面，结果两个碾子别人都用着，而且还等待着有两家，今早不明起来去占碾子，出门时摇着狗尿苔让也起来，狗尿苔迷迷瞪瞪地问干啥呀，婆说咱去碾些豆面，狗尿苔说：咋又推碾子？婆说：屁话，你要吃哩不推碾子？！狗尿苔最烦的就是推磨子推碾子，抱着个磨棍或者碾杆不停地转圈圈，而且婆总是磨过碾过一遍了，又磨碾一遍，再磨碾一遍，无数个遍，粮食都磨碾成糠麸子了，嘴一吹能飞起来，仍要继续磨碾。狗尿苔没有一次在磨碾中不和婆置气顶嘴。婆见狗尿苔睡不醒，就说她先走了，让狗尿苔起来了就来，狗尿苔嗯嗯应着，却又睡着了。现在，狗尿苔看着燕子窝，说：你睡，我推碾子呀。却见婆颠着脚又回来了，她的髻没有扎紧，一撮子头发就掉到左耳朵后，一进院子还将院门关了。

婆说：婆是不是眼睛看花了？

狗尿苔说：啥事？

婆说：我咋看见一伙人在村南口推石狮子哩？

狗尿苔说：推石狮子？那么大的石狮子谁敢推呀？

婆说：可我明明看着几个人在推，已经推倒了，霸槽把狮子嘴里的圆球都砸了。

狗尿苔说：我去看看。

婆一把拉住，说：你给我乖乖在院里，别人毁坏村里的东西哩你去落罪名呀？！

婆孙俩就坐在院里，守着天越来越清白，隐隐约约听到有什么打砸声，却想不来那是在打砸了什么。狗尿苔知道霸槽昨天是去了镇上，为什么回来就推石狮子，是和谁又吵闹了，可即便是再吵闹，也犯不着要推石狮子呀？他给婆保证他不出去，可仍搭梯子要上到房顶，在房顶就可以看到外边的事了。梯子才搭到房檐，院门就被嘭嘭地敲，婆招手让狗尿苔下来，又进屋睡到炕上，才开了门，进来的却是三婶。

三婶说：你出去了没，他蚕婆？

婆说：我才起来，还没梳头的，咋啦？

三婶说：霸槽疯了！

婆说：来回有羊癫疯，没听说霸槽也有疯病么。

三婶：他和一伙人露明在山门上贴白纸，那么高的石门上都贴了白纸，那是给古炉村挂孝呀？！村口石狮子砸了嘴，山门上刻着的人人马马的都敲了头，现在挨家挨户收缴旧东西，说是收缴了要在山门下烧呀。狗日的霸槽是疯了！闹土匪啦！

婆说：有这事？支书呢，支书还睡着哩？

三婶说：不知道么。

三婶说完就出去了，婆站在院子里心慌意乱，但她不敢出去，又怕狗尿苔出去，就也不准备碾豆面了，乍着耳朵听是否有人喊着生产队出工。没有人喊出工。婆就开始在门道里纺线。

线抽不细，疙里疙瘩的，而且不停地线就抽断了。好不容易纺了一个线穗子，村里的狗咬起来，粗声短气，此起彼伏。但这些狗都没有到自家门前的巷道，她才拉开门，迷糊扛着个梯子往过走，梯子太长，在换肩的时候撞落了院墙上的一页瓦。婆说：迷糊，你小心点。迷糊说：你还纺线呀，不看热闹去，还坐得住纺线？婆装着糊涂，说：大清早的，掮个梯子干啥呀？迷糊笑嘻嘻地说：搭梯子上天呀！狗日的冯有粮老笑话我屋里除了打草鞋耙子没一样好东西，他是老中农么，他家东西多，这回就让他多么！已经走过了，却回身过来，说：你家没缴四旧吧？婆说：缴啥四旧？迷糊说：凡是旧社会的东西，就是四旧，都缴哩！婆说：我哪儿还有旧社会的东西？我是旧社会过来的人……迷糊说：你早就批斗了，我是说旧社会用的东西，比如地契呀，账本子呀。婆一下子脸色煞白，说：迷糊，迷糊，你可不敢给我栽这赃，这是杀人坐牢的事，你别吓我，迷糊！迷糊说：我不吓你，我只问问你，有了让我拿走，要不会有人还来，那就是到屋里搜哩。婆说：真没有。迷糊说：真没有？你好好想想，怎么能没有老东西？婆说：这房是老房，这树是老树，噢，这捶布石是老东西，你把它拿走。迷糊竟然把梯子放下，就进来抱捶布石，婆就浑身颤抖，看着迷糊，迷糊的力气大，把捶布石抱起来了，吭哧吭哧朝院外走。婆说：小心砸了你脚！捶布石真的没抱牢，滑下来，迷糊的脚没砸着，院地砸了一个坑。迷糊说：就这个石头？！婆说：迷糊，大清早的你到我家拿东西，你凭啥来拿东西？迷糊说：霸槽他们还没到你家来，我就不能替他们来破四旧？凭啥，凭我是贫农，三代贫农，我还不能到四类分子家破四旧？！婆抿着嘴，身子拱了一下，吹出一口气来，说：平安，平安，你把你迷糊叔领到屋里，看啥是四旧，让你叔都拿吧！

但是，屋里没有响动。婆又喊了一遍：平安，平安，你耳朵聋啦？屋里还是没有应声。婆就走进屋，炕上不见了狗尿苔，屋的后墙窗子开着，狗尿苔不知啥时候就跑出去了。

迷糊也跟着进来，说：狗尿苔没在，你哄我说狗尿苔在哩，你别以为我不是霸槽就把我不当回事！婆说：村里一个木橛橛我都当神敬哩，娃不知死到哪儿去了，我哄你？你看吧，你要拿啥你拿！

迷糊在屋里四下里瞅，三间上房，东西两头隔了小屋，东边是婆孙俩睡的炕，炕占了一半地方，炕头是木架子，架子上放着个白木头箱子，箱子上放着烂被破褥。炕前有个火盆架，冬天里生火取暖，夏天里火盆取了，中间的洞盖着板又是小矮桌子。墙角是个尿桶，尿还没有倒。从东边小屋出来，上房中间安着织布机子，墙角是三个瓮，放着烂棉花套子和谷糠。瓮上边的墙上一排木橛，挂着锄、杈、簸箕、筛子、圆笼、榫枷和筛面的细箩、二细箩、粗箩。靠北墙一个板柜，装着粮食和衣物，柜盖上中间一个插屏，插屏玻璃上刻着梅兰竹菊，里边的纸上写着先考先妣字样的牌位。插屏上去，贴的是毛主席的画像，画像的一角脱了糨糊，用针箸扎着。迷糊还在瞅，婆就坐在小屋炕沿上，炕席下是厚厚一层她剪的纸花儿，婆担心迷糊会糟踏纸花儿，她挪挪屁股，压住了炕席，却看见裤管上的带子松了，重新扎带子时，翻了一下裤子腰，腰里有一个虱，她把虱挤死了，说：迷糊你是贫农，你好好看看这四类分子的家哪些是四旧。迷糊说：有没有旧书旧画？婆说：窗格上的窗花是三年前贴的，我不知道算不算旧画。迷糊过去捅了一个窗格，说：有没有旧衣服，狗尿苔他爷是伪军，有没有国民党军服？婆说：迷糊你是不知道呢还是装糊涂，平安他爷在过队伍后活不见人死不见尸，七年后才知道他去了台湾，哪儿有军服？！迷糊说：我就不能问问啦，支书来你就是这态度？婆说：那你找么，你找么。迷糊翻柜盖两边的瓷罐，瓷罐里都是些各种豆子和盐面辣椒，在另一个瓷罐里发现了一包离锅糖，说：这是啥？婆说：你认不得离锅糖啦？头发窝子给娃换来的，你要不怕上边有毒，你拿嘴尝么。迷糊果真就拿了一块吃起来，说：我尝尝。又拿起了插屏，说：这是四旧。夹在胳膊下就出门走了。婆撵出来说那是先人牌位，谁家没个先人牌位呀你要拿走？迷糊说：谁家先人牌位有这么旧的插屏？！婆就骂：狗日的，你死呀，死到哪儿去了？！迷糊回头说：你骂我？婆说：我骂我孙子哩，平安，平安，你这挨刀子的死到哪儿去了？！

当婆还在门道里纺线着，狗尿苔就从后窗跑出去了。在村南口，已经没了人，石狮子是被推倒，上嘴唇砸掉一半，那个药丸球不见了。再到山门那儿跑，山门两边柱子上的人人马马都敲掉了头，贴上白纸，白纸上写着大字和小字。人很多，霸槽、开石、黄生生、秃子金，还有跟后和行运，头发乍着，眼睛红着，好像一夜里全没有睡，霸槽指挥着搭梯子，跟后把梯子搭好了，伸着手给开石说：瞧我手，瞧我手，这熬夜手成鸡爪子了！那肉呢，肉跑哪儿去了？开石说：我没瞌睡，干革命哩我三天三夜都没瞌睡！霸槽就爬上梯子在山门脑上贴白纸了，水皮也站在那里看，突然喊：错了！错了！霸槽拿着蘸了糨糊的笤帚举起来了，问：啥错了？水皮说：第三行第五个字，那个字是错的！糨糊从笤帚把上流下来，流到了霸槽的袖子里，胳膊一甩，说：哪错了？吱哇啥哩？！糨糊甩了水皮一脸，水皮哎哎地擦着，一回头，狗尿苔就在旁边，说：就是错的么，繁体长字有一撇，简化体长字就是没有那一撇么。狗尿苔说：那纸上写的什么字？水皮却说：黑字！不再理他。

山门前的大药树下，燃着了一堆火，黄生生和铁栓一边撕扯着从多家收缴来的旧书旧画往火堆里扔，一边又指点着牛铃，牛铃是爬上了山门角，拿锤子还在敲那里的浮雕。黄生生说：狗尿苔，给你个机会，你也上去把那边的王祥卧冰和郭巨埋娃都给我砸了。狗尿苔听说过二十四孝里的王祥和郭巨，但他还不知道这二十四孝就雕刻在山门上，他说：我爬不上去。秃子金说：你能吃！烧火来，烧火来！狗尿苔就去烧火。狗尿苔拾了个树棍，要撬着被烧的东西让它烧透，看见那张画已经烧成白灰了，白灰仍然完整无缺地呈现着上面的图案，哇呀，那是画着古炉村嘛，有阳山，有屹岬岭，有烽火台，这个盆地圆得很，中间就是中山，中山根就是一片屋舍，狗尿苔想找一找他家的房子在什么位置，没找到。霸槽贴好了最后一张白纸，过来也烧火，说：狗尿苔，让你撬火哩，你看啥呀？狗尿苔说：我看这是什么画。树根上圪蹴着马勺，马勺说：那是我交的古炉村形胜图，还有八景图哩。霸槽说：那八景图呢？马勺说：我给秃子金说过了，我大手里把这些画放在屋梁上，我取下来时，那八张全让老鼠啃得没眉没眼了，只剩下这张还好好的。霸槽把一本书扔到了火堆上，用力大，扇起一股风，发白的古炉村形胜图就忽地散开飞起来，飞起来却颜色变黑，像一群黑蝴蝶。

守灯抱了一磊子书，提了一对非常大的木格子灯笼，立在那里说：谁登记呢？水皮说：登啥记呀，要给你写个收条吗？守灯说：我不是那

289

个意思，我是说我现在把东西交出来了，不要以后又说我没交。水皮说：你永远不相信贫下中农嘛！他把那一磊书拿过去一本一本看，看一本，念：《三国演义》。扔到了火堆。看一本，念：《封神演义》。说：你还有这书？！扔到了火堆。连念连扔了六七本，有一本没了书皮，问：这是什么书？守灯说：哦，这是《一千零一夜》，洋人写的。水皮说：洋人书，里通外国呀？十几本书全扔到火堆，火势陡然增大，狗尿苔用树棍去撬着烧，火苗子燎了他眼睫毛。水皮说：就这些？守灯说：这都是我姐和我姐夫留下的书，我全拿来了。水皮说：不对吧？守灯说：有啥不对的？水皮说：我见过你家有本厚书，比砖头还厚的。守灯说：以前有过，后来卷了烟卷了，卷完了，不信你搜么。水皮说：搜肯定要搜的，你们地主家好东西多着哩！霸槽说：不是好东西是四旧！水皮说：是四旧，地主家尽是四旧！守灯说：哎，我问一句，现在咋就收缴这些东西啊？水皮说：咦，你还质问哩？这是你问的吗？开石训道：这是文化大革命了知道不？！守灯说：知道了，知道了。秃子金说：知道了就交代还有什么四旧？守灯说：以前多，土改时全分了，我想想，噢，行运家分了一对老椅子，椅背上雕着花。灶火他大分的一对纱布蒙的灯笼，纱布上画的是八仙过海，还有一个白铜水烟袋。满盆家分的有霞帔银项链。天布家分的是板柜，四格子板柜。土根家分的是一对樟木箱子。迷糊分的是我爷的一顶呢子礼帽。迷糊正抱着插屏过来，听着了，说：那礼帽是个啥东西嘛，我戴上就上火，后来拆了补了褥子了。黄生生原本在山门下还指点牛铃，就不指点了，指着守灯，说：这就是地主分子守灯？守灯说：我大是分子，我不是分子。黄生生破口大骂：贫下中农分了你家的东西你咋记得这清？唵？！是不是啥时候秋后算账呀，反攻倒算呀？还要给你登记？你来，你来，你来我给你登记！守灯没有过去，扭了头就走了。黄生生看着他的身影说：你咋不来呢，来了看我怎么收拾你！古炉村的阶级敌人还这嚣张的？！就又指责迷糊：守灯说你分了他家的礼帽，你就说那软蛋话？你应该说就是分了，分了咋的？！迷糊说：我一急就口笨了。黄生生说：口笨了手也笨了？迷糊在地上拾了块土疙瘩就朝守灯扔，守灯已走过巷口的院墙角，土疙瘩只打在墙上。黄生生说：人走了你逞凶哩？去，把梯子拿到窑神庙去，把那墙上的妖魔鬼怪的画都铲了！迷糊就把插屏放到那一堆老古董堆里，掮着梯子却没有动。霸槽说：黄同志是古炉村破四旧的总指挥，咱都听他的！迷糊就拧转身子要去窑神庙，但肩上的梯子长，梯子头碰着了秃子金，秃子金说：你没长眼睛？！狗尿苔说：他屁股上有眼睛哩！迷糊的屁股上，裤子磨出了一个小窟窿，弯腰的时候，能看到窟窿里的黑垢甲肉。大家就笑。迷糊恼羞成怒，压低了梯子往前一戳，把狗尿苔戳得坐在地上。而霸槽又在喊：狗尿苔，起来，去把那些四旧往窑神庙里搬。

狗尿苔屁股疼得起不来，他也不起来了，牛铃过来拉他，他说：不急，让我看看地上有没有钱。

能烧的都烧了，烧不了的要堆放到窑神庙去，狗尿苔和牛铃就伙同着搬。乱七八糟的搬了几趟，狗尿苔突然觉得那个插屏眼熟的，拿起来一看，插屏后边有他曾经用指甲划的道儿，脑子里轰的一下，想：我家的插屏怎么也交了，婆交的？他四周看看，婆并没在，估摸是迷糊刚才拿来的，咬牙切齿地恨迷糊，就抱了插屏，又拿了一对烛台、一件地瓜皮帽子，还有守灯送的木格大灯笼，往窑神庙去。走到庙旁那片围着篱笆的地头，面鱼儿在那里担尿水浇他家的白菜，面鱼儿说：这是弄啥哩，是不是又土改呀？狗尿苔说：文化大革命呀，你家开石没给你说？面鱼儿说：啥个大革命？咋不见支书召集会，是霸槽承头啦？狗尿苔说：是霸槽，霸槽有文化么。面鱼儿说：开石也在那里？狗尿苔说：你家开石积极得很！面鱼儿说：这我让他妈叫他去，他跟着霸槽浪啥呀！担起尿桶就走了。狗尿苔想把插屏放到空尿桶里让面鱼儿拿回他家去，又怕面鱼儿多嘴，便又改变了主意，待面鱼儿一走，忙把插屏塞在白菜地里，然后挺着身子，把别的东西拿去了窑神庙。

反身从窑神庙出来再到山门搬东西，狗尿苔搬的是一个椅子，也就是行运家土改时分到的守灯家的椅子。行运家分到的是一对椅子，一个椅子三年前就破得散了形，剩下的这个腿断了一条。抱着椅子，椅子挡住了路走不成，背着椅子，椅子又搐着地迈不开步，狗尿苔就把椅子倒过来用头顶着椅座，他看见了各个巷道都有人出来，出来了又都站在巷口，伸着脖子往这边瞅。狗尿苔不明白他们为什么不来搬东西呢，一头猪就噔噔噔地跑过来，拿黄瓜嘴拱他的裤腿。狗尿苔低头看时，认得这是送给铁栓家的那头猪，好久没见了，猪瘦是瘦，身架子拉长了许多，他立即放下椅子，手抚摸着猪屁股上的那个尾巴茬儿，说：你咋来这儿？猪说：我偷跑出来了。狗尿苔说：啥时候了你敢跑出来？猪说：大白天没狼么。秃子金在喊：狗尿苔你磨蹭？多搬几趟！狗尿苔说：猪给我说个话。秃子金说：说话？你也是猪呀？！狗尿苔给猪说：咋没狼，秃子金就是狼变的！回去，快回去！站起来头顶了椅子就走，却听见吭呐一声，拧过头了，是猪跑过秃子金身边时，吞了一口秃子金，没吞着，却吓得秃子金一跳，猪又撒脚跑远了。

狗尿苔噗地放了一个屁，他知道那不是屁，是笑哩。

33

霸槽他们在古炉村里破四旧，竟然没有谁出来反对。道理似乎明摆着：如果霸槽是偷偷摸摸干，那就是他个人行为，在破坏，但霸槽明火执仗地砸烧东西，没有来头他能这样吗？既然有来头，依照以往的经验，这是另一个运动又来了，凡是运动一来，你就要眼儿亮着，顺着走，否则就得倒霉了，这如同大风来了所有的草木都得匍匐，冬天了你能不穿棉衣吗？

长宽在这天一早去得称家改造锅灶，得称家锅灶春上才新盘的，可新锅灶盘起后总是下河湾和西川村的亲戚来，每次来都是吃饭时间，就怀疑新锅灶方位不对，要长宽再盘一次。长宽盘了灶台，正爬上厨房顶上砌烟囱，戴花跑来要他快回去，说霸槽领了人在村西头喊着让交四旧哩。长宽说：谁他四舅？戴花说：是四旧，旧东西的旧！长宽说：旧东西咋有四旧？戴花说：这我哪里知道？行运交了椅子，八成交了银项圈，还有……长宽说：都交啦？戴花说：霸槽说都得交，谁不交就是不革命，反革命。长宽紧张了，烟囱砌了一半就回家去。他把家里放在柜上、平日插了鸡毛掸子的那个旧花瓶抱了放在院子，又把一个老式的鞋拔子、蚊帐顶子放在院子，觉得还少，再把传了几代人的一件鸡翅木雕刻的如意拿出来也放在院子，想着将这些东西早早拿出来，一旦来人要收就让收去，免得人家翻箱倒柜。但是，一时却没来人，又将如意抱回屋要藏，藏在哪儿都不妥，戴花说不烧炕了，放进炕洞里，院门就响了。长宽忙把如意塞进去，自个跑出来，说：谁，谁呀？

来的却是来声。院门一开，来声见是长宽，一时愣住，说：啊长宽！就在右口袋掏纸烟，掏出一个脏分分的手帕，装进去，又在右口袋里掏，掏出一把零票子钱。长宽说：掏啥呀？来声说：啊给你掏纸烟。长宽说：你知道我不吃烟。来声说：哦，没出工？长宽说：生产队今日没出工。来声平静下来了，腿一闪一闪，他平日一站在那里就闪腿的，他说：村里谁家过红白事了，咋乱哄哄的？长宽说：听说破四旧哩。拿眼朝门外瞅了瞅，低声却说：来声，你走州过县的，别的地方破没破旧，四旧？来声说：破是破哩，没想到这偏僻的地方也破。我还以为抄麻子黑的家哩。长宽说：麻子黑穷得光球打着炕沿响，他有啥四旧？来声说：他投毒杀人了能不抄？！长宽让来声进了院，来声看了一下院子，没见戴花，估摸戴花在屋里，干咳了几声喉咙。长宽拉条凳子让来声坐了，突然疑惑起来，说：你刚才说啥啦，麻子黑咋的？来声说：麻子黑投毒啦，你不知道？长宽一下子瓷在那里，说：案子破啦？！来声说了他在洛镇上如何听到麻子黑被逮捕的事，长宽就首先想到要把这事告诉给支书。

长宽便喊戴花，戴花却半会不出来，出来了头发梳得光光的。长宽说：你在屋里梳头哩？戴花说：哦，来声来啦，带没带个锥子？来声说：带着锥子。长宽说：麻子黑逮啦，给欢喜叔下毒的是麻子黑。戴花说：我估摸就是麻子黑。长宽说：你就能得很，案子没破时你咋不说的？戴花说：王所长找我谈话，我说多半是麻子黑干的，麻子黑不是想害欢喜叔的，他是想害磨子的，可欢喜叔命尽了，替磨子死的，王所长就不信么。长宽说：好，好，算你能，我这去找支书，你在家等着来收四旧，如果来了，就把这几件东西给人家。戴花说：这鞋拔子是白铜做的，我舍不得，要给把你那木头如意给人家。长宽说：你昏啦，啥木头如意？！戴花就不吭声了。

长宽一走，来声就在戴花的腰里戳了一把，戴花说：我拿瓶子着，别撞打了。但来声还是一把搂了腰，急促地说：把嘴给我，把嘴给我！院门外又响起脚步声，长宽二反身进来了，说：来声，我去给支书说麻子黑逮了，支书肯定不信的，咱俩一搭去。来声支吾着不愿意去，戴花就从货筐里拿了锥子，说：要么吃了饭去？长宽说：吃啥饭？这大的事咱知道了能不及时给书记说？！两人就出了门，戴花倚在门框上说：不吃也好，馍不吃在笼子里放着哩！

支书是早上起来后要熬一罐浓茶喝的，这差不多是二十年的习惯。古炉村人没有喝茶的传统，说是喝茶，也不过是水里放些竹叶罢了，只有支书喝的是陈年的花茶。虽然是陈年的花茶，却讲究个熬，用一个空铁皮罐头盒系上个铁丝圈儿做熬锅，茶叶放进了添水在火上熬，直熬到盒子里仅仅能倒出两三口的汁儿，筷子一蘸都能掉线儿了，茶才算熬成。这两三口茶进肚，人就一天都来精神，如果哪一天不喝，腿就沉得拉不动。他刚刚喝了茶，儿子从泉里担水回来，说了霸槽一伙在闹腾着破四旧，就披了衣服，儿子说：你干啥呀？他说：我看看去，这大的事不给我吭一声？！儿子说：霸槽肯定是学着洛镇上的样哩，你让他闹腾么。他说：那还要秩序不？我还活着，还在村里，他们就这样？还有开石？哼，他媳妇生娃的时候，我还让生产队给他家苞谷烧酒，为的是让一村人心往圆圈着，他也砸呀收呀的，把人心往乱着戳？！儿子说：镇上乱成那样，张书记都没管，你管的啥？他说：你这屁话，这不是共产党的世事啦？儿子说：这是文化大革命啦，毛主席让文化大革命的，咋不是共产党的世事？如果他们这样做将来是错的，共产党会出来管的，如果将来你弄错了，你咋办？他觉得儿子说得有理，但心里总不甘，说：肯定他们要错的，那就让他们暴露吧！只是他霸槽砸了石狮子，他狗日的想干啥，石狮子是我在土改时立在那儿的，他砸了石狮子嘴里的药丸，是想让我不再护这村子，还是他想主古炉村的事呀？两人正说着，有人喊支书，听声音像是跟后。儿子说：大，你心里再有气，这个时候在人面前你得忍住。他没作声，长长吁了口长气，让儿子把毛巾给他，儿子把手巾给他了，他扎在头上，说：谁来就说我病了。

儿子开门把跟后带进上屋，支书头扎着手巾坐在炕上。跟后问：霸槽一伙在砸石狮子砸山门上的人人马马，又让各家交四旧，这是咋回事？支书没吭声，支书的儿子说：我大病了，他也不知道咋回事。跟后说：霸槽不是村干部，不是村里老者，也不是积极分子，就是搞运动也轮不到他出头呀！支书说：文化大革命了么。跟后说：霸槽有多少文化，他肚里墨水还没水皮多，他文化革命？支书说：让闹么，让闹么。支书的儿子就给支书递眼色，支书说：跟后，听说给娃撞干大了？跟后说：撞了，撞出个狗尿苔。支书说：狗尿苔都能当个干大，你们就让霸槽去闹腾么。跟后说：我看他霸槽有野心哩。支书说：他有啥野心？跟后说：他这么承头，是不是要当队长呀？支书笑了一下，说：你呀你呀！却突然不言语了，拿起了水烟袋来吸，吸了一锅又一锅，自己先咳嗽起来。儿子说：大，你病了，少吃点烟。支书哼了一下，他不再装病，吸得水烟袋呼噜呼噜响，还是呼噜呼噜地响。也就在这时节，长宽和来声又敲门，支书儿子再去把门开了，说：是不是又是破四旧的事，要说破四旧的事就不要给我大说了，他病了。长宽说：比破四旧的事还大哩，投毒案破了，是麻子黑投的，已经被逮啦！支书在炕上说：长宽你说啥，进来说。长宽和来声进屋见了支书，把麻子黑被逮的事说了，支书放下水烟袋就哈哈哈地笑起来，说：这就好了，这就好了！大家不知道这下好了什么，支书对跟后说：你去把磨子叫来，想当队长的不是很多人吗，能当的不就是麻子黑和磨子吗，麻子黑为了不让磨子当才投毒哩，他这一逮，不就剩下磨子了？！跟后说：肯定大家选磨子。支书说：用不着选了，我立马任命他就是了！

麻子黑被捕的事一传开，古炉村人就日娘捣老子地骂麻子黑。麻子黑家的院门上先被人用脚踩了两个泥脚印，脚印踩到门扇的上半截，可能踩的人是对着门扇，后退几步，再猛地跳起来踩上去的。后来，锁子被扭了，门闩子掉下来，虽然没人进去，却在门槛上拉了一堆屎。磨子和他媳妇是在最快的时间里擀了一案子面，特意捞了一碗，拌了腥油，上边还放着一棵连根洗净的菠菜，像清明节在祖坟献凉面一样，端到了欢喜的坟上。他们在告诉着叔，案子终于破了，杀人者偿命，他麻子黑肯定不久就要挨枪子的。给叔诉说毕，两口子把那碗贡献过的面条分着吃了，从坡根坟地里一言不发地回来，走到村东大碾盘那儿了，媳妇才开口说话，说：刚才你没尝出面条是啥味道？磨子说：我只吃了，没尝味。媳妇说：一点筋气都没有，咋恁寡淡的。磨子说：噢，是叔显灵了，他吃过面条了。还要说，却见看星、有粮的儿媳、老诚和摆子几个人从崂畔的土路上来，怀里都抱了三个四个大白菜。看星把一棵白菜扔给磨子，说：这棵给你！磨子说：今日咋的舍得？！看星说：这是麻子黑自留地的，他人不得回来了，咱就拔他的菜吃！磨子脸唰地变了，说：我不要，吃了恶心！看星说：咱就当是他的骨殖吃！磨子就把白菜拿了，却放在地上，发疯似的便砍。他的手就是砍刀，五指并拢，犀利无比，一下子将整棵白菜砍成两半。还在砍，不停地砍，白菜成一堆渣子，渣子乱溅。

麻子黑家也是老宅，他爷手里曾在洛镇开个瓷货店，院门楼子上嵌着一个石板，刻着：资深人家。霸槽得知麻子黑被捕后，当即认定那也是四旧，和秃子金用钢钎子撬下来砸了。砸时，葫芦说：光光的一块石板，能打胡基用哩。田芽说：砸得好，狗日的他害人哩，就砸他家的！霸槽说：不光是砸他家，凡是四旧的都要砸。田芽说：都砸呀？！霸槽没再多话，提了八磅锤和秃子金顺着巷子走了，太阳光将他们的身影拉得很长，走到了三岔巷口，那里栽着一个小石墩，他走过去咣地就是一锤，但锤却弹了一下，把他弹得后退了几步。田芽在后边说：这也砸呀？！霸槽说：这是旧社会的碑子，刻着泰山石敢当，挡谁呀？又砸一锤。这一锤把石墩砸断成两截。

就在这天的傍晚，磨子当上了队长。支书在一张红纸上写了在广泛征求社员群众意见的基础上，经党支部研究决定，任命磨子为队长的话，贴在了窑神庙的门口，满盆家榆树上的钟卸下来就吊在了磨子家门口的柿树上。

磨子干农活是一把好手，古炉村的苞谷基本上种完了，秧也插下一半，他一方面安排着一部分人插完最后的秧，一方面组织更多的劳力到屹岬岭下疏通水渠。古炉村之所以一河湾的地能种水稻，就凭那一条水渠，而水渠在屹岬岭下的进口是将河道里修了一个石台，抬高了水位，水才接引了过来，但去冬到今夏，屹岬岭崩了几次崖，土石堵塞了一段渠道，虽又在旁边修了一条临时接应渠，毕竟接应渠狭小，流量有限。磨子经支书同意后就再次要清理被堵塞的原渠道。好不容易将原渠道里的土石挖开，为了防止崖上再有坍方，需要加高渠的北堰，就得从州河对面的山根搬运更多石头。先是搬运了两天，大家因为霸槽一伙人都不来抬石头，就消极怠工，该抬大石头的偏抬小石头，能抬三次的只抬一次，而且喊怨抱屈，牢骚话不断。

磨子没有要求霸槽一伙来出工抬石，他的想法是，若去找霸槽，必然发生口角，霸槽一伙不来反倒失他新队长的颜面，可是，他一心要领社员们好好干事，霸槽一伙不来又会影响大家出工的热情，于是，提高出工人的工分数。他到州河对面的山根上察看了一番，将每个石头以大小轻重定出数字，谁能将这些石头抬到背到渠上，谁就可以按石头上的数字记工分。磨子让水皮跟他去在石头上标数字，水皮不愿意去，说他得去破四旧，只有他能辨别哪些是四旧，哪些不是四旧。磨子火了，说：破四旧是能顶饥顶渴？渠修不好，秧插在地里浇不上水，你吃砖头屙瓦渣呀！水皮说：那你给霸槽说说。磨子说：我给他说啥哩，我是队长还是他是队长？一吓唬，水皮就跟磨子走了，把那些石头都用红漆标了数字，而社员们果然也积极起来，一个下午搬运的石头比过去两天搬运得还多。

水皮一离开，开石、秃子金就心慌了，因为破四旧，能看着别人家的东西被收缴、烧掉和砸烂，那痛快刺激又热闹，但没有工分，而且搬运石头的人又都每天能记上比以往两三天多的工分呀。霸槽就寻过磨子，要求给破四旧的人也记工分，磨子不同意，说他只是队长，队长是领着社员干农活的，谁干农活就给谁记工分，谁没干农活这工分就记不上。磨子是个倔人，口才也不好，却不管霸槽怎么说，他仍一口咬定他只管农活，别的什么话也不接应。气得霸槽去找支书，开口就说磨子不配当队长，而为什么就偏让磨子当队长。支书竟然没有恼，笑着问霸槽：你扳指头从村东头往西头数，谁还能当队长？麻子黑是挺能闹腾的，闹腾到监狱去了！霸槽说：你说麻子黑啥意思？支书说：没意思呀，你说磨子当不了队长，我拿麻子黑作个例么。霸槽说：你让磨子当就当吧，可你到外边去看看，现在谁不文化大革命，古炉村的文化大革命就这样被压制着？支书说：哎呀霸槽，你说话要讲良心，你破四旧我压制了？他磨子压制了？山门是古炉村的，你把上边的人人马马的都敲了，你把村南口的石狮子嘴砸了，你把窑神庙的壁画铲了，你把泰山石敢当砸了，你把从多家收缴来的旧东西烧了，我反对了没有？我要不支持，你能这样干得成，那吼声就起了漫水，就你们那几个人，乱拳都打死了！霸槽说：谁来乱拳？毛主席让文化大革命哩，谁敢给我乱拳我就灭了他！支书说：是呀是呀，只要是毛主席号召的，我们当然执行，我这支书还不是毛主席的一杆枪么，他让我打到哪儿我就打到哪！霸槽说：只恐怕你这杆老枪里没了子弹！支书说笑起来了，说：那不一定哩，小伙子！就对着下厦子屋喊：他妈，他妈，今日多添两勺水，给霸槽也把饭做上，用大碗，看我老少谁个吃得多！但下厦子屋里没有回答，支书的老婆在撵爬到下厦子屋顶上的鸡，撵到院子了又撵上了墙，一地的鸡毛。

　　霸槽打的是硬拳，支书应的是棉花包，霸槽玩不过了支书，最后就逼着支书，说：别的话我不想多说，我只问你，破四旧的人有没有工分？如果没有工分，破四旧的人都不干了，文化大革命在咱古炉村便是个死角，那我就上洛镇告状去，洛镇上告不了，我上县去！支书说：你吓我呀，告我什么呢？谁也没说不给破四旧的人记工分，古炉村谁饿死了，都是我当支书的责任么。可你也想想，要给破四旧的人记工分，那谁还抬石头修渠？小伙子，看着你这冲劲，我倒想起一个人了。霸槽说：谁？支书说：我！我年轻时闹土改，就是你现在的样子！霸槽说：那你还不给破四旧的人记工分？支书说：四旧要破，水渠要修，一肩挑两担，当支书的得考虑全局啊！这样吧，破四旧留两个人，只给两个人记工分，你算一个，看还需要谁？霸槽说：就两个人呀？支书说：先两个人，以后看情况慢慢增加。霸槽说：水皮你也信得过的，让水皮来。狗尿苔腿儿勤，就让狗尿苔也跟着我。支书说：狗尿苔出身不好，我不想给你惹事。

霸槽一走，支书关了门破口大骂：算什么东西呀，跟我谈判哩！儿子劝说：你让他闹腾么，他再闹腾还不是要来寻你吗？支书说：唉，现在古炉村一个槽里两个马嘴了？他走到毛主席像前点着了三炷香，嘴里喃喃不已：毛主席毛主席，你要搞文化大革命，咋不早早给下边支部的人说呀！霸槽是啥号货么，他就能搞了革命？儿子在旁边看着，说：大，大……支书说：给我盛一碗浆水来，我心里焦得很！儿子盛了一碗浆水，他咕嘟咕嘟喝了个精光，坐在了那里，竟然眼泪花花了。

以后的日子，搬运石头修渠的搬运石头修渠，人们穿着草鞋，肩上系了垫肩，天布有一副獾毛做的垫肩，看星和铁栓没有，肩头衣服都磨破了，将一张狗皮中间剪出个洞套在了脖子上。而破四旧的在破四旧，天已经很热了，霸槽还戴着军帽，水皮仍然是衣服整整齐齐，脖子上挂个口罩，口罩塞在夹袄的第三颗扣门那儿，霸槽走路步子大，哐嚓哐嚓在前边走，水皮却一直是碎步，急急促促，又跟得紧，裤子就磨得咕巨巨响。霸槽说：你把那口罩给我摘了，咱现在搞革命，戴的口罩像个啥？水皮说：那我没有军帽么。霸槽说：你头小戴不成军帽，我给你个毛主席像章。水皮就把口罩摘了，伸手向霸槽要毛主席像章，霸槽才说他现在没有，等他把狗尿苔的毛主席像章要回来了再给水皮。

狗尿苔并不知道霸槽曾经要过他也破四旧，羡慕着水皮，也怨恨着水皮，当霸槽向他收回毛主席像章时，他不愿意。霸槽说：水皮现在革命哩，他应该戴毛主席像章。狗尿苔说：他革命哩，那我为啥就不能革命？霸槽说：你出身不好么。狗尿苔说：唵？！睁大了眼睛，看着霸槽。狗尿苔之所以对霸槽亲近，是别人欺负他，霸槽不欺负他，而原来霸槽的骨子里也是认为他出身不好！狗尿苔一下子生起气来，比秃子金和麻子黑作践他时还生气，他一下子把胸前的毛主席像章扯下来，恨恨地扔在地上，拧身就走。霸槽也愣住了，说：这碎髅，碎髅，你敢把毛主席扔了？待霸槽过来拾像章，他却转过身，猛地从地上捡了像章，撒脚跑了。

　　狗尿苔发誓再不去小木屋和霸槽近乎了，哼，让他想去，想我去，就和牛铃一块去抬石头。别人能抬大块的，他们只能抬小块，蹚河的时候，河边的浅水里乱石铺底，脚硌得稍不留神就滑倒了，到了河中的漕道处，水虽然并不急，却没了别人的膝盖，而他整个肚子泡在水里。抬着石头在深水里不觉得重，一出水他们就颤颤巍巍走不稳，连半香也耻笑：抬这么小个石头？我一个人背都背过去了！但是，狗尿苔会踩鳖，北边的河滩是一片泥沙，泥沙中常常有各种各样的小洞儿往外冒水泡，他知道哪一种水洞儿下有鳖，于是用脚去踩，踩着一个硬盖，翻出来果然就是鳖。迷糊没有和人抬石头，他自己用背笼背，看见狗尿苔踩出了鳖，就说：把鳖给我，我给你背一块石头。狗尿苔说：是不是？你过来我给你。迷糊才走近，狗尿苔却一扬手，日——把鳖扔到河里了。

　　抬了两天，狗尿苔和牛铃并没有挣到多少工分，而肩膀叫抬杆磨破了，黑来睡下就像瘫了一堆泥，一夜不苏醒，连续尿炕。婆不让他去抬了，不抬又没有工分，狗尿苔就想主意了，他不识汉字，但他能认得数字，发现水皮在石头上写的数字，有些油漆过重，写过几天了还能擦掉，就在迷糊把石头背过河歇息，趁不注意，用草叶把10分工的数字中的1字擦掉，又在0字上加上一道，成了6字。迷糊把石头背到渠堰上了，疑惑地说：我眼看花了？明明是10分么咋成了6分？马勺说：

你眼里村里的任何东西都应该是你的！迷糊说：你老婆也是我的？两个人就吵了一场。捉弄了迷糊，狗尿苔和牛铃就也改动自己抬的石头，将3分改成8分，抬过河让来回验收，来回说：这么小的石头咋能是8分？狗尿苔说：石头上写的么还有错？来回说：是不是把大石头敲打成小石头了？狗尿苔说：还有这好的办法？来回说：迷糊就这么干过。但来回查看了他们的石头并没有被敲打的痕迹，就按8分记了工。

狗尿苔十分得意，就开始了每次都改，将2分改成6分，将6分改成8分，他说：我咋这么聪明呀？！便又把一个石头上的4分在前边多加了个1字变成了14分抬了过去，来回怀疑了，把磨子叫来，磨子一看，骂道：这还怀疑啥的，土豆多大，南瓜多大？！问是谁抬的，来回说是狗尿苔和牛铃抬的。狗尿苔和牛铃在不远处崖根下逗狗哩，是老顺家的狗，狗乍起了腿尿，狗尿苔和牛铃也就想尿，比起了看谁尿得高。狗尿苔比牛铃尿得高，而且自己伸着舌头能尝到尿是咸的。磨子就喊狗尿苔，说：你过来！狗尿苔过去，磨子在他头上抽了一巴掌。又对牛铃说：你也过来！牛铃撒脚就跑，磨子又抽了狗尿苔一巴掌，说：你替他挨着！

34

摆子吃罢饭往窑场去，路过窑神庙门口，霸槽在那儿铲庙门上的匾额，匾额是几块砖刻出来的，怎么铲却铲不下来。摆子说：霸槽这干啥哩？霸槽说：你斜着看！

摆子自幼一个眼珠子不动，如果你乍个指头，说摆子你朝这里看，他看不见，看见的是旁边的那棵树，只能斜着头了才能看清指头。摆子现在正看斜看都是霸槽在铲匾额，他说：你咋敢铲这？霸槽说：名字里有个神字，封建了！摆子说：烧窑靠神哩。霸槽说：神？神在哪？！摆子说：来回去年春节，三十晚上没敬神，初一早上下饺子，明明下的是饺子，捞出来却是一锅的萝卜疙瘩。霸槽说：你看见了？摆子说：我听来回说的。霸槽说：来回犯病了，你能信疯话？摆子说：上一窑烧碗，守灯说要掌火，他狗日的也不来窑神庙上香，一窑碗烧流了一半。霸槽说：你们能让守灯掌火？那是故意要破坏么！摆子说：霸槽你狂得很么，连神都不怕了？霸槽说：我就狂啦，我只认毛主席哩！拿铲子还在铲，铲不掉，叫着水皮搭梯子上去用斧头脑子砸。摆子说：砸吧砸吧，砸走了神，瓷货烧坏了那也有你们一份的。不怕报应就砸！霸槽就笑了，说：水皮，你遭报应了没？水皮说：我眼睛没斜嘛！摆子气得咻咻地喘，突然喊：支书——！喂——支书！

声很大，破得像烂罐子声，古炉村里没有回应，而窑神庙三个字被砸没了，砖末子落了一地。黄生生从庙里出来，他看了堆在西厢房里的那些收缴来的四旧，对霸槽说：这大一个村子怎么就只这些东西？霸槽说：大是大，却是穷村，解放前也只有一家地主，恐怕也再没什么四旧了。黄生生说：古炉村之所以叫古炉，那是有窑场么，做瓷货买卖，肯定差不多人家里有东西。水皮说：日子好的人家挨家挨户都让交了。黄生生说：靠自觉那不行，得进屋去搜，凡是封建主义的资本主义的修正主义的东西都要收缴！如果工作难度大，那就得抓反面典型，杀了鸡给猴看。霸槽说：老反面典型那就是守灯了。

这个上午，黄生生和水皮去守灯家让守灯继续交，守灯确实再没有可以拿出来的东西了，就指着柜子下面的一个尿壶说：要说四旧，那是四旧。土改时天布他大要拿它，我大说那是尿壶，天布他大没有拿。黄生生一脚把尿壶踢碎了，说：还有啥，还有啥是古老的？守灯说：月亮是古老的，中山是古老的，我身上的虱是古老的虫子。黄生生说：你还给我贫嘴呀？！让水皮把守灯带到山门下开会。水皮却发现小房屋的墙上一架板上放着三个瓷瓶和一堆碎瓷片，问：这是不是四旧？三个瓶子拿下来，瓶底都有着乾隆年造的字样。守灯一下子扑过来夺了瓶子，搉在怀里，说：这是老青花的样瓶，我掏了大价从洛镇买的，要为咱古炉村能烧出青花瓶作研究的。这事支书知道。黄生生说：笑话，贫下中农没人啦，让你去研究？水皮说：这事我好像听支书说过。黄生生说：

就是研究，这青花瓷也不能放在你家，应该放在公房里。守灯说：放在公房不是打了就是丢了。水皮说：你以为你是谁呀！就过来夺，守灯不丢手，黄生生便掰开守灯的指头，把瓶子拿走了。

开守灯的批斗会，婆肯定去了陪桩。善人去得早，他不知道他该不该也陪桩，他就没有坐在人群中，而是立在旁边，等着有人说话。但没人说话。善人立了一会，说：我还是陪着好。站在了婆旁边。婆悄声说：你上次站是因霸槽的事，这回是霸槽来成事，你还站呀？善人就要走，黄生生却说：你就站在那儿！破四旧不仅是收缴旧东西，脑子里的四旧更要破哩，听说你整天神神鬼鬼地说些封建话，以后还要专门整治的，现在你站在那儿！善人再次站在了婆旁边。

批斗会是来了一些人，因为运石修渠忙累了多日，人们都想着能歇一歇，霸槽没有找磨子，磨子也就没敲门前树上的钟，而迷糊从收来的四旧堆里拣了个铜脸盆，敲着在村里喊：咣，咣，开会喽，开批斗会了！三婶出来说：不修渠啦？迷糊说：早该开个会了，再不开会人就累死了！把脸盆又敲得咣咣响。跟后看见了，说：那是我家的铜脸盆儿，你死劲敲？迷糊说：已经收了四旧，哪里还是你的！咣，又敲一下，脸盆就凹进一个坑儿。跟后就和迷糊打起来。一打起来，大家都看热闹，也不去劝架，后来迷糊采了跟后的头发，跟后抓破了迷糊的脸，迷糊就扑过去捏跟后的卵子，跟后当即滚在地上叫唤。有人喊：要出人命哇！才去叫支书。支书一来，双方停了手，支书说：打呀，咋不打呀，把古炉村打个一锅粥呀？！三婶说：支书，你是支书哩，古炉村已经是一锅粥了，你咋不管哩？支书说：院子有了风我关窗子关门，野地里的风我咋管？迷糊说：支书，我招呼叫人开批斗会哩，他跟后不让开批斗会。跟后说：你张嘴就没个实话！我不让你开批斗会？我嫌你把我家的铜脸盆敲坏了。支书说：哎，那铜脸盆是啥四旧，脸盆洗脸哩，你都交出去，你还洗不，还要脸不？顺手就把铜脸盆从迷糊手里拿过来扔给了跟后。迷糊说：这，这……支书说：你爱招呼人，我给你个锣！说完就走，迷糊竟真的跟着走。支书家里有存放着的社火锣鼓，就将一面锣给了迷糊，迷糊拿着锣在巷道里再咣咣咣敲起来，这一次声震得所有麻雀都起飞，黑乎乎一片往州河堤上去。

批斗会上，霸槽先是讲了守灯如何的不老实，家里明明有着几个老瓷花瓶就是不交，而且强词夺理，胡搅蛮缠。古炉村之所以收缴四旧不理想，甚至出现抵触对抗现象，都是受到了守灯的影响。每一次运动，总有人要跳出来充当反面教员，而守灯就是这样的跳梁小丑！但是，这一次运动不同于别的运动，它是文化大革命，不是小革命，谁敢当拦路虎，我们就是武松，谁敢当绊脚石，我们就踢开，砸烂旧世界，建立新世界！田芽说：霸槽，这话不对吧，四九年解放不就砸烂了旧世界吗，已经是新社会了，咋又成了旧世界？黄生生说：这谁在说话？砸烂旧世界建立新世界这是毛主席说的，是霸槽错了还是毛主席错了？！田芽说：噢，那我错了。黄生生说：你是不是贫农？田芽说：是雇农，比贫农还贫。黄生生说：社员同志们，贫下中农就要有贫下中农的阶级觉悟，对于文化大革命，能理解的我们就要照办，不能理解的也要照办！现在让守灯交代！

守灯说：我交代。守灯就闭着眼睛自我批斗，说他没有学习好没有改造好，他是交了一些四旧还隐藏了一些四旧，他是有错他是有罪，罪大恶极罪不可赦，他要老实改造重新做人。狗尿苔坐在下边听着，觉得守灯的话比霸槽的话说得利索，几乎没绊达地说得那么溜。铁栓却说：守灯老是那一套话，我都听得耳朵出茧子了！守灯还是闭着眼，说：老实改造重新做人是我一辈子的事么。铁栓生气了，说：把眼睛睁开！你闭着眼是学生背课文呀？！守灯就把眼睛睁开，看着铁栓，铁栓也看着守灯。两人对起了眼。但铁栓看不过守灯，先是把眼光移开了，给水皮说：水皮你批斗，他守灯以为他有文化哩。水皮说：他那点文化算啥文化？！就从守灯说的月亮是古老的，中山是古老的，虮子是古老的虫子这些话是如何反动，如何对抗破四旧批判起来。水皮一说话，狗尿苔就起来去厕所里要尿尿了。

厕所里蹲着得称，拉屎拉不出来，他又是患腰疼病，蹲在那里就把头顶着厕所墙，满头都是汗。见了狗尿苔说：你快给我折个柴棍儿。狗尿苔说：你又吃炒面啦？这个时候都接上粮了你还吃炒面？得称说：你少说话，快折个柴棍儿！狗尿苔是尿毕了尿才出去找柴棍儿，把柴棍儿拿回来本想着帮得称掏掏屁眼，得称说：叫你折个柴棍儿就那么长时间？！狗尿苔就不帮他掏了，把柴棍儿扔过去，走了。再出来，几个小孩在那里玩炒泥，瞎女像蝴蝶一样向他跑过来，说：干大！干大！狗尿苔赶紧坐到人群里，把头埋下。

水皮已经批判完了，霸槽就正式地介绍了黄生生，说全国都文化大革命了，大家也看到公路上整日都有串联的人，黄生生就是来咱古炉村串联的，是代表了文化大革命串联来的。来回说：那这黄同志是多大的官？霸槽说：多大的官？说了你也不清楚，就相当于洛镇张书记到咱们村里来，相当于县上的干部下乡到咱们村里来。来回说：噢，那得管待黄同志吃饭睡觉呀！霸槽说：那当然，他暂时还在我家吃住，将来就各家派饭了。大家就喊喊咻咻咬起耳朵。霸槽就制止喧哗，请大家拍手请黄生生讲话。手啪啪地响了十几片，黄生生开始讲话，他的话咬音很重，胳膊不停地挥动，他在说什么是文化大革命，文化大革命就是先从破四旧开始的革命。而革命是什么，革命不是请客吃饭，不是写文章，不是温良恭俭让，革命是一个阶级消灭一个阶级。古炉村的旧东西该交的就要交，该收的就要收，让那些阶级敌人和一切牛鬼蛇神去惶惶不可终日，去哭泣吧！但是，古炉村现在收的四旧还不够，还要收，还要砸掉窑神庙，不，已经不能叫窑神庙了，应该叫村办公房，要砸掉村办公房上的屋脊，屋脊上翘那么高的龙头干什么，雕那些凤干什么，龙凤都是封建主义的东西！所以，这些东西统统都要砸掉！

牛铃坐在狗尿苔旁边，一直吃红薯片，吃红薯片有响声，他嫌别人听见，就手在口袋里把红薯片瓣碎，过一会往嘴里塞一片，先不咬，用唾沫浸软，再嚅嚅地吃起来。他是给了狗尿苔三片，狗尿苔吃了，还要，牛铃就不愿意了。正好听见黄生生说要砸窑神庙屋脊上的龙头凤尾，牛铃低声说：天布家房上也有龙头，这下得砸了。狗尿苔说：那就好了，他家房子就不挡你家风水了！再给一片。牛铃说：你吃了三片还要？狗尿苔说：啬皮！动手在牛铃口袋里掏，牛铃扭着身子，突然说：甭动，黄生生盯你哩！狗尿苔一看，黄生生果然停止了讲话，在盯他，他手里握了红薯片，也不动了。黄生生说：开会哩，你干啥？狗尿苔说：我憋尿，能不能出去尿？秃子金说：你才出去上了厕所又要去，尿泡系子断啦？狗尿苔说：你不信，我给你尿在当面！田芽说：去吧去吧，饭稀，娃夹不住尿。狗尿苔就出来，把红薯片给了瞎女，瞎女欢天喜地。狗尿苔说：干大好不？瞎女说：干大好。狗尿苔说：叫干大。瞎女竟然大声叫：干大哎——！狗尿苔立即捂了他的嘴。

狗尿苔让瞎女再去玩，他站在那里感觉着身子，是去尿呀还是不去，身子似乎还没有尿。奇怪的是他看见了一只燕子在前边飞，这是他家的燕子，燕子飞一下落下来，再飞一下，又落下来，他立即知道燕子在逗他，他就跟着燕子走，走进一条巷子，巷子里的厕所墙头上却放着一个锣，他咳嗽了一下，厕所里就出来了迷糊。

迷糊是敲着锣在村里转了几遭，转到满盆家门前了，锣敲得更响，杏开出来说：我大病着你知道不，要害死他呀？迷糊说：开会哩，都得开会哩！听说开会，杏开就不燥了，问：啥会么？迷糊说：批判会，霸槽要开的，这你得去！杏开就想唾迷糊一口，她：我大几天都不好好吃饭了，我到山里弄了些蕨菜根，正熬着做凉粉哩，我过会儿就去。迷糊一走，杏开一边把蕨根打成的糊糊用纱布过滤了在锅里熬，一边低声骂着迷糊也作贱她。熬了一会，盛在几个碗里凉着，提水浇墙角的几株指甲花，也就没去会场。但是，迷糊在会开起来后拿眼溜会场，发现没有杏开，想着杏开在家做凉粉，不知做好了没，就自个又来到杏开家。杏开才浇花，迷糊说：你咋没去呢？杏开说：我大还没吃哩。迷糊说：你说给你大做凉粉哩还是说谎不去开会？便进了厨房，果然锅台上放着几个碗，碗里盛着凉粉。他用手试了试。杏开说：还没凉哩！迷糊说：凉了。这会重要得很，霸槽已经讲过话了，黄生生正在讲，你竟然不去！杏开说：你是谋着吃凉粉吧。迷糊说：咋不想吃，现在蕨根不好寻了么。杏开说：你吃吧，给你一个碗坨拿了走吧。迷糊却说他不要碗，把凉粉倒在他的锣里就行。杏开没好气地把一个碗朝锣里一扣，让他快走，走得远远的。迷糊用刀把凉粉坨来回切了几下，还浇上醋，抹了一层辣子就走。走到院门口，从靠在那里的扫帚上折了两根筷子，一边走一边夹着吃，就觉得要上厕所，把锣放在厕所墙头，没想狗尿苔便过来了。

迷糊一出厕所就端起了锣，说：啊狗尿苔，吃凉粉呀不？狗尿苔说：你才在厕所吃了，还吃呀？！以为迷糊说诳话。但见锣里果然是凉粉，就说：吃哩！迷糊夹了一疙瘩凉粉给狗尿苔，狗尿苔发现了迷糊的手指上有一点粪便，说：看你这手，你这手！迷糊一看，有些急了，却立即把手指在嘴里一舔，说：酱辣子，酱辣子！狗尿苔没有吃，一转身，咕咚一声恶心得吐了。

批判会开过之后，村里人就紧张了，把没有交出去的，又觉得仍算得上是四旧的东西就埋的埋，藏的藏。看星家在土改时分过守灯家一个匾额，匾额的木质好，上边有好多字，一直挂在自家的中堂上，他就卸下来，翻过儿做了案板。长宽他大过世后曾在坟前立了块碑子，农业学大寨平整土地，他家的老坟又正好在那块平地里，必须砸碑平坟，长宽是偷偷把那块碑子运回来，还想着将来什么时候了或许还能再隆坟竖碑，现在连夜把碑子平铺在屋台阶上，铺好了又觉不妥，深埋在院墙根的玫瑰花下面。面鱼儿有个铜火锅，是他大留给他的，说过去他家日子滋润时在火锅中间的火筒里放着火炭，四周的汤槽里压着肉片子、豆腐、粉条和红白萝卜疙瘩，熬出来的烩菜特别香，但后来七八年里再没吃过火锅。开石在家翻箱倒柜，说：咱不是有个火锅？面鱼儿说：咱哪儿有火锅？开石说：我好像见过。面鱼儿说：没有，真的没有。火锅其实就藏在屋梁上，面鱼儿等开石不在，又怕藏在屋梁上被开石哪一天发现，就搭梯子去屋梁上取，没想梯子滑了，把他摔下来，尾巴骨疼了几天，对老婆说：开石是贼，你把火锅取下来塞到鸡棚窝去。老婆说：一个火锅，现在也用不上，你留它干啥？面鱼儿说：交出去了，人家就

307

怀疑火锅是地主家用的，咱家有火锅会不会要给我重定成分呀？！火锅就塞在了鸡棚窝里。婆年轻时头发好，好得梳头要站在凳子上才能把长头发梳通，头发绾起来时就用一枚银簪子插着，这银簪子一直留着，舍不得交出去，就纸包了塞在墙缝里。没想来声到村里见了狗尿苔，问有没有烂铜烂铁头发窝子换离锅糖，狗尿苔说有，和几个人就到他家，他从墙缝里取头发窝子，拆开那个纸包却是一枚银簪子，立即有人透了风，水皮就来把簪子收了。银簪子一收，狗尿苔说：迷糊家有个宽板哩，上面尽刻的花，他为啥不交？霸槽就到迷糊家看，原来是早先朱家祠堂的一个画板，现支了架板放着米面罐子，迷糊就把画板交了。迷糊当场又咬别人，说朱家祠堂去年拆的时候，秃子金拿过一个香炉，跟后他大拿过一个供果盘，田芽他婆婆拿过一个铁油灯。水皮就又收这些东西，结果供果盘和铁油灯早不知扔到哪儿去了，找不着。而秃子金听说迷糊检举他曾经拿过朱家祠堂的一个香炉，就破口大骂，说迷糊给他栽赃哩，他哪儿拿过香炉，但他却揭发了还有四旧的十几户人家，这些人家有马勺，有满盆，有土根，还有支书。水皮不敢去这些人家追缴，列了名单要给霸槽，但这个名单内容很快就透露了，当霸槽和黄生生在商量这个名单，怎样去收缴时，水皮又交上来了三个名单，说是村里几个人又向他揭发的。霸槽说：怪了，说没有都说没有，说到有了却这么多？！水皮说：古炉村水深么。霸槽心里有些疑惑，就把秃子金叫来，一一向他核实揭发的十几户人家名字，又说：别人也揭发你家有银元，到底有没有银元？秃子金说：我哪儿有银元？这一定是他们知道我揭发了他们就反过来咬我哩。霸槽说：那你揭发的十几户人家里都是些什么四旧，你是亲眼见过还是亲耳听过？秃子金说：我估摸他们应该有。霸槽说：你估摸的？！秃子金说：把水往浑里搅，说不定有鱼就出来了。霸槽盯着秃子金，盯了半天。秃子金说：我咋啦？霸槽说：很好，你和水皮去做几个检举箱，公房门口挂一个，山门上挂一个，三岔巷那棵柳树上挂一个。秃子金一走，霸槽对黄生生说：瞧秃子金这货！黄生生说：就让他弄去，革命真还需要这些人。但是，他们决定，收缴四旧的事可以继续说而不再收缴了，古炉村可能是没什么旧东西了，就研究着如何砸村里屋脊上的各种各样的砖饰。古炉村的房子多半都讲究屋脊，那些砖饰属于四旧内容应该砸掉，霸槽就领了黄生生在村巷里查看。

霸槽领着黄生生转了三条巷，再返回来，远远看见三岔巷口的柳树下，一个人一闪就不见了，走近去，原来柳树上已钉着一个检举箱。进了三岔巷，巷子里一簇人在说什么，立即也都散了，只有天布和灶火还蹴在那里下棋。他们走过去，霸槽响响地咳嗽了一下，把一口痰唾在了院墙上。天布低着头说：马走好了？灶火说：马走日字，好了！天布说：那我炮翻山，打死马！灶火说：噢噢，那我不走马。天布说：不准悔棋！灶火说：你都悔了我咋不悔？！天布一把将棋抹了，说：不下了，球德行！霸槽说：哎哎，翻脸啦？灶火说：谁球德行？天布：你球德行！灶火说：你球德行！两个人相互骂着，都没理会霸槽和黄生生，往巷口走了。霸槽脸上有些挂不住，给黄生生说：这两个货狗皮袜子没反正。黄生生说：是吗？果然天布和灶火还没走到巷口，又突然说了什么，嘎嘎嘎地笑，而霸槽的耳朵却红起来。

一家院门吱地打开，葫芦往出走，一抬头见迎面是霸槽和黄生生，要退已来不及，葫芦立即脸上在笑，说：霸槽，你和黄同志吃啦？霸槽说：你干啥哩？葫芦说：我正想着哪儿还有四旧。你来吧，你来。就拉了霸槽、黄生生到了他家院子。葫芦妈在上房炕上坐着，听见院门响，问：谁呀？她声很大，大声说过一句，又小声重复一下：谁呀？但葫芦没回答，给霸槽指点，门道里的织布机是不是四旧，又把挂在院墙角一个婴儿推车拿来，推车上满是尘土，但还能推，往后推不响，往前推就呱呱叫，像是青蛙。黄生生没见过，说：这类似鸣锣开道么。自己来推，没想一推，轮子都掉了。葫芦说：这是我儿子生下来那年，我大从镇上买的。霸槽说：你想交了，就交到公房去。葫芦妈在炕上说：葫芦葫芦，谁来了？葫芦说：霸槽。葫芦妈说：啊霸槽进来坐么。霸槽和黄生生却已经出了院门，她还在小声重复着：啊霸槽进来坐么。

在打麦场上，六升的老婆把一双绣花鞋和六升的油腻腻的地瓜皮帽子交给了公房，她顺脚又到中山顶上去请善人。

两天前，六升病稍微好了点，能到门外转了，水皮和迷糊也到他家去收四旧，看见墙上有个相框，相框做得非常精细，雕着花，里边有张照片，水皮问：这是谁？六升说：我爷。水皮说：还穿着长袍马褂呀？！你家不是贫农吗？六升说：我爷是好光景，到我大手里抽大烟，四八年家就败了。水皮说：哦！就把相框摘下来。六升说：我爷，我爷呢？水皮把照片取下来塞在墙缝，说：你爷在墙上！拿着相框走了。六升气得加了病，除原来的肾病外，在屋里骂老的骂少的，先是爱干净的人，吐痰吐到被子上了须要人立马拆洗不可，如今屎尿都拉在炕上，别的人都没法住在那个屋里。六升老婆就请了善人。

善人是头一天晚上去过六升家，刚进庭间，西屋里六升大声说：谁在这里吵闹？我不爱听，快给我走开！善人告诉六升老婆，病人犯邪气，他一去是邪不侵正，受不了正气。于是进了西屋说：我是讲善事，劝人做好事的，你怎不愿意听呢？和六升论理。邪气百般支吾，说它自己是大仙。善人说：你既是大仙，就不该害得一家老少不安，你这不是造罪么？六升始终不服气。善人看着它的形状说：莫非你前生是个看牢狱的，冤屈死了人，要不怎的现这种形态？六升听了大笑，不肯答言。善人又说再说，邪气还是不肯。

这个晚上善人做了个梦，梦见个刺猬蹲在灶王爷板上。醒来后心里很不痛快。六升老婆再来请他，他又到六升家，和六升老婆说起梦里的情景，没想六升忽地大声说：那就是我！善人说：既是你，你就得走！你既成大仙，理应助人为善，好修个善果，为什么要作恶害人呢？邪气说：你不知道，他们种地时，把我子子孙孙全祸害死了，我才来糟踏他们，以解我心头之恨。善人说：冤仇宜解不宜结，修道最要紧的是去掉嗔恨心，佛被哥哥利王割截肢体，也没起嗔恨心，才成的佛。你虽有道行，可还得脱离畜道，再起仇恨心，不怕坠落地狱么？就劝着邪气回山，好好清心善性，把仇恨去净了，就能托生人。再知尽孝尽悌，便能成正果。邪气答应了走，央求善人能送它，善人也答应了，又问：人是三界生的，你们是两界生的，你怎能迷人呢？邪气说：人心若生正，我们不敢靠近。人虽是三界生的，遇事常耍脾气，性灵就迷了，这是失去了一界。再常动私心，又失去了一界。只剩下身界，我们才敢欺侮他。善人再问：你怎么会讲话呢？邪气说：必须借人的阳气，趁人睡着时，偷偷对人嘴换气，再吃了"天河水"才会说人话的。善人说：啥是"天河水"？邪气说：就是人嘴里流出来的哈喇子。善人说：你走吧。炕上的六升就安宁了。

六升老婆一直在旁边，先是吓得浑身起鸡皮疙瘩，后来惊讶地问善人：这是不是通说？善人说：这还不是通说，通说是死人的亡魂借活人诉冤，这是中了邪。六升的老婆说：六升患肾病一年都没出过村的，只是水皮来收四旧，一气人就不对了。善人说：那也能中邪。六升老婆说：见死人撞鬼，见活人也撞鬼？善人说：那是活鬼么。善人没有收六升老婆的钱，也没吃荷包蛋，临走时叮咛：说病的事不要对外人提，中邪的事更不要对外人提，要不，我这又是该批判呵。六升老婆说：这我知道，可这狗日的水皮让六升害了病，他拿了我家相框子，这我要呀不要？善人说：他拿就拿去了，家家都收哩，又不是你一家，忍一忍，算了！

六升的老婆感激着善人，一定要送送善人，两人走到山门下，那里又是在烧一些四旧，想避没法避，水皮就对善人说：你干啥去了，是不是又搞封建迷信，给人说病了？善人说：没说病。六升老婆说：说啥病呀，病了的人让死去吧！水皮瞪了六升老婆一眼，对善人说：你那儿的四旧还没见交呢！善人说：啊啊我就是来交的。从怀里取出两本纸质发黄的书，承认着他以前看过这些书。水皮说：就这些？善人说：就这些。水皮说：你怀里揣的啥？善人的怀里有些鼓，水皮过去一摸，还有两本手抄的书，拿过一本看了，是《王凤仪十二字薪传》，翻开第一页，上面写着：道只有十二个字，即性、心、身，木、火、土、金、水，志、意、心、身。性、心、身三界，是人的来踪，为入世之法。运用木、火、土、金、水五行当人，为应世之法。志、意、心、身四大界，是人的去路，为出世之法。会了这十二个字，才能来得明，去得白。

性、心、身三界归一，五行圆转，四大界定位，便当体成真。水皮再有文化，但他看不懂这些，问：王凤仪是谁？善人说：王大善人。水皮说：啥大不大小不小的，他是你什么人？善人说：王大善人是清朝人，从小给人放牛，长大为人扛活，自幼就很有孝心，做工忠实，三十五岁时见义勇为，为救友人誓死前行，行于中途黑夜见白日，明了道，自此说病，劝善，度人，化世，垂四十年之久。水皮说：我是问他是谁，你说这么多，是趁机牛鬼蛇神呀？！把书就丢进火堆里。书在火堆里像一只被捉住的山鸡，不停着着羽毛打滚，后来不打滚了，书页却像是被手翻着，翻一页，化了，翻一页，化了，一股子青烟端端长出来直到药树顶，然后青烟从根部一节节消失，消失到药树顶，没有了。水皮又看第二本手抄书，念到"余氏接骨"，善人说：念佘，杨家将里佘太君的佘。水皮说：我认不得个佘和余？善人说：这是接骨的书，给开石接骨就靠了这书的。善人在喊：开石，开石，你给我做证！开石在窑神庙门口站着，过来也看了书，说：这不算四旧。从水皮手里取了书给了善人。善人说：那我走呀？开石说：走，走！却有一声：先别走！

说话的是霸槽，他在办公房里查看着检举信，出来伸懒腰，腰伸得长长的，打了一个喷嚏，自个说：感冒啦？门口的黄生生说：打一个喷嚏是有人想你，打两个喷嚏是有人骂你，打三个喷嚏才是感冒了。有人想你？霸槽说：谁想？！自己先笑了，却看见了山门下的善人，就叫了一声。

霸槽看见了善人想起了曾经挖牛圈棚地坑的事，他要问问善人上次说牛槽下有石碑，是真有还是哄他。善人说：这话说不得。霸槽说：咋说不得，是你以前哄我？善人说：这我不敢。霸槽说：那是说牛槽下真的有石碑？善人说：你是让我成牛鬼蛇神呀，霸槽！霸槽说：这是我问你哩！拉了善人，又招呼了几个人就往牛圈棚去，重新在牛槽下挖起来，竟然还真的挖出了一块石碑。石碑上写的朱姓祖先来古炉村投靠姓夜的舅舅而逐渐发展的历史。这段历史是村里人饭后茶余常说起过，这下倒有了证据。霸槽拿眼看着已经属于了支书家的那三间老公房，问善人：这碑子是四旧，什么地方还埋没埋别的碑子？以他的意思，他希望还有碑子，这碑子就埋在老公房的当庭地下或台阶里，他就可以名正言顺地去挖了。善人说：这我不知道。霸槽说：不知道？善人说：不知道。霸槽一镢头砸在老公房的台阶上，台阶上的石头掉下一个角。

35

从牛槽下挖出了石碑，消息很快传开，人们才觉得霸槽以前挖坑是有道理的。但石碑上的记文让姓朱的人家觉得这石碑应该是姓朱人的早先祠堂的东西，要来看稀罕时，石碑已经砸碎，心里很是不满。不满归不满，又无法说出口，因为石碑肯定是四旧，就说：怎么就砸了，砸碎了？！

石碑砸后，开始砸屋脊。古炉村是一条主巷道，又有十条小巷道，姓夜的人家主要集中在村东那一片，姓朱的主要集中在村西和村中的柳巷、拐巴巷、横巷、三岔巷，别的杂姓，如姓白的，姓李的，刘、王、范家就分散在各处。霸槽说：从守灯家那儿砸起！守灯家的房子当然是最好的，曾经是前院腰院后院三递子，现在变成了三个短巷，全住着姓朱的人家。这些房子都有隆起的屋脊翘檐，屋脊翘檐上都有各种砖雕、木刻和泥塑。土改分房的时候，支书就已经是支书了，灶火他大是土改委员会的，霸槽的大已经接到通知分到了守灯家的三间房子，却最后又改了通知，将那三间房子分给了灶火他大。霸槽还记得他大气得嘴脸发青的情景。守灯住的是分后仅留的三间房里，又在巷子尽头，霸槽说从守灯家那儿砸起，其实守灯的那三间房子上并没有多少东西，他想要砸的就是灶火家屋脊上那些砖雕，那些砖雕太显眼了。

拿了铁锤、镢头和铁齿耙子的有霸槽、黄生生、水皮，还有秃子金，迷糊是这一伙人已经走了，他抱了个碾杆跑来了，他说拿碾杆最好，用不着翻墙上房，碾杆一戳，翘檐上的东西就戳下来了。守灯当然无话可说，甚至让拿梯子去，还亲自捎了梯子搭在檐口，自己在下边稳

313

住梯脚让他们上房。屋脊上的砖雕很快就扒开砸了，又将山墙上那过风窗上的砖刻吉字砸了。走的时候，看见院门楼子上嵌着一块木板，木板上还有字，迷糊说：水皮，那上面写的啥？水皮说："道秋流光"。迷糊说：守灯家算是一潭子金水流得光光的！守灯说：那是光芒的光。迷糊说：还光芒呀，光芒在哪？！拿碾杆就戳，戳不下，拉张桌子，立在桌子上用镢去挖。守灯说：挖吧，小心挖坍了门楼子塌了你！霸槽阻止了迷糊，要求把那四个字毁掉就行了。迷糊又拿斧头往上砍，把四个字砍得没了字样。接下来，挨着往过砸，这些房子是连着的，他们就在房顶上跑来跳去，被砸的人家便老老少少站在院子看，说：不敢把屋脊全砸了呀，那房子要漏雨的哇！哭声拉了下来。

在灶火家的房上，屋顶两边上是用灰泥塑了鱼龙变化，头是龙头，尾还是鱼尾，水皮先去用手扳，还说：这是谁做的？霸槽说：长宽他老爷做的，村里这些房子听说都是他老爷师徒十二个盖的。水皮说：长宽讲究是泥瓦匠，他没他老爷手艺好，这鱼龙变化做得好看么。黄生生说：什么好看不好看，封建主义的东西有啥好看的？！霸槽一镢头就抡过去，龙头掉下，滚在瓦槽上，又从瓦槽上滚落在院子里。灶火的媳妇和公公婆婆都在院子里，媳妇呜呜地哭，婆婆也呜呜地哭，公公蹴在那里吃烟，吃了一锅子又一锅子，婆婆哭得更厉害了，公公骂道：你倒哭啥呀？！婆婆说：我就哭了，我好好的房被砸成这样，你算是啥掌柜的，你球不顶的掌柜！公公就扑过去要打，婆婆却也反抗，老两口就撕缠在了一起。灶火媳妇跑着出去找灶火了。

灶火在屹岬岭下还修着渠，媳妇跑去说霸槽一伙砸房上屋脊哩，灶火就提了个抬石头的杠子往回走，样子很凶。媳妇却害怕了，说：你去好好说，千万不敢和人家打架。灶火说：砸我房哩我还给他好脸？谁砸我房我就捶他狗日的！媳妇说：那你就不要回去！砸屋脊又不是砸咱一家，是齐齐往过砸哩，叫你回去，让你经管着不要把房弄得漏雨了，你二杆子，手又重，谁招得住你捶？！夺了抬杠子，又抱住了灶火的腿。灶火说：好好好，我只看看是咋回事。

好好的天，有了一片乌云，乌云从屹岬岭上空往过跑，灶火也往过跑，灶火像乌云的影子。跑进了他家的那条巷子，他家的屋脊砸过了，已砸到巷子这头看星家。看星咳嗽得气短，一见灶火，说：灶灶灶呀灶火，人家砸哩，砸哩啊！灶火的媳妇一直跟着灶火，灶火就说：砸么，破四旧都砸哩么。看星说：盖房子总得有个脊吧，有脊总得压，啊压些东西吧，把那些东西都，都，都砸了那还像个房子吗？迷糊在房上说：你还知道不像个房子呀，我那房子屋脊上只压了三层瓦，你不是嘲笑我住的是棺材盒子吗，现在你不嘲笑了吧？水皮说：这是革命哩，不是给你出气哩，迷糊叔！迷糊不吭声了。灶火说：看星，砸就砸吧，砸屋脊总比烧了房好！水皮说：就是。又对看星说：看星你知道霸王不？看星说：我知道霸槽！水皮说：连霸王都不知道？！你看过戏没？戏上的霸王带兵一进咸阳，就把秦朝的阿房宫一把火烧了！看星说：那你也烧么，把这房烧么！秃子金砸下脊角的一大块雕成牡丹花状的砖扔下了，说：看星，这块砖完整着哩，你拾了放在墙角，还能垒猪圈哩。看星却提了个础子就把那雕花砖咚的一下砸烂，再把烂块又咚咚地砸碎，碎到拳头大。秃子金说：你这是啥态度？你不满吗？！看星说：我能不满？我不满啥呀，我满得很哩！础子又砸起来，将一疙瘩一疙瘩的碎砖块全砸成了粉末。秃子金就喊黄生生，黄生生从别的房上往过跑，下边的人听见瓦被踩烂了，咯嘣咯嘣地响。灶火就说：秃子金，你数一数！秃子金说：数啥哩？灶火说：你数一数踩烂多少页瓦，让看星到你家房上揭了补上。秃子金说：你说啥？灶火说：你砸四旧就砸四旧，那房上瓦是四旧呀？谁让你踩烂人家瓦啦，文化大革命让你踩啦，毛主席让你踩啦？！秃子金说：灶火，你凶啥？砸四旧不踩在瓦上踩在云上呀，踩烂了瓦咋啦？咋啦？！揭起一页瓦，叭地摔下来。灶火说：你要打我？！杠子给我，给我！杠子他媳妇拿着，不给，他抄起院墙角一个榔头就要掷上房去。媳妇和看星就扑过来抱住，说：灶火！灶火！灶火还是往前冲，媳妇就端起台阶上一盆水哗地泼在灶火头上，坐在地上号啕大哭。灶火不往前冲了，看星一家人就推着灶火出了院门，又推出了巷子。

灶火毕竟气不过，去找磨子，磨子说：这事我知道了，咋弄呀，我有啥办法，人家这是文化大革命哩。灶火说：文化大革命就是他姓夜的文化大革命啦？磨子想了想，破四旧的差不多是姓夜的，他说：哦。灶火说：你才哦呀？你当队长，当的球队长，让姓夜的就这样欺负姓朱的？！磨子说：你以为我爱当这个队长，不是支书让我当，我当这个队长没球事干啦！磨子老实，一急起来口舌没了连贯话，自己打自己巴掌，说他不干。灶火一看，就蔫了许多，说：你再不干，古炉村就没咱姓朱的世事了，要被姓夜的灭绝了。磨子说：那你说咋办？灶火说：姓夜的文化大革命哩，姓朱的就不能文化大革命了？他们砸咱们的房，咱也组织人去砸他们的房呀，咱又不是没人啦，你承这个头！磨子又迟疑了，说：这我找老队长去，他虽然病着，但脑子清醒，十几年和姓夜的人打交道呢，请请他的主意。

几个人就来到满盆家，满盆听了一下子出了一身汗。杏开说：我大啥都不是了，又病成这样，寻的我大干啥呀？！灶火说：杏开你姓朱不姓朱，你还向着霸槽？他霸槽能今天这样，我看都是你惹的，他这是报复姓朱的嘛！杏开一听就燥了：你胡拉被子乱拽毡，这与我屁事？你有本事去咬霸槽么，咬不下了咬我？！满盆就骂杏开：这有你说的啥，你给我避远！杏开坐到厨房里去哭，一声一声哭她娘。满盆就让磨子把他背着去见支书。满盆块头大，浑身又使不上劲，磨子背不动，灶火也背不动，卸了页门扇，抬着去见支书。杏开一看，心里放不下，还是跟了来。

半路上经过天布家，天布和媳妇和泥搪照壁，已经搪到照壁顶了。天布说：啊老队长不行了要送医院呀？满盆在门扇上说：我好着哩。磨子说：你搪照壁？天布说：好着就好。这照壁裂了缝，我拿泥搪搪，要不就倒啦。灶火说：恐怕不是裂缝了，担心破四旧砸照壁吧，你这照壁上有砖雕的蝙蝠。天布说：不是不是。灶火说：天布你是民兵连长，你是没力气还是没胆，可怜地就这样保护照壁哩？！天布说：那咋办呀，运动来了么。哎，你们抬着老队长干啥呀？灶火说：找支书呀，他再不管，这样砸下去，姓朱的头就被姓夜的砸了！天布说：我也去。

一伙人往支书家去，逮住风的人也都尾随着去了。狗尿苔和牛铃一直跟着看霸槽他们砸房上的屋脊，瞎女跑来又向狗尿苔要红薯片吃，狗尿苔说：给你吃了一回，你咋母猪寻到萝卜窑了，老寻我？牛铃说：你是他干大嘛！狗尿苔说：我把干大让给你，你回家给瞎女再拿些红薯片。牛铃才要走，这一家屋脊上的吻被敲掉了，里边有一个鸟窝，水皮将窝里三个雏鸟扔下来，雏鸟死了一个，两个还活着，就拾了要养活，去莲菜池要捉几条小细虫给雏鸟喂。那时候天正暗下来，一伙人急促促往支书家走，天是从南山哗哗哗地暗下来的，好像是撵着那伙人，后来像黑纱布一样把他们罩住。

牛铃说：他们去干啥呀？

狗尿苔说：给支书告姓夜的状吧？

牛铃说：要告告砸屋脊的事，咋是告姓夜的？

狗尿苔说：你没看砸的都是姓朱的家吗，你没看这去告状的都是姓朱的吗？

牛铃说：你说能不能告成？

狗尿苔说：你想叫成还是不想叫成？

牛铃说：告成了就热闹了。

狗尿苔说：那咱就让它热闹。

狗尿苔使劲地摇着火绳，希望那伙人能看到他，让他能和牛铃一块去，但那伙人没有看他们，看见了也没有让他们过去的意思。狗尿苔就对瞎女说：你给咱屙泡屎。瞎女说：我没有屎。狗尿苔说：没有也屙一下，屙了给你吃红薯片。瞎女提提开裆裤蹲下来，而狗尿苔拉长了声音吆喝：哟——哟——哟！这么一吆喝，老顺家的狗就打着喷嚏跑来了，所有的狗都跑来了。老顺家狗毛已长好，又是威风凛凛，别的狗都退在一边，看着老顺家的狗吃了瞎女屙的屎，又舔了瞎女的屁股。狗尿苔说：哎，把狗都领上，去支书家！老顺家的狗说：你去不去，你不去，我不去！狗尿苔说：我去。老顺家的狗说：那好。牛铃看见的是狗尿苔汪一句，老顺家的狗汪一下，就笑了，说：你俩咋不咬一仗哩！狗尿苔没理他，拉了瞎女往支书家走，牛铃也跟着，而牛铃看到的是老顺家的狗领着十多条狗也跟他们后边，越走狗越多，那些鸡也来了，猫也来了，一哇声地叫，村巷里嗡嗡一片。到了支书家门口，门口涌了很多人，狗便在门前树下一排儿摆开，全都卧着，前腿直立，头扬得高高的。狗尿苔和牛铃往里挤，狗尿苔挤进去了，牛铃却被挤在了外边。有人说：你来干啥？牛铃说：我不能进？那人说：你姓夜，姓夜的滚远！牛铃就尖声喊：支书，支书——爷！

院子里，也站满了人，但支书就站在中间，他的气色很好，任凭着灶火、磨子怎样高喉咙大嗓门地发牢骚、咒骂，他都笑笑的，还扭着头说院子小，来的人自己寻地方坐呀。灶火说：人多，你不招呼。支书说：人就是多，咋狗咬得这么凶？狗尿苔应声说：全村的狗也都来了！磨子却拨拉开了狗尿苔说：这里没你的事，想到哪儿玩到哪儿玩去！气得狗尿苔说：我都挣工分了，我是社员，玩啥呀玩？！支书又笑了一下，说：牛铃叫我？牛铃也来了？让牛铃进来么。牛铃进来了，手里拿着两只雏鸟，把鸟交给了狗尿苔。

支书说：我这房上雕的那些山水人物飞禽走兽，我自己早早就砸了，牛铃你家屋脊上的东西是谁砸的？牛铃说：霸槽和秃子金砸的。支书说：看看，并不是只砸姓朱的人家么，牛铃家不是也被砸过？灶火媳妇：霸槽只砸了牛铃家房上的那个镜子，那算啥呀，牛铃家前边天布家的屋脊，你知道砸成什么样了？天布媳妇说：把我家屋脊砸了个稀巴烂！牛铃说：你家屋脊应该砸，修得那么高，压着我家风水么！支书说：什么风水，风水是四旧！牛铃的后襟不知被谁拽着，就被拽出来了。这时院外的狗一个声地咬。磨子又给支书诉苦：我这队长管不了，你这支书还治不住？你再不管，这队长我也就不干啦，干不成了么！支书说：你别给我撂挑子，这个时候，你好好抓生产。磨子说：抓他妈的×哩还抓生产？我不给破四旧的人记工分，你让记的，现在砸房子的不但有霸槽、水皮，他迷糊也去砸，秃子金也去砸，砸了还记工分，那咱就都砸吧，姓夜的能砸姓朱的房，姓朱的也能砸姓夜的房！支书说：这是你说的话吗？你别给我胡来，闹得鸡犬不宁！磨子说：已经鸡犬不宁了，支书！你看看连狗都来了么，你啥时见过几十条狗涌到你门上的？狗尿苔悄悄给牛铃说：一会儿鸟还来哩。牛铃说：胡说哩。狗尿苔说：你去把支书上房门脑上那个窝里的燕子捉来，我就能让鸟儿都来。支书家上房门脑是有一个燕子窝，窝里是住着一只燕子。牛铃说：吹吧！却趁着人乱就去把一个背篓翻放在上房门口，自个站上去摸燕子，燕子竟然不动，捉来了，狗尿苔叽叽咕咕说了几句什么，一扬手燕子就飞走了。支书说：磨子，这满盆也知道，我当支书十几年了，我啥都没怕过，就怕古炉村姓朱的姓夜的还有杂姓之间不团结。这么多年安安稳稳都过来了，现在咋就两姓成了对头？祖先是舅和外甥的关系，现在是人民公社社员，如果窝里斗，互相掐，那对谁好呀？！满盆说：这都是霸槽起的事，啥货色呀，以前是刺儿头，溜光棰，咱还能压住，现在是尿窖子啦，天一热蛆就活泛啦！支书说：没酵子面不发，我看这是那个姓黄的在这里边搅哩。灶火说：他搅他妈的×哩，凭啥呀，在古炉村吃哩喝哩搅哩？！磨子说：谁让他来的，拿着介绍信？天布说：拿着一张嘴，×嘴能煽！支书说：狗尿苔，狗尿苔！牛铃说：鸟咋没来呢？狗尿苔往天上看，天上阴沉沉的，没有一丝风。支书又说：狗尿苔！牛铃说：叫你哩。狗尿苔慌忙说：在这！从怀里掏出火绳给支书拿过去。支书说：谁要火绳？！去，把霸槽叫来，我和他谈谈。

　　狗尿苔刚出了院门，一群鸟就飞来了，先是一群燕子，打头的就是他家的那只，紧接着是扑鸽、黄鹂、百灵、黑嘴子、麻溜儿，但没有见到山神庙白皮松上的那几只红嘴白尾。这些鸟在空中飞了一阵，落在了上房和东西厦屋的瓦楞上，人们觉得奇怪，都抬头看，突然间空中出现一片碎石头，而且极快地扔下来。人哄地散开，连磨子也拉了支书就往屋檐下跑，院子空了一块地，那碎石就扔下了，扔下了却是一群灰雀。灰雀落地从来都不是这样坠着下来的啊，而且这群灰雀灰得发黑，是那么小，小得像鹌鹑蛋。

36

狗尿苔在村里跑了一圈，没有找着霸槽，出了一身水。在树下坐着打草鞋的跟后叫他，他就过去了。水渠工地上停了工，跟后没事，把鞋耙子拿到树下来编鞋，树荫不停移动，他也跟着树荫移，已经从树左边移到树右边了，说：天咋这闷热的，浑身像是有筛子眼，汗出得不断！你疯跑啥哩，热得还不燥？！狗尿苔说：不燥，你把唾沫往奶头头上抹些，心里就不燥了。跟后瞪了狗尿苔一眼，以为说诓话。狗尿苔没有笑，脸定得平平的，他觉得他是瞎女的干大，和跟后就是亲家，哥儿们兄弟，他说：真的，你试试。跟后把手指蘸了唾沫往衣服里的奶头上抹，果然一股凉气。狗尿苔说：人都到支书家告状了，你咋没去？跟后说：我去做啥，天坍下来有高个子哩，我去做啥？！狗尿苔说：那你见没见到霸槽？跟后说：你一会去支书家，一会又找霸槽，狗尿苔，咱屁股底下有屎哩，咱别两头蹭呀！又说：这话是我对你好才说的。狗尿苔说：我知道。是支书要我叫霸槽哩。跟后说：刚才我看见他带着善人去水皮家了。狗尿苔说：带的善人，善人没啥事吧？

黄生生在八成家房上砸屋脊，下来时从院墙上往下跳，崴了脚，水皮背了去他家，霸槽就叫了善人。善人当然是一叫就到，查看了伤情说没有伤着骨头，用热手巾敷一敷，歇上一半天就好了。水皮妈便烧水，善人在铜脸盆里换着泡湿的毛巾给黄生生敷。黄生生脚疼呢，嘴却闲不住，和水皮你一句我一句说个不停。屋里还有秃子金、迷糊、开石几个人，霸槽在那里洗脸，一盆水哗啦啦溅得只有半盆，还叫开石用瓢再舀水给他头浇。狗尿苔去了后，一时给霸槽传不了话，秃子金、迷糊、开石没有和他说话，他也不愿意和他们说话，就站在一边看着黄生生和水皮的嘴，嘴多亏不是瓦片，要不早烂了。水皮说：整个州河八十里上下的五个盆地，有的盆地或许美丽，有的盆地或许富饶，唯独古炉村这个盆地里美丽富饶。黄生生说：不可能！你省城都没去过，你是一孔之明，井蛙之见，你根本不知道什么叫富饶，也根本不知道什么叫美丽！水皮说：你老家是哪儿人？黄生生说：县北边。水皮说：哦，我们这儿人称南山猴，你们那儿人称北山狼，你到过黄花岭吗，黄花岭是分水岭，北边的水流到黄河去，南边的水流到长江，古炉村是长江流域，站在州河里尿一泡，尿就流到上海去了。黄生生说：不可能！你知道上海在什么地方？水皮当然没去过上海，就又说：我去过你们北边，北边的房子都是墙高檐短，瓦是黑的，屋脊上没有砖雕泥塑，一律涂着白灰。我们这儿的房子还是结实耐用。黄生生说：结实耐用那不可能！水皮说：但比你们那儿的房子造型壮观么。黄生生说：不就是多些砖饰泥塑，四旧么，一砸还有啥壮观的？房子砸了那些砖饰泥塑好比人没了耳朵眉毛和鼻子，没了耳朵眉毛和鼻子的脑袋就是个葫芦，就是个球！水皮说：这还不是你让砸的。黄生生说：不是我要砸的，是文化大革命要你们砸的。没话说了吧？水皮妈说：水皮你说不过他，他捂住半个嘴你也说不过他，我给你们做一顿拌汤疙瘩吃。水皮说：我妈做的拌汤疙瘩那是天下最好吃的饭了！黄生生说：不可能，天下做拌汤疙瘩最好吃的是我妈！水皮妈脸上就没了光彩，还说：你将就吃，将就吃。黄生生说：有黄豆了就再煮些黄豆，黄豆……黄生生突然不说了，拿眼睛往门脑上的暗窗看，暗窗沿站着三只麻雀，叽叽喳喳也在说话。狗尿苔就插了话，说：麻雀在说吹吹吹，胡吹么！大家都笑了，开石说：以前我听过说玄话，说的是竹竿上边顶老碗，老碗里边盖牛圈，牛圈里两个犍牛正抵战。狗尿苔以为开石在嘲笑他，说：真的麻雀在说吹么吹么。黄生生却嘘的一声，不让大家说话，抓起一个笤帚猛地打上去，一个麻雀就掉下来。狗尿苔立即过去捡了，麻雀并没有死，扑棱着翅膀。水皮说：打得准，我曾经一挥手抓住过苍蝇。黄生生说：不可能！你给我打一个麻雀下来？！拿过来，拿过来。狗尿苔把麻雀给黄生生，黄生生却把一个柴棍儿捅了麻雀的屁股里，像是古炉村人插了柴筷子烤苞谷棒子，竟然也就在火堆上燎。麻雀还在动着，羽毛燎着了，还在燎，燎到黑了颜色气，就转着柴棍儿啃着吃麻雀肉。他这一举动看得所有人都呆了，善人不换湿毛巾了，狗尿苔叫了一下。黄生生说：叫啥哩？你们不吃麻雀肉，麻雀肉好吃哩！继续转着柴棍儿啃，他那吹火嘴暴着牙齿，啃得仔细又迅速，一会儿就将麻雀啃得只剩下一疙瘩内脏。善人不敷湿毛巾了，起身去厕所，连开石和秃子金也咽着嘴往出走。黄生生说：狗尿苔，你寻个竹眉儿，我剔剔牙。狗尿苔却给霸槽招手，霸槽问啥事，狗尿苔拉他到门外了，说：黄生生就这样吃麻雀，这不是人么。霸槽说：我也没见过这样吃肉的，啥事？狗尿苔说：支书让我来叫你呢。霸槽说：叫我？你回话说，我忙着哩！狗尿苔：支书叫你哩，你还忙着？霸槽说：为啥他叫我，我就不能忙着？！

狗尿苔没能叫动霸槽，狗尿苔也就不敢去给支书回话。但是，霸槽晚上去见了支书，他之所以选择晚上去，他要提醒着支书：不是你要我来我就来，而是我想来了我才来的。他并没有问支书有什么事，开口就提出村里应该给黄生生解决吃饭问题，老在他那儿吃，他已经负担不起了，该实行像镇干部县干部下乡那样到各家吃派饭。如果不能吃派饭，村里就拨些粮给他，他做饭给黄生生吃，柴火他不用村里解决。支书不同意，说这没有先例，镇上县上干部下乡，那是先有文件下来的，黄生生来古炉村，他没有收到任何文件，如果给派饭或拨粮，那谁都可以来要吃派饭和拨粮了，粮食这么缺贵的，他不敢违法乱纪。霸槽就变了脸吵起来，还拍了桌子。支书从来没人敢对他拍桌子，他说：你给我拍桌子？！霸槽说：这是你逼着我拍桌么，如果黄生生饿死在古炉村，后果你得负责！支书哼哼地笑了两下，却软了口气说：霸槽呀，黄生生吃了你几天饭你负担不起了，让黄生生吃别人的饭，别人就负担得起了？你要是支书，我让你给一个外村人管饭分粮，你咋处理？你霸槽不出工就不出工，你要出去钉鞋就钉鞋，你不交提成款，也就不交，我饶过你了没？饶了！因为你毕竟是古炉村人。可黄生生他不是古炉村人么，我不反对他搞文化大革命，他做啥事我都受了，这些天你们破四旧，村人都起了吼声，你还要给他管饭拨粮，这我没这个权力。要么，明日再开个社员会，社员们说管饭拨粮，我立马安排管饭拨粮，你说呢？霸槽说：那就开社员会，这会上我要讲话。支书说：行，行，我召集人，会上我一句不说。

送走了霸槽，支书就到了满盆家，又让杏开去把磨子、灶火叫来，支书把霸槽要求给黄生生派饭或拨粮的事说了，满盆、磨子、灶火齐口骂：狗日的，砸了那么多姓朱人的屋脊，还没寻他的事哩，他还要派饭拨粮？！灶火的意思是明日根本用不着开会，你支书太软了，怎么能允许开会。如果会上霸槽一煽火，即便有姓朱的反对，但还有那么多姓夜的，姓夜的人家大多没被砸过房，要同意了怎么办？支书说：这不是我软，我什么时候软过？对待霸槽硬不得呀，他是上无老下无少光棍一条，我呢，是支书，得顾看一村人啊！大家一时都不说话了。满盆在炕上坐了一会，坐不了，就躺下，说：既然都这样了，那还说啥呢，明日就等着开会吧。磨子说：那把我叫来做啥？屋里热得蒸笼一样，我到打麦场上睡觉呀！把旱烟锅在鞋底上磕了，拿烟袋包了在烟锅杆子上缠，准备着走人。灶火说：你走，咱都走，姓朱的就是些软柿子，让人家捏吧！磨子说：谁是软柿子？灶火说：支书是软柿子，你比支书还软，软得稀溜哩！磨子说：你硬，你只会门背后硬，人家砸你房哩你咋不硬？！灶火说：不是我媳妇死抱住了我，看我卸得了狗日的腿？！支书说：吵啥的！就不会坐下来商量商量事？磨子你要走呀？磨子没言传，把缠着的烟袋包儿又解下来在烟锅里装上烟，凑近炕头墙上的煤油灯去点火，烟锅却把灯芯子撞灭了，屋里一片漆黑，窗口外的月光在炕上跌出一个白色方块。满盆喊杏开把火柴拿来，杏开在厦子屋她的房间里坐着纳鞋底，听见喊叫，拿了火柴上来。支书在黑暗里说：我思量了，如果仅仅说谁家房子砸了，谁家房子没砸，或许姓夜的人家还向着霸槽，可派饭拨粮，这是向每个人嘴里掏食，恐怕就没人愿意干了。满盆说：嗯，嗯。灶火说：那咱就把他轰走？杏开划了火柴把灯点着了，说了句：谁你都敢轰？！灶火说：有啥不敢的？杏开说：支书爷之所以没管，是没办法管么，爷，是不是这样？支书说：杏开看着不声不吭的，心里有道数么。灶火哼了一声，说：有道数事情到了这一步？杏开就不

323

爱听了，说：说话要想着说，不要抢着说。灶火说：是我让满盆病了？你大不当队长了他霸槽才在混乱中横了起来，他不横起来哪还会有个姓黄的？杏开说：你厉害呀，厉害成这样子了咋不收拾住他霸槽？他横你也横呀！满盆说：你闭上嘴，这里有你说的啥？！杏开就出去了，她不再纳鞋底，坐在了上屋门外的台阶上。天上尽是星星，有一颗从村上空划过去，亮亮一道光，又有一颗划过去，星星咋不就落在古炉村，落在这院子？！磨子说：能不能轰，咋个轰呀？灶火说：我明日以别的理由寻事，我和他霸槽、黄生生打一回架，打个血头羊，你支书就好出来管了！支书说：我不管。灶火说：你不管？支书说：你就是打得缺胳膊短腿，你就把他轰走啦？灶火愣在那里了，磨子却说：我知道啦。起身就走。灶火说：你知道啥啦？磨子说：我找天布去，这事还得天布。支书说：灶火，你跟磨子一块走，跟磨子学着。灶火迷迷怔怔，还是起身跟了磨子。

杏开坐在台阶上，腿长长地伸在那里，灶火往出走，她也不收腿，灶火侧身跨过去，说：杏开，我不是要说你是非的，我是心急，见不得提说霸槽和姓黄的，一提就上头啦。杏开哼了一声。

磨子和灶火嘀嘀咕咕说着出了院子，杏开却听见在院外他们和明堂说话。磨子说：明堂，还没睡？明堂说：屋里闷得睡不成，到打麦场睡呀。灶火说：不睡啦，跟我们转转户。明堂说：查户口呀？磨子说：明日要开社员会，解决姓黄的事呀。明堂说：不文化大革命啦？灶火说：你知道不，姓黄的要分大家的口粮，要到各家吃派饭，吃派饭不给粮票也不付钱，还得一天三顿吃稠的。明堂说：这咋行，咱都吃不饱，他给咱×了亲孙子啦，给他吃？磨子说：是么是么，大家起来就得轰他！灶火说：明堂，我要和他打开了你得帮我。明堂说：你那么大力气还用得着我帮？我给你帮腔吧。灶火说：没彩！杏开站起来要叫住明堂，他们的脚步声就远了。一只猫悄然从院子树下向院门口走，杏开猛地看见，吓了一跳，弄不清这是谁家的猫，又是什么时候进了她家院子。满盆在上屋里说：杏开，杏开！杏开应道：哎。满盆说：你拾掇些饭，你

324

支书爷还没吃晚饭哩，我们再说说话。杏开说：噢。

　　杏开在厨房里往锅里添水，心里突然急迫起来，想着磨子和灶火今夜各家各户串通好了，明日会上那灶火故意寻事，若霸槽和黄生生骂不过口打不还手，那还可以，若一还口还手，群众就发了漫水，起了吼声，不但黄生生在古炉村待不住，说不定黄生生和霸槽就被打得趴在地上。想着想着，把一桶水都添到锅里，猛地发觉了，又往出舀，却对霸槽生起气了。为什么要把个黄生生叫到村子来，又一天到黑钻在一起，对她也待理不理了。她知道霸槽是伏卧得太久了遇到机会就要高飞，可能跟着黄生生高飞吗？砸了山门砸了石狮子砸了那么多家的屋脊能不惹众怒吗？轰就轰吧，轰走了也活该！杏开就去拿面瓢去瓮里舀苞谷糁，她要做苞谷糁稀饭煮土豆，可突然寻不着了面瓢，在锅项里寻，没有，又到瓮里寻，也没有，急得出了汗，才要出厨房到上房屋去寻，才发现自己手里就拿着面瓢么，气得低声说：都是你害的！恨着霸槽，却又担心村人打了黄生生再把黄生生轰走，霸槽肯定要出面保护的，霸槽也要挨打吗？即便不挨打，走了黄生生，霸槽就没了依托没了靠山，是狗没了尾巴，是鸡没了翅膀，要遭村里人耻笑和诽谤了。唉，霸槽是一口钟，钟在空中才鸣响的，而不是埋在土里，这谁能理解呢？杏开就做不下去饭了，她把苞谷糁放在了锅台，写了个纸条，就悄悄出了院门，她想很快找到狗尿苔。

　　狗尿苔家的院门没关，灯还亮着，但杏开不能进去，怕婆问她什么她不好回答，正站在黑影地里作难，狗尿苔夹着草席和被单出现在院门口，婆还在上房屋里说：能热个啥？有狼哩你跑！狗尿苔说：打麦场上人多哩。婆说：你倒是啥野物托生的，在屋里就待不住？！后半夜了天凉，把肚子盖好！狗尿苔说：知道，知道。狗尿苔已走出院门口了，二反身又进去，在屋檐墙上取了挂着的一根火绳，还点着了，火绳就摇着圈儿出来，头不拧地往巷外走。杏开便蹑手蹑脚尾随着，快到巷口，说：嗨。狗尿苔吓得往前跳了一下，站住了，回头说：谁？杏开说：以为你死胆大，原来也怕鬼么，摇火绳！狗尿苔见是杏开，说：鬼没吓住，你把我吓死了！杏开说：到打麦场去睡呀？狗尿苔说：你咋知道？杏开说：你那一点心思我啥不知道？狗尿苔就好奇了，说：那你知道我这阵想啥哩？杏开说：想去找霸槽呀！狗尿苔说：错了！其实狗尿苔在想他刚才睡在炕席上，热得汗在席上印出了一个人形，那个人形就是他狗尿苔还在睡着，而另一个他又出来了。但狗尿苔没有把这想法说给杏开，他说：我才不去找霸槽呢，他现在肯定也不在打麦场上睡。他文化大革命哩只和水皮好了。杏开说：那你现在就去把这个交给他。纸条塞给了狗尿苔。狗尿苔说：给你送信呀？我不去！杏开说：为啥不去？狗尿苔说：你俩已经不好了，你还给他写什么信，不嫌丢人！杏开说：你晓得个屁！你得去，现在就去！狗尿苔就软了，说：信上写的啥？杏开说：写的啥给你说呀？狗尿苔说：你要还和他好，这我不送，我得为你负责哩！杏开说：你为我负责？你还会说负责这话？！信上我是骂他哩，快去！狗尿苔说：那你叫我叔！杏开说：狗尿苔叔，好了，不要让任何人看到你，你要哄我走到半路上又不去了，你可小心着！狗尿苔摇着火绳走了。

狗尿苔到打麦场上转了一圈，打麦场上有好多人在睡着，果然没有见霸槽，而磨子却在和几个人在低声说什么，他一走近，却不说了。他把草席铺下来，冯有粮说：睡到场那边去！狗尿苔说：我和你们睡在一起，不怕狼来。冯有粮说：狼吃不了你！把他的草席扔开了。狗尿苔只好把草席拿到打麦场北边，在三个碌碡中间铺了，心想狼来了有碌碡挡着。看看大家并没注意他，就悄悄离开打麦场去小木屋了。

走在塄畔下的那一段土路上，两边水田里的青蛙都在喊：狗尿苔！狗尿苔！狗尿苔说：不要喊！还跺了一下脚。青蛙就不喊叫了。但青蛙不喊叫，狗尿苔又觉得害怕，会不会前边就有了狼呢？扭头四处看，远近没有发绿的光，今夜没狼。有没有鬼呢，鬼突然从水里出来，拉住他头往泥水里戳？鬼是怕火的，他就使劲把火绳在头顶上摇，却想着：杏开给霸槽的什么信呢，是在骂吗，怎么骂的？突然他栽了一跤，一只鞋没见了。鞋呢，我的鞋呢？他回过身在地上寻，又害怕了起来，就盼望着青蛙喊叫，他说：喊叫，喊叫呀！青蛙立即一哇声喊叫。狗尿苔终于寻着了鞋，穿上就拼命地往公路上跑。

小木屋里，灯亮着，只有霸槽和黄生生，黄生生已经睡下了，霸槽还在盆子里洗刷着那顶军帽。霸槽看了纸条，脸色霎时变了，叫着：黄生生，你起来，你起来！狗尿苔说：你报复杏开呀？霸槽说：你说啥？狗尿苔说：杏开骂你，你不要给黄生生说杏开的事。霸槽说：好了，你回去吧，以后你就给我们送信。狗尿苔说：我怎贱呀？！霸槽却从太岁盆里舀了一缸子水让狗尿苔喝，说：慰劳一下你，行了吧！狗尿苔喝了太岁水，回到了打麦场上才安然睡下。

第二天，几乎所有的人都集中在古炉村山门前的场子上，磨子、灶火已经准备好，却迟迟不见霸槽和黄生生来。灶火就问水皮：你那姓黄的呢？水皮说：咋能是我那姓黄的？应该说咱们古炉村的黄同志呢。灶火说：姓黄的是古炉村的？古炉村的户口册上有姓黄的吗？水皮不吭声了。灶火又问：村里姓朱人家的房子都砸完啦？水皮说：还有两家。嗯，咋能是姓朱的人家的房子都砸啦，破四旧还分姓朱的姓夜的？灶火说：那你咋不砸霸槽家的房子？水皮说：你这啥意思？灶火说：没啥意思。你们砸，我们也砸，咱就都砸，把古炉村砸他个稀巴烂！水皮说：这可是文化大革命呀，灶火，说话要注意点！灶火说：我不会说话，我管他文化革命不革命，我告诉你，不管谁家房子，你要再砸，我就一把火把你家房点了！你家里独儿寡母，要打我想我也打过你！吓得水皮说：这不关我的事，我上头有黄生生哩。灶火说：你去叫姓黄的，让他立马到会上来！

水皮就去叫黄生生，但是，小木屋门却锁了，黄生生没在，连霸槽也没影了。

会没有开起来，就散了，而古炉村安生了下来。一安生了就有出工的钟在响，有土根又在打麦场上碾芦苇，谁家孩子屙下了在哟哟哟喊狗，有公鸡在巷道里撵母鸡，母鸡跑不及就卧下来，公鸡很快跳上去又很快地跳下来，大声宣告它的成功，善人又提了水桶从泉里过来，水淋

327

淋洒了一路。三婶在巷道里遇着了面鱼儿，三婶说：不文化大革命了？面鱼儿说：恐怕不文化大革命了。

于是，被砸了屋脊的人员开始上房，虽然那些砖雕、木刻、泥塑没办法恢复了，但都在补瓦。而灶火最早去公房里拿回了收去他家的那一对旧烛台，后来所有的人学样儿也去拿，一个上午就全拿完了，有人在山门下的灰堆里翻搅，什么也没翻搅出来，开始日娘捣老子地骂。

37

几天里没下雨，狗都不咬了，卧在阴凉处吐舌头，只有知了在树上喊：热呀，热呀，热——男人们就开始穿不住上衣，额角上还贴了薄荷，裤腰里垫上一圈儿的核桃叶。婆去三婶家要些药粉，因为三只鸡身上生了一种虫，老是脱毛，脱得脖子是光的，屁股是光的，得用药粉毒毒。一进三婶家院子，铁栓他妈也在，光着个上身，背上背着孙子，孙子哼哼唧唧闹，三婶就把铁栓他妈瘪着的布袋奶拉到肩上，让孩子吃奶头，她自己也脱了上衣，满院里撵鸡。婆说：啊看你两个，能有多热！三婶大声说：在自家院里，又不出门。老了没羞丑了！铁栓他妈说：你声恁大的！三婶说：他婆耳朵笨，说低了她听不见。铁栓他妈也高了声，说：啊他婆，耳朵又发炎了？婆说：天一热，又流脓么。铁栓他妈说：那你得好好治治，别成了聋子！婆说：聋了也好，啥听不见了清省。正说着，院外有脚步声，婆赶紧去闭门，巷道里往过跑的是狗尿苔，婆就来了气，说：又到河里去啦，水鬼咋没把你缠去？！狗尿苔手里拿了几张麻纸，说：你不让，我没去么。婆说：你过来，你过来！狗尿苔过来，婆在他光脊梁搔了一下，立即出现几道白印，说：你还说没去，没下水有这白印子？狗尿苔赶紧说：老诚说让给支书捞些昂嗤鱼，我只下水了一会儿。铁栓他妈说：老诚他妈风湿得腰都伸不直，也不见他给他妈寻些野蜂窝砸膏药，倒给支书去捞昂嗤鱼？三婶说：鱼恁腥的，能上了锅？狗尿苔说：当药吃么。婆看见了一只跳蚤在脚面上

328

蹦，眨眼又不见了，说：你院里有跳蚤！支书病还没好？三婶说：不知道么，腥鱼还能治了病，那腥得咋上锅么。拿眼看着巷道，巷道都晒软了，白花花地冒着气，一丝一缕，像是水里长出的草，摇晃不定。

三婶到底没撵上鸡，鸡不愿意三婶每天逮住了用指头在它屁眼里塞着拭蛋，天热得哪儿会有蛋，逃脱了就从前巷跑到后巷，又跑到了东巷。支书拿了药罐在路口倒药渣，八成看见，说：支书病好了？支书说：嗯。八成就过来踢了踢药渣，说：把药渣踢散，再不会病了。支书并没有和八成说话，将药罐子顺手放在一家的后窗台上，顺着巷道往前转去了。他还是披着黑褂子，里边的白衫子洗得干干净净，手抄在背后，右手里握着烟袋锅子，长长的杆子就塞在袖筒里。在山门下，两个烧过的灰堆已经被人铲了，当肥料施到了地里，面鱼儿在那里骂狗，狗是老顺家的狗，它顺着横巷追一只老鼠，面鱼儿骂：你多管闲事呀！狗停下来向着他恨，老鼠就钻进墙根的石头缝里。面鱼儿跺着脚吓唬狗，狗依然不动，支书一过来，狗跑了。面鱼儿说：势利狗！支书吃啦？支书说：没吃，请我饭呀！面鱼儿就嘿嘿笑。支书说：看把你吓的！开石呢，开石媳妇还没怀上？面鱼儿说：这话我不好问，看样子还没怀上。支书说：你要让开石抓紧么！不要整夜跑得不着屋。面鱼儿脸红起来，说：支书，开石是不成器，让你……支书说：咋不成器，比起麻子黑，开石是个好青年么。面鱼儿越发紧张着，头上都出了汗，说：支书，这我要给他妈说……支书眼睛却盯着窑神庙那边的漫坡路，路上走下来的是守灯，心想守灯看见他了没有避开，是不是要找他。但他却不看了守灯，对面鱼儿说：没啥，面鱼儿，你不是又给猪圈担垫土啦，你看这天，日头油盆子大嘛！

守灯果然是来找支书的，他给支书说，窑神庙里那些收缴的东西别人都拿走了，他去拿他的那一对纱罩的灯笼和青花瓶子，但那里没有，迷糊说收起来了。守灯说：别人的东西可以取回，我家的东西不能取回，是不是有这政策？支书说：应该有这政策。守灯说：政策都是给我们这类人定的，那好，书是烧了，灯笼我也不要了，可是那三个青花瓷瓶得给我，我烧窑得参考哩。支书说：多年了你都说要烧青花瓷的，咋还烧不出来？！守灯说：颜色上老拿不准。再是，摆子和冬生那点本事却把持着烧窑，尽让我干些运坩土的事。支书立马严肃了，说：让你运坩土是我的指示，在窑场首先是改造，然后才是烧瓷！守灯一下子又蔫了。支书说：要研究参考的话可以到窑神庙里去看么。守灯说：不是已经不文化大革命了吗？支书说：是文化大革命还是不文化大革命，与你都一样的。

说完，支书耷耷披着的黑褂子，转身走了，他知道守灯还站在那里，但他再没有回头，一直走到了村口，狗尿苔和他婆是看着那个石狮子剪纸花儿。

婆向三婶要了些药粉回家在鸡身上抹了，狗尿苔就把拿着的麻纸给了婆，说这纸是支书让婆能给他剪一个石狮子贴在门口。婆当时是吃了一惊，不知道支书怎的心血来潮要她剪石狮子，这可是从来都没有过的事呀。婆当然得听支书的，婆孙俩就顶着日头去了村口。

石狮子的身形笨拙巨大，凿出的石纹里，经年累月，长满了苔藓，现在苔藓绿着，仍还有发白的发黄的，混杂着却像长着的鱼的鳞片，又像是披挂着铠甲。可惜的是嘴被砸坏了一半，嘴里的那个石球没有了。婆绕着石狮转，寻着从哪个方位看着能把石狮子剪得更好，头一仄，耳朵里又流出脓水来。她就坐在那里，一边狗尿苔用树叶给她擦脓，一边剪起来。支书指令的活儿，她不能随心所欲地去剪，但一剪开了，又立即浸沉在了剪刀自如的走动中，她深深地吸一口气，鼻里口里就像火燎，却也闻到了村口塄畔下那些苞谷苗子和水田里秧苗正在生长着的清爽，这清爽是泥土、草木、鸡屎牛粪混合的味道，潮潮的，还辣呛辣呛。一头狮子就先出现了后腿、后臀、腰身，狗尿苔喜欢地说：出来了！出来了！狗尿苔见过牛生牛犊，牛生牛犊就是这么生的，但是，牛犊一旦出来了后腿和后臀，接生的人就拉着牛犊后腿往出拽，噗的一声，牛也出来水也出来，而婆却迟迟不再剪了，说：啥出来了？狗尿苔说：狮子生出来了！婆说：婆是母狮呀？！婆孙俩就笑着，笑声像皮球在冒着白气的地上蹦跳。

当一头狮子完全地被剪了出来，支书来了，他看过了说：狮子嘴呢？婆说：嘴被砸坏了，你不是要让照着石狮子剪吗？支书说：我哪儿让你剪没嘴的狮子？重剪，重剪，要把嘴剪上，要把嘴里的那个球剪上！你知道那个球是什么吗？狗尿苔说：绣球！支书说：绣球在脚下踩的，能含在嘴里？是药丸！狗尿苔说：药丸？支书说：你不懂，你婆知道。

婆当然是懂的，凡是在村口立石狮子，民间就有传说，说是很早以前，这山里生了一个妖怪，常出来伤人害畜，村里有一人决心要出外学艺为民除害，有天夜里他家来了一位白胡子老人，老人经过询问，见这人心意已决，就拿出一颗药丸告诉了他说：既然你有此决心，我送你一颗药，如那妖怪再来你就把药丸含在嘴里，会变成一头狮子。再之后你把药丸吐了便可变回人形。说罢老人就不见了。又一天那妖怪果然又出现了，那人就含了药丸，瞬间变成了一头威猛的狮子向妖怪冲去，妖怪一见吓得逃回山林再也不敢出来了。这人要把药丸吐了时，突然想，我如变回人形，那妖怪再来作害时怎么办？为了镇住那妖怪，他决定不吐那药丸，就一直站在村口照看着，后来慢慢变成了一头石狮子，嘴里始终含着那药丸。婆将这传说告诉了狗尿苔，又告诉了古炉村以前有没有过石狮子，她不知道，或许是有过，后来又什么原因毁坏了吧，反正她嫁到古炉村时听过石狮子的传说，并没有见过石狮子，是土改那年，支书让人凿了石狮子放在了这里。婆把这一切告诉了狗尿苔，婆也明白了支书让她剪石狮子的用意，狗尿苔也明白了霸槽破四旧首先就砸了石狮子的嘴的原因。

婆重新在剪石狮子的时候，支书从墕畔的便道走了下去，河滩地里，种的苞谷苗已经绿茵茵有四指高了，而稻田里栽下的秧还没缓过色气，黄蔫蔫的。他蹴在那里吃了一锅烟，再走上墕畔，婆已经剪好了，是头威猛的狮子，狮子的嘴里含着药丸，他满意了，把纸花儿收起来，装在了白衫子口袋，还按了按，然后去了磨子家。

秧苗还没缓过色气，支书心里着急，磨子心里也着急。田里需要水，渠是修好了，但水流量不大，他们安排了劳力到渠入口的河道上垒一道石堰，把河床水位抬高，保证水流进来白天晚上浇地。水灌进地里要专人经管，磨子琢磨来琢磨去派谁去好，先考虑面鱼儿，但面鱼儿眼睛不好使，白天还可以，晚上连轴转，怕吃不消，就想到迷糊，迷糊在欢喜死后喂牛，他没欢喜经心，喂牛时间不是早了就是晚了，而且牛圈里不好好垫土，老是稀泥咕咚，大家意见很大，就决定让面鱼儿替了他喂牛，让他去稻田里浇水。但给迷糊一谈，迷糊不愿意，说他瞌睡多，如果让他去，夜里他要是在稻田边睡着了，水灌得打豁了渠，他不敢保证。磨子说：你在家成夜打草鞋哩，咋没瞌睡？迷糊说：还不是为挣几毛钱？我年纪大了，爱钱么。磨子说：就是年纪大了爱钱怕死没瞌睡么。迷糊说：瞌睡少是少，爱发迷瞪。磨子说：给你派个狗尿苔去，你要迷瞪了让狗尿苔叫你。迷糊再没理由，却要求先派别人和狗尿苔去，他才和牛有感情了，让他再喂几天，三天，只三天。磨子只好先让马勺和狗尿苔去稻田浇水。

　　狗尿苔和马勺没有多少话说，白天就那么过去了，一到晚上，他就叫牛铃陪他，马勺却拿了个草帘子在稻田与莲菜池中间的路上睡觉。马勺他妈死后，马勺也有了心慌病，身子就沉，总是让狗尿苔跑来跑去察看水灌得怎么样了，铲开这块田的水道子，又堵上那块田的水道子。狗尿苔说：把我累死了！马勺说：你小娃腿软和。狗尿苔气得也坐下来。马勺说：你个碎骸，你跟霸槽时跑前跑后你咋不累，我就指挥不了你啦？！狗尿苔说：让咱俩浇水哩，又不是让我一个人浇水呀，你咋不干？马勺说：我这几天身子不美，胃口不开……狗尿苔说：是到了厕所见啥都不想吃啥？！马勺拿他的鞋就砸过来，狗尿苔一闪，鞋掉在水里。这么一打闹，狗尿苔又没走了，还得把鞋从水里捞出来给他。狗尿苔说：好，好，你就睡在草帘上给我说笑话。但马勺并不是会说笑话的人，他睡在草帘子上就睡着了。睡着了就睡着了，全当那里睡了头猪，偏偏马勺又睡不稳，他心慌，一会儿就醒了，嫌狗尿苔和牛铃在地那头高声说话，吵了他。狗尿苔和牛铃说话声就低了，牛铃说：咋让你和马勺来浇水？狗尿苔说：再有两天他就走了，让迷糊来哩。牛铃说：那才是懒狗！草帘上睡着的马勺要拉屎，屁股撅在水田里拉嫌水溅了他，竟然摘了一片莲叶铺在草帘上就拉了，拉毕，提起莲叶四个角，啪地甩在稻田中去，一股臭气就顺着风吹过来。牛铃说：你应该包回去放到你家自留地呀！

第三天，狗尿苔就给磨子反映：马勺成夜只图睡哩，与其让马勺浇水，不如只派他和牛铃。磨子说：明日迷糊就去了。但是，磨子也没想到，就在这个下午，牛圈棚里那头患病的花点子牛死了。

牛死的时候，狗尿苔并不知道。下午死了牛，当下磨子让长宽去杀牛，长宽晓得这头牛有牛黄，剖开肚子后小心翼翼把牛黄取了，好多人都来看牛黄是什么样儿，老牛就是有了这牛黄才死的。长宽说：牛可怜，辛苦了一辈子，它死呀还给人留一笔钱的。秃子金说：牛黄是牛的肝病，那面鱼儿会不会给开石也攒些钱？大家拿眼睛看面鱼儿，面鱼儿正扛了自家的梯子，又拿着锤子和木橛，准备着牛皮剥下来了就钉到墙上，听了秃子金话，没有作声，弯腰系脚上草鞋，他的草鞋已烂得没了后跟，用草绳把草鞋又缠在脚面上。长宽双手是血，抹了一下秃子金的嘴，低声说：哪壶不开你提哪壶！面鱼儿却说：我这肝上能生牛黄也就好了。说得大家一时倒没了话。

牛皮开始剥起来，大家发现就在牛左侧肋条那儿凝了一大片黑血，就疑惑了：这是被殴打的，谁这么打了牛，可能是被打后才致死的。磨子也过来看了，立即喊迷糊：这牛是咋死的？迷糊说：早上我喂了一遍料，它就卧在地上不起来，吃过中午饭，我给圈里垫土，它还卧着，我说起来起来，一看，它死了。磨子说：这么大片的瘀血是咋回事？迷糊说：这我不知道。磨子说：你喂牛哩你不知道？你打没打它？迷糊说：它老卧着不起来吃料，我用棍子吆着它起来。磨子说：你用棍子吆它哩，你就这样把它吆死了，你咋不死么，你让牛死？！迷糊说：你咒我死？论辈分，你该叫我叔哩，你咒我死？磨子也火了：你是个球！你滚吧，现在就滚，永远不要到牛圈棚来！迷糊说：你让我滚？我是支书指派的！让我滚？！磨子冲进牛圈棚旁边的那间土屋，将屋里迷糊的一床破被子扔了出去，还扔了他拿来的鞋耙子，鞋耙子在院门外的石头上跳了跳，三个齿儿就断了。迷糊扑上来和磨子打，依然使用他抓卵子的办法，但一低头刚扑过来，磨子一脚就把他踢远了。

磨子是队长，竟然打了迷糊，在场的人就都呆了。他们把迷糊拉开，迷糊还要往前扑着，秃子金说：你能打磨子呀，把被子和鞋耙子拿上回去，回去！就陪着迷糊回，迷糊抱了被子和鞋耙子往回走，说：我是打了牛，它是该死呀，凭我打几棍就能打死？他磨子脚那么重地踢我，我咋没死？秃子金说：反正是病牛，又干不了活，死了就有肉吃啦。迷糊说：就是么，谁不想吃牛肉，他磨子不想吃？却不回去了，要秃子金陪他去找支书告状，说磨子把他裆踢着了，踢得现在起不来，要断子绝孙呀。秃子金说：你没老婆，就是能起来，还不是断子绝孙的。迷糊又骂秃子金，秃子金笑着说：要去你去。自己就退了。

牛铃一直是在杀牛的现场，他很积极，长宽剥牛皮，他过去帮忙拉牛腿，拉牛腿的人多，不让他拉，他就拽着个牛尾巴。牛的左眼还睁着，像个铜铃，右眼闭着，眼皮子已经烂了，眼下却有一道发黄的印痕，他知道这是牛流过泪，伸手去按左眼，想让眼皮能合下来，但合不上，牛眼就一直瞪着他，他扇了扇趴在那里的苍蝇，从长宽头上取了那个小草帽盖在了牛头上。长宽说：干啥呀？牛铃说：牛看我哩。长宽说：去，拽着牛鞭！牛铃这才知道牛鞭在牛肚子里还有那么长一截。牛鞭割下来了，秃子金拿着要挂在牛棚房的柱子上，几个妇女已经背了大环锅进来，准备起灶烧水，问秃子金：那是啥？秃子金说：好东西，男人身上也长着的东西。妇女说：男人身上也长着的东西，那女人就没有？秃子金说：有时有，有时没有。男人们就哈哈地笑。面鱼儿说：秃子金你瞎说啥哩，把那东西挂在阴凉处，阴干了将来做碾杆套绳。水皮说：做套绳可惜了，给支书留着泡酒。秃子金说：咦呀，水皮，你脑袋瓜这灵的！水皮说：灵人不顶重发，我还灵呀？没想，一句话没落点，

334

老顺家的狗一下子扑过来叼住了牛鞭。老顺来的时候,他家的狗也跟了来,但谁也没留神,等狗突然叼了牛鞭,反应过来,一片惊叫,狗已经跑出院门了。大家就撵出来,用棍要打,急得脱了鞋扔过去打,狗顺着山门前的漫坡跑,谁也撵不上,只有牛铃仍还在撵。

牛铃撵到了村西口,又下了土塄,他也撵不上了。虽然牛鞭让狗吃了,而牛铃没有生气,反觉得特别兴奋,他就没有返回牛圈棚,直接去河滩的水田来见狗尿苔。

狗尿苔灌好了一畦的水,堵了进口,又扒开另一畦进口,牛铃就从畦堰上跑过来,告诉了死了牛的事。狗尿苔说:死的哪头牛?牛铃说:有牛黄的那头牛。狗尿苔噢了一下。牛铃说:吃牛肉呀你不高兴?狗尿苔说:高兴么。牛铃说:早上起来,我嘴里忽地流了一口涎水,没想还真的有口福了。你吃过牛肉没?狗尿苔说:没有。牛铃说:我也没吃过,听说牛肉好吃得很,有嚼头,越嚼越多!远处地头的柳树下,因为天热,又有树挡着,马勺光溜溜仰躺在草帘子上。狗尿苔不让牛铃声太高,免得马勺听着了。牛铃说:分牛肉肯定人人有份,马勺也能吃上。狗尿苔说:就是先不让他知道!马勺却突然尖声叫喊,爬起来在那里跳。两人跑过去,原来是蜂蜇他那东西,已经红肿得像个胡萝卜。狗尿苔说:呀,咋蜇得恁怪的!马勺说:快擤些鼻涕!蜂蜇了抹鼻涕能止痛,他自个先擤了鼻涕抹了上去,狗尿苔和牛铃也就擤鼻涕。狗尿苔说:你睡哩咋不趴下睡?马勺说:底下有老婆哩我趴下睡?!狗尿苔说:人常说该死的球朝上……将擤出的一把稠鼻涕抹上去,抹得大腿根都是。马勺又骂:这哪儿来的蜂,日他妈的蜇我哩!

狗尿苔在地上找,蜂蜇了人蜂就死了,果然找着了一只死蜂。但蜂是黄颜色,身子短短的,很胖,这不是中山坡的槐树林子里的野蜂,狗尿苔说:这是牛路家养的蜂。马勺也过来看了,就骂:牛路牛路我×你妈!古炉村很多人都患风湿病,而牛路妈的风湿病是全身的关关节节都疼,疼得两腿变形,手指没一根是直的。牛路的舅家在下河湾,舅舅抱来了一箱蜜蜂,蜜蜂当然酿蜜,牛路妈也给狗尿苔吃过蜜,但牛

335

路妈却是每日都要捉三只蜂用刺蜇身上的痛处。马勺骂了牛路把蜂箱不关好，让蜂蜇了他，狗尿苔就说：蜂是采花的，咋能寻着你那臭地方？马勺气得说：蜂是四类分子么！穿上衣服要回家去，扔下一句：好好浇水着！

狗尿苔和牛铃一心惦记着杀牛的事，不知道牛杀好了没有，也不知道什么时候能分牛肉，可稻田浇水不敢耽搁，直到了天麻碴碴黑了，将水灌进那最大的一畦稻田里，就往牛圈棚那儿跑。牛圈棚的院门却锁了。狗尿苔说：不在这儿杀牛？牛铃说：明明就在这里杀么，杀好了把肉拿到别处了？是不是人在院里？狗尿苔说：人在里边院门是关着的，现在门锁着呀！两人就蔫下来。牛铃说：不会不给社员分牛肉吧。两人怅怅地走开，狗尿苔却说：哎，我闻着有肉香哩，两人就皱着鼻子闻，分明有肉香味，牛铃就爬院墙，从厕所墙上爬到院墙上，看见就在支书已经买下的那三间屋里亮着光，里边有几个人正一个拿一个煮熟的肉块子吃哩。牛铃溜下来，说：他们偷吃哩，咱们翻墙进去，看他们敢不给咱吃？！狗尿苔说：我不敢翻。牛铃：那你不吃啦？狗尿苔说：想哩，可我出身不好。正商量着，院子里有了脚步声，两人蹴在厕所不吱声，就见院门拉了拉，拉出个缝儿，有手从缝儿伸出来开锁子，门就打开了。一个人说：秃子金你狗日的能，还把门反锁了！秃子金说：要是关着，别人一看不就知道有人吗？说着嗝的一下。说话的是天布，天布说：别嗝得那么大的声，让人知道你吃肉啦！秃子金说：一个牛头有多少肉么，要放开吃，那个牛腿都不够哩。煮肉哩，还不能蹭几口，谁钻进肚里看呀？最后走出来的是支书和长宽，支书手里提着一块肉，长宽又把什么塞给了支书，支书说：这是啥？长宽说：你拿上。支书接了，对磨子说：我把我的一份先拿走啦，你去招呼社员们分肉。告诉大家，吃着牛肉要想着这头牛，辛辛苦苦耕了一辈子地，死了还把肉给咱们吃。磨子说：嗯。支书又说：把屋里收拾好，不要让人看见在这里生过火，影响不好。支书就走了，磨子也走了，长宽就大开了院门，又进去把汽灯拿出来挂在牛棚房柱子上。

天布就大声问：秤锤呢，秤锤在哪儿？

狗尿苔和牛铃从厕所里出来，悄悄跑到巷子，狗尿苔说：我还以为咱吃不上牛铃哩！牛铃说：我只说村干部为人民服务哩，原来狗日的也偷吃！狗尿苔说：这话不敢说！牛铃说：谁把我逼急了我要说哩！狗尿苔说：那我可没看见呀。牛铃说：你身份不好，不让你做证。却鼻子朝狗尿苔身上闻，说：咋臭臭的，你踩了屎啦？狗尿苔低头看鞋，鞋上是踩了屎，就在地上蹭，说：你说一个人能分多少？牛铃说：管他，反正一会分了，连夜我就吃呀。你家有没有萝卜？狗尿苔说：要萝卜干啥？牛铃说：牛肉切成丝和萝卜丝炒在一起，萝卜丝也就成牛肉丝啦。这时候磨子把门前的钟敲了。

钟的声音并不大，但人人听着如同天上滚了雷，巷道里嗡嗡作响，院子里孩子们哇地欢呼了，有喊大的，有呼爷的，似乎所有人都支棱着耳朵，一直在等待着钟响，然后都拿着盆盆从家里出来。在下午，差不多的人已经知道死了牛，而且正在杀着，都跑去看，后来是磨子他们说要切肉清洗下水，让大家全回去，等着晚上分肉。现在人们站在巷道里是那样的兴奋，一边手敲着盆盆，一边又议论着这头牛能杀出多少肉，按人头分又能分多少。狗尿苔小跑着回家，一进院就喊：婆，婆，分牛肉啦！婆好像并没有在屋，屋里煨了湿柴草在熏蚊子，烟呛得一连打了几个喷嚏，当他从柜盖上取了那个瓦盆，又嫌瓦盆小，换了个大的盆子，才看见婆就坐在小房屋的炕沿上。狗尿苔说：婆，要分牛肉啦！婆还是没作声。狗尿苔走近去，婆在流眼泪。他说：分牛肉啦，婆！婆说：看把你高兴的，你婆死了你也这高兴？！狗尿苔瓷在那里了。婆一定是知道牛死了，也知道要分牛肉了，但他不明白婆怎么说这话。婆说过了，看着狗尿苔，却把狗尿苔搂在怀里，说：也好，有牛肉吃也好，你去分牛肉吧，分回来了婆给你炖着吃。狗尿苔说：牛铃说用萝卜丝炒着吃，咱给他一个萝卜？婆说：好，好。

狗尿苔拿着瓦盆到了老公房，院子里站满了人，那盏汽灯被一群飞虫在外边围成一个黑圈，磨子点着各户主的名字，点着一个了，看天布在切肉，切出来的肉放在秤盘上由长宽称。一个人是三两肉，那肉就切得多了少了，秤高了低了，天布再切些牛肝牛心牛肚添上去或减下来。本来家人口多，切了一块牛肉，又搭了一堆牛百叶，本来说：咋给我这么多牛百叶？天布说：正肉和下水搭配着。本来说：半香咋没搭下水？半香立即说：你眼睛呢，我搭了个骨头你看见没？天布说：胡咬啥呀！本来说：我胡咬？不公平还不能说啦！天布就燥了，啪地放下刀，说：你公平你来分，你来！众人说：天布分，天布分。天布说：大家都拿眼看着的，我有啥不公平？！牛路就把本来推走了。院子里又热闹开了，有人说一人三两肉这咋做呀，做好了塞牙缝！有人就说：你牙不好，你不要吃了。那人说：一个牛才杀了这点肉，是那个大黑犍牛就好了。磨子听到，说：你放屁哩，你盼生产队的牛都死了，你犁地呀！众人说：打嘴打嘴！那人就自己打自己嘴，大家就又笑。马勺也来了，他走路一跛一跛的，立即几个人都在说：马勺，听说被蜂蜇了？马勺看见了牛路，就骂：牛路你得给我赔！牛路说：赔球呀？！旁边人就起哄，说：这得问问马勺的老婆愿意不愿意。回春，回春！马勺的老婆叫回春，大家喊回春，来回说：回春没来。秃子金说：回春没来，你说让牛路代替马勺行不行？老顺拉了一把来回，说：听这瞎髅胡说哩，甭招理他。但分给老顺肉时长宽把秤压低了，老顺：这是咋啦，秤杆子上了年纪，往下滴溜呀？大家又笑，说：秤杆子学你哩。老顺只在对天布说：再加些，加上舌头。长宽说：不能加舌头，你家的狗叼了牛鞭，一个牛鞭要多重的，你还不知足！老顺还要说什么，后边人把老顺拨开，但来回却扑过来说：长宽，狗吃了那是我们吃了？长宽说：你说那狗是不是你家狗？来回说：我们家还有老鼠哩，老鼠吃了地里的庄稼，你也少给我们分粮？你算个干啥的，让你掌个秤，你就拿捏人了？！长宽说：我不算个啥，你算个啥，不就是从河里爬出来的么！来回就又往前扑，说：你揭我的短？！要抓长宽脸，长宽一闪身，秤杆子撞着了汽灯，汽灯摇晃着，顿时四面墙上人影乱动。有人喊：来回有羊癫疯，羊癫疯要犯呀！磨子吼了一声：嚷啥哩？！人群当下静了，磨子将牛舌头用刀切

338

成三截，一截放在秤盘上，说：好啦，拿走吧，拿走吧。

轮到牛铃，牛铃是分到了一个牛鼻子，牛铃说：这不是肉么。天布说：这不是肉是啥？磨子说：娃一个人，多给些。天布把牛舌头取过来又切了三分之一，也不过秤，放在了牛铃的盆子里，磨子高声说：咱明事明干，谁只要是孤寡老人，是孤儿，咱都多照顾一点。狗尿苔就挤上来说：这好！他的话好像谁也没听懂，筐子里的正肉已经不多了，天布拨拉过来拨拉过去，最后抓起来的是些牛百叶。狗尿苔说：就这些？！他身后站着水皮，水皮说：后边没分的还都是贫下中农哩。天布说：牛百叶好吃哩。狗尿苔说：我要吃那一块肉。排在水皮后边的是守灯，守灯说：给狗尿苔切块好肉，我要牛百叶。磨子说：你先不要分。守灯说：我不是社员？磨子说：让你最后了再说，你还犟嘴呀？狗尿苔看了看守灯，他也不再说什么，天布就把牛百叶放在了秤盘上。称过了，狗尿苔不走。长宽说：你咋还不走？狗尿苔说：我婆是孤寡老人。长宽瞅磨子，磨子没吭气。狗尿苔说：我也是孤儿。磨子还是没吭气。水皮说：你想让照顾呀，你家明明是婆孙两个，咋能分开说？狗尿苔说：我婆没儿没女，我没妈没大。水皮说：照顾四类分子呀？把狗尿苔拨到了旁边。

狗尿苔那个气呀，抿着嘴咬牙子。他突然想到了霸槽，霸槽再不是人，霸槽还能护他，如果霸槽还在，水皮也不至于这么嚣张，嚣张了也不至于没有一个人不给他帮腔！狗尿苔这么作想，竟脱口一句：霸槽让我代他领他那一份肉。还加了一句：霸槽是贫农！

天布立即说：你说啥？牛才死了，霸槽啥时给你说的代领牛肉？

狗尿苔脸一下子烧了，说：他走时说村里分什么东西了，让我代他领的。

天布说：他走时你知道？他到哪儿去了？

狗屁苔越解释越不清了，支支吾吾起来，说：这我不知道，我真的不知道，我要知道我天打雷轰。

磨子说：他把古炉村祸害成啥样了，他还想分肉呢，分屎去！下一个，下一个！

狗尿苔不敢再说话了，端着牛百叶盆子站在了一边，但他没有走。他看着一个人一个人都分过牛肉了，牛圈棚里那些牛都没有睡，也看着分牛肉的人群，那张牛皮，摊开很大，就钉在了墙上，而被煮过的牛头成了一个骷髅，就在灯下的桌子上放着。终于分完了，院子里还剩下守灯和牛铃，磨子在拍打着放肉的筐子，捏着几粒碎骨屑吃了。守灯说：肉没了。磨子说：没了。守灯说：那就没有我的肉啦？磨子说：那些骨头我特意留给你的，骨头砸了，骨髓多得很，可以熬一锅油萝卜。就对牛铃说：你咋还不走？牛铃说：我等狗尿苔，去他家拿萝卜。磨子就对狗尿苔说：你这碎雒，我本来要天布给你再切一点牛舌头的，你说那些话干啥呀？狗尿苔说：你说过要照顾的。磨子说：好，好。把骷髅头提起来放到了狗尿苔的盆里，说：上边没肉了，看着心里就算吃了肉了。

38

这是个不眠之夜，古炉村被香气浸泡着，被欢声笑语浸泡着，所有的人家都在生火炒肉，所有的狗、猫、鸡都没有进圈进窝，趴在厨房门口，而孩子们则在巷道里骑着竹棍儿或扫帚跑马，尽情地蹦呀闹呀，要把肚子腾得空空的，准备着一顿吃喝。狗尿苔端了盆回家，他给婆诉说着没有分到正经牛肉，婆没有说话，只将骷髅牛头取出来放在了柜盖上，然后在灯下默默看着。狗尿苔也就记起磨子的话，想象了煮熟了的牛头上的肉，比如那脸、鼻子、耳朵和舌头，嘴里也真是汪出了涎水。婆却说：肉都分完啦？狗尿苔说：分完啦。婆又说：骨头呢？狗尿苔说：也分了。婆说：牛皮钉在墙上啦？狗尿苔说：在老公房的墙上。婆说：哦，只剩下这个头骨了。狗尿苔说：就这个头骨。婆说：好，这是好事，你去院墙角挖个坑，咱把牛头骨埋了。狗尿苔就去院墙角挖坑，可不明白婆为什么要把牛头骨埋在自家的院子里，又怎么说这是好事呢？坑挖好了，婆把牛头骨放进去。狗尿苔说：婆，他们欺负咱，给咱个骷髅头就是让咱埋吗？婆说：这牛就和咱在一起了么。

埋完了骷髅牛头，婆开始切牛百叶，婆的刀功很好，平时从不用礤子礤土豆丝，而是刀切，切出来的土豆丝又细又长。牛百叶切完了，放在盆子里，狗尿苔看见了屋梁上有老鼠在往下看，老鼠的眼睛在黑暗中发着绿光。他并不去吆赶，把盆子就放在屋梁下的地上，假装着什么也不知道，一只老鼠顺着挂在屋梁下的笼子的绳儿往下溜，而另一只老鼠则从屋梁上直接往下跳，它的目标就是掉到盆子里，但就在老鼠快要掉到盆子里了，狗尿苔用脚把盆子一挪，老鼠叭地掉在地上。婆在案上又切萝卜丝儿，说：你干啥哩你？狗尿苔并没有去打老鼠，摔昏的老鼠站起来摇摇晃晃走出了厨房门。狗尿苔说：婆，咱一顿吃了呢还是分几顿吃呀？婆说：你说呢？狗尿苔说：咱一顿吃美！婆说：好，吃伤你！锅里倒了一摊油，油烧焦了放进牛百叶，嗞啦一声，雾气腾上来，搅动着牛百叶，再添了些水，加入了三个萝卜切成的丝儿，然后放盐，放辣子，放茴香。婆说：有大葵就好了。狗尿苔说：要花椒不？我去长宽家要几颗花椒籽。婆说：三更半夜的到人家要花椒？狗尿苔说：那有啥呀，放进花椒好吃么。婆说：那你快去，把咱的萝卜给他家拿两个。

狗尿苔去长宽家要了十颗花椒籽，往回跑，路过牛铃家，忍不住要看看牛铃是咋样做牛鼻子的，在门口喊：牛铃牛铃，要花椒籽呀不要？牛铃出来，嘴里噙着水，没有说话，咕咕嘟嘟响着，把水咽了，说：险些让我把水吐了，正涮牙上肉末哩。狗尿苔说：我这里有花椒。牛铃说：我都吃了。狗尿苔说：你都吃了？牛铃说：我没上锅，拿回来就先尝一口就礤萝卜，尝一口止不住又尝，后来干脆全拧着吃完了。狗尿苔不愿意说他还没吃的，他怕牛铃跟了他来，就说：噢。脚步不停走了。

牛肉和萝卜丝炒在一起，讲究的是要炒干，狗尿苔先吃了半碗，这半碗狼吞虎咽的，觉得肚子里有一只手，这手已经从喉咙里伸出来，牛肉和萝卜丝一到口就被抓住了。婆是看着狗尿苔吃，说：香不？狗尿苔说：香。狗尿苔把半碗吃净了，才意识到婆还没有吃，就给婆盛了一碗，给自己也盛了一碗，锅里也仅仅只有了这两碗。婆要给狗尿苔再拨些，狗尿苔坚决不要，婆孙俩就面对面坐了吃，狗尿苔这才分清了哪一条是牛百叶丝，哪一条是萝卜丝，他说：牛百叶嚼不烂。婆说：牛百叶是顽，慢慢嚼，越嚼才出味。这一碗他们吃了很长时间，每一口都是成几十次地咬嚼，直咬嚼得不知不觉溜进喉咙了，再来另一筷子嚼起来。后来婆站了起来，去锅里添水烧汤。等狗尿苔去锅里盛汤要喝时，发现了锅项里婆的碗里还剩了少半碗牛百叶和萝卜丝。狗尿苔说：婆，你咋没吃完？婆说：我饱得吃不动了，明日你吃吧。狗尿苔立在灶边，叫了一声：婆！婆拿过瓦盆把那只碗扣了，又在盆子上压了另一个盆子，便到院子里吆喝鸡，说：鸡咋还不进棚？！

院门外有一阵零乱的脚步声，谁在叫天布。狗尿苔听了听，是灶火。灶火说：天布，肉吃了没？天布说：吃啦。灶火说：全都吃啦？天布说：就那一疙瘩肉还不全吃啦？！灶火说：没吃够了，喝酒呀来我家喝。天布说：你还有酒，咋舍得的？灶火：我大腿疼泡的药酒，他一高兴把酒罐子开了，吃肉哩能不喝酒？来么，来么。狗尿苔突然哎哟一下，问婆：我那褂子呢？婆说：我咋知道你那褂子？狗尿苔就说：我到河滩地去。婆说：浇地呀？！出来却见狗尿苔的褂子就搭在院子里的扫帚上，而狗尿苔已经没了人影。

狗尿苔是猛地想起他是把渠水放进那块大畦中回来的，畦里肯定灌满了。急到田里，马勺也没有在那里，大畦里的水溢了出来，打豁了畦堰往下边的一片沙石滩流去，而畦边的几行秧也被水冲走了。狗尿苔吓得就去铲泥堵堰，堵不住，又跑到上渠的进水口把水堵了，马勺这时才来，一看就说：你放了水你就跑啦？狗尿苔说：我忘啦。马勺说：吃肉你咋没忘？狗尿苔说：你没忘你咋又来？马勺说：你还犟嘴？我告诉你，我忘了也就是个忘了，你忘了那就是成心破坏！两人好不容易补好了堰，但那些冲走的秧苗没了，而且这是在畦边的，有没有秧苗过路人一眼就看得到的，狗尿苔不知道该怎么办，马勺却又坐下来吃烟了，说：来给我点烟！

马勺的烟袋杆子长，他吃烟是要先在烟袋锅里插个柴棍儿，把柴棍儿点着了，再去使劲吸烟袋杆的玉石嘴儿，昨天中午还给狗尿苔排夸这玉石嘴儿，水皮说是四旧，应该交上去，他就是没交，现在却叫狗尿苔给他点烟。

狗尿苔没有动，说：没了这十几窝秧，你说别人能发现吗？马勺说：除非别人都是瞎子。狗尿苔说：那队长要扣工分的？马勺说：当然扣工分！点烟呀，点了烟我给你主意。狗尿苔给他点烟，眼泪花花。马勺说：去，去谁家自留地拔些秧补在这儿。这倒是个办法，可到谁家自留地拔去？狗尿苔说：河滩里没有我家的自留地。马勺说：到守灯家的地里么，拔他家的没事！狗尿苔到守灯家的地里拔了十窝秧，问拔十窝够不够，马勺说十三窝，但狗尿苔又只多拔了一窝过来补了。马勺说：好了，我先回呀，好不容易吃了点肉，让你这一折腾肚子又饥了。你再往堰上铲些泥，今黑来就不再浇了。记住，这事给谁也不要说，守灯就是再骂都不要应声！

马勺又走了。狗尿苔在堰上加固了一阵泥土，突然秧田里哗啦一声，吓了他一跳，放眼看过去，月色下有秧苗的水田里一片碎玻璃光，什么鸟飞起来，又飞不高，几乎是两只脚还踩着水。狗尿苔不害怕任何鸟，却担心了如果河滩里要过狼了怎么办。他号号地叫起来，叫过了更显得空旷寂静，他不敢停了，就一声又一声叫，他不知道自己到底叫了多少声，后来越叫越急，越叫声越多。

其实狗尿苔已经不叫了，是秧田里的所有青蛙在叫，狗尿苔还以为是他在叫。在这热闹得像锣鼓喧天的鸣叫中，狗尿苔往回走的时候，想着心亏了守灯，守灯晚上没有分到肉，只能是回去砸了骨头熬萝卜吃，而自己还在人家自留地里拔了秧苗，他就又从生产队的秧田中间拔了八窝秧，重新给守灯家的地里补栽了。等走出堰，叫声仍在此起彼伏，才醒悟自己早不叫了是青蛙在叫，想起了他曾在雨夜里站在门口尿尿，尿完了还站在那里错把屋檐水以为是自己还在尿，狗尿苔在月亮地里笑了一下，又笑了一下。

路过灶火家，灶火家的院门掩着，上房屋里有着喝酒划拳声，他

343

听见了有灶火声，也有秃子金那公鸡嗓子，还有磨子。酒肯定喝多了，他们的声都变了腔，笑起来像滚着一疙瘩一疙瘩雷。狗尿苔想进去也热闹，可推门时他又不想进去了。他们这几个人煮肉时都是偷偷多吃了的，现在又在一块喝酒，就恨起他们给守灯了些骨头，也只给了他一些牛百叶，如果他进去，酒肯定是不会让他喝的，而只会使唤他跑小脚路，谁要是喝醉了还不是让他扶着送回家呢？狗尿苔小声呸了一口，就走过了灶火家的院门口。

这条巷子在土塄畔上，别的巷子都是门对门或这一家前门对着那一家的后窗，只有这排人家沿塄畔盖了房，门口不远处的塄畔下便是泉。就在那棵皂角树往东三四米，塄坡有个之字形土路，土路口秃子金盖了个厕所。厕所里架着两页板，人蹲上去拉了粪，粪就掉进了塄坡上砌出的尿窖子。大家都指责过秃子金不该把厕所修在这里，因为人们去泉里挑水，上到之字形土路上常常就听见有人在厕所里将粪掉在尿窖子里的声响。狗尿苔往过走，小心翼翼，耽怕一步踏滑了掉到尿窖池子里去，却突然有人说：哎，哎。他回头看看，并没有人影。重新要走，又一声哎，厕所里冒出个头来，是守灯。狗尿苔说：你咋在这？守灯一把把他拉进去，低声说：甭吭声。按住狗尿苔的头，拿眼盯着秃子金家的院门。狗尿苔不明白他在干什么，守灯小声说那些狗日的给了他些骨头，他气得也没熬萝卜，拿了席在打麦场上睡了一觉，枕着的砖头垫得头疼，回家要取枕头，路过灶火家听人家喝酒哩，才从院门缝往里看，听见院里起了脚步声，他不愿让人看见就闪身到了厕所，他只说出来的是秃子金，秃子金一定是喝了酒要回去睡呀，可出来的却是天布。天布出来后掩了门往天上看，他也往天上看，天上是七斗星就在头顶上，天布又往左右看，他也往左右看，左右月光朦朦的没人，也没风，他只说天布要来上厕所尿呀或者呕吐呀，才要咳嗽一下提醒着厕所里有人哩，天布却到秃子金家门上，拾了个小石头扔给院里，一会儿院门开了一个缝儿，门缝里的人看不清脸，说话声是半香，天布说：你在门轴里浇了水了？就挤进去，门又关了。他就一直蹲在这厕所里看着。

狗尿苔说：天布也在灶火家喝酒？他去秃子金家干啥？

守灯说：能干啥，日×么！

狗尿苔说：不会吧，都在一块喝酒哩，天布是不是来借啥东西？

守灯说：借东西能借这长时间？半夜里借啥呀，鸟借窝呀？！

厕所里的蹲坑是搭着的两页木板，木板上还干净，不至于踩上屎，可木板下的尿窖子不停地咕嘟，散发着热腾腾的酸臭气。不卫生这都能忍受，可恨的是蚊子，蚊子很快就叮得两腿火辣辣地痒。他们一眼一眼看着那院门，院门关着。一只猫从院门下的水眼道钻出来，探头探脑，狗尿苔吹了一下口哨，猫朝这边看，狗尿苔再嘘嘘嘘吹，猫说：妙呜！却走了。远处灶火家的屋里依然还是划拳声，灶火在大声说：秃子金，你狗日的不喝不行！你狗日的砸我的房哩，是别人会和你结三世冤仇哩，我请你喝酒，你还不好好喝？！秃子金说：我喝，喝么，砸房那是黄生生和霸槽的主意，我只是跟着挣工分么，吱儿！灶火说：说话！说话！秃子金一定是把酒喝在嘴里不下咽，在灶火的逼迫下，终于把酒咽了，说：狗日的这辣！你以为我不行了吗，喝，往死里喝！灶火，你以后干啥，我也跟你干，你说支桌子，我支桌子，你说关后门，我关后门，你说×谁我就×谁！灶火说：我×你！秃子金说：嘿嘿，我不是女的么。磨子说：喝不了就不要糟踏酒，就这德行，甭说啦，甭说啦！吵闹声突然停下来。狗尿苔实在坚持不住了，说：咋还不出来呢，咱管他干啥呀？！守灯说：他们总是人模人样地欺负咱，好不容易逮住机会了，咱不管？你去叫秃子金去！狗尿苔说：咋去叫呀？守灯说：你去给秃子金说，他老婆叫他哩。狗尿苔说：我不去，我背着鼓寻槌呀？！守灯说：不叫也行，你给我点烟。他掏出烟卷儿，狗尿苔就掏出火柴划着了，要给他点时，守灯手一挥，火就被弹到了厕所的草棚子上，草就点着了。狗尿苔忙要扑灭，守灯却拉了他立即从之字形土路上往下走到泉边，顺路又从另一条路上走到了打麦场。

狗尿苔说：草棚子会着火吧？守灯说：就让它着哩，着了秃子金就出来了，这可是你点的火！狗尿苔惊得眼睛都大了，说：不是我！守灯说：不是你是谁？你的火柴，你动手划的。狗尿苔害怕了，急得要哭，守灯却说：点了就点了，厕所的草棚子算个啥？狗尿苔说：你不是个好人！守灯说：谁把我当过好人？我咋能当好人？守灯要狗尿苔晚上就和他一块睡打麦场，狗尿苔不睡，就回家了。在回家的路上，他听见了秃子金家那儿乱哄哄一片吵闹。

这后半夜里，狗尿苔没有睡着，他害怕着村里这些人，更害怕着守灯，倒是越发怀念了霸槽，觉得霸槽才是厉害，他砸四旧时水皮是跟着的，秃子金、迷糊是跟着的，磨子、天布、灶火虽然不满，不满又怎么着？人家不在了才背后里骂他咒他，而守灯见了霸槽更是眼睛都不敢抬。唉，霸槽走了就不回来！天明，狗尿苔反倒睡着了，一直睡到婆做好了饭才把他叫起来。马勺就来了，训斥着他为什么还不去稻田看水。狗尿苔哄着说他吃了牛肉喝了冷水后跑了，他已经会说谎了么，不说谎学着就会了么。狗尿苔到了河滩地，他什么也不打问，直到马勺告诉他，昨晚上天布和秃子金、磨子等人在灶火家喝酒，喝到一半，天布去了秃子金家和半香私通哩，秃子金连知道都不知道，也是天意，一颗流星从天空落下来，偏不偏落在秃子金家的厕所草棚上，草棚就着火，秃子金来救火时看见天布从他家出来，就和天布吵起来，天布说他喝多了，走错了门，坚决否认和半香干了什么事。秃子金不行，把支书叫来，还是支书把火山压倒了。

马勺说：这事你不知道？

狗尿苔说：不知道。

马勺说：村里啥事你能不知道？

狗尿苔说：不知道。

马勺说：哦，霸槽一走，你这蝌蚪没鱼跟着浪了？却拧着狗尿苔的耳朵，说：以后就跟着我！说，跟着我！

狗尿苔说：我不跟你。

马勺说：你这碎骻，啥人寻啥人，跟守灯呀！

狗尿苔说：我才不跟守灯！

346

马勺又拧了一下狗尿苔的耳朵，狗尿苔挣脱开来，说：你拧了我两下，你记着！

马勺说：记着哩，你打我呀？

狗尿苔说：我打不过你，有人能打过你。

马勺说：谁？

狗尿苔说：霸槽！

马勺哈哈大笑了，说：麻子黑回不来了，霸槽也回不来了！

39

马勺说支书把秃子金和天布的火山压住了，其实并没有压住。支书是半夜里被叫去后，秃子金和天布吵得不可开交，天布说他没干，秃子金说：你肯定干了，你那号人能不干？天布说：你可以验你老婆么。秃子金说：那是萝卜地，拔了萝卜留坑儿？天布说：你没证据就少栽赃！秃子金说：那你敢不敢喝老浆水？古炉村人一直传说，干了那事不能喝老浆水，口再焦，焦得起火，也不能喝老浆水，否则就得痨病。秃子金从瓮里舀了一大碗老浆水，天布不喝，秃子金说你不敢喝，你心虚不敢喝，啊，你真的干了，就号着嗓子哭。支书端了灯，把天布叫到了秃子金家的柴草房里，让天布把裤子脱了，天布一脱，那东西昂着，支书用柴棍儿在那口口上一粘，拉出了一条丝来，支书变了脸，拿脚蹬了天布的屁股，然后端灯出了柴草房。在柴草房外，支书把秃子金叫过来，又叫水皮，让水皮把口袋里的钢笔给他。水皮说：你要审问了？我记录。支书却拿过钢笔，把笔身子给了秃子金，自己拿了笔帽，让秃子金把笔身子往笔帽里塞。秃子金不明白这是干啥，去塞，笔帽一晃，再塞，笔帽又一晃，就是塞不进去。支书说：塞不进去吧？男女关系就那么容易呀？！秃子金说：那笔帽子要不动，笔身子就塞进去了！支书说：那你还寻天布啥事？！便大声对围观的说：啥事都没有，有啥事哩？！古炉村真是撞邪了，闹腾着不嫌丢人吗，还嫌不乱吗？各回各家去，以后也

347

不要聚众酗酒啦，自己有酒自己喝去，酒把你们变成乌眼鸡啦！说完，他自就回去了，披着的褂子溜下来了三次。

支书一走，围观的人并没有走，他们都吃了牛肉，浑身燥热着，虽然都在劝秃子金，却说：算了，秃子金，喝了酒的人么。秃子金又跳起来，说：喝了酒就往我家跑呀？唵，唵？！他在地上寻，寻着一页砖，众人忙去夺砖，夺不下，天布却站在那儿不动。秃子金并不是天布的对手，秃子金心知肚明，在别人夺砖时他趁势就把砖向天布掷去，天布顺手把砖接了，朝地上轻轻放下，说：我就是醉了，跑错炕了，认不清了！秃子金反身进院就骂半香：他狗日的认不清人了，你也认不清人了？！一拧身，腰疼又犯了，靠在了门上。

第二天，村里差不多的人，老毛病都犯了，看星咳嗽，喉咙里像装了一台风箱，吭哧吭哧着就没气了，吓得人赶忙掐人中，气又上来了。老诚的老婆有瘿瓜瓜，瘿瓜瓜比往常大了一倍，能看见上边的血管黑紫黑紫的像趴着蚯蚓。支书胃疼，长宽胃疼，铁栓后跑得提不起裤子，得称腰疼得伸不直，一手撑着，一走路往一边斜，斜得撞在了树上。

田芽在吃完牛肉的当夜，就开始打嗝儿，先还以为是打饱嗝儿，没想嗝儿打得后半夜没睡，又打到第二天。在巷道里遇着善人，善人背了一背篓攀得高高的柴火，田芽让把柴火背篓就墙角靠着放了，赶紧说：你快给我说病，嗝儿。善人说：你这是咋啦？田芽就说：打嗝儿，打得快神经了，是不是又撞见了鬼？！说着又连打了几个嗝儿。善人看着她，说：你借我的钱啥时还呀？田芽突然眼睛睁大，说：我借你的钱？我什么时候借你的钱？！善人说：你看还打嗝不？田芽说：我借你的钱？上次你给我说病，三元钱我是给你了，鸡蛋也让你吃了，你做啥还借你的钱？！哎，就是不打嗝儿了。善人说：打嗝儿不算啥，岔开注意力，一惊，就好了。田芽：哦，你在说病！那这回给你几个钱？善人说：我不要你一分钱。田芽说：你就是要，我今日也没钱。田芽嘿嘿笑着，却又说：吃了牛肉村里人咋那么多的都犯了病？善人说：啥原因？不该吃么。那是头耕牛，为古炉村耕了一辈子地，它得病了，为了得它的牛黄，村人都不给它治，迷糊还打它，打死了它，它一身的冤气，村人把它的坟墓又修在自己肚里，冤气能不散发吗？田芽说：你说得害怕！这牛既然已死了，不吃肉，把它扔进尿窖子里沤肥吗？善人说：你没见牛死了村人那个兴奋劲儿，如果说活牛也允许吃，那些牛一夜就杀光了。世人真没良心！从小吃他妈的奶，大一点靠他大养活，稍有能力，抛大弃娘去养活妻子，有了生产队，人人都依赖生产队，缺吃的要吃的，缺穿的要穿的，以为是应该的，必到把家产用光或分光，才各自东西，像一群小蜘蛛把大蜘蛛吃光了才肯散去。善人说毕，去背柴火背篓，胳膊套进背篓襻儿里，却怎么也站不起身，田芽去帮着把背篓往起抬，力不均，一下子倒把善人和背篓翻倒在地上。旁边就嘎嘎嘎地一堆笑。

笑着的是狗尿苔。狗尿苔从稻田里回来，在地堰上采了一把津刚刚花，津刚刚花有长长的茎，上边的花柄吃着甜甜的，经过跟后家院门口，院门开着，喊叫瞎女，要给瞎女吃。瞎女没喊出来，在斜对面的树下，三头猪在那里用嘴拱土，拱出来了个白菜根，哇里哇啦争夺着，一头猪听见喊叫却跑来，狗尿苔认得是送给铁栓家的那头猪。狗尿苔说：哦，又长了一截子么！猪说：你老不来看我！狗尿苔说：你是人家的猪了，一看你我就又舍不下你。想我啦？猪说：嗯。卧在狗尿苔的脚下。狗尿苔用手抚索着，看见脖子上拴着个铁丝圈儿，铁丝圈儿上还挂着一条红带子，一边说：你挣断缰绳出来的？把红带子取下来给猪的耳朵上缠，竟然扎成了一朵花的样子，就把津刚刚花也插上去，说：乖！起来要走。猪却一翻身又跟上来。狗尿苔说：不跟我，我回呀，婆在家等我哩。猪：我也去看看婆。狗尿苔说：那好，看一下你就回人家家去，婆昨天还念叨你哩。狗尿苔和猪一前一后走来，碰着了善人和柴火背篓倒在地上，就笑着他笨。

善人还坐在地上，田芽说：瞧这古炉村尽出怪事，你狗尿苔给猪头上还扎花呀！

狗尿苔说：这是我家的猪，去年冬天给了铁栓家，它能懂人话，我才给它扎的。

田芽说：都说你一天和猪呀狗呀混呢，你还真是这样？你叫它给我让路，我瞧瞧！

狗尿苔就对猪说：遇到歪人啦，咱得让路，你跳跳到那个树下去。

猪便跳过去了。

田芽说：咦，这是猪成精啦，还是你就不是人？！

善人却笑了，说：哎呀你狗尿苔行！猪的性里有愚火，性执拗，你把它的愚火性化了。

狗尿苔说：你说的我不懂。

善人说：不懂不要紧。但我告诉你，你过来，别让猪听到了。狗尿苔走过去，善人悄声说：这猪很快就得死了。

狗尿苔说：你咒它死呀？它还小的，就是到年根它还不到杀的时候。

善人说：这猪去年冬天里就该死了，但它欠你家的债，所以才顶钱去了铁栓家半年，你不要再领它回你家，你再领回去，它又欠你家债，它不是更苦吗？你化了它的愚火性，它已经脱离畜生道的苦了，也算你没亏了这猪。

狗尿苔半信半疑，就看着猪，眼泪流下来。

善人说：哭啥的，你这狗尿苔！

狗尿苔没有把猪再领回他家，又转身去了铁栓家，放猪进了院，说：你好好待着，顿顿多吃点呀，乖！猪还要跟着走，狗尿苔把院门拉闭了。回家的路上，一直想着善人的话，不知道猪会病死呢还是会被狼叼去，还是猪圈墙倒了要坍死，这么想想又觉得善人是不是在哄他，就在心里说：胡说的，善人胡说的！

牛铃在巷道里截住他，说他肚子饥了，没想到吃了牛肉还是不耐饥，而且平日不吃肉也就想肉的滋味，吃了一回肉，嘴就馋起来，见鸡想吃鸡，见猪想吃猪，黄生生能吃麻雀，咱也吃吃是啥味道！

狗尿苔是坚决不吃麻雀的，但牛铃的话使他有了一个主意，那就是可以把霸槽小木屋的太岁割一些煮着吃呀，而且，他还萌生了想法：一旦吃太岁肉，舀一瓢太岁水就让铁栓家的那猪喝，猪喝了太岁水也不至于很快要死吧？狗尿苔把主意告诉了牛铃，牛铃说好，狗尿苔壮了胆，两人就商讨着怎样去小木屋，拿出了太岁在哪儿煮，霸槽会不会就回去，回来发现太岁被割掉会发生什么情况呢。但是，他们竟由太岁说到了霸槽就争辩起来。

狗尿苔说：不管你咋说，古炉村谁比霸槽有本事，谁？

牛铃说：有本事咋不当支书，还被人赶走了？

狗尿苔说：他不是被赶走的，是他自己走的。

牛铃说：你咋知道不是赶走的？

狗尿苔说：我当然知道。

牛铃说：你哄我哩？

狗尿苔没有接话，就不看牛铃，看着巷道的瓷渣路，瓷渣路上明光万点。他也不知道霸槽是怎么突然就走了的，但就觉得他是自己走的，因为他是霸槽。在那一瞬间，狗尿苔有点瞧不起牛铃，长得高了点，成分好了点，可知道什么呢，什么都不知道！他想起了那个晚上杏开让他去小木屋传信的情景，就是在前边的那棵树下。他给树笑了笑，树无风却摇起来，口里不觉念叨了杏开。

牛铃说：杏开？

狗尿苔说：你说杏开好不好？

牛铃说：多事精！

狗尿苔不高兴了，说：多你的事啦？你在别人面前说她我管不着，你不能在我面前说她不是！

牛铃说：为啥？

狗尿苔说：我是她叔！我就……

狗尿苔突然嘴张着合不下来，因为他说着杏开，杏开正从瓷渣路上过来。杏开看见了他们，站住了，身后背着光，整个人都像是透明的。

杏开说：狗尿苔，你……

狗尿苔说：叫叔！

杏开说：你见到善人没？他咋不在窑场也不在山神庙里？

狗尿苔说：叫叔！

杏开沉了脸，说：给你说重要事的，你流里流气！

狗尿苔正经起来，老实地说：刚才我看见他背了一背篓柴火哩，你寻他？

杏开说：让他给我大说说病。

狗尿苔说：病又重啦？

杏开说：他几天不吃饭么，他能吃的，他就不吃，牛肉分回去我给他吃，他也不吃。

满盆病成那样，又不吃饭，这不是寻死吗？去小木屋的行动自然先搁置了，狗尿苔让牛铃和他一块去找善人。两人也是去了一趟窑场，还去了山神庙，仍是不见善人，再返回村里，去了田芽家，田芽家院门口放着柴火背篓。原来善人和田芽走到田芽家门口，看星的老婆口里流着涎水，拦了善人让给她说说病，善人说：又和婆婆闹不到一搭了？看星的老婆说：你瞧瞧我嘴，吃了牛肉后嘴里老是流涎水，流得恶心人么。善人就又坐在田芽家给看星的老婆说起病来。狗尿苔和牛铃进去，听善人说的并不是流涎水怎么治的事，而在说自己以前的事。

善人说：在我出家前三年，是个正月，有一天，家里人向我说：牛又跑了。我说：丢不了，它准是又回老白家去了，因为这牛是从白家买来的。吃完晚饭，再去找它。晚饭后，我到了老白家，老白说：牛跑来了，你放心吧。你来得正好，有个善人正住在我家，每天讲善书，你也听听吧。我说，好呀。那个晚上，善人讲的是忠孝节义、善恶报应的故事，劝人学好。我一听很有趣，心里很乐。第二天，白家叫人把牛给我送回家去，我就住在白家听善书，反正那些年我害疮痨，在家里也不能做重活。有一天，他讲"双受诰封"，讲到东人在学房里，听同学说三娘并不是他生身之母，他放学回家后，晚间照例要背书，就故意不好好背诵。三娘督促他，他就冷言冷语讥刺三娘，说：你并不是我的生身之母，若亲娘在，我哪能受你的冤枉气呢！三娘听了这话，一怒之下，就把织布的机头割断。家奴老薛宝听他母子吵闹，出来问明了原委，便向小东人说：三娘为着教养你读书，日夜织布，望你长大成人，光宗耀祖，你万不该恶言相加，赶紧头顶家法，请娘来责罚。于是小东人便跪在三娘面前，认罪说：孩儿年幼无知，忤逆娘亲，请教训孩子，打儿几下。三娘说：儿快起来，是我不会做娘，不该和你一般见识，来动肝火。我听着，心里很奇怪，他们娘俩不是在吵嘴么，怎么又都各自认不是呢？想来想去想明白了，怪不得人家是贤人，贤人争"不是"，愚人才争理呀！自感到哗啦一下子心里亮啦！我有个兄弟要钱，我就是生他气得了病的，立刻跑到院子里，呵斥自己：就算人家要钱不对，你生气就算对吗？弟兄要钱，你可劲生气，气出病来，他们就不要钱了吗？心想，怪不得我是个愚人，愚人争理呀，接着哭起来，哭一阵子往回家走，一面走，一面数说自己：你专看人毛病，那怎算对？人家不对就生气，那怎算对？一直数说到家。夜里还自己问自己，问来问去，问得自己也笑起来。第二天早晨，觉得肚皮痒，一看，多年的疮痨一夜工夫竟结了疤，以后完全好了。

善人说到这儿，停下来问狗尿苔：寻我有事？狗尿苔说：你先给人家说病。善人说：这说完了。狗尿苔说：你光说了你自己。善人说：我最初给人讲病的时候，就告诉人家，若能把自己的过悔真了，就能好病。这种方法，就是从我自身的经验上得来的。你寻我啥事？狗尿苔说：杏开让你去给他大说病。田芽说：满盆病加重了？狗尿苔就说了满盆不吃饭的事。善人说：这满盆将来能跟了我学。田芽说：这话咋讲？善人说：我以前也要饿死，有过他这种情况。狗尿苔，我人就不去杏开那儿了，我说说我的事，你听着，听了转说给满盆，满盆肯定能吃饭的。狗尿苔说：那我是你徒弟了。善人说：我不收徒弟。霸槽没在，他如果在就要说我说病是四旧，我要犯错我自犯，我不连累你。狗尿苔说：霸槽也不是让你说过病？善人说：以前没有文化大革命，现在文化大革命了么。

善人就又说他自己经过的事，他说：我病好以后，在清明节时，就又开始种地。一面做活，一面心思所听过的各段善书，有一篇《训娘词》，说女子有七出之条。我就用心一再地仔细考察，我们村所有女人，从村东头数到村西头，就没有一个不犯七出的。回头又考察男人，也没一个尽孝尽悌的。因此，我觉得活在这个污浊的世上，实在没有什么意思，不如死了好。又想，怎么死法呢？吊死吧，太难看。抹脖子吧，又没做坏事，死后怕人议论。想来想去，到底想出办法来了。若是不吃饭不就饿死了么？我就开始不吃饭了。那时正是四月底，家里人晓得后，都着急起来，百般劝我吃饭，我偏不听。他们知道我和村里教书的郭先生讲话投缘，就去请他来劝我。我向他说：像这样男不孝悌、女不贤良的万恶世界，活着有什么意思呢？再说活到什么时候是个头呢？他说：活着就是活着，找什么头呢？我说：若是没有头，我就不吃饭。一连饿了五天，我的灵魂不知不觉地出了窍，不用腿走，离地不高，飘飘摇摇任意飞行，轻快极了，片刻之间，已经到了县城。正赶上过端午节。家里杀猪，远远地听到猪叫的声音，很细微。灵魂到底是灵！一听到猪叫声，就转身往回走，到了院里，看到他们正忙着杀猪，我还说：你杀它，它杀你，循环不已，真是可怜！进屋看见自己的身体，还自笑说：你还是这个样子啊！说完灵魂入窍，便又活过来了。睁开眼看家里人，一个个都是愁眉不展的。我心想，他们是愁什么呢？又想我睡这里干什么呢？一点一点地我才明白过来，我不是要饿死吗？又自己问自己：你死了你的老人依靠谁呢？你为了世上污浊要饿死，难道说你饿死了，世界就会变好么？自答：不能好。又自问：那么活着为什么？又自答：先孝顺老人，等到老人过世了再去劝化世人，才能改变世风。我想到这里，便叫家人给我做稀饭吃，我不死了。

善人说：狗尿苔，我说的话你记着了？狗尿苔说：记着。善人说：你原原本本把我的话说给满盆听。如果他满盆和我有缘，他能听懂我话的，他就吃饭了，他能吃饭了，他的病也能好，将来还能给我当徒弟。狗尿苔说：如果他和你没缘，听不懂你的话呢？善人说：那我也没办法。

　　狗尿苔和牛铃就去了满盆家，但他们没进屋，把杏开叫出来，转达了善人的话。狗尿苔在复述善人的话时，不停地问牛铃：有没有漏的？牛铃说：对着的。狗尿苔就对杏开说：你记着了？杏开说：记着。狗尿苔说：你原原本本把我的话说给你大听，如果你大和我有缘，他能听懂我的话，他就吃饭了，他能吃饭了，他的病也能好的。牛铃说：咋能是你的话，那是善人的话。狗尿苔就给杏开笑了笑，但杏开没有笑，只是说：那不进屋坐啦？狗尿苔说：不啦。杏开说：也不喝口水？狗尿苔说：不啦。杏开说：那就走啦？狗尿苔拉了牛铃就走。走出巷子了，牛铃骂杏开啬皮，为她大的事跑了一身汗，不给打荷包蛋吃吧，也给个笑脸呀，没个笑脸。狗尿苔一声没吭。

40

　　第二天的中午，迷糊替换了马勺来经管浇水，却扔给狗尿苔两个笼子，让去莲菜池里给他家的猪捞浮萍草。浮萍草猪爱吃，可生产队早有规定，不准下莲菜池捞浮萍草，因为去捞浮萍草容易踩折莲秆，踩折一棵莲秆就会坏一窝莲藕的。狗尿苔不敢去捞，迷糊说：你不敢我还不敢？我家的猪就是吃浮萍草长大的。狗尿苔就去捞，怕人发现，还摘了一片荷叶盖在头上，才捞了半笼，被路过池边的磨子撞着，磨子骂了一顿，声明要罚狗尿苔一天的工分。狗屁苔过来埋怨迷糊，迷糊却骂他笨，为什么不钻到莲菜池中间去捞，即便听见有人来了，为什么不捏住鼻子没到水里去？狗尿苔憋了一肚子气，中午饭时回家，看见了他家的那只燕子，他也没打招呼，又碰着了杏开，杏开明明看见了他，仍是不理他，他就也不问满盆吃饭了没有。杏开已经跑过了，却又回头说：快叫婆，快叫婆来！狗尿苔说：你都知道叫婆哩不会叫个叔？！杏开却哭起来，正好巷子里过来了土根，就拉着土根往她家跑去。

　　狗尿苔回到家，婆做好了饭，在台阶上坐着剪纸花儿，抬眼看见狗尿苔嘴噘脸吊的，说：锅里有饭，自己吃去。狗尿苔盛了一碗面糊糊，面糊糊里煮着土豆，土豆没切，吃起来嘴张大，眼睛也睁得像铜铃。婆说：迷糊和你浇水啦？狗尿苔让土豆噎住了，不说话也出不了气。婆不见狗尿苔回话，再看一眼，赶忙过来给狗尿苔捶脊背，堵着的土豆下去了，婆说：谁和你争呀，吃得怎急！狗尿苔说：老实么，担粪不偷吃！重新吃土豆，脸还吊着。婆继续剪纸花儿，说：脸吊得怎长，吃下饭要生病哩。狗尿苔才说：那我给你说件事，你不要着急。婆说：嗯？狗尿苔要说磨子罚他一天工分的事，话到嘴边却不说了。婆说：啥事？狗尿苔说：你得答应不要急。婆说：不急。狗尿苔说：杏开让你去她家的，可能和她大又招嘴置气了。婆说：要是招嘴置气了，杏开能让人去，是不是她大病厉害了？狗尿苔说：这我不知道。婆放下剪刀就要出门。狗尿苔说：你说不急，咋不吃饭就去呀？婆说：病了还不急，你连个来回话都说不清！

狗尿苔被婆数说着，心里更不高兴，他现在不是怪婆，怪杏开，杏开真是牛铃说的多事精，不但惹得霸槽名声坏了，满盆病了，而且每次他只要碰上杏开也是少不了生回气。院墙角的丁香树，摇呀摇呀地摇叶子，狗尿苔瞪了一眼，叶子也不摇了。狗尿苔端着碗发愣。

门外有了叫卖离锅糖的，声音很细，是村口碾盘子那儿传过来的。来声只要进了古炉村，一经过大碾盘就吆喝。现在，他的吆喝没让狗尿苔兴奋，仍泥疙瘩一样还坐在那里。婆出了门，却说：来声来了。狗尿苔没有动。婆反身在墙缝掏头发窝子，掏出一堆，说：你不吃离锅糖啦？狗尿苔说：我不吃！婆说：咦，我孙子有了脸了，屁都不敢崩一下了！去吧，快去！被婆推着，狗尿苔拿了头发窝子出了门。

来声已经从碾盘那儿顺着斜巷到了长宽家门口的土场上，土场上是三个麦草集，那是长宽家的一个，也有八成家和明堂家一个，来声的自行车就撑在那儿，人吃着旱烟，眼睛却盯着长宽家的院门，吆喝：烂铜烂铁头发窝子换离锅糖哟——！院门一直紧闭了，门口蹲着一只猫，猫像老虎一样龇牙咧嘴。

暮云

周围并没有人，狗尿苔说：今日没带猪蛋吧？

来声的自行车后架上，套着两个大竹筐子，里边有黑线白线，有发卡顶针，有镜子梳子，也有挠痒痒的竹孝顺、鞋留子、红头绳、剃头的刀子、扎裤管的带子、围裙子、洗脸的胰子、抹脸的雪花膏。车子前边吊一个布袋，装着离锅糖。车把上插了一根铁丝，弯了几道弯儿，顶上缠着一溜红布条，那标志着他还可以阉猪。

狗尿苔问来声没带猪蛋吧，那是故意说的，因为上一次来他就要给戴花猪蛋的。狗尿苔问话的时候拿眼看长宽家院墙头上的蔷薇，一朵红花就颤活活地开了。

遂即长宽家的院门打开了，戴花出来，戴花头上顶了件格布帕帕，抬头看到了来声也看到了狗尿苔，她走过来便不再看来声，也不再看狗尿苔，直走到麦草集跟前了，才说：哟，狗尿苔你偷了你婆啥东西来换糖了？狗尿苔说：不是偷的，是我婆的头发。麦草集下三只鸡吃食，它们扬着头用脚扒拉麦草，然后再低了头在麦草里啄。戴花说：腾场没腾净？就撵走了鸡，竟跪在那里把麦草抖擞了一遍，再把半长不短的麦草再抖擞了，掬起来往下撒，天上没风，用嘴吹气，一些麦粒就落在地上。她说：来声，有没有带洋碱？来声说：有哩，有哩。来声并没有把洋碱给戴花，却收了狗尿苔的头发窝子，连称也不称，就从布口袋抓了一把离锅糖给了狗尿苔。狗尿苔说：就这点？来声说：你要多少呀？！狗尿苔嘟囔着来声啬皮，拿了糖坐在麦草集根去吃。离锅糖粘牙的，但粘在牙上了不至于一下子吃下肚，就用舌头一下一下搅着牙，慢慢地享受那一股呛呛的甜味。来声在麦草集的那边说：香不香？狗尿苔说：香。来声说：闭上眼睛你慢慢舔才香哩。狗尿苔说：嗯。知道他们要说话，他们果然在说话了。先是听来声说：哪能捡几颗麦呀？一阵麦草响，戴花：你……狗尿苔。她在叫狗尿苔，狗尿苔吃着离锅糖就可以把什么都不理会了，他没有理戴花。后来来声转过来看狗尿苔，狗尿苔真的把眼睛就闭上了，来声轻声说：你睡着了？他又到了麦草集背后，又是一阵麦草的唰唰声。戴花说：你贼胆大，狗尿苔……来声说：

碎骸睡着了。戴花说：他人小鬼大，哪儿会这么快睡着。来声又轻手轻脚过来，狗尿苔装着真睡沉了，头歪在一边，手松松地摆在那里。来声将一块糖放在狗尿苔手上，要试试狗尿苔是不是真的睡着了，但狗尿苔立即把糖攥住了，睁开眼说：你们要干多大的事，就一块糖把我打发了？！来声当下愣在那里，戴花说：狗尿苔，他干啥事？你过来帮我捡捡麦！狗尿苔没帮她捡麦，从来声的布口袋里又拿走了一块糖，说：我不给你捡麦，我要接我婆呀！就走了。狗尿苔没有跑，猜想来声不会跑过来从他手里夺走那块糖的，来声果然没有再撵他。

　　但是，戴花却说了一句：你婆到哪儿去了？狗尿苔说：到杏开家去了。戴花说：满盆喉咙里的肉掏出来了没？狗尿苔：掏肉，谁从人家喉咙里掏肉哩？戴花说：你不知道？来声也说：听说你们村死了牛，家家都分了肉？戴花说：可不都分了肉，差不多人家前天晚上就把肉吃了，杏开却是今早才给她大炒肉哩，她把肉切得疙瘩大，想着疙瘩大了有嚼头，她舍不得吃，她大吃的时候她就到泉里去担水，满盆是坐在炕上吃着，也是肉煮得不烂，切得疙瘩又大，咬呀嚼呀没咬嚼烂，吐出来嫌可惜了，就往下咽，结果就卡在了喉咙。等杏开担水回来，肉还卡着，满盆脸都憋红了。杏开用手掏没掏出来，就来叫长宽去帮着掏了。来声就笑了，说：还能让肉把人卡住？拍拍后背，噎住个铁疙瘩都下去了。戴花说：狗尿苔你吃肉没噎住吧？狗尿苔说：没。戴花说：人一病人就瞎了，这满盆几十岁的人了，又当过队长，见了肉比狗尿苔还馋么！来声还在笑，说：啥怪事都出在古炉村了！吃肉还能卡在喉咙让人掏，那掏出来了是不是又切小了再吃下去？狗尿苔心里却一阵慌，右眼皮嘣嘣跳，他用手搓了一下，还是跳，说：右眼跳是不是来灾？来声说：这眼看了不该看的事了吧？碎骸，人要天聋地哑，不该看的不能看，不该说的不能说！狗尿苔瞪了来声一眼，想：如果长宽都去帮着掏肉了，为什么杏开还是那神色让他叫婆去呢，会不会那肉还没掏出来？狗尿苔说：那掏不出来咋办？来声说：哪有掏不出来的，真要掏不出来，憋死了，那是吃死的。啥时候也让我吃肉吃死去！

360

但是，满盆就是那疙瘩肉到底没能掏出来，人就憋死了。

消息在村里传开，先是谁也不相信，以为是说笑话，还作践说满盆得了病后一心想死，用一根头发吊死过，在棉花包上碰死过，吃糖甜死过，结果都没死成，就又要吃肉吃死呀。而证实了满盆确确实实是肉卡在喉咙憋死了，就都往满盆家跑，边跑边说：天，咋有这事，咋有这事？！

狗尿苔赶了去，村里人几乎全站在杏开家的屋里和院里，支书和磨子已经在商量着后事安排。按照风俗，人死了第三天就得下葬，但满盆没病前壮得如牛，年纪又不大，根本没有想到死亡，所以没有预先做棺材和拱墓，病了后，家里又没多余人，杏开也想不到她大很快要死，父女俩仍是你生我的气，我生你的气，就这么过着。三婶没事了过来陪满盆说说话，也曾提醒过杏开，说八成家的后院里有一棵桐树，一搂粗了，曾经说过要卖的。杏开说：他卖了也好，不卖了也好。似乎无动于衷。三婶说：如果价钱合适，你应该给你大买下，你大这身子……杏开还有些不高兴，说：我大才多大岁数，在你面前还算是娃哩，再说他任务没完成呢。三婶说：他还有啥任务，中山上都建成窑场？杏开说：他不当队长了还建什么窑场，他是还得和我置气几十年哩！三婶说：你这娃！杏开笑着说：我大是头晕，走路不行，可肚里没病，能吃能喝的。但满盆就是在吃喝上没了命，一下子措手不及。磨子做了主，买了八成家的桐树，让八成就伐，湿着做棺材。让跟后带人去后坡拱墓，就在满盆家的老坟地里，用不着再看风水。跟后说拱墓要砖，用砖还得去下河湾村去买，就是买了还得两天拉砖。磨子便让秃子金开手扶拖拉机去，跑两趟就可以了，哪里要两天？磨子又扳指头算，棺材做得再快也得三天，还要上漆，又得两天，这就不能在第三天下葬，如果多放几天，帮忙的人一天三顿饭，杏开的粮食就踏扎得多，而且天热，尸体也放不了那么久。还是支书最后拍板，那八成家的桐树就不急着伐了，把他自己做好的棺材先济给满盆，拱墓也不去拉砖了，从窑场拉些废匣钵或破罐烂碗做墓墙，古炉村人修院墙都可以用废匣钵、烂碗破罐，墓墙咋不能

361

用？何况满盆生前对窑场的事最上心，他死了住在那些匣钵碗罐的阴宅里，灵魂也安妥了。当下，磨子让人把摆子从窑场叫来，问窑场有没有废匣钵，摆子说有是有但不多，支书说那就拆满盆家的院墙，满盆家的院墙全是废匣钵垒起来的。事情就这样安排了，支书对磨子说：这几天你就在这儿经管着，你叔是凶死的，村里没好好办丧事，满盆毕竟是老队长，咱要给他办得体体面面。再说古炉村现在形势不好，人心乱着，趁这事把大家心性拢一拢。磨子说：你把你的棺材都让出来了，这事无论如何都要办好，老队长生前得罪了一些人，我挨家挨户让所有人都要来烧纸，能帮活的都来帮活。支书说：那好。我胃里烧烧的，先回去歇着，有啥事就给我说。但支书临走又去上房屋看了看满盆。

满盆还在炕上，三婶叫田芽拿水给满盆净身子，而杏开还扑在她大身子上，叫喊着我大没死，大，大。她大叫不应，她伸手在被单下摸她大的手，说手还热着，又摸脚，说脚还热着，又哭着说：我大没死，我大没死！三婶也用手去摸，说：都凉得森人手哩，杏开。杏开就号啕大哭。三婶说：不敢哭，杏开，这阵不敢哭，烧了倒头纸再哭。你咋还不烧倒头纸呢？纸已经有人从开合的代销店买了来，狗尿苔在院门口就从买纸人手里夺了跑来给杏开。杏开跪在炕前要烧纸，三婶说：狗尿苔，纸用钱打了没有？狗尿苔说：我没打。三婶说：你慌慌张张的，不打哪是钱啊？！但狗尿苔身上没有人民币，拿了纸到院里问谁有钱，而院子里的人不是没钱就是只有五分、一角，最多是长宽装有两元钱，葫芦说：支书有五元的票子哩，用五元打纸，给满盆多送些钱。马勺说：哄鬼么，还那么认真，要是烧纸真顶钱，人一死都成县长呀？！狗尿苔不听马勺的，要到厦屋房里找支书，支书却从厦屋房里出来往上房走，狗尿苔就要了支书的那张五元票子，把纸整沓铺在地上，把五元票一反一正顺行在纸上拍，嘴里说：一五，一十，十五，二十……数到八十五，数糊涂了，就不念叨了。

支书到了上房里的炕前，看了看满盆，说：这嘴咋没合上？用手去按着要让合起来，但满盆的嘴就是合不上。三婶说一直给掏肉哩，嘴

362

没合上，人一僵就合不上了。等停在灵床上，把枕头垫高些，脸往下窝着，就不明显了。支书说：啥时穿老衣哩？三姊说：没备老衣，他蚕婆在西头屋子里正给纳着。支书说：噢，长宽呢，让长宽快布置灵堂么。狗尿苔把打过钱的纸拿进来，杏开就在炕前点了烧，烧了几张，杏开就放开了声哭，狗尿苔也哇哇地哭。支书就对狗尿苔说：你不要哭了，去叫水皮，让他拿些白纸在灵堂上、大门上写挽联，再叫人到我家去抬桌子，我家有长条案桌哩。

狗尿苔出来，院子里有人在垒灶，垒成七星灶，牛铃帮着有粮在和泥，泥里要加些麦草，有粮就骂着牛铃把麦草拌不匀，旁边的马勺说：不敢骂牛铃，要不将来你也不在了没人给你垒灶。有粮说：我指望他呀，瞧他那样，我死了喂狗也不指望他！狗尿苔就过来拉牛铃，说支书让你去叫水皮哩，支派开了牛铃，他和锁子去支书家抬长条案桌。

院子的东面墙，老顺和灶火开始拆废匣钵，就在院墙外，站着五只狗，奇怪的是狗都没咬，坐在那里看着。

狗尿苔和锁子抬长条案桌，个头小，腿老碰着桌腿，又把案桌翻过来抬着桌面，巷中有一段漫坡路，他在前头双手朝后抓着桌沿，又抓不紧，喊：歇下歇下，手要脱了！锁子在后边往前一拥，狗尿苔手没有脱，人却跌倒在了地上，一颗门牙就磕掉了。狗尿苔在地上拾牙，锁子骂：你球高的个子能抬？！狗尿苔不拾牙了，说：谁球高？锁子说：你球高！狗尿苔跳起来往锁子脸上唾，还没跳起来，锁子就一口痰唾在了狗尿苔的脸上。恰好跟后经过，赶紧说：锁子，锁子！狗尿苔见是亲家，觉得没了体面，又跳起来唾锁子。跟后说：锁子，咱俩抬。两人抬着走，狗尿苔唾沫没唾上，立即脱了鞋在锁子的屁股上打了一下。

狗尿苔想，以前麻子黑爱欺负他，麻子黑是谁都要欺负的，这也罢了，可锁子在村里啥都不是，竟也欺负他，他就气不顺了。太阳在当头照着，照出他的影子是那么小，他挪了挪身子，影子还是那么小，骂了一句太阳。狗尿苔不相信他就不长，路边的那棵梧桐树上天布曾经刻过他在春天的身高线，就走过去再量，将手摸到头顶后在树上刻，回头一看，他听见梧桐树在说：还是没长！狗尿苔丧气了，离开时，却对树说：你长啦？你也没长！

　　面鱼儿老婆和开石的媳妇从莲菜池那儿回来，一人提了一个笼子。面鱼儿老婆的笼子里是浮萍草，说：狗尿苔你和谁说话哩？狗尿苔见是锁子妈，说：我恨哩！面鱼儿老婆：恨谁呀？狗尿苔：恨你哩！面鱼儿老婆说：我没惹你，你恨我？狗尿苔说：我恨你生了猪狗儿子！开石的媳妇说：你骂谁？！狗尿苔说：我没骂开石，我骂锁子。开石的媳妇说：谁是你骂的？！狗尿苔就不骂了，说：啊你们下莲菜池捞草了，生产队规定不准下池，你们捞浮萍草了？！面鱼儿老婆说：我是站在池边捞的又没下池。开石媳妇说：嚷嚷啥？我去挖了些水葱。开石媳妇的笼子里是有着一撮子带根带泥的水葱。狗尿苔说：能挖水葱还没下池？开石媳妇就燥了，说：你算个做啥的？就是下池了，把莲菜踩坏了，你给队长说去！面鱼儿老婆阻止了媳妇，走过来说：狗尿苔不会嘴那么长的，你嫂子病了，还是你婆给说的土偏方，让挖些水葱熬汤喝，哪里就踩坏了莲菜？！狗尿苔听说过开石的媳妇生过孩子后有了病，是啥病，他不知道，但人瘦得眼窝陷下去，颧骨突出，和他说话，也都坐在路边石头上歇息，狗尿苔就不说了。

　　面鱼儿老婆和儿媳走到打麦场边，六升的媳妇在那儿站着，狗尿苔听着她们说话。六升的媳妇说：村里人都到哪儿去了，我等不着个人。面鱼儿老婆说：都去满盆家了么，你没去？六升的媳妇说：我走不开身呀。面鱼儿老婆说：六升病还没回头？六升的媳妇说：人家说是肾病，要喝黄鼠狼子血呢，托南山人捉了黄鼠狼子，一个黄鼠狼子要换二斤半米的，都喝了三只了。今早又送来一只，我正愁得没人，你娘俩儿来帮我杀杀。面鱼儿老婆说：这咋敢杀？叫狗尿苔，那碎僽死胆大！六升的媳妇说：瞧他脸吊得能挂个葫芦，怕不肯来呢。面鱼儿老婆说：咦，只要叫干事，他就高兴啦！狗尿苔心想：她这了解我？六升的媳妇就喊：狗尿苔，狗尿苔！狗尿苔假装刚才的话没听见，回头说：哎。六升的媳妇说：你能杀黄鼠狼子吗？狗尿苔就走过去，说：狼都能杀哩，还杀不了黄鼠狼子？！一抬头却给面鱼儿老婆笑了。面鱼儿老婆说：看，看，我没说错吧，高兴了吧！狗尿苔说：都是你家锁子欺负我！开石的媳妇说：原来是这样，怪不得对我们恶声败气的！锁子咋欺负你啦？狗尿苔说：他作践我个子小……开石的媳妇说：那他就不对了么！狗尿苔多高大的，过门你低着头，别碰了门框！面鱼儿老婆说：你这嘴！把儿媳拉走了。

41

黄鼠狼是装在一个小铁丝笼子里，身子大得像个小猫，毛色发黄，尤其嘴边的几根胡子黄得成了褐色，从铁丝笼的格子里伸出来。狗尿苔说：年龄不老倒胡子这长！用手去拔胡子，没拔住，黄鼠狼子的爪子抓得笼子嗤喇喇响。六升的媳妇说：不要伤了胡子，黄鼠狼子皮能卖的，听说这胡子就做毛笔哩。狗尿苔就打开笼子上一个小开口儿，想在黄鼠狼子头一伸出来就拿手卡住它的脖子，可黄鼠狼子就是不出来。他取了把剪刀去逗，黄鼠狼却一口噙住了剪刀，它在咬剪刀，咬不下，也不吐，狗尿苔竟然抽不出来。六升的媳妇说：这不行，你不敢再卡它脖子的，卡不住就咬你了。狗尿苔说：黄鼠狼黄鼠狼，长的是老鼠却像狼一样狠！一直躺在炕上的六升说：像霸槽么。狗尿苔说：霸槽可没惹过你哇！六升说：那倒是。我知道你和霸槽好，这话你别给他说呀。狗尿苔说：我说的。六升说：你这狗尿苔，我只是句玩笑话么！哎，你知道不知道霸槽现在干啥哩？狗尿苔说：文化大革命哩。六升说：还文化大革命呀？！我家中堂上的对联他都烧了……六升家墙上以前是挂着一副对联，他大早年过世时，守灯的大给灵堂上写了十个字：一生劳苦人，满襟仁义风。当时埋他大时本应把灵堂上的东西都要烧的，可六升的媳妇说这两句话说得好，要作为家训就挂在中堂的。六升说：别人收去的东西都拿回了，对联烧了再没有了……说着呼哧呼哧喘气。六升的媳妇说：你不要说话，静静躺着。烧了就烧了，当年我不留下还不是烧了，再说，恐怕是你大想要那对联哩。就拿出一个小布袋来，说把布袋剪出一个小口子，对着布袋打开笼子，让黄鼠狼子钻进了布袋就好动手了。六升说：文化大革命就文化大革命么，他烧我家对联？六升的媳妇说：你别嘴里胡说！六升说：他霸槽来家里多凶的，他咋就在古炉村待不住了！六升的媳妇：让你甭说你偏要说，你知道霸槽成啥人呀？下河湾的李双林小时候多浪荡的，人见人恨，可后来出去跟上队伍背枪，谁能料到现在是县武装部部长！土改时大柜也是整天跑得不落屋，斗地主哩，分田地哩，不是当了支书！你能料了霸槽的前程？！狗尿苔说：就是！把布袋张开对着铁丝笼，黄鼠狼子一钻进布袋，立即扎紧了口袋，越扎越小，等着黄鼠狼子的头从剪出的小口子伸出来，就连布袋和黄鼠狼子的脖子一起扼住。但黄鼠狼子拼命挣扎，狗尿苔就扼不住了，用膝盖压住，让六升的媳妇拿了刀在黄鼠狼子的脖子上割，黄鼠狼子一直在动，无法割，就是割开口子，那血就全洒了，接不到碗里去。狗尿苔终于想出一个主意，找了块木板和绳子，把布袋里的黄鼠狼子连同木板一块绑住勒紧，黄鼠狼子被固定了，只是头还在动。狗尿苔又用剪刀逗，黄鼠狼子又咬住了剪刀，脖子拉得老长，六升从炕上下来，拿刀割脖子，血流下来，六升的媳妇接了小半碗。直到一滴血都流不出来了，黄鼠狼还咬着剪刀，但同时很响地放了一个屁。

黄鼠狼子的屁很臭，和血腥味搅在一起，熏得狗尿苔头都晕了，他把绳子解开，从口袋里掏出黄鼠狼子，说：你还叫南山人捉这东西，去年八成家的三只鸡就被黄鼠狼子叼了，你给我个鸡，我给你捉！六升说：你能逮住？你是想自己吃鸡了吧！六升的媳妇端了血要六升喝，六升端着碗，却喝不下去。六升的媳妇说：趁热要喝。六升喝了一口，从嘴里取下几根黄鼠狼的毛，恶心得要吐。六升的媳妇忙拿过碗捡血里落下的毛，说：不敢吐，忍住。这当儿，有了锣鼓声。狗尿苔立即耳朵尖起来，说：咦，做啥哩？！六升的媳妇把碗又端给六升，六升说：你们都出去，没人了我喝。六升的媳妇和狗尿苔就到门口，六升的媳妇说：是不是给满盆请了响器？狗尿苔知道过红白喜事有请响器的来吹吹打打，下河湾就有个响器班，家伙好，人也吹打弹唱得好，但请响器都是女婿掏钱雇的，满盆就杏开一个，杏开还没出嫁呀。六升的媳妇说：听说杏开定了亲，没过门的人家就来雇响器了？狗尿苔说：那门亲没成。六升的媳妇说：没成？那和霸槽还黏糊着？六升，喝了没？六升在屋里说：喝了。两人回到屋里，六升果然把血喝了，嘴上一圈红，却说：我就想不通，杏开是看上霸槽的啥了么，是不是睡过觉就离不开啦？！狗尿苔说：把你嘴擦擦！锣鼓声越来越大。

来的并不是响器班，这是一支由五个卡车组成的车队，在公路上的小木屋门口停了，车上的人像饺子一样往下跳。最先跳下来的是霸槽，胳膊下夹着一大捆白纸，跑前跑后张罗着来人集合，而集合在最前边的都拿着大鼓小鼓，锣儿铙儿就一起敲响。古炉村似乎被什么东西猛地撞了，树有些摇，房也晃了一下，莲菜池里的水原本平平整整像块玻璃，玻璃在这一刻碎开了，一群青蛙跳到莲叶上大呼小叫。支书的老婆刚刚给支书打了几颗荷包蛋，把蛋皮扔到院前树下，一群鸡正鸰着，忽地全飞上墙头。支书的老婆就看见了公路上黑哇哇聚了一堆人，打头的是霸槽，忙进院给支书讲了。支书在椅子上坐了吃荷包蛋，吃噎住了，看着老婆没吭声，老婆：霸槽回来了！支书指着心口，老婆过来捶后背，又说：霸槽咋又回来了？蛋黄下了食道，心口不堵了，支书说：他是古炉村的不回古炉村能回哪儿去？说毕，拧过头来，说：你看清是他？老婆说：咋不是他？！你听锣鼓响成啥了！支书说：是给满盆雇的响器？你把水皮给我叫来。老婆出了院子，但支书站起来了又坐到椅子上，把荷包蛋碗里的开水喝完。

很快，水皮就来了。

支书说：霸槽回来干啥了？

水皮说：这我不知道。

支书说：你不是跟着他吗？

水皮说：……我跟支书！

支书说：这可是你说的呀！霸槽回来了就回来了，你给磨子说，如

367

果回来是雇了响器的，什么话都不要说，让给满盆灵堂前吹吹打打去，如果回来不是雇响器的，一个人回来，还是百二八十的人回来，也什么话都不要说，咱只好好地给满盆办丧事，办大，办美！

水皮说：我知道啦。

水皮一走，支书就把院门关了。水皮却没有把支书的话转达给磨子，他在村口塄畔上看见公路上的人开始往古炉村的土路上来，势派很大，他也朝土路上走去。迷糊也是看见了这支队伍，也朝土路上跑，跳过一个土坎儿，裤裆挣破了，也不嫌丑，跑过了水皮前面。水皮说：扑着死呀？！土路上有个过水渠，原先绷着石板，可以过架子车，浇地的时候，水渠堵了，是马勺和狗尿苔揭了石板挖下边的淤泥，石板再没绷上，而只是搭了几根柳树棍，柳树棍没有用绳扎，走上去容易滑脚。迷糊看着那队人快到水渠了，就疾速地往前跑，还从路上捡了两块石头提着。跑到了水渠边，突然那队人中冲出两个人来，才弯腰去支柳树棍的迷糊就被压住，一人扼住了迷糊的头，一人搂迷糊的屁股，迷糊的裆破了，手指头竟然抠住了迷糊的肛门，迷糊一下子被掀翻了，扔进了路下的水田里，骂道：干啥？想干啥？！吓得水皮立住脚不动了。

霸槽就跑过来，说：咋啦，咋啦？那两个人说：他要抢走资派！迷糊从水田里爬起来，一身泥水，他不知道什么是走资派，他说：霸槽，霸槽，我是来支渠上的柳树棍的，他们打我？！霸槽说：谁让你支柳树棍啦？迷糊说：我怕你们滑跤么。霸槽就对那两个人说：误会啦，他是要给咱们支上的柳树棍的。那两个人说：哦，模样这凶的，还以为他要抢人打架呀。迷糊说：长得凶人就凶呀？那两人给迷糊笑，迷糊也就笑了。霸槽招呼着水皮，介绍说：这是县无产阶级造反联合指挥部的同志！水皮嘴里哦哦着，却看着迷糊，说：骚情么，咋不骚情？！那两个人说：你不知道联总？水皮说：知道，知道，是霸槽回来了，古炉村就文化大革命了。那两个人说：你屁都不知道！霸槽就说：我说古炉村是死水一潭，你们还不信的，现在看到了吧。他叫水皮，还是古炉村的文化人哩。水皮说：不行不行。霸槽说：这会咋谦虚了？拉到一边，又说：外边的文化大革命闹得可厉害啦，如火如"茶"的。水皮说：应该念如火如荼吧。霸槽说：你个傻人，只会抠个字眼！现在不仅是学生造反啦，是革命群众造反啦，县上已经有了两大群众组织，一个是无产阶级造反联合指挥部，一个是无产阶级造反联合总部。水皮说：都是无产阶级造反派？霸槽说：联指是真正的革命造反派，联总是保皇派。水皮说：咋不一样？霸槽说：一时给你说不清。今日联指来游斗张德章就是发动咱古炉村群众造反的。水皮说：游斗张德章，就是公社书记？游斗张书记呀？！霸槽说：他是咱们公社最大的走资本主义道路的当权派！水皮这才往那队人中瞅，张德章是戴了一顶纸糊的高帽子，胸前挂着一个木牌子，上边写着他的名字，名字上又被红笔打了个×。水皮就对那两个人说：啊欢迎，啊欢迎，热烈欢迎！

这个中午，太阳还是油盆一样焦，却有着风，风吹在人身上有火，霸槽领着外来的人进了古炉村，沿途发散着传单。古炉村从来没有出现过这么多的纸张，所有的人凡是见了传单，就拾起来，他们绝大多数不认字，看了又看，上面的字像一片蚂蚁，就掖在怀里或折叠了压在鞋壳里。牛铃从杏开家跑出来已经捡了厚厚一沓，仍见了人就索要他们捡到的传单，大人们不愿意给，说要拿回去能包盐，包辣子面，又哄骗那些孩子，将自己的传单叠成纸包在地上拍，等孩子们把传单给他了，又眼看着一个个纸包叠成，在地上拍了一会，就拿着所有的纸包跑走了。那些人最后集合在了山门前土场上，白纸写成的横幅立即贴在山门上，锣鼓更是震天动地，遮盖了杏开的哭声，也遮盖了所有的狗咬。在杏开家办理丧事的人陆陆续续也出来，看见了霸槽已经不是只戴个军帽的霸槽，而是一身黄军装，甚至脚上也是一双黄军鞋，一会站在药树下和一高一低两个人说什么，手不停地做动作，时不时还仰面朝天地笑，一会儿就过来招呼起围观的村里人。村里人看着霸槽在招呼他们，似乎有些不好意思，就嗤啦笑笑，说：回来啦？霸槽说：我又不是在外工作的干部，不存在回来不回来。往前站呀，都往前站呀！有人就挪了步往前去，不知道要干什么，也不再询问。那个黄生生，他们并不去理他，或者是更不好意思再理人家，黄生生好像也不怨恨他们，他始终在张德章旁边，张德章企图用手去抱住胸前的大木牌子，使挂绳不至于在脖子上勒得太重，他就拿脚踢一下张德章的腿，张德章的手就垂下了。他们开始喊喊啾啾说话，纳闷着张德章犯了什么罪，往常老虎豹子一样的人竟然一下子这么老实。

狗尿苔是从六升家出来就往杏开家去的，他要看看到底是谁雇了响器，但在山门前发现他的猜测全都错了，而是霸槽领了那么多人回到了古炉村，第一个念头就是霸槽回来报仇呀！他想去杏开家告知磨子，让磨子不要出来，却见明堂从泉里担了一担水，他便让明堂去给磨子传话，自己却替明堂担了水摇摇晃晃过来。他估摸那些来人肯定都口渴，而他担了水去霸槽必然就注意了他，也不至于他要主动去见他霸槽的。

霸槽指挥着开石去拿凳子，又指挥着迷糊把一个大喇叭往树身上绑，迷糊说不用绑在树上，他能扛，而且他比树活泛，扛上喇叭能走动。他就抱着大喇叭，大喇叭有线绳子连着一个机器，他走动的时候几次被线绳子绊倒。狗尿苔担着水从旁边过，立即就有人跑过来要喝水，先是脑袋趴在桶沿上，可桶沿上趴不下几个脑袋，便有人用手在桶里掬。狗尿苔说：莫急莫急！从树上摘叶子，摘一个叶子叠成个小勺儿给一个人，再摘一个叶子叠成小勺儿给另一个人。他说：甜吧？古炉村的泉水又凉又甜的！霸槽果然就和那个低个子人过来，霸槽还拍了狗尿苔的头，说：狗尿苔是造反派！狗尿苔说：我没炒饭给他们吃，我给担水。霸槽哈哈笑起来，说：是造反，不是炒饭，狗尿苔！狗尿苔还是听不懂，说：这次回来不走吧？霸槽说：这次不走了。朱大柜呢，朱大柜没来？狗尿苔看看人群，说：没见支书人。霸槽说：你去把他叫来，就说张德章游斗到古炉村了，他能不见见老上级？！狗尿苔不想去，霸槽把头上的军帽摘下来，扣在了狗尿苔头上。狗尿苔说：给我啦？霸槽说：帽子去就代表我去了！狗尿苔又说：给我啦？霸槽说：给你戴一晌午！

能戴一晌午也行，狗尿苔就去叫支书。他在半路上重新把军帽戴好，军帽是太大了，他跑着跑着帽檐就转到了脑后，但他非常非常地兴奋，路上没有镜子，连一潭水也没有，无法看见自己戴了军帽的样子。他家的燕子去莲菜池那儿吃小虫子，吃饱了回来在土根家院墙头上歇息，他看见了说：看我是谁？看我是谁？燕子猛地没认出他，歪了头在肚子上擦嘴。他说：戴了军帽你就认不得啦？！燕子立即欢叫着在他头上飞，他就和燕子一个在空中一个在地上往支书家去。

在支书家，支书在水盆里拧着毛巾擦身子，问狗尿苔：抬长案桌时没在路上碰吧，摆灵堂的桌子还不够？狗尿苔说长案桌子没有碰，摆灵堂的桌子可能是够了，他来是霸槽让来的，来传个话。支书说：你又黏上霸槽了？狗尿苔说：不是我黏上他，是他要黏我。支书说：哦，是不是？狗尿苔说：是呀是呀。支书说：是你个头！狗尿苔不吭声了。支书把毛巾扔到了柜盖上，说：传啥话？他有啥话让你传？狗尿苔就把霸槽的话说了一遍。狗尿苔说话的时候，他并没看支书的脸，因为他一低头，盆子的水里有了他戴着军帽的影儿。从来不戴帽子的光头，戴了帽子，而且戴的是军帽，狗尿苔就睁大了眼睛，或者故意睁一只眼睛闭一只眼睛，或者噘嘴皱着鼻子，他觉得水中的他并不那么难看呀！支书的老婆进来端水盆，听了狗尿苔的话，看见支书一下子坐在椅子上，脸像土布袋摔过一样颜色灰暗，她就急了，把狗尿苔从水盆前拉过来，问霸槽为啥就回来了，回来带了多少人，回来要干啥，那张书记是如何被戴着纸糊的帽子和挂着牌子，现在山门前要开着什么会。问的是那样仔细，简直有些啰唆，而且问过了一遍还要问一遍。狗尿苔说：你给我寻个针。支书的老婆说：要针干啥？狗尿苔说：这帽子太大，我折一下用针别住。狗尿苔希望支书和支书的老婆能注意到他的军帽，但他们没有说帽子，一句说帽子的话都没有。

支书老婆进了卧屋寻针，狗尿苔跟进去，她到处却寻不到针，翻了翻针线笸篮，却说：你让我寻啥呀？狗尿苔说：寻一个针。她说：噢，噢，那针呢，针呢？狗尿苔看见就在墙上的那个年画上别着一个针，他取了把帽檐打个折别上了。出了卧屋门，支书竟立在中堂的毛主席像前喃喃地说：毛主席，毛主席，我给你当了十几年的支书了，我现在咋不知道咋当呀，怎么张书记都游斗了？这是咋回事呀毛主席，毛主席……狗尿苔不知道该说些什么了。支书的老婆也从卧屋出来，说：他大，你不要去，张书记都被批斗呢，你还敢去？狗尿苔你去给人家回个话，就说你爷不在家。支书说：我去，是啥场合我得去看看。支书老婆说：那把你也批斗上了咋办呀？支书说：要批斗我也得看看批斗我啥么！支书的老婆就呜呜哭，骂起了霸槽：霸槽霸槽，你是啥货呀，古炉村咋出了个你这个货么？！支书有些上火，说：不要骂，也不要哭！不管我咋了，你不要去会场，也不要在人面前抹眼水子！他和狗尿苔出来，顺手把院门上了锁，还是披着褂子，步子走得狗尿苔撵不上。

一到山门前，支书就在漫坡道上站住了，他看见张德章就立在凳子上，好像才交代了自己的罪行，人几乎成了马虾，两条腿在抖，汗水滚豆子一样从脸上流下来，掉在地上。黄生生在大声说：张德章交代得老实不老实？那些外来的人喊：不老实！在山门柱子根坐着的那个高个，太阳晒得头上流油，他脱了鞋搓指头缝，可能那是脚气犯了，越搓越痒，一直是低着头，别人都喊过了不老实，他才也喊了一句：不老实！站在外边一圈的是古炉村人，就笑了。黄生生没有笑，他又大声问道：老实不老实？眼睛盯住了古炉村人，古炉村人还是没有喊。霸槽就站在前边，举着手说：大家都要表态！张德章交代得老实不老实？外来的人喊：不老实！接着，迷糊喊了一下：不老实！水皮喊了一下：不老实！这时候，所有的古炉村人才喊了：不老实！一旦喊了不老实，却就又止不住了，连续地喊：不老实！不老实！狗尿苔在大家喊着不老实时，他并没有喊，扭着头看老诚的嘴，老诚的嘴里掉了两颗门牙，一说话就漏气，把不老实喊成了扑老鼠。狗尿苔又看得称，得称腰病，身子伸不直，喊叫时唾沫星子就溅在了开合他叔的光头上，开合他叔回过脖子说：给我擦！开合他叔嘴唇子短，一说气话整个牙床就露了出来。得称给开合他叔擦后脑勺，却给狗尿苔说：看啥哩！你咋不喊？狗尿苔也顺口喊了一句：不老实！黄生生的手往下按了按，大家不喊了，黄生生说：不老实怎么办？这下狗尿苔不知道该怎么办了，古炉村的人都不知道该怎么办了，哑了口，眼睛骨碌碌瞪起来。而外来的人却齐声喊：实行无产阶级专政！狗尿苔还糊涂着啥是无产阶级专政，人群中出来了两个人，都是五大三粗，裤带上系着一串麻绳，麻绳唰地甩开来，说：把水桶提来，把水桶提来！狗尿苔以为要喝水，就去提放在药树下的水桶，水皮却已经把水桶提了去。那两个人把麻绳在水桶里蘸了，又是一甩，空中溅了一道白亮亮的水花子，就把张德章从凳子上揪下来，按倒在地上捆。古炉村也是经常开批斗会的，也是有过被批斗的人不老实交代，可从来没有被麻绳捆过，而张德章当众被捆起来，古炉村人着实吓了一跳，人群发出哦的一声，往后退了一步。那两个人看了人群一眼，似乎要给示范，先是把麻绳搭在了张德章的脖子上，然后一人抓住张德章一条胳膊就缠，缠好了双手在后捆在一起，绳头子又从后脖子上的绳圈里一掏，猛地一拉，张德章哎哟一下，头扬起来，人就成了一疙瘩，又提着放在了凳子上。黄生生就挥胳膊喊口号，他的口号一个接一个，旁边敲锣打鼓的人就一起敲打，而外来的人也一个接一个喊着口号经过张德章面前，停下来，唾上一口。狗尿苔觉得喊口号很新鲜，也想喊，但黄生生的口音重，分不清他到底喊了些什么，就问水皮：他喊的啥？水皮没理他，自个喊：打倒走资派张德章！革命无罪，造反有理！狗尿苔说：呃，喊的是这。外来的人都列队转了一圈了，黄生生说：跟上，跟上！古炉村人就跟上了，他们虽然听到了水皮的口号声，但那些词很生疏，不顺口，嘴里就胡乱吱哇了算是喊了，也朝张德章唾一口便走了过去。轮到水皮了，水皮唾了一口，轮到迷糊了，迷糊大声咳着，咳出一口痰来，唾在了张德章的下巴上。张德章闭着眼睛，满脸唾沫，迷糊的那口痰就在下巴上吊着。站在狗尿苔后边的是行运，行运说：到你了。狗尿苔站在张德章面前，唾了一口，只有几个星子溅在木牌子上。行运说：跳起来，跳起来唾！狗尿苔跳起来时张德章的眼睛睁开了，他吓得没唾出来。

支书一直在那里站着，不知什么时候，他没有再披褂子，褂子就掉在了地上，他不敢到人群里去，他又不敢走开，直到多半的人都在张德章面前喊了口号，唾了唾沫，他轻轻叫着霸槽。霸槽完全可以看见他，也完全可以听到他叫，但霸槽就是没回头看他。一群鸡，有公鸡也有母鸡，也站在支书旁边的道沿上，这一个说：这就是张德章呀？！另一个说：瞧嘴多大，他吃了咱好多鸡哩！这一个说：人不胖么。另一个说：先前可胖啦，现在瘦了。这一个说：咱去不去鸽他一口去？另一个说：我不去。这一个说：怕啥，他还能再吃咱呀？！鸡叽叽咕咕说话，支书听不懂，他蹾下来，汗水把眼睛都迷住了，他又叫了一声：霸槽，霸槽。鸡群骚动起来，似乎要从道沿上跳下来，支书一挥手，把鸡赶散了，嘎嘎嘎地叫，他再叫了句霸槽。霸槽终于回过头了，先是把鸡轰远了，才说：噢，你也来了！支书说：我早来了。霸槽说：是吗，早来了？你没和张德章打个招呼？支书说：这，这，都是熟人，我就不去了吧。霸槽，我要问你个话呢，张书记是犯了啥罪了？霸槽说：他是走资派！支书说：什么是走资派？霸槽说：文化大革命在深入进行，凡是当权的都是走资派！支书说：噢，噢，都是走资派。那……霸槽却走开了，他去跟一个低个子的人说了些什么，就在水桶里舀水喝，那低个人便走过来，说：你是古炉村的支书？支书说：我是。那人说：还在当？支书说：当着的。那人说：文化大革命这么长时间了，你还捂着古炉村的盖子，要把古炉村变成针插不进水泼不进的独立王国？支书又是一层汗，说：这，我没，同志。那人说：没？听说你们就轰赶过造反派？支书说：没呀，古炉村没有造反派呀。那人说：赶没赶过黄生生和霸槽？！支书说：这我不知道呀，同志，霸槽是造反派？那人说：你以为呀？！我告诉你，我们联指革命群众这次游斗张德章是第一次，以后还要来，还要游斗更多的走资派。走资派如果还要走，张德章就是下场！支书说：是的，是的。那人说：张德章是你们这些村支书的头儿，你不去看看他？支书说：我去，要去的。他走了两步，却腿一软，扑沓下去，人虚脱了。

42

外来的人在下午就撤走了，他们押着张德章去下河湾批斗，霸槽没有走，他留下了带来的笔墨纸张，还有一面印着造反字样的旗子和几捆毛主席的语录本。旗子插在了霸槽老宅屋顶上，在风里很欢，啪啦啪啦响。本是要做一个木牌子的，就像洛镇上所有的公家单位门口挂着的那种牌子，但一时寻不到那么长的干透了的木板，就临时用墨在门扇上写了：古炉村联指。字是让水皮写的，水皮说写古炉村联指不妥，准确应该是县联指古炉村分指，霸槽坚持按他的意思写，就是联指，古炉村的联指。霸槽是古炉村联指的发起人，而水皮也就成了参加古炉村联指的第一人。

水皮一加入，领到了一本毛主席语录。毛主席的书以前村里有好几本，但都是大的，硬纸皮儿，现在的语录本很小，却是红塑料封面，村里就有人来瞧稀罕。一来人，霸槽和水皮就教唱《国际歌》。霸槽和水皮以前在学校都学唱过《国际歌》，多年不唱了，已经忘了曲调，霸槽在洛镇重新学唱后，教给了水皮，又让水皮给来人教，来的人总是学不会，水皮就不教了。霸槽就批评着水皮，给水皮讲唱歌的重要意义。也就是这一席话，水皮对霸槽刮目相看，而且佩服得五体投地。霸槽在说共产党夺取政权的法宝就是掌握了枪杆子和笔杆子，笔杆子就是宣传，唱歌是宣传的方式之一。为什么共产党打败了国民党？就是共产党会唱歌，而国民党不会唱歌。从历史上看，凡是事弄成的都是注重唱歌，比如《诗经》，《诗经》是什么？就是歌谣么，比如刘邦和项羽的垓下之战，刘邦的军队都唱歌，这才使项羽听到了四下里都是歌声而自杀的。水皮惊讶地说：呀，你咋就懂得这些？！霸槽说：你以为他们是把我赶跑的？我是去洛镇学习去了！霸槽到底还学到了什么本事，水皮没敢多问，自此便真的是有人来就教唱《国际歌》。迷糊来了，说霸槽走后，村里干部们欺负过他，把他当奴隶哩，歌里说起来呀奴隶，他就要起来。但水皮怎么教他歌，他都学不会。迷糊加入后，接着是秃子金，是开石，是行运和跟后。消息传开，在杏开家帮忙干活的人就议论开了，说参加了有啥好处？是不是参加了就可以砸别人家的屋脊门匾，而别人砸不了自家的屋脊门匾？立即有人说：反正自家的屋脊已经被砸过了，还参加它干啥？而那些还没被砸过屋脊门匾的人心就慌了，但又叽咕着参加的都是对支书、队长有意见的人，担心自己如果也参加了，支书、队长会不会也认为自己对人家有意见？便对着磨子说：磨子，我可是拥护你的！磨子在院门口解那棵伐下来的桐树桩，桐树伐下来了一时做不了棺材但得把桩解开板放着，树桩就斜着支在一张方桌上，他站在上边，灶火站在下边，两人扯锯。磨子说：拥护我哩，那你刚才干啥去了？那人说：我只去瞧会热闹。冬生就过来说：磨子，狗日的跟后咋也参加了？人这肉疙瘩真是认不清！磨子说：你也去参加么。冬生说：看看那都是些啥人么，我才不参加！磨子就说：灶火，你就不会用点力？灶火说：我咋没用力，吃奶的劲都用了，你还燥，燥球哩？！冬生说：磨子心里不美，灶火你少说两句么。磨子说：我有啥不美的？！冬生说：啊，美，美！就替了灶火拉起锯来。一时院子里没了人说话，拉锯的声音很大：嘶啦，嘶啦。狗尿苔和牛铃在把从院墙上拆下来的匣钵垒到一起，狗尿苔悄声说：你听锯在说话哩。牛铃：说啥哩？狗尿苔说：我——日他妈！我——日他妈！牛铃听了，果然是这骂声。

在窑神庙后的山根，一伙人给满盆挖墓坑。别的墓坑在挖时都是黄沙土，而满盆的墓坑挖下去两米深就出现了红沙石板层，镢头下去，只是一个白楂窝儿，又不能揭块，进度就非常慢。长宽在坑沿上坐着吃烟，手里拿着直角尺，拿得好好的，突然就掉下去，掉下去直角尺竟断了三截。大家都觉得这事奇怪，说满盆的墓穴风水这么硬的！马勺就问长宽：风水硬了这好还是不好？长宽说：这谁知道呀，霸槽他大那墓穴当年挖的时候，虽然不是石板层，却尽是斗大的石头，锛坏了两把镢头，也就是硬。马勺说：哦，风水硬了好，后辈出歪人哩。长宽，你不去参加联指？长宽说：你咋不去参加呢？马勺说：他霸槽没给过我吃的喝的，我又没恶过支书、队长，我参加啥呀？长宽说：你狗日的奸么，站在河岸看水涨哩。马勺说：不奸不行么。长宽说：我可给你说，你为啥一身本事在村里却啥都不是，你就是啥事都不出头么！马勺说：那你说霸槽还真要呼风唤雨呀？话刚落点，他过来要拿长宽的烟袋也抽一锅，身子一斜跌到了墓坑里。长宽说：给满盆挖墓哩不要提说霸槽。马勺吓得脸色苍白，说：对对对，满盆见不得霸槽，不说了，不说了。

从这个下午到晚上，古炉村的人一伙在杏开家，一伙在霸槽家，他们都忙碌着。霸槽从小木屋搬回了所有的东西，那盆太岁重新换了水，原来的水给迷糊、水皮、秃子金他们每人喝了半搪瓷缸，就全站在老宅屋门前看屋顶的旗子。霸槽突发了奇想，再次上了屋顶把旗子取下来，说他要每天清早升旗，每天晚上降旗。取下了旗子，却又说在山门那儿建一个能张贴大字报的栏子吧。建栏子需要席和木椽，他就把自己炕上的席揭了，让迷糊去牛圈棚的梁上拿几根椽来。牛圈棚的梁上架着许多椽，迷糊一去抽椽，灰串子哗哗往下落，满圈棚的牛就叫起来，面鱼儿给牛担饮水进来后，问：迷糊你干啥哩？迷糊说：你长眼睛出气呀？！面鱼儿说：抽的椽干啥？迷糊说：你不管。面鱼儿说：我在这儿喂牛，你拿牛圈棚房里东西我能不管？迷糊站在梯子上，面鱼儿抱住他的腿往下拉。迷糊说：联指要用椽哩知道不？面鱼儿说：啥联指不联指，我只认支书、队长，支书、队长让拿了你拿，没支书、队长的话谁也拿不走！迷糊就下了梯子，说：好呀面鱼儿，你是可怜人，我不打你，你去给磨子说吧，一会儿你亲手把椽拿到山门前，也省得我出力！

面鱼儿也就真的去杏开家找磨子，磨子一听就训面鱼儿：你说给不给？他要拉牛呀你让不让拉，他要杀你呀你让不让杀？！当下给灶火说：你清点一下人，看谁没来，这几天来干活的，明日出殡的，来的都记工分！面鱼儿从杏开家出来，再到牛圈棚房，迷糊已经在老公房台阶上睡着了，面鱼儿也不叫醒，悄悄把牛圈棚门锁了，对迷糊说：我惹不起你，我躲呀。也到杏开家来帮忙。

霸槽等着迷糊拿木椽，等不来，让秃子金去看咋回事。秃子金在路上碰上半香，半香拿了自家的一个筛子去杏开家，让秃子金也去杏开家帮着往墓地运匣钵，秃子金说：你没看我忙着吗？半香说：你忙着能吃能喝？队长发话了，去杏开家干活都记工分哩。秃子金说：拿死人对抗革命呀？！正说话，天布的媳妇掮了一只条凳，条凳上反着放着另一个条凳，也到杏开家去。巷道窄，天布的媳妇往地上唾了一口。半香也随即往地上唾了一口。秃子金脸上不是个颜色，等天布媳妇走远，就不让半香去杏开家，半香说：我去埋满盆呀，又不是埋那个烂眼子！秃子金拽她胳膊，拽不动，秃子金眉毛竖起来说：是不是又去见天布呀？半香说：见了咋？就是去见呀，咋？！秃子金再横，半香却能治住他，他气得自己扑掌着胸口，去了牛圈棚院里，见迷糊在台阶上睡着，一阵脚踢，把迷糊踢醒，两人再去抽椽，牛圈棚门锁了，返回来给霸槽发火，霸槽就去找支书。

支书是在晚饭后又去了杏开家，他左右太阳穴和后脖子上拔了火罐，留着紫黑色的印子，好多人关心着他的身体，支书说天热，他有些虚脱，现在没事了，就询问墓拱得什么程度了，寿衣缝好了没有，然后对磨子说霸槽那儿要搭大字报栏，需要椽，让面鱼儿抽几根给拿过去。另外，记工分的时候，这边帮忙的人记工分，那边的人也把工分记上。磨子不同意，两人吵了起来，磨子说：你硬气了一辈子咋现在软成这样？他打你右脸你给右脸，打你左脸你给左脸，他要上你脖子你也让在头上拉屎拉尿？支书说：你没看是啥时候么，磨子。磨子说：那好吧，要失塌古炉村咱都失塌。

磨子骂了一阵娘，到底还是让面鱼儿去牛圈棚取了椽掮到山门那儿，又着人从支书家把棺材抬到杏开家。然后叫杏开到一旁，商量着明日中午下葬，早晨给村人做些苞谷糁糊汤吃，送葬回来再吃一顿米饭，末了问：你准备了多少米？杏开说：碾了五十斤米。磨子说：五十斤米不够。杏开说：这我没办法呀。磨子说：那这样，咱不做米饭了，吃米粥，多放些红白萝卜圪丁。有多少萝卜？杏开说：有白萝卜，没红萝卜。磨子说：没红萝卜饭没颜色，我给你背一筐来。杏开就哭起来，说：磨子哥，磨子哥……磨子说：你甭这样，你磨子哥是粗人，但我知道知恩图报，我就是不干这个队长，我也要把你大的后事办好，办完了这事，谁要当队长谁当去！就拿了个背篓回去装红萝卜了。

磨子前脚走，霸槽后脚却到了杏开家。

霸槽是胳膊下夹着一沓纸，不是从开合的代销店买的麻纸，是他带回来的白光纸，一进了杏开家的那个短巷口，他就哇啦哇啦地哭。古炉村的风俗，如果死了母亲，她的儿女直呼着妈呀或娘呀地哭，本族的或村里的晚辈要哭就按着辈分去呼着哭，但如果死了父亲，不管儿女或是族人村人的晚辈一律叫喊着大的。霸槽在巷口吼着：大呀！大呀！声音一传到杏开的院子，大家就说：这是谁呀，谁会一进巷口就这么哭呢？杏开也有些吃惊。三婶说：杏开，杏开，来客了，你到院门外去接接。杏开跨出上房屋门槛，立即听出这是霸槽的哭声，嘴里吁了一句：天呀！拧身就坐回到她的睡屋里去了。

田芽把灶膛灰铲了一笼子提出院去倒，急忙忙跑回来，说：是霸槽，霸槽来了！拿了柏朵子垫棺材底的人说：说天话，他霸槽能来？你想让霸槽来呀？！但霸槽的哭声越来越近，大家都不言传了。看星说：这要挡不要挡？就喊杏开，杏开在她睡屋里也没吭声，戴花说：你咋挡呀？他应该来的，你听他哭得蛮伤心么。

霸槽就从院门进来，他并没看院子里忙活的人群，只是在哭着。上房檐下挂着的汽灯白光一团，人们看见霸槽头上戴着的是一顶更好看的军帽，军帽里边垫了纸，使帽子前边隆起很高，胸前的毛主席像章，啊多大的一个像章呀，经汽灯光一照，立即有长长短短的光芒。他似乎很悲痛，步子踉踉跄跄，直接往上房的灵堂去，过门槛时甚至趔趄了一下。灵堂前的老顺接了他的纸，又从灵桌上取了三根香交给他，他把香在蜡烛上点燃了，高高举过头顶，拜了三下，插在香炉里，就扑倒在灵堂前要磕头。老顺把一个蒲团用脚拨过去，意思是地面太硬，把膝盖垫上。霸槽没用蒲团，跪在地上一边磕头一边哭。在满盆倒头咽气后，灵堂上放声哭的只有杏开，村里来烧纸磕头的大多流几股眼泪，发几声叹息，而哭的除了能听出大呀大呀这话外也就含糊不清地干号，能放声哭，又能清晰地叫着大，说你怎么就走了，你不等我回来咋就走了，我想你了找谁呀，勤劳能干的大呀，也就是霸槽。三婶便过去拉霸槽，说：霸槽，不哭了，老队长知道你的孝心了，起来，起来。杏开，烟呢，把烟给霸槽。霸槽也就起来，是不哭了，却大声地擤鼻涕。

杏开从睡屋出来，她并没有拿烟，靠在灵桌那儿又嘤嘤地哭。霸槽问：人是几时老了的？杏开说：两天了。霸槽说：也不告诉我。杏开说：你在村里？霸槽说：唉，我回村了他却走了。后事都准备停当了？杏开说：差不多了吧。灵堂上的两根蜡烛突然扑闪着，三婶用手去护，烛芯还在扑闪，三婶喊：把院门关上，有风哩，把院门关上！院子里的田芽说：没风呀！但蜡烛还是灭了。上房里顿时一片漆黑，有人在说：火柴呢，火柴呢？可能是他在柜盖上摸火柴，脚下撞倒了小板凳，哐啷哐啷响。三婶就把霸槽拉出上房说话了，杏开说：火柴在墙上灯窝子里。别人还是摸不着，喊：狗尿苔！火呢，火呢？！狗尿苔从怀里掏出火柴就往上房去，蜡烛重新亮了，杏开又扑在满盆的灵床上放声哭起来。

霸槽在院子里和大家说话，大家都在忙着，话就说得有一句没一句，他也是插不上手，问老顺明日几时出殡，老顺说老规矩么，太阳端的时候就得入土。霸槽又问：抬掮的绳索杠子和抬掮人都安排好啦？老顺说：龙头杠村里有，两个抬杠和四个吊杠都备齐了，绳索有了三条，再找一条就全妥了。霸槽就看见了狗尿苔，让狗尿苔跟他去他家拿绳，他家有一条皮绳哩。他骂狗尿苔：你到处跑哩，这里缺绳你也不来给我说？！

这一夜，好多人都没有睡，杏开在灵堂的草铺里守夜，帮忙的人实在困了，轮流着也到草铺上打一会盹。磨子把红萝卜背来，田芽和戴花又把红萝卜拿泉里去洗，刚洗毕，听到谁又在哭。田芽说：是不是去请灵啦？在埋亡人前，家里人要捧上亡人的灵牌去祖坟里烧纸，请回所有灵魂，让它们迎接着新的亡人去。戴花说：咋这早请灵？不像是杏开哭么。两人又侧耳听了，觉得不对，从泉里上了塄畔，往远处的滩地望去，苞谷苗已经很高了，黑苍苍一片，哭声就是从那里传来的。戴花说：是狼？！狼常常会学着人在野地里哭哩，田芽一下子头发都乍起来了，撒腿就跑。戴花担了两笼红萝卜也跑，叫着田芽，田芽，田芽却跑得没了影，她便丢了笼筐，吱里哇啦叫唤。长宽和老诚扛了镢头从墓地回来，听见喊动，跑过来问咋啦，戴花说塄畔下的地里有狼哭哩，长宽说：狼是白天学人哭哩，这个时候哪儿有狼哭！戴花还捂着心口，喊叫心蹦出去了，心蹦出去了，又说红萝卜笼筐还在塄畔路上的。长宽和老诚就在拿红萝卜笼筐，果然塄畔下的滩地里还有哭声，听了听，长宽说：又是八成家的狗装狼哩！话一落点，哭声就歇了，果然跑过来是八成家的狗。长宽举了镢头就打，狗在地上翻了个跟斗跑走了。

三个人担了红萝卜再往杏开家来，田芽已经领了一伙人出来要撵狼，听长宽说是八成家的狗，虚惊了一场，就骂：八成养的什么狗呀，装神弄鬼的，上次学狼叫被吊起来打了一顿，这回又学人哭？！说说话话，天就越发黑了，黎明前天都是黑得像瞎子，大家就说快到草铺上眯一会。刚坐到草铺，三婶在院子里看管着粮食和菜，怕老鼠来偷，却说：咋下雨了？大家又都出来，天上果然叮里吧嗒落雨星。田芽说：要埋满盆呀，狗哭哩，天也掉眼泪。磨子却愁起来，说：可不敢下雨，下了雨路上滑，到坟上就费劲了。忙招呼在院子锅灶上搭雨棚。雨棚还没搭起，雨又住了，天就慢慢放亮，磨子心放下来，去自家门前树上敲钟，敲过了又在巷道里喊话，要村里的男劳力早饭都到杏开家去吃，吃了饭谁也不要离开，抬棺下葬呀。

但是，在家里睡的人起来往杏开家去，经过山门前，发现那里新搭了一个席棚栏，栏上张贴了几张白纸。大多数人不识字，看见白纸上有黑字，字一行一行，伸胳膊蹬脚的，就让能识字的念。念出的是"十问"，一问古炉村是共产党领导下的古炉村还是个别人把持的独立王国？二问古炉村执行的是社会主义政策还是个别人为所欲为？三问村干部为什么都是一族的人，别的姓的人难道都死了，死得净净的了，还是别姓的人是白痴瓜蛋？四问生产队的公房为什么要卖，是为集体谋利益呢还是变法了占为己有和给地主分子买架子车？五问瓷货一共收了多少钱，从来没公布过账目，钱都干啥去了？六问谁安排地主分子去的窑场，是让他去劳动改造还是以烧瓷货的名义逍遥法外？八问……念的人越念声越小，再不出声了。旁边人说：还有啥？还有啥？念的人说：这是针对支书么。转身就走了。而得到消息仍又有人往栏下跑，老远喊：还真有大字报了？上边有支书啦？！自己又念起来，念过"八问"，说：这是在说谁？听的人都不说是谁，却说：往下念，看还有谁？

磨子在巷道里叫喊了一通，得称就来给他说了大字报的事，磨子仍在喊：劳力都往杏开家去呀，饭是糊汤，煮红豆的糊汤，吃饭就要抬棺下葬呀！人还是跑去要看大字报，连天布也往那里去。磨子说：天布，快去吃饭，抬棺你得扛大头哩！天布说：我去看看大字报！磨子说：你去看啥，不嫌闹气？！天布说：不看才闹气哩！磨子没拦住，自己到了杏开家，院子里来的人很少，连正在切着往糊汤锅里煮萝卜的有粮也不切了，说：还有这事？解放后这么多年，运动一个接一个的，还没见过有大字报的！灶火说：狗日的霸槽啥事都敢做，昨晚上还来这里哭鼻子流眼泪哩，以为满盆就是他亲大，今早却就撕破脸了！有粮解了腰里的围裙，湿淋淋地手在襟上搓，然后从案板上拿了半截萝卜一边啃一边出去了。土根也跟着走。土根说：锁子你去不？锁子说：与我屁事，我烧火哩。土根说：听说也写着你呢。锁子说：写我啥？土根说：说给你家分粮做酒哩。锁子说：我日他妈，酒谁没喝，他霸槽没喝？他给生产队交提成费了没？别人要是没交准不成，他不交就一年一年过去了，这是谁在庇护他？！土根说：你哥不是也入了联指吗，他咋自己给自己贴大字报？锁子倒不说话，提了烧火棍也就出了院子。磨子拦不住他们，喊金斗，让金斗负责担水哩，那水呢，水咋还没担回来？院门外放着一担水，金斗是看见锁子、有粮都去看大字报，也扔下水桶一搭去了。磨子就燥了，立在院子里破口大骂。杏开在灵堂上正用剪刀剪蜡烛上的芯子，蜡烛泪流得厉害，一根蜡几乎垮了一半，流下来的蜡油像切开的熟过了的西瓜，稀溏得收不住，她把蜡芯剪短，把流下来的蜡油捏成块去堵蜡豁口，蜡油就烫了手。她出来，磨子说：杏开，这丧事让霸

382

槽搅黄了，弄不成啦，弄不成啦！杏开愣在那里，脸苦愁得像放蔫的茄子。磨子说：他狗日的还来哭哩，哭得鼻流涎水的，骨子里恨不得你大早死，死了埋不成哩！杏开呃儿一声，喉咙里发出很大的响声，从院门出去了。

杏开是穿着孝服，孝衫子长，撩起前摆别在腰里，脚上是草鞋，草鞋里白布做成的牛角状孝袜露出来，在地上踏得乌黑。她到了山门前，水皮正用笤帚蘸着一个桶里的糨糊往棚栏上贴另一张大字报，当下夺了笤帚，糨糊甩了水皮一身，也溅得霸槽满脸都是，就指着霸槽说：今日埋我大哩，你把人都招到这儿，要我大烂在屋里臭在屋里呀？！霸槽并没有擦脸上的糨糊，却嘿嘿地笑，说：你来了好，你来了好，你总算敢来寻我了！杏开说：我只问你，是埋我大呀还是贴你的大字报呀？霸槽说：埋，好好埋，埋好！

杏开竟然敢穿着孝服，当着众人面呵斥霸槽，霸槽竟又这样服服帖帖，这使在场的人都吃惊了。吃惊之后，心里越发证实了霸槽和杏开一定有过那种事了，如果没有那事，仅仅是相好，杏开是不敢这么呵斥，霸槽也不会这么听话的。他们便都不插嘴，远远地站着看。来回来得晚，把老顺拉在药树后悄声地问大字报上写没写着支书把她收留在古炉村的事，老顺说：我认不得字，没听人念到那事，纸上如果要有我就把纸撕了！来回说：你别耍你二球劲！老顺故意大声说：古炉村又不是没有过运动，我又不是没经过运动！来回就捂了他的嘴，正在这时，看见杏开来闹霸槽，就从树后往跟前走，秃子金把她拉住了，说：你干啥呀？来回说：闹开仗了，你们没一个人劝劝？秃子金说：劝啥呀，人家说家事哩。来回说：家事？他们不是已经谁不理谁了，还有啥家事？！但霸槽还在笑着，脸上的糨糊仍没有擦，糨糊就流到了下巴上，说：我不埋你大谁埋你大？埋呀，埋呀，我还要给他摔孝子盆呀！扭过头对众人说：都去，埋老队长去！众人竟就听他的话，开始跟了杏开走，杏开在前边走得很快，孝衣被风鼓着，飘然像是鬼魂。来回和老顺也跟着走，来回悄声说：他刚才说啥的，他说要给老队长摔孝盆？老顺说：他摔孝子盆，满盆死了还不得气得又活啊？！来回说：你猪脑子！杏开这一闹还闹坏了，他趁机要给村人说他的身份哩。老顺说：这狗日的咋啥话都说得出口！

43

早饭是熬了一筒子锅的苞谷糁糊汤，糊汤不稠，碗里立不起筷子，但也不稀，看不见碗底里的猫头鹰。

猫头鹰是从前天晚上就一直在柿树上。别处柿树上的柿子还都青着，杏开家院墙角的柿树上柿子却起了灰气，竟然有了一颗发软发红，红色轻淡，像戴花用指甲花染出的指甲。人们在惊奇着这颗柿子这么早就红软了，一定是柿子里生了虫，但在看着柿子的时候突然发现了那柿子后边的树杈上卧着一只猫头鹰，一动不动。这只猫头鹰有一张像人面的脸，它的长久不动，让人产生恐惧，可几天里谁也没敢赶它，那颗红软了的柿子也就没人去摘。狗尿苔端着一碗糊汤圪蹴在树下吃，总担心着猫头鹰要猛地飞下来，饭就吃得不快，而有人已经吃完了第一碗，去锅里盛第二碗了，就发恨：总不会是没有喉咙眼子吧，那么烫的糊汤就极快地倒了进去？院子里、上房的台阶上、和厦屋的檐下、猪圈房边、拆成了豁口的墙根处，都是或圪蹴或站着端了碗的人，嘴不离碗沿，一双筷子在碗里顺着糊汤边划动，囔呐、囔呐的吸吮此起彼伏，以至响声一片。糊汤是不用咬嚼的，糊汤里的红豆也不用咬嚼，但煮在红豆糊汤里有萝卜片和土豆，土豆没有切，算盘子大的，鸡蛋大的，用牙咬开了就嘻嘻冒白气，大家就相互看着，表情难看，似乎在仇恨。其实并不是相互看着，也不是仇恨，因为土豆在嘴里使他们都睁圆了眼睛，张口瞪眼也是土豆在食道里噎住了。秃子金说：给我捶捶，给我捶捶。老顺拿拳头在秃子金的后背上捶，捶得用力，秃子金哈呀一声，半个土豆竟咳了出来。戴花说：你小心着，满盆是卡死了，你也别卡死了！秃子金却说：人还能卡死？满盆是不是被卡死的，我还怀疑呢！众人发了一片恨

384

声。秃子金不再言语，去锅里盛饭，锅里的饭没有了。

糊汤吃打锅了。有的人吃了三碗，有的人吃了两碗，狗尿苔只吃了一碗，他拿着铲子在刮锅底，刮得咯啷啷响，锅是借面鱼儿家的，面鱼儿老婆说：不敢再刮，锅有缝子的，再刮就刮烂了，你还没吃够？狗尿苔说：我只吃了一碗！狗尿苔立在锅项里生气，磨子喊叫着他去院子里收拾吃过饭的碗筷，他听到了装着没听见。

霸槽是最后来的，但糊汤已经没了，他并没有埋怨，倒还张罗着谁负责把棺材从院子里移到屋里的灵床边，谁负责入殓，入殓后谁先去坟上忙活启寝口，谁又来抬棺。他声音很高，让杏开把烟匣子拿出来给大家抓烟末，有烟锅的都掏出烟锅吃烟，没烟锅的就捏了烟末蹲下搓喇叭卷儿，他还在说：老队长身派大，这棺材是柏木的又重，四个人怕抬不动，得六个人抬，旁边还得有四个换掮的吧，谁拿板凳，得落实两个人拿板凳，抬不动了随时要用板凳支着呀。面鱼儿老婆说：哎呀霸槽，没看出你做事还像模像样，不亏满盆疼过你！霸槽说：他没疼过我，打骂过我。面鱼儿老婆说：他咋不打骂别人呢？！人死了，要说些好话哩。霸槽说：好，好，打着亲，骂着爱！姊子你吃好了？面鱼儿老婆说：吃好了吃好了。在院子里拾散落的筷子，拾了六七根，用衣襟擦了，嘟囔着谁这么不珍惜东西。

面鱼儿老婆拿着筷子进了厨房，磨子还坐在灶火口没放下碗，看见她了，瞪了一下，继续吃饭。面鱼儿老婆说：你瞪我？磨子说：我眼睛大。面鱼儿老婆说：天热，满盆有了味儿啦，得用酒喷喷。磨子没回应她，却喊牛铃，牛铃进来，磨子说：你去开合店里买一瓶酒来。牛铃说：钱呢？磨子说：让开合先赊下，事过后再付钱。牛铃说：开合势利得很，他不会给我赊账的。磨子从门里看去，霸槽在给行运说什么，又给金斗说什么，还用手拍着金斗的肩，就给面鱼儿老婆说：咋啦，他来诈唬着啥哩？面鱼儿老婆说：你说霸槽吗，还不错，上着心哩。磨子就骂牛铃：他不赊？你给他说我让赊的，你长个嘴不会说，拙口啦，舌头叫狗吃啦？！一连串地骂，把牛铃骂哭了。面鱼儿老婆也吓了一跳，说：磨子，磨子。磨子还在骂：你哭啥哩，尿水子那么多，唵？！哐啷，他踢牛铃，没踢上，把一扇子门踢得差点掉下来。

厨房里起了响动，院子里的人就进来说：咋咧？磨子把饭碗咚地往案上一蹾，吼道：我不管啦，管他妈的×哩！出了厨房直接往院门口走，门口他媳妇背了一袋子苞谷糁，他说：你来干啥？媳妇说：吃打锅了，拿了苞谷糁再做一锅么。他说：谁让你背苞谷糁了？谁稀罕了你的苞谷糁，往回背，走！

面鱼儿老婆撵出来说：磨子，你咋是这瞎脾气？你是队长哩！

磨子说：我是他妈的×，谁把我当队长啦？！

杏开一看磨子发了凶，站在上房门口嘴颤着说不出话，抱了婆就流眼泪。磨子从院门口走出去了，灶火也跟着走了，得称、牛路也往外走。秃子金也要走，霸槽说：你去哪儿？秃子金说：管事的都走了么。霸槽说：离了谁老队长还不埋啦？有球本事哩？哼！就拍了一下手，说：院子里的人都听着，谁都要死，谁都要人埋哩，如果谁不想埋老队长的要走就走，都走完了，我把老队长背着送到坟里！

霸槽这么一说，要走的反倒走不成了，却也不言传，站着不动。霸槽说：杏开，甭哭啦，你看么，大多数人都没走么，不走，咱就准备入殓。狗尿苔，狗尿苔——！狗尿苔说：在哩。霸槽说：你去喊朱大柜，这个时候了他咋还不来？再把善人叫来，他会唱开路歌，咱要把丧事办得隆重，让善人来唱一段。田芽说：支书年龄那么大了，你叫名字？霸槽说：名字就是让人叫的，咋不能叫？！田芽还要说什么，不说了，一摸嘴出院门走了。还走了立柱和答应。

狗尿苔就跑去叫支书和善人了，他遗憾没有看到入殓，在早晨起来，婆就让他去中山坡上砍了许多柏朵，烧成灰，再把灰用烧纸包了，像一块块砖一样，说是入殓时要垫在死人的身下。然后就看着婆在准备着装棺的东西。杏开说要给她大的棺材中放上那个水烟袋，因为她大生前就好那一口，为此她和她大不知吵过多少次，现在大死了，让大带走他的水烟袋到另一个世界去吸，再没人唠叨了。杏开说着就哭，又把一个鞋甩子¹取出来，说也放到棺材里。婆说：娃，没有放鞋甩子的。杏开说：让她大带上，让大带上！狗尿苔是见过杏开家的这个鞋甩子，核桃木把儿，上边是皮条子做的，他目睹过满盆拿鞋甩子抽打过杏开，抽打得杏开的胳膊上一道一道血印子。狗尿苔当时猜想，杏开还是恨着她大，让她大带走了鞋甩子就从此不再挨打了吧。这杏开，怎么就没哭昏在她大的灵堂上呢？是她让她大生了闷气才病的，也是她把牛肉没煮烂让她大卡在喉咙，嗐，她要是个孝顺的，就应该不让霸槽来，霸槽来了应该在灵堂前打他骂他，让他给她大认罪才是，可杏开竟然允许了霸槽来，还让他管起了丧事！婆说：这甩子真的放不成，带皮子的东西都不能带，要不将来托生牛呀马呀的。杏开却哭了，说：我大一辈子还不是生产队的牛呀马呀？！婆说：他是给生产队当牛当马，在他手里恢复的瓷窑么，这大家都知道。要带，给他带几件瓷货去。婆便让狗尿苔把案板上的一个瓷瓶、一个瓷碗去洗干净，放在了灵床头。这些东西，狗尿苔都没有亲眼看到如何放在棺材里去的，他也不知道死人放进棺后，大家如何围着棺材痛哭号叫。当狗尿苔领着善人满头大汗赶来，棺材已经砸钉完毕，也用麻绳捆绑好了，就停放在那里。

三婶在说：给善人勺饭，给善人勺饭。

三婶知道锅里早没有了饭，她偏还这么说，善人摆着手，说：不用，不用。三婶说：真的不用，你吃过了？那给善人端水么，水呢，顶针，给善人喝口水！

善人也没有喝水，他从怀里掏出两个木板条儿，低着头就绕了棺材转，转了一圈又一圈，转过棺材前烧纸的杏开身后，烧起来的纸火烤灼着他的那张瘦脸，他表情严肃。纸灰像黑蝴蝶一样在空中飞，有一朵就落在他的头上停住了。狗尿苔不知道什么是开路歌，古炉村以前死了人从没唱过什么，阴间的路还需要开吗？但霸槽知道善人是湖北襄樊人，那里讲究唱的，特意要善人唱唱，善人是应允了，却转着转着就是

---

1 鞋甩子：农村掸土的工具，像拂尘一样。

387

迟迟不开口。杏开一边把纸添在火堆上一边哭，眼泪吧嗒吧嗒滴湿了地面。狗尿苔到院子里去找个木棍儿，要帮着翻拨烧纸，刚一出门槛，善人就唱起来了。

开路歌是从三皇五帝开天辟地唱起，一个朝代一个朝代往下诉说，这些狗尿苔一句也听不懂，甚至觉得善人是在哄弄人，可能自己也记不得那么多的词，嘴里像噙了核桃，只是拖着腔调在哼哼。狗尿苔把木棍儿拿进来也跪在杏开身边，拨了一下纸灰，还说：这唱的啥呀！善人突然哪，哪哪，敲重了木板条儿，口齿清楚地唱了：人活在世上有什么好啊，说一声死了，他就死了，亲戚朋友都不知道！亲戚朋友知道了，亡人已过了奈何桥。哪，哪哪，哪。哎阴间的桥和阳间的桥不一样，三尺的宽呀，万丈的高，两边有着泡泡钉，中间里抹上了滑油胶，大风来了摇摇地摆，小风吹来是摆摆地摇，有福的亡人桥上走呀，无福的亡人就落下了桥……善人的声显得苍老，甚至沙哑，像来回拉着漏气的风箱，也像是敲着破锣，院子里全寂静了，都进来看，惊讶着善人在古炉村这么多年怎么就没有听见过唱呢，他唱得那样的凄凉和悲苦。唱着唱着，善人在流泪，听着的人也在流泪。天布的媳妇在洗那个大筒子锅，锅开始漏水，先是一滴一滴，再就是一条线地流，把灶膛里的炭灰全浇湿了。明堂蹴靠着柿树吃烟，觉得脊背怪怪的，转过身来，柿树桩那个疤结上往外渗汁，汁有些暗红，他抠了抠那疤，一股子汁就顺着桩往下蠕动，像是一条蚯蚓。灵堂桌案上的蜡烛没人再剪烛芯，蜡油一下子流下来，流到桌案沿上，还要往下流着，却凝住了，如冰锥一样挂在那里。院门楼两边的墙上爬着蜗牛，从来没有过这么多的蜗牛，爬过了痕迹明显，纵纵横横，像是墙都在流泪。突然，牛铃在大叫：狗尿苔死了，狗尿苔死了！

狗尿苔是倒在了窗子底下，眼睛闭着，浑身抽搐。

狗尿苔想再进屋，屋子门口挤满了人，他不愿意从人腿间钻过去，就站在了窗下，善人的唱使他蓦地觉得面前有了一个桥，桥三尺宽万丈高，在风里摇摇晃晃，趔趔趄趄的满盆在上边滑倒了，自己哦的一声向前一扑，也就跌倒在了地上。院子里立马乱起来，三婶第一个跑过来就掐狗尿苔的人中，一边叫着狗尿苔，一边让人快端了水来，掰开嘴要往里灌。老顺说：是不是也有羊癫疯？三婶说：你媳妇羊癫疯，别人都羊癫疯呀？！老顺说：那……是通说呀，满盆要说话呀！老顺的话让大家害怕了，古炉村以前发生过几次通说，都是好好的人突然就昏迷不醒，然后闭着眼发着某个死者生前的口音，说着谁也不清楚的只有死者家人才知道的一些隐秘的事。天布飞快地去院外厕所，厕所墙边有棵桃树，三下两下折了桃树条子，又从厨房里取了一个簸箕，他说闪开闪开，簸箕还没完全扣在狗尿苔的身上，桃树条子就抽起来。你是谁？你是谁？狗尿苔没有说话，还闭着眼睛。桃树条子抽得簸箕上发出鞭炮似的响声。是满盆吗，老队长吗，满盆满盆，你有什么话要说你就说，你不愿意死吗，你不愿意这样安排着埋你吗，你是被人气死的？杏开还跪在那里烧纸，窗外的动静她听着，她没有起来，依然在烧纸，心里想着大在另一个世界里不该再受穷受困，因为她烧下了一大捆一大捆用人民币拍过的纸，但她不爱听了天布的话，急逼着说：我大不是气死的！

天布并不更正，继续抽打桃树条子，说：满盆，你说话，你要说啥话你说！

杏开哇地放声哭起来。三婶在对天布说：是不是满盆呀，你能肯定是满盆？！

十多年前，开石他大在屹岬岭割草，滚坡死了，五天后老诚那瘪瓜瓜媳妇突然通说。老诚的媳妇原本尖声尖语，通说时就是开石他大的粗声瓮气，说他死了，老婆要嫁谁就嫁谁吧，他只是丢心不开开石兄妹四个。那天也是村人拿了簸箕扣在老诚媳身上再用桃树条子抽打，一边抽打一边呵斥，让鬼魂离开，但鬼魂哎哟哎哟叫着就不走，说他要给开石说话呀。村人把开石叫来了，老诚的媳就哭，哭过悄声说他在鞋壳里藏了十元钱，让开石去取。开石说：鞋在哪儿？鬼魂说：鞋在鸡圈的东角儿。开石不信，村人让开石回家看看，开石回去钻鸡圈，果然在东角儿发现了一只他大穿过的旧鞋，鞋里装了十元钱。返回来给鬼魂磕头，哭着大呀大呀，老诚的媳妇嘎嘎嘎笑，笑毕说句：大走呀！忽地眼睛睁了，问她刚才的事，她说她不知道。

天布听了三婶的话，说：不是满盆还能是谁？又猛烈地挥动桃树条子，说：满盆，你是不是盼着谁来吊唁，是不是又不愿意谁来给你吊唁？

天布的追问像是戏里的县官在公堂上审犯人，大家都在听着，他们担心狗尿苔以满盆的口吻要说出一些人名来，而这会是哪些人呢？满盆生前是爱钻牛角的人，他对谁好了，割身上肉都行，他要恶谁了，那是咬透铁锨地恶。于是就拿眼瞅在上房里的霸槽，霸槽的出现他们吃惊而疑惑，却又不好说什么，如果满盆的鬼魂说出了不让霸槽来吊唁，那就有好戏看了。但是，霸槽似乎并不理会院子里发生的事情，他在查看了捆好的棺材，又觉得绳索还不那么紧，就从卧屋的顶棚上抽一根木棍儿，要用木棍儿把绳索绞紧，木棍儿在抽下来时一串灰尘落在他背上，他说：顶针，给我拍拍土。顶针替他拍打，悄声说：满盆通说哩。霸槽说：你也迷信呀？！抽下来的木棍儿太长，需要截短，顶针就去找斧头，但霸槽却将木棍儿放在卧屋的槛上用脚去踩，踩断了一截，再踩断一截，脚上的鞋都踩歪了，还在踩，一截木棍儿就飞起来打在自己额头，额头上凸起一个青包。屋子里所有人都不吭声了。

院子里天布还在追问：你说么满盆，你有话你说，你说么！

但是，狗尿苔还是一语不发，他的抽搐刚刚停止，脸上的一层白气慢慢褪去，红颜色从额头泛起，像是雨后的云彩飘过山头，山头是一片片黑影，不，是早晨的太阳从窗棂里透照在炕席上，一道一道移动着鲜亮。狗尿苔的脸从额头到下巴全红了，他睁开了眼。

天布在问：满盆，老队长，你有啥要说你说呀，说！

狗尿苔说话了，他说：我是狗尿苔。

三婶夺了天布手里的桃树条子，把簸箕扔了去，说：不是通说，你打啥呀，狗尿苔是没吃好，听善人唱受些怕，晕倒了。

大家松了一口气，倒觉得是一场笑话，就作践天布那么快地拿簸

390

村口的石雕

箕和桃树条子，又作践狗尿苔一顿饭没吃好就这样惊慌大家呀，便喊厨房里的人：拿一疙瘩豆腐来，让狗日的吃，要不又给咱成啥精呀！狗尿苔满头大汗，回应了一句，却没力气站起来，三婶扶他到满盆的卧屋炕上去睡。

满盆的炕上，被褥还算整洁，只是那个光面石头被满盆枕过了几十年，脑油渗得油光漆亮。狗尿苔睡上去，眼睛看着炕界墙上的烟盘里没有了白铜水烟锅，却还放着烟末匣子、火柴、一个小刀、一个煤油灯和一根削点火木屑的劈柴，就觉得满盆还仄卧在那里，炕的背墙上脑袋靠的地方一片油渍啊。

三婶说：好好睡一觉就好了，别怕满盆，满盆恨谁也不会恨你的。

卧屋外的庭间里乱哄哄一片，善人已经停止了开路歌，霸槽在大声地说：都来起灵！能在这儿的就是老队长要留下来的，老队长不想见的在这儿也待不住，来呀，都过来！踢里咣哐的脚步声、搬动声、吆喝声，狗尿苔还想听听起灵时人都在说些什么，他却迷迷糊糊睡了。

人死了肯定是不以为他是死了，因为睡觉就不知道是什么时候睡着的，狗尿苔醒过来他这么想。他是又被一阵乱哄哄的声音吵醒的，心里还疑猜还在起灵吗，还没有出殡吗，就翻过身要起来，是婆按住了他，让他再睡一会儿。他没有再睡，问婆怎么他就晕倒了，婆说：你看见满盆了？他说看见了，满盆没有说话，后来他什么也不知道了。婆叹了一口气，撩起他的衣襟看胯上的一道桃树条子抽打过的伤，低声怨恨着天布把簸箕没扣好，下手又这么重，说：不让你到人多的地方钻，你就是不听，看你惹的啥事，霸槽还以为你是故意的，天布也怪你故意不说。狗尿苔觉得冤枉，说：我哪儿是故意了？！婆捂了他的嘴，不让他多说，就给他讲起出殡顺顺当当的，没出意外的事，只是在出殡时支书也赶了来，但支书在院子里很别扭，其实大家并没觉得怎么样，是支书自己觉得别扭，大家给他拿凳子，他也不坐，脸上色气不好，然后先去了坟上。现在满盆已经下葬了，入土为安，坟上留下封寝口全坟的人外，剩下的都回来了。狗尿苔又看了一下烟匣子，他咽着唾沫，恨自己怎么就病了，又怎么就昏昏沉沉睡了，没能去坟上。

这个中午，按规矩杏开要管待大家一顿饭的，说好了是半粥，但出殡前磨子那么一发火，拍屁股走了，米也不借给了杏开，米粥也就没办法再做。等送葬的人回来，涌了一院子，杏开哭着给三婶说，米粥做不成了，那就把那些米和苞谷糁混在一块做顿糊汤吧。三婶说：这咋办呀，吃得不好人笑话哩。杏开就又哭。三婶出来和婆、长宽、面鱼儿商量，意见统一了：吃饭穿衣看家当，有啥吃啥，谁笑话谁呀？！霸槽却过来说：既然吃不成米饭也吃不成粥，那就不吃啦。面鱼儿说：瞎好得吃呀，这是老规程么。霸槽说：屁，文化大革命啦，老规程就不革一下命！要吃，我把我那太岁拿来，咱炖了汤喝，太岁肉汤抵得住吃三道肉的大席哩！大家见霸槽这么说，就说：也行，只要你舍得，你也应该舍得！

霸槽就把太岁拿来了，但他只把太岁切出了一半在案板上剁成了肉丁，放在大环锅里煮起来。所有的人都知道霸槽养着太岁，但很多人并没亲眼看见过太岁，太岁是一堆麦色子肉团放在了案板上，它在蠕蠕地动，没有寻着鼻子眼睛在哪儿，剁开了也不流血，是像一疙瘩肉冻，更像是桃树上结成的软胶。但是，太岁肉丁煮在了大环锅里，立时一股香味就弥漫在院子里，这种香味谁也没有闻过，像是槐花香，又像是板栗香，还像是新麦面馍才出笼的香，说是哪一类香好像都不对，是一种花的板栗的麦面馍和青草的，雨后田野里翻出的土，麦草集下那些甲虫，甚至还有擦黑做饭时站在巷道里那种烟的呛味，这些东西混在一起，说不清成了什么，就是只觉得奇异的香。人们就张着嘴巴和鼻翼呼吸，老顺还关了院门，嚷嚷着不要让香气跑出去，而村里的狗和猫就围在院子外，有的挤着门缝要钻进来，立即被撵出去了。香气从院子里往上飘，院里院外的树上、墙头上、房顶上也落满了鸟。更多的是飞来了蜜蜂，它们以为开放了什么花，飞来却没有花，就成群在空中飞舞，最后终于挤在那棵柿树上，人们这才发现那只有着人脸模样的猫头鹰不见了。

太岁肉终于煮好，每人拿碗去盛的时候，一半人都不敢喝。嗯呀，这能喝吗，传说中太岁头上的土都不能动的，动了就有灾有难的，竟然能煮了肉汤喝？！他们不知道该问谁，看善人，善人拿了一个破了豁的碗喝了半碗，他的胡子剃了，长上来的短茬是银一样白，每个胡茬上都挂着一颗细汗。迷糊是很快就喝了一碗，他说：喝呀，不喝了我喝！迷糊伸过手去拿跟后的碗，跟后把碗收回在怀里，喝了一口。哎呀没味么。霸槽说：啥是味，酸啦辣啦甜啦才是味？太岁肉汤是没味，没味那才是大味！跟后小心翼翼地把一碗汤喝完了，喝完了，睁睁眼，耸耸身子，说：浑身好像有了劲。所有人都睁睁眼，耸耸身子，说：嗯，有劲了，日怪得还真有劲了！有人就跳起来，不知道为什么就跳起来要抓柿树上的叶子，反正是跳了那么高，不但抓住了柿叶还把一股枝条拉了下来又放了上去，树上的蜜蜂嗡地就乱成一团。牛铃喝完了一碗，又到厨房去盛，天布把持在厨房门口，他要从天布的胳膊下钻进去，天布拧住了他的豁豁耳朵，牛铃说：我再喝些。天布说：没了！牛铃说：没就没了，你要扯掉我耳朵呀！天布说：喝了太岁汤了能没劲？我还想打你哩！迷糊从院门口出来，蹦跶着吆狗，狗后退了，又趋步进来，再蹦跶着吆，再退去，人和狗在巷道里拉锯战。水皮并没有喝上太岁肉汤，他从坟上回来后，霸槽让他去拿几本毛主席语录本来，说杏开家的柜台上安放了满盆的灵牌，应该再放几本红宝书。水皮把毛主席语录本拿来，太岁肉汤却全喝完了，他没有说这些红宝书要放在灵牌前要镇宅的，却高高举着，说：谁要红宝书？立即人都扑上来抢，你把我推过去，我把你搡过来，无数只手在那里抓，水皮就把毛主席语录本掖在了怀里。但他被人抱住了，又被人推倒了，压在了地上夺，他蜷个身子，结果衣服被抓破了，头发被抓乱了，脸上、手上、脖子上都是血道，后来人就垒起来，垒得那么高，水皮在下边叫唤：出不出气了，没气了！铁栓拿脚踢了上边的人的屁股，踢疼了，上边的人起来和铁栓吵，三言两语，恶话相加，相互就动起手了。院子外的迷糊听见里边响动，就钻进来，长宽把铁栓抱住，大声呵斥：打髅呀，都起来，起来，要压死水皮呀？！

霸槽站在上房屋的台阶上，看着那些人叠罗汉，马勺说：真是喝了太岁肉汤了，人咋能疯了？！霸槽笑着，没有去劝，看见支书要从院门口出来。支书是大家在喝太岁肉汤时他一直在上房，把满盆的灵牌放好，叮咛着杏开一天三顿要献饭的，又把撤下的灵堂上的东西一件一件收拾了，黑的白的纱布让杏开放好，挽联揉成一团，要杏开在灵牌前都烧了，说：这些许你大带了去。杏开说：支书爷，你去喝汤吧。支书没有端碗，在看着杏开烧完了纸和那些挽联，坐了一会就起来往院门口走。霸槽过去说：你没喝汤？婆拿了一碗汤要给炕上的狗尿苔喝，支书就去狗尿苔的碗里喝了一口。霸槽说：好喝吧？支书说：好，好喝。走出了院门，肚子里却翻江倒海，他一直忍着，出了巷口，哇的一声就吐了。

44

埋葬了满盆三天，州河里起了大风。每年的夏季，州河里都要起风，河堤内的芦苇和蒲草就扬花絮，花絮就在空中像龙一样挥舞，起起落落，忽聚忽散。那时候，中山腰的窑场要烧夏天最后一次窑，而旱地里的苞谷差不多齐腰高，需要施第一遍肥了，水田里的稻子也正是到了挑料虫的节口。但是，这一年的风却起身得早，几乎是提前了二十多天。

头天夜里，天热得根本睡不着，狗尿苔脱了精光睡在院子里的席上，一双脚还蹬在捶布石上，捶布石也是烫的，而且有蚊子，就爬起来又到打麦场上去睡了。婆在屋里的炕上剪纸花儿，剪了六张，张张都是满盆出殡的事，剪着剪着，最后却剪出个老鼠偷油，连自己都觉得奇怪，似乎这手把握不了剪刀，是剪刀在指挥了手，这当儿听到院门咯吱了一下，说：你往哪儿去？院子里没有回应。她猜想狗尿苔又出去睡打麦场了。天擦黑狗尿苔就说他要到打麦场上去睡，她不让他去，才发过一次病还乱跑啥呀，强迫着让他睡在院里的。婆又说：院里还睡不住你呀？嫌蚊子咬了再煨些烟。院子里还是没回应。婆隔着窗格往外看，草席还在，草席上是睡着个狗尿苔。婆就又剪她的纸花儿，心里倒慌慌起来，走出来看，狗尿苔没了人，草席上是汗水塌湿的一个人形。低声骂了一句，抬头看夜空灰嘟嘟的，中山顶上，再偏西一点，有一颗并不明亮的星子。

　　狗尿苔在巷里就遇着了三婶，三婶的孙子满身生了痱子，一直在哭，三婶就光了上身背孩子在外边转，说：再哭，来狼呀！孩子不哭了，身子老往下坠，累得她倒是一身的水，又说：你用手把婆脖子搂紧，我捉着你两个脚，狼来了把你抓不去！孩子一手搂了婆脖子，一手却把奶袋从肩上拉了过来噙了。老顺和来回也走过来，身后跟着他们的狗，狗伸着舌头呼哧呼哧地喘。三婶说：没去打麦场上睡？老顺说：去泉里洗了洗，不洗痱子不褪么，这狗日的咋这热么！他说着盯起三婶的光膀子，三婶不回避，说：恨不得剥了这张皮哩！来回就逗孩子，说：你婆这奶里还有啥水哩你吃？老顺说：三嫂子这奶可没少喂过村里的孩子。狗尿苔就说：我也吃过！来回这才看见阴影地里的狗尿苔，说：你这碎糇也热得睡不下？狗尿苔说：是不是喝了太岁汤，人就热得放不下了？老顺说：热两天两夜呀？！狗尿苔挨了戗，也不断跟了他们，拐进另一条巷子朝打麦场上去。

　　那条巷子中间是葫芦家，院门口又是坐了一堆人，听得见葫芦的媳妇嘎嘎嘎笑，她笑起来似乎有些傻。入伏后，葫芦妈热得睡不下，每晚都要在院门外的石头上坐着乘凉，身子彻底凉下来了才去睡，葫芦的媳妇也就一直要陪着说笑，还要在一盆凉水里放上糖精端出来，招呼着这个喝，那个喝，让更多的人一起来陪。今夜里，连善人都在那里哩。狗尿苔就听见那些人在议论着天，议论着地里的庄稼，又议论起了谁参加了联指，谁又会不会也参加联指，不管谁都参加了谁又是坚决不会参加。便有了人说：善人善人，你咋没参加？善人说：我等着你参加哩。那人说：人家肯要我参加呀？！我笨么。善人说：我也笨么。立即三四个在说：你还笨呀？葫芦媳妇说：他是笨！他文化多吧，可他有霸槽混得好还是有水皮混得好？除了捏骨和说病，村里啥事显露过他？看你补的这衣服，针脚就这大的，我让你拿来我给缝补，你也不肯，总不能让我上门去要着缝补吧？一天三顿就只会做菜糊糊，你也不学着擀擀面条？住在那山神庙里，连个像样的门都没有，冬天里也用柴排子挡门呀？村里的事就不见你吆三喝四嘛！善人就笑了，说：小孩玩捉迷藏哩，你见过哪个大人玩这个？年轻人要聪明，上岁数了就得笨点，人笨笨着好。我给好些人说了，葫芦媳妇是笨人，要学着她笨哩。葫芦媳妇说：我才不笨哩，我让你们喝糖精水，就是让你们陪我妈说话哩！得意地嘎嘎笑。她这一笑，大家就哄哄地笑，善人说：这就是了，笨人才说这样的话。狗尿苔就往跟前走，他也想喝喝糖精水，却听见葫芦妈打了个哈欠，葫芦媳妇说：妈，你困啦？葫芦妈说：困啦，你们凉着，我睡去。葫芦媳妇说：你睡呀，我们还凉啥的，都睡，都散了睡！善人说：好，散了睡，瞧这做媳妇的，古炉村咋不多有几个！大家就散了。

　　狗尿苔遗憾没有在葫芦家院门口得到热闹，独自走到三岔巷的槐树下，从那里往东，走过那条窄巷就是打麦场了，往西走过那个巷子就能去支书家，而西边巷里有人在和一家院门里的人说话。院门里的说：不在屋里和老婆睡，跑啥哩？院门外的说：热死啦还干那事？暮乱得很，没地方待么。院门里的说：有地方呀，你跟满盆睡去，他那儿不热。院门外的就呸呸呸，唾唾沫。狗尿苔猛地打了个冷战，往东边巷看去，窄巷的院墙都很高，巷口白花花一片月光，巷里却黑咕隆咚，头上似乎有了雨点，仰了脸，雨点就水沫一样又落在脸上。那不是雨，是树上的蚊虫在撒尿，他抹了抹脸，便瞧见了那最低的枝条上一排儿吊着的都是蝙蝠。狗尿苔要叫没有叫出声，迟疑了一会，打消了再去打麦场的念头，拔脚就往自家院跑去，那碎而急的脚步声从巷道口的这面墙撞到那面墙上，又从那面墙上撞回到这面墙上，回声很大，各家院子里睡的人就有被惊着了，说：这是谁家的孩子，野猫子啊！翻个身，再睡去。

　　这一夜的沤热，天并没有下雨，到天亮，睡在院子里的狗尿苔鼻子呛，一阵呼吸不匀就醒了，醒来一把麦草卷在头上，院墙上那张苫墙头的破塑料布盖在身上，原来是起了风。到了半早上，这风就把盆子粗的树都摇动，枝条像一堆绿云在空中推过来又移过去。院墙外的山墙边是一棵臭椿树，一股枝条斜着从屋檐下伸过来，那树股子在风里就不断地磨着屋檐，拉锯一样响，三页瓦便掉下来。

风是提前了二十天从屹岬岭下豁口的河道里出来的，顺着河滩刮沙，芦苇和蒲草的花絮先还是涌了云雾，变幻着各种兽的形状，后来就被沙尘遮了，州河里起了浪波，一褶一褶的像老母猪的肚子，昂嗤鱼再也不自呼自己名字，呼了谁也听不见。沙尘开始在盆地里撒欢，竟然旋转了，站在古炉村的塄畔上，能看见那是一个在空里的笸篮，是各种沙子、土、草、麦秸、树叶子、芦苇秆积起来的笸篮。村里人都惊叫着看那笸篮，笸篮倏乎就散了，沙土草叶如鸟群一样斜着冲过来，罩住了村子，所有人都灰头土脑，又连声咳嗽，跑进屋去砰砰啪啪地掩门关窗。

　　这样的风，古炉村人叫作妖风。妖风整整刮了一天。

　　妖风把打麦场上那三个麦草集子吹散，扑沓成一摊。麦草集子一散，就该是磨子敲钟招呼人重新要垒的，而钟一直没响。长宽家院墙根的蔷薇架也坍了，他用绳子把枝蔓拢在一起，再将绳子两头系上石头搭在墙头，纳闷了：怎不见出工？

　　磨子挑着一担粪，扁担头上又挂着一捆竹棍儿从院墙外走过，长宽说：队长，队长，今日给哪块地上粪？磨子说：西红柿地里上粪，蔓子都倒了，得插些竹棍儿扶着。长宽说：生产队哪有西红柿？磨子说：自留地里有么。长宽才知道磨子是去他家的自留地，说：队里不出工？磨子说：出他妈的 × 哩！吓得长宽再没作声。

　　是社员就得出工呀，就得靠挣工分吃饭呀，一群人立在巷中不知道该做什么活。有人说磨子已经撂挑子了，没头蜂就一窝没头蜂吧，旱地的苞谷都七倒八歪，需要施肥壅土，水田有了料虫也得挑呀，就自发分了两拨，妇女们去挑料虫，男劳力拿了锄去后坡十八亩塬地上。如此干了三天，能来的都来了，不来的仍不来，不来的都在霸槽那儿忙革命。但到晚上，马勺在公房里记工分，谁都拿个工分册来要记，马勺也都记了。天布在公房的院子里捧门踢凳子，骂：日他妈，咱就只能促生产，咱就不能抓革命，革命是他爷给孙子留的家产啦？！灶火跟着嚷：球，庄稼荒了就荒了，荒的又不是一个人的！第二天，去地里干活的人就少。第三天第四天，干活的人越来越少。

黄生生在这个中午又出现在了古炉村。他才在村口，就给了霸槽一个挎包，挎包鼓囊囊的。正好狗尿苔跟着一伙妇女去挑料虫，霸槽便让狗尿苔来背了挎包。黄生生说：鞍前马后咋还是这狗崽子？霸槽说：他腿儿勤。黄生生说：要注意重新培养人么，别落他人把柄。狗尿苔说：挎包里有馍我偷吃呀？！霸槽说：多嘴！要跟我就乖乖的。打开挎包，里边是毛主席像章，呀呀，鸡蛋大的，毛主席就在里边，穿着军装，戴了军帽，红堂堂的大脸笑哩。狗尿苔说：给我一枚！黄生生说：这是发给造反派的，你要啥？狗尿苔说：我也造反么！黄生生说：你造谁的反？去！去！狗尿苔原本要生气，让他背挎包他也懒得背了，就是给他毛主席像章他也不肯要了，可狗尿苔知道霸槽有些时候还需要他，就偏给黄生生个难看，就是不走，还坚持着要毛主席像章。霸槽自己把挎包背了，却说：你想要，可以给你，但你得去莲菜池里捞鱼去，黄同志口寡了。

　　狗尿苔就拿了竹笼子到莲菜池去捞鱼，捞来捞去捞不着，又到池边的石堰窟窿去摸，那里常有鲶鱼，摸了一阵，摸到一个软软的东西，拉出来一看，是一条菜花蛇。心想：吃鱼哩，吃你妈的×哩！故意把蛇提到霸槽家，说：捞不到鱼，只有蛇！没想黄生生一下子喜笑颜开，竟然说蛇肉比鱼肉好，当下就剁了蛇头，剥葱似的剥了蛇皮，然后盘在锅里的米上，要做蛇肉米饭。狗尿苔惊得目瞪口呆，连霸槽也嚷嚷这怎么吃，米饭吃不成了，连锅都是腥臭味哩！黄生生却说：这你得吃。霸槽说：我从来没吃过。黄生生说：文化大革命也是从来没经过呀！要敢吃，吃了你就知道好吃了。又对狗尿苔说：你也要吃。狗尿苔说：我不吃。黄生生说：那就不给你毛主席像章。

　　吃就吃吧，狗尿苔便留下来，他是在黄生生和霸槽做饭的时候，到了院子西边去看那几堵残墙。霸槽家的老宅院子以前是四合院，后来东西厦子房都坍了，拆下来的木头多半拿去在公路边盖了小木屋，剩下的在院东搭了一个柴棚，西边一直没有再管，仍是残墙断壁。狗尿苔在那里发现墙根竟还长着十几棵狗尿苔，这些狗尿苔差不多一个样子，都是两指来高，白胖胖的，似乎嫩得一碰能流水儿，但用手去摸，却像橡皮做的，又柔又顽。狗尿苔蹴在那里，想着村人为什么要给他起这种东西的名呢，在他们眼里他就是这样的吗？他有些伤心。

上房里，米饭还在做着，黄生生坐在门槛上掏出了许多传单让霸槽看，他们在说着北京呀，中央呀，文革小组的话，狗尿苔不理会这些，但他理会的是霸槽在问毛主席身边的那些人怎么一个一个都是走资派。黄生生说这些人长期以来反对毛主席，企图架空毛主席，要夺毛主席的权，所以毛主席发动了文化大革命。霸槽哦了一声，说：毛主席要收拾反对他的人还不容易？黄生生说：群众力量大么。霸槽说：你胡猜的吧？黄生生说：我在县上听北京来的造反派说的，我想也是这样吧。霸槽说：要靠群众，发动北京群众就够了，还用得着全国人都运动？黄生生说：你不爱运动？霸槽说：谁不爱运动？！没有人不习惯了运动。黄生生说：这就是机遇，明白不？霸槽说：春上天一暖和，地里的啥草都起根发苗了。黄生生说：你是啥草？霸槽说：我是树，我要长树哩。狗尿苔看了他们一眼，心想面前的这些狗尿苔呀永远都是那么小的，就叹了一口气，寻着几根竹棍，把那断墙的进口挡了起来。霸槽问：你在那里干啥哩？狗尿苔说：那里边长有狗尿苔。霸槽说：你寻到你了？狗尿苔说：我用竹棍儿挡了，不让谁进去采了。霸槽说：谁去采呀，不中看又不中吃。狗尿苔说：那说不定会长个树哩！霸槽就笑起来，说：长吧长吧，能长二指高的树！

蛇肉米饭熟了，蛇并没有化，米饭却完全变成了黄色，黄生生和霸槽吃起来，狗尿苔到底没有敢吃，他也就没有得到那鸡蛋大的毛主席的像章。

在这个晚上，黄生生又离开了，古炉村的大字报栏里有了新的内容，而且巷道的墙上刷上了打倒刘少奇、邓小平的标语。此后的日子里，霸槽更加意气风发，而且他的精力充沛，几乎就不多睡觉，常常是忙过几天几夜，觉得累了，他说我睡一会儿，趴在那里，或者寻个地方一蜷，别人还以为他没有趴好蜷好，鼾声已经响了。但这种睡眠也就一顿饭工夫，他又精神焕发地出现在大家面前。他不时地有奇思异想，比如他让秃子金砍了柳条儿重新把大字报栏的上沿编出波浪状的造型，又从中山上采了野花组成花环，后又在花环上插上荷花，从莲菜池里摘来的荷花多，以至于栏两边都插着荷花。他制定了古炉村联指的宗旨和纲领，加入的条件和规定，一一书写在纸上，贴在墙上，甚至订了一个厚厚的本子，本子的封面封底用桐木板做的，上边又糊上了布，题写了古炉村革命造反大事记，每天要水皮来记，记好了再念给他听。水皮老爱用形容词，他嫌文绉绉，把那些传单让水皮学，学里边的句式，说：写得要有劲，知道不？这份大事记将会保留下去，就是十年百年以后再读，也使人要热血沸腾！于是，水皮每天记下村里发生的事情后，一有空就往公路上跑，那间小木屋住得更多的不是霸槽而是水皮了，他在收集着公路上往来的串联人的传单，那些革命的造反的语言就因此流行在古炉村，连牛铃和狗尿苔也闭了眼能背诵：舍得一身剐，敢把皇帝拉下马，革命无罪，造反有理，司马昭之心，路人皆知，是可忍孰不可忍。

霸槽先是满意着古炉村联指的名称，后又要起更新鲜更响亮的名字，因为公路上常有串联的人打着红铁拳、金箍棒一类造反兵团名称的旗子，他为起不到一个好的名字苦思冥想。有一天，他们再一次砸掉了窑神庙大门上那副雕着青龙的石刻联，秃子金就提到天布家的照壁上砖雕的一组图画，是什么内容看不懂，但都是些帝王将相才子佳人一类，而天布是用泥搪了一遍，搪过了是企图要隐藏起来吗？秃子金的话使人联想到他这是要报复天布，可天布家的照壁确实是被泥搪了，应该去砸掉。去砸照壁时，照壁上的牵牛花蔓全开着花，新生的花蔓这么快又把照壁全罩了，花红得像火一样，天布和他老婆已经不能再强辩什么，只说照壁上的砖雕是四旧，但照壁不是四旧，照壁上的花蔓不是四旧，他们就把花蔓拉下来，把照壁上的泥皮扒开，让来人只砸砖雕。去的人拿了一把镢头、一把铁锤，更多的人都拿的是木榔头。这榔头是寻一个树疙瘩锯成一截，凿孔了安上一个丈把长的木杆，那木杆千刀万刀地削直，用瓷片刮光，又要抹上桐籽油反复擦拭，变成油光漆亮。古炉村人家家都有木榔头，每年冬季犁过地后，要用木榔头砸地里的土疙瘩，或者生产队积肥，沤一冬天，春上把粪堆扒开，也需要木榔头敲打粪块。砸天布家照壁上的砖雕最后是用镢头和铁锤砸的，木榔头并没派上用场，但去了那么多人，每人扛着一个木榔头，霸槽就在那时灵思一动，便将古炉村联指改名为古炉村红色榔头战斗队。

这些榔头随后统一用红漆刷过，统一放在了霸槽家，一旦开会或有革命造反行动，人手一个，阵势威风。霸槽也设想过拿榔头的人都统一服装，但这不现实，没有实施。他说，总会有一天，咱们要都戴黄军帽，腰里扎条带，脚上是胶皮鞋！而能做到的是剃头。以霸槽的意思，他想让大伙都理成他那样的寸头，但他的发型是在洛镇理的，古炉村没有理发的推子，一直用刀片子剃，他曾亲手给水皮剪出一个寸头来，剪成了一边高一边低，干脆就拿刀片剃光头。没想到剃了光头还真好看，于是，所有人都剃光头了。光头和榔头如同黑馍包酸菜一样是最搭配了，霸槽为他的这种设计得意不已。

红色榔头战斗队，村人只叫着榔头队。榔头队已经是革命造反组织了，就有花名册，除了最早的那些人外，后边越来越多的人也来，那就得申请加入，每加入一个，都要学会唱歌，把名字在纸上写了，贴在大字报栏上。再后，榔头队每天都有活动，哨音一响，人就集中在山门下，列队跑步，从山门下唱着歌喊着口号到村西石磨那儿，又从村西石磨那儿唱着歌喊着口号到村东大碾盘那儿，然后再返回山门下学习毛主席语录和念传单，或者听霸槽讲话。

古炉村先前的基干民兵训练，天布只是带队在打麦场上跑几圈，然后练射击，学俄语，绝对没有现在的榔头队威风。天布在砸了照壁上的砖雕后就感冒了，热感冒，窝在家里不出来。灶火来找他，一进院子给天布媳妇说：狗日的还是把照壁砸啦？！人呢？天布媳妇说：感冒了睡哩。天布听见，在炕上正流清涕，也不擦，等着灶火进来，清涕吊得老长。灶火说：你家照壁都搭了也来砸？天布说：我病啦。灶火说：你病了？磨子甩手啥事不管，你也病了，那好那好，咱都让人家往头上拉屎拉尿吧！灶火一走，天布气得擦了清涕，在院子里转圈圈。榔头队又在跑步通过村巷，经过他家院外了，霸槽没有吹哨子，也没有像他天布民兵训练时喊一二一，却在大声说：精神饱满地喊口号啊！我先喊四个字，你们喊后边两个字，喊过了再重复喊，保持节奏！于是，霸槽就喊：造反有理！跑步的榔头队就喊：有理有理！霸槽再喊：革命没罪！跑步的榔头队再喊：没罪没罪！天布趴在院墙的一个窟窿里往外看，看着榔头队夸夸地跑过去了，喊声还在巷道里回响。天布的媳妇烧好了姜汤，三声两声叫着天布去喝，天布还趴在窟窿那儿不动弹。天布的媳妇说：我叫你哩你听不见？天布拿起院墙根的鸡食盆子就砸过来，砸得媳妇跌坐在了厨房门口，他还骂道：叫你妈的 × 哩你叫！硬撅撅地回屋又坐在了炕上。

　　榔头队每天在村巷里跑步一次，吸引着更多的人去加入，好像不加入就落后，就不革命，自己有了错似的。狗尿苔每每在榔头队跑步的时候，正吃饭就把碗放下了，正喂猪也不喂猪了，要往外跑，但婆总是关了院门不让出去。那天三婶来借做苞谷面漏鱼儿的漏勺，外边响起跑步声和口号声，三人就屏住气让响声过去，三婶说：土根加入啦。婆说：土根加入啦？三婶说：得称也加入啦。婆说：得称瘦得一年四季蜷着腰，他咋跑呀？三婶说：图喝醉酒么。婆说：喝醉酒？三婶说：你听，你听，喊着没醉没醉，酒喝醉了才说他没醉哩！狗尿苔说：那是革命没罪！三婶说：狗尿苔平日是霸槽的尾巴，跑步却这乖的在屋里？婆说：人家是榔头队，他去跑啥哩？去，到地窖里拿些土豆。狗尿苔没有去地窖拿土豆，却务弄起家里的榔头，而同时听见了又有人从巷道走过，似乎是在那棵核桃树的前边，和人高声说话。问：瓷片子刮榔头把哩？答：嗯。问：参加啦？答：没染红咋是参加啦？！问：那几时染红呀？答：我拆了炕，把炕土施到自留地了再染，一染了就干不成农活了。

　　说这话的人家，斜对门就是磨子家的院子，磨子在哐哐地打胡基。他打胡基是要重垒厨房里的灶台。灶台已经十几年了，灶土就是壮土，可以当肥料。抓下来的灶台土堆在院角，他媳妇用榔头往碎着搋打，满院子都是一股子呛味，鸡跑出去了，狗跑出去了，磨子就打了个喷嚏，给媳妇喊：不要搋打啦！媳妇的口鼻上捂着一条手帕，说：嫌呛呀！你也捂个手帕。磨子说：把榔头拿过来！你听见了没有？！媳妇把榔头拿过来，磨子却提了石础子把榔头砸断了，隔墙扔到了巷道里去。

水皮提着红漆桶挨家挨户问榔头染呀不染，正经过磨子家院墙外，也就在麻子黑投过毒的那个窗子往里一看，里边并没有人，院墙里扔出来的榔头差点打着了他，就故意在叫：这是谁家的榔头？

磨子在院子里说：我的！

水皮站在了院门口，说：你这是啥意思？

磨子说：啥意思，我砸我的榔头不能砸呀？他光着膀子，解开裤带，手在裆里抓痒，再说：我还挠球哩，谁不让挠着想咬蛋啊？！

水皮说不出话来，两片薄嘴唇没了血气，寡白寡白地颤。磨子砰地把院门关了。

水皮把古炉村多少人家有榔头，多少人家的榔头染了红，多少人家的榔头准备染，当然也把磨子家的事给霸槽说了，霸槽却嘿嘿地笑了，说：水皮，要允许他发脾气么！反正他不当队长了，这革命就有效果了。天布家的情况怎样？水皮说：听说病了。霸槽说：他不是蛮壮实么，咋也能病？水皮说：有一情况咱得注意哩，窑场上那伙人没一个来加入的，也没听到谁准备加入呀，我碰上摆子，问他入呀不，他装聋卖哑，故意把入念成日，说日谁呀，我说入榔头队不，他说哦忙得很，要烧夏里的最后一窑哩。霸槽说：还烧窑哩？烧出的瓷货让走资派贪污呀？明日咱到窑上去。

但是，第二天，霸槽并没有去窑场，是去了洛镇，带回来了几大箱毛主席语录书，下午就在山门下召开了一次大会。会前水皮问要不要挨家挨户喊人参加，霸槽说不用，只要在村里散布着要开会就是。会开了，参加的人几乎超过了全村的多半数，霸槽对水皮说：怎么样，我就试一试我的威信！会上并没有具体内容，只是领着大家呼喊口号，一会是打倒刘少奇、邓小平，一会是打倒张麻子、曹跛子。张麻子就是张德章，而曹跛子是县委书记曹一伟，从来没来过古炉村。霸槽说曹一伟是个跛子，要打倒曹跛子，大家就喊打倒曹跛子。但是，以前开会只是喊着打倒刘少奇、邓小平，刘少奇、邓小平在北京离得太远了，喊口号就顺嘴喊，喊过了像刮过的风，而现在从北京到省上到县上到镇上的领导都要打倒，古炉村人就吓了一跳。全要打倒呀，全都是走资派呀？！可这是霸槽带头喊的，霸槽是榔头队的头儿，榔头队又是县联指的，有来头的霸槽应该是革命的正确的，大家也就跟着喊打倒打倒。还要打倒到谁呢，下来会不会轮到支书，轮到队长，轮到生产队的会计、出纳、小组长呢？大家都看着霸槽，霸槽似乎是法令，是政策。当大家都这么看着霸槽，霸槽却没有说话，脸定得平平的。啊霸槽在拿谱了？支书就是这样拿过谱，要掏出烟锅装烟，要咳嗽，要环视会场，要突然提高着声调说话。霸槽完全和支书不一样么，他还是没说话，脸定得平平的，给大家发放起毛主席语录书和毛主席像章了。

从人群的前排起，大家挨个过来接受霸槽的发放，第一个人走过来，水皮说：毛主席的红宝书和像章是要请的，先鞠躬，双手去接，接了再鞠躬。后边的人也都学样先鞠躬，双手接了，再鞠躬退开。狗尿苔和牛铃是站在会场后边的，所以迟迟没有轮到，担心着毛主席的语录书和像章少了，发不到手，就往前插队，却被水皮拨到了一边。

水皮说：你两个也请呀，又不识字！

狗尿苔说：他们有几个识字的，他们都请了。

霸槽说：来吧来吧，给你们一人一份。

狗尿苔接过了毛主席语录书和像章，像章立即别在了胸前，把毛主席语录书贴在了脸上，脸像贴着了玻璃片子。他说：霸槽哥！

霸槽说：想说啥呀？

狗尿苔说：你像毛主席！

霸槽说：你这胡说！

狗尿苔也觉得自己说得不对了，就更正：我是说你脸红彤彤的，像毛主席的脸。

霸槽说：是不是？扭头想照照，没有镜子，也没有水，他说：你不识字，红宝书拿回去要敬哩。

狗尿苔说：当然要敬的！

领过了毛主席语录书的人都把书双手端着往回走，狗尿苔却把书放在了头顶，他的步子迈得小，身子直直地不敢跑。秃子金是早早领了毛主席语录书的，站在了他家猪圈前看着猪吃食，瞧着狗尿苔，突然说：谁把这馍放在碌碡上了？！狗尿苔立即立定，拿眼睛左右看，并没有见到馍，才知道秃子金逗他哩。他说：有馍你吃吧。秃子金说：我试着你碎髅，你要把红宝书掉下来，那就是你故意的！狗尿苔庆幸自己没上当，迈着小步，身子越发直了。

回到家，把毛主席语录书放在中堂柜盖上祖宗牌位前，婆把祖宗牌挪到一边，拿了三页砖，把毛主席语录书放在了砖上，就四处寻香炉，才想起给满盆设灵堂时拿去用了。狗尿苔就去杏开家去取香炉。

杏开家的柜台上敬的不仅有毛主席语录书，竟然还有一尊石膏做的毛主席半身像。

狗尿苔拿了香炉，还要了杏开家几支香，回来的路上却想不通：杏开并没有去会上呀，她怎么就有毛主席语录书，而且还有那么大的毛主席石膏像？

45

磨子家没有毛主席语录书，天布和灶火家里没有毛主席的语录书，在窑场忙着烧窑的人员没有毛主席语录书。

一场妖风，把晾在土场上的干坯磊子刮倒了一角，幸亏没有下雨，守灯和摆子就抓紧砸碎着釉石，成浆后隔筛倒在釉缸里陈腐作了白釉，又把未风化的黄土也注水拌搅过筛了在另一个缸里陈腐作了黑釉。已经是三天了，又是晴日头，冬生把釉盆放在坯磊上，将坯一件件拿到釉盆蘸。冬生做这项工作时非常熟练，甚至油滑，辍、涮、澎、提一系列动作故意夸张。立柱不会这些活儿，但他也看不惯冬生的张狂，就拿了烟袋包到棚门口看守灯干活。守灯在上白瓷，先施一层化妆土，极快地在化妆土上画了纹样，趁湿再上透明釉，他戴着一顶草帽，脸仍是被晒得黑红黑红，而胳膊上褪着皮。立柱说：守灯，你入不入榔头队？守灯说：想入哩谁又让我入哩？立柱说：噢，你成分高，我糊涂了。却又说：总是说阶级敌人搞破坏哩，我没见过你有什么破坏么。守灯说：那你是不知道，你要不在，我就把这土坯踢倒了。那场妖风为啥刮得那么大，那是我让刮的。立柱就嘿嘿笑，说：都发了小红书了，又不认字，最该发的应该是你。守灯没言传，汗从额头上往下流，流到眼里，他什么都看不见了，手又拿着坯，就说：你过来，你过来。立柱过来了，他伸着脸在立柱的肩头上蹭了蹭，把眼睛蹭得睁开了。他说：干活干活。立柱却说：磨子不当队长了，支书也不管事了，你说这……守灯去取端坯板子，准备把歇坯房里的半成品运去装窑。

窑场原本有七八孔窑的，但都破烂得不再使用，只有这孔马蹄式窑炉。摆子已经在那里装窑。守灯把碗坯搬到窑炉门口了，套在匣钵内，再递给窑炉中的摆子，摆子在窑床最后底部定好中位，留出十五公分的中巷，架好老线，向两端沿背墙依次排钵，以此退到窑床火台边。又由中巷向窑炉门口，每一层正中栽好一根药季子。直装到窑拱圈高，两厢渐成圆形而递落下来。摆子就给守灯说：泥和好了没？守灯也就朝场子东头一看，善人却不见了。

善人先是搬运了半天的碗盆缸瓷的坯子，搬运完了，摆子又安排着他去场边和泥。立柱和守灯没说上话，肚子憋憋的，就过来又要和善人说村里事，看到善人把那一堆泥和过来和过去，嘴里还叽叽咕咕不停，就说：到这儿歇歇，狗日的守灯都偷懒哩，你还这老实！封火台的泥么，用得着和得恁细法？善人也就停了和泥，两人蹴到晾坯的窑洞里凉着。善人说：做啥就得把啥做好么。立柱说：泥里该不会有你的道吧？善人说：咋能没道？道不是一下子得的，是一点一点醒过来的。我刚才和泥时自问自答，自问：我为什么做活的？自答：为过日子。再问：为什么过日子？再答：为养活人。又问：养活人为什么？又答：为行道。我仔细一想，道全没行，人却当错了。道是天道，人人都有，并没有离开人，人也有本，常心思自己的本，便能得着。这就像一颗豆子，有了秧，必须向上度浆，把豆粒度成才算。立柱说：唉，就不敢问你个话头，一问你就说你那一套了。善人说：得道就是往外传么，要是传不出去，担天下的大罪哩。立柱说：哎，我问你，知不知道椰头队的事？善人说：咋能不知道！立柱说：那你咋看这事呀？善人说：志、意、心、身嘛。立柱说：这我不懂。善人说：人常说奈何桥上三条路，一条是金，一条是银，一条就是黄泉路。用志做人就是金，用意做人就是银，以身心用事，就是走上了黄泉路。志界人就像春天，专讲生发，意界人就像夏天，专讲包容涵养，使万物滋生繁茂，心界人就像秋天，只讲自私，多自结果不顾别人，所以弄得七零八落，身界人就像冬天，只讲破坏，横取豪夺。我常说的，志、意两界是建设世界的，心、身两界是破坏世界的。种子有大成，种在地里也能出，长得也很旺，可是一到秋里，便成了莠子，莠子到了收成的时候先落地，来年必定荒地。世人使心的便是不成的种子。立柱说：善人，照你这话，现在人都是莠子啦？联指都是莠子？霸槽是莠子？善人说：是不是莠子，就看是用志、意、心、身哪个字成的道。立柱说：你说他霸槽不能成事？善人说：他现在不是在成事吗？立柱说：那椰头队就得加入？善人说：那是你的事。立柱说：十几年前我就看出那狗日的不是平地卧的，那一年天布他大和牛铃他大为盖房的风水闹得拿镢动锨的，要出人命呀，别人都去劝，霸槽在拾粪，他不去劝，突然把粪筐往地上一丢，说了句：我非当个特别人不可！那时大家都瞅着他，也不知他说哪里话。现在想起来，他狗日的是瞧不起村里人么。你知道不，他和杏开相好，杏开为了他连她大都气病了，他以前恨不得把杏开当神敬着，可公路上一串联开了，他就连杏开也不管了，我亲眼看见杏开求他去给她大低头回话，他却说：今后我不能再为你们过家了！瞧现在，他果然闹起事，风头压过了磨子，也压过了支书，狗日的有志气啊！善人说：是志气还是心气？立柱说：心气？善人还要说话，守灯就喊善人泥和好了没有。

善人忙从晾坯窑洞里出来说和好了，三下两下把泥铲进拉车里推了过去。摆子说：你没见急着用泥呢，三声两声喊不应，倒去歇凉了！善人说：立柱给我说说话。摆子说：说啥哩，有啥说的？！就用泥糊挡了火台口每柱间的空隙。

烧窑讲究，把式也只有摆子，冬生和立柱还掌握不了火候。守灯一直想学，但他成分高，只能做些拉坯和上釉的活，善人更只能干杂事。泥糊挡了火台口每柱间的空隙后，守灯和善人便把块子煤铺满燃烧室的底部，中间用麦草、硬柴和易燃的好块煤垒起一个小堆，盘好了母火。守灯就站在了灰道顶的炉棚下问摆子：能点母火下的麦草吗？摆子装好窑就在窑外喝水了，他说：急啥哩，这是你干的？他眼睛朝着远处的和泥池子，却看的窑口。守灯悄声说：斜眼鬼，不就是烧个窑火么，牛×哄哄的！善人说：你少说两句，他脾气不好。守灯说：咱好欺负，才把他脾气惯坏了。唉，咱没神佑，遇到的都是些鬼！善人说：神能助人，鬼也能助人，反面的助力力量更大，不生气。守灯说：我还能生谁气？我生我气。就高了声对窑外说：我知道，没给你散烟么！出了窑炉，又去自己歇身的那孔窑洞里拿了自己的烟匣子，给摆子抓了一把烟末。摆子就笑了，说：做啥有做啥的规矩，你又不是霸槽，啥都逞能呀？守灯说：好好好，你今日歇着，我现在可以去点母火了吧，窑底烧红了，小火亮巷，你去添柴续煤。我绝不会搞破坏，也不会抢了你当把式的角儿。摆子说：不敬窑神就烧呀？守灯说：你烧窑啥时敬过窑神？摆子说：往常不敬，今日这窑神要敬的。我昨晚做了个梦，梦见吃柿子哩，一整天心里都慌着，咱得去敬敬窑神，要么这一窑烧瞎了，你负责呀？！守灯划了火柴低头给摆子点烟，点着了烟，火柴还燃着，他咧着嘴要把火柴扔到摆子的头发上，但没扔，一口气吹灭了。

善人装作没看见守灯的动作，也没听摆子和守灯说话，草帽越戴越热，就把草帽卸了，立在日头底下。立柱披了褂子过来，手在腰里搓，说：你晒汗哩？善人说：晒汗哩。立柱说：这人是啥变的嘛，啥都能晒干就是汗晒不干，啥都能搓净就是身上垢甲越搓越多！自己也笑起来，弯腰把守灯的烟匣子拿起来抓烟末。守灯回头看了，没让立柱抓，把烟匣子夺过来揣到了怀里。立柱说：不就是些烟末么？守灯说：是些烟末，但烟末是我的。立柱就火了，骂道：咦，是你的，你还有啥，你家不是有前院腰院后院吗，不是有上百亩水田旱地吗？守灯说：我就有这些烟末呀！冬生就过来说：没意思，不就是为一把烟末吗，立柱你就恁稀罕一把烟末？守灯你那一把烟末是金子银子啦？立柱不满地支吾着，守灯却突然把他的烟匣子摔了，烟末一地，他往上面踢土，踢了土再踩，踩得土成了烟。守灯发开神经了，大家被土烟呛着，都没再说话。善人又把草帽戴在头上，扭着脖子朝山顶的住屋看去，白皮松一会儿枝叶茂盛了，那是栖着的无数的鸟，一会儿所有的叶子又没有，只剩下几股子枯枝。云一片一片往山神庙上落，像是丢手帕。

摆子吃罢了烟，烟锅在鞋底上哪哪哪地敲，敲过了，烟锅别在了裤腰上，一声不吭地起身往山下走。冬生跟着，立柱跟着，守灯最后也跟着了，善人没有动。冬生回头说：你不去敬窑神？立柱却说：真去敬神呀？那里成公房了，啥都砸了。冬生说：庙不是了，神还么。善人便也跟着了。

窑神庙的大门开着，前檐两边高耸的八字式博缝砖雕已经砸烂，五人先到大门里东厢房边的小祠堂里磕头作揖，又到西厢房边的小祠堂里磕头作揖，再到后面的殿里，殿门锁着，就在台阶上齐齐跪下，摆子嘴里念叨着，咚地磕个响头，所有人都磕个响头。三个响头磕过，摆子趴在门缝往里看，但看不清，侧了脸还看，还是看不清，给冬生说：你记不记得以前庙里的神像？冬生说：记得。冬生记得十多年前东祠堂里塑着土神和山神，西祠堂里供着牛王和马王。供土地和山神是因为冶陶要取土于山，供牛马王是因为以前货物运输要赖于牛马畜力。而大殿里也是稳坐着冕旒龙衮的主神，是陶于河滨的虞舜，东厢是司火的太上老君，西厢是古炉村造碗第一人的夜公。但这些雕像当年支书领着人就毁了。摆子说：事情怪得很，谁要当村干部，都砸窑神庙，当年支书砸，

411

现在霸槽又砸。冬生说：霸槽哪儿就是村干部了？摆子说：你瞧他那架势，还不是谋着当村干部哩！冬生说：谁再砸，咋没一个人说这窑不烧啦？！谁当村干部还不是少不了你摆子！摆子说：你记不记得虞舜腰后有条铁链子？冬生说：这我不记得。摆子说：是有一条铁链子，上辈人传说窑神曾化作一条白色大蛇游出庙门，朝西边巷坡跑出了数十步，被看庙的人抱住了。善人说：我就看过庙呀。摆子说：你只是在庙里住过。善人说：嘿嘿，我命里也该是烧窑的把式。摆子瞪了善人一眼，但他没瞪住善人，说：看庙的人抱住了窑神，又把窑神请回了庙里，村人害怕走了自己衣食父母的窑神，就用铁链子拴住了神像。守灯说：你是说，你现在是古炉村的窑神了，谁也把你不敢怎么样？摆子说：古炉村现在还靠啥呀，还不是向窑上讨钱花哩？好好跟我干着吧，像你们这号人，没了窑场哪还有活法！守灯噢噢着，却走到院门外，他给善人丢个眼儿，善人也跟出来。守灯说：他还真把他当神了！摆子在院子似乎听见，说：你说啥，你狗日的不就是有些文化么，你以为有文墨就能当把式了？你就是能当把式谁又让你当把式？真个是阶级敌人！

但是，摆子压根没有想到，在窑火点了后，进入大火的升温加快，窑中巷的药季子由前往后一个个倒了下去，就要罢火钩窑了，霸槽领着人来把窑封了。

榔头队把已经卖出的那三间老公房封了，理由是那次出售有猫腻，是村干部以公化私的结果，具体怎么解决，先封起来再进一步调查落实。又查起多年来卖瓷货的账，瓷货是村里唯一能赚钱的来路，每年卖出多少，账目没有公开过，里边有没有贪污，而又是谁在贪污。封了原先的公房，又要查瓷货账目，这都牵涉到了古炉村所有人的利益，多年来许多人有疑猜和意见却没敢说出口。霸槽这么干了，比他领人砸屋脊砸石狮子砸山门让人好感，暗地里又庆幸又担心。庆幸的是狗日的霸槽翅膀硬了，敢寻支书的不是了，又担心当了十多年支书的朱大柜能容忍霸槽这样干吗？他们在晚上关了门就一簇一伙议论着，白天里装着无事，在巷道里相互遇到了，说：村里没啥事吧？——有啥事哩？——没事了就好。试探和挑逗，都什么也不说，却拿眼盯着支书家的院子。

支书家的院门在开着，门槛上卧着那只公鸡，一群母鸡在门道底觅着了一条蚯蚓，便有两只鸡各叼着蚯蚓的一头拉扯，扯成着一条线。

几天来谁也没有去过支书家，连从院门前经过的也没有。得称从泉里担了水必须路过支书家门口才能到他家，他却要绕一条小巷，正要绕进小巷，听见一声咳嗽，抬头看到支书家院门口有一股小风旋着，像是在跳舞，支书就从院门里出来了，出来了看那小旋风，小旋风就没有了。得称急忙忙钻进小巷，水泼泼泄泄洒了一路。

三天前，支书的儿子再一次从洛镇回来，没有带他未婚的妻子，在家住了三天，三天里支书也没出门，现在儿子又推着自行车轧轧地在巷道里响着走了，支书出了门却去了霸槽家。支书是主动地告诉了霸槽，原来的公房封了他没意见，如果革命群众对卖公房有质疑，他可以不买了。他同时带去了瓷货的账本，说：这些账本我全拿来了，卖了多少，一笔一笔都在上边写着，我愿意接受审查。我当支书十多年了，群众有理由怀疑，我绝不抵触，有问题查出来我改正，没问题我今后工作上加勉么！

霸槽在接收了公房钥匙和一大堆账本后，就坐在他家的桌子前写什么，并没有叫支书，甚至连说一句你坐下的话都没有。支书就站在那里，看着霸槽写东西。霸槽写满了半页纸，抬起头，却说：你还有事？支书说：没事啦。霸槽说：那你走吧。给了他一沓传单。支书转身走到门口了，回头又问毛主席的语录本能不能也给他一本。霸槽说可以呀，给了他一本。支书去的时候因为汗出得多，把披着的褂子挂在了门环上，走时竟然忘了取，还是霸槽说：你把褂子披上。支书哦哦地来取褂子，迷糊坐在院里的捶布石上搓脚指头缝里的泥，迷糊只看了他一眼，什么话也都没说。

支书一走，霸槽出来在台阶上伸懒腰，迷糊说：他出门的时候，没有撩那苹果树枝股子，他以前是高个子，咋低了？霸槽说：是不是？迷糊说：他就是低了。他是把卖瓷货的账本拿来啦？你让他把账本拿来他就拿来啦？！霸槽说：我没让他拿他就拿来了。迷糊看着霸槽，说：你能行得很么，霸槽！霸槽说：能行还在……突然要打喷嚏，又打不出来，脸上的五官全挪了位。迷糊说：看太阳，看太阳了就打出来了！霸槽仰头看太阳，太阳像个刺猬在半空里，啊嗤，喷嚏打出来了，唾沫溅了迷糊一脸，迷糊同时听到了霸槽又说了两个字：后头。

第二天，榔头队上了窑场，把窑火熄了。

支书交了账本，老公房的钥匙也退了，正烧着的窑封了火，村人知道古炉村再不是以前的古炉村了，更多的人就来加入榔头队。加入榔头队，白纸黑字地写上名字要张贴在大字报栏上，竟有一天，牛铃的名字也写了上去，牛铃就有了一个染了红漆的榔头。

秋
部

46

　　榔头队审查瓷货账目，发现了出窑的次数和卖出的货数严重不符的问题，因为每次出窑的瓷货数量大致相同，但前年秋里烧了三次窑，卖出的货数只大致抵两窑的货数，那些瓷货都到哪儿去了，卖出的钱又在哪儿？榔头队就把支书叫去，支书说前年秋里他犯了胃病，一段时间住在农机站儿子那儿看医生，后来又参加了县三级干部会议，村里的大小事都是满盆管的，包括窑场的账。他说：我真的不清楚。支书不清楚这是不可能的，他虽然出外看病或开会，账本由满盆临时掌管，但像他那样精明细致的人怎么能过后不对账呢？支书能把责任推给死口无证的满盆，这让杏开非常地气愤，她回忆着前年秋天，支书是不在村里，她大管着事，有一天晚上，她大一个人在屋里喝酒，见鸡踢鸡，见狗打狗，她还埋怨着她大喝高了，她大才说下午下河湾来人拉走了整整三架子车的盘子和碗，还拉走了两架子车的三号四号缸瓮。她问一次买这么多瓷货呀，她大说是张书记要给他娘过八十大寿哩。她那时才知道公社张书记原来还是下河湾人。她说：卖货的还嫌卖的货多吗，你脸怎难看的？她大才说下河湾拉走的这批瓷货根本就没付款，是支书从洛镇捎话回来让白给的。杏开提供了这些情况，如果属实，缺少的瓷货数仍是对不上账，但五架子车的瓷货也不是个小数字。榔头队就又叫支书，对证有没有给下河湾瓷货的事，支书闷着头想了半天，突然拍着脑门说：哎呀，瞧我这记性！是有这档子事，那是张书记给我说的，他答应那年冬天公社给古炉村拨几百元修咱引渠的拦水坝的。霸槽说：给拨了？支书说：到冬天没有拨。霸槽说：为啥没拨？支书说：这我就不知道了。霸槽说：你不知道？你这是编着谎儿骗我么！支书说：我没编，他没给拨么。霸槽说：他没拨，你为啥不追究？！支书就开始骂张德章，骂张德章是走资派，以权谋私，坑害了古炉村，也让他坐萝卜。霸槽就把一张桌子放了院子的柴草棚里，让支书去把这些材料写下来，扭头给秃子金说：你去通知他家里人，如果中午饭时材料还没写好，就送饭来。

柴草棚门口坐着迷糊，迷糊说：支书，你要厕呀尿呀，吭一声，我带你去。柴草棚里有稻草，他抱出一捆，用水喷了，要编草鞋。鞋耙子在家里，迷糊并没带来，他手指头粗，脚指头粗，就将脚指头当了耙子齿，于是，蹬直了腿，拴上绳子搓起稻草。很快，半个鞋样子就显形了。

往常的支书，在村巷里闲转的时候，背着手，眼睛眯着，脚扑沓扑沓响，好像什么人也没看见，什么事也不关心，但操碎步急急火火的满盆怕他，村里人怕他。他在家里更是什么也不做，油锅煎了，老婆急，他不急，迟早不是窝倦在椅子上，就是侧身卧在被磊上，垂眉耷眼的。现在，他想着该怎么写，眼睛又闭上了，想窝倦一会儿，而条凳上窝倦不成，就半卧在那堆稻草堆里。

榔头队的人出出进进，已经在传着支书曾经白送给了下河湾五架子车瓷货，惊得一愣一愣的，又得知支书在柴草棚里写材料，有人就要进去看，迷糊不让进，隔着柴门缝往里一瞧，支书是半卧在稻草堆上，迷糊就火了，进去说：你睡呢？！支书说：我不在家里炕上睡，我在这儿睡？！支书眼一睁大，眼里的光像锥子，迷糊还是害怕的。支书坐起来写材料了，他就在柴草棚里看，看见墙角放着一把镰刀，把镰刀扔出去了，又翻稻草，支书说：这是关押我？迷糊说：关押不关押我不知道，霸槽让我坐在棚门口，我就坐在棚门口。支书说：你翻啥哩，翻得乌气狼烟的我咋写？迷糊说：我看有没有上吊的绳。支书把笔往桌上一

417

拍，说：想让我死呀？我死不了！迷糊说：你给我凶啥？两人就在柴草棚里吵起来。

这边一吵，有人就去报告霸槽，霸槽和水皮把支书送五架子车瓷货的事已经写在纸上，正往大字报栏上贴，一听说支书和迷糊吵，一伙人就赶回来，院子里立马集合了榔头队的人。霸槽赶回来的路上，已经派人把守灯喊来，也把婆喊来，等着守灯和婆都到了院里，霸槽对支书说：材料都写了？支书说：迷糊吵得我写不成。迷糊见人多就来了势，说支书在稻草堆上睡哩，他让支书起来写材料，支书就和他吵了起来。还说：支书他说榔头队关押他哩，他……秃子金说：啥支书长支书短的，他娘生下他就是支书啦？！迷糊说：噢噢他朱大柜，朱大柜说榔头队关押他哩，他要死呀，在棚里寻刀哩寻绳寻农药哩。支书说：你……！气得不说了。霸槽说：没写就不写了，你用嘴说，你把瓷货的事当众人面再说一遍。支书看见院子里已经来了守灯和婆，就说：开批斗会呀？霸槽说：只要你能说清楚！支书就把他让满盆送下河湾五架子车瓷货的事说了一遍，最后说：就这些。霸槽说：就这些？恐怕也不止这些吧？！迷糊说：不止这些！霸槽说：不止这些那咋办？迷糊从台阶上站起来，拍着屁股上的尘土，尘土飞扬，走到支书面前扬手就是一掌。支书说：霸槽，有问题我该说清楚的说清楚，他迷糊打我？迷糊说：我还没给你无产阶级专政哩！霸槽说：迷糊你坐下，让他说。迷糊坐下了。支书就说：瓷货对不上账，昨晚我想了一夜，是哪儿出了问题呢，就想起了给下河湾的那五架子车瓷货的事。刚才写材料着，我还想起来了，就是县上开三干会议，一些村都给会上送东西，西山堡送了几架子车南瓜和茄子，巩家滩送了五百斤土豆，刘家坪有油坊，送了六十斤香油，下河湾送了三百顶新编的草帽，我想咱古炉村送啥呀，你不送不行么，送粮送菜我还舍不得，我不能从大家口里去抠食呀，就送了全会用的盘子和碗。霸槽说：你送瓷货才连任了支书吧？霸槽这么一说，院子里的人就沉不住气了，支书平日是个老虎，批评过这个也训斥过那个，只说他是支书哩，代表了党，要给村人谋利益哩，没想咱都穷得叮咣响，他却把瓷货那么大方地送别人，给别人送了黑食才连任了支书呀！所以，迷糊一喊：打倒贪污犯朱大柜！也都跟着喊：打倒！打倒！

口号喊了一阵，惊动了全村，那些不是椰头队的人也有跑来的，霸槽在大家喊口号时，他没有说一句话，把水皮和秃子金叫到了上房里，过了一会儿出来，口号不喊了，他说：村干部长期以来明的暗的贪污，椰头队才存了现有的瓷货，才封了窑，若不对瓷货封窑，你烧多少货让他们贪污多少货，有朝一日古炉村就被他们挖空了。古炉村是共产党领导下的古炉村，是社会主义古炉村，谁，不管是谁，吃了社员的，我们就要让他吐出来，不但把吃的吐出来，还要让他把苦胆水都吐出来！因此，根据古炉村革命群众的意见，椰头队决定收回卖出去的公房，已经掏出的买房钱也不退回，以抵贪污了的瓷货钱。至于朱大柜还贪污挪用了多少村里的财物，他还得继续交代清楚。从今日起，那就在柴草棚里继续交代吧，几时交代清了再回去，大家同意不同意？院子里的人齐声吼：就这样办！就这样办！霸槽向支书：你听清了吧？支书说：听清了。自个又进了柴草棚。

到了饭时，院子里的人散了，迷糊又坐在了棚门口，对秃子金说：我一个人看不住，他上吊呀喝药呀咋办？你也来看。秃子金说：要上吊你就给他个绳，要喝药你就给他个瓶，宁愿世上多一个坟，也不要古炉村多一个要贪污的人！你看着，我吃完饭了来换你。迷糊说：那就不用换，你来了给我盛一罐你家的饭。秃子金往出走，迷糊再说：多放些盐呀，我口重！

院子里只剩下了迷糊，他又打他的草鞋，蹬直的左腿蹬困了，指头被绳子磨得疼，又换了右腿蹬直，在右脚指头上拴了绳子编，编出了两双鞋。往棚里一看，支书又卧在稻草堆上了，他说：哼，不写就不写吧，那你就住在这！支书说：迷糊，给我拿些六六六粉来。迷糊说：真喝药呀？支书说：有虼蚤！

柴草棚里确实有虼蚤哩，支书先不觉得，在稻草堆上半卧了一会儿，腿上发痒，一提裤管，小腿上趴着三个虼蚤，拿手拍没拍住，三个虼蚤在地上蹦，蹦又蹦不远，竟然像比赛一样蹦得高。迷糊说：到哪儿给你弄六六六粉，虼蚤能把你吃了？！话还未说完，也觉得裆里痒，就站起来解了裤带在裆里抓，果然蹦出一只虼蚤来。大门口有了哭声，迷糊抖了抖裤子，才系裤带，支书的老婆提了一个瓦罐，瓦罐上扣着一只碗，别着一双筷子，来给支书送饭了。支书就冲着老婆说：哭啥哩？我又不是死了，你哭？！老婆就不哭了，把饭罐打开，饭罐里是米汤里煮了饺子，盛了一碗给支书吃。支书就端了碗，饺子里包着萝卜丝儿，他不是一口吃一个，而是把饺子咬一半，等那一半嚼着咽下了，再咬另一半。迷糊看了一眼，舌头舔了一下嘴唇，打他的草鞋。打着草鞋又扭头看那饭罐，饭罐里还有饺子，支书的老婆就把饭罐用头上帕帕盖了。

支书从此就待在了柴草棚，老婆一天三顿来送饭，饭里老有鸡肉。狗尿苔在这期间去过霸槽家的院子，支书正拿着一块鸡翅吃，吃着吃着要去上厕所，迷糊就跟着，支书说：我吃的鸡翅，人飞不了的！迷糊抬脚却在支书的腿后弯一踢，支书扑通跪在了地上，支书扭头看迷糊，迷糊说：你也吃鸡腿哩，那你就跪一会儿！狗尿苔就没敢和支书说话。出来要去支书家想从支书老婆那儿问问情况，到了支书家院外土场上，牛铃却坐在土场上的碌碡上，他就又不能去见支书的老婆了，问牛铃：你坐在这儿干啥哩？牛铃说：看狗哩。土场边柳树下有一堆鸡骨头，几只狗在那里抢，鸡毛被风吹开，在土塄的野枣刺丛上白花花挂着，像是开了一层花。牛铃说：支书三天吃一个鸡哩，他住在柴草棚倒享口福了！狗尿苔说：他老婆不过日子啦，把鸡都杀呀？！牛铃说：咱去偷他家鸡吧，反正那些鸡他都要吃的。狗尿苔没想到牛铃会有这样想法，说：这个时候去偷人家？牛铃说：这时候不偷啥时候能偷？！就设计着把鸡偷来在哪儿杀在哪儿煮，煮熟了他们两个怎样分配，鸡翅一人一个，鸡腿一人一个，鸡身子先留着，你吃鸡头鸡爪子，我吃鸡胗子、心、肝，再搭上肠子，哦，鸡屁股也给你吧。牛铃说着说着，好像是鸡肉已经吃到嘴里了，口水都流了下来，狗尿苔也禁不住了诱惑，说：鸡屁股上那个疙瘩不能吃。牛铃说：咋不能吃？能吃！狗尿苔说：我婆说那个疙瘩有毒哩。牛铃说：以毒攻毒。狗尿苔说：咋是以毒攻毒？牛铃说：你家成分高，是有毒的人。狗尿苔骂了一句：你妈的×！牛铃赶紧认错，说他是开玩笑的，鸡屁股你不吃了我吃。狗尿苔说你也不能吃，但他又高兴了，两人就商量着怎么去偷。一切都商量好了，狗尿苔却说：敢不敢？牛铃说：咋不敢？我看见秃子金在支书家自留地里偷摘茄子哩，没人管，连支书老婆骂也没骂。狗尿苔就不再犹豫了，说：晚上我向开石借手电筒，我也把杆子准备好，你给咱偷。牛铃说：滑头呀？得一块去！

开石的手电筒原本是麻子黑的，麻子黑当时去洛镇派出所，让开石晚上睡在他家看门，而麻子黑在派出所就被逮捕了，人再没回来，开石离开麻子黑家时拿了一袋子麦面和手电筒。这事村人都知道，开石也不避讳，说：这有啥哩，他投毒杀人哩，把他家一扫而空也是应该！他就在晚上记工分时，捏着手电筒到处乱照。狗尿苔向开石借手电筒，说是他家地窖里有了蝎子，拿手电筒照着好逮。开石说：要没我这手电筒蝎子都不逮啦？狗尿苔说：煤油灯光不亮么，借我用一次，我给你吃……开石平日对狗尿苔不好，狗尿苔不愿意说偷到鸡了让他吃鸡肉，改口说，我给你吃蒸红薯。开石说：吃多少？狗尿苔说：两个。开石说：三个！把手电筒借给了他。

后晌下起了雨，是白雨。白雨是这儿下了，那儿却不下，常常隔着个犁沟。这个后晌的雨只在村子里下，先能看见村外的太阳光，后来噼里啪啦下得猛，地上的热气就腾起来，茫茫一片白。人都没有避雨，站在雨地里淋，狗也跑出来淋，猫也跑出来淋，老鼠和蛇随处都见。雨下了几个时辰，突然就停了，巷道里没见了老鼠和蛇，厕所里苍蝇却挽了疙瘩地飞。到了晚上，婆说：今黑儿凉，早早睡。狗尿苔却迟迟不睡，他从树上砍了个分岔的树枝在做弹弓，做到院门外没了任何响动，他说牛铃答应要送他弹弓用的皮筋的，就哄了婆，到牛铃家去。两人悄悄溜往支书家，巷道里却碰着了支书的老婆，支书的老婆吓了一跳，狗尿苔和牛铃也吓了一跳，双方互相看了一眼，都没说话就擦身而过了。擦身而过，狗尿苔和牛铃就躲在一边看支书的老婆要去哪儿，是不是去柴草棚看望支书？没想到她却去了杏开家。

　　杏开在瓦盆里栽了好几株指甲花，这些花盆平日都摆在院里，花开得红艳艳，她没了事就摘些花瓣捣碎了，要敷在指甲上着颜色。白雨下起来，她把花盆搬到了屋里，晚上要睡时，想起花盆应该再搬出去，刚搬了三盆，支书的老婆就来了。支书的老婆一来就站在柜前看满盆的灵牌，灵牌前献着一碗软面，她点了一炷香，嘴里嘟嘟囔囔叫着满盆的名字，眼泪就唰唰地流。满盆死后，支书的老婆还是第一回来，又这么半夜，杏开觉得有些奇怪，可看见支书的老婆伤心的样子，一时想到了大，眼泪也流下来，说：婆，你不哭。支书老婆说：杏开，今日是你大的生日。杏开说：是我大的生日，我擀了一碗面给我大献上了。说毕却想，支书的老婆肯定不是为我大的生日过来的，问道：婆，夜深了你还没睡？支书老婆说：你支书爷在柴草棚里，我咋能睡着。杏开说：他还没回来？支书的老婆说：不得回来么，婆睡不下，来求我杏开哩。杏开说：你求我啥事，村里的事我都不清楚，后来才听说让支书爷在写什么材料，你求我？支书老婆说：杏开，现在你支书爷势倒了，往常家里来人能踢断门槛，这都多少天了，没一个人到我家再来。婆来求你，只有你能救了你支书爷，你给霸槽说个情，让他放人，你支书爷那么大岁数了，再吃睡在柴草棚里，那要不了十天半月就得死了。杏开说：这是文化大革命哩，人家肯听我的？支书的老婆说：霸槽和你相好，他能不听你的？杏开心里咯噔一下，她担心支书老婆说出这话，竟真的就说了，当下闷了头没吭声。支书老婆说：这只有你去说。杏开说：婆呀，别人这么说我不生气，你这么说我就不高兴了。支书的老婆：你咋不高兴，婆没说枉话么。再凶的男人，他都抵不过枕头风的。杏开脸一下子腾红，说：婆不能这样说，我和霸槽关系是近些，可你那话，说得难听，杏开在你眼里也是破鞋烂袜子啦？！支书老婆说：这你给别人犟口，也给我犟口呀，婆啥事不知道？婆亲眼看见过你和霸槽在……杏开说：婆，我不骂你，你走，杏开在你眼里不是正经人了，你到我这儿来，我还怕辱没了婆。支书的老婆却扑通跪下来，说：杏开，婆求你！

422

杏开转身趴在柜盖上哭起来。转身的时候，扇了一股风，柜上的煤油灯就灭了，屋里黑洞洞的，只有那一炷香头亮着，像一颗星星。哭了一阵，转过了身，支书老婆还在地上跪着，她扶起了，说：你回吧，我给霸槽说，能成不能成我不敢保证，话我会给霸槽说的。支书老婆从屋里往外走，黑暗里撞着了地上的洗脸盆，又撞上了腌菜的八斗瓮，她把院门轻轻地拉开，又轻轻闭上，听到杏开嘤嘤地哭得发噎，院墙角的鸡棚里鸡也噎住了，呃儿呃儿地响。

杏开没睡，杏开家的鸡也醒着，但支书家的鸡瞌睡多，早就睡着了。支书家的鸡多，虽然院子里修有鸡棚，却一到黄昏，那个大红公鸡就跳上了紧靠着院墙的那棵榆树上，接着别的公鸡和母鸡一个一个也往树上来，当然不能超过大红公鸡，那一层一层的树枝股上就分别站着了睡着的三只鸡，四只鸡。村里人说过，支书把鸡管教得多听话，也有人说这是支书老婆故意训练鸡站那么高，为着显势哩。牛铃拿了木杆，木杆上钉着一个小板条，狗尿苔把手电筒往树上照，一道白光唰地上去，没有照着树，黑暗里端端长了白柱子。牛铃说：你往哪儿照？照树上！白光照在了树上，树上的鸡就被白光罩了，它们突然地睁开了眼，睁开眼却什么也看不见，眼还疼着，稍稍骚动了一下，眼又闭上，呆呆地站着不动，连声都不吭。牛铃就把木杆伸到枝股前，狗尿苔说：那个，那个帽疙瘩母鸡！木杆又伸到帽疙瘩母鸡脚下的枝股前，轻轻地碰帽疙瘩母鸡，帽疙瘩母鸡就抬了脚，移站到了木杆的小板条上。木杆开始慢慢往下落，手电筒的白光同时也往下落，木杆斜着落下来半人高了，手电筒的白光一灭，两只手忽地抓住了帽疙瘩母鸡。牛铃说：再弄一个，再弄一个。狗尿苔已经在怀里揣了鸡跑远了。

在牛铃家里，牛铃还在埋怨：反正做了一回贼的，偷一个是偷，偷两个也是偷。狗尿苔说：你咋没够数？偷一只人家不注意，偷多了能不被发现？突然不说话了，吸着鼻子。牛铃说：咋啦？狗尿苔说：我又闻见那种气味了！以前狗尿苔一闻见那种气味，村里就出事，牛铃也紧张了，说：你那啥臭鼻子，偏偏这个时候闻见气味？你再闻闻。狗尿苔就又吸鼻子，说：是那种气味。两个人就瓷在了那里。狗尿苔说：会不会出啥事？牛铃上来捏狗尿苔的鼻子，鼻子像一疙瘩蒜，捏得要掉下来，狗尿苔出不来气，脸都憋红了。牛铃松了手，说：再闻闻，再闻闻！再闻，那种气味就没有了。牛铃说：肯定是你心里想着有气味了才闻见了气味。会有啥事？牛死了，队长死了，椰头队成立了，支书写材料了，还会有啥事？！杀鸡，杀鸡！就从狗尿苔手里要把鸡拿过去。鸡这时才咕咕咕地叫，扑拉着翅膀。牛铃说：你还叫唤哩！叫唤啥哩？！扇了一下鸡头，鸡被扇昏了，眼睛翻起了白，但立即眼睛又黑了，拧过脖子看狗尿苔。鸡在骂牛铃了，骂过了又在向他求救？狗尿苔一下子觉得鸡可怜了，后悔着不该偷了来。他说：要么，牛铃，咱不吃了，把鸡就圈在你家，让它给咱下鸡蛋？这话一说，鸡头一点一点的。牛铃说：有肉谁吃鸡蛋？取刀去，刀在案板上。狗尿苔说：我不取，鸡给咱求饶哩，牛铃。牛铃说：鸡能求饶那不是鸡了！把鸡让狗尿苔拿好，自己在案板上取刀，狗尿苔手一松，把鸡放开了，鸡立即飞到了柜上。牛铃生了气，说：你不想吃鸡肉了得是？！提了刀过来抓鸡。鸡从柜上飞到窗台，牛铃跑到窗台，鸡再飞下来从桌子底钻过去，一时人和鸡就在屋里跑过来扑过去，鸡几次飞到空中，被牛铃用关门杠又打下来，鸡就在地上翻了几滚，鸡毛乱飘。牛铃说：你飞呀，你再飞呀？！鸡却再一次飞起来，飞起来便向墙上撞，把自己的长喙撞掉了，跌在地上，又扑拉着翅膀把头往墙上撞，连撞三下，长着一堆疙瘩绒毛的脑袋就碎了。

　　帽疙瘩母鸡到底被牛铃煮了，狗尿苔却一口也没有吃，牛铃说：你要吃，你不吃你会对人说是我偷的鸡！狗尿苔还是不吃，只喝了半碗汤，喝完胃就泛，咯哇咯哇全吐了。他看着牛铃把整个鸡都吃了，吃相那么难看，鸡肉嵌进牙缝，用手在牙缝里抠，牙那么长，他说：你是黄鼠狼子！牛铃说：不是我吃独食，那没办法，你胃不好么。

　　狗尿苔摸黑着回家去，一出牛铃家的院子，巷道里呼地刮过来一股风，风说：狗日的！风也能说话？狗尿苔没有还嘴，脸上被风打得火辣辣疼。

47

第二天早晨，反正也没有人招呼出工，婆就没有叫醒狗尿苔，狗尿苔其实是醒来很早，就是懒得起来。田芽来借线拐子，又询问经线的事，末了，从怀里掏了一沓已叠得平整的大字报纸片让婆去剪纸花儿，说：咋没见狗尿苔？婆说：成黑儿地跑得不睡，现在还没起来哩。田芽说：成黑儿地在榔头队那儿？婆说：他哪儿去榔头队，只是和牛铃一块耍的。田芽说：夜里不安全，少叫他胡跑。听说下河湾闹了几次狼了，昨儿夜里有了黄鼠狼子……婆说：是六升家逮来的黄鼠狼子跑了？田芽说：不是六升家的，是黄鼠狼子真的进了村，刚才支书他老婆说黄鼠狼子拉了她家的鸡。狗尿苔立即参起了耳朵。婆说：她胡说吧，她给支书两三天就杀只鸡，是不是嫌别人说，故意要说黄鼠狼拉了鸡？支书还在柴草棚里？田芽说：还在吧。榔头队又不是法院，说把谁关起来就关起来啦？婆却说：咕咕咕。婆是在叫鸡。一阵鸡的扑腾声，婆说：又没蛋，卧在窝里哄人呀？！田芽，你家鸡还下着蛋？狗尿苔还要听她们说什么，却是田芽连声咳嗽，说：不说啦不说啦。院门就响了。狗尿苔起来，想着得把手电筒还给开石。

婆见狗尿苔一起来又要出门，就恼了，说：你是野兽呀在窝里待不住？狗尿苔说：队里不开工么。婆说：不开工你也到自留地去看看苞谷长得咋样。别人家都上过一次肥了，咱一疙瘩粪还没送到地里！狗尿苔说：好好好，我到自留地看看去，要不要掐些葱叶？婆还未说掐不掐，他已经出了院门。

狗尿苔把手电筒还给开石，开石竟然没提吃红薯的事，狗尿苔当然也不提，开石却脸色蜡黄地问：你见到麻子黑了没？

狗尿苔说：见了，他回来要他的手电筒和一袋面哩。

开石一下子脸全白了，说：他在哪儿，人在哪儿？

狗尿苔见开石认了真，才说：在哪儿？在县大牢里。

开石说：你没见？

狗尿苔说：我想见哩，怕一辈子也见不上了。

开石才说：不得了啦，早上来声到村里，说在镇上听说的，麻子黑越狱啦。这狗日的能越了狱！他越狱会不会潜回古炉村？

开石的话把狗尿苔吓了一跳，便没和开石多说就跑回来。在半巷里，好多人都在那里议论麻子黑越狱的事，磨子担着一担垫圈土往家去，行运就叫住了，告诉了麻子黑越狱的事，说：磨子，那贼越了狱还能不回来吗？！你这几天小心点，迟早出门手里得拿个东西防顾呀。磨子说：不可能吧，监狱的墙那么高，看守的是做球的？行运说：现在不是文化大革命吗，啥都乱着，他能不趁乱出来？磨子说：那好么，逮捕了他我还后悔只挨枪子便宜了他，他要回来了，我用刀子一疙瘩肉一疙瘩肉地剐了他！

话是这么说，磨子把土担回家垫了猪圈，手里提了一把铁锨就到麻子黑的老屋去查看。麻子黑家的院门锁着，磨子拿了锨咚咚打，没反应，锨刃子在门扇上划出一个叉号，就从院墙上翻进去，上房的一角檐雨淋垮了，绽板和瓦在地上掉了一堆，再踹开窗子，屋里空空荡荡，桌上、柜上尘土有一指厚，满地老鼠的脚印，没有人进来的痕迹。又到厦子屋，灶台还在，地窖里没人，水瓮里也没了水，往日在瓮里压浆水菜的那块白光子石头就在瓮脚地上放着。他说：你狗日的敢回来，除非你钻在地缝里！搬起白光子石头就朝灶上的一口铁锅砸去，铁锅砸出个大窟窿。

往后，磨子的眼睛就老是红的，出门铁锨不离手，动不动，抡起锨就在近旁的树上、墙上拍一锨，不是拍下一堆枝叶，就是墙皮掉下来。村人都说磨子脾气变了，麻子黑被抓的时候，他也没这么大的凶劲，一定是这半年来窝的火太多了，没处发泄，趁这阵儿也是给榔头队看吧？

榔头队的人也都知道了麻子黑越狱的事，也知道了磨子在发凶，但似乎没多大反应，倒是很快把支书放回了家。支书从柴草棚走的时候，还是披着那件黑褂子，眼半睁半眯，脚步缓得走出一步了才想起再走出一步。当天傍晚，支书的老婆来找磨子，磨子就去了支书家，支书在支

426

在院子里的木板床上半卧着喝竹叶子水，喝水的还有善人。磨子把铁锨靠在院门后，走过去，支书招呼坐了，就抽起水烟袋了，对善人说：你说你的，让磨子听听也拿个主意。善人却连打了几个喷嚏，又要咳痰，起身到院角咳，越咳越停不住。支书说：你闻不得烟味？就把烟袋让老婆拿走。善人终于清了喉咙，过来坐下，对磨子说：支书在征询我的意见哩。磨子说：征询你的意见？支书脸红了一下，说：你以为我又批判他呀？善人说：支书说当初不该让我住到山神庙去，现在窑神庙既然做了公房，老公房他虽是要买的，他也不打算买了，要让我给霸槽去说说，住进去。磨子说：买就买了咋又不打算买了？要住你就住进去，给他霸槽说啥话？榔头队是队委会呀？！支书说：唉，磨子，你也不看看这形势！榔头队咋样待我都行，文化革命么，刘少奇是国家主席说倒就倒了，县曹书记、公社张书记都批斗成了那样，我还有啥说的？我也想了，为了古炉村我朱大柜是十几年劳着心血，可能在为着村子好而得罪了些人，这三间老公房我真的不该买，我之所以让善人住进去，一方面表明我真的不买了，另一方面，土木房么，长时间不住人，就容易烂得快。善人说：支书话说到这里，我说几句。道是平的，而高人得学低，住在高处，分别上下，人心就隔了。支书说：是呀，我这头前人，是把心都领高啦。善人说：老公房你不买了好，但我也不能住，我给人说病，本质就是治己而不治人，托底就下，不借半毫势力……磨子听善人说到不借半毫势力，拿眼睛就盯善人，支书却说了：善人，不瞒你说，我以往是不满你说病，你说病总是志呀意呀心身呀的，不让你说吧，你还真的把一些人的病治了，让你说吧，我这支书要讲党的领导，要讲方针政策，那群众思想就没法统一嘛。现在我是不行了……磨子说：咋就不行了，共产党还在领导着，谁把你支书撤了？支书摆摆手，说：是不行了，磨子，善人说的是在理上，我是十几年的支书了，可说到底还不就是个农民吗？被大家捧到顶上去了，好比是一间茅草房，盖在大楼上。善人说：其实我说病，哪里就犯共产党的事了？我也想不通的是，人吃五谷得六病的，可不做干部的时候都让我说病，一做干部了就都又

427

反对。以往支书是反对的，现在霸槽他们也反对了，秃子金就警告我不要搞四旧，伦理道德就是……磨子说：霸槽是干部？他算啥干部？！支书说：你让善人说么。善人就说：哦，咱不说人家了。我是说，这文化大革命来了，那就是刮大风，风来了草在摇，树也在摇，我要说的你们或许不中听，可我想，今后你们谁能矮到底，谁能成道，学道就是学低，才能成己成人。不要虚张声势，招人毁谤。最好人人在本分上成，负什么责任，尽什么职分，因为责任就是天命。磨子说：我这是啥天命？支书你偏偏在文化大革命要来了让我当这个队长，我做这有名无实的事，进不能，退不能，这不是木刀子割人吗？支书说：榔头队并没寻你的事么，我不行了，你又撂挑子不干，那古炉村不全瘫扑塌呀！磨子说：瘫扑塌就瘫扑塌，不是有榔头队吗？！支书说：你别给我说气话，队长你要干着，我叫你来，就是让你分配我去看稻田水，狗尿苔和迷糊看水，一个跑的造反哩一个是碎髅猴屁股，田里水老洗不好，再不经管，今秋就得减产了。磨子说：你这支书却不行了，还让我当队长，你找我来就说这事？支书说：就说这事。磨子说：那我说一句，要看水，你去看水，这我管不着了。立起来就要走。支书说：你不管就不管，也用不着就走吧？我这一回来，狗大个人都不来了，把你叫来，你屁股没坐热就走，是怕我带累你啦？坐下，让你婶给咱打些荷包蛋吃，也难得清静，听善人唠叨。就把扇子扔给磨子，自己又半卧在木板床上，眼睛眯着，说：善人，你说你的。善人说：我说啥呀？支书说：说你那志意心身吧。磨子重新坐下，善人说什么，他一句也没听进去，只拿着眼看着院门口。院门口的那个台阶模模糊糊，先是台阶的棱角还在，渐渐地就没了，一片黑。善人说：志、意、心、身这四个字，和三界、五行一样，贯通宇宙，包罗万象，用它可以研究天时的。太古元始时代，人心淳朴，不思而得。成己成人，人见人亲，是以志当人创世时代的春季。尧舜时期，是代天教民，凿井而饮，人人怕罪，画地为牢，虽被处罚，还是知足感恩，不知使心，以意为人，思衣衣至，思食食来，自助助人，人见人乐，是揖让时代的夏季。自周武王伐纣，把揖让变为征伐，文王画卦，姜太公教武术，设法逃罪，破了先天八卦的画地为牢，变为后天世界，大同成小康，以心当人，求则得之，以礼治世，人情渐伪，自饰己过，人不怕罪，累己累人，人见人仇，是扰乱世界的秋季。到秦始皇并吞六国，人心日下，唯物是争，是以身当人，待至近代，物质文明，日益进步，机械之心，也越发达，予贪不已，人见人恨，自罪罪人，继续发展下去，非至消灭人类不已。各教圣人，都是成道的人，对天时也都了解，所以佛称为"末法"，道称为"下下元"或"三期末劫"，耶稣说是世界末日，伊斯兰教称为"大灾难来临"。不过天时是循环的，否极泰来，冬去春至，又会到大道昌明，后天返先天的时候。俗话说：搭了春别欢喜，还有四十天的冷天气。目下是伤人不伤物的时候，你看现在，是物都比人值钱，志是出数的，意是挪数的，心是在数内的，身子是在劫的。身界人嗜好多，罪大，心界人累多苦大，意界人助人功大，志界人道贯古今德配天地，遇到逆事，也不发脾气，不发脾气，准能出数。天时已到，人人努力用志做人，做个成己成人的人……善人咵咵地说下来，他说的时候闭着眼，像背诵一样，等说得喉咙发干，要喝水，睁开眼了，院子里却黑得用眼也啥都看不见。厨房门开了，一片子光跌了出来，支书的老婆说：咋还说呢，有恁多的话说呀？喝汤喝汤！端着碗的竟然是磨子，磨子是什么时候去了厨房善人都没觉察，他就不说了，笑了笑。但支书还不声不吭地半卧着，支书的老婆近去说：你咋啦，瞌睡啦？支书坐起来说：我听着哩。喝汤，一个碗里几颗鸡蛋？老婆说：两颗。三个人就在黑暗里呼噜呼噜喝汤。

院门外狗突然咬了起来。磨子忙放下碗，从院门后抄了铁锨开门出去。大家都没了声息，拿耳朵听着，磨子返回来说：是铁栓家的狗和八成家的狗胡咬哩。支书的老婆说：吓死了，我以为椰头队的人监听哩。支书说：监听就监听，咱说啥反动话啦？磨子你来时还拿着锨？磨子说：我防着狗日的麻子黑哩。支书说：麻子黑？磨子：麻子黑越狱啦，说不定会跑回村的。支书说：啊越狱啦，死刑犯咋能越了狱？！他把碗放下，不吃了。支书的老婆说：咋能不会越狱，你当支书哩，人家

429

要抓你去柴草棚你不是也就被抓去啦？支书说：你胡扯被子乱拽毯！抓么，我还不是回来啦？！老婆说：不是人家杏开……她说了一半，另一半又咽了，转身去厨房，一只猫悄然爬到了上房顶上，突然啊呜啊呜叫起春来。

48

古炉村人提高着警惕，严防着麻子黑越狱后跑回来。狗尿苔就在麻子黑的院门口撒上了灶灰，随时留神着灶灰上是不是有了人的脚印，又到中山上去割酸枣刺，要把酸枣刺插在麻子黑家的院墙头上，心想麻子黑三更半夜回来了，不敢开院门要翻院墙，让狗日的翻不过去。他觉得这一招十分高明，是牛铃想不出来的，村里所有人都想不出来。

狗尿苔拿了镰和背篓刚出了村巷，杏开在叫他。杏开的脸红扑扑的，穿了一件紧身的碎花布袄，拿着一把锨。问狗尿苔干啥呀，狗尿苔没告诉她，杏开说：拾柴火呀？这么晒的日子拾啥柴火，没烧的了，到我家麦草集上装一背篓去！狗尿苔从来没见过杏开这么待他，说：杏开有啥高兴事？杏开说：我有啥高兴的，刚才还哭着哩，晌午吃过饭睡了一会儿，梦着我大了，我大说他房子漏雨，醒来我心就发慌，是不是我大坟上裂了缝，下雨灌进水啦？狗尿苔说：我跟你去看看。往坟地去，狗尿苔却安慰杏开了：梦都是反的。杏开说：夜里梦是反的，白日梦都是托梦哩。杏开走路脚下像有了弹簧，一跌一跌的，她不顾及狗尿苔腿短。狗尿苔小跑着还是撵不上，就觉得杏开的袄上那些碎花不是花，是无数的小蝴蝶落上去的。

到了坟地，远远看着天布在另一片坟地里蹲着，狗尿苔说：天布也去看他大的坟了？杏开看了一眼，说：他家的坟在山脚那边呀……他最近没民兵训练？狗尿苔说：磨子都不喊出工了，他还训练？哎，杏开，你说美帝、苏修能不能趁文化大革命哩就侵略咱呀？杏开说：你倒操心，美帝、苏修就是打进来了，榔头队也会扑上去打哩。杏开挥手敲了一下狗尿苔的头，狗尿苔发现杏开指甲也染了，染得比戴花的指甲红。

满盆坟上的草已经长上来，还开了一片野山菊，菊都是指头蛋大的花，摘一朵下来并不好看，可密密麻麻地开了一大片，阵势把狗尿苔震了，他说：哇！所有的菊一下子全白了。就又要说：咦？那菊又成黄的了。他觉得菊在给他扮鬼脸呢。杏开说：到坟上了，你吱哇啥哩？！却突然大呀大呀地叫着，就跪在了地上。狗尿苔往坟的右后角看去，那里果然有一个洞，拳头大的，像是老鼠洞，而坟后边斜坡上有下雨流进去了水的痕迹。狗尿苔吓了一跳，还真是满盆托了梦了！杏开一边哭一边铲土填那个洞，狗尿苔也掬土去填，洞似乎很深，填了好大一会儿还没填好，天布走过来了。

天布沉着脸，他的颧骨高，从侧面看去，显得很凶。他走过来并没招呼狗尿苔和杏开，也没问他们在坟上干啥。狗尿苔故意咳嗽了一下，咳嗽也白咳嗽了，天布一脚踢飞了一块土疙瘩。狗尿苔只好说：天布哥，你干啥去了？天布说：我屙哩！狗尿苔说：到坟地里去屙？天布说：我想在哪儿屙就在哪儿屙，屙屎该不会关柴草棚吧？！狗尿苔觉得奇怪，天布平日待他好的，今日说话倒是吃了炸药！他说：柴草棚？天布哥，你不知道支书已经放回家了吗？天布说：他支书没彩，是我就不回去，死在它柴草棚里！狗尿苔就拿眼看杏开，杏开把洞填完了，说：天布叔，谁敢关了你？天布竟然没作声，却对狗尿苔说：灶火他妈把腿摔断了，姓朱的都去看望，你咋没去？要去跟我走。狗尿苔对杏开说：咱一块去。天布说：我让你走呢，你磨蹭啥？狗尿苔说：我让杏开一起去。天布说：不是姓朱的去干啥？狗尿苔说：杏开不姓朱？天布说：哪儿还有姓朱的？杏开倚着那棵小柏树，小柏树哗哗地摇。杏开说：天布叔，你就这样作践我，在我大坟上你作践我？！人和树都弯下去，树弯到地面又嘣地伸直，杏开趴在那里哭她大，哭得声嘶力竭。狗尿苔去拉她，她不起来，再拉，杏开摔开他的手，恨着说：你拉我干啥，你跟他天布走么！让说情的时候我就是朱家人，人放了我就不是朱家人了，不要拉我！天布哼了一声走开了。狗尿苔立在那里，是跟天布走呢，还是留在这儿等候杏开，他拿了主意，不跟天布回村，也不守候杏开，他砍他的酸枣刺去。

狗尿苔往山根走，走过了那片坟地，也就是天布屙屎的地方，那里有三四个坟丘，并没见有屙下的屎，倒是霸槽他大的坟丘上有了一小堆虚土。拿脚踢了踢，虚土下是一个木橛子。他不明白在这里钉一个木橛子做啥，但天布是民兵连长，他没事咋能来钉个木橛呢？割了一背笼酸枣刺后，去麻子黑家院墙上压了，狗尿苔回家问婆在坟上钉木橛子做啥用。婆说：木橛子？谁在坟上钉木橛子？要咒人断子绝孙了才在人家的坟头上钉木橛哩，你咋问这话？狗尿苔就不敢说天布了，支吾道没啥，他是顺嘴说的。婆说：说话咋能顺嘴说哩？祸从口出，你给我记住，在外边别多嘴，要说话想好了再说。狗尿苔说：知道！婆说：你不耐烦啦？狗尿苔赶紧说：知道了，婆，这行了吧。

就在这个晚上，狗尿苔一个人去霸槽他大的坟上把木橛子拔了。他没有叫牛铃，牛铃嘴敞，担心要告诉霸槽的。他把木橛子拔了后又钉在了麻子黑他大的坟头上，钉上了，没有用土盖。

很快，来声又到了古炉村，他带来了针头线脑，带来了狗尿苔爱吃的离锅糖，带来了戴花喜欢的扎裤腿的黑绸带子，也带来了让古炉村放下心的一个消息：麻子黑越狱后又被公安局抓住了。

此后的多日，人们谈论的几乎全是麻子黑二次被抓的故事，这故事的说法不一。一是说麻子黑越狱后跑到了县城后的鸡冠山上，山上有许多洞，他就潜伏在洞里，但他没有吃的，半夜里出来到山下的地里偷拔萝卜，被人发现了，立即报告了公安局，公安局人围了山，把他抓住的。二是说麻子黑越狱后跑到了县城后的鸡冠山上，山上有许多洞，这些洞原先都塑了神像，文化大革命一开始神像就被砸了，但有一个女的老不生娃，偷偷上山进洞烧香，麻子黑就趴在洞顶上。那女的说神呀神呀给我个娃吧，如果说我没生育能力，我在娘家是怀过胎的呀，如果说是我男人没能力，可我并不全靠他呀……麻子黑忍不住笑，这一笑从洞顶跌下来，吓得那女人连滚带爬下山，说洞里神显灵，她求子就摔下那么大个人来。公安局知道了，怀疑山洞里是麻子黑，就搜了山，果然抓住了麻子黑。不管哪种说法准确，但麻子黑是在鸡冠山的石洞里被重新抓到的，麻子黑压根儿就没有回到古炉村。开石就说：我早说了，麻子黑再蠢，也不会蠢到要回来，你们提心吊胆哩，我夜夜都球朝上睡得呼呼噜噜！锁子说：听他说的，他吓得快成稀屎瘩啦！

开石真的成了稀屎瘩，动不动在裤裆里遗粪。他那小媳妇每每到泉里洗裤子，秃子金就在泉上的土塄上，说：月儿，给开石洗裤子呀，要不要皂角？月儿说：不要啦，大人了，吃饭像孩子一样老在裤面上洒。秃子金说：怕不是洒的饭吧？那有啥不能说的，你得让蚕婆给他叫个魂么。月儿也不洗了，拿了衣服赶紧走开。

十三的那个晚上，本来应该有月亮的，婆下午在门闩上拧绳子，准备着晚上坐在院子里纳鞋底，狗尿苔脚上像长了牙啃哩，一个月就穿烂一双鞋。婆翻箱翻出去年做的一双鞋，让他穿，却小得穿不进去，喷了水用楦子撑，勉强穿进去，狗尿苔就喊叫脚夹得疼，气得婆骂：个子不长，脚倒长得快！先穿着，慢慢就踏松了。婆这么骂着却加紧给他做新鞋，但傍晚时天突然阴了，月亮没有出来。婆点了煤油灯，在灯下纳鞋底，才纳了十多针，面鱼儿老婆来了，需要婆去她家一趟。婆只好放下针，起身去面鱼儿家，临走吓唬着狗尿苔：别出去呀，早早睡觉！

狗尿苔不知道婆去面鱼儿家干什么，就坐在院里的捶布石上，捶布石还是热的。往日的晚上没事，他会仰头数天上的星星，那是一次和一次数目不同，可现在天上没一颗星星。星星都跑到哪儿去了呢？狗尿苔使劲往天上看，希望有一颗两颗星星能蹦出来，这么想着，竟然就看到了这儿有了，那儿也有了，顿时繁星点点，他揉揉眼要开始数，却一下子又是什么星星都没有了。天是阴实了，不可能有星星出来的，那后半夜会不会下雨呢？忽然一个思绪就飞下来，低头看时，才是院门框顶上的燕子从窝里落在了自己脚前，忙捉住，和燕子叽叽咕咕地说话。

狗尿苔说：你怎么不睡？

燕子说：你都不睡么。

狗尿苔说：我等婆哩。

燕子说：我也等婆哩。

狗尿苔说：咱都等婆，婆回来了睡，哎，你知道婆去面鱼儿家干啥去了？

燕子说：见开石去了。

狗尿苔哼哼地笑起来，说：废话，去面鱼儿家能不见上开石吗？

狗尿苔嘲笑着燕子，院墙角的蛐蛐也嘤嘤嘤地嘲笑声一片。但就在这个时候，狗尿苔听见了婆的声音，也听到了开石的声音。婆的声音是沙哑的，缓缓地在叫：回来哟——回来哟——开石是公鸡嗓子，声音却不连贯，在叫：回来——了！回——来了！两种声音一呼，一应，反复呼应，由近而远了，远了，再由远而近了，近了，隐隐约约，时断时续。狗尿苔立即明白，面鱼儿老婆是把婆叫去给开石收魂了，婆曾给他收过魂，古炉村里也只有婆能给人收魂。

婆确实在给开石招魂的，婆提着一个灯笼，灯笼里没有蜡烛，放着煤油灯，灯笼的光并不亮。后边跟着面鱼儿老婆和开石，开石闭着眼，由他妈拉着。他们从家里出来都不说话，一直要走到村口塄畔上，在那里转八个莲花圈子，婆开始拉长声音呼：回来哟——回来哟——开石听见婆呼，就应道：回来——了！回——来了！这么呼应着返回来，婆先进了面鱼儿家院门，再呼：开石，开石！开石睁开了眼，说：嗯。婆说：不要睁眼！我呼你不要说嗯。婆重新呼：开石，开石，回来哟——开石应道：回来了——应完了站着不动。婆说：捏土，捏土么。开石还站着，面鱼儿老婆已弯下腰在地上抓了一把土放在了开石的头上。突然，哪儿有了锣鼓声，咣里咣当响。开石说：榔头队有事啦？婆说：跺脚，快，跺脚！开石咚地跺了一下脚，婆说：进门，进门。开石回头朝巷子外头看，说：有事哩？面鱼儿老婆把开石往门里推，开石进了院门槛，院门砰地关了。

婆提着灯笼领了开石去村口塄畔，村里人谁都不知道，但招起魂了，所有的人却都听到了。这一夜里，有的人吃了饭还在厨房里收拾锅碗，说着他们的猪，说着他们的鸡，说着孩子的衣服和地里的庄稼，有的并没有吃饭就睡觉，男人睡下了说肚子饥睡不着，女人说人是一扇磨，睡下就不饿，也有人在串门子，三个四个，五个六个，凑在一起说古炉村半年里的是是非非，突然地都听到了招魂声，一时全都停止了做事和说话，只拿眼睛互相看着，眼里在问：给谁收魂了？眼里又在问：开石把魂丢了？戗起耳朵再听，听着听着，人人竟然全面无表情，发瓷发木，像是也丢了魂，像是也被招魂着，晕晕乎乎，然后就长长吁气，这气像是在肚子里憋得太久太饱，随着气吁出来的也是：回来了——回来了。直到锣鼓一响，大家才忽地清醒了。

狗尿苔猛地听到锣鼓响，真的惊了一下，差点从捶布石上要跌下来，接着就听见有人从巷道里跑过。他把院门拉开，又怕门扇响，在门轴窝尿了些尿，刚拉开个门缝，是牛铃往过走，他说：干啥哩，这阵敲锣打鼓的？牛铃说：水皮没通知你？狗尿苔说：唵？！牛铃说：噢，水皮不会通知你，你不是榔头队。狗尿苔说：你们开会呀？牛铃说：毛主席发表新指示啦，连夜要贴欢呼标语哩！狗尿苔说：啥新指示？牛铃说：我不知道。去看不？狗尿苔说：我不是榔头队的。牛铃说：毛主席是给全国人民发指示的。狗尿苔说：人民包括我吗？我……狗尿苔突然说：你快走，我婆回来了。门轻轻掩了，急忙又回坐在捶布石上。

过了一阵，婆真的回来了，一进院就把院门关了，靠在那里喘气，猛地看见狗尿苔还坐在捶布石上，说：你咋还没睡？狗尿苔说：我等你给开石收魂哩。婆说：开石老往裤裆里遗屎哩……你咋知道我给开石收魂了？狗尿苔说：我听见了你收魂的声。婆拉了狗尿苔就进上房屋，说：你快去睡，一会儿不管来什么人，你都不要吱声，睡你的觉。狗尿苔说：又出啥事了？婆说：榔头队肯定也听到我收魂的声了，突然敲了锣鼓……狗尿苔说：敲锣鼓那是毛主席发表新指示啦，与你无关。婆说：你又咋知道？狗尿苔就说了牛铃刚才的事，说：他叫我去哩，我不去。婆一下子心松下来，坐在了炕沿上，扑沓成一摊。狗尿苔说：开石还讲究是榔头队的，麻子黑还没回来，就把他吓得丢魂了。婆说：开石也是榔头队的？狗尿苔说：早都是了。婆说：哦。

婆再没有睡，又开始纳鞋底，锣鼓还在响着，后来就下起了雨，屋檐水滴滴答答了一夜。

天明起来，屹岬岭是黑的，像烟熏过的颜色，岭上的云就白得如棉花垛。狗尿苔提着尿桶出来往厕所里倒，巷道里已积满了水，雨虽小了，但还下着，雨脚就在水面上跳。厕所旁边的丁香树上，还开着花，花的颜色并没被雨淋褪，一只漂亮的花大姐鬼知道怎么就穿过了雨线，飞上了花上，整个树如欢呼似的颤抖了。天布披着蓑衣在给长宽说：队里的稻田里料虫都绣疙瘩了。长宽说：早该挑了，再不挑稻子就毕了。也披着蓑衣在巷口往中山上看着的明堂，接话说：今日去挑料虫吗？天布说：挑么，队里的活没人吆喝了，可总得有人去干吧，当农民的不干农活，只革命哩，那吃风屙屁呀？！明堂说：你知道毛主席有新指示啦？天布说：我没听见锣鼓响。明堂说：你都知道锣鼓响，你没听见？天布说：我就不听！明堂说：毛主席的指示你不听？你可不敢说这话！天布说：我八辈子贫农，民兵连长，我没听见就是没听见么，没听见是反革命啦？！长宽说：你是民兵连长，你吆喝着基干民兵都去挑料虫么。天布说：他妈的，民兵连瘫痪了么，有人加入了榔头队。哼，苏修打进来了让榔头队去打吧！明堂说：不说这些了，天布，每年不是上边还拨些农药吗，今年咋没农药了？天布说：咱好好的窑都不烧瓷货了，你指望谁造农药呀？！长宽说：这啥世事么！明堂说：不说了不说了咋又说这话？咱挑料虫去，谁不愿去谁不去，咱管住咱就是。狗尿苔说：我也去！天布、长宽和明堂却没一个理他。

没人理狗尿苔，狗尿苔还是跟着去挑料虫。他没有蓑衣，只回家拿了火绳和一顶草帽，草帽没有戴在头上，而拿在手里，草帽下遮着火绳。当他去撵天布他们，还在巷道里就喊：挑料虫哟——在河滩地里挑料虫了！一些人从自家院里出来，问：队长又安排活啦？狗尿苔说：哪有队长？人又问：那是霸槽抓生产啦？狗尿苔说：不知道么。人就说：噢，噢，是狗尿苔在吆喝，狗尿苔成了村干部了！狗尿苔很得意，也不搭话，继续往前走着喊：挑料虫哟——在河滩地里挑料虫了！他吸着肚子，脖子往上长，他觉得他长得很高很高，看着跟随着他的几只鸡，鸡毛被雨淋得贴在身上，是那么小和矮，丑陋无比，他就在路过一棵柳树下时跳了一下，他的手几乎要抓下了树上的一把叶子。迎面过来的田芽在雨地里看了他半会，说：咦，你还以为你真是村干部了？啪地在狗尿苔头上拍了一掌，狗尿苔立即矮下去，他没有再看那树叶，树叶离他太高，高到天上去。

稻田里，先是四五个人，随后陆陆续续又来了七八个人。挑料虫是把稻叶上的一种绿虫子捉下来，这虫子像蚕一样大，吃着稻叶又吐着丝在稻叶上结网作茧。来稻田的人都在莲菜池里摘一片荷叶，卷成了斗状，捉下一只虫子了就放在荷叶斗里，一人一行稻子直挑到地头，已经装满荷叶斗的虫子就倒在土坑里用石头砸烂，那砸成浆的虫子溅着绿汁，散发着一种刺鼻的呛味。

狗尿苔去摘荷叶时，牛铃在池里捞浮萍草，正伸手折一枝莲蓬抠着莲子吃，听见池边有脚步声，噙了一个麦秆管，忙没进水里。狗尿苔就不作声，等着那个麦秆管慢慢移到池边，就轻轻捏住了麦秆管口，牛铃哗啦从水里钻出来，见是狗尿苔，骂道：你要憋死我呀？！狗尿苔说：挑料虫你不去，倒来捞浮萍草还吃莲子，吃一个莲蓬坏一窝莲菜你知道不？牛铃说：你喊叫啥呀！又说：你喊叫我也不怕，反正现在没人管了，得称刚才就捞了一笼子回去了。狗尿苔说：没人管你就搞破坏呀？牛铃说：你也说破坏？这词是你们黑五类专用的。将手中的莲蓬扔给了狗尿苔。狗尿苔把莲蓬砸在牛铃头上，说：快上来，挑料虫去！牛铃却说：我去不了，今日有活动哩，榔头队要到下河湾呀。狗尿苔说：你就好好哄我！

牛铃没有哄狗尿苔，榔头队是准备着今日去下河湾的。自封了窑后，榔头队的办公室从霸槽家里搬到了窑神庙，而不断地有外地人到窑神庙里串联、活动，后来，霸槽就让水皮待在他的小木屋，将小木屋作成了榔头队的联络点，凡是从公路上来的或去的人，只要是革命的造反的，水皮就和人家招呼，请人家都去古炉村榔头队的队部去。这样，榔头队就和外地的革命造反组织建立了广泛的联系，榔头队也就有了别的革命造反组织送来的十面红旗、十二顶军帽和一套锣鼓家伙。三天前，下河湾的造反派就派人来通知榔头队，说四天后，他们村召开批斗张德章大会，要求榔头队能去壮威，没想昨天晚上得到了毛主席发表了新的指示的消息，下河湾一早又派人来通知，他们为了庆祝毛主席最新指示的发表，将庆祝大会和批斗张德章大会合并着一起开。

当榔头队打着红旗，敲着锣鼓，热热闹闹顺公路往下去了下河湾，狗尿苔有些遗憾，后悔起跟天布他们来挑料虫，也怨恨牛铃没有事先告知他。狗尿苔时不时扭头看着那支队伍，在他旁边挑料虫的天布一直弯着腰，说：挑料虫！狗尿苔头还扭着看。天布说：不要看！狗尿苔不看了，头低下来看稻叶上的料虫，头又抬了起来。天布就抓了一把泥摔在狗尿苔的脸上，狗尿苔眼叫泥糊了，蹾下来用水浇眼。天布说：是不是想去呀？狗尿苔把泥洗了，眼里又有了水，还是睁不开。天布说：我们这里都是些落后分子，你要革命了你可以去！狗尿苔说：我才不去哩！

来稻田挑料虫的人越来越多，磨子一家人也来了，连支书在远处田埂上看管水渠，也戴着草帽来了。狗尿苔把一个荷叶斗给了支书，支书说：你没有去下河湾呀？狗尿苔说：我不是榔头队的。支书说：哦，我还以为你和水皮、牛铃他俩一样。狗尿苔说：他俩是他俩，我是我！

雨差不多不下了，但稻叶上还沾着水珠，人一走过去，水珠哗地就打湿了衣裤，衣裤湿了怪凉快的，烦人的是你胳膊上腿上有汗，稻叶子摩着皮肤，叶齿儿就像锯拉着生疼。挑到对面地堰上了，各人都把料虫倒在土坑里，狗尿苔乐意拿石头砸那些虫，面鱼儿直后悔没把鸡抱来，便要狗尿苔把料虫一包一包放在那里，收工时他带回去喂鸡。狗尿苔说：你咋恁有心计的！抢起石头一阵乱砸，砸过了还用脚去踩。面鱼儿说：你这碎髌，应该到榔头队去！狗尿苔说：榔头队的都是胆子大的人，我去了怕要丢魂哩。他控告面鱼儿的儿子开石，面鱼儿当然听得出来，说：狗尿苔，有句话想给你说的，不知说了好不好。狗尿苔说：你

438

是说我身份不好么。面鱼儿说：那倒不是。狗尿苔说：那就是我个子不长么。面鱼儿说：那也不是。狗尿苔说：那你说啥呀？你说。面鱼儿说：你那腿肚子趴了个马虎[1]，已经趴了半天了，血都流下来了。狗尿苔一看，果然腿肚子上趴着马虎，一半的身子已经钻进了肉里，一股子鲜血顺腿流下来，忙用手拉，拉不动，叽吱哇呜连跳带叫。

水田里的马虎要是爬上了人腿，它就钻进肉里去吸血，蚊子吸血只吸那么丁点，却又疼又痒，马虎吸血一吸就能吸一管子，吸时人却什么感觉都没有。狗尿苔拉不下马虎，面鱼儿还是四平八稳地说：不要拉，拉断了，钻进皮肤里的那截就不得出来，拍，用手拍，一拍它就掉了。

狗尿苔啪啪啪地用手在腿肚子上拍，他拍得狠，自己打自己，马虎咕噜掉下去了。

对于狗尿苔拍马虎，没有人多关注，谁在水田里腿上不叫马虎趴呢，马虎再能吸血，它能把人血吸去一碗吗？大家倒有趣地看着狗尿苔和面鱼儿拌嘴，戏谑起面鱼儿了。葫芦说：面鱼儿叔，你家开石呢，去下河湾了？面鱼儿说：他身体不好，可能没去。灶火说：他稀屎屁股还没好呀？麻子黑不来了，永远都不会回来了，他怕个球！天布却说：我倒盼麻子黑回来哩。磨子说：你说啥？天布说：我是说如果麻子黑没投毒，他要还在古炉村，霸槽能造反，麻子黑也能造反，一个槽里待不成两个驴头，那就有好戏看了。磨子说：一个霸槽都不得了了，再有个麻子黑，古炉村多数人就甭想活了！

支书在一边不作声地干活，腰弯得实在疼得不行了，让狗尿苔过去给他捶腰，磨子说：支书，你说是不是？支书说：我不叫你队长，你也不要叫我支书。磨子说：我就叫啦，谁不爱听谁把耳朵用狗毛塞上，支书，你说是不是？支书说：或许古炉村人活不成了，或许石头和石头，硬碰硬，反倒没事了。磨子说：你是说，麻子黑要在他也能成立个造反队？支书说：不说啦不说啦，我现在说话就是放屁。低了头又只管

1　水蛭。

挑他的料虫。

磨子站在那里半天没动，后来就去了天布那儿，给天布叽叽咕咕说话。明堂伸伸腰，想抽烟，喊狗尿苔来点火，火点上了，他说：哈，今日来挑料虫的都是咱姓朱的和杂姓的人么，咱这些人咋都这么落后的就知道着干活？他这么一说，大家都抬头瞅，果然没有一个姓夜的。天布就说：姓朱的都是正经人么，扳指头数数，榔头队的骨干分子都是些啥人？能踢能咬的，好吃懒做的，不会过日子的，使强用狠的，鸡骨头马膣[1]，对啥都不满对啥都不服的，不是我说哩，都是些没成色的货！灶火说：文化大革命咋像土改一样，是让这些人闹事哩？！天布就瞪灶火，小声说：别提土改，你提土改支书急哩。但支书没急，已经挑料虫走到前边去了。天布又说：文化大革命是大家的文化大革命，兴别人革命就不兴咱也革命？咱是不会革命吗，解放到现在咱们谁不是革命成习惯了？！灶火还有明堂就说：啊是呀是呀，咱咋一直醒不开这一层理呢？天布你是民兵连长哩，你咋不成立个什么队呢，他们有榔头哩，咱也是有镢头么！

地中间的人越说越热火了，还在地这边的面鱼儿就对狗尿苔说：天，再成立个什么队，这地里的料虫更没人挑了。

49

雨一住，又是几天毒日头，这个中午，天布、磨子和灶火又聚在天布家商量着成立个组织，天布的媳妇就在门前淘了些麦，晾在席上，一边吆着麻雀，一边放哨。麻雀从好多树上飞来，先是谋着吃席上晾的麦子，被天布的媳妇轰了几次，后来麻雀不再要吃麦子了，却并不走，叽叽喳喳地叫。麻雀是听见了上房屋里商量的话，就碎嘴子叫嚷古炉村又要有一个革命造反的队了，一部分就兴奋，一部分却恐慌起来，两部

1　鸡骨头马膣（sà），陕西方言，鸡身马头，形容人头大身子小。

分争执开来，在门前吵成了一锅灰。天布媳妇觉得奇怪，拿了扫帚撵过来，麻雀才一哄而散，却又传得满村的猪猫鸡狗都知道了。

麻雀到处乱飞，碎嘴传播，村里人是不晓得这是怎么回事，还在疑惑：来了鹞子啦，还是蛇钻进了麻雀窝里？而狗尿苔却听得明白，但狗尿苔掂量这该是一宗大事，不敢随便说，也就没给任何人说。不给别人说就不给别人说，狗尿苔却终控制不了自己的好奇，他就独自去了天布家院门前要看个究竟，没想却见水皮正站在天布家院门口，便心想水皮能去，天布他们还能商量着成立什么革命造反队吗？就骂麻雀是胡说，造谣哩，也再没去天布家。

天布的媳妇撵走了麻雀，又坐回院里，把院门半开半掩，一眼眼朝外看着。门外的太阳白花花照着，热气从地上起身就像是长了秧苗一样晃晃悠悠地摇摆，使整个照壁都虚起来。她似乎看到了照壁上的那些浮雕，定睛再看，浮雕没有了，尽是砸过的坑坑窝窝，天布的媳妇就在心里骂开了榔头队的人。这时候，院门缝一黑，好像有人，她噌地站起来，说：谁？水皮把门推开了，说：我么。天布媳妇忙跑过去立在门口，没让水皮进来。水皮提着红漆桶，在给每一户人家的院门扇上喷印毛主席像，说：轮到给你家请毛主席像了！天布媳妇说：请，请么，毛主席看门着，小鬼就不进来了。水皮说：毛主席不是给你看门的，是你们一开门就看见毛主席！天布媳妇说：噢一开门就看见毛主席。水皮把一个刻了毛主席像的硬纸板钉在了门扇上，用一个水枪状的管子吸了红漆嗤嗤地在硬纸板上喷，然后取掉了硬纸板，两扇门上就有了一模一样的毛主席。

天布媳妇在那一时想，两个门扇上都有毛主席，门一关，两个毛主席就靠得那么近，可以说话了，门一开，两个毛主席又分开了。她说：水皮手巧！水皮说：这没啥，我刻硬纸板时才费了老劲啊！天布哥呢？天布媳妇说：你还叫他是哥？公社武干捎话让他去哩，他去了洛镇。水皮说：该不会又训练呀，武干叫他？天布媳妇说：是么，他那么落后的倒是武干叫他！水皮说：天布哥是民兵连长么。天布媳妇说：民兵连长顶个屁，连家里的照壁都保不住！

屋子里，天布、磨子和灶火已经给他们的组织起了名字，叫红大刀。过去民兵老唱一个歌：大刀向鬼子头上砍去！这个词得劲。再说，榔头再厉害那还是木头，大刀就是铁，铁就是金，金克木，大刀砍榔头。再是组织的人员，他们决定要以姓朱的为主，都是堂堂正正的人，以区别榔头队歪瓜裂枣。他们为自己的决策而高兴，天布就从柜子里取了一瓶酒，要庆贺一下，正要喊媳妇炒一盘蒜苗鸡蛋，再油炝一碗浆水菜，便听到媳妇和水皮在院门口说话，放下上房小屋的门帘，都不吱声。待水皮一走，天布出来问：水皮给门扇上喷像了？看了红哈哈的毛主席像，又说：你给他说那么多的话干啥？妈的，他姓朱，又是民兵连文书，倒跟着姓夜的跑了！磨子说：逮猪娃看母猪，他和他妈一样，灵得过火了！你只看他有才哩，现在给咱脖子下支了砖！天布媳妇说：天布哪里能认清人，麻雀蛋子他都看着是花喜鹊哩！天布媳妇的话里当然有话，灶火忙打岔，说：天布，还真喝酒呀？天布说：去去去，女人家知道个屁！人是肉疙瘩难认，谁能认得清？红大刀一成立，他想来，哼，闪远吧！磨子说：这你错了，红大刀成立了，就要分化他们，凡是在那边的姓朱的都得拉过来。这小子滑，他要能过来，就断了霸槽的脚后筋了。这都是小事，刚才妹子对水皮说你去武干那儿了，我倒……天布媳妇说：叫我啥？叫嫂子！磨子说：天布比我小几个月的。天布媳妇说：我比天布大三岁哩，各叫各的。磨子说：哦，女大三，抱金砖。天布不愿给人说这事，又吓唬媳妇：你插的啥嘴呀？让磨子往下说。磨子说：我倒想到一个问题。榔头队是咋闹起来的，还不是借了外边的势力，靠的是县联指？现在有县联指还有县革命造反联合总部，分了两派，咱也挂靠县联总呀！天布你去一趟镇上见见武干，如果武干是联指的人那就不说了，如果是联总的人，让他给咱牵线，咱也就是县联总下的古炉村红大刀队了。灶火说：对呀！磨子脑瓜子管用！磨子说：别给我戴高帽子，还不是受嫂子的话启发的。天布媳妇很得意，说：天布从来把我没当回事么。去厨房炝菜炒蛋，打了三颗鸡蛋，又打了一颗鸡蛋。

天布是在下午就去了一趟洛镇，第二天回来，领着公社武干。古炉村好多人都认识武干，大高个，黑吊脸，冬冬夏夏都穿着双厚底翻毛牛皮鞋，鞋底上打着铁掌子，动不动用脚踢人。他一进村，有人就跑去给霸槽说了，霸槽不明白武干怎么这时到古炉村，就让水皮留意武干的动静。天布陪着武干在家吃了饭，对武干说：你到村里转转，啥话都不说，转一圈就给我们壮胆了。武干也就到了巷里，拿着一卷子传单，见着谁便发一张。几个妇女都争抢，天布说：这都是革命战报，拿回去要念要贴的，谁包了辣子面，铰了鞋样儿可不行！在村西口石磨前，守灯在磨二升苞谷，见人来就低头抱着磨棍推。武干说：是不是守灯？守灯说：就是。武干说：我是公社武干陆鸣。守灯说：陆武干你吃啦？你知道我守灯？武干说：我知道古炉村有个叫守灯的，一看你的那样子，就猜出是你。听说你会俄语，却就是不给民兵教。守灯说：这，我害怕教错了，你们要怪我搞破坏的。武干哈哈笑着，再没说什么就走过去了。

　　守灯莫名其妙，从石磨后的小路上来了扛着锄头的马勺，守灯说：你入榔头队了？马勺说：你再看看，这是锄头还是榔头？！那是谁？守灯说：他说他是武干。马勺说：你没问问，咱窑上说封就封了，再不烧瓷货啦？守灯说：你问去。

　　武干由天布陪着还在转巷，老顺家的狗就尾随了，这狗见谁咬几声，跟着武干竟一声不吭，舌头拖得老长噎噎噎地跑。转到南巷，别人家的院墙都是废匣钵废盆废缸砌的，趴在墙外能看到墙内，长宽家的院墙是夹板夯的土墙，又厚又高，墙头上冒着一蓬蔷薇，花繁得像一管篮的火。武干说：这花种得好！天布就对站在院门口纳鞋底的戴花说：公社领导夸你花种得好！戴花立即笑起来，脸上也种了一朵花，说：让领导进屋坐呀！武干也就进去。

　　水皮是后来也进来套近乎的，但武干没有认出他，他说：我是水皮呀，领导，去年你和张书记来，支书送了黄花菜后，让我给你们背诵过古诗，你不记得啦？武干说：噢，记得啦记得啦，你是献诗的那个。戴花说：水皮现在厉害啦，是榔头队的头头脑脑。水皮说：不是，不是。戴花说：霸槽是老大，你不是老二就是老三么！武干说：是吗，你们榔头队多少人？水皮说：村里差不多的人都是。天布说：我不是！戴花说：我家长宽也不是！武干说：文化人都是这毛病，虚张声势了得是？！水皮说：我们进一步发动群众，力争古炉村一片红。武干哼哼着，用厚底翻毛皮鞋踢水皮屁股。水皮说：你这皮鞋值钱。武干就问起榔头队都开展了哪些工作，水皮一本正经端坐了，他给武干汇报，说前一段他们破四旧砸了多少件屋脊上的砖刻泥塑，铲了窑神庙里多少对联壁画，收了多少旧书古董，开了多少学习会和批判会，封了窑，查了账，办了几期大字报，并且还说了霸槽尽是革命理想，设想了要在公路到古炉村的路口扎一个彩楼，写上标语，做一个大榔头的造型，古炉村还要成立一个毛泽东思想文艺宣传队，搭一个戏台，三天两头演节目，村里所有的墙都要染红，要求每一个人都能背诵几句毛主席语录。武干听着，也认真起来了，拿笔在手里的那卷传单上写起来，水皮明白这是武干在记录他的汇报，越发得意，就说：霸槽精力好得很，我从来没见过有那么大精力的人，他一天只打几次盹儿，整夜整夜拉着我们谈榔头队的抱负和远景，我们都熬不过，后半夜就睡着，睡醒起来他已经画了一个草图，是给将来古炉村人设计服装哩，他说以后再到别的村去，到洛镇到县上，我们是一色的黄军帽，黄军帽上别上毛主席像章，胳膊上戴红袖筒，袖筒上印红榔头，腰里都系一条宽皮带，皮带上吊一个小袋儿，里边装着毛主席的红宝书。武干说：嘿，他成艺术家了？！水皮说：他革命意志强，艺术细胞也多，这一点以前谁都没看出来，是文化大革命把他的才能激发起来了！天布说：是疯了！便不再听，从上房屋走出来，看院墙头上的蔷薇，听见水皮在反驳他：霸槽要是生在城里，他肯定是搞艺术的，不会比守灯他姐夫差，搞艺术需要想象力，想象力好别人看着就是疯子，我好像读过一本书，上边有一个名言，就是说艺术家和疯子一步之隔。武干说：可惜他霸槽没有成为艺术家呀。水皮说：就是，遗憾他生在农村里，我们都只能生在农村里，搞不成艺术了，那就闹革命么！武干哈哈哈地笑。

天布在院子里说：你这蔷薇咋养的，人都面黄肌瘦的，花却开得这么繁？戴花说：要经管的，你每天去看它，给它说话，它就开得繁。你那照壁上的牵牛花咋样了？天布说：日他妈，能咋样？戴花说：造孽很。天布说：你也要好好看护这蔷薇，我听水皮说，他们要在公路上扎个彩楼呀，小心来折了蔷薇。戴花说：这花是我的魂哩，谁要敢折，我就和谁拼呀！天布说：你还拼呀？！咋拼呀？戴花说：他谁要让鱼死，鱼也要让网破！天布说：哦，鱼死网破，鱼死网破！

狗尿苔和牛铃在杏开家门口看着杏开在捶布石上捶衣服。杏开讲究，洗了衣服都要用米汤水泡了，晾半天，然后叠得整整齐齐在捶布石上捶，捶得衣服平平整整，再带有棱角。杏开屁股撅着，随着棒槌起落，胸前咕咕涌动。牛铃悄声说：她没穿裹胸。狗尿苔说：你往哪儿看？！牛铃：把衣服捶得那么平展，穿了耀霸槽眼哩。杏开似乎没听见，但屁股上好像长了眼，知道有人在看她，起身把院门关了。狗尿苔和牛铃顿时觉得自己没了意思，拿眼看身边的树，有一片叶子，在不该飘落的时候，落在了地上。远远的对面巷里，天布领着武干走了东家又走了西家，有媳妇扫门前路，婆婆出来说：那是皮鞋印子，你扫呀？！牛铃说：武干会不会来杏开家？狗尿苔说：支书家都没去，还能来杏开家？牛铃说：他咋长那么大的个子呀？狗尿苔说：武干都要大个子的，他枪法好，去年民兵训练时他来过一次，指哪打哪。牛铃说：咱跟着去看看。狗尿苔说：他就是爱踢人。

两人还是去了，但不敢到跟前去，远远地跟着，到了长宽家，他俩没有进去。长宽家厕所在院墙外，就上到厕所墙上把脑袋露在院墙头上，发现尿窖池里有一个死猫。狗尿苔喊叫：婶子，婶子，你家猫淹死在尿窖池了！戴花这才发觉院墙上是狗尿苔和牛铃的头，就拿竹竿击打，说：土匪呀，摘我花呀，咪咪，咪咪——她在叫唤猫，一只猫从厦屋里跑出来。狗尿苔对牛铃小声说：谁摘你花，来声摘你！从院墙头缩了脑袋。戴花说：我家猫在哩，尿窖池子里有死猫，谁家猫死了扔到我家尿窖池子里？狗尿苔，狗尿苔，你把死猫捞出来我埋到花篷底下。

445

狗尿苔捞了猫，提进来，天布动手在花篷下挖坑，戴花诈唬着坑要挖深，浅了生蛹的。

武干听见外边说埋死猫的话，问：他们干啥哩？水皮说：我给你汇报哩，没注意呀，你还要叫我汇报些啥？武干说：噢，没啥。水皮说：我们欢迎你到榔头队给指导指导。武干说：埋死猫哩。站起身出了上房门，说：天布，你把我撂下你看花呀？！天布说：水皮不是给你汇报吗？武干说：在古炉村里转，一看见这院墙头的花，就知道这家有美人哩。戴花说：领导啥人没见过，我还能入你眼呀？！

水皮站起来，看武干在传单上记录的全不是他汇报的事，传单的两边空处却写着：混蛋，王八蛋，地痞流氓，懒汉二流子，野心家，神经病，疯子，我日你妈的！水皮脸唰地红了，他看着前院里武干和戴花说说笑笑，就没趣地从后门走了。

水皮受到了侮辱，在霸槽面前开始嚼武干，霸槽说：这事情有些严重了。脸立即阴下来说：你咋把啥都给人家说了！水皮说：我想让他支持咱么。霸槽说：这武干以前和天布能黏在一起，他也不会好到哪儿去，天布把他叫了来，是不是他们也要成立组织呀？水皮说：这不可能吧。霸槽说：榔头队里都是姓夜的和一些杂姓，姓朱的很可能要和咱对立呢，要是姓朱的成立了组织，咱这边姓朱的人是不是就过去啦？水皮说：不会的。霸槽说：得有个准备。

水皮觉得霸槽心鬼，却又不得不佩服霸槽的预感，就在当天傍晚，天布就宣布成立了红大刀革命造反队，队部放在了老公房里。他们是把老公房的门锁砸了进去的，故意在门前大声喊：砸，砸，这是公房，咱就把队部驻在这儿！还叫了明堂去取了火铳。这火铳一直存放在支书家，往年里村里要社火，或者下冰雹，要往天上轰打的。支书在柴草屋找了半天，寻出三个火铳，一个已经锈得用不成。明堂说：支书，你是放火铳的老手，这得你去。支书说：你真没长脑子！你去了不要说从我家取的火铳，就说火铳在杏开家，让杏开跟你去。明堂说：这不行，杏开跟霸槽那关系，她能把话说圆？支书说：那就说从老顺家里拿的。明堂就把火铳拿到了老公房，咚，咚，咚，放了三下。

那天晚上，吃罢了饭，红大刀也召开了群众会。古炉村的社火锣鼓被榔头队拿去了，只有老顺家还有一面铜锣，老顺就拿了来。葫芦见了锣，说：老顺，听说你一顿能吃一锣底的小米做的干饭？老顺说：还有两碗酸菜哩。葫芦说：吹！我不信。老顺说：你不信了你出小米，我要一顿没吃完，我赔你两锣底小米。天布说：叫你取锣来敲的，吃什么吃？！老顺还对葫芦说：敢不敢？天布说：敢！老顺咣咣咣地敲起来。

狗尿苔在天布放火铳时，他是抱着铳子让灶火装火药的，火铳放毕，天布却让狗尿苔回去叫婆来会场。狗尿苔说：叫我婆？！天布说：开会呀，惯例呀，能干啥？狗尿苔心里就不高兴。回到家给婆说：婆，开会哩。婆说：鸡都进圈啦开会？饭在锅里，你自己吃吧。就走了。狗尿苔吃着饭，心里骂天布，觉得天布不如霸槽好。一碗饭刚吃完，婆却回来，说没会么，她去了山门下没一个人呀。狗尿苔说：在老公房那儿。婆说：咋在了老公房？狗尿苔说：不是榔头队开会，是天布、磨子他们成立了红大刀。天布、磨子往常待你还行，咋一成立个队就先让你去呀？婆说：天布、磨子也革命啦？狗尿苔说：现在啥人都革命哩。婆坐下来揉脚，婆脚上的鸡眼破了，血就把袜子都染红了。婆揉了一会儿，却说：后窗的绳子上搭着我洗过的白衫子，你拿来。狗尿苔说：黑啦换衣服？婆说：我得穿得干干净净去么。狗尿苔说：榔头队开会你没换衣服，红大刀开会你还有心情穿干净衣服。婆说：这可能是婆最后一次去开会了。狗尿苔说：为啥？婆说：婆和守灯，或许还有善人，都是死老虎，谁一动弹就把我们叫去，瞎事好事都得装门面么，等有了红大刀，大刀和榔头对起来，那谁还再顾及我们？

婆的话使狗尿苔没有想到，就说：那就好，他们不理了你，我也就不受欺负了。

婆说：再没人管，咱和别人还是不一样，大刀的榔头的谁参加你都不要参加，你要让人把你忘了，忘了就好了。你一天跑得不停，话又多得能溢出来，你给我记住，少跑少说着！

狗尿苔说：你就会说这话！

婆说：看，看，又话多了！能憋死你？

狗尿苔说：能憋死。憋死了让你没了孙子！

狗尿苔就站在杏树下，杏树叶在夜风里哗哗响，他说：婆，我要喝水，能不能喝水？

婆不理他，扭着身扣胳膊下的扣门。

狗尿苔对着杏树说：你只喝水，我也喝水。

50

红大刀队里都是姓朱的，榔头队里姓朱的就陆续又退出来加入了红大刀队。退出来的人不好意思，唉，咋不早成立啊，早成立哪有这事？却又抱怨以往朱姓人不抱团，而姓朱的毕竟是姓朱的么，保大宋江山的还不是杨家将？！红大刀也有了自己的大字报栏，但名字不叫大字报栏，叫宣传栏，就在山门斜对面的三岔巷口。那里是一棵老药树，老得半个身子都空了，里边填了砖头和石灰，树后斜着分出三个短巷，东边短巷顶头的是灶火家，他家的门朝东开，对着村主巷道的是一面山墙，这山墙做了宣传栏。水皮曾在山墙上写了大标语：红榔头砸烧旧世界。灶火就把标语铲了。铲时水皮娘在旁边看，灶火一边铲一边说：我铲我家的墙皮，谁管得着？！又搪上一层白灰，用木条子把四边框起来。凡是姓朱的某某退出了榔头队，加入到红大刀队，宣传栏里肯定贴布告：欢迎某某加入红大刀队。几日里，这样的事件不断发生，村子里就像一锅油煎了，嗞嗞响，溅油星，人都急着。到了饭时，家家有人端了饭碗往巷道里瞅，一旦瞅着有人了，便凑过去。人都是长舌妇长舌男，相互打探：谁谁退呀？谁谁咋还没退？东倒吃羊头，西倒吃狗肉，喊喊啾啾。

古炉村有了两派，两派都说是革命的，造反的，是毛主席的红卫兵，又都在较劲，相互攻击，像两个手腕子在扳。在以前，每年的正月十五闹社火，社火还要到下河湾、西川村、东川村去展示评比，支书为了提高古炉村社火的荣誉，就曾把村人分了两组，两组也是朱姓人家一组，姓夜人家一组，两组争强好胜，比巧斗奇，在出台的头一天都精心准备又高度保密。那时的狗尿苔和牛铃比现在还要小，谁也不注意，他们就两头跑，传递情报，那边扮了"西游记"，孙悟空的金箍棒上还能站立个白骨精，这边知道了就扮"天仙配"，牛郎的扁担上两根细绳各吊一个孩子。如今，最快活的仍是狗尿苔和牛铃，虽然牛铃是榔头队的，他不能再到红大刀队的老公房去，而狗尿苔就拉着他哪儿人多去哪儿，哪儿热闹去哪儿。狗尿苔完全忘却了婆的叮咛，他觉得这日子就像是节日，天天都是节日。他是不嫌人作践的，到哪儿受人作践着就作践吧，反正是苍蝇，苍蝇还嫌什么地方不卫生吗？被作践了别人一高兴就忘了他的身份，他也就故意让他们作践。水皮说：狗尿苔，你身份那么不好的，咋比我活得滋润，你知道为啥？狗尿苔偏说：我人缘好么。水皮说：啊呸！你是个狗尿苔，侏儒，残废，半截子砖，院子里卧着的捶布石！人自己把自己看大了也就大了，自己把自己伏小了也只是小。狗尿苔这回没生气，他觉得是这么个理，以前老想着个头长呀，长得像守灯那么高又有什么用呢，谁见了会和你说话？他再不求长了，看见巷子里的树再不量身高刻线。嚯嚯，我就是半截子砖，半截子砖砌不了墙，扔到路上我可以绊你！我就是个捶布石，你是布，我可以捶你，要在捶布石上坐，冬天了冰你，夏天了烙你，不冬不夏了垫死你！

狗尿苔从此见了半截子砖和捶布石就感到亲切。

这一天，狗尿苔去泉里担水，走到半路，看到路正中有一块半截子砖，他去担水时路上并没见到这半截子砖，回来却见了，他就放下水桶，说：你是不是特意等我的？半截子砖说不了话，身子缩得瓷瓷的。狗尿苔说：你比我能守住口。把桶里水往半截子砖上一淋，水滋滋滋渗了，狗尿苔知道半截子砖知道他在对它说话了，就拾起砖，把它放在旁边的院墙头上。来回歪歪斜斜地走了过来。

来回的羊癫疯又犯过几次，不犯的时候说话走路也觉得不对劲了，她是来问婆在不在家，狗尿苔说婆不在，她让狗尿苔看她新染了一节布，染得像狗嚼过一样，深一块浅一块，她说：染得好吧？狗尿苔说：不染更好。来回说：宣传栏上有你名字哩，还不去看？狗尿苔觉得她说疯话，说：呀，那我给我婆长脸啦！来回说：长你妈个脚！狗尿苔不轻狂了，说：真的有我名字？来回说：没人给你说吧，谁给你说呀？只有我给你说哩。狗尿苔说：写我名干啥？来回说：你以为是赢人呢？

狗尿苔不顾了水桶，往三岔巷跑，才跑到前边的一个巷里，一只猫在逗老鼠，老鼠一跑，猫就扑上去逮住，老鼠不动了，猫用爪子拨，老鼠又一跑，猫再扑上去逮住，这么逮逮放放，一直到了中巷口，他撵上去把老鼠尾巴踩住了，提起来，看见灶火家山墙下站着八成。他喊：八成，给你个老鼠点火！

老鼠点火就是把煤油浇在老鼠身上，点着了，让老鼠跑，老鼠跑起来就是一个火球。老鼠是害物，村里人常这么点，但这要在晚上点了好看。

八成说：还点老鼠哩，人家把你点了！

狗尿苔说：谁点我，我日他妈！

八成说：要日他妈，你上炕去还得搭个小凳子吧？

狗尿苔提着老鼠走近去，宣传栏上是贴了一张纸，白纸黑字。

狗尿苔说：上面写的啥？

八成勉强能读些字，念：声明。我受了狗尿苔的欺，欺什么呢？欺啥和啥唆，不明不白加入了榔头队，现在我要啥暗投明，反啥一击，从今日起退出榔头队加入到红大刀来。牛铃。

狗尿苔脑子轰的一下，眼前都是火星子，手一松，老鼠掉在地上。老鼠掉在地上没有动，他踩了脚，说：还不跑！老鼠晃了一下头，撒腿就跑。狗尿苔眼睛开始黏糊，对八成说：是牛铃写的？

八成说：是牛铃写的。狗尿苔说：这不是牛铃写的，牛铃不会写字。八成说：牛铃不会写字，是会写字的代牛铃写的。有没有这事？狗尿苔说：别人入榔头队，牛铃说咱们也入吧，我说你入，我身份不好入不成，他就入了，与我屁事？！狗尿苔上前要撕那纸，八成说：不敢，你要破坏文化大革命呀？你要撕，我走了你撕。

　　狗尿苔拧身往回跑，他觉得他从头到脚都起了火，火烧得皮肤通红，那是羞红的，这红立即变黑，黑得成了茄子色。牛铃，啊，牛铃，你要退出榔头队就退出榔头队么，怎么要牵扯我，牵扯我也就牵扯吧，不至于还在大字报指名道姓？！牛铃啊牛铃，我×你妈！巷道里没有人，狗尿苔害怕碰着人，把水桶担回家，一整天再没出门。

　　糟糕的是牛铃的声明贴出来后，红大刀队又贴出了三张纸的大字报，对牛铃的弃暗投明反戈一击，表示欢迎，评论红大刀是真正的无产阶级革命造反派，参加者百分之八十是贫农和下中农，百分之二十是中农，绝对没有一个五类分子，不像有些组织，借文化大革命机会，纠集一批牛鬼蛇神兴风作浪。大字报并没有公开点名榔头队，却列举了狗尿苔，说狗尿苔是什么人，国民党伪军官的孙子，国民党伪军官在台湾伺机反攻大陆，他竟然也参加了某组织，而且拉拢、欺骗、教唆了牛铃，使牛铃错上贼船，误入歧途。他们想干什么？是配合台湾国民党还是配合苏联修正主义内应外和着颠覆社会主义？！三张纸的大字报一贴出，榔头队第二天就贴出了五张纸的大字报，他们直接点明红大刀，说红大刀策反了牛铃，又以牛铃的事造谣惑众，司马昭之心，路人皆知啊！牛铃是什么人？他是个变色龙，而国民党伪军官的孙子狗尿苔压根儿就不是榔头队的人，他参加的是红大刀。榔头队是响当当硬邦邦的革命造反队，红大刀里有五类分子，想干什么，要浑水摸鱼吗，趁机变天吗？真是狼子野心，是可忍，孰不可忍！可以说，榔头队大字报比红大刀大字报的排比句多，新名词多，读起来慷慨激昂又新鲜好奇，榔头队的人都很得意，而红大刀的天布就抱怨马勺文墨没有水皮深，对着马勺吼道：你讲究是古炉村的老文化人，你就写不过他水皮？！马勺反驳说水皮是中学生，而他是小学毕业生，水皮那些词还都是抄袭了外边的一些传单，但水皮是姓朱的，你们头儿没本领把水皮拉回来，自己养的狗反让狗咬！姓朱的就全骂水皮是叛徒，是汉奸。

　　水皮紧张得再也不画毛主席像了，因为在各家门口喷绘毛主席像，有人给他吐唾沫，翻白眼，还放出狗来咬他。凡是出门，就跟在霸槽后面，狐假虎威。更惨的是狗尿苔，两派的大字报上都点了他的名，都在骂他是国民党伪军官的孙子，是阶级敌人，他再也没以前的欢劲了，在自家屋里憋了两天不出门，出了一身的热痱子。婆倒劝他出去玩，他说：我害怕见人，他们都骂我哩。婆说：要出去，只要不打你，骂就让骂吧，你全当听不见。狗尿苔说：有耳朵哩，咋能听不见？婆说：就当是刮风。狗尿苔说：那不是刮风么。婆抱住了狗尿苔眼泪就流下来。狗尿苔看见婆眼泪流下来，他说：婆，我出去玩呀。

狗尿苔从院门里出去，他摘了一片树叶，揉，揉，揉了两个小球儿，塞在了耳朵里，外边什么声音都听不见了，可眼睛总是能看到人的，就盼着巷道里没人。是没人，他走过去。但刚要走出巷口，巷口外的树下站着一簇人在那里争吵，他就又返回来。婆问咋又回来了，狗尿苔说燕子叫他哩。婆知道狗尿苔还是不愿意出去，就说：噢，我也听着是燕子叫你哩，燕子说窝在院门框上风大，要把窝筑到上房门框上。狗尿苔说：就是，筑到上房门框上好。婆孙两个就搭凳子把院门框上的燕子窝取下来，又搭凳子把燕子窝系好在上房门框上。他们做得是那样认真和细致，窝的每一根柴草都没让掉，一疙瘩泥巴也没让掉，系的绳子反反复复拉紧结牢，而燕子就一直站在捶布石上一眼一眼地看，等到窝全部系停当，飞进去，在窝里唱歌。

狗尿苔说：婆，婆，你听出燕子在唱什么歌？

婆说：你听出唱什么歌？

狗尿苔唱道：日落西山红霞飞，战士打靶把营归，把营归……

这是民兵训练时天布他们唱过的歌子，而现在，真的是太阳已经落西山了，天上正飞着红霞。

婆喜欢地看着狗尿苔唱，唱毕了，满脸满头的汗，婆说：你去泉里担水去，也在那里洗洗。

狗尿苔看看天，说：我不热。桶里不是还有些水吗？明天担吧。

第二天，天刚露明，狗尿苔就去担水，生怕遇着人，偏不偏担了水才上了土塄的石狮子那儿，一伙人就走过来，躲不及，忙放下担子，蹲在那草窝里假装拉屎。他企图让石狮子挡住他，但石狮子倒在地上，挡不住他，急了就从旁边摘片蓖麻叶顶在头上，挡住了自己眼睛，他想挡住自己眼睛了，他看不到了别人，别人也可能看不到他。那人却说：狗尿苔，你干啥哩？狗尿苔没敢吭声。人又说：你挡住眼睛就以为我们看不见你吗？狗尿苔把蓖麻叶揭了，脸上在笑，说：我屙哩。好几个人同时在骂：狗日的，你在路上屙呀？！狗尿苔忙站起来，说：我没屙出来，你们看，没一疙瘩屎。那伙人走过来看见路上真的没屎，在狗尿苔屁股上踢了几脚。

在那个下午，婆领了狗尿苔去了河堤，河堤上长满了芦苇、蒲草和毛拉子眉，它们的花絮是秋天里的雪，没有风，这些雪并没有漫天飞扬，而是成堆成堆地积在堤下的沙地洼坑里，石头根下。婆把花絮就扫起来，像扫着云，然后用一块白布包裹了。狗尿苔没有扫云，看着毛拉子眉上的糊蜡烛一支支挺立，而芦苇深处的水潭里窸窸窣窣地响，时而有鸟翅膀和爪子划着水面飞出来。

婆和狗尿苔为什么去了河堤，村里有人瞧见了就犯嘀咕：仅仅是去扫那一包苇草花絮吗？或者是要去看毛拉子眉上的糊蜡烛吗？这不可能。婆孙俩去了那里又说了什么话，更是不可猜测，那里是鬼出没的地方，田芽就曾在那里莫名其妙地把头往沙堆里钻，婆孙俩怎么就能在黄昏时去呢？但是，他们看见了婆和狗尿苔从河堤上回来，不是回家，而是去了窑神庙，婆拉着狗尿苔，狗尿苔好像不情愿，脸苦愁着像是赴杀场。

窑神庙的门口站着霸槽、秃子金和水皮，婆立即按着狗尿苔就跪下去，说：你碎髅还不给椰头队磕头！你说，你给你霸槽说，你是不是参加了红大刀？狗尿苔说：我没参加。秃子金说：参加就参加了，你不承认？！狗尿苔说：我就没参加！秃子金说：你哄谁呀，你姓朱你能不参加？婆说：秃子金呀，你千万不敢这样说，我和娃是啥呀，是虫虫子……秃子金说：虫虫子？老虎是大虫，蛇是长虫，你们是什么虫？是虮，是虼蚤？婆说：是虮是虼蚤，你秃子金指头一动就捏死了。你千万不敢说这话，噢，秃子金。霸槽说：没参加就没参加，磕啥头哩，回去，回去。婆说：快给你霸槽哥磕头，再磕一个！狗尿苔就再磕了一个头，婆拉着他走了。

他们又到了老公房。老公房的院门掩着，婆推一个缝，塞进头去，说：天布，天布！应声过来的是面鱼儿，面鱼儿说：你咋到这儿来了？婆说：红大刀的人在没？天布从老公房出来，站在台阶上说：咋啦？婆立即又按狗尿苔跪下，狗尿苔一跪下就磕头，天布说：磕的啥头，要磕就磕三个，带响的！婆让狗尿苔磕，狗尿苔却不再磕，按着脖子磕了三个响头，婆说：天布，娃给红大刀请罪了，娃并没有参加榔头队，牛铃参加榔头队也不是娃的主意。天布说：就为这事？婆说：这可是大事，娃在屋里哭了三天，娃吓得肚子疼哩。天布说：狗尿苔还会吓得肚子疼？！婆说：就是肚子疼，我说枉话，天打雷击哩。天布说：知道知道，你们走吧，我们正开会的。却又说：那布包的啥？婆说：扫了些芦絮。你要了给你留下，我和娃再去扫。天布说：我要那干啥？反身进了屋。面鱼儿就把狗尿苔拉起来，说：你辈分高，天布、磨子他们都是狗尿苔这一辈的，有事让狗尿苔来，你跑啥？婆说：辈分高算啥，我和人不一样。面鱼儿说：一样的，一样都是人么。婆就拉了狗尿苔出了院门。

走回到了三岔巷口，那里站了许多人，狗尿苔说：婆，那里有人哩。婆没言语，却狠狠拧了狗尿苔的后背，狗尿苔突然受疼，说：你拧我？婆却说：你跑，你跑。就扬手扇耳光，她原本想耳光扇过去扇不着狗尿苔的，没想狗尿苔并没跑，耳光就扇在狗尿苔的后脑勺上，狗尿苔这回是真疼了，就跑开了，一边跑一边哭。婆便高声骂：你狗东西还哭哩，我打死你，你不明白你是伪军官的孙子吗，你给我说，你参加了榔头队还是红大刀，你狗东西是祸水，是瞎瞎膏药，你害人家呀？嗐！她气得呼哧呼哧喘，跌坐在地上。站着的人先以为狗尿苔又惹婆生气了，还看着狗尿苔挨了耳光好笑，待到婆骂了一道跌坐在地上，马勺过来说：生下这不成器的货，打他有啥用？婆说：唉，我造了业了，咋遇上这么个孙子，他一会儿是榔头队的，一会儿是红大刀的，啥都参加，也不尿泡尿照照自己是谁呀？！马勺说：嘿，他不是榔头队的也不是红大刀的。婆说：是吗，那大字报上不是说……马勺就笑了，说：都是拿狗尿苔说事么。婆说：他算个啥，拿他说事？马勺说：不拿他说事，又能拿谁说事？婆说：哦，这我就放心了，是谁拿他说事的，猪屙的狗屙的都是他屙的。

回到家里，狗尿苔早早睡下了，婆也没有叫他，让他睡去。狗尿苔一夜却迷迷糊糊，似睡非睡，好像他不是在炕面上睡，倒是他背了一夜的炕面。婆拉他给榔头队、红大刀的人去磕头，又在三岔巷口当众打骂，他是想通了这是婆在为他消除疑猜，但是，他后悔的是把蓖麻叶挡了眼睛依然被别人看到了，怎样才能他可以看见别人而别人却看不见他呢？隐身衣，隐身衣，他就又想到了隐身衣，什么是隐身衣呢？他开始在柜子里翻，他和婆的衣裳都装在柜子里，一件一件拿出来穿，他说：婆，婆，哎，你看见我了吗？婆说：你把鼻涕擦擦。他擦了鼻涕又换上一个衣裳，说：婆，婆哎，你看见我了吗？婆说：你那鞋咋又烂了，脚上长牙啦？他叹了一口气。婆说：你翻着衣服干啥？他说：婆，有一件隐身衣就好了！婆说：衣服能把你穿没了？！他就坐在那里哭。

天露明的时候，婆被哭声惊醒，爬起身见狗尿苔哭得咯儿咯儿的，咯儿一下，浑身就一下抽搐。婆忙推狗尿苔，说：快醒来，快醒来！狗尿苔醒了，才知道自己做梦，梦里的事全记得清楚。婆说：梦见谁欺负你啦？梦是反的，不要怕，有婆哩他谁都不敢欺负你的。狗尿苔不把梦里事告诉婆，看着婆给婆点头，却突然偎在婆怀里，抓住了婆的奶。婆的奶瘪得像个空布袋。婆说：没一百哩，还要吃奶？！两年以前，狗尿苔还吃婆奶，奶里没汁水，也要手抓着奶才能睡着。这两年再不抓着奶睡了，听婆这么一说，他没有去噙奶头，说：婆，世上没有隐身衣，是吧？婆说：衣服能把你穿没了？！婆说的和梦里说的一样，狗尿苔说：我恨我爷哩！婆睁大了眼睛看着他，他只说婆要打

455

骂他了，正后悔着，婆搂住了他，说：恨你爷干啥？你爷也不想让你受苦，谁也不愿意活着受苦，但人活着咋能没苦，各人有各人的苦，苦来了咱就要忍哩。听婆的话，出门在外，别人打你右脸，你把左脸给他，别人打你左脸，你把右脸给他，左右脸让他打了，他就不打了。婆说过了，让他起来，到外边去，狗尿苔还是不愿出去，说：我不想见那些人么。婆说：一辈子都不见呀？！你出去，都知道榔头队和红大刀只是拿你说事，你自管出去！狗尿苔出门了，碰着人就打问村里有没有出工的。

稻田里的料虫挑过之后，苞谷地在每棵苞谷苗根壅了土，畦间里撒下的白菜籽也出来了，村里暂时没了农活，有人就去南山里给牛割草。往常割草，狗尿苔都是和牛铃做伴，狗尿苔是一个大背篓，背上了篓底便搭到腿弯处，远远看去，看不见头，只是一个大背篓下边生出一双细短的腿在走。但是，狗尿苔割草总是把草压实在篓里，还要用脚踏，往往一平篓草一到饲养棚过秤就四五十斤。而牛铃不，牛铃喜欢割下草了就虚虚装进去，还要把高草像野鸡翎一样插在篓沿上，显得草很多，可一过秤只有三四十斤。现在，狗尿苔不愿意和牛铃一块去割草了，他背了篓，拿了镰，路过牛铃家门口，呸，吐一口唾沫，自个就走了。

割草是午后才能回来的，所以要带干粮，婆以前总是给他带几个熟红薯的，这回婆烙了张红薯面饼。狗尿苔是一出门就开始吃饼，那不是吃，是尝，忍不住尝尝，拧下那么一点塞在嘴里，再拧下那么一点，塞在嘴里，才走到河堤上，饼子就剩下手大一片了。不准吃，坚决不准吃了，狗尿苔警告着自己，就蹲在河边掬水喝。抬头看见守灯也去割草，守灯的腿长，把裤子挽到腿根。

狗尿苔说：守灯……哥，也割草呀？

守灯说：那还能干啥？

狗尿苔得脱裤子，还要把上衣卷到胸口，他下水了。说：噢，不烧窑了。现在没人管了，你去你姐那儿么。

守灯说：我姐来了信，他们还想回到我这儿来的，城里也文化大革命了。

狗尿苔说：城里也闹了？

守灯说：城里比乡下闹得厉害。

狗尿苔一走进河里，水就没在了胸部，水底下的沙绵绵的，他没有打趔趄，斜着往过蹚。

守灯说：端走，再往下斜，那儿有个水槽，进去就只看见你天灵盖了。

狗尿苔说：操你的心！

守灯说：哎，我问你一句话，你是榔头队的？

狗尿苔说：不是！

守灯说：是红大刀？

狗尿苔说：不是！你不知道我婆在村里撵着打我吗，大家都知道我不是榔头队的也不是红大刀的，你还这样问？！

守灯说：你以为你婆一撵着打你就没事啦？牛铃说是你让他入榔头队的，天布心里想着你肯定是榔头队的，就是没入，也是心里偏向着榔头队，天布心量小，他不会记恨你？

这问题狗尿苔没有想到，守灯说得有道理，事情还在严重着，他说：你说咋办？

守灯说：你要肯听我的，我就给你说。

狗尿苔说：肯听。

守灯说：早听我的就不至于现在这样子！你知道不，天布和半香好，给秃子金戴过绿帽子，天布和秃子金就结了仇了，你可以让秃子金对牛铃好，天布就恨牛铃了，怀疑牛铃是过来替秃子金督视天布的。

狗尿苔说：咋样能让秃子金对牛铃好？

守灯说：这你想办法么。

狗尿苔说：那天布要是真恨牛铃了，还不打死牛铃？

守灯说：那好呀，报了仇还看了热闹。

狗尿苔没吭声，守灯的阴点子多，他恨牛铃，但不愿意看到天布打牛铃，天布打牛铃，那等于石头打鸡蛋。守灯说：这主意好吧？狗尿苔说：好吧。两人过了河，守灯让狗尿苔和他一块去八里沟割草，说那儿草多，狗尿苔不去。他说：我就在沟口梁畔上割。

沟口梁畔上没有高草，但狗尿苔一刻也不歇着，直到太阳已经偏西，才割好了一背篓。人又累又饿，准备着要背下河岸了，却想拉屎。越拉不是越肚子饥吗，狗尿苔骂着自己，蹴在那里大便。大便完了系裤带，怀里揣着的那片饼子掉下来，剩下的饼子并不圆，掉下来却像车轮一样滚起来，一直朝着屙出的粪那儿滚。天呀，啊，谢天谢地，饼子是在粪前不滚了，停在了那里，离粪只差一指。狗尿苔赶紧捡起来，朝四下看，四下没人，没人笑话狗尿苔，只有树上两只鸟，一个说：脏！一个说：不脏！狗尿苔说：就是不脏，说脏让我不吃你吃呀？他对着鸟三口两口吃下肚，拍拍手说：没了！

将草背篓吭哧吭哧才背下梁畔的之字路，靠在一个大石头上歇，牛铃也背了一背篓草从沟道里下来，仍是把草高高地插在背篓沿上，一走忽闪忽闪的。狗尿苔哼了一声，心想：还不是三四十斤？！把头别转过去。

牛铃却在叫狗尿苔，叫得蛮亲切。狗尿苔知道这是牛铃心亏，要献殷勤，装着没听见。牛铃还在叫。狗尿苔就心软了，回了头，说：叫魂哩？！牛铃说：我摘了核桃，你吃不？去沟里割草，割草人经常会偷摘山里人家核桃树上的核桃的。狗尿苔没有说：吃哩。他看着牛铃的耳朵，那只被老鼠曾经咬去个豁口儿的耳朵肿得通红通红，像猪耳朵，说：你耳朵咋啦？牛铃说：蜂蜇了，疼得像火燎。狗尿苔就捂鼻子，擤出一把鼻涕了给牛铃耳朵上抹，抹上了鼻涕就消肿止疼了。牛铃说：我以为抹尿哩，抹了尿还是疼。牛铃就翻背篓里的核桃，他不嫌麻烦，将所有的草倒出来，背篓底竟然有几十颗青皮核桃，取出四个了，再把草装进去，还是虚虚地装，把高草留下来最后插在背篓沿上。他们把青皮核桃用石头砸开，掏出里边的仁儿吃，青皮的汁水立即把手指头染得黑色，用草搓，用土擦，黑也不褪。狗尿苔吃完了两个核桃，牛铃又把他的两个给了狗尿苔一个，狗尿苔心安理得地把那个核桃又砸开吃了，就不再说声明的事。

回到村，去牛圈棚交草，面鱼儿拿着大秤称过了，在本本上落斤数，说：咦，往常都是狗尿苔比牛铃割得多，这回牛铃出息了，比狗尿苔多了三斤！狗尿苔看着老公房的门口台阶上，天布和马勺在下棋，就主动去问候天布，说：下棋呀？天布看了一下他，又低头下棋，说：割草去啦？狗尿苔说：割草啦。天布说：椰头队今日贴了标语，要古炉村一片红哩，你没去？狗尿苔说：我不是椰头队的，人家不叫我。天布说：是吗？又下棋，再不理了狗尿苔。狗尿苔意识到天布是在认为他是椰头队的，守灯的估计是对的，就突然又恨起牛铃了。

牛铃倒完了草背起背篓就走。狗尿苔说：你不把核桃拿出来给大家吃吃？牛铃说：哪有核桃？狗尿苔说：背篓里有。

面鱼儿过来扳着背篓一看，背篓底一堆青皮核桃，说：牛铃，你狗日的在里边放了这么多核桃顶草的重量呀？！就取出核桃称了，从草的斤数里扣除了六斤。牛铃满脸通红，显得很狼狈，把核桃给了天布几个，给了马勺几个，也给面鱼儿几个了，就是不给狗尿苔。狗尿苔一时没了面子，偏要去拿，两人就打开了。一打开来，狗尿苔发了凶，揪住了牛铃头发，骂道：你陷害我，你当着天布哥的面，说我啥时教唆你加入了椰头队？！牛铃就是不回答，拿头来抵，狗尿苔见牛铃头抵过来，也拿了头去抵，咚咣，两个头抵在一起，各爆了一个青包。两个人都没有喊疼，也没摸青包的大小，你后退一步，我也后退一步，虎着眼同时又抵过去，抵过去了抱了团在地上厮打。狗尿苔毕竟没牛铃力气大，被压在了身下，可他一伸手抓牛铃的耳朵，牛铃立即从狗尿苔身上滚下去，捂了耳朵在地上滚蛋子。天布和马勺不下棋了，看着他们打架，说：狗尿苔还能打么！狗尿苔说：我没教唆他，他自己去参加了椰头队，他为了讨好你们，才说受我骗的。天布倒笑了，把他的核桃扔给了狗尿苔。

51

　　榔头队里退出一些姓朱的，霸槽当然又气又恼，给秃子金说这林子大了什么鸟儿都有，又说，常言道外甥是舅家门前狗，吃了就走，姓朱的原本是姓夜的外甥，那真是些狗么，喂不熟的狗！霸槽的话传出来，姓朱的就说他霸槽骂咱哩，姓夜的才是六畜哩，就给霸槽、秃子金、迷糊、老诚、牛路、铁栓、得称——按猪狗鸡猫蛤蟆长虫来定位。没想这么定位，村里的猪狗鸡猫都不愿意了，猪便不再吃食，鸡不下蛋，狗不护家撵猫，牛在牛棚里成夜叫。起先，谁也不知道这是什么原因，天布和磨子他们在老公房里开会，牛叫得烦人，天布出来喊面鱼儿，说：咋不给牛喂料，让牛一价声地叫？面鱼儿苦丧个脸说：喂了呀，谁晓得这是咋了？！院门外，田芽在撵她家的猪，撵不上，让从前边过来的跟后给她把猪拦住，跟后没有理，田芽就害气了，说：让你拦个猪你也不拦？跟后说：你没看见我穿了新衣裳吗？跟后是穿了件新衣裳，衣裳其实不新，是黄生生把他的一件外套给了跟后的，这外套有着大领，斜口兜，前边两排扣子。天布就对磨子说：跟后怎老实的，连个来回话都说不了，咋就也是榔头队？磨子说：不叫的狗才咬人哩！天布说：狗日的真是瞎猪变的！磨子说：他那样子，歪歪腿，弯弯腰，哪儿像是猪？天布说：你没看他穿了两排扣子的衣裳吗，两排扣子像不像猪奶？两人就哈哈哈地笑起来。院门外，田芽还在撵猪，猪好像是被前边的人拦住了，一阵尖叫，像被刀子杀着一样，接着是狗尿苔拽着猪耳朵和猪走过了门口。天布听田芽在说：这狗日的猪也疯啦？！狗尿苔说：人冤枉它们的。田芽说：冤枉它们？狗尿苔说：人家好好的，你们胡比喻哩么。天布就叫道：狗尿苔你给我进来，进来！狗尿苔进了院子，看见了天布和磨子，吓了一跳，怯怯地站住不动。天布说：你刚才说啥？狗尿苔说：我没说啥呀。天布说：你还抵赖？你说我们胡比喻，啥意思？狗尿苔说：哦，哦，我胡说的。天布说：我们说榔头队是些猪狗六畜变的，你不愿意？狗尿苔说：我没，是猪狗六畜不愿意。天布说：那你认为榔头队都是些好人？狗尿苔说：这话我没说。天布说：不是猪狗六畜那就是一伙子野兽上世啦？！狗尿苔看着天布，他的眼睛扑乎扑乎地闪，却说：你听，现在猪狗安生了。果然，再没狗咬，院外田芽家的猪只是呼哧呼哧喘气，连牛圈棚里的牛也安静了。

天布和磨子也觉得奇怪，对着狗尿苔说：去吧，要知道自己几斤几两，少胡说八道！

狗尿苔说：我没胡说八道。

出了院门，狗尿苔去撵猪，田芽赶着已转过了三岔巷口，而一只鸡碎步往前走，走不及，下出了一颗蛋，蛋却在地上破碎了。

慢慢发展，榔头队的人数不如了红大刀，霸槽让秃子金召集榔头队开会，榔头队人到齐了，他却迟迟不来。水皮就教大家念毛主席的诗，他念一句：暮色苍茫看劲松。众人跟着念一句：暮色苍茫看劲松。铁栓说：暮色是啥？水皮说：就是傍晚。铁栓说：傍晚要吃饭呀去看松树？水皮说：你懂得个屁！铁栓说：我是懂得屁！脸憋着努了一下，声音不大。金斗说：你狗日的吃了萝卜了！众人就笑。水皮说：严肃点，这是念毛主席诗哩！又念：乱云飞度仍从容，天生一个仙人洞，无限风光在险峰。水皮已不一句一句教了，问：记住了吗？众人面面相觑，说：记不住，你念了一遍咋能记住？水皮说：对牛弹琴！金斗说：你骂人，谁是牛？水皮说：没文化是吧？我告诉你，毛主席的诗记不住，但你要明白意思，越是傍晚，越是起了黑云，越是要看劲松。劲松是什么？在中国就是毛主席，在古炉村就是霸槽，过去古炉村树立了朱大柜，今后我们要树立的就是霸槽，不管古炉村形势多复杂，榔头队一定要战斗到底，我们会有无限的风光！水皮在说着，众人却都扭了头往大门口看，大门口里走进来了霸槽。霸槽进大门口的时候，院门楼子上有只鸟在叫，霸槽听不懂鸟叫什么，站住脚往上看，他的褂子敞开着，双手就叉在腰里，但往常手叉腰都是叉在前腰部，今日却叉在了后腰部，肚子就鼓鼓地。他这么看着鸟，鸟不叫了，却咕嗤嗤拉下稀粪，白花花地从门

461

楼子檐下往下溜。霸槽就不看鸟了，往后殿里走，他的步子很慢，但慢不到支书那个样子，而双手却不是在身前甩也不在身两边甩，竟然在身后甩，一甩手心还翻一下，霸槽怎么成了这走势，这走势并不好看么。土根说：手在身后甩，如果是女的，那就是招野汉子的相么。水皮说：胡说，毛主席就这样的走势哩。金斗说：你见过毛主席？水皮说：黄生生见过，他这么说的。霸槽就进殿了，他的手还在身后甩，水皮说：他有静气吧？众人都没话，看着霸槽走到桌子的顶头坐下了，水皮说：每临大事有静气，不信身边无奇才，咱开会！

这是榔头队一次重要的会议，霸槽分析了古炉村当前的革命形势和今后的革命行动的方针和策略，认为古炉村姓朱的多，红大刀以人数压过榔头队是没什么大惊小怪的，革命讲究战斗力，不是拾牛粪图堆堆大，当形势发生变化的时候要清醒它的深层原因，这就是红大刀背后有朱大柜，走资派还在走，他在挑唆着姓朱的姓夜的对立。榔头队需要做的就是一方面给朱大柜施压，把他彻底打倒，另一方面就是给红大刀戴保皇派帽子。这方面的工作由水皮来写大字报，每天都要张贴新的大字报，造出势来压制他们。而别的队员，一定要有强大的自信心，自信我们是最革命的，是能成大事的，就尽量动员、说服、吸收杂姓人，每个人都要有个目标，能把没参加组织的都吸收进来，实在吸收不进来也不能让他们参加红大刀。

会后，榔头队很快吸收了牛路、火爣，还有冯有粮和守灯的堂兄八成。秃子金给长宽做工作，长宽有些心动，回家和戴花商量，长宽说：现在都参加哩，咱不参加好像咱是五类分子，是不革命了，心慌慌的。瞎好参加一个组织，谁也就不欺负咱了。他拿出一个五分钱的钢镚，让戴花扔，说扔出面了就参加榔头队，扔出背了就参加红大刀。戴花把五分钱装进自己兜里，她不扔，说：榔头队不能参加，他秃子金说得水能点灯也不参加！长宽说：那参加红大刀？戴花说：红大刀也不参加。以前咱是外姓，姓朱姓夜的都把咱外姓人家拾不到眼里，这阵他们闹哩，不是东风压倒西风，就是西风压倒东风，咱参加任何一方，另一方还不恨死了咱，人家真要欺负，还不是没人管了外姓人？咱谁也不参加，两方才都来争取咱，他们争取也不参加，反倒显出咱外姓的重要了。长宽没想到戴花还有这般见解，心服口服，也就给了秃子金一匣子烟末，却没参加榔头队。榔头队为了壮势力，把每一个队员的家人都列入了榔头队，还造了花名单，张贴在了大字报栏里。但是，开石只能把他媳妇名字报上去，而父母和锁子、兰芳、梅芳都不参加。秃子金以为他能治住媳妇，把半香的名字登记了，半香在大字报栏里发现花名单中有她的名字，当下就把张半香三个字抠了。秃子金回到家大发脾气，说：嫁鸡随鸡，嫁狗随狗，你咋不参加榔头队？半香端了一盆泔水要倒进猪槽去，说：我的身子我作主，我不想参加就不参加。秃子金说：那你要参加红大刀？是不是天布在红大刀里，你还要跟天布跑呀？半香咣地摔了盆子，骂道：你狗日的还在提这事呀？！我告诉你，参加不参加你管得着？秃子金说：我是你男人我管不着？半香说：你管得着，天布能上到我炕上来？！拍着屁股，咧着嘴哼哼地笑，气秃子金。秃子金在地上寻砖头，没砖头，在身上掏，掏出了一盒火柴，用手举了，骂道：×你妈，我砸死你！半香从窗台拿起了那一磊碗，碗是她和孩子吃过饭还没洗放在那里的碗，高高也举了，说：你砸呀，你是你妈×里蹦出来的你就砸！院子里一吵闹，在泉里洗衣服的人就呼呼啦啦跑上来，立在门外听，听到要砸呀，怕出人命，推门来拉架，秃子金把火柴盒扔了，却吼道：出去，都出去！来人没出去，他自个去了厦屋房，哐地把门关了。半香也进了上房屋，哐地也把门关了。

从这以后，秃子金和半香就不在一个炕上睡。秃子金一忙就睡在了窑神庙，想回来睡了，还睡在厦屋房里，而半香要是没事，晚上也早早地把上房门关了。

水皮连续写了十三张大字报，九张是专门批支书的，四张是批保皇派的。这期间，霸槽特意去了一趟下河湾，想联合那里的金箍棒队，金箍棒队在下河湾遭遇了同榔头队在古炉村的一样情况，两厢便一拍即合。金箍棒队就押着下河湾的支书到了古炉村，榔头队也揪出朱大柜共同召开了批斗会。两位支书,都曾经是州河上下赫赫有名的人物,一块儿在县政府的群英会由县长给披红戴花,如今一块儿戴上了纸糊的高帽子,被唾着骂着,成了一对死不悔改的走资本主义道路的当权派、贪污犯、村盖子,利用保皇派搅浑水蒙混过关的罪魁祸首。批斗会后,朱大柜领到了一个黑布袖筒,这袖筒上没有任何字,但这样的袖筒只是走资派的专用,并接受责令:必须每天戴上,如果发现哪一天没有戴,哪一天就再上批斗会。朱大柜没有再去经管水田,让他去喂牛。

让支书去喂牛,这是霸槽的主意,牛圈棚与老公房在一起,这样可以让天布、磨子、灶火他们天天能看到戴着黑袖筒喂牛的朱大柜而感到羞辱,也可以让更多的人认识到红大刀正是朱大柜的保皇派。

支书每天出门时就把黑袖筒戴上,回家了再把黑袖筒取下。黑袖筒是别在那件黑色褂子的袖子上,褂子他依然披着,到了牛圈棚把褂子挂在棚柱子上,直到干完了活回家吃饭或睡觉,才将褂子披上。

支书原先患有胃病,动不动就吐酸水,他老婆担心这么起早贪黑去喂牛,心情又不好,那胃病就可能加重。她不知道这样的日子还要多久,也不知道支书的问题有多严重,会不会也被抓去坐牢了或自杀,她在巷里碰着秃子金,几次想问,但她不敢问,在泉里洗萝卜的时候看见水皮妈也在那儿洗衣裳,她说:洗哩?水皮妈说:洗么。她就把洗好的萝卜给了水皮妈一个,水皮妈吃着萝卜说:洗萝卜是做萝卜丝煎豆腐呀还是剁馅儿包饺子?她说:我炖些萝卜,萝卜生克熟补,你叔有胃病么。水皮妈说:我叔?我没什么叔呀!她说:噢,就是我家那……老骽么。水皮妈说:我还以为你说谁呀,原来是支书呀!她说:他哪里还是支书!咳,你说我家他……问题不会太大吧?水皮妈说:恐怕严重哩。她脸立即就黄了,手里洗着的萝卜掉下去,嘴里含混不清地嘟囔着:你咋不哄哄我嘛,你就是哄一句我,我心里也宽展了……没人哄我。萝卜从洗菜的池子冲到了稍低的洗衣池里,水皮妈把萝卜捞起来,又擩进洗菜池里,说:你说高声点么,像念经似的我听不清。她没有回应,手抖抖地收拾了萝卜,提了笼子往回走,笼子上的水就滴湿了她半个裤腿。

面鱼儿对于支书到来倒开心不已，说：你来了好，你一来我的地位就提高了。支书说：我是受惩罚来的。面鱼儿说：喂牛是惩罚？那你不是早就惩罚我了吗？支书就嘿嘿地笑了。

狗尿苔得知支书喂了牛，回家来给婆说这事，婆又剪了一堆树叶后，正在门槛上坐了纳裹肚。往年纳的裹肚是里边垫了雄黄和艾叶末子纳结实就是了，今天她却有了兴致，用红布剪了五毒花花，又缝在了裹肚上。听了狗尿苔的话，她哦了一声，线就断了，重新穿针，把针和线举得高高地对着天空耀着穿，她说：咳，这下遭罪了。狗尿苔拿过了针线帮着穿，说：谁遭罪了？婆说：你支书爷么。狗尿苔说：你倒操心人家？十几年人家批斗你，你遭多大罪！婆说：这不一样。我习惯了，他可是一直都是人面前人，让他戴着黑袖筒子去喂牛，一窝气，胃病要加重的。狗尿苔把针穿好了，噘嘴去逗他的燕子，蓦地看见院门缝外有人走过，一头的白头发，好像是善人。是不是善人呢？善人是黑头发呀，怎么就白了？！忙开门出来，果然走过去的是善人，他已经走到巷口，太阳照在头上，白发像丝一样发着光亮。

狗尿苔返回来给婆说：婆，善人头发白了。婆说：我知道。狗尿苔说：他啥时候白的？婆说：我昨儿见他，他说前天晚上一夜起来白的。狗尿苔说：他怎么头发就白了？婆说：头发不愿意黑么。狗尿苔还要问，婆把纳好的两个裹肚让他挑。狗尿苔挑了一个系儿短的，要留下系儿长的给婆，婆却说：你挑的这个好看，这一个给你支书爷送去。

狗尿苔不理解婆的举动，明明是给她自己纳的，却突然要送给支书。但婆的话他不能不听，去给支书送时，婆一再叮咛不要让外人看见。他去了牛圈棚，支书和面鱼儿在出牛粪，而老公房出出进进有人，他就没把裹肚给支书。奇怪的是支书并不是婆想象的那么可怜兮兮，他用牙子镢挖牛粪，挖得很起劲，旱烟袋叼在口里，并没装烟，口水竟也从嘴角流出来。面鱼儿一筐一筐把牛粪挑出来堆在院外场畔上，脸上沾了粪土，再出些汗，抹得像个猫脸。支书说：你看你，弄得脏不脏？面鱼儿说：喂牛的能干净？支书说：牛比你干净！去把脸洗洗。面鱼儿去瓦盆里撩着水洗脸，支书就坐下来在烟袋锅里装上了烟。狗尿苔一见支书装上了烟，就习惯性地跑过去要点火，猛地记起自己出来并没带火绳。而面鱼儿把火柴扔给了支书，他再去挖牛粪，支书说：你不要挖，挖是我的事。面鱼儿：我不挖行吗？我只说你来了我轻省呀，看来你当支书久了，身子沉了，还得我干，狗尿苔，狗尿苔，你立在那儿是来当客呀？！狗尿苔跑过去，面鱼儿给他的是牙子镢。

狗尿苔挖起来，支书说：对对对，替爷干一阵。

支书吃完了一锅烟，就张了嘴，好长时间地张着嘴，发出啊啊啊的声。这种声婆在晚上常常发出，好像只有这种声音才能把身子的关关节节中的疲乏带了出去。狗尿苔说：你乏啦？支书说：张张嘴就不乏了。狗尿苔说：你胃里还吐酸水？支书说：三天没吐了，可能一喂牛就好了。

牛圈棚里的粪在中午饭前出完了，面鱼儿担了些干土垫进去，又把下午要铡的豆秆从场上抱回来，就都回家吃饭。面鱼儿先走了，支书还在那儿用柴棍儿刮鞋底上的粪泥，然后把柱子上的黑褂子取了搭在胳膊上出了院子，狗尿苔就跟着他。巷子里，支书家的那只公鸡喀喀喀地跑过来，支书嗯了一声往前走，公鸡也撵着走，头扬着，脖子伸着，脖子上的毛稀稀拉拉全参着，两个翅膀就扑拉在地上。狗尿苔讨厌这公鸡，支书已经不披褂子了，鸡还扑拉着啥翅膀？！他喜欢前边走着的一头猪，猪本本分分不吭声。支书说：你不要跟我。狗尿苔：我没跟你。支书说：那离我远些。狗尿苔说：这儿没人。他说着，再四下张望，真的是没人，就极快地把裹肚给了支书。支书迟疑了一下，立即把裹肚揣在了怀里。狗尿苔终于完成了一件事，长长出了一口气，公鸡却鸪了他的脚，鸪了一下，还鸪了一下，狗尿苔把它踢开了。支书继续走他的路，说：你婆的裹肚好。狗尿苔说：我婆在裹肚里装着雄黄和艾叶末，别人不知道。支书说：我在台上的时候，让你婆给我纳一个裹肚，你婆嘴上应着，一直却没给纳过，水皮他妈给我纳了一个，里边垫的棉花。

狗尿苔说：那现在她还给你纳不？支书笑了笑，把路上的一个瓦片拾起来，盖在了旁边的厕所墙头上，说：你婆腿疼病没犯吧？狗尿苔说：还好，就是脚上鸡眼疼得走不动。支书说：哦……不再吭声了。

狗尿苔一看，巷道迎面过来了迷糊，抱着一堆龙须草。狗尿苔低声说：咱从这边走。要进斜巷去。支书说：你去那边。狗尿苔说：你不去我也不去。支书说：那……端走！三个人就碰上面了，迷糊一双眼圆嘟嘟地瞅他们。

狗尿苔说：瞅啥里，身上有花哩？

迷糊说：那袖筒呢，咋没戴袖筒？

支书说：在褂子上戴着的。把褂子从胳膊上取下来，抖着让看。

迷糊说：那咋不穿褂子呢？

支书说：天热么，穿不住么。

迷糊说：穿不住你戴在褂子上？！

支书把褂子披在身上，他们不理了迷糊，往前再走。迷糊却又叫住狗尿苔，说：你咋不来买草鞋了？别人一双一角五，我给你一角二。

狗尿苔说：我现在穿布鞋哩，不穿草鞋了。

迷糊说：你碎馘还护送走资派呀，你看没看大字报上的十三批？给你说呢，还有五批，十八批！

大字报是批了十三次，狗尿苔听说了，但他认不得字，没有去看。但是，这十三批却把红大刀逼燥了。

红大刀见榔头队批斗支书，又让支书戴上黑袖筒去牛圈棚喂牛，明知道这都是冲着他们来的，却又不能干涉，当水皮写的大字报贴到第七张，后边的几批，只要白天一贴出，晚上就派人去撕了，到了第十批，霸槽想了个办法，在第十批的那张纸的四边都贴上毛主席的语录，这第十批再没有被撕。天布把水皮恨得咬牙子，却想不出收拾的办法。

这一天黄昏，面鱼儿和支书喂过牛后都回去了，老公房子里天布、磨子、灶火、锁子和田芽几个人关了院门开会，开到晚上鸡都叫过两遍了，肚子就饥了。锁子说：再不回家吃饭，人就饿死了！磨子说：吃了

467

还得来开，这儿能有啥吃的？灶火去了牛圈棚翻，翻出一升黑豆，提来了，说：咱煮黑豆吃。磨子说：哪儿弄的？灶火说：牛圈棚的饲料。磨子说：这不能吃。灶火说：人还不如牛呀，吃了就吃了，你不是队长了还管这么多！再说，榔头队在窑神庙，庙里那些瓷货没准儿让他们都拿完了。磨子说：他们拿完了是他们的事，这黑豆不能吃，一年能给牲口留多少料，咱吃了，牛吃啥呀？天布说：看看那里还有啥能吃？灶火说：还有草哩！把黑豆提着往牛圈棚里放，院墙似乎飘下一个黑影，问：谁？

屋子里的人都惊觉了，跑出来看咋回事。

灶火对着院墙根的一片黑影地，说：谁？谁？！黑影地里说：哇呜！走出来一只猫。猫是大黑猫，尾巴粗粗地翘着，像竖着一根棍。锁子说：这是水皮家的猫！

水皮家的猫尾巴总是翘着，屁眼就暴露出来，村人嘲笑过这猫如果是女人，那是贱物卖货，水皮妈却说她家的猫那是革命哩，天生就举了个榔头。锁子说是水皮家的猫，天布立即说：还寻不到吃的哩，把它杀了！当下几个人就扑过去逮猫，逮不住。灶火说：往屋里撵，别让跳过墙跑了。把猫撵进屋，关了门，猫钻到屋角，用背篓去扣，没扣住，猫跳上了桌子，竟然后爪直立起来往屋梁上看，磨子说：它要从柱子上爬上去！天布抓起一个矮板凳哐当砸了过去，猫倒在了桌子下，矮板凳的腿断了一条，但锁子把猫逮住了。

猫的头破了一个洞，往下流血，仍龇牙咧嘴，四个爪子乱抓。锁子双手死死握着猫腰，害怕爪子抓到自己脸，而胸前的衣服却被抓烂了，喊：快来替我！谁也不敢到跟前去，去了也不知怎么下手。灶火说：你能弄个球！手握紧，往墙上摔，往墙上摔呀！猫却四爪搂抱了锁子的胳膊，而尾巴像棍子一样戳锁子的脸，锁子无法往墙上摔。天布就开始解裤带，又让磨子也解裤带，他们的裤带都是麻条拧成的指头粗的绳子，连结起来了，天布便挽一个圈，过来套了猫的脖子上，说：慌髅哩，有啥慌的，锁子你拽那头，勒死它狗日的！

绳子拽直了，猫松开了四个爪子，锁子坐在了凳子上喘气，看着猫在半空中挣扎，天布说：往口里灌水，它有九条命哩，灌一口水就真死了。灶火从牛圈棚的牛槽里舀了一缸子水给猫灌了，猫往出喷水，喷着喷着，就不喷了，只咕嘟咕嘟响，接着头不动了。

52

第二天早上，水皮妈满村里找猫，在打麦场畔遇着杏开，杏开端了一碗面粉，小心翼翼走，就问：做啥好吃的呀？杏开说：包饺子呀。水皮妈说：哦，昨日中午霸槽就说他口寡得很……敢情是他生日？让我算算，霸槽是秋季生的，今日是……杏开说：别信嘴胡说，是给六升送的，他病重了，想吃饺子，我送一碗面粉去。水皮妈说：病重了？快收秋呀，能不能吃上新苞谷？吃不上也好，病了这些年了，人一走，他不受罪了，他老婆也解脱了。杏开说：你咋说这话？水皮妈说：话不中听，但是实话么。杏开就端了面粉要走，水皮妈说：不说了，不说了，几时我也去看看他。杏开，你见我家猫了没，就是翘尾巴的黑猫，可不敢丢了。杏开说：丢不了！水皮妈说：丢不了咋没见呀？杏开说：可能变老虎了！

到了中午，水皮妈在狗尿苔家的巷口杜仲树上发现了猫皮。猫皮是被钉在树上的，水皮妈就疑心这是狗尿苔把猫杀了吃猫肉，便端直来寻狗尿苔。狗尿苔发誓不是他杀的，水皮妈不信，婆也出去给她解释，她还不听，婆拉着狗尿苔回到院里，水皮妈倒坐在院门口的石头上骂。

水皮妈骂的时候，六升正在炕上吃饺子，杏开拿来的面粉给他包了一碗饺子，他只吃了两个就不吃了，要睡去，却睡不着，巷道里水皮妈骂得不歇气。他说：谁身体这好的，骂得凶？家里人说是水皮妈，她家的猫被人杀的吃了，她认定是狗尿苔干的。六升的老婆就拿了两疙瘩棉花给六升耳朵里塞，骂声却停了。六升说：她歇下了。自己也闭了眼睛，面朝炕墙睡去。但是，骂声又起来了，六升说：这婆娘！就昏过去。

六升昏过去后，众人连唤带掐人中，好不容易才缓醒了过来，他儿子磨眼提了根棍来撵水皮妈，水皮妈这才不骂了，离开狗尿苔的院门口，气还没出完，拿了石头砸杜仲树，把树身砸了五六个坑儿。

旁边人说：石头能砸断树？要不要斧头？

水皮妈说：看我笑话得是？我知道有人幸灾乐祸哩！

当然有人幸灾乐祸，天布、磨子、灶火就在老公房里笑哩。他们在厕所里拉了吃过猫肉的粪便，说猫肉是酸的，放出的屁有酸臭，拉出的屎也酸臭。但他们没有出来替狗尿苔平反，想着仍是怎样整治水皮。于是，想出了借六升的病情恶化，把姓朱的人家都拉紧在一块，这办法支书以前老采用，磨子就出来承头，在村里招呼：一个朱字掰不开两半，六升既然病成那样，姓朱的都应该去关心啦。六升病的时间长，家里困难，要去看望就凑份子，一家出一两块钱，送上钱实惠些。很快，姓朱的人家就凑齐了一百零四元钱，唯独水皮妈没掏钱，天布就派老顺去找水皮妈，水皮妈说：以前谁病了都没凑份子的，六升真不行啦？

老顺说：是不行啦。

水皮妈说：都不行了，还给他钱干啥呀？

老顺说：这话是你说的？都是姓朱的，你们还是本家子，比我还亲近哩。

水皮妈说：啥姓朱不姓朱的，有人恨不得把我娘俩掐死哩！

老顺说：那你是不想出这份钱呀？！水皮妈说：水皮回来了我让他去给磨子交钱。就又骂狗尿苔杀了她家猫。老顺说：你这嘴就是刀子，不就一只猫么。水皮妈说：这是猫的事吗，他狗尿苔是什么人，他都敢这样，赶明日谁都能来杀我娘俩了！老顺说：你看见狗尿苔杀的？水皮妈说：不是他还能是谁，他是个饿死鬼，啥都想吃哩！老顺说：我让狗尿苔涮了嘴，涮出的水里没丁点肉花花。水皮妈说：他能让肉花花留在牙缝里，早是涮过咽了。老顺说：和你没办法说！

老顺走了，走了半天，老顺又来了，告诉了水皮妈：天布替水皮交了两元钱。

天布给水皮垫了两元钱，这事立马在村里传开，秃子金牙疼着，在长宽家要了几颗花椒籽塞在牙缝，听说了，就跑去给霸槽说：水皮和他们还拉扯着？霸槽说：水皮把六升叫本家叔么。秃子金说：亲戚关系重，还是革命关系重？霸槽说：水皮不至于背叛咱们的。秃子金说：得多个心眼着好，我让我媳妇可顶乖了。

　　秃子金和半香吵过之后，秃子金就以为半香肯定还和天布来往，每次回家都蹑手蹑脚进院，然后猛地推开上房门，屋里没见着天布，却还要到柜子背后查一遍，再检查后窗是否开着。气得半香说：捉住了没有？秃子金说：就算他没来，不怕贼偷还怕贼惦记，你说，你和我×的时候，心里想没想过他？半香说：你不说我还不会哩，你说了教我了！气得秃子金扑上去就打，常常两人相互身上都挂彩。村人见秃子金脸上有血道子，就说：脸咋啦，又是割草时棘挂啦？秃子金说这回不是，是叫猫抓了一爪子。半香已经不和秃子金同床了，秃子金就把半香压倒在板凳上捆了胳膊腿，强迫着干。他干的时候，头上再不戴帽子，说：你要想着天布就想着吧！半香闻不得他头上的气味，也见不得那满头的红疤，把眼睛闭了，说：有挣死的牛没有累死的地，你×吧！秃子金的身子也就真的虚起来，除了腰疼便是牙痛，牙一痛半个腮帮都肿起来。

　　霸槽见秃子金这么说，就笑了，没再接着话头，倒问：牙又疼了？秃子金说：不知咋的，三天两头疼。霸槽说：和半香少×些。秃子金说：哎霸槽，你说这一阵咋回事，老想干那事？霸槽说：是不是？越革命越想干越能干么！秃子金说：那你也？霸槽说：你用半香哩，我用啥？用手。秃子金说：你哄别人能哄了我，昨儿晚上你去……霸槽忙挥了手，说：好好好，你忙你的去吧。

　　秃子金一走，霸槽就让八成去找水皮。水皮来了，水皮他妈也跟了来，霸槽就让水皮他妈和八成先到庙外去，他要和水皮说些话。他竟然把秃子金的话原原本本说给了水皮。水皮就骂秃子金在污辱他，并说榔头队成立的时候，秃子金只是跟着跑哩，并没加入，只有天布他们成立了红大刀，他才在榔头队的花名册上按了指印，他是要和天布不一样，他才革命动机不纯，霸槽说：我能给你说这话，说明我对你的态度。疑人不用，用人不疑，你水皮怎么啦，姓朱就一定是保皇派啦？水皮说：就是，否开也还不是姓朱，她还不是和你……霸槽说：和我咋？水皮说：这我不说。霸槽说：不准说她！水皮倒愣了，说：是你不……啦，还是她不……啦？霸槽说：水皮，我给你说一句话，你记住，如今有这机遇了，咱要弄就弄一场大事，弄大事要有大志向，至于女人，任何女人都只是咱的马！水皮真吓了一跳，说：哦，哦。霸槽说：你带烟了没？水皮说：我不吃烟，我问八成带了没。霸槽说：不吃了，刚才我说到哪儿了？噢，当年共产党闹革命，主要人物还不都是国民党的人，正因为在国民党里，知道国民党救不了国才起事的。水皮说：就是呀。霸槽说：你跟着我好好干，我也考虑了，椰头队既然是个组织，不能老是霸槽呀水皮呀地叫，咱是个队，就要叫我队长，那么，我当队长，你就来当副队长，咱商量着编三个分队，定出分队长的名单。水皮没想到霸槽会对他这样说话，他说：队长，我不叫你霸槽了，叫队长，今天是初几？霸槽说：初九。水皮说：三六九往上走。妈，妈——！

　　水皮妈跟八成在庙门口又骂狗尿苔，八成嘴笨，不会附和，也不善于倾听，只是手在腿上往上挠，手在头上往下挠，手又在腰里左右挠。水皮妈说：我给石头木头说话哩？八成说：我不会说来回话。水皮妈说：不会说来回话，脸上也没个表情啦？听到水皮喊她，她进来，问：啊你们工作谈完啦，霸槽，你说我这猫就白白被狗尿苔吃啦，他四类分子都敢这样？！水皮制止了他娘，说椰头队要正规编制啦，霸槽是队长，他是副队长。水皮妈立马不说猫事，喜笑颜开，说：天布、磨子他们攻击你们是乌合之众，有队长、副队长是乌合之众？水皮，好好跟着你霸槽哥，革命成功了，你霸槽哥当咱古炉的支书，你霸槽哥还不让你当个队长？霸槽就笑了，说：我们就不能去公社，去县上？

　　霸槽和水皮母子说过话后，去了跟后家，水皮还没回去，在窑神庙里写当天的大事记，这一天太有意义啦，应该记下来。他妈就坐在旁边陪他，一眼眼看着儿子。她看见儿子写字的时候眼皮子眨得像鸡屁眼，桌子下的腿也在摇，摇得像抽风，就说：你累了，歇一会儿。水皮说：妈，我写大事记哩，你不要干扰。他妈不再说话了，看着儿子写满了一页，翻过去，还在写。庙门外有了很大的咳嗽声。抬头看见站着灶火。

灶火是榔头队成立后第一回来窑神庙，庙里所有的墙上都写着标语，上殿门开着，从门脑上斜插着两面旗，左右台阶上又都放着石墩子。石墩子肯定就是坐位，而每个石墩子后有一把长杆子榔头靠着墙。灶火想：狗日的把这里当成梁山忠义堂了。灶火看过戏，戏里的忠义堂就是这样子。水皮妈就迎了出来，说：是灶火呀，你咋到队部来啦！灶火说：队部？这不是窑神庙呀？！水皮呢？水皮妈：在里边写字哩，是不是你也入呀？灶火说：入呀！把入字念得很重，念成了日字。水皮娘就喊：水皮，灶火见你啊！

灶火不愿意到庙里去，水皮就跟他出来，两人走到中山根的那片树林子里，灶火坐在地上了，让水皮也坐下，水皮从口袋掏出个手帕，在地上铺了，坐上去，说：我才穿了新裤子。灶火说：六升病重成那样，你咋没去看？水皮说：不是天布替我出了钱吗？噢，你来要钱啊，我这就给，你转给他。灶火没有接钱，说：我不转，你亲自还给他。水皮说：我过后还给他，这几日事多，你也看到了，到现在还忙得没吃饭。灶火说：忙个屁呀，你姓朱的给姓夜的忙？！水皮说：我知道你的话，我不就是写写文章么。灶火说：你就恁爱写文章？！就是爱写，哪儿写不了？！水皮说：他天布不懂文章么，我当民兵文书的时候，你问他买过一张纸还是一支笔？他只让我跑小脚路，我的作用能发挥？我是狗尿苔啦？！灶火说：你过来，我给天布说。水皮说：天布能听你的？灶火说：我和磨子一块说，你过来了，杀他霸槽个回马枪。咱一块弄事，将来你还不是红大刀的骨干？水皮就笑了，说：灶火哥你给我在纸上画锅盔么，可人家霸槽给我的烧饼么，烧饼再小，却实实在在能吃呀，锅盔再大，是纸上画的么。灶火说：他给你啥烧饼？水皮说：我已经是榔头队的副队长了！灶火站起来就走。水皮说：你不急么，不急么。灶火说：水皮，清明朱家祭坟，你就不要来了！从树林子中的荒草里蹿了过去，狗扎扎草的籽都干了，籽壳像无数的小箭头就粘了两裤腿。

狗尿苔和婆去看六升的时候，婆在手帕里还装了四颗鸡蛋，才走到打麦场，灶火呼哧呼哧往过走，狗尿苔叫了声：哎灶火……哥！灶火没有理他。狗尿苔低声对婆说：你看过"金沙滩"戏吗？婆说：我领着你去下河湾看的。狗尿苔说：灶火是杨七郎。婆说：嗯？狗尿苔说：杨七郎是乱箭射死的，灶火两裤腿的狗扎扎籽，也是万箭穿身。婆说：胡说啥？！

正是狗尿苔的突发奇想，得意着他那一句话哩，没想婆不让他去六升家了，去六升家的人多，怕他又胡说。婆一走，狗尿苔坐在打麦场畔生气，生气了拿手捋身边的草，草里却有了已老得发黄的刺蝶菜，刺蝶菜扎了手，他觉得不该拿草出气的，就不捋了。榆树上突然嗉的一下，落下来一只乌鸦，乌鸦落在地上了，又扑腾着翅膀要往起飞，但飞起来再落下，羽毛就掉了几片。狗尿苔还没回过神来，牛铃提着弹弓从麦秸垛后跑出来，喊：打中了！去捡乌鸦。狗尿苔心里说：快飞！快飞！果然，乌鸦又再一次往起飞，这一次它飞到了天上。牛铃埋怨着狗尿苔离得那么近，怎不把乌鸦逮住。狗尿苔说：它又没惹你，你打它？牛铃说：那是乌鸦，乌鸦是臭嘴，它一叫就霉气哩。狗尿苔立即燥了，说：谁是臭嘴？谁是臭嘴？！牛铃倒莫名其妙，说：你咋啦？我没说你呀！

两人争吵了，那乌鸦一直围着榆树飞，不肯远去，他们这才看清榆树上还有一个巢，巢里三个小乌鸦脑袋全伸在巢沿门。牛铃还要用弹弓打，狗尿苔把弹弓夺了，只见老乌鸦口叼了食飞到了巢边的枝上，哇哇地叫着，牛铃说：这干啥哩？狗尿苔说：教它孩子取食哩。巢里的小乌鸦就往枝上飞，飞过来一只，又飞过来一只，每飞过一只，老乌鸦就叫一阵，当第三只刚刚飞过来，老乌鸦发出一声尖叫竟坠下来，就像一颗石子砸下来，在地上死了。狗尿苔说：看见了吧，看见了吧，你把它打死了！牛铃也后悔了，说：我打弹弓不如你，我只说试着打一下，没想就打中了。说毕，见狗尿苔还在恨他，又说：六升病成那样了，这乌鸦在树上不吉利么。狗尿苔不理了牛铃，脚步咚咣咚咣往六升家去，突然闻到了那种气味，他吓了一跳，莫非六升真要出事呀？到了六升家门外，猛地记起婆的叮嘱，就没进去，蹴在猪圈墙根捏鼻子，那气味还是没散。

六升家的院里站了好多人在说话，上房的卧屋，六升似乎是昏迷了半天又醒了过来，他的儿女趴在炕边一声价地叫：大！大！六升的脸一层黑气，原先头并不大的，如今显得比升子还大，而脖子却拉长了，喉儿骨竟然有核桃大，他嘴张着，像是在说话，又没有声。他老婆就扑索着他的心口，说：他大，他大，你要说啥呀，你给我。六升终于发出了声，说：我娃，我娃。他儿子磨眼忙说：在哩，大。在听你说哩，大。六升说：娃呀，娃呀……我可能熏烂子呀……炕角那三块砖是活的，里边塞着钱……咱欠本来五元钱，欠顶针五毛……火镰欠咱三元钱，迷糊欠咱二元五，跟后欠一笼土豆种……柱子和他妹子拉着六升的手，哭得汪汪的。六升的老婆说：你说些什么呀，你没事的，刚才善人也看了你，说你能熬过这一关。六升的一只手被小女儿拉着，却突然攥住了女儿的手，说：啊我娃还小哩，大丢心不下我娃么。娃啊娃，大给你说，你妈脾气不好，你不要跟她犟，到外边了，不该你听的不要听，不该你说的不要说，噢，噢。他女儿哇哇地号啕大哭。六升的老婆说：甭哭，你大好好的哭啥哩？！把儿女都支出去，她给六升翻身，六升的后腰上一大片子肉又黑又烂，有几个疙瘩流着脓水，六升的老婆用布去擦，一动，六升就号呼。

狗尿苔讨厌死了自己的鼻子，使劲地捏着擤鼻涕，六升家的院门里就出来了善人，有人在叫他，他只管走，三婶撵出来：说：善人，善人，你不给六升说病咋就走了？善人说：这病说不成了。三婶说：咋说不成？善人说：就是省城的医生来了，也是能看得了病看不得了命。六升这是没法治了，慢慢熬去吧，想吃什么就给吃什么，想喝什么就给喝什么。三婶说：磨眼他妈刚才还给我说，是你说的，能熬过这一关么。善人说：那我还能咋说？甭说他那肾病，就是背上那疽都要命的，我没见过疽生成那样，疙瘩那么大，像是黄鼠狼子头。狗尿苔插嘴说：六升喝

475

过黄鼠狼子血，他先后喝过五个黄鼠狼子血。善人说：是现杀的吗？狗尿苔说：嗯。善人说：噢，黄鼠狼子酬冤哩。狗尿苔立即心惊肉跳起来，如果黄鼠狼子酬冤，他是杀过一只呀，就蹴在地上。院门里又出来几个人，在问酬冤的事，善人在那里说：人命不久住，犹如拍手声，妻儿及财物，皆悉不相随，唯有善凶业，常相与随从，如鸟行空中，影随总不离。世人造业，本于六根，一根既动，五根交发，如捕鸟者，本为眼报，而捕时静听其鸣，耳根造业，以手指挥，身根造业，计度胜负，意根造业。仁慈何善者，造人天福德身，念念杀生食肉者，造地狱畜生身，猎人自朝至暮，见鸟则思射，见兽则思捕，欲求一念之非杀而不得，所以怨恚连绵，辗转不息，沉沦但劫而无出期……善人又在说着让狗尿苔听不懂的话，他关心着他杀过一只黄鼠狼子的事，就等着要问善人，但善人仍在说，旁边人都一惊一乍的。狗尿苔扯火镰衣襟，说：你听懂他话啦？火镰说：听不懂。狗尿苔说：听不懂你点啥头？火镰：他说的是书上话，可我知道他的意思，善有善报，恶有恶报。狗尿苔还要说话，天布就也来了，手里拿了一沓子钱。天布一来，众人都让路，天布说：善人你又在说啥哩？善人说：说六升的病么。天布说：我从不信过你说病。善人说：信者信，不信者不信么。天布说：那你就不要胡说了，文化大革命哩，红大刀不追究你，榔头队也得寻你事哩。天布进院了，围着善人听话的人也都进了院，狗尿苔还在善人面前的石头上坐着。

善人说：你咋不进去？

狗尿苔说：我问你事呀。

善人说：你问。

狗尿苔说：那你得说我能懂的话。

善人说：听懂了你去汇报呀？

狗尿苔说：我给谁汇报呀？我才不汇报你哩！

善人说：知道你不会汇报的。啥事，你说。

狗尿苔说：我给六升杀过一只黄鼠狼子。

善人说：哦，那你所以是狗尿苔。

狗尿苔说：没杀前我就是狗尿苔呀。

善人说：那你知道你为啥是狗尿苔？

狗尿苔说：我爷在台湾。

善人说：那你为啥就有这个爷？

狗尿苔说：这也怪我吗？

善人说：你前世有个业么。

狗尿苔说：前世业？啥是业？

善人说：给你说你也不懂，但我给你说一句话，今生有什么难过，你都要隐忍。隐忍知道吗？就是有苦不要说，忍着活，就活出来了。

狗尿苔坐在那里成一扑沓了，要起来，立不起，好像没了腿，他说：腿呢，我的腿呢？

53

已经是成月的时间，没再下过一场雨，古炉村人每个傍晚都伸着脖子往天上看，天上的云是瓦渣云，瓦渣云，晒死人呀，就喊着苦愁：要受症庄稼啊？！庄稼是受了症，州河变瘦，能流进水渠入口的水就很小，苞谷地压根儿浇不上，叶子开始发黄打卷，稻田里也常常在一上畦里灌水，灌着灌着渠就干了，冯有粮、葫芦和金斗一伙杂姓人在畦的南头和北头喊：咋没水了？咋没水了？长宽在地头吃烟，烟锅子噙在嘴里了，手里的火镰老打不着，说：又是有人偷水了。拿眼往渠上头看，远远的稻田里似乎有迷糊的身影。长宽喊守灯：你去看看，迷糊给他自留地里截流了。守灯说：这事你得去。长宽没去，又喊葫芦去，葫芦在畦堰上骂：我能管住姓朱的还是能管住姓夜的？！日他妈，生产队的活只是咱外姓人干了！只说人家要喝风屙屁呀，咋还知道给自家的自留地里偷水！

长宽和葫芦就去找磨子说理，磨子虽然不是队长了，但磨子也生气，跟着到稻田来，命令迷糊停止偷水。迷糊说：凭啥听你的，我又不是红大刀的！磨子说：生产队的地也是榔头队的？近去要堵迷糊自留地的进水口。迷糊说：谁堵我打谁！磨子说：我堵哩你来打吧。迷糊往前扑，磨子一锨拍在迷糊屁股上，迷糊撒脚跑开，说：我找霸槽呀！

迷糊在窑神庙里没有找着霸槽，就给水皮和跟后说了磨子打他的事，没想水皮和跟后竟都数说迷糊，偷集体的水，打了活该。迷糊就说：你俩是不是榔头队的？跟后说：你干坏事榔头队也帮你？！迷糊说：霸槽呢？我给霸槽说。水皮说：叫队长！迷糊说：队长呢，他不能不管。水皮说：队长是抓大事的，管你这屁事！他到镇上去了。迷糊说：他咋三天两头往镇上跑，镇上又有丈母娘啦？

自下河湾成立了造反队后，东川村也成立了造反队，茶坊岔也成立了造反队，甚至连王家坪那个连苍蝇屁都不下蛋的地方也成立了造反队。这些村庄全不是统一的造反队，一成立又都是两个，麦芒对针尖地对立着，于是，各自挂靠了县上和洛镇的联指或联总，以派系串通联络，遥相呼应。霸槽的兴趣就已经不局限于只在古炉村革命了，他和黄生生更热衷于外边的活动。常常一大早就出村去了，有时回来，不是带了下河湾的曹先启，就是带了东川村的刘盛田，他们策划着某某村庄应该成立造反队了，州河两岸不能再有联指的空白点，或对已经成立了造反队的村庄如何的不满意，企图对那里的造反队班子实行改造。这种策划，有时让水皮和秃子金、铁栓、跟后也参加，秃子金先还觉得好玩，后来就埋怨霸槽操闲心，霸槽说：浅水里生王八，大河里出蛟龙。跟后说：队长脚心有颗痣哩，脚踩一星，带领千兵，知道不？秃子金说：一会儿是球上有痣哩，一会儿又是脚上有痣，你就煽呼吧，红大刀狼一样盯着咱，那就撂下榔头队不管啦？霸槽说：谁说不管古炉村了？没有外部大环境，古炉村根据地能守住？！水皮说：燕雀安知鸿鹄之志！秃子金说：啥意思？水皮说：这是古语。黄生生就笑了，说：要是在北京城，霸槽说不定就策划着颠覆非洲哪个小国家的政府呀！

对于榔头队的动静，红大刀在密切注视着，霸槽都出去干了什么，回来和黄生生、曹先启、刘盛田又预谋什么，一时还摸不出头脑。但霸槽带了外村人回来，总是拿些这样那样的稀罕玩意儿，比如一台收音机，比如玻璃灯箱，在箱外贴上毛主席像了，里面点上蜡，毛主席就整夜都亮着。还比如一个铁皮箱子，箱子上架上个大喇叭。这种喇叭好多人在洛镇见过，但古炉村没有通电，喇叭就不响。霸槽告诉村人，暂时不响就先保存着，他会想办法从公路电线上接一根线过来。当有一天，村里传开了霸槽把那收音机送给了杏开，而且霸槽带着外村人三更半夜回来，都要去敲杏开的门，杏开就要做一顿揪面片儿给他们吃，因为有人看见过杏开在半夜里还在自留地里摘过青辣椒，青辣椒和蒜一块砸了，那不是要吃揪面片吗？狗尿苔当然听到这说法，他不相信，曾去杏开家后窗听是否有收音机响，他没有听到，却也碰过天布的媳妇也蹑在那窗下，他就想去提醒杏开，即便那收音机和揪面片的事是没影儿的，却一定别再招理霸槽他们，免得让红大刀的人怨恨。但他又不敢去见杏开。

这个早上，来声又来到村里，狗尿苔刚换了块离锅糖吃，牛铃跑来，说：甜嘴哩？他说：甜是甜，讨厌得很，总粘牙。牛铃说：我给你说个稀罕事。他说：说杏开，我不会给你糖。牛铃说：霸槽早晨刷牙哩，刷子在嘴里戳得一口白沫。这算屁稀罕事，霸槽还在公路小木屋时就开始刷牙，以后水皮也学过，但水皮有牙刷没钱买牙膏，每天早晨在牙刷上撒些盐来刷的，口里吐不出白沫。他说：这我知道。牛铃说：刷牙你知道，你知道他屙屎到中山坡根去屙吗？狗尿苔说：屙屎去中山坡根？牛铃说：别人都是在野外有屎了就跑回来屙到自家厕所，他是有了屎却到野外去，先挖个坑，屙了，把坑又埋上，跟后就掮个锨跟着。他说：还有啥？牛铃说：你……他把粘在牙上的离锅糖取下来，看了看，又塞进嘴里一咽，说：没了。

牛铃的话并没有让狗尿苔惊讶，霸槽常常要做些和人不一样的事，要去野外屙就屙去吧，他没有再和牛铃说话，低头在巷道里走，捡着地上大字报的碎片。差不多捡到了五片，蹑下来在膝盖上压平，便看到霸槽过来，一件圆领棉纱汗衫塞在洗得发白的军裤里，系着皮带，脚上也穿了像武干那样的厚底翻毛皮鞋，双手在身后来回地甩。后边跟着跟后，跟后背了个背篓，脖子上挂着一个军用水壶。

狗尿苔说：霸槽……哥，好几天不见你了，势得很么！

霸槽说：也是多日不见你了，个头咋还没长？！

霸槽自己先笑起来，脚步没停，手却不再甩了，屁股一撅一撅的。

狗尿苔说：你咋啦，这……是皮鞋重吗？

霸槽说：哦，痔疮犯了。

狗尿苔想起了村里的闲话，说：青辣椒吃多了？

霸槽说：是多吃了青辣椒。

不愿意信的话现在却证实了，狗尿苔呃了一声，从肚里暖上一口气来，愁苦了杏开：咳，平日里不言不喘的，咋就舍不下个霸槽，舍不下霸槽你就要在朱姓人中活独人了啊。

跟后的背篓有些沉，寻地方想靠住歇歇，可周围没个台阶也没个碌碡，就催着霸槽走。狗尿苔一下子把气撒到跟后身上。本来他是霸槽的尾巴，跟后现在却跟从了霸槽，而且还挂了个军用水壶。他说：急啦，急得去掮锨呀？！跟后没醒开来，说：掮钱？狗尿苔说：你跟么，跟得紧，霸槽哥屎到屁眼口了，你还不去掮锨？！霸槽又笑了，这回是嘎嘎嘎地大笑，在说：好啦，好啦，跟后你把水壶让狗尿苔拿上。

狗尿苔没等跟后反应过来，就跳起来从跟后的脖子上取下了军用水壶挎了在了自己肩上，水壶带子长，壶吊在脚腕子上，他取下来挽了个结再挎上，就又拽着背篓，他也要背背篓。跟后说：这是炸药，你背呀？狗尿苔说：炸药？你哄谁呢，炸药炸死你！跟后不给，狗尿苔也就懒得背了。霸槽在前边走，他紧跟在后边，霸槽胳膊在后边甩，他也胳膊在后边甩，霸槽屁股一撅一撅，他也屁股一撅一撅，跟后说：队长，狗尿苔学你哩！霸槽回过头来，狗尿苔说：你屁股撅着好看么。

狗尿苔一直跟着霸槽，竟然就到了窑神庙。在庙里跟后放下了背篓，背篓里的确是炸药包子，两包，捆得方方正正。狗尿苔有些吃惊，是不是椰头队要炸狐子呀，霸槽却说：晚上你就知道了。还没到晚上，古炉村里来了一伙人，这伙人都衣着新鲜，拿着锣鼓胡琴和笛子唢呐，狗尿苔这才知道这是洛镇毛泽东思想文艺宣传队，是霸槽专门请来演出呀。洛镇好多年来都有戏班，但戏班子从来都没有来古炉村过，先前在下河湾和东川村演出时，古炉村在那里有亲戚的，亲戚头一天就来叫人，没有亲戚的，在当天的半下午就赶过去，看完戏鸡叫两遍了才能回来。那几年，灶火爱看戏，霸槽、马勺、杏开都爱去看戏，看一场戏回来就要说叨多日，也学着唱几声，杏开的声好，但不会动作，灶火能吼几句黑头，就是记不住词，吼两下后边的词就顺嘴胡哇哇了，只是学着戏台上角色的样子，把中指和食指并起来，颤活活地指人。现在，是早也不演老戏了，霸槽曾经说过他要在古炉村也办一个文艺宣传队的，他之所以说这话，也是因洛镇办起了文艺宣传队，可谁能想到，他竟能把这个文艺宣传队请到了古炉村。

狗尿苔对这些演员充满了稀罕，他殷勤地给他们搬凳子，搬石墩，从泉里担清花凉水。人家坐下喝水了，他就偷着看，等到人家偶一回头，发现他在看人家，他就猛地叫一下：喂，失——！假装在看着从院门里飞进来的麻雀，然后真的去把麻雀吆走了。他在吆麻雀的时候似乎不会了走路，腿拐着，连一只鞋都掉了。但演员们都喜欢了狗尿苔：哟，这么小个人！他们过来摸他的圆头，又提起他的胳膊量尺寸，问多大了，有五岁吗，这么能干的。狗尿苔知道他们也在戏谑他，但他不生气，渐渐也不害羞了，话就多起来，回答着他已经十二岁了，在生产队出工都能挣三分工了，能套牛，能插秧，能割草，如果玩狼吃娃的那种棋，玩斗鸡，玩打弹弓，他是十有八九要赢牛铃的。他们说：牛铃是谁？他说：你们不知道牛铃呀，他耳朵有个豁口，是小时候被老鼠咬的。

霸槽在和宣传队的头儿商定演出的节目，跟后进来给狗尿苔打招呼：你咋还在这儿？狗尿苔没有理，还在和演员们说话。跟后就把霸槽叫到一边，说：戏台子就定在山门前，以大字报栏做背景，栏后就是后台，把窑上原来的两盏玻璃罩子灯也在大字报栏两边挂了，光线可能还暗，得在山门和大字报栏左边的树上拉一道铁丝再挂两盏玻璃罩灯，可村里别的玻璃罩灯都在老公房那儿拿不成，这事咋弄呀？霸槽说：我不是拿回两盏汽灯吗，把汽灯点上，就挂在大字报栏两边，把玻璃罩子灯挂到铁丝上去。跟后说：噢，我倒把汽灯忘了！那汽灯没煤油呀？霸槽说：这事也得我管？！找水皮去，你告诉他，这次演出意义重大，让他煽起，弄大！跟后去了，霸槽刚刚坐定，跟后又进来把霸槽叫到一边，说：演出前得给人家演员吃饭呀，这饭咋办？霸槽说：我这掌柜的当成伙计呀？！去找水皮，要给人家吃好！跟后再去了，霸槽进来，燥乎乎地，听到狗尿苔在说牛铃，就训狗尿苔：卖个啥嘴，到戏台那儿帮个手去！

狗尿苔到了山门前，那里站了好多人，他突然意识到自己只顾和跟后争比哩，稀罕那些演员哩，怎么就忘了自己的身份，如果红大刀的人看见了他帮榔头队干事，那会怎么想？幸亏山门下还没有红大刀的人。水皮在派人打条子去开合的代销店买了四斤煤油，但没人会烧汽灯，便让跟后再去问霸槽，跟后说他不敢再去了，有两个演员说他们会，跟后就张罗从山门上到树上拉铁丝。在树上拴铁丝得有人上到树上去，跟后就喊狗尿苔，狗尿苔看见了站在一边瞧热闹的牛铃，过去低声：你是红大刀的你咋来了？牛铃：我来侦察哩。牛铃很骄傲，神气让狗尿苔不舒服，他便大声说：牛铃在这儿，他能爬树！牛铃也是逞能，把上衣脱了，在手心唾口唾沫要爬呀，水皮偏要狗尿苔爬。狗尿苔爬是能爬上去，只是速度慢，溜下来的时候树枝把肚皮磨出了几道红印子。他看到牛铃灰不沓沓坐在远处的石头上，近去说：这树应该你爬。牛铃说：我是红大刀的，我给榔头队爬？！水皮又在和跟后安排着演员吃饭的事，水皮说吃派饭吧，凡是榔头队的人都管饭，一家派一人。跟后说：这不行，演戏是全村人看哩，让榔头队人管饭？水皮低头想了想，说：活人还能让尿憋死？！转身就喊：狗尿苔，狗尿苔——！牛铃说：叫你哩。狗尿苔说：我见不得他支派我。却应道：哎。牛铃说：你好好给榔头队干事啊？！狗尿苔说：你看到了，我这是愿意吗？走了过去。水皮说：你去扳苞谷棒子，咱煮苞谷棒子给他们吃！狗尿苔说：苞谷棒子正嫩着，煮着吃了香，就是屁多。到哪儿去扳？水皮说：到你家自留地里扳。狗尿苔说：啊，那我不去！水皮说：看把你吓的！就到生产队地里去扳。扳五十个，每人吃两三个，屁多就屁多，锣鼓响着，谁也听不到。狗尿苔说：扳生产队的，这使得？水皮说：给毛泽东思想文艺宣传队吃哩，有啥使不得？你是不是还要去征得红大刀的同意？狗尿苔说：我没组织。还吱拧着不愿意，说让别人去么。旁边人就说：快去快去，不明白自己啥身份，考验你哩，还不积极表现？

狗尿苔后悔他跟着霸槽去了窑神庙，又后悔和演员们说话让霸槽打发了布置戏台，但他要去扳苞谷棒子的时候给牛铃挤了个眼，牛铃就跟上了，半路上，牛铃日娘捣老子地骂水皮。牛铃说：我×他妈！狗尿苔说：我和你一样！牛铃骂：总有一天他求到我了，看我怎么作践他！狗尿苔说：我和你一样！牛铃说：你真去扳苞谷棒子？狗尿苔说：扳么，咱俩一块去。牛铃说：他要五十个，咱扳五十四个，你拿两个我拿两个，到家煮的吃！到了碾盘后的那块下洼地里，生产队的苞谷长得一人多高，剥开一穗牛抵角一样的棒子，籽颗太嫩，指甲一掐就流白水儿，狗尿苔就不扳了，说：咱们的苞谷就给别人吃呀？牛铃说：你不扳回去，水皮那狗日的肯定饶不了你。狗尿苔说：那要扳，扳他家自留地的！这突然的决定使他们很得意，就离开生产队的地，跑到水皮家的自留地里一气扳了五十四个苞谷，背回村，牛铃先怀揣了四个回家了。

五十个苞谷棒子在窑神庙煮了，演员们都围在那里吃，霸槽和秃子金和水皮也都吃，秃子金说：狗尿苔这回办了件人事，扳的苞谷不老不嫩的。狗尿苔没吭气，顺门就走，跟后手里拿了两个雷管从院门进来。狗尿苔说：雷管，做啥呀？跟后说：响呀。狗尿苔又惊奇了，说：在这儿响？跟后说：塞到你屁眼里响。狗尿苔讨个没趣，想着去牛铃家吃煮熟的苞谷棒子，好早早到戏场子上占地方。

牛铃却在巷口等着狗尿苔，嘴里咕咕嚅嚅在吃。狗尿苔生气了，嫌不等他就吃上啦，牛铃发誓煮了都在屋里放着，他只是剥了一把籽颗，就从口袋抓出几粒，塞进狗尿苔嘴里，却说：天布让我叫你呢。

天布的家里，磨子、灶火都在，狗尿苔一去，灶火就说：你一下午都在窑神庙？狗尿苔说：要演戏呀，我去看热闹了。磨子说：村里人都不去了,他还有啥热闹的?狗尿苔不敢再多说,他惊慌了他们突然叫他来是不是要整治他呀。天布说:那些人能唱出个啥戏,还不是来给椰头队助威的?要看戏,让灶火几时给你唱黑头。狗尿苔说:他只会指头指人。灶火说:你还瞧不上我?手指头又指着了狗尿苔。天布说:好了好了。把灶火的手拨开了,说:狗尿苔我问你,霸槽是不是拿回来了几包炸药?你说实话!狗尿苔说:是两包,捆着哩,有豆腐箱子那么大。天布说:炸药干啥呀?狗尿苔说:这我不晓得,我看见炸药放在庙的西厦屋里,后来我就出去,后来就去扳苞谷。磨子说:扳苞谷?苞谷还嫩着扳啥苞谷?狗尿苔说:演员要吃饭,是水皮让我到生产队地里扳苞谷了给人家煮着吃,我和牛铃没扳生产队的,扳的是水皮家自留地的。磨子说:日他妈,生产队的苞谷他要扳就扳啦?天布,窑神庙里那些瓷货,咱趁早得弄出来,要么他们还不把瓷货卖了?天布说:狗尿苔还行,就扳他水皮家的苞谷!你现在再到窑神庙去,打问他们拿炸药想干啥,是不是在古炉村爆破呀?磨子说:吓死他霸槽的胆!天布说:那霸槽啥事干不出来?他就是爆破什么,椰头队有了炸药这是给咱示威着看呀!灶火你那儿有多少炸狐子的药丸子?灶火说:我丈人只给了十颗。天布说:你去你丈人家,他那里的炸药有多少拿多少,全拿回来,咱也备着。狗尿苔这就去窑神庙,有啥情况就来给我说。狗尿苔说:我咋去问呀,人家会把什么告诉我?灶火说:算啦,让狗尿苔跟我去下河湾。狗尿苔倒急了,说:去下河湾,那看不成戏啦?灶火说:看啥戏,你是椰头队的你看戏?!

这一夜是狗尿苔最倒霉的一夜,他跟着灶火一路小跑到了下河湾灶火的丈人家。灶火的丈人一辈子爱打猎,现在山里的野物越来越少了,他也年纪大了再跑不动,就在家里用鸡皮包炸药丸子,隔三差五了把药丸子放在山沟里狐子出没的地方,狐子闻见了鸡肉去吃,丸子就炸了,他是常常把炸死的狐子拿回来剥了皮,在洛镇的集市上出卖。在灶火丈人家,却没有了存放的炸药,全包了药丸子,一笼子的药丸子就挂在橡上。灶火编了好多谎,最后把一笼子药丸都提走了。回来的路上,狗尿苔一言不发，小步紧跑，灶火说：你腿一拃长的倒比我走得快，急啥呀？狗尿苔说：看戏呀！灶火说：你要把笼子碰了，还看戏呀，看阎王去！到了盆地的东边，也就是刚刚过了烽火台下的桥，咚咚两声巨响，灶火说：打雷啦？狗尿苔说：天上一片星星，哪儿有雷？两人都不知道那是什么响。

到了天布家，唱戏的锣鼓叮叮光光吵了一片，狗尿苔庆幸戏还没完，放下药丸笼子就要走，天布才告诉说，开演前霸槽放了两个炸药包子，震得村子天摇地动的，这狗日的一辈子爱排场，他是看咱们成立红大刀时放火铳，要压住咱们就把炸药包子当礼炮了。灶火说：让我白跑了一趟。天布说：咋叫白跑，咱有这些药丸子，再开会就当甩炮用。狗尿苔说：没事了吧，那我看戏去呀。天布说：去去去，急死了你！

戏场子里，四盏灯其实还是不怎么亮，每一盏灯又被蚊子绕着，绕成一团黑影子，有些悠悠风，灯摆过来摆过去，蚊虫的黑影子就一会儿拉开一会儿缩短。看戏的不少，都站着，后边的又都站在凳子上。迷糊在旁边维持秩序，拿了个柳条子，哪儿人挤，柳条子就摔过去，有人被摔着，不挤了，却骂迷糊是绝死鬼。狗尿苔从人窝里没能挤进去，他知道大字报栏后就是演员待的地方，跑去看化了装的演员是什么样子，没想大字报栏后的两头都扎了席隔着，牛铃也趴在席缝朝里看。狗尿苔就问拿煮熟的苞谷棒子没，牛铃说：没。却又说：善人是榔头队？狗尿苔说：善人怎么会是榔头队的？牛铃说：那他怎么也在那里？狗尿苔往里一看，善人果然在里边的左角和几个演员说话哩。狗尿苔说：是不是演员让他说病的？牛铃说：咱过去听听，是说病的还是入了榔头队在和人家拉扯哩？

两人又从戏场绕了一周，到了后边的另一侧，那里席没缝，却能听到善人在说话哩。善人在说：性、心、身三界那是人的本，哪一界不会，应向哪一界去求。身是应万物的，有不会做的活，要努力去学，越做越有力，越学越精进。心是存万物的，有不会办的事，要向人请教，要专心研究。性是孕万物的，要存天理，以天理行事，便和天接灵。人为什么不灵了呢？因性中有秉性，遮蔽了天性，遇事一耍脾气，天性就混了；心有私欲，遮蔽了良心，任情纵欲，不怕天理，不顾道理，做些违背人伦、伤天害理事，物迷心窍就糊涂了；身上要有嗜好，享受不着，就生烦恼，享受过度，伤身败德。你们刚才那个同志就是好酒，能吃到苞谷棒子已经不错了，他还要喝酒，没给他酒，他浑身就软得没劲，我给他说了，他还和我犟。另一个人在说：他就是那德行，你别生气。善人说：我不生气。如果是以前，我可能会生气的，现在我不生气，我给人说了十多年病，有热乎我的，也有骂我恨我的，我悟出了，你就是怎样给别人说好话，为别人着想，别人也还要骂你毁你的。如果你们在古炉村多住几天，我好好再给他讲几次。另一个人在说：哪里能待几天？连夜就走哩。都知道你会说病的，我们来了就找你。我有个儿子三岁了，老是有病，我担心能不能养活，几时抱来给你看看。善人说：这是得抱来看看。我当年学善的时候，就有个老太太抱了她小孙子来让看看，也是问孩子好不好养活。我给老太太说，你这孙子好有一比，就像一张假票子，若是不来查验，还可以流通使用，能有两年的活命，现在既然叫我看着了，为了可怜你们婆媳二人，不必再瞎费力了，我把这假票子给注销了，这孩子不出十天就得死了。老太太问，为啥？我说你们家里伦常道行颠倒了，婆婆做了媳妇，媳妇做了婆婆。老太太问这是啥意思，我说你在家里，是不是每天早起，扫地，起火，烧水，做饭，你儿媳倒起得晚，你看她起来了，就给她送洗脸水去，她才洗脸吃饭呢？她说对呀。我说因你儿媳不孝之罪，所以她生了这个孩子，夜里不断拉稀屎，闹得你儿媳不能睡觉。老太太说正因为孩子有这病，才抱来求你给看看。我说你回去告诉你媳妇，今后一定要守媳妇本分，孝敬老人，要能把孝道行直了，以后再生小孩子，不但没病，还能出贵，你也别偏疼你儿媳，不让她做活了。你得守住老太太的本分，家道自然会好。老太太回去把我的话告诉了儿媳，三天以后，她抱着孩子回了娘家，过了五天，孩子果然病了，她便给她妈说，这孩子怕是不好，可别死在你们家，就把孩子抱回婆家，半路子孩子就死了。我再给你说个婶娘合家的事吧，在我们古炉村，我老寻思谁家尽了伦常道，就得了好，谁常违背了伦常道，就……牛铃说：善人说的啥呀，没意思！狗尿苔说：是没意思。

两人正要离开，席被掀开，那个听善人说话的演员出来了，往后边的一排树影里去。牛铃说：他也不爱听善人话，人家问自己孩子的病，善人却说谁家的孩子是假票子。狗尿苔说：那人干啥去了？就跟着也去了树影里，原来那演员在树影里尿尿，他们就站在一边看着，想能拉拉话。

狗尿苔说：叔，叔，你也尿呀？

演员说：谁不尿？！

狗尿苔说：噢，也摇哩？

演员提了裤子，骂道：滚！

一声滚，却咚地响了一下，是个巨响，天摇地动。狗尿苔还木着，咚咚咚又连响了几下，最后是轰晃，闪了一片红光。

演员在说：怪了！演前放了炸药包子，正演哩又放啥呀？！

看戏的却乱了，响声里有人从凳子上栽下来，而红光使他们都扭头朝村巷里瞅，戴花首先喊起来了，她的声都变了腔：不好了，爆炸了，出事了！人群就散开，呼啦啦跑，不清楚村巷里什么被炸了，炸着没炸着自家的房子，板凳就哐啦哐当倒着响，有人跌倒了，无数的脚从跌倒的脊背上踏过，在惊喊着，在骂着，有人跑前去了，又单脚蹦跳，在叫：鞋，我的鞋？！就哭了。锣鼓还在敲打，那个女演员，梳着一条假辫子举着纸糊的铁道灯还在唱，戏场上三分之二的人都跑了。

54

爆炸是在天布家的。

灶火提了药笼子往那间空着的西厦屋里放，屋梁上吊了一个绳钩，挂着种子布袋，他把种子布袋取下来，挂上药笼，梁上一只老鼠就往下

487

看。他说：别偷吃，小心炸你！却又觉得药笼挂上去有些低，担心撞头，便搭了凳子把绳钩挽高，再把药笼挂上去，没想去提药笼，一颗药丸就掉下去，咚地炸了。这一炸，震得他在凳子上站不稳，手里的药笼也掉下去，咚咚咚，所有的药丸撒了一地，一齐炸开。在上房里吃烟的天布和磨子闻声往院子跑，西厦屋的顶被掀开了一个窟窿，一团红火在空中像一朵蘑菇。灶火！灶火！灶火没有回应。天布跑到西厦屋，多亏了屋顶被掀开了窟窿，而灶火被爆炸的气浪从凳子上推倒在屋门槛上，脸熏成乌黑。天布把灶火抱在怀里，灶火的脸上黑灰擦了还是白的，眼睛也好，交裆也没烂，天布说没事没事，拽着胳膊要扶起来，才发现灶火的右手被炸了，没有了食指和中指，无名指也断了一半，上边连着一片皮。

天布和磨子在屋子里寻了几遍，没有再寻到那炸掉的两根半指头，其实找着了还有什么用呢？他们连夜把灶火送去洛镇卫生院，医生只是用剪刀剪了半个无名指上的那片空皮，上些药，包扎了就回来。灶火就在脖子上缠条纱布把右手攀起来，右手包成个棉花包。

这件事似乎伤了点红大刀的志气，但村里人只知道这是灶火从他丈人那儿拿了几颗炸狐子的药丸，不小心撞炸了，至于灶火怎么想着要去炸狐子，爆炸又在天布家里，而响声又那么大，仅几颗药丸子能炸出屋顶窟窿？天布、磨子他们不说，狗尿苔也就不说。

洛镇的文艺宣传队在那个晚上虽然没有把准备好的节目演完，但霸槽能让他们来古炉村演戏，霸槽赢得了许多人佩服。呀呀，这狗日的，不是个平地卧的么！霸槽在以后的几天里，得意扬扬，他又要去中山坡上屙屎，跟后掮着锨随着，有人就说：跟后，你队长在厕所里屙不下啊？跟后说：他便秘。那人说：便秘？这又不是春上吃炒面，他便秘？！跟后说：黄同志说了，贵人都便秘。那人说：哦，你去给挖坑？跟后说：屙过了用土埋住。那人说：那是野兽么，野兽屙下了用土埋的。跟后说：他是老虎豹子！霸槽在前面走着，听到了并不反感，回过头问宣传队的戏演得怎么样，跟后说好，那人也说好，霸槽就再次扬言古炉村会有一天要有自己的文艺宣传队的，要让全村能演戏的都来演。他说：哦，可惜灶火演不成黑头了，他没指头了。

又过了十多天，地里的土豆能挖着煮锅了，家家都是面糊糊煮土豆。古炉村人在面糊糊里煮土豆从来都不用切，囫囵煮，这样煮出的土豆就像栗子一样干面，吃的时候都是嘴张得老大，眼睛睁着。半香说，我以前不晓得还以为古炉村人眼睛咋都大哩，嫁过来才知道是吃土豆吃大了的。一伙人在饭时端了一大碗面糊糊煮土豆在杜仲树下吃，狗尿苔也端了一碗过去，田芽就说：狗尿苔你走慢点，啊慢点，小心面糊糊泼出来。狗尿苔知道田芽在嘲笑他家的面糊糊稀，他没生气，说：你听啥响哩，你听！大家听到了碾滚子滚动的咯吱声。田芽说：咦呀，还笑话锁子家没有面做糊糊哩？！

面鱼儿家里是没了麦面，只能每顿开水煮土豆，直挨着提早扳苞谷，苞谷颗还嫩，剥不下来，就把苞谷棒子在碾盘上碾，连籽颗儿和芯子一块碾，碾成稀状，回家烧苞谷糊糊。

每一年都有等不及收麦也等不及收秋的人家，面鱼儿家一碾开嫩苞谷，接着是本来家、金斗家，火镰家也就扳了自留地的苞谷，在碾盘上碾。大碾盘在这十多天里是累的，累得日夜都在呻吟：咯吱——嘎，咯吱——嘎。

支书家没有扳自留地的嫩苞谷，他家还有着一些陈苞谷，陈苞谷在这个时候已经生了虫，虫不是蠕动的那种蛆芽子，是黑色带壳的，还能飞，村人叫作苞谷牛儿。磨出的苞谷糁里就有着苞谷牛儿的小脑袋，或前爪儿后腿。因为一头孺牛快要生犊子，他几天都没有回家吃饭，老婆就用瓦罐儿提了煮着土豆的苞谷糁稀饭送到牛圈棚。面鱼儿拿了一块碾出的嫩苞谷做成的浆巴馍要给支书吃，支书没接，说：哟，吃馍了？面鱼儿说：吃一顿馍馍，唉，反正收下秋了，总不能老是酸菜糊糊么。支书说：自留地的嫩苞谷都扳啦？面鱼儿说：可不都扳了。支书就端了饭罐到老公房给磨子说话。他说：磨子，有几家把嫩苞谷扳完啦？磨子说：多半吧。支书说：苞谷没熟就扳的吃了，肯定又撑不到收麦了。磨子说：不扳嫩苞谷接不住茬么，一天三顿嘴总得吃的。支书说：往年这时候上边要结拨救济粮的，你没去镇上问问？磨子：乱成这个样了，问谁去？支书不吭声了，吸吸溜溜喝饭，说：秋收的事你咋安排的？磨子说：我咋安排，我又不是队长。支书说：你不是队长，我也不是支书了。低了头哼哼地笑了一下，却说：咱都不是，啥都不是了，可村里的农活总得有人张罗，你看么，谁还能拿得出手？让霸槽去当？磨子突然恶声败气，说：古炉村人死完啦？！支书说：我咋听说榔头队都有了队长和副队长、组长了？磨子拿眼看着支书，说：他霸槽说他是毛主席，别人就认他是毛主席了？支书说：秃子金以前是三组组长，铁栓是一组组长，现在秃子金和铁栓又是组长，这是榔头队的职务还是生产队的职务？磨子低了头，长气从鼻孔里嘘嘘地出。面鱼儿也过来了，说：磨子，你不当队长是你自己说不当了，别人又没有罢你免你。我在地里看看，后塬坡上的苞谷叶子干了，河滩地里的还嫩着，可套种的白菜也该拔了。今年自留地的嫩苞谷扳的人家多，早早济了困，生产队里的庄稼再不收好，甭说到春上，年根前嘴就吊起来了。磨子就是不吭声，蹴在那里闷了半天，后来，站起来，说：我回去吃饭呀。顺门出去走了。

面鱼儿说：你瞧瞧，咱给他劝说哩，顺毛扑索，他抬勾子走了？！

支书说：咱吃饭，放心吃饭。

面鱼儿说：咋放心，生产队听不到钟声算是啥生产队么？！

支书说：明日你听着。

果然，第二天的早上，钟声敲响了。古炉村已经很久没有听到这种响声了，它先是敲得很急，几乎没有遗音，如同在敲木梆子，敲碌碡，后来铜的声音就发颤了，拉长了。人们在各家的院子里、巷道里听着就往空中看，似乎看见空中是一个大水潭，一圈一圈水纹由里到外扩张。长宽第一个跑到了磨子的院门口，说：队长，出工呀，今天是出什么工呀？磨子没有再否认他是队长，他说：男劳力上后塬坡拔黄豆，女劳力到河滩苞谷地里铲白菜！

霸槽和迷糊头一天夜里都睡在窑神庙里，天亮起来，霸槽举了一阵石锁，又在殿房里练俯卧撑，迷糊就坐在西厢房台阶上发迷怔。迷糊自小就是这毛病，不管夜里睡了多长时间，早晨起来就是不清楚，要坐在那里半个时辰，不声不吭，慢慢缓醒。迷糊坐在台阶上，听着吭哧吭哧声，眯着眼看见霸槽把身子趴在地上一起一落，说：那下边又没有女的，出的那瞎力干啥呀？！迷糊对霸槽言听计从，却就是看不惯霸槽穿衣呀，刷牙呀，又练什么俯卧撑，他拧过了头，又看了一眼身旁的墙，墙上突然挂着一团粉条，睁眼看了，原来是一只蜗牛在墙上爬过，清早爬过的痕迹像银镀了一样。他把眼皮又耷下来。钟声就在这个时候敲响了。

霸槽在问：啥响哩？

迷糊木着，没言传。

霸槽从地上起来，又问：啥响哩？

迷糊这才说：啥响了？！

霸槽的厚底翻毛皮鞋踢着了迷糊，说：明明是谁敲钟，你出去看看，谁敲的？秃子金呢？

迷糊说：他半夜里回去了。

霸槽说：狗日的一晚上都空不下，把他叫来！

自从榔头队占了窑神庙，霸槽就一直睡在庙里，他一个人在殿房里睡啥都不害怕，却喜欢有人就在东西厢房能陪着他。昨天晚上，迷糊和秃子金就睡在西厢房里，半夜里两人起来尿，秃子金那根东西硬得像棍，看迷糊的却软软垂着，就说：你迷糊没媳妇，就算有个媳妇那也是个懒球。迷糊说：你笑话我？我要用手动动，能射到对面墙上！就动了手要给秃子金看，秃子金心里也燃了火，说：你用你的手吧，我回去呀！秃子金就是那阵回的家。

霸槽让迷糊去叫秃子金，迷糊出了庙门，说：他空不下？把他说得能行的？怕是半香那骚货空不下吧？！脚底下还在拌蒜，上了个厕所，眼睛才亮起来。提着裤子还在厕所里，就隔着厕所墙头眼见半香提了一篮子嫩苞谷急忙忙从前边的山门下走过，两个大屁股蛋子敦儿敦儿的。这挨球的怎欢实！迷糊喊了一下，半香没听到，水皮却小跑着过来，说：起来啦没？迷糊说：谁起来了没？水皮说：队长么。迷糊说：啥队长么，就说霸槽。水皮说：你咋这样说话，榔头队要有领袖，咱跟着他，就要有拥护领袖的意识。迷糊听不懂什么是意识，说：他起来了，空×哩！水皮就往庙里跑。

水皮站在庙门上使劲敲门扇，他以为杏开在里边，霸槽说：你要进来还敲啥门？水皮看了看庙里动静，并没见到杏开，骂迷糊胡说哩，霸槽却问：是不是谁敲了钟？水皮说他就是为这事来的，是磨子敲的，磨子又以队长的身份安排活了。霸槽阴着脸半天没说话。水皮说：咱商量的事没透露吧，才准备着他磨子不当了咱就把权夺过来安排农活呀，是秃子金漏了风，他们那边就变了主意？霸槽说：秃子金不会。水皮说：不会给磨子说，能保住他不会给半香说了半香又说给天布？霸槽说：等秃子金来了咱们商量一下。

但是，迷糊找了一圈没找着秃子金，后来才得知秃子金去拔黄豆了。直到中午收了工，秃子金从地里回来，霸槽问他干啥去了，他说拔黄豆了，霸槽说：人家安排拔黄豆你就拔黄豆了？秃子金说：黄豆熟了，再不拔就烂在地里了。霸槽说：你个猪脑子，磨子多长时间都撂挑子，为啥又安排起了农活，你想过没有？秃子金说：我没想什么，媳妇说男劳力拔黄豆哩，我也就去了。水皮插了嘴，说：这是以生产压革命哩！秃子金倒生了气，说：不收庄稼你吃×啊？！水皮说：你收么，收么，人家把权抓住了，今天安排你去收豆子，明天指挥你去扳苞谷，那还革啥命哩？霸槽说：吵×哩吵！两个人才都不吭声了。

到了下午，男劳力仍然在后塬坡地里拔黄豆，女劳力仍然在河滩苞谷地里铲白菜，秃子金没有去，迷糊、水皮没有去，姓夜的人几乎都没有去，榔头队喊喊叫叫地在村巷里集合，然后去了老公房的院外，把牛圈棚里的支书叫了出来，二话没说，一顶纸糊的高帽子就扣在头上，拉着往村外走。

支书被叫出去后，过了一会儿没见回来，面鱼儿心里疑惑，出来看时，支书被按着往头上扣高帽子。支书的裤腿上有牛粪，他说他擦擦牛粪了再走，迷糊骂着：这是叫你开会呀，吃宴席呀？竟把支书裤腿上的牛粪抓下一把抹在支书的脸上。面鱼儿不敢多嘴，就去老公房，老公房里偏偏那时没人，都去出了工，面鱼儿又去支书家告诉了支书的老婆。支书的老婆问：把人往哪儿拉了？面鱼儿说：不知道呀，是往村外去的。支书的老婆说：天呀，他们拉他去坐牢了！哇呜哇呜大哭。面鱼儿说：甭哭了甭哭了，既然抓去坐牢，家里有啥吃的么，快给他送些吃的。支书的老婆在厨房里揭锅翻盆，没一口熟食，从鸡蛋罐里摸出三颗鸡蛋就从巷道往村口跑。面鱼儿说：你能撵上？得抄近道。支书的老婆扭头又从她家厕所边的小路往塄畔上跑，面鱼儿也跟在后边跑，跑到石狮子那儿了，榔头队一溜带串地走到了去公路的土路上，而且过了那个水渠，支书的老婆双腿一软，瘫在那里又是哭。

榔头队从巷道走过时，杏开在狗尿苔家里和婆说话，她昨天夜里梦见了她大，她大好像还在炕上躺着，样子一点没变，她说大呀做啥饭呀，她大说豆角都收下了咋不见你做豆角烩面片呢。她就醒了，醒了觉得头疼，早晨也没出工去铲白菜，吃过饭头还疼，过来问婆头疼是不是梦见她大的原因。婆说：你是不是顿顿都给你大献饭的？杏开说：顿顿都献的，怪得很，献过的饭再吃就觉得没味。婆说：那是你大吃过了的么，那托梦还要吃豆角烩面片了，你自留地里没种豆角？杏开说：去年种的没收下几颗，今年没种。婆说：我这儿有，你拿些回去做了，给你大献上。杏开说：下午队里还铲白菜不？婆说：还铲哩，今年天旱，又没上肥，白菜生了腻虫，长得不好。杏开说：出工的时候你过来叫叫我，我也去。婆就让狗尿苔去自留地里摘豆角回来。

狗尿苔提了笼子刚出了巷口，一群鸡嘎嘎嘎地朝他跑来，惊慌失措，鸡毛乱飞，他说：咋啦咋啦？所有的鸡伸长了脖子要给他诉苦，可都争着要说，声音就杂吵使他无法听，水皮妈就提着树条子跑过来，见鸡又打。狗尿苔拦住说：这不是你家的鸡，你打啥的？水皮妈说：它们在我家院门口就踏蛋哩，真他妈的不要脸，不是一对在踏蛋，是三对在踏蛋！狗尿苔说：那有啥哩？水皮妈说：有啥哩？咋不到你家门口踏蛋去?！狗尿苔说：我家是啥家，人都不去，鸡去呀？！狗尿苔说着就撵鸡，说：快跑快跑！鸡忽地四下跑开。水皮妈打不着了鸡，扔了树条子走了，还在骂：人伤风败俗哩，鸡都看样哩！狗尿苔低声说：凶的，自己守寡哩，连鸡踏蛋都不行？站着想了想，自个发笑了。

正笑哩，榔头队就过来了，秃子金在喊：狗尿苔，你婆哩？狗尿苔以为榔头队又列队跑步呀，就说：叫我婆咋呀？秃子金说：你没看前面走的是谁？队伍前是支书，支书戴了个高帽子，满脸牛粪。狗尿苔忙往家跑，一进院门就把婆往上房里推，推不及了，推到厨房，说：又批斗呀，又批呀！秃子金已在院门外喊：狗尿苔，狗尿苔！狗尿苔把厨房门拉闭了，又出来到院门口，杏开也跟了出来。秃子金说：叫你婆跟上走，你跑啥的？狗尿苔说：我婆病了。秃子金说：病了？病的恁巧？！狗尿苔说：真的病了，上吐下泻的，现在还在厕所里。秃子金说：你婆病了，你就来顶缺！杏开就说：人确实病了，我过来看看的，这是到哪儿去？秃子金说：到下河湾去的，你去呀不？杏开说：去干啥呀？秃子金叽叽咕咕给杏开说事，狗尿苔趁机要溜走，秃子金说：走呀，狗尿苔，和朱大柜走到一块去！如果秃子金什么话都没说，狗尿苔会跟着榔头队去热闹的，但秃子金让狗尿苔去顶婆的缺，狗尿苔就不愿意去了，瓷在那里不动。秃子金吓唬道：你去不去，不去你婆就去，病了也得去！杏开就说：要狗尿苔去，那我也去。

狗尿苔和杏开跟着走到巷口，狗尿苔才发现脚上的一只草鞋烂了，不可能穿着去再穿着回来，他给秃子金说得回去换鞋，秃子金不同意，说光脚走，狗尿苔说：你以前还行呀，现在咋这凶的？秃子金说：革命哩，谁给你好脸？！狗尿苔就呜呜地哭，他哭着是因为霸槽从队列前到队列后来了，一边哭一边从手指缝偷看霸槽。果然霸槽就同意狗尿苔回家换鞋。狗尿苔跑回家给婆说了原委，婆说：唉，婆不好，让我娃遭罪了。狗尿苔还笑着说：我去热闹呀！但家里没有了新草鞋，婆让把另一只还没烂的鞋也脱了穿一双布鞋，狗尿苔说不，就要穿得烂烂的，给榔头队丢人去，就翻那一堆烂草鞋。家里有十几只烂草鞋，都是一双草鞋穿得一只烂了，而另一只还没完全烂，就保存起来，等着又穿烂一只了再从这些还没完全烂的草鞋里寻一只替就。狗尿苔就在裤带上系了四只还没完全烂的草鞋，去撵椰头队。系着的草鞋磕打着腿，跑不快，等跑到村口的石狮子前，支书的老婆在那里哭。

狗尿苔说：婆，支书婆，你哭啥哩？

支书老婆说：你爷被抓去坐牢啦！

狗尿苔说：没有呀，刚才我还看见支书爷跟椰头队走的。

支书老婆说：就是椰头队把他抓去送大牢呀！

狗尿苔说：不是，是去下河湾呀，我听说下河湾的联总欺负下河湾的联指，椰头队去声援呀，就带了支书爷，还有守灯，还有我。

支书老婆说：你没哄我？

狗尿苔说：没哄。

支书老婆说：声援就声援么，带你支书爷去？

狗尿苔说：支书爷是走资派么，这样显得革命呀。

支书老婆说：你也说你支书爷是走资派？支书老婆好像生气了，拿手来抓狗尿苔的脸，狗尿苔忙往后退，支书老婆还在说：你也这么说？唵？！

狗尿苔觉得支书老婆说不醒又啰唆，说：我不跟你说了，我走呀！支书老婆把鸡蛋让狗尿苔拿着，狗尿苔拿着跑走了，她还在后边叮咛：你不能吃，一定要给你支书爷！

狗尿苔和杏开就这样跟着椰头队去了下河湾。狗尿苔是哪儿都跑的，又是替了他婆的缺，姓朱的并不多心，而杏开也跟着椰头队去了下河湾，天布、磨子就火冒三丈。天布和磨子一发火，朱姓的人说什么话的都有，他们又拉扯出前朝往事，从满盆的死，自满盆死后古炉村才乱起来，才导致了今天这田地，他们指责着杏开并没有和霸槽断了关系，添油加醋，捕风捉影，最后论定杏开就是椰头队的。话说得过头了，连田芽都不信了，说：得了吧，他们就是好，也不敢明目张胆地好，杏开哪里就是椰头队的？谁见到她去过窑神庙？天布媳妇说：我见到她从窑神庙门前过的。田芽说：庙门口是路，谁不走路？何况她家自留地在中山后腰里，到自留地不路过庙门口从半空飞呀？天布媳妇说：自留地能有多少活，她是一天几趟到自留地，就是图着路过庙门口了往里边看霸槽哩！田芽说：咋能这样说话？都是姓朱的……天布媳妇说：屁呀，朱姓以前在古炉村啥势，现在是啥势？一锅汤里，有了水皮那老鼠屎，又有了杏开这老鼠屎，汤能不坏？！

　　就在这个晚上，生产队里分白菜，按户分的，姓夜的男人都不在，他们的老婆孩子背着背篓来了，乖乖地站在那里。先分到的是姓朱人家，后来再分到的是杂姓和夜姓。磨子在过秤的时候脸色一直不好，口里骂骂咧咧：干活的时候没人，分东西了就来了，红口白牙地吃呀？！骂是骂着，但又不能不给姓夜的人家分。这些姓夜的老婆孩子不敢回应，过秤时也不嫌了白菜棵子大了小了，秤杆子高啦低啦，白菜一装到背篓就匆匆离开。分到最后，白菜剩下一筐，给半香秤了三分之二，磨子说：谁还没分？田芽说：霸槽没分。磨子说：你把筐里的让半香给捎带去，权当去吃药吧！提了秤就往回走。田芽撵过来说：还漏了一人，杏开也没分哩。磨子怔了一下，却说：你没看没有了吗，没了拿啥分，分骨殖呀？！

　　榔头队是鸡叫了才回的村，都饿得前腔贴了后腔，一到村口就散了。杏开是第二天才知道分菜的事，她来找磨子。

　　杏开说：分白菜吧，咋没给我分？

　　磨子说：分白菜的时候你在哪儿？

　　杏开说：人在不在也得分呀，我不是生产队的社员啦？

　　磨子说：没菜了么。

　　杏开说：到我这里就没菜了？我大推举你当了队长，你当队长就这样整我？

　　磨子说：你还记得你大？

　　杏开说：你啥意思？

　　磨子说：你昨天干啥去了，你大要是知道，能气得从墓里扑出来！

496

杏开说：我家的事用不着你来操心，我只问你，霸槽是五类分子啦，我就不能接触？

磨子说：你接触么，你咋样接触都行呀，你去呀，你去也拿个榔头呀！

杏开说：我还不是榔头队的，你要这么说，我还真要加入榔头队哩！

磨子说：加呀，入呀，你就嫁给他呀！

杏开真的吵过架后就去了窑神庙。

自此，杏开明目张胆地出入于窑神庙，红大刀的人再也不顾及她是姓朱，是满盆的女儿，恨她几乎和恨水皮一样。而杏开，突然间像换了一个人，解脱了，没有顾忌，再不悄声敛气地待在家里和人不往来，也不偷偷摸摸地去见霸槽。半香碰见她了，高喉咙大嗓子地说：杏开呀，吃了啥了，胖多啦！杏开说：吃啥啦，吃酸菜糊糊啦。半香说：心里朗然，喝凉水也胖哩。哎杏开，自我嫁过来，我就没见过你舒坦过，脸迟早都是土豆疙瘩发青着，现在多好！我只说古炉村就我一个女人想干啥就干啥，没想还有你杏开，咱姊妹以后要多串门哩！但杏开并不热忱半香，半香让杏开到她家去，杏开没有去，却更多地往戴花家跑。

杏开喜欢戴花。戴花家的指甲花比杏开家的指甲花长得旺，而且戴花染的指甲色保持得长久。戴花就教给杏开在染指甲前先在指甲上涂些碱水，把指甲花捣碎后包在指甲上要一顿饭的时辰，取开后，还要再在指甲上涂一层矾。她们并排着从巷道走过，阳光下比看着手上的红指甲，她夸赞了戴花的银盆大脸，又白里透红，是煮熟的鸡蛋在胭脂盒里滚过了一般，戴花则羡慕着她的长辫子直搭到了屁股蛋上，还用手去捧她的胸脯，说敦儿敦儿活活地颤，是不是藏了兔子，两人就咯咯地笑。来回在屋檐下拿眼睛盯着她们，戴花说：来呀来回，咱一搭去泉里洗衣裳去！来回的眼睛阴阴的，却理也不理。不理就不理吧，她们走过了巷道，去了泉里，戴花说：这来回又犯病了，不理我？杏开说：来回在恨我哩。戴花说：你得罪她了？杏开说：我哪儿得罪过她？！戴花说：一个村子的么，人咋变得认不得了！

那时期的榔头队里，黄生生从洛镇骑来了一辆自行车，霸槽有事没事就在打麦场上或巷道里骑，他已经骑得很好，能双手撒把，还能把前轮子翘起来，用后轮子跳跃着上台阶。霸槽让杏开也学学，杏开不敢，两人刚分开，天布的媳妇过来，看见了杏开不理杏开，还低头往地上吐一口唾沫。还要再吐第二口，却没了唾沫，咔咔地响着嗓子。杏开说：哎，嫂子，喉咙里有鸡毛啦？！天布的媳妇没想到杏开会给她说话，一时反应不过来，杏开却大声地叫着霸槽：你把车子推过来呀，你教我骑呀！

也就是这一次骑自行车，先是霸槽驮着杏开把自行车从村巷骑过，村巷里的路都是瓦片立栽着铺的，车轮子就在上面咯噔咯噔地颤，杏开越在后座上坐不稳，说慢点慢点，霸槽越是骑得快，甚至双手撒了把。原本是要骑到打麦场的，但霸槽骑着骑着他的衫子被风鼓着，像长了翅膀，杏开又是一阵一阵尖叫，他就疯狂了，竟然往村口骑，骑到了石狮子前。从石狮子那儿到崂畔下是个斜坡，斜坡下去就是通往公路的土路，那时斜坡上正上来了老顺家的狗，这狗又领着三只狗、五只鸡，鸡狗叽叽咕咕哼哼唧唧说着话，猛抬头看到霸槽骑着自行车冲过来，乱成一堆。杏开喊：有狗哩，有鸡哩！霸槽偏在鸡飞狗跑中直冲下去。自行车一股风似的冲去斜坡了，杏开却掉下来，从斜坡上像屎壳郎一样滚了蛋儿，滚到了路边的苞谷地里。

霸槽还在骑，骑到了土路上，又要在土路上跃过了那条水渠上的棚板，眼看着就要到公路上，他说：佩服了吧，如果是汽车，我一踩油门，汽车就跃过州河了！没有回应。霸槽说：你不信？还是没回应。霸槽一只手往后摸了摸，没有摸到什么，回头看时，后座上没有了杏开，停下自行车，土路上也没有杏开，而斜坡下老顺家的狗大声叫喊，他就骑自行车又返回来，才发现杏开还躺在苞谷地里。

杏开的一只鞋掉了，被一只狗叼着，裤子从膝盖处撕开了一个大口子，大口子一直到裤管，露出半条白腿，而她脸上被血全糊了。霸槽

498

赶紧用袖子去擦，说：眼睛看得见，看得见？杏开的眼睛睁开了，她说：能看见。但左眼眉处一指宽的道子，血啦啦地翻着肉。

　　杏开是第一回跟着霸槽去了洛镇，洛镇卫生院给杏开的伤口缝了十三针。霸槽问医生：缝了能长合吗？医生说：能长合。霸槽说：长合了有没有疤？医生说：肯定有疤。霸槽说：哦，毁容了。杏开只能在屋里养伤了，这期间六升去世她也没办法去坟上。埋了六升的那个中午，霸槽去看杏开，杏开已经能下炕收拾屋子了，但脸还肿着，左眉上的线还不到拆的时候，样子有些怕人，霸槽不敢看她，她说：你给我把血痂抠抠。霸槽试着抠，抠不下来，自己的鼻脸凹里聚了个疙瘩，她却笑了，说：我现在把你耗上了！

　　六升死后，村里的那只猫头鹰夜夜还在叫唤，它已经不固定在一个树上，声音随时从某一处发出，偶尔被人发现了，谁又不敢去打它，惹不起就敬着，默默乞求着能离开。婆常常在把鸡撵进棚窝了，就坐在捶布石上等着猫头鹰叫唤，不叫唤心就慌着，因为它迟早要叫的，可一叫唤，心更慌了，说：在哪儿叫呢？狗尿苔说：是不是在横巷的榆树上？婆说：好像在碾盘那儿的苦楝树上？婆孙俩拿耳朵听了一会儿，声音似乎又转移了。婆说：难道还要死人吗？点了灯去剪她的纸花儿，她要剪个独角兽。狗尿苔把剪出的独角兽拿到院门上贴，院门扇的正中是水皮喷的毛主席像，他就将独角兽贴在门扇背面，却悄悄拿了弹弓出了院子。

　　狗尿苔想在村里找找猫头鹰。他害怕着榔头队，也害怕着红大刀，但他不害怕猫头鹰，他并不想打死猫头鹰，而要用弹弓把它吓唬走，如同有了苍蝇，苍蝇都烦人，可一拿上苍蝇拍子了，苍蝇又不知道飞到哪儿去，不见。狗尿苔拿着弹弓出来，猫头鹰就不叫了，他去了横巷，那榆树上是没有猫头鹰，再去了大碾盘边的苦楝树下，仍是没见猫头鹰，心里骂了几句往回走，便路过了杏开家的院子外。院门在关着，西边院墙被拆了一半后用酸枣刺压了一排，隔挡着不至于外边的人能看到院里，这些酸枣刺的叶子已经干枯，但没有落，月色下毛毛哄哄的。狗

499

尿苔一靠近，轰地起了一群黑蚊子。透过刺排，一只鸡还没有进棚窝，呆头呆脑站在院中的石桌子上。满盆如果活着，这院子肯定又都是人，石桌上放着一个烟匣子，谁来了都可以在自己的烟锅子里装上烟来吸，那时的满盆给人说，他家用不着烧柴草熏蚊子，光吸旱烟都把蚊子熏走了。现在，狗大个人也不再来，他狗尿苔也很久很久没有来过了。他吹了一下嘴，叫鸡，鸡听见了声音回过头来，他说：你知道猫头鹰在哪儿吗？鸡说：你谁？鸡已经认不得他了。但在这时候他听见了哭声，哭声细碎，是趴在被子里哭或者是双手捂着脸地哭，这哭声像蚂蚁在身上爬，让他懒懒地觉得心里急迫。狗尿苔就跑回了家，给婆说了，婆已经剪了五六张独角兽，婆说：唉，这杏开……你去把她叫过来，说说话或许能朗然些。狗尿苔：叫她过来？姓朱的都不理她了，咱去叫她？婆说：别人不理了，咱也不理？她到下河湾还不是为了挡我？！

狗尿苔并没有立即去叫杏开，出了门却向南走，拐了一个巷子看夜里的村子有什么动静。婆说他是老鼠变的，他想他可能就是老鼠变的，一到晚上就不愿早早睡觉，希望着村里又有什么革命活动，或者谁和谁又在吵架，或者一堆人聚在什么地方吃烟谝闲了。今夜里巷道里任何事情都没发生，也没有任何人，狗尿苔一个人再从巷子里转回到杏开家的院门外，门口有着一个黑影，突然间不见了。

狗尿苔问了一声：谁？

谁也没回应。刚才是谁家的猪从圈里跑出来吗？猪是最沉默的东西，往往夜里从猪圈里出来，一声不吭。大前年老诚家的猪就这么出来，结果狼进了村，狼就把猪的一只耳朵咬住，再用狼尾巴在猪屁股上来回扫，猪就拙口了似的跟着狼走了。狗尿苔担心着谁家的猪怎么又跑出来了，而老顺家的狗在村西头叫了一下，再没有叫第二下，就往杏开家院门上一看，门环上却挂着一双鞋。这是一双鞋尖有了洞后跟磨出窟窿，鞋帮子也裂开的脏布鞋。狗尿苔先还在想：这么烂的鞋挂在门上？！立即意识到刚才的黑影是人，是人挂上的，是在骂杏开是破鞋。狗尿苔忽地火上了头。

谁？他又低声说了一句。

巷子窄长，两头没有动静，斜对面是个厕所。狗尿苔知道那人肯定是藏在了厕所，但厕所里的人不知是谁，而无论是谁都能打过他狗尿苔，他就需要用计，便故意脚步重着要离开，走到厕所门口了，突然把住门口，但那人却猴一样翻过厕所墙顺巷子跑开，身影子是牛铃。

狗尿苔那个气呀！如果是别人，狗尿苔或许就不撵了，却是牛铃，狗尿苔说啥都要撵上。牛铃跑不快，不跑了，站住说：你要打，我能打过你，可我不打你。

狗尿苔说：你把啥往杏开的门上挂呢？你咋不挂到你家门上？！

牛铃说：我又不是破鞋。

狗尿苔说：那谁是破鞋，杏开是破鞋？你看见她破鞋了？！她就是破鞋与你屁事，你要挂的还是谁让你挂的？

牛铃说：这你不要问，姓朱的都骂她的，你问她！

狗尿苔说：我问她？她把我叫叔哩！

牛铃说：她啥时叫过你叔？

这话倒是真的，杏开从来没叫过他是叔的，不叫叔也罢，还在他面前待理不理的。狗尿苔火气就小下来了。

狗尿苔说：你甭管叫不叫我叔，你给我把鞋从门上取下来！

牛铃说：咱都跑到这儿了，还再去取？不取行不行？

狗尿苔说：不行！

牛铃说：要我取，你得把你的毛主席像章给我。

狗尿苔不情愿地从自己胸前摘下了毛主席像章，为了鄙视牛铃，他要把毛主席像章扔到地上让牛铃趴下去像狗一样去捡，但一想，这是毛主席像章，不敢扔的，就没有扔。

55

虽然还是乱哄哄的，还是马拽牛不拽的，磨子毕竟安排着把苞谷稻子都收过了，但后洼地里的红薯还没有挖，麻还没有割，中山根的坡地里棉花已拾过了，棉花秆也还没拔。生产队的地要翻种，自留地要翻要种，榔头队和红大刀的革命活动似乎都少了，钟声一响，姓朱的人家就往地里去了，姓夜的都在门口看着，等着也是姓夜的人过来，说：去呀不去？应声说：去么，再和人有仇和地没仇呀！一伙人就相跟着下地了。两派在一块地里干活，各派都聚堆儿，各干各的，各说各的。狗尿苔既不是榔头队的，也不是红大刀的，他先和支书、守灯、婆，甚至还有善人，在另一处干活，他们从头到尾都不大说话的，狗尿苔就浑身像生了虱一样不舒服，便提了火绳，一会儿说去尿呀，一会儿又说去厕呀，连婆都在骂他懒牛懒马屎尿多。但是，正因为狗尿苔有火绳，榔头队的人叫他去点火吃烟，红大刀的人也叫他去点火吃烟，似乎谁喊叫狗尿苔都没忌讳，狗尿苔成了两派人的话题，虽然大家都在作践着，戏弄着，狗尿苔觉得很快活。这么着到了太阳正午，姓朱的人说：该收工回家做饭了。也不招呼姓夜的，姓夜的看着姓朱的拿着农具回家了，也就都回家。当然，姓夜的到了后来也不是看姓朱的干啥他们才去干啥，而是一部分看见姓朱的去挖红薯了就去挖红薯，一部分则去犁地。姓朱的说：地是该犁了。也套了牛去犁。

　　不管谁犁地，狗尿苔和牛铃就套牛，这已经规程了，他俩从牛圈棚牵出牛，又背了一盘牛跟斗和牛缰绳，早早到地里，等候着犁把式来。犁把式都是一样的坏脾气，他坐在那里吃烟，看着你套牛，套不好了就是个骂。开始犁地了，你不能坐在地头，即便没事，得跟着他走，跟着走必须捡拾着犁出来的苞谷根茬和长出来的马乍菜和刺蝶菜，每一个根茬把土弹干净，每一棵马乍菜和刺蝶菜都掐去根了，就放到一边，然后再抱到地头，这是犁把式们收工后要带回家做柴做菜的。犁提得高还是提得低，完全依着地的土层深浅干湿来决定，提得高了牛跑得快，牛跑得快了又滑了犁，土犁得太浅，犁压得低了，牛便拽着费劲，犁把式们就开始呵斥了，他们把牛和狗尿苔、牛铃一样看待，混合着喝来吆去。牛铃先是给牛路套牛，牛老是走不端，缰绳就绊在牛腿里边，牛铃用手压缰绳让牛腿能踏出来，牛蹄子就踢他，他就不敢蹾到牛肚子下压缰绳，牛路便从牛铃的爷爷骂起，骂到他大，又骂到他能干了啥，啥都干不了，说你这碎䬾吃饭端个大碗，却吃得还像个瘦猴，瘦就瘦吧，狗日的碎䬾还朝三暮四，东倒吃羊肉西倒吃狗肉。牛铃知道牛路是嫌他是红大刀的，就不干了。不干了滚，让狗尿苔来！狗尿苔就和牛铃交换了，狗尿苔比牛铃要殷勤，牵着牛鼻圈在前边领行子，钻到牛肚子下压缰绳，又在土里捡拾了苞谷茬，还要时不时给牛路点烟。但牛身上的牛虻就常常趴在自己身上叮血，一叮一个红疙瘩，火烧火燎地疼。收工后，犁把式们扛着犁就回去了，啥也不再管，狗尿苔和牛铃让牛在地畔上啃一会儿草，然后赶着去牛圈棚，才放口大骂：背锅子——！我×你妈！短脖项——短脖项！你不得好死！他们用最难听的话骂这些犁把式，骂得解气，就嘻嘻哈哈大笑，筹划着夜里去河里捉昂嗤鱼呢还是到瓷货窑上要去。窑早不烧了，守灯每晚还在窑上睡，不是他到山顶的山神庙去找善人，便是善人从山神庙下来到窑上，牛铃和狗尿苔就要去听善人讲他说病的事，或看守灯怎样跟善人学着在麦麸子布袋里拼接瓷瓶儿。

但是，他们到瓷货窑上去过两个晚上，守灯和善人就被磨子安排着去虎山收黑豆。去虎山收黑豆需要三五天，把豆秆子割了又把豆荚子碾了，背了纯黑豆回来。磨子安排了守灯和善人去，守灯和善人不能不去，安排的还有四个人，迷糊也算一个，迷糊不去，磨子也没办法，就派了看星和本来。迷糊跟着大伙去挖红薯。

红薯地里有男的有女的，男的在前边只管挖，女的在后边捡拾着再搓了土往筐子里装。以前的迷糊在地里劳动，嘴里粗话不停，惹得妇女们就给他装裤裆，他也好那一吊子，甘愿让把头装进自己的裤裆里，被抬坐在地堰上，这样就可以不劳动了。现在没了妇女来和他说话，挖一阵红薯了他就歇下来拿眼看这个看那个，又把一个大红薯装在裤裆里，故意戳得老高，走到明堂媳妇面前，说：你看这是啥？明堂媳妇没有看，也没理他。迷糊就说：我给你说话哩。明堂媳妇说：说啥的？迷糊说：明堂有没有这粗的？明堂媳妇说：比你头粗！提了筐子就走。迷糊来拉，拉得明堂媳妇跌了一跤。明堂媳妇便骂迷糊：这里又没母猪，你发骚了到地堰的石头缝里去戳么！旁边人就嘿嘿笑。迷糊养猪，总是养母猪，但养母猪又不给母猪配种生猪娃，而且白天猪在圈里，晚上把猪关在屋里，他对人说把猪关在屋里是害怕猪被人偷，或者猪半夜跑了，但村人却传着迷糊夜夜要和猪干事哩，听到过半夜里猪在叫唤。这事人都在背地里议论，从没当面说过，明堂媳妇这么一说，迷糊就翻了脸，骂明堂媳妇。明堂媳妇也回骂，双方一高声，在另一块地里挖红薯的明堂就跑过来帮老婆，两人像公鸡掐仗一样，脖子伸着往前扑。迷糊说：做啥呀，做啥呀，要打架呀？明堂说：你耍流氓，就是欠打！迷糊说：那你来，你来打，看你把老子球咬了！竟然就解裤带，手在裆里掏。明堂一下子就扑过去，两人抱在一起倒在地上，你翻上来，我又翻上来，从坡上滚下去，滚到那一堆红薯边，明堂把迷糊压在了身下。地里的人都不干活了，站在坡上看热闹，还一哇声喊：咬球么，咬球么！当迷糊尖叫了一下，明堂从迷糊身上站起来，人们才觉得出事了，不敢再煽火了，跑下来拉架，而迷糊的裤子被扯开了，他双手捂着腿根，他的那东西果然被明堂咬了，没有咬断，牙印子上渗了血。

而站在人群里也看热闹的来回，咚地一头栽倒在地上，她的病又犯了。

咬球的事让古炉村人说了几天，先是当笑话说，后来竟然传到了下河湾和东川西川，就觉得丢人现眼了。天布和磨子到洛镇去见武干，武干就提到这事真不真，天布说：是有这事。武干说：人骂人说咬球呀，还真有人咬球啦！咬球的人是谁？两人一脸无光，没有说是红大刀的明堂。

迷糊在古炉村向来就是赖，谁也不怕，村人说他是球咬腿。球咬腿的人现在球让明堂咬了，迷糊害怕了明堂，再见到明堂就躲，而明堂不在就又叉着腿走路。生产队里干什么活，他就也去，去了还是叉个腿，然后就坐着不劳动，不劳动还得记工分。一些人有意见，磨子说：记就记吧，球都让咬了还不给人家记工分？

明堂倒一时成了角儿，红大刀一有了活动，必然少不了他，他一去大家就说咬球的事，说：打人打脸，你往狗日的脸上打么，咬那球？明堂说：有球才有势，我看不惯狗日的在榔头队里张狂，想去了他的势！大家就起哄说：既然咬了咋就没有咬断，让那狗日的彻底断子绝孙？明堂才说了原委：那东西臭得很么。

狗尿苔一直在恨着自己没有看到那咬球的场面，那天他是跟着长宽去犁地，长宽干活是个死筋子，须要他把没法犁到的地头用镢头挖了才收工，当他得到消息跑到后洼地的时候，打架已经结束了。他只说榔头队会寻红大刀的麻烦了，双方搁不下了，至少，迷糊要报复了，村里又要热闹开来，但是，他没有想到的是村子里一切安然。这日吃了午饭，猪也不喂，他就在巷道里转，大字报栏上没有新贴的纸，宣传栏上也没有新贴的纸，牛铃也在那里转悠。谁家的孩子又拉了屎，在吆吆吆地叫狗，三只四只狗热烈地说着话顺了巷道跑。

狗尿苔说：没啥事吗？

牛铃说：咋没事呢？！

狗尿苔说：不文化大革命啦？

牛铃说：咋不文化大革命啦？！

出工还有一段时间，两人就到大碾盘上去斗石子棋，斗石子棋的水平牛铃比狗尿苔高，狗尿苔眼看着要输了，迟迟不肯再走棋子，抬了头看旁边的苦楝树，树枝茂盛，像浮着一层绿云。牛铃说：走呀！走呀！狗尿苔说：咋没个苦楝籽掉下来？牛铃也抬头往树上看，狗尿苔的一只手在下边就换了一步棋子。等牛铃再看棋局，发现棋子不是了原来的样子，就说狗尿苔你挪了棋子，狗尿苔不承认，两人就嚷着，红脖子涨脸。老顺进了院门，又走了出来，说：哎，碎骸，没看到你婶子吧？

狗尿苔立即说：没见么。低了头小声说：谁把她叫婶子了？！

老顺说：早上一起来人就不见了，我到自留地忙回来，只说她在屋里的，咋人没影，冰锅冷灶的？

牛铃说：不知道。

老顺就变脸失色，顺着碾盘后的土路往土塄那儿跑去了。

狗尿苔说：她咋啦，两口子吵架啦？牛铃说：你不知道她又疯了？狗尿苔说：听说犯了病，那病犯过就没事了。牛铃说：这回是疯圆了，今早我还见了呢，披头散发像个鬼，拿了个扫帚在支书家的前路上扫，我说你这干啥哩，她说扫云呀。狗尿苔说：那你咋给老顺说不知道？牛铃说：咱要斗棋呀！狗尿苔一把将棋局抹了，说：咱到河里看看去。

不知怎么回事，狗尿苔听说来回犯病走失了，他脑子里立即就想到了州河。来回是从州河里捞到古炉村的，会不会不愿意当古炉村人又要回到州河里去！但是，州河里没有见到来回，连河堤边的芦苇园里也没来回的影儿。他们顺着镇河塔继续往下寻，牛铃一边嘟囔着不寻了，到哪儿寻去，一边就翻着那些他能翻动的石头。翻开的那些石头下差不多都要爬出个小螃蟹，口吐白沫，斜着爬行，牛铃说：狗日的螃蟹也羊癫疯了？狗尿苔就盯着小螃蟹看，牛铃却提起了一只螃蟹，撕掉了一条腿，再撕掉了一条腿，所有的腿都撕掉了，螃蟹成了一块肉疙瘩，狗尿苔一下子扑过去抓住牛铃的胳膊往后拧，牛铃哎哟哎哟叫，狗尿苔说：你也知道疼啦？它招你惹你了？！牛铃挣脱开来，说：我撕的是螃蟹！狗尿苔说：螃蟹就是来回变的！牛铃说：人能变成螃蟹？狗尿苔说：咋不能变螃蟹？我还变捶布石哩！牛铃说：你还变捶布石？你变，你变！狗尿苔当然变不成石头，他要说他有时感觉自己就变成了捶布石，但这话给牛铃说不清，就是能说清，牛铃也感受不来，他不愿和牛铃一块寻来回了，自个向河堤的一个石塄下走去。牛铃还在身后说：你对来回好哩，来回啥时说过一句你的好话来？！

走过了石塄，杏开却在那里洗衣裳，洗过的衣裳就晾在河滩的一片石头上，五颜六色，像突然开了许多花，也像天上掉下来了彩霞。狗尿苔说：啊咋不在泉里洗？杏开说：我想在哪儿洗就在哪儿洗！杏开又是冷言冷语待他，狗尿苔咽了一口唾沫，没生杏开的气，他知道杏开就是这脾气，还可能杏开也心里窝着气吧。他说：在河里洗着朗然。见没见到老顺的媳妇？杏开说：她不愿见我，我也不愿见她！狗尿苔就不和

506

杏开再说了，牛铃趁机撵上来，说：还是我好吧？

两人离开了石塄，牛铃说：你发现了没？狗尿苔说：发现啥？牛铃说：杏开洗的衣服里有黄军上衣，她给霸槽洗哩。其实狗尿苔也看见了那些衣服里有霸槽的，说：你管那么多，洗个衣裳有啥哩？牛铃说：都说杏开晚上就住在窑神庙啦。狗尿苔说：谁说的？胡说八道口生疮啊！

狗尿苔和牛铃没有寻着来回，老顺在塄畔下、后坡上，跑遍了巷道间所有人家，甚至还到中山腰的窑场也都寻过了，仍是没来回的踪影。古炉村人这就慌了，看着老顺哭声拉着说媳妇对他怎么怎么好，白天给他做饭，给他挠脊背，黑来抱着他的脚睡，突然间就没有了，怎么能突然间就没有了呢？人们就劝他：她自动来的又自动走了，算了，老顺，那是缘分尽了。老顺还在说：她不会的，她是犯了病糊里糊涂走失了。人们也只好说：那大家找，都找，或许她清醒后就回来了。

狗尿苔相信着老顺的话，来回是犯了病糊里糊涂走失了，可她能走失了哪儿呢？突发奇想：羊癫疯病犯了要昏倒的，昏倒在了谁家的尿窖池里？他拿了竹竿挨家挨户地搅人家的尿窖池，搅到了秃子金家，半香说：要验尿水啦？狗尿苔说：我看里边掉啥了没。半香说：你们古炉村怪得很，尿窖池不棚盖，那么深的屎尿就在巷道旁边，黑来走路都害怕哩。狗尿苔说：你不是古炉村人？半香说：我娘家都是旱厕所。你把啥掉进去了？狗尿苔说：看老顺的媳妇在没在里边。半香说：那么大个人能掉进去？掉进去没个响声？她从河里能爬出来，尿窖池子里还爬不出来？老顺的媳妇？她算什么媳妇，领结婚证啦？人家能跟了老顺就是一时救急，急救过了不走，还让老顺一辈子睡呀？狗尿苔拿了竹竿又去了另一家。

就在狗尿苔搅了十八家尿窖池子，霸槽从洛镇上回来了。霸槽是什么时候又去的洛镇，大多数人却不知道，他是在县上参加了县联指系统的会议后，在洛镇各个村的联指队头召开了一次新阶段工作的部署会议，就和两个背着长枪的人回到了古炉村。一进村，水皮和秃子金就厮跟上了，他们没有去窑神庙，没有召开椰头队会，也没有在村里敲锣打

507

鼓地宣传，就直接去了牛圈棚。

　　自红大刀占据了老公房后，榔头队的人还是第一次进牛圈棚院子，水皮有些怯，提议是不是多叫些人，霸槽说用不着，有枪哩你怕啥，腰杆子挺硬着走。一进了院子，老公房的台阶上有人脱了袄在捉虱，突然看见霸槽领人进来，啊了一声就跑进房去，房里立即就出来了五六个人，都紧张了，却不知道咋办，提着拳头，睁着眼睛，呼哧呼哧出气。霸槽瞧也没瞧他们，只是喊：朱大柜！朱大柜！支书正用刷子给一头牛刷毛，听见喊声，隔着牛胯往外看，牛鞭挡住了他的视线，往起站的时候，脚下的牛粪滑得跌了一跤。霸槽还在喊：朱大柜！朱大柜！支书就走出来，他看见了是霸槽，还有背枪的人，就说：叫我？赶紧从柱子上取下夹袄披上，整了整夹袄袖子上的袖筒。霸槽说：啥意思？袖筒上满是牛粪是表示不满吗？支书就在地上抓麦草先擦手，再擦袖筒，站了过来。霸槽就大声地说：洛镇开办了毛泽东思想学习班，凡是洛镇公社的地富反坏右、牛鬼蛇神，都要分批去学习班接受学习和改造，你听见了没有？支书说：听见了。霸槽说：听见了没有？！支书说：听见了。其实，霸槽是知道支书听见了，面对面说话，支书能听不见吗？他是要给老公房门口的人说的。老公房门口的人是听见了，他们呼吸还紧促着，但没有从台阶上下来。霸槽然后就指着背枪的人，说这两位同志都是洛镇来的，一个是黎同志，一个是焦同志，黎同志和焦同志专门来宣读文件的。支书说：噢黎同志，焦同志。水皮说：你称什么同志？谁是你的同志？！支书就不再吭声了，他在后腰带上取烟袋，取下来了又别在后腰带，姓焦的就把长枪换了一下肩，拿出一张纸开始宣读，宣读的是洛镇毛泽东思想学习班的第一号通知，上边有参加第一批学习改造的人的名单，名单很长，支书听到了公社书记、社长的名，听到了下河湾、西川村、东川村、瓦房村支书的名，念到第十二位，第十二位是朱大柜。

　　宣读完了，支书在搓着手，说：几时去？姓焦的说：现在就走。支书说：那我回去给老婆说一声。姓黎的说：不用啦！支书就跟着他们走了。走到院子中间，回头看了看站在老公房台阶上的人。霸槽说：看啥呀，是不是还想找一个给你陪伴的？！台阶上的人骚动了一下，有人从台阶上要跳下来，但衣襟又被另外的人拉住了。院门口呼哧钻进一只狗，嘴里的舌头吊出多长，霸槽他们往出走，它往里钻，霸槽从姓黎的身上卸下枪，就给狗了一枪托，狗一下子趴在院门口不再呼哧了，霸槽大声地骂：好狗不挡路！

狗尿苔搅尿窖池子搅到灶火家，灶火和本来在门口说话，灶火说：说鬼话吧，他霸槽有枪？本来说：就是背了枪，真枪！灶火说：他是从哪儿弄的枪，镇咱呀？狗日的，他手里有枪啦！就燥了，指着狗尿苔说：你还搅，搅得臭不臭，那是个人又不是鸡呀猫呀的就掉进去了？！狗尿苔也就不搅了，问：谁有枪啦？

狗尿苔明知故问。他听出来是霸槽和别人背了枪回了村，心里也是咯噔一下，上一次霸槽拿回了炸药，吓得红大刀紧张了一阵，灶火的手就那么炸了，现在霸槽又背回了枪！不管怎样，狗尿苔越来越佩服了霸槽，真是能折腾也会折腾的人么，天布、磨子，还有这个灶火行吗？不行。狗尿苔伸出了大拇指，又伸出了小拇指，在小拇指上吓了一口。灶火手又指过来了，虽然再不攀吊在脖子上，指过来的还是一个白纱布包。

灶火说：你吓的啥？！

狗尿苔说：我嘴干。

灶火骂了：是 × 干！

灶火不撙狗尿苔，狗尿苔也要走呀，他想去看看霸槽背回来的是杆什么枪。民兵训练时他就乞求也能放一枪，天布不让放，这回乞求霸槽，说不定霸槽会同意哩。狗尿苔顺着横巷就往窑神庙去，但是，就在三岔巷的药树底下，猛地刹住了脚，又急忙隐身在药树身后，因为他看见霸槽一伙人从巷道往西走，霸槽背了一杆长枪，太阳在枪管上跳跃，使他看不清枪管多长，而在他们前面的是支书，已经不再披着那件黑布褂子，是紧紧地穿在身上的，胳膊上戴着黑袖筒，头上的汗也在太阳下闪着亮。狗尿苔从三岔巷往北跑，跑出窄巷往又顺着北边塄畔跑回自家院子，婆在院门口抱柴火，他一下子把婆推进院，就把院门关了。

婆说：狼撵哩！他给婆说：把支书拉走了！婆说：咋又被拉走了，这回是红大刀拉走的？他说：还是霸槽，还带了枪，他们拉走支书还能不来拉你？婆说：到底咋回事，咋回事？狗尿苔没有给婆说，把婆推进上房，把上房门锁了，再出来锁了院门，把钥匙攥在手里，蹴在门口。

狗尿苔在设想对策：如果有人来叫婆了，就要说不知道婆到哪儿去了，他也是才回来的，回来寻不着院门的钥匙。但是，人家不信，要搜他的身咋办？狗尿苔便把钥匙藏在了院墙头的瓦缝里。藏好了，又想：人家用别人家的钥匙来开门了又咋办？狗尿苔在地上寻柴棍儿，要把柴棍儿塞进锁孔里，让任何钥匙都无法捅开，直到他们不寻婆了，宁愿再把锁砸了换个新的。刚寻了个柴棍儿，跟后从巷子那头进来，跟后现在是霸槽跟前的人了，是不是就来叫走婆的？狗尿苔急忙把柴棍儿塞进锁孔，然后就抱着头坐下来。他坐下来是假装着他开不了门，而抱着头却是他不敢看跟后，但是，眼睛不看跟后，耳朵在动着，而且浑身都似乎长了耳朵，耳朵全在动，逮听着跟后的任何声响。

跟后走近了，没有说话，拧着狗尿苔会动的耳朵。

狗尿苔把手从头上取下来，他看着跟后，跟后的头剃得青光，冒着汗，那汗不是水，是油，一颗一颗粘在那里。狗尿苔突然说道：你咋没去？

跟后说：去哪儿？

狗尿苔：跟霸槽呀！

跟后说：水皮和秃子金跟着，我就不去了。

狗尿苔说：那他要屙屎呀咋办？

跟后这才明白狗尿苔奚落他，就恨恨地又拧狗尿苔耳朵，说：你婆呢？

狗尿苔立即站起来，问着跟后找婆干啥呀，他准备好了，一旦跟后说拉走婆，他说说婆不在，他回来院门就锁着，而且锁孔里让哪个狗日的塞了柴棍儿。但是，跟后却说娃他妈病了，要婆过去看看。狗尿苔一下子心松了，重新坐在了地上。

510

狗尿苔说：娃他妈病了？唉，好长日子也没去看娃了。

跟后说：瞎婆娘病得不是时候！

狗尿苔说：我婆不在呀，是不是请善人，善人说病灵哩。

狗尿苔害怕着婆在屋里听到跟后媳妇病了又跑出来要去看，就竭力推荐着善人，似乎善人是神仙，手到病除。跟后拍了拍门扇，说：好吧。却让狗尿苔去请善人。

狗尿苔只好去了一趟山神庙，善人正在切南瓜片，切下了用绳子串了一条一条往墙上挂。善人说：支书被拉走了，知道不？狗尿苔说：知道。善人说：没有去叫你婆吧？狗尿苔说：都没叫你能叫我婆？！善人说：好好好，你狗尿苔现在凶了！狗尿苔嘿嘿笑着，趁势就提了一串南瓜片，说他要带给他的干儿子。

跟后家是三间房，房子破烂不堪，东檐头苫着牦毡，檐下的墙皮掉了一大片，样子像一个人在那里站着。那个干儿子脸脏得像画眉鸟，坐在院里吃饭，碗还是木碗，裂了缝，用绳子纳着。狗尿苔进去把南瓜片往墙上挂，问干儿子：吃啥饭？干儿子：糊糊。善人说：让我看看啥糊糊？不是白面糊糊，也不是苞谷面糊糊，是红薯面糊糊，没想孩子说：不要吃我饭，不要吃我饭！善人说：跟后呀，日子咋过成这样了，咋请得起我来说病呀！跟后的媳妇从屋里出来，说：让你笑话了！我整天唠叨着让他收拾房子，让他去南山里换些粮哩，他就不么，他不顾家么。说着说着就骂开了：不顾家你娶媳妇呀？你口了娃你不养娃？！跟后说：房子倒了？我看这房好着哩！都是生产队分的粮，咱没啥吃是你不会精打细算过日子么！跟后媳妇说：葫芦的娃没你多吗，人家咋着活的，人家去山里用米换了三次苞谷了，你去过一次了么？！生产队靠不住，就凭自留地的粮哩，人家咋种自留地的，你又是咋种的，籽儿一撒就没事啦，苞谷苗苗没草高，还指望收多少苞谷？！跟后说：你这麻迷货，你没见我没空吗？我去喝酒啦、赌钱啦？我去干革命了你知道不？！转过头给善人说：咱这媳妇不贤惠么。你知道，我在檊头队里跟着霸槽，霸槽干革命没黑没白的，撵得我和水皮，还有秃子金，都是提了裤子寻不着腰。不能不积极啊，责任大呀！善人说：你只知道你的责任大，你不知道世上每个人的责任都不小啊！咱都是农民，若不尽心尽力做活，每亩地少收一半粮，十亩地少打十斗，你说少打十斗，亏了谁呢？跟后说：亏了生产队。善人说：因为少打了粮，就少吃饭吗？跟后说：不能少吃。善人说：我也不能少吃一口饭。那究竟亏了谁呢，实在是亏了所有人。善人说毕，就问跟后媳妇是啥病。跟后媳妇说她都是让跟后气得来，几年前肚皮上就起了一个包，起初只肿着，日久变成了疮，出头流脓，年前用宽带子把腰紧上，压住疮口，还能照常做活，到了前几天，出猪圈里的粪震着了，腹部的疮肿得像水瓢，疼痛难忍。善人让她把带子解开，看了看疮，说：你这么穷，这病你治不起，药太贵了。善人竟这么说话，跟后愣住了，狗尿苔也愣住了，跟后的媳妇哐地把拿着的小板凳扔到了地上。

她大声地说：你是说我等着死了？

善人说：你想吃啥了就吃点啥。

她说：你不给我治，我也死不了！

善人说：那为啥？

她说：我上有两辈老人，下有孩子，还得我养活！就是我没福，老人孩子哪能都没福呢？

善人说：喂哎，你还是个孝子啊！这么说有你的命在啊！有你的命在啊！

临走，给开了三包药的药方。

狗尿苔陪善人出来，问：她真的病那么重吗？善人说：重着。又问：你那药吃了能好吗？善人说：保住命就是了，终究是个残废人了。狗尿苔这个晚饭吃着不香，夜里也没睡好。

56

把支书送进了洛镇学习班，霸槽和水皮、秃子金买回来了几十尊毛主席的石膏塑像，榔头队的成员差不多家里都可以供上一尊。榔头队当然要庆祝，就每人抱一尊，敲锣打鼓在村道里游行。姓夜的人家都打开门，有鞭炮的放一串鞭炮，没鞭炮的站在门口鼓掌或者击打着瓷缸和脸盆。姓朱的人家知道榔头队之所以游行，说的是请回了毛主席石膏塑像，内心里还是高兴着把支书送进学习班而煞红大刀的威风，就都闭门不出。游行队伍经过院门外，因为人家都抱着毛主席石膏塑像，不能从院子里往外扔烂袜子臭鞋，孩子们要趴在院门缝往外看，当然就被大人过去扇个耳光，院子里就有了骂声和哭声，直到孩子开门逃出来，大人还要追出来用笤帚打。游行的队伍不免有些骚乱，水皮在喊：干啥，要干啥？回答是：打娃哩！水皮就停下来，游行队伍也停下来，水皮很威严了，说：我们在庆祝哩，你打娃？回答说：你庆祝你的么，我打我的娃！笤帚打在孩子的头上，又是骂：你跑你妈的 × 哩，你给我跑？！水皮伸着脖子要争辩，霸槽把水皮拉开了，说：要允许输家发脾气骂人么！游行队伍喊着口号走过去了。

灶火急火火地来到了天布家，天布和磨子在家吃巴瓜，一拳头把瓜砸开，两人把瓜吃了，也把瓜里的瓤都吃了，不吐一颗籽。灶火说：这是啥事么，好像毛主席是他们的毛主席？！磨子拉灶火坐下，说：我和天布正说这事的。灶火说：咱每次都晚人家一步，你当头儿的得想个法子呀，要这样下去，长人家志气，灭咱们威风，怎么发动群众，争取群众？天布说：你去把守灯给我叫来。灶火说：四类分子都是死老虎，你就是把他批上十回八回顶个屁用！天布有些生气，说：你只管给我叫去！灶火到守灯家，守灯在炕上睡着，叫来了，天布说：守灯你干啥哩？守灯说：我检讨罪行哩。灶火说：你睡在炕上检讨哩？！守灯说：我没睡着，在心里检讨着罪行，想着怎么重新做人呀。天布说：那好，既然要重新做人，那我问你窑封后，窑上还有多少瓷货？守灯说：当时窑上有一批货，后来都转到窑神庙了。天布说：榔头队动不动就去镇上县上开会哩，联络哩，买笔墨纸张又买炸药呀，还买了毛主席石膏塑像，他霸槽的行头也越穿越新，他们哪儿有的钱？没等天布说完，灶火就说：对对对，他们是把瓷货卖了是不是？守灯说：这话我可不敢说。灶火手指着守灯：你为啥不敢说，霸槽给你分钱了？你是榔头队的？守灯说：你把手挪开，不小心我撞了，你又说我故意的。天布就让灶火坐下，对守灯说：在窑神庙的瓷货有账，从窑上后转去的瓷货他们就可能没入账，那有多少货，你得列个清单，有上千件吧？守灯说：这倒没有那么多。灶火又说：你就写八百件。守灯说：我不能说瞎话，我说了，榔头队还不整死我！天布说：他敢？你是红大刀的人他敢？！守灯说：我是红大刀的？我这瞎瞎膏药，你能往红大刀上贴？天布说：要你重新做人嘛！守灯说：我一直要重新做人的。天布说：需要你配合时，你就好好配合。你拿个瓜，先回去吧。守灯拿了桌子上一个巴瓜，出门走了。

灶火说：你咋让守灯加入了红大刀？

天布说：他成分是高，你看见古炉村还有比他手巧的？

灶火说：他鬼心眼多，人不正，让他入了，红大刀的人会不会有想法，榔头队也就有了口实？

天布说：咱现在得先压住榔头队，压不住了，红大刀人心就会涣散。至于榔头队有什么口实，他们自己又都是些啥人？！

也就在当日下午，天布和磨子去了洛镇，当然他们找的是武干，才知道洛镇正筹备着革命委员会，这个革命委员会里要有各造反派的头头参加。天布就问有没有霸槽份儿，如果有霸槽就要想办法把霸槽取掉，能安排他或者磨子进去。磨子当场表示，让天布进。天布说：争取名额么，咱一块进。武干说革命委员会才是酝酿阶段，这里边还复杂得很，能不能酝酿成还说不准，而即便一切正常进行，古炉村毕竟是一个小村，他当然要争取红大刀的名额，万一争取不了，但有一点，他霸槽是坚决不能进的。心里有了底，天布和磨子就把古炉村目前的形势和红大刀下一步的行动计划给武干作了汇报。武干就建议一定要把握住四个字：针锋相对。榔头队干什么，红大刀就干什么，道高一尺，魔高一丈，只有处处压住了榔头队，红大刀才能争取更多群众，立于不败之地，才有可能加重进入革命委员会名额的砝码。武干的话使天布和磨子立即想到的就是去洛镇毛泽东思想学习班要求揪回支书批斗，既然霸槽能把支书送去学习班，他们从学习班再把支书要回来，就可以让古炉村人看看到底谁更厉害。两人和武干分手后，就在镇街上打问着毛泽东思想学习班在哪儿，没想，竟然就遇到了狗尿苔。

这让狗尿苔几乎吓了个半死。

狗尿苔是偷偷来替支书的老婆给支书送东西的。天麻麻亮，狗尿苔就离开古炉村，他带着一瓦罐炖好的鸡肉、一包烟末，还有几件换洗衣裳，他后悔着没有找着来回，如果来回在，来回是对支书最好的，能和来回一块去，即便被人发现了，他可以把一切推到来回的身上，来回疯着，疯着就可以做任何事的。但来回找不着。狗尿苔步行着到了镇上，已经是中午了，他四处打问着学习班在镇上的什么地方，后来寻到镇东关小学，果然学校门口有站岗的。站岗的背着枪，脸又平又扁，只说古炉村的人脸是柿饼脸，站岗的脸比柿饼还要柿饼脸。他往门口走，站岗的说：避远！他说：这不是小学？站岗的说：乒乓球案子不能用了，办学习班了！他不知道什么是乒乓球案子，说：啊就是学习班啊，我找支书爷。站岗的说：什么支书爷？干啥的？他说是古炉村的支书，送到学习班了。站岗的说：送来的都是牛鬼蛇神还什么支书？！他说：我来送几件衣裳。站岗的说：你是他什么人？他说：是我爷，让我进去吧，一送我就出来了，叔！他叫着叔，其实站岗的年纪并不大。站岗的被叫了一句叔，有些高兴，走近来揭开瓦罐盖儿，就拧一个鸡腿，他赶忙捂住，捂住了又放开手，说：你拧鸡冠吧，鸡就两个腿，你把鸡腿吃了，我爷还以为我吃了。背枪的说：你爷还不叫你吃？他说：爷和爷不一样。站岗的说：嗯？！他觉得他说漏嘴了，赶紧又叫：叔，叔。把鸡冠拧下来给了站岗的。站岗的刚把鸡冠塞在嘴里，院子里有人拉着架子车出来，车后跟着一个人，对站岗的说什么，铁门就打开了，拉车人突然哭了起来。站岗的咽下了鸡冠，说：不许哭！那人说：人都死了，我还不能哭呀？站岗的说：他自绝于人民，死有余辜，你再哭就不让拉出去了！那人止了哭，把车子往门外拉，铁门下有一根铁管子焊着，车子拉不出去，站岗的就对狗尿苔说：瓷着？还不帮手！狗尿苔跑过去帮着推车子，车子一晃，车上的被单里露出一个头来，男的，头发一半留着，一半剃光了，舌头吐出那么长。狗尿苔啊地叫了一下。他知道这是个死人，他也是见过死人的，马勺他娘死的时候他见过，满盆死时他也见过，连欢喜死他都见过，但没有见过这个人死了还吐舌头，舌头怎么会那么长呢？站岗的说：叫啥哩，不许叫！狗尿苔就不叫了。车子一拉出铁门，拉车人放声大哭，车子就在院门前的土路上颠颠簸簸拉走了。狗尿苔突然惊慌起来了：支书会不会也要死呢？就再次央求站岗的让他能进去，但站岗的不让进。狗尿苔没办法了，拿眼看院墙，唉，如果院墙不是那么高，他就不求这个柿饼脸了，如果这柿饼脸没有背枪，他也肯定硬钻进去了，可人家有枪！狗尿苔已经准备返回呀，但他想要一回赖，就大声说：你都把鸡冠吃了你不让进？站岗的龇牙咧嘴地要过来打他，而刚才跟着架子车的人已经返回去要转过一排房的拐角了，却转身，问：你是哪个村的？狗尿苔立即说：古炉村的。那人说：古炉村，是人咬球的那个村？狗尿苔说：是呀，是呀，让我进去看看我爷。那人说：古炉村的朱大柜是你爷？狗尿苔说：我爷，我爷，我送衣裳。那人就走过来对站岗的叽咕了，然后说：你进来。狗尿苔也不看站岗的就进了铁门，过门时还故意碰了一下枪杆子。那人领着狗尿苔走到房拐角了，让他站住不许乱动，狗尿苔老实地站着不动。那排房子坐北向南，他站在山墙下，山墙上贴满了大字报，也有许多画，其中一幅画着一个大锤子砸一个小鬼，他还想：锤子这么大，到底洛镇和村子不一样，古炉村里木榔头，人家用的是大铁锤！支书就从前边过来了。狗尿苔喊：支书爷！支书见是狗尿苔，着实吃了一惊，说：你咋来啦？狗尿苔说：我婆走不动，让我给你送衣裳。当下就打开了瓦罐，鸡汤已洒出了好多，他忙用指头刮了刮罐沿，把指头在嘴里吮了一下，说：支书爷，爷，你吃呀，没筷子，你用手捏。支书捏了一疙瘩肉在嘴里嚼，嚼，嚼了很久，但没有咽下去。狗尿苔说：香吧？这鸡还有一窝小蛋哩，婆说小蛋最有营养。他说着取出了烟末包和衣裳,支书把烟末包和衣裳接了,却把瓦罐盖了,说:肉你提回去,我吃不下。狗尿苔说:肉还有吃不下?领他进来的那人就说:时间到了!带了支书就走,支书转身的时候使劲地咳嗽,咳嗽得像是憋住了气,身子往前倾,一个肩头高,一个肩头低,但回头看了狗尿苔一眼。

狗尿苔就这样短暂地见了支书一面,他永远也忘不了支书回头朝他看了一下的眼神,这眼神他无法给人讲清,但在洛镇的街上,他一想起来,不知怎么就呜呜地哭了。当天布和磨子发现了狗尿苔一个人在洛镇的街道上哭,吃惊了,他怎么会在这里,问他哭啥哩。狗尿苔吓得全没了眼泪,他想跑,无法跑了,眼珠子就骨碌骨碌转,终于编起了谎,说是他婆让他来买雨鞋的,他却把鞋钱丢了。

天布把瓦罐盖揭开了,看见了鸡肉,说:你哭呀,你再哭么。

狗尿苔说:我哭过了。

天布说:你给我编谎哩?唵,你也不想想你能不能编得圆?!

狗尿苔一下子不行了,他说:天布叔,叔。就把什么都说了。

天布说:行么,你这碎骹,还能来看望走资派?!

狗尿苔说:我,我……这鸡是他家的,我只是来送送。不来看我也是黑人,我看就是来看了还能黑到哪儿去。

天布却没有再凶,对磨子说:这碎骹多亏长不大,再能长大那不得了哩!

天布和磨子把鸡肉用手抓出来吃了,只给狗尿苔留了个鸡翅,但他们并没有告诉他们来镇上的目的。

狗尿苔回到古炉村的第二天,天布和磨子把支书从学习班带了回来,回来当然是批斗的,批斗的还有守灯,批斗的内容说支书贪污了瓷货钱,说守灯在窑封后倒卖了窑上的瓷货。支书就交代他没有贪污一分钱,瓷货账本已经交给霸槽了,守灯也说他没倒卖一件瓷货,窑上的所有瓷货都转到窑神庙了。问题交代出来了,人们就押着支书和守灯去窑神庙查对,一路上喊着口号:保卫集体财产,谁敢贪污就把谁揪出来!霸槽、秃子金和水皮就从窑神庙出来，霸槽说：天布，你们红大刀来砸榔头队呀？！天布说：这不是红大刀的事，群众反映朱大柜和守灯贪污集体财产，这牵涉到每一个人利益，榔头队不至于保护贪污犯吧？霸槽没了理由，只好让都进了庙里。天布就说：是这，现在不说谁是榔头队的谁是红大刀的，朱大柜和守灯贪污一个碗，咱们所有人就少一个碗，咱们让群众推选几个人负责查。于是，榔头队推出霸槽和秃子金，红大刀推出天布和磨子，开始对账查货。结果，账面上记录着还剩两千件瓷货，守灯也说转过来三百件瓷货，而庙里的存货只清查出了一千八百件，五百件瓷货没了下落。所有人都目瞪口呆，磨子就说：那货呢？秃子金说：货都在这房子堆着，谁知道？磨子说：总不会被老鼠咬的吃了，你们在庙里住着能不知道？秃子金说：在庙里住着又咋啦，你们不也在老公房住着？住在庙里又不是来看守瓷货的，谁让看守瓷货了？磨子说：你们在庙里住着瓷货丢了，那就是你们贪污了。秃子金说：你有证据吗？灶火就跳起来说：啥证据？这又不是日 × 哩，日过了不破不烂的，这是瓷货，少一个就少一个！秃子金听出灶火的话里捎带了他媳妇偷汉子的意思，就说：你个贪污犯还有脸说人呀？！灶火以前当过生产队的保管，被大家怀疑贪污过三根木椽，虽然再没追究，但从此也没让他再当保管。灶火当下脸色通红，说：你提这话？我现在还怨恨当年给我披贼皮哩！我告诉你，我灶火行得端走得正，日他妈的才贪污了生产队的木椽！秃子金也说：我也告诉你，日他妈的才拿了生产队的瓷货！

霸槽坐在殿房门槛上吃纸烟，纸烟只剩下一指长的把儿了，去唾，纸烟把儿还粘在嘴皮上，没唾掉，用手取下丢了，说：吵啥哩，屁大个事有啥吵的？两派代表到殿房里协商这事，有啥协商不可的？！别的人都出去，涌在这里干啥呀？都出，都出！天布也就说：那好，大伙都出去，我们协商了给大伙答复。

几个人一进殿房，霸槽说：坐。天布、磨子就坐在凳子上，坐下了又觉得这窑神庙是古炉村的窑神庙，用得着霸槽像是在他家似的让你坐你就坐了？又站起来。霸槽便笑了，自个坐下，说：你们是不是怀疑我们把瓷货卖了？天布说：反正缺口这么大。霸槽说：是缺口大，可守灯说转过来三百件，是不是三百件当时又没清点，谁能说得清？再说，庙里整天都来人，外村的，镇上的，谁来了能保证不撞碎几件，临走时稀罕拿几件？古炉村产这东西，人家来拿几件算啥，你摘柿子谁到树底下你不给他一两个柿子？磨子没想到霸槽会这样说话，一时倒反驳不了，说：那也不能是这大的缺口呀？霸槽说：就这么大的缺口呀！磨子说：瞧你这么说就没事啦？霸槽说：榔头队批斗朱大柜，红大刀也批斗朱大柜，目标一致么，哪还有啥事？！磨子说：这是两码事！集体财产不明不白地没了，你问问群众答应不答应？霸槽说：要协商就这样协商，要让群众表态，那势必就得打架，那可是你挑起来的。气得磨子往霸槽跟前扑，站在霸槽身后的迷糊就喊：要打架啊？要打架啊？院子里的人都忽地警觉起来，两派立马各站在了一边。天布把磨子拦住了，说：迷糊你喊叫啥哩？选你是代表了？！出去！迷糊说：秃子金是代表，他不在我顶着！霸槽说：你出去！谁来打我？打我的人古炉村恐怕还没人吧？天布说：迷糊你出去，球都被人咬了，还诈唬啥哩？！迷糊恨了一声。天布说：你恨啥哩？迷糊就看霸槽，霸槽说：你出去，出去。迷糊一走，天布说：霸槽，好长时间了咱都没在一块坐过了，虽然两派，可都是古炉村的，都是在一块地里讨吃喝，既然你霸槽说瓷货撞的撞了，外人拿的拿了，这我都信你说的，但集体财产毕竟不能再糟蹋了，今日社员都在，就把剩下的瓷货都分了，分了大伙就不再有话说了。霸槽说：集体财产怎么说分就分了？天布说：你得看这阵势，你不分你去给大伙解释这么大的缺口，要闹起来我管不住，我可以立即走。霸槽就说：好啊天布，要来把瓷货分掉才是你的目的呀，好吧，我佩服你这用心，行，分就分吧，我霸槽还在乎这些烂瓷货？！

天布说：窑神庙里不仅有这些瓷货，还有那一百斤稻子、一百斤苞谷，也都一块分。

磨子说：那是储备下的粮……

天布说：储备着干啥呀，喂老鼠呀？！

霸槽一仰头，突然哈哈大笑，说：分！全分！

粮食和瓷货当下就分开了，按户分，不管是稻子是苞谷，一家一户一斤粮食，就各自或在夹袄口兜里装了，或在帽壳里盛了，瓷货一个瓮、三个盘子、六个碗。一时半会儿，分了个净光。

狗尿苔是最后一个分到的，但瓮比他还高，他无法把瓮扛回去，就横着放在地上往家里滚，滚到天布家的照壁下了，他听见了院子里有喝酒划拳声。

57

支书被揪回的当天并没有被送回学习班，这个晚上天阴着，没有月亮也没星星，他摸黑从河滩里给猪圈里担垫圈土，先前没有了垫圈土，总有人替他担着，现在圈里成了稀泥汤，猪都成了泥猪。他一气担了五次，第六次担着刚拐进巷，黑乎乎地从巷角过来了马勺，一下子把马勺撞坐在地上。马勺长年患偏头疼的病，又新添了他妈遗传下来的病，心也慌，去三婶家借了一枚金戒指，要喝用金戒指熬过的水。马勺一屁股跌坐在地上，已经看清是支书的土笼子撞了他，他装着没看清，发凶道：谁呀，眼窝呢，要眼窝出气呀，你会走路不会走路？！支书赶紧说：我没想到有人么，你从巷角过来脚步轻轻的。马勺说：我走路哩是打胡基呀要多大声？！哎哟，哎哟。支书放下笼担子，过去拉他，说：还疼不，疼不？马勺这才说：噢支书呀？咋是你嘛，黑漆半夜的你做啥哩？支书说：我担些垫圈土。马勺说：担土你说一声么，谁给你担不了，得你去？你回来啦？支书说：还得去学习班。马勺说：咋还去学习班？支书说：我现在是水里的葫芦么，按下去提上来，提上来按下去么。马勺心里说：落水狗么。嘴上却说：这不是糟践人么，你胃不好，要人命呀？支书说：这倒没事，胃病好了。马勺说：还能治胃病？从地上起来，说：那好，那好。就离开了，心里说：能治胃病？那你就好好去受批斗吧。

第二天，支书在家里等着送他去学习班，没人来，他就去中山坡垴上他家的老柿树上夹柿子。村里有柿树的人家差不多都夹过了，他家的柿树最大，柿子也结得繁，去夹的时候碰着狗尿苔，狗尿苔就帮着他夹。夹了一个上午，背回去了三背篓，树梢上还稀稀拉拉有七八个没夹净，支书说不夹了，给老鸹留些食，狗尿苔觉得给老鸹留得太多了，但树梢他爬不上去，就回家捎了梯子来。先是他上了梯子用竹竿去夹，还是够不着，便让支书上梯子，他在下边稳着，没想他梯子一头搭在树上，他用着脚蹬着梯子根，正指挥着支书往右往上夹柿子，脚下稍一松劲，梯子就滑了，支书掉下来把腿摔断了。

善人为支书接了骨，需要的簸箕虫和箧箧芽草都是狗尿苔找来的，狗尿苔觉得这都怪他，就一定要把柿树上剩下的柿子再夹回来。他尽最大的能力仍是爬不到树梢，就在树上抱了枝股使劲摇。老鸹在空中说：啬皮啬皮，不给我留！狗尿苔说：朝南那三个枝股上的给你留着！善人从山神庙下来，他要去复查支书的伤，见狗尿苔摇树枝股子，柿子哗里哗啦掉下来，他就在地上捡着如掉下的鸡蛋一样的软柿吃。支书的老婆也来要把夹下的柿子拿回去，捡起一个软柿，柿汁沥沥淋淋往下掉，善人紧跑过去，弯下腰用嘴去接，软柿却一下子全掉下来，嘴没接住，稀红的柿汁从下巴上滑落在地上。善人说：再好的饭倒在地上了就看着恶心。狗尿苔却在树上咯咯咯地笑开来。支书的老婆说：这娃，我一天愁得吃不下睡不着，你是那身份，倒这乐哉！狗尿苔说：我是碎娃儿。善人就说：你要学狗尿苔哩，人一变碎娃，神就来了。支书的老婆说：来啥神？善人说：再苦，你都要故意地乐，时间久了，真乐就能出来，阴气像一股烟飞了出去，百病全消，俗话说神出鬼没，乐就是神，阴气就是鬼，神一出来鬼自然就跑啦。支书的老婆说：那咋做得到呢？你说今年我家咋这不顺呀，不说他失了势，就那身子，只说胃病好了，没想腿却又断了。支书的老婆脸上皱纹本来就多，她一怄愁，鼻脸凹里的皱纹聚了一疙瘩。善人说：你要有另一种醒法哩。支书的老婆说：啥醒法？善人说：不当支书了，胃就好了，这就是坏事变了好事么，腿一断，学习班不是去不了吗，还不是好事？这人活在世上，有……善人突然不说了，背了手往坡根的路上走，支书的老婆还在说：你咋走呀，你？狗尿苔在树上急得要叫支书的老婆，又不能叫，想摘个柿子砸着她，也摘不到，脱下一只鞋扔下去，鞋砸在她的肩上，支书的老婆一扭头，看见了走过来的水皮，她也就闭了嘴。

水皮站在那里对狗尿苔说：狗尿苔你干啥呢？狗尿苔：你也去夹你家树上的柿子吗？水皮说：我问你干啥哩？狗尿苔：你没看见我在夹柿子吗？水皮说：给谁夹柿子？狗尿苔：给支书家夹柿子。水皮说：你是走资派的孝子贤孙啊！狗尿苔：我本来就叫支书是爷么。水皮说：听说是你稳梯子时他跌断了腿？狗尿苔：怪我没稳住。水皮说：你们故意的吧，弄断腿就逃避去学习班了？支书的老婆说：水皮，你不敢说这话。狗尿苔：你把你手指头砸烂，我给你家夹柿子！水皮恨了恨，背了背篓到他家的柿树下去了。狗尿苔还在说：你下不了手砸的话，我帮你砸！

古炉村的柿子都夹了，树上没了红柿子，柿叶也全落了，柿树又像冬天一样只剩下桩和一股一股的枝条，枝条平衡摆列，斜斜地朝上展开，形成一个圆形，远远看去，像是过去东川村庙里的千手观音，一尊一尊站在中山坡上。但是走近去，那观音就没了，枝股苍黑硬倔，像无数的蟒蛇突然向四面冲出，又像长胳膊大手，恶狠狠伸出来要打人。柿子夹回家了，有伤的摘掉把儿放进瓮里捂醋，囫囫囵囵没伤没疤的一部分存放到房顶用苞谷秆围了，让慢慢地变软，开春了拌稻皮干做炒面，一部分就削了皮做柿饼，拿绳子拴成一串一串挂在屋檐下的墙上。家家的屋檐下墙上或多或少地挂了柿子串儿，唯独霸槽家没挂，他甚至连他家柿树上的柿子都没夹。他不夹，也没人敢去偷着夹，所有的老鸦全飞在那里去吃。老鸦的长喙在柿子上啄出一个洞，把柿汁全吸了，留着一个空壳，稍有风吹，空壳就落下来。

霸槽越来越多地去了洛镇，这一个傍晚，他一回来，却往中山坡根去，跟后立即取了锨跟上了。但到了中山坡根，霸槽并没有屙屎，而站在了他大他妈的坟头。从坟头看过去，能看到霸槽家的柿子树，跟后说：村里的柿树就只有你没夹了！霸槽没吭声，跪下来磕头作揖。跟后说：你让柿子烂在树上呀？！霸槽说：你就操心几个柿子？！他磕了一个头，又磕了一个头，说：大哪，妈，我给你们说个事，我要进革命委员会呀！革命委员会是个啥，给你们说也说不清，比方吧，进入了就是官，比朱大柜大得多！这话把跟后吓了一跳，从坟上回来，跟后对人说：呀呀，霸槽要当官呀！听的人说：他当啥官，榔头队队长是啥官？跟后把霸槽在他大他妈坟头上的话说了，听的人仍是不信，说：他在哄鬼哩！

　　但是，也就从那以后，村里开始出现一个新名词：革命委员会。都在说要有革命委员会呀，但革命委员会是什么，大多数人并不清楚，水皮就给解释，革命委员会要取代原先的政府呀，县政府便变成了县革命委员会，洛镇公社便成了洛镇革命委员会。有人说：那还不是把猫叫个咪？！水皮说：革命委员会是文化大革命的政府，名字换了，人员当然换了，走资派全靠边了，造反派要掌权了！村人这才明白，朱大柜从此再不会是村干部了，再叫他也不能称呼是支书。接着，就又传出洛镇的革命委员会里要有霸槽了，以前下河湾出了个公社书记张德章，下河湾人就瞧不起古炉村，以后古炉村人该砸呱下河湾了。迷糊也就给人透露，杏开已经去洛镇买了六尺黑咔叽布呢，正给霸槽做新衣裳，是上下四个兜的那种。他这么悄悄地给人咬耳根，眉飞色舞，最后还说他四个兜的上衣好看，可前边开口的裤子好看却不耐穿，不能前后换着穿么，容易烂。狗尿苔听到这话，观察过杏开，杏开并没有什么变化，走路慢慢的，手里也没做针线活。他说：你最近忙呀？杏开说：不忙。他说：你做衣裳了不忙？杏开说：做啥衣裳？狗尿苔就不敢问了，觉得奇怪。再接着，村子里又传出要进入洛镇革命委员会的不是霸槽，而是天布。再再接着，传着洛镇革命委员会要进霸槽，也要进天布，霸槽和天布都要进革命委员会。天呀，解放至今，古炉村就出了个朱大柜，朱大柜也只是个村支书，现在一下子有两个人要进洛镇革命委员会呀！榔头队有

523

人放起了火铳，红大刀有人放了鞭炮，只有长宽说：坏了！面鱼儿问：咋是坏了？长宽说：荣耀是荣耀，可一山不能容二虎，古炉村还得不安宁么。

但是，谁也没有想到，洛镇革命委员会流产了。

洛镇革命委员会之所以流产，就是联指和联总你死我活，矛盾难以调和，他们的头儿更是坐不到一条板凳上，你指责我，我指责你，不共戴天。革命委员会成立不了，筹委会就在一段时间里将学习班的牛鬼蛇神集中一起到各村游斗。来古炉村安排在十九号，通知下来后，榔头队召开了会议，要求每一个队员都得参加，带上榔头。红大刀也开了会，要求凡是姓朱的不仅男人们去，老人孩子和妇女都去，杂姓的也尽量去，由灶火负责组织和联络。来游斗的当然有洛镇公社的走资派张德章，有下河湾的老支书刘江水，有东川村的支书李发林。还有一个校长。还有现行反革命分子刘天亮，他写过反动标语。有破坏军婚分子陆林，他是朱大柜儿子单位的技术员，和现役军人的妻子私通。还有姓李的一个洛镇信用社干部，有一个收音机，偷听敌台广播。少不了，还有朱大柜。这些牛鬼蛇神都戴了高帽子，帽子已经不是先前纸糊的帽子了，是用铁丝编的，然后糊上白纸，铁丝编的圈儿大小一样，但牛鬼蛇神的头有圆的有扁的，陆林的头小，戴上去压住了耳朵，而张德章的却是大头，根本戴不上，硬戴，铁丝就在脑门上勒出一道渠来。朱大柜腿还不能走，是坐在椅子上抬来的，负责游斗的是武干和一个络腮胡子，武干对古炉村熟了，看见朱大柜被人抬了来，并没说什么，络腮胡子却认为坐在椅子上算什么，是来听报告吗？命令把椅子撤掉。支书的老婆就寻了个棍让拄上，拄着棍站在那里不稳，支书的老婆急得说：得有拐杖，谁有拐杖呀？没人理睬，她就喊：狗尿苔，狗尿苔！狗尿苔没说二话就从人群里跑回家去，他是在一个木棍上钉一块板子，板子上又缠了他的一件破褂子，拿了来让支书顶在胳膊下。水皮说：你想得周到么！狗尿苔这才意识到自己当着这么多人给支书做好事哩，就说：他站稳了你们好批斗么。络腮胡子说：这是谁？水皮说：这就是我给你说过的狗尿苔，长得难看吧。络腮胡子说：哦，你过来！狗尿苔有些怯。络腮胡子说：四类分子关心走资派啊，你过来，就让他扶着你站！狗尿苔说：我不是四类分子。络腮胡子说：不是四类分子是贫下中农啦？！去站着！狗尿苔一下子傻眼了，支书说：我能站的，我挂个棍能站的，再说，他那么矮，我也没办法让他扶。支书把钉有木板的棍扔了，重新挂了先前的木棍。络腮胡子就看了看狗尿苔，没再说话，武干趁机踢了狗尿苔一脚，狗尿苔赶紧钻到人群里。

　　榔头队的人集中在会场的东边，都拿着长杆子榔头，榔头染得血红，霸槽就站在队前吹哨子整队，队列排得非常整齐，又一律胸前戴着毛主席像章，右手里还拿着毛主席语录本。西边的红大刀并没有列队，但人数却多，有拿着铁皮刀的，有拿着木板锯成的刀的，更多的是男人们却拿着旱烟锅，妇女们拿了线拐子和鞋底。牛铃是站在红大刀人群里，狗尿苔叫他，要给他吃红薯片子，但牛铃听到了不言传，反倒把头挺得高高的，显得很神气。狗尿苔就不愿意叫他来吃了，自己把红薯片子从口袋掏出来，还举着，对着太阳耀，然后塞在嘴里，咯嘣咯嘣地咬。会场的中间是些什么派别都不是的人，有长宽，有面鱼儿，有六升的媳妇，有扣子、百安、四狗和他那跛腿叔。这次没有让守灯和婆陪斗，他们也就在中间站着。还有善人。灶火的手已经去了纱布包，但他的右手上戴了一个手套，他从人群后走过来，经过狗尿苔面前，忽地一下把红薯片子抓走了，狗尿苔说：哎，哎！灶火并不回应，好像没事似的，过去对天布说：你也叫叫队，红大刀不是不会站队嘛！天布说：咱就凭人多哩，你看还有谁没来，都叫来！灶火伸了脖子瞅，瞅着了答应，问：你大呢？答应说：我大气管炎犯了，在炕上气短得爬不起来。灶火说：那你媳妇呢？答应说：来了，在后边站着的。灶火说：往前头站！就又对狗尿苔说：往这边站，往这边站。狗尿苔说：你叫我？灶火说：姓朱的都往这边站。狗尿苔说：我是姓朱。但婆拉了他一下衣襟，狗尿苔说：我哪派都不是。灶火说：那你就静静站在那儿，别一会儿又钻过去。狗尿苔说：嗯。一回头，霸槽却也在看他，他给霸槽笑了笑，头就低下了。半香就站在婆的身后，和面鱼儿老婆说话，秃子金就过来拉了她到榔头队那边去，说：你胡站啥哩！半香说：我又不是榔头队的。秃子金说：中间站的都是四类分子，你白衣服往黑墙上蹭呀？半香说：长宽是四类分子？面鱼儿是四类分子？又站到面鱼儿老婆身边，看面鱼儿老婆纳鞋底。

　　水皮妈和杏开来得迟，她们站在人群外看了看阵势，水皮妈自然就站到榔头队那边了，姓朱的人就有了小声的骂。而水皮家的狗却往红大刀这边钻，灶火立即抬脚去踢，狗在地上滚了一圈，四蹄朝上，人们才发现还是个亮鞭。水皮妈说：你撵就撵么，把它踢成那样？灶火说：我嫌它是亮鞭！榔头队那边也有着三只狗，秃子金就叫着狗来咬，这边狗一咬，巷道里立即窜出六七只狗来也咬。狗一咬，狗尿苔就来劲了，他跑过去，抱住了行运家的狗，说：豹子，豹子！豹子是秃子金家的狗，豹子就扑过来，咬了行运家狗一口毛。狗尿苔过去又骑跟后家的狗，狗头夹在他的双腿之间，后腿在地上蹬，他喊：黑虎，黑虎！黑虎是八成家的狗，黑虎又扑过来咬跟后家的狗，一咬一退，一咬一退。阿汪，阿汪，阿汪，狗声像是响雷，叫了一片，狗毛就一团一团在地上。老顺家的狗终于出现了，它的皮毛越发宽松，似乎一揭就揭开了，四条腿慢腾腾地走着，一步一步，似乎什么都没有听见，低着头在地上寻什么。狗尿苔把双腿松开了，他知道老顺家的狗要叫了，它一叫，所有的狗都不会叫了。但是，老顺家的狗却坐了下来，它坐下来像是个人，看着那些乱咬的狗，竟一语未发。

　　狗在咬的时候，站在会场前的牛鬼蛇神就都站得不老实了，有的腰直了起来，有的腿开始分开，一会儿手撑撑腰，一会儿又在后脖子上抓痒。络腮胡子在和武干说着什么，突然就走过来踢了支书一脚，支书站在那里低着头，闭着眼睛，似乎在瞌睡。被踢了一脚，支书打了个趔趄，棍子还是撑住了。络腮胡子说：睡着了？！支书说：醒着。络腮胡子说：醒着你闭着眼？支书说：我有这毛病。络腮胡子说：毛病多！把头抬起来！支书的头抬起来。

狗尿苔不知道支书是不是瞌睡了，古炉村人都会站着甚至走着路就瞌睡的，他自己在和一伙人进山砍柴的时候，起得早，他在人群里走着走着就瞌睡了，而脚步依然在走，何况支书平日就有一空闲就闭眼的习惯，他又是受批斗得多了，他能不是瞌睡了吗？可是，今天多大的批斗场面，他是拄着棍儿站在那里的，他真的就能瞌睡了？！

　　牛铃终于在红大刀那儿待不住了，因为他个子小，站在那里看不见站着的牛鬼蛇神，他的面前是本来，本来老是放屁，他说：本来叔你吃啥好东西了克化不过？本来说：饥屁冷尿你知道不知道？！牛铃就站到了狗尿苔这儿来了。狗尿苔也故意不理他，还在口兜里掏红薯片子要再吃，但口兜里却没了红薯片子。牛铃低声说：支书爷瞌睡啦？狗尿苔说：他是那习惯，没瞌睡。牛铃说：肯定瞌睡了，他能把胃病好了，心大得很。络腮胡子发话了：开会啦，马上开会啦，把狗撵出去，撵出去！狗尿苔说：你说他长嘴了没？牛铃说：没嘴他说话呀？狗尿苔说：有嘴为啥拿胡子遮着？没嘴！旁边的半香说：没嘴是屁眼呀？！络腮胡子又在喊：撵出去！撵出去！狗听不懂络腮胡子的话，它们还在咬，东边西边两派也没有一个人喝住狗，武干就走来又踢狗尿苔屁股：去把狗撵走！

　　狗尿苔去撵狗，狗往巷道里跑，边跑边嚷：咬死你！——你来呀，看谁能咬过谁！——那走呀，打麦场上去，就咱两个咬！——去就去，谁怕谁呀！——把狗尿苔叫上，当裁判！狗尿苔骂道：我开会呀，我给你们当裁判？！但所有的狗竟一下子围住了狗尿苔，狗尿苔用手去打，狗咬住了他的袖子，狗尿苔用脚去踢，狗咬住了他的裤管，他被拉扯得仰面朝天倒在地上，又被拖着走，就像一群蚂蚁搬运了一颗硕大无比的果仁。哈，哈，狗尿苔大声笑。他的裤子被拉扯得溜脱了，露出了屁股，屁股蛋是白的，其实除了他的脸不白外，脖子以下都是白的，会长的人是脸白身子黑，他不会长么。白屁股的两胯处却有两块黑肉，这是背背篓磨出来的，牛铃的胯上也有黑肉，古炉村所有人的胯上都有这种黑肉。我去，我去嘛，狗东西！狗尿苔不再烦这些狗了，他感觉在狗面前拥有这么大的威信啊，就高高兴兴去了打麦场。两只狗果然在打麦场上厮咬了一场，最后是灶火家的狗咬倒了水皮家的狗，水皮家的狗腿上伤了一块皮，它倒在地上浑身发抖，那条难看的亮鞭就不顾了羞耻地露着。狗尿苔摘了一片蓖麻叶给遮盖了。

杏开一直站在打麦场边看着，人疯过了，狗也散了，杏开才说：你家自留地的南瓜叶都让虫咬成网啦！

杏开是提了草木灰去撒她家的南瓜叶的，天已经好久不下雨了，萤火虫就吃南瓜叶。撒完灰，杏开摘了个南瓜，南瓜焦黄，狗尿苔用指甲去掐了掐，老得掐不下。

狗尿苔说：你咋没去……文化大革命？

杏开说：我去转了一下就走了。

狗尿苔说：今日去的咋是两派的人？

杏开说：让联合么。

狗尿苔说：榔头队和红大刀能联合？

杏开说：你说呢？

好像今天的杏开心情好，能和狗尿苔说这么多话，但杏开能这样和他说话了，他得一定要回答杏开的，想来想去竟不知道该怎么回答。狗尿苔突然想到了刺猬。古炉村是没有刺猬的，而他有一回看见过山里人家饲养的刺猬，那些刺猬都钻在窝里不出来，那是个冬天，冷得猪都抱堆儿睡觉，他想不来刺猬和刺猬如果冷了会不会也抱着睡呢，那又怎么抱呢？

狗尿苔说：刺猬么。

杏开说：唉。

狗尿苔以为他说错了，说：唉？

杏开还是唉了一声。

狗尿苔不再说刺猬了，却问：榔头队今日队排得好，你要走就走了？

杏开说：我病了。

病了？狗尿苔并不知道杏开病了，也不知道是得了什么病，而杏开就突然捂了嘴，脸上的表情像是在做鬼脸。丑人做鬼脸不觉得丑，漂亮人一做鬼脸却显得特别丑。杏开哇的一下就吐起来，把狗尿苔吓坏了，他忙着要给杏开捶背，还要去撕一片蓖麻叶给她擦嘴，但杏开却极快地离他而去，她小跑着，也是两只脚跑着直线。

狗尿苔疑惑地看着杏开，很快却欣赏起了杏开的姿势，禁不住地走起来，把自己的脚往里撇，先还是内八字，走了十几步就不会走路了，一只脚虽然还在向里勾，另一只脚却照旧外撇了。他并没有去自留地里看南瓜叶，来到了会场。

也就在这一刻，他看到了一幕令他一生都难忘的事，如果他晚来一会儿，他就错过一部分机会，如果他晚来更多一会儿，他就错过了全部的机会，来得正是时候。事后，狗尿苔也觉得奇怪：这是天故意安排了要让他看到吗？过年吃饺子，在某一个饺子里包一分钱的硬币，谁吃到了谁就有福，有人吃了几碗都不能吃到，有人来串门了，偶尔夹一颗让人家尝，人家就吃到了。杏开就是没福的人，她没能看到这一幕。

狗尿苔来到会场，会场的气氛十分热烈，可能是络腮胡子先声讨了那些牛鬼蛇神们的罪行，两派就开始了呼喊口号。榔头队领呼的是水皮，红大刀领呼的是明堂，两派各呼各的，形成了竞赛，比谁的口号喊得新，声大又齐整。水皮口舌利，声音又高又飘，他每每一喊起来，就把明堂的声音压了。气得天布让灶火领呼，灶火的声音还是不尖，但节奏快，红大刀的口号就急而短促。这边一快，榔头队也快了节奏，两边的人就不是冲着牛鬼蛇神们，而是面对面，脸色涨红，脖子上的青筋凸现，一个个像掐斗的公鸡。呵呀呀，狗尿苔简直是兴奋透了，他站在了两派队伍的中间，中间的杂姓人数少，先还是三人一排一个队形，慢慢成了一行，几乎仅仅做了榔头队和红大刀的分界线。他们不知道自己该做什么，左边的口号一起，他们头往左边看，右边的口号一起，他们的头往右边看，脖子多亏是软的，就一左一右，左左右右地扭动。喊呀，喊呀，喊了就文化大革命呀，不喊就不文化大革命呀！秃子金在对着他们这样喊，迷糊在对着他们那样喊，其实秃子金和迷糊是不是这样那样对他们喊的，根本听不清，这是他们心里在对自己喊，似乎再不和榔头队、红大刀喊口号就是不对了，就丢人了，要羞愧了。他们也就全张开口地喊，连三婶、面鱼儿老婆都喊了，婆也在喊了。他们没有领喊的，就合着东边西边的口号只啊啊啊地帮腔拉调。狗尿苔喊着喊着，为了声音突出，把眼睛都闭上了，但他还是听不见自己的声音，猛地睁开眼，似乎看见东边西边的人脖子是那样奇怪，头和身子像是被什么力量拉着了，只有脖子在长，在长，这些长脖子斜着往对方一顶一抖，脑袋就一晃动，他倒担心起这些脑袋在一晃动中突然要掉下来。这种担心越来越强烈，他就不再喊了，盯着那脑袋上的嘴，嘴都是一个一个黑窟窿，大得能伸进一个拳头，而喷出来的唾沫就溅在他的脸上，溅在杂姓人的脸上。狗尿苔竟然就一缩身子，从人群里往出钻，钻到了人群后边的药树根上。药树根像蛇一样盘缠了一堆，被人踏坐磨得光溜溜，他擦了擦脸上的汗水和唾沫，看见了头顶不远处的树干上趴着一只知了也在叫喊，但它的声音只有狗尿苔听到。知了也看见了狗尿苔，不叫了。狗尿苔说：你知了什么？知了说：你知了什么？他们全不知道两派在这么拼了命地喊口号是为了什么，但两派就这么要喊，狗尿苔和知了也要喊。喊吧，喊吧，张嘴就喊，不喊就难受，喊着就畅快。水皮又在领呼：毛主席万岁！狗尿苔现在不再只帮腔拉调了，也就喊：毛主席万岁！灶火在呼：革命无罪！狗尿苔也在喊：革命无罪！并且喊过毛主席万岁后再喊几声万岁万岁，喊过革命无罪后再喊几声无罪无罪。突然双方都不喊了，寂静下来，只有知了还在叫着知了啊知，知，知了——！狗尿苔把知了一捏，知了从树干上掉下来，他同时听到了一种别样的声音，这种声音许多人都听到了，但一时听不来是什么声响，狗尿苔马上意识到这是鼾声，轻微的鼾声，往站在那里的牛鬼蛇神们看去，支书头又垂着，身子在一晃一晃的，又瞌睡了，支书这会儿一定是真瞌睡了才发出鼾声。狗尿苔一下子紧张了，他害怕支书被发现，果然，水皮就从榔头队里出来，而同时灶火也从红大刀里出来，但他们并没走向支书，天呀，他们在对视，你看着我，我看着你，目光是锥子，是刀子，几乎能听到锥子和刀子相撞的声音。突然间，水皮浑身抖动着，呐喊了一声，狗尿苔以为那是在发泄，在仇恨，在骂灶火了，×你妈，×你妈啊！水皮却呐喊出的是：毛主席万岁！灶火也立即回应：革命无罪！为了压倒水皮，他把身子缩成一团，似乎身子是一个皮袋子，要挤出所有的气，猛地一松手，再喷出来，他的呐喊一出口真的很大，却毕竟有些破音。所有的人都没有再附和喊，也没去注意支书，都盯着水皮和灶火：水皮喊一句，灶火喊一句，越比声越高，越比节奏越快，后来就比着谁的口号能连着喊。水皮喊：拥护毛主席！打倒刘少奇！拥护毛主席！打倒刘少奇！灶火喊：革命无罪！造反有理！革命无罪！造反有理！水皮再喊：拥护毛主席打倒刘少奇拥护毛主席打倒刘少奇！灶火再喊：革命无罪造反有理革命无罪造反有理！接着同时喊，不停顿，不换气，脸憋得通红。为了给水皮鼓劲，榔头队重新和着水皮喊拥护毛主席打倒刘少奇拥护毛主席打倒刘少奇！红大刀见榔头队又集体喊起来了，也就跟着灶火再喊革命无罪造反有理革命无罪造反有理！会场上震耳欲聋，狗尿苔就撵不上了节奏，只是胳膊在不断地挥，只是嘴跟着喊席——！奇——！席——！奇——！罪——！理——！罪——！理——！蓦地，水皮喊道：拥护刘少奇打倒毛主席！狗尿苔觉得不对呀，举起的胳膊停在空中，榔头队的人也跟着喊了，拥护……也突然停了。红大刀正喊过革命无罪，也突然停了。一时鸦雀无声，都拿眼看着水皮，水皮还没有反应过来，说：咋不呼了？秃子金说：你喊错了，错了。水皮才猛地醒悟自己呼喊错了，赶紧重呼：拥护毛主席！毛主席万岁！榔头队应声喊了，红大刀却没有喊，天布跳了起来，大声说：武干，武干，你听着了没有，水皮在喊打倒毛主席，他反革命了，现行反革命！这一声，武干和络腮胡子，以及洛镇来的人都站了起来，如临大敌。榔头队的红大刀的全都看着武干和络腮胡子，连低着头站在那里的牛鬼蛇神也都抬了头朝武干和络腮胡子看，只有支书没有了鼾声，但头还垂着，双手挂着木棍摇摇晃晃，没有倒。天布就从红大刀里跑出来，站在了武干的旁边，挥

531

胳膊呼了口号：谁反对毛主席，我们就打倒他，揪出水皮，揪出水皮！红大刀的一价声呼喊：揪出水皮！揪出水皮！武干双手在空中按了按，不让红大刀的人再呼喊了，说：朱水皮，你站过来！

水皮已经面如土色，他在说：我喊错了，我糊涂了，武干！

络腮胡子冷不丁地吼道：你过来！把反革命分子给我揪过来！

橛头队的没人动弹，他们都惊呆了，想走动一下，双脚却像钉住了一样。水皮还在说：我喊糊涂了……霸槽一脚蹬在了水皮屁股上，他没有说话，水皮却撒腿就跑。

谁也没有料到水皮在这个时候要逃跑，竟然都愣住了。水皮拨着人群往外跑，他推倒了看星，撞开了得称，经过秃子金时，秃子金说：水皮，水皮！水皮的手抓了一下，抓下了秃子金头上的帽子，起了一个跃子，跃过了正蹲下跶鞋的开石。天布和灶火呼哧扑了过来，快速地像两条狼，撵着水皮。水皮左一拐右一拐，不跑直线，后边的人群全聚过来，水皮跑不过去，就绕着药树转。天布和灶火撵不上，就喊：狗尿苔，狗尿苔！狗尿苔紧张得不知所措，竟从树根上跌了下来，没想跌下来却把水皮绊倒了。天布将水皮按在了地上，使劲地往上扳胳膊，水皮就尖声叫疼，后来像一只兔子一样，被天布提着扔到了络腮胡子的脚下。

下来，批斗会就再不是批斗牛鬼蛇神了，变成了批斗水皮，红大刀的口号连天震响，橛头队却再无声息，他们没有理由不让红大刀揪出水皮，而揪出了水皮，使他们感到窝火、委屈和丧气。当游斗结束，带来的牛鬼蛇神又被带回洛镇的学习班，也带走了支书，带走了水皮。明堂在紧急地做一个高帽子，但做帽圈儿的铁丝已经没有了，就折了些树股子编，灶火说：去哪儿弄不来些铁丝？！明堂就回家寻铁丝，还是寻不下，就把装鸡蛋的竹篓子拿来，外边用白纸糊了扣在了水皮的头上。竹篓子大，一扣上就遮住了眼睛，水皮得不停地用手往上掀掀，眼睛露出来才看清脚下的路。

水皮妈一直在哭，姓朱的没有一个人去劝慰她。霸槽说：不哭了，哭顶啥用！水皮妈说：霸槽，你要保保水皮，水皮一直跟着你，他们揪水皮其实是打你的脸哩！霸槽发了一声恨，拿脚踢地上一块半截砖，没说一句话，水皮妈哭得鼻涕都流下来。

狗尿苔突然觉得水皮妈有些可怜了，他要去拉水皮妈回家去，霸槽却盯着他说：你绊得好，狗尿苔！

狗尿苔立刻说：我不是故意的，我跌倒了绊住了他。

霸槽说：我知道你恨他。

狗尿苔说：这不怪我，霸槽哥，这不怪我。

霸槽掉头却走了。

霸槽要走，狗尿苔更慌了，撵上说：这不怪我，霸槽哥。

霸槽说：滚远，你烦人不烦人！

狗尿苔说：你说一句话……

霸槽说：我没说怪你。

狗尿苔不撵了。

58

从此的黎明，狗尿苔比以往要醒得早，怎么就睡不着了呢？但醒过来却不愿意起来，就静静地听着屋外的响动。他听见婆在开着柜的声，婆肯定又从柜里取剪刀剪纸花儿了。听见蛐蛐在叫，野外的蛐蛐在叫着，一有响动就停了，但屋里的蛐蛐在后墙根住着，它们是家里的熟虫，开柜声响了并不理睬。鸡已经在散步，步子均匀，那是在院子里，浮土上就该踏出一行竹叶纹来，却突然没了响声，哦，又有响声了，是鸡走上了捶布石又从捶布石上下来去那个盛着水的破碗吗？燕子没有自言自语，而院门口的麻雀在碎嘴，它们给婆说着今日要晒稻了，但话语急促，又是争着说，听起来还是像在吵。蝉又在叫，不是一曳声地叫，叫两声停一下再叫两声，一定是谁捏了蝉在搔它的腹部，果然婆在说：牛铃，一大早就逮了知了？牛铃说：我们要开会呀！狗尿苔呢？婆说：还睡哩。牛铃说：还睡？宣传栏上贴着批判水皮的大字报了，他不去看看？懒虫！婆说：是懒虫，懒虫瞌睡多。一串脚步跑远了。叮光，叮光，谁在箍木桶，是土根还是老诚的那个长了瘿瓜瓜的媳妇？是老诚的媳妇，她又在骂老诚了，她每天睁开眼就骂老诚，老诚从来不回嘴，怎么她又拉着长声地哭了？是老诚的媳妇哭吗？不是，是水皮的妈。

水皮妈的哭声像唱戏一样，曳着长调，哭的什么，吐字含糊，而且哭着哭着，就停了，咯的一声，像要憋住了气。狗尿苔越来越觉得他不该从树根上跌下来就绊住了水皮，他在检点着自己：他是从树根上跌下来的，当时心里也确实想着能绊住水皮，可偏妙就把水皮绊住了。现在水皮成了现行反革命，比婆的问题还严重，水皮这辈子也就完了。

狗尿苔同情起了水皮，再不记以前水皮种种不是了，但狗尿苔的情绪依然不好，所以并没有去宣传栏那儿看大字报。

榔头队经受了沉重的打击，活动就少了许多，村里似乎又安静下来，长宽也在给行运家砌尿窖池了。原来的尿窖池漏水，补了几次都没效果，重新选址，挖出的坑倒比原来大了一倍。许多人闲着没事，凑了过来，拿自己的烟锅在行运的烟匣子装烟吃，行运说：没事？他们说：来看你砌尿窖池呀！行运说：不是吧，想吃便宜烟了？他们就笑，说：你应该请客么！行运说：我请啥客，砌个尿窖池又不是立木房子呀！老顺袖着手走过来，看了看，说：行运，砌这么大的尿窖池？行运说：重砌一回，砌大些。老顺说：那以后生产队的合粪水让你全包呀？！行运觉得这话不中听，说：你把你的事管好！老顺落了个烧脸红，起身就走了。

老顺的事就是来回跑了，跑得没个踪影，这是老顺的心病。老顺干什么事都提不起劲，每晚要坐在村头的碾盘子上等来回回来，直到天黑严了，还不愿回去，便心慌慌地到土根家看土根编席。土根在他家院子门口蹲着碌碡碾苇子，碾好了就坐在那里编起来，月亮下苇眉子在怀里跳跃，发着碎光，像鱼在溅水。土根说：咱古炉村咋烂成这个样儿了，烂得不如席片子么！解放后古炉村没一个人受过法的，今日倒好，这才多长时间呀，麻子黑进去了，支书进去了，水皮也进去了，你发现了没有，麻子黑和水皮都是法令到口角？老顺说：啥是法令？土根说：你咋

534

啥都不知道?!老顺说:我现在脑子坏了。土根说:法令就是鼻子两边的纹路。瞧我脸,纹路从嘴边过吧,麻子黑和水皮的直接到嘴里了,这就是吃口纹,有牢狱之灾。老顺说:麻子黑是进了牢,水皮是去了学习班。土根说:学习班还不是牢?你看村里谁还长着这吃口纹?老顺说:谁长着?土根说:霸槽和天布长没长着?老顺说:你说霸槽和天布长着?土根说:这话我没说。你说霸槽和天布长着吃口纹?老顺说:我没说。土根说:咱没说,说那闲话干啥,吃多了?!咱把咱活好,这话合适吧?老顺说:合适。土根说:听说了没,霸槽说古炉村应该是姓夜的村,古炉村怎么是姓夜的村呢,那姓朱的住哪儿,赶出去?他是不是想把古炉村分成两个村,那就不是古炉村了,叫朱村和夜村,杂姓人家又到哪儿去?老顺说:你先前话不多呀,现在咋成了老婆嘴!起身走了。土根说:瞧你,比死人多一口气,不就是来回不在吗,你给我说说,她能到哪儿去?

老顺又袖着手在巷道里游悠,大多数的院门已经关着,少数几家,看见他走过来了,说:还没睡?就要关门。老顺说:这早就睡呀,睡得着?但门就关了。有粮的院门没关,在院子里点着灯箍木甑。有粮永远没多余话,看着老顺进来,也不搭言,拿嘴努了努旁边放着的烟匣子,便低头忙他的活。老顺坐下吃烟,说:你要做酒呀?有粮说:不做。老顺说:那你箍甑哩?有粮说:没事哩。老顺说:几时才做酒呀,开石要生娃娃那阵村里烧酒哩,以后怕是再也烧不成了。有粮没接话,把一页木板安上去,不合适,取下来用刨子刨,刨子槽里往外卷木花。噌,噌,噌。老顺说:你咋有这好手艺?噌,噌,噌。老顺说:你也不教个徒弟?有粮把木板刨好了,说:你吃烟。老顺又吃了一锅,还要吃,从地上捡木花去灯上点火,木花有些软,也觉得自己的裤管也潮潮的了,说:起露水了。再没有吃,起身要回家。有粮说:不坐啦?老顺说:不坐啦。有粮用锤子敲打木甑,没有送老顺,老顺就扑沓扑沓走了。

第二天,老顺还是心慌得啥事捉不到手里来,在巷道里转出转进,就喊叫着狗尿苔和牛铃去大碾盘上斗石子棋么,狗尿苔约着牛铃去芦苇园捉鳖呀，就不去了，坐在大碾盘上斗石子棋。斗棋必然争吵，老顺又觉得聒，不让斗了，狗尿苔和牛铃偏就不走，老顺拿了笤帚在碾盘下扫地，扫得乌烟瘴气。狗尿苔说：武干来了你也这么扫呀？！

狗尿苔说这话，是看见了武干从前边的巷道走进来，厚底翻毛皮鞋在地上踢踏着响。老顺一看见武干，拧身进院就不出来了。

武干原本要去下河湾的，从公路上顺脚却拐进古炉村，他是头一天夜里就托人给天布捎话，说可能路过古炉村来吃一顿苞谷面搅团。现在，武干在巷道里碰着了马勺，马勺热乎乎地说：武干呀，我在这儿等你哩！武干说：你咋知道我要来的？马勺说：天布给我说啦。你来，我们重视得很哩！武干说：咋个重视？马勺说：我天没亮起来就把院子扫啦！

马勺说着，梆子头转着在巷里瞅，巷里没人，巷头的大碾盘上坐着狗尿苔和牛铃，马勺就喊狗尿苔和牛铃：你们去石磨那儿帮着磨苞谷面，给天布说武干已经来了，让他快回来。狗尿苔没有动，牛铃说：咱叫天布去？狗尿苔说：我不去。马勺还在喊：磨出新苞谷面了给武干打搅团呀！牛铃说：要去哩。两人往石磨那儿去，拐过一条巷，狗尿苔却往村口下的土路上跑，牛铃说：往哪儿跑？！狗尿苔说：他马勺算啥呀，他让咱去叫天布咱就去叫天布？他们吃搅团又不给咱吃，逮鳖去！

州河堤内的东南角，芦苇园里起了风。芦苇园里的风有着大手和大脚，手往左推，芦苇就往左边倒，手往右推，芦苇就往右边倒，它的脚又从芦苇上来回走，芦苇就旋着笸篮大的涡。芦絮漫天飞舞，一会儿就在他们头发上眉毛上沾了一层，显得他们也老了。两个人为逮鳖来的，兴趣却转移到了芦絮上，就跑着撵絮团，絮团像云一样，脚一去就飘了，手一抓又没了。一朵芦絮却钻进狗尿苔嘴里，咔咔地往出吐，突然就不动了，牛铃说：咽啦？狗尿苔说：我又闻见那气味啦。牛铃上来就捏狗尿苔鼻子，说：你这是啥鼻子，老闻见怪味？！竟捏得狗尿苔出不出气来。狗尿苔挣脱开来，并没有骂牛铃，就揉着鼻子，揉着揉着，说：我给你说谎哩。其实，这句话才在说谎。狗尿苔个子矮受人作践，但狗尿苔却在牛铃面前不怯，因为他五官好好的，而牛铃是个豁豁耳朵。现在，狗尿苔有个有了毛病的鼻子，他就在牛铃面前也自卑了。

牛铃说：你哄我？

狗尿苔又捏鼻子，说：嘿。

牛铃说：那你还捏鼻子？

狗尿苔说：我鼻子塌，往直着捏哩。

狗尿苔还在捏鼻子，一直捏得闻不见了那气味。

灶火穿着一件浆得硬硬的褂子上了公路，扁担挑着两个瓮，瓮里还装着几十个碗，看着狗尿苔和牛铃从芦苇园跑过来，说：咦，狗尿苔，鼻子咋红成红萝卜啦？！

狗尿苔站住，说：你这去哪呀？

灶火说：去镇上。

狗尿苔说：我也去！

灶火说：别人屙屎你就喉咙疼，我卖瓮呀，你去干啥？

狗尿苔说：卖眼么。

灶火说：就你这脏褂子？！

狗尿苔就让灶火等等他，他还有个褂子，婆也给他用米汤水浆了，在捶布石上捶得硬噌噌的，去换穿了一块去。在村里实在没意思，到镇逛逛，他是挑不了扁担，还可以帮灶火拿那些碗的。可是，狗尿苔回去换了褂子再来，公路上却没了人影，气得哭灶火：日弄我？你栽一跤，瓮碎八片！

灶火在洛镇便宜着卖了瓷货，给丈人买了一瓶酒、一包红糖，本来要再买一节布的，却没有布票，就买了一个软席编的褡裢。还剩下一卷钱，灶火想：球呀，能给丈人买寿礼哩，还没有给自己吃的？吃，吃顿好的！他盘算着是吃三碗素面呢，还是吃米饭，吃米饭可以再买一碟西红柿炒鸡蛋、一碟木耳炒土豆片的。灶火决定了吃米饭炒菜，才去一家饭馆，路过了供销社，那里排了很长的队在抢购什么，一时好奇，凑近去看了，才知是卖毛主席的石膏塑像。这石膏塑像竟然比椰头队所买的还要大，灶火立即改变了吃饭的打算，买一个拿回去，一是可以给红大刀长脸，他就是姓朱人家里第一个有石膏塑像的人呀。二是也灭灭榔头队的威风，你们有石膏塑像我们就不会有吗，谁的大，我们的大！灶火就买下了一个，钱只剩下了一角二分，立在那个凉粉摊前吃了一碗绿豆凉粉，又吃了一碗绿豆凉粉。

去洛镇的时候，瓮是用扁担挑的，瓮卖了绳索缠在扁担上，扁担提在手里，买来的酒和红糖可以装在褡裢里挎到肩上，但石膏塑像在褡裢里装不下，便抱在怀里。出了洛镇，走不到二里，肩膀上挎了褡裢，胳膊下要夹着扁担，怀里还抱石膏塑像，灶火就累得满头大汗，他寻思着用绳索把石膏塑像缠绑在扁担头上，然后掮着扁担走路轻省，却又担心缠绑不牢掉下来，就把石膏塑像缠绑结实了吊在自己脖子上。就这样，直到半下午回到了古炉村时，天变了，嘎喇喇地响了炸雷。

铁栓在碾盘后的洼地里犁那片芝麻地，炸雷一响，地头上突然落下一个火球，火球在地上滚，碰着了那棵老枣树，呼的一声把老枣树炸断了。五年前，雷把铁栓一个本家哥叫银栓的击过，好好的一个人，就是掮了锄在镇河塔下避雨，雷也是落下一个火球，没炸着塔，把他击了，击得像一截烧过的木头。铁栓当下吓得脸色煞白，丢了犁杖，赶紧就往地边的石头磊子里钻，石磊子里有空隙，他钻进去了又喊狗尿苔。狗尿苔是他让来套牛的，正蹲在石磊子后拉屎，听见铁栓叫，裤子一提也往石磊子里钻。但天上再没有落下火球来，雷声仍嘎喇喇嘎喇喇地响，铁栓就说龙抓人呀，这地犁不成了，赶快回去，说完钻出石磊子跑回村了。狗尿苔不能跑，他即便不收拾犁杖和套绳，也得把牛赶回去，就自己给自己壮胆：我没做亏心事，龙不抓的。

铁栓跑回村子，正碰着灶火进了巷道，问：你脖子上吊了个啥？灶火本来不愿意和铁栓说话，却要显派，说：毛主席石膏塑像呀！你跑啥哩，小心把球跑遗了！铁栓说：打雷啦，打雷啦！灶火说：打雷就打雷么，雷撵着你啦！铁栓回头看看，身后并没有火球，就说：你别吓我！灶火说：咱村里啥事都是成双成对的，银栓之后还缺一个名额哩！说完就走了。铁栓气得站在那里，半天没回过神。

半香拿着镰走过来，后边跟着秃子金，秃子金掮了一大捆苞谷秆。铁栓说：嫂子，你还拿着镰呀，不怕招雷？半香说：打死了我就清净了！秃子金上来夺了镰，塞在苞谷秆里，说：你胡说个球呀，快往回去！半香拧着屁股自个走了。铁栓说：咋啦，两口子又吵架啦？秃子金说：嫁鸡随鸡嫁狗随狗哩，她竟然和我不一心，我回家一说榔头队的事，她就和我吵！铁栓说：那就是说，连 × 都日不上啦？秃子金说：不日就不日，革命成功了，还愁没日的 × ！铁栓说：好好好，志气大。我要给你说个事的，咱古炉村啥事都成双成对的，水皮犯了事……秃子金说：你啥意思，榔头队没了水皮还得再一个？铁栓说：你听我说的，榔头队出了水皮，红大刀能不再出一个？刚才灶火买了个毛主席石膏塑像，你知道他是咋拿的？他是用绳子拴在毛主席的脖子上拿的，这不是要勒毛主席吗，要让毛主席上吊吗？秃子金哼地扔下苞谷秆，说：反革命了嘛！铁栓说：现行的！秃子金说：再说，说！铁栓说：你过来，咱不要站在树底下说，这树老了，招雷哩。

两人站在霸槽家的山墙下说灶火，狗尿苔拉着牛尾巴过来，牛见了苞谷秆就伸过头来，秃子金踢了一脚，骂：咋吆的牛？！牛还是叼了几根苞谷秆。狗尿苔拍着牛屁股，说：甭叼，甭叼，你以为你是天布呀？！秃子金说：啥，他天布就应该吃我的啦？忽然想到天布和半香的事，眼睛睁着过来要揍狗尿苔，铁栓推着狗尿苔，说：把牛快赶到牛圈棚去！狗尿苔就骂着牛：狗日的，回去给你戴个口罩！秃子金不理了狗尿苔，又问起铁栓：他是从哪儿买的？铁栓说：镇上吧。秃子金说：那就是一路上都让毛主席上吊了？铁栓说：上吊了一路。秃子金说：这太恶毒了么！狗尿苔说：谁恶毒了？铁栓说：你咋还不走？牛却扑通扑通拉下屎来，热腾腾的牛粪落在狗尿苔的脚上，狗尿苔就也从秃子金的苞谷秆上撕了一把叶子擦脚。秃子金没看见，继续说：这要给霸槽说哩，水皮喊错了口号都进了学习班，他灶火把毛主席吊了一路，他能不进学习班？狗尿苔心里咯噔一下，没有叫出声，歪了头说：犁杖还在地里哩，我没拿，不会丢吧？铁栓说：你套牛的能不拿犁杖？丢了拿你的骨殖犁地呀！没雷了去把犁杖捎回来，把铧上的土擦净！铁栓和秃子金就往窑神庙去了。

狗尿苔没有吆牛去牛圈棚，也没去捎犁杖，牵了牛鼻圈直接到了天布家的照壁前，见天布家院门开着，就进去，反身又关了门。天布的媳妇正在厨房里擀面，面是麦麸子黑面，擀不到一起，用手拍成饼状了拿刀切片儿，听见响动，双手沾着面粉出来就骂：你弄啥，弄啥，我家是牛圈棚呀！狗尿苔皱了嘴，嘘的一声，说：我天布哥呢？天布光着上身从上房出来，狗尿苔就上前叽叽咕咕说了几句，天布脸色当下就变了，媳妇还在高声骂狗尿苔，天布说：喊啥哩？！媳妇不骂了。天布说：这是真的？狗尿苔说：谁哄你是猪！牵了牛就出了院。天布也穿了褂子，没系扣子便去了灶火家。

狗尿苔把牛牵到牛圈棚后，又去后洼地捎回了犁杖，就回家了。雷还在响着，他关了门也关了窗，婆做好了饭后，在炕上补蓑衣，她担心天要下雨了，蓑衣沿烂了，得用布纳个边儿，她说：关窗子干啥，把光挡住了。狗尿苔说：关了窗雷就不进来了。他听见天上呼噜呼噜，雷是小跑着转了几个圈子跑到村东边的人家房上去了。

饭是米粥，婆怎么把米粥做得稠了，而且里边还煮了红的白的萝卜丁儿，一筷子能抄出一疙瘩。婆告诉说今日是他的生日。自来回从河里捞出来后，村里人说过他也是从河里捞出来的，那么，是捞出来的婆怎么知道他是什么时候生的呢，是把捞出来的日子定为生日吗？但狗尿苔疑惑，这个时候州河里不可能涨水啦！他说：啊婆，那一年河里涨水早？婆一下子怔住，说：胡说啥哩，生日就是生日，啥涨水不涨水的？！狗尿苔知道婆不愿提说往事，他也就不说了，端了粥，却端到巷道里去吃。婆说：端了稠饭你出去啊？！狗尿苔说：那怕啥，谁过生日不吃稠的？他在巷道里走，隔着房子与房子的空隙往州河看去，心想河水把他送到了古炉村的，婆收留了他，这村巷道里的每一棵树每一个石头都收留了他。来回同他一样来到了古炉村，但她疯后又离开了，一定是这每一棵树每一个石头不再收留她了。于是，狗尿苔走过每一棵树每

540

一个石头，就夹一口粥放在树杈上和石头上，说：你吃，你吃！树都给他摇叶子，石头没动，石头缝里钻出个灰蛾子，忽地飞了。走了一条巷道，碗里的粥被夹出去了一半，狗尿苔又心疼了，他想起清明节村人在祖先坟上献凉面，献过了就都坐在坟头把凉面又吃了，就连死了人供在灵堂上的饭，供过后人也都吃了，狗尿苔就往回返的时候，又把放在树杈上和石头上的粥捏着塞到了嘴里。然后拿着眼睛瞅人，拿着耳朵听动静，奇怪的是巷道里竟然没有人，雷还在响着，虽然再没有嘎喇喇天裂了缝子一样地响，但云厚厚的，雷在云里滚动，像是推着空石磨。人呢，都干啥了呢？他之所以端了粥出来，是估摸着村子里要发生大事，榔头队和红大刀都要开会的，灶火就要倒霉了，但什么事都没有发生。

狗尿苔毕竟有一点失望，端着碗回到家里，又吃了一碗，他说：婆，这雨咋不下呢？婆说：你操老天的心！他就觉得困，想睡呀，便爬上炕去睡了。

狗尿苔睡觉了，天下了雨。婆没有叫醒狗尿苔，因为吃了稠米粥，不担心他能尿炕，但狗尿苔做了一个梦，梦见葫芦的媳妇叫他一块去中山上挖野小蒜，他说中山上野小蒜少得很，跑半天挖不了一把，划不来。葫芦的媳妇说她婆婆想吃野小蒜的，划不来也要去挖。他就跟着葫芦的媳妇去了中山，寻呀挖呀，寻呀挖呀，突然发现崖头上长了一棵很大的野小蒜，他刚要跑去挖，一只鹰直戳戳地飞过来，他一侧身，脚没站好，就从崖头跌下去。那崖谷深得很，他往下跌，往下跌，就失声大叫。一叫，醒来了。醒来了，才知道是做了梦，睁眼看着满房里灯光亮着，婆还没有睡，他说：婆，啥时候了？婆没作声。他又说：啊婆，做梦跳崖哩，是不是在长个子呀？婆还是没作声。狗尿苔翻身坐起，婆却屁股撅着，头钻在炕洞里。狗尿苔说：婆，婆！婆的头出来了，手里拿着柜台上的那个毛主席语录本。狗尿苔急了，说：婆，你把毛主席往炕洞里塞呀？！婆一下子扑过来捂住了狗尿苔的嘴。

婆告诉了狗尿苔，语录让水泡了，是中午就让水泡的。中午，婆端了一瓦盆水擦柜盖，面鱼儿老婆还两碗红豆，这红豆还是春上面鱼儿老婆借的，她拿着升子来还，说她借的时候是平平两碗，须要婆再拿碗来量。婆就到厨房取了簸箕和一只碗，量出一平碗了倒在簸箕里，再量出一平碗了倒在簸箕里。面鱼儿老婆一走，婆在簸箕里捡红豆中的石子儿，鸡就谋着过来吃，婆一赶，鸡跳到了柜盖上，婆撮了嘴吆，失，失，鸡就是不失。婆顺手拿了剪纸花儿的剪刀装着要掷过去的样子来吓鸡，没想那剪刀真的从手里飞了出去。飞出去也就罢了，谁又能想到会打中了盛水的瓦盆，哐，就把瓦盆打破了，水流得泡了毛主席语录本，完整还完整，但厚起来了一倍，发皱得再也压不平。

婆说：我怕让人看见了说咱是故意的，我藏到炕洞去。

狗尿苔说：谁看见呀，谁到咱家来呀？

婆说：不怕一万，就怕万一，万一来了人呢？灶火买了个毛主席石膏像，不就让铁栓看见啦？

狗尿苔说：他看见就看见了么。

婆说：他说灶火是在勒毛主席哩，要毛主席上吊哩！

狗尿苔说：榔头队真的去揪灶火啦？

婆说：可不就去揪了！哎，你说真的去揪灶火啦，好像你知道？

狗尿苔说：啊，啊，我哪里知道，我睡了么。

婆说：多亏你睡了。

狗尿苔却说：那是怎么一回事，你去看了没呀？

婆说：我像你一样就跑去看呀？巷道里一起了吵闹声，我就去关院门，护院的媳妇正跑过门口，我问出啥事啦，她说了榔头队去揪灶火哩，灶火买了毛主席石膏像用绳子吊着拿回来的，是让毛主席上吊哩，是现行反革命。灶火不承认，说他不是水皮，他没喊反动口号，怎么就现行啦就反革命啦？他是买了毛主席石膏像，他哪是吊了毛主席？他是双手抱回来的。灶火死不承认。

狗尿苔说：啊好，就要不承认哩，不承认不就完事啦！

婆说：能完事？护院媳妇给我说，当时场面乱得很，灶火不承认，铁栓就说是他亲眼看见的，灶火说：你看见的，我没看见你，你就看见我了？以前为自留地畔子咱打过架，你现在就陷害我？铁栓说：如果我没看见而说看见，那就让我爷死！灶火说：我要是让毛主席上吊也让我爷死！铁栓说：你爷早死啦！灶火说：你爷在炕上瘫了几年了，你盼不得你爷死哩。

狗尿苔咯咯笑起来，说：后来呢？

婆说：护院媳妇说，两个人争吵不下，红大刀的人也都跑了去，差一点打起来。

狗尿苔：打起来啦？

婆说：你盼打呀？！

狗尿苔说：那就没事啦？

婆说：我没敢多问护院媳妇，就回来藏咱家的毛主席书了，再没听见村里有啥闹腾，可能是没事了。

狗尿苔一仰脖子，倒在炕上，两只脚乍起来像手一样拍，说：这多亏了我哩！

婆说：你说啥？

狗尿苔赶紧说：我说多亏我早早睡了，哎婆，你把毛主席书藏在炕洞里，万一让人看见了那不是更说不清了吗？

婆愣住了，说：噢，噢，那咋办？

狗尿苔说：烧了，烧了就没人知道了。

狗尿苔就跳下炕要点火烧毛主席语录本，婆赶紧去关院门，院门其实她早关了，又关了上房门，两人就点着了书，一页一页撕下来点。书最后是烧成了一堆灰，可书烧的灰还是纸灰，又从炕洞里掏出些草木灰搅在一起，再铲了倒回炕洞去。还没盖上炕洞板，院门就有了敲响声。婆忙盖好炕洞板，又扫了炕脚底，才出去在院子里，问：谁？院门外咳嗽了一下。婆说：是灶火吗？院门外又一声咳嗽。婆说：啊你真没事了？我给你开门。但院门外没有回应，却从院门底下塞进来一个南瓜。这南瓜扁扁的，大得像个小蒲团，上面一层灰气。婆觉得奇怪，把南瓜捡了抱着，开门看时，院子外却没了人影。

狗尿苔从上房出来，问：谁个？

婆说：听着是灶火，开了门却没了人，塞进来一个南瓜。

狗尿苔说：灶火？

婆说：是灶火。

狗尿苔说：噢。

婆说：他咋给咱塞个南瓜呢，咱怎么能吃人家的南瓜？

狗尿苔突然得意地说：吃吧吃吧，给咱的咱咋不吃，吃。

狗尿苔从婆怀里取了南瓜，在厨房的案板上一刀切开了，瓜子掏出了一碗。

59

灶火差点要出大事，但灶火终究没出大事，或许是那天夜里的雨了，雨虽不大，却浇湿了一堆要燃烧的柴火，只冒着黑烟。榔头队的人心里明白，红大刀的人心里也明白，柴火堆冒黑烟并不是柴火堆是灭的，那烟是火在憋着，总要憋出焰来。好的是又下了一场雨，雨一住，庄稼就熟了，庄稼熟得也真是时候，十几天里人像狼撵一样，歇不下，尿尿都来不及尿净，裤裆里总是湿的。待到收割了屹岬岭根的那十八亩稻子，秋收就彻底了。自留地里的苞谷不等成熟却早已吃完，生产队的新苞谷一分下来就家家剥颗，该晒干了上磨子的上了磨子，不上磨子的便装柜入瓮，有的人家又碾下了新米，用布袋提着，往南山里去换苞谷了。地还有一部分没犁完，地里的苞谷根茬子和稻子根茬子，却在夜里被人挖了回去当柴晒。古炉村人习惯着出了门回来手不能空的，比如担一担垫猪圈的土，拾了半笼子人粪牛屎，实在没啥能拿的了，就提一块半截子砖。只有狗尿苔和婆稀罕着柴火，他们没钱去西川村煤矿上买煤，也没力气去南山脑的沟岔里砍柴，迟早进门不是胳膊下夹一把干蒿呀，谷子秆呀，就是笼子里捡着树枝草叶。所以，一连几个晚上，婆孙俩都是在地里挖稻根茬。

十五的月亮一圆，就圆到头了，接下来的夜里月亮便越来越小，以至于再不露面，整个天是个黑门扇，几颗星星像门扇上的钉泡在亮着。婆孙俩挖到半夜，背了稻根茬篓子往回走，地是黑的，地堰上的石头是黑的，狗尿苔和婆也黑得只是个人形。婆说：走慢些，别崴了脚。狗尿苔说：啊婆，前边亮亮的。婆说：不要往亮处走。狗尿苔说：为啥？婆说：那是莲菜池了。今年的莲菜池里莲菜没长好，因为都去捞浮萍草，踩得多半的莲菜都坏了，只有池中间还长些荷叶，莲菜池倒成了一个涝池。狗尿苔以为这夜里一切都黑了，莲菜池在白天里水就不清澈，应该在夜里更黑的，没想到它却是亮的。

狗尿苔说：噢，它不就是一池水吗？

婆说：是水。

狗尿苔说：水在夜里不黑？

婆说：它越黑越亮的。

狗尿苔从此记着了这句话，他说：莲菜池子跟人的眼睛一样呀，它在看夜哩？

婆说：你这娃！

晚上挖稻根茬的只有狗尿苔和婆，而白天挖稻根茬的人就多了，都是些妇女，有榔头队家的，也有红大刀家的。往日里男人们闹革命哩，话说不到一块，而婆娘们还是相互问候着，家长里短，唆是弄非，虽时不时就噘嘴变脸，却也狗皮袜子没反正，一会儿恼了，过会儿又好。但是，现在却突然地拙了口，谁见谁都不说话，各挖各的稻根茬，吭哧，吭哧，挣得放出个响屁，也没人笑。狗尿苔挖出的稻根茬在地头积了一堆，装进篓要背回家，却背不起来，让得称的媳妇帮他揪一揪，得称的媳妇帮着把篓揪上背，他说：我得称哥咋没来？得称的媳妇不说话。他说：你咋不说话呢？得称媳妇说：我憋得很了，可我不敢说么，我一句话说错了就有人报告哩。狗尿苔心里咯噔一下，以为得称的媳妇知道了他给天布通风报信过，当下脸也红了，背了篓就走。得称的媳妇却说：让我看看你的鼻子！狗尿苔说：我塌塌鼻不好看。得称媳妇说：是不好看，但听说你鼻子能闻出一种气味，一旦闻出气味了村里十有八九不死人就出事，是这样吗？狗尿苔立即说：你听谁说的？得称的媳妇说：牛铃说的。狗尿苔说：牛铃我日你妈！得称的媳妇说：你真的能闻出？狗尿苔赶紧就走。得称的媳妇说：瞎人还长个能行鼻子，狗尿苔，嫂子给你说，再闻见那气味了，谁都先不说就给嫂子说，不敢让我和你得称哥有个啥事！狗尿苔说：谁有事，你们也不会有事的。走出地畔了，想着得称是老实言短的，可得称的媳妇却是舌头压不住话的人，就悄声说：哼，我啥话敢对你说？！走到村巷里了，狗尿苔又想起得称媳妇的话，得称媳妇说能行的鼻子，哦，他一直恨自己的鼻子，却还有人说他鼻子能行呀！狗尿苔当然用手要摸一下鼻子了，就觉得自己对不住自己鼻子，他使劲擤着鼻，要让鼻子干净，还伸出舌头来，舔了一下鼻尖，向巷道拐弯处那棵香椿树走去，把鼻子贴到树身子，说：给你闻些香气！

看星担了一担垫圈土经过，看见狗尿苔在香椿树上蹭鼻子，叫了一句：哎！狗尿苔回头看他了，他却又没再说话，立在那里换肩。看星戴了个围肩，围肩是用獐子毛装成的，那是他最显派的东西，古炉村也就他一人有，进山砍柴或用米换苞谷土豆时戴着，连担水挑粪他也戴着。他没有放下担子，就站在那里换肩，换得特别轻巧，身子只拧了一下，扁担就从右肩换到了左肩。巷道拐弯处的对面是个尿窖池子，池子边长着一棵枸树，那是跟后家的枸树，跟后就一边整理着割下来的枸树皮，一边拿眼睛瞅着看星。看星在换肩的时候已经看到了跟后在看他，但他没有理，偏扬了头往旁边的屋檐上看，屋檐上站着一对扑鸽，一只白扑鸽，一只黑扑鸽。跟后说：看星，看星。看星没吭声。跟后说：看星，我给你说话哩。看星这才回头说：我耳朵笨，你给我说话哩？你咋还能给我说话呀？跟后说：我不像你，吓得不敢理我了，我是害过你吗，我是打问过你球长毛短的事吗？看星说：那啥事？跟后说：刚才看见你在地里干活就想给你说，又怕你不理我……看星说：理的，咱都是贫农，都忠于毛主席的，咋不能说话？你要是半香，我不敢说的，要是狗尿苔我也不敢说的。狗尿苔脸一下子红了，接了话茬儿，说：我是搅屎棍啦，是非精啦，我可不是榔头队的也不是红大刀的。看星说：你人小鬼大，两边都不是，两边落好么。你碎骏小心点，两边能都对你好，两边也就都能对你不好！狗尿苔刚才还满不在乎的，一下子蔫了。看星不理会了狗尿苔，问跟后：你给我说啥事？跟后说：说了你不要急。看星说：急啥？不急。跟后说：我路过你家猪圈，你老婆抱了两个猪娃去找顶针她大，说是猪立不起腿子，吐哩。看星一听，就把扁担推开了，扁担一离肩，两笼土咚地摔在地上，撒了腿就往东跑。跟后说：不让你急，不让你急，你就急了？！

　　看星一口气跑到顶针家，顶针家的种猪正在给八成家的母猪配种，种猪扑在母猪的身上了，母猪没有站稳，种猪的那东西戳不到里边去，滴滴答答流水，急得顶针她大骂母猪也骂种猪，就过去把那东西帮着往里塞。配完了，八成问：这样能不配上？顶针她大说：咋配不上？！顶针她大脾气怪，不合群，但只有他养种猪，又会给猪治病，八成就不和他多说话，从裆裤里取了四斤苞谷，还有两元钱，放在了顶针家的柜盖上，说：我放这儿啦，要是没配上，我得再来一次，就不拿礼啦。顶针她大说：行。从地上抓了一把柴草来擦手。看星问了是不是他老婆抱了猪娃来过，顶针她大说：猪活啦吗死啦？看星：你说的屁话，你盼我猪死呀？！顶针她大说：我又不是榔头队的，有啥仇盼你猪死？你还没回去？看星说：没回去。顶针她大说：那你快回去看看，你老婆把猪抱来就上吐下泻，我认不得是啥病，让回去熬些绿豆汤灌灌。看星：你讲究给猪治病的，你认不得病？！说完就跑走了。顶针她大对八成说：吃屎的把屙屎的顾住了？！真个是造反派的人就这么横！八成说：这事不要往造反派上扯，我也是造反派的。顶针她大说：呀，啥人都造反哩？！

　　看星赶回家，两个猪娃已经死了，而另外的几头猪娃也都在上吐下泻，他老婆熬了一锅绿豆汤，一边哭着一边给猪喂，猪就是不张口。看星就跳进猪圈，把猪娃抱在怀里，掰开了嘴，老婆拿勺子往里灌，不是灌得猪噎住了就是没灌到嘴里，看星骂：你能干了你妈的×！让老婆掰猪嘴，他来灌，一手灌着一手还抚摸猪的脖子，但是，猪脖子越来越硬，后来全身也都硬了。死了一个猪娃，又死了一个猪娃，不到天黑，所有的猪娃就都死了，看星在猪圈里号啕大哭。村人说：他妈死也没这么伤心过。

看星家的猪一死，奇怪的是几天之内，村里的猪都在死，而且下河湾也传来消息，下河湾的猪挨家挨户全死了。顶针她大就怀疑这是一场猪瘟，一定是下河湾死了猪，把猪杀了卖肉，就询问古炉村谁买过下河湾的猪肉，但没有谁家买过，就又怀疑有下河湾人来过村里，他们吃过瘟猪肉后有粪便屙在古炉村。顶针她大的话说得人毛骨悚然，死了猪的人家当然还都在杀了猪拿到洛镇或邻村去卖，古炉村人不敢吃，没有死的猪就熬着绿豆汤灌。但最后，猪还是死了一半，尤其是横巷和东斜巷，十三户人家猪死得没剩下一头。

狗尿苔家的猪在第三天出现了异常，先是不再从猪圈墙上扑出来，但狗尿苔还是在猪圈墙上架了木板，警告着说：你可别扑出来，出来你就染上病了。猪没往出扑，却总是前蹄搭在墙头，晃着脑袋哼哼叫。后来，再去喂它，它往食槽前走突然前蹄闪了一下，卧在那里。狗尿苔就害怕了，说：哎，哎，你别吓我！把猪赶起来，猪走了三步，竟然走的是猫步，又是前蹄闪了一下，但没有卧倒，拿眼睛看着狗尿苔。狗尿苔立即从它的眼神里看出它也是得病了，就赶紧抱了回屋，不让它再住在圈里。婆熬了绿豆汤给灌了，猪趴在地上喘气，婆开始立柱子，但用作柱子的筷子怎么也立不住。狗尿苔说：撞着什么鬼了？婆说：你去砍些柏朵，给猪燎一燎。狗尿苔才出院门，牛铃来了，狗尿苔说：不要进，别把瘟病带进来。牛铃说：我又不是猪，带什么病？两人去中山坡根的坟地里砍柏朵，巷中遇见面鱼儿和长宽，长宽说：你吃啦？面鱼儿说：吃啦。长宽说：猪没病吧？面鱼儿说：咋没病呀，脖子撑不起来，一天都不吃了。长宽说：唉，这倒是咋回事？狗尿苔说：你家猪也不行啦？长宽摆了摆手，意思让狗尿苔走远，眼睛却瓷呆呆看着巷口，巷口里走过来的是善人。

面鱼儿立即把善人挡住，求善人能给他家猪说说病，善人说：我是给人说病哩，给猪咋说病呀？长宽说：面鱼儿你真急糊涂了，猪能听了人话？狗尿苔说：猪能听人话。长宽说：去去去，别捣乱。狗尿苔说：我没捣乱，猪就是能听人话么。面鱼儿说：善人，你说这到底出了啥怪了，这人整天吵吵闹闹的，这猪就也生了瘟？这猪生瘟是不是给人提什么醒儿哩？善人说：有你这话，那我就给你说说，你知道道德二字吗？面鱼儿说：知道是知道，可我说不清。善人说：是不好讲。换句话说，就是性命。人若无性必死，无命也必亡。因为这个缘故，人们须认得道理。就是性有天理，心存道理，身尽情理。伦常定不住位，天理没了，做事奸诈，道理何在？专为自己打算，情理沦丧。人人都这样，世界要不乱，那还有天理吗？为什么我说病能一说就好？天理没了就有灾，属天曹管，道理没了就生病，属地曹管，情理没了就有人罪，属人曹管。因为三曹不清，社会才乱。我是在找三曹的账，治病才能效验的，不然只说几句白话哪能治病呢？这个方法是谁告诉我的呢？并没人告诉我。有句话说：思之思之，鬼神告之。我也是这样，就明白了道理。我以前也是长过十二年的疮痨，后来从三娘教子一案受启发，两个人争不是，我想世人都争哩，争名争利哩，可他们不争功，反争罪呀，这一明白，疮也就好啦。有句话说：为天地立心，就是人得有天心地心，我就是醒悟了才给人说病的。还有句话：见其生不忍见其死，闻其声不忍食其肉，我才明白吃猪牛羊肉是造孽，从此戒荤。天有好生德，地有养育恩，这就是本着天心地心做的。为生民立命啥意思？就是立住伦常，若能真讲伦常，就不犯国法，岂不是好人？所以我到处劝人，就是本着这道理。安居乐业，鸡犬不惊，天下自然太平。狗尿苔听善人说话，听着听着听不进去了，说：人家问你猪的事哩，你说到哪儿去了？善人说：你说猪能听人话的，猪和人都一回事么。其实长宽和面鱼儿也不耐烦了善人的话，见狗尿苔插了嘴，就说：善人你没养猪，不操心猪的事，这往哪儿去呀？善人说：唉，瞧你这些人……不说了不说，天布叫我哩。面鱼儿说：你是红大刀的？善人说：我想参加哩，没人要么。哎，你知

549

道不知道天布叫我去干啥？面鱼儿说：是不是要让你加入呀？长宽却拧身就走。面鱼儿说：长宽你咋走呀？长宽说：你们说革命的事哩，我不听着好。

长宽一走，狗尿苔也要避嫌，拉起牛铃也走了，路过泉上的塄畔上，突然听到一阵狂笑，两人吓了一跳。看时，秃子金就在他家的猪圈里，抱了那头猪说：万寿无疆！万寿无疆！一抬头看见了狗尿苔和牛铃，他没有理牛铃，对狗尿苔：你说我命好不好，这条巷里猪一个个都死了，就我家的猪活得旺旺的。狗尿苔：那恭喜你！秃子金说：你家的猪死了吧？狗尿苔说：还好着，只是猪头上烂个疤。狗尿苔不高兴秃子金的问话，话里暗着骂秃子金，秃子金竟没听出来，还在兴奋地说：你给咱统计统计，槲头队的能死几头猪，红大刀的能死几头猪？肯定红大刀的死的猪多，他们应该死得光光净净！牛铃说：你咒人呀？秃子金说：我就咒了，你去报告吧，叛徒！牛铃说：谁是叛徒？秃子金说：狗尿苔你真没出息，人家害过你哩，你还和人家要？！气得牛铃咬牙子。秃子金从猪圈里跳出来，唬了眼说：咋？！牛铃就不往前扑了，打不过就往过躲，拉着狗尿苔往坟地去。

狗尿苔砍了柏朵，牛铃却捡了一块石头，说石头就是秃子金，挖了坑就把那块石头埋了。返回走到三岔巷，放下柏朵去一个厕所里要尿，厕所里咳嗽了一下，里边有人，他们就绕到厕所墙外的尿窖池子边去尿，从裤裆里一掏出来，却兴趣了比谁尿得高，两股子尿就高高地扬起来，在太阳底下银亮亮发光。牛铃先伸着脖子拿舌头接了一下尿水，说：咸咸的。狗尿苔也伸出舌头尝了尝自己的尿，说：就是咸的。磨子就从他家院门口出来，骂道：啥比不了，比喝尿呀？！也过来掏出一股尿出来。

磨子说：做啥去了？牛铃说：帮狗尿苔去砍柏朵。磨子说：你一会儿回去拌些糨糊，宣传栏要换一期大字报呀。牛铃说：这一期啥内容？磨子说：天布从镇上带了消息，毛主席又有新指示啦。牛铃说：毛主席咋不停地有新指示？磨子立即说：啥话？！毛主席万岁！牛铃说：哦，

550

毛主席万岁！牛铃说完，突然说：你知道不知道，秃子金刚才在他家猪圈里抱了猪说：万寿无疆，万寿无疆。磨子说：这是他说的？万寿无疆的只能是毛主席，他说他家猪万寿无疆？牛铃说：就是他说的。磨子说：好，好，牛铃，你提供的情况十分重要。就提了裤子，匆匆走了。狗尿苔埋怨起了牛铃：你咋把这事说给了磨子？牛铃说：为啥不说？狗日的骂我哩，他是反革命骂我哩！狗尿苔就抱了柏朵，再没让牛铃一块到他家去。

60

柏朵火燃起来，狗尿苔和婆就吆着猪从火堆上往过跳，但猪不跳，一见火往后退。水皮生个漆疹都跳哩，你病了你不跳？！狗尿苔把猪的肚子一摩挲，原是想让它放松了往起跳，猪却一下子卧下去，舒服得四个蹄子都举起了。猪蹄小小的，还穿着皮鞋。狗尿苔说：啥时候了，还贪受活？跳，跳过去了再让你受活！猪就站起来，腿颤颤忽忽，从火堆上跳了过去，反过身，停了停，又跳了过来。柏朵火燎着了猪耳朵上的绒毛，猪没有叫，就在狗尿苔的脚前又卧下了。狗尿苔不能食言的，蹲下去给猪摩挲肚子，气得旁边的鸡直打嗝儿。

跳过火堆，婆就把火踏灭，又把没烧尽的柏朵扔在了院门外的路上，意思是送了瘟神。安顿着猪在杂物间睡了，婆孙俩在厨房里添水做饭，风箱哐啦哐啦地响，有人在敲门没有听到，门就被咣地踢了一下。婆把淘米水端出来给桃树根下浇，听见门响，开了见是天布。婆赶紧说风箱响得没听到敲门，就把凳子拿过来让天布坐，天布的黑脸却很快活泛起来，竟然夸婆把院子收拾得这么干净，连个柴草渣儿都没有。婆说：干净啥呀，你可是成半年的时间没来我家了，喝水呀不？窝的浆水味儿正顺哩。天布说：一天尽是忙么。狗尿苔呢？我给狗尿苔说句话。婆说：给他说话？他屁孩给他说啥，你给我说。天布说：这事你不知道。就叫了一声狗尿苔。

551

狗尿苔在厨房里已经知道天布来了，心里疑惑：他咋到我家来了，找我说什么话？琢磨着，慢腾腾出来，天布却拉了他到上屋，婆也跟了来。天布说：蚕婆你忙你的。但婆没有走。天布也就不避了，对狗尿苔说：是不是秃子金在他家猪圈抱着猪说万寿无疆？狗尿苔愣了一下，不知道怎么回答，却说：这你咋来问我？天布说：牛铃说啦，他和你路过秃子金家猪圈，秃子金对猪说万寿无疆，有没有这事，这你得老实给我说。婆就急了，说：天布，这事与我娃无关呀！天布说：是和狗尿苔无关，我只是问问他听到秃子金说万寿无疆了没有。狗尿苔说：我是和牛铃路过秃子金家的猪圈，我是看见秃子金抱着他家的猪。天布说：他说万寿无疆？婆说：天神，秃子金咋能说这话？！天布说：他说这话就是反革命！他说了？狗尿苔说：这，这……天布说：这可是大事，你不要吞吞吐吐，包庇反革命那就是反革命！婆腿在打颤了，但还是跨进了门槛，护住了狗尿苔，说：天布，你不敢逼娃，这会吓着娃的。就问狗尿苔：你听到了？听到了你就说听到了，没听到就说没听到。狗尿苔说：他说别人家的猪都死，他家的猪还好好的，是万寿无疆。天布说：这就对了，他恶毒攻击毛主席，有时间有地点有人证。

这时候，磨子和灶火一块也进了院，天布对他们说：牛铃提供的情况属实，你们先造声势说有人在恶毒攻击毛主席哩，再刷些标语出来，就说谁反对毛主席就坚决打倒谁，声势煽起来了，明天咱让武干从学习班叫人来，就揪他秃子金！磨子和灶火都很激动，出门走的时候，还对婆说：蚕婆，晚上做了啥饭？婆说：米汤么。灶火说：才是米汤，擀一顿捞面吃嘛！说着从院门口跑出去了。婆慌得端着两只手，看天布坐在那儿自个掏出烟末搓烟卷儿，她也坐下，天布站起来吃烟了，她也站起，眼睛一直看着天布。天布说：这就好，这就好了。狗尿苔，明日我们去揪秃子金，他要不承认，你得出来做证。狗尿苔说：还要我做证？婆说：这使不得，天布，我家和人不一样，能做证吗？牛铃根正苗红，他做证就行了。天布说：狗尿苔要做证，一定得做证，出身不好，这也是立功赎罪的机会么。到时候，你不用害怕，刚巴硬正地做你的证，红大刀那么多人，你怕啥？就这样定了！天布说完，便头也不回走了。

　　婆一下子关了院门，拉着狗尿苔到上屋，上手就是一耳光，骂道：我给你递话哩，你就恁笨听不来，你说你没听见秃子金说什么不就完了，你说的恁多是寻着惹事呀？你这一说，秃子金还活命呀不，就是不杀了他，不住牢，他少得了进镇上学习班？！狗尿苔说：他秃子金就是说万寿无疆么。婆又是一个耳光打过来，说：你耳朵就那么灵，叫你干活时装聋卖哑，听那不该听的话就耳朵灵呀？狗尿苔说：他秃子金也不是好东西，他活该！婆说：你是贫下中农啦，你是能踢能咬啦，他秃子金再不好，把他揪出来了，他怎么恨咱，榔头队的人又怎么恨咱，咱是能惹得起村里谁？！婆越说越可怕，狗尿苔的脸就苦愁了，像颗冻青了的土豆。他看着婆，声低得像蚊子叫，说：那明日让我做证，我咋说呀？婆看着他嘴唇动，说：你说啥？狗尿苔又说了一遍：明日做证我咋说呀？婆说：咋说呀？婆也没了主意，一股子眼泪没声没息地在脸上流下来。婆的脸皱纹太多，皱纹又多是横着长，眼泪就先是顺着皱纹两边流，再是又翻过皱纹朝下流，流进了嘴里，流到了下巴上。狗尿苔就偎在婆怀里，拿手给婆擦眼泪，婆又抱住了狗尿苔，婆孙俩一疙瘩窝在蒲团上。门脑上的燕子呢呢喃喃地说话，它的话婆孙俩好像没有听，就翅膀扑打着巢。突然，婆吸了吸鼻子，说：这呛的烟？！忽地站起来就往厨房跑，厨房里一片光亮，是灶膛的柴燃到一半了，柴头子从灶口掉下来引着了灶口下的柴草，起了明火，一股子浓烟从厨房门里涌出来。婆冲进去就拿脚踏火，狗尿苔也跑进去踏，婆喊：拿桶水浇！快浇！狗尿苔提了桶扑地泼过去，火是扑灭了，气得婆一扑沓坐在地上，说：哎咳咳，这都干的啥事呀，娃娃！

　　晚饭狗尿苔只吃了一碗，婆逼着他又吃了一碗，说：吃饱，做证的事明日再说吧，吃了快睡去。狗尿苔就上炕去睡了。婆收拾了锅碗，关了鸡圈，又给猪面前放了半盆绿豆汤，婆也上了炕。但婆没睡，剪了老虎狮子纸花儿放在狗尿苔的鞋壳里，又剪起许许多多的蛇、蜈蚣、蟾蜍、蝎子、壁虎，分别放在了狗尿苔的枕头边了，才吹了灯睡下。

往常的夜都是安静的，可这一夜巷道里不断地有人跑动，谁家的狗又在咬。狗尿苔在婆睡下后他就醒了，手伸出被窝，手在黑夜里看不见了，他在心里给夜说话，觉得夜是一个披着黑衣裳的瞎子，盼能快走快走，走到天亮就好了。可又想，黑夜完了就是明天了，明天他得叫去做证呀！与其那样，夜还是不要走，一直一直都是黑的吧，他就永远睡在这土炕上，睡在婆的身边。婆说：你咋没睡着？狗尿苔说：我尿呀。婆说：起来尿去，慢慢摸着墙走，摸到尿桶了往桶里尿，别尿到桶外边。狗尿苔说：噢。却又说：婆，明天做证我不去。婆说：不去由不了你么。狗尿苔说：那我病呀，我病了就去不成了。婆说：你要病就能病了？狗尿苔说：我能的。婆说：唉，你要是能，也就惹不下这事啦。快尿去！一阵窸窸窣窣，好像还咕咚了一下。婆说：又撞在墙上啦？狗尿苔没吭声，尿桶里终于起了当当当的响声。

但是，这响声却没完没了。

婆说：你尿屋檐水呀，尿不完？

狗尿苔也觉得自己怎么就尿不完呢，迷迷瞪瞪在黑暗里站了好久，婆一问，脑子清亮了一些，原来自己还站在尿桶边。他说：我尿完啦。

婆说：那咋还响哩？

狗尿苔说：是谁敲咱院门哩。

婆一下子坐起来听，耳朵虽然笨，听出果然是院门在响，低声说：这个时候了谁敲门，又是天布？你上来，快上来。狗尿苔就摸上炕，紧张得打牙花子。婆说：你睡你的，我去开门，不管我给天布说啥，你都不要吭声，我就说你睡了，睡下了像猪一样叫不醒。

连婆也没有想到，开了院门进来的不是天布，也不是磨子和灶火，是霸槽。

霸槽进了院就叫着蚕婆，叫得很殷勤，说实在不好意思，你都睡下了还把你叫醒。但他又说，其实，古炉村今天晚上大多数人还都没有睡。说得婆有了愧疚：自己不是贫下中农，自己竟睡得这么早。婆说：生产队加什么夜班了？霸槽说：那倒不是。婆哦哦着，先进屋点了灯，让霸槽进来，她忙拿梳子梳头发，又从墙上的衣钩上取了件月白衫子要加穿上，说：不会是谁……婆的意思是既然生产队没加夜班干活，那就是谁生急病了，或是谁的媳妇要生了，需要她去整治。霸槽说：啥都不是，就是谁病了，谁生呀，也用不着我来的，我来找狗尿苔。婆当然明白这些，他霸槽能来，肯定是革命的事、造反的事，婆是故意要这么说，但是，一听说霸槽来找狗尿苔，她一颗心揪起来了，揪得一阵疼。

婆说：哦，找我娃呀，咋都来找……

霸槽说：谁来找过狗尿苔啦？

婆说：擦黑时天布来过。

霸槽说：这就对了！竟然径直往卧屋里走。婆有些急，说：霸槽，霸槽。拿着油灯要跟过来，油灯芯子像豆，在黑暗里闪着光，却使霸槽的影子忽大忽小地在满屋的墙上跳。霸槽已经走到炕边，一揭被子，狗尿苔光溜溜地趴在那里，发着鼾声。起来，狗尿苔，起来！霸槽拍打了一下狗尿苔的屁股，狗尿苔只得起来了，说：霸槽哥！

霸槽说：你下午是不是在三岔巷头的厕所里尿过尿？

狗尿苔说：嗯，没进厕所，在尿窖池边尿的。

霸槽说：对的，尿时有牛铃还有磨子？

狗尿苔说：一块尿来。我和牛铃比谁尿得高，我比他高。

霸槽说：磨子和牛铃说过毛主席万岁？

狗尿苔说：说过。

霸槽说：这就对了，他们一边捉着鸡巴一边说毛主席……

啊，啊！狗尿苔一下子愣住了，脑子里像钻了蜂，嗡嗡地响。尿是尿了，说毛主席万岁也万岁了，可是，不是捉着鸡巴说万岁的呀。但是，当时在尿窖池边再没别的人呀，霸槽怎么就知道这些呢？他突然想起了他进厕所时耳边有一声咳嗽，肯定是蹲在厕所里的人把这一切告诉了霸槽的，那咳嗽的是榔头队的人吗，是榔头队的谁呢？

狗尿苔说：你咋啥都知道？

霸槽说：啥我能不知道？我已经知道红大刀要诬陷秃子金呀，而

555

且他们来找过你，要你出来做证，是不是？

狗尿苔全慌了，说：他们是让我做证，我……

霸槽说：做证就做证吧，我知道你答应了做证，可以做证！但是，椰头队要是找你也证明他磨子、牛铃握着鸡巴说毛主席，你也得出来做证！

狗尿苔说：人家是一边尿着一边说话，说到毛主席万岁的话。

霸槽说：到时候我只问你有或者没有，你回答有就行，一个字，有。记住了吧？

婆立不起身了，就靠在墙上，腿还是软得打颤，就往下溜，狗尿苔看着对面墙上婆的影子，影子后来就没有了。他回过头来寻婆，婆已经坐在了地上，在说：霸槽，霸槽，平日娃老跟着你跑，给你跑小脚路，是你的尾巴，你觉得让娃去做这么大的证使得不使得？娃胆小，都要娃做证，娃咋能担承得起呀，霸槽！

霸槽说：蚕婆，是红大刀要整我们么，先前他们失塌了水皮，这回又要失塌秃子金，他们既然来找了狗尿苔做证，我明白狗尿苔不做证也不行，那只好让狗尿苔再做证一次，我是要让他们知道，在古炉村谁要扳倒我夜霸槽恐怕他还没这个能力哩！

婆说：这也是，也是。

霸槽说：今日晚上都不睡觉，红大刀在谋划哩，椰头队也在谋划哩，大家就都谋划吧，明日早上就看谁弄倒谁！

霸槽说过了，却笑了，再说：蚕婆，也害得你们睡不成囫囵觉了。我没别的事啦，我走呀。如果天布他们还来，你就告诉他，我夜霸槽来过。我去呀，你们睡吧睡吧。

送霸槽出了门，霸槽竟然在巷道里哼哼着唱曲儿。一直听着他哼哼着，走远了，关了院门，狗尿苔说：婆，睡吧。婆说：这咋睡呀？！狗尿苔觉得都是怪他连累了婆，就不再出声。婆站在灯影里，一下子很瘦也很老了，刚才梳好的头发又乱了，像是一堆茅草。狗尿苔这阵想给婆说宽心话，他说：做证就做证，两边都做证着也好，也不至于得罪两派。婆说：娃呀，那是把全村人都得罪了！狗尿苔说：咋能都得罪？两派都寻我，显得我重要么。婆说：谁把咱在眼里拾了，咱要不是你爷的事，看谁敢来找你做证？就是谁来找上门，咱不做证谁又能咋？婆突然骂了一声：老骟呀，你咋不早早挨了枪子，你害我婆孙俩！婆又在骂爷，狗尿苔就不敢多吭声，自个脱了鞋爬上炕去。婆却让他把鞋穿好，连夜去天布家一趟，给天布说霸槽来找过他了。狗尿苔从炕上又爬下来，吃惊地看着婆，还在婆的额头上摸了一下，说：啊婆，你气病啦？婆说：我还想死哩，可世事不让死么。狗尿苔说：天布来找我，我没去给霸槽说，霸槽来找我了，我就去给天布说？我和霸槽近和天布远哩。婆说：我琢磨霸槽的话，他来找你，一方面是要你也做证，一方面可能也是想让你把他们要整磨子和牛铃的事透给天布的，你这一去，或许两派打个平手，就谁也不整谁了。他们都不整了，也就用不着你去做证。狗尿苔觉得婆说的是，又觉得婆说的不是，可婆让他去天布家，他也就去了。

巷道里黑咕隆咚，像是进了灶膛。狗尿苔没有提灯笼，也没有挂个木棍，即便夜是个瞎子，他也是个瞎子，他的脚能寻着路，知道哪儿有一个石头，哪儿有一个小坑，只是老觉得后边有人跟他，回过头了，又什么都没动静。他后悔忘了带火绳，把火绳抡起来鬼不敢近身，谁躲在什么地方监视他也监视不了了。但他没有带火绳，就说：来个萤火虫吧！果然就来了萤火虫，萤火虫不远不近地在前面飞，终于到了天布家。天布真的没有睡，没有睡的还有磨子、灶火、明堂、本来，还有田芽和马勺，狗尿苔报告了霸槽去他家的事，他们一下子都呆了，灶火暴跳如雷地骂起来，顿时所有人都骂成一堆，他们没人再理会了狗尿苔，狗尿苔也就悄悄退出来。

萤火虫还在天布家院门扇上趴着，狗尿苔一出来，萤火虫又前边飞着，一直领着狗尿苔到了家门口。婆在院子里的捶布石上坐着等狗尿苔，听见了狗尿苔的脚步声，却又听到狗尿苔在说话：你回去吧，噢，回去。婆开了门，门口只有狗尿苔，婆说：天布送你了？狗尿苔说：

没。婆说：那你和谁说话？狗尿苔说：是只萤火虫，它家住在墚畔的。婆说：你碰上鬼啦？！婆要狗尿苔摸摸头，跺跺脚，再呸一口唾沫，狗尿苔没听婆的，进了厨房寻水喝，说他渴了。婆跟到厨房，问去了天布那儿，天布咋说的。狗尿苔说一屋子的人没说啥，只是骂榔头队。婆闷了一会儿，拉着狗尿苔到了炕上，婆说：只是骂哩？狗尿苔说：只是骂哩。婆说：没说他们咋办呀？狗尿苔说：没说，还是骂哩。婆说：这……狗尿苔又熬煎了。婆说：你刚才不在，我想了又想，如果明日两派都不整了最好，如果整，谁让你做证你还是说你什么都没看见，什么都没听到，即便别人说你耍滑头，耍滑头就耍滑头吧，这样可以保全自己。婆的话给狗尿苔出了主意，吃了定心丸，他给婆点着头，就睡了。

　　一睡下就进入了梦乡。谁能想到，这一次梦里他从此掌握了一种逃避的办法，他是急中生智了这种办法，这办法简直太奇妙了，以前他想象着能有隐身衣，现在么，那隐身衣完全也用不着了向往了。

　　他的梦是这样的，他在山路上走着，手里拿着镰，似乎要去高山顶上砍柴呢还是割草，他有些不清楚，但他在路上走是清白的。路实在是太窄了，像一条绳子从山下扔上来的，而且曲里拐弯。路的一边靠着崖，其实是在崖上开凿出来的，崖畔上满是白桦、栲树，还有能用叶子包粽子的槲树。在树与树中间都是纠缠不清的藤蔓、狼牙刺、黄麦菅，黄麦菅斜着长，人走过去就唰啦着人的肩膀和脸。他就是一边走一边挥着镰，不时有蚂蚱蹦在他头上，但他打不着，手刚一动起来它们就又蹦了。路的一边直直看下去就是沟底，沟底的河水翻着白浪，有人在那里撑了柴排，但水声太大，他叫喊那人，那人听不见。路拐了个弯，路边有一棵弓着腰的刺楸，他觉得这棵刺楸长得不是地方，谁走过它都要伸手抓一下，抓你的头发，抓你的衣服，它就把他的衣服抓了一下抓出个窟窿。他说：这我得砍你！在用镰刀砍刺楸，他砍得极快，要快，快了树就不疼的。但就在这时候，一群人在追打他了，脚步急促，而且在说：撵上他，打死他！在这里打死他没人知道，把尸首扔到沟里喂老鸦，连个骨头都留不下。这声音是那样恐怖，他想知道这是谁这么恨他，但他听不清都是谁。他拔脚就跑，跑得鞋也遗了，跑得出不出气，感觉有两个心脏，怦怦怦一起跳，又要从胸脯蹦出去。脚步声越来越近，甚至听到了他们带着木棒和刀，风在木棒和刀上霍霍地响。他这时想到了隐身衣，如果有隐身衣就好了，但他没有隐身衣。他急了，心想死是肯定了，就不再跑，而且一下子闭了气，身子紧缩，但就在这时奇妙的事情发生了，他的身子紧缩后就慢慢地静静地伏了下来，伏在了路边的一个石头旁。这情景就像空中飞下来的一只鸟，翅膀展着落下来，然后收拢了翅膀，一动不动，悄然无声。他感觉追打他的人看不见他。果然，追赶他的人跑了过来，那是十几个人的队伍，个个脸上都戴着一个马勺，你无法看清他们的面目，他们在喊着：追呀，快追，就跑过去了。啊呀，啊呀呀，这是多么紧张而又得意的经历啊，等追赶的人跑过去已经无踪无影了，他站起来，看着崖上的树，看着路边的石头，树在给他招手，给他微笑，树的微笑就是开了一层粉色的花，而那石头也在给他做鬼脸儿，那斑斑驳驳的苔藓，一会儿是绿颜色，一会儿又是红颜色。

鸡在院子里锐声叫喊：啊我下了个蛋！啊我下了个蛋！狗尿苔从梦里醒过来了，出了一身汗，被子也汗湿了，他说：婆，我做了个梦！没有回声，屋外起了风，风在走近，要从院墙头翻进来，院墙太高没有能翻过，就从院墙根的水眼道钻进来。他说：婆，婆，我做了一个好梦！还是没有回声。从水眼道钻进来的风，似乎很生气，把下了蛋的鸡吹得羽毛都乱了。他以为婆故意不理他，又大声喊：婆！婆！院门一响，原来婆早早出去了才回来，婆在说：吼，寻死呀你吼！

61

整个早晨，又延续到了整个中午，婆不让狗尿苔走出院门一步，而她是过一顿饭时间就出去一下，很快回来，告诉狗尿苔你等待着，再过一顿饭时间又出去一下，很快又回来，告诉狗尿苔你还得等待着。等待就像蚂蚁在热锅上，狗尿苔受不了这种熬煎，就从上房到厨房，从厨房到上房，不停来回走动。婆说：你不会静静坐着，走来走去心慌不心慌！狗尿苔说：咋还不来吗？婆说：你盼人呀？！狗尿苔：是不是没人来了？婆说：你想了个美！狗尿苔说：那就快来么！婆说：你死不及呀？！婆说完了，却给狗尿苔倒了一碗开水，竟然从那个瓷罐子里捏出一撮红糖放在水里。狗尿苔压根儿就不知道那瓷罐子里还有着红糖，婆原来一直在哄他说没有了，等到腊月二十三灶王节时烙饦饦馍，她会去买些垫馍的。狗尿苔说：婆，你还藏着糖？婆说：我不藏着还不早让你给偷吃完了？喝了糖水，你好好在心里记着我教你说的话，记住了没有？狗尿苔说：记着啦！刚喝了一口，门外有了喊狗尿苔的声，狗尿苔看了一眼婆，一下子把糖水全喝了。

　　门一开，是杏开，婆说：鬼女子，咋来的是你？杏开说：在等谁哩，好像不悦意我来？婆说：你说的啥话，杏开来我不悦意还悦意谁？你坐着，我把他叫出来。杏开说：我才不见他哩。婆说：不是来找他？哦，哦，你坐，我给你倒些开水去。杏开的肚子已经大了，拧身子的时候有些笨，她坐在捶布石上，婆却让她坐在拿出来的椅子上，说：坐椅子好。杏开脸立即红了一下，要给婆说什么，却又没说，拉了拉衣襟，问：婆身骨子好着呀？婆说：好着哩好着哩，村里没啥事吧？杏开说：没啥事，刚才霸槽临走时给我说，到各家查一查都有哪些猪死了或者还病着。婆说：霸槽到哪儿去了？杏开说：到洛镇给村里请兽医了，有了猪瘟，再不请兽医打打针，猪就死完啦。婆说：噢，霸槽走了，霸槽不查事啦？杏开说：婆啥都知道？不查么。婆说：天布他们也不查呀？杏开说：都不查啦。婆说：都不查啦？杏开，你给婆说，这事恐怕是你给圆场的？杏开说：我能拿住谁的事呀，我只是劝说劝说，查啥呀，都是没影儿的事，你查我，我查你，越查事越多，不查啥事也没有了。婆却一屁股坐在了捶布石上，眼睛闭上了。

　　狗尿苔一直站在上屋的窗子内，透过窗缝看见婆像堆泥一样扑沓在捶布石上，而且是眼睛闭着，嘴张着出不来气，担心婆得了急症，就一下子扑出来，抱住婆给婆搓揉胸口，叫：婆！婆！婆睁开了眼，突然哐啷一声，这声并不是从口里发出来的，而是从腹腔里发出来，似乎腹腔里一直被什么堵着，猛地打开，就翻江倒海地响了。婆说：快把咱的猪拉出来，拉出来让杏开看看。整整一夜和半个白天，婆孙俩几乎全忘了猪还在杂物屋关着。狗尿苔忙去杂物间拉猪，猪还活着，一开门，就冲着狗尿苔吭哧吭哧吼了两声，发起脾气。狗尿苔说：你没吃，我也没吃么。猪的额头深了皱纹，那皱纹倒是个王字。

狗尿苔家的猪基本上没事，杏开又到左邻右舍去登记。答应家的猪病得还立不起腿，而牛路家院门锁着，猪圈也是在院子里边。但好的是牛路家的院墙也坍过，豁口用木柴棍儿做了栅栏，狗尿苔领杏开去猪圈里看，狗尿苔一纵身子，从栅栏上跳进去了，杏开站在栅栏前不动。狗尿苔说：你跳呀，跳呀！杏开还是不动。狗尿苔说：真笨！婆却训道：你喊啥哩，你到猪圈里看看猪是死是活就是了！狗尿苔就在猪圈看了，那头猪在圈里屁股撅起用黄瓜嘴犁地，说：没死也没病，好着的。却见婆在和杏开低声说话，好像婆在说：这使不得的，你不要你小命啦？！狗尿苔说：你们说啥哩？婆说：你咋一天操心恁多呀？去去去。狗尿苔笑了笑，往自家院门口走，婆却在送杏开，叮咛着走路小心点，天黑不要出门，不要上梯子，到泉里担水担两个半桶，还说：哪儿不舒服了就来寻我，噢！

婆开始做饭，做的竟然是米饭，还把浆水菜用油炒了一下，狗尿苔倒埋怨婆饭做得太好，收庄稼时都没吃上稠的现在农闲了却吃米饭？婆说今日躲了一场灾难么，应该吃好点，就又念叨着狗尿苔福大命大，祸到头上了又过去了。狗尿苔就张狂了，说：婆，你扳指头看看，谁要害我，都没好下场，麻子黑入狱了，水皮进学习班了，他秃子金，哼，差点也反革命去了。婆瞪了一眼，说：哟，看你那丑样！狗尿苔说：丑能避邪哩！

婆孙俩吃了一顿好饭，吃得狗尿苔坐在上房台阶上像个气蛤蟆，身子不动，只扭脖子。他说：啊婆，锅里还有没有？婆说：还剩一碗。

狗尿苔说：那把牛铃叫来吃。婆说：显派呀？狗尿苔说：就是给他显派呀！婆说：那不如给杏开端去，昨晚还亏杏开在中间调和哩。狗尿苔说：你咋知道她在中间调和呢？婆说：她说话霸槽还能听，她就算是榔头队的，还能眼看着给磨子栽赃吗，磨子可是你满盆哥推荐出来的。狗尿苔说：你老把人往好处想。婆说：要想着人的好哩。狗尿苔说：那谁对咱就好了？婆说：你这娃，咱身份不好那是世事么，村里人谁又打咱啦骂咱啦？冬天里天冷你能怪了河里结的冰，怪了墙洞里钻进风？去，去给杏开端去。狗尿苔说：你以前老不愿意着杏开和霸槽好，现在杏开整天去窑神庙哩，你却不说了，还让端饭给人家。婆说：生米做成饭了，我作为本族婆，不愿意又能咋？狗尿苔说：啥是生米做成饭了？她爱人家霸槽，霸槽不一定就爱她哩。婆说：你知道个啥，不爱能怀上？狗尿苔说：啊？！呆在了那里不动，心里想起杏开跳栅栏的事，又啊了一声，说：爷呀，她怀上了，她还没结婚就敢怀上啦？！婆说：你喊叫啥，喊叫啥！狗尿苔不说了，嘴还惊得合不上，婆过来捏他的嘴，说：你少在外边给人说！

婆把剩饭盛在了碗里，面鱼儿正好路过院门口，面鱼儿从中山洼背地采了半篓拳芽草，喊着：他蚕婆，他蚕婆！婆应声道：哎。面鱼儿咔地扔进来一捆拳芽草，说：这草给猪吃了败毒哩！婆说：是不是，听说镇上要来给猪打针呀。面鱼儿说：先吃些这草没瞎处。婆说：你进来，你进来！面鱼儿进来了。一身臭汗，裤子皱皱巴巴，还烂了几个口子。婆改变了主意，要把那碗米饭给面鱼儿吃。

面鱼儿硬是不吃，推让到最后，扒了半碗吃了，婆就和他在说话，婆又问起了开石、锁子的事，面鱼儿说：和开石已经分家了，他不管待我也说得过去，锁子一天到黑老是给我个黑脸看，唉，到底不是咱生的娃，隔着一层哩。婆说：你过来时他们都小，还不是你拉扯大的，狗日的没良心。开石她妈待你还好？面鱼儿说：还好，她也管不住开石、锁子，只是夜里了给我哭。婆说：只要你老两口好就好，自己把自己照顾着，上年纪了，你也不要干活不要了命。身子骨还行？面鱼儿说：还行，只是从入夏到现在有些头晕，没事。狗尿苔在猪食盆里拌料，猪不好好吃，撒上一层麦麸子，吃上两口又不吃了，狗尿苔说：等给你打针好了，这麦麸子还不给你吃哩。面鱼儿说：谁给猪打针呀？婆说：刚才杏开来过，说霸槽去镇上请兽医了。面鱼儿说：噢噢，这算是干了人事！是杏开来说的？婆说：是杏开来说的。面鱼儿说：他蚕婆呀，你说这杏开……唉，村里风声那么大的，是别人早四门不出啦，可她好像没事似的。婆说：这你也都知道啦？她大一死，这……事情既然是这样了，只要霸槽真心待她，也就是这一回事了。面鱼儿说：你说霸槽会真心？婆说：这咋说得来？面鱼儿说：这一革命啥事都说不来了！狗尿苔把猪又往杂物间吆，老吆不走，乍着耳朵也在听，狗尿苔说：你也操闲心啊？！婆拿眼看了他一下，气得窝了嘴。面鱼儿笑笑，继续给婆说：她真的还要把娃生下来呀，你给她说说能打了胎就打胎，没结婚生娃那算咋回事么。婆说：她给我说想打哩，这个时候了打，不要命啦？面鱼儿说：那她以后咋活人呀！狗尿苔说：人家革命成功了，娃生下来，你们还不都去给娃过满月的。就使劲拽猪耳朵，猪撑着四蹄就是不动，面鱼儿过来提了猪尾巴，猪乖乖地上了台阶，翻过了上屋门槛。面鱼儿说：你这碎骡，是个人精哩！

直到天黑了半会儿，霸槽真的从洛镇请了一个兽医，这兽医由来声领着，开始为全村的病猪打针，不但打了榔头队人家的病猪，还打了红大刀人家的病猪。灶火家的猪已经死了，天布家的猪没有病，而磨子不让给他家的病猪打针，说霸槽这是趁机买络人心，宁愿猪死也不要上他的当。但磨子的媳妇坚持让打针，两口子吵了一顿，磨子就气得出门走了。其实磨子心里也害怕不打针他家的猪真的要死了，故意生气出了门，好让媳妇招呼来声和兽医给病猪打针。但磨子毕竟心里服了霸槽这一招，他在天布家里发牢骚，说红大刀都是些傻骡瓜蛋，每一次都让榔头队占了上风，天布劝他，给病猪打针就给病猪打针吧，猪的病好了，不一定人人就会说他霸槽好。咱支书土改那年批斗守灯他大，守灯他妈来求情，支书不是把她睡了还继续批斗守灯他大吗？睡是睡，批是

563

批，那是两码事！

兽医打完了针，当然要给兽医站付款的，但霸槽并没有让有病猪的人家掏药钱，他把牛圈棚里那些木椽让秃子金开着手扶拖拉机拿去卖了交了费用。

天布抓住这事到处散布：霸槽并不是为治村里病猪的，是榔头队趁机要倒卖村里财产，那些木椽要值多少钱，而药费又能值几个钱，他们打着给古炉村办好事的幌子在中饱私囊哩。这话使许多说霸槽好的人又改了口，说把那些木椽卖了各家分的钱比死一头猪要合算。议论一多，霸槽请兽医给病猪打针的事不但没落下好反遭到了唾骂，更有甚的是，霸槽请兽医前让杏开到各家各户登记病猪情况，这也成了一项罪孽：杏开的肚子大了，大得遮不住人眼了，他霸槽让杏开以买好来堵大家嘴哩。糟蹋霸槽和杏开的话越来越离奇，竟然就传出有人看到杏开在去她家自留地掐葱叶时，想尿呀，就蹲在那沙渠里尿，尿冲开了沙土，沙土里爬出来个螃蟹，杏开说：哟，生啦？一生下来就手里举着榔头呀！这当然是笑话，但他们在作践杏开能生出个什么娃呢，不是没了屁眼，就是……一堆人就这么喊喊啾啾着，狗尿苔拿着火绳走了过来，说话的人就不说了，旁边人问：说呀，就是什么？说话的人说：就和狗尿苔一样吧。狗尿苔听到在说他的名字，而且那么多人在笑，他问：说我啥哩？看星说：说你长得好！狗尿苔习惯了别人说他长相丑，他已经不上怪了，丑就丑吧，反倒常常还自我嘲弄着让大家快乐。他说：就是好呀，你个子能长这么低？你眼睛能长这么圆？你有这耳朵吗？他把右手从头顶上弯过去提左耳朵尖，耳尖高过了眉毛。看星说：没人能长出你这野种的样子！狗尿苔说：谁是野种？看星说：不是野种你知道你大是谁，你妈是谁？狗尿苔说：我是我婆从河里捞的！看星说：都听到了吧，杏开肯定也把娃娃扔到州河去呀！狗尿苔还不大清楚这些人刚才到底在说什么，但他愤怒了，梗着脖子就把脑袋朝看星撞去，看星并没有走，等着那颗光脑袋快要撞到腰了，一闪，脑袋就撞上了看星身后的树上，咚的一声，把树撞得摇起来。大家都被这突如其来的行为镇住，还没反应过来，没撞着看星的狗尿苔痴了似的，把火绳一扔，又拿自己的脑袋连续在树上撞，咚，咚，咚，血就从额角流下来，这才有人把狗尿苔抱住，说：咦，狗尿苔咋啦，现在有这大气性？！

受了委屈，狗尿苔当然回家要给婆诉说，但没想到婆这一次没有安慰他，反倒骂了他一顿，说：我让你在外忍气吞声哩，你逞什么能？狗尿苔说：他看星欺负我。婆说：这么大的伤口，看星打的？狗尿苔说：我自己撞的。婆说：你撞着给谁示威呀，你以为示了威别人就同情你啦？狗尿苔说：我气不过么。婆说：你还犟嘴！以前常有气不过的事，那怎么就忍啦，这次就忍不了，是不是近来躲过了一灾，你倒觉得你能行了吗？狗尿苔不吭声了，他觉得婆说得对，自己是有些逞能了，就坐在那里啃指甲。婆开始在院里撵鸡，一撵，鸡就趴下了，狗尿苔说：我不吃炒鸡蛋。婆说：谁给你炒鸡蛋呀，我拔些鸡毛给你粘血的。

鸡毛在狗尿苔额上粘了七天，七天后血痂脱落，从此留下一个三角疤。三角疤在平时没有颜色，只要一激动，疤就红了。也就在七天后，椰头队和红大刀都去洛镇刻了印章，他们各自发布着决议和通知，落款处都要按上红印。牛铃就取笑狗尿苔也有自己的印章了，印章就按在脑门上。

但是，古炉村里，除了牛铃，已经少有人再和狗尿苔说笑了，人们似乎从来都没这样严肃过，椰头队和红大刀越来越紧张，几次就为口舌差点要动手。再出工时只要这一派在地这头干活，那一派必然就到地的另一头去干活，甚至去泉里担水，这派的人看见那派人在泉里，就远远站着不动，直等到那派的人担水走了，这派人才去泉里，恨不得把泉分成两半，各担各的。狗尿苔出门仍带着火绳，却没有了人喊他去点火，他就把绳头火掐了，绳别在裤带上。还是牛铃和他好，看见他把火绳别在裤带上，说：呀，这是个鸡巴多好！腰里缠三匝，地上拖丈八，半空里撂着日老鸦！

这一天，要犁中山腰的那三块梯田，犁杖和牛在地头回不过身，空下的两个地角需要用镢头挖，这一派的三个人便在北边的地角挖，另一派四个人则在南边的地角挖。长宽是掌犁的，套牛的是狗尿苔，长宽扶着犁把犁过来了，这边挖地角的人就和他说笑，扶着犁把犁过去了，那边挖地角的也和他说笑。狗尿苔就对长宽说：你是红人了，他们都跟你说笑哩。长宽说：我哪一派都不是么。狗尿苔说：说不定你能当队长！长宽就让狗尿苔到不远处的地里去摘西红柿，那地是长宽家的自留地，地里的西红柿已经败了，但还有几颗，半青不红的，他要给大家吃。狗尿苔说：说你当队长，还没当上就拿自家的西红柿招待人呀？！去摘了七八个放在了地中间，长宽招呼：都来吃西红柿啊！各方却没有动。后来红大刀那边的过来了本来，榔头队这边也过去了迷糊，迷糊先到，说：我吃一个。却把一个西红柿咬了一口，猛地一吸，西红柿成了一个瘪皮，再吹一口气，瘪皮又鼓圆了，放在那里，拣了个大的要走。本来过来也拿了一个，转身时，呸地唾了一口。迷糊一看，也呸地唾了一口，他唾出的不是唾沫，是一摊柿子汁。这么着，再没人来吃，长宽叫这个，这个不来，叫那个，那个不来，狗尿苔坐在那儿把一堆西红柿全吃了，吃得双手把肚子当成了鼓，嘭嘭嘭地敲。

　　杂姓人看惯了姓朱姓夜人的眉高眼低，突然间重要起来，连守灯走路都不沿墙根了，轻快地走着雀步，见着了狗尿苔，竟然让狗尿苔给他挠挠背。这可是从来没有的事，狗尿苔愣了一下，站着没动。守灯说：我叫你哩你耳朵塞鸡毛啦？狗尿苔说：你叫我？！守灯说：给我挠挠背。狗尿苔说：旁边有树哩，你不会蹭蹭。守灯说：你碎骸，我就让你挠！你以为我成分不好就不给我挠吗？狗尿苔说：我也不好。守灯说：那你还不给我挠？狗尿苔近去给他挠，心里说：权当我给猪挠哩。守灯说：以后我一坐下来你就过来给我挠。狗尿苔：你不怕别人批斗你是地主又剥削人了？守灯说：现在谁批斗我，还顾得上批斗我？他们还想拉着我入他们造反队哩！狗尿苔说：你准备入哪派呀？守灯说：我看哩，谁势力大我入谁。狗尿苔恨恨地挠了一下，不挠了，说：你真是阶级敌人！守灯过来打他，他跑开，看着指甲缝里沾着血。守灯说：等着吧碎骸，看我将来收拾你！狗尿苔并不怕守灯，他觉得没有哪一派会要他加入的，两派对杂姓人再好，也不会有人对他守灯好的。

　　但是，狗尿苔的想法错了，就在八成来动员守灯加入榔头队的前一天，天布找了守灯，天布一找他，他就听了天布的。天布告诉他，出身不好也可以到革命造反组织里来，就看如何表现了。守灯很高兴，说他表现好着哩，还要继续表现好。天布说：你说，你有什么愿望？守灯说：愿望是不当四类分子。天布说：鸡是鸡，狗是狗，狗生不出鸡，鸡蛋再孵也孵不出个狗，这你甭想。守灯说：那就是烧窑吧，能烧出青花瓷，我就是古炉村头把窑师了。天布说：是谁没让你再烧窑？守灯说：文化大革命么。天布说：啥？是榔头队！守灯说：是榔头队，榔头队封了瓷窑。天布说：这就好，现在红大刀支持你再烧窑呀，当然不是要你烧青花瓷，还是烧粗货，红大刀所有人家出钱来烧，烧出瓷货了咱们分。守灯没想到他还能烧窑，身子骨就软了，当下跪下要给天布磕头，天布却生气了，说：起来起来，你真是跪惯了，谁让你跪哩？守灯站了起来，说：还是窑场那些人吗，有没有摆子？天布说：你啥意思？守灯说：没有他最好！天布说：没有他你能烧好？那就不要他了，你好好地干，干好了就吸收你加入红大刀。守灯说：你这么重用我，我就坚定不移地跟着你干革命，我还可以把八成从榔头队里拉过来弃暗投明，如果拉不过来，我就和他州河里杀猪——刀割水洗！

　　红大刀重新要烧窑了，开始筹集柴火并每家出份子钱去西川村煤窑去买煤，这消息当然被榔头队知道，榔头队的人就嚷嚷窑场是生产队共同的窑场，谁要去独霸就独霸了？红大刀也放出话：窑场是生产队的窑场，谁都可以去烧么，不妨碍谁去烧么。霸槽后悔没能早一天把守灯拉过来，就去请摆子也来烧窑，但摆子说，天布已动员过他了，他都拒绝了，他不参加两派，他也不给任何一派烧窑了，何况他腰疼，疼得啥活都干不了。榔头队里没人能烧窑，只能眼看着红大刀的人上了窑场，他们就急了，有人主张红大刀抢村里财产，榔头队为啥不抢，咱把牛抢过来，他们要卖瓷货咱就卖耕牛。但这办法遭到反对，耕牛和土地是连在一起的，虽然古炉村的土地自古都是古炉村自己的，可共产党靠的是土地，它是把土地从地主富农手里分了才闹的革命，又是从各家各户把地收了搞社会主义，现在土地是国家属有，你卖耕牛，那怎么种地，在土地上犯事那还是共产党领导吗，还是社会主义吗，是背着鼓寻槌吗还是不想活啦？再说，即便去抢牛，牛圈棚和红大刀队部在一个大院里，你能抢过来？

　　榔头队的人在窑神庙里争争吵吵着，霸槽却独自坐在殿房里喝太岁水。他用个小勺子，对着太岁盆子，舀一勺子喝了，再舀一勺子喝了，还在舀着喝。秃子金在院里说：咱队长呢？跟后说：在殿房里喝哩。大家就都不说话了。霸槽将太岁盆从小木屋搬到窑神庙后，一有事就喝他的太岁水，就像一个人喝闷酒一样，他在琢磨事情，谁也不能去打搅。秃子金说：让他喝，他会给咱一锤定音哩！他们开始用石子和枝棍儿斗棋，却见霸槽从殿房里出来了，好像满院子里没有人，只有跟后，他说：跟后，走！跟后就从台阶上提了那把锨，大家看着霸槽手在背后甩着走出了院门。

　　霸槽又是去山坡上要拉屎，榔头队的人都知道他便秘得越来越严重了，也越来越喜欢着去野外拉屎，或许，拉屎能出思想，在他拉屎的时候一整套对策就完成了。秃子金放心地等着，说：斗棋，斗棋！榔头队的人都放心地等着，又吵吵嚷嚷着评论着棋局。

　　但是，霸槽这一出去当天并没有回来，甚至几天了也没有踪影。

　　秃子金到霸槽的老宅屋去找，老宅屋门锁着。到公路边的小木屋去找，小木屋也锁着。他有些生气，进村去杏开家，巷道里碰着摆子，摆子一手叉着腰，斜斜地走路。其实天布去找摆子的时候，摆子的腰并不疼，他说他腰疼，故意仄着身子走路，等霸槽找他时，他又故意把身子仄得厉害，这么多天，为了证明他腰疼就一直仄着身子，没想身子真的就疼了，不仄着身子走就不行了。秃子金说：腰还疼？摆子说：越来越不行了，快要断了。秃子金说：那就断了去！秃子金不再理摆子，去敲杏开家的院门。杏开在院里洗头，隔门问啥事。秃子金说找霸槽哩。杏开说霸槽没在呀。秃子金说把门开了我给你说话。门开了，秃子金说大伙急着要霸槽拿主意哩，你不能不让他出来。杏开说：他是个大活人，我能藏了？他啥时又能让我藏过？杏开用手巾擦头发就打嗝，一口一口吐唾沫，唾沫把脚下地面都唾匀了。秃子金才知道霸槽真的不在，起身便走。杏开却警告他：椰头队的事，以后别来寻我！秃子金忽然记起霸槽去拉屎时跟后提了锨跟着，去找跟后，跟后竟然也不在，跟后的媳妇说跟后和霸槽去洛镇了。

62

就在霸槽去洛镇的第二天，支书和水皮从学习班回来了。支书似乎还是老样，只是胡子白了，但水皮完全失了人形，那个瘦呀，皮包了骨头，眼窝深陷，嘴唇发白，喉结竟然大得像个核桃。

那个下午，灶火和冬生往窑场运煤，半坡上停了架子车歇着，那几只白嘴红尾鸟咻咻啦啦从山下往山上飞，最后就落在山神庙前的白皮松上，屹岬岭上的太阳只剩下一半，一道霞光又把白皮松照成了红皮松。这是古炉村的每一天里最美的时候。冬生说：谁来又找善人说病了，现在咋这多的病呀？！灶火说：也真是，这么美的地方就是人多病。冬生往山下看去，果然有一个人背着一个人走上来，就说：善人会捏骨这我信哩，你说他给人说病，病真的就能说好吗？灶火说：啥事情干得时间久了，就来神气哩，善人长年说病，他说病可能就灵验的。这就像朱大柜，他现在没势了，说话不顶用，可他在台上，当了十几年的支书，样子也就像个支书，他说话咱还不都听着，按他的话做了也都做对了么。冬生说：哦，她寻你来了。灶火脱了鞋，倒鞋壳里的沙子，说：谁寻我？水皮妈就低声地叫：灶火，灶火。水皮妈就在不远处的地塄上割野枣刺，她身上的衣服皱皱巴巴，头发乱得像个栗子色。水皮进了学习班后，她一下子就蔫了，家里没了柴火，常到村口扫些树叶或在地塄上割那些野枣刺。灶火说：她叫我干啥？仍低了头在地上撣鞋，冬生便拿了个草秆子掏耳朵，一掏就咳嗽，咳嗽个不断。水皮妈已经走近来了，她还在低声地叫灶火。灶火这才抬了头，说：你叫我呢？水皮妈说：我叫你哩。灶火说：你声低得像蚊子，我没听见。水皮妈说：啥时烧窑呀？灶火说：你还关心烧窑呀？水皮妈说：关心么，姓朱的搭份子烧窑也不叫我。灶火说：你又不缺钱的。水皮妈说：灶火你咋说这话呀，我十天都没吃上盐了，你这话是刀子剜我！灶火抬起身子，说：拉煤，拉煤！自个拉了架子车往前走，冬生也就撅了屁股在后边推，一扭头，却瞧着山下远远的公路上走着四个人，他就说：那是不是支书？

灶火和水皮妈也往公路上看，果然是支书，支书在前边走着，中间是水皮和另一个人，再后边的人背着杆枪。灶火还没回过神来，水皮妈就尖锥锥地叫道：天，我水皮，是我水皮么！不要了割野枣刺的镰刀和背篓，顺着弯弯路就往下跑，竟然把走上来要善人说病的人撞了个趔趄。冬生说：他们咋都回来啦，没事啦？灶火说：咋能没事？你没看见后边还有个背枪的吗，是押回来的。灶火踢水皮妈的背篓，背篓滚下去，惊动了路下那一片槐树，槐树上的蜂嗡地飞上来一团，灶火扬手就打，冬生说：不敢打，快趴下。两人面朝下趴在地上，一动不动，蜂还是在灶火的屁股上蜇了一下，才慢慢地散去。

水皮妈跑回自己家的时候，水皮已经坐在了院门口，他在门框上没有摸到钥匙，坐在那里把头夹在腿缝里。他妈叫他，他瓷呆呆地看他妈，突然哇地就哭，一边哭一边说：我不孝顺妈，我不孝顺妈！斜对着院门的厕所里有了一声咳咳囔囔的笑，这笑声像簸箕里倒核桃，水皮妈拧头一看，厕所里出来的是来回。来回不是走失了吗，怎么又在这儿？她披头散发，耳朵上却别着一朵菊花，笑得牙龈都露出来。水皮妈当时吓住，说：你是不是你呀？！来回却也说：你是不是你呀？！水皮妈就开门，赶紧拉水皮进院，来回也一条腿伸进来，水皮妈硬是把腿推出去，门就哐地关了。在院子里，水皮妈说：她是来回吗是鬼？水皮说：是来回。水皮才给他妈说他们从镇小学一放出来，小学外的路口上来回和一群孩子打架哩，她用泥片子掷打那些孩子，那些孩子也用泥片子掷打她，看见了他们，就跟着一路回来了。

古炉村人对支书和水皮的回来并不奇怪，奇怪的是老顺的媳妇回来了。这女人失踪后老顺在找，村人在找，找得已经精疲力竭，失去信心，她却突然间自己回来了，回来了完全地疯疯癫癫，不是衣衫不整，露出葡萄一样大的发黑的奶头，就是耳朵上别个什么花，见人瓜笑。村人就猜测这么长的日子她都去了哪儿，吃什么，在哪儿睡，奶头子这么大这么黑的，会不会被什么人强奸过？可老顺没有嫌弃，当得到消息，鞋没来得及穿就跑去见她，她在三岔巷口的宣传栏下和围看她的人起了口角，围看的人说：羞人哩！她说：羞你先人哩！围看的人说：羞你来回的先人哩！她说：羞你古炉村的先人哩！老顺说：回！回！她不跟老顺回。老顺一下子扑过去把她抱住，然后扛到肩上，像扛着一麻袋粮食就往回走。一进门，老顺就把她压在炕上干，老顺好长时间没干了，老顺的想法是干了她，她或许心里就清亮了，可她一直在嘿嘿嘿地瓜笑，干毕了她还在瓜笑。老顺说：是疯圆了。就给狗交代着看守她，不让她再出门。来回一连三天在屋里，只要一走到院门口，狗就咬，她大声喊：水大啦，老顺，水大啦！

这喊声让迷糊听到，迷糊给人说老顺一天到黑都在屋里日他的女人，女人的水越来越大。可是，就在这个晚上，州河竟然真的发了大水。

州河里发大水准确地说是黎明的时候，狗尿苔照例醒来后并没有立即起炕，而静静地拿耳朵捕捉屋外的一切动静。他听见院角的那棵梅李树在伸腰，粗细差不多的五根枝股在相互比试着谁长得通顺。梅李树的叶子早都枯黄了，竟然在那根似乎最苗条的枝股上还能爆出米粒大的芽苞，每爆出一粒，枝条就颤动一下，这如同人遇冷或者遭到惊吓而做出的一个激灵儿，胳膊上就起鸡皮疙瘩。麻雀开始在院门口碎嘴了，嘲笑芽苞萌生得太不识时务，天气都要凉呀，燕子都要走呀，还爆什么爆？燕子始终没作声。从院门槛下钻进的猫，小心地蹑步，它盯着了一只蚯蚓从墙根的软土里往出拱，麻雀的碎嘴令它讨厌，哇唔，制止了一声，就专注着蚯蚓，它并不想伤害蚯蚓，只觉得好玩，怎么没鼻子眼睛嘴呢？窗纸上有了很奇妙的声响，一定是飞来了一只蜻蜓，翅膀的闪动把空气扇过来了，哦，空中到处都是气，气就如同水一样吗？蜻蜓的到来使水有了涟漪，涟漪最外的最弱的那一圈就触及窗纸了。狗尿苔能想到蜻蜓最后是落在了挂在前檐墙上的犁杖上，这犁杖是长宽让他拿回来保存在家里的，因为窑神庙和老公房都成了榔头队和红大刀的办公室。蜻蜓在看着犁杖，犁尖已经被擦得锃亮，但犁身拐弯处泥土发干，却像胶一样还粘着。啊，犁杖你歇下了？鸡就看着蜻蜓，蜻蜓漂亮死了，它的衣裳越穿越鲜艳。鸡企图飞起来，但它只飞到一尺高就身子沉得往下掉，翅膀却撞上了那棵野人汗。野人汗禁不住地发酥，整个身子都颤起来了，就有一颗黑色的籽儿蹦起来，又落在地上，钻进了土里。又是什么在响？从窗子到院门脑框拉着的绳子上挂着婆的围裙，风在走近，寻找着围裙上的补丁吗？不，风走得再轻，也是窣窣声，但这是唏唏地响，是地气在动。深秋的地气和初春的地气完全不一样，初春的地气是在吹，深秋的地气是在吸，梅李树上的叶子就柄根一裂，被吸着落了下来，一叶，两叶……狗尿苔在默数着叶子落下了七片，突然谁家在扯锯。谁家在扯锯呢？这声响是用八尺大锯解一搂粗的树桩才能发出的，而古炉村没有谁家伐下了大树呀！声响还在大，越来越大，他感到了炕在微微动，整个房子都在动。狗尿苔忽地翻起身，喊：婆，婆，婆哪——！婆没有答应。狗尿苔穿衣服跳下炕来，村道里有了敲锣声，咣咣咣地似乎要把锣敲烂，开始人乱脚杂，牛铃拿着笊篱跑过，说：河里发大水了，河里发大水了！狗尿苔说：没下雨呀发大水？牛铃说：你没觉得昨天夜里凉吗？洛镇往西下了几天了，水头子下来了！

州河里年年都发水的，可往年发水都是往后再推二十多天，而且也都是古炉村这里淋雨下得一塌糊涂了，今年竟洛镇以西的地方都下雨了，古炉村不下，水头子就没防顾地来了。婆不知去了哪里，等狗尿苔跑到河边，水已经满河满沿，那片芦苇园被淹了，所有的芦苇都匍匐在了黄泥水里，原先掩没在芦苇里的老柳树露了出来，树身上缠着无数条蛇。小木屋后边，本来是一堆青白石头，从石头上跳跃着可以去石摆下边的那个回水潭的，天晴时脱得光光的从石摆上一头扎下去钻个没儿，运气好也能在水下手伸进石隙里摸一条两条昂嗤鱼，现在那一堆石头看不见，水到了石摆半腰，再有一米，就可以漫上公路，淹到小木屋了。村里人差不多都到了河堤上，各自寻着有利的方位在那里捞浮柴，但水头子才下来不久，水面上黑压压一层东西往下涌，捞也捞不到。人们看着河心有着无数的木料，是一搂粗的柱子，是丈二长的檩条、木板和椽，甚至还有木柜箱子笸篮筛子，死牛死猪，都惊叫着，遗憾着，捶胸顿足。上游又冲下来了三棵树，连根带梢的，接着是一座麦秸集子，竟然麦秸集子还完完整整。有人就把绳子一头拴在堤上的大石头上，一头往腰里系，要下水游过去拉那大树，而同时许多人在训斥，这太危险，水浪那么大你能游过去？就是游得过去，那树冲劲大，不撞个血头羊才怪！要下水的就又收了绳子，喊：老顺，老顺！那河中间是不是个人？快去给你再捞个媳妇！河中间好像是个人，白花花的身子，头一直面朝下。河里冲走的都是光身子，水里有着流氓的妖怪，能解人的纽扣。但是，老顺没有来到河堤。这是老顺有生以来第一回发了水没有来河堤上，一定是他的媳妇不让他来的。那么，是来回与这发水有关系吗？她是上一次发水来到了古炉村，这一次她说发大水了，真的就发了大水，她怎么能早知道呢？人们也开始议论这场大水是洛镇以西的什么地方下了雨，雨当然下得大，但下了多少天，给那里人、畜和庄稼造成怎么严重的灾难，而可能在不久的日子吧，将有接二连三的讨饭的要沿公路下来的。他们议论一番了，最后却挥了挥手，觉得管它干啥呢，不管了，那么远的地方谁去过？那里的人家谁又能认得？他们不受灾，下游的人能捞到东西吗？！秃子金说：狗日的这水，发这么大干啥，你发小些发勤些，一月发一次，把上游的东西都给咱搬下来么！他刚说完，脚下一滑，掉在水里，手脚忙乱地抓住岸边的柳树根上来，喝了几口黄水。金斗却不爱听他的话了，说：有些事是不可以做可以说，有些事是可以做不可以说。秃子金蹴在那里呕吐，想做想说都不可以了。大家也就不再多嘴，将已经打捞出来的浮柴瓜菜从岸边又转移到公路边摊晒，公路边就一堆一摊的像无数沤起来的粪堆。

到了中午饭的时候，人们差不多要回去做饭吃，但摊晒的浮柴湿淋淋的，直接背回去太沉，就继续摊晒着，却又都害怕自己一走，自己的浮柴被别人偷走，有人就说：狗尿苔你没事，你就在这儿待着，我们来给你捎碗饭。看守浮柴堆只有狗尿苔最合适，他可以看守两派所有人家的。狗尿苔是用柳条笼子捞了浮柴末子，柴末子都是些干树皮、干树节、干松果、芦根、草叶，也有死的鱼、半个青蛙、烂草鞋、断绳头。他把死鱼烂蛙挑出来扔了，把破鞋废绳也挑出来扔了，柴末子就摊晒在小木屋门口。小木屋门锁着，屋前的那个曾经放凉茶的石台子还在。想起往日的快乐，他有些难受，隐隐地怨恨着这一切咋都不一样了呢？

天上的太阳虽不那么强烈了，狗尿苔在小木屋门口坐着，肚子就饥了起来，肚子一饥人也蔫里吧叽，大脑袋歪在肩膀上似乎要掉下来，面前的浮柴堆浸出的水流湿了地面，成百上千的蝴蝶就趴在那湿处一动不动。这些蝴蝶小小的，有白色的，有蓝色的，更多的是灰色的，它们平日都在哪儿，竟然一下子就集合了一起。河水还在吼着流，吼声淹没了往日野鹤声和昂嗤鱼声，连树上的蝉叫也听不到了。吼声的节奏一直是一样的，听着听着也觉得没有了吼声，而从河面上过来的一种味道，又麻又热，熏得狗尿苔脑涨身软，就半睁半闭了眼看镇河塔。镇河塔是有些歪了，霸槽说没歪，明明是歪了么。突然，他感觉到塔下的竹子在摇晃，接着塔也在摇晃，是一股子水汽冲撞得竹子和塔摇晃，那水汽从河心聚起来的，像是一片子暗黄色的云冲撞着塔，云是能冲撞得竹子和塔摇晃吗？但竹子、镇河塔真的在摇晃。狗尿苔想：塔要坍了？塔没有倒。他为自己的担心可笑，塔怎么会被水汽冲撞倒坍呢？！他的脚脖子发痒，低了头去挠，在水里泡过的腿一挠全是一道一道白印。他偶尔抬头又看了一眼塔，可怕的一幕就展现在他的眼前：塔身往下掉砖，掉下一块，又掉下一块，接着是塔的土层，层层的砖都往下掉，越掉越多，越掉越快，好像是塔的中间有炸药点着了，也好像有什么刀在砍着塔，塔就在很短时间里像是风旋起的无数的砖块形成的塔形，蓦地形解了，风散了，扑沓下一堆碎砖头。狗尿苔一下子惊呆了，恐惧得像狼在撵他，他跑过了公路，跑上了从公路通往古炉村的那条土路上。吃了午饭来背浮柴的人挡住了他，问：咋啦，咋啦？狗尿苔说：塔坍啦！塔坍了！来的人抬头看河边，说：你造谣都不会造！狗尿苔说：真的坍了，我眼看着坍了！来人说：你回头看看。狗尿苔回头看了，呀，塔咋还在，还端端地在那儿长着？！来人就说：你中邪啦！啪啪扇了一阵耳光。

狗尿苔很容易中邪的，正中午的，田芽就曾在芦苇园那儿把头往沙堆里钻哩。扇了一阵耳光，狗尿苔的身子像轴儿一样转住了一圈。来人说：你现在看见啥了？狗尿苔说：满天星星。又扇了几个耳光，再问：现在呢？狗尿苔说：我日你妈！

狗尿苔算是清醒了。

清醒了的狗尿苔，从此却没了以前的欢实。婆让他三天没出门，撵柱子，跳火堆，三更半夜在门外叫着名字收魂。婆只会这些手段，整治了，狗尿苔仍是霜打了一般，尤其不能见来回，来回在家里给她家的狗洗澡，对他说：狗尿苔，这黑毛怎么能白呢？他觉得好笑，但立即浑身像撒了麦芒一样又扎又痒，就逃跑了。也不能去窑神庙，水皮回来后天布让他去窑神庙看看水皮是不是还去那里，他去了几次，水皮是在，水皮似乎对他好起来，竟然舀了霸槽的那太岁水给他喝，他怎么也不想喝，连看都不愿意看了。婆就跑去请善人，要善人给狗尿苔说病。

善人从山上下来，经过了山门，田芽在和开石说话，田芽说：开石，你大发烧了你知道不？开石说：我哪个大？田芽说：你亲大死了还能发烧？你说是你哪个大？！开石说：知道。田芽说：发烧可能是脖子上那个疖子引起的，疖子能长成那么大，都化脓了，你也不说给治一治？开石说：不就是个疖子么！谁不得病？田芽说：这病可能不是好病，能引起发烧，再不治那么大岁数了，会要命的。开石说：人总是要死的，没个病怎么死？都不死这人多的在世上往哪儿站呀？！田芽说：好好好，开石，有你这狠话，我说的全当放了屁了！田芽气得转身了，开石还在说：你站着说话不腰疼！我给看病？我哪儿有钱，我去偷人抢人呀，谁给我一分二分呀？！一扭头，善人到了面前，有些不好意思，给善人笑了一下。善人说：你大脖子上的那个疖子，我三天前去看过，我给你妈说为啥不早来给我说，已经长得那么大了，就得打针消炎，如果现在又发烧，那要快往镇卫生院去。开石说：这我给锁子说说，这是他要管的事。善人说：你做大儿子的就不管啦？你没钱了，我给你三元钱！善人脱了鞋，鞋里有鞋垫，取了鞋垫，下面放着四元钱，取出了三张，后来又取了一张，交给了开石，起身就走。开石有些不好意思，说：这，这……又撵了上来，说：这钱我会给你还的。善人说：不用啦，不就四元钱么，有了富不到哪儿去，没了也穷不到哪儿去。开石说：这要还的，一定要还的。你说我把日子咋过成这样了？！老是缺钱，咋样才能不缺钱呀？善人说：你要问这话，你跟我走，我给你说几句。开石就跟着走，善人说：因为你没有学会给予别人，所以老缺钱。开石说：我啥都没有拿啥给予别人呀？善人说：一个人即使没钱，也可以给予呀。开石说：那能给啥？善人说：起码可以给予人五样东西。一颜施，就是微笑处事。二言施，就是多说鼓励赞美和安慰的话。三心施，就是敞开心胸待人诚恳。四眼施，就是用善意的眼光看人对事。五身施，就是以行动帮助他人。开石说：这不是要我虚伪吗？朱大柜之所以进了一回学习班，又进了一回学习班，他就是……善人站住脚，看着开石，看了一会儿，说：你们革命造反的事不要给我说，说了我也不懂。好了，狗尿苔他婆让我给狗尿苔说病哩，我得去啦。开石就不跟了，说：狗尿苔病了，他还有病？

善人就进了狗尿苔家住的那个巷子，还想着开石，突然哈哈地笑起来，直到狗尿苔家院门口了，笑声还没歇。狗尿苔刚在院子里喂鸡，一见善人进来，忙喊：婆！婆！善人一把将他拉住，说：真是开石说的，狗尿苔还会有病？好好的么！婆从厨房出来，赶紧迎善人到了上房，让善人在椅子上坐了，就给善人说狗尿苔的状况，她说得非常细，说完了，问：你看我这孙子怎么样？

善人又是哈哈哈笑起来。

婆说：你刚才在院门口就笑，这又笑？

善人说：刚才我是笑开石哩，这又笑你对待你孙子了！你自己和的面，你自己拌的馅，包出来的饺子了，不知道是什么面什么馅，倒来问我？

婆说：这倒也是，可他怕是迷撞上啥了。

善人说：人说狐仙黄仙猬仙蛇仙会迷撞人，其实世上就是个万迷阵，没有一样不迷撞人的。世人都被鬼迷撞住啦！抱屈的是屈死鬼作祟，生气的是凶鬼作祟，上火的是隐鬼作祟，怨人的是冤鬼作祟，受亏的是日弄鬼作祟，定不住的是无常鬼作祟。此外，好酒的是被酒鬼迷撞住了，好烟的是被烟鬼迷撞住了，好色的是被色鬼迷撞住了。凡是有秉性、有嗜好的，都是被鬼迷撞着啦。三大界分清了，鬼就不迷撞了。

婆说：三大界？这我没听过。

善人说：人是三界生的，天赋的人性，地赋的人命，父母生的身。性界清，没有脾气；心界清，没有私欲；身界清，没有不良嗜好。要脾气性纲倒，有私欲心纲倒，凌辱人身纲倒，三纲一倒这不都是孽吗？人不用死后下地狱，这不是活着就下了地狱吗？

婆说：善人善人，这我听不懂。

善人却起身就走，说了一句：自己吃饭自己饱，自己罪孽自己了。

婆还在那里立着，琢磨着这怎么个了法呢？一抬头，善人已经走了，善人怎么没给狗尿苔说个什么呀，就走了？！而天布却拿了个碾杆从院门口往里走，走在门口了往里一看，见婆在上房台阶上发愣，说：善人来家说啥啦？婆忙走出院子，还顺手拉闭了门，说：噢天布呀，善人没说啥。天布说：让他在窑上烧瓷货，他倒闲着乱跑！婆说：你也没去窑上？天布说：我这是拿碾杆给牛铃，让他和灶火去搬尸呀！婆说：搬尸，谁死啦？天布说：你不知道呀？州河里发水，把洛镇东关都淹啦，东关外的河堤多高的，水翻过去淹到房的窗台上，坍了好多房，死了好多人。刚才下河湾捎了口信，灶火的小舅子去镇上没了音讯，昨天水退了才发现了尸体，他丈人丈母哭昏在家里，让灶火去搬尸哩。婆

577

说：啊呀，出这事？！他那小舅子前年还来过咱村，排排场场的小伙子呀！那灶火和牛铃就能搬回来？天布说：捎信的那人也去。狗尿苔呢？婆说：在炕上躺着，病了三天啦。天布说：让他也去帮个下手，他真会得病！那我让本来去。天布走过去了，回头又说：你家没白公鸡呀？婆说：哎呀，我家的都是黄的。

婆心里一吃紧，倒不再琢磨善人的话，也把狗尿苔的病放下了。进院回到上房，房里却烟雾腾腾，狗尿苔拿了笤帚舞着，自个呛得鼻涕眼泪都下来。婆以为狗尿苔自己燃了火要驱邪，狗尿苔却说房子里蚊子多，他在熏蚊子的，烟咋总不出屋，要给烟修个路。婆一把夺了笤帚，说有多少蚊子叮你，能叮死你？她给天布造了谎，今日就静静窝到炕上去，四门不出。婆当下踏灭了柴火，还关了窗子，两人在房里只是咳嗽。

直到了下午，狗尿苔说：婆，我憋得很！

婆说：憋啥呀，憋了放个屁！

狗尿苔说：四天我都没出去啦！

婆说：就在房里！

猫也在房里，猫在玩一只鞋，玩得厌烦了，就趴在那里睡着了。院墙外不时有脚步声，又来脚步声儿，扑腾，扑腾，一听就是迷糊。迷糊在喊：秃子金，让开会哩！秃子金说：没吃饭哩，开球会？！迷糊说：队长让开会哩，你不去？秃子金说：霸槽回来啦？你不是说霸槽让水冲了，咋回来啦？！迷糊说：这不是我说的，狗日的八成说的，他盼着霸槽让水冲了哩。狗尿苔就低声对婆说：霸槽回来啦。婆在剪她的纸花儿，说：回来就回来么，你想出去呀？狗尿苔说：我才不出去哩。拿眼看院子里的柿树，柿树顶上还残留了两颗柿子，老鸦竟然没有吃，已经又红又软，它们在馋着狗尿苔，欺负他爬不上那么细的枝儿。猫企图往上爬，爬了一截看见狗尿苔垂头丧气的样子，又爬了下来，而一队蚂蚁却一直爬上了树顶。

婆剪出一大堆五毒，突然想到该剪个太岁吧，但她不清楚怎么个剪，问狗尿苔太岁是个啥模样，狗尿苔没吭气。又问了一声，狗尿苔还是没吭气，她进了卧屋，狗尿苔坐在炕上的窗子前，眼睛睁着，却瓷呆呆的，就拿手在狗尿苔眼前晃，狗尿苔说：搬尸的怕是早都回来了。婆说：我以为你闭住气了，你吓我？！家里是监狱呀囚不住你，出去吧出去吧，天一黑你出去。狗尿苔扑哧给婆笑了一下，却说：霸槽是到哪儿去了，现在才回来？

63

　　霸槽是去了洛镇。
　　霸槽去洛镇当然有他的想法，一方面是了解洛镇重新恢复酝酿筹备革命委员会的情况，他需要关心那里的动态。另一方面，就指望着洛镇的联指能组织州河岸十几个村庄集中在古炉村活动一次，以压制和打击红大刀的嚣张气焰。但他得到的情况是洛镇革命委员会酝酿筹备工作再一次陷于瘫痪，镇联指和镇联总为了能在将来的革命委员会中占有更多席位，矛盾愈发激烈，以前是联指占着上风，反倒近来一段时间联总的势力蓬勃壮大。霸槽和跟后正好遇上了两派的一场冲突。这是一场可以记载在洛镇文化大革命史上的事件，两派先是在各自游行中出现了对骂和推搡，继而就大打出手，爆发了武斗。武斗以拳脚和棍棒相向，流了血，死了人，再后竟然就有了枪支。霸槽当然义不容辞地参加了这场武斗。当镇联总在失利中撤出了洛镇，为了防止县联总来增援，镇联指继续追打镇联总，双方最后是各自守在了镇西边过风桥村的两座山梁上，相持不下。当天夜里，县联总果然增援了人马，而且增援的足足有数百人，也配有枪支弹药。镇联指完全没有料到镇联总能增援到这么多人，再通知县联指或各村的联指也来增援已来不及，形势陡然恶化，便决定撤退。正研究撤退方案，天降暴雨，那雨暴得眼望出去，四周先是一片白，再是一片黑，再再是一片白了一片黑，一片黑了一片白，州河上游的洪水也随之呼呼噜噜地下来。正是这一场特大的暴雨和洪水，解救了镇联指，他们趁机分散开来撤退。那简直称不上是撤退了，完全是逃散，不知道了方向，像一群没头的苍蝇。霸槽告诉了秃子金、迷糊、铁栓他们，洪水下来的时候是后半夜，到天麻麻亮，他和跟后，还有三人，一块逃到一个叫牛角寨的地方，一丈高的水头从沟脑呼啸而下，眼看着就淹了对面沟畔的一个小村。水是分开了无数个水头，水头是白的，像是裹着个白布帕帕，到了人家门口，轻轻一推，门就朝里倒了，水进了去，然后水再出来，就拉走了木柜、箱子、铁锅、炕席、风箱、笸篮，一切就是那么容易和轻松。有的人脚手乍拉着在水头上，一闪没了，有的人抱着树，去抓箱子，人和树连同箱子也一块儿不见了。剩下的人猴子一样尖叫着往村后坡上跑，但水头子又把那些人从坡上拉下来，似乎水一到那些人脚下，那些人就跟着水走了。他们五个人目瞪口呆，又觉得这一切太不真实，是不是在做梦了，当所有的房子后来一座一座都坍了，整个小村全没有了，他们才没了命地往北山里跑。在那两天里，他们所到之处都是被水冲过的惨景，甚至看见过河滩的泥石里直戳戳地乍着一只胳膊，还见过在一棵大树下坐着一个女人，以为那是走累了靠那儿打盹，近去一推，哼地倒了，才发现是个尸体，能看到的半个脸还好好的，贴着树的半个脸什么都没有了。他让跟后把那女人搬起来，跟后不搬，他便去搬了，仍把半面什么都没有的脸贴着树身，这是个爱美的女人，就让她死得好看些吧。就在第三天，他们终于天黑前逃到七里岔公社，那是一个小得不能再小的镇子，镇子上满是逃难的人，而雨还继续下着。晚上住在唯一的公社招待所里也仅仅剩下的一个房间，房间里一张双人床，床上一条被子，被子潮湿得能握出水来。五个人就挤在那张床上睡，一倒下就睡着了，沉得如死了一般。到了后半夜，五个人却全醒了，只觉得浑身痒，痒得不行，以为被子上有虱子，点了灯捉虱子，只捉到四只虱子，四只虱子不至于把五个人咬成这样呀，看身上，每人都是无数的小红疙瘩，才知道是害湿疹了。

霸槽一直在抓挠着身子，他在讲述着目前的革命形势，形势可以说是严峻的，洛镇联指一失利，必须要影响到古炉村，很可能红大刀就要张狂了。红大刀已经控制了瓷窑，如果他们烧出窑，卖了瓷货，为姓朱人家分了钱，那是会涣散姓夜的和杂姓的人心。当然，这么些日子因他不在村，榔头队没有活动，红大刀活跃了，活跃了也好，让他们充分表演么，这就像苏联修正主义要侵略，放开新疆这个口袋让狗日的进来吧，进来了就扎住口袋矴！他在部署着榔头队下一步的革命行动，强调着要主动出击，争取权利，就站了起来抓挠着腰，抓挠过了又坐下，讲着如果榔头队抢牛是行不通的，还是得想办法在瓷窑上做文章，他又站起来了，抓挠着后背。抓挠过了再坐下，立即又起来，将身子靠在墙头上一边蹭一边说：要针锋相对，不能让他们得逞！他蹭着墙头，墙头皮就掉下来一片。秃子金说：有多痒的，我给你挠挠。手伸进衣服下挠后背。霸槽说：你患过脚气没？秃子金说：患过。霸槽说：就像脚气一样，一挠就停不住了。往上，往右，再往右，啊使劲，使劲呀！秃子金挠不到位，迷糊说：我来挠。迷糊在脊背上从上到下齐齐挠，后背是舒服了，可别的地方就又痒起来，霸槽就不让迷糊挠了，自己在胸口处往下挠，在腰里左右挠，在腿上往上挠，挠得浑身像是起了火，说：就说到这，有啥行动，一通知都要来，听见没？大家说：听见了！各自散去，霸槽就身子又靠在墙头上蹭，蹭得直哼哼。

铁栓回到家里，给媳妇说了霸槽得了湿疹的事，媳妇说：湿疹不能挠，越挠越多，越挠越痒的。铁栓说：就是，你瞧我指甲缝里都是挠出来的血，他还是喊着痒。媳妇说：熬些薄荷叶子水，洗一洗就好了。铁栓说：你明日去山上摘些薄荷叶子来。媳妇说：我腿疼得几天了你连问都不问，霸槽身上痒，你就急呀，霸槽是你爷啊？！铁栓说：要有领导意识，你懂不懂？到了下午，铁栓身上也痒了起来，脱了衣服，腰里和大腿上就有了六七个红疙瘩，就挠着不停。媳妇把收回来的苞谷棒子剥了皮，又三个四个拧成抓儿，抓儿拧好了一堆，往院子的树枝上挂，让铁栓来扶梯子，说：把梯子扶好呀！铁栓扶着梯子，后背上就痒，痒得受不了，一只手到后背上去挠，梯子就倒了，把媳妇摔在地，气得媳妇骂了一顿。

铁栓自己到山上去摘薄荷叶子，路过秃子金家猪圈边，秃子金在

581

那里喂猪，铁栓说：猪好了？秃子金说：我家猪就没染病。铁栓说：你不说万寿无疆啦？秃子金就笑起来，一手在猪槽里搅食，一手却在裤裆里抓。铁栓说：你流氓，见着母猪就抓裆呀！秃子金说：这裤里痒得很。铁栓说：是不是在霸槽那儿开完会后痒的？秃子金说：是呀，你痒不？铁栓就撩起衣服，腰里几个小红疙瘩。秃子金也解了裤子，他是腿上几个小红疙瘩，会阴处一个，连那根东西的光头上也有一个。铁栓说：火烧火燎的痒，是霸槽给咱传染上啦？！秃子金说：霸槽把革命传给了咱，把病也传给了咱，这不会是那种脏病吧？铁栓说：你说他给咱说谎了，不是七里岔的事，是杏开的事？秃子金说：我没这样说，他出了那多天，谁知道遇到什么烂女人了。铁栓说：杏开在哩，有细粮还能再吃粗糠？秃子金说：你以为杏开一个桩子就把他拴住啦，洛镇上有那么多女的，有吃商品粮的，有女学生。铁栓说：他有恁大的劲？！秃子金说：人和人不一样么，越是能行的人那事越强哩。而且他球上还有痣！村里那么多公鸡，你看朱大柜家那公鸡，它见了哪一个母鸡不是爬上去射一下？铁栓说：瞧你狗日的说的！我到洛镇街上走过，满街上还没见哪一个比杏开特色的。秃子金说：可人家是城镇人呀！铁栓说：你说霸槽要娶个城镇女的？秃子金说：那受活是不一样，那会改变种么。哎，我可没说他要娶城镇女呀。铁栓说：那杏开还怀什么孕？！秃子金说：甭说啦，甭说啦，他霸槽愿意日谁日谁去，咱这算啥，倒染了病！铁栓说：这不是脏病，是湿疹，我摘了薄荷叶子，晚上咱到窑神庙去，熬了汤都洗洗。

晚上在窑神庙里支了大环锅熬薄荷汤，几个人都洗了身子。洗完了，秃子金还提了一罐子回去，让半香再洗洗。半香也是指头缝里长了红疙瘩，痒得用苞谷芯子来回搓。

但是，薄荷汤洗过之后，并没有见效，依然都还在痒，痒得人心慌，坐不住，静不下，见什么都烦，一开口说话就燥。霸槽夜里去杏开家，先是把一颗石子扔进院里，院子里没有动静，再敲了三下门环，停下来，再敲三下门环，杏开把门开了。杏开家没有养狗，养着猫，猫见了霸槽啊呜叫了一声，算是打过了招呼，知趣地跳上窗台装着睡着了。这个晚上，老鼠照样出来四处寻吃的，它们搬倒了油瓶，油瓶里没有油，又去瓷罐里偷鸡蛋，瓷罐里只剩下一颗鸡蛋，一个老鼠仰面朝天把鸡蛋抱着，尾巴被另一只老鼠叼着往前拉，它们却在经过柜盖时鸡蛋脱落了，从柜盖上掉到地上碎了。老鼠便怨恨自己，去啃箱子底，咔嚓，咔嚓。猫分不清这响声是霸槽弄出来的还是老鼠干的，它只是装着什么也没有听到。但是，猫纳闷的是霸槽和杏开在话说着说着就吵起来了，最后是霸槽狠狠地摔了一下门扇而走了，而黑暗中杏开把什么东西扔了过来，偏打在了它的头上，那是一条抹布。

霸槽从杏开家出来，窝了一肚子火，路过水皮家，使劲地敲水皮家的窗子，让水皮去把榔头队的骨干都通知到窑神庙去。水皮是已经睡了，听见霸槽让他去召集榔头队的骨干，喜出望外，赶紧应允，却多了一句嘴，说：就现在吗，三更半夜的开会？霸槽说：你不想去，是不是，不想去了你睡你的！水皮妈急促说：去，去，咋能不去，去！水皮就穿衣服起来，悄声说：他瞌睡少，夜摸鬼！水皮妈说：夜摸鬼就夜摸鬼，他没嫌弃你，他叫你做啥你就做啥。水皮说：这我知道，成大事的人都是精力旺盛么。

而水皮没有想到的是，他去了护院家，护院在他家里打媳妇哩。媳妇人胖，打不过护院却能挨得住打，护院拿着鞋在媳妇的胳膊上抽，媳妇没喊疼，只是骂，她骂护院的妈。婆媳俩一直不和，护院妈见护院打媳妇，装着没看见也没听见，待到媳妇骂了她：你×里掰出的啥东西，让他打我？！护院端起了媳妇往那口装糠的瓷瓮上蹾，他要把媳妇卡坐在瓮口，媳妇屁股大，却把瓮哐嚓压破了，糠流一地。水皮把护院拉开，护院还不走，水皮说：你要灭绝她呀？队长叫你开会哩！护院拍了拍手，跟着水皮走了。两人走到秃子金家，院门开着，秃子金戴着帽子，却连裤衩都没穿，圪蹴在上房台阶上。水皮说：你光溜溜地在院里，院门也不关？秃子金说：在我家院子里，穿啥衣服？口气生倔。水皮说：哦，这噌的？！窗子突然打开，扔出来了褂子、裤子、用布条子拧成的裤带，还有一双黄军用鞋，鞋正砸在他头上。水皮和护院愣了一下，就笑了，说：哈，让嫂子赶出来啦？秃子金这才说：谁赶谁呀，你们来了，她让我把衣服穿上哩。半香却在窗里大声说：你睡就睡厦子屋去，别来恶心我！秃子金恼羞成怒，说：喝酒图醉，娶老婆图睡，由了你了，看我踏了门不？！半香哗啦把窗子推开，说：你踏呀，你当着护院和水皮来踏呀！秃子金却蔫了。护院说：这是咋回事呀，我在家里吵哩，你也吵！走走走，霸槽叫开会哩，咱遇上这麻迷儿婆娘了么！秃子金穿了衣服也就跟着出了院子，说：你也吵啦？他妈的，咱心里烦得球戳一样，狗日的婆娘们比咱还燥么！

　　三人到了窑神庙，庙里已来了迷糊、跟后、土根、行运、铁栓他们，霸槽就主持研究如何阻止烧窑的事。有人主张以阶级斗争为纲，还是从批斗守灯入手，因为守灯被红大刀利用了，可能也加入了红大刀，把守灯揪出来批斗，窑就烧不成了。有人说那太慢，现在窑场已做了上千个碗坯了，即便把守灯揪出来，会烧窑的还有几个人，那窑仍还能烧，不如他们烧，咱们也烧。立即有了反对，说：重开个窑吗，咱这边谁会烧？要阻止就得去夺窑，夺下窑了，那些碗坯就是咱的，这就像面鱼儿娶了开石他妈，有了老婆也有了娃。意见不合，大家就争吵起来，一边争吵着一边各自在身上抓挠，最后也没争吵出个结果，浑身却抓挠得还止不住痒，心里急迫，一个人号号地叫，所有人也号叫了，声音传得很远，许多人都听到了。

　　天布在这个晚上浑身也痒起来，痒得睡不着，坐在炕上挠，媳妇也坐在炕上挠，听见了窑神庙里传来的号叫，竟禁不住自己也嗷嗷地叫。

　　很快，磨子、灶火，以及姓朱的人家差不多人的身上都发痒了。狗尿苔没有痒，他还不知道村里这么多人身上痒，吃饭的时候，端了碗到巷道里来，一些人吃吃饭就搁下碗在身上抓，说：狗尿苔你不痒？狗尿苔说：痒啥的？就有人说：狗日的，咱痒哩他不痒？跑过来就要把挠过身子的手在狗尿苔身上抓，狗尿苔以为是漆毒，转身就跑，跑不及了，把一碗饭摔在地上，说：你过来！你过来？！那人才不抓了。

晚上，婆在泉里洗衣裳，泉里洗衣裳的还有铁栓的媳妇和磨子的媳妇，两个女人互不说话，都拿了棒槌各自捶打自己的衣裳，婆也没言语。铁栓的媳妇就和婆说话，问身上有了湿疹怎么治。婆说：拿薄荷汤洗么。铁栓媳妇说：洗不顶用。撩起裤腿让婆看。婆说：这不是湿疹。铁栓媳妇说：不是湿疹是啥？婆说：这我还认不得，反正不是湿疹。过了一会儿，磨子媳妇挪到婆跟前，也说：你说不是湿疹，是不是啥脏病？婆说：你也有？磨子媳妇说：有哩，磨子、天布、灶火他们都有哩。铁栓媳妇这才说：我只说姓夜的人有哩，姓朱的也都有了！蚕婆，连你也认不得，是不是有啥怪处了？婆说：啥怪处哩，吃五谷生百病，我不认得总有认得的，这得问问善人。婆就先走了，婆的衣服还没洗好，她不敢和她们一块洗，害怕把病也带回来。

　　很快，榔头队的人知道红大刀的人身上痒，红大刀的人也知道了榔头队的人身上痒，迷糊说：这是革命病吧？开石说：红大刀算什么革命，保皇派！霸槽心里纳闷：这痒是他从七里岔带回来的，染给榔头队的骨干们是自然的，红大刀怎么也染上了？他就疑心榔头队有暗中通红大刀的人，回想以前几次行动都是这边商量得好好的，红大刀就得到了消息。于是，霸槽当着榔头队的人说了防备有内奸和叛徒，话说得很难听。秃子金说：咱有内奸和叛徒？霸槽说：可能有吧。秃子金说：那是谁，你说出来，免得大家都发烧。霸槽说：我不说出来，我要再看看他的表现哩！秃子金回到家，半香不在，灶上的锅碗没洗，院子里鸡屎屙了一地，猪也在圈里饿得哼哼，他想：谁是内奸叛徒呢？霸槽把病传给我和铁栓、开石、迷糊、跟后，铁栓、开石、迷糊、跟后不会传给姓朱的吧，能传给姓朱的还有谁呢？突然心里一惊，莫非是半香，半香和天布还暗中勾搭着？一下子心紧了。半香终于回来了，一回来就去厕所，半天没有出来。出来了，秃子金说：你干啥去了？半香说：上厕所。秃子金说：我问你一下午干啥去了，屋里乱成这样？半香说：在自留地里，咋啦？秃子金说：在自留地？在自留地干活你穿个新裙子？半香说：我有哩我不穿？秃子金使了个心眼，说：你明明到后坡沟里去的，

585

你头发上还有麻叶，你到自留地去了？半香在头上一抹，果然抹下个麻叶屑，耳朵梢子忽地红了。古炉村种麻的人家不多，长宽家种有麻，杏开家种麻，天布家种有麻，天布家的麻种在后坡沟的自留地里。秃子金原本是诈唬的，如果半香骂他一句，他就放心了，或者压根儿不理他，他也就不过问了，没想半香说：他问我个话，我去说句话咋啦，一村的人说个话又咋啦？秃子金一下子火了，说：咋啦，你说咋啦？！我说红大刀染了病，染他妈的什么病，原来是你传过去的！扑过去打半香，半香也就对打，踢里哐啦，叮里咣当，板凳倒了，桌子倒了，一个碗摔在地上，一个浆水盆子摔在地上，两个人鼻青脸肿，最后上房门槛上坐一个，厦子房门槛上坐一个，一边骂着一边都在怀里裆里抓挠。

半香仍和天布暗中勾搭，榔头队的人都知道了，都没明说，但从此秃子金灰头灰脸，对霸槽越发顺从，殷勤了得。

天布痒得晚，但痒得似乎更厉害，那小红疙瘩先生指缝里，后到腰上，再到交裆，那根东西上也有了一颗，痒起来抓也不是挠也不是，难受得发缭乱，动不动就发火骂人。窑场上，大家都在痒着，痒着还得不停地干活，又受天布气，当面却不敢回嘴，背地里也骂半香把病传给了天布，天布再把病传给大家。骂过了，又觉得秃子金明知道半香还和天布来往却怎么不管，是不是榔头队故意让半香来害红大刀的，是个阴谋？天布也听到了人们骂半香，但又不能不让人们骂半香，气就憋着，越发坏了脾气，看谁都在偷懒，骂这个吼那个，弄得鸡犬不宁。马勺给天布说：甭急甭急，窑装了，煤一运齐，咱就可以点火了，我给你挠挠。两人就坐在窑场的土崖下，你给我挠，我给你挠，像两只没毛的猴子，马勺说：听蚕婆说这不是湿疹，可能不是的，湿疹没有这么痒的，出了怪事啦？！天布说：是他妈的怪事！你去问问善人，这到底是啥病？

马勺去叫善人。重新烧窑后，天布也让善人在窑场，但来寻善人说病的人多，好多人对善人有意见，说他在窑场没囫囵干过活，将来怎么给他分红呀？善人知趣，说他退出算了，就终日待在山神庙里侍弄他那些葫芦。他是在搬来后就在庙前后栽了十几棵南瓜苗和葫芦苗，种南瓜苗为的是结南瓜，种葫芦苗也为的能吃懒葫芦，但结下的南瓜吃了，葫芦却舍不得吃，到葫芦长得吃不成了，便看着一天天变老变硬，几十个葫芦摘下来全掏了籽挂在墙上。马勺到了山神庙，善人正送下河湾的陈发旺出门，陈发旺手里提了个葫芦。马勺认得陈发旺，陈发旺是下河湾小学校长，世代都是教书的先生，在州河岸上名头很响。马勺说：陈发旺咋到你这儿来了？善人说：学校上不成课了，他没事么，来跟我学说病哩。马勺从墙上取下一个葫芦。善人说：这你不要拿。马勺说：我看看，这葫芦已吃不成了，给我我还不要哩。你真会吹，陈发旺是啥人，一肚子墨水，跟你学说病呀？！善人说：你想不想呀？马勺说：你一个人在这儿肯定话在肚里憋得难受，你说么。善人就扔过一个蒲团让马勺坐，马勺不坐，靠在墙上，身上痒了可以蹭。善人就讲起来，说：陈发旺今年五十一岁了，是下河湾小学的校长，在他爷手里创办了下河湾小学，家里几代人都教书。马勺说：这我知道。善人说：家里吃商品粮的多，日子滋润吧？马勺说：人家当然是油掺面的日子。善人说：他有四个儿女，三男一女，你不知道吧？大儿子在公路改道后让车碰死了，二儿子十二岁上害病死了，老三是女的，老四是儿子，在洛镇中学读书。这老四因家境好，奢侈浮华，不守学生本分，没在学校住宿，住在镇旅馆的。文化大革命一开始，学校停课了，他大让他回家，他不回，整天跟着一些人游荡哩，他大怕他学坏，又怕有个三长两短，但他大又没办法。有一天，公社张干事把我接去说病，就住在旅馆，他很惊奇，像我这样穿得褴褛的庄稼人怎么住旅馆，公社干事用自行车还驮来驮去？问了旅馆人，知道我是被请去说病的，他认为太荒唐，现在已是科学时代，怎么还信这种鬼话？晚上，他假装来求道，暗中考查我的究竟，结果，反而被我感化过来，向我问起做儿子的道。我对他说：人无信不应，你在家中已失去信用，今后要守学生本分，住学生宿舍，不要再住旅馆，学校既然不开课了你在这儿，整天游荡怎么回事？早早回家，这样时间久了，准能立住命，你大也会看重你。这老四照我的话做了。陈发旺深感奇怪，问他怎么突然变了呢。他说了遇见我的经过，于是陈发旺来请我去他家讲了几次道。有一天，陈发旺问我做人的道，我说道有邪正，要是用正道做人，把人当真了，有成人必有成事；要是背道做人，纵有万贯家财，也有人亡财散的那一天。钱财越多，越不出好人，因为钱财属水，水多必淹人。他又问他怎么样呢，我说：你家吃公家粮挣公家钱的人多，老天爷已经给你预备下败家的人了；老天爷收回去了两个，还有一个压轴的没长成哩。他说：是老四吧？那怎么做老四才能回头呢？我说：老四已经回头，你只要勇猛为善，老四就不会再坏去了，你要能立住志，他还能成一番事哩。他一听，说：对呀，我的事被你看透啦！他想腾出三间房在家里办个教室，专门给辍学在家的孩子补课，还准备给孩子们中午是稀是稠的管待一顿饭。我劝他也不可腾那么多房子，因为他家中人口多，不能全部问道，还要生活，只要施舍家财的一半，使天命压过宿命就行了。他就这样给十五个孩子补起了课，没事便来我这儿，也学着看性说病。马勺说：陈发旺给孩子补没补课我没看到，你却给我上课了。善人说：我说的你了悟啦？世人争贪不已，才苦恼无边。马勺说：狼多肉少，不争着吃风屙屁啊？！善人当下哑住，看着马勺，马勺也看着善人，善人就起身用碗去浆水瓮里舀浆水，说：你喝呀不？不等马勺回话，自己喝了半碗，却嘿嘿笑了，说：你咋到我这儿来了，是让我再去窑场吗？马勺说：这次是大家出份子烧窑，到窑上就得没黑没明地干，除非你加入红大刀。善人说：我还是啥派都不加入着好。马勺说：你老奸巨猾！想两边落好呀？善人说：不是两边落好，是想给两派的人都说病么。马勺说：那咋没见给我们说病？善人说：你们只是在身上抓哩挠哩，没有人让我说嘛！马勺说：你是早知道我们身上痒了？！就脱了上衣，让善人看。善人说：哦，咋是这病，这病脏得很。马勺说：是性病？满村人都害了性病？！善人说：不是性病，是疥疮，十几年都没这疥疮了。这病是不干净和潮湿引起的，咱这儿是下了雨，可还不是淋雨，咋就得了这病？马勺说：洛镇那里有水灾，霸槽去了那儿，把病带回来的。善人说：疥是传染的，睡过的炕别人睡了就传染给别人了。马勺说：难怪呀！善人说：有一句老话，疥是一条龙，先在指缝行，身上转三匝，交裆里扎老营。马勺说：能不能治呀？善人说：疥上脸，拿席卷。马勺说：那治不了啦？善人说：如果没上脸，那就用硫黄粉和了膏子抹。马勺说：这哪儿有硫黄粉？善人说：这得你们想办法了。

开合的代销店里没有硫黄粉，来声进了村，来声的货筐里也没硫黄粉，却说他见过洛镇供销社里有硫黄肥皂，天布就让开合到洛镇去进货。

进货的那天，狗尿苔和牛铃正在石碾的后坡崖上打毛桃。那是一棵野毛桃树，根扎在崖上，身子长在空中，枝条又长又细。婆是每年正月来折了枝儿削成小棒槌状装在狗尿苔的兜里，说是避灾镇邪，善人见了说那不顶用，能避灾镇邪的必须是天雷劈过的毛桃木。狗尿苔也就盼着天雷几时能劈了这棵毛桃树，但年年天上打雷，毛桃树没有造孽，天雷不劈它。它在春天的时候，所有的嫁接过的桃树还没开花，它就先开了，红灼灼的，有些妖，而它结的桃却迟，又长得慢，到了现在，别的桃树上的桃吃过了桃核在地里都长出苗了，它还在树上结着，只是桃肉全干瘪着，能砸着吃桃仁。他们不敢上到枝条上去，就用弹弓打，抱着树摇，落下些毛桃了，两人到坡崖下去捡。杏开就从坡崖下的路上过来了。

杏开的脸原本红扑扑的，现在却满是雀斑，走路不再灵活，走到毛桃树下就坐下来喘气。杏开说：给我一颗毛桃。狗尿苔说：吃不成了，我给你砸仁儿吃。杏开说：我不吃仁儿。狗尿苔就把毛桃在裤子上蹭毛，毛不蹭净，钻到衣服里痒人的。狗尿苔对牛铃说：哎，他们身上痒哩，是不是沾了毛桃的毛了？牛铃说：是疥，那痒法不一样哩。杏开说：啥痒法不一样？狗尿苔说：你身上不痒？杏开说：我身上没虱痒啥哩？牛铃说：不痒谁信呀，霸槽不给你传染？杏开突然咯的一下，吐出一口唾沫来。牛铃说：毛桃不能吃吧，吐酸水了吧？杏开连着又吐了三口，三口都吐在牛铃的面前，然后捂了嘴顺着坡路上去走了。牛铃说：她吐我？！嘴噘脸吊起来。

等他们也从坡崖下上来，杏开已经走远了。开合却和老顺在碾盘边说话，好像是老顺给了开合钱，叮咛着捎买东西，开合数着那钱，抬头见狗尿苔和牛铃了，忙撩了夹袄，把钱装进里边的口袋，拉直了衣襟，装着什么事也没发生似的，又和老顺说话。狗尿苔就说：你把钱数好，我们什么都没看见！开合说：这碎髁！噢牛铃你咋啦，嘴噘得能挂个油瓶？牛铃说：我给她杏开吃毛桃哩，她倒吐我！开合说：她吐你哩？嘿嘿，你知道个屁！牛铃说：我啥不知道？她和霸槽亲过嘴哩！不就是嫌我从榔头队又到红大刀么！开合说：别在我面前说这个队那个队的！却问狗尿苔愿意不愿意跟他去洛镇买硫黄肥皂。狗尿苔问买硫黄肥皂干啥呀，开合说那么多人生了病，用硫黄肥皂洗着能好哩。牛铃说：不让我说这个队那个队，你咋还去买硫黄肥皂？开合说：卖刀子的还盼着有杀人的哩！狗尿苔你去不去？牛铃说：我们都去。开合说：我可没叫你，你靠不住。气得牛铃说：谁跟你去，我跟狗尿苔去！

冬部

64

　　天布给开合交代买三十块硫黄肥皂，狗尿苔却鼓动开合买了五十块，这样，红大刀拿去了三十块，狗尿苔把消息告诉了榔头队，榔头队拿去了二十块。人人就都在家里洗起来。

　　自从霸槽那次和杏开吵了架，就再没来过，杏开不相信霸槽不会再来，给他做了一双鞋，还想着去洛镇买些绒线，能再织一件毛衣。但就在这天夜里有了一场风雨，风雨使天一下子凉了。早晨起来，院子里的树叶在地上落了一层，光秃秃的枝柯似乎也变得僵硬，在空中相互磨磕着，发出嘎喇喇的声响。她觉得身上不舒服，咋样都不舒服，加了一件衣裳，去了狗尿苔家。杏开心里明白，婆对她有看法，但她只要去寻婆，也只能去寻婆，婆还是真心照顾她，比如，教给她了怎样喝红糖水止住肚子下坠，怎样观察早晨起来的第一泡尿的颜色，怎样每天用一顿饭的时间在炕上趴了，屁股撅起，来矫正胎位。但是，她去请婆，婆的中耳炎又犯了，婆是捂着耳朵跟了过来。

　　红大刀烧起窑后，一些杂姓的人入了伙，连守灯也在窑上，婆就动了念头，试探着灶火的口气，能不能让她加个份子。灶火说不管谁加份子都行，但都得是红大刀的成员，最起码是拥护红大刀的，婆就不再说了。生产队已经没了活要干，面鱼儿多少次给磨子诉苦，说牛圈棚里没了垫圈土，磨子说你叫些人去担土么，担了土可以记工分。面鱼儿能叫了谁去担土呢，也只有长宽、六升的老婆、开合，还有婆。婆是担了三天的土，发觉听力减弱了许多，面鱼儿要给她掏掏耳朵，就让面鱼儿掏，掏得非常疼，但面鱼儿是好心，婆不愿意让人笑话，就强忍了痛苦，只说掏过了耳朵就好使了，没想当晚就又发炎，往出流着脓一样的黄水。杏开放大了声音给婆说着她几个晚上了总是睡不着觉，这是孕期正常的事吗，还是不正常？婆的声音更大，说：哦，你心里没啥事么？杏开说：啥事？没么。婆说：没事就好。晚上热些浆水喝了，洗洗脚，早早就睡，睡下了把身子放平静静地不要动。杏开说：我是不敢动，但就是睡不着。婆说：哦，那咋办呀？你能懂得动物们的话吗？杏开说：人咋能懂得动物的话？婆眯着眼睛遗憾地看着杏开。杏开也看着婆，从婆的眉里眼里能看出婆年轻时的俊样。婆说：哦，那你闭上眼了，就想着咱村里那些动物，比如能晓得人意思的狗、老实巴交的牛、馋嘴的猫、老不吭声的猪，还有河里的鱼、田里的蛤蟆、芦苇园的老鹳，蚂蚱呀、蜂呀、蚂蚁。哦，就说蚂蚁吧，要想着一队蚂蚁从院墙根爬了出来，就那么长的队，一个个黑明黑明的，大脑袋、细腰，却恁欢实……杏开咯咯咯笑了起来。婆说：你笑了？杏开说：婆你真逗。婆说：这没啥逗的，你想着这些动物，这些动物就全朝你来了，你就是它们的主人，它们争着抢着希望你能和它们说话，能到你梦里。杏开说：婆是不是这样教狗尿苔的？婆说：这是真的呀，我也睡不着觉过，曾经半个月睡不着呀，差一点没上吊哩，可我不能死呀，娃这么小，我咋能死？我就是想着那些动物治好的。你如果做不到，你就还想着那一群蚁吧，那么多的蚂蚁，你就数，数着数着你就睡着了。

婆还在说着蚂蚁，院子里当地落下一颗石子，婆没有听见，杏开听到了，疑惑是霸槽来了，而婆在这里，碰上了多不好意思，就站起来往院门口走。到了院门口，一边从门缝往外看一边低声说：你还知道来啊？！婆在哩。没想门外站着的是狗尿苔。狗尿苔拿着弹弓，说：我估摸婆在这儿，还真在这儿！杏开脸色涨红，生气了，说：你往我院里扔石子？！狗尿苔说：我拿弹弓打天上云哩，石子落到你院里。杏开说：婆在我这儿，婆不回去！用背挡了门缝。狗尿苔就大声喊婆，杏开只好开了门，婆说：平日野得没个影儿，我来说两句话，你就撵来了！狗尿苔说：得称去咱家问你话，说他也去担土行不行。婆说：我咋知道行不行，他问磨子么。狗尿苔说：他是槤头队的，咋问磨子？婆说：那他问霸槽么。狗尿苔说：霸槽、秃子金他们浑身快痒疯了，他寻着招骂呀？杏开说：痒疯了，咋痒疯了？！狗尿苔说：你给我装糊涂吧！但杏开真的不知道，拉着狗尿苔说清楚。狗尿苔就说了霸槽从洛镇带回来了疥，疥使村里多半人都染上了，痒得脾气都爆得很，现在买回了硫黄肥皂洗着的。杏开哦了一声，瓷在那里，直到狗尿苔把婆都拉走了，她还没回过神来。

　　杏开从院子里捡起了那个小石子，看着笑了笑，扔到了院墙角的破筐子里，筐子里已经有了几十颗小石子，但觉得不对，又过去捡出那颗小石子扔出了院墙。突然作想，霸槽上一次来，正是从洛镇回来。两人商量着孩子的事，他主张把孩子打掉，她不同意，以前已经打掉了一个，听人说再打掉一个，以后想再要孩子就难坐住胎了，他说不打那就生吧，可是，她说，怎么个生，不结婚就生下来怎么挡村人的口，在哪儿生，生下怎么养，那是逮个猫养个狗吗？他竟然就燥了，给她吵，给她吼，末了摔门而走。现在看来，是他染了病，痒得难受，坏了脾气吗？杏开觉得自己不对了，委屈霸槽了，就决定去看看，便烧水洗头，又换了一件碎花夹袄。

　　杏开是直接去了窑神庙，院门关着，拍了几下，里边没回声，从门缝朝里一看，一伙人脱得光溜溜地在洗身子，听见拍门，都惊慌四散，跟后拿台阶上笤帚挡了裆，说：谁个？杏开说：是我。跟后说：霸槽回老宅屋了！杏开就到老宅屋去，院门掩着，上房门却关着，霸槽是在屋里正洗哩。霸槽是头儿，拿了三块肥皂，用水淋了身子，就把肥皂从脖子往下一遍一遍涂，涂了厚厚一层。听见杏开叫他，门没开，开了窗子，说：你不要进来，我得疥疮传染哩。杏开问起咋回事，才知道疥疮的厉害，就说：你得了病，你也给我说说呀！霸槽说：谁知道这是疥呀，谁又知道染上能把人折腾疯！有硫黄肥皂了，过几天就好了。杏开说：那得几天？霸槽说：别人用肥皂水洗，我是浑身上下涂一层，在屋里待五六天，可能就好了，你把嘴给我。霸槽头伸出来，皱着嘴。杏开说：都不让我进去，还敢亲嘴？霸槽说：嘴上没疥疮，嘴过来，嘴过来！杏开就把嘴凑过去，两人吃了一会儿嘴，水水淋淋的霸槽的下边便举了起来，还亮着给杏开看，说：我想哩。杏开说：看那上边的疙瘩，还想哩？！就是没病，现在也不是你想的时候。说完就唾了一口唾沫，又唾了一口唾沫。霸槽说：你把奶奶露出来，让我看着。杏开竟然撩了袄，霸槽手就在下边动着，一股子东西喷出来，然后嘿嘿笑。杏开说：急死你！一跑十几天，你都不活啦？是不是在外边胡来啦？回头却见院门还掩着，说：天，院门都没关！忙过去关了，说：你是头儿哩，让人看见你这样还咋革命呀？霸槽说：越革命越想干这事儿哩！杏开说：好啦好啦，我走呀。霸槽说：你把成功给我怀上。杏开说：成功？霸槽说：笨蛋！等我革命成功了娃就生下来了，娃就叫成功。杏开笑了一下，说：是你的成功，却害我受罪！你五六天不出门，咋吃饭呀？霸槽说：我自己做。杏开说：那我给你送饭。

　　杏开每天送三次饭，都是把饭提来从窗口递进去。当然霸槽吃了饭，还要吃一阵嘴。但是，五天过去了，疥疮并没有好，霸槽就怀疑用硫黄肥皂洗身子是不是管用，穿了衣服来到窑神庙。秃子金他们也是在庙里洗了几天仍奇痒无比，也不洗了，认为是狗尿苔受天布指使故意传假消息，既花了钱又费了功夫，而红大刀趁机烧窑了。秃子金去找狗尿苔问话，但狗尿苔是去了窑场，秃子金大为光火，越发认定是天布让狗尿苔耍了他们。

　　秃子金单枪匹马不敢去窑场，他就坐在窑神庙院子里，院门开着，等着狗尿苔从窑场下来。等到天擦黑，果然狗尿苔下来了。狗尿苔是和牛铃一块划着石头剪刀布的拳从窑场的小路下来的，一个说你输了！一个说三拳两胜，再来再来！一个偏不划了，一个就扑过去，一个把什么东西塞在了嘴里。秃子金就狼一样扑出来，一把拉了狗尿苔进去，牛铃还在说：哎，哎！院门咣地就关了。

狗尿苔完全是蒙了，他不知道发生了什么事，秃子金就采着他的衣领往院子里拉，他拼命挣扎，含糊地说：咋啦咋啦？秃子金又不吭声，他就抱住了院门里的那根柱子。秃子金一拳砸了抱着柱子的手，狗尿苔倒在了地上。秃子金说：咋啦，咋你妈的×哩！狗尿苔再不敢言语。

殿房里有着霸槽，还有好多人，都跑了出来，他们没有阻止秃子金，也不说话，站在那里看着，手在身上挠。

秃子金脚在踢，说：起来！

狗尿苔爬起来了，他手背上有了血，弯腰在地上捏土敷上，又站直了。

秃子金说：你说，你怎样给红大刀当的特务？

狗尿苔知道特务这个词，特务和叛徒是一样的，椰头队的人恨牛铃是叛徒，牛铃确实是叛变了椰头队，可他成了特务，他怎么就成了特务呢？狗尿苔说：窝，窝……他不知道说什么，而且把我说成了窝，含糊不清。

迷糊就走过来了，迷糊的左手一直在交裆里抓，站在狗尿苔的面前了，手还不掏出来，却说：嘴里吃的啥？

狗尿苔张开嘴，嘴里是颗煮熟的剥了皮的鸡蛋，舌头撬不过，鸡蛋还完好无缺。狗尿苔把鸡蛋取出来了，说：鸡蛋。

迷糊骂道：你还吃鸡蛋哩，哪儿的，天布奖赏的？！

狗尿苔：我家的。

迷糊伸手就夺鸡蛋，狗尿苔就估摸了迷糊要夺他的鸡蛋，立即五个指头攥了，收回了胳膊。但迷糊抓住了狗尿苔的手腕子，使劲捏手腕上的血管。狗尿苔的手麻了，赶紧往鸡蛋上唾，唾了唾沫，他迷糊就不肯去抢吃掉，而迷糊也往鸡蛋上唾，想着他唾了，狗尿苔也就不会再要这个鸡蛋了。狗尿苔的手终于失去了感觉，鸡蛋从手里掉了下去，可狗尿苔立即用脚踩，踩烂了又和土粘在了一起。迷糊扇了狗尿苔一个耳光，骂道：你狗日……碎骹！

霸槽一直在看着，他没有说话，待迷糊扇了狗尿苔一个耳光，他喝退了迷糊，对狗尿苔说：还行！你过来！把狗尿苔叫进了殿房，随即把房门也闭了。

狗尿苔说：霸槽哥，哥，这是咋回事？

霸槽说：你不要叫我哥，这里没有你霸槽哥。

狗尿苔说：我不是红大刀的呀……

霸槽说：那你去窑场干活？

狗尿苔说：我想去干点活，可人家并不要我，我是和牛铃从家里拿了鸡蛋去窑顶上煮哩，煮熟了我们划拳谁赢了谁吃，牛铃已经吃了一颗了他还要吃我这颗，我肯定不让牛铃吃，就嗛在了嘴里，他迷糊凭啥也来吃，他吃他妈的……

霸槽说：我问你，谁叫你来给我说硫黄肥皂能治疥的？

狗尿苔说：没人，是我知道天布他们用硫黄肥皂要洗身子哩，我就来给你说了。

霸槽说：红大刀真的用硫黄肥皂洗了？

狗尿苔说：洗了。

霸槽说：洗好了？

狗尿苔说：好像也没好。

霸槽说：没好？窑上点火了？

狗尿苔说：点了火我和牛铃才煮鸡蛋呀。

霸槽说：他们身上不痒啦？

狗尿苔说：痒哩，只有守灯几个掌火的没痒。

霸槽说：你要老实！怎么几个没痒？

狗尿苔说：老实哩。那几个人没分上肥皂，就用窑灰和了浆在身上涂，竟然疥就下去了。现在好多人都在用窑灰和了浆涂哩。

霸槽说：哦。

狗尿苔说：还有我啥事吗？

597

霸槽说：你以后就多去红大刀那儿。

狗尿苔说：我才不去，再不去了。

霸槽说：要去，去了多留神着，那边有什么事就及时给我说。

狗尿苔看着霸槽。

霸槽说：记住了没？

狗尿苔说：我不是榔头队的呀。

霸槽说：虽然不是榔头队的，可你是榔头队的特务么。

狗尿苔说：特务？！

霸槽说：特务有啥不好的，特务就是特殊任务，你是革命的特务么！将来革命成功了，把你的出身变一变么。

狗尿苔说：这是你说的，说话算话！

狗尿苔吹着手背，抹上去的土和血渗在一起，血没再流了，但仍然疼。他问霸槽再没啥事了吧，没事了他就回呀，霸槽却不放他，让秃子金去通知婆：狗尿苔被榔头队扣了，晚饭送到窑神庙来吃。狗尿苔急得差点哭了，这事他不愿意让村人知道，更不愿让婆也知道。霸槽说：要知道，要知道的人越多越好，你在这儿被扣的时间越长，红大刀就不防备你，会信任你，这对你好，明白了吗？

狗尿苔就一直在窑神庙里待着，饭是婆提了罐子送来的，直到半夜，婆才把他领回了家。婆当然骂了他一顿，但当特务的事，他没敢给婆说。

放走了狗尿苔，霸槽召集了榔头队的人开了紧急会议，决定上窑场揪斗守灯，既是重重地打了红大刀的脸，又是趁机使瓷货难以烧成，还可以去那里用窑灰治疥疮。

第二天的早晨，所有的猪还没有醒来撒尿，支书家的仅剩下的三只下蛋鸡还在树干上没有下来，长宽去村外拾了一圈粪回来，正在村道上和给牛担饮水的面鱼儿说话，突然身上红了起来，往天上一看，天上的云像犁开的地，一溜一带的，全都是红色。太阳还没有出来，云却红哈哈成了这样，长宽说：是不是要下雨呀？面鱼儿说：再下雨，天就更凉了，得早早给牛圈棚门口挂稻草帘子保暖了。就看见一群人踢里咕咚地跑，都不出声，手里提着榔头。长宽和面鱼儿还愣着，榔头队的人已到了他们面前，说让开让开，两人就被拨拉到了路边。后边跑来的是迷糊，他是落在后边系夹袄，夹袄的扣子全没了，披了怀，用麻绳勒着，嘴里还叼着半个冷红薯。面鱼儿说：迷糊，开会呀？迷糊把冷红薯取了，说：砸窑呀！面鱼儿就把水担子放在了地上，桶没放稳，水流出来，一股水像蛇顺着村道斜坡钻下去。

榔头队从窑神庙前的小路上往半山腰去，路面上的土疙瘩绊了脚，榔头竖抡起就砸碎了，一边靠着的坡塄上野枣棘牵扯了衣服，榔头横抡起就砸歪了。榔头在不停地抡，白皮松上的白嘴红尾鸟不敢动，半山柿树上的老鸦却一齐惊飞，在空中像甩着一块肮脏的黑袄。迷糊说：有个野兔就好。果然从草窝伸出个兔头来，迷糊一榔头砸过去，榔头齐根竟然断了，野兔没命地向山上跑。野兔朝山上跑，它的前腿短后腿长，跑得谁也撵不上，如果是朝山下跑，那就一个跟头栽着一个跟头了。迷糊还埋怨着前边的人没把野兔往山下拦，前边的人大声骂迷糊：你那是啥榔头，俺，啥榔头？！迷糊提着榔头把从队后跑到队前，表示着没有榔头还有棍，棍就在路上打得叭叭响。

因为天早，窑场上还没有更多人，守灯和立柱正坐在窑口外看着火势，榔头队的人已经到了和泥池边，迷糊挥着一根棍在砸那一堆捞出来的泥，泥是软的，棍砸下去像砸在棉花包上，泥片子却溅了自己一脸。立柱立即站起来，说：干啥哩？！迷糊说：看着！又一棍砸在一磊碗坯上，碗坯磊倒了一角，过了一会儿，稀里哗啦就全倒了。

霸槽声音不高，霸槽在说：守灯呢，让守灯过来！

守灯就走过来，把烟锅子从嘴上取下，又抬起脚，烟锅子在鞋底上磕，说：这坯磊子不是四旧吧。

霸槽说：吓呀，口气和以前不一样了么！坯磊子不是四旧，你是啥？

守灯说：我成分高。

霸槽突然横眉豁眼，厉声叫道：成分高你还跳得这么高，反攻倒算呀，伺机翻天呀？！揪出来，把阶级敌人给我揪出来！

迷糊和秃子金就冲过去了，两人各扭了守灯的胳膊，往上提着，又按住了头，噔噔噔跑了过来，守灯就倒在了地上。又被命令着站了起来，站起来的守灯恢复了往常的形状，低眉眷眼，猥琐不堪。立柱已经吓木了，霸槽向他勾指头，他乖乖过来，说：霸槽，我可都是贫农！霸槽说：是贫农，贫农在这儿干啥呢？立柱说：烧窑哩。霸槽说：给谁烧窑哩，给古炉村烧窑哩？！立柱说：霸槽，这事你要问天布……霸槽说：我就问你！窑是古炉村的窑，不是姓朱的窑，生产队的地谁要去种就种啦？生产队的牛谁要拉去推磨就拉去推磨啦？立柱说：你说烧不成？烧不成我可以走人么。却叫起来了冬生：冬生——你狗日的不出来，你屙井绳哩？！

冬生在霸槽训斥守灯的时候，趁机到后窑洞旁的厕所里装着要拉屎，只说榔头队是来寻守灯的不是的，带走了守灯就没事了，却听到立柱叫他，他提着裤子就从厕所后坡地里往山下跑，一边跑一边喊：砸窑了，又砸窑了！

秃子金说：谁砸窑来？就跑去撵，冬生从一个土塄上跳下去，秃子金在土塄上没收住脚，差一点也掉下去，他抱住了一棵树，看着冬生翻起身又往下跑，拾了个土疙瘩打下去，没打着。秃子金骂道：你狗日的说砸窑哩，咱就砸哩！反过身拿了榔头就向一个运坯的轱辘车砸去，轱辘车被砸着了，但没有散，车子倒往前跑，跑到窑门口，又反弹过来，把他撞倒了。迷糊就喊：砸，砸！用脚踢倒了一磊匣坯，竟拿起地上一把镢去砸烧着的窑的门墙。没砸开，又砸，老诚拉住了镢把，说：你不想活啦，那门墙一倒，火喷出来烧死你！老诚是铲了土往火膛里扔，窑火还是红的，迷糊在骂：烧他妈的 × 哩，没咱的份儿谁也甭想烧！老诚说：是没咱的份儿，可这是姓朱的每户凑份子烧的窑，真的坏了一窑货，人家不跟你拼命啊！迷糊说：拼就拼，我怕啥哩？！老诚说：你是不怕，可我们还有老婆娃哩！老诚把镢头夺了。

老诚和迷糊在窑门墙前拉扯着，另一拨人钻进了供住宿的窑洞里。窑洞里支着一口锅灶，灶边是几个盆子，盆子里没有吃的，做过了苞谷糁糊汤的锅还没洗，碗和筷子用水泡着。几张席排着铺过去，每张席头一块砖头，砖头边连烟匣子也没有，只有一个旱烟袋，行运把旱烟袋拿了，看着窑角还有一堆窑灰，说：是不是用这灰治疥疮的？抓了一把先在自己裆里抹起来。原本大家都忘记了身上的痒，经他一说，疥疮又都在身上痒，就又都来抓窑灰，在胳膊上抹，腿上抹。后来干脆脱了衣服，浑身上下全抹起来，一时窑洞里灰蒙蒙的，呛得一片咳嗽。

霸槽站在窑场中，喊着把榔头队的旗子插到窑顶去，当旗子在风里欢实地闪动，他倒有些后悔来时没把锣鼓家伙带上。歪起头来看守灯，还给守灯笑着了。守灯不敢看霸槽的笑，把头低下了。

霸槽说：你知道我这会想什么来了？

守灯说：我不能说。

霸槽说：我叫你说，你说！

守灯说：这一下把红大刀日到沟里了。

霸槽说：你狗日的真是坏人，想啥都是坏的，我想起了毛主席的诗了。

守灯说：哦？

霸槽说：六盘山上高峰，红旗漫卷西风……

跟后从窑洞里跑出来，同时跑出来还有三个人，他们受不了灰呛，在窑洞外抹灰，跟后就拿了一把灰过来让霸槽也抹。霸槽正在兴头，生气地说：在这儿抹啥哩，要抹带上回去抹！跟后热脸碰个冷屁股，转身走时，守灯用一种很异样的目光看他，他就火了，说：看啥哩，再看把你眼珠子抠了！

守灯说：我没看，我听毛主席诗哩。

跟后说：你说毛主席死哩？你敢咒毛主席死？！

守灯说：是诗，不是死。

霸槽说：你不懂，去吧，去。

霸槽还要给守灯说什么，突然没了兴趣，因为腿上登地痒了一下，立即浑身都痒了，像无数的苍蝇爬过，像一群虫子在啃，像火燎，像锥子在锥，他就燥起来大声对着窑洞吼：把衣服穿好！难看不难看呀？！

65

面鱼儿已经把榔头队上了中山的事告知天布，天布在头一天晚上吃了什么不干净的东西，夜里后跑了几次，天明还睡着，听到消息就出门要找磨子和灶火，磨子和灶火却正好跑了来说这事，但都不知道榔头队上中山去干什么。天布的媳妇从泉里担水回来，说她路过水皮家，水皮站在门口笑哩，还给土根他娘说榔头队去窑上揪斗守灯呀。天布就说：他们去揪守灯？咱让守灯领人烧窑哩，他们偏要揪守灯，这不明摆了要釜底抽薪，不让咱烧窑吗？磨子和灶火也认为是这样，但榔头队名义上是揪斗守灯又不好阻拦，磨子就去张罗红大刀揪水皮，水皮回来后虽没有明目张胆在榔头队里活动，他那么笑着给人说榔头队去揪斗守灯呀，就证明他暗中仍和榔头队在一起，榔头队揪斗守灯打咱的脸，咱就揪斗水皮打榔头队的脸。主意拿定，就召集了红大刀去水皮家。

水皮妈见呼啦啦来了一伙人要揪水皮，就喊叫水皮已经从学习班回来了，还有什么问题？挡在门口不让进，说谁要进她屋就从她身上踏过去。她横躺在门槛上，往下躺的时候袄襟拥了上去，猪尿泡一样的肚皮露出来。要进门的人不能去沾她，就眼睛盯着门环，说：来回，把她拉开！来回站在人群后边的，水皮妈要赖时她把挂在窗子旁的一串豇豆干摘了一条，在嘴里嚼，别人叫她，她无动于衷，嘴还在嚼着。灶火只好去抱，水皮妈脚手却勾在门槛上，抱不起，来回近去往水皮妈胳肢窝一搔，脚手乍起来，灶火就势把人从门槛上拉下来了。但是，屋子里并没有水皮，后窗开着。

原来水皮妈在门口闹着，是让水皮趁机从后窗逃跑的，愤怒的灶火对着水皮妈骂，水皮妈梗着脖子说：打人呀？你打，你打！头往前一拱一拱的，那张脸却要挨着灶火的拳头了。灶火的拳头上青筋暴着，突然展开手来，轻轻在水皮妈脸上抹了一下。这在脸上被人轻轻抹一下，比打一拳更觉得污辱，水皮妈立即哭开了。这时候，冬生从窑场跑了来，浑身是土，夹袄也被狼牙棘剐破了，吊在屁股上像羊扇子尾巴，报告了榔头队在窑场打砸哩。天布说：不是说去揪斗守灯吗？冬生说：揪斗是揪斗，还打砸哩，见啥砸啥，啥都稀巴烂了。天布说：窑还烧着？冬生说：咋烧呀？！天布一下子吼起来：这是大家集资烧的窑呀，也敢砸？啊？！他吼起来整个额颅都红了，颧骨突出，嘴张开很大，能塞进个拳头。在场的人都惊住了，连水皮妈都没了哭声，而葫芦媳妇却哭了，说这怎么得了，她家是把所有鸡蛋钱入了份子，这鸡蛋是她妈都不得吃而攒下的。磨子就喊：这是砸咱的锅，挖咱的坟，把咱的娃往河里扔么！到山上去，到窑场去，谁砸了咱的窑咱就砸谁的狗头！

红大刀紧急集合所有人，骨干们已经到齐在三岔巷口了，明堂跑着在巷道里喊：带上家伙，都往山上去啊，都往山上去啊！还没集合到的红大刀的人，有的在家里还喂猪，有的正往自留地去，就问：出啥事啦，出啥事啦？回答的是：窑让榔头队砸了，咱一碗红烧肉让把碗夺了！听的人不信，说：不可能吧，生产队的财产他们敢砸敢抢，个人集资烧瓷货，这也敢？！回答的是：人家就是砸了么，榔头队这是拿了鞋底子扇咱脸哩，骑上脖子屙屎屙尿哩！听的人就说：榔头队我日你妈！不去了自留地，也不再喂猪了，回家就取刀，红大刀有的是刀，一尺长的柳条子刀，直把的砍刀，宽面的铡刀，带钩的镰刀，也有木头削成的刀，全是些刀，举着往三岔巷口跑。

狗尿苔和婆在泉里洗萝卜缨子菜，洗净了要做酸菜呀，狗尿苔还拿着火绳，婆说洗菜哩你拿火绳干啥么，狗尿苔说他习惯了么，他就把火绳往泉边的树杈上挂，一群蜂就嗡嗡地从泉上空往过飞。先还不大留神，没想蜂越来越多，空里像飘了雪花，只是这雪花不是白的是黄的，声响又像是无数的纺车在摇。婆说：是牛路抱了蜂箱过去了？狗尿苔说：没见呀。几只蜂就落下来，落在狗尿苔背上，婆忙停止了洗菜，也给狗尿苔挤眼儿不让动,狗尿苔就没敢再动,让蜂在背上爬了一阵,起身又飞了,才说:肯定是牛路抱了蜂箱才过去的。秋末以来,公路上常有汽车拉着蜂箱经过,那是放蜂人从北方往南方赶花季,车在镇河塔下停了加水,车上的蜂就会飞出来,而牛路就在这时候要招蜂,他是将他家的蜂箱多放了蜜,放在塔后,等汽车开走了,成群的蜂就留下来,再引回他家。婆说:啊牛路这回引了这多的蜂!狗尿苔说:那不是引,是偷哩!婆说:你别多嘴呀,牛路也是为治他妈的病么。狗尿苔也知道古炉村只有牛路养蜂,牛路之所以养蜂是为了给他妈治病,他妈有风湿病,牛路的媳妇每天要捉三只蜂来蜇老人腿上的关节,说是坚持蜇上一年病就好了。但狗尿苔却说:他们家还卖蜂蜜哩!婆说:想不想喝蜂蜜水?狗尿苔说:想么。婆说:你好好洗菜,一会儿回去了我拿几颗鸡蛋去他家换些蜜去。狗尿苔说:咱不换,向他要!你给他家染过布,向他家要些蜜他能不给吗?婆说:你咋恁会算计的!狗尿苔嘿嘿嘿地给婆笑。还未笑完,泉垴畔的路上有人在跑,一溜带串,像是在过队伍。婆孙俩看见这些人脸全变了形,眼珠子好像要从眼眶里暴出来,牙也似乎长了许多。狗尿苔说:婆,婆,这些人干啥呀?婆一下子紧张了,说:人家革命呀,头不要抬!狗尿苔也就不抬头,他想到了曾经的梦境,身子开始往小里缩,缩成一疙瘩了,就闭住气,一动不动,果然这办法有效,垴畔上的人没有理睬他们,跑过去了,或者,他们压根儿就没有看见了他和婆。狗尿苔低声又叫着婆,他要给婆说着他们为什么就没有看见他和婆的原因,得意着才往垴畔上看,老顺家狗领着十几只狗也往过跑,老顺拿着一把刀,那是用木板锯出来的刀,跟着狗,回头说:你快么,窑上也有咱份子哩!但来回却远远在后边站着,痴痴呆呆的,嘴里啃着一个萝卜。狗尿苔全把梦里的经验忘记了,他站起来,趿脚上的鞋,婆把他按住了,说:做啥?狗尿苔说:老顺也入了份子?!婆一指头戳在他额颅上,低声发恨,说:入份子没入份子与咱啥事!就把菜筐子让狗尿苔提了,狗尿苔也没忘树杈上的火绳,婆孙俩一路小步往家去。

一开院门,水皮却在水眼道那儿蹴着,狗尿苔吃了一惊,正要喊,

604

水皮就嘘了一下，狗尿苔小了声，说：这是我家，你咋进来的？水皮说：我从院墙翻进来的，红大刀要揪斗我，让我躲躲。狗尿苔说：我家情况你不是不知道，你这是害我们呀，你走，你走！把院门拉开，推着水皮走。水皮就说：婆，蚕婆……婆把门关了，拉了水皮到上房去，让他躲到杂物屋。杂物屋里还拴着猪，猪在墙角有一堆睡觉的麦草，狗尿苔抱起麦草把水皮埋了。水皮说：脏，脏。狗尿苔说：嫌脏你回到你家去！水皮埋在麦草里了，手却伸出来拿着他的口罩，让把口罩给他藏在干净地方。狗尿苔说：穷讲究！又抱起麦草把那手和口罩也埋了，自己却推开后墙窗子，吸着肚子爬了出去。

虽然半个眼睛都见不得水皮，但水皮说红大刀要揪斗他哩才躲了这里来，狗尿苔也便饶过他了，就却揣猜着能再一次揪斗水皮，肯定村里又有了热闹的事了。从后窗翻出来，还未清楚热闹事在哪儿，便又看见了那群蜂就在前边的巷头旋着，蜂群下面是牛路和善人两个人，都头上戴着蜂罩帽，抬着一个蜂箱。牛路在说：不知蜂能不能收住在山上？善人说：收不住了，我把箱子给你送回来。狗尿苔：收不住了，把箱子送给我么，我到公路上招引去。牛路回头看了，就叫道：狗尿苔，快来快来，你帮善人把箱子抬到他家去。狗尿苔觉得抬蜂箱倒好玩，却说：他吃蜜哩，我又吃不上，我抬啥呀？！牛路说：你就在嘴上计较！善人腿风湿了治病呀，你要风湿了，我也给你一箱！狗尿苔说：咋抬呀，我又没罩帽。牛路就跑过来，抖着身上的蜂，蜂就飞走了，还有那么几只，拍打着掉在地上，把罩帽脱下来给狗尿苔戴了，说他还有事，小娃勤，爱死人，你帮善人把箱子抬到山上了，回来给你吃一勺蜜。狗尿苔说：才一勺蜜呀？两勺！牛路说：两勺！

红大刀没有找到水皮，听了冬生的报告，也不找水皮了，他们呼呼啦啦拿了刀往山上去，天上突然地布满了云。云是从南山那边过来的，像是锅灰水泼上天，浓浓淡淡地不停地从头顶上飘过，而高处的太阳照着，云的影子就在中山坡上一片子白一片子黑，坡地上立时像铺了无数的尿垫布片子。窑场里的榔头队已经发现了红大刀从村里往山上冲来，没脱衣服的就去拿榔头，脱了衣服的慌忙穿衣服，秃子金催得紧，衣服越急越穿不好，不是袖子塞反了，便是一条裤腿寻不着，而迷糊已提了没了榔头疙瘩的木棍从小路上扑下去。他是狠着劲儿扑下去的，他只说他这么扑下去要镇住冲上来的人，但红大刀没有停脚，他就扑到了红大刀人的面前了，脚步还是收不住，而红大刀前边的人身子一闪，他摔了个狗扒屎，地上的料浆石子就磕破了膝盖。迷糊爬起来，不让来人近身，拿了棍子抡着转圈子，转一圈，又转一圈，棍子在空中抡着了风，霍霍地响。山路窄，红大刀的人就往后退，却有人跳上坡崖，将一件夹袄朝迷糊一扔，夹袄罩住了迷糊的头，一把砍刀咣地挥过去，把木棍打落了，砍刀平着拍在了迷糊的屁股上，叭，迷糊又倒在了地上，再爬起来，手脚并用地往山上跑。红大刀趁机往上涌，而榔头队也涌下窑场，两股人上下涌来，在半山路上，双方只隔着五百米了，都停了下来。

五百米的山路，一边临着沟，一边靠着坡崖，崖头上是三棵老槐树，一切叫骂声都突然没有了，只有树上的知了在叫，知了像州河里的昂嗤鱼一样，也是自呼其名：知了知了知——了！知了知了知——了！突然间一个木箱就从老槐树后跌落在路上，黄乎乎一群蜂立马聚在了那里，而同时掉下来的还有两个人，聚成了团的蜂哄地飞起来，罩住了整个路面。

掉下来的是狗尿苔和善人。

狗尿苔帮着善人把蜂箱往山上抬，狗尿苔还问善人，说：今日村里没啥事？善人说：猫逮老鼠鸡下蛋，过日子呀。狗尿苔说：不可能没事！善人说：你盼有事啊？！狗尿苔就不吱声了。蜂箱子重是不重，可两个人抬着不好走，狗尿苔走在前头，双手在身后老是抓不紧箱子底，而他换到后头抬，善人在前头个子又太高，抬着不舒服，他就要善人把箱子放在他的背上驮着，善人当然不会让他驮着走，说：你急啥的，咱慢慢抬着走。狗尿苔只好再抬着，抬着抬着却觉得好笑了，说：你腿风湿啦？善人说：天一变，这腿就疼。狗尿苔说：那你给你说病么！善人说：你这碎骸！善人正要教训狗尿苔，村子的喊声杂乱，鸡叫狗咬，善人说：啊今天村里还真有事？狗尿苔就得意了，说：我说有事哩，你不信，有事了吧？！两人放下蜂箱往山下看，就见从窑神庙门前的斜坡上一群人往山路上来，来的是谁，隔着罩帽的纱布看不清楚，又不敢揭了罩帽，善人说：窑场那儿也站满了人。狗尿苔又往山上看，善人说声：不对！拉着狗尿苔就抬了蜂箱往坡上走，坡上没有路，再走也走不远，就慌忙藏在坡崖头的三棵并排的老槐树后。很快，红大刀的人从山下往上冲，榔头队的人从山上往下冲，竟然就在老槐树下的山路上相峙了。狗尿苔看着善人，善人趴在那里不动，但狗尿苔趴不住了，他想再往坡上跑，却不敢跑，一跑就暴露了，榔头队的人会以为他是跟了红大刀一块来的，红大刀也会以为他是早早跟着榔头队上了窑场的，可不跑，狗尿苔真是害怕了，混打开来，他能打过谁呢，谁又能敢打呢？他只有夹在中间挨乱拳了。狗尿苔再拿眼睛看善人，善人在示意着静静趴下，他趴下了，心在怦怦地跳，却把眼睛闭上了。眼睛一闭上，他似乎又想起了梦境，一瞬间甚至觉得他就在梦境中，他开始不呼吸缩身子，身子越缩越小，谁也看不见他了。好像是过了一会儿，狗尿苔已经没知觉了，是一块石头了，善人却在拉他，低声说：起来，啊起来。狗尿苔睁开眼，从草丛里往下边的路上看，榔头队和红大刀各自往前挪步，中间的路越来越短，越来越短，路边的草就摇起来，没有风草却在摇，那是双方身上的气冲撞得在摇，狗尿苔害怕得又闭上了眼睛。但善人站起来了，又揪着狗尿苔的后领往起拉，说：把箱子推下去，推箱子！箱子怎么能推下去呢，推下去箱子肯定就散板了，那蜂就全飞了，不养蜂啦？不治病啦？狗尿苔被拉起来了，他站着不动，浑身僵硬。善人就自己把箱子往下推，但箱子前有一个石锥，箱子滚了几个跟斗又卡在了那里，善人再去推，没推动。善人说：快，他们要打起来了！狗尿苔这才跑过来，双手抬起箱子角往起掀，箱子掀下去了，而他脚下一滑，身子扑了前去，忙去抱那石锥，却抱住了善人的腿，两个人就四脚拉叉地跌落在了路上。

　　箱子果不其然是散了板，箱子里的蜂像一股子风呼地吹开，又像尘土一样腾起，再扑忽下去，蜂趴满了路面，而空中的蜂也全下来，所有的蜂随即旋着疙瘩飞。善人跌下来罩帽子还在，而狗尿苔的罩帽却掉了，蜂一下子盖住了他，他哎哟哎哟号叫，手脚乱打乱挥，善人在喊：把头埋住！把头埋住！狗尿苔知道手脚乱打只会招更多的蜂来，但他不能不乱打，已经来不及把头埋在身下了。善人就扑过来压住了狗尿苔，他用双腿骑在狗尿苔的脖子上，然后趴下去，把狗尿苔的头扼在怀里。榔头队和红大刀的人在瞬间里都愣住了，本能地往前跑，来救善人和狗尿苔，蜂就向他们飞去，往前跑的人唰地趴在地上，用衣服捂了头，而榔头队的人也立马往后跑，一股子蜂撵了去，没有撵上，不撵了，所有的蜂重新集中在老槐树下的路面上，黄团就拉长缩短，或高或低，变换形状。有人说：那都是些蜜蜂，不要紧的。立即有人说：槐树上有葫芦豹土蜂哩，肯定把土蜂也逗引来了。红大刀的人就在喊：快跑，快跑啊！榔头队的人也在喊：快跑，快跑啊！他们都在喊着善人和狗尿苔。善人站了起来，也拉着狗尿苔起来，狗尿苔起来却不辨方向，又踩滑了脚，顺着路边的漫坡往沟里滚下去了，善人也接着滚了下去。他们滚得太急了，大部分的蜂没有跟着他们，依然在路面上旋着黄团。红大刀的人再不敢前去，榔头队的也再不敢下来，双方都在后退。

狗日的有本事你上来么！

狗日的有本事你下来么！

双方似乎再都不去管善人和狗尿苔了，开始相互叫骂。

没有在一处斗打，骂什么话都容易。霸槽知道，如果红大刀冲上来，人数是那么多，肯定榔头队要吃亏的，天布也庆幸，没冲上去也好，虽然红大刀人多，可榔头队都是些不要命的二球，打起来红大刀不一定能占到便宜。

狗日的你下来呀！下来看打得断你的腿！

狗日的上来呀，老子就是把窑场砸了，你上来呀？！

灶火对天布说：你听到了没，他们已经把咱的窑砸了，狗日的砸了咱们的窑，咱不上去了，咱砸他们的家，不过啦，都不过啦！砸去，砸去！灶火在叫喊着，扭头往村里跑，所有红大刀的人就跟着灶火跑。跑到了窑神庙门口，窑神庙的门锁着，把锁子砸开了，冲进院里，踢开了所有小房门，墙上挂着的旗子、汽灯、鼓和铜锣，桌子上的笔墨、写大字报的纸张、刷糨糊的桶、笤帚，扯下来撕，扔出来踩，撕不烂的踩不扁的，提起板凳就砸，一片响声。那本大事记也被翻出来了，牛铃在问：上面写了啥？马勺看了一下，说：有你哩，你叛变了。牛铃说：谁写我，我日他妈！天布拿起来就撕，但绳子装订着，撕不开，灶火就喊：狗尿苔！他喊着狗尿苔是让狗尿苔拿火来，突然想起狗尿苔不在，就又喊：火，谁拿着火柴？谁也没装火柴，几个人在厦子房里翻那些铺盖，没找着火柴，把铺盖扔到院子，去锅台上找火柴，没找着火柴，锅盆碗筷也扔到了院子。锁子在殿房台阶上砸烂了那个盛水的缸，水流了一地，弄湿了那些铺盖，还嫌不解气，铲了台阶下的土撂过去，水和土就在铺盖上和成了泥，火柴还是没找到，一罐子煤油在墙角被发现了，马勺提了往院门外去，他想塞在山墙根的草窝里，过后拿回家去。牛铃说：我回家取火去！牛铃跑出来回家取火柴，正好看见马勺在草窝里塞煤油罐，反身进院告诉了磨子，磨子就骂马勺，让把煤油给提回来，提回来磨子将煤油浇在了院子里那一堆乱七八糟的东西上。牛铃再跑出去回家取火柴，刚到山门下，长宽伸着头往窑神庙那儿看，见了牛铃，转身就走。牛铃说：看啥哩？长宽说：没看啥。牛铃说：砸窑神庙哩你不去？长宽说：我不是红大刀的。牛铃说：带火柴了没？长宽说：带着。长宽把火柴给了牛铃，却觉得不对，又要拿回来，牛铃不给，拿了火柴就跑了，长宽说：哎，哎，不要给人说我给的火柴呀！

　　牛铃去找火柴原本要烧掉那记事本的，记事本点着了，哄地燃起一个火球，燎了他的眉毛，紧张得把记事本一扔，正扔到了浇了煤油的那一堆杂物上，嘭，嘭，火一下子着了，桶粗一股子浓烟像龙一样飞到天上。

　　窑神庙里起了烟火，当然窑场的人就看到了。他们还在窝火，事情怎么就弄到了这一步呢？心里急躁，身上疥就痒，越痒又越急躁，待到

609

窑神庙烟火一起，他们就疯狂地砸东西解气，所有的瓷坯破碎，所有的匣钵扔到崖下，泥池挖开，窑门毁坏，烟囱推倒，连水桶、凳子、镢、锨、坯架子，全都捣烂，那一堆煤也铲起来扬到沟里去了。在那间供人歇息的窑洞里，墙上用刀片刻着天布出多少钱，磨子出多少钱，灶火、明堂、田芽、马勺、答应、看星、本来、冬生、立柱、守灯、葫芦、金斗等等又是出多少钱，买多少煤，集多少柴，一溜带串刻了一大片。铁栓拿了榔头去砸，叫一声人名砸一榔头，榔头疙瘩就脱了卯。榔头队里算是第二个榔头疙瘩没了，榔头变成了木棍，有人这才记起了迷糊：迷糊呢？

榔头队在砸窑场的时候，守灯和立柱还有夜里睡在窑场的金斗和答应，他们就一直乖乖地蹴在泥池边，泥池被挖开，水泡了他们的鞋，也没敢挪。这阵有人问起迷糊，立柱说：在那漫坡上。迷糊果然还趴在窑场口的漫坡上，揉屁股哩。问他还疼？他说疼。说你站起来走走，他就不站，硬要他站，他站起来了却不走。说你走走么，不会走路啦？他并着腿往左跨了一步，才知道他裤裆破了，露着那一吊东西。开石说：哟，出来看景了？！秃子金推着架子车过来，说：开石，啥时候了还说笑？来推架子车，把架子车掀到崖里去！金斗就拿眼看答应，答应又拿眼看立柱，立柱说：那架子车是生产队的，也不要啦？秃子金说：闭你的嘴！架子车就掀下去了。迷糊从漫坡处上来，一边看着交裆，一边说：日他妈的蜂……立柱想说：蜂把球蜇了？但立柱没有说出口，扭头往远处的坡路上看，想要看到狗尿苔和善人，坡路上还能看到蜂在那里乱着一片黄颜色，狗尿苔和善人再没踪影。

狗尿苔在坡上滚了十几个跟斗，只说这下滚死了，突然不滚了，动了动手脚，手脚还在，他说：没滚死？！没滚死就要往起爬，却怎么也爬不起来，才发现自己被卡在三棵树的树杈上，卡得紧紧的。狗尿苔心松了，呼吸就喘开了，觉得气不够。善人在叫：狗尿苔，狗尿苔！狗尿苔这时候有些恨善人，故意不回答。善人的声音有些发颤了，又在叫：狗尿苔，狗尿苔！狗尿苔这才说：在这儿。善人说：在哪儿？看见我了吗？狗尿苔说：我看不见。善人说：我站着你看不见？狗尿苔说：就是看不见。善人却看见狗尿苔了，狗尿苔被卡在树杈里，脸胖得像酵面，眼睛挤成了一条线。善人说：你咋滚到这儿了？狗尿苔说：你滚在哪儿？善人说：我在那边的草窝里。狗尿苔说：你滚在草窝里，让我就滚在树杈上？！善人说：不动，先不动，快抹鼻涕，把鼻涕往脸上抹！狗尿苔知道蜂蜇了要抹鼻涕，就擤着鼻涕往脸上抹，但他抹鼻涕一点一点抹，善人已经自己擤出了一把鼻涕一下子抹在了狗尿苔的眼上。善人说：疼得很？狗尿苔说：不疼，烧人哩。善人说：你碎骸命大，没滚到沟底，不要紧了，蜜蜂不是葫芦豹土蜂，肿一肿不要紧的。善人开始把狗尿苔从树杈里往出拉，要拉到不远处的那个草窝去，狗尿苔说：让我看看树杈子。他使劲地睁了眼，看着树杈子，是三个小小的青冈树，小得根本不能卡住个什么的，却偏偏把狗尿苔卡住了。狗尿苔说：让我给树磕个头！他趴下来就给树磕头，善人说：你死不了的！狗尿苔说：那为啥？善人说：你总想着长大长高呀，你还没长大长高哩，哪能让你死？何况你婆还在，你死了，谁养活她？你任务没完成哩，想死也死不了。两人坐在了平缓处的草窝里，茅草快枯干了，却很长，坐上软软乎乎的，狗尿苔就遗憾他带到山上割草草柴哩，怎么就没发现这儿草这么深的！他蓦地想起了什么，说：你没事吧？善人说：头有些晕，没事。狗尿苔说：你能得很，就会让我有事！既然善人没事，狗尿苔就要埋怨善人了，为什么要把蜂箱推下去呢，要推下去你推么，偏要叫我也一块推？善人说：要不推下蜂箱，你让他们打起来呀？！这不，他们都退了，蜇了你一个，救了多少人？如果……狗尿苔说：你咋和支书一样样的，又训我哄我呀？善人说：我和支书不一样，我是讲道的。狗尿苔：道是个啥，能吃能喝，在哪儿？善人说：今日就是道么。狗尿苔说：今日是啥道？善人说：道是天道，人人都有，并没有离开人，因为人是天生的，什么时候求，什么时候应，什么时候用，什么时候有，天并没有把人忘了。狗尿苔说：椰头队和红大刀也不会把咱忘的？哼，不知道他们咋恨咱哩！善人说：恨咱啥呀，恨咱没让他们出人命？！

这时候他们闻见了呛呛的焦煳味，但坐在半山腰的坡凹里，他们还没有看见窑神庙里起了烟火，而一只老鸦匆匆飞来落在了不远处的一棵槐树上，而槐树上的一只头上有着紫色冠的鸟立即说：老鸦，老鸦，这里不是你能住的。老鸦就说：你看清，谁是老鸦？！紫冠鸟说：哇，是扑鸽，你钻烟囱了，这么黑？扑鸽说：窑神庙起烟火了，把我熏的。狗尿苔还疑惑着，窑场崖畔上人在大声叫喊，而山下村口也起了叫喊声，他们在叫喊什么，听不出来，只是嗡嗡一片。狗尿苔对善人说：窑神庙放火啦，咱快走。善人说：你咋知道？狗尿苔说：鸟说的。善人听不清鸟在说什么，他说：鸟说的？你碎骸是啥生物，这奇怪的。但他告诉狗尿苔：如果真是窑神庙放火了，咱更不能现在走啦。

红大刀砸了窑神庙，还是没有解恨，天布在指挥着守住路口，中山就是一条路，守住路口了，不让他们进村，就在窑场上喝风屙屁去！红大刀在路口点燃了柴火，这些柴火都是从各家的麦草集上扒来的。先是扒椰头队人家的麦草集，那些人家的媳妇或老人就守住，百般求饶，哭哭啼啼，这已经差不多是下午了，大半天都没有吃饭，又饥又饿，再遇上这些人哭啼不断，红大刀的人心里长了草，而同时疥疮却肆意地痒起来，交裆都要快抓烂了，还是痒，有人就说：日他妈！不让扒就不扒了，扒霸槽家的去，霸槽家没人！呼呼啦啦跑去霸槽的老宅院，将那麦草集子扒了，连后窗外的那一堆苞谷秆也扒了。扒了麦草集和苞谷秆后，就扒红眼了，在院子里，上房里，厦子屋里，和那个曾经关过支书的柴草棚里砸开来。门破了，窗子烂了，桌子凳子都断了腿。上房柜盖上那个大盆里养着太岁，盆子砸了，太岁掉在地上像是一摊黑泥，而太岁水流得到处都是。马勺说：可惜死啦，这水能喝哩！好几个人在骂：喝他妈的×啦，太岁头上不能动土，他霸槽狗日的喝了太岁水才成了魔鬼祸害古炉村哩！咱把这太岁埋了去！当下便在院里挖坑，心想埋了太岁，从此古炉村就不出邪人不闹邪事了。天布和灶火在路口烧麦草，听说在霸槽家发现了太岁，天布和灶火就赶过来。坑还在挖着，太岁被提起来扔到了院子，像是一疙瘩软乎乎的肉。马勺说：霸槽就喝这水吃这肉哩。天布说：狗日的他能喝能吃，咱为啥不喝不吃？咱煮了吃！天布这么一说，灶火就不让理了，挖坑的说：太岁头上不敢动土，动土都遭殃哩，咱还能吃？灶火说：他霸槽不是活得旺旺的？挖坑的说：他不是给咱带了祸害吗？灶火说：那咱祸害他们狗日的！就把太岁提回屋用水洗了，刀剁成碎丁。太岁被剁开没有流血，流的是白里泛青的汁水，倒进锅里煮了，果然异香无比，来的人连肉带汤各吃半碗。在村口的听说了也轮换着跑来，但肉没了，煮的汤还有，再添些水煮开，人人都喝了半碗。吃喝的时候，大家只觉得香，身上就不痒了，吃喝完了，觉得身上发热，又痒起来，而且越挠身上越热，越热越痒得心烦，灶火把空碗啪地在地上摔了。他这么一摔，像害了传染病，端碗的人都把碗摔了，锁子竟然提起个小板凳就向锅砸去，锅嘎嚓破了两半。然后众人鬼哭狼嚎了一阵，顺门便往窑神庙后的路口去。马勺顺手拿了院门口靠着的扫帚，一到路口就扔进了火堆。

66

肚子已经很饥了，觉得肠子都瘪得粘在了一起，狗尿苔的眼睛还是一条线，他眯着往天上看，太阳还在天上，从一朵黑云里往另一朵黑云里走，走得太慢，恨不得有个绳子一下子把它拉下来扔过屹岬岭去。但是，他们还是不能离开，就靠在那土塄打起盹来。不知过了多久，善人推他醒来，夜终于来了，夜是比狗尿苔的眼睛还要看不清楚，是个瞎眼夜。善人说：肚子饿了吧？狗尿苔说：不饿。善人说：行，你行，比牛铃耐饿。狗尿苔说：我是饿过火了才不觉得饿的。善人在黑暗里笑了一下，拉狗尿苔爬上坡路。狗尿苔以为善人还要叫他把坡路上的蜂箱抬到山神庙的，正为难哩，善人却说蜂箱破了，蜂也跑完了，问他是跟着去山神庙呢还是回家呀。狗尿苔当然要回家，他在路边抓了一根草，再把草茎掐成一指长的节儿，撑住了一只眼的上眼皮和下眼皮，摸摸索索地顺着坡路下山去。

山下的路口燃烧着火堆，有人在火堆边走动着，火光就把人的影子照到坡崖壁上，跳跳晃晃如鬼。狗尿苔犹豫了很久，想着通过路口的办法。他慢慢地贴着崖壁移步，能看清那里是明堂和答应，还有看星和金斗，手里都拿着刀。明堂在说：别坐着，都起来，把眼睁大，我去尿呀！明堂走进黑地里撒尿，看星和金斗、答应就站起来，看星说：眼睁大着哩，蚂蚁也别想爬过去。三人要吃烟，每人都掏出烟锅，一个人吃上了，另两个人凑过去烟锅扣着烟锅对火。狗尿苔立即趴在地上，他认为他们都站着就看不到地上，他爬得飞快，撑在眼皮上的草节掉了，但裤子在地上磨出了声音。谁？明堂首先在喊了。明堂在尿的时候手在裆里狠挠，还不解痒，从地上抓把土要在里边搓，一歪头就看到一个影子在崖根动。看星、金斗、答应忙丢了烟锅，一起喊：谁？！狗尿苔只好爬了起来，声音发颤地说：我。明堂说：狗尿苔？你从窑场来的？！狗尿苔说：我咋能从窑场来，我和善人在半路上……明堂说：你和善人存心捣鬼哩，善人呢？狗尿苔说：善人回山神庙。我们存心捣鬼？不捣鬼你们不是就打开啦？！你看我脸，看我脸，脸叫蜂蜇成啥了！明堂说：那你活该！要不是蜂在那儿，窑场早被我们收复了！狗尿苔说：要是人家打下来呢？明堂说：你这是啥话？灭红大刀的威风，长椰头队的志气？！答应说：算啦算啦，让狗尿苔回去。他擤着鼻涕给狗尿苔脸上抹了一下。明堂却过来在狗尿苔身上摸，摸了头摸了腰，摸了裤子还脱了鞋，再让张了嘴。狗尿苔说：你验牲畜牙口呀？明堂说：我怀疑你和善人放蜂是椰头队故意安排的，霸槽又让你给村里谁带纸条啦？狗尿苔说：你搜，你搜！明堂搜不出什么，捏了一下狗尿苔的交裆，说：碎髅也长个东西么。狗尿苔受到了侮辱，他说：别把病传给我！明堂又捏了一下，骂道：就传给你！我们都痒，你凭啥不痒？答应踢了一脚，说：碎髅还不走？！狗尿苔就跑走了。

狗尿苔往家走，他觉得委屈，委屈了又不能说，就一脚高一脚低，故意踏得生响。却想起婆不知怎样为他操心，而见了婆又该如何对婆说呀，正在脑子里琢磨哩，似乎觉得哪儿有响声，他停住脚往前看，隐隐约约看见前边两棵树在摇晃。这两棵树都是桑树，一棵结桑葚，一棵从来不结桑葚，原本桑树不会长那么长的枝条，但它们都枝条又细又高，有一点点风就你摇过来它摇过去，然后合在一起摇，牛铃就说过那是流氓树，流氓树偏长在迷糊家院墙外，就是气迷糊哩。狗尿苔开步要走，又是一下声响，这声响不是桑树抱在一起磨出的咕咕声，倒像是脚步，从迷糊家院子里传出来的。狗尿苔这下用手把左眼皮掰开，看到迷糊家的院门还锁着呀，迷糊又是在窑场，莫非迷糊家里进了贼了？狗尿苔蹑了脚趴到院墙上，从砌垒的废匣钵孔里往里看，是模模糊糊有个人，肩上扛着一个口袋，手里还提着一口锅，竟然就是迷糊。啊迷糊是咋进村的，进村的路只有一条呀？！狗尿苔这时候倒不恨了迷糊，他要报复明堂，就等迷糊翻过院墙跑了，他就去村里寻天布，要告明堂的状，看守个屁哩，该查的没查不该查的却查了，心里说：让天布收拾你！

但是，还没有寻着天布，另一个巷道里有了急促的脚步声，就有人喊：把迷糊抓住！狗尿苔也就跑，他不知道在哪个巷道里迷糊被发现了，跑了一巷没人，又跑了一巷，他突然地兴奋了，也喊起来：抓迷糊！抓迷糊！狗尿苔终于在三岔巷那儿看见了迷糊，是五六个人在举着火把撵，而光亮中迷糊在前边跑，仍然肩上扛着一个口袋，手里提着一口锅，撵的人跑得并不快，举火把的还跌倒了，火光似乎要灭，忽闪忽闪又亮起来，迷糊已经跑到前边，从老诚家的猪圈墙上跳过去，不见了。撵的人到了猪圈前，在猪圈里寻，猪圈里只有一个肚子贴着地的母猪，他们纳闷了：猪圈墙被猪拱坍过，老诚在那里用大石头压着三页木板，又在木板上捆了一堆狼牙棘，迷糊能跨过狼牙棘拐入另一个巷子跑了？撵的人说：这不可能，他是老虎呀？！跑近来的狗尿苔却在狼牙棘下发现了一只草鞋，这草鞋又宽又长，断了鞋带，分明就是迷糊的，他清楚肯定是迷糊跨过狼牙棘逃跑了的，也惊奇他怎么就能跨过那狼牙棘呢？

在路口看守的明堂听到喊声和看星也跑了来，问：迷糊呢，迷糊呢？撵的人说：你们在路口负责看守哩，谁叫你们来的？明堂说：你们这边喊哩，我们能不跑来？！撵的人说：我们撵着就让他往山上跑，你们不在那儿，他不是又跑上山了？明堂说：你咋能知道他还要往山上跑？撵的人说：他背着口袋和锅，分明是山上的都饿匪了，进村拿粮食去做饭的。明堂说：他就是上山也跑不脱，答应、金斗还在那儿守着。撵的人说：明堂，这我得问问哩，他迷糊是咋进村的，山下进村就那一个路口，他咋进来的？明堂不言传了，他也觉得奇怪，突然指着狗尿苔说：是不是你带进来的？狗尿苔说：我咋带进来的，装在我兜里带进来？明堂说：肯定你先进来引开视线，他趁机溜进来！狗尿苔说：你胡说，我又不是榔头队的，我能帮他进来？他知道事态严重了，哭声都拉出来。撵的人说：狗尿苔没这个胆的。

　　他们没有再争吵下去，一起往路口跑。他们的想法是还得去守住路口，守住路口了，他迷糊就上不了山，即便他迷糊不是要上山，那顺便由他去跑吧，要防止都在村里撵迷糊，而榔头队趁机从山上冲下来。一伙人还没跑到路口，老远就听到厮打声，果然是迷糊还是要从路口跑上山，在路口和答应、金斗打开了。明堂就急了，老远喊：迷糊迷糊，我日你妈！等都跑过去，迷糊却跑上坡路，撵了一会儿，没撵上，返回来，答应和金斗还坐在地上没起来。原来迷糊跑了来，答应和金斗去拦，迷糊就抢着口袋和铁锅，铁锅把火堆的灰打了起来，金斗往前一扑，火燎了眉毛头发，他哎哟一声蹾下去，迷糊一口袋便又抢倒了答应。

　　迷糊能从窑场跑回村，又能从村里跑回窑场，当天布、磨子、灶火他们都来了，觉得羞辱，这种羞辱很快转为愤怒，就兵为两股，一股把守路口，一股举了火把往迷糊家去，打不着迷糊，要拿迷糊家里的东西泄恨。迷糊家的院门锁着，门扇不结实，是用杨木板做的，踹了几脚就踹开了。进了屋该拿些什么出气呢？柜子里有几斗粮食，把粮拿走，他狗日的提了一口袋去窑场哩，让他再回来喝西北风去！可把这些粮食往哪儿拿呢？火把突然就灭了，无数的手在柜子里抓，有人抓了装在兜里，有人脱了夹袄来包，有人也就扎了裤腿，抓起来往裤腰里塞，裤腿没有扎实，塞进去的粮食又漏了出来，火把又点亮了。磨子在喊：到厦房里去！那些没扎实裤腿的蹾下来重新把裤腿扎好，将漏下来的粮食顺手抓了又撒到屋角，说：让老鼠好过去！在厦房里，灶台上，盐罐子里没盐，辣罐子里没辣子，有人在骂：狗日的穷得还不如我么！锅灶旁的八斗瓮里是一瓮酸菜，酸菜拿不走，揭开瓮盖，呸，唾一口，还不解恨，抓起一把灰撒了进去。从厦房出来，院门内的墙上挂着十几双新打出的草鞋，一人拿一双把脚上的烂草鞋换了，把鞋耙子摔断在地上。

　　狗尿苔是很晚才回到家的，婆一见他脸肿得还像个木瓜，当下就哭了。狗尿苔见婆没有骂他，又哭得伤心，他就给婆说了他和善人怎样制止了一场械斗，他问婆：是让打出人命来呢还是让我肿个脸？婆就不哭了，把狗尿苔搂在怀里。狗尿苔说：你不要搂我，我脸上有鼻涕哩。婆说她不嫌有鼻涕，端了灯细细地看他脸，倒埋怨善人只管给孙子脸上抹鼻涕哩，咋就不把脸上的蜂刺取下来。狗尿苔说：你能看到蜂刺？婆说：咋看不到？就让狗尿苔躺在她怀里，照着灯在脸上捏蜂刺，捏下一个，放在狗尿苔手心，又捏下一个放在狗尿苔手心，竟捏下二十三个来。捏净了蜂刺，又涂抹了一层鼻涕，婆孙俩才上炕去睡，而就在狗尿苔脱下衣裤，衣裤里还掉下来四个蜂，都被压成了扁的。

　　这一夜狗尿苔并没有睡好，天明也不贪懒觉就起来了，又要出院门。婆说：今日不准出去！狗尿苔说：不知眼睛清亮了没，我去看看南山上的云。婆说：你看我。狗尿苔说：你离得近，当然能看清。婆说：你就给我要花招呀！去柴草屋把绳拿来。狗尿苔以为婆在院子里拴绳晾被褥呀，去柴草屋取了绳，出来说：水皮昨天啥时走的？婆说：半后晌就走了。狗尿苔说：咋不让天布他们抓了他去？！婆瞪了一眼，让狗尿苔把绳一头系在树上，一头拴在他自己腰里。狗尿苔说：拴在我腰里？婆说：我去切红薯片子晒呀，不拴住你，你又跑呀？！狗尿苔只好把自己拴住了。婆一去厨房里切红薯片子，狗尿苔就出了院子，绳子还长，他可以走到巷道的那个厕所边，八成家的狗在厕所里吃屎，狗尿苔就给狗招手，狗跑了来，他说：你当一回我！狗说：汪汪汪？汪！狗尿苔说：你不？这可是你说的？！狗低了眉眼，却摇起尾巴来，但它的尾巴断了，二指长的尾巴根在动。狗尿苔就把腰里的绳解下来拴在狗腰里，他叮咛了狗：不要进院去，也不许叫唤！

狗尿苔顺着巷道走，巷道里并没什么动静，而跟后的媳妇在打儿子，让儿子头顶了夜里尿湿了的裤子在门口晒太阳。狗尿苔走过去就把尿裤子从他的干儿子的头上拉下来扔了，回头却见灶火从横巷口出来。灶火的伤已经好了，完整的左手和少了中指食指的右手在拍得呱呱地响。狗尿苔说：你叫我吗？灶火说：没叫你，手痒很！狗尿苔说：交裆里不痒了手痒？灶火说：这手想打砸抢哩！狗尿苔愣了一下，说：还打砸抢谁呀？灶火说：还没想好哩！狗尿苔看见跟后的媳妇从屋里往出走，正要号号儿子怎么把尿裤子不在头上顶了，听了灶火的话，掉头又退回屋去。狗尿苔也不再和灶火说话，拉了干儿子就匆匆去了他家。

已经是饭时，红大刀的人轮流着在路口把守，严阵以待，轮流过了的或还没轮流到的都端了碗一边在巷道走着一边吃，却再没在树下聚堆儿，而椰头队的家里人全都四门不出。天布就在巷道里走，他的牛皮帮子鞋咯吱咯吱响，走到某个红大刀队人的房子前了，脚步没有停，走到某个椰头队人的房子前了，站下来往房子上端详，立即在什么地方，有无数的眼睛就惊恐了，叽叽啾啾着红大刀还真要打砸抢吗，那么会打砸抢到谁家呢？果然，红大刀开始检查昨天夜里还有谁从窑场偷跑回来的，去一家了，一家就吵闹声传出来。还没检查到的椰头队人家便顾不得了他们的丈夫或儿子在窑场上一天一夜是咋吃的咋睡的，而担心起家里的安全，就把院门关了，又加上粗木横杠，开始把家里好东西往地窖里藏。老诚的妈端着碗，吃着吃着，隔壁院子里就响动了，有人在恶声败气地说：得称回来过没？得称妈说：得称没回来，你查么，查么。又叫开了：得称，得称，你死到哪儿去了，你害家里人！老诚的妈咳嗽病就犯了，越是紧张越咳嗽得急，气都快上不来了。但她家的门很快也被敲响，老诚的媳妇取了粗木横杠，开了门，门外一伙人，说：老诚回来啦？！老诚的媳妇说：没回来。问：没回来你把门上了横杠？说：怕来检查么。问：没回来怕啥检查？人呢？说：谁？问：还能是谁？说：他真的没回来！进了门四处看，猪圈鸡棚都看了，没个老诚，而台阶上坐着的老诚的妈，人咳嗽得身子缩成一团。进来的人说：走吧走吧，那是胆小鬼，他敢回来？！

狗尿苔把干儿子叫到家里给了饭吃。饭是苞谷面搅团，狗尿苔坐在那里一眼眼看着干儿子把一大碗吃完了，他说：够了没？干儿子说：够了。他说：我估量你碎髋够了！干儿子拿眼看着他，却说：你嫌我吃得多？狗尿苔心想他的话伤了干儿子，就笑着说：你比我心思还多？我问你，想干大了没？干儿子说：想来。狗尿苔说：哪儿想？干儿子说：嘴上想。狗尿苔说：你就知道吃！说，心想。干儿子说：心想来。狗尿苔说：这就对了，我给你说，晚上睡觉要睡灵些，别再尿炕，如果梦里你到处寻不到地方尿，那就是要尿炕呀，赶紧醒来！婆在上屋里听着了，就笑了，说：你只要能睡灵些不尿炕就好了。狗尿苔说：婆，婆！不让婆揭短。又给干儿子说：你妈是个母老虎，再打你了，你就过来。上房门框上的燕子呢呢喃喃叫了几声。狗尿苔：要不要燕子？干儿子说：要。狗尿苔嘴一抿，发出曜曜声，燕子就从巢里飞下来，停在狗尿苔的手上，但是，它在手上放了一根羽毛却又飞了，在院子上空旋转，不停地叫。狗尿苔听得出来是燕子说它要走呀，天冷了，要去南方呀。狗尿苔说：天冷了你可以住到屋里么。燕子说：屋里也冷。狗尿苔说：那你还回来吗？燕子说：回来呀。狗尿苔说：回来还能认住我和我家吗？或许你回来我家就不是黑五类了，我也个子长高了。燕子说：我能认得。狗尿苔的心里酸酸的，给婆说：婆，燕子要走呀。婆说：天冷了，这些天我一直觉得它该早走呀，可它还待着。狗尿苔叹了一口气，对燕子说：你走吧，你走。燕子却不走，站在了捶布石上只是叫。狗尿苔走过去把燕子捉了放在手上，说：我不难过，我送你。端了燕子出了院门口。巷道里太窄，他嫌燕子飞起来撞了房子或者树，就走到了巷口，双手一扬，燕子飞起来了却又落在榆树上还对着狗尿苔叫。狗尿苔说：走，走，你不走我恼呀！燕子直截截飞起来，突然一斜，闪过树梢不见了。

一伙人哼嚓哼嚓往过跑，没有看清领头的是谁，而跑过去了，后边是来回骑着狗。来回并不是骑着狗，是她家的狗要撵跑过去的人群，来回不让撵，她用双腿夹住了狗，狗的尾巴就在来回的屁股上扫来扫去。

狗尿苔说：又去查谁家了？

来回说：查杏开哩。

狗尿苔说：查杏开？查谁不行，去查杏开？！

来回说：杏开的门开了，炕下放着四双鞋，一双是花鞋，一双是军用鞋，一双是兔儿鞋，一双还是兔儿鞋。

狗尿苔说：说的啥？你疯啦？

来回说：你才疯啦！

狗尿苔不愿和来回拌嘴了，他操心着是不是去杏开家查过了，他就向杏开家跑去，但杏开家的院门关着，再叫没叫开，去敲门，才发现门扇上抹着黄蜡蜡的屎。

其实，杏开家并没有被查过，是有人提议过到杏开家查查霸槽夜里回村过没有，但立即被否定了，因为如果霸槽能回来，那榔头队也就全冲下山来了。于是，那伙人就去秃子金家查。

一伙人一到秃子金家，想着秃子金也是不会夜里回来的，却就想着借口把秃子金家打砸抢一番，没想半香把秃子金的铺盖用物一股脑全扔了出来，说：他是他，我是我！来的人反倒愣住了，说：秃子金没回来？半香说：他回来干啥？来人说：回来拿粮拿锅呀。半香说：他拿走一颗粮食，看他敢不敢？！来人就说：这倒是，半香你是好的，你就入红大刀吧。半香说：少给我说这话，我想入谁就入谁，但我现在谁也不入。天布随后就从院门里走进去，说：半香，秃子金啥时候回来你就要报告哩。半香说：我不报告，你们要想知道他啥时回来，你就常来检查么。

67

窑场上，榔头队的人一天没有吃到东西，后悔起上午把那几个装米面的罐子打砸了，甚至连那口小锅也扔到了沟里。直到天黑迷糊回村背来了一口袋苞谷糁和一只铁锅，才算吃了一顿饭。这些苞谷糁原本可以熬稀汤吃几顿的，但他们却把苞谷糁全部下了锅，吃了一顿稠糊汤，因为窑场上没有碗，饭稀了无法吃，稠糊汤可以盛在瓦上，更因为他们不相信还会待在窑场，天明了就能冲回村去。但是，白天里红大刀严守了路口，饥饿又使得头晕眼花，再加上疥疮折磨，他们没有了能力下山，只能把石头瓦块堆集在窑场塄头上，防备着红大刀攻上来。霸槽一方面给大家鼓劲壮气，一方面着人去山神庙向善人借吃的。善人那里并没有什么多余粮食，他抱出一个罐子往外倒，倒出几碗米来，又抱起两个罐子往外倒，倒出一升麦面和半升豆面，他说：就这些了，这些米面对我可以拌些瓜瓜菜菜吃十天半月，对你们不够塞个牙缝，与其对你们塞个牙缝不如还给我留下。他说的是实情，来借吃的人也不忍心了，说：还有啥？革命正困难哩，借你一斗将来还两斗，当年红军就这样给老百姓打借条的。善人说：还有啥？没啥。瓮里是有苞谷颗，老鼠才吃苞谷颗的。来人说：你骂榔头队是老鼠？善人说：这是你的理解。我是说苞谷颗没磨碎吃不成么。来人说：咋吃不成，炒了吃不成？还真打了借条，提了一口袋苞谷颗走了。

苞谷颗炒了吃，屁就很多，而且肚子里焦，需要不停喝水。窑场上的用水是从坡路下去，到崖底的浸水潭里去担，就有人拿了桶去。可去了好长时间没见回来，霸槽对老诚和有粮说：咋回事，让担水哩他自己只图在那里喝呀？！老诚口干舌燥，疥就痒得难受，看着迷糊在交裆里挠，迷糊裤裆烂了，挠着容易，他也就撕自己裤裆，一时好多人都把裤裆撕烂。霸槽让他也去担水，他有些不情愿，有粮说：走吧走吧，去了也能在潭里洗一下。两人到了浸水潭，潭边放着两只木桶，却没见了担水人。老诚说：是不是跑回村了？有粮说：是跑回村了，跑回去挨打呀！老诚却说：有粮，你说回去真的要挨打？有粮说：咱把人家集资烧的窑毁了，人家能不打？老诚说：那咱就在山上饿死？我那媳妇你知道，脖子上有个瘿瓜瓜，啥事都做不了。有粮说：我就牵挂我老婆，咱两天一夜没能回去，她能不急？她一急哮喘病容易犯的。两人把水在桶里装满，老诚让有粮担，有粮让老诚担，老诚说：不至于就挨打吧。有粮说：你啥意思？老诚说：那个意思。有粮说：行不？老诚说：能行吧。有粮突然掉头就走，老诚说：你干啥呀？有粮说：我尿呀。从土塄上往下溜，啊嗤，就溜下去了，塄坡上扬起一团土，人像球一样滚下去。老诚说：等，等等，我也尿呀。也啊嗤地溜了下去。两人都滚在塄坡下的土窝里成了土蛆，相互看着，都没言语，然后爬起来转到了坡路上往山下跑去。

老诚和有粮当然在路口被红大刀捉住了，他们没有反抗，让如何的咒骂也不回嘴，直到灶火用绳子拴了他们的双手去了窑神庙里见天布。天布在庙里拿了盆子洗交裆，一边洗一边正骂先回村的磨眼，待看到老诚和有粮，一盆子水就泼过来，骂道：狗日的谁去当土匪，你老诚和有粮也去当土匪？！老诚说：天布，霸槽让去窑场，我们能不去吗？在窑场我没干啥，有粮也没干啥，你问磨眼。磨眼，我和有粮干啥了没有？磨眼说：我也没干啥。天布说：回来是来拿粮呀还是拿锅呀？老诚说：回来就不去了，山上没吃的，天冷了又没带衣服，我媳妇那瘦瓜瓜……有粮说：我老婆哮喘哩。天布说：那我问你们，榔头队准备几时冲回村哩，让你们先回来里应外合呀？老诚说：这我对天发咒，没有这事，我们是去浸水潭担水，偷偷跑回来的。天布说：这谁信？要叫人信，就入红大刀。老诚说：这我不入。天布吼了一下：不入？有粮、磨眼赶紧说：入哩，入哩。老诚还是说：我不入，我从今往后啥都不入了。天布当场就让有粮和磨眼先回家去，却把老诚留下，也不解手上绳子，说是再押在窑神庙半天，如果榔头队今天不打回来，才能证明他不是派遣回来做里应外合的。还骂道：啥都不入，党也不入啦？！

有粮和磨眼回到村里，榔头队的各家妇女和老人就去询问窑场上的事，得知那里晚上睡着冷，白天没吃的，好多人都哭了，便有七八个胆子大的联合了来找天布，说他们家人参加了榔头队，只能是跟着霸槽瞎跑的，总不至于要他们也饿死在山上，冻死在山上，就让家里人送些吃的穿的上去，然后再说服他们回来。而老诚的老婆听说老诚跑回来了却押在窑神庙里不让回家，哭哭啼啼也来找天布，天布还是不放人，她用手握她的瘦瓜瓜，一握，人就昏倒地上，旁边人又是掐人中，挑眉心，折腾了很久人才醒过来。磨子就和天布商量，把老诚放了，也同意了三户榔头队的家里人带了粮食上山，但必须保证把自家人动员下山来加入到红大刀。天布就在路口给看守人下了命令：凡是从窑场回来的人，当场能加入红大刀的就让进村，不加入的就不让进村，而霸槽、秃子金、迷糊、跟后、开石等榔头队骨干，一露头就打。但是，往窑场带了粮食和衣物的三户四个人，去了并没有回来，而榔头队也没有往村里冲，红大刀愤怒是愤怒，也就调整了他们的策略：看来姓朱的和姓夜的已经不共戴天，也不指望姓夜的来参加红大刀，那么，姓夜的谁要上山都可以，上了山那就永远住到窑场去吧，让古炉村变得清一色姓朱的，清一色的红大刀。

几天里，又有几户榔头队的人回到村里，人数虽然不多，回来就加入了红大刀，也有没回来的而家人拿了东西去了山上不再回来。红大刀除了加大守路口的人数外，拆除了山门的大字报栏，铲除了村巷墙上榔头队的标语。古炉村又安静了下来。一安静下来，磨子就急着要抓村里的农活，但他又不能抓了生产误了革命，便把生产的事让支书去管。

支书早已在村里成了闲人，他精心地饲养着牛，只是三日五日了就等待着来声的到来。来声已经答应着从外边给他带报纸。来声一来，肯定在戴花家门前的场子上吆喝，支书就从牛圈棚跑了来，甚或没有听到吆喝声，来声也会把一沓报纸放在戴花家，支书晚上再到戴花家去取。到后来戴花就不把报纸给支书转交了，因为来声每每一来，来回就到了戴花门前的场子上，甚至来回早早来了在那里等来声，过不了一顿饭时间来声也就来了，来回就拿了报纸给支书送去。来声开始不愿把报纸给她，她说：你给不给？来声说：为什么给你，支书让你拿哩？她说：我要拿哩！来声说：支书是你啥你要拿？她说：支书是我支书！动手就夺，夺不过还把来声的自行车踢翻了。来声觉得奇怪，也惹不起她，问戴花这是咋回事。戴花说：那是疯子，疯了谁都不认，就认支书。

　　磨子让支书去管村里的农活，说：我也是贱，说不理村里的事了，可农活都搁在了那里眼里看不下去啊，我现在又没办法只抓农活，那就把你给我的权再还给你吧。支书说：你这磨子，我是走资派，你让走资派又走老路呀？磨子说：你管不管是你的事，反正我给你说过了。说完，磨子就走了。磨子偏在村里放话，他让支书抓村里农活了。话放出来，好多人都应声是该抓抓农活了，可两派都在革命，革命又处在激烈时期，能来抓农活的也只有支书了，就有人不断地来找支书：今日去地里吗，去地里干些啥？支书一连几天都对人说不要寻他，甚至说：是不是看我这一段过得清闲，又害我呀？！其实，支书一方面要看看让他抓农活村里有什么反应，一方面每天晚上读报纸，研究抓生产会不会违背党在文化大革命中的方针政策，有没有忌讳。他竟然把狗尿苔叫到家里，还拿出一堆他剃头剃下来的头发窝子给了狗尿苔。狗尿苔说：让我给你换些离锅糖？他说：给你的，你去换了吃。狗尿苔说：你咋对我这好的，没啥事吧？他说：我问你话，听说你能闻出什么气味，一闻出村里不是死人就出事？狗尿苔说：你听谁说的？他说：有没有这事？狗尿苔就不吭气了。他说：你闻闻，现在就闻闻有啥气味。狗尿苔还真的闻起来，说：你家蒸红薯面饸饹了？他说：让你闻气味哩，你闻饸饹？！狗尿苔又闻了闻，说：没有。他就笑了，说：你能闻个屁呀，狗尿苔，你要能闻出气味不成了猫头鹰啦？！狗尿苔却急了，说：我是能闻见的，这阵就是没气味么。他说：好了好了，你这去通知个会。狗尿苔说：通知会，你开会？支书说：姓朱的人叫三四个，姓夜的叫三四个，杂姓的一两个，就到我家来。

　　狗尿苔通知了十个人，人都不信支书要开会，狗尿苔发咒说是支书要开会的，他若说谎他是狗，这十个人就疑猜着可能世事又变了，倒要看看支书开什么会。支书就在他家的院子里拿出了十多张报纸，并没有读报纸，而是拿出一张了，讲这张报纸上登的是中共中央对抓革命促生产的指示；又拿出了另一张了，讲这张报纸登的是省文革小组关于贯彻落实中共中央抓革命促生产指示的通知；再拿出另一张了，讲这张报纸登的是县文革小组关于贯彻落实省文革小组贯彻落实中共中央抓革命促生产通知的通知的通知。他讲这些话时，不紧不慢，他能分得清这一层一层的意思，而听的人就全混了，一头闷水，说：你咋又成了你以前的样子了，绕来绕去说的啥呀，你截快些，你开会到底要说啥？！支书说：我这是照葫芦画瓢了不犯错误了，咱开个会，就是关于古炉村农活的事。大家这才说：哦，明白了。

从此，支书就开始安排起了农活。对于支书安排农活，最积极拥护的就算老顺和来回，来回对别人疯疯癫癫的，一到支书面前就正常了，支书每天早上一开门，来回就在门外站着，问了今日都干啥，然后她就不让支书去张罗，自己敲着一个破铁皮脸盆吆喝，那只狗一直跟着她，该沤肥的去沤肥，该灌田的去灌田。没有了青壮劳力，干活的都是妇女和老人，每每在破脸盆的响声中，姓朱的妇女、老人们往地里走了，而没有上山的姓夜人家的妇女、老人也就跟着走。凡是出工都会记工分，没工分或工分少的，虽然村里再没分粮，但临时要分的菜呀柴火呀就分不到或分得少。姓朱的人家当然扬眉吐气，姓夜的家里人霜打了一般，以前观点不一样的两派，人在巷道里遇着了，你在地上呸地唾一口，他也在地上唾一口，现在，姓夜的人遇到姓朱的人了，姓朱的怎么唾，指桑骂槐，也默不作声。

狗尿苔的午饭是坐在院门口吃的，村道里已经没人坐在树底下吃饭了，这使他觉得吃起来也没了滋味，就反身回来又夹了一筷子辣子搅在饭里。闲言碎语可以当菜，再稀再粗的饭都能在谈笑中不知不觉地下肚，现在只有调重辣子，刺激着口味下咽了。婆在骂：你是辣子虫呀？！狗尿苔说：满是些酸菜难咽么。婆刚刚吃罢了饭，碗还放在炕头上，就用灶灰水泡起上午出工时捡回来的一堆干银杏叶子，泡过的干银杏叶子剪纸儿平展又不容易烂。听到狗尿苔的牢骚，她不泡了，看着狗尿苔。狗尿苔也觉得自己的话说得不对了，低头吃饭，牙子咬得酸菜咯吱咯吱响。婆说话啦：明儿，明儿中午咱擀面吃。狗尿苔却说：我不吃。婆说：咋不吃？瓮里还有些面哩。狗尿苔说：就那些面……吃菜糊涂，咱煮些黄豆吧，我最爱吃黄豆。婆说：我娃爱吃黄豆……眼泪却有些噙不住，用手去揉，揉了左眼，又揉了右眼。狗尿苔一抬头，看见婆在揉眼睛，说：婆，眼咋啦？婆说：钻了个小蚊虫。狗尿苔要给婆翻眼皮吹，婆说：好啦好啦，快吃饭，吃了饭你去问问后晌都干啥活呀。

狗尿苔吃完饭到了巷道，巷道里起了风，凉飕飕的，才站在杜仲树下，咯噜噜打了一个嗝儿。嗝儿满是酸菜的味儿，他讨厌着这种味儿，拿手就在嘴前扇。

杏开说：你嘴臭啦？杏开从她家的麦草集上抓了一笼子麦草往回走，风把麦草吹得乱飞，她侧身捂着，给狗尿苔说话。

狗尿苔说：我没吃蒜，臭啥嘴？

杏开说：还不臭？都熏住我啦！

狗尿苔想说：你怀孕了鼻子尖。但他没说出口，眼睛也不愿落在她的腰身上，就朝天上看，天上没了太阳，云也被风刮着，像河水往东边流。

杏开说：我给你个牙刷，用盐水刷不费钱的。

狗尿苔说：我不洗嘴，老虎不洗嘴吃的是肉！你知不知道后晌干啥活呀？

一股风呼地又吹来，把笼子的麦草又吹下来一些，风看不见形，有了麦草在他们面前旋圈子，狗尿苔想着风是个圆东西？他说：你不要站在那，这阴风毒哩。杏开知道狗尿苔的意思，笑了一下，说：哟，长出息了，知道关心人了，刚才听老顺媳妇说担尿要和粪的吧。

狗尿苔转身要走，杏开却说：我问你，你一直没去窑场？狗尿苔说：我不去，我不是榔头队的。杏开说：那天布他们也没让你去窑场看看？狗尿苔说：我也不是红大刀的。

杏开看了天，说：天冷啦。

狗尿苔也看了天，说：天冷啦。

他们都明白对方话的意思，但都不去说破。马勺就掮了一根椽过来，老远喊：让开，让开。狗尿苔和杏开就让开路，狗尿苔说：从哪儿捆的？马勺说：拆下大字报栏的。狗尿苔说：那不是你家的椽么。马勺说：我捆了就是我家的了。我在窑上入的份子钱能买这三根椽哩。马勺完全可以顺着捆了椽走，偏用两个肩捆了，横着要过，椽头还是撞着了杏开，惊得杏开闪不及，把手里的麦草笼子都扔了。

杏开说：你慢点，慢点么。

马勺说：啊杏开呀，你咋还在村里？

杏开说：我上天啊？！

马勺说：那么多人都上窑场送吃送穿的，你没去？

杏开脸唰地变了，狗尿苔看见她胸部一起一伏的，估摸着杏开肯定要和马勺吵架呀，吵架就吵架吧，马勺是吵不过杏开的，如果打起来，那他就要护起杏开，杏开是不能挨打的。但是，杏开到底是没出声。

狗尿苔回家把这事说给了婆，婆半天没吱声，却问：杏开胖啦还是瘦了？狗尿苔说：黑啦。婆又不说了，就咕咕咕地叫鸡，叫了半天却没有一只鸡跑来，她说：鸡呢，你把那个黑公鸡逮了给杏开抱去。狗尿苔说：给她抱只鸡呀？婆有些生气：我给你说话从来没顺听过，你给她抱去！狗尿苔说：她还想吃人肉哩，你再在你身上割一块。婆还没举手打过来，他就赶紧跑开，到巷道里去寻鸡了。

巷道里竟然有一只狗往巷口跑，三只猫也在跑，还有着八只鸡，其中四只就是他家的，那只黑公鸡跑在了最前面。狗尿苔觉得奇怪，平常鸡都在院子里，即便出了院门，也就在院门外觅食玩耍，还从来没有跑出过巷子，今日怎么往巷口跑呢，是狗和猫撺的，还是鸡听到了婆的话，害怕被逮住了送杏开才跑的？狗尿苔就在院门外喊：婆，婆，鸡跑得逮不住呀！婆在院里说：你还有逮不住鸡的？！狗尿苔也就撺着跑出了巷口。

出了巷口，却见村道里有了那么多的狗、猫和鸡，而且南北各个巷口还陆续出来狗猫鸡，它们并不顾忌站在村道里的人，同一个方向朝东跑，还叫着各种声音，前后照应，欢乐无比。似乎有人挡住了路，狗就趴在那里汪，汪，吓得人一躲身，狗再不咬，站起身来，让所有的鸡都跑过去了，再四个蹄子一溜风过去。而猫沿着两边院墙头往前跳跃，虽然身手敏捷，还在夸赞着鸡跑得快，鸡就张狂了，跑着跑着就撑开翅膀，从路边的人头上飞了过去。那人是摆子，摆子的腰真的疼得难受，还用手撑着，他斜着眼说：哎，哎，这咋啦，这咋啦？狗尿苔说：它们也不理我了，我也不知道这咋啦！

八成家的那只狗是从灶火家的院子里出来的，同时出来的还有灶火家的狗，八成家的狗断了尾巴，灶火家的狗头很大，两只狗亲热地说着话也往前跑。跑过铁栓家，铁栓家也出来了那头扁平尾巴的猪，猪就跟了跑。但八成家的狗和灶火家的狗回过头给猪汪汪地叫，声色俱厉，猪就停在那里，嘴噘脸吊，还尿了一摊。

狗尿苔叫道：过来，你过来！猪抬头看到了狗尿苔，脸上笑了，四个小小的脚噔噔噔跑了来。狗尿苔说：你咋敢跑出来，小心铁栓的媳妇打你！猪说：打让去。它们说好让我去的，又不让我去了，哼！狗尿苔说：它们是谁？猪说：是八成和灶火！狗尿苔说：八成和灶火？猪说：我们叫狗是叫它主人的名字。狗尿苔笑了，说：那你叫铁栓呢还是叫狗尿苔？猪说：它们有叫我铁栓的，也有叫我狗尿苔的。狗尿苔拍拍猪头，说：好，这就好。它们这是干啥呀，这么多的往哪儿跑哩？猪说：今日葫芦家的冒疙瘩鸡在村南口过生日哩。狗尿苔说：鸡还过生日？猪说：咋不过生日？它是古炉村年纪最大的鸡，十二岁了！

狗尿苔自以为他是最懂得村里的六畜的，但他却不知道它们还过生日。他一下子来了兴趣，赶快往村南口跑。但跑到石狮子那儿，却并没看到鸡呀猫呀狗呀的，正埋怨猪在骗他，斜着往不远处山塄畔下一看，竟吓了一跳，几百只鸡和几十条狗和猫全集中在那里，狗是围了一圈，一律身子坐着，前腿撑地，狗圈里边是猫，猫都直立着，似乎立得不稳，两只后腿不停地换步，始终没有倒下来。在狗和猫围起的两道圈子里，最中间站着葫芦家的冒疙瘩鸡，一直在咕咕咕地叫，所有的鸡就绕着它转，转的时候全部半张了翅膀，朝内的翅膀高，朝外的翅膀低，摩擦着地面。然后所有的鸡、猫、狗，就唱起来，虽然声音高低不一样，但都快乐地张大了嘴，鸡的舌头很长，狗的牙很白。狗尿苔看得傻了，自己的身子也动起来，也低声哼哼，哼哼得像呻吟，但他却不敢往塄畔下去，连塄畔上都不敢去，怕惊扰了它们。

　　一群妇女拿着耙子、锄头和锨往打麦场去，远远看到狗尿苔痴呆呆地坐在石狮前的地上，老远问：喂，狗尿苔，你婆又打你了，坐在这儿？狗尿苔没有理她们。田芽说：你还在冷地上坐呀，你婆来啦！狗尿苔不想让她们过来，也害怕婆真的来了，她们一来，肯定就发现了鸡猫狗的集会，那肯定就把集会冲散了。他拾起身来，端直往村里走，一边走，一边说：我婆呢，婆呢？

　　婆其实已经去了打麦场。打麦场上是生产队从各家收集的猪圈粪，要用尿水再和一遍，就砌成堆在冬季里沤呀。婆是担不动了尿水，和三婶、面鱼儿老婆、有粮的老婆扒着粪土用锨铲着拌搅。有粮的老婆哮喘着气短，干不了一会儿就得歇下，后来干脆跪在地上用锄头扒。有粮的老婆一跪下，婆也是腰疼腿酸，就不好意思也跪下干活，累得浑身大汗，把夹袄也脱了一件。田芽说：婆，别着凉了。婆果然就打了个喷嚏。田芽说：看，冒风了！婆说：我身子怎金贵？！打一个喷嚏是谁想了，打两个喷嚏是谁骂哩，打三个喷嚏才是冒风的，这是谁想我了？田芽说：你狗尿苔呗。婆说：他才烦我哩，整天死乞白赖地给我要脾气哩，怕是杏开想我哩。田芽说：人家想霸槽哩！婆说：田芽，你别也说这话，她毕竟还叫你姐哩，你们翻脸旁人笑话哩。田芽说：婆护她，她做的啥事呀，姓朱的闺女还没谁在娘家就抱了娃的。婆赶紧拿眼睛瞪她，有粮的老婆说：杏开抱了娃啦，咳，咳，抱了谁的娃？咳，咳……咳。婆说：你有痰哩，少说话。田芽快给你姐捶背，别一口气憋住！自个就又打了个喷嚏，才要说这是谁骂我了，又一个喷嚏，田芽就把婆的夹袄给婆披上，说：这回是冒风了吧，你去歇着。婆坐在了地上系夹袄扣子。

　　来回担着一担尿来了，看见四个人都没干活，就粗了声说：叫你们和粪哩，就都坐着？混工分啦？！所有人全起来拌粪，田芽说：蚕婆冒风了，坐下穿个夹袄，你喊叫啥哩喊叫！来回说：支书让我经管哩我不经管？田芽说：哟，红火么？我告诉你，他天布、磨子也是找过我让我负责促生产的，我还看不上负责哩！来回说：你厉害么，厉害人都去山上和路口了，你也去么，你咋没去？面鱼儿老婆和有粮的老婆赶紧就劝解，来回把尿倒在粪土窝里，担了空桶走了。婆说：田芽你这刀子嘴，来回也没说额外话，这个时候她能出来经管也亏得有她经管哩。田芽说：咱古炉村羞了八辈子祖宗了，让个疯子经管！

68

当天晚上，婆鼻孔喉咙疼，耳朵又往外流脓，只说内有虚火，外着了些寒，就把瓮里压浆水菜的那块青白石头拿来枕了，也不见好。又隔了一天，身子开始发烧，眼睛困得睁不开，在炕上睡倒了。天从和粪的那后响阴着，越阴越瓷，现在就下起了雨，雨下了一顿饭时，雨点子变成了雪，雪又不是花片子，像麦粒子，院子里便起了唰拉唰拉的响声。婆在炕上指挥着狗尿苔：把房后那一堆豆秆抱回来放在厨房，免得雪下大了豆秆湿了没啥烧锅；去麦草集上抓一笼麦草放到猪圈窝里，再垫些干土，不要天冷了猪还卧在稀泥里；到杂物间把那些苞谷缨子往草鞋里垫些，小心着一入冬脚后跟容易冻。狗尿苔一样一样都干了，就是苞谷缨子没有往草鞋里垫，而是取了编火绳，编火绳是重要的，宁愿脚后跟冻了疮。他编着火绳，婆在炕上没看见，编好了几条挂在院门里的墙上，进了上房屋问候婆想吃啥喝啥。婆说：哟，我娃知道心疼他婆了，要这孝顺，我就常病呀！给婆说，你能做啥好吃好喝的？狗尿苔说：我会做疙瘩拌汤。你要想吃面，我去叫三婶来给你擀一碗旗花面片？婆说：有你这话，婆就满足了，我不吃也不喝，你出去耍去吧，别陪着我。狗尿苔在家里憋了大半天，也想出去，就说：那我出去啦。把厕所里的尿桶提了来放在炕下。

山坡下的路口上火还在烧着，烧的已经不是麦草和苞谷秆豆秆棉花秆了，是几个大的树根疙瘩，远远看去，烧着的树根疙瘩在雪地里红得像血块。灶火和明堂、锁子他们都在那儿，可能是谁拿了几个土豆在那里烤，你争他抢的。狗尿苔没到跟前去，他清楚他去了不但吃不上烤土豆，反倒那些人还逼着他回家去拿些土豆哩。横巷里，给生产队沤粪的一伙人在那里担金斗家的尿水，已经担了好几趟了吧，蹴下来吃烟，只剩下金斗还在用尿勺从尿窖池往尿桶里舀尿，尿溅了他的手和脸，寻地上的树叶来擦。有人就说：那尿有多臭，能脏着你？金斗说：是尿咋能不臭？那人说：金斗你手捂住心口说，这尿有没有尿味？金斗说：我家尿没尿味，你家的猪圈粪就有粪味啦？！双方一顶牛，大家说：吵个球呀，都哄生产队哩，谁也不要说谁。金斗蹴下来吃烟，又自己给自己解套，说咱这算不错了，槲头队的人连哄生产队都没人来么，便又开骂槲头队。放在厕所墙头的那根火绳已经着完了，绳灰像一条死蛇。马勺担着尿桶过来，气呼呼还在咕呐他本来在路口看守哩，来回却喊叫着他担尿，这女人就不敢抬举，一抬举上鼻子上脸啦！自己也放下尿桶要吃烟，伸手去拿火绳，一抓没抓起，是绳灰，就吼刚走近的狗尿苔：寻火去，寻火去！

　　狗尿苔就在金斗家寻火，金斗生着气说没火，狗尿苔就跑回自家去拿火，跑过水泉上的塄畔，看见秃子金家的皂角树上挂了几条晾晒的火绳，心想把秃子金家的拿一条不就是了？但皂角树上的火绳挂得高，树下又堆了野枣刺，他小心翼翼跐了脚去拽，一只猫从秃子金家院墙的匣钵缝里往外挤，挤出来了塞在缝里的草把子，叫了一下。

　　狗尿苔说：叫啥哩，不让我拿火绳？

　　猫眼睛闪了闪，玻璃片子一样亮，甚至一只眼还挤合了，做着鬼脸，说：啊妙！

　　狗尿苔说：是啊妙，他秃子金跑了，不去担尿，该贡献根火绳的。

　　猫却又从匣钵缝里钻了进去。

　　狗尿苔觉得这只猫有意思了，就趴在匣钵缝往里看，院子里的上房门开着，乍一看去只显得门就是个洞，黑洞，看不见黑洞里有什么，却听到有人在说话，是半香在说。半香说：收芝麻的时候，我是去收了，我背回来两背篓，土根和顶针他大也是背回来三背篓，虽说腾出来的芝麻少，从来不给社员分，要卖了给生产队买煤油呀，买记工本呀，可我到马勺家，他家的油辣子里有芝麻，他哪儿来的芝麻？芝麻麻麻麻……声音奇怪地颤起来，颤活活地呻吟。

狗尿苔吃了一惊，半香是给谁说话哩，给秃子金？秃子金回来啦？！

半香又说话了，说：咱古炉村不明不白的事多了，还有莲菜池挖出的莲菜，拿秤分的时候咋就都是些莲菜把把？支书说给公社送了的，能给公社送多少？噢，噢，你能行么，咋还能这样来呀？你你你你……声音又颤活活了。

狗尿苔不明白半香话说得好好的，怎么就不停地发颤？早听说半香和秃子金经常吵嘴打架的，不是那么回事么，人家亲热着么，亲热得声都变调了么。但狗尿苔恨秃子金，他秃子金从窑场偷跑回来了，应该让红大刀知道，他希望秃子金永远不在村里，就像迷糊回来一样，让红大刀再撵了出去。

狗尿苔撒脚往横巷口跑去，报告秃子金回来啦，马勺说：这不可能！狗尿苔说：我在他家院门口听见他们说话哩，信不信由你！马勺就严肃了，让金斗和他一块去看，金斗说他不去，他是从窑场回来的，他去不成。马勺就让金斗快到路口叫人，他去秃子金家瞧个动静，真是秃子金了，他会稳住秃子金的。马勺就拉了狗尿苔去了秃子金家，狗尿苔死活不去，马勺说：要滑头呀，你发现的你不去？！两人一到秃子金家，隔院门听听，里边是有说话声，马勺没有直接推门，大声叫：半香！半香！屋里的说话声立即没了，隔了一会儿，半香说：谁呀？马勺说：是我，担尿沤粪哩，来借借你家尿桶。半香出来开了院门，上房台阶上却坐着天布。马勺和狗尿苔都傻眼了。天布并没有看马勺和狗尿苔，却对半香说：以后不要再让我来检查了，记住，他秃子金只要回来，你就得来报告！说完点火吃烟往院外走了。

马勺只好借了一对尿桶，和狗尿苔出来了，骂道：你狗日的碎䯡多事，秃子金回来啦？

狗尿苔说：我以为是秃子金么。

马勺说：这下天布得恨我了。

狗尿苔说：他恨你干啥？

马勺说：你看到天布裤子上那一块白吗？

狗尿苔说：是蹭上了鼻涕？

马勺说：滚滚滚，你这个痴䯡！

狗尿苔可以认可说他长得丑，但马勺骂他是白痴䯡，他生了气，说：你才是痴䯡！独自往打麦场上去。

面鱼儿老婆和有粮老婆还在打麦场扒拉着粪堆，问起婆病好些了没，狗尿苔说人还睡着，面鱼儿老婆就叮咛狗尿苔到她家拿些姜去，烧了姜汤给婆喝。狗尿苔却想别人头疼脑热了婆都是让烧姜汤喝，婆咋不给自己也烧些姜汤呢，是婆知道她的病喝姜汤不济事吗？狗尿苔也觉得婆的病怪，怎么鼻子喉咙疼还耳朵流脓呢，流脓就流脓吧，又发烧？怪病那得找善人呀，狗尿苔就决定请善人给婆说病。但要请善人就得上山，天布能让他上山吗？他试探着去给天布说，天布竟然满口应允，还要他能去窑场。狗尿苔说：我不会去窑场，端端去山神庙，端端就下来了。天布说：我让你去你就得去！狗尿苔说：那你要怀疑我和榔头队勾勾搭搭？天布说：要装着勾勾搭搭的样子。知道吗，去那里看看，狗日的们是死啦还是活着。狗尿苔这才明白了天布的意思，说：你也让我当特务？天布说：也让你当特务？谁还让你当特务了？！狗尿苔知道说漏了嘴，忙说：牛铃给我这样说过。

狗尿苔没有立即上山，既然天布要让他去窑场，他去了窑场该给霸槽怎么说呢，总得拿个东西有个话头呀。他一时想不出要拿什么，坐在碾盘上没了主意。一只啄木鸟飞到苦楝树上啄洞，哪哪哪，哪哪哪，他觉得啄木鸟真讨厌，啄着树就像啄他的脑袋。他突然就得意了，起身便去找杏开。杏开在收拾红薯片子。入冬后家家把红薯切了片晾晒在上房的檐篱上，杏开切的红薯片子少，就晾晒在院墙上的瓦槽里。狗尿苔就站在她家的斜对面的一个猪圈前，说：杏开，杏开！杏开站在凳子上头却不抬，也不吭声。杏开又是不理狗尿苔了，这使狗尿苔有些难堪，刚刚兴起的小得意消失了。麦粒子雪还在不紧不慢地下着，而猪圈前一只屎扒牛在推着粪球翻一个土坎子，粪球推上土坎了，粪球又滚下来，再推上土坎了，又滚下来。笨死了你！狗尿苔用脚把粪球踢过了土坎，杏开却从凳子上下来，提了红薯片子笼往院门里走，还是不看他，低声说了一句：跟我进来，把鸡领回去！狗尿苔是在全村鸡猫狗集会的傍晚还是把自家的一只黑鸡给杏开拿去的，但他没有明着给杏开，而是把鸡腿绑了就放在院门槛上。狗尿苔愣了一下说：啊你咋知道是我给你的鸡？杏开说：别人都革命哩，鸡不是红毛就是红冠，你家的鸡就是黑！说这话的时候杏开却笑了，狗尿苔就更来了气，竟抢在杏开前头要进院。杏开说：你也不在我后边操心着我滑倒呀？！

进了院，杏开就把院门关了，一边把挂在树杈上的衣服收了，一边说：我不那么说，你怕还不愿到我家来哩！你送鸡的时候为啥不叫我也不进来，鸡放在院门槛上让狼叼呀？是你也嫌弃我啦？狗尿苔气消了一半，说：是婆让送的，可我并不情愿。杏开说：你说实话了好，你不情愿连这鸡也不情愿。狗尿苔睁大了眼，说：鸡咋啦？

杏开这才告诉他，她把鸡抱回屋后，抱着鸡哭了一场。她舍不得把鸡杀了吃，要把鸡一直养着，可这鸡来后却不吃食，她抓了麦粒喂也不吃，这两天两夜总是咕咕咕地叫，叫得声都哑了。她之所以让他来院子就是要让他把鸡抱回去，与其它在这里饿死，不如还是抱回他家去。

鸡果然卧在柴草屋里，已经立不起了腿，羽毛脱落了一半，露着光光的脖子和脊梁，一见狗尿苔竟站起来往他跟前走，走了一半就又倒下去。狗尿苔把鸡抱在了怀里，说：黑凤，黑凤，你咋了吗？

杏开说：你把鸡叫啥，鸡还有名字？

狗尿苔说：它黑，我就叫它黑凤凰。

杏开说：哟，还是凤凰？烧窑的凤凰！

说起烧窑，狗尿苔说：我去窑场呀，你捎不捎东西？杏开立即不笑了，说：我捎啥东西，捎你骨殖呀？！狗尿苔说：不捎就不捎吧。抱了鸡要走，杏开却说：是天布他们要攻窑场呀？狗尿苔说：谁攻谁呀，狼虎两家怕哩。杏开说：那你能去窑场，是来笑话我吗？狗尿苔气又来了，但他不能说你杏开和霸槽的事谁不知道，我好心好意来问你，你倒给我打马虎眼！就把婆病了，他想去请善人来说病的事说了一遍，没有说天布让他当特务的话。杏开说：那你等着。跑进上房，拿了一件毛衣，说是交给霸槽。狗尿苔倒生了嫉妒，他连绒衣都没穿过，杏开倒给霸槽还织了毛衣！他说：行么。把毛衣搭在肩上要走。杏开却说这样拿着不行，路口的人看见了肯定把毛衣收了，要狗尿苔脱了夹袄，把毛衣穿上。毛衣又宽又长，一下子搭到了狗尿苔脚面上。杏开说：瞧你这个头！把毛衣下摆折了折用绳子系了，再帮着把夹袄套上。杏开问：暖和不？狗尿苔说：暖和。杏开说：你见了他可要给他的。狗尿苔说：他死了就好了！杏开就拧他的嘴：不许说那晦气话！

狗尿苔上了山，首先去了窑场，窑场上的人都穿得很单，那些带了锅和米面的人家当然把米面打平伙，但毕竟米面少，一天三顿就喝些稀汤凑合着。疥疮依然痒得人心慌乱，一半人的交裆都抓烂了，而开石最为严重，脖子上已有了小红疙瘩，如果真是疥上脸拿席卷，那就可怕了。霸槽却似乎还乐观，他说他没有去过延安，在课本上读过关于描写延安的文章，毛主席在那里待了十三年，从延安走到北京城去了。他穿上了杏开给他织的毛衣，指着中山上的坡坎峁塄，说：一样是黄土，一样是窑洞，一样的少穿没吃的啊，只可惜山神庙那儿没个塔，将来我一定在那儿修一个塔！狗尿苔没有去过延安，也没有读过描写延安的课本，压根儿就不知道延安是什么，但他看得出来，榔头队在窑场不可能再坚持下去，少则三天，多则七天，不是要打败了红大刀，就是被红大刀打败，肯定是要下山的。狗尿苔说：修个塔好，州河里那个塔叫镇河塔，这塔就是镇山塔。霸槽说：宝塔！这山也改名宝塔山！霸槽指点着那山顶的位置，突然大声叫：跟后，跟后！狗尿苔说：你要去屙屎吗？不叫他跟后了，我跟你去！狗尿苔就拿了窑洞外一把锨，跟着霸槽往窑场后的洼地走去。把一个小土坑挖好了，霸槽却说他已经不便秘了，尽喝的稀汤，他要尿呀！他尿了那么久，说：村里现在是啥情况？狗尿苔说：没啥情况，担尿沤粪哩。霸槽说：路口上没人守啦？狗尿苔说：红大刀守着，生产队的农活是支书经管着。霸槽说：什么支书？走资派！走资派复辟啦！狗尿苔说：哦，哦。霸槽说：他天布张狂得很？狗尿苔说：噢，噢。霸槽说：都张狂成啥啦？狗尿苔说：听他媳妇说黑来睡觉那条宽皮带都系着嘿。霸槽说：他也就只是那条皮带！从窑场回去的谁入了红大刀？狗尿苔说：都入了。霸槽说：胡说，就能都入？！狗尿苔说：是都入了。霸槽骂了一句：日他妈的！把东西塞进裤里，不尿了。狗尿苔说：我去请善人呀，你还有啥问的？霸槽说：没了。狗尿苔说：应该还有问的。霸槽一挥手，拧身走了。

到了山神庙，善人喜欢着狗尿苔来了，端着他的脸看了半天，说：瘦了！狗尿苔说：不是瘦了，是消肿啦。善人说：现在没有蜂蜇了好看！就到处寻着东西要给狗尿苔吃，却没寻着什么，拿出个鸡蛋要打开让喝。狗尿苔没让打鸡蛋，就说了请善人下山给婆说病，他说：我不吃你的鸡蛋，给我婆说过病了，我给你吃鸡蛋！善人说：你婆的病我说不了，她啥不知道？可我也得去看看，在山上憋得些些[1]了。麦粒子雪在山上似乎比山下要下得多，上山的路上鞋还能把住滑，下山却难了，出溜出溜地就跌了几跤，两人用草绳在鞋上缠了几道，小心翼翼往下走，在窑场前的转弯路上，看见了榔头队的人在吃饭，锅是支在窑洞里的，所有人都往窑洞口挤，就有人喊着排队，队便从窑洞口排过来，排了一个长队。先盛上饭的端了碗出来一边走一边喝，有人就说：恁烫的饭，你往喉咙里倒呀？应声的是：我想细嚼慢咽哩，稀汤里没啥能咬能嚼的么！吃过了的又站在长队后边，在舔着碗。排队

1　些些：陕西方言，很的意思。

的说：你咋又来排队呢？吃了的说：没饱么咋不排队？排队的说：那你可以吃两碗，我们只能是一碗？吃了的说：那你往前排。排队的说：日他妈，这不公平！吃了的说：你骂谁呢？排队的说：我想骂谁就骂谁呢！啪，有人出了手，立即长队就乱了。而在转弯路上，守灯一直在那里蹴着，自榔头队一上来要揪斗他后，再也没人理他，但他又不能走，大家都在争着吃饭，他独独一个蹴着吃烟。狗尿苔说：你咋没去吃饭？守灯看了看狗尿苔，没有理，他的肚里像个灶膛，一缕烟不停地从嘴里冒出来。狗尿苔说：他们不给你吃饭？守灯抓了一把雪扔到狗尿苔脸上，说：你管哩？！气得狗尿苔说：该饿死你！拉了善人离开。善人说了句：不三不四，人五人六，乱七八糟。没想一步没踏稳，滑了一跤，浑身满脸都是雪。

狗尿苔说：疼了没？

善人说：能不疼？

狗尿苔说：下麦粒雪，这要真是下麦粒子多好！

善人说：要下就下到你家院子。

狗尿苔嘿嘿地笑，却说：哎，你说啥来？三四五六七八的？

善人说：不三不四，人五人六，乱七八糟。

狗尿苔说：这啥意思？

善人说：想听吧？你个头小，重心低，滑不了，我扶着你了，我给你说。

狗尿苔就让善人扶着他的肩往下走，善人在说了，说的是：不三不四这话常听人说吧，啥意思，你一定以为在说一些人的不正经吧？是不正经的意思，可为什么要说不三不四而不是说不四不五呢？这话起源于三从四德。啥是三从？三从是说未嫁从父，既嫁从夫，夫死从子。啥是四德？四德是妇德、妇言、妇容、妇工。不遵循这些规矩的人就是不三不四，懂了吧？还有人五人六，五和六原本指人的五脏六腑，人如果五脏六腑不全或者移了位置，那人就不是正常人了，做人要做正常人。乱七八糟呢，人出生前脸在娘胎里是七天一变化的，人死后的七天是会腐烂的，便要入法轮道，这八是……狗尿苔说：我不知道为啥你说这些。善人说：是真不知道还是假不知道？狗尿苔说：真不知道。善人说：真不知道你就不用知道了，知道了你也就不快活了。

婆并不知道狗尿苔能去请善人，见善人进了门，赶忙从炕上爬起，喊叫着狗尿苔取烟拿火，她就摇摇晃晃要去厨房里烧锅煮荷包蛋，村里突然狗声四起，一群鸡嘎嘎嘎嘎地从院门外的巷道里往过跑，有三只竟飞到院墙上，立脚不稳，掉进院里来。

69

长宽担着粪笼去拾粪，但麦粒子雪越下越大，天骤然地冷起来，鼻里口里呼出的气都能看见雾了。他是从河滩地走过，绕过了塄坎，又到了后洼的土路上，麦粒子雪被风吹着跑，路面上就像过流沙一样。但是，长宽并没有拾到多少粪，他蹲在了地堰后，自己把粪直接屙到粪笼里。这种行为古炉村只有迷糊干过，长宽也笑话起自己的荒唐，他摸摸屁股，感觉有无数的刀子在那里刮，他说：嘿嘿，屎冻硬了不臭。这时候，一队狼从天布家那块麻地里经过，收过了麻的地里长着一丛丛毛拉子草，草都枯了，几乎能听到泠泠的铜音。但狼队没有任何响声，它们的四蹄上像是缠着棉花，那从头到尾，皮毛完全变灰了。狼也换了季，穿了灰棉袄？长宽先是这么想着，猛地惊慌了，连粪笼也不要了，提着裤子就往村里跑。狼并没有追他，甚至回头看也没有，低头微笑着继续经过。

担尿水的马勺一伙听说又过狼了，就都跑到碾盘后的土塄上，拿了扁担，防止着狼队进村，却没有看到狼。是狼又转到村前的河滩地？再跑到石狮子那儿，就看到了公路通往村里的土路上涌过来了一群人。先以为是下河湾的人撵狼过来的，可下河湾离古炉村太远，即便撵狼，能撵那么长的路吗？那些人越来越近，大家就取笑长宽一定是看花了眼睛，又作践起了来的那些人的穿着，哇呀，黑裤黑袄，却系着白腰带，扎着白裹腿，那是河南上来的耍猴人打扮么。六升的儿子突然变脸失色，说：这是下河湾的金箍棒造反队呀！六升患病期间，六升的儿子去下河湾大夫那儿抓过中药，看见过那里的造反队，这造反队就属于联指的。六升儿子的话使大家都警觉了，发现来人手里都拿着一根棍。金箍棒的人怎么朝古炉村来？这就又看清了走在前边的竟然是水皮和麻子黑。毫无疑问了，是水皮跑出去通报了榔头队困在窑场的事，才搬来了下河湾联指的救兵吗？但麻子黑怎么就回来了？立即有人就屁股夹了火炮一样跑去报告天布和磨子，别的人轰地散开，但刚刚从村口走来的摆子以为他在腰疼，也没参加什么组织，他站住了不动。

摆子说：是麻子黑吗，你是不是麻子黑？

麻子黑说：你过来，看是不是麻子黑。

摆子往前走，歪着头看，麻子黑一拳打在摆子的心口上，摆子一个跟跄窝倒在了地上。麻子黑说：认不得我啦，忘了我啦，古炉村再也没有我啦？！

摆子说：麻子黑麻子黑，你咋就出来啦？

麻子黑说：你管我怎么出来的，老子是出来了，出来就回古炉村啦！

拿脚踢摆子，摆子坐在地上，双手撑着身子往后退。麻子黑的脚踢到了他的嘴上，他的一颗门牙就掉了，血沫子流在下巴上。他说：我啥都不是，不是红大刀的也不是榔头队的。麻子黑说：是古炉村的我就要打！你不是会烧窑吗，我去多拿过窑上几个匣钵垒墙你都不肯，你起来和我打呀，往这儿看，往这儿看！摆子要面对着麻子黑的时候，他就看不见，他只能斜了头，但麻子黑一脚把他的头踢正了。

散开去的人见麻子黑这么欺负摆子，就反过身来救摆子，金箍棒的人哗啦围了上来，人窝里钻出了黄生生。黄生生也来了？黄生生瘦得只剩下个黄瓜嘴了，他在喊：谁是红大刀的？水皮说：这些都算是红大刀的。金箍棒的一下子就打，马勺的肩膀上就挨了一棍，仰八叉地倒在了地上，说：狗日的还真打呀！爬起来拾起了扁担。担尿桶的扁担两边拴了绳，绳头系着钩搭子，甩开来像甩流星锤，别人近不了身。马勺一甩扁担，一时所有的人都甩扁担，边甩边退，一进了村道，忽地分头往各巷道里跑，有的就进了院子关了院门，有的就钻了猪圈，有的就爬上了树。

通往中山的坡根路口上，一拨人在看守着，一拨人在窑神庙里生了火燎裤裆。听说冬生和立柱的疥疮是抹窑灰好的，而没窑灰，他们就把草木灰往裆里搓，搓了再拿火燎，没想搓了燎了倒惹得疥疮更痒，就把冬生叫来，要证实是不是疥疮好了，冬生脱了裤子让众人看，果然是好了，但立即压倒了他，各人在自己裆里抓抓，再去他裆里抓抓，说：你狗日的怎么就好了，要痒咱们一起痒！村南口一开打，有人跑来报告了消息，大家忙穿了裤子，蜂拥一般跑出来。因为都是急，没说清也没听清是村的哪个口，呼啦啦一群人先跑到东边的大碾盘那儿，那儿什么事也没有，就纳闷了。葫芦的媳妇却在她家猪圈墙上画白灰圈，问：是狼来了？没人理她。只见三婶跟跟跄跄往过跑，长竿子赶得两只鸡一个在地上滚一个在空里飞，葫芦的媳妇说：鸡把牛牛都跑遗了，三婶！三婶说：打哩，打哩！那伙人就问：在哪儿打哩？三婶说：村南口。那伙人掉头又往南巷跑。

南巷里满是些猪狗鸡猫跑过来，见了村人就叽里呜哇地喊，它们的喊，没人能听懂，还被骂一句：甭挡路！所有的猪狗鸡猫退让在路边，等着那伙人一过，转身又往前跑，转身的时候，差不多都在雪地上滑倒了，金斗家的猪，竟然四脚朝天，滑向一棵树去，又从树上弹回来撞在院墙根的石头上。它们就说：金斗金斗，你没事吧？那猪说：我不愿叫金斗，金斗的媳妇灵醒对我好，叫我灵醒。它们正要骂啥时候了你还恁臭美的，就见巷子那头钻进来另一伙人，那伙人在撵牛铃，眼看着要撵上了，牛铃突然飞起来，双手抓住了一家院墙沿，一跃身上到墙头，又迅速地到了房顶，揭了瓦就打。房是顶针家的房，顶针她大在喊：我的瓦，我的瓦！瓦从房上向下打，下边的人用石头和打下来的瓦又往房上打，顶针她大死狼声哭喊。巷这头的人转身又跑进巷，一时又跑不过去，号号地叫，撺打牛铃的人就退去。一直退到天布家的门前了，天布从院门里出来，提了一把砍刀，大叫道：我日你个妈！哪儿的杂种来古炉村寻事了？！声音巨大，狗都吓住了，停止了叫喊，那伙人撒腿就跑，天布一连串砍去，砍得巷道的瓷片路上雪花火花乱溅。

天布从半香那儿回来，觉得身上有些冷，腿也无力，添了件夹袄又生火烧了一把葱根吃着，媳妇就嘟哝：吃的什么葱呀？！天布说：一根葱，硬一冬！媳妇说：你甭害我！天布看见媳妇弯了腰在柜底下取猫食碗，屁股呈现出个三角形，就厌恶起来，才要用脚去踢，听见外边鸡飞狗咬的。把院门拉开缝，一群人正从巷道跑着撺打马勺他们，他以为是榔头队从山下打下来了，可那些人并不认识呀，还正纳闷，看到了水皮，他就喱唧把门打开，扑出去一把将水皮拽了进来。问：这是哪儿的？水皮说：下河湾金箍棒……天布说：你狗日的搬的兵？一拳砸在水皮脸上，又一脚把水皮踢了出去。

水皮像一摊泥甩在了地上，他想喊什么，下巴骨掉了，拉住往过跑的一个人，啊啊地比画着让给他安下巴，那人一手按住天灵盖，一手猛地把下巴往上一推，下巴骨接上了，水皮就喊：这就是朱天布家，天布就在这里！一群人跑过院门了，又反身过来，天布就关了门。门被咣咣地砸，天布家的狗从院墙里扑上墙头，又扑下巷道，一顿乱棒，狗头没有砸开，狗腰却断了，天布就从上房里提出了砍刀。

这把刀是铁的，原是下河湾关帝庙里关帝塑像手里的刀，足有七斤，那年耍社火，下河湾的芯子是三结义，借用的就是这刀，但到古炉村来表演，刀太沉而扮芯子的孩子抓不牢，支书换了个木刀，真刀就一直留下来没还给人家。

天布提了刀冲出院门，也正是红大刀的人赶了过来，金箍棒的人顿时也乱了，有往村道别的巷打过去的，而大多数扭头往回跑，退到了石狮子那儿，又从石狮子那儿退到塄畔。黄生生就大声叫喊，公路上又有一伙人向村口跑来，手里都拿着一个酒瓶子。灶火说：这狗日的势扎得大，还带酒哩。天布便说：往下赶，谁抢下酒谁喝！话未落，一个酒瓶子日地就飞过来，落在他们面前十米左右，轰，瓶子竟然爆炸了，四个人当即哎哟倒下，每个人裤子还穿着，血从裤管里却流了出来，倒下的就有灶火，别人的脸还干净着，他的脸被烟雾熏黑，嘴张着，牙显得又长又白。锁子和田芽以为他被炸死了，喊：灶火！灶火！灶火没有死，他是被炸蒙了，听到叫喊，双手摸了一下头，头还在，又摸了摸交裆，交裆的东西还在，有头有球就没事，他一骨碌爬起来，发现手背上出了血，就把手在脸上抹，黑脸上抹上了血，有黑有红，黑红黑红，他那只没了两根指头的手指着黄生生骂道：狗日的，你敢用炸弹？！又扔过来一个酒瓶子，酒瓶子又爆炸了，腾起一团烟雾，雪花、泥点和玻璃渣子溅得到处都是。红大刀就撤回到了天布家院门口的照壁下。田芽说：天布天布，他们这用的是啥炸弹？灶火说：屁炸弹，是炸鱼用的。

是炸鱼用的。古炉村和下河湾的人在州河里捞鱼，都是用钓竿或者用网子去捞，洛镇上的人却常常在酒瓶子里装上煤油或炸药，安上雷管，点着了扔到水里去炸鱼。黄生生带的这些洛镇上的联指，原本想着攻打古炉村压根儿用不着他们出手，就拿了十几个炸药酒瓶要在村前的河里炸了鱼，中午要吃一顿熬炖鱼的，没想这些炸药瓶倒起了作用。等红大刀的人一撤回，他们就又涌了上来，黄生生就喊麻子黑，麻子黑却不见了踪影，又喊水皮，说红大刀撤退了，肯定各人进了各家，要水皮指点红大刀的人都是哪家哪户，能打的就打，能撵的就撵，解放古炉村。但他们却在村道口又受到阻击，天布指挥着红大刀把石头瓦片像雨一样甩了过来，黄生生就亲自又扔出了三个酒瓶子。

酒瓶子连续爆响，红大刀的人又伤了几个，天布说：灶火，你家里还有没有炸狐子的药丸？灶火说：没么。天布说：咱的火铳呢？朝他们放火铳！灶火说：火铳在咱队部里，那没炸药呀。天布说：上次放火铳炸药都用完了？灶火说：可能支书家里还有，不知道他肯不肯拿出来。天布说：啥时候了他不肯？！灶火拔腿就往老公房跑去。天布让力气大的在前边甩石头瓦片，力气小的，脚下快的就四处寻石头瓦片，照壁顶上的砖便扒了下来，又去扳牛铃家院墙上的砖块和瓦。马勺却从牛铃家拿了个簸箕。天布说：你用簸箕干啥？马勺说：这能挡酒瓶子的。他这一说，又有人就拿了筛子，拿了铜脸盆，当盾牌用。

红大刀人和金箍棒以及镇上联指人开始拉锯，一会儿红大刀人冲出了村道，金箍棒和镇联指人就退到石狮子那儿，一会儿金箍棒和镇联指人又冲过来，红大刀人稀里哗啦再撤回来。雪越下越大，雪已经不是麦粒子了，成了雪片，再起了风，雪片子就旋着在村道里卷，然后像是拧成了无数条的鞭子，在两边的院门上、屋墙上使劲抽打。

古炉村南口打起了混仗，榔头队在窑场上看见了，一声地喊，霸槽正在窑洞里拔嘴唇上的胡子，他不允许胡子长上来，用手摸着一根儿了，就拔下来，听见喊叫，提了榔头跑到窑场垴上，抬脚就要下，跟后把他拉住了，要不是跟后拉，那一脚下去，人便掉到了垴下。霸槽被拉住了，才清白是自己太激动也太急了，以为那个土垴是一个坎儿似的，但他在那里喊：下山下山，日他妈的，古炉村是咱的家园，谁拿了咱的让他还回来，谁吃了咱的要他吐出来！众人就都挥着榔头往山下跑。从窑场到山路上要绕一个斜漫道子，又窄又陡，雪落了一层，差不多的人往下跑着就滑倒了。这一滑，有的从斜漫道上跌在了道下的沟台上，有的趴在道上鼻青脸肿，一时将聚起来的劲儿散了，再爬起来，肚子饥着，身上发冷。霸槽说：守灯哩，叫守灯！守灯就过来，守灯说：我正要找你说话呀。霸槽说：想说啥？守灯说：我想回家。霸槽说：回去再到红大刀？！守灯说：我是怕挨斗，他们让我入，我才入的。霸槽说：怕他们斗就不怕我们斗啦？守灯说：榔头队要我入，我也入。霸槽说：你想入我还要考虑哩，现在先把你的裤子袄脱下来！守灯说：这冷的天。霸槽说：脱下来！霸槽就对着在漫道上连爬带滚的人喊：把守灯的衣服扯成条，在鞋上缠上了往下跑，别让人家看到咱们榔头队的熊样！他自个并没有等着用布条缠鞋，像一块石头滚下去一样，冲到了众人的前边。

70

榔头队冲到了山下的路口，路口上只剩下了明堂、看星和本来。明堂就担心红大刀的人都去了村南头，万一榔头队从窑场下来了难以守住路口，便一面让看星去村里喊还待在家里的人，一面他和本来从窑神庙里提了几桶水往路口外的斜道上泼，盼着水能结成冰，使榔头队的人下来立脚不稳，他们就可以趁机打退。但水泼上去，并没有结上冰，明堂倒是弄得浑身的衣服都湿了，便去窑神庙拿一条被子披上。披了被子刚出庙门，迷糊挥着那根没了榔头疙瘩的木棍已经从坡路上跑了下来，明堂去拿那木板刻成的刀，三把木刀架着还支在火堆后边，一时拿不及，就从地上抄了个铁锨，大声说：你不要过来，过来我就拍你！迷糊说：你拍呀，拍呀！木棍就打了过来。那木棍用力太猛，半空里将雪打成了一股，喷在明堂脸上，明堂眼一眨，觉得木棍过来，急一闪，迷糊扑了个空，差点跌倒，明堂拿锨就拍，拍在了迷糊的屁股上。狗日的迷糊有挨头，竟然还不倒，再要拍，迷糊已转过身，双手举了木棍挡住了铁锨，咣的一声，两人手都麻了，咬着手撑着。这一撑，撑了个人字形，势均力敌，倒一动不动了，后边的人就一哄跑过了路口。本来破了声喊：榔头队下山了！榔头队下山了！榔头队下……一棍戳在了腰里，人在雪上滑出了几尺远，就势便往村道里跑，一伙人就狗一样撵了过去。

明堂和迷糊还在撑。迷糊说：你撑不过我，我扳倒过你手腕子！明堂说：扳不过你手腕子，我却能撑过你！迷糊说：啊呸！一口痰吐在明堂的脸上。明堂说：啊呸！一口痰也吐在迷糊的脸上。迷糊齿咧着在使劲把木棍往下压，压得明堂举着的铁锨没动，腰却往下缩。明堂咬着牙子，五官就全往左挪位，又慢慢地腰挺直起来。然后你推着我过来，我推着你过去，地上的雪先还是白白一层，后来土和雪拌在一起，就成了泥浆。迷糊说：你脚蹬了石头！明堂说：你也蹬么！迷糊那边没有石头可蹬。迷糊说：有种你不蹬石头么！明堂说：我就蹬！两人再也没了力气，便都不说话了，只是吭哧吭哧喘气。但是，明堂的大腿侧突然痒起来，痒得锥儿锥儿的，手腾不出来去挠，两条腿合并了要磨搓一下，迷糊猛一用劲，把明堂压倒了，一脚踢在裆里，明堂在地上滚蛋子。迷糊说：你痒了吧，老子也痒！他裤烂着，拿手就在那里挠。冬生正好跑过来，见迷糊打倒了明堂，举着一把木刀就砍，迷糊挠得得意，还低头往下看哩，木刀砍在肩上，就转了一圈倒在地上。冬生说：你狗日的还看球哩！扑过去压住，一屁股坐在迷糊脸上，说：看么，你看老子的球！使劲扳迷糊的腿，迷糊的鼻血就流出来，不动了。冬生把迷糊的腿放下，迷糊还是不动，像死了一样。冬生站起来，说：狗日的死了！迷糊却说：没死！冬生上去踹了一脚。迷糊说：我没吃饭，吃了饭看谁能打过谁？！村里起了哭声，明堂和冬生不再打迷糊了，抓了一把泥和雪往迷糊嘴里塞，说：吃你妈的×去！拔腿往村道跑。明堂说：哥，谢你啊！冬生说：不谢我，谢我娃！明堂说：谢你娃？冬生说：我在屋里正睡哩，我娃翻猪圈墙，掉到猪圈里了，哭声把我吵醒来，醒来听见村里吵闹，才知道槲头队冲下来了。这时候，几个人没命地跑过来，明堂和冬生还没看清是谁，横巷里有人在喊：来人，来人呀，磨子让人捅了！两人赶紧跑进横巷。

横巷里，磨子倒在面鱼儿家院门口。面鱼儿老婆见磨子跑过来，是个血人，而且身后地上一道血点子，突然就倒在她家院门口，就叫：磨子，磨子！去把磨子往起拉，磨子没有拉起来，磨子的肚子上一个血窟窿，肠子都流了出来，用手去捂，把肠子往肚子里塞，塞进去又流出来，她就吓呆了，乍着手不知咋办，只有喊叫。磨子还能说话，磨子说：你取个碗来扣。面鱼儿老婆就进屋拿了个碗，反扣在磨子的肚子上，要寻东西再套住，又一时寻不下，就撕自己的裹腿带子，把碗和腰勒在了一起。

善人从山神庙下来的时候，磨子还在路口，把一背篓柴火往火堆上添，媳妇来说他家的炕面坍啦。磨子说：咋坍啦？媳妇说：不晓得咋就坍啦。大伙还笑：咋坍啦，你两口子折腾么！媳妇说：他有那本事就好了！大伙就说：哇，磨子没那本事？媳妇说：他这些天啥时回去过？磨子始终严肃，说：好了好了，正经事多哩！跟了媳妇回去，果然是炕中间坍了一个窟窿，觉得奇怪，便去葫芦家借了两页炕面子坯，在院子里和泥要修补。外边打闹起来，他也是以为椰头队下山了，急忙跑去路口，才知道村南头来了金箍棒和镇联指的人。又跑去村南头，混战里拳打脚踢地撂倒了几个，再把三个攒进一条巷子，就看见巷子那头站着戴花，便喊！拦住狗日的，拦住！戴花没有拦，脚手乱乍，哇啦哇啦叫喊。磨子跑过去，埋怨戴花不拦，只要稍稍拦一下，他就攒上那三个狗东西了。戴花却只顾说自己的，说有人进了她屋，说她是出来看动静的，看着害怕又跑回去，说她进了厨房咋就看见那个装糠的瓮上草帽在动，她是用草帽子盖着瓮的，说她以为瓮里钻了老鼠，一揭草帽，草帽竟然戴在一个人头上，这个人她不认识，吓得她就又跑出来了。磨子问：人呢？戴花说：还在屋里。磨子就往屋里走。戴花说：你一个人不行。又疯了似的哇啦哇啦叫喊，便跑来了马勺六七个人。马勺的额头上一个青包，夹袄的一个袖子被撕破了，剩下一半，一见磨子，哭丧了脸说：磨子，磨子，这弄成啥事了嘛！磨子说：他们来了多少人？马勺说：上百号人。椰头队也下来了。磨子说：不敢让外村人进来，天布呢？灶火呢？马勺说：天布领人在村南头，灶火他们去打椰头队了，一股子金箍棒的钻进东斜巷，我们一路攒了过来。戴花你屋里钻了几个？戴花说：我看见了一个。几个人哐当就踢开门往里冲，说：一个人？把狗日的腿卸下来！戴花却拉住了马勺，说：不敢在屋里打，一打开就把屋里盆盆罐罐都打碎了，轰出来打，轰出来打！院子里就一声喊：狗日的给我出来！但藏在屋里的人就是不出来。马勺说：不会是黄生生吧，那狗日的熟悉咱村。磨子说：黄生生也来啦？马勺说：是来啦，还有麻子黑。磨子说：麻子黑？他咋回来的？！马勺说：日他妈监狱是咋弄的就能让他回来！狗日的眼睛都是红的，见谁打谁，回村报复来啦！磨子拧身就走，一边走一边说：那我去找他！

磨子跑了几条巷，差不多巷里都有人，不是红大刀的一伙人围着金箍棒的几个人打，就是红大刀的人又被榔头队的人撵着跑。凡是红大刀人得势的，他只问：麻子黑呢，麻子黑在哪儿？而红大刀的人失了势，他就扑过去帮忙，故意引得三个四个过来撵他，边打边退，退到杜仲树下了，一脚将前边的那个踢得碰在树上，再压在地上，另外的三个轮番进攻，来一个，打一个，叽里哇呜地都打跑了，再把地上的揪起来，问：麻子黑呢，麻子黑在哪儿？那人门牙丢了，不吭声，眼瞅在地上寻牙。他说：寻你妈的×哩，要寻就多寻一颗！一拳又朝嘴上打去，真的是一颗牙又没有了。磨子说：麻子黑呢，麻子黑在哪儿？那人却从怀里掏出一张毛主席画像，哗地抖开，挡在脸上。磨子说：哟，你还会这样？！一脚踢在腰里，那人滚了一下，再一脚踢在背上，那人再滚了一下。斜对过的院子里，三婶一直趴在门缝往外看，开了门说：磨子，磨子，不敢打了，再打就出人命呀！磨子说：这你甭管，快进屋去！还是问：麻子黑呢？那人终于说：麻子黑是谁？我不知道麻子黑。磨子说：你是哪儿的？那人说：我是下河湾的。磨子说：除了下河湾的还有从哪儿来的？那人说：有洛镇的。磨子想，麻子黑可能和洛镇的人一块来的。突然那人抓了一把雪猛地砸到磨子的眼睛上，翻起身就跑。

　　磨子骂了一声：我日你妈！揉着眼睛撵去，撵到横巷口，眼睛还不大清亮，模模糊糊看见一个人迎面过来，就问：麻子黑在哪儿？那人却说：麻子黑在这里！磨子睁眼再看，面前果然站的就是麻子黑。立即说道：你狗日的还敢回来？！麻子黑说：回来找你哩！突然往前跨了一步，咬牙切齿地哼了一声，转身就走。磨子一个趔趄退了几步，但没有倒，低头看见腰里插着一把刀，刀把子上血往下流，流得像苞谷酒烧成了往外出头筲子酒。气势汹汹的磨子寻了半天要收拾麻子黑，麻子黑却先下手为强，捅了磨子一刀，磨子嗤啦笑了一下，说：狗日的，你倒捅了我！便拔出了刀子，大声吼叫，从巷子口撵了过去。麻子黑已经走到了另一个巷中的一个厕所前，并没有跑，只是大步地走，也不回头。磨子觉得受到了极大的侮辱，又撵了几步，脚底下软起来，就拼着所有力气把刀子甩了过去，他就趴在地上了。趴在地上还往前看着，刀扎在了麻子黑的屁股上，如果再高一点，就扎在麻子黑的腰上或背上，可偏偏扎在屁股上，麻子黑也是扑地趴倒在地上。而这时巷的那头出现了几个人，磨子已经认不清那是红大刀的人还是金箍棒的人。

面鱼儿老婆用扎裤管的带子勒紧了碗，明堂和冬生跑了过来，他们撵麻子黑没有撵上，赶忙把磨子抬回了他家。

麻子黑被三个金箍棒的人架起跑出了巷子，麻子黑就让把屁股上的刀子拔了，说他能走，不让架着。架着的人说：刀子扎了那么深，还能走？麻子黑说：磨子他叔是个瓷髁，磨子也是个瓷髁，扎人都扎不到地方！他推着那三个人快去别处战斗去，自己就一瘸一跛顺巷子走，血在地上滴了一路，他没有扶墙，回头还看见雪地上的血像梅花一样鲜艳。一只狗夹着尾巴从巷口往过跑，猛地要停，四个蹄子在雪地上滑行了一米，但收不住劲，几乎就撞在麻子黑的怀里。狗拿眼睛看着麻子黑，麻子黑认得这是灶火家的狗，狗眼发红。狗也认得了这是麻子黑，看见麻子黑的眼睛发红。狗说：汪！汪汪！汪！麻子黑说：让开路！狗却忽地扑过来咬住了麻子黑的腿后弯子。腿后弯子是软筋，麻子黑膝盖一弯跪在了地上，狗又闪开来，眼睛盯着麻子黑，口鼻里喷气，气喷到麻子黑脸上，麻子黑觉得是一股子火。麻子黑要站起来，一站起来狗就往前扑，麻子黑把刀子又甩过去，狗竟一侧身斜着把刀子用嘴接住，四蹄翻飞着跑走了。麻子黑这才明白狗是来收缴武器的。麻子黑在那一瞬间有了害怕，前后看了看巷口，站起来，屁股上的伤口扑叽扑叽往外流血，一条裤腿全染红了。这时候，如果磨子、天布、灶火和明堂，甚至就是狗尿苔来，来一个，他也有些怯火了，偏偏就咯吱一声，使他惊得回过头来。

咯吱声是斜对面的院门开了，门缝里伸出来的是守灯的头。守灯说：麻子黑，进来，快进来！麻子黑就趔了腿进了院里。守灯却又跑出门去，他才回来穿了一身衣服，胳膊腿冻得还是硬的，跑得趔趔趄趄的，麻子黑以为守灯要拉锁了院门喊人要捉拿他，守灯则拿了笤帚胡乱地扫了扫院门雪上的血，反身进来把门关了。

风云际会大凹地

麻子黑说：哈，我让四类分子救哩！

守灯说：你也是投毒杀人犯么。

守灯还是那么细心，让麻子黑脱下裤子，查看了屁股上的伤，要包扎，屁股上包扎不成，就和了盐水给麻子黑洗。说：疼不？疼了咬根筷子。麻子黑说：我死过一回了，这算啥？！守灯又要麻子黑脱上衣，查看身上还有哪儿受伤，一解怀，便见前胸的肉上别着一枚毛主席像章。守灯从来没见过谁能把像章直接别在肉上，说：哪呀，你还戴毛主席像？

麻子黑说：你恨毛主席吧？我不恨。我就恨古炉村！

守灯说：我也恨古炉村。

麻子黑说：那你跟我吧。

守灯说：你入联指了？

麻子黑说：我是联指的，但我不是洛镇井冈山造反队也不是金箍棒，我是我一个人，刺刀见红造反队。

房后边的院子里一阵咣咣地敲门，那不是敲门，是在踢门，用石头砸门，接着哗嚓——咚的一声，守灯立即嘘了一下，拉着麻子黑就到了上房。麻子黑说：瞧你这胆儿，怕个屁哩！守灯也不理他，立即把上房门拉了，叮咛不要出声，自己拿耳朵听动静。房后又是一阵打砸声。守灯爬着梯子从墙头上看，那是后坊天布家的院子，秃子金和另外三个人采了天布的媳妇往院门口拉，天布的媳妇在说：你们去寻天布么，却来寻我？秃子金说：我就来寻你！天布媳妇说：我一直在屋里，你寻我干啥呀？秃子金说：寻你干啥呀，你知道不知道天布给我戴绿帽子？天布媳妇就说：秃子金兄弟，兄弟……秃子金说：你不要叫兄弟，我不是你兄弟！旁边的三个人，守灯认不得，一个拿了棍一下子打折了院墙里那棵丁香树的一个枝股，又戳下了檐簸上的一个筛子，筛子里晾着黄豆，黄豆稀里哗啦撒了一院。檐簸上还卧了一只猫，猫扑下来要抓那人的脸，另一个人把猫踢翻了，自己也被黄豆滑得坐在地上，在说：秃子金，有仇就报，我们给你压她腿，你把她日了！另一个人就扑过去把天

651

布的媳妇压倒，已经把上衣撕开，手在抓奶。天布的媳妇就吱哇叫唤。秃子金看着天布的媳妇，却把踢翻了的猫抓起来，说：你以为我日你呀，日 × 日脸哩，你瞧你那烂眼子，我还看不上日的。突然就过去拉开了天布媳妇的裤腰，把猫塞了进去，说：让猫日你！天布媳妇立即在地上打滚，越打滚猫越在裆里胡撞乱抓，天布媳妇就声嘶力竭地号叫。守灯从梯子上下来，麻子黑却在上房里吃烟，说：咋回事，你变脸失色的？守灯讲了秃子金整治天布媳妇的事，说：秃子金是狠。麻子黑说：咋啦，他天布就不狠啦？他们谁不恨着对待咱们？守灯说：那也是。麻子黑说：你入不入刺刀见红？守灯说：你不嫌弃了，我入，可我入了就不能在古炉村待。麻子黑说：我也不在古炉村待，我刚才捅了磨子，我再也不愿回古炉了，咱俩趁乱离开，到外边闹世事去。守灯说：啊你算报了仇……那我……这里欠我的太多，我……麻子黑说：说话！别肉肉囔囔的含糊，你想干啥？守灯说：我家成分是支书手里定的，我一辈子没翻过身。麻子黑说：好，去见他支书，支他妈的 × 书哩，见他朱大柜！

　　两人在守灯家里穿好衣服，系紧了鞋带和裤带，守灯端出了米面罐儿，米面罐儿里还有着米面，但已经来不及摊饼擀面条了，又把米面罐儿放好在柜盖上，去拿萝卜。守灯拿了四个萝卜，自己在怀里揣了两个，把两个给了麻子黑，麻子黑却提了凳子哐啷把米面罐子打碎，米面流了一柜盖。守灯说：你让我把嘴吊起来呀？麻子黑说：不回来了你还要这米面？！你不吃了也别落给别人！守灯扑过去抓了一把苞谷糁往嘴里塞，塞着塞着，哇地就吐了，只将柜上的一件小青花瓷瓶也揣在怀里，他说：这个我不能丢。

71

　　村南头一闹腾起来，担尿沤粪的活就干不成了，来回只说闹腾一阵就过去了，没想石头瓦块打后不久，榔头队也趁机下山，两派竟动刀动棍见红见血了。来回就跑去给支书说。支书当然也知道了村里的事，几次要出去，老婆都把他拦住，并拿了凳子坐在门口守着。来回一来，说村里越打越凶了，谁谁腿断了，谁谁头上一个血窟窿，谁又砍了谁，谁又被谁打得趴在那里翻白眼了。支书就要出去找天布和霸槽，他戴了那个袖筒，又将那个纸糊的铁丝帽子按在头上，他说：古炉村从来没打过群架的，谁见过，谁见过？让他们批斗我吧，只要不出人命就批斗我吧！老婆拽着他的腿，说：来回，你帮我拉住他，他出去那两派就全会打他哩！来回却突然站着不动，眼睛发痴起来。老婆说：来回，你不拉他，你让他送死呀？你不拉他？你是煽火他出去？！来回过来，她没有拉支书，却拉老婆，她把老婆的手扳开来，支书就出去了。两个女人就扯成一团，支书老婆把来回的头发都揪下来了一撮，大声叫：疯子疯子，你害人呀疯子！

　　支书走出院门，鞋还没趿好，正在柳树下弯腰勾鞋后跟，麻子黑和守灯就各提个劈柴走了过来。支书吃了一惊，以为花了眼，揉了揉眼睛，真的是麻子黑，就说：你咋出来的？麻子黑嘿嘿嘿地笑。支书又说：你越狱的？麻子黑收了笑，说：你以为我就死了吗？我不会死的，你没想到我还会回来吧？！支书大声叫喊：去叫天布、霸槽，他越狱的，投毒杀人犯，不能让他跑了！没有人回应支书。支书这才清白周围没有人，只有守灯，而守灯无动于衷。麻子黑说：你甭喊，我不跑的，你没看见我身上往出流血吗？支书冷静下来，他看着麻子黑，恢复着他往昔的威严，他说：是不是天布他们打的？麻子黑说：是磨子，我捅了他一刀，他捅了我一刀。举了劈柴就横着扫过来。支书一跳，躲过了劈柴，还没站稳，劈柴又从空中往下打，打在了支书的左肩上，连旁边的守灯都听见了锁骨的咔嚓断裂声。来回像一只野猫从院门里扑出来，她竟能在空中飞着那么远的距离，扑在了麻子黑的身上，和麻子黑一块跌倒在地上，抓起麻子黑的一只手就咬。她咬得浑身都在颤动，麻子黑一下子人缩起来，推，推不开，甩，甩不掉，急叫：守灯，守灯！守灯过来拉来回，也拉不开，就把来回的裤子都拉脱了，来回还在咬着麻子黑

653

的一根指头，她感觉到上下牙快要咬在一起了，麻子黑猛地把手拔出来，指头上就嵌着来回的一颗门牙。守灯趁机去抱来回的腰，却被来回翻了一下腰将他压在了地上，就用两条腿夹住守灯的头，使劲往下蹭。麻子黑把指头上的牙往出拔，一时拔不出来，另一只手就过来抓来回的奶，来回还在用屁股蹭，奶头被抓掉了，她倒在了地上，麻子黑和守灯爬起来就跑。

　　来回觉得嘴里咸咸的，一抹，满口的血，没了一颗门牙，低头在地上找，地上没有，正恨着麻子黑的指头带走了她的牙，老顺抄了一把斧头才跑来。来回破口大骂：你老鬿死到哪儿去了才来？你是不是让麻子黑、守灯来打我的？老顺说：你，你……来回夺过了斧头，说：你是不是男人，你为啥不拿斧头劈，你把他麻子黑、守灯开瓢么你不开？！老顺把自己的夹袄脱下来要给来回身上围，来回扬了斧头就撵着要去砍麻子黑和守灯，老顺知道她疯病又犯了，真害怕她砍死了人，就大喊：她疯啦，都躲开，她真的疯了——！

　　水皮领着金箍棒跑了几条巷子，打倒了十几个红大刀的人，也被红大刀的人撂倒了七八个，队形就乱了。巷道里几处在喊：打水皮，是水皮带着人进来的！水皮有些慌，先是和黄生生在一起，又担心黄生生瘦得没力气，在三岔巷里遇着了霸槽他们，立即又左右不离了霸槽。霸槽的那件红毛衣十分鲜艳，他们从巷道里走过，队形拉长缩扁，他始终在队形中间，迷糊、开石、铁栓咆哮着像狼像虎，而他还是大踏步走，没有拿榔头，双手在身后甩着。他们在村中丁字口又遇着了本来、旺门和六升儿子，打了一仗，本来和旺门都挂了彩，本来的嘴肿起来，像个猪嘴，但本来和旺门都跑脱了，就拉住六升儿子。开石说：你狗日的参加什么红大刀，你大病重的时候，我们也去看过，也帮过你种地，你倒和天布、磨子来打我们？六升儿子说：你家盖房我帮过没帮过活？你媳妇生不下娃，我也去了。开石说：我媳妇生娃要你去？你去谋算着喝酒哩！六升儿子说：那娃没我的功劳，我不谋着喝酒？开石说：你说的你妈的×！抱住六升儿子两人就在地上滚着打，榔头队的人全过去，拉起开石，都拿脚踢六升儿子。霸槽看也不看，甩着手往前走，铁栓说：打的他干啥？擒贼擒王，去天布家！踢六升儿子的人就不踢了，跟着霸槽呼呼啦啦朝天布家去。

从村东往村南头，每经过一个巷口，就往巷道里看，差不多的巷道里，都有人打着乱仗，一时倒看不清是红大刀在打榔头队，还是榔头队在打红大刀，还是下河湾的金箍棒和洛镇联指在和榔头队、红大刀打，因为榔头队和红大刀的人又不全能认得下河湾金箍棒和洛镇联指的人。在拐子巷里，就有三个榔头队的和洛镇联指的四个人打了一阵，等发现了霸槽他们，都喊叫霸槽，双方才知道打错了，气呼呼跑过来相互指责，榔头队的人说：你们认不得人总能认得武器吧，这榔头认不得啦？！洛镇联指人说：你们长眼睛出气呀，我们手里拿的是大刀吗？！有人就劝：不说了不说了，他哥日他妹，胡日了。水皮倒嫌胡比喻，说：这叫水冲龙王庙，你闭嘴！那人说：你才闭嘴！霸槽只哼了一句：不是斗嘴的时候，都提起劲！一仄头，瞧见筒子巷有三个人在撵长宽和戴花，戴花进了她家院里，而长宽也拿了一把镢头站在院门口大声喊：谁要敢上来，我拿镢头挖！霸槽：长宽也入了红大刀？开石说：长宽滑头，谁都不是。霸槽说：那他拿镢头挖谁呀？身边的一个洛镇联指的人就喊：赶水，赶水！这一喊，水皮说：叫赶水？那三个人扭头看了，就跑过来，开石说：那不是红大刀的，打啥哩？领头的是个马脸，马脸说：一个女的钻到那院里了。开石说：啥样子？马脸说：人特色很！开石说：那是他媳妇，要不人家拿镢头挖你们！马脸说：古炉村还有这么好看的女人？！

过了三岔巷，从一家院门口跑过，院门敞开，人群已经跑过去了，这不是灶火家吗？又返回来，喊：灶火，狗日的你出来！院子里没人回应，就扑进去乱砸一气，上房台阶上那个瓮，可能是重新洗了，水汽还没干，一榔头就敲碎了，厨房墙上挂着辣椒、豇豆、烟叶、土豆皮，一串一串扯下来扔到猪圈里去。迷糊被打趴后回了他家，他想在家里寻些啥吃的，家里被砸得一塌糊涂，就又跑出来寻霸槽，等他到了灶火家，先就钻到厨房去，揭开锅，锅里做过饭还没有洗，又翻从屋梁吊下来的柳条儿圆笼，笼子里有着红薯面包了酸菜的黑馍，拿了一个就吃。他的肚子实在是太饿了，但黑馍却使他噎住了，伸了脖子捶胸，还是噎，锅台后的水桶里又没了水，他出来说：水在哪？院子里更没有水，抓了一把雪塞到嘴里。别人就看见了他在吃馍，都往厨房里来拿馍，迷糊又跑进厨房，先把两个黑馍塞在怀里，又抓了两个，别人从他手里夺，他呸呸就在馍上吐，别人松手了，骂道：你狗日的恶心！迷糊嘿嘿地笑，却拿出一个给霸槽，霸槽不要。迷糊说：我把唾沫擦了，你还嫌，把馍皮剥了。霸槽说：人不在，赶快！迷糊却又到上房翻那三格子木板柜，柜里有半柜苞谷，就拿戳瓢往一个口袋里装。霸槽说：走啦，走啦！迷糊提了口袋出来。霸槽说：干啥？迷糊说：我拿些苞谷。霸槽说：这个时候拿什么苞谷？迷糊说：他们把我屋里的粮全抢光了，我以后吃啥呀？霸槽说：事弄成了能没你吃的？放下！一伙人刚出院门，上房东间屋里有女人突然在叫。霸槽回头一看，人群里没了跟后，就喊：跟后！跟后！

跟后一进灶火家见没人，把上房柜盖上先人牌位拿下来摔了，又把挂在墙上的一个装着相片的玻璃框子摘下来用脚踏，玻璃框里有灶火评为劳动模范被县委书记给戴花的照片。他见不得灶火被戴花的样子，当年原本是他要当模范的，但灶火的媳妇却告发他为自留地畔欺负过老诚，结果模范成了灶火，那不仅仅是当了模范县长要给戴花，还有奖励的三十斤粮哩。踏了玻璃框，又要到东边小屋里去砸，但东边小屋里上了锁，见西边屋没门，只挂了个布帘子，一揭布帘子，是个杂物间，看见墙角一堆麦糠，麦糠旁立着一卷芦席，他拉下芦席用脚要踩，席一倒席里却是灶火的媳妇，人已经吓得不会说话了，他就说：你不是能说会道么，你咋不说了？灶火的媳妇张着嘴，还是说不出话，跟后说：你不说了，那我看你还有舌头没？！就用手扯灶火媳妇的嘴，扯得嘴角都流血了，灶火的媳妇猛地叫出了声。

灶火的媳妇一叫，霸槽立马明白跟后是在上房屋里，他知道跟后和灶火家有纠葛，连喊两声跟后，跟后在里边说：你们先走！几个人进来，跟后还在扯灶火媳妇的嘴，急叫：跟后，跟后！霸槽进来，一脚踢开跟后，骂道：我领的都是些啥髋？！跟后还窝在那里，说：你让我出出气么。

霸槽不理了跟后，拧身就走，旁边的人还在迟疑，他突然吼道：成不了事的货！都走，都走，让他出气去！众人就出来，说：没彩，他出气就是扯个嘴！

院门外，一伙人把厕所墙推倒了。墙下有一条蛇盘着，有面盆那么大一团，有人用榔头去挑，要挑到鸡棚里去，让蛇咬死鸡。但水皮说给黄生生留着，黄生生能吃！

这时候，天空上有了一股黑烟，风把呛味传过来，开石说：哪儿起了火啦，他们在烧谁家房啦？！得称爬到搭在院墙的梯子上看了，突然哭声拉起来，说起火的是他家，红大刀在烧他家房了。大家赶紧朝起火的方位跑。跑去了，烧着的却不是得称家，是得称家左边的麻子黑那两间破屋。两间破屋的门已经烧掉了，火从里边喷出来，风雪一刮，火头子又变了向，朝屋檐烧去，檐下的苞谷秆编成的檐簸也立即烧起来。而红大刀的几个人就站在旁边看，他们没有救火，倒嘻嘻哈哈欣赏着火苗子从旁边的窗格子里出来，说像开了菊花。有人还拾了路上的树枝、柴棒儿，甚至也从得称家房后抱了一捆豆秆扔进了火堆里。得称就过去抢豆秆，叫道：红大刀杀人放火啦！那几个红大刀的说：谁杀人放火啦？榔头队才杀人放火哩！双方就打开来，但榔头队人多，那几个红大刀的一声口哨，却突然分头跑了。铁栓撵了一阵，看见牛铃往厕所里跑，他堵住厕所口，牛铃翻厕所墙没翻过去，就让铁栓逮住了。

铁栓说：是你碎髋点的火？

牛铃说：我没点！

铁栓说：是谁，红大刀的谁？

牛铃说：是麻子黑点的。

铁栓说：麻子黑能点自己房？！

657

铁栓拧牛铃耳朵，牛铃的那只耳朵是个豁豁，铁栓就说：你骗我，我让你骗！他拿两个擦过屁股的石头夹住牛铃另一个好耳朵，使劲地夹，逼着问是谁点的火。牛铃的好耳朵夹烂了，烂掉了一块肉，两个耳朵都有了豁口，牛铃还说是麻子黑自己点的。铁栓拉着牛铃来见霸槽，霸槽问麻子黑怎么烧的房子，牛铃说金箍棒人打他，他跑得藏在了得称家后檐下的豆秆堆里，就看见麻子黑和守灯进了麻子黑的家，进去不一会儿他们又出来走了，那房子里就往外冒了黑烟。霸槽说：哦。铁栓说：他是叛徒，他肯定又哄咱，麻子黑怎么能烧他自己房呢？！霸槽说：少说话，他咋就不能烧他自己的房？！

霸槽对牛铃说：把耳朵血擦了。

牛铃说：我不擦，让他铁栓把我耳朵割了算了。

霸槽说：擦了！

牛铃不敢说了，捂着耳朵跑开，一边跑一边哭。

善人在狗尿苔家里当然说不成了病，要离开，又不敢离开，待了半天，听着打闹声渐渐离远了，就一定要走。狗尿苔便找了个棍提着出门，婆坚决不让狗尿苔出去，善人也不让狗尿苔护他，狗尿苔闷了一会儿，说等等，进上房就上了柜盖，站在柜盖上揭墙上贴着的毛主席画像，揭下来了，用早上的剩饭将画像又贴在一个簸箕背上。婆和善人立即明白了狗尿苔的用意，善人说：人说你人小鬼大，真能行哇，咋就想出这办法？狗尿苔说：这跟霸槽学的，当时榔头队贴大字报，一贴上就被人撕了，霸槽就在大字报边上贴了毛主席语录，便没人敢撕了。婆就叮咛狗尿苔，从背巷里走，把善人送到山坡路口了，就回来，如果送走了善人还要在村里乱跑，回来就打断两条腿。狗尿苔说：我知道，乱跑的话，婆不会打断腿，腿让人家打断了！

善人拿着有毛主席画像的簸箕在前边走，狗尿苔就跟在后边，脑袋像装了轴一样，惊慌着四处张望，他觉得到处都有眼睛，随时都可能有人从院门里、山墙角、树后、厕所冲出来，就准备着如果一有动静，他就变成一块石头伏在地上，变成一棵树立在路边，或者是一只鸡一只猫一只狗顺着墙根溜了。这种情景使他想起了梦境，恍惚里竟不知道了自己是不是又在做梦，还在梦里。善人说：走快呀，跟上我。狗尿苔紧跑了两步，说：我护着你哩！善人好像在前边笑了一下，说：你护着我？！狗尿苔又突然觉得，是善人在护着他，不，是毛主席在护着他和善人，那个有着毛主席画像的簸箕其实就是以前他想象着的隐身衣！他看着善人一会儿把簸箕放在身前，一会儿又顶在头上，后来提在手中前后晃荡，像是簸箕都闪动着光芒。于是，狗尿苔不惊慌了，腰挺着往前走，他从来没过这么挺了腰走，眼睛睁大，只朝前看，细长脖子上的大脑袋落着雪，雪下落上就化了。他的腿短，两条胳膊甩得生欢，但仍是赶不上善人，当善人再次催他走快，他就只能小跑开来。他听见了好几处有人在哭，却有一种哭是咯呆停一下，哭，再咯呆停一下，哭。狗尿苔站住了，说：是牛铃。善人说：哪儿有牛铃？狗尿苔却坚持说是牛铃在哭，就不顾转道走了，要进另一条巷子，果然就看见牛铃捂着耳朵在一棵树底下哭，哭得咯咯呆呆的。两人忙过去看了，牛铃的那只好耳朵也缺了一块，还流着血，狗尿苔说：我给你寻鸡毛粘。却远近没见一只鸡。善人说：伤口这么大，鸡毛粘不了，你寻些棉花套子，烧了灰敷上去。狗尿苔和善人都套着两三件夹袄，没穿棉袄，哪儿有棉花套子？就去敲旁边一户人家院门，敲了半天不开，隔了三家是跟后家，跟后家也关了院门，跟后的媳妇从门缝里看见是狗尿苔，开了门说：有人撵你了？狗尿苔二话不说，就往上房的屋间钻，从炕上拉了被子，一边往外跑，一边掏被子里的棉花套子。跟后媳妇说：谁被砍着了要被子裹？狗尿苔掏出一把棉花套子，被子就不要了，说句：不敢让娃出来！便出了院门。刚拉闭上门，一伙红大刀的就过来，喊：狗尿苔，跟我们打去，榔头队的人老欺负你，你不去？狗尿苔说：我一会儿来，我上个厕所就来！一个说：他能去打榔头队？以前是霸槽的跟屁虫，跟后的娃又认了他是干大。一个说：跟后？提起跟后我就来气，这狗腿子现在给霸槽捎锨哩，过去支书上厕所，他就提着擦勾子的石头在厕所门口等着哩。我借过他两元钱，催命一样十回八回要！另有人说：你欠人家钱了

659

人家不要？！那人说：我又不赖他，要钱也不是这么个要法，有人没人他就嚷嚷我借他钱！让我看看狗日的在家没，看他现在还说要钱呀不要！就往跟后家走来，边喊：跟后你出来！狗尿苔忙说：跟后没在家，我刚去他家，家里狗大个人都没有。那人说：他听见我声藏啦？跟后你出来！狗尿苔说：他真的不在，三婶说她看见跟后拿了榔头在前巷和天布他们打架哩。那伙人说：天布在前巷里？就一窝蜂往前巷去。人一走，狗尿苔就对院里说：把锁子扔出来，让我把门从外边给你锁了。跟后的媳妇把锁子从院墙上扔出来，狗尿苔锁了门，就跑去烧了棉花套子灰要给牛铃敷耳朵。

牛铃的耳朵没有狗尿苔的耳朵大，狗尿苔在给敷棉花套子灰时，说：这么小的耳朵，又长得小，他铁栓咋抓得住呀？！牛铃说：我这是福耳朵，你没见耳垂子大吗？狗尿苔说：哦，有福，老鼠也看得上咬哩。牛铃说：我也知道了，你之所以长得黑，因为你是黑五类么。两人还不忘斗嘴，狗尿苔就故意在敷灰时用力重了些，牛铃疼得又吱哇开来。三个人要赶快离开，善人就又拿了簸箕，像盾牌一样，后边紧跟着狗尿苔和牛铃。走了两条巷子，没想跟着他们的竟还有了狗，有了猫，有了鸡，长长的一大溜。差不多到了村子的北边塄畔上，准备要从秃子金家门前拐个斜坡到泉里，然后从泉边绕过塄底，再从大石碾盘那儿上去到山坡路口，狗尿苔对狗猫鸡的说：好了，现在没事了，你们都回去吧。狗猫鸡就都散了。牛铃说：你咋走到哪儿都能招些六畜？狗尿苔才要说话，一伙人从秃子金家的隔壁巷子里跑出来，他们在拖着马勺，像拖着半麻袋糠，马勺的半个身子磨在地上，一双鞋已经掉了。马勺求饶，先是叫叔，再是叫爷，拖他的人说：这阵叫爷哩，你不是很凶吗，不是坚决要给我少记三分工吗？马勺说：我啥时给你少记了三分工？那人说：在后塬坡上挖红薯的头一天，你不记得了，我却记得！马勺说：哦哦，那不是我要给你少记三分工，满盆说你上工迟，他要扣你工分，我能不执行队长指示？那人说：你执行呀，满盆已经死了，那你也就去死！拉着马勺还往前走，马勺的两只脚就勾住了一棵小树，身子被拉直了。马勺说：不敢再拉了，右肩上被打过一棍，已经脱臼了，再拉就断了。那人说：也行。换了拉他左胳膊，猛一拉，马勺的双脚还勾着树，树都被拉弯了。善人就站住，说：牛路牛路，你让他起来走么。牛路说：他要死狗不走么。善人说：他胳膊已经断了，你还要把他身子拉断呀？牛路说：好，我不拉他，我把树折断！牛路就使劲扳树，树成了一张弓，还在扳，树就咔嚓折了，树茬上就往外流水，马勺的脚没办法勾了，还是趴在地上。牛路说：起来走，走！善人说：牛路你放了他，他成这样了，打不了架了，还让他往哪儿去？牛路说：把捉住的红大刀骨干都押到朱大柜院子去！马勺说：我不是骨干，我不是骨干！牛路踢了马勺一脚。善人说：牛路你咋是这人呢？牛路说：我是啥人？！狗尿苔在扶那棵小树，他想把折下来的树扶正企图用绳子扎绑直，或许树还可以长好，但扶起来树又倒下去，树叶子就扑在他身子，他觉得树叶子也在滴水。狗尿苔说：你就这样把树折了？牛路一转身说：我就把树折了！狗尿苔虽然不喜欢着马勺，但牛路是老实人，牛路竟然也这么凶狠的，他就顶嘴道：你咋？你要打我们呀？他猛地跳过去取了善人手中的簸箕举着，说：你打呀，你往毛主席像上打呀！牛路提了拳头，但拳头往左边来，狗尿苔把簸箕挡在左边，牛路拳头往右边去，狗尿苔把簸箕挡在右边，牛路不敢打簸箕，牛路就喊：黄同志，黄同志！人群后边就跑过来了黄生生，黄生生见是善人、狗尿苔、牛铃挡住了路，说：咦，办法稠啊！善人说：黄同志，黄……黄生生说：我不是你的同志！你们挡住路想干啥，要抢马勺呀？善人说：我们哪一派都不是，回山上屋里去呀。黄生生说：哪一派都不是，牛铃也不是？！牛铃一听，拧身要跑，狗尿苔把牛铃拉住，低声说：这阵往哪儿跑，你能跑脱？善人说：牛铃那是孩子，他知道什么呀。黄生生说：你是大人吧，霸槽革命觉悟高是高，但他疏忽了一件事，就是没有把你挖出来！你这给我拌嘴哩，好么，你也到朱大柜院里去，去了给我好好拌！我告诉你，朱大柜也在武斗中兴风作浪哩，他现在被吊在他家树上。善人说：朱大柜是走资派，我们是一般群众呀，黄同志。黄生生说：一般群众？你是封建社会

661

残渣余孽，狗尿苔是黑五类，牛铃是叛徒，是红大刀，算什么群众？！挥了棍往善人头来打。狗尿苔忙把簸箕给了善人，善人就用簸箕盖头去挡，但黄生生的棍去打头是假，却猛地收了棍，再往善人的脚上扫来，善人跳了一下，棍没打着，两人就在那里兜了圈子转，别的人就来拉狗尿苔和牛铃，善人忽地把簸箕扔给了狗尿苔，说：快把簸箕拿上！就在他扔簸箕的当儿，黄生生的棍往前戳了一下，善人踉跄了几步，在塄畔上要站稳，到底没站稳，哗啦哗啦掉下去了。

善人从塄畔掉下去了，这边一片喊叫，灶火就领着一群人打了过来，跟着黄生生的那一伙人见红大刀的人多势众，立即跑散，黄生生就被围住。黄生生也急了，往秃子金家钻，半香也正在屋里，猛地见黄生生进了院，忙把上房门关了，窗子也掩了，灶火他们就堵住了院门。黄生生从厨房里拿了两把菜刀，又从院子里往外打，那两把刀舞着花子，堵院门的人就不敢近身，又闪了开来。灶火喊：让他出来，左右路口堵住，让他狗日的也往泉里跳！而半香见黄生生出了院，忙过来再把院门也关了，还顶了一根棍。灶火他们堵住了左右路口，黄生生往哪一边冲，哪一边就刀棒一起挥，他的刀短，冲不出去，就站在了皂角树下，双方都一时僵着，有人才关心起了善人，往塄畔下看善人的死活。

善人掉下来幸好是掉到了水池里。如果偏里一点，掉在泉沿石板上，那就没命了，但他是掉下来在半塄上被撞了一下，摔出去远，正好落在水池里。人在水池里昏了，喝了十几口水，等狗尿苔和牛铃跑下来把他拉出来，查看伤，竟然没有伤，只是脚在池沿上磕得发青，捶着后背吐出了一些水来。

灶火在塄畔上问：有事没？狗尿苔说：没事。灶火说：快把人扶回山上去。狗尿苔和牛铃把善人往起扶，扶起来，善人说：我头晕。又坐下来慢慢清醒。狗尿苔抬头往塄畔上看，黄生生还站在皂角树下，挥着刀，叫道：来呀，上来一个就砍一个，砍一个扔到泉里去！两边路上的红大刀往树下挪动，但终没有一个能扑近去。就有人扔石头瓦块去打，

662

石头瓦块是打着了黄生生，黄生生仍没有倒，石头瓦块却落在泉里，狗尿苔就喊：打着我们了！石头瓦块不再打了。狗尿苔问牛铃：你带火了没？牛铃说：你出门老带火绳哩，我哪有火？狗尿苔后悔今天没带火绳，又问：也没带弹弓？牛铃说：弹弓带着，对了，我用弹弓打黄生生。狗尿苔说：那还不打着别的人？就对塄畔上喊：谁带火了，谁带火了？塄畔上就有人说：要火干啥？狗尿苔说：你给我么，善人要用。塄畔上就扔下一盒火柴，说：善人摔暮了，让他吃锅烟顺顺气。狗尿苔拿了火柴，问牛铃还剩没剩棉花套子。牛铃说：还有一疙瘩，干啥？狗尿苔趴在牛铃耳边叽咕，牛铃立即把棉花套子包了个小石子，点着了，就用弹弓将火疙瘩打到了塄畔的皂角树根上。皂角树根上放着一大堆干枯的野枣刺和狼牙刺，是秃子金不让别人上树摘皂角而绑在树根的，火疙瘩一落进去，先是冒烟，慢慢竟就起了焰，火焰就烤着黄生生。黄生生被火烤着，脱了夹袄扑火，两边红大刀的人就往跟前打来，黄生生便不扑火了，又挥着菜刀，红大刀又停住，火就把黄生生的裤腿烧着了，他又扑身上火，红大刀又往跟前来，他再次挥刀。就这么，黄生生扑火，挥刀，红大刀一进一退，火越烧越大，直烧到整个树干，火苗子又舔着了树枝，那些干枯的叶子和树干就吧吧地响，往下掉着火疙瘩，黄生生头发烧着了，他背对着火，狗尿苔在泉上能看到黄生生脱了衣服的后背上有了火泡儿。红大刀人在一声喊：烧死他！烧死他！就有人抱了麦草豆秆苞谷秆往树下扔，黄生生破了嗓子叫：来人啊！来人啊！

善人缓过气来，说：不要让烧了，再烧就出人命啦。牛铃说：他把你差点没摔死哩，你还管他？善人说：我不是没死吗？狗尿苔就朝塄畔上喊：不烧了，善人不让烧了！灶火说：这阵给谁发善呀？！但红大刀却突然乱起来，有人急促跑走，灶火还在疑惑，说：跑啥哩，跑啥哩？一回头，霸槽、秃子金、铁栓、迷糊举着榔头涌了过来，这下，榔头队的人又比灶火他们多了几倍，灶火把一捆豆秆扔到皂角树下，急和秃子金对打了一阵，支持不住，也跑走了。榔头队有人就背了黄生生，而更多的人从塄畔上跑去撵打灶火。

72

天布一伙在村南头打散了金箍棒的人，待椰头队又从山上冲下来，他们又去和椰头队打，打着打着，他们也分散到了各个巷道，完全是一场混战，不是在这一个巷道里撵人打，就是在另一条巷道里被人撵了打，巷口与巷尾呼应，这一巷与那一巷叫喊，天布、灶火、冬生、明堂，还有老顺，一会儿谁也找不到了谁，一会儿就碰着了，聚合在一起。天布一再提醒：都照应着，集中兵力。但后来灶火和锁子又不见了，老顺也不见了，幸好金斗、冬生，还有立柱、葫芦、百忍和他始终在一起。他们打趴了多少金箍棒、镇联指和椰头队的人，不知道，倒是捉住了五个金箍棒的人。这五个人被他们撵在村口，另一伙红大刀的人又挡住了去路，竟然就跳进莲菜池，要从莲菜池蹚过去跑掉。跳莲菜池就跳莲菜池吧，池里水冷，一跳进去腿就抽筋，而且水下淤泥太深，又从莲菜池往出爬，于是他们就站在池沿上，谁爬上来再踹下去，直到把五个人折腾得奄奄一息，从池子里拉出来，全用青泥涂了脸，连眼窝都涂了，扭着胳膊进了村。一进村，锁子从另一条巷子跑来，一见被扭着胳膊的一个留山羊胡的人，说这个他认识，坏得很，在二道巷把顶针的腿打折了，就使劲扯山羊胡，一小撮一小撮往下扯，扯得下巴上一块皮都掉了下来。天布说：不扯了，磨子呢，咋没见磨子？锁子一拳打到山羊胡的交裆里，山羊胡倒在地上滚了滚，不动了，说：听说磨子让麻子黑戳了一刀。天布说：让麻子黑戳了？麻子黑也回来了？要紧不？锁子说：不知道死活么。天布说：几股子阶级敌人血洗古炉村呀？！五个人就被绑在了树干上，大家又往村中跑去。半路上见麻子黑家起了烟火，跑了去，麻子黑没有碰上，却遇着了霸槽他们去打砸老公房，就扑上去又一阵乱打，霸槽他们从老公房院退出，反身领了更多的人又围住了老公房的院子，红大刀就冲了几次没冲出去。急得天布给金斗发脾气，说：咱的人呢，灶火呢，都跑到哪儿去了？咱老分散着，倒让人家各个击破啊！金斗说：我从后窗出去寻灶火，让他们往这儿来。天布说：你不要走，让田芽去！田芽是半路里跟着了天布，汗流得脸成了花脸，当下就进了老公房，老公房板凳桌子全被砸烂了，拾了个板凳腿开后窗要跳出去，后窗外却站着六七个榔头队的人，没能跳出去，过来对天布说：不得出去了，院子四周都是人家的人。天布说：狗日的，要捉咱个瓮中鳖不成？！去把面鱼儿叫来！面鱼儿一直在牛圈棚里，跑来了，说：天布，咋弄成了这事么，弄成这事了吗？！天布说：你慌啥哩！却给面鱼儿说了什么，面鱼儿高声说那不行呀，那牛会惊了的！天布说：啥不行的，我让你放你就放，放去！鱼面儿还是不干，天布就和锁子提了煤油桶进了牛圈棚，面鱼儿大声喊：不敢，天布！牛出去肯定会有人伤牛的！冬生把面鱼儿往老公房拉，拉不及，捂了面鱼儿的嘴。面鱼儿咬冬生的手指，冬生捂不住，面鱼儿说：窑在你们手里毁了，你们还要害牛啊，古炉村就这些家当了！面鱼儿往牛圈棚跑，牛圈棚门已经打开，所有牛都解了缰绳，天布就把煤油往那头红犍牛的尾巴上浇。锁子擦火柴要点，划了一根，没划着，再划一根，火柴棒又折了，锁子说：火柴湿了！天布说：在耳朵里暖暖。锁子取出一根塞在耳朵里暖，面鱼儿要冲进来夺火柴，天布挡在牛圈棚门口，面鱼儿就骂锁子：你给我住手！锁子说：我凭啥听你的？面鱼儿说：我是你大哩，锁子，你狗日的造孽呀？！锁子说：你闭了 × 嘴，你是谁的大，谁叫过你老獭的大？！面鱼儿就躺在了圈棚门口，说：那就让牛把我踏死吧！锁子终于划着了火柴，点着了牛尾巴，红犍牛立即跳起来，尾巴乱摇，但越摇火越旺，红犍牛嚎地叫了一声从牛圈棚门冲出来。冲出来撞翻了装料的竹筐，撞翻了那个水瓮，踏扁了那筛子和圆笼，却没有踏着面鱼儿。天布大声喊：快开院门，开院门啊！院子里的红大刀人哗啦把院门拉开，红犍牛冲出了院门，所有的牛都惊了，踢里哐啦往出冲。一头黑牛，并不知道门口躺着的是面鱼儿，等要跳过时已收不住前腿，猛地往前一扑，就侧翻在了院子里，半天站不起来。冲出牛圈棚的牛有的直接冲出了院子，有的还在院子里乱跑，竟也有一头还往老公房钻，锁子就举了榔头打着往院外赶，牛一抬后腿，锁子一屁股坐在地上，疼得立不起，赶紧爬到院墙根。

院门外都是榔头队和金箍棒的人，院门突然拉开，一群牛疯了似的冲了出来，众人就呼地往开闪，闪不及的就被牛踏了。霸槽在喊：打牛腿！打牛腿！闪开的人群又围上来用榔头木棒向牛腿打去，有一两头牛的腿被打折了，翻倒在了地上，而更多的牛全红了眼，见人就抵，人群就被冲得七零八落。红犍牛尾巴上的火已经没了，尾巴已烧成了一条黑棍，黑棍就那么直戳戳乍着，它一直在嚎叫，见人就撑，榔头木棒还没能打着，它就低了头抵过来，有人企图举了棒戳它的眼睛，它犄角一歪，棒就飞了，飞了的棒差点把霸槽砸上，它接着把那人抵在了霸槽家老宅的后墙上，那人就在半墙上，脚不落地，吓得竟一声都没叫。六七个人忙扑上去救人，用木棒在它胯骨上乱打，它不动弹，用榔头砸它的后腿，能听到咔嚓声，它还不动弹。霸槽再喊：咱也烧，烧！几个人抱了一搂麦草扔到了牛背上和牛肚子下，点着了火，它扑哒卧在了地上，墙上的人也扑沓落下来，赶紧被人抢了过来。

院子里，天布他们从后窗往出逃，后窗小，一次只能跳出去两个人，田芽挤不上，就听见院外的叫声：——咋样，人咋样？——没气了，没气了！——放平，放平么，按按胸口。——胁子断了，按不成么，哎呀，嘴里出血啦，醒醒，醒醒。天布不是第一个跑出去的，他在喊金斗，田芽说：他已经跑出去了。天布说：好的×，我都没跑哩，他就跑了？把答应扶着，快去扶锁子！田芽又跑到院里，锁子已经扶着墙站起来，挪着往老公房走，他上不了房台阶，田芽扶了他，说：伤在腰里还是腿上？锁子说：是屁股。田芽说：屁股没事！强拉扯到老公房，天布把他推上窗口，从窗口又掉了出去。

明堂一伙人从后窗出来后就顺着村道跑，看见了老顺被几个金箍棒人扭着去支书家，正要去救，那几个人却忽地跑散，是来回披头散发撑了来，她的裤子几乎成了前后两块布，看着那几个人放下老顺跑了，就撩着前边的长吊布在撑，笑嘻嘻地说：是老娘把他们撑跑了！明堂喊：老顺，老顺！老顺却不理了，再一次捎了来回就跑，来回手脚乱动着喊：为啥老捎我，放下，老獙，放下我！

老顺没理会明堂一伙，明堂一伙也就不顾及了老顺，见椰头队、金箍棒的人并没有追来，就往打麦场上跑，想着在那里等天布他们。没料，打麦场上五六个正拉一头猪。一辆破旧的架子车，轮胎已经瘪了气，一头猪就在车上，是一个人在前边拉车，旁边两个人各抓着猪的耳朵，后边一个人推车，又是两个人一个压着猪腿，一个提着猪的尾巴，猪就吱哇吱哇叫。明堂能认得这是六升儿子家的猪，拉猪的人都不认识，还以为六升的老婆雇了人要去镇收购站交售呀，还想：啥时候呀去卖猪？六升的老婆就从家里跑出来把架子车拽住，大声叫喊：来人呀——！来人呀——！明堂突然说：是不是抢猪？！站住问：干啥呀，干啥呀？那些人拉了架子车就跑，架子车快到了打麦场南头，那里是个漫坡路，拉下漫坡路就可以到通往公路的土路了。六升的老婆叫着：我儿呢，他在哪儿？明堂说：他和灶火在西边护村哩。六升的老婆说：护村哩，自己的家却守不住了还护他妈的啥村！明堂立即把架子车挡住，问：狗日的土匪！打啦砸啦还再抢呀？！推车子的那个人是个瘦子，说：谁是抢啦？六升有病的时候借过我十元钱，要了一年半要不回账，我得把猪拉回去抵债呀！六升的老婆说：有账还你的账，你拉我的活猪？一头猪多少钱？！那人说：你也知道吃亏了？！明堂喝道：把车子放下！车子就是不放，拉到漫坡口了，突然往前一推，架子车顺着漫坡冲下去，咣地撞散在漫坡下一堆石头上，猪仰面朝天摔在那里。明堂一伙扑上来就打，打得六个人趴在地上求饶，求饶已经迟了，日你个妈，拿鞋再在脸上扇。明堂扇得是那么重，似乎要把一肚子的怨恨全发泄在这六个人身上，瘦子就不瘦了，脸肿起来，另外五个人的脸也都肿起来。明堂到底是累了，他说：让我歇歇。他歇坐在碌碡上，想吃烟，身上没有烟也没有火，却觉得交裆里又痒了起来，就手伸进去又抓。他这一抓，跟随他的那一伙全都在交裆里抓。还趴在地上哼哼的瘦子觉得奇怪，说了一句：掏啥哩？明堂说：掏枪呀！六个人立即从地上坐起来，吓得说：不敢，爷，不敢！明堂却来了劲，竟然把裤带解开，掏出了那东西就在瘦子的脸上蹭，说：老子就有枪，随身带的枪！所有人就掏出了东西，或者在那里挠了挠往六个人的脸上身上再挠，要把疥传染过去。这时候，灶火一伙也跑了来，见明堂他们个个提了裤子嬉闹，气得骂：咱的人被人家四处撵打，你们倒在这里躲清闲？明堂也燥了，说：谁躲清闲了？我们被堵在牛圈棚那儿，你跑到哪儿去了？！灶火说：我跑哪儿去了？你看我跑哪儿去了？！他转过身去，脊背上的衣服破了，肩头上流着血。明堂说：你看看我！你看看我们！他拉了一下裤管，裤管下的小腿一个拳头大的青色，又拉出身旁每一个人让灶火看，那些人不是胳膊上有伤就是脸上青一块紫一块。两拨人一吵闹，坐在地上的六个人趁机爬起就跑，几乎是脚不沾地皮地飞着跑，跑到漫坡的塄坎上就跳下去，那是有房高的塄坎，跳下去竟然却没有瘸腿，打个滚儿翻起来又跑了。明堂和灶火就不吵了，明堂说：让狗日的跑了！灶火说：狗日的跑了！

两拨人再没有去追那六个人，灶火问：天布呢？明堂这才觉得天布怎么没有跟着跑，应该是从老公房后窗出来也该跑过来呀，但他没说他是先从后窗跳出来就到打麦场上的，说：哎呀，恐怕还在老公房那儿打着吧。两拨人就往村道里跑，还没跑过打麦场北头那一片菜地，天布一伙被人撵着也跑了过来。灶火大声喊：天布，往这儿跑！天布一伙跑过来，天布说：都在这儿就好，集中兵力，不要各管各，守住打麦场路口！

打麦场在村子的东南头，因为六升家的房子斜着盖，使得通往村道的路成了拐把子，红大刀的人有了三十多，全都狼狈不堪地守在那里。雪越来越大，大家却穿得单薄，大半天的打打杀杀，谁也不觉得冷，倒是满头满脸的汗，现在一停下来，汗湿了衣服，风再一吹，就冰冷冰冷，许多人就开始重勒裤带，系好衣扣，寻绳子再在腰里缠一匝。但没有绳子，便从六升家的猪圈棚上取稻草拧绳子，一时都去抢稻草，天布就骂起来，催着积攒石头瓦块，准备战斗。明堂没有去拿稻草，搭了梯子就上六升家的房，说站在房上就可以守住拐把子路。六升的老婆却死活不让上房，害怕人都上了房会把房顶踩坏不说，一旦榔头队、金箍棒和镇联指的来了，那房上的瓦就全被揭了。明堂要上梯子，六升的老婆要搬梯子，明堂就火了：我们把猪给你抢了回来，一头猪还抵不了几片瓦吗？六升的老婆说：我儿子又不是红大刀的头头，为啥就要坏我家房子？他榔头队就是要烧红大刀人的房，也轮不到就烧我家！这话天布不爱听，说：那该烧谁家，烧我家，烧灶火家，烧明堂家？！不上房就不上房了，天布就让把梯子架到路口去，明堂把梯子斜着架到路口，又来抬六升家的桌子，又抬了那个织布机子，六升的老婆再不敢多说一句话，等到把中堂上的柜也抬了出去，她抱着放在柜盖上的六升的牌位，只是拉长声音连哭带喊着儿子。但儿子没有在这伙中间，不知在哪儿。

六升的老婆一直在哭喊，天布就愤怒了，说：把那嘴给我捂住！有人就去捂六升老婆的嘴，说：你是引逗着榔头队来吗？六升的老婆说：来就来吧，来了就打吧，文化大革命我日你妈，你这样害扰人？！

六升的老婆突然不哭喊了，因为她被推倒在地，榔头队果然就从村道里涌了过来，红大刀所有的人都扑上去打了。这是红大刀最集中了人马的一次对打，而榔头队和金箍棒、镇联指也集合了差不多的人马，但拐把子路窄，双方都施展不开。榔头队先攻了过来，路上的梯子、桌子、柜子和织布机挡住了路，这边石头瓦块打过去，那边就往后撤。红大刀要再冲过去，梯子、桌子、柜子和织布机也挡住了路，害怕打过去，若被再撵过来，梯子、桌子、柜子和织布机要挡住后路，因此，以梯子、桌子、柜子和织布机为界，你进我退，我进你退。霸槽是一直都站在拐把子路那边的一个碌碡上，他大声地指挥着迷糊一伙在这边攻，又让秃子金带一伙人绕过拐把子路去打麦场南头两头往麦场上攻。霸槽的叫喊声，天布和灶火也都听见，天布便让灶火一伙人在这儿守着，他带一伙人又去打麦场南头西头去防备秃子金抄了后路。天布一走，灶火这边人就少了，榔头队就往里打，迷糊先从织布机上往过跳，刚站到织布机上，一块石头砸过去，他掉下去，铁栓又扑上来，铁栓拿的是铁锨，铁锨挡住了砸过来的石头瓦片，返过来的一片瓦恰好打在灶火的胸口，灶火就倒在地上，立即被人往后拖，榔头队的人趁机一下子过了梯子、桌子、柜子和织布机。红大刀一看不行，赶忙后退，越退越抗不住了，掉头往打麦场南头跑。打麦场南头天布他们和秃子金一伙也打起来，看见拐把子路失守，南头西头也就守不住，榔头队、金箍棒和镇联指人全都进了打麦场，双方打了一阵混仗，红大刀的兵力又是被冲散，好些人又向村道里跑，而天布、灶火、明堂被挤到了西南角上。西南角是一排麦草集子，天布着急，就用火柴点燃了麦草集，一时火光燃开，浓烟冲天，无数的人就围着麦草集追撵斗打。天布知道不行了，就对灶火喊：咱得跑，分开跑！抱起了一捆麦草，在火上引燃，猛地向来人抛去，一猫腰就跑了。他跑出打麦场时，回头看了一下，灶火也跳下了打麦场南边的土塄，在土塄下手脚并用地往前爬，他顾不得再说什么，就跑走了。

当麦草集被点着燃了起来，霸槽就没有亲自去打了，他扔掉了榔头，在那里尿尿，他尿得非常高，非常远，尿落在一堆雪上，雪上立即出现一个洞。跟后跑过来，麦草的灰尘落了一头一身，霸槽说：跟后，跟后，你说这世上啥最受活？跟后不明白霸槽这个时候问他这话，说：他天布、灶火跑不了啦！霸槽说：我问你话呢！跟后说：问我话？霸槽说：世上啥最受活？跟后说：啥最受活？啥还能比日 × 受活？霸槽笑了笑，说：还有呢？跟后歪了头，说：日毕了歇会儿再日？霸槽说：尿尿，尿尿最受活！说完让跟后看他的尿，跟后看不出霸槽的尿有什么特殊，一股子黄水么。霸槽说：你没看出尿出去是散的吗，散得像撒珍珠？跟后说：散的咋说？霸槽说：尿出去像棍一样一股子，那是命贱，尿出去像撒珍珠才是贵命。跟后低了头看霸槽的尿股子形状，霸槽却仰头看天了，天上满是黑烟，他说：咋没有几只老鹳呢？跟后又把头抬起来看天，他搞不懂了霸槽是啥意思。霸槽说：这烟就是黑云么，来几只老鹳飞上去，黑云白鹳就美了。

打麦场上，红大刀的人全跑了，榔头队、金箍棒和镇联指的人追到场南边的土塄，在塄下的一孔小洞里藏着四个人，这孔小洞是当年这里种了瓜，看瓜时挖的小窑洞，已塌了一半，四个人在里边挤了一堆。继续搜查，在漫坡下的莲菜池里拉出了一个，在过水渠的绷石条下也拉出了一个。这些人全被拉到了打麦场上。霸槽要看看天布和灶火，天布和灶火却没有。分析了情况，天布、灶火要跑去公路上那不可能，因为去公路那儿一片开阔地，兔子跑过去也能看见，那么肯定是顺着打麦场南边的土坎下又跑进村里了。霸槽就一面让把抓住的人带去朱大柜家的院子里集中，一面让秃子金、开石、行运领人进村再寻天布和灶火，而他却叫上了跟后就走。跟后说：咱胜利了，你要去厕吗？霸槽说：咱俩到村南口去。跟后说：咱俩去村南口？跟后就把一个榔头给霸槽，霸槽不要。

在村南口，霸槽坐在了那石狮子上。

霸槽说：你看这石狮子是个啥？

跟后说：石头。

霸槽说：那我呢，我是啥？

跟后说：你，你是霸槽呀！

霸槽说：没办法。

跟后说：咋没办法？

霸槽说：你跟后没文化有啥办法，水皮呢，寻水皮去，寻水皮去！

水皮并没有到打麦场上，他和人抬着黄生生到他家藏了，再出来时霸槽领着人正围着老公房的院子，可很快牛跑了出来，一头牛看见了他就追过来，他顺着一条巷子跑，巷子又窄，又是下漫坡，牛也顺着巷子跑。回头看了一下，那牛眼有铜铃大，嘴里呼呼地喘着气，就觉得他肯定跑不过牛了，企图抓着两边的院墙要跳上墙头，试了试，没有跳，他根本跳不上去，心想完了，这下完了，跑过一棵树时，树枝拉了他一下，就势往树后一躲，牛还是直直往前跑了，他才一下瘫在地上，张着嘴，喘着气，没了一丝力气。坐了一会儿，又担心牛跑出巷口了会不会再反身回来，或者会不会再来个红大刀的人，就又爬起来，踉踉跄跄到了土根家的房后，那里架着一堆稻草，赶紧钻了进去。别的巷里的呐喊声哭叫声渐渐消失了，不，不是消失了，是越来越远，好像是去了村的东南角，他要从稻草里出来，却看见来回从巷口进来，赶忙又躲进去。来回在喊：出来呀，出来呀！水皮以为来回发现了他，但他不害怕来回，他没有出来。来回走了过来，竟然来抱稻草，水皮看准了来回的腿，来回的腿上是穿了件很宽很宽的裤子，可能是老顺的裤子吧，他正要抓住她的腿扳倒后逃跑，来回却抱了一捆稻草又走，边走边把稻草撒开来，还在说：出来呀，水来了，出来呀！水皮低声骂了一句：疯子！刚钻出稻草堆，蓦地看到巷口有人影一闪，好像是天布，吓了一跳，就往巷子另一头跑，再回头看，整个巷子并没有人，还是不放心，握了一块石头再顺巷折过来，仍是没见一个人。

其实，水皮看到的就是天布。天布顺着打麦场南边的塄坎要跑去河滩地，但河滩地没遮没掩，跑过去必然被发现又遭捧打，他是绕过了塄坎跑到了六升家屋后。所有人都去了打麦场，六升家屋后没有人，而后墙上有个窗子，是揭窗，但揭窗又小又高，本来又要跑的，听到有人在喊：天布跑了，天布跑了。就一跃抓住了窗台，缩了身子钻了进去。六升的老婆听见响动，进了卧屋里见天布四脚朝天地摔在炕上，张口惊叫，天布抓起被子扔在她身上，惊叫没有传出去。他说：把我先藏起来！六升的老婆把被子从头上拉下来，说：他们来了，这不是害我，要害我吗？天布说：他们抓我就不抓你儿子啦？快把我藏起来！六升的老婆一时没了主意，乍着手不知道该怎么办，天布已钻进了炕洞，说：把炕洞口挡住，你到院里去，谁再问都不得说。六升的老婆就挡了炕洞口，慌慌张张去了院里。天布在炕洞里藏了一会儿，六升的老婆说，打麦场上没人啦，人都到村里去了，就让天布快跑吧。天布从炕洞出来要跑出村子，却看见打麦场南头西头的路口上还站有人，往出跑还是怕被发现，趁不注意就往村巷里跑，村巷里好隐蔽，只能等天黑下来再说。天布在跑过一个巷口时是被水皮看到了，但天布没有注意到水皮，他就跳进了土根家的猪圈里。他想，土根是榔头队的，榔头队的人不会想到他会藏在土根家的猪圈里。他跳进去，土根家的猪正在拉窝，是把圈里的草一撮一撮往棚窝里叼，看见了他竟然没叫。他就钻进猪棚窝，蜷在里边，猪还在叼它的草。直到天黑下来，天布才出来，猫腰跑过几条小巷，从后洼地里跑走了。

73

天布和灶火一跑，除了红大刀的几个骨干被抓到支书家的院子里，别的人都不打了，都回家，老老实实待着。古炉村成了榔头队的古炉村。

水皮又是榔头队的文书，活跃了，重新记录古炉村文化大革命大事记。他清点着这一次武斗，是红大刀被完全摧毁，头儿天布和灶火外逃，伤了十三人。榔头队伤了十五人。金箍棒和镇联指死了一人，伤了十六人。另外，来回疯了。还有的是什么组织都没参加的群众，被石头瓦块误伤的，或因别的原因受伤的，一共七人。这其中包括善人，善人从塄畔跌倒在泉池里，虽没受伤，但头有些疼。当然还有朱大柜，朱大柜是死不悔改的走资派，他竟然在两派中搅和，在武斗中被伤了锁骨，又被榔头队捆吊在他家的核桃树上，等武斗结束后从树上把他放下，一条胳膊又折了。至于损坏了多少房子、家具、麦草、树木，死了伤了多少牛、猪、狗、鸡、猫，那都是小事，懒得去计算。

金箍棒和镇联指的人在武斗结束后撤离了，死了的那个人也抬了回去，是霸槽从土根家取了一张新芦席，卷了，让行运和得称用碾杆抬了去下河湾。抬着走的时候，霸槽过意不去，让榔头队的人给尸体致哀，说将来古炉村要修一座塔，纪念这位烈士，并让牛铃去逮一只白公鸡缚在席筒上。牛铃不敢违抗，但牛铃家没养鸡，跑了几户人家，没有肯给的，就逮了支书家的鸡，逮的不是白公鸡，是一只黄公鸡。送金箍棒和洛镇联指的人出村，没有见到麻子黑，霸槽问：麻子黑呢，咋没见麻子黑的影儿？旁边人说麻子黑刀捅了磨子，又点了他自己家里的房就再没见了。冯有粮提供情况，说他看见麻子黑和守灯都拿了棍从巷道里由西往东跑，见鸡打鸡，见狗打狗，没鸡没狗就打砸沿巷人家的院门、窗子、树木和院墙头上的瓦，他那时在担尿沤粪，人急得跑回家了，尿桶还撂在巷里，回家后又操心着尿桶丢了，再跑出去取尿桶，见麻子黑和守灯用棍把尿桶也砸烂了，他说：那是尿桶，尿桶也砸呀？麻子黑举了棍就向他打来，他说：我没派，啥派都不是。麻子黑说：你是村里木匠么，你日子过得滋润么！棍打了过来，亏了他跑得快没打着，麻子黑和守灯就跑到大碾盘那儿，在碾盘上屙了一泡屎，骂骂咧咧到后洼地去了。霸槽听了冯有粮的话，说了一句：不管他了，走了好，他和咱们不一样。却怨恨着守灯竟然也走了，跟着麻子黑走了，四类分子到底是四类分子，狗日的，喂不熟的狗！

在支书家的院子里，被抓来的红大刀的人有十多个，秃子金当着他们的面吊打支书，那十多个人的家里人就哭哭啼啼涌在支书家的院子外，哀求着能放了他家的人。秃子金不放，偏要叫那十多个人，一对一对，相互扇耳光，然后交代谁是红大刀的骨干，谁是积极分子。那十多个人相互被打得鼻青脸肿，又乱检举，像一群狗咬仗，最后就咬出了明堂、马勺、锁子、看星，马勺最后又咬出老顺。明堂、马勺、锁子、看星、老顺就留下来，其余人都放了，但命令是：放回去并不是就没事了，或许还可能有骨干分子、积极分子，所以，谁也不能出村，随叫就要随到。

这个夜里，风差不多是住了，没有了像鞭子的抽打声，也没有嗖嗖的哨音声，而雪继续在下，悄然无声，积落得有四五指厚了。古炉村从来没有过这样的安静，狗不出去，猪在圈里，所有人都关了院门在家。而狼群确实又一次经过，那是一支十四只狼的狼群，它们是三个家族的成员，其中最大的那个家族的老狼生了一秋天的疮，死在了屹岬岭的山洞，所有的狼去追悼，在山洞里嗥叫了一通，然后默默地出来，经过古炉村往北岭去。狼群根本不知道古炉村在白天里发生了一场武斗，路过后洼地没有看到有人呼喊，连狗也没有叫，就觉得奇怪。但是，这

674

一支狼群没有进村，它们太悲伤了，没胃口进村去抢食，也没兴致去看着村人如何的惊慌，只是把脚印故意深深地留在雪地上，表示着它们的来过。

红大刀的人家关了院门，门里都下了横杠，天布家、灶火家，还有磨子、明堂、本来、马勺、看星家的老人们和媳妇在哭，哭又不敢出声，是窝在炕上的被窝里抽搐和流泪。而别的人家哭是没有哭，要么用木板条和腰带固定着断了的胳膊和腿，要么化了盐水清洗伤口，上房的门开着，人缩一疙瘩坐在地上，没肯说话，柜盖上的煤油灯跳着一点灯焰，扑忽扑忽，像是他们的心跳和出气，就痴眼看着门洞外的院子里雪在门里照出的那一片光中扯棉撕絮，也听见了隔壁的，或前一排院里后一排院里，那些榔头队人家在拉动风箱做饭，不久油锅炝浆水的味，捞出了面条后的面汤的味就弥漫过来。这些味使红大刀人家的孩子和媳妇们说了句：人家吃好的啦！说过了别的人没有反应，觉得不应该说这话，挪了挪身子，不再吭声。当他们和家里人继续看着那片光亮亮的纷乱的雪片，同时想到了这是不是梦境：是白天里武斗了吗？一个村里的人抬头不见低头见的，甚至是沾亲带故，就武斗了吗？武斗里自己也就在其中吗？觉得恍恍惚惚的，不真实。

巷道里开始乱起一阵脚步，其中有咔嚓咔嚓的声，这不是草鞋声，草鞋踏在雪上不是这种声，只有穿了翻毛皮鞋的，厚厚的有着沟纹的鞋底，雪挤压在沟纹里，才会发出咔嚓咔嚓来的。穿这种皮鞋的只有天布和霸槽，天布是逃跑了，那么，是霸槽一伙，他们又要干什么？坐在上房地上的人立即吹灭了灯，却又乍了耳朵听动静。脚步还是乱着往巷子的左边去，随后那咔嚓咔嚓声节奏很慢，似乎是迈出一步了，顿顿，再迈出一步。

这脚步确实是霸槽的。武斗结束后，榔头队的人都回去做饭吃了，霸槽留下了骨干们，水皮妈做了一大锅红薯面和麦面两搅和擀出的烩面片，用桶提了到霸槽家，霸槽家里灶倒锅破，连一个完整的碗都没有了，就每人端了个瓦盆儿来吃。家里也没了大小凳子，靠了墙蹴着，迷糊的尾巴骨还疼，蹴不下，倚着炕沿墙吃，他光盛了半碗，秃子金还疑惑，这贪吃的人只盛半碗，自己就满满盛了一碗。可迷糊吃饭头不抬，响声很大，霸槽说：你喉咙不烫啊？！迷糊没吭声，很快吃完了半碗，又去满满盛了一碗，而秃子金再去盛时，桶里饭却没了，就骂：狗日的贼呀，第一碗盛半碗为的是第二碗能盛满呀！迷糊才笑起来，说：我饭量大么，嘿嘿。但霸槽突然想起了事，问秃子金：你安排人注意着天布和灶火家了吗？秃子金说：安排了，只要他们敢回来，有人会及时给咱报告的。霸槽说：我咋老觉得磨子没跑出去？迷糊说：天布、灶火都跑了，他磨子能不跑？霸槽说：他是被麻子黑捅了刀子，麻子黑能捅刀子那不是划破皮就完了，如果捅厉害了，他磨子往哪儿跑？他咋样跑？铁栓就放下碗，说：我去看看，如果他在家，我来喊你们。霸槽说：磨子要在，你能拉扯过他？都不要吃了，一块到他家搜去！

一伙人就跑去搜磨子的家，磨子的媳妇说磨子白天出去再没沾家，是死是活她还不知道哩。秃子金和迷糊就把上房、厦子房、柴草房都查了，没有磨子的影，又进卧屋问会不会藏在炕洞，磨子媳妇揭了炕席，席下的炕面上一个窟窿，直接就能看清炕洞里，说：炕面子塌了，我让他在家补炕面呀，还没补哩，你们就打进村了。霸槽说：谁打进村了？村是你们的村，就不是我们的村？！秃子金啪地上来就打了磨子媳妇一个嘴巴，说：话好好说！磨子媳妇没有哭，也没有叫，她说：那你就搜吧，他是大活人，又不是一块抹布，能塞就塞到墙窟窿去了。在院子里，一伙人翻腾着那些麦草和豆秆，猪在圈里，一天没有喂，就饿了，吭吭吭地叫，后来就跳出猪圈墙，在院角的萝卜窖那儿拱。磨子媳妇拾了笤帚就打猪，骂道：吭吭你妈的 × 哩，天黑了你不睡你给我拾翻啥呀？！秃子金说：你骂谁哩？磨子媳妇说：我骂猪哩！一笤帚打得猪回了圈。一伙人没有见到磨子，走出院门了，霸槽突然问秃子金：地窖里看了吗？秃子金说：哦，把地窖忘了。几个人又返回厨房，揭了房角的地窖板，磨子的媳妇脸唰地变了，母狼一样扑进去就趴在地窖板上，大声哭叫：你们把圪圪塝塝都搜了，地窖里能藏啥？土匪呀，土匪呀，要

676

进地窖，你把我打死了再进地窖！秃子金来拉磨子媳妇，她双手紧抓着地窖板上的铁环，身子像有个吸盘，拉不开。迷糊拦腰去抱，抱得磨子的媳妇屁股撅在了他的怀里，那屁股软得像一块凉粉，迷糊伸手摸了一下，磨子的媳妇就喊：流氓，流氓！迷糊手一松，磨子媳妇的身子又贴住了地窖板，身子和板成了一体，再没空隙。迷糊说：谁把你咋啦？你以为我没见过女人吗？你就是脱得光光的摆在那里，我看都不看，拾个瓦片一盖，就走了！磨子的媳妇说：你拧我屁股！霸槽一拍案板，案板上的碗呀碟呀乱跳开来，他说：连人带板抬开！秃子金和迷糊就把磨子的媳妇和地窖板一块抬起来扔到了一边，墙角出现个窨窟窿。

但是，地窖里还是没有磨子。

磨子的媳妇不哭了，也愣在了那里，直等着一伙人走了，她还脑子发木：磨子就藏在地窖里呀，地窖里怎么就没了磨子？磨子却在轻轻叫她，她一回头，磨子正从院子的萝卜窖的苞谷秆下爬了出来。

磨子受伤后就是藏身在地窖里的，在地窖里吃，在地窖里屙，媳妇就爬出爬进地伺候他。这个晚上，夜已经深了，磨子说他胸口憋得慌，要出去透透气，媳妇搀着他刚到地窖口，院门被敲得山响，霸槽一伙叫喊着要寻磨子，媳妇让他赶快进窖藏好，又把窖盖板架好，出来应付。磨子在地窖里待了一会儿，想着地窖里不会安全，因为家家都有地窖，霸槽他们肯定会来搜查的，就强忍着疼，从地窖出来，躺在厨房里，伺机要从院门逃出去。但院子里老是有人。当媳妇和秃子金在上房吵开后，院子里的人都去了上房，他就趁着黑暗往院门口走，走了几步，伤口疼得钻心，担心走不了多远就会跌倒在路上的，突然就想到了院角的萝卜窖。萝卜窖说是窖，其实坑挖得很浅，只供把萝卜放进去，上边架一层苞谷秆再用泥糊一层，萝卜现吃现掏，那窖里就有了空隙。磨子悄悄钻进了萝卜窖里，这是谁也想不到的地方，但猪却出来拱着苞谷秆要吃萝卜，差一点就坏了事。

磨子媳妇赶紧把磨子背进上房里安顿好，出来就拿了棍子猛打猪，说猪前世肯定是个坏人，成心也要捉磨子的，猪的头都被棍子打破了，大声叫唤。磨子媳妇再进了屋，给磨子说：咱养了个祸害，过几天把它卖了！磨子说：它瘦得那样，收购站验不上。磨子媳妇说：那就杀了吃肉！猪听到了更是连声叫唤。磨子说：或许冤枉它了，它不是去吃萝卜而是要去看我吧。猪就安静了，再没声响。

　　霸槽他们离开了磨子家，仍是不放心磨子还在没在古炉村，当然他们希望磨子能离开古炉村，就拿了手电察看从磨子家去村前村后雪地上的脚印，磨子的脚大鞋大，或许受了伤，雪地上还留着血痕。但是，他们没有辨认出磨子的脚印，却发现了在大碾盘后的路上有了狼的蹄印。迷糊说：磨子用木头做了狼蹄子套在手脚上跑出去啦？秃子金说：把他说得能的，他会做木头蹄子？他哪儿有时间做？霸槽说：噢，今黑儿过狼啦。

　　狼是才从大碾盘后经过，还是狼没有走远，就仍在后洼地的什么地方？这伙人在雪地里看了一会儿，就回到了村道，村道里护院在院门外他家的猪圈拴猪圈门，他已经着凉又咳嗽了，咔咔咔地不停吐痰。见了霸槽一伙过来，说：今黑儿可以睡个踏实觉了！秃子金说：睡屁哩，又过狼啦！护院说：又过狼啦？忙忙跳进猪圈，再察看猪圈门拴好了没有，跳出猪圈了，还不放心，把猪圈门开了，抓了两只猪娃的耳朵把猪娃往院子里提。一伙人，就骂护院人不行，做事信不过，以后啥事都不能托付他。护院说：我咋啦，我哪儿不对了？迷糊说：我和灶火在路口打的时候，远远看见你，你不过来帮我，你倒跑了，人家围着烧黄生生，你呢，你到哪儿去了？护院说：我和你比不成么，你一个人，我一大家人老的老，小的小，还养了这猪娃么。霸槽说：说那闲话干啥呀，都回吧，明天早早都过来，咱要商量事哩。说完自己先走了。

　　霸槽突然一走，晾下了秃子金、迷糊他们。有人说：你知道霸槽到哪儿去了？秃子金说：回去了呀，人已经累得乏乏的了。那人说：回他家往南走，他咋往东去了？秃子金说：往东？那人说：明白了吧，还不明白？秃子金噢了一下，嘿嘿笑。迷糊说：啥事呀笑？秃子金说：快回去睡去，睡不着了，自己用手耍去！

迷糊也听懂了秃子金的话，是秃子金又在嘲笑他没个老婆。今黑儿，榔头队的人都抱着媳妇要睡了，日他妈，半夜里如果突然让一切都停止，那挨家挨户去看吧，十有八九和媳妇干那事哩，迷糊就觉得有些丧气，想起白天里拉脱来回的裤子，又想起刚才摸了磨子媳妇的屁股，他骂了一句：狗才日哩！用脚一路踢地上的雪。路过了狗尿苔家的院门口，踢了雪还不解气，一脚就踹着了院门。

狗尿苔和婆还没有睡，婆在把一疙瘩棉花蘸了醋往狗尿苔的鼻子里塞，训斥着你长了个啥鼻子呀，不准再说闻见那种气味的话了。院门咚地一响，棉花疙瘩把狗尿苔鼻子塞疼了，狗尿苔要叫，婆一把捂了嘴，颤着声问：谁呀，谁呀？

迷糊说：谁？！耳朵塞了驴毛了听不来我声？

婆说：迷糊呀，迷糊你有啥事？

迷糊没事，但迷糊这时候要威风了，他说：啥事还用问？根据群众举报，黄生生今日被火烧，是善人惹起来的，善人从塄畔上掉下去，狗尿苔把他背到你家了，榔头队要来查他善人呀！

婆说：没有，迷糊，我们咋敢把善人背到我家的。

迷糊说：你说没有就没有啦？开门，开门，我要查查！

婆把院门开了。迷糊看见上房门的一个门扇闭着，一个门扇开着，里边的柜盖上点着煤油灯，背着那一片光，站着的却是杏开。

杏开说：三更半夜的你来查啥人哩？

迷糊没想到站着的是杏开，一下子倒结了舌，说：你，你咋在这？

杏开说：我咋不能在这儿，我肚子疼就不能让蚕婆来立立柱子？

迷糊说：黄生生被烧成那样了，要查查善人。

杏开说：要查是霸槽来查，恐怕还轮不到你来吧，是肚子饿了，想要吃什么就说吃什么，狗尿苔，把烤的土豆给拿一个。

狗尿苔拿了一个烤熟的土豆，迷糊接住就走了。

迷糊一走，狗尿苔就对婆说：婆，你灵得很！婆说：我灵啥啦？

狗尿苔说：你说榔头队肯定会来咱家寻善人哩，果然就来查了，你让把杏开叫来咱家了槲头队就搜不了，他迷糊还真的不敢搜了。婆说：那你还不快谢杏开。狗尿苔就给杏开笑，说：我再给你烧三个土豆，挑最大的！杏开说：那你心疼得咋睡得着呀！就对婆说现在没事啦，她该回去呀，以后再有她能办的事，就去叫她。屋里的灯影里就坐着善人，他吃了一个烤土豆，也站起来说：那我也得走。婆说：你急啥的，头还疼吗？今黑儿你和娃就睡在柴草屋，明日你走。善人说：疼还隐隐疼，不碍事的，明日回去反倒碰见的人多。我和杏开一块走，有杏开哩，神鬼也不能撞我的。杏开说：这也好，我送你到山坡根路口。狗尿苔就从门后摸了个斧头，说：那我就送你俩。婆却厉声吓唬着狗尿苔放下斧头，说：你要送就送去，手里啥都不要拿，你拿个东西，让槲头队看到了，反倒惹事。

　　狗尿苔和杏开先送善人到了山坡根的路口，狗尿苔又送杏开。在三岔巷的北头，两条巷口挨得最近，几乎就隔着一棵老楝树，树往前，两个巷子合成了一条。现在，树上正瞌睡了一只鸟，他们刚到树下，鸟就扑啦啦飞起，一会儿就听到在大碾盘边的苦楝树上有阴森森的叫声。杏开说：猫头鹰？狗尿苔一听，是猫头鹰，心里马上惊了，说：要死人呀？！杏开说：你也别臭嘴！两人匆匆钻进了东边的巷里。

　　就在狗尿苔和杏开钻进东边巷子里前有一顿饭时间，霸槽就从东边的巷里出来转到西边的巷子走了。霸槽在杏开家的院门外看见院门关着，抓了一把雪捏成冰疙瘩丢进院去，冰疙瘩落在雪地上响声不大，他又摇门环，还是没有动静，便转身走了。霸槽想不来杏开会到哪儿去，或者她早早睡下了，本来要给她好好聊聊在窑场的这几天多亏了有毛衣穿着暖和，要聊聊白天里武斗的胜利，还想好了，一定要脱了鞋让她看看他脚底的那个痣，就因为有这个痣，他是个将才，能指挥人又会指挥人，但他的喜悦没有了分享，不免有些失落。刚回坐在自家屋里，水皮就急促促地来喊他，说是黄生生不行了。霸槽知道黄生生被火烧了，又被水皮背回去照看着，本要去看看，又觉得就是个烧了皮肉么，有水皮他妈照料着，赶明日再去看，没想却怎么是不行了。

霸槽说：你说话没个准头，别吓我！水皮说：给别人说话没准头，敢给你说话没准头？黄生生是不行了。霸槽赶到水皮家，黄生生就躺在柴草屋的麦草上，昏迷不醒。霸槽说：咋让人就睡在这？水皮妈说：这有麦草暖和。黄同志一来，我就给他做了饭，他吃了三碗。霸槽说：能吃三碗饭，不至于成这个样呀。往炕上抬，抬到炕上去。三个人把黄生生抬到炕上，霸槽拍着黄生生脸，水皮妈说：你打他？霸槽没理她，说：黄同志，你醒醒，你这是怎么啦，烤了些伤就这样！黄生生竟然就睁开了眼，见是霸槽，呼了半天气，说：我可能不行了。霸槽说：咋不行啦，革命还没成功哩，你想不行了都不行！你吃面呀不，让水皮妈给你擀碗面？水皮妈说：面粉没了，剩下的那些面粉全给你们做了烩面片了。霸槽瞪了她一眼，还在给黄生生说：想吃面了让水皮妈给你擀碗面？黄生生眼闭了，头摆向了炕里边。霸槽说：那你想吃鸡蛋不，打几个荷包蛋？黄生生头又摆过来。霸槽说：吃蛇呀？下午捉了一条大蛇哩。黄生生眼睛又睁开来。霸槽就对水皮说：不是捉了条蛇吗？水皮说：是捉了条蛇，当时砸死了要给黄同志的，但后来打开乱仗，把蛇扔到葫芦家的山墙根儿。霸槽说：你去那儿找，找着了炖了蛇给他吃。水皮出门就走，水皮妈撵出来，小声说：黄同志能吃蛇？水皮说：他啥都能吃的。水皮妈说：蛇拿回来在哪儿炖，恁腥的东西！你去了就空手回来，说寻不着蛇了。

水皮真的没有拿回蛇，却叫来了几个榔头队的人，预防着黄生生真的不行了，得有人把他抬到窑神庙去放着才是。但是，叫来的几个人来，看了黄生生浑身皮肉焦黄，粗皱如树皮，又生出许多痘疱，往外流水，都吓得不敢到跟前去。水皮妈说：黄同志病成这样，是不是通知他家人，送回去慢慢调养，或者抬到窑神庙去，榔头队的人轮流照看着？霸槽说：就叫你照看！水皮妈说：这，这……霸槽说：这啥呀？黄同志可不是一般人，将来说不准他就干了惊天动地的事，能亏了你？！花销让水皮记着账！说完要走，给水皮下了命令：人到这时候就想吃他念想的东西，蛇没了，你明日一早给他逮麻雀，一定要逮，烧了给他吃！

74

第二天，雪是停了，天却清冷清冷，空气里好像都是冰渣子，看不见，却硌得脸上手上肉疼。椰头队在紧急集合，大多数人都穿上了棉袄棉裤。穿了棉袄却没穿棉裤的十几个，有的是去年的棉裤已经烂得棉花套子白花花漏出来，穿不到身上了，新棉裤还未纳好，有的是嫌穿了太早，还要再奈何几天，他们就把苞谷缨子塞在草鞋里，脚显得和熊掌一样大。武斗的胜利，使椰头队再次主宰了古炉村，但霸槽心里明白，天布、灶火、磨子一跑，群龙无首，红大刀好像是没有了，其实这都是暂时的，死灰如果燃起来那火更旺，落水的狗爬上岸那更能咬人。为了让村人知道这场武斗是红大刀一手挑起和造成的，他们不但违背了毛主席的革命路线，破坏了文化大革命，而且在武斗中红大刀是凶残的，有必要揭露，给予彻底肃清流毒，唤醒被蒙蔽的群众，团结更多的力量，椰头队要进行一次大的游行。这次游行不但转遍古炉村每一条巷道，还要到下河湾去，因为下河湾的金箍棒援助了他们，而且伤了那么多，死了一人。

游行队伍在山门前集中，用门扇抬了黄生生和另外两个断了腿的外，伤了腰的拄木棍，伤了胳膊的用布带子攀着，而腮帮上的，额颊上的，头顶上受过了伤，一律又把包扎的布条取下，让伤口裸露。狗尿苔一早出来倒尿桶，原本是倒在厕所尿池里的，他却偏提了尿桶要把生尿泼到自留地的葱垅去，趁机要看看游行的事。路滑得出溜出溜的，尿桶里的尿就摇得洒出来，在杜仲树下，立柱背了个背篓，拄了个木棍儿趔趔趄趄过来，说：狗尿苔你还不累，起这早的？狗尿苔说：我昨天又没打架，累啥的？！立柱说：我也不累。你干啥去？狗尿苔说：给自留地的葱泼些生尿。立柱过来看看尿桶，说：尿都洒完了，泼什么葱？他突然眼睛盯住了前方，用木棍一戳，雪窝里露出一只鞋来，是皮鞋，鞋后跟磨得一边低一边高，但鞋面还没破一个洞。他把

桃春

鞋弹了弹雪,扔进了背篓,说:把他的,手表没有,也不见一个一分五分的钢镚儿?!狗尿苔叫道:啊你早早起来要拾东西呀!立柱说:为啥不拾?昨天有洛镇来的人,要遗都会遗好东西,你走路往脚底下留神着。牛铃也从另一个巷子出来,他还没穿上棉袄,腰里勒了一条草绳,人缩成一疙瘩,听了立柱的话,用脚踢了一下雪,说:哎哟,这里有一颗牙,多长的门牙,你要不?立柱说:听说昨天把你撺得狗上墙了?牛铃说:谁撺我?就是枪林弹雨,不伤我一根毫毛!立柱说:让我看看你耳朵!牛铃戴了火车头棉帽子,两个帽耳紧紧勒在下巴上,说:我为啥让你看,我嫌冷哩!立柱说:瞧你这熊样子,没被打死也得冰死!就走了。牛铃走了过来,对狗尿苔说:桶里没尿了?我给你尿些。解了裤子就往桶里尿。狗尿苔也解了裤子尿,天冷人就尿得多,两人尿得咚咚当当的。牛铃说:从泉里回去,咋不见你再出来?狗尿苔说:我哪派都不是,出来挨乱锤呀?!牛铃说:你知道不,黄生生让火烧得快不行啦?狗尿苔说:你听谁说的?牛铃说:昨晚上听水皮妈给人说的。狗尿苔说:她没说火是你用弹弓打上去的?牛铃:火是你点着的呀!狗尿苔脸变了,说:她说了?牛铃说:她没说,看把你吓的。狗尿苔说:再不要提这事!就系了裤子,提桶也不往自留地去,匆忙回家,在路上,还寻思这几天不要再见到牛铃,牛铃是碎嘴,但愿他不要乱说。转过巷口,又想起立柱拾东西的事,忍不住也拿眼睛四处瞅,他不是要拾个什么,却奇怪着昨天这每条巷子都打得乌烟瘴气的,才过了一夜,雪白茫茫的倒什么也没有了。一回头,迷糊从另一个巷口出来。迷糊的尾巴骨受了伤,但尾巴骨受了伤不能脱裤子把伤露出来。他就把自己的鸡杀了,用鸡血在头上抹,在耳朵上抹,抹得袄领上都是血。迷糊也看见了狗尿苔,说:狗尿苔,游行去!狗尿苔故意说:游啥行,冰天雪地的不冷呀?迷糊说:榔头队游行呀,声讨红大刀呀,血债要用血来还你知道这话不?狗尿苔说:我又不是榔头队的,我不游行。迷糊说:不去?不去就是红大刀!我让来拉了你去,还要你婆去,信不信?狗尿苔不敢犟嘴了,他说他可以去,但得把尿桶提回去了再去，迷糊过来一脚把尿桶踢了，说：你给我要滑头呀？拉着狗尿苔的耳朵就走，一边走一边说：你以为稀罕你呀，让你去充个数是看得上你，你还不去，你个碎骹！

到了山门下，黄生生已经被人抬出来了，他果然坐不起来，就躺在一个门扇上，上边盖了一条被子。而还有两个人断了腿，正用木板条固定了缠布带子，一个的媳妇在给霸槽说，得叫善人来捏捏骨，再不捏，将来腿就长歪了。霸槽说：现在捏啥哩，游行完了再捏！就招呼人把他们扶到门扇上，那媳妇就也把被子盖上去，盖得严严实实。霸槽说：把腿亮出来！被子又给揭了。拿来的门扇一共四个，黄生生躺了一个，两个断了腿的各躺了一个，剩下了一个要拿回去，霸槽说：就三个？再抬一个！迷糊你尾巴骨好了没？迷糊立即说：还疼很。霸槽说：那你躺上去，不能屙不能尿一直要到下河湾的。迷糊说：我能憋住。就先睡在了门扇上。得称、立山、八成是安排着来轮换抬这个门扇的，得称说：迷糊这重的，我不抬！迷糊说：我为了榔头队被人打成这样，你不抬？得称说：你那算啥伤？迷糊就哎哟哎哟声唤。秃子金过来说：迷糊你就一路声唤着！迷糊却说：给我个被子，我躺在这里不能动，冻死呀？霸槽就给狗尿苔说：你快去我家拿个被子来！狗尿苔去了霸槽家，把被子抱出院门了，又返回去，只拿了一条破单子。

游行队伍呼喊着口号在古炉村所有巷道里转了一圈，巷道里当然也站满了人，有姓夜的家人，也有姓朱和杂姓的家人，姓朱人家老的少的没有呼应，只是默默地拿眼睛观望。偶尔也有一个两个红大刀的成员站在自家门口，也是胳膊上缠了布条吊在胸前或拄着棍跛一条腿，他们在显示着自己的伤情。水皮立即就喝问：你干啥，你站在这儿干啥？那人说：我在我家门口哩，没干啥。手却塞进裆里一把一把地抓。水皮说：我给你说话哩，你抓？！那人说：我的球我愿意抓！两人一高声，家里人赶忙把那人拉进院里，院门就关了。经过半截子巷，半截巷里姓夜的人家多，有三家在放鞭炮。鞭炮一响，狗尿苔就兴奋了，先跑过去在地上捡掉下来没响的炮，秃子金踢了他一脚，他拾了三颗，攥在手里跑到游行队伍前头去。水皮妈正蒸了一笼子红薯要等队伍过来了让带上路上吃，狗尿苔向水皮妈讨一个，水皮妈不给，狗尿苔就想报复一下，便悄悄掏出火柴点燃了一颗炮，炮眼子索索索冒烟，他急着就往水皮妈脚下扔。但火柴扔到了水皮妈的脚下，炮却叭地在自己手里炸了。

队伍从古炉村一出来，锣鼓也不敲了，口号也不喊了，除了黄生生，迷糊和另外两个人也没人再抬，自个行走。但是，奇怪的事情就发生着，当在古炉村游行的时候，山神庙前白皮松上的那几只红嘴白尾鸟一直在头顶上飞，狗尿苔还心里叽咕：这是又有人来请善人去说病吗？不禁就想着善人昨晚上山滑倒没滑倒，睡了一夜那头还疼不疼。很快，这想法就闪过去了，他看见天上的鸟越来越多，在跟着队伍飞，队伍出了村子，鸟仍不散，不时有鸟屎就落下来。黄生生在门扇上，先还能睁着眼睛，后来三摇两晃地就昏过去了，霸槽趴到门扇上说：黄同志，这你得坚持住！黄生生眼睛又睁开了，却自言自语：鸟要啄我手。霸槽试试黄生生额头，说：发烧哩，说胡话了。只是让抬门扇的人换肩时再轻点再稳点。刚走了一段路，一只鸟突然就从空里飞下来，唧唧唧地啄起了黄生生的手，他的手放在被子外，手背的皮就啄开了。大家赶紧赶鸟，黄生生又昏。队伍到了下河湾村外，锣鼓重新敲起，呼起口号，迷糊和另外两个人又躺在了门扇上。黄生生又醒来了，自言自语说：鸟要啄我的脚。抬门扇的人说：啄不了，鸟一来就赶，我给你把脚盖好！披了被角，盖严了黄生生的脚。下河湾的村外也是有条水渠，水渠上没有绷石板，是架了三根木椽，抬着门扇过，前边的人过去了，后边的人一踏木椽，将三根木椽搁在一起的葛条却断了，木椽一滑，人就一个趔趄踏进渠里，门扇一下子斜了，差点把黄生生撂下来，几个人忙前去帮忙，可只顾了脚下，没想到又有一只鸟从空中飞下，黄生生身上的被子滑脱了，鸟就唧唧唧地啄他的脚，等把门扇抬过了渠，发现鸟已经把脚面啄得皮开肉绽。霸槽大发脾气，抬门扇的人说：咋回事，鸟总是啄他？！霸槽也觉得奇怪，就让把黄生生的伤脚露出来，又叫狗尿苔不离左右，专门负责看管鸟。

在下河湾，招呼榔头队的除了金箍棒的头儿，还有一个女的，这女的很年轻，齐耳短发，也是一件洗得发白的旧军装，皮带系了腰，又斜着背了个照相机，腰带使胸部特别突出，而相机带又将那两个疙瘩从中分开。但狗尿苔觉得她并不漂亮，这个女的长得黑，太黑。金箍棒的头儿和那女的把霸槽叫进一间房子里去说什么，过一会儿霸槽出来，对大家说：马部长怎么样？秃子金说：谁是马部长？霸槽说：不敏感！我还能说到谁？秃子金说：那个有照相机的女的？狗尿苔说了一句：黑！大家就嘿嘿地笑。霸槽说：不许胡说！知道不，人家是洛镇的女老师，现在是洛镇联指的部长，专门在下河湾指导工作的。秃子金说：就这女的？！霸槽说：就是她的主意，金箍棒配合咱一块游行，那个死人也入殓了，马部长坚持抬棺游行，死者家里人不愿意，她几句话就吓唬住了，有水平！你能做这决定？秃子金说：我能，就是埋了都要挖出来游行。霸槽说：你行？半香不让你到上房，你就可怜地住厦子屋，你行？秃子金说：好男不跟女斗，女的再能行，还不是在男人身底下的？霸槽说：马部长你得高眼看着，她让咱干什么咱就干什么，统一由她指挥！说得大家一时没了话。

过了一会儿，金箍棒果然就集合，他们除了十几个伤残者，在队伍前打头阵，也抬了一个白木棺材，抬棺材的竟有六人。两支队伍就合起来，开始在村里转，下河湾村子比古炉村大了三倍，有街道，有关帝庙，庙前是几十亩地大的庙场子，游行队伍从村街转到庙场子，集中了开会，那个马部长就在队伍前讲话。讲的什么话，秃子金他们不愿多听了，他们不是来听这个女人讲话的，就叽叽啾啾议论着她的军装、她的发型，一个说：这女人好，奶像两个蒸馍！开石说：你就知道个吃！铁栓说：霸槽怎么啦，见了这女人倒像变了个人？跟后说：那女的有啥好的，不就是有个照相机？开石说：咱古炉村谁有照相机？杏开有照相机？狗尿苔说：不要牵扯杏开！就向跟后要红薯吃，跟后迟疑了半天，才从口袋掏出一个熟红薯，要给狗尿苔时，却又掰了一半塞到自己嘴里。

狗尿苔蹴在一边吃红薯,红薯已经冻硬了,吃在嘴里像吃冰渣子,他不愿意秃子金他们说霸槽又看上了马部长,他们明明知道霸槽和杏开好着,杏开已经怀上霸槽的孩子,还说这样的话,那眼里压根儿就不在乎杏开。正想着,水皮过来说:让你在黄同志身边,你只图在这儿吃呀!狗尿苔往天上看,天上没鸟,鸟都在庙场子边的大柳树上。狗尿苔说:鸟啄不了他!但还是到了黄生生躺的门扇那儿去。黄生生仍在闭着眼,似乎是昏迷了又似乎没有昏迷,旁边的门扇上迷糊却在低声叫他。狗尿苔说:让你声唤哩,咋不声唤了?迷糊说:我肚子饥得能声唤出来?给我寻些吃的。狗尿苔说:你是伤员,你吃什么吃?!迷糊说:你给霸槽说,再不给吃,我就饿得躺不住了!狗尿苔去给霸槽说了,霸槽说:他狗日的躺着还要吃!水皮,你给个红薯让吃去,别让人看见。

队伍又要游行啦,从庙场子到街道涌了好多村里人,都来看热闹,迷糊在门扇上伸手拿了红薯,秃子金就说:盖住单子!迷糊就在单子里吃。路边看热闹的指点着说:那抬的是啥,还一动一动的。秃子金说:是伤员,联总的人把我们榔头队的人打伤了,脊梁骨断了,疼得躺不住么。低声对迷糊说:声唤,声唤。迷糊就声唤起来,声音很大。但很快又不声唤了,是嘴唇的嚼哑声。秃子金对狗尿苔说:你就经管着,凡有人就让他声唤!狗尿苔拿着一个柴棍儿,凡是经过路边有人的地方,就戳一下迷糊,迷糊就大声声唤。狗尿苔就不停地戳,气得迷糊揭了单子就把红薯皮砸在狗尿苔的头上。

75

游行的队伍从下河湾回到古炉村,已经是后半晌,所有人饿得头昏眼花,迷糊没人再抬,队伍也没了形。刚到了石狮子那儿,霸槽往石狮子上一坐,大家就都坐下来,霸槽并没有训斥,高扬了头往南山上看。天阴得瓷瓷的,但南山上却起了白云,这些云像是从雪地里长出来的,一堆一堆往天上长。霸槽突然说了一句:还是咱古炉的景色美!古炉村

689

从来没有人仔细看过古炉盆地里的景色，就是看到了，也从没说过景色美，霸槽这么一说，大家都往南山看。水皮说：啊风光这边独好！跟后说：好个球的，我这会儿就想有一碗热饭！水皮说：好个球！我这是背诵毛主席诗词哩。跟后说：我可没说反动话！水皮脸一下子红了。开石说：不说啦不说啦，课本上有一个词是美丽富饶，这词儿不对，美丽和富饶就连不起来么，下河湾比咱富，没咱这儿美，咱美是美，却比人家穷，咱古炉就是树长得多，六畜活得旺。秃子金说：你让不说了你却说这多！大家就都不吭声了。可霸槽却说了一句：狗日的没个照相机，有照相机就好了！秃子金扭头看了一会儿霸槽，说：你又想那个马部长了？霸槽没有回答，也没有生气，却看狗尿苔。狗尿苔一直斜着眼看霸槽。霸槽说：你看啥哩？狗尿苔说：我拿眼睛给你照相哩。霸槽说：啊哈，这话说得好！就挺起了胸，手扬起来，要念什么，却记不起来了，喊水皮：水皮，你念念毛主席的诗词，你念过，就是那个说风流人物的那个。水皮就又来精神了，清起嗓子，拿腔作势地朗诵：千里冰封，万里雪飘……水皮在朗诵毛主席的诗词，没有人再敢发出别的声响，虽然都听不懂那是什么意思，当朗诵到：俱往矣，数风流人物……跟后说：毛主席还说过谁风流？水皮说：你不懂，风流不是说谁不正经，是英雄的意思。黄生生却一声叹息，这一声叹息那么大，又那么长，好像从嘴里发了出来。狗尿苔忙过去看，黄生生好像还昏迷着，那叹息声并不是有意发出来的，就说：黄同志，黄同志。黄生生终于睁开了眼，嘴唇在动，狗尿苔只好把耳朵侧在他嘴前听。霸槽说：他清醒了，说什么了？狗尿苔说：他说鸟要啄他的眼睛。霸槽赶忙说：把被子给他盖严，往水皮家抬，抬到水皮家去！七八个人就给黄生生盖严被子，抬着往水皮家去，队伍也就此散了，各自回家。

狗尿苔是最后一个离开了石狮子，因为就在队伍解散时，他看见在远远的石磨那儿，塄畔上站着婆。他不愿意当着那么多人喊婆，等人都走完了，他向婆走去。婆提了个笼子，眼睛在瞅着塄畔下的草窝，狗尿苔叫了一声，婆并没理会，他又叫了一声，婆回过了头，还怔了一下，好像才发现了他。狗尿苔说：婆，你咋啦？婆侧着耳朵说：你说啥？狗尿苔大声说：你听不见呀？婆这回听见了，婆说：今早起来，这耳朵里轰轰地响，咋啥也都听不见了？狗尿苔一下子慌起来，说：婆，你聋啦，你真聋啦？！婆却拉着狗尿苔手，竟然笑了，说：没啥没啥，看把我娃急的，人老了耳朵都要聋的。你到哪儿去了，你跟人家游行了？狗尿苔摸着婆的耳朵，又拿小拇指在耳朵里掏，他高声告诉婆，他是跟着去游行了，他是不明白榔头队打赢了却怎么还去游行，游行时故意让受伤的人去，他是被迷糊硬拉去的，游行的事他回家了再给婆说，问婆你在这儿干啥呀。婆算是听清了狗尿苔的话，说她来寻寻南瓜，看塄畔里谁家种的南瓜蔓子还没拔，说不定蔓子上还结着个小南瓜的。狗尿苔这时埋怨了婆：这个时候了哪儿还有南瓜蔓，就是有南瓜蔓，蔓上还有颗小南瓜，那还能吃吗？婆也说：回去了给你说。

回到家，狗尿苔还要再试试婆的听力，他是故意把给猪端食的那个烂瓦盆磕碰在了猪圈墙上，要往常，这瓦盆的破碎声婆听到了就会鹰抓小鸡一样扑过来骂他打他，但现在婆弯着腰在台阶上换脚上的泥草鞋，她连头也没回，婆的耳朵真的聋了。狗尿苔伤心得眼泪都出来，他恨恨地骂了一声，本来善人要给婆看病的，偏就榔头队和红大刀打了起来，但是，该骂谁呢？骂榔头队吗，好像骂不到人家，骂红大刀吗，也好像骂不到人家，狗尿苔还是又骂了一声，他觉得只有骂着他才心里不憋着。婆关了院门，又拉狗尿苔到上房，告诉是面鱼儿老婆悄悄跑来给她说，磨子被麻子黑捅了一刀子，人现在就藏在他家的地窖里，刀捅的伤口太大，又不能出去到洛镇看医生，就用土方子治，土方子需要南瓜瓤子来敷，可现在哪儿都没了南瓜，即便有的人家还有着南瓜，却都是早掏了瓤，切成瓜片串儿晾干着。狗尿苔也听说磨子被麻子黑捅了，但他以为磨子和天布、灶火跑出古炉村了，没想到竟还在古炉，就藏在自己的地窖里！狗尿苔说：榔头队还到处搜他哩。婆说：这话一个字儿都不敢对外人提说，你要说了，磨子就会被搜去活不成，我也就拿棍子把你打死！婆说这话，还真拿了她的拐杖在地上磕了磕。狗尿苔当然知

691

道事情的轻重，他给婆保证着，又给婆出主意，说善人在山神庙周围种过许多葫芦南瓜，会不会那儿还有没切成片儿的南瓜。婆立即说：那你去，有了就揣在怀里拿回来，不要让任何人看见，善人问干啥呀，你也啥都不说！狗尿苔说：我这会肚子饥得很，吃了饭去。婆说：能有多饥，回来了吃。

狗尿苔临出门，婆从柜里抓了一把红薯片儿塞在他口兜里，叮咛快去快回。但狗尿苔才走到三岔巷口，又碰着了跟后，他说：你吃啦？跟后说：吃屁哩，我才回呀。狗尿苔说：是跟霸槽又到坡上屙屎去了？跟后说：黄生生眼睛叫鸟啄了，啄得眼珠仁都没了，你说怕人不怕人？狗尿苔说：咋回事么，咋回事么？逼着跟后给他说，跟后才说了他们抬着黄生生已经到了水皮家院门口，水皮妈见又把黄生生抬往她家，有些不高兴，他们就和水皮妈在那里说话，没留神一群鸟在空中，有一只飞下来就啄黄生生的眼睛，等过去赶鸟，黄生生两个眼球子就被啄破了。狗尿苔听得身上一股子凉气，牙花子都磕起来，说：那黄生生死啦？跟后说：人倒没死，霸槽派秃子金开手扶拖拉机送医院了。狗尿苔哦了一声，说：黄生生怪可怜的。跟后说：是可怜，与其让鸟这么啄，还真不如让红大刀来打一顿。哎，狗尿苔，为啥让你守在黄生生身边了鸟就不来，你一离开鸟就来了？狗尿苔说：你说呢？跟后说：听说你能听懂鸟话？狗尿苔突然意识到自己是能听懂鸟的话的，以后有什么事情就得注意着听鸟话，但狗尿苔却说：你把我说得这能行的？！那我告诉你，站在那树上的两个鸟又在商量事了。跟后回头一看，身后的那棵白杏树上是有两只鸟，一个嘎嘎地叫，一个嘎儿呱地叫。跟后说：它们说啥呢？狗尿苔说：说跟后胡说哩，咱把屎屙到他嘴里！跟后拾起石头就把鸟打飞了，却过来说：你实话给我说，你能听懂鸟话？狗尿苔说：你要给鸟说话，说多了，鸟能听懂人话，人也就能听懂鸟话，你给树说话，树也能听懂你的话，石头也听得懂的。跟后说：树能听懂人话，石头也能听懂人话？他指着旁边一个石头说：它咋能听懂人话？狗尿苔说：你用手摸它。跟后用手去摸，手却冻得粘在上边，忙一抽，嚓的一声，说：狗日的，手上皮都要掉下来了！狗尿苔说：这石头恨你哩。

不再和跟后说了，狗尿苔往中山顶去，跟后的话使他有些得意：我还真能行么，那以后就多听听鸟呀树呀石头呀猪呀牛呀狗呀猫呀的话，有什么事了，也就给鸟呀树呀石头呀，猪牛狗猫，甚至院墙、墙上的茅草、锨、磨棍、灶台、瓮和桶去说话么。就在半山腰上，白皮松上那四只红嘴白尾鸟向他飞来，落在前边一丈远的路上，等他往前走了，鸟就也往前飞，又停下来回头看他。他说：善人那儿有没切开的南瓜吗？鸟说：有有有！他说：有几个？鸟说：九九九！他说：九个！如果没有九个，我就拿弹弓打你！鸟哗地起身又都飞了。他说：胆小鬼，哄你哩也信！路过了推掀蜂箱的地方，那破碎了的箱子竟然还在，用脚踢了踢雪，雪下有一层死了的蜂，狗尿苔不知怎么，心里有些不舒服，再不逗鸟，一气儿上到山神庙。善人是在炕上躺着，大白天的善人就睡了？这把狗尿苔吓了一跳，近去用手试着善人的额颅，额颅不烫，他说：病了？善人说：头疼。他说：头还疼呀？吃过饭吗，没吃我给你做些饭？善人说：吃过了。他说：给你做饭我不吃的。揭了灶台上的锅盖，锅里果然还剩着些搅团，他才相信善人是吃过了饭，就问有没有南瓜，他想借哩，明年秋里就还，如果嫌还得迟，可以用米或苞谷交换，一个南瓜二两米，或者半斤苞谷换一个南瓜，行不，肯定行吧。善人就笑了，说：咋就想着要吃南瓜啦？狗尿苔说：不知咋的肚里老想吃南瓜，做梦都想哩。善人说：南瓜在柴草棚角放着。狗尿苔就到柴草棚去寻，果然就在棚角放着一堆南瓜，都小，碗口那么大，数了数，竟然真是九个。狗尿苔惊得：啊！善人听到了，问：咋啦，南瓜不见了？狗尿苔说：在，在，我先拿三个，过两天我再来拿，来时就把米和苞谷带上。把三个南瓜揣在怀里，就走。善人却说：你给我把门闭上。狗尿苔反身回来拉闭了那树枝和苞谷秆编成的门，说：还有六个，你不能再吃啊！

回到家，面鱼儿老婆正好过来又和婆说话，狗尿苔就把一个南瓜切了，说掏出瓤子和籽儿给磨子，咱吃瓜吧。婆说：你咋这精的！夺了刀，另外两个瓜没再切，也不让狗尿苔把瓜给磨子送，在笼子里放了，

693

上边又放些干豆角串儿盖住，打发着面鱼儿老婆提走了。

第三天，狗尿苔就带了米和苞谷再次去了山神庙，取回了另外的六个小南瓜。善人头还在疼，用手巾扎着额颅，说：你拿这么多南瓜，肯定不是要吃。狗尿苔说：不是吃还能沤呀不成？！别的就是不说。

但是，南瓜瓤子能不能治好磨子的刀伤，磨子的刀伤又恢复到什么程度，狗尿苔是一点都不知道，他也不问，只是在以后的十多天里，留神着磨子家。磨子的媳妇一出来挑了桶要去泉里担水，他就过去帮了担，磨子的媳妇提了灶灰去自留地，他就也到自留地，帮着把灶灰撒在麦地里。

一个晚上，狗尿苔和婆已经睡了，后窗被人轻轻拍响，婆耳朵聋了，没有听见，狗尿苔问：谁？拍窗子的人说：我。狗尿苔听出是磨子媳妇的声。磨子媳妇是从来没找过他们的，狗尿苔忙问有什么事，磨子媳妇说：是狗尿苔呀，婆睡了吗，睡了那就算了。狗尿苔说：啥事么，我把婆叫醒来。磨子媳妇才说是请婆和狗尿苔帮她推碾子，碾些红薯蔓子炒面。狗尿苔干什么活都不烦，烦的就是推碾子推石磨，但他还是和婆起来去帮磨子媳妇了。冬季里农活少，古炉村人饭就能稀便稀，尽量节省。秋天里割回来的红薯蔓架在院墙头上，经冬一冻，全干了，揉搓后在锅里炒，然后去碾盘上碾了罗成面粉，可以直接当炒面吃，也可以做糊糊饭，甚至掺在麦面粉里在米汤锅里煮菜窝头。这一夜月亮很好，地上掉一苗针都能看见，三个人抱着长长的碾杆推，碾滚子的簸箕就发出咯吱咯吱的响声，吵闹得旁边院子里的老顺也出来。老顺原本要出来训斥的：白天干什么去了偏要在晚上推碾，响声那么大还让人睡觉不？出来见是磨子媳妇和婆在，老顺没了脾气，说：簸箕咋恁响的，来回睡不好就往出跑哩。婆说：得给簸箕上抹些油了。就回家取了菜油在簸箕的轴孔里抹了抹，声响就小了，老顺也帮着推起来。婆说：来回病还不见好？老顺说：把我放出来后，她能好点，但也时好时坏，和你说话头几句也好好的，说着说着就觉得不对了。磨子媳妇说：现在还关着几个人？老顺说：还有四人，不知道几时放

694

呀。婆说：推碾子，推碾子。几个人再不说话。碾道的就是那么一圈，可是永远都走不完，转一圈又一圈，转一圈又一圈，狗尿苔觉得头晕，后来勾头闭了眼，没想竟把瞌睡引来，就双腿机械地往前换着走，口鼻里有了细细的鼾声。老顺说：这是给自家推碾子，不是干生产队活，你也能瞌睡！狗尿苔就拿手打脸，打清醒了，用出劲来。红薯蔓子碾过了头遍，停下来婆用箩在筐篮里罗面，老顺坐下来吃烟，狗尿苔又立在那里打瞌睡。磨子媳妇说：来吃些面就没瞌睡了。狗尿苔过来抓了一把面粉喂在嘴里，苦苦的，苦得倒有另种滋味，吃过了一把，又吃过了一把。老顺说：哈，他不是打瞌睡，他是变着法儿想吃哩。磨子媳妇说：看把狗尿苔饿成啥了，慢些吃，你只要爱吃，把这些全吃了都成。婆说：可不敢多吃，吃多了屙稀哩。狗尿苔又吃了一把就不吃了。他看见老顺家的狗从院门口出来，轻叫了两声。老顺说：我得回去，来回又在寻我哩。磨子媳妇说：来回没出来咋就寻你了？老顺说：你没听狗在叫我？狗尿苔说：你也能听得来狗话？老顺也不理他就进了院子，果然就传来老顺声：你起来干啥？这天哪里是明了，鸡还没叫哩，睡，咱睡！碾子重新推起来，婆说：来回到咱村时好好的，谁知道就害了疯病，她还年轻着，以后咋办呀？磨子媳妇说：唉，老顺只说找个年轻点的将来好照顾他，没想他这得照顾来回了。狗尿苔说：人家哪要老顺照顾？不是她，老顺现在还放不了哩。磨子媳妇说：狗尿苔你倒是啥都知道？狗尿苔说：古炉村里有啥我不知道的，你家地窖里放了多少土豆和红薯我全知道！狗尿苔原本是胡说的，没想磨子媳妇说：啊？！拿眼睛就看婆。婆说：你胡说的啥？推碾子，推碾子，你也用些劲啊！狗尿苔推了一圈，不推了，说他尿呀，就到苦楝树后去尿，婆又骂。磨子媳妇说：让他歇着去。就用笤帚扫着碾出来的面粉，低声说：这事啥时是个出头呀？她话一低，婆却听不见了，婆说：这面粉碾回去你咋个吃呀？磨子媳妇说：我压些饸饹，还不知道能不能压成。婆说：不敢老吃这些，要磨些麦面哩。狗尿苔在旁边听她们说话，所答非所问，觉得好笑，可婆说了一遍要磨些麦面哩，

695

又说了一遍要磨些麦面哩，磨子媳妇就直盯盯看着婆，说：我知道，婆！磨子媳妇明白了婆的话，狗尿苔也明白了婆的话，他还想听听婆和磨子媳妇能不能再说些关于磨子的事，但她们再没有说。

鸡叫了二遍，碾子推结束，狗尿苔和婆回去睡，月光明晃晃，刚走到泉上塄畔的那排房转角，一只猫从一堆豆秆后走出来，把狗尿苔吓了一跳。他认得这是长宽家的猫，这猫白天里老缩着一堆在树下或屋檐上卧着，到晚上竟显得大了许多，迈着步子，走得不慌不忙。狗尿苔就大声说：婆，你见过老虎没？婆说：小时候听说过南山有，我没见过。狗尿苔说：老虎出来肯定和那猫一样哩。婆说：猫是老虎它舅么。狗尿苔说：那我舅的个子也不高？婆是听见了，婆却装着又听不见了，说：你说啥？便有了吵架声，婆孙俩都站住不动了。

而狗尿苔却肚子咕咕噜噜地响，接着是疼，就说：婆，我想屙屎呀！忙就解裤带，裤带是布条搓成的绳子，却结成死疙瘩了，咋解都解不开。婆说：快回去，回去屙。就听见卟叽叽一阵响，狗尿苔说：我屙下了！婆还在帮他解裤带，还是解不开，稀粪就从裤管里流了出来。婆干脆把裤腰从裤带里掏出来，裤裆里已脏得不成样子，赶紧在地上寻东西，抓了一把柴草，在里边擦，没想狗尿苔还在拉，婆说：你咋还屙？狗尿苔急得有了哭声，说：我夹不住么！婆一边擦，一边骂：你咋是顺肠子溜，才吃了几把萝子面你就屙，你把我能脏死！狗尿苔也伸手进去抓，抓一把扔出来，说：婆，这屎不臭哩。婆气得让他提着裤子往回走，远处的吵骂声似乎更大了。

吵骂声是从秃子金家的院里传出来的。秃子金和半香在吃晚饭时就闹了别扭，两人说不到一块，连饭碗都摔了，各人睡各自房子。但秃子金在厦子屋睡不着，去敲上房门，半香就不开，秃子金把门扇抬开了，两人便又吵。先还是怕外知道，低声吵，待到秃子金动了手，半香也动了手，就全不顾了，在院子里跳着跳着骂。秃子金说：你个卖 × 的，你得给我老实交代，我在窑场时，他来过没有？！半香说：他来没来，你管不着。秃子金说：放你妈的狗屁，我是你男人我管不着？半香说：你是我男人？这长日子了你到自留地去了没有？你给家里拿过一分钱，还是给猪割过一把草？秃子金说：我给你拿个球！半香说：你那球我还看不上呢！哐当一声，什么东西被砸了，接着半香叽吱哇呜喊起来。旁边的院门接连都开了，有人就跑出来，说：这出人命呀，还嫌古炉村没死人？！使劲敲秃子金家院门，喊：秃子金，秃子金，你男人家手重，你要把她打死呀？！秃子金说：打死算了，要这不要脸的婆娘做醋呀！半香也在喊：打呀，往死里打，你不打死我都不是你妈生的！敲门的人就说：半香，你少说两句不就没事吗，这不是寻着挨打吗？半香哗啦把院门拉开，出来说：让他打，榔头队的人就是能打人，我今日就不想活啦！出来劝架的多是榔头队的人，生了气，说：你两口子打就打，不要牵扯榔头队！半香说：能不牵涉吗，他口口声声说人家天布哩，你有本事你去把天布抓回来千刀万剐呀，你惹不下天布了寻我出气！秃子金从院门里扑出来，说：谁惹不起天布，我本来要剁他狗日的一条腿哩，他跑了，他有种的不跑么！扯出了天布，劝架的却都不劝了，反倒看起了热闹，说：你要剁天布哪条腿，他有三条腿！秃子金又被激怒了，扑上去就又打半香，半香两只手就在面前乱搔乱抓，能抓到秃子金的脸皮，抓不住秃子金的头发，秃子金的脸上就往下流血。而秃子金却一把采着了半香的头发，采着走，后边的人也跟着，说：不敢了，秃子金，再采头发下来啦！越说，秃子金越得劲，还采着走，走到隔壁人家院门前的尿窖池边了，说：你给我交代，你和他到底有没有一腿？以秃子金的意思，他当着众人面这么不丢手采半香的头发走，显示着他并不是怕媳妇，而这时候他问着和天布有没有一腿，半香肯定否认，也就在众人面前能为他卸了绿帽子，可半香弯着腰，双手护着头发根，说：有！秃子金再说：有没有？半香说：就有！秃子金把一撮头发采下来了，半香直了身骂道：就有就有就有，你还想知道啥，知道他多粗多长吗？秃子金一脚踢去，半香扑通一声跌倒在了尿窖子里。

　　秃子金和半香打闹着到了院门外，狗尿苔就要跑去看，婆拉住了他，等到半香跌倒在了尿窖子里，众人一声喊着去尿窖子里捞半香，婆拉着狗尿苔就悄悄走了。

76

天越来越冷，滴水成冰。古炉村北边塄畔的那一排人家尿窖子都修在塄坡上，而厕所棚子却高高在上，人在棚子里的木板缝里拉屎，屎一掉下去就在已冰住的尿窖池里成一冰块，掉得多，冰块子越高，以至形成粪的冰柱。拾粪的人常来偷砸冰柱，隔三差五就有人在村道里骂。但是，第一场雪那么厚的，慢慢就没了，不知道是风吹走了，还是一点点挥发了，反正也没见融出水来，唯一的是房屋瓦槽上垂下了冰锥。

婆是很多日子都没有剪纸花儿了，耳病折磨得又瘦了许多，直到聋了，世上的一切声音全部静止，她不需要与这些声音对话了。现在，村里风吹动的大字报的纸越来越少，树叶子也全落了，没有再使用那把剪刀，她就坐在那里，拾个树棍儿或瓦片儿，在地上、石头上、墙壁上，甚至拿指头在腿面上画。这一个晌午，阴着的天出了太阳，她在台阶上画了许多院子里的树，但怎么画都不满意，就不画了。拄了拐杖到牛圈棚去，因为面鱼儿已经捎了几次话，让她没事了去那边唠叨，说担心着她这一病在家里待得冷清。她冷清什么呢？她习惯了长年的冷清，倒是面鱼儿是个爱热闹的人，古炉村现在变得死气沉沉，也都不再出工，晚上没有人去老公房记工分时到牛圈棚来扎堆儿，面鱼儿需要着和人说话。但是，婆真的是想见那些牛了，自武斗的那天牛跑了出来，又受伤了几头，她再也没去过那儿，头一天晚上不知怎么就梦到了那只生过牛黄被杀掉的花点子牛，醒来莫名其妙地想着那头牛并没有死，分散在了古炉村每一个人的身上。她问着狗尿苔：你去不去牛圈棚？狗尿苔和牛铃和着泥片在院子里甩泥炮儿，泥片做成的盆儿状猛地朝地上砸去，她听不到响声，能看见泥盆儿就破开来。狗尿苔大声地回答他不去牛圈棚，说和面鱼儿说话没意思，而且面鱼

698

儿动不动还训他。她就一个人出门走了，挂着拐杖，她的身子开始有肉质的也有木质的，拐杖和脚就在硬硬的村道里有节奏地响着。两边人家的屋檐上的冰锥这儿那儿不停地往下掉，她几次站在那儿想：这些冰锥是从天上刺下来的，它悬在各家墙头的瓦槽上，像她在县城经过监狱时那些栅栏门上的铁棍，铁棍上都是矛子一样的尖，天上把一个监狱颠倒着要罩住古炉村，而现在冰锥脱落，是不再来罩了吗？在牛圈棚里，面鱼儿热情地抱一捆稻草让她坐在老公房的台阶上晒太阳，而所有的牛也都拴了出来在院子里晒太阳。可她能和面鱼儿说什么呢？面鱼儿是在不停地给她说话，她听不见，只是嗯嗯地应着，从面鱼儿的口型中她猜想着话的意思回答着，或者，她的回答是所问非所答，牛头不对马嘴。面鱼儿并不计较这些，仍是嘴一动一动给她说话，似乎面鱼儿并不指望她能回应，只要求她就在旁边，要把自己一肚子的话说出来就是了。她看了一会儿面鱼儿的嘴和脸上活动的皮肉，目光就移到院子里那些牛身上，这些犍牛和母牛在太阳下已经晒暖和了，也晒得昏昏迷迷了，有的一动不动地立着，让身影子在身边转移，有的卧在那里，偶尔摆一下尾巴，几个牛蝇就飞开去，然后又趴上去，尾巴又摆一下，后来尾巴也懒得摆了，牛蝇趴了很久，有血从牛皮上流出来。这个时候，她用手在台阶上画，她画着每一头牛的样子，突然就有一头牛向她走了过来，拴在木桩上的缰绳拉直了，牛还离她有三四尺远，牛就卧下来。她意识到这头牛原来是卧在另一头牛的背后，她画了那么多牛就遗漏了这头牛，是这头牛要进入她的画里。

　　婆就这样一边听着面鱼儿说话，一边画她的画，面鱼儿终于不说了，他说得都没了力气，开始拿旱烟锅吃，把烟往肚里吃，好像是补充瘪下去的肚子里的气。面鱼儿歪头看看婆身前身后的画，说：你咋就能捉住个样儿！婆说：啊你说啥？我这耳朵不中用了。面鱼儿放大了声说：他婆，我说你有本事，能捉得住牛的样儿！婆笑了笑。画画就是要有能捉样儿的本事么，她就这个本事，只要有东西在她眼前一晃，她便一下子捉到它们的样儿。面鱼儿又大声说：他婆哪，你不养牛却比我

699

还知道牛？！婆说：这要谋着，心里谋着个啥就能画出来个啥。婆抬起了脸，院门口有几个鸡头，还有一个狗头，鸡和狗把头从院门缝挤进来看婆。婆说：都进来，都进来！一群鸡和三只狗就进来了，它们那么乖地站着卧着要婆来画。婆这时候多么的开心了呀！但也就是在这个时候，突然有了叭叭叭几声奇怪的响，牛一下子全站了起来，而所有的鸡和狗轰地飞到了墙头和跑出了院门。

这响声婆并没有听到，她低着头在地上画，她画着的习惯是盯着要画的地方，仿佛那里有什么可以见到的原形似的，然后用树棍或瓦片就从那儿牵出条狗来，拉出只鸡来。等她抬起了头，面前的牛全站着，鸡在院墙头上，狗从院门里往外挤，狗毛都挤脱了一撮，她疑惑地看着面鱼儿。面鱼儿说：哪儿有枪响？

怎么能有枪响呢？榔头队和红大刀武斗得那么凶，也没有动枪呀，枪被国家管制得那么严，怎么会有枪响呢？面鱼儿从院门里也出来，村子里很多人都听到了枪声，乱跑一气，叫喊着联总打来了，天布、灶火回来啦！而狗尿苔就风一样跑了来，在问：我婆呢，我婆在牛圈棚？面鱼儿说：天布和灶火拿着枪回来啦？狗尿苔不作声，他也不知道怎么作声，进了院子，背起了婆就往家里跑。

婆完全糊涂着，她不知道发生了什么事情，只是估摸村子又要乱起来了，倒高兴着狗尿苔懂事了，再不哪儿热闹往哪儿钻。狗尿苔说：你搂住我脖子，把脚给我，婆！我捉住你的脚了，谁也从后边拉不下你。婆，婆，你咋这轻的！

枪声又一连放响了五下，黑压压的一群人是从盆地东边的烽火台梁那儿跑向古炉村来，站在村口的人看到那么多的人向村子跑来，就像上一次红大刀的人看见了金箍棒和镇联指人跑来的情景一样，立即就慌了，一面着人去喊霸槽，一面就拿了榔头要严阵以待。但这一次和上一次情景又大不一样，来的人并不是天布和灶火，也不是下河湾金箍棒和镇联指，霸槽看到了马部长，两人手握着长久没有放下，原来是马部长带领着县联指的人来进驻古炉村了。

霸槽告诉了榔头队的人，就在古炉村武斗后的三天，县上的联指和联总也进行了一场武斗。到底是县上的武斗，两派都有了枪，真枪开火地武斗了一天一夜。县上的形势以前也是联总的势力大，联指斗不过联总，但联指的活动能力强，省城的联指总部就派下来许多人，也支援了许多枪，县联指就在这一武斗中打垮了县联总。为了防止溃败的县联总的人逃往省城，重新结集反攻，县联指就派了一部人要在古炉村这儿的公路上设卡堵截。正好马部长又负责了县联指的政训班，政训班一部分人是联指成立的牛棚里的走资派和四类分子，一部分是武斗中抓到的俘虏，还有一部分是从县城过来一路上抓到的怀疑是县联总要逃往省城去的人，马部长就和来设卡堵截的人，一块来进驻古炉村。霸槽给大家介绍着，自己禁不住地手舞足蹈，给秃子金说：今晚你回家去！秃子金说：我不回去，见了她就想打。霸槽说：打就打，打得离婚了就离婚！你告诉她，天布甭想回来，再也回不来了！

来的人一共有六十二人，十八人是政训班的，四十四人是设卡堵截的。四十四人都住在窑场，榔头队把窑场所有窑洞打扫干净，安装了柴排门，又吊了稻草编的帘子，各家出木板或厦房门扇，支起了三十多床铺。而公路上抬来了灶火家放在屋后檐下的一棵榆树，这棵榆树是灶火三年前伐下来要准备盖房做担子的，抬了来，放在一个磨盘上，就横挡在公路上，有汽车来了，停车检查，检查完，推着树的一头，那树和磨盘一块转开，放车走，然后再推着横在路上。小木屋就供了卡站上的人居住。窑场上的人轮换到卡站，七人一班，一天一夜一换。政训班的十八人，再加上支书和红大刀的三个骨干，一共二十二人，集中在窑神庙，由专门人看管。这么安排了，剩下的事让铁栓和跟后去办理，霸槽就去长宽家借了一套铺盖，领马部长去了他那老宅屋。

以霸槽的主意，马部长住在他家老宅的上房，他自己搬住到厦子屋。他征求马部长意见，住在这儿要不要找个女的来陪伴她？马部长说：不需要，我在学校的时候，就从来不和女同事玩的。霸槽就把一盏煤油灯放好在炕头界墙的灯窝里，连火柴也放上，又把尿桶提回来放在屋角，再要把一个只剩下半块的镜子斜靠在窗台上。马部长说：不需要！拿起镜子从窗口里扔了出去。霸槽说：对，对，不爱红妆爱武装！他把上房门的钥匙掏出来给了马部长。

马部长说：古炉村还有贼吗？

霸槽说：贼倒没有，只是怕你不方便。

马部长说：门不锁不关不就方便了？

霸槽说：那好，我就住厦子屋，给你当警卫。

马部长说：啊好！你是第一警卫，这是第二警卫。她把身上背着的枪卸下来，靠在炕头。霸槽就寻了个木橛子往墙上钉，木橛子又粗又大，把枪挂上去了，还把马部长解下来的一个围巾也挂上去。

马部长说：你会不会放枪？

霸槽说：机关枪没放过。

马部长说：嘿，你放一枪我看看！

马部长就压上了子弹，让霸槽把枪头从窗格子伸出去打院墙根那棵树上的鸟。树上原本是干枯枝子，落了几十只鸟，像又长了许多叶子。霸槽咚地放了一枪，鸟哄飞了，树又变成干枯枝子，霸槽有些不好意思，但一只鸟却垂直地掉下去，像掉了一颗石头，接着又掉下一只鸟，也像颗石头。

马部长说：哇，一枪双鸟！

霸槽倒谦虚了，说：瞎碰的，瞎碰的。

枪声一响，把从外边才要进院的跟后吓蒙了，扑沓坐在院门口。马部长和霸槽哈哈大笑，让跟后也来射一枪，跟后不敢，甚至过来连摸一下枪也不摸，说：霸槽，霸槽。马部长说：怎么就叫霸槽？跟后脸腾红，改口说：头儿，有个事向你请示哩。霸槽说：说！跟后说：住的都安排好了，吃饭咋吃呀？霸槽说：安排吃派饭么。马部长说：这饭要让大家吃好！跟后说：是要吃好！却给霸槽招手，把霸槽招到院子里了，低声说：来的人对咱再好，咱对来的人也再好，可吃饭的事不敢随便应允。如果一个两个人，如果只吃一顿两顿，那都好说，可这么多人，你知道住多久吗？吃饭问题不解决，他们待不了多久，咱也撑不了多久。霸槽说：我为啥安排了住处，别的事让你和铁栓去办哩，就是要考验考验你们。吃饭的问题马部长已经交代过了，今晚先吃一顿派饭，能给同志们吃稠的就不吃稀的，能吃蒸馍就不吃蒸红薯，明日他们会把白米白面都运来的，还要补赔今晚的吃喝哩。马部长从屋里出来，说：你告诉群众，我们不拿群众的一针一线！跟后说：这就好，这就好！今晚安排四个人到我家去，我还有些麦面，给同志们吃蒸馍！

晚饭全分配下去，跟后和铁栓又都传达了霸槽的指示。霸槽还有些不放心，要到各家去看看，走时却问这次来一共带了几杆枪，马部长说五杆，霸槽：五杆呀！马部长说：想要了就明说，要不要？霸槽说：要！马部长当下把枪让霸槽背了，说：就穿红毛衣？棉袄呢？霸槽不好意思了，说他还没有棉袄，等过几天他要去洛镇买些布做棉袄呀。马部长就喊来政训部的一个人，脱了身上的黄军大衣给了霸槽。霸槽被武装了，趾高气扬地在村道里走，秃子金迎面碰上，说：这是谁？啊霸槽呀，头儿呀！霸槽说：这行头怎么样？秃子金：这行头吓都把红大刀吓死了！哪儿来的？霸槽：马部长给的。秃子金说：马部长看上你啦？霸槽：不敢胡说！秃子金说：那怕啥，她给你这行头，你就把她干了！霸槽说：你狗日的是个土匪么！让秃子金到公路上去帮忙把卡站设好，自己笑着又走了。才走到杜仲树下，一个人从巷口骑了一把扫帚往出跑，猛地停住，扫帚也不要了，拧身又跑进巷里。霸槽看清是狗尿苔，也不声张，就走过去站在巷口墙这一边，狗尿苔的头刚又探出来要看，就一把抓住了耳朵。狗尿苔抬头一看，说：霸槽哥，霸槽哥！霸槽说：见了我跑啥哩？狗尿苔说：我没认得是你！霸槽不抓耳朵了，说：现在你认得了吧？狗尿苔说：你不是霸槽了？霸槽：我不是，我是啥？狗尿苔说：你成毛主席了！霸槽啥话都没说，却把枪取下来要让狗尿苔背，狗尿苔不敢背。让狗尿苔摸一摸，狗尿苔也不敢摸。霸槽嘴皮子吹了一下，说：去！刚致刚致往前走了，狗尿苔立在那里看背影看了半天。

派饭的人家一半是做了苞谷糁糊汤，糊汤很稠，插一根筷子，筷子不倒。一半是做了苞谷面酸菜糊糊，还煮了土豆，土豆也不切，盛在碗里，像盛了一碗小石头。但还有那么几家，总不相信给来的人吃了派饭还能补赔，他们没有改变自己的晚饭规矩，仍是开水锅里煮了萝卜丝，一股子盐，没有油，然后就拌一碗稻皮子和麦麸、红薯秆粉的炒面，吃派饭的人说：就这饭？主人说：睡觉了嘛！吃派饭的人说：古炉村比我老家还穷么！而跟后家，跟后果真是把新近磨出来的那些麦面全蒸了馍，然后打了有荷包蛋的辣子开水。跟后媳妇先不愿意，说：咱都舍不得给娃吃，就让外人享福啦？跟后说：会有补赔的。跟后媳妇说：霸槽说话天上一句地上一句的，他拿啥补赔呀？跟后说：这是那个马部长说的。跟后媳妇说：就那个男不男女不女的？跟后说：人家长得好着么。跟后媳妇说：就那个样子还好呀，你看上了？我告诉你，你别给我胡来！跟后说：就是胡来，还轮得上我？！吃饭的时候，来了四个人，其中一个一手端了荷包蛋辣子开水，一手竟拿了四个蒸馍，跟后看着，心里疼痛，说：这你能吃了？那人斜了眼，说：我是尝呀？！跟后就进了厨房，让把剩下的馍藏了，叮咛媳妇：他们还要馍就说没了。

77

第二天，马部长睡起来眼睛有些涨，她原本是肿泡眼，一涨，上眼皮就发红。她带了三个人，两杆枪，坐了手扶拖拉机要去洛镇取钱取粮。手扶拖拉机是开石开，先给加油加水，又在车厢里放上几个草团垫子，他的脊梁就痒得难受，靠着一棵树蹭。长宽提着粪笼弯腰看手扶拖拉机，看了很久。开石说：看啥的，拖拉机不屙屎！长宽说：还真去取钱取粮？开石说：是借钱借粮。长宽说：向谁借？开石说：信用社和粮站呀！长宽说：吹吧，让姓马的吹吧！开石说：马部长说他们已借过多次了。长宽说：这不可能！信用社和粮站是她亲戚？开石也就有些疑惑，说：听说信用社和粮站的人都是联指的，马部长手里有枪。

太阳一竿子高的时候，手扶拖拉机出了古炉村，经过莲菜池边的路上，噗，噗，故意地放屁，喷黑烟。这是开石又给狗尿苔和牛铃显派了，牛铃不抬头看，也不让狗尿苔抬头看，说：张狂么，再把腿轧断去！狗尿苔：再轧断了我不给他寻簸箕虫了。

已经有好多天了，莲菜池里结了冰，脚踏上去不嘎喳喳响，头一晚狗尿苔就约了牛铃，一大早在冰上割干枯的荷叶和莲菜秆子做柴火。小心翼翼地剥下了一背笼，就各自拿了一根莲菜秆子点着了吸。平日里大人们吃烟，他们也要吃，大人不给，不给就不给吧，吸莲菜秆子，比烟锅子冒出来的烟还多！两人正吸得鼻涕眼泪的，磨子的媳妇在池边喊：鬼呀，鬼呀，那冰能扶得起你两个人呀，掉进水里冻死去！狗尿苔立即说：你把这一背篓柴火拿回去烧锅。磨子媳妇说：我嫌那烟大，我不要！狗尿苔说：嫌烟大可以烧炕么。牛铃低声说：你咋对她恁好？狗尿苔说：给一背篓柴火就恁好？牛铃说：那把柴火给我？狗尿苔说：想得美！牛铃说：磨子带着刀伤跑了，是死是活都不知道的，咋没见她哭过？狗尿苔说：人家哭给你打招呼呀？提了背篓上了岸，还要把柴火给磨子媳妇，磨子媳妇仍不肯要，狗尿苔说：你是嫌少吗，你不怕冷，可……他听到一声咳嗽，回头见霸槽和水皮过来。

霸槽说：狗尿苔你干啥哩？狗尿苔说：没事么。霸槽说：没事别寻事！你去和水皮把横幅拿到公路上去。狗尿苔说：我这儿有柴火哩。水皮说：把柴火背到公路上让他们烤了去！狗尿苔当然不愿意，霸槽却说：就那一点柴火你都舍不得？！狗尿苔就背了柴火和水皮去了公路上。小木屋前堆放了很多石头，那棵榆树就横架在路上，十多个人坐在榆树两头，眼睛盯着从镇河塔下过来的三个女子。女子先还并排走着又说又笑，突然就不作声了，而且一前一后走，那些人就喊：特——色！惊得三个女子头低着匆匆跨树而过，公路上就浪笑一片。水皮带来的是一卷白布写成的横幅，狗尿苔认不得字，也始终没问，当公路两边栽起了两个木杆,要把横幅挂上去,水皮让狗尿苔爬杆,狗尿苔爬了几次都爬不上去。卡站上的一个胖子,一个眼睛很大,一个眼睛却瞎了,说:你长得不像个人,你还爬不上去?狗尿苔想说你是独眼龙,你才不像人,但狗尿苔没敢说,看那人穿了件棉制服,有两排扣子,他就觉得那人是个猪,母猪么,就说:你说我长得像猪?那人说:你以为你是人?!狗尿苔说:那我身上没两排子猪奶呀!但那人却没有听懂他的话,这让狗尿苔有些失意。那人说:你趴下给大家来个节目了我爬,你会学鸡叫还是学狗叫?一乍腿从狗尿苔头上跨过。这狗日的简直和麻子黑一样么,狗尿苔就在那人跨腿时头故意往上一顶,把那人撞疼了,骂道:你个碎骸,今日须叫你来个节目不可!狗尿苔说:你把你那双排扣子的衣服让我穿了我就有猪奶了。这下,大家都听懂了,惹得一个劲地笑。

这个上午,来往的汽车挡了十几辆,在后来的一辆班车上,挡住了一个可疑人。那人是南方口音,说他从广西的农村原本要去新疆逃荒的,他会编席,但走到县上,有人介绍他到县西的大庚岭那儿,说那儿产芦苇,编席的人家多,他就去了大庚岭,在给帮人编席的过程中被师父看中,招了女婿,他是要回广西去办户口的,刚到县城,县城里武斗,没有班车,就在县城关镇要了几天饭,今日班车通了,他才硬挤着买上了票。但是,卡站的人不相信他,怀疑他是省城联总派到县联总的,因为省联总派到县联总的人中,确实有一批南方人,就把他带回窑神庙。

那人很老实,带他去窑神庙,一路上也只有水皮和狗尿苔,水皮长得单薄,狗尿苔又小不丁点,他要跑绝对能跑掉的,尤其到了村口漫坡上,水皮要去一棵树下尿尿,连狗尿苔都觉得这是要逃跑的大好时机了,他也有意离那人远点,蹴下身子系鞋带,可那人没有跑,只是嘴不停地说:我不是联总人,为什么要把我扣下?气得狗尿苔:你活该!到了窑神庙,窑神庙的院子里待着那么多人,恐怕是才开完了会,一个个脸色是土的颜色,木木地蹴在台阶上晒太阳。狗尿苔看见了支书就在台阶角坐着，额头烂了一片，不知上边抹了什么，已经结了痂，但痂是黑的，黑里又有黄。有一个人捡到了一张废纸，在膝盖上摊开熨平，然后去院角翻一堆柴火，翻得唰啦唰啦响，旁边人说：你静静坐呀，干啥的烦不烦？那人说：我寻有没有棉花秆。果然拣出了三根棉花秆，棉花秆上还残留着一些干叶子，摘了揉成末子在纸上卷。旁边人知道这是卷烟卷了，就再不吭声，一眼眼看着烟卷卷好，又吸上了，说：啊给我吸一口。烟卷递过来，被狠狠吸了一口，又被另一个人要去吸一口。烟卷竟没有再回到卷烟卷人手里，就那么传递着，都只能吸一口，这一口吸进去没有一丝烟雾，似乎是火灭了，但随之长长呼气，两股子烟就像棉絮一样从鼻孔里跑出来，然后是一片咳嗽声。而支书没有要烟卷吸，他一动不动，好像是又瞌睡了，闭了眼，眼皮子涨着，发着红，像是两颗梅李。水皮和狗尿苔带着那个南方人从院子里一直往后边殿房去，没有人理会那个南方人，也不收了挡着路的腿，而南方人偶尔踩上了一只脚，那只脚很快就踢了南方人。狗尿苔跑过支书面前，他故意把脚步放重，支书还是没有睁眼，可闭着的眼皮动了动，狗尿苔理会了这是支书在给他打招呼。

殿房里，秃子金在审问那个南方人。哪里人？县西大庾岭黄柏岔的。胡说，黄柏岔有你这蛮声蛮语的？我是上门女婿，你可以去黄柏岔问，我丈人叫黄中，我媳妇叫黄秀。谁有工夫去黄柏岔？我问你，是黄柏岔的为啥不老老实实待在黄柏岔，搭车干啥去？我是去老家办户口。那办的户口呢？才去办呀！鬼信呀你，把手给我看看。手上没茧子哪是农民？我整天编席哩，你看我这手指头。谁的手没血裂子，牙，把牙龇出来！还查牙呀？龇出来！南方人张嘴龇出牙来，秃子金就喊人，让把这南方人拉到门房去打，牙这么白的，他哪儿是农民了？！几个人就进来把那个南方人拉了出去，门房有个横梁，吊在横梁上，拿劈柴打。

秃子金在审问那个南方人的时候，狗尿苔要走不是，不走也不是，旁边的凳子上放着一个蒸红薯，可能是秃子金正吃着他们进来了就把蒸红薯放在了那里，狗尿苔就假装去凳子上坐，过去把红薯握在手里，才掰了一点塞在嘴里，秃子金说：说，说话！他嘴里有红薯，说不成话，着急往下咽，看秃子金时，秃子金在训斥着要那个南方人说话。但南方人很快被拉出去打了，狗尿苔趁势也往出走，又一次走过支书面前，他把半截子红薯丢进支书的腿中间，支书的腿立即合并了，眼睛仍然没睁。

狗尿苔只说出了窑神庙他就可以回家了，没想到的是开石竟然把面粉用手扶拖拉机拉回来了，回来是这么快，面粉袋子装了一车厢，这么多的面粉，古炉村人都没见过，稀罕地撵着手扶拖拉机，直到了山门前，开石停了手扶拖拉机，把跟随的人轰走，他们肚子里吃不到这些面粉，这些面粉也不能让他们眼睛看饱。七八个人把面粉袋卸下来往窑场掮，最后剩下一袋，开石要掮上去窑场的，因为霸槽已经安排开石去那里帮忙做饭，但开石懒得掮，要狗尿苔掮。狗尿苔说：我又吃不上！不愿意。开石说：掮上去了给你吃一顿。狗尿苔说：说话算话。把一袋面粉挣死累活地掮上了窑场。

这一顿饭擀了面条，虽然还不是捞干长面条吃，但烩面里还煮了土豆片，仍是古炉村人平日难吃到的，窑场上的人都吃了，开石也吃了，但没人问狗尿苔吃不吃。开石说：你不急么，等会儿给窑神庙送饭了，给你剩一碗。狗尿苔没吭气，就在开石面前挠起身子来，他本来并没有痒，想让开石看着逗他身上也痒。果然，开石就也浑身痒起来，放下了碗，捡起烧灶的一个苞谷棒信子塞进交裆里去搓。

最后是把剩饭又掺了开水，开石让狗尿苔帮着抬到窑神庙，政训班的人一人半碗。那个南方人已经从门房横梁上解开绳索放下来了，就躺在西厦子屋角的一堆稻草上，别人都端着碗吃了，他从稻草堆上过来，眼巴巴看着开石用木勺在刮桶底，刮出了半碗，他就从靠在墙上的扫帚上折筷子。开石说：就这半碗了，狗尿苔你吃了吧，我说话算数！狗尿苔一下子端起碗，吭嘟，先在碗里吞了一口，却说：那他……开石说：让他舔桶去！那个南方人只好提了桶，他用筷子在桶里刮，刮不出什么，就又用指头去刮，刮一下，嘴把指头吮一下，后来头就塞进桶里

708

用舌头舔起来。狗尿苔可怜起这个南方人了，心想他不知饿了多久，如果这一顿还吃不上饭，那就得到明天才能吃上，他就不吃了。当那个南方人把头从桶里出来，又倒了水去刷桶，狗尿苔突然生气了，哐地把手里的碗和饭丢进桶去，骂道：你那样子恶心不恶心？古炉村再穷，也没人这么喝刷桶水！然后就从院子里走出去了。

开石在窑场帮忙做饭，没做两天，倒成了管伙食的人，还把他媳妇也叫来烧灶。窑场的饭不知比村人的饭好了多少倍，他们两口子都能混着吃。但是不久，窑场上的人都患上了疥，他们起先也不知是怎么啦浑身奇痒，整日的心狂意躁，跑去给霸槽说了，霸槽说是不是得了疥了，扒开衣裤看了，证明是疥。这些人就得知是住在窑场的开石传染的，骂开石不厚道，自己有疥为什么不吭声，还要晚上钻进他们被窝里取暖。开石说：革命使我们染疥么！那些人就说：革命也让我们打人哩！压住开石就打，打得开石爬不起来，吓得他媳妇回村去叫面鱼儿，面鱼儿才把开石背回了家。

霸槽把立柱和冬生又派上了窑场，立柱和冬生不能不去，去了就脱了裤子让那些人看着并没有疥疮，又介绍着说用窑灰搓身子能治住疥的，那些人就闹腾着要烧窑取灰。霸槽没办法，只好又烧窑，这次烧窑只做了少量的碗坯，窑也只点火烧了两天两夜，那些人就开窑取灰。一天搓三次，搓了三天，疥果然是消失了。而榔头队的家里人也都来窑场搓灰，后来，原红大刀的人，连同他们家里人，也都来搓。秃子金先是不同意，来问霸槽意见，霸槽说：不给他们治，那也可能还会传染咱们的，不要让他们来窑场搓，分些灰让他们回去搓。一时间，村人在巷道里见了，都问：你搓了？

面鱼儿在这期间也去了几趟窑场，他给自己搓了，还带了一盒灰拿回来给开石两口。可开石的疥已经上了脸，搓了几天没有见效，下巴上出现了一些红疙瘩，额头上又出现了两个红疙瘩，人开始发高烧。面鱼儿的老婆来请婆去看看开石的病，狗尿苔把婆拉到一边，说：你不要去，他会传染你的。婆说：啥能传染我？我得去看看。狗尿苔说：那你远远看一眼就对了。婆到了开石家，开石媳妇哭得汪汪的，说：蚕婆，是不是疖上脸拿席卷呀？婆说：你鬼娃子，让他听到呀？！开石其实已经听到，见了婆要爬起来，却爬不起来，说：蚕婆，你救我！婆手在被窝里一伸，被窝里像起了火，说：没事开石，疖上脸那是指鼻子上的。就吩咐开石媳妇用酒擦眉心、后脖和胳肢窝，再用窑灰继续搓身子，浑身上下搓。面鱼儿就又到了窑场，竟担回了两筐窑灰就铺在炕上，让开石光身子躺上去，还用灰埋得只露出个头。

面鱼儿担了两筐窑灰，在霸槽的老宅院门口，遇着了马部长，马部长老是那身打扮，说：呀，担这么多灰！面鱼儿说了开石的病，马部长说：你们这个古炉村，不出革命经验，就出传染病！却让面鱼儿进院取了个瓦盆，要留一盆子。面鱼儿说：你也染上了？马部长说：厕所里老是爬蛆，我想撒些灰。面鱼儿说：杀蛆得石灰，这窑灰不行。马部长说：试试么。端了瓦盆进院，当即把院门也关了。

78

原本没有多少人去的窑场，现在倒惹得人去看稀罕，那些卡站的人差不多都是县城里的干部、工人和学生，长得和古炉村人不一样，而且没一个留着光头，都穿黄色的军大衣，即便没穿大衣的，也都是小棉袄上罩件中山装，四个口袋总塞得鼓鼓的，尤其是裤子，一律是前边有开口。霸槽原来是一直学着县城人的样子的，这么多的县城人来了村里，霸槽就不觉得特殊了。开石还没和那些人打架前，那个胖子给开石了一条裤子，开石觉得老是一边穿着容易烂，就把开口穿在了后边，结果又蹲不下身，那些县城人嘲笑过开石，村里人也在笑开石。狗尿苔就让婆也给他做一条那样的裤子，但婆不会。让古炉村人更惊奇的是马部长，一个年纪轻轻的女人能打枪，能讲话，那么多男人服服帖帖听她的，他们以前没听说过，现在能亲眼见了，以致连葫芦那样的老实人在家里也觉得自己的媳妇不顺眼了。葫芦妈的卧屋墙黑了，葫芦的媳妇想给婆婆刷刷墙，让葫芦去南山挖白土，葫芦去了半天背回来不到一笼子白土，葫芦的媳妇就嘟囔葫芦懒，不像个男人。气得葫芦坐在门外吃烟，马部长背着枪经过，他就对媳妇说：你看看人家！你会打枪呢还会在人面前说话？！葫芦媳妇说：你看上人家啦？你尿泡尿照照自己！两口子从来没红过脸，这回吵了一架。村里人一凑堆儿都要说到窑场，其实，说得最多的是窑场上的吃喝，说人家吃白馍，吃捞面，即便吃糊汤，糊汤里还煮了豆。姓朱的人家说这话也只是过过嘴瘾，而姓夜的，尤其椰头队的成员议论这事时心里就哄哄着气，因为他们是吃不到那大锅饭的，抱怨都是革命哩，造反哩，外来的人能吃香喝辣，他们只能稀汤寡水？！当霸槽让他们给窑场送柴火，送煮锅的土豆、红薯、萝卜和酸菜，送了一两回就不愿意送了。窑场上的那些活，比如再在窑洞里修个大灶，架个大锅，再用稻草编些铺炕的草垫子，去山沟里挑水，也是能推托就推托，推托不了就磨洋工。或者，就让狗尿苔去干。

狗尿苔是不停地到窑场去，他不明着去，总是约了牛铃说是挖老鸹蒜呀，挖野小蒜呀，就来到中山上，却常常坐在山坡上看着人家吃饭。这一天，狗尿苔说：如果让你吃蒸馍，你能吃几个？牛铃说：我能吃五个！狗尿苔说：我也能吃五个！牛铃说：你不行。狗尿苔说：我行！两人争得红脖子涨脸，连窑场上吃饭的人都听到了，那个胖子，也就是在公路哨卡上欺负过狗尿苔的那人，过来骂：我们的馍你们吃啥呀？！狗尿苔说：只是说说。那人说：不准说！不准说了，狗尿苔低声说：这瞎子，咋不让那个眼睛也瞎了？牛铃说：你知道他为啥瞎了一只眼？狗尿苔说：为啥？牛铃说：我听秃子金给水皮说，那胖子在县上武斗时，夜里两派都趴房顶上监视着，他却吃纸烟，对方就照着烟头火往左打了一枪。一般人吃烟都是右手拿纸烟，往左打就打到心脏了，但狗日的那晚上是左手拿纸烟，枪往左一打，没打上，打着了旁边的砖墙，砖渣子蹦进他眼里的就打左眼珠子放了水。狗尿苔说：这挨枪子的，不给咱吃也不让咱说，咱恶心他！牛铃说：那咋恶心？狗尿苔就故意大声问牛铃：

711

你一次能屙多大一堆？牛铃说：碗大一堆。狗尿苔说：你是牛呀？牛铃说：牛屎里有草节子，我屙的里边有虫哩。胖子咯哇咯哇呕吐，砸着土疙瘩撵他们走，戴花却把他俩喊住了。

　　戴花和开石的媳妇都是在窑场做饭的，开石的媳妇后来回去伺候开石，霸槽又把牛路的媳妇派去做饭。戴花一喊叫，狗尿苔悄声说：我说来声好久不见来了，戴花原来到了窑场。牛铃说：长宽说他哪一派都不参加的，咋让戴花也去做饭？狗尿苔说：做饭不一定就是榔头队么，你看她胖了瘦了？牛铃说：瘦了，吃那么好的咋还瘦了？！戴花还在喊：你两个长着耳朵出气吗？狗尿苔说：你喊谁哩？戴花说：喊你们哩！狗尿苔说：啥事？戴花说：没水了，你俩担水去，担三担子水，给吃个馍！狗尿苔说：我不爱吃馍。牛铃对狗尿苔说：只要给馍吃，咱就担。狗尿苔说：我不担！牛铃说：我想吃馍哩。狗尿苔就说：你吃吧，你去吃吧！甩了手就走，听到有人在说：牛铃你碎馓东倒吃羊头西倒吃狗肉，你想担么还不让你担哩！戴花好像在求情了，说：不就是一个馍的事吗，你们都懒得去担，总得有水呀！牛铃真的留下来去担水了。

　　狗尿苔从山上往下走，嘴里不停地嘟囔：馍有啥好吃的，有馍吃，我还不饿啦？一个馍能顶住多少饥？甭说一个馍，就是吃十个八个，还不是一泡屎全屙了？不吃，不吃馍，呸，就是不吃！

　　一进家门，婆在台阶上坐着梳头，狗尿苔说：婆，今儿啥饭？婆说：能有啥饭？你去刮些土豆，咱做面水子煮土豆。狗尿苔大声地说：我要吃馍，吃蒸馍！他的声大，婆听得明白，但婆却疑惑地看着他，嘴张得多大。杏开从山墙外的厕所里过来，说：狗尿苔你今儿生日吗，要蒸馍吃？狗尿苔这才知道家里还来了杏开，嗤啦笑了一下。

　　杏开的腰身那么粗了，像是衣服里塞了个枕头，狗尿苔不敢靠近她，觉得她现在是提着一篮子鸡蛋在集市上，别靠近去撞坏了鸡蛋，立即从炕上取了褥子垫在了椅子上，让杏开坐下。杏开却把狗尿苔拉到厨房，说：狗尿苔现在有眼色了！到窑场去了？狗尿苔说：就在院子里说么，婆耳朵笨了，她听不着。啥事？杏开说：是不是马卓也得了疥？狗尿苔说：马卓是谁？杏开说：就是那个男不男女不女的马部长，你得说实话！狗尿苔说：你听谁说的？杏开说：当然有人给我说的，你知道她得疥的事吗？狗尿苔说：这我不知道，我到霸槽的老宅屋去，她在煮锅，我以为煮红薯哩，她煮的是衣裳。杏开说：她肯定也是得了疥了！狗尿苔说：得疥那又咋啦，来的人都得了疥么。杏开说：别人得疥她得什么疥？！突然间脸色大变，抓起木勺在案板上哐哐哐地敲，大声嚷道：她一个人住的她得疥？她来革命呀还是来得疥的？！就坐在灶火口呜呜呜地哭了起来。杏开一哭，吓得狗尿苔不知所措，从厨房出来，他要问婆这是咋回事，婆也在院子里叹气，说：没良心，没良心。狗尿苔问谁又没了良心，婆却说：你去担些水去，杏开在这儿，咱就蒸一笼馍吃。

狗尿苔在泉里舀水，舀着舀着，蓦地醒开了杏开的话：是霸槽把疥传染给了马部长？立即就恨起了霸槽怎么能这样，更恨起了那个马部长。她马部长，哼，有什么好呢，脸那么黑，脖子又短，瞧她那双脚么，又宽又肥，那是人脚呢还是熊掌？杏开如果是大拇指头，她马部长顶多也就是个小拇指头！狗尿苔把瓢在水里拍着，水软得手伸下去就把水掬上来了，可瓢拍下去，水面却硬得像生了石头。半空里突然说：你把瓢拍烂呀？狗尿答说：打她马卓！半香说：打马卓呀？！狗尿苔吓了一跳，才意识到自己说漏嘴了。抬头看时，泉上的塄畔沿坐着半香。他已经见过了几次，半香不是坐在三岔巷口的那个碌碡上，就是坐在谁家后檐的台阶上，老是好像没事，坐着了两条腿就不停地摇。现在，她又坐在塄畔沿上，两条腿摇得生欢，脚上的鞋几乎要掉下来了，但毕竟没有掉下来。狗尿苔说：我打水！半香说：马卓在水里？狗尿苔说：你在水里！泉池里的皱纹消失了，又是一个玻璃镜子，半香的脚摇起来的时候，一只脚就在那里。半香嘎嘎嘎地笑，说：马卓一来，咋都变了，狗尿苔都不安生了！狗尿苔就歪了头问她：你说马卓好不？半香说：好呀！狗尿苔说：好在哪儿？半香说：人家能打枪呀！狗尿苔说：还有？半香说：能领住男人呀！狗尿苔说：还有？

半香说：还有你个头，你咋怎上心她？！狗尿苔说：她漂亮吗，她能扬场栽稻子吗？她能擀面织布纳花鞋打毛衣吗？她哪儿比杏开好？！半香说：噢，你是为杏开打抱不平了？我告诉你，杏开再好，杏开是农民，人家是公家人，杏开是古炉人，人家是城里人！狗尿苔看着半香，半天说不出话来。他要说杏开为他霸槽都怀上娃了，他怎么能和马卓好，但狗尿苔不说这些，他说：你咋一天没事就是坐哩，你不怕掉下来？半香说：你操你的心！我不坐着干啥，生产不生产了，革命又没有我，我不坐干啥呀？我告诉你，能行的男人就是要多找女人，能行的女人也就多找男人。狗尿苔嘟呐了一句：你是说你呀你有几个男人，几个男人把你……他不往下说，担了水就走。半香却从塄畔沿上站起来，骂道：你个碎骸，你啥都知道么，我告诉你，不是几个男人把我怎样，是我用过几个男人！半香怎么变成这样，没皮没脸。狗尿苔又往上瞅了一眼，半香的眼睛红红的，嘴很大，嘴唇红肿，像是狼才吃了死娃子。

匆匆把一担水担回家，杏开人已经走了，婆说她留杏开没留住，狗尿苔就说：她倒哭啥的，应该去找霸槽！婆说：你知道她的事了？她去找过，两个人吵了一架。狗尿苔说：我去找！婆说：你是谁，你去找？你以为现在的霸槽是以前的霸槽了？

从此的狗尿苔，再不愿意在古炉村乱钻乱跑了，心里长了草，人也蔫了许多，见着霸槽和马部长，能躲就躲，躲不了就走过去，不说话，瞪着瓷瓷的眼。婆又操心狗尿苔又要像以前一样犯病呀，倒领着他出去到中山坡上挖老鸦蒜，挖野枣刺根，还领着去河堤上扫树叶子。但狗尿苔又受不了婆处处管他，说：我没事的！再出门就不让婆陪着。

那一天，是晌午饭吃过吧，狗尿苔带了火绳，原准备去中山上看看善人呀，却见霸槽就站在窑神庙门口，他就改变主意，不去中山了，回家做些鱼竿，要去河里钓鱼。古炉村的人不吃鱼，但县城来的人吃鱼，他已经有几次去钓鱼，就带着猫，故意把钓上来的鱼当着卡站上的人给猫喂。但他又带了猫去了河边，霸槽竟然也到了卡站上。卡站上挡住了三辆车，车上的人全部下来接受检查。是铁栓检查的，过来给胖子汇报：没有可疑的人，只是一个人提了一桶白酒。胖子说：那咋是没可疑人？铁栓就把那人提溜出来，硬说是联总人，最后算是把人放了，酒却扣了下来。有了酒，霸槽就让铁栓进村去守灯家寻酒壶酒盅，守灯家是有一套铜做的酒壶酒盅，铁栓把守灯家翻了个乱七八糟，才把酒壶酒盅拿来。那些县联指的人说霸槽就是讲究，霸槽便讲起为什么要拿酒壶酒盅，是因为古炉村人常说：这壶酒不能冷喝了。冬天里喝酒就要热喝，酒壶就在架起的火堆上燎。又讲有了酒壶就得有酒盅，这是配套的，就像男人要配女人一样，一个酒壶可以配四个或六个酒盅，而不是一个酒盅配两个或三个酒壶吧。喝酒的人就说：啊这有道理。狗尿苔听了，心里说：道理个屁！拧身去镇河塔后的潭里钓鱼，钓了鱼拿在塔根下给猫喂。猫往常吃鱼，一口叼了鱼就吞下去了，今日却也用爪子把鱼摆顺，先吃了鱼的嘴，再吃鱼的眼，然后卧在那里看着鱼还在摇尾巴，它却又洗着了脸。狗尿苔说：你学谁哩，穷讲究！胖子就喊着狗尿苔你把鱼拿来烤了吃，狗尿苔就是不过去。霸槽便摇摇晃晃过来了，说：把鱼给我！狗尿苔好像没听见，对猫说：还吃不？猫说：咪！狗尿苔说：还吃呀？你想吃哪条，白条子还是昂嗤鱼？猫叼起了一条白条子。狗尿苔说：瞎眼，认不得哪个漂亮哪个丑呀？！霸槽说：把鱼拿过去给他们烤去！狗尿苔说：我喂猫哩。霸槽一脚把猫踢了，说：你还瞪我？狗尿苔说：我没瞪你，我眼睛大。霸槽还是穿着军大衣，酒喝得热了，他脱了军大衣，里边就是杏开为他织的红毛衣，他蹲下来挑拣着那四五条鱼，狗尿苔突然有了想把红毛衣撕下来的感觉，就用手拽了一下他的袖子，袖子一下子变长。霸槽说：你那脏手！手一松，袖子又缩短了。狗尿苔说：你不嫌脏的。看见了霸槽的屁股靠着塔，而红毛衣后襟上有一个线头掉脱着，就把线头挂在塔缝里长出的小青柯树枝上。

狗尿苔希望看到的一幕终于看到了，当霸槽提了三条昂嗤鱼向卡站走去，身后就拖着一条红线，他竟然全无知觉，红线就越拉越长。在他把鱼扔给了县联指的人，一转身，县联指的人发现毛衣已没有了后襟，而狗尿苔和猫却从地堰上往村里去，猫说：妙呜！狗尿苔说：妙呜！狗尿苔就抱起了猫，人和猫都快乐地说：妙呜妙呜！

狗尿苔有了报复的快感，就在他回到了村里，他想着如果是秋天就好了，他可以到霸槽家的自留地去，将长着的南瓜切一个口，把屎屙进去，然后再装好切口，那南瓜仍会继续长，等霸槽把南瓜摘回去，切开了，里边全是屎和蛆。他还想，现在没蛇了，若有蛇，他会捉一条蛇，不，两条蛇，就从霸槽老宅屋的后窗放进去，马部长半夜里睡觉，觉得腿上凉凉的，一揭被子，哇，两条蛇就盘在被窝里。还有，马部长会不会怕鬼呢？要是有什么办法正中午把马部长引到河堤的芦苇园里，马部长就撞鬼了，一头扎进那沙堆里往里钻，鼻里嘴里还有耳朵里就全是沙。狗尿苔就这么想着，不知不觉竟走到了霸槽的老宅屋前，见院门关着。院门关着里边就有人，是马部长正用窑灰搓身子吗？那疥是越搓越长吧，长得腿上有，胳膊上有，再长到脸上到处都有。狗尿苔就去了牛圈棚院里，爬上了靠近老公房的那棵树上，又从树上到了霸槽家的山墙头上，他往霸槽家的院子里看。院子里没人。哦，马卓一会儿就从上房屋出来的，她一定会问他：这脸上怎么这样多的红疙瘩呀？他就编哄她：那不是疥，是痘痘。但是，狗尿苔在山墙头上蹲了好久，马卓并没有出来，倒是山墙边的烟囱往外冒烟，这是烧炕的烟。狗尿苔揭了一页瓦苫着了烟囱口就跳下来，他听见了霸槽的院子里马卓在大声咳嗽。

狗尿苔喊：面鱼儿叔，叔！他喊声低沉，却充满了得意和喜悦，而面鱼儿没在，所有的牛都在笑。牛笑起来嘴就往后咧，牛牙显得老大，鼻孔里往外喷白气。

79

面鱼儿没有在牛圈棚，在开石家里，这时候的开石咽了气，屋里一片哭声。

在清早，开石突然精神好了许多，他能坐起来，还喝了一碗苞谷糁稀饭，媳妇又问还想吃些啥，开石说他吃土豆糍粑。开石媳妇把这话说给了婆婆，面鱼儿老婆说：他是不是想见锁子呀？开石媳妇说：昨儿夜里，他烧得糊糊涂涂的还念叨着锁子，可这话咋去给锁子说？面鱼儿老婆说：你收拾好土豆，我给锁子说去。面鱼儿家是有一个石头臼子，专门砸土豆糍粑的，开石分家另过后，石头臼子就在锁子现在住的屋里，以前谁家要吃糍粑，都是去锁子那儿砸的，可自从开石入了榔头队，锁子入的却是红大刀，兄弟俩就没少吵过。红大刀散伙后，开石想让锁子给霸槽低个头，改邪归正加入榔头队，锁子不听，说：不是东风压倒西风，就是西风压倒东风，你以为榔头队就永远赢吗，天布、灶火、磨子就不回来吗？开石说：我念你是兄弟我才劝你，你个不知好歹！等捉住天布、灶火、磨子了，有你吃的亏！锁子说：你还念兄弟情呀，你是看我的笑话！天布、灶火、磨子捉不住，我在村里呀，你让霸槽来逮我么，我等着他来逮哩！兄弟俩吵过这一架就成了仇人，再不招嘴，开石到面鱼儿家来，看见锁子在，屁股一拧就走，锁子到面鱼儿家来取个什么东西，看见开石在，连院门都不进，喊着妈把东西递出来也就走了。面鱼儿在牛圈棚里给长宽诉过苦，说牛槽里见不得伸进个驴头，他两个儿子是一个山上的两个老虎呀。长宽还说：这也好，咱古炉村之所以饿不死人，是一半水田一半旱地，天旱了稻子不收苞谷收，天涝了苞谷不收稻子收。你两个儿子两个组织，不管谁赢你家老赢！说得面鱼儿哭也不是，笑也不是。

面鱼儿老婆去了锁子那儿，说：你哥病得怎重的你真的也不去看看？锁子说：他有他的战友哩，我是啥？面鱼儿老婆说：就是仇人也不至于这么情薄吧，你等着他死了才去？锁子这才和他妈一块拿了石臼到开石家。开石还在炕上坐着，锁子说：好着哩嘛！面鱼儿老婆就对开石说：锁子一听说你想吃糍粑，立马就把石臼子拿来了。开石说：锁子你坐。拿上凳子让锁子坐，这炕上被褥有疥哩，别给锁子也染上了。锁

717

子说：没事，我也有疥哩。锁子就坐在炕沿上。说了几句病的话，开石就又说起入榔头队的事，说：你爱听不爱听，哥还得劝你，这形势明朗成啥了，县上镇上是联指的天下，古炉村是榔头队的天下，你要在古炉村生活，你就得入榔头队。锁子真的不爱听，说：你要不是榔头队的，也不至于病成这样，你是让我也死呀么！开石媳妇说：你咋说这话，啥死呀活呀的，这不是来看望病人么，来害病人么。锁子一直见不得这个嫂子，当下说：谁是来害病人了？村里多少人染了疥，人家都没事的，为啥我哥就疥上了脸？开石媳妇说：是我把疥往你哥脸上种了？！锁子说：你凶啥哩，唵？有了你，这个家安宁过没？要娃，没了娃，大人，大人又得病……面鱼儿老婆过来就捂锁子嘴，捂不住，从炕沿上推锁子，说：你给我胡说！你胡说啥的！开石媳妇哇哇地便哭起来，锁子顺门就走了。面鱼儿老婆又安慰开石媳妇，又劝开石不要生气，事情总算安静下来，开石说：我不生气，给我砸糍粑，连汤带水烩一碗糍粑。

烩出的糍粑端了来，开石吃了一口，却不吃了。这当儿面鱼儿从牛圈棚回来，他是听说锁子和开石媳妇叨了嘴，心慌慌地就跑了回来。到了院门外先听听动静，院里安安静静的，松了一口气，抬头才看见南山岭上满是些白云，入冬后从未见过这么厚的白云，而且从山顶上像瀑布一样往下流。他进了屋，见开石好好的，就说：南山上的云好看很！面鱼儿老婆：云有啥好看的？面鱼儿说：像天上的面盆子烂了，往下倒麦面哩！开石说：搀我到门口，我看看。面鱼儿老婆和开石媳妇就搀着开石下了炕，开石腿软，半天立不住，面鱼儿老婆说：行不行？说天话哩，哪儿会倒麦面？开石说他行，颤颤巍巍到了门口，看了看，说：那是铺棉花么！面鱼儿还坐在屋里系鞋，他的一只草鞋带子断了，又接了一节绳子，但绳子总是结不到一起。突然面鱼儿老婆说：开石，你咋啦，开石！面鱼儿赶紧跑过去，开石的身子已经扑沓下来，他娘和他媳妇搀不住，就抱住了，开石的眼仁子就在眼眶里不见了，两个眼窝全是白。面鱼儿帮着把开石抱上炕，开石的眼仁子又出现在眼眶里，再叫却不应声了。

开石一心都想着媳妇再开怀哩，可就是等不来，他就死了，死成个绝死鬼。

开石一死，霸槽张罗着后事，开石是槲头队的人，槲头队的人家都去灵堂上吊唁，因为不是本家本族，自然不会送去献奠，只是去看看，烧三根香罢了。而朱姓的人家却去得少，按规程，都要送一刀纸的，却改成了送十张纸，开合的代销店里就把一刀一刀纸又分成十张一沓出售。有的去了灵堂上把纸烧了，有的到了院里，见是槲头队的人都在那儿，把纸一放，也不去烧，就走了。

谁也没有想到开石会死，开石也没有想到，所以就在他病重得起不了炕，他和家里人没考虑过棺材的事，人突然一死，面鱼儿说把他预备的棺材给开石用吧，土根、有粮和长宽都来给面鱼儿说：这话你不能说！开石是你的儿子，可毕竟还不是亲儿子，就是亲儿子，都是亲儿子给老子送终，你享不到他的福，倒把棺材让给他？！面鱼儿作难了，说：那总不能拿席卷了埋吧？长宽说：开石家里那三格子板柜，把柜腿锯了，打掉格子，不就行了吗？面鱼儿说：开石家里值钱的也就这个板柜了，那他媳妇……长宽说：她没生没养的，开石一走，她还能留住？面鱼儿觉得是这回事，便不再提让出他棺材的话。每顿吃饭前都要给开石烧纸，开石媳妇却迟迟不烧，面鱼儿老婆说：你快来烧纸么。她说：你没看见我正忙着要做饭吗，你烧，你烧么。面鱼儿老婆说：你不烧，我咋烧！开石媳妇跪在灵堂前，哇地就哭，哭声里却不提开石了，只诉她的可怜，以后日子咋过呀。院子里板柜拉了出来锯柜腿，又拆了格档和铁栓，面鱼儿老婆一眼眼看着，又抹眼泪，说：这柜是开石三年前才做成的，做的时候他还说啥时候粮食把柜能装满就好了，没想他是在给自己做棺材。那柜缝没合严，给开石拿布糊一遍吧。问开石媳妇要布，开石媳妇说她没布，面鱼儿老婆又把自己的白粗布拿来，把板柜里边糊了一遍。

村子里任何人死了，除了亲属，帮忙的人一般都不会太悲伤，一方面人都会死的么，一方面这个人死于病或死于老，似乎离自己还远，

719

就干着活，吃着烟，说笑的还是说笑，只是发感慨：唉，可怜一辈子没过上好日子就死了。或许是：唉，咋这没福的，孩子都大了，有劳力了，往后日子要好呀他却死了。但是，开石的死使村里差不多的人心里都是惊的，开石是疥要了命，得疥的人又这么多，会不会也要疥上脸？所以，既可怜了他，又害怕了他，入殓时白布把他裹得严严的，连头连脸都没露，指头粗的绳索捆了一道又一道，希望把疥连同开石永远封在棺材里。开石的墓当然还在中山根的那片坟地里，但没有用砖拱穴，仅仅挖了一个坑，坑要比往常的墓坑深了一尺，棺木放进去，就被土壅实了。

埋葬了开石，人们的心情并没有好起来，不管是在窑场还是在公路的卡站上，谁一提说开石，立即有好多人制止，说：不要说啦！后来大家都避讳说，但是，每个人身上总是要痒的，只要一痒，立即就又想到了开石。他们在尿尿的时候，反复地在交裆里看有几个小红疙瘩，相互见面了，以前问候吃了没有，现在是都不作声，先看着对方的脸，然后一个说：我没事。一个也说：我也没事。可谁能保证自己真的没事吗？人人心惊着，脾气就暴躁，村子里骤然地多了吵架，为谁家的鸡偷吃谁家几口晾晒的粮食，谁家的猫又趴在谁家的院墙头叫春，他们就高喉咙大嗓子地骂，甚至挽缠在一块胡踢乱打。而窑场和公路卡站上的，也更是像吃了炸药，得称就和跟后打了一架，县联指的人插话向着得称，跟后不愿意了，又和县联指的人吵，结果跟后把人家的棉鞋扔到了州河里，人家拉住跟后的胳膊就咬，咬出了四个血牙印子。甚至铁栓和那个胖子话不投机也打起来，铁栓打不过胖子，吃了亏，而已经被大家劝开了，胖子到小木屋的炕洞里去取他烘烤的一双湿布鞋，铁栓趁他头钻在炕洞，拾起个木条子就在他屁股上抽，把木条子都抽断了。

马部长召集了所有的县联指人和榔头队的人开了一次会，严厉指责着不团结现象，强调目前的形势不容乐观，县联总虽然失败，但百足之虫，死而不僵，他们并不甘心退出历史舞台。据可靠的消息，省联总正组织力量要来支援县联总，县联总也在蠢蠢欲动，纠集旧部，可能将有一场更大的武斗发生。让大家一定要团结，提高警惕，严堵严查。会后，霸槽就把铁栓和跟后叫到一边，让铁栓和跟后能主动去给县联指人赔礼道歉，但铁栓和跟后就是不肯，霸槽耐着性子讲赔礼道歉的重要性：一是没有县联指的同志，天布、灶火、磨子能不回来吗，榔头队能守住古炉村吗？二是这一次为什么武斗，武斗又这么激烈，都是各派为将来成立革命委员会做较量的，谁的势力大谁将来就进入革命委员会的名额多。他说：你两个真蠢，也不用脑子想想，不维系好他们，就没有咱们的势力，咱们没势力了，洛镇革命委员会里，你铁栓想不想进，你跟后想不想进？铁栓却说：我不想进。跟后也说：我家坟上就没有当官的脉气，我只图能吃饱肚子哩。霸槽就骂道：狗肉上不了席面，咱不成功了，你吃屎去，他天布、灶火、磨子就在外边流浪哩，你也流浪去！骂得铁栓和跟后狗血淋头，只好去给县联指的人低头回话。

在这之后，县联指的人和榔头队的人又去了洛镇两次，向镇北马坊店的粮站和信用社又借粮借款。这两次马部长没有去，霸槽背了枪带人去的，他只说借不到，没想挺顺利，拉回了两手扶拖拉机的大米和白面，还有一大口袋的人民币和粮票。但是，也就在最后一次去借粮借款时，得知了两件不好的消息，一是黄生生住在镇卫生院，病情恶化，很可能不行了，二是麻子黑和守灯成立了一支造反队，这支造反队竟然发展很快，成员有下河湾人、西川人，还有洛镇和县城关镇的人，他们在马坊店信用社也借过钱，当时信用社不借给他们，他们就捆绑了信用社的人，硬抢走了五万四千三百元人民币。

有了更多的粮食和钱，榔头队补充到卡站上去的人也可以到窑场吃饭。这是一个大的改观，榔头队的人堵查的积极性就特别高。这一天，又拦住了一辆班车，扣住了五个可疑的人。这些人拒不承认他们是联总的人，任何联总的组织都没参加。秃子金和迷糊搜他们身，迷糊搜出了一个纸包，包了两个点心，当场拿出来就吃，大家见迷糊吃点心，都过来抢，迷糊就把两个点心同时塞到嘴里，舌头调不开，又咽不下，气都憋得出不来，最后吐出来就用脚踩了，说：我吃不成，谁也吃不成！再搜另一个人身，搜出了一个纸烟盒，他看了一眼，纸烟盒里还有三根纸烟，旁边的人都拿眼看着，他把烟盒一握扔到公路边的草丛里，说：狗日的，我还以为有烟呢！但得称知道迷糊的小把戏，过去把那纸烟盒捡了，说：狗日的，我还以为没有烟呢！拿了纸烟跑到镇河塔后边的竹丛里去吃了。秃子金在搜另一个人，这人身上没有吃的也没纸烟，却有一把刀，秃子金抓过了刀，叫道：狗日的带刀！那人说：那是菜刀。秃子金说：菜刀不是刀？你带刀干啥呀，杀人呀？那人说：过风楼的菜刀有名，我买了一把，身上有刀就是杀人呀？秃子金说：武斗时期出门带刀我就怀疑你是联总的！那人说：我身上还带着个鸡巴哩，那也怀疑我是强奸犯呀？！秃子金叭地扇个耳光，骂道：你嘴还能说呀？！五个人就全关在小木屋，等着马部长来了再审查。马部长还没来，胖子从窑场吃完饭过来，一看那五个人，抓住一个就打，说这人他在县城见过，是联总，众人一窝扑上去就打。秃子金就又多踢了那个带刀的，隔着裤子在交裆里一捏，说：让我看看还是不是强奸犯。指头粗的一点点，你也敢张狂？！

晚上，五个人在窑神庙里遭到拷打，查问着他们从这里要逃到哪儿去，出去要干什么。被胖子认出的那个人招了，说他们逃出去要到县城北的峦庄和他们的头儿会合，但另四个人仍是不承认是联总的。不承认再打，拿劈柴打，拿板凳面子打，打得头破血流了，胖子就累了，让跟后继续打。跟后说：血流得那样了，我看着下不了手。胖子让套了麻袋打。四个麻袋包在地上滚蛋子，叫声疼人。霸槽和水皮正在老宅屋院子里杀灶火家的狗，因为马部长来了月经，总觉得身上寒冷，霸槽就建议吃些狗肉补补，就让水皮去弄狗肉，水皮想来想去要杀狗只能杀灶火家的，就把狗逮来杀了。狗肉还在煮着，听到窑神庙传来的惨叫声。

霸槽说：声咋这大的？

水皮说：天擦黑我去庙里了，狗日的都不交代么。

霸槽说：笨得很么，不会用别的声把叫声遮住？！

水皮就出去了，过了一会儿，听不见惨叫，却响起了叮叮咣咣的社火锣鼓声。

80

三更半夜的，窑神庙里一有了锣鼓声，村里人都知道那是白天里又扣下可疑的人了。这种锣鼓声隔三差五就在夜里响，慢慢人们都习惯了，但是，古炉村不知从何时起，一到晚上，猫就叫春，不是一只猫两只猫，是七只八只在叫，叫起来此起彼伏，有像小孩被大人拧住了耳朵在哭，有像才死了人谁家的媳妇在坟头上哭，有像哑了嗓子破锣一样地嘶喊，猫的叫春比窑神庙里的惨叫更让人心里发紧。上年纪的人整夜合不上眼，连狗尿苔也从梦里醒来，再也睡不成。狗尿苔爬起来，见婆还在炕那头坐着剪她的纸花儿，他去尿桶里尿了，说：婆，婆，这是谁家的猫叫吗？婆的耳朵聋了，她能隐隐约约听到锣鼓声和猫叫，但这些响动并不影响到她的情绪，好像那些响动如同院子里风吹着扫帚，如同猪在圈里又哼哼，她依旧静心地剪她的纸花儿。狗尿苔又说：婆，婆，你不嫌聒呀？这回是大了声问婆，婆听到了，说：聒啥哩？尿了快睡去，站在凉地上寻着感冒呀！狗尿苔上了炕，偎过来看婆又剪了什么，婆不让看，催着他睡，他就把窗户纸捅了个窟窿。院子里又下起了雪，下雪的夜是白夜，他看见了院墙根的那棵树上突然长了许多叶子。树已经是光秃秃的树股子了，怎么又有叶子呢？定睛再看，挂满了蝙蝠，就吃了一惊，说：婆，恁多的蝙蝠！婆说：下雪哩，有啥蝙蝠，睡你的！噗地把灯吹灭了，婆也睡下了。狗尿苔还在想着蝙蝠，说：婆，蝙蝠挂了咱一树！婆说：蝙蝠是福呢。狗尿苔说：蝙蝠恁丑的有啥福？婆说：丑能避邪哩。狗尿苔心想，这话好像对呀，他狗尿苔长得丑，村里乱成这样了，他啥事都没有么，守灯长得白白净净，守灯挨了一辈子斗，到现在还在外跑着不知是死是活。狗尿苔说：哎婆，你说丑能避邪，村里人听说蝙蝠是鬼变的，鬼咋就

723

在咱院子里的树上呢？婆说：天一亮它们就飞了。狗尿苔说：为啥要等到天亮呢，咱得去赶了鬼！婆生气了，说：你咋事这多！就是鬼，让鬼在外边守着夜！

终于到了天亮，狗尿苔早早起来，院墙根的树上是没有了蝙蝠，蝙蝠和夜一块走了，但院子里的地上一鸡爪厚的雪。他走出院子，村道子里有了一些人，都是用扫帚用锨铲扫着自家门口的雪。三婶和老顺在杜仲树下说话，声音不大，却听得清晰，好像那话也被冻着了，有着一种脆音。三婶说：老顺呀，这早去拾粪呀？老顺说：下雪哩拾啥粪，你见着来回了没？三婶说：又没见人了？几时没见的？老顺说：夜里还好好睡哩，猫一叫我醒来了就没见了她，我只说她上厕所了也没在意，天亮再醒来狗在哩她不在。三婶说：咋是狗在哩她不在？你们各睡各的？老顺说：咋能各睡各的，天冷，被子薄，狗就睡在我俩中间暖和。三婶说：噢。她能到哪儿去，吃蝙蝠去了？老顺说：吃蝙蝠？三婶说：一大早立柱就喊叫着吃蝙蝠，好多人都去村口，你家院子里没蝙蝠吗？老顺说：这我没注意。三婶说：天神，到处都是蝙蝠，我家屋檐上就吊了一串，立柱说他家上房里都钻进了几只。老顺说：听说立柱他妈一直病着？三婶说：病着的，我看难熬过这冬天，要么立柱喊叫着吃蝙蝠哩，他嫌晦气么。狗尿苔就走了过去，说：我家树上也有蝙蝠！他走得急，滑了一跤，坐在了雪地上。三婶和老顺没有去拉他，三婶说：这是咋回事呀，以前有蝙蝠没有这么多的蝙蝠呀，一下子就这么多黑鬼！老顺，老顺，这该不会和开石有关吧？

三婶的话是问老顺的，老顺也说不上什么，狗尿苔却把这话记住了，他有些害怕，甚至把他在雪地上滑倒的事也和开石联系起来。开石就是在第一场雪的那天用脚绊了他一下，他就滑倒了，这次滑倒几乎和那次一样，他听见浑身的骨头像是木头安装的，咔嚓嚓响，然后就跌坐在地上。狗尿苔就把蝙蝠是开石的鬼魂变的话说给了牛铃，牛铃又说给了天布的媳妇，天布的媳妇又说给长宽，长宽又说给了摆子，当立柱来摆子家借面箩儿，摆子说了长宽的话，立柱脸都变了色，说：这我得去镇上了。摆子问去镇上干啥，立柱没有说，拿了面箩儿就走了。

窑场上、卡站上都在议论着蝙蝠的事，鬼魂的恐怖笼罩着古炉村，每到换班去公路哨卡的人都打了火把，经过巷道，拿火把照着院墙头的瓦楞和树，查看有没有蝙蝠，一连三天，只发现了七只蝙蝠，拿火把去烤，蝙蝠再就没有出现。而猫还在叫春，见了叫春的猫就撵。长宽说：撵的猫干啥，人都干那事哩，还不让猫叫个春？迷糊问长宽：是啥意思？长宽说：人还是要有本事哩！迷糊说：我是听不懂。长宽说：可怜。迷糊说：谁可怜？长宽说：你可怜。迷糊提了拳头说：我可怜？你敢说我可怜？！长宽说：我可不是红大刀的，打起来没人帮你。迷糊到底还是把拳头松下了。

长宽和迷糊在巷里差点打起来，立柱却把他两个兄弟和三个妹子叫到他家老院子里说事。立柱的妈长年都病蔫蔫的，在立柱被下河湾和镇联指的人打伤后，受了些惊就睡倒了，再没下炕。眼看着老人一天不如了一天，又加上蝙蝠那么多的飞到院里，甚至钻到屋里来，就觉得心里不美气，听了摆子的话，他就在镇上给他妈买了寿衣。他父亲去世早，当年埋父亲时就拱了双合墓，也同时给他妈做了棺材，按兄弟们立的规程，他妈的墓是老二拱，棺材是老三做，寿衣及丧事由他承担。立柱把兄弟和妹子叫到他家老院子，上房里他妈在炕上奄奄一息，厦子屋里他们就商量着要给老妈准备后事的事。立柱拿出了全套寿衣，说咱们就这一个老人了，临走要给老人穿好，原本买三件套的，他买了五件套，而买了五件套这钱就多了，多出的钱应该兄弟三人再平摊。这话一说出口，两个兄弟都不同意，三个人就吵起来，气得立柱就拿了寿衣出了门，说：那好，那好么，怪我多买了，多买了我给我留下，我穿呀！三个妹子出来撵他，撵不上，红脖子涨脸地顺着巷道往村西走了。

第二天的傍晚，雪还是不紧不慢地下，地上把什么都冻瓷了，磨眼家的猪圈垮了一个豁，猪跑了出来，他越撵猪越跑，竟然跑到山门后边的树林子里，急得他要拾一块石头打猪，看着地上有块石头，一拾，拾不起来，又去拾一块砖头，砖头还是拾不起来，全冻住了，一抬头，却看见树林子后的那片坟地里有个影子在动，忽大忽小的，猪也不撵了，喊着有鬼有鬼，连爬带滚地跑回村道。村里人听了，问是不是看着是人，磨眼说谁这会儿去坟地的，是人怎么能忽然大了忽然小了？又问是不是狼，下雪天狼肚子饥，可能是狼先躲在坟地里等天黑了才要进村的？磨眼说不是狼，狼在地上四个腿的咋能立起来，再说猪一闻见狼的气味就吓瘫了，猪还会往树林子里跑吗？这么说就是鬼了，但到底是不是鬼，何况磨眼家的猪还得寻回来，仗着人多，一伙人就进了树林子，却再也没见什么东西，猪倒是在一棵树下卧着瞌睡了。而就在这时，来回却从树林子的另一头无声无息地走了过来。原来是来回？可磨眼坚持说他看见的影子不是来回，那么，即便是磨眼看花了眼，坟地里确实是来回，来回为什么会在天擦黑的时候去坟地呢？问来回：你干啥去了？来回一语不发，摇摇晃晃向村道里去，老顺一股子风似的跑了过来，说：你又到哪儿去了？你又到哪儿去了？把来回还是掮起来，像掮着一袋粮食，才要回家去，前巷里的立柱家就起了哭声。

立柱死啦。

立柱是头一天置气从他家老院子里出来，往村西走了，一夜就没回来，第二天还是没个踪影，他媳妇以为立柱赌了气又去镇上退那两件寿衣，并没多在意。到了傍晚，他媳妇正在案板上擀面条，面团子怎么都擀不好，一擀开中间就烂个窟窿，揉了再擀，还是中间烂个窟窿，还说：这怪事！立柱就进了门。他媳妇一看立柱浑身泥雪，嘴脸乌青，手里还拿着两件寿衣，就问：你到镇上去了，咋没退寿衣？立柱说他没去，他在后洼地里气得转了一夜又转了一天。他媳妇要骂他，但没骂，让他快歇着，吃了饭早早去睡。立柱就坐在厨房的槛上，还在喘气。他媳妇又在擀面，听到咚的一声，扭头看去，立柱栽倒在了门槛下，头和脖子一下子变得很粗，忙说：你咋啦，你咋啦？立柱眼睛就瞪直了，再没说话。

726

立柱说死就死了，十几年里古炉村死过的人从来没有像他死得这么截快。他一死，他妈的病却莫名其妙地好转了，他穿着给他妈买来的寿衣入了殓，村里人都说他不该说要把寿衣留下他穿呀的话。

古炉村接二连三地死人，连立柱都死了，人们就越发认定村里是有鬼。来回肯定不是鬼，她只是个疯疯癫癫的女人，但来回和鬼有什么关系吗，或者说，来回是看见了鬼？狗尿苔和牛铃见了来回总想从来回的嘴里套出些话来，来回始终不说话，拿一种很怪异的眼光看人，然后就啃萝卜，她就爱啃萝卜，牛铃说：你最近没闻到那气味？狗尿苔说：没有。牛铃说：都死人啦你没闻到？狗尿苔说：没闻到。牛铃遗憾地叹一口气，而狗尿苔却庆幸了，他的鼻子终于没闻到那气味了，舌头就伸出来，舔了一下鼻子，算是给鼻子了个奖励。雪白花花一片，当他们站在山门前朝着那片树林子张望，谈说着那天怎么发现来回，而立柱又埋在坟地什么地方，一阵扑啦啦地响，几只鸟飞过头顶。狗尿苔认得这是白皮松上的鸟，撮了嘴就叫：嘎嘎咕咕——真！可是，鸟并没有停下，一直往中山上飞。牛铃说：又有人请善人说病啦！狗尿苔说：这一阵还有请善人？这么说着，他们倒也决定了何不也去山神庙里去看看善人呢？

已经好多日子没去山神庙了，善人似乎也再没有出现在村道过，狗尿苔和牛铃赶到山顶，庙门外的台阶上坐了三个人，好像已经来了很久，鞋上的雪都消了，脚下汪出一摊水来，而善人正好从门里出来抱树下的柴火。善人瘦了许多，连腰都弯了，让狗尿苔吃惊的是善人的头上还扎着一节白布带子。狗尿苔说：你头还疼吗？善人说：过几天轻些，过几天重些。狗尿苔愧疚着他取了南瓜就再没想过善人的病，赶紧去帮着抱柴火，善人却说：那些南瓜都用了？善人说南瓜却不说吃了而说用了，善人难道已知道事情的原委吗？狗尿苔一时不知怎么回答。善人又说：好了没？这话让狗尿苔证实了善人什么都知道的，他却更加支支吾吾，因为他也是送去了南瓜后，磨子的伤好了还是没好，他没有去看过，也再没听婆或面鱼儿老婆提说过。牛铃说：你们说啥呀？狗尿苔说：他问我婆耳朵的事。善人见狗尿苔这么说，就笑了笑，让狗尿苔和牛铃进屋，说：这冷的天到我这儿玩呀，灶膛里煨了几个土豆，你们想吃了，去刨开看熟了没熟。

进屋，屋里却还坐着一个人，好像是和善人已经说了一阵话了，善人把柴火折了折，添进炕洞里，脱了鞋就坐在了炕上的被窝里。狗尿苔在灶膛里刨出土豆，土豆是熟了，但烫手，就双手倒来倒去。善人说：要在屋里吃就静静的，我先给人家说病。接着对那人说：刚才说到哪儿了？那人说：你说天时已到，小康世界已经走到尽头，有天梯不上，必定走到末路。善人说：哦。人若欲望横流，纲常扫地，世界一定大乱，要想好就得学会横超三界。人的性是天的分灵，呼吸地气才有命，身是父母的分形。因为人是三界所生的，才有超出三界的本领。人的天性本是善良的，因为受气禀所拘，物欲所蔽，才不明不灵了。心道地府，人心邪正，鬼神自知。心有私欲，便受外物引诱。人欲横流，无所不为，六神无主，邪祟满腔，就是鬼了。其实做人的道很简单，人能本着善良天性，在家孝父母，敬兄长，慈爱子女，自能勤劳苦做，就染不上吃喝嫖赌抽的恶习。存五伦之道，现能养心，恢复良知，去净私欲，借着行五伦之道，把性子练得一点脾气也没有了，就恢复了天性。我的话你听懂了没？

善人问着那人，那人点着头，狗尿苔和牛铃却是进了云里雾里一般。善人还在说：你这病在于用人不当，导致亏空，又加上亲戚邻居怨恨索债所致。我教你方法，不管谁向你吵闹责骂，长吁短叹，你也假装愁眉不展的，一言不发，任凭他们吵嚷，心里暗自立志，事坏人可不能坏，我得借事成人，才算有道。等他们走后，你要哈哈大笑，自己大声说：债务呀，债务！人人都怕你，我可不怕你。别人逼着你发愁，所以你能吃人，我见了你乐，你不能把我怎的！你每天这样笑三次，三天病就好了。狗尿苔吃完了自己的土豆，又向牛铃要，牛铃不给，那人告辞着出了门，牛铃把剩下的土豆塞进嘴里，腮帮上鼓出一个大包。两个人就安静下来了，坐在蒲团上，而门外又进来一个人，眼睛红得像鸡屁眼，才在炕沿坐下，善人便说：你的性是木生火，火生土，土生金四步顺运，目前，你对事失去信心，心生急火，才得的病。譬如说，你预定了要见六位客人，每人说话一锅烟时间，如果客人说过了时间，你心里就着急，心急意火上燃，眼睛疼。没有信心就生怨气，心神不稳，不爱吃饭。红眼人说：又没诊脉，怎就知道我的心病呢？善人说：人的内五脏，心肝脾肺肾五经，与自己的面色相表里，哪一经有病，一看气色就着。病是吃了怒、恨、怨、恼、烦五种毒气生的，你今后如能信人不疑，不急不怨，就把病给饿死了。红眼人又问有药方没有。善人说：不用服药，你常自柔和，病就好了。牛铃悄悄问狗尿苔：这样一说病就能好？狗尿苔说：可不就好了。牛铃说：那他头还疼哩，咋不让自己头不疼？狗尿苔说：知道不，医不自治。善人说：牛铃你说啥的，耳朵好了没？一提起耳朵，牛铃就大骂了，说等着吧，等天布、灶火、磨子回来了，他会把伤他耳朵的人耳朵齐根割下来，割下来凉拌了下酒，你信不信。善人说：你这娃还这狠么。牛铃说：我是红大刀的么。善人说：红大刀的倒给县联指的人担水做饭呀？牛铃说：那我是想吃馍么，这事你都知道了？善人嘿嘿嘿地笑，说：你能不怨人就好了。牛铃一脸不高兴，红眼人说：我寻思善人这句话了，我回去就写个字条贴在墙上，就写：善人叫我不怨人，就是成人大善根，从今以后天天问，你还怨人不怨人？狗尿苔说：你是老师？红眼人说：是老师，你在哪儿上学，几年级？牛铃一拉狗尿苔，说：咱到门外逗鸟去。两人就出了门。

红眼人走后，门外台阶上的另一个人再进去，他是来感谢善人的，他说他由东往西顺着公路走来，过哨卡时，前面走的第一个人，被审查扣了，第二个人也被扣了，他看这种情形，往回跑也跑不了，便不顾一切仍向前走，想不到反而放他过去。他就大摇大摆进了村，进村就是要看看他的内弟，他的内弟被抓进了政训班，但政训班院门口有看守，死活不让他进，也不让他内弟出来和他见一面，他就上山要再见见善人了。善人看着他，他右腮帮子上有一个疤，说：你姓王吧，你来过？王疤说：来过呀，上次来请教你，是我预感世局将有大变乱，整日惶惶，老觉得自己不是要遇什么凶事，就是要得什么恶病呀，你给我讲了四大界定位的道，说人有肉身，终究要死，生死当前，若能如如不动，一切没说，这样死了，便是志界。人死的时候，存心为公，乐哈哈地视死如归，以为死得其所，这样死了，便是意界。若是死的时候，牵挂一切，难舍难离，有些难过的意思，这样死了，便是心界。若死的时候，含着冤枉的念头，带着怨气和仇恨，这样死了，便是身界。你让我把这些分清楚，定住位，大难临头，心不动摇，能出劫数。后来县上武斗，那天我坐班车要到清风关去，班车出县城十里路，枪声四起，车内一片混乱，我急忙藏在座位下，忽然想起你所说的话，急忙出来，正襟危坐，身边一青年，接着钻入座下去。等武斗结束，仍不见青年人出来，我伏身一看，那青年已被流弹打死了。那次班车没有再去清风关，我又步行到县城，县城里又有了连续三次武斗，我仍是镇定如常，没有受到灾祸。所以，我来看内弟，本要给他也讲讲你给我说过的话，可没见上，我就一定要来看看你。善人说：这好。你永远要记住：他变事，我变人，他修庙，我修神。王疤点着头，从怀里掏了五元钱要给善人，善人不要，王疤说：咋能不要哩，是你把我命都救了，一条命还不值五元钱吗？何况我还要你说说，我内弟能不能躲开这场难，他确实不是联总的人，他是趁现在世事乱着想去新疆，听说新疆那儿容易落脚，能混住吃喝……可硬说他是联总的就扣下来了。王疤刚把五元钱放在炕沿，狗尿苔进来说：胖联指来了！

话未落点，胖子果真就进了门，一进门就说：这儿还这么多人，都是干啥的？善人还坐在被窝，说：天冷，你上来坐呀，炕热着的，他们来问问病。胖子说：是不是？他看见了五元钱，顺手就拿了。王疤说：这是我付的问病钱。胖子不和王疤说话，对善人说：知道你给他说病哩，所以我们也没来，谁知道你说病还收这么多钱。我们那么多人没钱花没粮吃的，粮站信用社都借给我们粮钱的，村里又有那么多人送了吃喝，可你什么也没表示过呀。善人说：那你拿去吧，那是问病的钱，钱上有病哩。胖子说：你说啥？善人说：我不是不给你们，我是为你们加小心，怕你们有危险。胖子说：这操你的心？！我来告诉你，你准备一下，下午得去下河湾哩。善人说：去下河湾？胖子说：黄生生在镇卫生院没治好，那些西医球不顶的，马部长已经派人去接他回来后再到下河湾让中医调治。等把黄生生接回来了，你陪着一块去，你如果真有本事，也给他说说病。善人说：这我不去。胖子说：不去？善人说：他不是病，他是火伤。胖子说：这你就故意了，我可告诉你，这是马部长和霸槽的意思，你去就去，不去也得去！善人说：既然这样，黄同志接到站卡了，你们在公路大声喊，我这里能听到，我就下山。

胖子一走，狗尿苔替善人害怕了。善人说：怕啥？你以为他姓黄的能活着来吗？你两个是来玩的还是有啥事？狗尿苔还是害怕，说：你说不会去下河湾了？我俩没事。牛铃说：哪里没事，你不是要来问有没有鬼吗？善人却笑了，说：让开石把你两个也吓住啦？狗尿苔说：你不下山，倒是啥都知道？善人说：想不想见鬼？狗尿苔说：你也能看见鬼？牛铃说：想见哩，想见哩。善人说：你们去沟里给我抬一桶水来了，我教你们怎么见鬼。

狗尿苔和牛铃去沟里抬了一桶水上来，善人教给他们一个见鬼的方法：半夜里，不要有外人，静静坐在十字路口，用白纸蒙住脚，又在头上蒙一张白纸，白纸上放一块泥片，泥片是从草地上铲的，上面要带些草，然后在泥片上点一根香，就静静地坐着，双手放在膝盖上，眼睛半睁半闭，一锅烟时辰，鬼就来了。

81

得了见鬼的方法，狗尿苔和牛铃说好晚上人睡定后就去村南口的路畔去见鬼。而狗尿苔却又把善人说黄生生不能活着来的话说给了三婶，三婶又给牛路妈说了，牛路妈就急了。因为马部长和霸槽安排了牛路、老诚和联指的人用手扶拖拉机去洛镇接黄生生。牛路已经出门走到村道，牛路妈就撵了来把他拽回家，然后让牛路上炕去睡，牛路妈去给霸槽说牛路感冒了，浑身疼得去不了。霸槽说：咋说病就病了？有些不信，来牛路家看。牛路听着霸槽进了院，在炕上吭呐一声，擤出鼻涕，霸槽进屋瞧见牛路鼻涕流得多长，挂在嘴唇上，恶心地就走了，说：不中用！

去接黄生生的手扶拖拉机当天竟然没有回来。到了晚上，狗尿苔和牛铃却准备了白纸，也找了一根香，要到村南口去见鬼，却听说去接黄生生的手扶拖拉机晚上肯定要回来，他们怕撞上，只好又推到明晚上。但是，整整一夜，接黄生生的手扶拖拉机还是没有回来。第二天一早，村里传开消息，手扶拖拉机接了黄生生出了洛镇不到三里路，过一个山崖，遭到了天布和灶火的伏击。当时是天布和灶火一伙人从崖上掀下几块大石头砸着了手扶拖拉机，手扶拖拉机翻到河里，变成一堆烂铁，车上的人全摔出来。老诚摔得最远，正好摔在一堆沙上，半个脸沙子钻在肉里，血糊啦啦的，他爬起来去看别的人，司机和另一个联指的人都昏了，他喊他们，拍他们的脸，他们醒过来，却一个断了胳膊，一个断了腿，硬是爬起来，这才记起了黄生生，但是没见了黄生生。黄生生呢？烂铁一堆的手扶拖拉机翻扣在石头窝里，轮子还在哗哗地转，一群鸟却在那里鸪着什么。把鸟哄开，黄生生的头在那里，鸟把头鸪得稀巴烂，赶忙去扶，那仅仅只是一个头，头和身子分离了，头连着脖子和后脊背的一张皮，身子还在烂车厢下压着。

牛路妈在当天的黄昏，手巾里包了几颗鸡蛋上了中山，她给善人磕头，说善人救了牛路。末了却疑问：你咋就能知道黄生生不能活着？善人说：他若能活着，还算有天理么？因为咱这一方的人，男不忠者，女不贤者，老天爷才叫他来搅闹，他本应有四十年的命，可他们拉起派来，便天天吃喝，芈事斗扰，把四十年的福就挥霍光了，这是神差鬼使，偏要找到我的头上来接送他治伤，真是自讨苦吃！他属阴，怎能担得起我的阳光去照呢？不照还好，这一照，准把他给照化了！牛路妈第一回听到善人说这么大的话，本来还要叫牛路也来山上再听听善人的开导，但还是没让牛路再去，嫌牛路去了，善人还得意地说大话，万一墙外有耳，被县联指和榔头队听到，那就害了善人也要害了牛路。此后，牛路的病就没有再好，出门一见人，攥得鼻涕就长长地挂在嘴唇上，说：身子难过很！窑场和卡站上的事，别人再让他干，他不干。

　　狗尿苔和牛铃还是约定着要见鬼，为了不让别人知道，分别在天黑后往村南口去。到了石狮前，鸡开始叫头遍了，他们就双脚用白纸包了，又把一张白纸顶在头上，再铲泥片放了。开始点香了，你给我把香插上，我给你把香插上，牛铃却说：我咋有些害怕呢？狗尿苔也说：我也害怕，这香一插，鬼就来了吗？牛铃说：善人说能来的，你估摸，要来的都是哪些鬼？狗尿苔说：第一个会不会是下河湾死的那个，再就是开石、立柱，还有黄生生？他们来了恐怕要寻着报仇呀。牛铃说：寻谁报仇让他们寻去，咱都不吭声。牛铃突然想起了什么，说：哎哟，我妈我大会不会来呢？他们一来看到是我，说：牛铃你咋在这？我……狗尿苔说：也不吭声。牛铃说：那不行，你见着你妈你大能不吭声？！噢，你没妈没大。狗尿苔把香点着了往牛铃的头上泥片上插，听了这话，手颤起来，不插了，想：我妈我大是啥样呢？真的就是他们来了我也认不得。牛铃说：你咋不插呢？狗尿苔说：你吭声吧，你妈你大不会来的，他们只在梦里来，今黑里你就看开石、立柱和黄生生吧，黄生生的头上连着脊背上一片皮，那就飞着来哩。牛铃一下子把头上的泥片撸了下来，人也站起来了，说：我不见了，我嫌害怕哩！这时候，狗尿苔一把捂住了牛铃的嘴，又拉着牛铃蹴在石狮下。牛铃不知道咋回事，口被捂着气又憋得浑身乱动，狗尿苔仍不松手，直过了一会儿，手放开，悄声说：前边塄畔好像有个啥？牛铃朝远处塄畔看，黑乎乎看不清，也没响动，说：有啥哩？狗尿苔说：像是个人影儿，忽地闪过去了。牛铃说：是不是鬼来了？狗尿苔说：咱还没点香哩。扑通一声，好像什么掉下去了。狗尿苔和牛铃都不吭声了，紧张得站起来，几乎是同时说：谁？谁咋啦？！没有回答，一种笃笃笃的响却在身后，接着一个人走来，狗尿苔和牛铃立即把白纸和香扔了，他们看见走近的是来回。

狗尿苔说：哎！哎！

来回也看见了他们，说：哦，碎髅！

狗尿苔说：黑漆半夜的你这往哪儿呀？

来回说：这有多黑，有瞎子黑？！

牛铃说：咋没老顺陪着？

来回说：有昂嗤鱼哩，你听，听么。

州河里的昂嗤鱼并没呼叫自己的名字，夜里太冷，河水怕都冻住了，昂嗤鱼就在冰里。来回是前两句还能正常说话，说过两句就听不懂她在说啥了。

随之而来的便是人声鼎沸，一片火把从村道里涌了过来，这是县联指的十几个人，还有秃子金、迷糊和跟后，他们很快地围住了狗尿苔、牛铃，来回突然拔腿就往石狮下的漫坡跑，但她没有跑多远就被捉住了，秃子金举了火把在她脸前晃，火把竟然把来回的刘海都燎着了，发出一股焦臭味。秃子金说：这不是，这是老顺家的疯子！来回说：叫我吃宴席呀？旁边人说：吃个拳头！拳头打过来，拳头却展开了，在来回的怀里摸了一下。秃子金过来问狗尿苔和牛铃：你俩在这干啥哩？狗尿苔说：牛铃家的猫没见了，寻猫哩。秃子金说：胡说，猫自己寻不着回去？狗尿苔：它是女猫，会被……秃子金：胡扯啥呀，看见没看见有个人往村外跑？狗尿苔说：没见。秃子金就喊道：狗日的他腿烂着，肯定跑不远，分开寻，分开寻！一伙人就分散着火把又跑走了。牛铃说：这寻谁呢？来回却在骂，她说：日他妈的在我怀里摸么，我只说日他妈的要摸我奶哩，摸就摸吧，谁知道日他妈的把我怀里几毛钱摸走了！

一个小时后，就是狗尿苔和牛铃回去不久，秃子金他们在塄畔下抓住了政训班的一个逃跑者。这人长着地包天的嘴，嘴里镶着一颗金牙，或许正是下嘴唇长上嘴唇短的缘故，他才要镶上了金牙。金牙在吃完了晚饭，说他肚子疼要上厕所，县联指的一个人拿着木棒带他去了厕所，然后蹲在厕所外看守。金牙的一条腿害风湿疼，平日行动并不利索，也确实是拉肚子，稀屎和屁噗咚咚响，看守并没在意，还骂着：你放毒气啊？！蹲远了吃烟，可吃过了三锅烟，金牙没有出来，又骂：厕井绳呀你！没有回答，去了厕所，厕所里没人只有件棉袄，金牙竟然是从蹲坑槽子里钻出去跑了。金牙的逃跑使窑神庙里人都惊慌了，已经睡下的秃子金起来，吆喝所有的看守都不要睡，严加防范，他领着十几个人就在村里搜查。村里没有，再沿着村四周的塄畔寻。因为古炉村除了一面靠着中山，三面都是土塄，土塄最高处有三间房高，最低处也有几米，他们根本没想到金牙会从塄畔跳下去，而只搜寻着塄畔的树柯拉子和架在树柯拉子里的苞谷秆、稻草和麦草堆。就在村南口遇见了狗尿苔他们后，往西走了五十米左右，一丛野枣刺中发现了一只鞋，这鞋是金牙的。搜寻的人翻遍了那里的一堆一堆苞谷秆，都没有金牙的踪影，有人就拾起了石头往塄下扔着发泄，没想塄下有了一声呻吟。秃子金大喊：到塄下去，到塄下去！四五个人从前边的小路上斜跑下去，黑咕隆咚的塄底里果然躺着金牙。金牙或许是从塄上跳下去的，或许失脚掉下去的，他的一条腿原本风湿着，偏还是那条腿就骨折了。当下压住金牙就打，打得都不能叫唤了，秃子金让拉回庙去，但金牙已经走不动，打的人又都冻得打牙花子，没人肯伸着手把他抬回去。县联指的人就说：觉睡得暖暖的，狗日的害得咱冻哩，他不怕冻，就让他先在这儿冻一夜！当下解了金牙裤带，把他胳膊扭着在树上捆了。裤带一解，金牙的裤子就溜脱在脚面上。又有人在稻草堆抽了一撮拧成绳，把金牙从脖子到腿弯子绑缠了十二道，然后说：他跑不了，明早来往回抬。一伙人才回窑神庙去睡了。

狗尿苔并不知道他们离开村南口后发生的事，他睡到了后半夜，突然醒来，听到老鼠在啃板柜，老鼠老是谋算着板柜里的粮食，板柜的四个角已经被啃过三个，好的是没一个角被啃出个洞来。狗尿苔在黑暗里说：失——！老鼠不啃了，他才翻个身再睡，老鼠又啃了。他又说一声：失——！这时候巷道的什么地方狗在叫，往常狗在夜里也叫，但叫得声缓，叫过几声也就停止了，可这次狗的叫声特别凶，很快无数的狗都在叫，把婆也吵醒了。婆说：是狼进村啦？狗尿苔说：窑神庙里跑了一个人，秃子金他们在搜寻哩，怕是逮住了吧。婆说：唉，真作孽。婆又说：你咋知道窑神庙里跑了一个人？狗尿苔说：才黑那阵我和牛铃在村口转哩，看见秃子金一伙在塄畔上搜寻哩，说是有人逃跑了。婆说：那我问你出去干啥，你说去牛铃家了，哪儿也没去？！婆生气了，狗尿苔赶紧给婆回话，说：婆，婆，炕咋不热了，我给你暖脚。把婆的一双半大不小的脚搂在怀里。婆不生气了，说：知道孝顺啦？狗尿苔却说：婆，你说有鬼吗？婆说：咋问这话？咋能没有鬼？！狗尿苔说：你见过鬼？婆说：我见过活鬼。狗尿苔第一次听说到有活鬼，说：啥是活鬼？婆却不说了。狗尿苔说：你嫌我和牛铃黑来转哩，我看见来回也转哩，来回是不是活鬼？婆说：甭胡说。狗尿苔说：哎婆，你还见到磨子吗，他是跑出去了还是在他家的地窖里？婆一下子坐起来，说：这话你给谁说过？狗尿苔说：没给谁说过。婆说：没给谁说过你给我说呢？！狗尿苔说：你是我婆么。婆说：你婆也不能说，那话在你肚子里烂了，没了！狗尿苔再不敢说话了，假装睡去还响了小小的鼾声，但鼾声响着响着，他也就真的睡着了。

第二天起来，起了风，呜儿呜儿吹哨子，巷道里的鸡要往巷头去，毛全翻起来像个刺猬了，转过身又回走，却是小跑，跑着跑着还贴着地面飞，一直飞到院门口，撞在了门框上。小石磨旁边的那棵红椿树上，掉下来了个鸟窝，像个筐子，狗尿苔刚刚拾起，水皮妈过来要，狗尿苔不给，一只鸟就绕着他们头顶飞，两人就吵架了。水皮妈说：你为啥拾我的柴火，这红椿树是我家的！狗尿苔说：但鸟是我家的。水皮妈说：鸟是你家的，你妈生的还是你婆生的？狗尿苔说：咱俩都叫鸟，看鸟和谁说话。水皮妈就对着鸟吹口哨：曤曤，曤曤。鸟还在飞。狗尿苔就说：喂，喂，你下来，你下来站到我肩头上。鸟竟就落在了狗尿苔的左肩头上。水皮妈目瞪口呆，说：你是鸟托生的？！狗尿苔说：你不和我争了吧？鸟却在左肩上喳喳曜曜地叫，狗尿苔说：那窝掉下来你妈呢？鸟又是喳曜喳地叫。狗尿苔说：好么，我让牛铃来。鸟说着鸟语，狗尿苔能听得懂，狗尿苔说着人话，鸟也能听得懂，疑疑惑惑的水皮妈说：你是不是人？！狗尿苔说：这鸟窝你不能拿去当柴火了，鸟让把窝放到树上去，要么这冷天里它和它妈没处住了。狗尿苔在地上寻绳子，地上没有绳子，折了一根树条子剥了皮，但他一手提了鸟窝一手去抱树往上爬，他没那个能耐，就大声叫喊：牛铃——！牛铃——！牛铃也刚刚起来，在厕所里屙哩，听到叫喊，过来见是要把鸟窝重新架到树上，便高兴了。他拿手的就是爬树，爬树也才能显出他的本事，但牛铃在树上看见了村南口的石狮子那儿围了一堆人，他说：狗尿苔，石狮子那儿出啥事啦？狗尿苔说：啥事，是来回去那儿骂摸她奶的人了？老顺家的狗低着头慢慢地走它的路，它永远是不急不躁的。狗尿苔就对狗说：还不叫老顺去找呀，来回在村南口哩。但狗没有去叫老顺，还在慢慢地走它的路。水皮妈说：谁摸她奶了？她奶奶还嫌人摸呀，老顺摸哩，这狗也摸哩，知道不知道，他们家人和狗在一个被窝里睡哩，她有两个男人！牛铃从树上下来，说了一句：你可怜就没一个。拉了狗尿苔就去了村南口。

村南口并不是来回在疯着，狗尿苔看到了从来也没看到过的场面就跑到了一边大声呕吐。那是在树上捆绑着一个人，这个人没有穿棉袄，身上一件褂子却被撕开了，只剩下两个肩和一半还带着纽扣的襟，裤子还是棉裤，但溜脱在脚面，而肚子血里胡拉，就像是用铁耙子扒了无数次，里边的心呀肺呀全被掏了，肠子几节断在地上，有一节还连着肚子，却拉到了树后，流出的血已经冻成了冰。狗尿苔一呕吐，接着是牛铃也呕吐，再接着所有围看的人就都呕吐，哇，哇，哇，越呕吐越感觉到还要呕吐，但先吐头一天晚上吃过的东西，再吐清水，再再吐出来的清水里有了绿的颜色。霸槽和马部长也来了，霸槽说散开散开，走近去想用什么东西覆盖住那人，但他身上穿着黄军大衣，大衣里只有破得只剩前襟没了后襟的毛衣。马部长让人解了绳索，把那人放在地上，霸槽就去塄畔抱了一捆稻草扔在了那人身上。他在问身边的跟后：晚上几点跑的？跟后说：鸡叫头遍的时候跑的。霸槽说：抓了就抓回去呀，谁让绑在这儿的？跟后说：秃子金领人来抓的，不知道为啥就绑在这里。霸槽说：他人呢？跟后说：恐怕还睡着吧。霸槽好像生了气，大声地说：让他来收尸！

　　马部长一直没吭声，她就蹴在死尸边用树棍儿戳着稀巴烂的肚子。一个女的竟这么大胆，散开的人又回头往这边看，他们开始低声议论，这个人是谁呢，怎么被绑在这里，又怎么这般惨地死了？当听说这人是政训班的，昨晚逃跑了让抓住绑在这里冻的，那肚子成了这样，是县联指人和榔头队人打成这样吗？有人就推身边的人说：你过去看看，那是用刀砍的还是用耙子扒的？被推的人不敢去，推着的人就说：看人家马部长！你不如个女的？被推的人又呕吐起来。马部长在轻声叫霸槽了，马部长说：我担心是联总的或者天布回来杀的人，但你看看，这没有用刀的痕迹，肚子咋就烂成这样？霸槽看了看，突然从那节拉出的肠子上捏了什么东西，就又在地上察看，地上冻得硬邦邦的，他又跑到漫坡下的地头上，用脚踢了一下，就说：他妈的，瞧这屎，是狼干的事！

　　霸槽的话是对的，大家都在猜测着这逃跑者的死因，把什么都想到了，就是忘记了冬天里狼没有吃的，会从山里出来寻食。但往年冬天的狼出来了，只进村拉猪叼鸡，这一回却怎么就偏偏要吃人？

　　金牙在秃子金赶来后就用草席卷了，以马部长的命令，后洼寻个地方埋了去。秃子金和人抬着席筒穿过了村道，经过谁家院门口，院门都立即关了，而且吐几口唾沫，还要把一碗水泼出来，说：鬼不要寻我来！这话秃子金听了，秃子金说：这狗日的前世是个猪，才叫狼吃了！他们把席筒抬到后洼地，秃子金就在天布家种麻的那块自留地里挖坑埋了。

　　但是，过了三天，尸首又被刨了出来，刨的不是天布的媳妇，是迷糊知道死的人嘴里有颗金牙，他就在夜里刨出来把牙撬了，再埋时，土只壅了一半，后来还是霸槽再让人把死尸埋到了后洼地左边的沟底里。

82

金牙死后，政训班的人就安静多了，再也没有人谋着要逃跑。但窑神庙的门还是紧关着，两个县联指的人在那儿站着看守。狗尿苔没事了就站在三岔巷口往那里看，早晨太阳从屹岇岭侧边的梁上过来的时候，庙门口一直到山门的那一段漫坡路上，白光一片，隐隐地还有着粉的颜色，人从那里走，鸡呀狗呀也走，走着走着似乎就都融化了，直到一顿饭时间，太阳跳到了岭头上，那路上的光气就散了，能听到庙院里有了人的说话声，说的什么听不清，传到瓷缸匣坯砌成的巷里，就含糊成嗡嗡声，而庙门口的两个看守则解开棉袄捉虱。中午，或者下午，政训班的人才能出来，打头的是支书，他好像依然是那些被关押人的领导，分配着人或者去劈柴，或者和泥拓坯，或者淋湿了稻草打草鞋。据说窑神庙里太冷，他们要用坯砌火炕呀，劈柴也紧缺了，只能用斧头劈那些树根疙瘩，而打草鞋却是要给所有县联指的人和榔头队的人穿，要保证五天每人配上一双。别人都分头干起来了，支书就还是坐在那里开始打盹，但只要谁刚猫了腰要走开，他还是闭着眼，说：干啥呀？回答是：我尿呀。又有了鼾声。

他们在那里劳动，狗尿苔绝不去跟前，即便是支书的老婆也在这里的墙头后看，一边看着一边抹眼泪，他还是给支书的老婆说：你不要去，去了只给他惹事哩。支书老婆说：你支书爷有胃病哩。狗尿苔说：胃病不是好了吗？你看他都胖了。支书的老婆说：那是浮肿。但是，当榔头队又从外边拉回了一架子面粉了，狗尿苔才肯走近去。他喜欢那面袋子装着面粉，饱饱的又虚虚的，打一拳头，拳头就陷进去而且拳头也变成了白的。这些面粉他是吃不上的，所以他们也让他帮着把面粉袋子扛到窑场去，他说他扛不动，甚至人家把面粉袋子放在他的肩上了，他就压趴在地上。人家说：你扛了，这布袋给你。他又从地上站起来，扛了往山上去。狗尿苔得到过三个面粉袋子，他把袋子拿回来在水里涮，

739

面水还做过一顿菜糊糊吃。

　　这一天，县联指的人竟然在杀猪，他们从下河湾拉回来了一头母猪，据说是掏钱买的，猪肚子猪奶很大，磨蹭着地。猪在跟后家杀，烫猪毛的水是跟后媳妇烧的，烧了就盛在大木梢里，代价是杀了猪把猪血给跟后家。跟后媳妇早早就给三婶、面鱼儿老婆说烫了猪的水洗脚能治脚冻，让到时来洗，甚至还告诉了葫芦媳妇，让来提水回去给她婆婆洗。这些人到了跟后家，当狗尿苔也去了时，三婶还在问：你婆咋没来哩？狗尿苔说：我婆脚疼。三婶说：脚疼才要来洗的呀！一冬天都没烫过脚了，啥时候还有这好事？！但狗尿苔就是没去把婆叫来，他逗着干儿子玩。干儿子十分兴奋，一直拿着铜脸盆儿敲着，嚷嚷他要用盆子接猪血。当猪被赶到跟后家院门口，猪怎么也不肯进，嚎嚎地叫，两个人就揪着猪耳朵往里拉。铁栓就拿了刀在院中的小桌前站了，指挥着去把两副铁钩子洗净，把煺毛的附石拿来，他开始挽袖子。拉猪的人喊：铁栓铁栓，你会不会杀猪？铁栓说：我给磨子当过下手嘛。那人说：天神，你没掌过刀你就敢杀呀，一刀就要捅到位，你能？铁栓说：有啥不能的，一刀捅不到位再捅一刀么，你们得把猪按住，猪不死你们不松手不就得了！这时候有人喊：来声来了，来声能骗猪，让来声杀！来声果然来了，来声好久都没来古炉村了，他来得是时候。来声就把装着货的自行车停放在院门外，他同意杀猪，却不放心货车子放在这里没人看管。跟后媳妇说：让狗尿苔看管着。狗尿苔说：我不看管，东西没丢他说丢了我拿啥赔他，我叫个人来看管。狗尿苔叫来的却是戴花，戴花一叫就来了。得称说：狗尿苔有眼色，会叫人。县联指的人说：咋会叫人？得称说：这事不外传。戴花一来，先拿了个发卡别在了自己头上，来声立即情绪高涨，要铁栓手中刀，说：杀猪么，一刀不到位，猪乱扑腾，那血就接不到盆子里。铁栓还不想把刀给来声，跟后媳妇说：把刀给来声，血接不到盆子你赔呀？！铁栓把刀给了来声，说：你能杀人吗？来声说：那我不敢。铁栓说：你狗日的就会杀个猪！猪被五六个人拉到了小桌上，侧着压住，猪的叫声就再不断，越叫越尖，聒得人像刀片子在耳朵里，跟后的媳妇把儿子往旁边拉，儿子却仍拿着铜脸盆还站在桌前拉不走。狗尿苔突然觉得猪可怜，捂着耳朵，眼睛却不敢看了。铁栓说：狗尿苔，把火拿来！狗尿苔说：我没带火绳。铁栓说：到灶膛里取下火炭去！你咋啦，咋啦？狗尿苔说：我嫌杀猪害怕。铁栓说：杀猪有啥害怕的，猪造下给人吃哩，又不像杀人！狗尿苔到厨房灶膛里取火炭，他故意要躲过杀猪的一幕，就听见猪突然不叫了，院子里也一时安静，接着来声在喊：提腿提腿，把腿往上提！等出来，猪已经放血了，血流在铜脸盆里，他的干儿子就端着盆子，血点子溅得一脸花花点点，旁边人说：要撒些盐哩。但干儿子听也不听，进了上房门就把门关了。

　　猪在木梢里烫，拉出来，按下去，翻过来，倒过去，后来就又拉到小桌上用附石蹭毛，毛是那么容易地就蹭下来。烫猪水很快被盆端桶提地分掉了，各自提走或就在院子里烫起脚。有人在说：铁栓，没让你杀猪你烫烫脚。铁栓说：我就恁爱烫脚？！那人说：你一冬里洗不洗澡？铁栓说：我一辈子都不洗！那人说：哦，那你几时总得洗一次呀！众人就哈哈笑。铁栓才知道这是在戏谑他：洗一次那就像猪一样该挨刀子呀！铁栓一烟袋磕在那人头上。

　　煺净了猪毛的猪被铁钩子勾住了两条后腿挂在了梨树杈上，来声用水瓢舀着水在猪身上浇，一遍又一遍地洗，刀就叼在他的嘴上，说话不再清晰，他说：杀猪不在乎能不能捅刀子，关键在开膛。斜眼看了一下铁栓，然后一边用刀尖在猪腿上剔开个口子，拿铁条塞进去捅了捅，再用嘴去吹，吹得猪一下子胖起来了，刀子就从猪的后腿中间往下划，划开来，肠子就先流出来涌了一堆，热腾腾往外冒热气。面鱼儿老婆正在洗脚，突然看见那一堆肠子，啊的一声脚不洗了，竟把盆子蹬翻了，水全倒在地上。来声一件一件从猪腔里往外掏东西，刀一闪，割下一指长一节白花花的油絮子塞在了嘴里，他的动作极快，好多人还没看清，说：你吃啥哩，吃啥哩？狗尿苔说：他吃油了！来声说：就是吃油了，这是杀猪人的权利呀，就这一点权利！他说得也对，别人就再没啥

741

说的。

　　一个完整的猪齐棱棱被砍成两扇挂在树上，来声开始卸猪头，以马部长的指示，猪头和猪下水要交给榔头队人吃的，铁栓这时候来给来声耳语，来声就将猪头卸得特别大，几乎把脖子全都当猪头卸下了，铁栓就提了猪头和一筐子下水走了，走到院门口，又返进来，说：还没割尾巴呀，来声。来声说：哦。刀在左扇肉那儿一旋，尾巴就连根剜下来，却说：榔头队还要尾巴呀？！拿着尾巴就在狗尿苔的嘴上蹭了蹭，说：你尿炕哩！尿炕人在杀猪时用猪尾巴根蹭嘴就不会再尿了，狗尿苔的嘴被蹭了，油亮亮的，他感觉嘴唇一下子都厚了许多。他说：再蹭几下么！来声不再给蹭，说：谁还尿炕？院子里的孩子都说尿炕，就都噘着嘴挤过来。来声让他们排队，在每一个嘴唇上蹭，只蹭两下，有一个孩子竟张口就咬住了猪尾巴，来声骂道：你这碎骸！猛地一拽，猪尾巴拽了出来，但用了力，胳膊往后甩去，猪尾巴却被得称抓了顺门就走。人们一时没反应过来，等看着得称拿猪尾巴走了，撵出院门来夺，得称已经走远了。

　　猪肉是分两处地方煮的，一处在窑场，煮了整块好肉，一处是榔头队的人集中在老公房煮猪头和猪下水。不是榔头队的人都在羡慕着，由羡慕，嫉妒，后来变成了仇恨，他们骂着肉都叫狼吃了狗吃了，又骂天布、灶火和磨子没本事：都是革命哩，造反哩，人家吃肉哩咱就看着人家吃肉哩！葫芦的媳妇在门槛上给婆婆梳头，婆婆闻见了煮肉的香气，说了句：这香的！葫芦的媳妇就遗憾了葫芦不是榔头队的人，要么这次分到肉片子了还能不给老妈拿回来？

　　狗尿苔还在跟后家院子里等着三婶和面鱼儿老婆烫脚，三婶的脚比婆的脚缠得要小，指头全部窝在一起，像个芥菜疙瘩，脚后跟上还有一个鸡眼，拿针挑了半天挑不出来，血都流了出来。跟后的媳妇让狗尿苔帮着把木梢洗净放好，再把杀猪时猪屙下的屎、燖下的毛，和垫在小桌下的土铲了倒到她家猪圈去。狗尿苔说：把这些倒到猪圈，让猪看见了害怕哩。跟后的媳妇说：你就是懒！猪它知道啥，猪是人？狗尿苔说：猪和人一样。跟后的媳妇说：别跟我花嘴！干活去，一会炒好猪血，你和你几个婶婶都吃几口。狗尿苔铲了那些脏物往猪圈去倒，跟后家的猪果然后腿立着，前腿搭在猪圈墙上给他叫，眼泪汪汪的。他就把脏物倒在圈墙外，说：没你的事，睡去，睡着了就不怕了。三婶和面鱼儿老婆烫好了脚，把烫脚水都倒进尿窖池了，也帮着擦了萝卜丝，切了猪血块，她们都要走，跟后媳妇说：马上就做好了，走啥的，多少吃几口么。她们说：我们还和娃娃争吃呀？！从厨房里拉扯到院门口，还是留不下，三婶扭头朝猪圈里瞅，狗尿苔已经跳进了猪圈给猪搔痒痒，三婶说：狗尿苔你不走呀？狗尿苔说：我给猪说一句话，就走。三婶说：给猪说话？面鱼儿老婆说：他能得很，和啥都可以说话。三婶说：和猪说话还算能？他长了猪脑子？！狗尿苔说：你们肯定是不想让我吃猪血故意要走呀吧！面鱼儿老婆说：你瞧这话说的！三婶说：那你留下，你是娃的干大么。狗尿苔就从猪圈里跳出来说：你以为她能给我吃呀？给我吃我也不吃！

　　三个人出来，路过行运家，行运才从老公房回来，从怀里掏出个干荷叶包儿，绽开了，里边是一片肉，油汪汪、颤活活的，行运给他媳妇说：一人两片，我吃了一片，这一片拿回来给你和娃吃。儿子一把却把肉抓了塞在嘴里。行运说：这娃，咋不给你妈吃？儿子从嘴里把肉又取出来，自己咬了一半，另一半给了他妈吃，他妈拿牙叮了那么一点，但没叮开，说：肉咋是顽的？行运说：老母猪肉么，顽了能多嚼嚼。看见三婶他们过来，行运拉了媳妇和娃就进了院子。

　　县联指的人和槲头队的人杀了那头猪后，不到十天，又拉来了两扇猪肉，猪肉上还盖了好几个红色印章，一些人就清楚这肉是从镇肉联社来的，至于是怎么来的，就都不管，这些肉统统在窑场剁馅包饺子，县联指的人和槲头队的人都美美吃了一顿。

　　吃完饺子，槲头队的人都身子困起来，又觉得这儿那儿地痒，七扭八歪地坐在那里挠。霸槽脚心还有一个红疙瘩，脱了鞋挠得都流了血。看着霸槽的脚，有人就说：听水皮说你脚心有一颗痣？水皮说：那是星，脚踩一星，能领千兵！霸槽说：你看么！大家就过去，果然看到霸槽的脚心有个痣，说：还真有痣，生来就是给咱当头儿的！水皮说：咱这算几个兵呀，将来洛镇成立革命委员会……但水皮话没说完，有人就把他推开了，他们才不管革命委员会不革命委员会的，却给霸槽说：既然你是咱的头儿，你就给马部长说说，以后榔头队的人都到窑场来吃饭么。霸槽说：觉得人家吃得好了？他们说：当然吃得好啦！霸槽说：要想吃得好，那就得使古炉村彻底没了联总，洛镇也彻底没了联总。他们说：这没问题，只要能吃好，你说咋干咱就咋干，就让他天布、灶火、磨子死在外边！这话说过了，他们又觉得不对，如果天布、灶火、磨子都死在外边了，古炉村的联总没了，镇上的联总也没了，那不是又没文化大革命了，没了文化大革命那就和从前一样，县联指的人就得走，还到哪儿弄米弄面弄猪肉去？于是他们悄悄议论，这天布、灶火、磨子还是不要死的好，就在外边，这联总也不能没有，还得存在，有他们了，他们总想回来，咱们总防着他们回来，这些县联指的人便住在窑场，就能吃上白米白面和肉了。

榔头队的人提出也都能在窑场吃饭，霸槽是把这意思说给了马部长，马部长说这可以考虑，也就研究着今后怎样去镇粮站和信用社再借粮借钱的事。从目前的局势看，借粮借钱的事还能做到，仅存在一个问题，就是柴火。在这之前，仅是县联指的人在窑场的柴火就极困难，去西川煤矿上买煤，那费事又得花钱，先是榔头队的人家分别背了些去，后来又把天布、灶火、磨子、守灯、麻子黑家的麦草集也扒了来烧，仍还紧缺呀。霸槽就主张到河堤上砍些树上的枝股。但马部长不同意，反正是砍，与其去河堤上砍些树枝股，不如就近在中山上砍。霸槽说中山上有什么树，那些槐树都小，砍不了多少枝股的。马部长说山顶上不是有棵树吗，放倒了啥都有烧的了。霸槽没想到马部长要伐白皮松，这他顺口就否定了，山上能长那么大的树不容易，而且就长在山顶，还是棵白皮松，古炉村的风水树呀！马部长说：什么时候了你还顾及一棵树！一棵树又怎么啦，它长了上百年那还不是就等待着我们砍吗？它为文化大革命贡献了那是它的光荣么！什么风水不风水，如果它是风水树，古炉村就穷成这样？又出了几个领导？不是我笑话哩，不就出了个朱大柜是支书，可只要是村子，村村都会有支书的。不说出什么共产党的大人物，即便出地主，守灯家那算大地主吗，在别的地方屁也不是！霸槽说：这倒也是，可我在古炉村闹事的，把白皮松砍了，将来会背骂名的。马部长说：瞧你这志气，你将来就还在这鬼地方呀？洛镇你不能去，县上你不敢去，省上你不能去？我真看错了你，涝池大个水潭你成什么大王八？！霸槽的脸一阵红一阵白，他说：那你得一直要提携我。马部长说：不提携你，我早离开古炉村了。霸槽说：那好，就伐白皮松！

秃子金领人去伐白皮松，善人抱住树不让伐，当然把善人是连拉带抱地抬开，但树腰粗，锯没那么长，锯不了，拿斧头砍，树又硬得像石头，斧头下去只崩出一小片，照此下去，七天八天都砍不倒。秃子金给马部长说了，马部长写了个条儿，让秃子金去镇上找联指的人要炸药，第二天炸药背了回来，一半留下，一半就拿去炸树。

秃子金把树砍了七个豁口，七个豁口都往外流水儿，颜色发红，还粘手，有一股子腥味。秃子金走后，善人熬了小米稀饭，用稀饭和了泥抹豁口，原本是两搂粗的树，平日用脚踢它，它纹丝不动，但善人抹泥，抹得平平的，树却忽儿忽儿地摇着，松针就在地上落了一层。善人只说保住了白皮松。没想第二天一早，他还在睡着，秃子金又来了。这次秃子金在树根下挖了个深坑，埋下了炸药，说是要炸倒白皮松，又要他离开山神庙，躲到窑场那里去，善人就又抱了树不起来，他给秃子金他们说道讲善，他没有说秃子金头上的疮是什么原因生的，也没有说秃子金的眼疼是什么原因得的，应该怎样去治。他讲的全是他自己，他幼时如何家贫失学，二十九岁时听过大善士杨柏合讲善书，因悟贤人争罪，愚人争理，便痛悔己过，身患十二年的疮痨一夜之间霍然而愈，同年四月，盛世人，男不忠孝，女不贤淑，世风难挽，萌生了厌世之念，绝食过五天，突生灵感，认为徒死无益，应先尽教，然后立志劝世化人。同年十月，杨柏合误陷牢狱，他效法古人"羊角哀舍命全交"的故事，誓死前往营救，途中夜间忽现光明，宛如白昼，豁然彻悟，明心见性。三十二岁十月，入庙拜师，明晓了创业世界以孽为根，是互相依赖，亦即互相结仇的世界。因此，提倡储金立业，正是利民生。立业世界以德为根，女子立业，助夫不累夫，男子立业，领妻不管妻，人人自立，互相感恩。以争贫为主是后天，以谦让为主是先天。往先天世界拨人，拨过去的即是净心人，心净神足，性定聚灵，便是先天人。小康是创业世界为后天，大同是立业世界为先天。至后离开庙院，仍以白话演述人伦，印证经传，用启庸愚，兼化才智，曾借心理悟省，自愈宿疾，即以此法使人疗病。善人讲得口干舌燥，秃子金继续挖他的坑，说：你嘟嘟呐呐地说的啥呀，烦不烦人？！善人说：我给你讲我的一生哩。秃子金说：你是给你要写铭锦啊？！善人说：你要听我说哩，我求求你，不要再挖坑了，你听我说。秃子金说：学校的老师是书呆子，你比书呆子还书呆子！文化大革命都到这一阵了你还在宣扬你那封建的一套，真是顽固不化的孔老二的孝子贤孙么。善人说：我不是孔孟，也不是佛老耶回，我行的是人道，得的是天道。秃子金说：好啦好啦，这话你多亏给我说，我听不懂我也懒得听，要是水皮在这儿，马部长和霸槽在这儿，少得了再批斗你？你起来，乖乖给我起来，别惹我生气，我已经忍了又忍了。善人说：我就不起来，你要炸树，就连我一块炸了！秃子金说：你以为你是谁呀，就不敢炸吗，古炉村死了多少人你是没见过没听过？！起来！善人说：不起来！秃子金真的生气了，一把把善人拉起来摔到了一边，善人竟又扑过去，就一头栽在坑里，他这一栽，头朝下脚朝上。秃子金说：这可是你自己栽的呀！挖坑的人见善人栽下来，就再挖不成了，去拉善人，善人却不动了，说：他昏了。秃子金说：试试鼻子，还有气没气？坑里人说：气还有。秃子金说：抬出去，抬到下边崖背处，坑一好就放炸药！

炸药放了进去，导火索一点，所有人都往崖背处跑，轰的一声巨响，尘土罩了半个天，烟雾中似乎白皮松还立着，树上的四只红嘴白尾鸟叫得像刀子似的尖锐，善人在爆炸声中醒了过来，睁眼大叫：秃子金，秃子金！秃子金抬头往上看，说：咋没炸倒？才要站起来，白皮松却嘎喇喇地一连串的嘶鸣，就那么猛然地摇晃了一下，慢慢向东倒，向东倒，后来咔地倒下了，又是一片土雾腾上去，罩了半空，树皮子、草末子、未消化的雪冰疙瘩和土块子，都散落到了崖背处的人身上。善人叹了一口气，眼睛闭上又昏过去了。

中山顶上再也没有那棵白皮松了，公路上上下往来的行人经过了哨卡，说：这是哪儿呀？回答说：古炉村么。从没来过古炉村的人在问：是山上有个独白皮松的古炉村吗？来过古炉村的人就习惯地看看镇河塔，镇河塔还在，再远远往中山顶上看，中山顶上没了白皮松，疑惑地说：是古炉村？咋没见了那白皮松？卡站上的人不耐烦了，说：没事了快走你的路！

白皮松被炸倒后，树还是囫囵树，锯无法解，斧头也劈不开，秃子金他们又用炸药塞在树下分了几处爆炸，树才被肢解了，分批拉到窑场去烧饭烤火。这些柴火村人是不能拿一块的，许多人就拿了镢头斧头去山上挖白皮松树根。白皮松的树根像龙身子一样蜿蜒很长，只要占住一条根，就能挖出一背篓柴火来。那一天，几十多户人家都去挖树根，狗尿苔和牛铃也背了背笼拿了镢头斧头上了山。

狗尿苔和牛铃上山先去看善人，善人已彻底地睡倒在山神庙的土炕上了，浑身浮肿，目光无神，人一下子失形成这样，吓得狗尿苔和牛铃忙问：你哪儿不舒服？善人说：哪儿都不舒服。这让狗尿苔和牛铃束手无策，不知该怎么办，他们能办的就是给善人做些吃喝，就说：那你吃了没，你想吃啥我们给你做些？善人摇了摇头。狗尿苔说：那喝呀不？善人还是摇摇头。狗尿苔手在被窝里一摸，被窝里冰冰的，就说：那就给你烧烧炕。两人出来就在场塄上抱那一堆苞谷秆，苞谷秆不远处是那个被炸开的大坑，一些人就在坑前边的土塄上挖树根，还陆续有，人背着背篓拿着镢头上来加入了挖根的队列里，一时人头攒涌，镢斧挥动，人人都兴高采烈，像是在捡便宜，又你争我抢，乱哄哄一片。把苞谷秆抱去烧了炕，善人说：外边咋乱哄哄的？狗尿苔说：在挖树根哩。善人说：榔头队连树根都挖呀？狗尿苔说：不是榔头队，是村里人给自己挖柴火。善人不言语了，睁着眼看着庙房梁，再不闭眼。狗尿苔对牛铃说：把门闭上。牛铃闭上了门，外边的哄哄声是小了很多，善人眼睛还睁着看房梁。狗尿苔也往房梁上看，房梁上什么都没有的，他说：你看啥哩？善人没有作声，眼睛还睁得圆圆的。狗尿苔就说：你眼睛累，好好睡。他用手抚着善人的眼，善人的眼皮子是合上了，他的手上却沾上了湿漉漉的眼泪。两人从庙里出来，狗尿苔：他肯定没吃没喝哩，咱还是给他做些饭吧。牛铃说：他说不吃你做什么饭，咱做了，别人还以为咱想吃哩。狗尿苔说：那咱给他担些水去，他不吃不喝，是桶里没了水么。牛铃说：要担你担去，我挖树根呀。

狗尿苔生气着牛铃，他还是一个人去了沟里担水，担不了两桶水，就担了两个半桶。满头大汗地才到了山顶，却见长宽正扇了牛铃一巴掌，牛铃呜呜地哭，长宽还在骂：你哭，你再哭？！牛铃就不敢再哭了，而所有挖树根的人也都不再说话，有人就收拾起挖出的树根，背了背篓下山去。

长宽也是上山来看善人的，他一到那土塄上，挖树根的人把一面土塄全挖开了，有的挖到了大的树根，一边用斧头劈着，一边还催着媳妇再挖，再往下挖。有人只挖到一条小根，眼红地看着旁边人，说：你搂住啦？！旁边人说：搂住啦，这一条根顶得住我去南山砍两次柴哩。就喊着长宽：长宽你咋不来挖？长宽说：我不挖！那人说：你长宽家柴火多么？长宽说：我就是吃生的，我也不挖，挖祖坟呀？立即又有人说：长宽你这啥话？谁挖祖坟啦？！长宽说：树是古炉村的风水树，就这样毁呀？！那人说：树是我炸的？我炸了吗？我咋就毁了？他说着，就指着身边的人说：你炸啦？身边的人说：咋是我炸的？我没炸。又问另一个人：你炸啦？另一个人说：我没炸。一连问着七八个人，七八个人都说：我没炸。他最后提高着尖声说：谁炸啦？谁炸啦？所有的人都在说：我没炸。气得长宽说：好，好，都没炸，都好着哩，风水树就连梢带根没了！这时候，牛铃却和人吵起来，牛铃发现了一条根，这根又分岔成两条，有人拿了镢头要来挖，牛铃不让挖，说分岔出来两条根，一条归他，一条要留给狗尿苔的。两人吵着就相互推搡，长宽气正没处撒，过去就扇了牛铃一巴掌，骂道：你倒争你妈的 × 哩，不挖这条根你就穷得要死啦！这一骂，争着挖树根的那人不好意思了，提了镢去了别处，而牛铃却还委屈地哭。

长宽不是榔头队的也不是红大刀的，村里人怕他的不多，但长宽犁地的时候总要骂套牛的狗尿苔，狗尿苔就怯火他，见长宽打牛铃，他也不敢说话，把水担进庙里，又问善人吃啥呀，他把水担回来了，他啥饭都能做的。善人还是说不想吃，他就给善人烧水。水还没开，长宽进来，扶着善人翻身，又在背上揉，狗尿苔把温水舀了半盆，湿了手巾，给长宽给善人擦。长宽说：你没挖树根？狗尿苔说：原本也来挖的，善人没水了，我去担了些水。长宽没再给他说话，他就再去把水烧开了，端了一碗过来，长宽才说：你歇去吧，我来喂。狗尿苔就出来了。

狗尿苔一出去，牛铃就叫他。狗尿苔说：还挖呀，都挨了巴掌还挖？牛铃说：不挖那不是白挨巴掌啦？我还不是为了给你占树根挨的打，你还不挖？狗尿苔说：那我也是毁树的啦？牛铃说：你不挖了拉倒，我背一背篓柴火了你别眼红！狗尿苔能不眼红吗？为了烧的，平日他和婆割茅草扫树叶，在坡上挖野棘，有树根挖怎么能惹心吗？狗尿苔也就过去挖，他挖的时候低着头，不想让长宽一会儿从庙里出来了看见他。留给他的分岔根只有胳膊般细，挖着挖着，那根却粗起来，而且越挖越成弯弯曲曲，往东边塄底竟有了六七丈长。这简直成了奇事，惹得旁边人说：狗日的碎髁这有福！

83

就是那条弯弯曲曲的树根，挖出来劈开，不多不少，装满了背篓，狗尿苔背回家，在院子里往小的劈。婆让歇着，他不歇，一气劈好，整整齐齐垒在了上房台阶上，倒觉得有些恍惚，想，白皮松在地面上像一条龙一样腾空的，在地下的咋也有一条根像龙一样弯弯曲曲卧着，这龙根怎么就让他和牛铃挖开劈碎了？突然觉得光线暗了一下，回头一看，院门口站着葫芦的媳妇和老顺。葫芦的媳妇在推着老顺，说：你走么，走么。老顺却像孩子一样，可怜巴巴地看着葫芦的媳妇，就是不走。狗尿苔觉得纳闷，就从院子里出来，猛然间鼻子闻到了那种气味，自己把自己吓了一跳，就使劲揉鼻子，那气味似乎又没有了。出了院子，老顺蓬头垢面，那么大个身架子却驼了腰，额颅上一个包，手里却提着两只鞋。鞋是来回的那双鞋，鞋头上绣了花，用绳子吊着。葫芦媳妇说：你回家去么。老顺说：河里发水啦，来回坐着个麦草集子走了。葫芦媳妇说：来回没走，就在家里，你回去就见到她啦。再推着老顺，老顺就往巷口走，阳光把巷口照得像开了一片玫瑰，老顺的身影也被染得红光光的。葫芦的媳妇在给狗尿苔说话，说是来回又不见了，这一次是彻底地再没寻着，老顺好像有什么预感，知道永远再见不上来回了，人也疯疯癫癫起来。古炉村的风俗里，如果人走失了，得把那人穿过的鞋吊在井里，三天后人便能回来。但古炉村没有井，只有泉，老顺就把来回的鞋用绳子吊了，挂在泉池沿上。他刚挂上，正好窑场上的人到泉里担水，就骂老顺弄脏了泉水，老顺也骂人家，双方就打起来，老顺的额颅上打出了一个青包。葫芦的媳妇说这话，婆就坐在院子里的捶布石上剪纸花儿，好像是没有听见，还在专注地剪，狗尿苔就不让葫芦的媳妇再说了，他不愿意让婆也听到。葫芦的媳妇说：蚕婆的耳朵还笨着？狗尿苔点点头，却说：啊我还要给你说个事呀，你最应该去看看。葫芦媳妇说：我还去老顺家？我不去了，我哄着他回家去就是了。狗尿苔说：你去看看善人。葫芦媳妇说：善人咋啦？狗尿苔就告诉了善人病得在炕上起不来，说：他对你们一家人好，老是夸说哩。葫芦媳妇说：这我得去看看，我婆婆这几日老是睡不着，我还说去问问他有啥办法的。当下两个人商定，晌午饭后，由葫芦媳妇来叫上狗尿苔一块上山去看望善人。

　　吃过了晌午饭，狗尿苔在家等着葫芦的媳妇，左等右等等不来，就有些燥了，要去喊葫芦的媳妇。巷道里一阵乱步，跑过了许多县联指和槲头队的人，一时又是鸡飞狗咬的，狗尿苔一出去，立即被人拨到了墙根，问出了啥事，却没人肯回答他。队伍已经过去，葫芦的媳妇才来，头梳得光光洁洁，手里端着一个升子。狗尿苔说：去看病人呀，你在屋消消停停地打扮啊？葫芦媳妇说：头发像鸡窝一样咋出门？善人可是见不得男不像男女不像女的。等急了？狗尿苔说：你没看啥时候了？！葫芦媳妇说：我正给善人装半升子的面粉，人家在巷子里搜人哩，没能过来么。狗尿苔说：搜啥人？葫芦媳妇说：政训班又跑了一个人，说是跑到田芽家，就把那人和田芽都抓走了。狗尿苔说：咋还有人敢跑？把田芽也抓？葫芦媳妇说：古炉村成啥了么，监狱么！狗尿苔却说了一句：看你牙上的韭菜！

　　葫芦的媳妇忙把嘴掩住剔韭菜，其实牙上并没有韭菜，狗尿苔低声说：霸槽在那儿。霸槽是站在斜对面的一棵树下，没有穿那件黄军大衣，却穿了一件蓝中山装，正和戴花说话。狗尿苔说：咱从背巷里走。葫芦媳妇说：走背巷蔓路呀？咱走咱的。狗尿苔只好硬着头皮走，他不向霸槽看，但浑身却有了眼睛盯着霸槽，心想：霸槽不是只有黄军大衣和那件没了后襟的红毛衣吗，咋穿了这么新的一件中山装？霸槽一直是背向着他们和戴花说话，狗尿苔企图悄悄走过去，但多嘴的戴花却在招呼着葫芦的媳妇，说：哟，头梳得这好，往哪儿去呀？葫芦媳妇说：啊……你没去窑场做饭？霸槽就转过身，看见了狗尿苔，说：干啥呀？狗尿苔说：没么。霸槽说：没事了跟我走，到戴花家去。狗尿苔恨自己说错了话，迟疑着没作声。霸槽说：我还叫不动你啦？狗尿苔就看看葫芦的媳妇，低声说：你先去，我过会儿来。就走去，霸槽打着狗尿苔的头，说：我今日高兴，你得陪我！

在戴花家的院子里，戴花先进屋去箱子里翻什么东西了，霸槽给狗尿苔说：我穿上这中山装怎么样？狗尿苔说：谁的衣服？霸槽说：你碎髅会说话不？这是我的衣服，穿上怎么样？狗尿苔说：好看。霸槽说：仅仅是好看？你在古炉村见过谁穿这样衣服了，来的那些县联指的又谁穿这样衣服了？好看，仅仅是好看？！戴花在屋里高声说：找不到你那颜色的扣子呀！霸槽说：来声最近没来？戴花说：我买的扣子都是裤子上的扣子，你这中山服，配不上呀！霸槽说：守灯穿过他姐夫的一件破中山装，他要在就能拆下一颗扣子，他狗日的不在么。这马部长让人从县上给我做了这中山装，糟糕得很，竟然掉了一个扣子，新衣服怎么就不多备扣子？狗尿苔这才看清那中山装的下边一颗扣子是没了，说：这是马部长给你买的？霸槽说：是不是稍有些长？戴花从屋里出来，她还是没有寻到扣子，说：不长，我给你把领口上的扣子拆下来钉到下边，反正领口上的扣子不系。霸槽说：领口上的扣子重要哩，你见过主席台上哪个领导不是把领口系得紧紧的？领袖领袖，讲究就是这领口！戴花说：你又不上主席台，领口系得恁紧不憋气呀？霸槽说：你咋知道我不上主席台？不上主席台我穿这中山装呀？！戴花睁大了眼睛，霸槽说：不相信是不是？有你相信的时候哩！你再找，颜色不对就颜色不对，总不能没扣子呀，来声再来了让他很快给我捎颗来。戴花反身又进了屋，狗尿苔说：你要当领导呀？霸槽说：得准备好行头嘛！狗尿苔却突然说：这我得给杏开说去！拧身就走。

狗尿苔最不爱听的是这中山装是马部长给霸槽买的，他之所以说要给杏开说去，一是要提醒他霸槽：杏开正给你怀着娃呀，你穿马部长的什么衣服？二是趁机赶快离开，还要上山去看善人。霸槽却拧住了狗尿苔的耳朵，说：你给我往哪儿去？狗尿苔说：你要当领导呀不给杏开报个喜？霸槽说：这用得你报喜？狗尿苔噎住了，他再说：啊你知道不，政训班又跑了一个人，你倒在这儿钉扣子？霸槽说：搜人是我安排的。你别给我溜，钉了扣子咱到村南口看石匠呀。

古炉村里并没有石匠，狗尿苔也想不来村南口怎么会有了石匠，那石匠做什么？兴头高涨的霸槽偏要狗尿苔跟着他，狗尿苔没了办法，当戴花钉了一颗蓝色的扣子后，就嘴噘脸吊地跟在霸槽后边，像是霸槽拉着一只不听话的狗。霸槽一路走着，村道里就有人夸他的中山装：哇呀，这是官服么！霸槽笑着说：这话先不要说。那些人说：不要先说？哦，咱古炉村真要出个官了！狗尿苔在身后边，看着空中的鸟，心里说：把屎屙到这些人嘴里去！果然一颗鸟屎就落下来，但没有掉到那些人的嘴里，却落在霸槽的后肩背上。别人都没有看见，狗尿苔看见了，他近去拍了一下，那不是拍，而趁机抹了一下，鸟屎就白花花印出一道子。霸槽说：甭动我的衣服！狗尿苔说：不动就不动。霸槽说：瞧你这脸难看不难看，笑着！狗尿苔看了一眼衣服后肩背，他笑了。

村南口果然来了几个石匠，那是西川村的石匠，还有水皮，他们把原来的石狮子掀滚到了漫坡下，新抬来了一块石头，正在那里凿着一头石狮子，那些石匠就汇报着他们的方案，说是这头石狮子要后腿卧下前腿立起来，狮子就能显出势来，并说按水皮的意见，狮子的开脸要刻出似乎像人面一样，人面要像是霸槽，就让霸槽立在那儿，他们得左右端详。霸槽竟然很听话，就立在那儿。他们说：眼睛往我们这儿看！水皮说：不能看着你们，目光要远，看南山，对，成大事的人目光是远的！

马部长和胖子从公路上的卡站过来，人还在漫坡下就大声地叫着霸槽，好像非常的生气，霸槽就往漫坡下走。马部长说：谁叫你这时候穿这衣服？霸槽说：我穿上试试。马部长说：革命委员会还没成立哩，就烧成那样啦？唵！这衣服上的扣子咋回事？霸槽说：掉了一颗，补了一颗，颜色有些不一样。马部长说：咋掉的？狗尿苔说：不是买来就没一颗扣子吗？霸槽说：住嘴！你来干啥？狗尿苔说：你要我跟着你么。马部长突然严声训道：掉的？你穿上这衣服到哪儿去了我可知道，这扣子是咋样掉的我也知道！霸槽赶忙说：这，这，这是我去故意气她的。马部长说：你不要给我说了，我可告诉你，你想要永远穿这中山装，你应该清楚你怎么办！霸槽说：这我清楚。就解扣子要脱掉中山装。狗尿苔说：天这冷的，你感冒呀？霸槽说：你走！狗尿苔立即就走，走了三步，又回过头来说：那不让我陪啦？霸槽骂了一句：滚！

狗尿苔被骂着，心里特别高兴，他终于看到了霸槽那么张狂的却被马部长就那样训着。他一路小跑着往中山上去，却琢磨马部长训霸槽的话，那中山装上的扣子怎么掉的呢？他跑到了山神庙仍是想不通马部长的话，雪却又下了起来。

山神庙里，葫芦的媳妇已经给善人做好了拌汤，而善人好像早都能下炕了，把庙门外场子里那些劈碎了的树杆和劈柴往屋子里搬，差不多在炕前垒得老高了。善人的脸色非常难看，白里透着黑青色，他抱着劈柴，老是抱不紧，几片就掉下去，踉踉跄跄进门了，放下劈柴，人就累得满头大汗，扶着炕沿喘气。葫芦媳妇说：你不要动了，要搬我来搬，拌汤要趁热吃。善人说：唉，我真害人，不搬了，我不搬了，狗尿苔也来了，你和狗尿苔去搬吧。狗尿苔不明白怎么要搬这些柴火，那是联指的人炸开树的柴火，人家能让他又来烧灶烧炕吗？狗尿苔说：搬的那干啥呀？善人说：你没看下雪呀。狗尿苔说：下雪就下雪吧，你还怕把柴火淋湿？善人说：放在外边别人会拿哩。狗尿苔说：拿光了才好！善人说了一句：你这娃！就不说了，爬上炕去吃拌汤。但是，善人吃了半碗，筷子就在碗里划，放下碗不吃了。葫芦媳妇说：叔呀，你觉得不合味？善人说：香哩，我吃饱了，给我个枕头。葫芦媳妇把枕头垫在了善人的后腰，善人的脸就一阵苍白，一阵泛绿，气都不均匀了。葫芦的媳妇说：唉，这儿太冷，要么你住到我家去，好歹一天三顿有个热饭吃。善人说：这儿还好，你们回吧。葫芦媳妇说：我们多陪你一会儿。狗尿苔便收拾起了屋里，把凳子和蒲团摆好，把墙角的筛子和笺儿，还有蓑衣和草帽子挂在了墙上，把地扫了，把柜盖上的灰擦了，又在叠炕头那一堆旧衣物，叠着叠着，衣物下放着两本线装的书。书很厚，四个角都起毛了，书皮子还用布糊了一层。狗尿苔把书拿了翻，满纸上都是字，每个字都长得怪怪的。善人说：噢狗尿苔，你把书拿反了。狗尿苔说：你平日说病的话都是这书上的吗？善人点点头。狗尿苔说：都是书上的，怪不得你一说病，那些话我就听不懂了。善人说：把这书给你吧。狗尿苔说：我认不得字么，你给她。葫芦媳妇说：我也不识字。狗尿苔说：你不识字，葫芦能认的。葫芦媳妇说：他也认不了几个。善人说：你们一人拿一本吧，你们不识字，字识你们。狗尿苔，你还小，你要认字哩。狗尿苔说：我给我婆说了，明年我一定也去上学。葫芦媳妇说：你就是上学，也不是学习的料。狗尿苔说：你咋知道我不是学习的料，我要学，我就比他水皮学得好！善人说：人不可貌相，少言不喘的人不可轻视，憨憨笨笨的人不可轻视，尤其不可轻视了命须子人。狗尿苔说：啥是命须子人？葫芦媳妇说：命须子人你不知道呀？咋说呀，就是像你这样的人。狗尿苔不明白他怎么就是命须子人，是出身不好吗，是没大没妈只有个婆吗？善人说：不说这些了，把书拿回去了好好存着，等你将来识得字了，这本就够一辈子受用了。狗尿苔把书装在了怀里，葫芦媳妇也把书装在了怀里。善人又一阵喘气，狗尿苔就给他捶背，喘声慢慢平复下来，善人却说：不捶啦，狗尿苔，你去把那碗饭吃了。狗尿苔不好意思了，葫芦媳妇说：那你吃吧。狗尿苔就把那半碗饭吃了，他吃得很香，响声很大，善人就一眼一眼看着，说：慢慢吃，狗尿苔，吃了你和你嫂子都回去，我累了，得睡一会儿。

临走，葫芦的媳妇掖了掖善人的被角，说：那你歇着，我们走啊。善人却对狗尿苔说：你要快长哩，狗尿苔，你婆要靠你哩。狗尿苔说：我能孝顺我婆的。善人说：村里好多人还得靠你哩。狗尿苔说：好多人还得靠我？善人说：是得靠你，支书得靠你，杏开得靠你，杏开的儿子也得靠你。说得狗尿苔都糊涂了，说：我还有用呀？善人又给葫芦媳妇说：你回去了每天晚上给你婆婆洗洗脚，她就不至于睡不着了。葫芦的媳妇突然就流了泪，说：你好好活着，古炉村离不得你啊。善人就笑了一下，把手举起来，说：啊，我会把心留给你们的。葫芦的媳妇和狗尿苔走出来，再把那扇柴编的栅栏子门挡好。狗尿苔四处张望，想能看到那四只红嘴白尾的鸟，但天色都暗下来了，没有鸟的踪影，雪没头没脑地下大了。

就在这个傍晚一直到夜里，雪下得巷道里的一切都虚腾腾起来了，所有的屋顶看不见瓦槽，树股子变粗，厕所墙猪圈墙甚至家家的院墙变矮，磨子家门前树上的钟绳子没有垂着，被他媳妇斜拉着拴在另一树枝上，钟绳也肿得像了酒盅子。两只狗，三只狗，两三只狗从巷子里走过，全低着头不吭声，白狗不白，黑狗更黑。雪还在继续往大里下，想不来天上会有这么多的雪，发了恨心地要把古炉村埋起来。只有㘰畔下的泉，还是那么大，雪遮不住，在静静的夜里往外冒着热气。

84

狗尿苔回家后，并没有给婆提说山上善人的事，婆照例又埋怨着下雪了还这么晚才回来。婆埋怨着，狗尿苔还犟了几句，但他声小，婆听不见，埋怨也就成了自言自语。吃过了饭，喂过了猪，把炕烧了，又把尿桶从厕所提回来放在了炕边，然后等着婆在炕上剪纸花儿，他就坐在上房门槛上看着外面下雪。婆还埋怨了些什么，他一时没理会，婆拿了剪刀在炕沿上笃笃笃地敲，狗尿苔这才大声问：咋啦？婆说：你不会又要出去呀？狗尿苔说：雪这么大能到哪儿去？！婆到底不信，狗尿苔就又是拿了条绳一头拴在自己腰里，一头拉进卧屋系在婆的腿上，说：这下你放心了吧？狗尿苔重新坐在了门槛上，一会儿，婆剪着纸花入神，狗尿苔看着雪夜入神，婆就忘记了孙子，孙子也忘记了婆，婆孙俩连他们自己都忘记了。谁家的猫又在叫春，这么冷的夜里还有猫在叫春吗？猫的叫春不是了那么殷勤和欢乐，像是婴儿在哭，要吃要喝的那种笑。或许在巷口吧，或许离巷口更远些，那杜仲树下，有人在说话：老顺你要往哪儿去呀？老顺在说：我寻来回呀。他们还说着什么，什么又都听不清了，脚在雪上踏没声息，话落在雪上也没了声息。狗尿苔在想，这雪是天上什么呢，一片一片的，是天在脱皮屑吗，还是云往下掉？雪如果还这么下，一夜里会不会下得塞满了院子，把门都堵住了？那么，明早起来，当然是婆先起来，开门要把尿桶提出去，门拉开了，外边就是雪墙，婆肯定要叫他狗尿苔了：快起来，咱怎么出去，雪要把咱捂死了！他就觉得好玩，捂死就捂死吧，捂死在这么干净的洁白的雪里总比埋在那湿漉漉的脏土里好吧。当然这是故意这么说的，婆训道：少说不吉利话！他就不说了，同时觉得气憋，呼吸都有了些紧张。婆开始呼救了，婆的呼救压根儿传不出去。他狗尿苔便想出一个绝妙的办法来，开始烧锅，锅里并不添水着去烧，烧得锅就通红了，他就举着锅往出走，雪遇见锅立即就融出一个洞来，他和婆从洞里钻出去了。狗尿苔就是这么想着，想着就有了兴奋，似乎觉得他和婆已经从雪洞里出来，才发现整个村子都被雪深深地埋了，隐隐约约听到各家的人在雪底下呼救，他就又拿着锅朝着有声音的地方去融洞，一个一个的雪洞都是他狗尿苔用锅融出来的，老老少少的人爬出来，有姓朱的有姓夜的，是红大刀的人，也是榔头队的人，他们都在夸讲着他狗尿苔，说：啊狗尿苔！啊狗尿苔！

　　突然，扑地一响，狗尿苔的思绪就打断了，他蓦地怔了一下，清醒了自己是坐在门槛上的，他的手脚都僵起来，看见了从院墙外扔进了一个什么东西。啊？！狗尿苔立即闭住了气，拿眼睛看院墙，院墙头的雪积得很高，就像三婶在借给面鱼儿老婆面粉时用手把面粉一点一点撒上去，那墙上的雪就形成了一道尖儿，而扔进来的东西黑乎乎在院中的雪地上，没有动，不是个活物。狗尿苔有些害怕了，忙踮着脚进了卧屋，婆还在灯下剪她的纸花儿，那是她白天在河滩地里拾到了一团红纸，可能是风把贴在哨卡小木屋墙上的什么告示刮到了河滩地，她拾回来熨平了就剪，剪得铺满了一炕，一炕像开着红灿灿的花。狗尿苔给婆说院门外好像有人，婆没有听清，急得狗尿苔做着手势，婆明白了，扑地就吹灭了灯，忙指头戳了窗纸往外看，一个黑影子已经在了院墙头上，又跳了进来。婆一下子把狗尿苔拉上炕，用被子捂了，她溜下了炕，黑暗里握着剪刀，又把剪刀掖在炕席下，然后立在上屋门后，轻轻地问：谁呀？

黑影子就走进来，低声说：是我，蚕婆。

这是天布。紧接着又进来了灶火。婆惊得叫了一声，竟然说：是天布、灶火吗？天布说：蚕婆，蚕婆！婆拍着天布的胳膊，婆证实了眼前就是天布和灶火，就一边点灯，一边咕嘟着回来啦，咋这个时候回来啦，然后拿手拍打着他们身上的雪，又去抹他们眉毛胡子上的雪。眉毛和胡子上的雪抹不掉，结了冰。

狗尿苔从炕角的被子里钻了出来，睁大了眼睛看着，他看见了天布和灶火都拿着枪，吓得一动不动。灶火挤了一下眼，说：认不得啦？狗尿苔说：是不是鬼？婆说：胡说啥的，快起来到院门口，看着去！狗尿苔起来了，婆却给天布和灶火去烧些热汤喝，天布阻止了婆，他在告诉婆，不吃不喝，没时间了，他们是回来接磨子的。婆说：接磨子？天布说：接了就走。把枪放下来靠在炕沿上，双手在嘴上哈着取暖。狗尿苔去摸枪，可一碰到手就缩回去了，枪冻得咬手，他说：磨子还在村里？灶火说：这你不知道了吧，他一直就还在村里。婆和天布在低声说话，意思是他们来接磨子出去，直接到磨子家怕目标太大，之所以到婆这儿来，就是让狗尿苔悄悄去磨子家，把磨子带过来然后逃出村子。但婆紧张了，她在担心着狗尿苔毛手毛脚地出岔子，又担心万一碰着了人狗尿苔不会说话，婆说：那还是我去。婆就出去了，提了一只灯笼，灯笼没有点着，又拿了一根桃木条子，以防着碰着人了，就说是狗尿苔发了高烧，出来给娃叫魂的。

婆一走，天布问起村里的情况，狗尿苔把他所知道的事都说了，又问天布是不是用石头砸翻了手扶拖拉机把黄生生弄死的。天布说：黄生生真的死了？狗尿苔说：死了。天布说：好得很，榔头队还要继续死人呢。狗尿苔就不敢再多说了，却问：你们怎么把磨子接出去？天布说：这你甭管。狗尿苔说：咋能不管，你们到我家了，如果让人看见了，那就把我和婆害了。天布说：本来不来你家的，就嫌你多嘴，可去了田芽家，田芽人不在，觉得你家这儿没人注意的。狗尿苔说：田芽出事啦，被抓到窑神庙啦。天布说：日他妈！灶火却在厨房里寻东西吃，什么也没寻着，狗尿苔说：你们不是不让做饭吗？有炒面，我给你拌一碗炒面？天布说：吃啥炒面？磨子一过来就得赶紧走哩。灶火却说：你寻个布袋。狗尿苔寻了个布袋，灶火把炒面装了半袋揣在了怀里，又说：给我两颗鸡蛋，用鸡蛋能拌炒面。狗尿苔不想给鸡蛋，磨磨蹭蹭地却去上房台阶的那个鸡下蛋的草筐里去看，说：今日鸡没下蛋么。婆就和磨子进了院。磨子人瘦得像鬼一样，却穿着他媳妇的蓝布衫子，头上裹着一件帕帕，他走路腰蜷着，一进门就坐在了那里喘气。但是，天布和灶火并没让他歇着，说立马就走。他们选择着路线，要从狗尿苔家出去顺巷往西，沿村边涝畔绕到大碾盘那儿了下后洼地，再从后洼地绕过东边，斜插着去芦苇园那儿过州河，从州河对面的山根下往西。天布背了一杆枪，又提了一杆枪，灶火就背起了磨子。磨子说：我还能走。灶火说：我背了你走得快，过了州河你再慢慢走。磨子说：兄弟，兄弟！灶火说：这阵啥都不要说！要出门时，天布却要狗尿苔先出门走，在前边打前哨。婆就拉了狗尿苔，说：天布，我去。狗尿苔不让婆去，天布和灶火也不让婆去，婆看着天布和灶火，天布说：快走么。婆就给狗尿苔叮咛去了要眼睛往亮些，耳朵往灵些，在她蹴下身给狗尿苔系鞋带时，悄声说：有啥不对劲，你就先藏了，你不要逞能，学精些。狗尿苔说：我精着哩。但狗尿苔的话婆没听见，她又搭了凳子从中堂墙上揭下了毛主席的像，叠好了装在狗尿苔的怀里，说：谁要打你了，你拿毛主席像盖住头，毛主席保佑你哩。

狗尿苔先出了院门，巷道里没有人，他学着猫妙喔了一声，天布、灶火和磨子就跟了出来，他们保持着几丈远的距离，就这么妙喔妙喔一直绕到村边涝畔上，狗尿苔突然靠在一棵树上不动了。他看见了一个黑影子从前边人家的后墙根过来，他妙喔妙喔急促地叫了三下，后边的三人也紧靠在了一个厕所墙下不动了。狗尿苔已做好了准备，如果前边是有人走过来，他就爬上树去，他虽然爬树不行，却可以爬到那树杈上。但是，走过来的却是狗，老顺家的狗。老顺家的狗走到了狗尿苔的身边，狗尿苔嘘了一下，狗却没有叫，折过了身竟往前边走，狗尿苔就妙喔了一下，跟着狗走。狗好像是早已知道了路线似的，一直走到大碾盘后，还下到后洼地的漫坡。出了村子，就可以松一口气了，狗尿苔说：这狗咋这乖的！天布也拍了拍狗，说：嘿，不错！革命成功了，我给你配个小母狗！狗就坐在了地上，使劲地摇尾巴。狗尿苔说：这可是你说的，你不要哄它。天布说：我不哄它，古炉村所有母狗都可以归它！黑暗中四个人都笑了一下。狗尿苔就领着狗要回村去，天布说：让狗回去，你还得等到我们过了州河。狗尿苔说：还要等你们过州河？那还不如跟你们一块走哩。灶火说：也行，就跟我们一块走。狗尿苔哪里能跟他们一块走呢？他给狗说了句什么，老顺家的狗掉头又上了漫坡，他就继续给打前哨，绕后洼地往村东走，然后再朝南往芦苇园去。雪仍在下着，每个人身上都落了厚厚一层，狗尿苔走得很快，在前边几丈远的地方，回头看着天布他们，如果不留意，天布他们似乎就看不见，他等着他们跟上了，说：你们给狗都许愿哩，也不给我说个啥。天布说：那是哄哄狗么。狗尿苔说：咋能哄狗？天布说：哦，不哄不哄，你想咋？狗尿苔说：我不想咋，就想和牛铃一样。天布说：我只说你要西瓜哩，原来只是个芝麻，行么行么。现在快往前头去。狗尿苔往前边跑去，倒觉得自己是要求得太小了，他应该还要求工分增加，为什么就给他记三分工呢，他起码劳动一天该和妇女的工分一样吧，都记八分。还有，明年去上学，上学就不能出工了，能不能这样：白天去上学，晚上回来给大家在老公房那儿记工分，他是能认得字了，完全能胜任记工员的，他当记工员绝对比马勺好。但是，狗尿苔这么想着的时候，他滑倒了，一头窝在雪堆里，这些想法就一下子全没了。他爬起来，抹了抹脸上的雪，没有觉得太冷，还用舌头舔了舔嘴唇上的雪，雪有一股子甜味。远远的公路卡站上，那里还点着一盏汽灯，灯光里有人影在晃动着，而又随后来了一辆汽车，灯光唰地照了过来，四个人急忙趴在了地上，灯光又晃过去了，一阵嘎嘎嘎地响，车在卡站上停了下来，许多人开始在检查，而且大声地骂着什么。天布他们就在检查车的那阵迅速跑过了公路，但狗尿苔没有跟上，他留在了公路这边的雪窝子里。他隐隐约约看着天布他们过了公路朝芦苇园那儿跑了，后来什么也看不见也听不见，他一时不知道该跑过公路去撵上他们，还是趴在这里等着他们。他就那么趴了好久，突然觉得自己不是在傻等吗，他们是来接磨子的，现在把磨子接走了还能回来再送他回家吗？他爬起来，顺着原路就往回走，他却心里说：哼，我是故意没跟上你们的，我能跟着你们一块走吗？芦苇园那儿没有响动，州河里也没有响动，卡站上的汽车又发动了，车重新开走，黑夜里那盏汽灯还亮着，一切都安静了。狗尿苔知道天布他们安全地逃走了，就走回到后洼地的漫坡上，而老顺家的狗却仍在那里卧着。

狗尿苔兴奋地把狗抱起来，狗是那样的重，但他还是抱了狗走，狗的长尾巴就搭在他的脖子上。婆还在屋里等着他，给他烧了萝卜丝汤。狗尿苔没有先去喝汤，他要犒劳老顺家的狗，就在院子角给狗拉了一泡屎。

狗尿苔还在拉屎的时候，他就想好了，他要在炕上喝着萝卜汤给婆讲他们去送磨子一路上的事，讲老顺家的狗，讲卡站上的汽车，他已经不是毛手毛脚好说好动的狗尿苔了，他手脚麻利，处事沉着，而且在关键时刻能动脑子，比如他就给天布提出要求了，比如他就没过公路而提前回来了。但是，狗尿苔万万没有想到，就在他在院墙角刚刚提了裤子，灶火却也二反身来了。灶火为什么还要回来，是磨子没有送出去吗，是嫌他狗尿苔没有过公路吗？在上房里，婆给狗尿苔烧的萝卜汤全让灶火一人喝了，他告诉着婆，天布已成功地领着磨子过了州河从南山根逃走了，他之所以还要回来，就是他还要解救政训班的人。婆这回是真真实实地害怕了，磨子可以悄悄接出去，而政训班那么多人，窑神庙门口还有人看守着，灶火怎么解救？婆说：灶火，你咋把这事说给我？

你咋把这事让我知道？灶火说：你们不必害怕，我今晚要回家去住，只是来把一件东西放在这里，等我寻着机会了再来取。灶火说完，就把一个用旧衣服包裹的包儿交给了婆，然后真的就出门回他家去了。

灶火一走，狗尿苔就要打开那个布包，婆不让打开，赶忙藏在了院角，又用苞谷秆盖了，说：这下咱们的灾难来了！狗尿苔说：咱咋会有灾难？婆说：他少不了在村里闹出事，榔头队还能不察觉他是到过咱家吗？婆的话是对的，狗尿苔也害怕了起来。婆说：牛铃不是有个姑姑在西川村吗？明日一早你和牛铃就到他姑家待上几天。狗尿苔说：那你呢？婆说：我哪儿也去不了，灶火把东西放在咱这里，咱都走了，他来取怎么办？咱谁都得罪不起的。狗尿苔说：那万一榔头队寻你的事？婆说：我死猪不怕开水烫了。

婆孙俩说说话话到了下半夜，分头睡下，可不一会儿狗尿苔就又醒来，他听到了一种很好听的声音，这声音像水一样地流，像云一样地飘，像是谁唱歌，又好像不是歌，是各种乐器，比如二胡、琵琶、笛子、月琴，还有锣鼓铜钹，各种乐器奏出来的和声，狗尿苔从来没有听到过这种声音。他忽地坐了起来，天还未亮，婆仍在睡着。他说：婆，阿婆，你听到了吗？婆也醒了，说：天没亮哩你喊啥呀，听到啥了？狗尿苔说：哪儿唱戏哩！婆支棱了耳朵听，她没有听到，说：你做梦了？狗尿苔也以为自己是不是在梦里听到的声响，再侧耳听听，似乎声响还在继续，只是隐隐约约，他说：不是梦里，还响哩，你听，你听么。婆还是没有听到。狗尿苔说：你耳朵笨。他再听时，却任何声响都没有了，窗外的雪在沙沙沙地下，屋梁上有老鼠在爬过，掉下了一撮灰絮。

85

这一天比往常要亮得早，古炉村人起来了见雪还下着，已懒得去清扫门前。孩子们永远都爱雪，站在院子里伸着舌头接雪，却觉得雪不甜了，有些涩，有些苦，味道还呛呛的，就大声说：妈，妈，雪是麻点的。当妈的在屋里说：胡说哩娃！雪哪会是麻点的？出来看了，雪已经不仅仅是白里带黑的麻点，全然成黑的了，黑雪。一个人这么发现了，几十人上百人也都发现了，他们不知道这是什么怪事，就从窑场上跑下人来，说山神庙着火了，火从后半夜就烧起的，火大得没法去救。所有的人都往中山顶上看，有的看不到就站到房顶，跑到村头塄畔，果然才发现山神庙是起火了。

　　狗尿苔其实起来还早，在牛铃家里动员着牛铃带他去西川村牛铃姑姑家，但牛铃不愿意去，问有啥事吗，狗尿苔就编谎，说老顺托他去西川村寻来回哩。牛铃听说是寻来回，更不愿意去，狗尿苔站在院子里生气，脸色像天一样憋得阴沉，他的身上落下黑雪，还说了一句：你这心像雪一样黑！说完了猛一怔：雪怎么能是黑的？！就听到村里人喊山神庙着火了。狗尿苔第一个反应是有人在烧山神庙了！他没了命往山上跑，山路上跑的人很多，当他们赶到山顶，火已经没法救了，因为山神庙已经塌了，塌下来的柱梁椽头门窗连同搬进庙的白皮松的劈柴几乎全都烧成了火炭，火炭成了红的，遂即发黑，嗞嗞地往外冒烟冒气。狗尿苔大声地呼叫着善人，他冲进了火炭堆，要在火炭堆里寻善人，带雪的草鞋在火炭堆上踩过，嗞溜嗞溜地响，草鞋没有烧着。葫芦、长宽就把狗尿苔拉出来，说：善人肯定是死了，狗尿苔，这是失火了，这是没办法的事。狗尿苔大声地说：这是谁要害善人的，这是谁故意放的火！长宽就说：狗尿苔你不敢胡说！狗尿苔说：昨后晌我还来过，他病着又没做饭，又早早就睡了，哪儿会有火？没有人来放火哪儿会有火？！长宽扇了狗尿苔一个嘴巴，骂道：让你不要胡说，你就胡说，你说那是谁放的火？是榔头队放的火，是县联指人放的火，是天布、灶火放的火？唵？！你昨后晌来过，那是你放的火！狗尿苔说：不是我放的火，我能烧善人？长宽说：是呀，是呀，谁放火烧善人干啥？这是天意，善人要是不从寺院里出来，他死要被火化的，现在他死不能火化了，天就起了火把他火化了。

长宽的话大家都信服着，他们就开始清点着现场锨铲那些火炭和灰烬，里边什么都没有了，没有了善人一片衣服和被褥，也没有善人一块皮肉和骨头，只是一些钉子和铁丝，还有一个已经变形了的铁皮搪瓷缸。狗尿苔就想起昨天后晌善人要把柴火搬进屋里的事，是这些柴火助燃了这一场火这么大，以至于把山神庙全部烧光燃尽了？长宽说不是别人放的火，那善人是自己烧了自己，如果是这样，善人为什么要烧死自己呢，他是受伤后头痛得难以忍受吗，还是白皮松被炸后彻底地失望了吗？他一边铲着黑灰和雪搅成的泥土砖瓦，一边流着眼泪。窑场上的胖子也来了，他在大声地骂着善人：死了就死了么，却要把炸下的白皮松劈柴一块都烧没了！狗尿苔听了这话，铲了一锨泥往后一扬，泥片子落在胖子的身上，胖子过来踢了狗尿苔一脚，狗尿苔就趴倒在了地上。胖子说：你想干啥？狗尿苔说：你说话难听！胖子说：我就说了，这善人死有余辜！过来又拿脚在狗尿苔身上踢。长宽把胖子抱住，说：你和狗尿苔计较啥呀？！顺手把狗尿苔提起来，一用劲，扔到了那铲起的一堆灰烬边，说：你个碎髒知道个啥，还不给我滚！狗尿苔知道长宽在护他，但他仍是在骂：你才死有余辜！胖子扑不到狗尿苔跟前来，用脚在灰烬堆上再踢了一脚，一团灰泥就飞过来正好砸在狗尿苔的怀里。狗尿苔看时，灰泥里有一个瓷疙瘩，像是块心，他觉得奇怪，这是一块木炭吗，用手掰了掰，没有掰开；是块石头吗，却没有石头的分量呀，颜色发黑，黑里又有着一种暗红。狗尿苔猛地想到了善人在昨后晌说的话：我会把心留给你们的。这莫非就是善人留下的心吗？

　　人们看着胖子把一团东西踢在了狗尿苔的怀里，以为狗尿苔这下要把那东西再砸向胖子了，就齐声喊：狗尿苔，你别二杆子！但看到的却是狗尿苔这回并没有恼，把那一块东西紧紧地抱在了怀里，流着眼泪在笑了。

　　狗尿苔说：这是善人的心！

　　长宽说：善人啥都烧成灰了，哪儿还有心？

狗尿苔说：善人把心留下来了！

长宽说：狗尿苔对善人感情这深的，狗尿苔，那是石头，是炭块子。

狗尿苔说：是善人的心！

大家觉得蹊跷，过来要看个究竟，但狗尿苔抱着那块黑红疙瘩一路往山下跑去。

胖子在说：古炉村尽出些疯子！

狗尿苔一路跑着，在村道里大喊大叫，许多鸟就聚在他头顶上飞，而十几条狗、猫，还有一群红白黄三种颜色的鸡都跟着他跑。那一次他从河滩地里跑回家，这些狗呀猫呀鸡呀连同蚂蚱蝴蝶蜻蜓跟着他跑，那他是得意的，也吆喝着它们，这回他全然不知道在他的头顶上有鸟，在他的身后有这么多狗猫鸡，他一气儿跑回自家院子，回头敲院门时才发现了它们，他就在院门口大声叫着婆，那叫声奇特，说不清是悲是喜，声调全变了。

但是，婆并没有回声，反倒是把院门只开了一个缝儿，一把把狗尿苔扯了进去，院门立即又关了。狗尿苔说：婆，善人烧死了，他留下了一颗心。婆说：啊，啊？却还是把狗尿苔又扯到上房，再把上房门关了。屋里坐着灶火。

灶火说：善人死了？

狗尿苔呜呜呜地哭。

婆搂住了狗尿苔，说：我娃不哭，善人咋就死了，他咋能就死了？！

狗尿苔说：山神庙着了火，烧的啥也没了，就只有善人这颗心。

灶火说：说天话，哪有人烧的啥都没了还会有心！山上人多不多？

狗尿苔说：这就是善人的心，善人给我说过他要留下心的。

灶火说：你是不是吓疯了？

狗尿苔说：你来看么，这是善人的心么！

灶火站起来啪啪打了狗尿苔两个耳光。

婆一下子把狗尿苔又搂住，吃惊地看着灶火。

灶火说：他中邪了，我让他清醒清醒。

婆把狗尿苔拉进了卧屋，反身把卧屋门闭上，说：灶火，娃还小，娃是吓着了。你说，你说。

狗尿苔在卧屋里揉着嘴，嘴唇已经肿起来，他恨灶火没良心，昨天夜里帮他们接走了磨子，又给他灶火吃鸡蛋炒面和萝卜丝汤，他还打我？！他轻轻地念叨着：日你妈，日你妈！婆和灶火还在上屋说话，后来厨房门响，再后来什么声音也没有了，他走了出来，看着婆瓷呆呆地站在院子里的雪地上。

他过去把婆拉回上房里，婆的衣服却湿了，又冻了冰，一走动就咔啦咔啦响。他说：婆，那真是善人的心。婆说：婆信哩。狗尿苔又流眼泪，说着山神庙烧成的惨景，婆说：也好，也好，干干净净地死了也好。婆孙俩把善人的心放了柜盖上。婆说：善人没儿没女的，死了也没人给烧些纸，你去把婆剪的纸花儿都拿来，就权当给善人烧些纸了。狗尿苔又进了卧屋，把那一沓一沓纸花儿拿出来，婆孙俩就在那儿烧起来。纸花儿一着火就都卷，一堆纸花儿全燃了像开了无数的花，那些剪成的飞鸟、蝴蝶、燕子、蜻蜓后来飞起了纸灰，无声地往上飘，直飘到屋梁上，又缓缓地落下来，而那些剪成的动物，有牛，有狗，有鸡，有猪，有猫，燃起来就又全在动，好像它们全活了，就在火焰里奔跑跳蹦。

狗尿苔说：婆，昨晚上我听到唱戏了，可能那个时候山神庙就着火了。

婆说：哦。那就是天乐吧。

狗尿苔说：天乐？

婆说：善人要走了，天上给他响乐哩。

狗尿苔默默地看着婆，他突然记起了什么，问：灶火走了？

婆说：没走，人在咱红薯窖里。

狗尿苔说：你怎么让他在红薯窖里？

婆没有回答，又把一沓纸花儿燃了，说：今日你再不要出去。

狗尿苔再没有出去。在婆去了杏开家后，他作想着灶火平日对婆待理不理的，对杏开更是恶言相加，这会儿寻到了婆，还要让婆去找杏开，也太那个了吧。他就坐在厨房门口，院门外有人经过或有人来敲门喊叫着婆要借线拐子呀纺线车子呀，便一声不吭，等敲门的人离开了，却对着红薯窖的那个木板盖子咬牙，唾唾沫，低声地骂：闷死了你！

灶火在红薯窖里待了半天，听到院子里鸡在鸣叫，就掀开了窖盖。一只年嫩的公鸡突然嘎嘎叫着绕起一只母鸡转，它的一只翅膀却几乎扑拉着地了，殷勤地转了一圈又一圈，母鸡的脸就红了，有些不耐烦，但还是卧下了，公鸡立即扑了上去，两个尾巴就那么迅速地左右摆开，只一挨，就分开了。狗尿苔还没看清怎么回事，母鸡就站起来抖身子，抖得很厉害，似乎要把羽毛全抖落掉，然后嘟嘟嚷嚷埋怨，而公鸡却扯长了脖子在叫。狗尿苔手一挥，把公鸡撵跑了。灶火说：把他的，小的给老的踏蛋哩！狗尿苔回头看见灶火的脑袋从窖洞里露出来，说：你要出来吗？灶火说：你家里是啥窖呀，鸡窝大个洞！狗尿苔说：你嫌不舒服了你回去。灶火说：你说啥，你再说一遍？让你到院门口防备着人哩，你在这儿看鸡踏蛋？！狗尿苔不言传了，看着灶火，灶火满头满脸的土，像土老鼠，说：没事么。灶火说：天还没黑？狗尿苔说：太阳要能有个尾巴，我给你拽下来。灶火说：花嘴呀你！你婆咋还没回来？狗尿苔说：没回来。灶火说：你去看看，如果她杏开这次不配合，你告诉她，就说我说的，将来红大刀要回来了，她是死是活我可说不准。狗尿苔说：这话你给她说去！灶火说：我就要叫你去说！狗尿苔说：你就会欺负我，她杏开可是贫农，你就不怕她揭发你藏在我家？灶火说：这她不敢，就像你和你婆不敢不让我藏在你家一样！这让狗尿苔来了气，说：你要这么说话，我就出去给榔头队说去！灶火说：行呀，你就去说你和我还把磨子送了出去哩！狗尿苔感觉自己是一条蛇，被灶火掐住了七寸，并把蛇身子捋了一遍，节节骨骨都碎了，软沓沓地像垂着一条草绳。灶火的手在窖旁的水桶里抓水瓢，咕咕嘟嘟喝水，一边喝一边哼哼地笑，狗尿苔这阵儿盼望榔头队的人来，

767

来了就把灶火抓了去！真是巧，刚这么想，院门真的就响了。灶火立即连人带瓢都缩进洞去，低声说：把盖子盖好，放上筲篮，放上筲篮！狗尿苔却也是紧张地盖好了窖盖，又在窖盖上放上了筲篮。但是，是婆进来了。

婆进了院子就把院门关了，一扑沓坐在捶布石上，像摊了一堆泥。

狗尿苔看婆的脸，他要从婆的脸上看婆是高兴着还是愁苦了，婆的脸色煞白，这么冷的天，额颅上都渗着一层汗。婆说：我心咋这慌的，你来摸摸，心要蹦出来呀！狗尿苔近去摸婆的心口，怦怦地跳，里边像是有兔子。说：婆你咋啦？婆却说：你看箱子里还有几颗鸡蛋？狗尿苔进了上房里，一会儿出来，说：还有五颗，我给你煮两颗荷包蛋。婆说：你把鸡蛋藏好，等今日鸡再下一颗了晚上去开合那儿换些红糖。都到啥时候了，屋里咋能没一捏捏红糖呀！狗尿苔说：我不吃糖，能换些盐就行了。婆说：谁说你呀？狗尿苔说：那说谁的？婆说：杏开么，唉，没妈的娃没人照管么。狗尿苔说：又给她呀？！婆却不说了，用嘴努努厨房，狗尿苔也点了点头，却向厨房那儿呸了一口，婆瞪了他一眼，说：你也不生一盆火去，嘴脸乌青的要给我冻出病呀！狗尿苔就在柴草房里寻干苞谷棒信子，在火盆上搭个塔形，然后从墙上取火绳先点着，再要燃干苞谷棒信子。就在取火绳时，他才觉得已经很久很久没带火绳出门了，也再没人喊着他：狗尿苔，拿火来！他先是点着火绳，再拿一把麦草搭在火绳头上吹，咻，一口就把火吹出焰了，但焰又灭了，再吹出焰，焰还是灭了，这才是怪了，而烟雾腾起来，呛得他连声咳嗽。婆在厨房门口喊：你熏獾哩？！把火盆拿出来点！狗尿苔把火盆端到院子，婆却和灶火在厨房里叽叽咕咕说话。

婆说：唉，杏开一见我就给我哭哩，肚子都那么大了，霸槽却再没去看她。这是啥事情嘛，也不问一下这娃娃咋生哩，生下来大人吃啥呀喝啥呀谁来伺候呀！灶火说：日娃不管娃，她现在才知道那是个啥人了吧。婆闷了一会儿，说：现在不说那话了。灶火说：不说啦，生个孽障那是她的事，她同意去不？婆说：我给她说了，她说她和霸槽正置气

768

哩，霸槽不来看她，她也不去找他，他就是不稀罕她了，他总得管他的娃吧。灶火说：他是要受活哩哪里是要娃呢。婆就不吭气了，灶火说：她不愿意去？婆说：不愿意。灶火说：这不是她愿意不愿意的事！婆说：我也说了这是灶火让你去的，她说，他灶火现在知道寻我了，他灶火咋不来给我说？灶火说：让我去？让我去就不是好话了！婆说：我也说了，对天布、灶火再有意见，救人要紧呀，政训班关了那么多人，有今没明的，他们都有父母妻小，你能忍心看着他们就死在窑神庙？再说，你这一救人，他天布、灶火还能另眼看你？灶火说：她咋说的，还是不同意？婆说：她最后同意了，只是担心她一闹，如果政训班的人一跑走，霸槽肯定以为她是伙同你们一块干的事。灶火说：只让她去和霸槽闹么，有了个县联指的女的，她去闹是正常事么。婆说：我是问她，你心里还有没有霸槽？她说：我恨他，可真没了他我又咋办呀？我说：你既然不舍下他，那就要闹哩，闹了才可能把他拉回来。她就同意了。灶火说：这就行了！

狗尿苔把火生起来了，端了火盆放在婆脚前，说：婆，霸槽本来和杏开就不好了，这一闹，那更是拉不回他了呢？婆看着狗尿苔，说：哦。灶火说：你少插嘴！拉不回霸槽不是更好吗？霸槽迟早都是红大刀的菜，他不回去了好，免得将来拉回去的是尸体！婆说：灶火，救人就救人，别的事可千万不要干。灶火说：这不是你事！婆说：我再说一句，灶火，晚上你能救出人就好，救不了也就不要硬去干，千万不敢再在村里打起来，你看磨子多惨的。灶火说：好啦好啦。婆说：……那我，你让我办的事我都办了，我和娃天黑到西川村去，牛铃他姑和我算娘家表亲，她病了，我得去一下。灶火说：这不行，你走了我往哪儿去？你先做饭，我在窑里睡一会儿。他不容分说，又钻进红薯窖里，好像还有些生气。

吃过饭，天就黑了，而且雪也不再下了。婆又出去到杏开家，带回来消息是杏开去了窑神庙，灶火就把狗尿苔家的斧头别在腰里，婆不让他拿斧头，说，啥都可以拿，这斧头你拿不成，不管是你伤了谁，还是谁伤了你，我这一辈子心里都是个事！狗尿苔就把斧头先抢了过去就往院门口跑，婆便又训狗尿苔，说：你跑啥的，你是让人知道啊！婆的话分明是给灶火说的，意思是你要拿斧头，婆孙俩那就得嚷嚷了。婆从来没有这口气强硬过，她给灶火做的是蒸红薯，她仍又拿了一个熟红薯塞到灶火的怀里。灶火发了发恨，把一个棒槌别到了腰里，却对狗尿苔下命令：把他藏在院角苞谷秆下的那个布包一定要在他走后拿去霸槽家的后墙角，那里有一堆豆秆，就放在豆秆下。

灶火终于像鬼一样闪出院门，在黑暗里没有了。婆孙俩赶忙关了门，长长地出了一口气，婆说：他总算走了！狗尿苔说：他要再来，咱就再不开门。婆说：不开门。狗尿苔把院角的布包拿来，要看看里边是什么东西，打开了，竟然是一包炸药，炸药包上已装好了导火索。婆孙俩一下子傻眼了。灶火肯定是救了人后路过那里把豆秆点着，然后引爆炸药包的。婆孙俩拿起炸药包就往外走，依婆的主意，炸药包不能放在霸槽的屋后，当然也不能让任何人知道，就扔到村外的塄畔下去。一路跌跌撞撞刚出了巷子，突然听到不远处有人说着话过来，婆忙把炸药包就放在了杜仲树下，急拉着狗尿苔去了三婶家。

86

杏开去了窑神庙怎么见的霸槽，怎么和霸槽吵闹，灶火又是如何摸到了窑神庙外，趁混乱中进了窑神庙去救人，这些，狗尿苔全然不知道。他和婆待在三婶家，三婶家的炕烧得很热，硬叫他们坐到被窝里说话。但婆说着说着就走神，外边一有动静，她就侧了头听，又听不清，就给狗尿苔说：你听着狗咬啦？狗尿苔说：咬了两声又不咬啦。三婶说：让你给我剪些窗花儿哩，你咋心神不定的，狗咬狗上什么心？婆笑了笑，没再说话，就剪起窗花儿来。但婆竟然剪啥不成啥，剪出的猪狗，猪狗的脸都是人脸，剪了人，人又是长了尾巴，婆说：我这是咋啦？剪刀还把手剪破了。院外就一片狗咬，咬得特别怪异，连三婶都趴在窗台上听，说：怪了，狗咬成这样？！紧接着就有了枪响，喊声哭声厮打四起，三人忙吹了灯下炕，在院子里听动静，一阵杂乱的脚步在院外巷道里跑过，震得瓷缸匣钵垒成的院墙嗡嗡不已。又不敢开门，也不敢搭梯子上院墙头上观看，婆趴在院门缝往外一瞧，低声说：咋是马勺呢，一伙人在撵马勺哩！三婶说：撵马勺？马勺不是被关在窑神庙吗？狗尿苔就说：是红大刀来夺人了！婆制止了狗尿苔，说：你知道啥？！又是一声枪响，子弹好像就从附近打的，声音很脆。三人又跑进上房，婆说：恐怕两派又打开了。三婶说：这是啥世道么，一个村里人你打我，我打你，总要把一村人都死完了不成？！狗尿苔又从上房跑到院子，婆说：你给我跑，挨枪子呀？狗尿苔说：我不出去，从门缝看看。婆扯着他的耳朵又拉回上房，连上房门也关了。

狗尿苔不能出去，但他在屋里坐不住，说：婆，你看见是马勺吗？

婆说：是马勺，一伙人在撵马勺哩。

狗尿苔说：你说马勺能不能跑脱？

婆说：谁知道。

狗尿苔说：马勺要死了。

婆说：把你那嘴闭上！

狗尿苔说这话的时候，马勺正钻在土根家的厕所里。

马勺、明堂和灶火是最早从窑神庙里跑出来的，一跑出庙门就被榔头队发现了，几个人围上来，灶火用棒槌打倒了两个，三人就往村道里跑。迷糊领了十多个人看见前面有人跑，也不知道是谁，叫喊着撵过来，马勺回头一看，已不见了明堂和灶火，叫了声：明堂！灶火！没有回应。迷糊在喊：是马勺！马勺又跑，跑了一条巷子，见巷子口又进了一伙人，就往土根家的厕所里钻，厕所里却蹲着一个人拉屎，是土根的老婆，又拧身要走，被土根的老婆拉住了。土根的老婆说：你蹲下，快蹲下。马勺有些疑惑，土根老婆说：别人要批斗你，我不管，要人命呀，那我得护你。迷糊一伙人在巷道里突然没见了马勺，迷糊说：人呢，上天入地了，看厕所里有没有？马勺就蹲下去，土根的老婆提着裤子站在厕所门口，说：迷糊，迷糊，我这里屙哩，你让谁进来？迷糊说，打成啥了，你还屙？马勺跑出来了，你见着没有？土根老婆说：马勺跑了，他狗日的跟土根是对头，他要碰见我，我还想打他哩！迷糊一伙就往巷口跑，和巷口的人会成一群，又去了别的巷子。马勺从厕所里出来，低声说：嫂子，我和土根不是对手。土根老婆说：快走你路！马勺顺着巷道墙根就跑了。

但马勺跑过另一条巷子时，他看见了迷糊那伙人逮住了政训班逃出来的另外三个人，他就爬到一家院墙头，要等着他们过去了再跑出村去。那三个人好像不乖乖走，迷糊就打，打得头破血流，而有人在对迷糊说：不打啦，迷糊。迷糊说：不打他跑呀！那人说：要打你往屁股上打么，你打头要打死他呀？迷糊说：你这是啥话，这是榔头队人说的话吗？你不打死他，他就打死你！把脚后筋挑了，看他还跑不跑？！可能是在压住了逃跑人的腿，逃跑人哭天喊妈的，马勺从院墙头上揭起一个废匣钵，骂道：迷糊，我日你妈！把废匣钵砸了过去。废匣钵并没有砸着迷糊他们，在离迷糊他们还两丈远的地方粉碎。迷糊说：是马勺！一伙人又扑过来。马勺从院墙头翻到房上，在连接的屋顶上飞跑，这条巷的北边住屋里，待在屋里的人都听见了屋顶上有了瓦在破裂的响声，出来看时，见是马勺跑过，中间是跟后家，跟后媳妇的那条断腿发了炎，腿上脓化成这样，这个晚上疼痛难忍，跟后回来正给挤脓，听见喊声还不知发生了什么事，出来见马勺正向自家房顶跑来，忙拿了铁锨也上了房顶，说：你狗日的还会飞檐走壁！马勺就不敢跑了，从隔壁的房檐上往下跳，咚地掉到后檐的地上。跟后便从房上也下来要去后檐地里，跟后媳妇说：跑让他跑么，你还真去捉他呀？跟后说：他从房檐上掉下去肯定腿要断的，我能捉住他！媳妇说：我寻思还不是你一天到黑打打杀杀的积下孽，你是不让我再活呀！硬拉住了跟后。跟后也就不追了，却在喊：马勺跑了，马勺跑了！

马勺的腿真的断了一条，爬起来往村外跑，后边迷糊他们就撵了来，马勺跑到村西石磨那儿，实在是跑不动了，就势钻石磨盘下。迷糊

772

攉过来没见了马勺，着人往塄畔下去寻，自己就一屁股坐在磨盘上喘气。马勺从磨盘下抱住了迷糊的双腿使劲一扳，迷糊一个狗啃屎跌倒在地，马勺就扑出来骑在迷糊身上，迷糊当然力气大，迷糊又把马勺压在了身下，马勺腿使不上劲，腾出手只捏迷糊的卵子。迷糊说了句：你日你妈的学我哩？！就昏了过去。马勺仍是不松手，牙子咬得嘎嘎嘎响，能感觉到了那卵子像鸡蛋一样被捏破了，还是捏。跑到塄畔下的人听到迷糊尖叫，跑上来，见迷糊像死猪一样仰躺在那里，马勺还在捏着卵子不放，就拿棍在马勺头上打，直打得脑浆都溅出来了，才倒下去，倒下去一只手还捏着卵子，使迷糊的身子也拉扯着翻了个过。

马部长和霸槽提着枪也跑了过来，问：是不是灶火？铁栓说：是马勺。霸槽弯下腰看了看，马勺已经死了，说：你一辈子能得很么，你也往出跑？踢了一脚，说：那灶火呢？铁栓说：我们攉到三岔巷，狗日的分开跑啦，秃子金和胖子可能攉的是灶火。马部长叭地又往天上放了一枪，所有人就又往村里跑，马部长却喊道：每个村口都守一些人，不让灶火跑出村子！

灶火在跑散之后，曾去了霸槽的老宅屋后墙那儿，拿火柴点了墙角那一堆豆秆，就和四个政训班的人往南拐子巷跑，南拐子巷窄，可以直接到村北塄畔，跳下去就去后洼地了。四个政训班的人不熟悉地形，跑进南拐子巷后却往右跑，右跑是去了葫芦家，从葫芦家再往前是个死角，根本跑不出去，灶火再叫已来不及了，自个往左跑，一边跑一边听爆炸声。但是，灶火没有听到爆炸声，还心想那炸药包上的导火索潮了吗，还是没安装好？又想，即便导火索潮了或没安装好，而豆秆燃起来那炸药包也会炸响呀，怎么就没动静？这时，后边攉的人全进了巷口，他就从三婶家的厕所边钻进了前边的巷子，前边的巷子里没有人，往前跑了一会儿，到了狗尿苔家院门口，又想着狗尿苔家是安全的，急忙敲院门，院子里没丝毫动静，看时院门上挂了锁，嘴里咕嘟地骂了一句，后退两步，往院墙上扑去，企图抓住墙头翻进去，可几次没抓住，反倒撞落了几个瓦槽沿吊着的冰锥。

水皮跟着秃子金撵着灶火，撵着撵着撵丢了，有人说灶火是上了房，从房顶上往西跑了，秃子金领几个人继续从南拐子巷往前撵，让水皮领几个人去了南拐子巷北边的巷道。水皮才跑到南拐子巷北边的巷道口，他妈和半香却在那儿吵架。原来水皮妈和水皮在家里听说灶火来劫政训班的人，水皮就先跑去了窑神庙，水皮妈也随后到了巷道，一发现哪儿有人跑，就叫喊，偏巧半香拉着田芽刚闪过一棵树，水皮妈就尖锥锥喊：这儿有人哪！半香就让田芽顺着墙根跑了，她直直走过去说：是我，你喊啥哩？！水皮妈说：我看见是两个人，咋成了你一个人？半香说：你别眼睛长到了裤裆里瞎说！水皮妈说：你眼睛才长到裤裆里！半香说：那人呢，人在哪儿？水皮妈就往巷前看去，巷里黑着，说：莫非是个野汉子！半香就骂道：就是野汉子咋，你想拉野汉子还拉不到哩！水皮听见他妈叫喊跑过来，见他妈和半香吵，就说：不是拉野汉子就是护着逃跑的人了！半香就火了，说：水皮你狗日的你记着你说的话，我不是椽头队的人我也是秃子金的媳妇，你把这话给秃子金说去！水皮说：好，好，你横！不理了半香，拉了他妈顺着巷子往前去了。

　　水皮妈说：我明明看见是两个人跑哩，我一喊，却成了她一个人了，这卖×的肯定护着谁跑了。水皮说：不会是天布吧。水皮妈说：看身影子不像是天布。天布也回来劫人了？水皮说：乱哄哄的，你快回去。水皮妈说：那你也小心点，如果情况不对就跑啊！水皮说：噢。却看见远远的巷头有人影一扑一扑的，忙猫了腰往跟前去，突然大声叫喊：灶火在这儿！灶火回头猛地看到水皮，扑上去就捂水皮的嘴，水皮咬灶火手，灶火趁势三个指头就塞到水皮嘴里，紧接着整个拳头都塞进去，水皮咬不成也喊不出来。水皮妈一看就破了声地喊，灶火拔出拳头要打水皮妈，水皮却一头顶着灶火，一下子把灶火顶在了院墙上，气都出不来了。灶火拿了拳头在水皮头上捶，身子被顶死在墙上，手得不上劲，往上一举，想着能抓住墙头的瓦或砖头就好了，可墙头还高没有抓到，抓到了瓦楞上吊着的冰锥，咯咔一声，扳下一根，就在水皮后脖颈戳。水皮一扬头，冰锥又戳到一只眼里，水皮应声倒在地上。水皮妈喊

774

了几声见水皮倒在地上，不顾一切扑过来抱住了灶火的腿，灶火怎么打，她就是不松手。灶火拖着水皮妈往前跑了十来步，秃子金领着人全跑了来，几个榔头在灶火身上打，灶火没有倒，还拖着水皮妈往前跑。秃子金手里提了一块砖，走过去极快地在灶火后脑上拍了一下，灶火站在那里不动弹了。秃子金再要去拍第二下，手刚扬起，灶火咚地倒了。秃子金说：我以为你是铜头铁身子哩！

灶火是被打昏了，榔头队人解了他裤带把他双手朝后捆了起来，拉着去见马部长和霸槽。

马部长和霸槽从村南口回来，县联指和榔头队人抓回了六个人，派人去窑神庙查查到底跑了多少，去的人就来报告一共跑了十个人，抓回来了六个还缺四个。霸槽说：没跑的都老实着？回答是：老实着。又问：朱大柜跑没跑？回答是：他没有跑，一直睡着。得称却跑来，说他在杜仲树下捡了个布包，不知包里装的啥，沉沉的，他不敢打开。他把布包放下，又说：是不是政训班谁的，要带着跑，带不动了扔的。霸槽打开了，是一包炸药。是炸药？！得称先吓得半死，说他拾到了一直还抱在怀里，刚才他还吃了一锅烟。霸槽说：是你捡的？得称说：我和老诚正跑哩，脚底绊了一下，低头一看是个布包，老诚还说把布包藏了，我没给他，说这可能是政训班人的，得交给你，我就拿来了。霸槽说：不是谁让你把布包带回窑神庙吧？得称说：这啥意思，让我带回窑神庙爆炸呀？你不敢这么说，没人给我这炸药包的，我要是知道这是炸药包，给我钱让我拾，我也不拾的。霸槽把炸药包外边的布取下来，那竟是件没了袖子的破褂子，就着火光让大家看这是谁的褂子，八成说：这是灶火的，我认得。霸槽说：狗日的他还带了炸药包哩，他肯定想着把窑神庙后墙炸开劫人哩，或者在村里制造爆炸趁机劫出村，咱多亏发现早，撵得及时，他来不及爆炸就跑了。大家都后怕起来，一哇声骂着灶火。马部长说：看见了吧，他灶火是要咱们往死里炸呀，咱还得在村里找，挨家挨户找，坚决不能让他活着跑出村！

又重新兵分几路要去找灶火，秃子金一伙人把灶火抬了过来。灶火还昏着，胖子过去拍了拍脸，灶火还是醒不来。秃子金说：马部长，你背过身去。马部长说：我背过身干啥？秃子金说：哦，不背过身也行，我们从来没把你当女的。就解了裤子掏出东西往灶火脸上尿。马部长火了：拉到背影处！秃子金就拖了灶火往黑影处去了几步，一股子尿浇在灶火脸上，灶火就醒了，发觉自己双手被捆了，面前都是县联指和榔头队人，便破口大骂。霸槽说：你和谁一块进村的？灶火说：还需要更多人吗？霸槽说：你行！这炸药包是你带的？灶火一看见炸药包，眼睛睁大了。霸槽说：是你带的？你狗日的拿石头砸死了黄生生，你回来还要炸死我们？！灶火说：我恨哩！霸槽说：恨谁呀？灶火说：我恨我把炸药弄潮了，火没燃着。霸槽说：火没燃着？！灶火说：就是没燃着，燃着了你狗日的就不在这儿站着了！秃子金踢了一脚，骂道：你以为你要炸谁就能炸了，老天爷都护着我们哩。灶火就呸地唾了一口，日娘捣老子地骂。有人在地上抓了一把泥雪塞他嘴，没塞住，又抓了一把柴草塞，还是塞不住。秃子金说：去厕所铲一锨屎来糊他嘴，看他还骂不骂！霸槽却拦了，说：让他骂么，骂么。灶火却再不骂了。

这一夜里，灶火被关进了窑神庙的西厢屋里，马部长特安排胖子看守他。胖子看守到半夜，又冷又困，披了条被子就靠在那里睡着了，灶火便偷偷地把手上的裤带在墙上磨，竟然就磨断了。出了西厢屋，上殿和东厢屋的人都睡着了，他溜到庙门口，庙门外生着一堆火，有四个人在那里坐着，他就又溜到西厢屋和殿房台阶下那一截院墙根，那里正好放着一个梯子，爬上了院墙。但院墙高，他没办法跳下去，院墙外有一棵柏树，离墙有四五尺，就想扑过去抱住柏树，再从树上溜下去。他估摸着可以，没想扑过去没抱住柏树，咚地掉在地上。庙门口的人突然听到响声，跑过去看时，灶火趴在地上，忙大声呐喊，庙里人全都醒了，县联指的人和榔头队的人跑出来，灶火一瘸一跛往坟地的树林子里跑，就又捉住打了个半死。后半夜还是胖子看守灶火，胖子问：你喝呀不？灶火说：喝哩。胖子说：我给你倒些热水喝。灶火又饥又渴，一保温瓶的水都喝了，就说：胖子，我对不住你。胖子说：咋对不住我？灶火说：我一跑让你头儿训你了。胖子说：你不会跑么，殿房后右角有个水眼道，你不穿棉袄就能钻出去，你却要翻院墙。灶火说：我看你是个好人，你能让我从水眼道再出去，红大刀队回来了我保证没你的事。胖子：你说话算数？灶火说：我男子汉大丈夫，从来说一不二。胖子就解了灶火手，说：那你先脱了棉袄，然后我再轻轻捆住你手后我就装着去睡，你赶紧去钻。灶火就脱了棉袄，也脱了棉裤，只剩下单褂单裤子，让胖子再把手捆住，但胖子捆时竟捆得更紧。灶火说：松点，松点。胖子突然笑了，说：红大刀为啥弄不成事，都是些猪脑子么，你跑了一次我还能再让你跑第二次？！用绳子又捆了灶火的双腿，灶火才知道上当受骗。这后半夜，穿着单褂单裤的灶火脚手捆着在冷地上躺了，加上喝了一保温瓶水，又全尿湿在裤子里结成冰。

到了天明，马部长听说灶火半夜里还逃跑了一回，来看时，灶火已冻得全身僵硬，拉起来，腿撮在一起立不住，咵地就倒了，倒下去腿还撮在一起，再拉起来让坐到椅子上，又坐不下去，只好让他靠在墙上。灶火的嘴张了几张，说什么听不清。马部长说：他在说啥？胖子说：他说快把他杀了。马部长说：当然要杀的。就对胖子说：今早你想办法要让他能走能跑。胖子说：能走能跑？马部长说：他还要背炸药包么。

灶火是带着炸药来爆炸的，现在却要他背了炸药包自己爆炸，这话很快就传出来了。戴花在窑场做饭，胖子吃了一份，又要了一份说要给灶火吃，戴花说咋还给灶火吃这么好的，胖子就把要让灶火背炸药包爆炸的事说了，末了还说：中午你下山看热闹么。趁机拧了戴花的屁股。戴花吓得浑身哆嗦，吃完饭把一担刷锅水给她家猪担了回来，把这事说给了长宽，长宽忙去说给了面鱼儿老婆，正好婆和狗尿苔在面鱼儿老婆那儿，面鱼儿老婆说：爷呀，这遭啥孽了，还要让人这么死的！哭腔就拉下了。婆脸色苍白，没有说话，拉了狗尿苔就走。

狗尿苔不满意婆一听到灶火要被炸死就走了，在路上埋怨婆不应该走，婆说：是不应该走，可我心慌，怕多待一会儿就说漏了嘴。她喃喃不已。狗尿苔说：婆，你说些啥，我听不清。婆说：咱那时候去给霸槽报告就好了，这都怪我，怪我，我把灶火害了。狗尿苔说：你报告了，那灶火不是也就被榔头队抓了？婆说：抓是抓，大不了打他一顿，断个胳膊少个腿，现在却要他的命了！狗尿苔也半天没作声，婆却说：真的这要炸灶火呀？狗尿苔说：长宽不是说这是真的吗？婆说：这得救呀，这得救呀，你说还去求杏开不？婆这样问狗尿苔，狗尿苔也忽地醒过来，就说：对，对，这只有杏开能救他。婆孙俩立马回头，就往杏开家去。

杏开家里已经去了好多人，都是来求杏开去给灶火开脱，狗尿苔和婆一去，杏开倒有些火了，说：他灶火英武着去的时候来找我，现在还是为了他来找我，我这成啥人了？！婆赶紧打岔，说：杏开，你急糊涂了！大伙来求你，就是不忍心让灶火死了，如果他在村外别的地方被杀了剐了那也是他命该尽了，可要他在村里，当着大家的面让炸药炸了，谁心里能忍住？你能救他，你就救一回。众人说：蚕婆说得对，灶火真那样死了，那鬼也是雄鬼，保不住又要在村里闹腾呀！杏开说：他是鬼闹腾哩，活着又不是没闹腾过？众人又说：你是有身孕的人，你不顾及你，咱也要顾及你的娃娃么。杏开说：谁顾及过我的娃娃？我的娃娃还没出世哩，古炉村恨不得把我娃娃捏死！杏开这一说，众人都没了话，有人起身就走，说：杏开不肯救，那就让灶火死吧，反正古炉村的人要一个一个都得死的。婆说：谁说杏开不去救，你们先走，寻着霸槽，我陪杏开一会儿就来。

来劝说的人半信半疑地都出了院门，狗尿苔也跟着出来，出来了，却想着他要去得拿着火绳呀，拿了火绳才可以挤到人窝去，就回家拿火绳去了。

跟后在敲着锣，吆喝着村里人都要到山门下去开会，村人就知道这是要炸灶火了，有去的，也有不肯去的，从杏开家出来的人赶紧去找霸槽。霸槽没有在他的老宅屋里，又去了山门下，政训班的人已经从窑神庙出来，整整齐齐都站在了山门前，而马部长和霸槽就站在大药树底下。要说情的人一见这阵势，却没有谁肯去给霸槽说了，狗尿苔说：咋不去说呢？那些人就怂恿狗尿苔：你碎娃，你去把霸槽叫过来。狗尿苔就走了过去，说：哥，霸槽哥！霸槽没回应，正和马部长说话，霸槽说：还真的让灶火背炸药呀？马部长说：决定了的事么，你咋啦？今日不是他死，昨日就得咱死。霸槽说：我的意思，反正他快要死了，不给他吃喝，三天不到也就死了。马部长说：杀鸡给猴看，他这鸡就是死了，也得让他把他的炸药包带走。这话你不要说了，你是古炉村的，他背炸药时你不要在场就是。狗尿苔又说：哥，霸槽哥！霸槽抬起头，说：叫啥哩，没看着我们正说话吗？狗尿苔说：我有个事给你说。霸槽说：啥事？狗尿苔说：你吃烟不，我给你点个火？霸槽说：去去去，点什么火！马部长说：把火绳拿过来，拿过来，一会儿还要用火绳哩。从狗尿苔手里把火绳夺了过去。狗尿苔说：哥，霸槽哥，那边的人要给你说个事哩。马部长就对霸槽说：杏开又来寻事呀？霸槽：别听狗尿苔胡吱哇，她还寻我啥事？马部长一把扯过狗尿苔，说：是你把杏开又叫来寻事呀？狗尿苔说：不是我叫杏开，是杏开要来说事的。马部长说：都是你碎骸在里边搅和，昨晚上杏开来闹才有了灶火劫人，是不是故意来闹的？狗尿苔说：这我不知道。马部长说：不知道？！她开始大声地说，好像是要所有在山门下的人都知道，她说：事情能有这么巧，她杏开来一闹，灶火就劫人？！别以为我是傻瓜。狗尿苔一下子就蒙了，说：我不知道，我不知道。马部长就喊秃子金，让秃子金把东西拿过来，秃子金正在一边挠着身子，听了跑去窑神庙拿出来的却是一个棒槌，马部长把棒槌扔在狗尿苔面前，说：这是谁家的？狗尿苔说：是我家的。马部长说：这你还老实，你说，你家的棒槌怎么就灶火拿着打人？狗尿苔后悔了，他又是不用脑子就说话了，他恨不得扇自己的嘴，恨不得有个隐身衣立即让自己消失，他看看旁边的石头，他想钻到石头里去。马部长厉声在问：你说，灶火摸进村是不是藏在你家？是不是从你家拿了棒槌？狗尿苔说：

779

我不知道，我不知道。马部长让把狗尿苔捆起来，那个胖子，真的就拿绳子捆住了狗尿苔，狗尿苔大声哭叫：哥，霸槽哥！霸槽掉头去了窑神庙。

当婆领着杏开来到山门下的时候，灶火正被几个人拖了出来，灶火的背上捆着炸药包。灶火已经能走了，但他不肯走，县联指的人用脚踢着他，灶火坐在地上。马部长把火绳扔给了踢灶火的人，那人就吹着火绳，把火头子吹得红红的，说：你不起来，一会儿你就起来了！然后朝众人喊：都闪开，都闪开！人群就呼地往树后跑，那人用火绳点着了炸药包上的导火索。

长长的导火索一燃，哧哧地响，冒着火星，火星是蓝的，像开着一朵花，灶火真的忽地就站了起来。他大声骂着，他骂马部长，骂霸槽，骂秃子金，骂水皮，骂水皮妈，骂胖子，骂县联指，也骂榔头队，他什么都骂，骂得没什么可骂了，就喊：文化大革命万岁！毛主席万岁！马部长说：咦，你还英勇就义啊？！灶火突然就撺马部长，马部长急忙跑，灶火的双手反捆着，又背着炸药包，他没撺上，就又朝县联指和榔头队人那儿跑，县联指和榔头队的人也跑散，马部长在喊：打倒他！打倒他！是胖子一棍磕在灶火的后腿弯，灶火倒在地上，但他又站了起来，这时候，药树后的人都在喊：往莲菜池跑，快往莲菜池跑！灶火这才扭头往莲菜池跑。他在前边跑，后边就跟着所有的人，有县联指的，榔头队的，也有村里人，杏开没有动，她一屁股坐在了地上，婆把她拉了起来。

灶火跑过了支书家院门口，支书的老婆刚从门里出来，端了一盆猪食要去喂猪，猛见灶火背着炸药包子跑，就说：灶火，灶火！灶火说：离远些，离远些！支书的老婆一盆猪食泼上去，她想把导火索浇灭，但没有浇灭，导火索还在哧哧响。灶火就往前跑，眼看着到了池沿了，咚的一声，炸药包爆炸了。支书的老婆被爆炸的声浪掀倒在地，一个什么东西重重地砸在她的身上，等烟雾泥土全都消失了，县联指和榔头队的人去察看现场，支书的老婆才爬起来，她看见就在她脚下有一条肉，足足一拃半长的一条肉，看了半天，才认得那是一根舌头。

87

　　劫人事件死亡人数达到了四人，逃跑掉的有四人，县联指和椰头队的，以及逃跑又被抓回来的，受伤总共十人。但是，穷凶极恶的灶火总算也死了。马部长和霸槽想起来就后怕，吸取了教训，日夜派人在村里巡逻，又把政训班的人由窑神庙转移到窑场。狗尿苔被捆以后，也随着政训班去了窑场。婆去找过霸槽，说灶火是古炉村人，他要摸进村能藏在她家吗？至于那个棒槌，可能是平日就随便丢在院门口，他是顺手拿走的。她说她家成分不好，遇事躲都躲不及的，哪能参与着去劫人，劫人对她家又有什么好处？既然把狗尿苔捆过了，又关进了政训班，孩子小，她能不能替换？霸槽说：我也想了，他灶火进村就是寻人也寻不到你家去，可狗尿苔他给马部长招了，说他知道灶火进了村，他在院子里正拿棒槌砸核桃，灶火进来抢过棒槌就跑了。婆叫苦道：这娃咋胡说呀？！霸槽说：马部长嫌他没报告，为了警告村里人，狗尿苔只能在政训班待一段啦。

　　狗尿苔是承认了他看到过灶火，是灶火从他手里夺走了棒槌，但他一再强调婆并不知道这事，灶火威胁说不许给任何人说，他才没敢给椰头队说，也没敢给婆说。马部长说那你就付出些代价吧，让狗尿苔去喂猪。窑场上把政训班的全集中在了一个窑洞里，而强行地把天布家、灶火家、马勺家，还有田芽家的猪拉走了，圈养在窑场另一个破窑洞里，已经杀吃了一头，还有三头让狗尿苔白日在那里喂着，晚上就睡在那里。

　　狗尿苔先在猪窑里哭了一场，想婆，也想牛铃，他盼着婆能看望他，牛铃也来看望他，可婆一直没来，牛铃也没来，就又想，牛铃肯定是不敢来的，而婆一定是椰头队不让来的，婆没来也说明他们并没有追究到婆。一头猪就卧在他面前，一眼一眼看他，他说：是不是我来了婆

781

就不来了，我替了婆的？猪说：啰！狗尿苔说：是真的？猪说：啰啰！狗尿苔就宽心了，擦了眼泪，再不哭。

　　政训班的人是不能出窑洞的，只有出来吃饭，吃完饭上厕所，而狗尿苔因为要喂猪，狗尿苔是可以自由地出进的。狗尿苔眼快腿勤，别人倒不弹嫌他，还经常有人给他些炒面、红薯片子和柿皮，他便把这些东西放在窑洞里，想婆的时候，拿出来一点吃了。头一天夜里，风呼呼地响，窑洞里只有一堆麦草，狗尿苔就把麦草腾得虚虚的，又掏出一个洞，自己钻进去睡。半夜里迷迷糊糊觉得麦草洞塌了，用手一摸，身子这边一个肉乎乎的东西，身子那边一个肉乎乎的东西，脚一蹬，又蹬着一个肉乎乎的东西，知道是三头猪也是嫌冷，全挤到麦草洞里来了。来就来吧，麦草扑塌下来，零乱地盖在他们身上，他继续睡他的。但是，狗尿苔后来就把猪赶走了，因为猪在打鼾，鼾声像吃食么响，他就睡不着了。把猪赶走，还是睡不着，猪的鼾声让他想到是这么香！然后便把那些吃的东西藏在麦草堆下边。藏好了，便警告着猪：谁要敢去偷吃，看我怎么收拾你！猪却哼哼着卧到窑洞口那儿，把黄瓜嘴往洞壁上蹭。狗尿苔毕竟是不放心这些馋嘴货了，又从麦草堆里取出了炒面、红薯片子和柿皮，放到了洞壁上那个原本放油灯的小窑窝里，可放在小窑窝里又怕谁进来发现，抓了一把麦草又盖上。

　　中午是灶上的饭熟了，县联指的人和榔头队的人都去吃饭，他们的饭好，杀了猪有肉吃，那是一人半碗的肉，吃得嘴角往出流油，他们却兴高采烈，说着文化大革命的好处，盼着文化大革命永远地进行下去，也盼着红大刀逃跑出去的人也可以再回来，回来一个打死一个，他家的猪就能名正言顺地吃了！好饭好菜政训班的人是吃不上的，狗尿苔当然也吃不上，他坐在窑洞里往外看，他给猪说：吃啥还都不一样屙屎吗？吃得越好，屙屎越臭！猪就都不往外看，它们的额颅皱着，皱着深刻的纹。狗尿苔立即知道它们犯愁着自己的命运，他不再说什么，把身子背向了窑洞口。

　　县联指的人和榔头队的人吃过饭了，才开始给政训班的人做饭，狗尿苔就去厨房那儿要给猪端泔水，戴花正刷锅，说：你还没吃哩倒要给猪喂了！要把刷锅水倒到木桶里，狗尿苔说：那刷锅水里有油花花吧？戴花看看四下无人，把半碗剩菜倒在桶里，悄声说：当然有油花花，快提了去。狗尿苔说：我不要油花花。戴花说：唵？狗尿苔说：不能给猪喝油花花水，猪吃猪油吗？戴花说：人都杀人哩，猪还不吃猪油花花？！快提走，猪不吃了你也不吃？狗尿苔就提了桶出来，戴花站在厨房门口了，大声地说：狗尿苔，你碎髅这一喂猪，我就担不了泔水回去喂我家猪了！

　　狗尿苔把桶提到窑洞，三头猪哼哼哼地就跑过来，狗尿苔说：不急不急。他从桶里捞出了那倒进去的半碗菜，有萝卜，有红薯粉条，竟然还有一片带毛的肉，他把肉上的毛拔了，先吃起来，再把泔水倒在猪食盆里，猪闻了闻却不吃了。狗尿苔说：咋不吃，不想见那猪油花花？他把盆子里的油花花用嘴吹，吹到了盆沿上，他想再吹出盆沿，却觉得可惜，要趴下去自己吸吮，又觉得那个，他说：都背过身去，不要看！猪全背过了身，尾巴在摇，他极快吸吮了那些油花花，再把猪喊过来，说：我知道你们见不得油花花，我把它吹到地上了，现在喝吧。但猪喝了几口，就又不喝了。

　　这个中午，狗尿苔在展开的麦草里睡了一觉，睡得涎水都流出来，他做了一梦，梦见猪在给他说：我们不吃食了，坚决不吃食了，吃得越多，长得越快，那越是离杀不远了。醒来看猪，猪食盆里的食真的没吃，三个猪全卧在那里。他说：是不吃食啦？猪哼了一下，哼得有气无力。他说：唉，你们是猪么，是猪少得了让人杀吗？猪却突然在窑洞里乱跳乱叫。狗尿苔没有打它们，也没有骂它们，看着它们使性子，可拿眼看着看着，这三头猪竟就是天布、灶火和马勺，当下吓了一跳，再看时，猪还是猪，就揉揉眼，觉得自己看花了，却想着了灶火和马勺死了，那天布在什么地方呢，是不是也死了？古炉村的人死了都埋在坟地里的，那马勺没有埋，不知道还在石磨那儿或者扔到了河滩，灶火什么也没留下了，天布看样子死后也难埋在古炉村的坟地里，他们就像这三

783

头猪，都要埋在县联指和椰头队人的肚子里吗？

狗尿苔从窑洞里走出来，不知怎么，总是往中山顶上望一眼，山顶上没有了山神庙，也没有了白皮松，他站在那里要站半天。他越来越想到政训班那个窑洞里去看看，就假装着去上厕所，经过了那个窑洞口，停下来朝里看了一眼。窑洞口看守的就呵斥：看啥哩？！狗尿苔赶紧走过。有时，看守却要他进去提尿桶，没吃饭的时候，政训班的人都得在窑洞里的尿桶里尿尿，狗尿苔一进去，所有人都拿眼睛看他，灰暗的窑洞里，眼光都发绿，就像是夜里的一群狼，看得狗尿苔起一身的鸡皮疙瘩。但狗尿苔过一会儿就又想去政训班窑洞，他给看守套近乎，从厨房里拿了烧着的柴头子来给看守点火吃烟，他说：要不要让我去倒尿？看守说：你咋恁爱倒尿的？狗尿苔说：嫌臭着你么。看守说：是臭，狗日的到底是坏人，尿出尿就是臭！狗尿苔就进去了，他是要看一眼支书的，支书就坐在窑洞角，总是闭着眼，好像一直在睡。狗尿苔咳嗽了一声，扔下一把麦草，麦草里是几片红薯片子。支书一动不动，他提了尿桶要走了，支书却说：吐痰吐到窑外去。

已经是一连着几天了，猪仍是不好好吃食，拉上山时身上还胖胖的，现在都生了红绒，脊梁骨暴起来。马部长到窑洞来看过一次，她是准备再选一头猪要杀掉的，但她皱着眉头说：你咋把猪养成这样？狗尿苔说：猪不长肉么，我有啥办法？马部长竟然不嫌脏，蹲下来揣猪肚子，又掰开猪嘴看，狗尿苔就过去拽猪尾巴，猪的四个蹄子蹦起来，马部长掰不住了猪嘴，把手放开了，说：你拽猪尾巴干啥？！狗尿苔说：我让你看猪拉啥屎哩。马部长说：我学过兽医我不知道咋看猪？她走出窑洞，给胖子说：猪太瘦，加上料好好喂几天了再杀！马部长一走，狗尿苔和猪都高兴了，狗尿苔突然想倒立，牛铃会倒立的，他一直没学会，他就哐地双手撑地把身子举起来，举起来快要往前掉了，用力往后一摆，身子靠在了洞壁上，他成功了！成功的狗尿苔眼睛往上看，看见了三头猪在比赛着跑，它们在窑洞里转圈子，转着转着，速度慢下来，一个竟身子立直用后腿走路，另外两个也身子立直用后腿走路，后来他支撑不住了倒下来，三个猪也支撑不住倒下来，他们倒在一起，他爬起来了它们还卧着，他就给它们扑索着肚子，它们舒服得四腿乍开来，哼哼不已。

狗尿苔说：你们对着哩，不吃就不长肉，不长肉就杀不了。

猪呵呵呵地笑。

狗尿苔说：你们不吃，那我也不吃了，不吃也就该放我了。

猪却用嘴拱狗尿苔，拱得他坐不住，天布家的那头猪还一口嗛住了他的耳朵。狗尿苔说：咋啦，不让我走啦？猪立即松开口。狗尿苔说：啊好，啊好，我不走，饿成干柴棒了我也不走。

狗尿苔给猪说着，从小窑窝里取出了红薯片子吃起来，他自己吃一片，给猪吃一片，他嘎嘣嘎嘣咬着响，猪也嘎嘣嘎嘣咬着响，很快把那些红薯片子吃完了。猪还在看着他，并且还跑到小窑窝下往上看，狗尿苔说：没了！把小窑窝上的麦草取下来，说：真的没了。

又是一个晚上，狗尿苔铺好了麦草，让猪睡了上去，然后再抱了一些麦草盖在它们身上，却有一头猪放了屁，他骂道：想屙呀？刚才干啥去了？！那头猪就去了窑洞口，屁股撅着屙了一堆，再反身过来睡下。狗尿苔也就在他的麦草窝里躺下了。这一夜猪没有打鼾，或许它们怕打鼾了压根儿没有闭眼，狗尿苔睡了个美觉，却在半夜里又做了一个梦忽地坐了起来。他梦见他还在和猪玩，玩呀玩呀，猪就把鞋脱了，猪的鞋都那么精小，却是皮子做的，他说：让我试试你们鞋。脚刚塞进鞋里就听见一个猪说：咋没见狗尿苔了？他一看，自己竟然已变成了猪。胖子这时进窑洞了，胖子在喊：狗尿苔，狗尿苔！他不吭声，猪都不吭声，胖子没有发现他已变成猪，胖子就在窑洞外喊：狗尿苔不见啦，狗尿苔跑啦！窑场上的人就往路口跑，叫嚷着一定把碎髅捉住，捉住了抽他的脚筋！他和三头猪便在窑洞里发笑，还是天布家的那头猪就开始在窑洞角拱土，把土拱出了一个坑，然后把他的那双鞋叼进去又用土埋了。他说：没鞋了我咋能变人呀？猪说：人家捉你哩，你就一直变个猪吧。但是，这时候，那个胖子又进来了，而且还有三个人，他们在说：挑哪一头呢？一个说：压压脊梁，脊梁厚的肥。他们是来拉猪要屠杀的，他和三个猪就缩在窑洞挤成一团，胖子说：拉那个短嘴巴，黄瓜嘴的肯定没肉。他们就过来抓住了他的耳朵，他大声地喊：我不是猪，我是狗尿苔！他的声大得像打雷，窑场上的人都听见，山下古炉村的人也能听见，但胖子根本听不懂他说什么，骂道：吱哇声这大！你吱哇着让村里人知道我们又要吃肉呀？！胖子一脚踢在他的屁股上，也就是这一脚，狗尿苔醒了，醒来他还尖叫着。麦草窝里的猪全跑出来，狗尿苔这才知道他是做梦，一身的汗，猪看着他，他有些不好意思了，说：睡去，睡去！自己回想着梦里事，想：婆说梦是反的，我不会被人杀了的。就裹了麦草，一直静静地坐到天亮。

天亮，猪还在睡着，猪一定是看到他再没有睡去就放开了鼾声，太阳光从窑洞口的栅栏里透了进来，它们仍还不醒。狗尿苔就说：起来，起来，瞌睡那么多！他要给猪讲述他梦里的事，要告诉它们人做梦都是反的，好梦不一定是好梦，坏梦却一定是好梦，他又说了一句：你们也做梦吗？

猪翻身起来，都是屁股撅着在窑洞口拉屎，还没来得及回窝里，几声枪响就响了起来。狗尿苔忙向窑洞外看，县联指的人和榔头队的人都起来了，乱成一团，然后一窝蜂往山下跑，戴花双手是面粉跑了过来，喊：狗尿苔，狗尿苔！狗尿苔推开栅栏，说：咋啦，人咋都跑啦？戴花说：又打仗啦，可能是红大刀又领了县联总的人来了吧。你千万不敢出来，就待在窑洞里噢！狗尿苔说：啊，又得死人呀！却说：那你呢，那你呢？戴花说：我也藏起来呀，我只担心你叔还在家里。狗尿苔立即想到了婆，说：我得回去，我婆也在家里哩。戴花说：你哪儿都不敢去，两派打仗谁知道谁赢，榔头队要赢了发现你不在，你还想活不？狗尿苔不吭气了，却说：那你也到我这儿，咱就躲这儿！

戴花进了窑洞，臭味却熏得她待不住，坐在了窑洞口。山下已经呐喊声一片，又是一阵激烈的枪声。所有的鸟都往山上飞，大的小的，白的黑的，落在了窑场，狗尿苔先是在数，数一遍又数一遍，数目老是不投，后来就发现那四只红嘴白尾鸟也在其中，他就撮了嘴嘞嘞地叫，所有的鸟也都在叫，他就又喊：善人，善人！那四只鸟全转过头来朝窑洞看。狗尿苔说：山下谁打谁了，谁打得过谁？但四只鸟突然长啸一声，起身飞了。四只鸟一飞，所有的鸟全飞，一时像狂风刮起的树叶子，黑压压在半空里盘旋了一圈，忽地无踪无影。

枪声就渐渐地稀了，又响了一声，嘎叭！再也没了动静。

牛铃像一只狗一样往山上跑，他气喘吁吁地跑到窑场的泥池边就跑不动了，坐在那里喊：狗尿苔——！狗尿苔——！

狗尿苔就在这时候闻见了那种气味，那种气味从来没有过这般浓地让他闻到，就像切了一堆葱，呛得他说不出话来。他脑子里第一反应就是又要坏事呀，他痛恨起自己的鼻子，就拿手抓鼻子，把指头塞进鼻孔里搅，企图闻不到这种气味，鼻孔里流出了鼻涕还流了血，但那种气味依然那么浓地闻到，他再抓再掐再用指头塞进去搅，对着牛铃的叫喊，却一时无法应声。

戴花在说：他咋上来了？急成那样，不该是……？狗尿苔立即说：会不会是我婆有了事？

牛铃还在喊：狗尿苔——！哎——狗尿苔！

狗尿苔就出了窑洞，他说：谁打着我婆了？！

牛铃说：完了，完了！

狗尿苔腿软下来，跌坐在地上，说：是谁打了我婆？！谁打了我婆？！

牛铃说：是联指和榔头队完了！

狗尿苔不信，说：完了？！

牛铃说：是县联指和榔头队完了，解放军来打的，解放军都带着枪，把县联指和榔头队人包围在了打麦场上，马部长和霸槽就被捉住。

哇！狗尿苔从地上跳了起来，他像弹簧一样，没有甩动胳膊，也没有顿脚，双腿就跳起来站直了。他抱住了牛铃，两人一块跳，回头看时，戴花也出来了，三头猪也出来了。戴花还要问什么，牛铃叽叽咕咕给狗尿苔说什么，两人就往厨房跑。

厨房的门锁了，旁边的窗子却没有关，两人就翻进去，锅里还烙着一个馍，热热的，就掰开一人一半，一边拧着吃了几口，剩下的就塞在怀里，从窗子里再爬出来。戴花一直赶过来，说：咋能偷馍吃？牛铃说：他们不会来吃了，咱咋不吃？！戴花说：看熟了没有？狗尿苔说：熟了，熟了。却见山路上跑上来了天布的媳妇，还有灶火的媳妇。戴花说：来人啦，拿了馍快走！但牛铃却又从窗子翻进去，把案板上和成的一大疙瘩面团又抱起，从窗子再出来就跑。

天布媳妇和灶火媳妇是来拉她们家的猪的，狗尿苔要离开窑场时，他看了看猪，猪在给他叫，他从怀里拧了三疙瘩馍扔了过去。天布的媳妇说：有馍哩？厨房里还有啥？就也跑去了厨房，把那里能吃的东西都拿了。戴花在那里叫喊，说拿了东西我怎么交代呀，她全不顾。灶火的媳妇去得晚，没拿到米和面，提了一只锅。

狗尿苔揣着馍跑下了山，直接往家去，院门上却挂了一个笭儿，院门关着。婆！婆！他大声地喊，婆出来把门开了，婆却是双手的血。狗尿苔吓了一跳，说：咋啦婆，你咋啦婆？婆却说：杏开生了！

屋子里哇哇哇地有婴儿哭，哭得像猫在叫春，声音痛苦凄凉。

春
部

88

　漫长的这个冬季终于过去，年节就来了，村里再没了社火，下河湾的戏也不来演，但从年三十到初五的六天里，一定要吃馍的，不吃馍哪里是过年呢？家家都是没了麦面，只能做苞谷面的粑粑，最好的也仅是在苞谷面里掺少许麦面，和水拌匀了，放入酵头，连着盆子在炕上捂了被子发酵，都忙着烧蒸锅。村子里柴火烟又像雾一样顺着巷道卷，粑粑和二掺面馍馍的甜丝丝的气味忍不住张口来吸，一吸又都呛得连声咳嗽。狗尿苔在巷道里跑着，烟雾全让他用脚踩了起来，一会儿没有腿了，一会儿没有胳膊了，跑出巷口，整个身子都没有了，只看见一颗大大的脑袋。面鱼儿老婆答应着要给婆灌一壶醋的，狗尿苔要去拿醋，就把从开合家买来的豆腐切出一块要回报的，古炉村的豆腐依然是老豆腐，瓷得可以拴根葛条提着。面鱼儿老婆正蒸出了一笼粑粑，说狗尿苔你有口福，从蒸笼里用竹片划出一块让他吃。狗尿苔已经吃了三口了，又掰开一疙瘩塞到嘴去，就发现了掰开的粑粑里有了一个虱。狗尿苔什么都可以吃的，比如谁唾在他碗里他可以吃，从口里掉在地上的东西，拾起来吹一吹土也还可以吃的，却就是不能吃食里发现小动物，他说：婶，婶，粑粑里有虱哩？面鱼儿老婆说我看看，结果面鱼儿老婆看了，说：这哪是虱呀，是颗芝麻么。狗尿苔

790

或许也就认为那是芝麻，最多把芝麻弹掉，可面鱼儿老婆却说：面盆子在炕上捂着发酵哩，能保住被子上的虱不跑上去？这有啥呀，全当吃没骨头的肉哩！狗尿苔就不再吃了，提了醋壶出来，在巷道里恶心地吐。

六天里，头三天吃粑粑，后三天吃豆腐渣和红薯面和在一起蒸出的馍，初六一过，人说正月十五以内都是年节，实际上，没有了好东西吃还算什么年节啊？开始恢复了喝苞谷糁稀糊汤，吃柿子拌稻皮磨出的炒面，差不多的人都开始屙不出来，厕所里随处可见掏屎的柴棍儿。

但是，在山门下，在村南口和东头碾盘那儿西头石磨那儿竟然生出了一片片牵牛花。古炉村原来是天布家照壁下有一篷牵牛花蔓，照壁推倒后，蔓篷也连根挖了，一下子却在别的地方生出那么多的蔓，是哪儿来的呢？人们都觉得奇怪。这些蔓上长满了像蝴蝶须一样的蔓尖，伸得长长地在空中抓，抓住个什么了就卷起来往上爬，就爬上了山门两边的石柱，爬上了碾盘旁的苦楝树，连老顺家的山墙也爬上去了一人高，那石磨上扇已经被揭开，滚到了塄畔下，蔓就把石磨的下扇全部罩住，而没有凿好的新的石狮也被罩得什么也看不见了，像是一疙瘩藤架。花没有开，但你感觉它随时就开了，甚至会觉得你才一转身，那喇叭一样的花全朝天吹起，热热闹闹作响。

婆全然地聋了，什么声音再也听不见，如果就是开批斗会，怎样地骂她，她不会理会，脸上没有表情。年三十的夜里很黑，她给狗尿苔糊了灯笼，灯笼上贴了一圈剪下的纸花儿，但狗尿苔提着灯笼在巷道里跑了一圈，里边的煤油灯歪了，烧着了灯笼，哭得汪汪地回来。婆没有打他，还在安慰，说：有灯笼了走夜路能照着路，没灯笼了也一样走路么。就在他拉着婆上屋台阶时，他听见了婆的身子里咯嚓了一下，婆的腿就疼得走不动了。村里再没有了善人，婆自己给自己揉了一夜腿，虽然还能走路，却从此离不开了拐杖。狗尿苔看着婆拄着拐杖走路，动不动就要想到婆从拄拐杖那日起，身子要一点一点木质了。他的眼泪就流下来，再不让婆去地里干活，去泉里担水，到猪圈里喂猪，他都要更勤快地去干。但是，婆更多地都在家里和院里，她走不动了，耳朵也聋实了，也不再愿意见人。毕竟在家里、院里待久了饭吃进肚子里又沉腾腾不动，每当黄昏，就一个人拄了拐杖出来，要到村南口的塄畔上立一会儿。巷道里已经很难找到一张风吹成疙瘩的大字报了，树上的叶子也才长出嫩叶，她没有什么东西能拿来剪纸花儿，其实，她都握不动了剪刀，也不再剪纸花儿了。她拿眼睛来照，照这个世上，照这个世上的各种人和猪呀牛呀狗呀的，甚至就坐在那一块石头上看着天上的云，看着谁家雨淋过的山墙，从云里和墙皮上看到更多更丰富的人人物物。她在这个时候，皱纹聚起来，像一朵菊花，也像一个蜘蛛网，却辨不出她是在愁苦呢还是在无声地微笑。

现在，天上的云如同冰一样发白发青，在太阳快要落下去了，那冰层出现了断裂，一道红光斜斜地就照着了半个中山，还有屹岬岭的南崖头，而南山依然青黑的，黑得像兽群，南山之所以这般的黑，是半山腰处卧着云，整个冬季那里是不化的雪，人们永远以为那还是雪，却不知在什么时候云替代了雪，或许是雪不知不觉就变成了云吗？婆盯着那云，云就动起来，一齐往山下流去，后来流下州河里，什么就没有了，州河还是白花花的。昂嗤鱼在叫自己的名字，昂嗤——！昂嗤——！昂嗤鱼从来没有叫得这么响的，如牛在牛圈棚里哞叫。

狗尿苔说：婆，是神在那里扫云吗？

婆听不见。婆脸上没有任何表示，她看着最后一道太阳光从中山和屹岬岭南崖头都退去了，州河还是白花花的，一动不动的那种白花花。

狗尿苔意识到婆什么也听不见了，心里一阵泛酸，他搀了婆，要把婆搀回去，但婆却看见了跟后背着背篓从村南口的漫道上趔趄着腿上来。

跟后的媳妇在年根死了。那媳妇一个冬天断腿都在化脓，脓出到最多的一次盛了少半碗，睡倒了半月，只说还可以挨过一年半载的，谁也没想到，要过年要过年了却死了。跟后的媳妇一死，跟后的天就塌了，年前村里还是来了救济，跟后就被救济了，可这次救济再没有了粮食，全部是从新疆过来的萝卜干，而且萝卜干还得去镇上领，跟后就带着儿子从镇上背回来了几十斤萝卜干。那儿子看见了狗尿苔，叫着干大跑上来。

狗尿苔说：过了年了你咋还这么高？

干儿子说：你也这么高么。

狗尿苔说：我不长你得长呀！

干儿子说：我不长！

狗尿苔抱住了干儿子，说：不长就不长吧，咱都不长！

跟后却放下了背篓，就势躺在了地上，他脸色苍白，像糊了一张纸，叫着婆。婆看着他的口型也叫着跟后，叫声是那么高，说：跟后你咋啦，你是要狗尿苔背背篓吗？跟后点着头，头就耷拉在地上。狗尿苔不肯背。跟后又说了一句：我怕是不行了，狗尿苔。

狗尿苔这才看了跟后一眼，听干儿子在说他大在路上要屙哩，蹴在地里就是屙不下来，他用手在肛门里抠，抠是抠出几颗干粪蛋了，却抠裂了肛门，血流了一地，就趴在那里睡了半天。狗尿苔便去背背篓，背篓大，一背起来，篓底就磕打着腿弯子，他说：这阵寻着我了？你给霸槽掮锨的时候，叫你连吭一下都不吭声！跟后说：打人不打脸，揭人不揭短，提不成那事啦，不提啦。狗尿苔说：镇上有啥消息吗？跟后说：啥消息？狗尿苔说：你给我再装糊涂，我就不背啦！跟后说：你是说公审会吗？狗尿苔说：啥公审？枪毙会！跟后说：嗯，听说就这几天哩。狗尿苔说：你说真能枪毙吗，霸槽就真的要枪毙呀？！跟后说：那还用说，铁板上钉钉子的事！跟后又说：唉，他一棵苞谷苗苗才要长成个树呀！狗尿苔说：苞谷苗苗能长成树？！跟后捂着了屁股，靠在了满是牵牛花蔓的石狮上，肛门又流出血来，流在了脚脖子上。

第二天的早晨，狗尿苔提了半桶生尿要泼到自留地的麦上去，一只蛤蟆就趴在巷道，他就跺着脚，跺一下蛤蟆往前蹦一下，竟撞着了一家院墙和院墙外的榆树之间结成的蜘蛛网，那只胖胖的蜘蛛从网上掉下来，但没有掉在地上，牵着一根丝在那里晃过来晃过去。早晨碰上蜘蛛是这一天要有重要的事发生，这是古炉村人人都相信的事，但狗尿苔不知道今天会发生什么事呢。狗尿苔说：蜘蛛，蜘蛛，你知道了什么？胖蜘蛛攀着丝上到了树枝上，狗尿苔还生气着蜘蛛不告诉他，树枝上却掉下了另一个蜘蛛，掉在地上就死了。

牛铃曾经说过，雄蜘蛛都瘦小而雌蜘蛛却肥胖，雄蜘蛛一生都在谋算着把它的那个东西插到雌蜘蛛的身体去，但一旦它把那个东西插进了雌蜘蛛的身体里，它很快就死了。狗尿苔看着死在地上的蜘蛛，蜘蛛是瘦小的，想着是不是它刚才和那个胖蜘蛛那个了？这是真的吗，他想问问别人，而巷道里没有人，在巷口的一个碌碡上坐着老顺，老顺拿着一个碗，碗里是和好的炒面，没有吃，却用手捏着炒面团搓着，搓成细条了，就在碌碡上摆起来，摆的像个小塔，像个馍馍。

狗尿苔说：叔，老顺叔，雄蜘蛛和雌蜘蛛一那个，雄蜘蛛就死了，真是吗？

老顺好像听不着，专注地做他的事，在碌碡上摆了一疙瘩，又去另一个树根上摆了一疙瘩。

狗尿苔说：嘿！你弄啥呢？

老顺说：弄屎哩！

摆出的炒面疙瘩不是像塔，也不是像馍，和屎一模一样。

狗尿苔说：屎？

老顺说：你吃呀不？吃屎！

狗尿苔认定老顺是疯了。他不再理睬疯子老顺，想着疯病是不是传染的，就像疥一样，来回疯了又疯了老顺。狗尿苔到了自留地，地里的露水立即打湿了裤腿，他一勺一勺把尿水泼了，一股小风就走近了，在地砸头卷了一个细细的风柱子。这时候远处的公路上突然地涌现了一大群人，就都在小木屋那儿。小木屋还在，却没有了门也没有窗子，门前还堆着县联指人设哨卡的石头，那横着的榆树还一直没抬走，被掀滚在路旁的地头上，许多人就站在石头和榆树上。从屺岬岭转弯处的公路上还有人一溜带串地下来，而烽火梁那儿公路上也黑压压地有了人群。狗尿苔说了句：真要有重要的事发生了？！提了尿桶就跑。在村道里，摆子在敲锣，摆子的腰总算好了，摆子又活成了另外一个人，他在喊：全体社员都听着，吃过饭都到河滩去！没吃过饭的赶快吃饭到河滩去！今日召开公审大会啦！狗尿苔才要问个究竟，摆子已转过三岔巷去，而留在这条巷道里的声从东墙撞到西墙，从西墙又撞到东墙，狗尿苔也只是听清了：全体社员都听着……

村道里有人从院门出来了，这一家的问斜对门的，那一户的又问隔壁的，他们似乎没有看到狗尿苔，好像过来的是一只狗一头猪，或者是一股风，狗尿苔有些生气，也后悔出来没有带火绳。但是，即便他们要问他，他又知道什么呢，能回答什么呢？他就一边从巷道里走，一边乍着耳朵听。听到的是：下河湾、西川村、东川村的人都来了，镇河塔那儿的人都挤疙瘩啦！——呀，他们咋到咱这儿？——要公审的都是咱古炉人么。——公审谁？——还有谁？——要枪毙天布和霸槽吗？——可能吧。——爷呀，古炉村要死多少人呀！还有谁，还有谁，会不会还要逮捕些红大刀和榔头队的人？——这说不来么。——爷呀爷，咱古炉村完了，西山垭村五十二年闹暴乱，从此一沟成了暴乱村，咱要成文革村了。——暴乱和文革咋能扯到一起？文革好，文革万岁！——万岁，万岁！可古炉村死这么多人，死一人了他后人是几代都翻不了身的呀，完了，完了，古炉村啥都没有了！——还有瓷货么。——是有窑哩，谁又再会烧窑？就摆子吗？——还有狗尿苔，让狗尿苔烧！

狗尿苔终于听到有人说到他了，但他们又是戏谑他，拿他取笑，狗尿苔说了一句：我明年就上学呀，你以为我将来就烧不了窑？！朝地上呸了一口，提着尿桶往家里走去。但牛铃在叫他，大声地叫，只有牛铃永远是热乎他的。

牛铃是和两个背枪的人在杜仲树下说什么，喊着他的名字跑过来时还回头说：往左边巷里走，在堆着照壁砌下来砖的那个院门就是。

狗尿苔看着背枪的人走进左边巷了，问牛铃：那是谁背的枪？牛铃说：我不知道，是公审来的人吧。狗尿苔说：他们问你啥呢？牛铃说：问天布家在哪儿。狗尿苔说：是来抓天布的媳妇呀？牛铃说：他们说要去天布家让缴子弹费呀。狗尿苔说：缴子弹费？枪毙天布还要让他家缴子弹费？！牛铃说：这你不知道了吧，凡是被枪毙的人都要缴子弹费哩。狗尿苔心里一紧，浑身一阵发麻，他说：哦，哦。转身又走，连尿桶也忘了提。牛铃却说：你不去河滩呀？狗尿苔说：能不能去？牛铃说：现在没榔头队也没红大刀了咋不能去？你哪儿没能去过？！狗尿苔说：没有榔头队和红大刀了，那我才不能到处跑了，我又是四类分子的狗崽子么。牛铃说：这倒也是，可你不去看看天布和霸槽了，就再也没有天布和霸槽了。狗尿苔又站住，最后还是被牛铃又拉着走了。

公路上正好又开来了十几辆卡车，每个卡车上都贴着"实行无产阶级专政"的大幅标语，车上背枪的人就押着五花大绑的犯人，狗尿苔压根儿没有想到前边的车上押着的是天布和霸槽，后一辆车上押着的是马部长和胖子，再后边的车上押着的却是守灯和麻子黑。

怎么还有麻子黑和守灯？牛铃说：听说他们也成立了造反兵团，借过三个信用社的钱，在借黄柏岔信用社钱时，营业员不借，他们就当场把营业员打死了。狗尿苔说：麻子黑手里有几条人命了，他杀多少人我都信的，守灯也会杀人？牛铃说：四类分子本来贼心就不死么。狗尿苔不言语了。牛铃说：哦哦，我不是说你，我说守灯哩。狗尿苔不上牛铃的怪，他要从人群里挤过去看守灯，但卡车厢后边的挡板打开了，犯人被推了下去，狗尿苔看不见了犯人，他听到有惨叫声，立即也听到有骂声：还知道疼呀？站起来，配合好，配合好了一会儿一枪打在脑袋上你就不疼的，要不配合，多打几枪，你才知道啥叫疼了！人群就呼地往后退，退过来的人踩着了狗尿苔和牛铃的鞋，他们就倒了，人群还在往后退，有人就也倒在了他们身上。狗尿苔喊：踏人啦，踏人啦！人群却又向前涌去。等他们爬起来，公审会已经开始了。他们看不到公审台在哪儿，犯人又如何站着，看到的只是人群的屁股和后背。要从腿缝间钻进去，钻进去不到一米就钻不进去了，狗尿苔给一个大个子说：让我爬到你肩上。那人说：你来上我头上来？！牛铃就拉着狗尿苔往小木屋那儿去，小木屋没了窗扇的窗台上都站着人，牛铃便从后墙爬上了屋顶，狗尿苔怎么也爬不上去，牛铃说：我看见啥了给你说。

于是，牛铃在说：他们就站在塔底下，天布脸像是土布袋摔了一样，守灯脸是红的，猪肝一样红，他扑沓下去了，又被拉了起来。狗尿苔说：霸槽呢？牛铃说：霸槽他扬着脸，脸咋怎寡白的。狗尿苔说：他本来脸白么，还扬着脸？牛铃说：眼睛闭着。狗尿苔说：还着军大衣吗？牛铃说：穿了红毛衣，还是那件红毛衣。狗尿苔说：他只有那件红毛衣么。牛铃说：啊狗日的麻子黑还笑哩，你笑你妈的×哩！狗尿苔想：麻子黑这时候了还能笑？就听到了有喇叭在讲话，但谁在拿着喇叭讲话，又讲了什么话，牛铃不在意，他狗尿苔也不在意。狗尿苔还在问：那马部长呢，胖子呢？牛铃说：屁部长！喇叭突然停了，接着是人群又潮水一样退了过来，又潮水一样漫了过去。狗尿苔问：咋啦，又咋啦？牛铃在说：要枪毙呀，往河滩里拉哩！狗尿苔急得往屋顶上爬，他后退了十几步向小木屋后墙根跑，希望能猛地跳起来蹬着墙抓住后檐再翻上屋顶，但他差不多手都要触到屋檐了，又重重地摔下来，爬起来就不用想着再次上屋顶，拧身跟着了往河滩涌去的人群。人群涌到河堤上了，堤上有背枪的人在警戒，谁也不得过去，狗尿苔就又往河堤下边的芦苇园边跑，那里人还少，能看到河滩上已挖好了的六个沙坑。每个沙坑前都站着一个端枪的人，不一会儿，从河堤那个石摆前，犯人被拉过来了，是每个犯人被两个人拉着，那不是拉，是架着跑，他们三个一组三个一组十分快地跑了过来，竟然经过了芦苇园边的沙渠，再往河滩跑去。狗尿苔看见了霸槽是第一个被架了过来，他的红毛衣是那么红，胳膊在后边绑着，看不到了那红毛衣没有了后襟，还穿着那件洗得发白的黄军裤，裤管被绳子扎了，他的双脚几乎没有着地，被架着奔跑，脚尖就划着地，沙滩上深深地划出了两道渠儿，像犁犁过的犁沟。狗尿苔听见身后有人在说：咋扎着裤管？又有人说：不扎着裤管屎尿不是流出来了？这人的话可能是对的，犯人在这时候一定早吓得屎尿都下来了吧。狗尿苔回过头来，这才看见就在他的后边站着三个人，一个拿了个蒸馍，是红薯面蒸馍，另外两个人在叮咛：枪一响你就往前边跑，边跑边掰馍，跑到跟前了就把脑浆掬在馍里，要趁热吃，记住了没？拿馍的人说：我吃不下去了咋办？一个说：必须吃！听话，吃了你病就好了。记住，往第一个沙坑那儿跑，第一个是榔头队的队长夜霸槽，他脑子聪明。一个说：不说了，人家看哩。三个人头就往左后边看，狗尿苔也往左后边看了，那边却是秃子金、天布的妻弟，还有八成，他们都拿着席和绳子。那拿蒸馍的人说：为啥不说？那些人是干啥呀？狗尿苔当然明白秃子金、天布的妻弟和八成是干啥呀，收尸呀，他们一定也要先朝沙坑那儿跑的，要跑到拿馍人的前面把死尸保护起来。狗尿苔就说：那是收尸的。拿馍的人说：叔，叔，人家要收尸，我弄不到脑浆咋办？旁边那个人就问狗尿苔：你是古炉村的？狗尿苔说：嗯。那人说：来了几个收尸的？狗尿苔说：三家。收霸槽尸的来了，收天布尸的来了，收守灯尸的来了。那人说：收夜霸槽尸的？狗尿苔说：收尸的那几个人厉害得很，要弄脑浆你弄四号坑的那个女的，五号坑的那个叫麻子黑，他们没人收尸。拿蒸馍的人说：我弄那女的。话还未落点，枪响了，同时有六支枪一直在对着六个犯人，只听见了一声枪响，六个犯人却同时头上蹿了一股东西就都倒进了沙坑，那蹿上去的一股东西蹿得并不高，但几乎六股平行。狗尿苔还未搞清这是怎么回事，身后拿蒸馍的人已经跑出去了，而拿着席和绳子的秃子金、天布的妻弟和八成也跑出去了，他们跑得更快，很快撵上了拿蒸馍的人，好像秃子金还用身子抗了一下，拿蒸馍的人手里的蒸馍就掉在地上，他大声地喊：我的馍！我的馍！而大量的人都涌了过去，都往沙滩上跑，狗尿苔又被挡住了，跌坐在沙窝里，他看不见了拿蒸馍的人，也看不见了秃子金、天布的妻弟和八成。

狗尿苔还是爬起来跟着人群往河滩跑去，他想最后看一眼霸槽，他已经想好了，他看见了霸槽他不哭也不恨他，但他一定要对麻子黑唾上一口。他在沙滩上跑着，就被人抱住了，抱住他的是婆。婆也来了，婆和支书在一块，还有杏开，杏开的头上缠着头巾，头巾把整个头和脸都包住了，只露出一双大眼，她的眼眶是那么青黑，让狗尿苔想起当初霸槽戴的墨镜。杏开的怀里还抱着孩子，孩子在使劲地哭。婆说：回，你回，有娃哩，你回。也吓唬着狗尿苔回。

狗尿苔这次不听婆的话，和婆顶嘴，他说：我不去沙坑那儿了，我就在这儿行吧。婆听不见他在说什么，婆恨恨地瞪他，说：你去干啥，你看了想不吃饭不睡觉呀？！人家都不来，你去？婆硬拉着狗尿苔，狗尿苔哄了婆说：我系系鞋带。他猫下腰，突然又跑掉了，还在顶嘴：谁没来？村里人都来了！

其实，老顺没有来，老顺还在村道里摆着他的炒面，枪响的时候，他无动于衷，在六七个碌碡上和树根上都摆好了炒面屎，他走回到了碾盘旁的院里去，院门口狗在卧着，那条狗被打断脊梁，不能跑动了，终日就卧在那里。

狗尿苔和牛铃会合后，他们一直等着公路上河滩上的人都走完了，才往村里来。他们讨论着天布、霸槽、守灯、麻子黑的尸体将埋在哪儿：守灯和麻子黑都是上无老下无少的人，他们肯定是村人随便在中山根挖个坑埋掉就算了。天布有媳妇，媳妇的娘家人多，会埋在他的祖坟地里。而霸槽虽然也只一个人，但秃子金对他好，秃子金会吆喝榔头队的人把霸槽下葬的，也肯定在他的祖坟地里。但是，怎么个埋，还是做墓做棺材吗？牛铃说：肯定是挖坑，拉着他们去河滩时经过小木屋前边，我看见天布的疥上了脸了，霸槽脸上也有疥，疥会传染的，肯定要挖深坑埋的。

狗尿苔突然想到了一个问题：他们会不会变鬼？

牛铃说：当然变鬼，人死了都变鬼。

狗尿苔说：他们做鬼是个什么鬼呢？

两个人就做出了决定，上次看鬼没有看成，今晚上就按着善人交代的方法去看鬼。

进了村子，他们从村道里走，牛铃就看见了碌碡上有屎，而且不是一个碌碡上有屎，六七个碌碡上都有屎，或许他们说着鬼他心里有些发毛，要故意岔开话头，就骂道：谁狗日的屙了这么多屎？！狗尿苔知道那屎是炒面做的，他突然想作弄牛铃，他说：哦，牛铃你敢不敢把那一堆屎吃了，吃了我给你一升白面。

牛铃说：一升白面？这是你说的？

狗尿苔说：我说的。

牛铃说：你说话算话，我就吃呀。

狗尿苔说：你敢吃？

牛铃说：我敢。他看看四下没人，捏了一疙瘩屎就吃了。

狗尿苔看着他把屎吃了，说：臭不臭？牛铃说：不臭，有红薯味。你现在就去家里把面偷出来！狗尿苔口里答应着，心里却后悔了，他说：我婆在屋里，改日给你吧。牛铃说：那不行，你要耍赖，那你也吃屎。

狗尿苔说：我吃了你也得给我一升面。

牛铃说：给你一升面。

狗尿苔走到另一个碌碡上，拿起了一疙瘩屎也吃了，说：你也不要给我一升面，我也不给你一升面，咱摆平了。

两人都没再说话，走着走着，牛铃却说：啊哈，咱谁也没得到一升面，倒是吃了两堆屎么？！

狗尿苔要说什么，一股子风从一棵树后走近了，呼地封了他的嘴，他就不再说了，而风却自此刮大了。风是跑遍了整个古炉村，又跑到了河滩和芦苇园，芦苇还是半人高的茎和叶子，而那些蒲草早早开了小花，花小得像小米粒大，在风里就起身飞舞，很快形成了粉红色的雾带，浮到了村子上空。狗尿苔突然有个感觉，感觉山门下、碾盘和石磨那儿的牵牛花应该是开了。牛铃说：这不可能。狗尿苔说：一定是开了！牛铃说：还赌不，再赌一升面？狗尿苔说：赌就赌。但他没说完就闭嘴了，因为就在三岔巷那儿，婆和支书、杏开还在走着，他们从河滩离开得那么早，竟然到现在了还在路上走呀。支书的腿一瘸一跛，他在政训班害了风湿，一条腿一直在疼，牙疼牙长，腿疼腿短，他就走起路来两腿不齐，摆来晃去，可他的手又反背在后边。杏开怀里的孩子哇哇地哭，像猫叫春一样悲苦和凄凉，怎么哄都哄不住。

2009 年 8 月 25 日夜草毕

2010 年 4 月 25 日午改毕

2010 年 5 月 8 日晚又改毕

后　记

五十岁后，周围的熟人有些开始死亡，去火葬场的次数增多，而我突然地喜欢在身上装钱了，又瞌睡日渐减少，便知道自己是老了。

老了就提醒自己：一定不要贪恋位子，不吃凉粉便腾板凳；一定不要太去抛头露面，能不参加的活动坚决抹下脸去拒绝；一定不要偏执；一定不要嫉妒别人。这些都可以做到，尽量去做到，但控制不了的却是记忆啊，而且记忆越忆越是远，越远越是那么清晰。

这让我有些恍惚：难道人生不是百年，是二百年，一是现实的日子，一是梦境的日子？甚至还不忘消灭，一方面用儿女来复制自己，一方面靠记忆还原自己？

我的记忆更多地回到了少年，我的少年正是上个世纪六十年代的中后期，那时中国正发生着史无前例的"文化大革命"。

对于"文化大革命"，已经是很久的时间没人提及了，或许那四十多年，时间在消磨着一切，可影视没完没了地戏说着清代、明代、唐汉秦的故事，"文革"怎么就无人兴趣吗？或许"文革"仍是敏感的话题，不堪回首，难以把握，那里边有政治，涉及到评价，过去就让过去吧？

其实，自从"文革"结束以后，我何尝不也在回避？我是每年十几次地回过我的故乡，在我家的老宅子墙头依稀还有着当年的标语残迹，我有意不去看它。那座废弃了的小学校里，我参加过一次批斗会，还做过记录员，路过了偏不进去。甚至有一年经过一个村子，有人指着三间歪歪斜斜的破房子，说那是当年吊打我父亲的那个造反派的家，我说：他还在吗？回答是：早死了，全家都死了。我说：哦，都死了。就匆匆离去。

而在我们的那个村子里，经历过"文革"的人有多半死了，少半的还在，其中就有一位曾经是一派很大的头儿，他们全都鹤首鸡皮，或仍在田间劳动，或已经挂上了拐杖，默默地从巷道里走过。我去河畔钓鱼的那个中午，看见有人背了柴草过河，这是两个老汉，头发全白了，腿细得像木棍儿，水流冲得他们站不稳，为了防止跌倒，就手拉扯了手，趔趔趄趄，趔趔趄趄地走了过来。那场面很能感人，我还在感慨着，突然才认得他们曾经是有过仇的，因为"文革"中派别不一样，武斗中一个用砖打破过一个的头，一个气不过，夜里拿了刀砍断了另一个家的椿树，那椿树差不多碗口粗了。而那个当过一派很大的头儿的，佝偻着腰坐在他家的院子里独自喝酒，酒当然是自己酿的苞谷酒，握酒杯的手指还很有力，但他的面目是那样的敦厚了，脾气也出奇的柔和，我刚一路过院门口，他就叫我的小名，说：你回来啦？你几个月没回来了，来喝一口，啊喝一口嘛！

那天的太阳很暖和，村子里极其安静，我目睹着风在巷道里旋起了一股，竟然像一根绳子在那里游走。当年这里曾经多么惨烈的一场武斗啊，现在，没有了血迹，没有了尸体，没有了一地的大字报的纸屑和棍棒砖头，一切都没有了，往事就如这风，一旋而悠悠远去。

我问我的那些侄孙：你们知道"文化大革命"吗？侄孙说：不知道。我又问：你们知道你爷的爷的名字吗？侄孙说：不知道。我说：哦，咋啥都不知道。

不知道爷的爷的名字，却依然在为爷的爷传宗接代，而"文革"呢，一切真的就过去了吗？为什么影视上都可以表现着清以前的各个朝代，而不触及"文革"，这是在做不能忘却的忘却吗？我在五十多岁后动不动就眼前浮出少年的经历，记忆汪汪如水，别的人难道不往事涌上心头？那个佝偻了腰的曾经当过一派大头儿的老人在独自喝酒，寂寞的晚年里他应该咀嚼着什么下酒吧。

我想，经历过"文革"的人，不管在其中迫害过人或被人迫害过，只要人还活着，他必会有记忆。

也就在那一次回故乡，我产生了把我记忆写出来的欲望。

之所以有这种欲望，一是记忆如下雨天蓄起来的窖水，四十多年了，泥沙沉底，拨去漂浮的草末树叶，能看到水的清亮。二是我不满意曾经在"文革"后不久读到的那些关于"文革"的作品，它们都写得过于表象，又多形成了程式。还有更重要的一点，我觉得我应该有使命，或许也正是宿命，经历过的人多半已死去和将要死去，活着的人要么不写作，要么能写的又多怨愤，而我呢，我那时十三岁，初中刚刚学到数学的一元一次方程就辍学回村了。我没有与人辩论过，因为口笨，但我也刷过大字报，刷大字报时我提糨糊桶。我在学校是属于联指，回乡后我们村以贾姓为主，又是属于联指，我再不能亮我的观点，直到后来父亲被批斗，从此越发不敢乱说乱动。但我毕竟年纪还小，谁也不在乎我，虽然也是受害者，却更是旁观者。

我的旁观，毕竟，是故乡的小山村的"文革"，它或许无法反映全部的"文革"，但我可以自信，我观察到了"文革"怎样在一个乡间的小村子里发生的，如果"文革"之火不是从中国社会的最底层点起，那中国社会的最底层却怎样使火一点就燃？

我的观察，来自于我自以为的很深的生活中，构成了我的记忆。这是一个人的记忆，也是一个国家的记忆吧。

其实，"文革"对于国家对于时代是一个大的事件，对于文学，却是一团混沌的令人迷惘又迷醉的东西，它有声有色地充塞在天地之间，当年我站在一旁看着，听不懂也看不透，摸不着头脑，四十多年了，以文学的角度，我还在一旁看着，企图走近和走进，似乎越更无力把握，如看月在山上，登上山了，月亮却离山还远。我只能依量而为，力所能及地从我的生活中去体验去写作，看能否与之接近一点。

烧制瓷器的那个古炉村子，是偏僻的，那里的山水清明，树木种类繁多，野兽活跃，六畜兴旺，而人虽然勤劳又擅长于技工，却极度的贫穷，正因为太贫穷了，他们落后，简陋，委琐，荒诞，残忍。历来被运动着，也有了运动的惯性。人人病病恹恹，使强用狠，惊惊恐恐，争吵不休。在公社的体制下，像鸟护巢一样守着老婆娃娃热炕头，却老婆不贤，儿女不孝。他们相互依赖，又相互攻讦，像铁匠铺子都卖刀子，从不想刀子也会伤人。他们一方面极其的自私，一方面不惜生命。面对着他们，不能不爱他们，爱着他们又不能不恨他们，有什么办法呢？你就在其中，可怜的族类啊，爱恨交集。

是他们，也是我们，皆芸芸众生，像河里的泥沙顺流移走，像土地上的庄稼，一茬一茬轮回。没有上游的泥沙翻滚，怎么能有下游静水深流？五谷要结，是庄稼就得经受冬冷夏热啊。如城市的一些老太太常常被骗子以秘鲁假钞换取了人民币，是老太太没有知识又贪图占便宜所致，古炉村的人们在"文革"中有他们的小仇小恨，有他们的小利小益，有他们的小幻小想，各人在水里扑腾，却会使水波动，而波动大了，浪头就起，如同过浮桥，谁也并不故意要摆，可人人都在惊慌地走，桥就摆起来，摆得厉害了肯定要翻覆。

我读过一位智者的书，他这样写着：内心投射出来的形象是神，这偶像就会给人力量，因此人心是空虚的又是恐惧的。如果一件事的因已经开始，它不可避免地制造出一个果，被特定的文化或文明局限及牵制的整个过程，这可以称之为命运。

古炉村人就有了"文革"的命运，他们和我们就有了"文革"的命运，中国人就有了"文革"的命运。

"文革"结束了，不管怎样，也不管作什么评价，正如任何一个人类历史的巨大灾难无不是以历史的进步而补偿的一样，没有"文革"就没有中国人思想上的裂变，没有"文革"就不可能有以后的整个社会转型的改革。而问题是，曾经的一段时期，似乎大家都是"文革"的批判者，好像谁也没了责任。是呀，责任是谁呢？寻不到能千刀万剐的责任人，只留下了一个恶的代名词："文革"。但我常常想：在中国，以后还会不会再出现类似"文革"那样的事呢？说这样的话别人会以为矫情了吧，可这是真的，如我受过了"5·12"地震波及的恐惧后，至今午休时不时就觉得床动，立即惊醒，心跳不已。

有人说过很精彩的话，说因为你与你的家人和亲朋在这个世上只有一次碰面的机会，所以得珍惜，因为人与人同在这个地球，所以得珍惜。可现实中这种珍惜并不是那么就做到了，贫穷使人容易凶残，不平等容易使人仇恨，不要以为自己如何对待了别人，别人就会如何也对待自己。永远不要相信真正，没有真正，没有真正的友谊，没有真正的爱情，只有善与丑，只有时间，只有在时间里转换美丑。这如同土地，它可以长出各种草木，草木生出红白黄蓝紫黑青的花，这些颜色原本都在土里。我们放不下心的是在我们身上，除了仁义礼智信外，同时也有着魔鬼，而魔鬼强悍，最易于放纵，只有物质之丰富，教育之普及，法制之健全，制度之完备，宗教之提升，才是人类自我控制的办法。

在书中，有那么一个善人，他在喋喋不休地说病，古炉村里的病人太多了，他需要来说，他说着与村人不一样的话，这些话或许不像个乡下人说的，但我还是让他说。这个善人是有原型的，先是我们村里的一个老者，后来我在一个寺庙里看到了桌子上摆放了许多佛教方面的书，这些书是善男信女编印的，非正式出版，可以免费，谁喜欢谁可以拿走，我就拿走了一本《王凤仪言行录》。王凤仪是清同治人，书中介绍了他的一生和他一生给人说病的事迹。我读了数遍，觉得非常好，就让他同村中的老者合二为一做了善人。善人是宗教的，哲学的，他又不是宗教家和哲学家，他的学识和生存环境只能算是乡间智者，在人性爆发了恶的年代，他注定要失败的，但他毕竟疗救了一些村人，在进行着他力所能及的恢复、修补，维持着人伦道德，企图着社会的和谐和安稳。

陕西这地方土厚，惯来出奇人异事，十多年来时常传出哪儿出了个什么什么神来。我曾经在西安城南的山里拜访过众多的隐在洞穴和茅棚里修行的人，曾经见过一位并没有上过大学却钻研了十多年高等数学的农民，曾经读过一本自称是创立了新的宇宙哲学的手写书，还有一本针对时下世界格局的新的兵书草稿，曾经与那些堪舆大师、预测高手以及一场大病后突然有了功力能消灾灭祸的人交谈过。最有兴趣地去结识那些民间艺人，比如刻皮影的，捏花馍的，搞木雕泥塑的，做血社火芯子的，无师而绘画的，铰花花的。铰花花就是剪纸。我见过了这些人，这些人并不是传说中的不得了，但他们无一例外都是有神性的人，要么天人合一，要么意志坚强，定力超常。当我在书中写到狗尿苔的婆，原本我是要写我母亲的灵秀和善良，写到一半，得知陕北又发现一个能铰花花的老太太周苹英，她目不识丁，剪出的作品却有一种圣的境界。因为路远，我还未去寻访，竟意外地得到了一本她的剪纸图册，其中还有郭庆丰的一篇介评她的文章，文章写得真好，帮助我从周苹英的剪纸中看懂了许多灵魂的图像。于是，狗尿苔婆的身上同时也就有了周苹英的影子。

整个的写作过程中，《王凤仪言行录》和周苹英的剪纸图册以及郭庆丰的介评周苹英的文章，是我读过而参考借鉴最多的作品，所以特意在此向他们致礼。

除此之外，古炉村里的人人事事，几乎全部是我的记忆。狗尿苔，那个可怜可爱的孩子，虽然不完全依附于某一个原型的身上，但在写作的时候，常有一种幻觉，是他就在我的书房，或者钻到这儿藏到那儿，或者痴呆呆地坐在桌前看我，偶尔还叫着我的名字。我定睛后，当然书房里什么人都没有，却糊涂了：狗尿苔会不会就是我呢？我喜欢着这个人物，他实在是太丑陋，太精怪，太委屈，他前无来处，后无落脚，如星外之客，当他被抱养在了古炉村，因人境逼仄，所以导致想象无涯，与动物植物交流，构成了童话一般的世界。狗尿苔和他的童话乐园，这正是古炉村山光水色的美丽中的美丽。

在写作的中期，我收购了一尊明代的铜佛，是童子佛，赤身裸体，有繁密的发髻，有垂肩的大耳，两条特长的胳膊，一手举过头顶指天，一手垂下过膝指地，意思是：天上地下唯我独尊。这尊佛就供在书桌上，他注视着我的写作，在我的意念里，他也将神明赋给了我的狗尿苔，我也恍惚里认定狗尿苔其实是一位天使。

整整四年了，四年浸淫在记忆里。但我明白我要完成的并不是回忆录，也不是写自传的工作。它是小说。小说有小说的基本写作规律。我依然采取了写实的方法，建设着那个自古以来就烧瓷的村子，尽力使这个村子有声有色，有气味，有温度，开目即见，触手可摸。以我狭隘的认识吧，长篇小说就是写生活，写生活的经验，如果写出让读者读时不觉得它是小说了，而相信真有那么一个村子，有一群人在那个村子里过着封闭的庸俗的柴米油盐和悲欢离合的日子，发生着就是那个村子发生的故事，等他们有这种认同了，甚至还觉得这样的村子和村子里的人太朴素和简单，太平常了，这样也称之为小说，那他们自己也可以写了，这，就是我最满意的成功。我在年轻的时候是写诗的，受过李贺影响，李贺是常骑着毛驴想他的诗句，突然有一个句子了就写下来装进囊袋里。我也就苦思冥想寻诗句，但往往写成了让编辑去审，编辑却说我是把充满诗意的每一句写成了没有诗意的一首诗。自后我放弃了写诗，改写小说，那时所写的小说追求怎样写得有哲理，有观念，怎样标新立异，现在看起来，激情充满，刻意作势，太过矫情。在读古代大作家的诗文，比如李白吧，那首"床前明月光，疑是地上霜。举头望明月，低头思故乡"，这简直是大白话么，太简单了么，但让自己去写，打死就是写不出来。最容易的其实是最难的，最朴素的其实是最豪华的。什么叫写活了，逼真了才能活，逼真就得写实，写实就是写日常，写伦理。脚蹬地才能跃起，任何现代主义的艺术都是建立在扎实的写实功力之上的。

写实并不是就事说事，为写实而写实，那是一摊泥塌在地上，是鸡仅仅能飞到院墙。在《秦腔》那本书里，我主张过以实写虚，以最真实朴素的句子去建造作品浑然多义而完整的意境，如建造房子一样，坚实的基、牢固的柱子和墙，而房子里全部是空虚，让阳光照进，空气流通。

回想起来，我的写作得益最大的是美术理论，在二十年前，西方那些现代主义各流派的美术理论让我大开眼界。而中国的书，我除了兴趣戏曲美学外，热衷在国画里寻找我小说的技法。西方现代派美术的思维和观念，中国传统美术的哲学和技术，如果结合了，如面能揉得到，那是让人兴奋而乐此不疲的。比如，怎样大面积地团块渲染，看似塞满，其实有层次脉络，渲染中既有西方的色彩，又隐着中国的线条，既有淋淋真气使得温暖，又显一派苍茫沉厚。比如，看似写实，其实写意，看似没秩序，没工整，胡摊乱堆，整体上却清明透彻。比如，怎样"破笔散锋"。比如，怎样使世情环境苦涩与悲凉，怎样使人物郁勃黝黯，孤寂无奈。

苦恼的是越是这样地思索，越是去试验，越是感到了自己的功力不济，四年里，原本可以很快写下去，常常就写不下去，泄气，发火，对着镜子恨自己，说：不写了！可不写更难受。世上上瘾东西太多了，吸鸦片上瘾，喝酒上瘾，吃饭是最大上瘾，写作也上瘾。还得写下去，那就平静下来，尽其能力去写吧。在功夫不济的情况下，我能做到的就是反复叮咛自己：慢些，慢些，把握住节奏，要笔顺着我，不要我被笔牵着，要故事为人物生发，不要人物跟着故事跑了。

四年里，出了多少事情，受了多少难场，当我写完全书最后一个字时，我说天呀，我终于写完了，写得怎样那是另一回事，但我总算写完了。

我感激着家里的大小活儿从不让我干，对于妻子女儿，我是那样地不尽责，我对她们说：啊把我当个大领导看待吧，大领导谁是能顾了家的呢？我感激着我的字画，字画收入使我没有了经济的压力，从而不再在写作中考虑市场，能让我安静地写，写我想写的东西。我感激着我的身体，它除了坏掉了四颗牙，别的部位并没有出麻达。我感激着那三百多支签名笔，它们的血是黑水，流尽了，静静地死去在那个大筐里。

古炉

作者_贾平凹

产品经理_黄圆苑 张越　装帧设计_林林　技术编辑_丁占旭
责任印制_刘淼　出品人_于桐

营销团队_阮班欢 杨喆　物料设计_林林

果麦
www.guomai.cc

以 微 小 的 力 量 推 动 文 明

图书在版编目（CIP）数据

古炉 / 贾平凹著. -- 杭州：浙江文艺出版社，
2021.11（2022.6 重印）
ISBN 978-7-5339-6638-6

Ⅰ.①古… Ⅱ.①贾… Ⅲ.①长篇小说 – 中国 – 当代
Ⅳ.①I247.5

中国版本图书馆CIP数据核字(2021)第201348号

古炉

贾平凹 著

责任编辑 於国娟
产品经理 黄圆苑 张 越
装帧设计 林 林

出版发行 浙江文艺出版社
地　　址 杭州市体育场路347号 邮编 310006
经　　销 浙江省新华书店集团有限公司
　　　　 果麦文化传媒股份有限公司
印　　刷 北京盛通印刷股份有限公司
开　　本 880毫米×1230毫米 1/32
字　　数 708千字
印　　张 25.5
印　　数 13,001—18,000
版　　次 2021年11月第1版
印　　次 2022年6月第3次印刷
书　　号 ISBN 978-7-5339-6638-6
定　　价 88.00元